Biografía

Santiago Posteguillo, profesor titular de Lengua y Literatura inglesas en la Universitat Jaume I y doctor europeo por la Universitat de València, estudió Literatura Creativa en Estados Unidos y Lingüística, Análisis del Discurso y Traducción en el Reino Unido. Publicó *Africanus, el hijo del cónsul* en 2006, *Las legiones malditas* en 2008 y *La traición de Roma* en 2009. Esta trilogía, aplaudida por centenares de miles de lectores en España y América Latina y en proceso de traducción a diferentes idiomas, ha sido merecedora de grandes elogios por parte de expertos y crítica. Reconocido como uno de los «Valencianos para el siglo XXI» por el periódico *Las Provincias*, Santiago Posteguillo ha sido finalista del Premio Internacional de Novela Histórica Ciudad de Zaragoza, ha sido premiado en la Semana de Novela Histórica de Cartagena y ha recibido los galardones Hislibris.com 2009 al mejor novelista histórico y a la mejor novela histórica. En 2010, Santiago Posteguillo recibió el prestigioso Premio a las Letras de la Generalitat Valenciana, que dicha institución concede cada dos años. *Los asesinos del emperador* es su última y más espectacular novela, un relato impactante, descomunal, descrito con un trepidante pulso narrativo destinado a trasladar al lector a la Roma imperial de los Césares y cuyos derechos fueron vendidos a Italia antes de su publicación.

Santiago Posteguillo
Los asesinos del emperador

*El ascenso de Trajano,
el primer emperador hispano
de la Historia*

Planeta

Obra editada en colaboración con Editorial Planeta – España

© 2011, Santiago Posteguillo
© 2013, Editorial Planeta, S.A. – Barcelona, España

Derechos reservados

© 2014, Editorial Planeta Mexicana, S.A. de C.V.
Bajo el sello editorial BOOKET M.R.
Avenida Presidente Masarik núm. 111, 2o. piso
Colonia Chapultepec Morales
C.P. 11570, México, D.F.
www.editorialplaneta.com.mx

Monedas: The Art Archive / © Alfredo Dagli Orti / Provinciaal Museum
G M Kam Nijmegen Netherlands / © Gianni Dagli Orti / The Art Archive /
© Jean Vinchon Numismatist Paris / © Costa / Leemage / Alarmy / ACI /
The Granger Art Collection / Ciordon Press / © AESA
Planos de batallas: © Leticia Ucín
Gladiadores: © alademosca
Plano de Reforma y mapa del Imperio romano: © Gradualmap

Diseño e ilustración de la portada: Opalworks

Primera edición impresa en España en Colección Booket: julio de 2013
ISBN: 978-84-08-11832-9

Primera edición impresa en México en Booket: abril de 2014
ISBN: 978-607-07-2043-7

Impreso en los talleres de Litográfica Ingramex, S.A. de C.V.
Centeno núm. 162-1, colonia Granjas Esmeralda, México, D.F.
Impreso en México – *Printed in Mexico*

A mis padres
... y a las gladiadoras del siglo XXI

Fortuna, imperatrix mundi

O fortuna
Velut luna
statu variabilis,
semper crescis
aut decrescis;
vita detestabilis
nunc obdurat
et tunc curat
ludo mentis aciem
egestatem,
potestatem
dissolvit ut glaciem.

Sors inmanis
et inanis,
rota tu volubilis,
status malus,
vana salus
semper dissolubilis,
obumbrata
et velata
michi quoque niteris;
nunc per ludum
dorsum nudum
fero tui sceleris.

Sors salutis
et virtutis
michi nunc contraria,
est affectus
et deffectus
semper in angaria.
Hac in hora
sine mora
corde pulsum tangite;

quod per sortem
sternit fortem,
mecum omnes plangite!

Fortuna, emperatriz del mundo

Oh, Fortuna,
como la luna
de estado variable
siempre creciendo
o desapareciendo;
horrible vida
que primero oprimes
y luego alivias
según te place;
la pobreza
y el poder,
ambos se disuelven como el hielo.

Destino monstruoso
y vacío,
rueda que gira y gira
eres perversa,
el bienestar es vano
y siempre se disuelve en nada,
ensombrecida
y velada,
me persigues,
ahora, por el juego
de tu maldad
llevo mi espalda desnuda.

La suerte está ahora contra mí
en la salud
y en la virtud,
lo bueno
y lo malo
siempre según tú me impones.
Así que en esta hora,

sin espera alguna,
tocad las cuerdas de mi corazón
pues, por casualidad,
la fortuna hace caer al fuerte.
¡Llorad todos conmigo![1]

Principio de los *Carmina Burana*,
poemas medievales satíricos inmortalizados
por la impactante cantata homónima de
CARL ORFF.

Numquam irasci desinet sapiens, si semel coeperit;
omnia sceleribus ac vitiis plena sunt.

[Jamás el sabio dejará de irritarse una vez que haya comenzado;
todo está lleno de crímenes y vicios.]

SÉNECA, *De ira*, 2, 9, 1

1. Traducción del autor.

AGRADECIMIENTOS

Gracias a mi mujer y a mi hija por acompañarme y animarme durante la redacción de *Los asesinos del emperador*, en los buenos tiempos y en los malos.

Gracias a mis padres por aficionarme a la lectura, germen de cualquier pasión literaria.

Gracias a mi hermano Javier por su atenta lectura y sus comentarios a un primer borrador de esta novela. Y gracias a toda mi familia y a todos mis amigos por estar ahí y apoyarme.

Gracias a Ana d'Atri y Marcela Serras por «persuadirme» y por su enorme implicación en esta aventura literaria. Y gracias a Purificación Plaza porque siempre que sugería alguna modificación tenía razón.

Gracias a Alejandro Valiño (profesor de derecho romano de la Universidad de Valencia), a Jesús Bermúdez (profesor de latín de la Universitat Jaume I), a Rubén Montañés (profesor de griego de la Universitat Jaume I) y Raluca Danciu (filóloga e intérprete) por su paciencia con mis preguntas y por sus consejos sobre derecho romano, latín, griego clásico y la lengua geto-dacia, respectivamente. Cualquier error en estos aspectos o en cualquier otro son sólo achacables al autor de esta novela. Y muchas gracias a la Biblioteca de la Universitat Jaume I por sus excelentes fondos y por su servicio de préstamo interbibliotecario.

Gracias a Ramón Conesa y a Gloria Gutiérrez de la Agencia Literaria Carmen Balcells por sus sabios y siempre bien mesurados consejos.

Gracias a todos los lectores de España y de América Latina porque gracias a sus mensajes de correo electrónico a mi web no me he sentido solo durante los dos años de gestación de *Los asesinos del emperador*. Sus ansias de una nueva novela han supuesto la inyección de energía que necesitaba en las largas tardes de documentación y en esas mañanas de redacción sin descanso.

Y gracias a Marco Ulpio Trajano por sobrevivir al peor de los tiranos, cambiar el mundo y regalar a un relator del pasado como yo una historia tan absolutamente vigente en el presente.

INFORMACIÓN IMPORTANTE PARA EL LECTOR

Los asesinos del emperador transcurre durante un período de treinta y cinco años de la historia de Roma en el que se suceden hasta nueve emperadores diferentes. Al principio de cada libro de la novela aparece una tabla con el nombre del emperador o emperadores que gobiernan Roma en el período de esa sección de la novela destacado sobre los otros, a modo de guía para el lector. Así, por ejemplo, la tabla que sigue indicaría que el libro que encabeza transcurre durante el reinado de Domiciano:

NERO
GALBA
OTHO
VITELLIVS
VESPASIANVS
TITVS
DOMITIANVS
NERVA
TRAIANVS

También es importante que el lector tenga presente que al final del relato se incluyen apéndices con mapas de Roma, del palacio imperial, de diferentes batallas y asedios, glosarios y otros anexos que pueden resultar un complemento relevante durante la lectura.

DRAMATIS PERSONAE

Marco Ulpio Trajano, *Imperator Caesar Augustus*
Pompeya Plotina, esposa de Trajano
Marco Ulpio Trajano, *legatus* y senador, padre de Trajano
Marcia, madre de Trajano
Ulpia Marciana, hermana de Trajano
Matidia mayor, sobrina de Trajano
Vibia Sabina, sobrina nieta de Trajano
Matidia menor, sobrina nieta de Trajano
Rupilia Faustina, sobrina nieta de Trajano
Publio Elio Adriano, sobrino segundo de Trajano

Cneo Pompeyo Longino, amigo personal de Trajano
Marco Cornelio Nigrino, padre, *legatus* y senador
Nigrino, hijo, tribuno
Lucio Quieto, decurión y tribuno
Manio Acilio Glabrión, tribuno, cónsul, amigo personal de Trajano
Sexto Attio Suburano, amigo del padre de Trajano
Lucio Licinio Sura, senador hispano
Marco Coceyo Nerva, *Imperator Caesar Augustus*
Rufo, amigo del padre de Trajano en Itálica
Cneo Julio Agrícola, *legatus*
Sexto Vettuleno Cerealis, *legatus*
Marco Tittio Frugi, *legatus*
Aulo Larcio Lépido, *legatus*
Tetio Juliano, *legatus*

Aulo, pretoriano

Tiberio Claudio Máximo, legionario
Décimo, centurión

Vetus, el bibliotecario del *Porticus Octaviae*
Secundo, librero

Tito Flavio Sabino Vespasiano, *Imperator Caesar Augustus*
Antonia Cenis, concubina de Vespasiano
Tito Flavio Sabino Vespasiano, conocido como Tito, *Imperator Caesar Augustus*
Flavia Julia, hija de Tito
Berenice, concubina de Tito
Tito Flavio Domiciano, *Imperator Caesar Augustus*
Domicia Longina, esposa de Domiciano
Cneo Domicio Corbulón, padre de Domicia Longina, *legatus*
Casia Longina, madre de Domicia Longina
Domicia Córbula, hermana de Domicia Longina
Paris, actor
Lucio Elio Lamia, primer marido de Domicia Longina
Flavio Sabino, hermano de Vespasiano
Flavio Clemente, primo de Tito y de Domiciano
Flavia Domitila III, esposa de Flavio Clemente
Dos niños, hijos de Flavio Clemente y Flavia Domitila III

Nerón Claudio Germánico, *Imperator Caesar Augustus*
Servio Sulpicio Galba, *Imperator Caesar Augustus*
Marco Salvio Otho, *Imperator Caesar Augustus*
Aulo Vitelio Germánico, *Imperator Caesar Augustus*

Partenio, liberto y consejero imperial
Máximo, liberto al servicio de la familia imperial
Estéfano, liberto al servicio de la familia imperial

Cornelio Fusco, jefe del pretorio
Casperio Eliano, jefe del pretorio
Lucio Antonio Saturnino, gobernador de Germania Superior, *legatus*
Lapio Máximo, gobernador de Germania Inferior

Norbano, procurador de Raetia y jefe del pretorio
Petronio Segundo, jefe del pretorio

Simón bar Giora, líder de los sicarios judíos
Eleazar ben Jair, segundo de Simón bar Giora
Gischala, líder de los zelotes judíos

Douras, rey de la Dacia
Decébalo, noble de la Dacia
Diegis, noble de la Dacia
Vezinas, noble de la Dacia
Bacilis, sumo sacerdote de la Dacia
Dochia, hermana de Decébalo

Dos príncipes de los catos, jefes tribales de Germania

Marcio, gladiador, *mirmillo*
Atilio, gladiador, *provocator*
Cayo, *lanista*
Spurius, un veterano *sagittarius*
Un gladiador tracio de Pérgamo
Un samnita
Un *provocator*
Un *sagittarius* joven
Un joven tracio

Alana, guerrera sármata, *gladiatrix*
Tamura, guerrera sármata, hermana de Alana
Dadagos, guerrero sármata

Cachorro, un perro de raza *molussus*

Nonio, uno de los *andabatae*
Carpophorus, *bestiarius*

Rabirius, arquitecto
Apolodoro de Damasco, arquitecto

Póstumo, *curator* de las cloacas de Roma

Estacio, poeta
Claudia, esposa de Estacio
Numerius, esclavo de Estacio

Plinio el Viejo, senador
Plinio el Joven, senador
Celso, senador
Palma, senador
Verginio Rufo, senador

Juan, discípulo de Cristo
Basílides, sacerdote del santuario del Monte Carmelo

PROOEMIUM

Hic sapientia est. Qui habet intellectum, computet humerum bestiae. Numerum enim hominis est: et numerus eius sexcenti sexaginta sex.

[Aquí está la sabiduría. El que tenga inteligencia que calcule el número de la bestia, porque es número de hombre. Su número es seiscientos sesenta y seis.] [2]

SAN JUAN. Apocalipsis, 13-18.

Son muchas las palabras vertidas para identificar a quién hacía referencia san Juan con el número 666. Muchos aceptan que el apóstol se refería con gran probabilidad a alguno de los emperadores de Roma, seguramente a Nerón, quien inició las terribles persecuciones contra los primeros cristianos. Sin embargo, hay otros que apuntan que, teniendo en cuenta cuándo se escribió el Apocalipsis, san Juan debía de estar identificando a la bestia de su gran profecía con Tito Flavio Domiciano, un emperador menos conocido que Nerón, pero si cabe tan o más terrible y oscuro, no sólo para los cristianos sino para los propios romanos, hasta el punto de pesar sobre él una de las más solemnes *damnatio memoriae* emitidas por el Senado de Roma. Pero para comprender el sentido del reinado de Domiciano es necesario narrar el conjunto de acontecimientos que dieron lugar al nacimiento y derrumbe de la dinastía Flavia, la saga de emperadores que sucedió a la dinastía Julio-Claudia.

La historia de la dinastía Flavia no es sólo impresionante por

2. Las traducciones de los diferentes fragmentos del Apocalipsis son del autor a partir de la versión bilingüe de la Santa Biblia en su edición de 1854. Ver bibliografía.

sí misma, sino por un suceso aún más singular: porque bajo el gobierno de los emperadores Flavios una pequeña familia de la provincia hispana de Baetica fue creciendo en fama y poder dentro del magno Imperio romano. Se trata de la rama de la familia Ulpia, originarios de Itálica, pero que han pasado a la Historia más conocidos por su *cognomen: Traianus*. De todos ellos, el más famoso e importante, sin duda alguna, fue Marco Ulpio Trajano, sobresaliente por muchas razones, algunas conocidas y otras no tanto: Trajano fue el primer emperador no originario ni de Roma ni de Italia, el primer emperador procedente de una provincia del Imperio, algo completamente inaudito. Este relato intenta dar respuesta a una de las grandes preguntas de la Historia: ¿por qué Roma eligió a un emperador no nacido en Roma? ¿Qué ocurrió para que eso pasàra y, más aún, para que ese hecho fuera aceptado por el propio Senado de Roma?

Trajano, más allá de su origen, es conocido sobre todo por conducir al Imperio a sus máximas cotas de poder tras impresionantes hazañas militares de conquista y romanización. Lo que no se suele conocer tanto es la que puede que sea su heroicidad más valiosa, su acto más excelso en medio de la tempestuosa Roma de finales del siglo I de nuestra era: la capacidad de Trajano para sobrevivir al reinado de Tito Flavio Domiciano, un emperador dispuesto siempre a condenar a muerte a cualquiera que destacara en el ejército o en la política. Resulta en gran medida paradójico, pero una de las más brillantes hazañas de Marco Ulpio Trajano fue precisamente aprender a pasar desapercibido en un mundo donde había que evitar a toda costa que la mirada del emperador se detuviera sobre tu persona. Ésta es la historia del advenimiento y apocalipsis de una dinastía de emperadores romanos que se autodestruyó, la de un *legatus* en la sombra que vigilaba las fronteras de un imperio que se deshacía en pedazos y el principio de un sueño que sólo un hombre, Trajano, alcanzaba a vislumbrar en un horizonte que se había teñido de desesperación. Modificar el curso de la Historia es prácticamente imposible. Sólo unos pocos se atreven a intentarlo y sólo uno entre millones, siempre de forma inesperada para todos, es capaz de conseguirlo. Bienvenidos al mundo de Marco Ulpio Trajano.

Libro I

UN PLAN PERFECTO

NERO
GALBA
OTHO
VITELLIVS
VESPASIANVS
TITVS
DOMITIANVS
NERVA
TRAIANVS

Año 96 d. C.

(850 *ab urbe condita*, desde la fundación de Roma)

Inimicum ulcisci vitam accipere est alteram.

[Vengarse del enemigo es recibir una segunda vida.]

PUBLILIUS SYRUS

1

EL GUARDIÁN DEL RIN

Moguntiacum,[3] Germania Superior
18 de julio de 96 d. C., *quarta vigilia*
Dos meses antes del día marcado para el asesinato
del emperador Domiciano

—No se puede matar al emperador de Roma —les respondió
Trajano, pero los senadores apretaban los dientes y callaban.
Marco Ulpio Trajano, gobernador de Germania, leyó el miedo en el rostro de aquellos senadores y comprendió que la
decisión ya estaba tomada. Nada ni nadie podría detenerlos.
Caminaban hacia su destrucción, pues la guardia pretoriana
era invencible, y Roma entera navegaba a la deriva hacia una
guerra civil inexorable, y él estaba en medio y no podía hacer
nada. No podía hacer nada.

Trajano los miró fijamente. Sabía que nada de lo que dijera podía importarles más allá de la pregunta que le habían
formulado, pero tenía que intentarlo. Al menos debía intentar frenar aquella locura, aunque fuera imposible, pues era
evidente que aquellos patricios sólo querían saber de qué lado
estaba. Si la conjura fallaba, los senadores eran hombres muertos. Estaban apostando sus vidas, por eso para ellos una guerra
civil era sólo un mal menor. No sabían, no entendían, no llevaban años en la frontera como él. Les faltaba perspectiva. Y es
que si había algo que Roma no podía permitirse era una nueva guerra civil entre sus legiones. Caminaban sobre el filo de
una navaja y ellos, ciegos a los ataques de los germanos, los
dacios o los partos, sólo querían saber de qué lado estaba él: si

---

3. Maguncia, en alemán Mainz, capital actual del estado de Renania-
Palatinado.

a favor o contra Domiciano. Se olvidaban de todo lo demás, como si no existiera. Pero existía. El mundo se convulsionaba en las fronteras del Imperio, pero ellos estaban aturdidos por el horror que emergía desde el mismísimo palacio del emperador. Entre los unos y los otros, sólo Trajano parecía tener tomada una medida razonable sobre lo que se estaba decidiendo. En el exterior del edificio del *praetorium* la lluvia de Germania arreciaba con fuerza inclemente. Trajano se sintió solo, infinitamente solo. Al fin, el *legatus* al mando de las legiones del Rin se levantó y encaró aquellos rostros con la firmeza de quien sabe que lo más importante siempre está por encima de las consideraciones personales.

—Mi familia siempre ha sido leal al emperador. Mi familia siempre ha sido leal a la dinastía Flavia. —Un breve silencio y pronunció sus últimas palabras confundiéndose sus sílabas con el estruendo de un gran trueno—. Seré leal a Domiciano.

Lucio Licinio Sura se adelantó entonces a los otros dos senadores dispuesto a tomar la palabra. Su mente activada al máximo buscaba una forma de persuadir a aquel *legatus*. Trajano era un general poderoso, y si se alineaba con el emperador o con los que quisieran vengar su muerte, suponiendo que el plan de asesinarlo saliera bien al fin, eso conduciría a la guerra. Sura tenía la intuición de que Trajano temía precisamente eso, la guerra civil, y estaba convencido de que su negativa a cooperar era más por ese temor —la contienda conllevaría el debilitamiento de las fronteras, quizá el desmoronamiento del Imperio— que por apego real a Domiciano. Pero Trajano, que llevaba años en las fronteras, desconocía la magnitud del horror de los últimos años del gobierno de Domiciano. Lucio Licinio Sura habló con voz contenida pero con el ansia que produce la necesidad.

—Todo el mundo sabe que los Trajano han sido, son y serán leales servidores del emperador de Roma. La cuestión es saber cómo reaccionará el gran *legatus* Trajano si..., por todos los dioses, si algo le pasara al emperador de Roma... si éste muriera. En ese caso... ¿qué haría Trajano?

Se podía decir con más palabras, pero no con más claridad. Ante cualquier otro, Trajano se habría levantado indignado de su *sella* y habría abandonado el edificio del *praetorium* de Moguntiacum, capital de Germania Superior, pero ante Lucio Licinio Sura no. Licinio Sura era hispano como él, uno de los senadores más influyentes de Roma, esto es, entre los senadores no romanos, es decir, influyente hasta cierto punto, pues podía aspirar como poseedor de la ciudadanía romana a casi todo, incluso a cónsul, como ya había sido hacía unos años, pero nunca a emperador. Licinio, en consecuencia, por su nacimiento hispano, como Trajano, compartía esa limitación con el propio general interrogado: podían serlo todo menos emperador. Así, en la pregunta de Licinio no había una ambición personal, sino un deseo sincero por saber si Trajano estaba dispuesto, o no, a alinearse con aquellos senadores que pudieran decidirse a vengar la muerte del emperador, si conseguían esquivar a la guardia imperial, o con los prefectos del pretorio, aún si cabe más peligrosos y ávidos de sangre.

Trajano tragó saliva en silencio. Sabía que habían enviado a Lucio Licinio porque era hispano como él, porque pensaban que entre hispanos se entenderían. Trajano respetaba a Licinio. En eso habían estado acertados en el Senado, pero de ahí a sumarse a una conjura para asesinar al emperador Domiciano, por muy loco que éste pudiera estar, había un gran camino que recorrer, un camino muy peligroso en el que Trajano no estaba dispuesto a adentrarse. Él, como Licinio, compartía la preocupación por la debilidad de las fronteras de Germania, del Danubio y de Oriente y, como Licinio, sabía que si él, Trajano, o Nigrino en Oriente o algún otro *legatus* en cualquier esquina del Imperio, iniciaba una rebelión tras un posible asesinato del emperador Domiciano, las legiones tendrían que abandonar las fronteras para una guerra civil sin cuartel y que entonces tanto los catos en Germania como muy en particular el rey Decébalo de la Dacia[4] se lanzarían sobre las posesiones de Roma en la Galia, Dalmacia y Moesia, para empezar. Decébalo era especialmente mortífero y podría apropiarse de una vasta extensión del Imperio romano y afianzarse; luego, si alguna vez concluía la guerra civil entre las le-

4. Aproximadamente la actual Rumanía.

giones de Roma, sería ya imbatible y no se podría recuperar el terreno perdido. Trajano ponderaba todo esto cuando uno de los médicos que cuidaban a su padre entró en el edificio escoltado por el tribuno Longino. Fue este último, un tribuno con un brazo tullido que los senadores imaginaron herido en alguna acción de guerra, el que se atrevió a hablar interrumpiendo aquella tensa reunión al poner palabras al silencio frío del médico.

—Tu padre está peor —dijo Longino.

Marco Ulpio Trajano se levantó de su asiento y, sin decir nada, salió del *praetorium* sin mirar a nadie, escoltado por un atribulado médico y por el propio Longino.

Los tres senadores se quedaron a solas en el *praetorium*. En el exterior la lluvia se estrellaba contra el suelo del norte del Imperio. Germania era para todos ellos, provenientes de Tarraco y del sur de la Galia, un lugar frío y desolado. Licinio Sura era un hombre paciente y pragmático. Aún no habían recibido una respuesta a la pregunta que habían realizado.

—Esperaremos —dijo Lucio Licinio Sura—. Esperaremos a que regrese.

2

EL ASCO

Domus Flavia, Roma
18 de julio de 96 d. C., *hora prima*

Domicia Longina se despertó por la caricia áspera del emperador. Como durante los últimos días, fingió no sentir la mano fría del dueño del mundo y esperó que la diosa Fortuna se aliara con ella y que el emperador desistiera en despertarla. Así fue. En cuanto Domicia percibió que las pisadas cada vez más débiles del emperador se alejaban en dirección al gran pasadizo que daba acceso a las grandes estancias públicas de la *Domus Flavia*, la emperatriz de Roma abrió los ojos. Domicia Longina permaneció así, echada de costado, inmóvil, respirando con miedo a que el emperador hubiera olvidado algo y regresara al lecho de su cámara privada. Después de todo lo que había ocurrido aún le sorprendía que, ocasionalmente, el emperador quisiera pasar una noche con ella. Pero lo tenía claro: era una forma más de decirle que la poseía por completo, ya fuera para yacer con ella, como aquella noche o, como era más frecuente en los últimos tiempos, para despreciarla.

Con los oídos atentos, recostada de espaldas a la puerta del dormitorio, repasaba su existencia y, como tantos otros días, le sobrevino una arcada que la hizo contorsionarse de forma abrupta. Pero el vómito se quedó a las puertas de la garganta y sólo sintió el hedor de los efluvios rabiosos de tanta ira contenida, a veces oculta, sin emerger, otras veces patente en su rostro, en sus palabras, en sus acciones, pero siempre controlada. Era la hija de Cneo Domicio Corbulón, uno de los mayores generales de la Roma reciente, el conquistador de Armenia, el que doblegó la fortaleza de Artaxata, que según contaban había construido el propio Aníbal en tiempos ya tan remotos que parecían pertenecer a otro mundo. Sí, su padre destronó a reyes en Oriente y entronizó a otros en Partia, tras batallas épicas durante el reinado de Nerón. Esas heroicidades le costaron a su padre la envidia y el rencor del último emperador de la dinastía Julio-Claudia: Nerón llamó a Corbulón en cuanto recuperó la paz en Oriente tras controlar Armenia y obligar a los partos a aceptar una paz que los humillaba política y militarmente. Sí, aquellas hazañas hicieron que el emperador Nerón llamara a su padre a Roma, pero éste no llegó nunca más allá de Grecia. En cuanto desembarcó en Corinto, los pretorianos lo recibieron con un mensaje terrible: atemorizado como estaba Nerón de la popularidad creciente de Corbulón, le ordenaba suicidarse allí mismo; si lo hacía su familia sería perdonada y respetada, y así se salvaría ella, la propia Domicia; si se negaba, sería ejecutado y después sería ejecutada toda su familia. Domicia Longina cerró los ojos.

Cuando tenía quince años un mensajero entró en su antigua *domus* y notificó con la frialdad habitual de los informes imperiales que su padre había muerto. Tardarían meses en saber qué era lo que había ocurrido exactamente, y para cuando lo supieron el propio Nerón había muerto y todo el Imperio estaba sumido en la más fratricida de las guerras civiles, que supondría el final del gobierno de la dinastía Julio-Claudia. Pero todo eso era el pasado. Un pasado que Domicia, cuando lo vivió, pensó que no podía ser más terrible, pero ahora, a sus cuarenta y seis años, tras quince como emperatriz, casada con el más cruel de los gobernantes, con su hijo muerto, con su amor auténtico perdido, arrancado, desgarrado, con el recuerdo de todos los incestos, traiciones, asesinatos y crímenes fraguados entre las paredes de aquella gigantesca *Domus Flavia*, palacio imperial para el pueblo, una gran prisión para ella, ahora comprendía que la injusta muerte de su padre sólo era el principio de una larga noche de terror que debía acompañarla durante toda su existencia. Las arcadas volvieron y esta vez sí llegaron a su destino final: el vómito, como tantas otras mañanas, cayó sobre el mármol del suelo de su cámara. Una esclava bien entrenada reconoció el sonido del sufrimiento de su ama y apareció enseguida bien pertrechada, por la fuerza de la costumbre, y con una bacinilla de agua clara y varios paños limpios ayudó a asearse a la emperatriz de Roma. En cuanto ésta se encontró algo mejor, la mujer se arrodilló a sus pies para limpiar con rapidez las babas y la bilis, echando perfume de un pequeño frasco que llevaba en la bacinilla para intentar mitigar el mal olor.

—No va a volver, mi ama —dijo sin tan siquiera alzar el rostro. La emperatriz asintió sin decir nada. Eran años de servidumbre los de aquella madura esclava; años de lealtad. Domicia agradeció las explicaciones de la esclava que se compadecía de la emperatriz de Roma—. Le he visto alejarse en dirección al *Aula Regia*.

—Muy bien, muy bien, por todos los dioses —dijo Domicia aún turbada; no podía aceptar la humillación adicional de recibir la compasión de una esclava—. Es suficiente. Deja esto y trae los aderezos para el pelo. Si he de salir en público que el pueblo me vea elegante. El pueblo es lo único que me queda.

Y así era. El pueblo de Roma adoraba a su emperatriz, de una forma tal que incluso cuando ésta cayó en desgracia ante los ojos de Domiciano, como tantas otras personas, el emperador que se atrevía a sojuzgar a cualquier *legatus*, o a senadores o cónsules, se vio obligado a controlarse para no enemistarse con parte del pueblo. Sí, Domicia se sabía intocable, intocable durante mucho tiempo, pero ¿hasta cuándo? La locura del emperador crecía y ya no tenía límites. Pronto sería su turno. Lo esperaba con la paciencia del cordero que va a ser degollado en una ofrenda a los dioses, y durante los últimos meses había decidido esperar su sacrificio sin hacer nada más que vestirse de forma impecable y ser paseada, exhibida ante un pueblo al que sólo le importaba que hubiera trigo, juegos con gladiadores y mucha sangre, cuanta más mejor, en el gigantesco anfiteatro Flavio, y que los *legati* se ocuparan tan sólo de vigilar las fronteras para que su mundo de sangre y placeres no se trastocara un ápice. Al pueblo, por un lado, no le importaba si el emperador masacraba a todos los senadores de Roma y, por otro, era incapaz de ver la debilidad en la que estaban quedando las fronteras del Rin y del Danubio. Sólo tenían ojos, y oídos y manos y voz para ver, escuchar, saludar y aclamar a los gladiadores del anfiteatro. El resto del mundo no les preocupaba, ni lo que pasara en las fronteras de Roma ni lo que ocurriera dentro de las paredes de la *Domus Flavia*. Pero un día, Domicia detectó de nuevo esa mirada de lascivia irrefrenable en las pupilas aburridas de muerte del emperador de Roma. La nueva víctima seleccionada iba a ser Flavia Domitila III quien, con sus hermosos veinticinco años, se mostraba demasiado irresistible ante un emperador para quien el parentesco nunca había sido una barrera para sus anhelos más instintivos. Ni el hecho de que estuviera casada y tuviera hijos. Todas esas cosas tenían solución en la tortuosa mente del emperador. Ese día Domicia Longina decidió que tenía no ya sólo el derecho sino la obligación de hacer algo más que permanecer quieta y asistir de nuevo a otro trágico episodio de desgarro moral y personal de una joven de la familia imperial. No podía permitir que la historia de Flavia Julia se repitiera de nuevo. Domicia Longina, emperatriz de Roma, inspiró con profundidad y, cuando la esclava retornó con otras dos jóvenes siervas, dos *ornatrices*, para limpiar su faz con albayalde blanco para rejuvenecer sus facciones ajadas por los años y los sufrimientos, aderezarle el pelo y limpiarle brazos y piernas, se mostró contundente, decidida.

—Ve a Partenio y dile que quiero verle. Que venga de inmediato.

—Sí, mi ama —respondió la esclava más madura, y salió de la cámara de la emperatriz con rapidez y sigilo mientras Domicia Longina era asistida por otras dos jóvenes esclavas que la ayudaban con la *stola*.

3

LA VOZ DE LA EXPERIENCIA

Moguntiacum, Germania Superior
18 del julio de 96 d. C., *hora prima*

Trajano se sentó junto a su padre. La respiración del enfermo era muy débil y se inclinó sobre el rostro para sentir el aliento. Era apenas perceptible, pero seguía allí, con él. Ahora estaba dormido. El médico había sido ambiguo: podía recuperarse del todo o no mejorar y fallecer en pocos días. Eran infinitas batallas, varios asedios y unas cuantas heridas de guerra las que arrastraba su padre. Y una denodada lucha en el Senado por hacer valer el derecho de los senadores hispanos. Los dioses decidirían. Trajano volvió a incorporarse. Se quedó en silencio sentado junto al enfermo. Había sido un buen padre, un gran padre y un gran *legatus* de Roma. Recordó los días del asedio de Jerusalén; qué tremenda batalla y qué capacidad de mando la de su padre. Lo sabía sólo de forma indirecta —él era entonces sólo un muchacho—, pero las cartas de su propio padre primero y luego los elogios de los emperadores Vespasiano y Tito en privado y en público le hicieron ver que su padre no era uno más de Roma, sino un gran líder político y militar. Nunca estaría a su altura, pero le gustaba pensar que había heredado esas dotes de mando, aunque en momentos como aquél, de tan intensa tristeza a la par que preocupación, le costaba convencerse de que era así, de que él era siquiera la mitad de válido que su padre ante los ojos de los legionarios o ante las siempre agudas mentes de los senadores de Roma.

—¿Eres tú, hijo? —la tenue voz de su padre le sorprendió.

—Sí. Aquí estoy.

Su padre, como tantas otras veces, se mostró algo hosco,

siempre poniendo énfasis en lo que debía hacerse en lugar de en lo que se estaba haciendo.

—Deberías volver con esos senadores.

—Longino está con ellos, padre —respondió Trajano con paciencia.

—Longino es un buen hombre, Marco. No te desprendas nunca de él. Después de lo de Manio es lo mejor que tienes.

De inmediato, nada más decirlo, el padre enfermo apretó los labios; su hijo se dio cuenta del gesto y supo que lamentaba haber pronunciado el nombre de Manio. Se sintió obligado a decir algo para tranquilizarle, pues ya tenía bastante con esforzarse en respirar.

—Nunca me separaré de Longino, no en espíritu al menos. Incluso si el emperador nos obliga a combatir en regiones apartadas o si debo dejarlo al mando de una fortificación y marchar a combatir a la otra punta del Imperio, siempre mantendré contacto con él, padre.

—Harás bien. Longino, pese a ese brazo tullido, vale más que mil legionarios, más que una legión entera. Sólo tú lo sabes. Sólo tú. Que no te importe lo que piensen los demás.

—Lo sé padre, lo sé.

Sólo habían hablado una vez con sinceridad del brazo medio inútil de Longino, ese que le obligaba casi a atarse el escudo cuando combatía, por su incapacidad de sostenerlo con una mano derecha que no le respondía bien. Muchos infravaloraban a Longino y pocos entendían la confianza que Marco Ulpio Trajano depositaba en el valeroso pero tullido militar. Trajano hacía caso omiso a esas miradas de duda o desprecio. Sabía, tal y como decía su padre, que cuando tuviera un problema, un problema de verdad, allí estaría Longino. Lo demás era insignificante en comparación con ese tipo de lealtad.

—¿Qué quiere el Senado de ti? —preguntó el enfermo con dificultad.

Trajano se lo pensó, pero no era momento para mentiras o medias verdades y menos con su padre.

—Hay una conjura para asesinar al emperador. Quieren saber cómo reaccionaré ante la muerte de Domiciano. —Y levantó las cejas para añadir una breve apostilla—: Si es que lo consiguen.

Su padre se incorporó en el lecho y le cogió con fuerza del brazo.

—¡Nunca te rebeles contra el emperador, hijo, nunca! ¡Y menos contra Domiciano! —exclamó agotando sus energías y derrumbándose sobre el lecho de golpe, pero sin dejar de repetir sus exclamaciones—. ¡Nunca, hijo! ¡Por Júpiter! ¡Nunca!

—No lo haré, padre —respondió Trajano hijo ayudando al enfermo a recostarse de nuevo con orden en la cama—, no me rebelaré contra el emperador aunque...

—No valen excusas, hijo. Sé que el emperador está loco, todos lo sabemos, pero sólo somos *legati* de Roma, senadores hispanos, no valemos más que para guardianes de la frontera, no somos nada más. Te temen porque el ejército te respeta, nos respeta, pero nunca te aceptarán en Roma como nada más que eso, un guardián de la frontera. Hubo un tiempo en que pensé que podría cambiar eso... hubo un tiempo... pero no es posible... no es posible..., no se puede cambiar Roma... no tanto. Si buscas algo más sólo crearás una guerra civil y perderás, hijo, perderás. No te rebeles contra el emperador, no importa el pasado, no importa Manio, ¿entiendes?, no importan las guerras que se combatieron mal, no importan las persecuciones: nunca te rebeles contra Domiciano o Domiciano nos asesinará —aquí se corrigió—, os asesinará a todos. No lo hagas, por la familia, hijo, no lo hagas nunca.

—Puedes estar tranquilo, padre. No me rebelaré contra el emperador.

Su padre cerró entonces los ojos. Parecía que la enfermedad podía con él y volvió a dormirse.

Marco Ulpio Trajano se levantó despacio. Licinio Sura estaría en el *praetorium* esperando una respuesta. Era persistente; no se iría de Germania sin una contestación clara por su parte. Trajano no quería traicionar el ruego de su padre moribundo, pero, a un tiempo, detestaba a un emperador que había perdido la razón hacía tiempo y que los conducía a todos, a todo el Imperio, a la destrucción total. Era difícil cumplir la palabra dada a su padre, y sin embargo no podía hacer otra cosa. Acababa de prometérselo.

4

UN CONSEJERO IMPERIAL

Domus Flavia, Roma
18 de julio de 96 d. C., *hora secunda*

Partenio, consejero del emperador, se encontraba en la basílica de la *Domus Flavia*, donde se estaban congregando numerosos ciudadanos en busca de la ayuda imperial para dirimir en diferentes controversias civiles y penales. A Partenio no dejaba de sorprenderle cómo el pueblo seguía confiando en aquel emperador que había perdido, hacía ya varios años, la razón. «Deben de ser los *ludi circenses*», se decía a sí mismo una y otra vez. Sólo la pasión de los romanos por las luchas de gladiadores y por otros entretenimientos que el emperador ofrecía gratuitamente y con frecuencia en la arena del circo y del anfiteatro Flavio podían explicar la popularidad de Domiciano entre gran parte de la plebe de Roma; una plebe que vivía como algo distante el enfrentamiento mortal entre el propio emperador y un Senado diezmado, donde los senadores consulares eran eliminados uno tras otro ante la aparente indiferencia del pueblo. Y tampoco parecían los romanos muy preocupados porque varios de los grandes *legati* del Imperio hubieran sido apartados del mando o ejecutados para evitar que su popularidad eclipsara a la del emperador. Las fronteras de Roma podían ceder en cualquier momento al empuje de las huestes bárbaras de Germania o de la Dacia, pero los ciudadanos de Roma sólo veían que había *annona*, trigo abundante para todos, y *ludi*, *ludi* de todo tipo en todo momento.

Partenio había servido fielmente como consejero imperial a todos los emperadores de la dinastía Flavia: a Vespasiano, el gran conquistador de Judea, a Tito, su hijo mayor y, por fin, a Domiciano, al terrible Domiciano. Caminaba cabizbajo en la pequeña estancia cuadrada que unía la basílica con el *Aula Regia* y aguardaba la llegada del emperador para recibir instrucciones. Temía que, como tantos otros días, Domiciano le pasara un nuevo listado de senadores y oficiales de las legiones a los que investigar. Los delatores parecían no tomarse descanso nunca. Esas listas eran el paso previo a las ejecuciones. Domiciano estaba convencido de que todos querían matarle, y para Partenio eso, quizá, era lo único que al final terminaría siendo cierto. Al consejero, no obstante, le maravillaba la capacidad de aguante del género humano. Había visto a Domiciano humillar a senadores, *legati*, gobernadores y miembros de la familia imperial hasta extremos inimaginables y la mayoría, por miedo, lo resistían todo, o casi todo. Los que se rebelaban eran apartados primero y luego morían en extrañas circunstancias o en oscuros exilios forzados. Y la historia se repetía una y otra vez.

De pronto, la silueta delgada de una esclava de la emperatriz llamó la atención del viejo consejero. Ésta no se atrevía a cruzar la guardia de pretorianos que custodiaban la entrada al *Aula Regia*, pero Partenio supo leer en su mirada y se acercó a ella. Ante Partenio, los guardias pretorianos se apartaron dejando un estrecho pasillo; era de los pocos ante los que se hacían a un lado.

—La emperatriz... —empezó a decir la esclava, pero Partenio la interrumpió, la cogió por el brazo con fuerza y la separó de los guardias pretorianos, conduciéndola al peristilo del jardín interior. La mujer comprendió el gesto y calló por completo hasta que el consejero se dirigió a ella una vez que estaban convenientemente alejados de todos los pretorianos.

—¿Qué quiere la emperatriz? —inquirió Partenio con sequedad.

—Desea ver al consejero del emperador... lo antes posible. —Como esclava le resultaba imposible decir las mismas palabras que había usado la propia emperatriz para requerir la urgente presencia de Partenio, pero éste supo entender el mensaje.

—Regresa junto a tu ama y dile que voy enseguida.

La esclava se desvaneció entre el mar del columnas del

peristilo. Partenio miró a un lado y a otro. Se acercaban más guardias pretorianos que emergían del segundo jardín porticado, el que se encontraba justo en el centro de la *Domus Flavia*; se trataba de los guardias que precedían al emperador. Domiciano era un hombre de costumbres y siempre entraba al peristilo del *Aula Regia* desde el central. Eran muchas las rutas, sin embargo, que se podían seguir por el interior de la *Domus Flavia* para ir de un sitio a otro, pero la rutina del emperador, su obstinación por seguir siempre los mismos caminos, sería de gran utilidad para el día marcado, para el día en que todo debía llegar a su fin.

Partenio se hizo a un lado. Los guardias imperiales pasaron sin mirarle; nunca miraban a nadie. Justo en medio de todos ellos, el consejero vio la figura algo encorvada ya del maduro emperador de Roma, con su corona de laureles dorados, que ayudaba a que no cayera la peluca que usaba para ocultar su casi completa calvicie. Partenio se inclinó y, aunque la mirada del emperador no se dirigió a él, sabía que, de un modo u otro, Domiciano estaba atento a si su consejero le saludaba como convenía.

Aquella mañana había una audiencia con una delegación de ciudadanos de Moesia que, una vez más, se quejaban de que los dacios cruzaban el Danubio y atacaban sus granjas contraviniendo los tratados de paz firmados con Roma. Esto, sin duda, alteraría y malhumoraría al emperador de forma notable; era un día para mantenerse alejado del César todo el tiempo posible. Partenio, mientras desfilaba el resto de la guardia pretoriana que custodiaba al emperador por palacio —más de sesenta hombres armados hasta los dientes—, entretenía su mente meditando sobre el interés que tenía la emperatriz en hablar con él. Partenio estaba seguro de que, por fin, Domicia había llegado al límite. La había visto mirando con terror a Domiciano durante la última tarde en el anfiteatro Flavio, cuando el emperador posaba sus ojos en la hermosa Flavia Domitila III. El consejero asintió para sí y sonrió en su interior sin mover un ápice las comisuras de sus labios. Si disponían de la ayuda de la emperatriz todo era posible. Todo. En la *Domus Flavia* había pasadizos que sólo conocían tres personas: el emperador, la emperatriz y él. Con Domicia a su lado se podría solucionar la mayor y más insuperable de las dificultades: burlar la guardia pretoriana o, al menos, a parte de ella. Al alzar la mirada desde el suelo, donde la había mantenido mientras pasaban todos los pretorianos, Partenio vio que, como de costumbre, uno de los dos prefectos del pretorio cerraba la guardia del emperador. Esta vez era Tito Flavio Norbano, el fanático Norbano. Seguiría a Domiciano hasta la muerte: era imposible influir en él. Luego estaba Tito Petronio Segundo, que se encontraría de descanso ese día. Éste era de otro tipo, de otra madera; no siempre fue pretoriano, sino que había combatido en Siria bajo el mando directo de Vespasiano. Partenio sabía que Petronio se encontraba incómodo sirviendo a un emperador cada vez más imprevisible y cada vez más violento y cruel con todos, pero, pese a todo, Petronio era leal a los Flavios, siempre lo había sido. El consejero, no obstante, estaba convencido de que incluso si se disponía de la ayuda de la emperatriz necesitaban también de la colaboración, aunque sólo fuera pasiva, de uno de los dos prefectos del pretorio, o nada sería posible. Había demasiados pretorianos en palacio o fuera de él, desplazados allí donde fuera el emperador. Domiciano sabía que Calígula había sido asesinado en los pasadizos del palacio imperial y había tomado todas las medidas necesarias para que eso no le ocurriera a él. Entre otras cosas, no sólo la gran *Domus Flavia* estaba atestada de pretorianos, sino que cuando acudía, por ejemplo, a las luchas de gladiadores, era siempre Norbano el que lideraba la guardia, mientras que Petronio quedaba en la reserva al mando de las tropas del propio palacio o acantonado en los *castra praetoria* de la ciudad.

Partenio empezó a caminar en dirección a la cámara de la emperatriz. Su mente bullía. Presentía que no les quedaba ya mucho tiempo; el emperador hacía tiempo que sospechaba de él. Y quedaba el problema de Trajano y Nigrino. Licinio Sura tenía una tarea difícil. Cuanto más se acercaba el día señalado, más imposible le parecía todo.

5

LA RESPUESTA DE TRAJANO

Moguntiacum, Germania Superior
18 de julio de 96 d. C., *hora tertia*

Trajano regresó a la tienda del *praetorium* empapado por la lluvia. Como imaginaba, los senadores no se habían movido y allí estaban esperándole, aguardando su respuesta. Fue Licinio el que, una vez más, se atrevió a interpelar al *legatus* de las legiones del Rin.

—Sentimos mucho la enfermedad de tu padre —empezó con tono conciliador, sin expresar la más mínima queja por la larga espera.

—¿Os han traído algo de comer y de beber? —preguntó Trajano. Era su forma de agradecer el comentario de Licinio.

—Longino se ha ocupado de nosotros y hemos dispuesto de todo lo que necesitábamos. Somos gente frugal, una costumbre algo perdida ya en la Roma de nuestros días —apostilló Licinio Sura.

El *legatus* captó la sutileza del final de la intervención del senador hispano y guardó unos instantes de silencio.

—Supongo que seguís esperando una respuesta —dijo Trajano al fin.

Licinio asintió.

Trajano inspiró profundamente. Se debía a la promesa hecha a su padre, se debía a la lealtad eterna de los Trajano a la dinastía Flavia y, sin embargo, el nombre de Manio atronaba en su mente como un *lemur* que se arrastrara por las entrañas de las empalizadas que rodeaban el campamento en aquella distante y lluviosa Germania. Manio y tantas otras cosas.

—Mi familia siempre será leal al emperador, hasta el fin, hasta el último día de su principado. Nunca me rebelaré contra Domiciano ni contra ningún descendiente de la dinastía Flavia —dijo Trajano con rotundidad y sintió algo de paz en su interior por satisfacer el deseo de su padre—. Ésta es mi respuesta, senadores.

Se levantó y pasó entre ellos, dispuesto a retornar junto al lecho de su padre enfermo, cuando Licinio Sura insistió una vez más.

—Pero ¿y si el emperador muere? Todos morimos alguna vez. ¿Qué hará Trajano si el emperador muere de forma violenta o por enfermedad? Entonces, ¿qué hará el gran guardián del Rin?

Trajano se detuvo. La insistencia de Licinio resultaba ya impertinente. Longino vio cómo los labios y la barbilla de su amigo temblaban y temió lo peor. Vigiló con el rabillo del ojo la empuñadura del *gladio* del *legatus*, al tiempo que no se desentendía de las manos desnudas de los senadores, que quería tener siempre a la vista. Los habían registrado pero nunca se sabía. Trajano se giró ciento ochenta grados y encaró a Licinio Sura. Estaba a punto de ensartarle con la espada, pero desde lo más profundo de su ser el nombre de Manio emergía una y otra vez, una y otra vez, aturdiéndole, impidiéndole desenfundar.

—No-me-rebelaré-nunca-contra-el-emperador —dijo Trajano pronunciando la frase palabra a palabra. No obstante, cuando todos pensaban que ésa era la respuesta definitiva, el *legatus*, o más bien su rencor incontenible, añadió—: Pero si el emperador muere —y se acercó a Licinio hasta que su aliento del guardián del Rin resultó inevitable para el senador—, si el emperador muere, Licinio Sura, entonces Marco Ulpio Trajano acatará lo que el Senado decida. ¿Es eso, por Júpiter, lo que querías oír? ¿Es eso a por lo que has venido hasta aquí, hasta la frontera del Rin?

Licinio no retrocedió un ápice.

—Eso es lo que necesita Roma. El Imperio no puede permitirse una nueva guerra civil.

El *legatus* no pudo evitar una mirada de desprecio mientras se separaba de Sura.

—Yo sé eso mejor que nadie, senador.

Trajano ya no dijo nada más, dio media vuelta y abandonó

el edificio del *praetorium* seguido de Longino y varios legionarios.

Licinio Sura exhaló aire con profundidad. Al igual que los otros dos senadores, sin saberlo, había dejado de respirar durante unos instantes.

—Eso es suficiente —dijo Sura. Y añadió con decisión—: Ahora partiremos hacia Oriente.

En el exterior, Longino y los legionarios de la guardia del *legatus* seguían con paso rápido a Trajano. Todos caminaban algo encorvados para protegerse de la fuerte lluvia que arreciaba en medio de aquel estío inclemente en Germania Superior; el peor de cuantos habían pasado en el norte. Longino levantó la mirada y observó que, como de costumbre, el único que caminaba recio, completamente erguido, sin importarle las adversidades del tiempo o de la vida, era Trajano. Nada parecía poder nunca con él. Y nunca pedía nada. Sólo daba ejemplo. Por eso todos los legionarios le respetaban al máximo; no, más aún: el ejército le amaba. Sabían que con él no se perdía una posición, ni un campamento, ni se entraba tampoco en lid de forma absurda. Trajano preparaba cada combate como si se tratara de la batalla más decisiva de la guerra más importante de todas las guerras. Por eso siempre vencía, incluso cuando el emperador le negaba los recursos necesarios. Y nunca imploraba, nunca pedía, lo cual le había evitado numerosos conflictos con un emperador que sólo buscaba la más mínima excusa para desarmar a sus mejores *legati*. Trajano, sin embargo, llevaba años acumulando un prestigio callado, quieto, silencioso entre las legiones, sin luminosas victorias, sólo combates pesados, recios, firmes, batallas ganadas con mucho esfuerzo en guerras invisibles para Roma. Longino le miraba con admiración. No, Trajano nunca imploraba nada. Sólo lo hizo una vez, una sola. Longino movió torpemente el brazo derecho tullido y sintió el dolor de siempre en aquellos dedos, en aquellos huesos del brazo y de la mano que nunca se curaron por completo y que nunca sanarían jamás, por los que muchos le consideraban inservible para el combate. Y, no obstante, sintió un orgullo profundo por aquel brazo partido que sólo el gobernador de Germania podía entender.

Cruzaron el espacio que separaba el *praetorium* del *quaestorium* y Trajano entró con decisión en el edificio administrativo del campamento de Moguntiacum. Incluso con su padre enfermo, al borde de la muerte según aseguraban algunos médicos, seguía preocupado por todo lo relacionado con las legiones a su mando. El abastecimiento era fundamental, le había oído decir una y otra vez Longino. El *quaestor* saludó al *legatus* con respeto y sin esperar orden alguna exhibió las tablillas con la contabilidad de los pertrechos militares de los que se disponía y de los víveres almacenados para que el *legatus* pudiese revisar todo. Trajano hizo una señal y todos, menos Longino, salieron de la estancia. Al *legatus* le gustaba leer con detenimiento y sin interrupciones aquellos datos. Luego interrogaría al *quaestor* si algo no estaba claro. Longino, sin embargo, no pudo mantenerse en silencio.

—No has preguntado en quién están pensando para suceder a Domiciano como emperador.

Trajano, que se había sentado en un *solium*, alzó los ojos de las tablillas. En su voz Longino no detectó que se hubiera molestado por aquella pregunta.

—Eso no importa —respondió Trajano con aplomo. Al ver la mirada confusa de su amigo, dejó las tablillas sobre la mesa por unos momentos y añadió una explicación—: Eso no importa porque no queda nadie en el Senado de Roma de origen romano o incluso de Italia capaz de hacerse con el control del Imperio. Si asesinan a Domiciano vamos directos a la guerra civil.

—Pero ¿por qué? —preguntó Longino—. Acabas de decirles que acatarás lo que diga el Senado. ¿Es por Nigrino y sus legiones de Oriente o es que no vas a cumplir lo que has dicho? —Se sintió algo abrumado por sus propias preguntas y las completó rápidamente con una frase final, algo atropellada pero cargada de sentimiento—. Yo estaré contigo hasta el final, hagas lo que hagas.

Trajano sonrió. Tenía ganas de beber vino, pero no se lo permitía porque su padre estaba enfermo grave. Sus pensamientos divagaban. Se centró y volvió al presente inmediato.

—Lo sé, Longino, lo sé. No es por mí ni por Nigrino. Yo cumpliré la palabra dada y sea quien sea el viejo senador romano que elija el Senado como emperador (y digo viejo porque eso es lo único que, de momento, ha dejado con vida Domiciano), no podrá con los pretorianos. Éstos adoran a los Flavios, y en particular a Domiciano, que es astuto y ha sido muy generoso con ellos. Los pretorianos saben que nunca estarán mejor tratados que ahora y que nunca disfrutarán de tantos privilegios, de modo que se rebelarán y empezará una batalla entre el Senado y la guardia pretoriana que ésta tiene todas las de ganar. Elegirán a un nuevo emperador y algún general romano, en alguna esquina del Imperio con alguna legión al mando, no aceptará, como hizo Galba u Otón en el pasado. Se rebelará y empezarán a luchar entre ellos. Entre tanto nos enviarán mensajeros, como han hecho ahora, a Nigrino en Oriente y a mí en el Rin. Entonces veremos qué hacemos.

—¿Es eso lo que va a ocurrir?

—Sin duda, eso siempre que consigan asesinar a Domiciano, algo de lo que no estoy nada convencido.

Longino se quedó en pie, en mitad de la estancia central del *quaestorium*, meditando las explicaciones del *legatus*. Trajano retomó la lectura de las tablillas. Faltaba aceite y trigo y había pocas armas arrojadizas de reserva. Si los catos atacaban de nuevo aquello podría ser un problema.

—¿Y por qué no elige el Senado de Roma a Nigrino o a ti como nuevo emperador?

Trajano dejó de nuevo las tablillas sobre la mesa y miró fijamente a Longino. De pronto echó la cabeza hacia atrás y empezó a reír como hacía meses que no lo hacía. Casi le saltaron las lágrimas.

—Un emperador hispano... —es todo cuanto pudo decir Trajano al principio como respuesta a Longino—, ¿un emperador hispano? —Volvió a reír un buen rato hasta que, poco a poco, se fue recomponiendo; algo más sereno, negando con la cabeza, se expresó con rotundidad—. No ha nacido aún, Longino, el senador romano lo suficientemente desesperado como para considerar tan siquiera la posibilidad de que un no

42

romano sea emperador de Roma. Antes se matarán entre todos; ante cualquier cosa.

Se levantó y, aún riendo entrecortadamente, llamó al *quaestor*. Había que solucionar la falta de trigo, aceite y armas arrojadizas. Eso ahora era lo importante. Los catos no entendían ni de senados ni de sucesiones.

6

UN PASADIZO SECRETO

Domus Flavia, **Roma**
18 de julio de 96 d. C., *hora tertia*

En cuanto Partenio apareció en la puerta de·la cámara de la emperatriz, todas las esclavas salieron de la estancia. El consejero del emperador se inclinó ante Domicia Longina al tiempo que la saludaba.

—Te saludo, augusta Domicia Longina. Es éste un día hermoso de verano, sin demasiado calor.

—Entonces será un buen día para tomar decisiones importantes. Ya sabes por qué te he hecho llamar.

Partenio no podía estar más feliz al ver confirmada su intuición.

—Lo imagino, mi señora, pero deberíamos precisar para no caer en malentendidos. Estos asuntos son delicados.

—No hay nada de delicado en lo que tramas, Partenio.

El consejero del emperador se puso serio, en guardia. Quizá se había equivocado o quizá se tratara sólo del último estertor de mala conciencia de la emperatriz por la acción a la que iba a incorporarse. En cualquier caso, había que andarse con tiento.

—Estoy dispuesta a colaborar, pero ha de ser pronto —continuó Domicia—. No resisto más, Partenio. —Y casi entre sollozos mal contenidos—: De pronto, después de tantos años, no lo soporto más, no lo soporto más... No sé ni cómo he aguantado tanto...

Partenio nunca había visto a la emperatriz derrumbarse ante nadie. Aquello también era peligroso. El consejero dio un par de pasos al frente y se arrodilló frente a Domicia, que ocultaba las lágrimas de su rostro con las manos blancas sentada en un extremo de su lecho.

—La emperatriz ha sido muy fuerte todos estos años. Nadie habría resistido como Domicia Longina. Eso lo sabemos pocos, muy pocos, pero los que lo sabemos admiramos la entereza de la emperatriz y la necesitamos unos días más, sólo unos días más. Estoy reclutando hombres, a los mejores.

Las palabras de Partenio surtieron el efecto deseado y la emperatriz se recompuso. Se secó las lágrimas con el dorso de sus aún suaves manos, suaves pese a la edad, y miró fijamente al consejero, que se alzó de nuevo y se retiró hasta quedar en pie frente a ella, a una prudente distancia de respeto. Domicia no se sintió mal por la compasión de Partenio; no era cualquiera. Si alguien sabía de sobrevivir a emperadores, era él. Allí estaba desde el tiempo de Nerón, y allí seguía.

—Han de ser los mejores para poder con los pretorianos, si no todo se habrá perdido —subrayó la emperatriz ya rehecha casi por completo, centrándose de nuevo en el asunto que les ocupaba.

—Lo serán, mi señora, lo serán. Por mi vida, por las vidas de todos que están en juego, lo serán. Serán hombres tan terribles o más aún que los pretorianos.

—Han de serlo para vencerlos.

Partenio se inclinó en señal de confirmación y, a continuación, para evitar que la emperatriz cayera de nuevo en las lágrimas, decidió aprovechar la ocasión para comprobar algún otro punto de su plan que, por fin, podía confirmarse o rechazarse.

—¿Es cierto, mi señora, lo del pasadizo?

Domicia lo miró con algo de sorpresa. Siempre había pensado que el asesinato tendría que ser ejecutado por unos pocos hombres, pero nunca se había detenido a pensar en que deberían burlar los férreos turnos de guardia de los pretorianos que patrullaban a todas horas por todos los recovecos del palacio imperial.

—Es cierto. —Domicia Longina miró hacia su derecha—. Conduce hasta el jardín del hipódromo, en la ladera del palacio.

Partenio no pudo ocultar su satisfacción. ¡Por todos los dioses! Eso solucionaba una infinidad de inconvenientes.

—Es perfecto, mi señora, es perfecto. ¿Me permite la emperatriz?

Se acercó a la pared, al punto justo donde estaba mirando la esposa del emperador. Era una pared lisa, recubierta por un fino fresco que representaba a varias jóvenes desnudas bañándose en una piscina de aguas claras rodeada de columnas corintias. A Domiciano le gustaba tener elementos de motivación sexual adicionales por las noches. Partenio deslizó sus manos por la pintura del fresco, pero no encontró nada. Se volvió entonces hacia la emperatriz, algo confuso.

—Hay que empujar, Partenio, sólo hay que empujar con fuerza y se abre.

Escéptico, pues no había descubierto nada en la pintura que pudiera indicar tal cosa, empujó con fuerza. Para su sorpresa, la pared cedió y se abrió ante él una pesada puerta de piedra. Los laterales de la misma coincidían con las líneas de sendas columnas, de modo que los finos marcos de la puerta quedaban disimulados por el trazo del dibujo de las columnas corintias que rodeaban la piscina de las hermosas mujeres desnudas.

—Muy ingenioso —reconoció Partenio.

La emperatriz sonrió, pero no estaba tranquila.

—El emperador conoce este pasadizo, y desde lo de Paris hay pretorianos en su acceso en el hipódromo.

—Lo sé —dijo Partenio—, pero mis hombres se ocuparán de esos guardias. Lo importante es que así no tendrán que vérselas con toda la guardia pretoriana, sino sólo con los del hipódromo. Y me ocuparé de que haya pocos allí el día señalado. Lo importante será que lo hagan en silencio; los hombres que estoy seleccionando están entrenados y, como todos, se juegan la vida. Acabarán con ellos y subirán por aquí. —De pronto Partenio frunció el ceño—. ¿Se puede abrir desde el interior del pasadizo?

La emperatriz negó con la cabeza.

—Ya —Partenio suspiró—. ¿Y la emperatriz tendrá fuerza suficiente para empujar y abrir? He comprobado que se requiere (pido disculpas a mi augusta señora, pero debemos asegurarlo todo) bastante fuerza y...

La emperatriz sonrió con cinismo, con una mueca de asco y una pincelada de satisfacción.

—Te aseguro, Partenio, que tengo fuerza y rabia y odio suficientes para tirar esa pared entera si hiciera falta.

Partenio asintió un par de veces en silencio. El emperador se equivocaba al menospreciar a su esposa. El consejero se inclinó de nuevo, pidió permiso a Domicia Longina para salir de la cámara y, justo cuando estaba a punto de abandonar el dormitorio imperial, la emperatriz le preguntó algo.

—Pero ¿cómo harán tus hombres para llegar hasta el hipódromo sin ser descubiertos antes?

Partenio se giró despacio.

—Lo tengo todo pensado, mi señora. La emperatriz sólo debe ser fuerte unos días más, sólo unos pocos días más. En unas semanas todo habrá acabado.

Domicia Longina asintió pero añadió un comentario perturbador.

—No te demores, Partenio: el emperador sospecha ya de todos.

El consejero afirmó con la cabeza una vez, levemente, al tiempo que respondía a aquel aviso.

—Lo sé.

Partenio dio media vuelta y Domicia Longina vio cómo el consejero imperial, consejero de hasta tres emperadores y superviviente de muchos más, salía despacio, algo encogido por la edad, dispuesto a acometer la mayor de las locuras: intentar asesinar al emperador más protegido y más desconfiado de la historia de Roma. La emperatriz estaba segura de que Partenio no encontraría hombres capaces de derrotar a los pretorianos. Todos iban a morir, pero era mejor morir intentando alcanzar la libertad que seguir moribundos bajo las sandalias podridas de aquel tirano en el que se había convertido su esposo, el emperador del mundo.

7

EL ORIENTE DEL IMPERIO

Antioquía, Siria
18 de agosto de 96 d. C.
Un mes antes del día marcado para el asesinato

Lucio Licinio Sura y los dos senadores que le acompañaban llegaron hasta Antioquía en medio de un calor sofocante. El viaje había sido largo y muy duro. En treinta días habían cruzado el Imperio desde la ribera del Rin hasta la capital de Siria pasando por toda la frontera del Danubio. Licinio no había concertado ninguna entrevista con los *legati* del sur del Danubio, ni con los que estaban apostados en Dalmacia, Panonia o Moesia; todos ellos carecían de importancia en aquel momento. Sólo Trajano en el Rin o Nigrino en Oriente reunían el suficiente poder, y un número significativo de legiones bajo su mando como para poder poner en peligro la transición planeada por el Senado junto con la colaboración de Partenio.

Licinio, pese a ser hispano, se mostraba algo inseguro en medio de aquel calor, y eso que les habían traído unas bacinillas con agua con las que refrescarse a la espera de que Nigrino hiciera acto de presencia en el palacio del gobernador de Siria.

—¿Aceptará el plan? —preguntó uno de los senadores, demasiado tenso como para callar por más tiempo.

—No lo sé —respondió Licinio Sura. En ese momento se abrieron las puertas del gran palacio y una decena de jinetes irrumpieron al trote en el interior del gran patio porticado. En medio de aquella escolta cabalgaba recio, orgulloso, Marco Cornelio Nigrino, gobernador de Siria, quien desmontó con la ayuda de dos de sus jinetes más jóvenes y, sin dilación, se dirigió a Licinio Sura, al que reconoció de campañas pasadas.

—¡Por Júpiter, Licinio, qué lejos estamos aquí de Britania!, ¿verdad?

—Cierto, muy lejos.

Recibió el abrazo de Nigrino con algo de nostalgia. Todo empezaba bien, pero, así como Trajano era frío, Nigrino era de sangre demasiado caliente y en cualquier momento podía cambiar de humor.

—Una embajada del Senado y sin aviso previo del palacio imperial, algo poco frecuente, ¿no, Licinio? —inquirió Nigrino, directo al grano, a la vez que invitaba a que pasaran todos a un amplio peristilo conectado al patio de entrada, en donde había varios *triclinia* dispuestos para que pudieran recostarse y saborear algo de vino y fruta. Licinio Sura respondió mientras se acomodaba en su sitio, en el *medio lectus*, a la derecha del gobernador.

—Es una embajada del Senado, no del emperador. Tú mismo lo has expresado perfectamente —precisó Sura.

—Hummm —masculló Nigrino mientras cogía unas uvas de la mesa que tenía enfrente—. Eso no parece nada bueno.

Se hizo un silencio en el que se pudo escuchar cómo Nigrino masticaba con energía los granos de fruta hasta convertir en añicos incluso las pepitas duras de la uva que se negaba a desechar de su boca. Licinio Sura dejó pasar el tiempo sin añadir explicación alguna. Como esperaba, Nigrino prorrumpió en un torrente de preguntas y autorrespuestas, como en los viejos tiempos.

—¿Significa esto que el emperador no sabe nada de vuestra presencia aquí? Sin duda, así es. ¿Tramáis algo? Sin duda, así es. ¿Tramáis algo muy peligroso? Sin duda, así es. Y queréis saber lo que voy a hacer yo, ¿verdad? De qué lado estoy. —Licinio Sura se limitó a asentir varias veces, tantas como preguntas hacía Nigrino, que continuaba con sus propias respuestas en voz alta—. Todo esto lo he pensado con tiempo, porque con tiempo, Licinio, me has advertido de vuestra visita con un mensajero. No demasiado, sólo una semana, insuficiente para que pueda comunicar con el emperador, pero lo suficiente para que pueda pensar. Querías que tuviera pensada mi decisión y eso quiere decir que sea lo que sea que tramáis es algo que ya está en marcha y que no pensáis detener, ¿me equivoco?

—Como de costumbre —empezó Sura con una pequeña sonrisa en su boca—, Nigrino es muy sagaz en todas sus conclusiones. Todo lo que has dicho es correcto.

Un breve silencio. Nigrino tomó más uvas y volvió a masticarlas con fuerza.

—También decías —continuó entonces el gobernador sin dejar de comer uvas— que antes habías pasado por el Rin, lo que quiere decir que antes has ido a ver a Trajano y que ya sabes de qué lado está.

Licinio Sura volvió a asentir.

—Sea entonces —y Nigrino escupió una uva que no le pareció dulce—; si quieres saber mi respuesta, antes quiero saber la de Trajano. Lo justo es que tenga la misma información sobre ese punto antes de hablar, y más aún cuando he de sufrir la humillación de que el Senado me pregunte a mí después.

Licinio esperaba esa altanería de Nigrino.

—El Rin está más cerca. Es una ruta más lógica: primero el Rin y luego Siria. Además, si Trajano se hubiera puesto contra nosotros ya no tendría sentido haber continuado hasta Siria.

Nigrino iba a discutir sobre si ir primero al Rin era la ruta más lógica, pero como Sura en sus palabras había mostrado cuál había sido el sentido de la respuesta de Trajano, eso distrajo su atención y dejó de pensar que era el segundo en ser consultado.

—¿Trajano no se ha puesto de parte del emperador, no se ha puesto contra vosotros?

Licinio Sura sonrió cínicamente.

—¿Crees que seguiríamos vivos si Trajano hubiera tomado ya parte activa a favor del emperador?

—No, supongo que no. Seguro que no.

—Trajano —continuó Sura— no nos va ayudar, pero no va a hacer nada. Si fracasamos seguramente será el primero en seguir las órdenes del emperador y acabar con todos los que estamos en esto, pero si tenemos éxito ha prometido acatar lo que el Senado decida.

—Sí, eso suena a palabras de Trajano —concluyó Nigrino mientras se echaba hacia atrás en su *triclinium*.

Por un rato todos parecieron relajarse y compartir con algo de sosiego la comida y el excelente vino del que se vanagloriaba el gobernador. Fue al final de la tercera copa de vino rebajado con agua, con poca agua para Nigrino, cuando éste, en lugar de decir por fin cuál iba a ser su actitud futura, lanzó una última pregunta.

—¿Y en quién ha pensado el Senado para suceder a Domiciano? —Licinio Sura dejó de beber y lo mismo hicieron los otros dos senadores—. Creo que tengo derecho a saberlo. De hecho, ése es el precio que exijo por comportarme como Trajano: si queréis que me quede de brazos cruzados, por todos los dioses, si queréis que no me levante contra vosotros y que no advierta al emperador, tendréis que decirme antes a quién deberé lealtad en el futuro próximo.

Licinio Sura asintió despacio e ignoró las claras negativas que sus compañeros exhibían de forma ostentosa sacudiendo la cabeza.

—Es justo lo que pides —dijo Sura, y retrasó por un instante, que añadió dramatismo a su anuncio, pronunciar el nombre del que debía ser, si todo salía bien, el próximo emperador de Roma—: Marco Coceyo Nerva.

Nigrino se alzó furioso y volcó la mesa. Éste era el Nigrino que Licinio Sura recordaba.

—¡Por Júpiter! ¡Estáis todos locos, mucho más locos de lo que yo pensaba! ¡Peor! ¡Por todos los dioses, Licinio, estáis más locos que el emperador! —Nigrino hablaba desde el centro del patio, junto al *impluvium*, vociferando—. ¡Nerva es débil! ¡Es débil! ¡Débil! —Y lo repitió aún cinco veces más; luego bajó algo el tono al tiempo que se acercaba a Sura—. Dime que no es cierto, amigo mío, dime que no es eso lo que ha decidido el Senado. Sé que quedan pocos hombres, pero Nerva es viejo, tiene... tiene...

—Sesenta y un años —precisó Licinio Sura.

—Un viejo, Licinio, un viejo. Y claramente opuesto a los jefes del pretorio. Los pretorianos nunca le aceptarán; no durará ni un año sin que se le rebelen. Si ése es vuestro plan vamos directos a la guerra civil y, te lo advierto, Licinio, es una guerra que se librará en las calles de Roma, como cuando murió Nerón. Vais camino de repetir la historia. Luego nosotros, Trajano y yo, cuando triunfe una de las dos facciones, veremos qué hacemos, pero probablemente ya estéis todos vosotros muertos.

Sura suspiró largamente. En gran parte compartía la visión del gobernador de Siria.

—Es cierto lo que dices, Nigrino, no lo niego, pero no hay muchos que se atrevan a dar el paso. Si nos descubren, tras nosotros el siguiente en ser ejecutado será Nerva. Quedan pocos senadores valientes; Domiciano se ha ocupado de ello con meticulosidad. He perdido ya la cuenta de los senadores consulares ejecutados por orden expresa del emperador o que han muerto exiliados en extrañas circunstancias. Nigrino, éste es nuestro plan. Un buen plan o un mal plan, pero es mucho mejor que esperar sentados en nuestras casas a que los pretorianos del emperador acudan bajo cualquier pretexto falso para asesinarnos. Las cosas han llegado a un punto de no retorno. Se trata de Domiciano o de nosotros. Más aún, y tú lo sabes: se trata de Domiciano o el Imperio. La frontera del Danubio es casi inexistente. Decébalo campa a sus anchas en el norte, y con frecuencia en el sur del gran río, y tanto tú como Trajano carecéis de suficientes recursos para frenar a germanos y partos indefinidamente; Domiciano no ve nada de todo esto. No ve nada. Sólo está interesado en sus pretorianos y en asistir cada tarde al anfiteatro Flavio para ver a decenas de gladiadores combatir a sus pies hasta morir. No, Nigrino, quizá éste sea el plan de unos locos, pero vamos a llevarlo a cabo hasta el final o a morir en el intento. Sólo te pedimos que actúes como Trajano, sólo te pedimos que no hagas nada.

Marco Cornelio Nigrino despachó con una mirada a unos esclavos que intentaban poner en pie la mesa que había volcado y éstos desaparecieron por donde habían venido, dejando la mesa en el suelo. El gobernador se sentó sin recostarse ya en su *triclinium* y miró a Licinio Sura con seriedad.

—No haré nada, Licinio. Pero me entristece ver que camináis hacia vuestra muerte. Pese a todo, lo más probable es que no podáis con la guardia del emperador, y Domiciano se revolverá contra vosotros como un león herido. Esa noche no morirá el emperador, sino todos los senadores de Roma.

A todos se les cortó el apetito. Nigrino se despidió sin decir más, se agachó, cogió unas uvas del suelo, se las llevó a la boca y dejó a los senadores solos.

Licinio se quedó pensativo. Quizá Nigrino tuviera razón y Partenio no conseguiría reunir hombres capaces de doblegar a los pretorianos.

—Es curioso que Trajano no preguntara por quién nos hemos decidido para suceder al emperador —dijo uno de los senadores que acompañaban a Licinio.

La reflexión se clavó como una flecha en el ánimo de éste: era evidente que Trajano estaba convencido, como Nigrino, de que iban a fracasar, por eso su falta de interés en saber nada más. Licinio sacudió la cabeza. Trajano y Nigrino eran *legati*, muy buenos altos oficiales del ejército, seguramente los mejores del Imperio en esos días, los únicos que habían sobrevivido a la incontrolada envidia del emperador, pero no eran políticos ni entendían bien lo que pasaba en Roma. Si se trataba de planear la invasión de alguna región o de defender una frontera, Licinio Sura tenía claro que no había juicio mejor que el de esos hombres, pero, y a esa esperanza se aferraba Sura con todas sus fuerzas, no sabían bien lo que pasaba en Roma, no estaban al corriente del grado de odio extremo que el emperador había generado a su alrededor. Sí, sí que se podía tener éxito. Todo dependía, por todos los dioses, todo dependía de los hombres que reclutara Partenio.

8

UN VIEJO SENADOR

Roma
20 de agosto de 96 d. C.

Marco Coceyo Nerva, senador de Roma, dos veces cónsul en el pasado reciente, dejó la carta que le había enviado Licinio Sura. Trajano no se levantaría contra ellos. No se mostraba propenso a colaborar, pero no iba a traicionarles ni a oponerse al Senado si el plan tenía éxito. Nerva se levantó y cruzó el atrio de su *domus* hasta llegar al pasillo que daba acceso a las cocinas. En cuanto las esclavas vieron entrar al amo, todas se quedaron quietas mirando al suelo e interrumpiendo sus tareas. Unas permanecieron sentadas alrededor de la gran mesa de piedra donde se preparaba verdura y se desplumaban varios pollos para la cena y otras quedaron en pie junto al gran lar donde ya hervía agua. Todas vieron la carta que su amo sostenía en la mano y tenían claro a qué se debía aquella visita. Nerva pasó entre ellas sin mirarlas. No era un hombre cruel con los sirvientes, pero le gustaba el orden y la disciplina. De hecho allí, en su casa, se le respetaba por su generosidad y se le obedecía por un cierto aprecio que los esclavos habían desarrollado hacia su señor. Nerva pensaba que con generosidad se podía conseguir muchas cosas en el corazón de los hombres, pero sabía que era importante mostrarse firme en ocasiones. Siempre buscaba un punto medio en todas sus decisiones y rara vez aceptaba posiciones radicales. Su conocida mesura le había valido el aprecio del resto de senadores y, llegado el momento clave, el día en que ya no se podían resistir por más tiempo las ejecuciones de los compañeros por orden de un emperador cada vez más errático, llegado el momento de acabar con la tiranía y de resolver el problema no ya sólo de Roma, sino de las fronteras del Imperio tras la larga inacción de Domiciano, llegado ese día, todos se volvieron hacia él.

—Eres el hombre indicado —le había dicho Licinio Sura antes de partir hacia el norte para asegurarse la colaboración o, al menos, la no oposición de Trajano, primero, y luego en Oriente de Nigrino—. Eres el hombre en quien todos confiamos ahora —insistió Sura, rodeado por una decena de senadores—. Todos sabemos que gobernarás buscando acuerdos, buscando lo que nos une y no lo que nos separa. Roma, todo el Imperio, necesita ahora más unidad que nunca. Una nueva guerra civil acabaría con todo, con todos.

Aquellas palabras retumbaban en la mente de Nerva como los martillos de Vulcano en su profunda forja en las profundidades del monte Etna en Sicilia. Se agachó junto al fuego del lar de la cocina y arrojó a sus llamas la carta de Licinio Sura. No podía dejar prueba alguna de las comunicaciones con el senador hispano. Nerva giró y volvió sobre sus pasos. Las esclavas reemprendieron sus actividades sin que nadie se atreviera a tocar aquel papiro que se consumía bajo la gran cacerola de agua hirviendo.

En el atrio, Nerva paseó entre las columnas, buscando la sombra en aquel caluroso mediodía de verano mientras repasaba el resto de las palabras de Licinio Sura antes de partir para su arriesgado viaje.

—Eres mesurado, Nerva, estás emparentado con la antigua dinastía Julio-Claudia y has servido dos veces como cónsul en la dinastía Flavia. Todo eso debe ayudar a aplacar a los pretorianos.

Nerva valoraba con frialdad aquellas palabras y así, con la lógica de la razón, parecían argumentos de fundamento: era cierto que su tía, por parte de madre, era la biznieta del divino Tiberio; por otro lado, también era verdad que Vespasiano le eligió para compartir el consulado en el año 71, junto con el padre de Trajano, justo tras acceder al poder, y que luego hasta el propio Domiciano, sólo seis años atrás, en 90, volvió a nombrarlo cónsul junto con él mismo. Sí, todo eso era cierto, pero también era verdad que la lista de senadores que habían

ostentado el consulado y que habían sido recientemente ejecutados por Domiciano era cada vez más larga. El emperador
sabía que si el Senado se rebelaba buscaría uno de esos antiguos cónsules para reemplazarle y, poco a poco, iba acabando
con todos. Nerva se detuvo entre las sombras de las columnas
de su atrio. No, él no había aceptado encabezar la rebelión
contra Domiciano cuando el asesinato fuera efectivo por deseo de ser emperador, sino porque estaba convencido, como
otros muchos, que o actuaban pronto o Domiciano no pararía
hasta acabar con todos y cada uno de los senadores de Roma.
Primero con los de rango consular, luego con el resto. Miró al
centro del atrio y recordó cómo había asentido sin decir nada
y cómo Licinio Sura le devolvió aquella respuesta saludándole
con decisión.

—Parto al norte y me despido de un noble senador de
Roma para volver pronto a este mismo sitio y saludar al emperador de todos.

¿Emperador? Marco Coceyo Nerva bajó la mirada. El *impluvium* estaba casi vacío. No llovía hacía días y los acueductos
bajaban con poca agua. ¿Emperador de Roma? Sacudió la cabeza. Sólo había conseguido adelantar su ejecución. El golpe
fracasaría. Licinio Sura aseguraba que Partenio se ocuparía de
ejecutar el asesinato en palacio, pero Nerva no tenía esperanza en el éxito de la empresa, como no la tenía nadie, seguramente ni el propio Sura ni ningún otro de los participantes.
Todos actuaban movidos por un terror que los impulsaba a no
quedarse quietos. Nerva tenía sesenta y un años. Era mayor, se
sentía mayor. El Imperio necesitaba gente más joven.

9

LOS PREFECTOS DEL PRETORIO

Roma
21 de agosto de 96 d. C.

Partenio se desplazó en una cuadriga conducida por un pretoriano hasta los *castra praetoria*, levantados en las afueras de la ciudad, con el fin de entrevistarse con Petronio, uno de los dos prefectos del pretorio, el único accesible para ser ganado para la conjura; Norbano, el otro prefecto, era fiel al emperador hasta límites fanáticos. Cualquier acercamiento o insinuación a Norbano en el sentido de rebelarse contra el emperador terminaría, sin lugar a dudas, con los huesos del instigador primero en las cárceles del cuartel pretoriano, y luego torturado y ejecutado, seguramente, ante los ojos del propio emperador en la arena del gran anfiteatro Flavio. No, Petronio era la mejor opción de Partenio. Su única opción.

Salió de la ciudad por la larga avenida del *Argiletum* y continuó luego hacia el noreste por el *Vicus Patricius* hasta detenerse frente a las imponentes murallas del campamento pretoriano, donde más de cinco mil guardias imperiales se entrenaban a diario con la única misión de servir y proteger a su emperador. Por un momento, Partenio se permitió una ligera sonrisa. Si Domiciano trasladara su residencia al corazón de ese gigantesco campamento custodiado por miles de hombres plenamente fieles a su persona gracias a las generosas dádivas con las que compraba su lealtad, no habría conjura posible que pudiera tener éxito, pero a Domiciano, como a todos los emperadores desde Augusto, les gustaba disfrutar de las comodidades de una amplia residencia en el corazón de Roma. Allí normalmente sólo patrullaban unos cien pretorianos junto con, eso sí, varios centenares más apostados en diferentes unidades alrededor de la gran *Domus Flavia*. Sólo unos centenares; ahora parecían pocos en comparación con los miles de los *castra praetoria*, pero, así y todo, seguían siendo demasiados para los hombres que él había reclutado. Partenio sabía que necesitaba la colaboración activa de uno de los dos prefectos del pretorio para que el día señalado se redujera al mínimo el número de pretorianos de palacio usando cualquier falso pretexto. ¿Qué excusa sería válida? Bueno, eso debía ser objeto de la inteligencia de Petronio, si le convencía. Y la faz de Partenio mostró una mueca severa, seria, preocupada.

Dos hombres se interpusieron frente a la cuadriga de Partenio cuando ésta se detuvo en el acceso a la *porta principalis sinistra* del campamento.

—¡Alto!

Los pretorianos siempre eran parcos en palabras. Partenio los conocía bien y pasó por alto la ofensa de no ser identificado pese a su alto rango en la corte imperial. Humillar era uno de los grandes placeres y uno de los grandes privilegios de los pretorianos. Podían humillar a cualquiera menos al emperador.

—Soy Partenio, centurión —respondió identificando, él sí con corrección, el grado del oficial que le negaba la entrada al campamento—. Petronio Segundo, prefecto del pretorio, me espera.

El centurión dirigió una rápida mirada de desprecio al consejero imperial; tenía claras las ideas: aquel viejo no era un guerrero sino sólo uno de esos fantoches libertos que se limitaban a hablar y hablar sin hacer nunca nada útil. Si por él fuera, lo habría arrojado a patadas de la muralla del campamento, pero el propio Petronio había dado orden de que se dejara pasar a ese consejero del emperador. Así que, sin decir nada, el centurión se hizo a un lado, y lo mismo hicieron el otro oficial y una docena más de soldados que custodiaban la base del arco de entrada al campamento.

La cuadriga avanzó ahora por la gran *via principalis* de la gigantesca fortificación. Los *castra praetoria* tenían la dimensión equivalente a un campamento legionario de frontera, con una estructura y distribución similar a cualquier otra fortaleza militar romana en las orillas del Rin, el Danubio o los límites orientales del Imperio. Eran el legado de Sejano, el temible prefecto del pretorio bajo Tiberio. Habían sido construidos no para proporcionar orden a Roma o para simplemente proteger al emperador, sino para dar muestra del poder de la guardia imperial y así intimidar tanto al Senado, al pueblo y al resto de guarniciones milicianas que había en la ciudad, como las *cohortes urbanae* o las *cohortes vigilum*. Los primeros eran la guardia de la ciudad, una evolución de las antiguas *legiones urbanae*, mientras que el segundo cuerpo había sido creado por el propio Augusto, como la guardia pretoriana, pero en este caso tenía la función específica de luchar contra los frecuentes incendios de la ciudad de Roma. Partenio repasaba en su mente, mientras la cuadriga se acercaba a la intersección de la *via principalis* con la *via decumana*, cómo había considerado reclutar a los hombres que debían asesinar al emperador entre unos de esos dos cuerpos, siempre maltratados por Domiciano y siempre despreciados por los vanidosos pretorianos. Tanto los milicianos de las *cohortes urbanae* como los de las *cohortes vigilum* cobraban 250 denarios, algunos incluso menos, que era la mitad de lo que percibían los pretorianos. Ése era un motivo para encontrar descontentos dispuestos a la rebelión, pero Partenio sabía, como sabían todos en Roma, que ni los unos ni los otros daban la medida para combatir contra los pretorianos cuerpo a cuerpo. Éstos eran vanidosos pero también eran guerreros escogidos entre veteranos del asedio de Jerusalén, la guerra de Judea y otras campañas militares en las que los Flavios habían salido victoriosos. No, había hecho bien en buscar en otro sitio; muchos de los hombres de las *cohortes urbanae* y de las *cohortes vigilum* no habían entrado en combate nunca. No daban la medida.

Por fin la cuadriga se detuvo frente al Templo de Marte, levantado en tiempos del divino Claudio en el corazón del gran campamento pretoriano. Atrás había quedado el *armamentorum*, el gigantesco arsenal de los pretorianos, el *valetudinarium*, el gran hospital, y las celdas de las cárceles pretorianas. Se encontraban ahora rodeados por las *domus* de los oficiales, que se levantaban próximas al cuartel general en el centro del campamento. Partenio reconoció en el suelo que pisaba, mientras caminaba escoltado por dos pretorianos, varias *tabulae lusoriae* en donde seguramente se entretenían muchos de aquellos hombres en sus ratos de ocio jugando a todo tipo de juegos de azar en los tableros dibujados sobre aquellas piedras. Eso le animó. Aquellos temidos pretorianos eran, a fin de cuentas, como el resto de legionarios del Imperio: hombres que jugarían, que beberían, que se acostarían con mujeres y que, con toda seguridad, no serían inmunes a una espada que les atravesara el pecho de parte a parte, si se tenía la habilidad de ser más diestro en el manejo de las armas que aquellos soldados imperiales. Esos pensamientos le dieron fuerzas cuando se encontró, casi por sorpresa por la intensidad de sus reflexiones, frente a Petronio Segundo, sentado en un gran *solium*, en el centro de la gran sala del cuartel general de los *castra praetoria*. Petronio había cumplido su palabra y le recibía a solas, sin esclavos ni otros pretorianos alrededor. Era un detalle esperanzador, pero sabía que, pese a todo, debía ser cauto.

—Te saludo, Petronio Segundo, *vir eminentissimus*, prefecto del pretorio de Roma —dijo Partenio con la solemnidad aprendida en decenas de años de servicio en la corte imperial.

—Te saludo, Partenio, consejero del emperador —respondió Pretonio con la frialdad propia de los pretorianos, pero reconociendo su rango.

Partenio no sabía muy bien por dónde empezar. Tantos ensayos en soledad y ahora dudaba.

—Veo que los *castra praetoria* se mantienen bien custodiados y en perfecto estado. Se lo comentaré al emperador. Estoy seguro de que se sentirá orgulloso de sus prefectos del pretorio, especialmente de Petronio Segundo, que tiene directamente esta responsabilidad. Todos sabemos que Norbano se ocupa más de la seguridad del emperador en palacio y en sus desplazamientos por la ciudad.

—El emperador ya lee mis informes. No creo que necesite la opinión de alguien más sobre el estado de los *castra praetoria* —repuso Petronio con cierto desdén.

—En eso, *vir eminentissimus*, creo que el gran prefecto Petronio puede no estar plenamente acertado. En estos tiempos en los que el emperador sospecha de todo y de todos y en que los delatores abundan es bueno que al emperador le lleguen informes positivos de sus servidores más próximos y más importantes desde distintas fuentes. Es la única forma en la que hoy por hoy el emperador llega a confiar en alguien.

Petronio apretó los labios y no dijo nada. No veía hacia dónde iba a derivar aquella conversación y temía lo peor. Era poco frecuente que un consejero imperial pidiera reunirse con un prefecto del pretorio, pero podía deberse a muy diversos motivos: desde que el emperador estuviera descontento hasta que quisiera consultar sobre la participación de algunas cohortes pretorianas en alguna campaña militar. Ninguna de aquellas opciones le resultaban atractivas a Petronio Segundo.

—Que yo sepa, el emperador está satisfecho con mis servicios.

—¿Estás seguro? —preguntó Partenio con la rapidez del que ataca por sorpresa.

Petronio reclinó su espalda sobre el sólido respaldo de su *solium*. Si hubiera estado de pie habría dado un paso atrás. Aquel consejero había servido a cuatro emperadores: a Nerón, hasta que éste lo alejó de su lado, a Vespasiano, a Tito y ahora a Domiciano. No era inteligente despreciar sus comentarios.

—Hay pocas cosas de las que estoy seguro —concedió Petronio.

—Tus dudas son muestra de tu inteligencia —replicó Partenio y dirigió su mirada hacia otro *solium* próximo al prefecto. Petronio asintió y Partenio se sentó dejando escapar un suspiro—. No, nadie puede estar seguro hoy día de lo que piensa el emperador —continuó Partenio con tiento, pero con tono firme en su veterana voz—. El emperador desconfía de todos y cada vez son más los ajusticiados. Ya no duda sólo de los senadores consulares o de los senadores en general. Duda de sus consejeros, de los miembros de la familia imperial, y hasta de los que deben protegerle. Domiciano duda de todos, Petronio. Eso nos pone a todos en peligro.

Petronio Segundo empezó a intuir por fin hacia dónde caminaba aquella conversación y empezó a negar con la cabeza con intensidad.

—No, no, no, Partenio. No quiero saber nada más de lo

que hayas venido a decirme. Y ahora sal de aquí antes de que ordene que te encarcelen mientras informo al emperador de tus insinuaciones.

Partenio se mantuvo en su *solium*. Ya no había posibilidad de desdecirse. Era mejor decirlo todo y forzar a Petronio a tomar partido.

—Es sólo cuestión de tiempo que Norbano convenza al emperador de que no eres de fiar. Norbano, desde que apoyó al emperador contra el rebelde Saturnino, es su ojo derecho, y confiará más en su opinión que en la tuya. Todos saben en Roma que no compartes algunas de las últimas ejecuciones ordenadas por Domiciano y que no te rebelas por lealtad, pero ya no hay tiempo ni lugar para ser neutral, Petronio. Roma está en guerra consigo misma y el gran combate se acerca. Norbano hablará mal de ti llegado el momento; es un oportunista y tiene mucha ambición. Muy pronto tendrás que estar de un lado o de otro. —Petronio le miraba con los ojos casi salidos de sus órbitas, enfurecido pero indeciso; Partenio se levantó despacio al tiempo que pronunciaba sus últimas palabras—. Tu colaboración con nosotros, Petronio, será recompensada por un nuevo emperador que valorará tus servicios. Ahora puedes detenerme, ver cómo me ejecuta Domiciano y esperar unos meses más a que el próximo en ser ejecutado seas tú mismo, o puedes tomarte un tiempo y pensar sobre lo que te he dicho y colaborar. Tienes un día. Trabajamos rápido.

Partenio se dio media vuelta y empezó a andar hacia la puerta.

—¡Espera!

El anciano frunció el ceño. No pensó que fuera a decidirse tan pronto. Sin duda el propio Petronio llevaba tiempo siendo consciente de que el emperador le rehuía. Era fruta madura.

—¿Qué necesitáis?

Partenio regresó a su *solium* y tomó asiento de nuevo. ¿O Petronio sólo quería sonsacarle para entregarle después con el máximo de información posible?

—El día señalado deberás reducir la guardia en palacio; en particular, en el hipódromo y sus accesos —respondió Partenio despacio.

—¿Bajo qué pretexto?

—Eso es asunto tuyo. Tú eres uno de los prefectos del pretorio.

—En cualquier caso nunca podrá quedarse el palacio sin pretorianos y no veo a qué hombres puedes reclutar que se atrevan contra los pretorianos que queden en palacio. Los hombres de las *cohortes urbanae* o de las *cohortes vigilum* no valdrán para este combate. Esta idea vuestra es una locura.

—¿Es mejor esperar la muerte sin hacer nada? —preguntó Partenio.

Petronio guardó silencio unos instantes.

—No me comprometo a nada.

Partenio se levantó de nuevo y emitió una sentencia.

—Si no me arrestas ahora mismo, Petronio, tu silencio te hace cómplice. No tienes opción: arréstame ahora o colabora con nosotros. Ahora me voy a dar la vuelta, voy a cruzar esa puerta y voy a subirme a la cuadriga que me ha traído hasta tu campamento. Si salgo de los *castra praetoria* sin ser detenido espero por tu bien que haya colaboración activa por tu parte; si tenemos éxito, Petronio, si tenemos éxito, te premiaremos, como te he prometido, o seremos nosotros los que te ejecutaremos si no nos ayudas. Yo ya soy viejo; he sobrevivido a muchos emperadores y he servido a cuatro de ellos. Estoy cansado y no temo a la muerte. Tú estás en tu madurez; eres fuerte, inteligente y ambicioso. Ésta es tu oportunidad, pero como toda oportunidad exige valor. ¿Eres valiente, Petronio, o sólo eres un siervo de Domiciano?

Partenio dio media vuelta y contando cada paso que daba se dirigió hacia la puerta, seguido tan sólo por el silencio impenetrable de los pensamientos de Petronio Segundo, prefecto del pretorio de Roma al mando de los cinco mil pretorianos de la ciudad junto con Norbano. Diez, once, doce, trece, catorce y quince pasos y llegó hasta la puerta. El propio Partenio la abrió, pues no estaban los esclavos presentes, y cruzó el umbral. Siguió contando sus pasos para mantener la calma en su ánimo. Veintisiete, veintiocho, veintinueve; descendió por las escaleras del *praetorium* y siguió caminando hasta llegar junto a la cuadriga. Ya no contaba pasos. Sólo miraba a su alrededor pero sin girar la cabeza. No debía dar sensación de nerviosismo. No miró para atrás. Sentía los latidos de su corazón en las sienes cuando dio la orden al pretoriano que le aguardaba junto a la cuadriga.

—A la *Domus Flavia* —y no pudo evitar añadir una palabra en todo punto inútil—, rápido.

El pretoriano azuzó los caballos y éstos empezaron, primero al paso y de inmediato al trote, a avanzar por la *via principalis* en dirección a la puerta de los *castra praetoria*. Partenio sabía que en cualquier momento se podía escuchar una voz desde el *praetorium* ordenando su detención inmediata, pero no se oyó nada ni se vio ningún movimiento extraño. No había guardias pretorianos que le miraran fijamente o un jinete que les adelantara portando órdenes del prefecto para los centinelas de la *porta principalis sinistra*.

Así, con la respiración lenta de quien degusta cada inhalación de aire como si fuera a ser la última de una larga vida, Partenio, subido a la cuadriga pretoriana, cruzó el umbral de los *castra praetoria* y emprendió el camino de regreso al palacio imperial. Petronio era un hombre de impulsos fuertes. Si no le había detenido antes de salir del campamento pretoriano, ya no lo haría. Lo que no quedaba claro es hasta dónde se implicaría, pero de momento no se podía pedir más. Partenio sabía que había jugado fuerte: se había apostado la vida y, por el momento, había ganado. Los dados le habían favorecido. Pero la diosa Fortuna era tan voluble. Tan voluble. Y la partida continuaba.

En el interior del *praetorium*, Petronio Segundo seguía clavado en su *solium*. No se había movido porque sabía que las sospechas del emperador hacia él eran ciertas. Domiciano no hacía más que favorecer a Norbano en todo y era sólo cuestión de tiempo que, como poco, se le relevara del cargo a favor de alguno de los hombres de éste. Casperio Aeliano, el tribuno pretoriano al mando de la novena cohorte, era el mejor amigo de Norbano y ya había sido prefecto del pretorio antes que ellos. Petronio intuía que su sustitución era cuestión de semanas. Lo que no estaba claro era si simplemente se le sustituiría o si se iniciaría un juicio contra él. No había pruebas de nada. Hasta ese día. Petronio apretaba los labios con fuerza. Norbano iría a por él y le acusaría de traición. Apoyar a Partenio era una buena opción, pero era imposible que ese consejero consiguiera hombres suficientemente locos y buenos como para enfrentarse a los pretorianos en palacio. Se levantó. Había tomado una decisión: ayudaría a Partenio... un poco, para cubrirse las espaldas en caso de que el asesinato tuviera éxito, pero si las cosas se torcían para Partenio y sus hombres, fueran quien fuesen esa pandilla de locos, enseguida se alinearía con la guardia pretoriana y acabaría con todos los conjurados. Con todos y cada uno de ellos. Quizá eso restituyera su imagen a los ojos de Domiciano.

Roma
4 de septiembre de 96 d. C.
Dos semanas antes del día marcado para el asesinato

Estéfano, el mayordomo de Flavia Domitila, la hermosa joven
sobrina del emperador, como la conocían muchos en palacio,
cruzó el peristilo interior de la *Domus Flavia* a toda velocidad.
Pese a llevar el brazo en cabestrillo por una supuesta herida
en una torpe caída de hacía unos días, caminaba muy rápido,
pero sin correr para no despertar sospechas entre los pretorianos. Venía de la habitación de su señora Flavia Domitila III,
que se encontraba exactamente en el ángulo opuesto en diagonal a la habitación de la emperatriz, justo el lugar al que
Estéfano, casi sin resuello, se dirigía a toda velocidad. Era temprano y, si los dioses estaban con él, aún encontraría a Domicia Longina en su estancia. Así fue. Estéfano se detuvo frente
a la habitación ya vacía del emperador, pero desde allí, con las
puertas abiertas de par en par, las puertas que separaban a
emperador y emperatriz, se veía al fondo, en su propia cámara, a Domicia Longina. La emperatriz estaba siendo asistida
por dos esclavas para aderezarle el complejo peinado lleno de
rizos que trepaban hacia arriba hasta formar un gran arco
de pelo; requería de toda la destreza de las dos fieles *ornatrices*
para mantenerlo firme en lo alto de su egregia portadora.

Vio a Estéfano al fondo de la habitación de su esposo y
leyó la preocupación en sus ojos.

—Marchaos —ordenó a las esclavas. Éstas se desvanecieron como si fueran fantasmas.

Estéfano comprendió lo que aquello quería decir y se acercó con rapidez a la emperatriz de Roma. Se inclinó frente a

ella y de debajo de su túnica extrajo un papiro doblado. Domicia Longina no tocó el documento, sino que se limitó a estudiarlo con atención desde una prudente distancia. Pese a la edad preservaba una maravillosa vista que el emperador envidiaba, especialmente en el anfiteatro. Domicia Longina, antaño, cuando aún le quedaban energías para herir, hacía comentarios en voz alta desde el palco imperial del anfiteatro Flavio sobre pequeños detalles de la vestimenta de los gladiadores, a sabiendas de que su esposo era incapaz de valorarlos. Aquello irritaba enormemente al emperador, pero Domicia pronto descubrió que era mejor mantener a su esposo tranquilo el máximo tiempo posible en lugar de enfurecerlo.

La emperatriz siguió examinando con detenimiento el papiro. Estéfano levantó los ojos y dejó de inclinarse, pero siempre sosteniendo el papiro próximo a la emperatriz.

—¿Alfa y omega? —preguntó Domicia Longina.

El mayordomo de Flavio Domitila asintió.

—¿Lo has encontrado en la habitación de tu señora? —inquirió la emperatriz, a sabiendas de que, sin duda, sería así. La faz de terror contenido de Estéfano no podía deberse a otra causa.

—Sí, mi señora.

—¿Lo sabe alguien además de tú y yo, Estéfano?

—He venido aquí directamente, pero la sobrina del emperador se ha vuelto... —Estéfano no se atrevía a terminar la frase con la palabra adecuada. La emperatriz le ayudó.

—Descuidada.

—Un poco sí, augusta. Está desesperada... —intentó justificarla Estéfano. La emperatriz le comprendía perfectamente, y llevaba razón aquel liberto, pero incluso en medio del desastre más terrible no se podían permitir ya ciertos descuidos.

—Un poco es mucho descuido en estos días —sentenció Domicia—. Has hecho bien en acudir a mí. Yo hablaré con la sobrina del emperador. Dame el rollo.

Y el fino papiro pasó del asistente de Flavia Domitila III a la emperatriz con la rapidez de quienes quieren ocultar el más terrible de los secretos.

Domicia Longina no se demoró y esa misma tarde, aprovechando que el emperador dormía en la *hora sexta*, su habitual hora de descanso durante el día, acudió al dormitorio de Flavia Domitila. Allí la encontró la emperatriz, algo desaliñada, sin peinar bien y con una *stola* que podía estar bastante más limpia. Domitila siempre había sido sencilla, pero también limpia y aseada. Aquel desaliño era impropio de una sobrina del emperador.

—Tu tío desaprueba esa falta de aseo en tu ropa y en tu peinado, Domitila —dijo la emperatriz con algo de sequedad. No quería mostrar su preocupación; además, la joven se había encerrado en sí misma tras las últimas desgracias que había sufrido—. Sé que padeces pero debes mantener las formas, especialmente en público.

Domitila se revolvió como una joven fiera herida.

—¿Deseas que me acicale más para resultar aún más atractiva a tu marido?

Domicia Longina suspiró profundamente. La juventud de Domitila le impedía ver que ella, la emperatriz, estaba ya muy lejos de sentimientos sólo posibles para quien ama. Los celos se habían esfumado en su primera juventud. La comunicación con Domitila, como había imaginado, iba a resultar difícil. Domicia incluso llegó a considerar por un instante marcharse y no advertirla, pero necesitaban unos días más de cierta calma —calma tensa, como lo era siempre en palacio—, pero unos días más. Eso había pedido Partenio. La emperatriz sacó entonces de debajo de su *stola* el papiro y mostró claramente las letras griegas alfa y omega.

—Esto estaba en tu habitación; a la vista de cualquiera —especificó la emperatriz.

Domitila, sentada frente a su cama, volvió a darle la espalda y a mirarse en un espejo sucio que colgaba junto al lecho.

—¿Y qué si estaba en mi habitación?

—¿Niegas que te pertenece?

—No —dijo Domitila con cierto orgullo. Domicia Longina inspiró con fuerza. Estaba a punto de perder la paciencia.

—Alfa y omega, la primera y la última letra del alfabeto griego, indican que el dios de los cristianos es el principio y el fin de todas las cosas. —La emperatriz pronunció aquellas palabras lanzando a los pies de Domitila el papiro, arrugado por la presión de los dedos imperiales, que lo habían estrujado en un afán de estrangular el peligro que se cernía sobre Domitila, sobre todos ellos.

La joven sobrina de Domiciano se arrodilló despacio y cogió el papiro con cuidado, lo puso sobre el lecho y lo aplanó con mimo.

—Si tu tío descubre esto te ordenará ejecutar inmediatamente —dijo Domicia Longina luchando por no levantar la voz.

—¿Se lo vas a decir tú?

—¡Por todos los dioses, Domitila! ¿No ves que estoy intentando ayudarte? ¿De qué se trata? ¿Qué contiene este papiro?

—Son oraciones, rezo al dios cristiano. Me ayudan. Me ayudan en mi soledad y en mi desgracia. Rezo por mis hijos.

—Comprendo tu preocupación por tus hijos, Domitila, pero no puedes hacer esto, ¿entiendes, Domitila? No puedes guardar en tu habitación rezos cristianos ni símbolos suyos. Nada de eso, ¿me entiendes? —Como veía que Domitila no la miraba y seguía ofuscada aplanando aquel papiro como si acariciara las palabras que se habían escrito en él, se acercó para cogerla por los brazos y sacudirla ligeramente, sin violencia, como si buscara simplemente rescatarla del mundo cada vez más lejano en que su joven sobrina se había encerrado—. No te hagas esto, Domitila, no te hagas esto.

La muchacha, más serena, la miró fijamente a los ojos y lanzó palabras afiladas como dardos envenenados.

—No todos podemos acostarnos con el emperador del mundo y no sentir asco y horror al día siguiente.

Domicia Longina abofeteó a su sobrina con fuerza. Una vez, una palmada seca que resonó en las cuatro esquinas de la habitación. Domitila rompió a llorar. La emperatriz la soltó y vio cómo se derrumbaba de costado sobre el lecho sin dejar de llorar y llorar desconsoladamente.

—Tiene a mi marido... tiene a mis hijos... estas oraciones

me ayudan —masculló Domitila entre sollozos—; este dios me ayuda.

No dijo más. Domicia se levantó y se alejó de la cama. Al caminar hacia la puerta sólo oía el llanto desgarrador de su sobrina. Lamentaba haberla abofeteado, pero estaba en juego la vida de todos, no sólo la de sus hijos y su marido. Domitila estaba sufriendo lo suficiente como para volverse loca o como para hacerse cristiana —que a fin de cuentas era lo mismo—, pero había elegido el peor de los momentos. Domicia pensó en revelarle lo que estaba a punto de ocurrir, pero entonces estarían todos en manos de una persona trastornada. Loca con motivos, pero loca; eso no era posible. La emperatriz se detuvo en la puerta y, por una vez en muchos años, pidió perdón con sinceridad.

—Siento haberte pegado, Domitila. Sólo te pido que seas discreta con tus rezos y con los símbolos de tu dios. Sólo eso. ¿Podrás hacer eso?

La sobrina del emperador no dejó de llorar, ni siquiera levantó la cabeza para mirar a la emperatriz, pero asintió hundiendo su rostro entre las sábanas donde había sido humillada durante horas la noche anterior por el emperador de Roma.

Domicia Longina se dio por satisfecha. No se le podía pedir más.

11

MÁXIMO

Roma
18 de septiembre de 96 d. C., *hora tertia*
El día señalado para el asesinato

Máximo, nervioso, con el mismo miedo de Partenio a ser
pronto el próximo en la lista del emperador, la lista de los que
caían en desgracia, cargado con una montaña de rollos, se
deslizó como una anguila entre los dos guardias pretorianos
que custodiaban la cámara de Domiciano, cuyo dormitorio
hacía también las veces de despacho privado donde, ocasionalmente, departía con Partenio, con algún otro consejero o,
cada vez con más frecuencia, con Norbano y Petronio Segundo, los prefectos del pretorio, especialmente con el primero.
Máximo cerró la puerta despacio. Los pretorianos ni tan siquiera se molestaron en girarse; el emperador no estaba en la
cámara y Máximo era uno de esos libertos que andaban siempre con el consejero imperial, de modo que estaría simplemente trayendo o llevando documentos que Domiciano habría solicitado para consultar. Para ellos, Máximo era poco
menos que una mula de carga flacucha y débil, y en eso estaban en lo cierto: aquel liberto estaba como un fideo; de puro
nervio lo quemaba todo, no importaba que comiera grandes
cantidades en los sótanos donde estaban las cocinas imperiales. Su metabolismo lo consumía todo, sus preocupaciones lo
devoraban todo. Y es que Máximo, como tantos otros, había
asistido como testigo privilegiado, a su pesar, a la evolución de
un emperador que cada día estaba más loco, más fuera de sí.
Partenio lo había controlado durante años, e incluso hubo
momentos en que la belleza de Domicia, la emperatriz, pareció dulcificar el agrio carácter imperial, pero ahora todas esas

influencias habían desaparecido y Tito Flavio Domiciano siempre estaba a disgusto con todo y con todos. Convencido de que todos querían matarle, ya sólo confiaba en su guardia pretoriana y en sus prefectos; el resto eran sospechosos de traición. Hasta tal punto había llegado su locura que Máximo había visto asomar una noche, en la que, como en ese momento, llevaba documentos a la cámara imperial, la punta brillante de una daga por debajo de la almohada de la cama del emperador.

—¿Una daga? ¿Estás seguro? —fueron las preguntas de Partenio cuando Máximo le contó lo que había visto.

—Completamente seguro, por Hércules. Hasta levanté la almohada un poco y allí estaba: un *pugio* militar de doble filo.

Máximo, ahora que se acercaba lentamente hacia la misma almohada, recordó las palabras de Partenio.

—Esa daga es una vieja costumbre imperial, pero ahora nos supone un problema. El día señalado para ejecutar el plan no puede estar allí, no debe estar allí. —Le miró fijamente—. ¿Entiendes lo que quiero decir, Máximo?

El liberto miró a Partenio con los ojos muy abiertos. Incluso él, que era de pocas luces, entendía el peligro que encerraba lo que se le pedía.

—Pero... pero... ¿cómo haré para salir del dormitorio imperial con la daga sin que me vean los pretorianos?

—Pensaremos en algo, pensaremos en algo —dijo Partenio intentando tranquilizarle.

Máximo había dejado el montón de rollos en una *sella* contigua a la mesa y se encontraba en pie, inmóvil, en la cabecera de la cama de Domiciano, emperador de Roma. El liberto miró hacia la puerta, que permanecía cerrada. El emperador estaría aún en el *Aula Regia*. Estaba solo. Asintió como para darse fuerzas y volvió a mirar la almohada. Sus manos, sudorosas, se acercaron hasta ella y la levantaron con lentitud. Si el arma caía, el ruido llamaría la atención de los guardias. Apartó la almohada del todo y allí, como había visto ya antes, tal y como le había comentado a Partenio, estaba el *pugio* militar, brillante y dispuesto para ser utilizado en caso de ataque. Máximo inspiró profundamente y con su mano derecha tomó el puñal por el mango, con fuerza, y lo llevó hasta la mesa. Entonces, con la mano izquierda, extendió uno de los rollos que acababa de traer, de casi dos pies de ancho, pues se trataba de unos mapas de la Dacia, y puso la daga sobre el mapa extendido. Luego, con ambas manos, de forma algo torpe, la envolvió entre el papiro. El resultado era muy llamativo, pues era evidente que algo grande se ocultaba en aquel rollo, así que cogió el mapa de Dacia con la daga con una mano y con la otra puso varios de los rollos que había traído y algún otro que el emperador había solicitado que se le retiraran de la mesa. Con una nueva montaña de rollos sobre el pecho era ya más difícil discernir si el rollo de la parte inferior ocultaba algo.

Máximo se dio la vuelta, llegó junto a la puerta y se detuvo. Le faltaban manos para poder abrirla. Cuando llegaba, las puertas siempre estaban abiertas y él las cerraba luego con un pie, y cuando salía, no llevaba tantos rollos y se las apañaba bien para abrir con una mano, pero ahora, en su afán por ocultar la daga, había cogido rollos de más y todo era diferente. No sabía qué hacer. Era lento de mente. Se quedó allí, con todos los rollos en su pecho, con las manos sudando, quieto, detenido, respirando de forma acelerada, sintiendo cómo el sudor empezaba a correr por su frente. De pronto, para su alivio y para su sorpresa, la puerta se abrió.

—Tardas mucho, liberto.

Máximo tenía el rango de consejero pero para los pretorianos era sólo un enclenque liberto siempre rodeado de papiros; el pretoriano se quedó algo sorprendido al verlo allí mismo, junto a la puerta.

—Es que no podía abrir la puerta solo —dijo Máximo con un hilillo de voz extraño.

Los pretorianos se miraron entre sí. Máximo aprovechó el momento para pasar entre ellos y empezar a andar por el pasillo de regreso al *Aula Regia* y a la pequeña biblioteca que allí se levantaba, contigua a la gran sala de audiencias, para descargar su peligrosa carga de papiro y metal secreto. A cada paso esperaba sentir la mano de uno de los pretorianos sobre su hombro, como anticipo de un registro inicial y de la rápida ejecución posterior en cuanto se descubriera lo que había hecho. Y de súbito, en efecto, notó la mano del pretoriano sobre su hombro y una voz potente, marcial, dirigiéndose a él con vehemencia.

—Liberto.

Máximo se detuvo y se giró. El pretoriano lo miró divertido.

—Se te ha caído esto.

Exhibió un pequeño rollo de papiro que se había desprendido de la montaña de rollos y había caído al suelo cuando cruzaba entre los guardias. El pretoriano, ante el silencio de Máximo, puso el rollo en lo alto del montón de papiros y se fue riendo. Máximo dio media vuelta y, sin casi respirar, se alejó de allí lo más rápido que pudo teniendo cuidado extremo en no dejar caer ningún rollo más. A sus espaldas oyó las risas de los dos pretorianos y cómo uno le decía al otro:

—Es un idiota, un idiota.

12

EL REY DE DACIA

Moesia, al sur del Danubio
Frontera norte del Imperio romano, *hora quarta*

Decébalo era, formalmente, rey de Dacia, y por un tratado firmado hacía pocos años, súbdito del emperador de Roma; sin embargo, a lomos de su caballo negro, comandando un escuadrón de su caballería sármata y dacia, tras atacar una pequeña ciudad en Moesia, provincia romana al sur del Danubio, no parecía un bárbaro demasiado sometido al poder de Domiciano.

El rey detuvo su montura y su guardia le imitó. Decébalo desmontó y lo mismo hicieron sus hombres. Era una escena que se repetía con frecuencia. Decébalo sabía que estas incursiones en las provincias romanas al sur del Danubio daban moral a sus soldados. Los pagos de Roma por mantenerse tranquilo, al norte del río, sin atacar ciudades o fortificaciones del Imperio, llegaban dos veces al año. Eran una importante fuente de ingresos para las arcas reales, pero insuficiente si lo distribuía entre sus nobles. A éstos y a todos sus jinetes y soldados les ilusionaba más realizar incursiones al sur del Danubio y, mediante el pillaje, hacerse con dinero, joyas, animales, víveres y hasta esclavos. Estos ataques estaban prohibidos por el acuerdo de paz firmado con Roma años atrás, pero Decébalo sabía que el emperador Domiciano era débil y, que tras las derrotas sufridas en Dacia, toleraría centenares de incursiones —como las que acababan de realizar en Moesia durante los últimos días— antes de decidirse a atacarle de nuevo al norte del Danubio. Además, si el emperador de Roma se lanzaba contra ellos, si se atrevía a cruzar el gran río una vez más, en esa ocasión los encontraría mucho más fuertes y mejor pertrechados que antaño, y es que Decébalo invertía gran parte del dinero que Domiciano le enviaba para que no atacara en mejorar su propio ejército, pertrecharlo con más y mejores armas y reforzar todas las defensas de las ciudades dacias.

El rey, orgulloso, se paseó frente a sus soldados, quienes, unos cubiertos de pesadas cotas de malla y otros con el pecho descubierto, exhibían sus largas espadas curvas aún con sangre brillante de los ingenuos habitantes de Moesia. Éstos, por un tiempo, habían pensado que su emperador les protegería del poder incontestable de los dacios en las amplias llanuras del Danubio.

—*Scrum!*[5] —exclamó Decébalo ante todos ellos. El millar de jinetes que le acompañaban en aquella incursión alzaron sus escudos largos y ovalados en señal de júbilo—. *Scrum!* —repitió el rey dacio señalando la pequeña ciudad de Moesia Superior que acababan de arrasar, pero ya era suficiente.

Decébalo estaba persuadido de que aquellas incursiones eran necesarias para que el emperador no se olvidara de la tremenda capacidad destructiva de sus hombres, y así siguiera pagando el tributo pactado para evitar que la violencia desencadenara una nueva guerra que afectaría a Moesia Inferior, Moesia Superior, Panonia Inferior y Panonia Superior. De la misma forma, era consciente de que no podía entretenerse. Alguna de las legiones apostadas en la región pronto se encaminaría hacia aquel punto para evitar que los ataques se prolongaran. El rey de la Dacia se encaramó de un salto a su caballo y ordenó que la caballería dacia y sármata se dirigiera de nuevo hacia el norte, de regreso a Sarmizegetusa, la capital de su reino. Decébalo no podía evitar cabalgar luciendo una amplia sonrisa en el rostro. Aquello era tan fácil, tan sumamente fácil... Los romanos, por temor a los dacios, sólo se desplazaban con una legión entera, sin atreverse a separar la caballería

---

5. «Cenizas» en lengua dacia, la lengua prerromana que hablaban en la actual Rumanía antes de que se impusiera el latín. Sólo se conocen unos cuatrocientos términos de esta lengua desaparecida. Véase el glosario en los apéndices.

de la infantería, y eso ralentizaba enormemente sus desplazamientos, lo que daba todo el tiempo del mundo a sus hombres, con su caballería ligera, para realizar incursiones como aquélla y luego retirarse con tiempo suficiente para refugiarse al norte del Danubio. Unos años más así, unos cuantos pagos más de oro romano y pronto, muy pronto, sería él mismo, el gran Decébalo, el que se lanzaría al sur para construir su propio imperio, un inmenso reino que abarcaría desde las costas del mar Negro hasta el mar Adriático, quedando bajo su control todas las llanuras del Danubio, con la Dacia en el corazón del mismo, junto con las provincias de Moesia Inferior y Superior, Panonia inferior y superior, Tracia e Iliria. Eso para empezar. Para cuando el emperador Domiciano quisiera reaccionar, un buen pedazo del Imperio romano ya estaría bajo su control, y si conseguía coordinar su gran ataque con los germanos y los partos, éste se desmembraría, se desharía en mil pedazos como una fruta demasiado madura, pasada, podrida en sus mismísimas entrañas.

13

EL RENCOR

Domus Flavia, **Roma**
18 de septiembre de 96 d. C., *hora quarta*

Estéfano miró la daga con la que debía matar al emperador. Era hermosa, resplandeciente, brillante en su filo y en su punta y con un enorme rubí rojo en su empuñadura. Se la había entregado Partenio pronunciando unas palabras solemnes, tiznadas de una seguridad tan extraña como tenebrosa:

—Esta daga tiene una deuda pendiente con el emperador y nos ayudará a acabar con su vida. Lleva quince años esperando una ocasión para vengarse y estoy seguro de que, allí donde nosotros flaqueemos, esta daga encontrará el camino para partir su corazón en dos. —Estéfano recordaba nítidamente cómo Partenio le había entregado el arma repitiendo aquel mensaje como si se tratara de una oración—. Sí, esta daga tiene una deuda pendiente, una deuda pendiente...

Ahora había llegado el momento, el día y la hora. La mano no le temblaba. Era algo meditado, decidido con la frialdad del rencor bien alimentado. Los acontecimientos de los últimos días lo habían precipitado todo. Las últimas ejecuciones destruían el corazón del Imperio, pero, para Estéfano, lo esencial era que las últimas muertes estaban destrozando su pequeño nuevo mundo, en el que había encontrado algo de esperanza: hasta hacía poco era el liberto al servicio de unos nobles generosos y ahora de aquella familia apenas quedaban despojos, una patricia trastornada y sangre, sangre por todas partes... Sus ojos seguían clavados en el arma. Partenio le había elegido para el golpe clave, por eso le había entregado aquella daga. Su cómoda vida no era fruto ni del azar ni del trabajo, sino de la lealtad absoluta a una familia que había desaparecido. Y todo por culpa de un loco. Inspiró aire con profundidad. No siempre fue así, no siempre fue un loco. El emperador tuvo tiempos mejores. Nunca fue una persona bondadosa, pero... Estéfano negó entonces con la cabeza. No, ninguno de esos recuerdos era cierto: el emperador siempre fue un miserable, pero él, Estéfano, se vio beneficiado al servirle concienzudamente, sin hacer preguntas, sin atender a ningún remordimiento, incluso traicionando a los nobles a los que servía, por miedo, por pánico. Pero hasta el lujo y la riqueza y los placeres se hacen superfluos cuando la miseria que te rodea —y, peor aún, la miseria de la que uno es parte clave— te envuelve hasta asfixiarte en el fango de la sangre derramada por decenas, centenares de inocentes. ¿Por qué los niños, por qué los niños? No habían hecho nada. Nada. Todos tenemos un límite, todos, y Estéfano había llegado al suyo. Todos tenemos un límite, todos, sí, todos menos Domiciano. Estéfano sentía un profundo asco de sí mismo y de su cobardía de tantos años, de su cobardía cuando sostenía en brazos aquel pequeño y por puro miedo se arrodilló ante los pretorianos y lo entregó para que lo ejecutaran. A un niño. A un niño.

Estéfano miró la daga con la que debía matar al emperador y cerró los dedos lentamente, asiendo la empuñadura con fuerza. Lo de Flavio Clemente y su familia había sido la gota final, la última locura; la última, esto es, si conseguían llevar a término el plan diseñado por Partenio. Lo más probable era que, al igual que tantos otros en el pasado, más pronto que tarde alguien los traicionara y el emperador fuera informado del complot antes de que éste pudiera ejecutarse. «Ejecutar» era una buena palabra para definir lo que debía hacerse. Estéfano se levantó. Había pensado en rezar a su nuevo dios. A su derecha había un papiro con las letras alfa y omega y unos escritos nuevos que le habían pasado. Él siempre había sido discreto, cuidadoso, no como Flavia Domitila, pero claro, no estaba sujeto a los mismos sufrimientos. Sí, los había leído y le habían proporcionado paz de ánimo, pero ahora no era el momento. Un cristiano no debe matar. Su nueva religión le impedía llevar a cabo lo que tenía que hacer, pero había sido tantos años un fiel adorador de los dioses de Roma que apartó con parsimonia aquel papiro de su lado.

—No seré cristiano un día más, sólo un día más —dijo en voz baja en la soledad de su pequeña cámara en las entrañas de la *Domus Flavia*. Su nuevo dios era generoso, decían. No le reprocharía un día más sin adorarle, sin seguir sus preceptos. Y en cualquier caso ya no había otro camino. Ya había matado a otra mucha gente en el pasado, por inacción, por delación. No con sus propias manos, eso no, para eso estaban siempre dispuestos los pretorianos. Lo que debía realizar ese día debía hacerlo en persona; no había otro modo. Se sentía débil y temía fallar, pero había otros más que terminarían lo que él empezara si fallaba. Así estaba planeado. Partenio era bueno para eso de los planes. Su puñalada no tenía que ser la mejor, sino la primera de una larga serie. Su papel era, sobre todo, ser el primero en alzar su arma contra el pecho del emperador, o la espalda. Estéfano no entendía de la elegancia del combate de los gladiadores o de la dignidad de la lucha de los legionarios. La suya era una lucha por su supervivencia y por la de otros a quienes apreciaba y a quienes no quería ver caer en las fauces insaciables de la locura de Domiciano, aunque de ésos ya quedaban muy pocos, y pronto no quedaría nadie. Sólo hacía unos meses que las miradas de lascivia del emperador se habían fijado en Flavia Domitila. Para el emperador era sólo una presa más con la que se entretendría unas semanas, quizá unos meses, o, en el peor de los casos, años que pasarían lentos e insufribles para la pobre mujer seleccionada por el ansia incontrolable del más poderoso de los poderosos. Aquello debía terminar. No más horror, no más delaciones sin sentido. Estéfano asintió. Sería por la espalda. Era justo. Domiciano había ordenado la ejecución traicionera de decenas de servidores, senadores, consulares, *legati*, gobernadores; era justo que muriera de una puñalada por la espalda, a traición.

Estéfano, mayordomo de Flavia Domitila III, sobrina del emperador, posó la daga sobre su antebrazo izquierdo y con la mano derecha tomó la venda con la que cada día, desde hacía mes y medio, desde las *kalendae* de agosto, envolvía el arma para ocultarla a los ojos de los pretorianos y del propio emperador. Era un ardid ingenioso del que se sentía orgulloso. Había fingido una caída en las escaleras que daban acceso al *Aula Regia* del palacio y luego simuló tener el brazo roto; por ello los pretorianos no se sorprendían de su brazo vendado. Así, durante mes y medio, una vez a la semana, era recibido por el emperador sin que nadie sospechara lo que llevaba oculto en su antebrazo izquierdo. Su cobardía al no defender a los pequeños hijos de Domitila le había hecho ganar puntos en la confianza del emperador.

Estéfano se levantó con una decisión que le sorprendió incluso a él mismo. Una sacerdotisa había predicho al emperador que ese mismo día, antes del mediodía, antes del final de la *hora sexta*, sería asesinado. El emperador había tomado en serio el augurio y había sextuplicado el número de pretorianos en cada turno de guardia, al tiempo que se había acelerado la instalación de los mil espejos que debían ponerse sobre cada una de las mil columnas de la inmensa *Domus Flavia*. Domiciano siempre temía una puñalada que viniera de alguien escondido tras una de esas columnas. Estéfano sonrió cínicamente. El emperador, con frecuencia, se olvidaba de mirar en los espejos. Tendría que aprovechar el recorrido final del paseo que hacía con el emperador desde el *Aula Regia* hasta las estancias privadas de la dinastía Flavia para poder quitarse la venda y para asestar el golpe nada más entrar. No, los pretorianos le verían. No, quizá podía empezar a quitarse la venda, mirándose el antebrazo como si arreglara la disposición de la tela, pero sólo debía quitársela por completo una vez a solas con el emperador. Y sólo tendría un instante para ejecutar el golpe. Sólo un instante. Terminó de vendarse bien el brazo. Tantas cosas podían salir mal... pero sacudió la cabeza. Ya no había marcha atrás. Eran demasiados los implicados aquel día. Sólo algo estaba claro: alguien iba a morir aquella mañana: el emperador del mundo o ellos. Quizá todos.

Estéfano empezó a caminar. Abrió la puerta de su estancia. A través de las ventanas altas del palacio penetraba el torrente del bullicio de las calles de Roma, que le saludó con una mezcla de olores confusos: salsas extrañas que emergían de la chimenea de la cocina imperial, flores frescas de los jardines de palacio, perfumes que unas esclavas portaban para la emperatriz Domicia. Estéfano, con su brazo izquierdo armado, pero vendado y en cabestrillo, encaminó sus pasos hacia el *Aula Regia* donde el emperador, una vez más, tenía una audiencia pública. Domiciano, el *Dominus et Deus* [señor y dios], había aceptado recibirle luego, cuando su atención al pueblo de Roma y a los embajadores de los más distantes reinos terminara. Estéfano se había inventado una falsa conjura y había anunciado al César que hoy tendría el nombre de los que debían ser ajusticiados. Sabía que sólo un anuncio así le garantizaba que la nueva audiencia no se cancelara, sólo que esta vez ya no daría nombres. Ya nunca daría más nombres.

14

EL EMPERADOR DEL MUNDO

Domus Flavia, Roma
18 de septiembre de 96 d. C., *hora quinta*

El emperador estaba sentado en su gran trono imperial. Tras él, Partenio le hablaba en voz baja al oído.

—Tenemos una embajada de Moesia, *Dominus et Deus*. ¿Desea el César recibirlos ya o no?

Tanto Partenio como el propio emperador sabían a qué venían esos emisarios: a reclamar la protección del emperador de Roma, ya que el rey de Dacia no estaba cumpliendo el tratado de paz y seguía atacando poblaciones al sur del Danubio. El consejero era consciente de que aquello irritaría al emperador, no por los ataques, sino porque admitir dichos ataques era admitir que Decébalo, aun después de cobrar el vergonzoso tributo que le daba Roma, no respetaba la autoridad imperial, y lo último que quería Partenio aquella jornada era indisponer al emperador. Necesitaba que se sintiera lo más confiado posible. Ya había hecho bastante daño el augurio de una maldita adivina que había asegurado que el emperador moriría un día de ese mes antes de que la *hora sexta* llegara a su fin. Eso lo había complicado todo y había incrementado las suspicacias de Domiciano, por ello Partenio estaba deseoso de retrasar la audiencia de aquella embajada. No quería más complicaciones.

—¿Quizá mañana sería mejor día para recibirles, *Dominus et Deus*? —sugirió Partenio en un susurro, pero en cuanto vio la faz del emperador girarse hacia él despacio, encendida por la sospecha, comprendió que había equivocado la estrategia.

—¿Mañana...? —empezó el emperador, aparentemente dubitativo, para, de inmediato, sonreír abiertamente y negar con la cabeza respondiendo ya en voz alta a su consejero—. No, Partenio, esos hombres han hecho un viaje largo para ver a su emperador. Que entren. El emperador de Roma escucha a los emisarios de todas las provincias —apostilló, y se reclinó en el trono, satisfecho al observar la contrariedad marcada en el rostro de su consejero.

Muchos querían matarle, de eso estaba bien seguro, pero hasta donde había penetrado la conspiración en aquel palacio imperial era algo de lo que aún no estaba seguro. Desconfiaba de todos, de todos, sí, incluso de Partenio. Domiciano miró entonces a su prefecto de la guardia y Norbano asintió y salió del *Aula Regia* para llamar a los embajadores de Moesia. El emperador se entretuvo en pasear sus ojos por la gran sala: estaba repleta de pretorianos apostados en línea junto a cada pared y en pequeños grupos en las esquinas. Habría más de cincuenta soldados bien armados; luego estaban Partenio, algunos otros consejeros y un par de arquitectos que querían consultarle sobre las reformas que iba emprender en palacio y en algunos edificios públicos para engrandecerlos aún más, como había hecho con el gigantesco anfiteatro que heredara de su padre y su hermano. También había una docena de esclavos dispuestos para atenderle en cualquier cosa que su augusta majestad imperial, *Dominus et Deus*, pudiera desear. Había uno especialmente joven, apenas un muchacho de unos quince años, que, sudoroso y algo asustado, en pie a la derecha del emperador, estaba encargado de salir, de cuando en cuando, para consultar en el reloj de sol del peristilo la hora. Su función era particularmente delicada aquella mañana, como cada mañana desde el presagio de la adivina, pues todos sabían que el emperador había adoptado la costumbre de no salir del *Aula Regia* hasta que pasara la fatídica *hora sexta*. Y, finalmente, completaba el cuadro de servidores del emperador en la gran sala de audiencias un hombre viejo, pequeño, ensimismado, con el pelo cano, que no dejaba de mirar al suelo con aire entre triste y apesadumbrado.

—Estacio —dijo el emperador mirando a aquel anciano.

El interpelado levantó la cabeza y presto, como retornando de un sueño, respondió con rapidez.

—Publio Papinio Estacio al servicio del gran emperador de Roma, *Dominus et Deus*.

Domiciano conocía muy bien las dotes aduladoras de su poeta de cámara, pero no dejaba de sorprenderle y de agradarle, especialmente en aquellos terribles días de traiciones constantes, aquel torrente de palabras cargadas de aprecio hacia su persona. Si el afecto era sincero o fingido era algo que nunca estaba claro, pero en tiempos en donde uno se siente muy odiado es agradable escuchar lisonjas, independientemente de que éstas sean fruto de la honestidad o de la necesidad.

Entraron en ese momento los embajadores de Moesia: media docena de hombres maduros, vestidos con togas elegantes y limpias que manifestaban con claridad que se trataba de personas pudientes en su provincia. Domiciano comprendió que no era una delegación de cortesía. Su porte era demasiado adusto, demasiado distante, frío. Venían a reclamar y él, el emperador del mundo, tenía otras muchas cosas que atender que a los posibles ataques de cualquier banda de forajidos del norte. ¡Por Júpiter! ¿Por qué sus *legati* no podían ocuparse de las fronteras como era debido? Al menos nunca llegaban quejas desde Germania. Trajano parecía cumplir bien su cometido, como Nigrino en Oriente. Eso también le preocupaba: tanta eficacia acompañada de tanto silencio. Decididamente nunca estaría satisfecho de sus *legati* y no, no quería oír más reclamaciones.

Domiciano ignoró a los embajadores que se habían situado frente a él y siguió manteniendo su mirada por encima de ellos, hablando con su poeta, que estaba al fondo de la gran *Aula Regia*.

—Me siento algo triste, Estacio. ¿Tienes algún poema con el que elevar mi ánimo? Elevar el ánimo del emperador es elevar el ánimo de todo el Imperio. —Terminó bajando sus ojos, por primera vez, hasta unos embajadores que se mantenían firmes frente a él, serios y, por prudencia, callados, pues el emperador aún no se les había dirigido de forma directa.

Estacio frunció el ceño. Había estado trabajando en un texto nuevo, una *silva* que quizá pudiera ser adecuada para lo que su augusta majestad requería.

—Mientras Estacio piensa —continuó el emperador dirigiéndose al joven esclavo—, sería bueno saber qué hora es.

El muchacho acababa de regresar de una de sus múltiples salidas para consultar el reloj de sol.

—Es la *hora sexta*, casi acabando, *Dominus et Deus*.

—La *hora sexta* —repitió Domiciano y se volvió hacia su consejero un momento—; la *hora sexta*, casi acabando la *hora sexta*, Partenio, y aún estoy vivo. Sólo queda una hora para que se cumpla el augurio. —Sonrió divertido antes de preguntarle de nuevo al esclavo—: ¿Acaso está nublado, esclavo?

—No, no lo está, *Dominus et Deus* —masculló el muchacho sin dejar de mirar al suelo.

—No lo está. —El emperador se palmeó el muslo con fuerza—. Pues parece difícil que me vaya a partir un rayo.

Lanzó una sonora carcajada a la que, ágiles en la respuesta, se unieron la cincuentena de pretorianos que custodiaban al emperador del mundo en el interior del *Aula Regia*, una lujosa sala rodeada a su vez por estancias con decenas y decenas de más guardias pretorianos en el corazón de un palacio imperial donde quinientos pretorianos más patrullaban alrededor de la colina sobre la que éste se levantaba, en una ciudad tomada por los miles de pretorianos restantes que Norbano, prefecto del pretorio, había ordenado salir de sus *castra praetoria* para cortar todas las calles que daban acceso a la colina del Palatino en una medida extrema que se aseguraba de que era del todo imposible que ningún grupo armado pudiera ni tan siquiera aproximarse a las inmediaciones de la gigantesca *Domus Flavia*. Domiciano estaba convencido de que nadie podría penetrar en palacio. Tan sólo temía una traición interna, desde dentro, pero también se había preparado para ello. También. De pronto, Tito Flavio Domiciano dejó de reír y todos sus guardias callaron casi al tiempo. El resto de los presentes permanecía en un tenso silencio.

—¿Y bien, Estacio? ¿Tienes un poema con el que animarme, o tengo que ordenar que regrese del destierro Juvenal o algún otro de tus colegas caídos en desgracia? Juvenal era un ateo incapaz de asumir la divinidad imperial, pero componía bien.

Estacio no se sintió amenazado por aquellas palabras. El emperador nunca dejaría que Juvenal regresara y, en cualquier caso, el sufrimiento de sentirse como un auténtico esclavo del emperador hacía tiempo ya que evitaba que le dolieran las malas críticas a su obra. Sabía que no todos sus poemas eran buenos, pero también estaba seguro de que no todos eran tan malos como sus detractores se afanaban en decir una y otra vez. Estaba convencido de que el afecto que se había granjeado del emperador suponía el desprecio de la mayor parte del resto de escritores que, eso sí, se guardaban muy mucho de hacer públicas las críticas a sus poemas. Al menos podían haber valorado el silencio con que Estacio soportaba aquellos insultos cuando, estaba seguro, una palabra suya habría sido suficiente para que más de uno de aquellos críticos a su obra diera con sus huesos en la arena del anfiteatro Flavio.

—Sí, *Dominus et Deus*. Tengo un poema a una estatua.

El emperador lo miró intrigado. Aquello le había sorprendido.

—¿A una estatua?

Partenio, detrás de Domiciano, tensó los músculos. ¿Es que aquel día se habían empeñado todos en enfurecer al emperador, incluso el siempre rastrero Estacio? Pero el poeta no parecía preocupado.

—Un poema a la colosal estatua ecuestre del emperador, la que se levanta junto al templo del divino Vespasiano.

El emperador volvió a reír. Reía mucho. Partenio tenía claro que estaba nervioso.

—¡Ja, ja, ja! —Y retumbaba la carcajada del emperador por toda el *Aula Regia* y los pretorianos escoltaron con sus propias risas una vez más la risa del emperador hasta que Domiciano, de nuevo, detuvo su carcajada en seco y se inclinó en su trono mirando con solemnidad a Estacio— ¡Por Júpiter, escuchemos pues el poema!

El escritor avanzó entonces quince pasos hasta situarse en el centro de la gran sala, inmediatamente detrás de los embajadores de Moesia que, con inteligencia, se hicieron a un lado para no dificultar al emperador la visión de su poeta de cámara. Estacio se aclaró la garganta y, con una voz rotunda pese a su evidente avanzada edad, que sorprendió en particular a los embajadores, empezó a declamar con decisión.

—Silva para el *Ecus Maximus Domitiani* que con tanta gallardía nos observa a todos desde su gran pedestal:

> *Quae superinposito moles geminata colosso*
> *stat Latium complexa forum? caelone peractum*
> *fluxit opus? Siculis an conformata caminis*
> *effigies lassum Steropem Brotemque reliquit?*
> *an te Palladiae talem, Germanice, nobis*
> *effecere manus, qualem modo frena tenentem*
> *Rhenus et attoniti vidit domus ardua Daci?*

> [¿Qué mole es ésta, agigantada por el coloso
> que se alza sobre ella y que domina todo el Foro Latino?
> ¿Ha llovido del cielo
> esta obra acabada? ¿O, forjada en las fraguas sicilianas,
> ha salido esta efigie de las manos cansadas de (los cíclopes)
> Estéreopes y Brontes?
> ¿O fueron, Germánico, las manos de Palas
> las que para nosotros
> te plasmaron asiendo las riendas,
> tal como te han contemplado hace poco en el Rin
> y la mansión fragosa del asombrado dacio?][6]

El poema seguía y seguía. Para los embajadores, o para el propio Partenio, el que Estacio se refiriera al emperador con el título que él mismo se había arrogado de Gérmánico, por su supuesta victoria sobre los catos del Rin, o que se hiciera referencia también a la siempre inflada supremacía de Roma sobre la Dacia y su rey, eran poco menos que gigantescas burlas a la razón humana, pero tanto el consejero como los embajadores de Moesia se cuidaron mucho en que sus rostros no mostraran la indignación que palpitaba en sus corazones. Pero Estacio proseguía declamando:

---

6. Traducción de este extracto del poema de Estacio y del de la página siguiente según la versión de Francisco Torrent Rodríguez en su edición para Gredos. Ver bibliografía.

Domiciano, Dominus et Deus,
vix sola sufficiunt insessaque pondere tanto
subter anhelat humus, nec ferro aut aere; laborant
sub genio, teneat quamvis aeterna crepido,
quae superingesti portaret culmina montis
caeliferique attrita genu durasset Atlantis...
Non hoc imbriferas hiemes opus aut Iovis ignem
tergeminum, Aeolii non agmina carceris horret
annorumve moras: stabit, dum terra polusque,
dum Romana dies.

[El cielo apenas puede sostenerte y jadea a tus plantas
la tierra por tal mole. No es el hierro ni el bronce:
es tu genio el que fatiga el suelo, y lo fatigaría aun cuando
fuera un pedestal eterno
el que te sustentara, soportando las cumbres de una montaña
alzada sobre él, o resistiendo la fuerza abrumadora de las
rodillas de Atlante, portador del cielo...
Tal estatua no teme al invierno pluvioso,
ni al triple haz de Júpiter,
ni a las legiones vientos que Éolo retiene,
ni a la injuria durable del tiempo:
seguirá enhiesta mientras duren la tierra y el cielo
y la gloria de Roma.]

El joven esclavo encargado de dar la hora mantenía su mirada fija, a través de una ventana, en el gran reloj de sol de una de las paredes exteriores de palacio. Desde dentro del *Aula Regia* la sombra delgada de la punta de bronce del reloj no era visible para nadie que no se asomara desde aquel punto, por eso el emperador había insistido en tener a aquel muchacho pendiente de la hora de forma permanente. Estacio seguía declamando en el centro de la gran sala de audiencias. Partenio, por su parte, observaba al joven esclavo que debía dar la hora. El consejero imperial se percató de cómo el muchacho sudaba por todas partes, por la frente, por las sienes, por las manos que se frotaba constantemente. Partenio miró al César. Éste no parecía darse cuenta de aquel detalle, atento como estaba a los versos de Estacio, pero... cuando el joven esclavo hiciera lo que tenía que hacer... ¿entonces...?

—¡Es la *hora septima, Dominus et Deus!* —dijo el esclavo aprovechando una breve pausa que Estacio se había tomado para inspirar aire.

Domiciano asintió, pero siguió esperando que Estacio prosiguiera hasta que una nueva interrupción hizo que se callase: Estéfano acababa de entrar por el fondo de la sala y, con paso rápido, cruzó el *Aula Regia* directo al emperador. Llevaba un pequeño rollo en su mano. Muchos contuvieron la respiración, pues imaginaron que quizá su nombre pudiera estar escrito en aquella *scheda* enrollada. Estacio dudó en proseguir con su poema o no cuando el propio emperador levantó la palma de su mano derecha indicándole que esperara. Estéfano se detuvo frente al César, se arrodilló, levantó la cara y vio cómo el emperador le indicaba que se aproximara. El joven se levantó y cuando estaba apenas a un paso del emperador, en voz baja, como un susurro inaudible para el resto de los presentes, habló con voz grave:

—Es mucho peor de lo que imaginábamos, *Dominus et Deus.* Hay muchos más implicados. La lista es larga.

—Larga... —repitió el César para sí mismo. Dudaba en abandonar la sala de audiencia sin haber escuchado a los embajadores, pero como ya había pasado la temida *hora sexta* le pudo la curiosidad por conocer el nombre de los implicados en la conjura que había descubierto Estéfano. La impaciencia le consumía por dentro y, al fin, se decidió. Ya nada podía sucederle. Además el palacio estaba férreamente custodiado por cientos de pretorianos. Nadie podría entrar. Nadie. Se sintió seguro. Miró al joven esclavo.

—¿Estamos en la *hora septima?* —preguntó el emperador para confirmar.

—Así es, *Dominus et Deus;* bien entrada ya la *hora septima* —apostilló con un hilillo de voz.

Partenio vio cómo unas gotas de sudor le cayeron de la frente hasta el suelo. El consejero miró al César, pero el emperador no parecía haber visto nada raro. Perdía vista como perdía pelo, pero, al igual que ocultaba su calvicie con pelucas, se negaba a reconocer que ya no veía tan bien como en el pasado. Eso les estaba ayudando.

El emperador se levantó de su trono.

—Vamos —dijo y emprendió la marcha hacia sus aposentos dejando a un lado al perplejo grupo de embajadores de Moesia que le observaban desconcertados. Domiciano no se molestó siquiera en dedicarles una mirada. Estacio, por su parte, se hizo a un lado con rapidez e inclinó la cabeza cuando el César pasó a su lado, rodeado ya por una veintena de pretorianos armados hasta los dientes.

Los embajadores miraron a Partenio. Estaban indignados. El consejero imperial se les acercó.

—El César celebrará una nueva audiencia mañana. —Uno de los embajadores fue a decir algo, pero Partenio tampoco estaba para ocuparse en ese momento de las fronteras del Imperio—. Mañana —repitió con autoridad y dio media vuelta para seguir la estela de los pretorianos que se alejaban por el fondo del *Aula Regia*. El plan estaba en marcha.

15

LA FUERZA DE UNA EMPERATRIZ

Domus Flavia, **Roma**
18 de septiembre de 96 d. C., *hora sexta*

Domicia Longina, esposa de un César, amante de otro César, superviviente a siete emperadores y emperatriz de Roma ella misma, se levantó del lecho. Una esclava le había confirmado que el emperador había sido informado de que ya estaban en la *hora septima*. Domicia Longina sabía que en realidad aún estarían en el mediodía, en la *hora sexta*. Al principio no había compartido la opinión de Partenio de que todo ocurriera precisamente a esa hora que el emperador se esforzaba por evitar, pero luego comprendió que Partenio tenía razón: si Domiciano era asesinado a la hora que había predicho una adivina, gran parte del pueblo aceptaría el suceso como algo inexorable, algo que tenía que ocurrir. Otra cosa era lo que pensarían los pretorianos. Pero ya se ocuparían de eso en su momento. Pronto llegaría el emperador a su cámara personal desde el *Aula Regia*. Alguien intentaría asesinarle allí mismo, pero ya fuera para asegurarse de que, en efecto, la muerte de Domiciano tenía lugar, o para preparar la huida de los implicados, ella debía facilitar el acceso a los hombres de Partenio a través de su dormitorio. ¿A quién habría recurrido Partenio al final? No podía evitar, en medio de la vorágine de toda aquella jornada, sentir curiosidad por ver el rostro de unos hombres capaces de aceptar la misión de entrar en el palacio más protegido del mundo para asesinar al hombre más poderoso de la Tierra.

Domicia Longina se detuvo frente al fresco de las ninfas desnudas. Había llegado el momento. Posó sus manos sobre la pintura y empujó con lo que ella pensó que era suficiente fuerza, pues lo había ensayado en más de una ocasión. En días anteriores, ante aquella presión, la pared había cedido sin problemas, pero en aquel caluroso mediodía del 18 de septiembre permaneció en su sitio, ajena a los deseos de la emperatriz. Domicia Longina no se puso nerviosa. Inspiró profundamente y volvió a empujar, esta vez con todas sus fuerzas. La pared crujió y cedió, pero apenas un dedo. Estaba atrancada por dentro. Tragó saliva. ¿Era cosa del emperador? Podía ser, pero daba igual; incluso si así fuera, tenía que seguir adelante, debía seguir intentándolo. Introdujo sus finos dedos en la pequeña rendija que había conseguido abrir y volvió a empujar con las palmas de las manos. La pared cedió otro poco, pero luego volvió hacia atrás y le pilló el dedo de una mano, que quedó aprisionado momentáneamente hasta que empujó con la otra mano y pudo liberar su dedo herido y ensangrentado. Domicia Longina no gritó ni soltó una lágrima en toda aquella operación. Era un día de sangre. Volvió a tragar saliva. La pared estaba atrancada, pero tenía la intuición que era sólo una mala pasada de la diosa Fortuna. Se habría atascado con algún trozo de ladrillo o de argamasa que hubiera caído en los días anteriores, cuando ensayaba para abrir y cerrar el pasadizo. Volvió a empujar y consiguió que la pared cediera otro poco más, y tuvo cuidado en retirar los dedos por si volvía a retroceder cuando eliminara la presión, pero esta vez la puerta permaneció donde se había quedado tras el último empujón. No obstante, el espacio era de apenas un palmo. Tenía que seguir empujando.

Domicia Longina cerró los ojos. Ahora sí, estaba a punto de llorar. Oyó la voz del emperador en el cuarto de al lado. Hablaba con alguien. Enseguida identificó la voz de Estéfano. Así que el asistente de Domitila había sido el hombre finalmente seleccionado por Partenio para el momento clave. Todos estaban arriesgando la vida. Domicia Longina apretó los puños de los delgados brazos que pendían a lo largo de su cuerpo. Era rabia, la rabia contenida durante años de vejaciones y miseria la que estaba concentrando en cada uno de sus pequeños músculos: una rabia voraz, desatada e incontenible que se estaba apoderando por momentos de todo su ser. Domicia Longina volvió a posar las palmas de sus manos, una de ellas ensangrentada, en el fresco de las ninfas desnudas y empujó, empujó con el ansia de la venganza aflorando por cada uno de sus poros. Sudaba y cada gota era un arañazo del pasado que retornaba con la fortaleza brutal que da el odio absoluto. Y la pesada pared cedió, cedió por completo, y el pasadizo oscuro y frío que conducía al hipódromo de la *Domus Flavia* quedó abierto de par en par. Un aire fresco, procedente de aquel estrecho túnel, saludó a la emperatriz de Roma y Domicia Longina lo recibió con alivio y esperanza. Sólo de los lugares más oscuros y horribles podría emerger la fuerza suficiente para terminar con el mayor de los tiranos, con el más cruel de los miserables. En ese momento oyó golpes en la cámara del emperador y un grito ahogado. La lucha había empezado. Siempre supo que Domiciano nunca moriría por un solo golpe; las bestias agonizan mientras siguen hiriendo y matando y asesinando. Domiciano no sería diferente.

16

UNA COPA DE VINO DULCE

Pasillos de la *Domus Flavia*
Instantes antes de que la emperatriz abra el pasadizo

El *Imperator Caesar Domitianus, Dominus et Deus* caminaba despacio, como si arrastrara todos sus nombres y títulos; avanzaba con la lentitud del esfuerzo de sobrellevar sobre sus hombros su larga retahíla de crímenes, pero, al mismo tiempo, daba los pasos con la máxima premura que podía, pues estaba ansioso por leer los nombres de la nueva lista de Estéfano.

Todos querían matarle. Estaba seguro de que esta vez no sólo habría senadores implicados, sino *legati,* libertos de palacio, quizá el propio Partenio y hasta puede que algún esclavo. Estaba pensando en dejar que Norbano hiciera interrogatorios con total libertad a todos los que trabajaban en palacio; sus métodos eran brutales pero eran más necesarios que nunca. Y también tenía que resolver la sustitución de Petronio Segundo, al que percibía cada día más distante. Sí, habría que reemplazarlo. Casperio era la opción más segura y contaba con la recomendación de Norbano. Una vez reemplazado ya se ocuparía de Petronio, cuando estuviera fuera de Roma, como en tantas otras ocasiones. Eliminados Petronio, Partenio y los senadores de la nueva conjura, todo estaría más controlado, aunque quedaría el asunto siempre delicado de los *legati* de las fronteras del Imperio, en particular, el espinoso asunto de Trajano. No tendría que haber permitido que aquel hispano concentrara tanto poder; era demasiado popular entre las legiones, y eso que no había conseguido ninguna victoria militar de renombre, como Agrícola. Domiciano no entendía bien el extraño aprecio de las legiones del Rin por su gobernador; para él era un fenómeno tan extraño como incómodo. Debería haberlo ejecutado el mismo día que ayudó a Manio en la arena, aquel día en Alba Longa. Pero ahora debía seguir la secuencia adecuada para asegurar su poder: postergado el desagradable tema de su sucesión dentro la dinastía Flavia, de forma brusca pero tajante, debía ocuparse de eliminar a sus enemigos en Roma y luego a los disidentes potenciales dentro del complejo entramado del ejército. Primero los senadores; luego Trajano y Nigrino y otros si era necesario.

Tito Flavio Domiciano entró en su cámara seguido de cerca por Estéfano. Fue entonces cuando se dio cuenta de que apenas había mirado los espejos de las columnas. Echó entonces una rápida mirada y observó que Estéfano, con su brazo vendado —qué torpe era aquel liberto en su forma de andar— le seguía de cerca con los ojos fijos en el suelo. Pese a su torpeza, quizá Estéfano se probara aquella jornada un buen sustituto de Caro Mecio o Lucio Valerio: necesitaba un buen delator que los reemplazara. Domiciano retornó a sus pensamientos. Alrededor les arropaba el ruido rítmico de las sandalias de los pretorianos de la escolta.

El emperador se sentó en el *solium* frente a la mesa de su cámara. Estéfano frunció el ceño mientras le daba el papiro con los nombres de los conjurados. Le molestaba el elevado respaldo del *solium*, pues protegía la espalda del emperador y dificultaría dar la puñalada con fuerza. Era un detalle en el que no habían pensado. Ahora aquella minucia parecía un problema de dimensiones catastróficas, pero no había marcha atrás, no después de que el emperador leyera el primer nombre de la lista.

—Pondremos primero mi propio nombre —le había dicho Partenio cuando le entregó el papiro—; el emperador sospecha de mí hace tiempo y ver mi nombre entre los posibles nuevos conjurados le hará sentir que acaba de conseguir una gran victoria. Tendrás que aprovechar el instante en que el emperador saborea el hecho de ver confirmadas sus peores intuiciones para dar el golpe, Estéfano. Ése debe ser el momento.

Pero entonces entraron dos esclavos que llevaban una copa de bronce y una jarra del mismo metal que contenía vino endulzado al máximo con raspaduras de plomo, el mismo material que recubría el bronce de la copa y la jarra para evitar el peligroso efecto del cardenillo. El emperador dejó el papiro que había cogido y lo depositó de nuevo en la mesa mientras tomaba la copa de la mano de un esclavo y la sostenía para que el otro escanciara un buen chorro de aquel dulce licor. El emperador bebió con gusto mientras los esclavos desaparecían. Estéfano aprovechó la circunstancia para posicionarse ligeramente detrás del emperador e ir quitándose la venda de su brazo, pero a Domiciano no se le escapaba nada y se giró.

—Está demasiado prieta, *Dominus et Deus* —dijo Estéfano intentando controlar el sudor que estaba a punto de aflorar por su frente. Domiciano asintió, no dijo nada, dejó de mirarle, echó un nuevo trago de vino endulzado hasta apurar la copa. Dejó el vaso en la mesa y tomó el papiro. Estéfano siguió desenrollando la venda y la punta de la empuñadura de la daga que Partenio le había dado apareció desafiante con su rojo rubí brillando a la luz de aquel mediodía del 18 de septiembre, del año 850 *ab urbe condita*, que se introducía en la cámara imperial a través de una gran ventana en lo alto de la pared lateral.

—¡Lo sabía, lo sabía, por Minerva lo sabía! —exclamó el emperador, que acababa de leer el nombre de Partenio encabezando la lista de los nuevos conjurados. No se giró de nuevo, sino habría visto que Estéfano sostenía una daga en su mano derecha y se acercaba muy despacio hacia su espalda.

17

UN POCO DE AGUA HERVIDA

Moguntiacum, Germania Superior
18 de septiembre de 96 d. C., *hora quinta*

Plotina entró en el *praetorium* con el sigilo de quien sabe que su esposo, Marco Ulpio Trajano, estaba gravemente preocupado por un doble motivo: la lenta enfermedad que estaba matando a su padre y la incómoda visita de hacía unas semanas de aquellos senadores enviados por Roma. Encontró a su esposo, cabizbajo, sentado en un solitario *solium* en el centro de aquella austera sala, con los ojos cerrados. Tras él un esclavo silencioso, en pie, aguardaba para atender con rapidez cualquier necesidad que el *legatus* del emperador para Germania Superior pudiera tener en aquellos momentos de tensión.

—Siento que tu padre no mejore —dijo Plotina con sinceridad, desde la prudente distancia de la puerta. Trajano abrió los ojos y levantó la cabeza despacio, como si le pesara. El gran gobernador del norte asintió sin decir nada. Plotina pensó en añadir algo más, pero le pareció innecesario. Siempre habían sido un matrimonio en el que sólo se intercambiaban las palabras justas. Se giró para marcharse cuando la voz de su esposo la detuvo.

—No te marches, Plotina... —empezó a decir Trajano desde su butaca—; quédate esta noche conmigo.

Plotina se frenó en seco y se volvió de nuevo hacia el interior del *praetorium*. No recordaba la última vez que su marido le había pedido que se quedara con él. No recordaba la última vez en que su marido había pedido algo a alguien. Trajano daba órdenes y sólo las recibía del emperador. La esposa del *legatus* dio unos pasos hacia el interior del *praetorium* y se sentó frente a su esposo en una pequeña *sella*.

Compartieron un largo silencio. Cuando la falta de conversación parecía resultar demasiado incómoda, Plotina volvió a hablar.

—Longino me ha dicho que los médicos no han sido optimistas. —Trajano asintió—. Tu padre ha sido un gran hombre. Siempre ha demostrado fortaleza más allá de lo imaginable. —Y como aquello podrían parecer palabras huecas, Plotina añadió una reflexión personal, íntima—: Siempre fue muy amable conmigo. Siento que esté sufriendo.

Trajano inspiró algo de aire y se reclinó hacia atrás en su *solium,* dejando caer todo el peso de su cuerpo sobre el respaldo de la butaca.

—Y un gran padre —dijo al fin Trajano—; un gran padre. ¡Por todos los dioses, aún me cuesta creer que algún día no estará aquí para consultarle, para preguntarle, para beber juntos! —Dio un puñetazo en el reposabrazos derecho del *solium.* Bajó entonces los dos brazos y volvió a hablar con más sosiego—. Y ese día se acerca, Plotina, se acerca.

Su esposa no sabía bien cómo tratarle en aquel momento. Nunca había visto a su marido tan abatido. Nunca, ni en los peores momentos de las campañas contra los catos, ni en medio de las atrocidades del emperador en Roma, ni tan siquiera cuando Manio... bueno quizá cuando Manio sí estuvo en un estado de ánimo similar.

—¿Quieres estar con alguien... con alguno de los esclavos? —Plotina lo ofreció con honestidad. Cualquier cosa era mejor que ver a su esposo tan abrumado. Trajano comprendió enseguida lo que su esposa insinuaba, pero esa noche no tenía ganas de sexo, ni tan siquiera de beber. Al *legatus* del Rin le sorprendió aquella sugerencia en labios de su esposa. Quizá, después de todo, ella le quisiera bien, pese a todas sus imperfecciones. Él siempre había sido generoso con ella en el trato en público y correcto en el trato en privado, pero nunca la había amado. El suyo, como tantos otros, fue un matrimonio pactado, aunque siempre se habían respetado. Y ella había demostrado ser especialmente paciente con sus inclinaciones íntimas. Él, por su parte, nunca le había echado en cara la ausencia de hijos.

—No, no llames a nadie —respondió Trajano—. No tengo ganas ni de beber vino. Sabía que la enfermedad de mi padre me afectaría al final, pero nunca sabes cuánto duele perder algo que quieres hasta que llega el momento. Es como con Manio...

—¿Quieres tomar agua hervida con manzanilla? —le interrumpió su esposa, temerosa de que su marido dijera algo inapropiado contra el emperador delante de un esclavo.

Trajano parpadeó un par de veces.

—Sí. Supongo que algo de agua hervida me hará bien. Al menos me mantendrá ocupadas las manos mientras bebo.

Plotina miró entonces al esclavo y éste desapareció con velocidad. La esposa del *legatus* aprovechó que se habían quedado solos para cambiar de tema.

—Longino me ha dicho que vinieron unos senadores hace unos días.

—Sí —respondió Trajano mirando una vez más hacia el suelo.

—¿Qué querían?

Plotina siempre había hablado sin rodeos cuando algo le interesaba. La preocupación de ésta por cualquier asunto que pudiera afectar a la familia era pertinente.

—Van a intentar asesinar al emperador. Querían que colaborara.

Plotina había imaginado algo así. Más tarde o más temprano alguna de las conjuras recurriría a su marido, pero ahora, al escucharlo, resultaba aún mucho más temible de lo que había supuesto nunca.

—¿Qué les dijiste?

Trajano levantó entonces la mirada y encaró a su mujer, sin recelo, sin retarla. Sólo compartía aquella información con ella.

—Les dije que no.

Plotina suspiró algo más tranquila. Por un momento había temido lo peor.

—¿Crees que tendrán éxito?

Trajano frunció el ceño un instante antes de responder con un monosílabo seco y contundente.

—No.

Plotina apretó entonces los labios y arrugó la frente.

—Si el emperador sobrevive rodarán muchas cabezas. ¿Crees que sospechará de ti?

Trajano se encogió ligeramente de hombros.

—El emperador sospecha de todo y de todos hace tiempo, pero si tu preocupación es si se volverá contra nuestra familia, mi respuesta es que es una posibilidad, sí. Nos necesita aquí, en la frontera, eso es cierto, y mientras no me rebele con las legiones de Germania, el emperador se lo pensará dos veces antes de ir a por nosotros; ya lo intentó en el pasado y al final desistió. Quizá tenga otras prioridades.

Plotina no estaba segura. Ella, como tantos otros, empezaba a pensar que las cosas quizá fueran a mejor si el emperador era asesinado, pero se guardaba mucho de exteriorizar aquellos pensamientos incluso ante su propio marido. Lo ideal sería que alguien, sin la intervención de su esposo, pudiera hacer aquel trabajo sucio.

—¿Estás seguro de que fracasarán? —insistió Plotina.

Trajano la miró fijamente.

—Muy seguro. No podrán superar a la guardia pretoriana.

Plotina seguía apretando los labios. Su marido solía evaluar bien las situaciones. Si él pensaba así era que la conjura estaba condenada al fracaso absoluto. Plotina era especialmente inquisitiva y se descolgó con una pregunta más que cogió desprevenido a su esposo.

—¿Y eso es bueno... que fracasen?

El *legatus* del emperador miró entonces a su esposa ladeando ligeramente la cabeza y cerrando levemente los ojos. Luego esbozó una tímida sonrisa y no pudo evitar pensar en Manio.

—Hace tiempo que nadie en el Imperio sabe con certeza lo que es bueno o lo que es malo.

Plotina no lo dudó y, por primera vez, puso palabras a su ambición secreta.

—Yo creo que sería una lástima que fracasaran.

Marco Ulpio Trajano miraba a su esposa con mucha atención. Sabía de la desmedida ambición de poder que fluía por la sangre de Plotina, pero escuchar de sus labios que ella deseaba la muerte del emperador, incluso aunque él, en lo más hondo de su ser, compartiera aquel mismo sentimiento, le causó un gran impacto. ¿Pensaba ella, como Longino, que con Domiciano muerto se abría algún camino más allá del consulado o del gobierno de una provincia? Trajano pensó en explicitarle a su esposa, como ya había hecho con Longino, que Roma nunca admitiría un emperador no nacido en Roma o en las proximidades de Roma, pero sabía de la tozudez de su esposa. El esclavo estaba a punto de regresar y no era momento de alargar aquel debate absurdo sobre algo que, para empezar, no iba a ocurrir. Los pretorianos protegerían al emperador con su vida si era necesario, no por la lealtad del respeto ganado a pulso durante largas campañas, sino porque Domiciano los había mimado desde hacía años con oro y con todo tipo de privilegios que sólo perderían si eran aniquilados o si el emperador era asesinado. No, no podrían contra todos ellos. Fuera quien fuese en quien hubieran pensado Sura y los suyos para enfrentarse a los pretorianos, caminaban directos a la muerte.

En ese momento el esclavo entró con una bandeja que situó en una pequeña mesa situada entre él y su esposa. Trajano vio que ésta hacía una leve señal con el dorso de su mano derecha y el esclavo salió de nuevo del *praetorium*, dejándolos a solas. Ella tomó entonces la jarra humeante y empezó a verter la manzanilla en dos cuencos de terracota. A Plotina, en ocasiones, le irritaba la extrema austeridad de su esposo, pero también era cierto que aquella forma de conducirse le había hecho extremadamente popular entre los legionarios porque ellos sentían, y estaban en lo correcto, que aquella actitud de su marido no era una pose, sino la forma auténtica de ser del *legatus*, y hacía que lo sintieran como uno de ellos. Plotina sabía que aquella unión entre su esposo y las legiones bajo su mando, más tarde o más temprano, cristalizaría en algo grande, algo muy grande, algo de lo que su propio marido aún no era consciente o no quería serlo. De hecho era siempre difícil saber exactamente lo que pensaba su esposo. Era difícil. Tenían que hablar más y más a menudo.

—¿Sabes en quién han pensado para suceder al emperador? Si tuvieran éxito, quiero decir.

Trajano tomó el cuenco que su esposa le había servido con cuidado de no quemarse.

—No quise saber más. No pregunté.

Plotina asintió mientras tomaba con sus finas manos su propio cuenco de agua hervida.

—Has hecho bien. No saber más nos protege a todos.

Empezó a sorber despacio un poco de manzanilla. Trajano no tenía tan claro que su no intervención en aquella conjura los protegiera para siempre, pero imitó a su esposa, se llevó su propio cuenco a los labios y sorbió un poco de agua hervida. Nunca endulzaba su bebida, ni siquiera el vino, y así, el ligero amargor de la manzanilla le pareció muy adecuado para intentar ahogar en él el inmenso dolor que le abrumaba por dentro al recordar a su padre enfermo.

NORBANO Y LA GUARDIA PRETORIANA

Domus Flavia, **Roma**
18 de septiembre de 96 d. C., *hora quinta*

Norbano, jefe del pretorio de Roma, salió del *Aula Regia* en
dirección a la entrada principal del palacio imperial. Se detuvo en la gran escalinata de acceso. Estaba inquieto. Quería
comprobar por sí mismo que la guardia se hubiera reforzado
de forma efectiva en todos los sectores de la *Domus Flavia*, tanto en el interior como, sobre todo, en el exterior. No podían
dejar ningún lugar sin protección. El emperador estaba muy
nervioso desde la premonición de aquella maldita adivina. Y,
en cualquier caso, era evidente que el Senado estaba en franca
rebelión y que, más pronto que tarde, se llevaría a cabo una
conjura en toda regla. Norbano estaba preparado. Frunció el
ceño y puso los brazos en jarra, allí, detenido en lo alto de la
gran escalinata, comprobando cómo docenas de pretorianos
a su mando protegían la entrada al palacio imperial. Le había
costado mucho llegar donde estaba ahora, en la cumbre de su
carrera, prácticamente la mano derecha del emperador. Recordó su acertada visión al alinearse con Domiciano en los
peligrosos acontecimientos del Rin en el año 843 *ab urbe condi-*
ta (89 d. C.). Eran los tiempos en los que él actuaba como procurador de Recia, en el norte. Estuvo hábil; se arriesgó pero
eligió bien. Rebelarse contra Domiciano era siempre mortal.
Los senadores deberían recordar aquello, pero nadie parecía
aprender nada del pasado. Nadie excepto él. Tenía claro que
debía respaldar al emperador en todo momento. Enarcó las
cejas y suspiró. Quedaba el problema de Petronio Segundo, el
otro jefe del pretorio, pero tenía ya al emperador prácticamente persuadido de que debía ser reemplazado por Caspe-

rio. Cuando eso ocurriera, él, Norbano, tendría el control efectivo de toda la guardia pretoriana, que era lo mismo que tener el control absoluto de Roma. Alguna vez había albergado la ambición oscura de reemplazar al emperador, como Sejano en tiempos de Tiberio, pero pronto lo desechó. Estaba bien donde estaba. De lo que se trataba era de preservar su puesto siempre y, de momento, eso se conseguía protegiendo al emperador al máximo.

Norbano suspiró más tranquilo. Todos los hombres estaban en sus puestos. Además, ¿quién iba a estar tan loco como para enfrentarse a la guardia imperial en palacio? No, no había peligro real desde fuera. Quizá desde dentro. Era el momento de comprobar que todo estuviera bien dentro de la gran *Domus Flavia*. De pronto se dio cuenta de un detalle. Se detuvo cuando ya había iniciado su marcha de regreso al interior del palacio; dio media vuelta de forma brusca y se quedó mirando la escalinata. Los labios le temblaban. Había pequeñas sombras en los escalones, mínimas, pero las había y se alargaban en la dirección opuesta a la que debían: en lugar de caer hacia el norte, caían hacia el sur. No habían llegado al mediodía, no estaban en la *hora septima*, tal y como había anunciado a todos aquel joven esclavo, sino que seguían aún en la *hora quinta*, casi a punto de alcanzar la fatídica *hora sexta* del augurio de la adivina. Aquel maldito esclavo había mentido, pero ¿por qué? ¿Por qué? Norbano tuvo un mal presentimiento y marchó a paso ligero de regreso a la *Domus Flavia*.

—Seguidme —ordenó a un grupo de veinte pretorianos que caminaban con él en sus rondas de vigilancia. Éstos detectaron que había problemas en el timbre vibrante de la voz del jefe del pretorio y echaron a andar con decisión. Las espadas, enfundadas, estaban preparadas para ser desenvainadas en cualquier momento y los músculos que las blandirían lucharían con ferocidad. No estaba ninguno de ellos dispuesto a dejarse intimidar por nadie. Eran los amos de Roma, los amos del mundo. Nada ni nadie podía con ellos.

LOS HOMBRES DE PARTENIO

Las calles de Roma
18 de septiembre de 96 d. C., *quarta vigilia*
Seis horas antes de que Estéfano ataque al emperador

Marcio miró un momento por una pequeña rendija de la pesada tela que recubría el enorme carromato que les transportaba. Estaban frente a la basílica Julia, iluminada por una veintena de grandes antorchas y custodiada por varios soldados. Un edificio donde los romanos impartían justicia, o eso decían. A él la justicia de Roma nunca se le aplicó; sólo el hambre y luego la arena. La única justicia en la que Marcio llegó a creer era en la de la arena del anfiteatro Flavio, pero ahora hasta eso había perdido. El carro se balanceaba de un lado a otro y la docena de hombres que se ocultaban en su interior se movían en función de los vaivenes de aquel pobre transporte, pero era importante no llamar la atención. Doce gladiadores armados paseando por las calles de Roma habrían concitado la atención de todos, incluso si hacían el desplazamiento, como era el caso, en la oscuridad de la noche. Las antorchas de los legionarios de las *cohortes urbanae*, apostados frente a la basílica Julia, era lo que había intrigado a Marcio y por eso se había asomado.

—Este edificio lo levantó Julio César y luego el propio emperador Augusto lo reconstruyó tras un incendio. Está erigido sobre otra basílica anterior, la Sempronia, que los Gracos, nietos del gran Escipión el Africano, levantaran sobre el espacio que antaño ocupara la gran *domus* de su abuelo Escipión; para muchos, el romano más grande hasta Julio César. —Marcio recordaba la explicación del veterano *lanista* uno de los pocos días en los que se hizo acompañar por él, como guardaespaldas, en una salida nocturna para luchar en casa de un patricio.

Pasaban por los foros y cruzaron sigilosamente por el extremo del de Vespasiano, cerca de su templo y del templo de la Concordia. La colosal estatua ecuestre del emperador Domiciano se alzaba allí poderosa y desafiante. Marcio la observó con osadía. No se permitió ninguna sonrisa. Estaba concentrado en su objetivo, como cuando salía a la arena del anfiteatro. Quitó su mano de la tela y ésta volvió a su lugar. Cerró los ojos y se encomendó a Némesis.

Mientras, el carromato proseguía su lento descenso por el *Clivus Orbius* y el *Vicus Sandalarius* hacia el sur. Habían dado un largo rodeo al monte Opio para asegurarse de que no les siguieran. Examinó el rostro de sus acompañantes entre las sombras temblorosas que proyectaba una vieja lámpara de aceite que llevaban en el centro del carro: además de él, había dos *mirmillones* más, severos y serios, algo más jóvenes; de hecho todos estaban entre los veinte y los treinta años, menos él, Marcio, que con treinta y cinco era el más veterano y uno de los *sagittari*, que debía de rondar los cuarenta y muchos. Marcio era quien más victorias había conseguido en la arena del anfiteatro: treinta, una cifra épica; unas victorias por las que en sus inicios se sintió orgulloso; todo había cambiado desde hacía tiempo. Junto a los dos *mirmillones* se sentaban un *provocator*, frente a éste un samnita y dos tracios, y completaban el grupo un *secutor*, los dos *sagittarii*, el veterano y uno más joven, un *dimachaerius* y un *homoplachus*. Marcio no los había seleccionado al azar: necesitaba primero una fuerza que atacara por sorpresa a los pretorianos entre las columnas del hipódromo, si es que llegaban hasta allí con vida. Para eso contaba con la habilidad del *dimachaerius* con sus afiladas dagas y con la puntería de las flechas de los *sagittarii*. A partir de ahí vendría el combate cuerpo a cuerpo hostil, nada vistoso, burdo en comparación con las exhibiciones de esgrima del anfiteatro, entre los *mirmillones*, los tracios, el samnita y el *secutor*, por un lado, contra los pretorianos del palacio, por otro. Marcio los había elegido porque sabía que luchaban bien, pero no sabía el nombre de ninguno de aquellos hombres, sólo el del veterano *sagittari* al que había acudido para que le ayudara a seleccionar a los mejores. Hacía años que a Marcio no le importaba el nombre de ningún hombre, de prácticamente nadie. Todos, excepto el *dimachaerius*, combatían con pesados cascos protectores, pero en el calor intenso de aquel carro cubierto en aquella madrugada calurosa se los habían quitado para evitar el sofoco y sentir la mínima brisa que se colaba entre las rendijas de aquella vieja tela que les protegía de las miradas inquisitivas de los maleantes, borrachos y prostitutas de la noche romana.

El carro se detuvo en seco.

—Hemos llegado —se oyó decir en el exterior a una voz emitida por alguien ya muy maduro o muy maltratado por la vida. Marcio, de un fuerte tirón, apartó un buen pedazo de la tela y saltó al suelo de una calle estrecha.

El hombre encorvado que había anunciado que habían llegado al final del trayecto respondió a la intrigante mirada de Marcio.

—Estamos en un callejón al sur del circo Máximo. —Se alejó unos pasos del carro hasta arrodillarse en el suelo e indicar la boca de una vieja y sucia alcantarilla enrejada; Marcio, distraído como había estado, no se había percatado de que habían pasado ya por el *Vicus Tuscus*, después de cruzar por decenas de callejones del centro de Roma, hasta desembocar en aquel punto de la ciudad. El anciano encorvado siguió hablando—. Hay que entrar por aquí. Es una *cloacula* algo estrecha, pero suficiente para que pasen tus hombres.

Marcio se acercó y examinó la abertura. Tiró de la reja sin ejercer mucha fuerza y cedió con rapidez.

—Está preparada para que podáis entrar sin problemas —dijo aquel viejo con orgullo. Marcio sabía que Partenio lo había organizado todo con un *curator* de las cloacas de Roma. ¿Por qué colaboraría aquel hombre? ¿Por dinero o, como tantos otros, por alguna ofensa terrible del pasado? El emperador de Roma parecía tener una lista infinita de hombres que deseaban verlo muerto.

Marcio no dijo nada, pero asintió en señal de reconocimiento y el *curator* pareció satisfecho cuando vio que los hombres empezaban a descender por la pequeña abertura. Marcio miró a un lado y a otro algo tenso, pero aquel callejón había sido sabiamente elegido y no se veía un alma. Fue al carro, cogió la vieja lámpara de aceite y una manta en la que había envuelto varias antorchas.

—Márchate ya —dijo el *curator* en voz baja al conductor del carro. Éste, sin siquiera volverse, azuzó a los caballos, que empezaron a alejarse por la calle oscura. Marcio, sin entender bien por qué aquel viejo no se había ido con el carro, pasó por delante del *curator*, se arrodilló junto a la abertura de la *cloacula* y se dirigió al *sector*, que era él último que estaba entrando.

—Toma —le dijo, entregándole una antorcha que acababa de prender con la llama de lámpara de aceite—; ve pasándolas.

Una a una, prendió la media docena de antorchas que debían darles luz en el subsuelo de la ciudad y se las fue pasando al *secutor* quien, a su vez, se las facilitó al resto de gladiadores. Marcio miró entonces al *curator* y le preguntó:

—¿Cuál es el camino?

El viejo encorvado guardó silencio y tuvo que hacer un gran esfuerzo para contenerse y no estallar en una carcajada que pudiera alertar a alguna patrulla nocturna de los *vigiles,* de las *cohortes urbanae* o, mucho peor, de los pretorianos. Marcio, confundido, frunció el ceño. Iba a desenfundar su espada cuando el *curator* se recompuso y se explicó con rapidez.

—Incauto, ese camino no se puede explicar. Cualquiera que entre en las cloacas de Roma sin mi ayuda o la de uno de mis trabajadores más experimentados se perderá para siempre. ¿Por qué te crees que me he quedado? Hay tres redes diferentes de alcantarillas. La más nueva es la del norte, la que se ha construido en los últimos años para los nuevos edificios del Campo de Marte; luego está el sistema de *cloaculae* del Aventino y el Palatino y, por fin, el más antiguo y complejo de todos: la red de la gran Cloaca Máxima que se extiende por debajo del foro y todas las calles del centro de la ciudad. ¿Que te indique el camino? —dijo repitiendo la pregunta de Marcio con desprecio—. Te lo podría explicar mil veces y en el tercer túnel estaríais perdidos. Aparta. Si queréis hacer vuestro trabajo el próximo mediodía, esta noche tendréis que seguirme sin rechistar.

El viejo encorvado, con una agilidad que sorprendió a Marcio, pasó por su lado y como un jabalí joven desapareció con rapidez por la abertura de la cloaca. Marcio levantó las cejas en señal de admiración y no se planteó más el asunto de cómo llegar hasta las alcantarillas del palacio. Aquel hombre les guiaría. El veterano gladiador echó un último vistazo a los alrededores de aquella calle y no vio nada; sólo el carro que se alejaba entre las sombras. Se agachó entonces él también junto a la abertura de la cloaca, se deslizó con algo más de dificultad que el viejo encorvado y su cuerpo desapareció como engullido por las fauces de una Roma secreta que palpitaba húmeda, sucia y maloliente bajo las sandalias de sus ciudadanos dormidos.

Marcio comprobó que el espacio entre el suelo y el techo de aquella *cloacula* era insuficiente, no ya para que él o sus hombres pudieran estar en pie con comodidad, sino demasiado bajo para que ni tan siquiera el viejo que debía guiarles pudiera estar erguido. El veterano gladiador comprendió entonces que la incipiente joroba de aquel viejo tenía un origen preciso.

Pasó entonces entre sus hombres y dio una orden.

—Seguiremos al *curator* hasta el túnel que nos lleve al palacio. Caminad en silencio. No quiero que nadie nos oiga arriba.

El anciano oyó la orden y sonrió, pero la oscuridad de las sombras proyectadas por las antorchas de aquellos gladiadores ocultó su faz. Él sabía que en cuanto descendieran unos pasos más podrían matarse allí entre ellos que nadie oiría nada. Avanzó en silencio seguido de cerca por Marcio y uno de los *provocatores*, que portaba la primera de las antorchas para iluminar el camino. El aire era pestilente y el *curator* oyó a varios gladiadores tosiendo o aclarándose la garganta en un inútil esfuerzo por encontrar aire más puro. Las cloacas de Roma eran así. Le sorprendió que Marcio, el que lideraba a aquellos hombres, no emitiera ningún sonido. Apenas se le oía respirar. Estaba claro que el consejero del emperador habría buscado a alguien especial capaz de cualquier cosa, teniendo en cuenta cuál era el objetivo de aquellos hombres. Giraron a la izquierda, luego a la derecha, luego de nuevo a la izquierda, siempre por un pasadizo angosto y húmedo donde las viejas sandalias del *curator* se empaparon y ensuciaron hasta los tobillos. Llegaron al fin a una estancia más grande, un gran depósito donde confluían decenas de *cloaculae* y donde el techo se elevaba, para alivio de todos, una decena de pies por encima de los hombros. El *curator* observó cómo Marcio miró fijamente cada uno de los diferentes canales que desembocaban en aquella gigantesca cisterna subterránea.

—Estamos debajo del circo Máximo —explicó el *curator*, sin poder evitar sentirse realmente importante ante la atenta mirada de aquel gladiador que parecía estar genuinamente intrigado por el funcionamiento de todo aquello—; aquí desembocan la mayoría de las *cloaculae* del circo y de las casas y las *insulae* de la zona. Técnicamente, esto es una cámara de derivación. ¿Ves? —Señaló una a una las diferentes *cloaculae*—, todas vierten sus aguas aquí, excepto aquella más grande por donde sale el agua algo depurada después de que muchos de los restos sedimenten en lo más profundo de la cámara. Caminad por el borde u os hundiréis en un fango movedizo de heces, orina y todo lo que los ciudadanos arrojan a la alcantarillas de Roma. —Y lanzó una carcajada que resonó en la bóveda poblada por las sombras fantasmagóricas de los gladiadores, quienes permanecieron serios, concentrados en seguir la ruta que aquel pequeño viejo les marcaba.

Salieron de la cámara por el canal de derivación. Allí el caudal aumentaba notablemente y el agua, quizá filtrada pero igual de maloliente, les llegaba hasta las rodillas.

—Y tenemos suerte de que lleva semanas sin llover —precisó el *curator* con una mueca de burla en su rostro.

Marcio le seguía con una mezcla de curiosidad y concentración. No podía dejarse llevar por la evidente pasión de aquel hombrezuelo por el laberinto de pasadizos subterráneos que habían construido los romanos durante siglos debajo de la ciudad. Debía mantener la atención en el objetivo marcado, pero no podía evitar sentir admiración por aquel viejo que parecía conocer a la perfección cada esquina de aquellas cloacas. Llegaron a un nuevo desvío donde había dos *cloaculae*, pero una de las entradas estaba bloqueada por un desprendimiento de piedras del techo que hacía infranqueable el camino por ese lado.

—Aquí tendremos que desviarnos —explicó de nuevo el *curator*—; la ruta rápida era por la *cloacula* donde se ha derrumbado el techo. Hay que repararla, pero el emperador ha recortado los hombres que disponía para el mantenimiento. —Marcio detectó un punto de rabia intensa; no, más aún, de amargura en las palabras del *curator* e intuyó que aquel hombrecillo estaba en la conjura por algo más que dinero—. Los techos y las paredes de las cloacas se derrumban de cuando en cuando; eso no es nuevo —siguió explicando mientras entraba en la abertura de la izquierda, el único camino que quedaba libre—, pero antes, con los Julio-Claudios, se cuidaba más de las alcantarillas; lo peor fue cuando construyeron el anfiteatro Flavio. Cuando transportaban las piedras por las calles del centro, la gran Cloaca Máxima se resintió en las profundidades de Roma, pero eso no les importó a los emperadores, no, no les importó. Tardé años en recomponer varias secciones, pero a ellos no les importó, no; por Júpiter, quizá con el nuevo amanecer el emperador comprenda que hay que cuidar mejor, que hay que saber más de las cloacas de su ciudad, ¿verdad? —El viejo *curator* se detuvo y se giró de golpe para encarar a Marcio—: ¿Verdad? —repitió, con el ansia clavada en las arrugas de su rostro.

Marcio asintió una sola vez pero con rotundidad. Aquello pareció aliviar el ánimo torturado de aquel extraño ser que parecía haber vivido toda su existencia en las entrañas de Roma. El *curator* dejó de mirar al gladiador y reemprendió la marcha, ahora ascendente, hacia la ladera donde se levantaba la gigantesca *Domus Flavia*, el palacio del emperador.

EL APOCALIPSIS

Isla de Patmos, Mediterráneo oriental
18 de septiembre de 96 d. C., al amanecer

Juan se retorcía entre las mantas de su duro lecho en aquella prisión de la isla de Patmos y lanzaba extraños gemidos en medio de su delirio. Era el último apóstol de aquel que los cristianos llamaban Cristo. El último de los doce elegidos directamente por aquel extraño profeta y ahora yacía allí, destrozado por el dolor de sus llagas, envuelto en una piel arrasada por las quemaduras.

—Es la fiebre —dijo uno de los legionarios que lo custodiaban desde hacía días. Era un hombre joven que, hasta la llegada de Juan, había despreciado siempre a los cristianos, pero que no podía por menos que apreciar la resistencia de un anciano que, más allá de toda lógica, seguía vivo.

—Y esas llagas que tiene por todo el cuerpo —dijo otro legionario más veterano que se había apiadado del viejo herido y había llamado a un médico que le hizo algunas curas.

Juan, el prisionero, había llegado a la isla en un pésimo estado, con todo su cuerpo lleno de quemaduras horribles. Nadie podía entender que no hubiera muerto, no después de todo lo que se decía que había tenido que sufrir ante el emperador de Roma, pero los dos legionarios percibían que hasta eso, las peores quemaduras que nunca hubieran visto en alguien, parecían algo secundario ante la faz de pánico que se veía reflejada en el rostro del viejo cristiano martirizado.

—No —dijo Juan en voz baja, quejumbrosa, como un susurro venido de muy lejos—; no es la fiebre, no son las llagas —continuó incorporándose ligeramente; estaba recobrando la conciencia después de una tumultuosa noche, agitada como ninguna otra desde su llegada a la isla—. No son las heridas, no son las quemaduras. No es nada de todo eso, conozco bien este dolor, me acompaña desde hace meses, vive conmigo, es parte de mí; no, es otra cosa... algo peor...

Se sentó sobre la cama y el legionario veterano le aproximó un cuenco de agua fresca a los labios. Juan bebió con ansia irrefrenable hasta saciarse. Vació el cuenco, el legionario lo tomó y se retiró con él. Luego volvió enseguida. El viejo continuaba allí sentado, respirando con dificultad, como si intentara recuperar el aliento después de un combate. Los dos soldados sabían que para cualquier cristiano del mundo conocido, desde Persia hasta los pilares de Hércules, desde África hasta las fronteras del Rin y del Danubio, las palabras de aquel anciano eran la propia palabra de su dios: potentes, sinceras, irrefutables y siempre llenas de sabiduría. Eso decían, eso habían oído. No lo creían, pero no podían evitar sentir admiración y curiosidad.

—Has de dormir —dijo el legionario veterano—. Es lo mejor.

Empezó a girarse para alejarse de allí y volver a cerrar la cancela de la celda, seguido por el legionario más joven, cuando la voz del anciano les detuvo.

—He visto cosas horribles —empezó Juan. Levantó la mirada y sus ojos se encontraron con los de aquellos legionarios confusos entre sus obligaciones y la admiración por la extraña fortaleza que su dios le había dado a aquel viejo para sobrevivir—. Cosas horribles. —Juan hundió su rostro entre sus manos esqueléticas y lloró, lloró, lloró de puro terror.

—Ha perdido la razón —dijo el legionario joven—. El dolor le ha vuelto loco.

—Es posible —dijo el veterano, cuando, justo entonces, por primera vez, Juan desveló la más horrible de sus pesadillas.

—He visto el fin del mundo —dijo, y se volvió a recostar pero sin cerrar los ojos; era evidente que el viejo cristiano tenía pánico a dormirse y retornar a su pesadilla. Los dos legionarios cerraron la celda y dejaron a solas con sus miedos y su sufrimiento a aquel viejo cristiano que había debido de perder la razón. Sin embargo, a los dos aquel anuncio del fin del mundo les sonó demasiado rotundo, demasiado escueto, demasiado humilde para ser sólo el fruto de la locura.

Pasó el tiempo y, en la *hora sexta*, el prisionero, más sereno, llamó a los legionarios. Se acercó el veterano.

—¿Qué quieres? Aún no es la hora de la comida.

—Lo sé —aceptó Juan—, pero necesito algo para escribir.

El veterano legionario suspiró. Era la más extraña de las peticiones, pero no le pareció que fuera peligroso darle algo con que escribir a aquel saco de huesos herido mortalmente. Al cabo de una hora retornó e, iluminada la celda por la pequeña abertura por donde entraba desde el techo la potente luz del mediodía en aquella isla perdida en el Mediterráneo oriental, Juan empezó a escribir. Para su sorpresa, el dolor se redujo y el pulso fue firme y sereno, como si no fuera su mano lacerada y abrasada la que escribía:

Et bestia Quam vidi, similis erat pardo, et pedes eius sicut pedes ursi, et os eius sicut os leonis. Et dedit illi draco virtutem suam, et potestatem magnam. Et vidi unum de capitibus suis quasi occisum in mortem: et plaga mortis eius curata est. Et admirata est universa terra post bestiam.
Et adoraverunt draconem, qui dedit potestatem bestiae: et adoraverunt bestiam, dicentes: ¿Quis similis bestiae? ¿et quis poterit pugnare cum ea?

[Y la bestia que vi era semejante a un leopardo y sus pies como pies de oso y su boca como boca de león. Y le dio el dragón su poder y grande fuerza.
Y vi una de sus cabezas como herida de muerte, pero fue curada su herida mortal. Y se maravilló toda la tierra en pos de la bestia.
Y adoraron al dragón que dio poder a la bestia, y adoraron a la bestia diciendo: ¿Quién hay semejante a la bestia? ¿Y quién podrá luchar con ella?] [7]

---

7. San Juan, Apocalipsis, 13, 2-4.

LA DAGA DE ESTÉFANO

Cámara del emperador, *Domus Flavia*, Roma
18 de septiembre de 96 d. C., *hora sexta*

La copa de bronce vacía. Sobre la mesa, las manos del emperador sosteniendo el papiro con los nombres de una nueva lista de conjurados. Estéfano levanta el brazo pero el respaldo sigue interponiéndose, protegiendo de forma inesperada al emperador. ¿Cómo no habían pensado en eso?

—Hoy mismo, hoy mismo quiero verlos a todos ellos muertos, a todos, ¿me oyes, Estéfano? Norbano ha de saberlo de inmediato... —El emperador seguía hablando; de pronto levantó la mirada—. Has obrado bien, Estéfano, has obrado bien y serás... —Pero no terminó la frase porque su mirada no encontró a Estéfano ante él, pues ya no estaba allí.

Tito Flavio Domiciano se giró lentamente buscando a aquel liberto y se dio cuenta, con cada fracción infinitesimal de tiempo que pasaba al girar hacia su espalda en su busca, de que todo era una vil traición, una pérfida traición, no ya la de la lista, sino la lista misma; se supo presa de una emboscada y no pudo evitar el golpe que se cernía sobre él, pero fue rápido, muy rápido. Se echó al suelo y su atacante sólo pudo apuñalarle torpemente en una ingle. Estéfano no esperaba una reacción tan rápida por parte del emperador.

—¡Agggh! —aulló Domiciano, que se revolvió y al instante recuperó la iniciativa y se lanzó como una fiera contra Estéfano. Éste, sorprendido por no haber podido dar una puñalada mortal por la espalda, como habían planeado desde un principio, inútilmente enrabietado contra el respaldo del *solium*, no supo bien qué hacer y blandió la daga en su defensa. El emperador se alejó unos pasos y fue junto al lecho donde descansaba todas las noches y buscó con su mano bajo la almohada.

—¡Traición, traición! ¡Por Minerva y por Júpiter! ¡Traición, traición, traición! —repitió el César una y otra vez.

Le habían arrebatado la daga que ocultaba bajo la almohada. Estaba rodeado de traidores, todos eran traidores. Ese día iban a morir muchos hombres; muchos más de los que pensaban. Su furia, incontenible como nunca, no tendría límites.

—Maldito miserable... —dijo entre dientes el emperador y, sin dudarlo, para asombro de Estéfano, se arrojó sobre él y empezó a luchar por conseguir la daga con la que le había atacado. Domiciano le apretó con tal fuerza en la muñeca que la daga cayó al suelo y un sonoro clang reverberó por toda la estancia.

En el exterior los dos guardias pretorianos de la puerta se miraron entre sí y se volvieron hacia la puerta. Partenio, que junto con su asistente estaba acercándose, frunció el ceño y Máximo, por su parte, tragó saliva. Se oyeron golpes, gritos, un aullido y la voz inconfundible del emperador gritando.

—¡A mí la guardia!

Los pretorianos empujaron las puertas y éstas se abrieron de par en par. Ante los ojos de los soldados, de Partenio y de Máximo, apareció un cuadro truculento más allá de lo imaginable: Tito Flavio Domiciano, sangrando por una pierna, cojeando ligeramente, pero con la mirada exultante, exhibía su trofeo en unas manos repletas de sangre.

—¡Aggh, agghh! —gemía Estéfano gateando por una esquina de la estancia, su rostro cubierto de sangre que emergía por todas partes— ¡Me ha arrancado los ojos! ¡Me ha arrancado los ojos!

—Y eso es sólo el principio —dijo el emperador acercándose lentamente a su víctima junto con los dos pretorianos que ya habían desenfundado sus *gladii*—; es sólo el principio de lo que te espera. —Se giró hacia Partenio y hacia Máximo—. De lo que os espera a todos.

Estrujó entre sus dedos los globos oculares de Estéfano de

forma que explotaron como dos huevos manando sangre de su ciego enemigo entre las comisuras de los dedos de las manos del *Dominus et Deus* del mundo, un mundo de horror y muerte, pero su mundo. Por el suelo, sin mando ni destino, la daga que blandiera Estéfano, con su rubí rojo en la empuñadura, permanecía perdida, olvidada por todos, como ejemplo de un intento baldío por cambiar el curso de la Historia.

Partenio, más allá del terror que pudiera estar sintiendo, más allá de saber que era imposible negar ante el emperador su participación en lo que acababa de ocurrir, mantuvo la serenidad fría de quien se sabe en medio de la peor de las tormentas porque su mente aún consideraba que había posibilidades de supervivencia. Se oían ruidos provenientes de lugares diferentes, y Partenio identificó bien el origen de cada uno de aquellos sonidos, a los que sólo él parecía prestar atención: eran las pisadas de decenas de pretorianos que debían de estar acudiendo desde todos los puntos del palacio imperial para asistir a su jefe supremo, quien los había convocado con aquel grito desgarrador. También se percibía el ruido inconfundible de sandalias de guerreros al otro lado de la puerta que daba acceso a la cámara de la emperatriz. Así, Partenio, con el sosiego de quien apuesta por última vez lo poco que le queda por jugar, se volvió hacia la puerta por la que habían entrado y cerró las dos hojas empujando con fuerza, ante la mirada sorprendida de un emperador que no dejaba de estrujar entre sus dedos los ojos arrancados al agonizante Estéfano.

—¡Ayúdame! —espetó Partenio a Máximo para que éste le asistiera en trabar la puerta de entrada a las cámara del emperador y la emperatriz con la pesada barra de bronce que Domiciano utilizaba por las noches cuando quería asegurarse de que nadie entraría en su habitación. Apenas acababan de dejar caer la barra de bronce cuando una primera embestida de los pretorianos que se acumulaban en el exterior hizo que ésta chirriara por el esfuerzo de mantener trabadas las enormes hojas de aquellas puertas que sellaban la cámara imperial.

—Partenio —le dijo el emperador como quien habla a un niño—, Partenio, todo ha terminado. —Dejó caer de sus manos ensangrentadas los aplastados globos oculares de un Estéfano que sollozaba acurrucado en una esquina de la habitación, consumido por un dolor brutal y cruel que le estaba volviendo loco por momentos.

Los dos pretorianos, apostados uno a cada lado del emperador, se aproximaban acompañando al *Dominus et Deus* con sus espadas en ristre, una apuntando al pecho de Partenio y otra al de Máximo. El emperador se dirigió a Partenio por última vez.

—Un buen consejero ha de saber reconocer cuando la lucha ya no tiene sentido. —Iba a ordenar a sus dos pretorianos que ejecutaran de una vez a aquellos dos malditos libertos que habían osado conjurarse para intentar matarlo cuando, perplejo por el tono de seguridad con el que Partenio respondió, escuchó sus propias palabras en boca de aquel traidor, como si se hubiera transformado en un extraño e incomprensible espejo.

—En efecto, *Dominus et Deus*, hay que saber cuando la lucha ya no tiene sentido.

22

CUATRO GLADIADORES

***Domus Flavia*, Roma**
18 de septiembre de 96 d. C., *hora sexta*

Marcio ascendía por aquel estrecho túnel cubierto de sangre enemiga. El combate en el hipódromo había sido mucho más brutal de lo que había imaginado nunca. Fue rápido, como decían que era la guerra que él no conocía, y los pretorianos luchaban sin exhibirse, buscando simplemente la muerte del adversario de la forma más rápida posible. Ocho muertos. Marcio sacudió la cabeza mientras proseguía su avance. Habían encontrado muchos más pretorianos de lo que les prometieron. ¿Habría más fallos en aquel disparatado plan? Había perdido ocho hombres; sólo quedaban cuatro. Cuatro gladiadores contra el resto de la guardia imperial. Aquello era una locura mayor de lo que había pensado nunca. Podía detenerse, dar marcha atrás, aprovechar que el hipódromo aún estaría desprotegido y escapar por las alcantarillas, pero el emperador seguiría vivo y todo habría sido una enorme locura para nada. Además, Domiciano lanzaría a todos sus pretorianos en su busca. No habría un rincón seguro para él en toda Roma y sellarían las puertas de la ciudad con decenas de pretorianos armados. Roma sería como una gran cárcel a la espera de ser atrapado y ejecutado en la arena de la forma más horrible que la retorcida mente del emperador pudiera concebir. No, tenía que seguir. Era lo único que podía hacerse, que debía hacerse. Le faltaba el aliento. La lucha primero, los nervios constantes, ahora el pasadizo estrecho y sin aire. Debía seguir. Oía la respiración pesada del samnita, el *provocator* y el tracio a su espalda. Quizá aquellos hombres que le seguían dudaban como él, pero le seguían; eso era lo esencial.

De su ayuda podía depender todo. Tenían que seguir. Él, Marcio, por encima de todo y de todos, él debía seguir. Se lo debía a Atilio, se lo debía a aquella infausta tarde en el anfi-teatro Flavio cuando parte de su vida terminó y su existencia se convirtió en un vacío largo, profundo y sin sentido. Pensó en Alana. Sólo ella le había devuelto a la vida. Por ella estaba allí también. Se veía una luz al fondo. Alguien había abierto la puerta del final del pasadizo. Para cambiar el destino de los dos y si por ella, si por Atilio, tenía que terminar de ascen-der por ese pasadizo y matar al emperador, eso sería lo que haría. La luz le cegó en el tramo final del pasadizo, pero ha-cia la luz caminaba, hacia la luz... O moriría en el intento. Moriría luchando...

23

INTERFECTURUS TE SALUTAT

**Cámara imperial, _Domus Flavia_, Roma
18 de septiembre de 96 d. C., _hora sexta_**

—En efecto, _Dominus et Deus_, hay que saber cuando la lucha ya no tiene sentido —dijo Partenio encarando a Tito Flavio Domiciano.

Súbitamente, por la espalda del emperador, se abrieron las hojas de la puerta que daba acceso al dormitorio de la emperatriz y por ella emergieron la figura recia, amenazadora, de un gladiador de Roma, un fornido _mirmillo_ seguido por un tracio, un _provocator_ y un samnita. No eran todos los que Marcio había asegurado que traería; la lucha en el hipódromo para abrirse camino entre la guardia pretoriana habría tenido un ineludible coste en vidas incluso entre aquellos experimentados guerreros, un coste mayor de lo esperado. Tras los gladiadores, Partenio alcanzó a ver la figura pequeña y delgada de la emperatriz de Roma. Ella había cumplido su parte. El consejero imperial tuvo un instante para apreciar el compromiso de Domicia, cuya ayuda era inestimable. No se le podía pedir más. Si los gladiadores hacían su trabajo rápido aún podría arreglarse todo.

Domiciano se volvió para mirar detrás de él: cuatro gladiadores avanzaban, armados con espadas y protegidos por corazas y escudos contra él en busca de un enemigo que abatir. Él, por su parte, sólo contaba con dos pretorianos. En el exterior había muchos más, pero por el momento las puertas no cedían al empuje de su guardia. Estaba atrapado. Atrapado, sí, pero no vencido. Por de pronto, su mente, agitada, intentaba discernir cómo habían llegado aquellos gladiadores allí. Y lo comprendió, lo comprendió en cuanto vio que tras ellos venía, pequeña pero segura, la silueta inconfundible de Domicia. El emperador habló entonces a gritos, por encima de todos, para que ella, en particular ella, le oyera bien.

—¿Tú también?

La emperatriz sonrió con la amargura de quien siente asco desde hace mucho tiempo.

—También, *Dominus et Deus* —pronunció los títulos que Domiciano se había autoatribuido con un desdén y un desprecio que habrían bastado para helar la sangre de cualquier hombre. Esto es, de cualquier hombre excepto del propio Domiciano, que no dudó en responder salpicando su rabia en espesas gotas de saliva.

—¿Desde cuándo? ¡Quiero saber desde cuándo!

—Desde siempre, desde que supe que traicionaste y mataste a mi primer marido te he deseado muerto y por fin hoy voy a ver cumplido mi sueño.

—No sabes lo que dices —dijo el emperador retrocediendo para situarse tras los dos pretorianos que iban a enfrentarse a los gladiadores—. Contigo seré especialmente cruel: te torturaré y luego te haré enterrar viva como a aquella vestal impía. —En medio de su furia, Domiciano fue incapaz de recordar su nombre. Eran demasiados los ejecutados como para recordar a todos y cada uno de ellos.

La respuesta de la emperatriz rasgó las paredes de la sala.

—¡Matadlo, matadlo, matadlo! ¡Matadlo de una vez por todas!

Cayó al suelo abatida por su propia rabia incontenible y rompió a llorar. Partenio, en el otro extremo de la cámara imperial, asintió mirando a Marcio. El *mirmillo* avanzó y arremetió contra uno de los pretorianos. Éste levantó su pesado escudo y detuvo el golpe del luchador de la arena. Por su parte, el tracio y el samnita se abalanzaron contra el otro pretoriano, que retrocedió para protegerse pero tropezó con algo metálico, la daga que había usado Estéfano, olvidada en el suelo manchada con la sangre del emperador herido. El pretoriano dio un leve traspié, y, mientras intentaba recuperar el equilibrio, se vio sorprendido por la espada corta del samnita segándole el cuello. Cayó entonces de espaldas y el tracio hundió su pesada espada curva en sus costillas. El soldado de la guardia imperial quedó inmóvil en el suelo, echando espumarajos de sangre por la boca.

Marcio se batía con el otro pretoriano. Debía de ser uno de los veteranos de las campañas del norte, pues luchaba con notable destreza, hasta que el *provocator*, sigiloso, se situó detrás de él.

—¡Cuidado! —advirtió el emperador, que vio cómo su último soldado iba a caer, pero su aviso llegó tarde y el *provocator* hirió en la pierna al pretoriano justo donde terminaba su *lorica* de protección. El soldado quedó de rodillas y Marcio, blandiendo la espada con fuerza, le cortó la cabeza de cuajo de un golpe seco y poderoso. Cabeza y casco pretorianos rodaron por el suelo hasta quedar en una esquina de la habitación con una horrible mueca de sorpresa, incredulidad y dolor.

El emperador del mundo está solo. Marcio se acerca hacia él despacio. El gladiador no entiende de preámbulos ni de títulos y golpea con la esquina de su escudo el vientre de Tito Flavio Domiciano. El *Dominus et Deus* aúlla de dolor. Apenas puede respirar y se dobla hasta caer de rodillas en un intento por recuperar el aliento que el golpe le ha cortado en seco. Domiciano empieza a vomitar.

—¡Mátalo, mátalo, mátalo! —exclama la emperatriz, que no entiende a qué viene aquella lentitud ahora.

Marcio, gladiador de gladiadores, se acerca despacio, se acuerda de Atilio y sus palabras, «yo viviré en ti, yo viviré en ti», y se toma un breve segundo para relamerse en su venganza. Quiere disfrutar de aquel instante al máximo. Se lo debe a Atilio, así que pronuncia unas palabras.

—*Ave, Caesar, interfecturus te salutat* [Ave, César, el que te va a matar te saluda].

Pero disfrutar en un combate, permitirse un segundo de gloria antes de que el enemigo esté muerto, es siempre un error. Un error mortal. Y allí no hay árbitro de la lucha, ni un *editor* de los juegos, sino el propio emperador luchando por su supervivencia y eso es algo que Marcio no ha calculado bien. Domiciano ha podido recuperar el aliento y ha dejado de vomitar mientras el gladiador se ha situado y le ha hablado, y así, con las fuerzas restablecidas en su cuerpo, se levanta con energía inesperada para su enemigo, lo empuja hacia atrás y luego se repliega hacia el lecho. Lo salta y se refugia tras él. Marcio ha perdido el equilibrio, algo que no le ocurría en años, pero se pone de nuevo firme sobre el suelo del palacio imperial y avanza a por su presa. Sin embargo todo cambia en un instante: de pronto las puertas de la cámara del emperador ceden al empuje de los *umbones* de los pesados escudos pretorianos y una docena de guardias imperiales irrumpen en la sala. Y, sin duda, estos soldados suponen sólo el preludio de muchos más que están a punto de llegar.

El emperador oye un lamento extraño a sus pies y ve al cegado Estéfano acurrucado como un perro asustado. Aprovecha la ocasión y le da un puntapié en las costillas. Luego se vuelve hacia Marcio y el resto de gladiadores, que retroceden para defenderse de la guardia imperial que está entrando en la cámara, y los mira a los ojos como mira a los ojos de Partenio, de Máximo y, por último, de Domicia Longina, su esposa. Sonriendo, el emperador de Roma proclama su victoria final.

—¡Nunca podréis conmigo, nunca! ¡Hoy será el día en que acabaré con todos mis enemigos, con todos y cada uno de vosotros! —Y girándose hacia los pretorianos, levantando sus manos aún manchadas con la sangre de los destrozados ojos de Estéfano—: ¡A mí la guardia!

Partenio se hace a un lado, en un intento por buscar una salida, pero él y Máximo, desarmados, están entre los cuatro gladiadores que retroceden y los pretorianos que avanzan. Partenio sacude la cabeza una y otra vez, y observa cómo la afilada daga que había entregado a Estéfano para matar al emperador, con su hermoso rubí rojo, yace en el suelo incapaz de haber cumplido su objetivo. Demasiada arma para tan pobres soldados. Todo había salido mal. Todo había salido mal.

Libro II
EL IMPERIO EN GUERRA

NERO
GALBA
OTHO
VITELLIVS
VESPASIANVS
TITVS
DOMITIANVS
NERVA
TRAIANVS

Año 63 d. C.
(año 817 *ab urbe condita*, desde la fundación de Roma)

33 años antes del día designado para asesinar al emperador Domiciano

Victa pugnaci iura sub ense iacent.

[Las leyes yacen vencidas bajo la espada guerrera.]

OVIDIO, *Trista*, 5, 7, 48

24

UN BANQUETE EN HONOR DEL EMPERADOR NERÓN

NERO

Tarraco, Hispania, 63 d. C.

Trajano padre, junto con su hijo de once años y una decena de diferentes autoridades de Itálica, habían acudido a Tarraco prestos a responder con su presencia a la invitación que el nuevo gobernador de la Tarraconensis, Servio Sulpicio Galba, había cursado a todos los municipios de Hispania. La comitiva había llegado hasta las afueras de Tarraco, donde se acumulaba una multitud de carros y caballos que hacían cola para entrar de forma ordenada en la ciudad.

—Está claro que todo el mundo ha querido venir —dijo Trajano padre a sus amigos.

—¿Y por qué, padre? —El pequeño Trajano no tenía claro por qué habían tenido que salir a toda prisa de casa y pasar varios días de viaje en tortuosas calzadas simplemente porque el gobernador de otra provincia que no era la suya les hubiera invitado a una cena. Su padre lo miró, le acarició el pelo de la cabeza con la palma de la mano y, admirado por su ingenuidad, lo puso en antecedentes.

—Hispania, hijo, está dividida en tres provincias: la Baetica, en el sur, *Lusitania* en el suroeste y la gran Tarraconensis, que abarca desde el Mediterráneo hasta las lejanas regiones mineras noroccidentales, y es el gobernador de esta última el que está por encima de nuestro gobernador o el de la Lusitania, que sólo tienen grado de pretor. Sulpicio Galba tiene grado consular, hijo, y, quizá aún más importante, él, como gobernador de la Tarraconensis, posee el mando efectivo sobre la legión VI *Victrix Gemina*, la única unidad militar presente en toda Hispania. Así que si el gobernador de la Tarraconensis se ha decidido a dar un gran banquete en honor del emperador Nerón y ha invitado a todas las autoridades municipales de Hispania, hemos de venir, hijo —y mirando hacia la cola de carros que empezaba a avanzar en dirección a las puertas de la ciudad, con aire distraído, repitió varias veces la última frase—; hemos de venir, hemos de venir.

El pequeño tenía claro que para su padre —y a lo que se veía por el amplio número de otros funcionarios municipales que les habían acompañado, para toda Itálica— parecía esencial estar en aquel banquete.

La ciudad de Tarraco sorprendió por su grandiosidad al joven Trajano. Su Itálica natal sólo poseía un teatro y unas termas como grandes edificios públicos. El resto de la ciudad lo componían pequeñas *domus* y otras residencias y sólo algunas grandes villas de campo, como la de su padre, en las proximidades de la ciudad. Tarraco, la vieja ciudad de los Escipiones, por el contrario, emergía ante sus ojos como una enorme mole de edificios que llenaban de admiración la influenciable mente de aquel muchacho hispano. La comitiva de Itálica se había visto obligada a dejar sus carros en el exterior, pues las calles de la ciudad no podían acoger a tantos transportes como querían entrar, y Trajano caminaba ahora despacio, en medio del hervidero de gentes de aquel inmenso puerto marítimo junto al Mediterráneo en el occidente del Imperio romano, lo que le permitía apreciar la arquitectura de cada una de aquellas imponentes edificaciones públicas: las vetustas pero fuertes murallas de la ciudad con sus torres, el venerado templo de Augusto, construido a la muerte del divino emperador, y el inmenso teatro. También había un gran acueducto al norte de la ciudad, pero como habían entrado por el sur no habían podido admirarlo. Tarraco, no obstante, aún no disponía de circo ni anfiteatro, pero nadie en Hispania dudaba de que más tarde o más temprano contaría con edificios donde albergar todo tipo de *ludi circenses* con carreras de cuadrigas y *munera* con gladiadores de todo el mundo.

—¿Y por qué se ha decidido el gobernador de Tarraco a dar este banquete en honor del emperador ahora? —inquirió de nuevo Trajano hijo, algo aburrido ya de tanto edificio y tanto templo.

—Porque el emperador ha conseguido no sólo apaciguar por fin la rebelión de Britania, sino terminar también con la guerra con Partia gracias a Corbulón, que sustituyó al inútil de Lucio Caesenio Paeto. Un gran *legatus augusti*, Cneo Domicio Corbulón; tardaremos en tener otro igual. —Añadió unas palabras en voz baja, pero audibles para su joven hijo—: Esperemos que el emperador no se fije en él demasiado. —Volvió a levantar la voz—. Ahora, hijo, reina la paz en todo el Imperio. Algo nada frecuente.

El joven Trajano sabía además que su propio padre había contribuido a forjar esa paz al servir como *legatus* al mando de una legión entera en la guerra contra los partos bajo el liderazgo del heroico Cneo Domicio Corbulón, pero su padre siempre era modesto y nunca alardeaba de su impresionante carrera militar ante nadie. Ello no evitaba que fuera el ciudadano más respetado de toda Itálica, además de uno de los más ricos. La boda con su madre había hecho que entre ambos reunieran el millón de sestercios necesario para, según el censo, poder entrar en el Senado de Roma. Su padre era uno de los pocos senadores hispanos.

Llegaron a la posada que debía acoger a los llegados de la *Baetica*, y en cuanto entraron quedó patente que era del todo insuficiente para albergar a tantos como se habían congregado en Tarraco.

—Han dispuesto unos almacenes en el puerto para los que no cabéis aquí —dijo el posadero a Trajano padre. Éste apretó los labios y frunció el ceño. Aquello no empezaba bien. Ya había oído que Galba no era precisamente un derrochador, pero había esperado un alojamiento más digno que unos viejos almacenes y más aún atendiendo a su condición de senador, a su pasado reciente y a sus excelentes servicios prestados en la guerra contra Partia. No obstante, ya intuía, al igual que el resto de acompañantes de Itálica, la forma en la que todos los hispanos iban a ser tratados durante el resto de la jornada. En efecto, el olor a carne podrida y pescado no demasiado fresco de unos almacenes que habían sido vaciados a toda prisa junto a los muelles del puerto confirmó sus peores presagios. Trajano hijo lo miraba todo sin dar crédito a sus ojos. No es que estuviera acostumbrado a vivir en el máximo lujo, ni mucho menos —incluso estaba habituado a dormir al raso cuando salía de caza desde la infancia con su padre—, pero en la villa de Itálica, una vez cruzabas el umbral, todo estaba limpio, ordenado y el aseo se observaba en cada esquina de la casa.

—Sólo es una noche —dijo uno de los acompañantes poniendo la mano sobre el hombro de Trajano padre—. No importa.

Asintió sin decir nada. No estaba decepcionado por el mal aposento que les habían reservado, sino por las implicaciones que aquello conllevaba. Él, como todos los que le acompañaban, como decenas, centenares de autoridades llegadas desde los diferentes puntos de Hispania, anhelaba una mejora en el trato jurídico que recibían de Roma. Su sueño máximo era conseguir la ciudadanía romana para todos los municipios de Hispania, y no sólo para los que habían ostentado algún cargo de gobierno como era su caso, pero aquel trato despectivo no auguraba que el nuevo gobernador estuviera muy predispuesto a favorecerles en su vieja reclamación ante el emperador Nerón. Seguirían proscritos. No importaba lo ricos que llegaran a ser, ni siquiera que entraran en el Senado. Siempre les mirarían de arriba abajo, como ciudadanos de segunda clase. Estaba además el rumor de que Galba, no importaba la fortuna que hubiera atesorado en los últimos años, era, al parecer, un consumado tacaño.

De camino al palacio de Galba, en el centro de la ciudad, Trajano padre compartió sus intuiciones con Rufo, el más veterano de los ciudadanos venidos de Itálica.

—Esto es una pantomima. Galba da una gran fiesta, un gran

banquete invitando a todas las ciudades de Hispania en honor al emperador, pero no va a darnos nada; sólo quiere que la magnitud de la celebración llegue a oídos de Nerón y que éste se sienta complacido y tranquilo. —Entonces bajó la voz—. Ya son muchos los que dicen que hay que rebelarse contra Nerón, y Galba, con esta celebración en su honor, intenta que el emperador no sospeche de él. Hemos hecho el viaje en balde.

Rufo le escuchó atento y contestó:

—Quizá aún haya alguna posibilidad; no nos pongamos aún en lo peor. Veamos cómo se nos trata en el banquete. Tú has comandado una legión entera nada menos que bajo Corbulón, el *legatus augusti* más admirado del Imperio.

—Y también al que más teme Nerón. No, no creo que haber servido con Corbulón sea visto con buenos ojos por Galba —respondió Trajano padre apretando los puños al tiempo que eran recibidos por una pléyade de esclavos en la entrada principal del palacio del gobernador. Miró fijamente al esclavo que parecía el *atriense* y se presentó como correspondía—: Mi nombre es Marco Ulpio Trajano, senador de Roma, vengo de Itálica y me acompaña mi hijo y otras autoridades de la...

Pero el esclavo, sorprendentemente, le interrumpió, por lo que no sería un esclavo sino algún liberto con rango oficial que actuaría como coordinador de todo aquel banquete.

—De acuerdo. Trajano, tú y tu hijo me podéis acompañar; el resto pueden dirigirse al teatro y disfrutar de los juegos en honor al emperador Nerón.

Dio media vuelta, de forma que los dos Trajanos tuvieron que seguirle con rapidez y quedaron separados de sus amigos, sin poder intercambiar nada más que un breve saludo y un levantamiento de cejas tanto por parte de Trajano padre como por la de Rufo. Trajano padre siguió al liberto tomando de la mano a su hijo para que éste no perdiera el paso mientras su cabeza andaba sumida en una maraña de pensamientos contrapuestos. Por un lado había desprecio al no dejarles presentarse todos uno a uno y un nuevo desprecio al sólo dejar entrar a parte de la comitiva; por otro, era lógico que en palacio sólo pudieran entrar algunos y no todos los que se habían desplazado hasta Tarraco. En ese sentido, el hecho de que el gobernador hubiera dado instrucciones de que él, Marco Ulpio Trajano, senador, y su familia, sí podían entrar, daba algo de esperanza. Quizá aquella larga y sufrida campaña en Partia pudiera al fin dar algún efecto tangible más allá de la gloria militar.

El palacio del gobernador disponía de un amplio peristilo que se había habilitado como comedor y en donde se habían dispuesto decenas de *triclinia* para albergar al menos a cien o quizá ciento cincuenta personas. Era, sin duda, el mayor banquete que había visto nunca. Miró a su hijo. El muchacho, con los ojos bien abiertos, no dejaba de observarlo todo sin ocultar su admiración por la infinidad de lechos, la exuberancia de las primeras bandejas que empezaban a llegar al peristilo y por el porte impresionante de un Galba reclinado junto a su esposa, con la que se entretenía en lo que parecía una agradable conversación. El liberto les señaló entonces un *triclinium* y en él se recostaron padre e hijo. No era habitual que un niño comiera con los adultos, pero el liberto ya había detectado la cara de pocos amigos de Trajano padre tras separarlo de sus acompañantes y decidió no decir nada.

—Tengo hambre —dijo el pequeño Trajano.

Su padre sonrió.

—Esperaremos hasta que nos llegue alguna de esas bandejas, hijo —dijo algo más relajado, acariciando la idea de que quizá en la *comissatio*, una vez concluido el banquete, se permitiera hablar a los que habían acudido allí; entonces tal vez podría plantear su petición de ciudadanía para todos los ciudadanos de los municipios hispanos, una solicitud que sabía que estaría respaldada por decenas de voces de los allí presentes. Sin embargo, no llegaba hasta su lejana esquina ninguna de las hermosas bandejas repletas de suculentos guisos que parecían volar por delante de ellos en una humillante exhibición de poder y lujo no compartido. De hecho, al poco resultó evidente que las bandejas con los mejores manjares, aunque cruzaran por todo el peristilo, sólo llegaban al gobernador y sus más allegados, mientras que otra serie de fuentes con carne seca y pescado hervido sin aliñar tan siquiera con un *garum* de calidad eran las que sí se distribuían por el resto del improvisado comedor. Cuando Trajano padre probó un bocado, de inmediato supo dónde había ido a parar la carne medio podrida y el pescado viejo de los almacenes en los que se les había alojado. Sin duda, aquello era optimizar recursos. Nunca un banquete de tales dimensiones por el número de invitados habría resultado tan exageradamente barato a un anfitrión. Y no sólo eso, sino que mientras ellos se veían forzados a ingerir aquella carne medio podrida en simples platos de cerámica común, Galba y sus amigos eran servidos en exuberantes platos y bandejas de la mejor *terra sigillata* de toda Hispania, cerámica de lujo ricamente ornamentada con relieves de todo tipo y con un sello al fondo de cada pieza que certificaba la calidad de aquellas vasijas, cuencos, vasos...

—Padre... —empezó el joven Trajano con cara de asco sacándose un trozo de carne seca de la boca.

—Lo sé, hijo —le interrumpió—; no digas nada y no comas. Cuando salgamos de aquí pararemos en una taberna y comeremos como es debido. Ahora limítate a guardar silencio y a observar.

El joven Trajano escupió la carne seca en uno de los sencillos cuencos de barro que les habían proporcionado e intentó seguir el consejo de su padre. Lo hizo satisfactoriamente durante un rato, pero al final le pudo la rabia y, en voz baja, volvió a preguntar.

—¿Por qué nos tratan así, padre?

Trajano padre le miró con cierta sorpresa. Parecía que después de todo su hijo estaba empezando a interesarse por fin sobre cómo estaba organizado el Imperio. Pensaba que el muchacho sólo mostraba curiosidad por la caza y por el ejército. Si sacaban una lección de política de aquella aciaga noche, no se habría perdido todo. Cuanto antes comprendiera el muchacho su posición en el Imperio, mejor.

—Nos tratan así porque para ellos somos romanos de segunda clase, hijo. Y, bueno, porque es un tacaño, porque podría habernos servido, al menos, algo que fuera comestible.

El muchacho parpadeaba mientras pensaba y mientras miraba a todos los invitados que, como ellos, en su mayoría se habían decidido también por apenas probar bocado; pero eso sí, todos guardaban las formas y no se oía una sola queja.

—¿Por haber nacido en Hispania?

Su padre asintió.

—Por haber nacido en Hispania —sentenció con severidad, como si se tratara de un estigma que les acompañaría toda la vida—. Había pensado que quizá esta recepción fuera un acto de acercamiento de Galba hacia todos nosotros, hijo, pero está claro que lo único que quiere es que nos quede claro en qué consideración nos tiene y, en consecuencia, como voz del emperador que es en esta parte del Imperio, en qué consideración nos tiene el propio emperador. Hijo, cuanto antes lo tengas claro, mejor: podemos luchar por el emperador y derramar nuestra sangre por él, incluso podemos entrar en el Senado si nuestra fortuna nos permite acceder a un puesto en la *Curia*, pero para él y para todos sus gobernadores sólo seremos ciudadanos de segunda clase. —Calló y miró al suelo mientras suspiraba. Era duro decir eso a un hijo, pero era mejor que el muchacho supiera a qué atenerse.

—¿Y eso no va a cambiar nunca, padre? —preguntó Trajano hijo.

El hombre le miró de nuevo al tiempo que expiraba aire con fuerza.

—No lo creo, muchacho, no lo creo. Hemos nacido en Hispania. Eso no podemos cambiarlo. No podemos.

Trajano hijo no preguntó más. Su padre lo observó mientras el muchacho, pensativo, miraba su plato de carne podrida.

25

LAS BIBLIOTECAS DE ROMA

Roma, 65 d. C.

> *Ne tamen ignores ubi sim venalis, et erres*
> *Urbe vagus tota, me duce certus eris:*
> *Libertum docti Lucensis quaere Secundum*
> *Limina post Pacis Palladiumque forum.*

> [Pero para que no ignores dónde
> me puedes encontrar, y no vayas a la
> aventura por toda la ciudad, yo te
> haré de guía para que lo aciertes.
> Pregunta por Secundo (...)
> Detrás del atrio del Templo de la Paz.][8]

> Marcial I, 2

El joven Trajano mantenía los ojos bien abiertos. A su alrededor, Roma, la misma Roma que los despreciaba por ser hispanos, la misma Roma que se mofaba de su torpe acento al hablar en latín, los envolvía ahora con todo su esplendor, y el joven Trajano no podía sino sentir, incluso a su pesar, asombro y admiración por todo lo que veía. El muchacho de trece años paseaba junto a su padre por entre los inmensos edificios que tantos siglos llevaban levantados en el foro de la capital del Imperio y, junto a ellos, orgullosas, se erigían las nuevas obras de los divinos Julio César y Augusto.

—Impresionante, ¿verdad, hijo? —dijo su padre, a lo que

---

8. No se menciona en el texto de la novela este templo porque en el año 65 aún no se había construido. Se construye unos años después y por eso lo incluye Marcial en su poema.

el adolescente Trajano se limitó a asentir sin decir nada. No tenía palabras. El día anterior habían asistido a una de las espectaculares carreras de cuadrigas en el circo romano y habían presenciado cómo el público enfervorizado gritaba a favor de los carros que lucían sus colores, unos a favor de los azules, otros de los verdes, rojos o blancos. Como era habitual en esos días, habían ganado, una vez más, los azules.

Roma era un torbellino de gentes que caminaban de un lugar a otro, de un entretenimiento a otro; de camino, mercados de verduras, carnes, ganados, frutas, tabernas de toda condición; en cada esquina, charlatanes que unos consideraban sabios y llamaban filósofos y a los que otros, a poco que se descuidaran, despreciaban lanzando alguna piedra, eso sí, no con gran puntería. Pero, sobre todo, Roma era gente, gente, una muchedumbre inmensa que parecía poblarlo todo, llenarlo todo, henchirlo todo. Se veían literas de nobles patricias avanzando escoltadas por esclavos fornidos que apartaban al resto para que no molestaran a su ama; por otro lado, había que tener cuidado con las obras constantes que se hacían en todas partes o por no resbalar con los deshechos que algún desaprensivo había arrojado en cualquier parte de la calle. Itálica, a su lado, no era nada bulliciosa: un pequeño pueblo en una remota provincia del más complejo y diverso de los imperios.

—Ahora entiendes por qué nos desprecian, ¿no, muchacho? —continuó su padre—. Es probable que tenga que volver a partir en dirección a Oriente o al norte. Hay problemas en todas las fronteras y seguro que uno de los altos mandos del emperador volverá a recurrir a nosotros, los de provincias, para que les ayudemos en alguna remota frontera del Imperio, pero quería enseñarte antes Roma, la ciudad que gobierna el mundo, la que nos rige a todos, y a la que, queramos o no, o quieran o no quieran ellos, pertenecemos. De hecho, hijo, nosotros, incluso viniendo de la lejana Itálica, somos Roma misma, una extensión de ella en Hispania —bajó la voz, no por miedo a que le oyeran sino más bien como si sus últimas palabras fueran más un pensamiento en voz alta que una frase destinada para nadie—, sólo que no lo saben, no lo saben; no saben en Roma cuánto nos necesitan y por eso se permiten el lujo de despreciarnos. Julio César no era así, no lo era... y lo mataron... —De nuevo, sacudiendo la cabeza, más animado, poniendo una mano sobre el hombro de su hijo, habló con más firmeza, sin melancolía en su voz—: Pero dejemos de lado los pensamientos profundos, hijo. Hemos venido a disfrutar, no a sufrir. Ayer viste las carreras de cuadrigas y esta tarde iremos a uno de los anfiteatros a ver una buena lucha de gladiadores; quería haberte llevado a una representación de teatro del gran Plauto, eso habría sido lo mejor de la mañana, pero el teatro Marcelo, promovido por Julio César y, como tantas otras cosas, terminado por el divino Augusto, está aún dañado por el incendio.

Era una referencia más al gran incendio que había asolado el centro de Roma hacía apenas tres años. Las razones del fuego aún eran confusas. La versión oficial, que nadie discutía en voz alta, era que los cristianos habían prendido fuego a la ciudad en acto de rebelión fanática. Pero tanto Trajano padre como su hijo sabían que a espaldas del emperador, en las tabernas de ciudades de provincias como la suya, corría el rumor de que había sido el propio Nerón quien había creado semejante holocausto de fuego y locura. Era difícil de saber. Lo que era cierto es que el joven Trajano había visto cómo en la parte central del incendio, muy próximos al foro, allí donde el fuego lo había arrasado todo, el emperador Nerón estaba construyendo una magnífica residencia de centenares de habitaciones, decían que mil, y con fastuosos jardines para su disfrute privado. Quizá sólo fuera una coincidencia. Trajano hijo nunca había oído a su padre identificarse a favor de esa teoría o rumor sobre la autoría imperial del incendio, pero tampoco le había oído arremeter contra los cristianos. Los silencios de su padre nunca eran casuales, y el muchacho había aprendido a leer en ellos con habilidad y sin la impertinente necesidad de hacer preguntas incómodas, de forma que planteó algo más sencillo.

—Y si no vamos al teatro, ¿qué vamos a hacer esta mañana entonces, padre? —preguntó alejando la conversación del siempre espinoso asunto del reciente incendio—. Aún quedan varias horas hasta que empiecen los combates de gladiadores.

—Vamos a buscar unos escritos, hijo, unos escritos. —Y mientras seguía caminando con seguridad, por entre las estrechas calles que desembocaban en el foro, añadió a modo de solemne anuncio—: Vamos a ir a una biblioteca.

Al joven Trajano aquello no le pareció tan impresionante como las cuadrigas o los gladiadores. Leía; su padre siempre le había inculcado el valor por la lectura de los clásicos griegos y latinos. Había leído gracias a su consejo escritos de Aristóteles y obras de teatro de Aristófanes y Eurípides, pese a que le costaba leer el griego; él claramente prefería las obras de Plauto, su autor favorito por lo fresco y entretenido de sus historias, en particular, el *Miles Gloriosus*. También le gustaban los grandes estudios de historia, como las obras de Tito Livio o Polibio, en particular por la pormenorizada descripción de algunos pasajes bélicos de la vieja Roma en sus luchas contra Cartago. Pero más allá de eso tampoco era que se apasionara por la lectura. No obstante, su padre, tenaz como en todo lo que hacía, insistía. Y ahora una biblioteca. Las calles ascendían mientras se aproximaban a su destino.

—Las mejores están aquí, en la colina del Palatino, pero veo que también ha hecho estragos el incendio. —Trajano padre no había estado en la gran ciudad en los últimos cuatro años y era obvio que estaba indignado por la magnitud de aquel horrible incendio que tantos edificios había destruido por completo o dañado en gran medida—. Ahí está el templo de Apolo, y a su lado... —un breve silencio; el edificio contiguo estaba semiderruido—; a su lado estaba la Biblioteca Palatina. —De aquel antiguo centro del saber quedaba poco, demasiado poco. Miró alrededor y echó a andar de nuevo de regreso al foro—. Iremos a una de las bibliotecas que levantó el emperador Tiberio. No son tan buenas, pero quizá allí encontremos lo que busco para ti.

Las bibliotecas de Tiberio, aunque no destruidas, también estaban cerradas al gran público; uno de los trabajadores que estaba reparando el edificio le aconsejó a Trajano padre que se olvidara de las del centro y que acudiera a la gran biblioteca levantada por Augusto en el Campo de Marte, la que todos conocían con el sobrenombre de *Porticus Octaviae*.

—¿Qué libros vamos a buscar, padre? —preguntó el joven Trajano con curiosidad sincera.

—*Commentari de Bello Gallico* y *Commentari de Bello Civili* de Julio César, donde el gran general describe sus estrategias militares durante la guerra civil y en su conquista de las Galias. Sé que has leído partes de estos libros con tu preceptor en Itálica, pero debes no sólo leer esas obras al completo, hijo, sino tenerlas y recurrir a ellas con frecuencia. César fue el mejor estratega de todos los tiempos, junto con Escipión, Aníbal y Alejandro Magno, pero que sepamos ni Aníbal ni Alejandro dejaron nada escrito por ellos mismos, aunque tenemos los escritos de los historiadores griegos sobre el gran Alejandro o los de Livio y Polibio sobre Escipión y Aníbal, y hasta se sabe que Escipión escribió unas memorias. Qué magnífico rollo o rollos debieron de ser, hijo.

Trajano padre hablaba con la vehemencia que sólo usaba para las grandes pasiones de su vida: su familia, la vida militar y Roma. Su hijo escuchaba con admiración; le gustaría ser algún día como su padre, un gran *legatus*, un senador de Roma, un hombre culto. Él sabía que nunca podría superar a alguien tan importante como su progenitor: pocos hispanos habían llegado a comandar una legión.

—Sí, lástima que las memorias de Escipión se perdieran —continuó Trajano padre mientras seguían avanzando hacia el Campo de Marte—. ¿Ves todos estos edificios, hijo?

El joven Trajano asintió al tiempo que lanzaba una rápida mirada a todas las edificaciones que se levantaban por la suave ladera de aquella colina. Su padre continuó ilustrándole sobre Roma y sobre su historia.

—Antes esto era sólo una pradera, Marco y los patricios venían aquí con sus hijos y otros soldados y todos se iniciaban en esta ladera en el manejo de las armas. —Se detuvo en seco a la altura del muy viejo templo de Bellona—. Quién sabe si no sería por aquí donde un joven Escipión el Africano aprendió a blandir un *gladio* por primera vez.

Guardó un breve silencio; al joven Trajano le resultaba evidente que su padre hablaba con añoranza sobre un tiempo que nunca vivió pero en el que parecía haber preferido vivir, y eso que entonces Roma no controlaba más que una pequeña parte de su actual Imperio. El padre miró a su alrededor y comprobó que estaban en un lugar apartado de la gran avenida que conducía hacia el *Porticus Octaviae*. No había oídos impertinentes cerca, pese a lo cual habló en voz baja:

—Escipión no habría permitido que el centro de Roma fuera consumido por las llamas o que las fronteras del Imperio estuvieran en peligro, como lo están en Germania, en el Danubio o en Oriente, como tampoco lo habría tolerado Julio César. Pero son otros tiempos, hijo, otros tiempos, los tiempos de Nerón. A veces me pregunto cómo alguien así puede descender del divino Julio César. Pero es absurdo ocupar la mente en estos asuntos, además de peligroso —lo repitió mirándole a los ojos—: peligroso; si tu madre me oyera me recriminaría que te aturda los oídos con esta plática mía sobre tiempos pasados que añoro y tiempos presentes que critico; y tendría razón al reprenderme. —Recordó que Calpurnio Pisón y sus conjurados contra el emperador acababan de ser ajusticiados; no era inteligente inculcar ideas peligrosas a su hijo—. No debes hacerme caso en esto; tú no. Lo importante es que los Trajano hemos conseguido una buena posición sirviendo a los emperadores y eso seguiremos haciendo. Incluso si se niegan a extender la ciudadanía romana a toda Hispania, seguiremos haciéndolo, pero dejemos la política para cuando vaya al Senado. —Reemprendió la marcha—. Como te decía, hijo, las memorias de Escipión, en cualquier caso, se perdieron para siempre. No sabemos dónde están, si es que aún siguen intactas en algún sitio. Ya nadie podrá leerlas, pero tenemos los escritos de César, que, por cierto, admiraba mucho a Escipión, como cuando menciona ese pasaje en donde describe el lugar en África donde éste se fortificó para protegerse del ataque de númidas y púnicos... ¿Cómo era...? «*[Castra Cornelia...] Id autem est igum directum eminems in mare, utraque ex parte praeruptum atque asperum, sed tamen Paulo leniore fastigio ab ea parte, quae ad Uticam vergit. Abest...*» ([Castra Cornelia...] Es, en efecto, un peñón cortado que se cierne sobre el mar, abrupto y escarpado por ambos lados, si bien con pendiente algo más suave por la parte que mira a Útica. Dista...)

Trajano padre dudó cómo seguía. Su hijo tomó el relevo:

—«*Abest directo itinere ab Utica Paulo amplius passuum milibus III. Sed hoc itinere est fons quo mare succedit longius, lateque is locus restagnat; quem si qui vitare voluerit, sex milium circuito in oppidum pervenit.*» [Dista en línea recta de Útica poco más de tres millas. Pero en este trayecto se encuentra un fontanal, donde el mar penetra un tanto, y queda este paraje empantanado en bastante extensión.] [9]

Trajano padre miró admirativamente a su hijo pero sin dejar de andar.

—Eso está bien, eso está bien. Así debes saberte esos textos, al completo. En ausencia de las memorias de Escipión, tenemos los rollos que escribió Julio César. Vamos a por ellos, hijo; hemos de conseguir una copia para ti. Si no la encontramos aquí no la conseguiremos en ningún sitio —concluyó, y echó una larga carcajada a la que se unió su hijo de forma algo tímida. Estaba contento por haber demostrado que recordaba algo de los pocos pasajes que había tenido la oportunidad de leer escritos por Julio César, y la verdad era que le hacía mucha ilusión disponer de una copia para su uso personal—. Los escritos de Julio César son fundamentales —continuó su padre—. Los emperadores de hoy se enorgullecen de llevar su nombre, César, pero qué tiempos tan distintos, hijo, tan distintos... —Y la palabra «distinto» es lo máximo que allí, en voz alta, se atrevió a utilizar el recio *pater familias* del clan de los Trajano. En su lugar derivó la conversación de regreso al asunto de las bibliotecas—. Antes, en Roma, en tiempos de Escipión, por ejemplo, no había bibliotecas públicas donde tú y yo pudiéramos ir en busca de un volumen que fuera de nuestro interés. No. En aquellos tiempos remotos el conocimiento se acumulaba en las residencias privadas de los patricios más cultos de la ciudad, como en la propia *domus* de los Escipiones, que tenían una notable biblioteca, iniciada por el

9. Palabras de Julio César describiendo el lugar donde Publio Cornelio Escipión se refugió en su campaña de África cuando lo visitó, intrigado por saber por qué lo eligió el antiguo procónsul Publio Cornelio Escipión cuando le rodeaban dos ejércitos enemigos que le triplicaban en número. Recogido en *Bellum Civile*, II, 24, 3-4. Traducción de Javier Cabrero.

famoso Africano y culminada y ampliada por Escipión Emiliano. También había bibliotecas importantes en las casas de los representantes de los autores de teatro más conocidos, como el de Plauto, que sin duda debía de poseer una importante colección de obras de teatro clásico griego, pero la de los Escipiones fue, durante muchos años, la mejor. Luego vinieron las colecciones de Sila, que incluían originales del mismísimo Aristóteles, o la biblioteca de Lúculo y, cómo no, la de Ático, que nutría siempre a Cicerón de todos los volúmenes que necesitaba en sus estudios. Pero si no tenías amistad con alguno de estos grandes prohombres de la Roma del pasado, nunca podías acceder a los libros que te interesaban, hijo. Todo eso cambió con Julio César. Él fue quien creó las primeras bibliotecas públicas. Sin duda, debió de dolerle inmensamente el desastre de la biblioteca de Alejandría, del que fue, en parte, el causante indirecto al ordenar el incendio de la flota enemiga. Sin duda debió de dolerle. Pero, volviendo a Roma, César inició las bibliotecas para que luego el emperador Augusto las terminara y las dejara, en efecto, abiertas al público. Y Augusto mismo estableció la guardia de las *cohortes vigiles* para que velaran por la seguridad de ésos y otros edificios y sofocaran todos los incendios de la ciudad. Otros tiempos, hijo, otros tiempos.

El muchacho estaba abrumado ante el inabarcable conocimiento que su padre poseía sobre todo lo relacionado con Roma. Al veterano Trajano no se le escapó la mirada de admiración de su hijo.

—Si quieres que los romanos te respeten —decidió precisar—, tienes que demostrarles que sabes más de Roma que ellos mismos; tienes que demostrarles que eres más romano que ellos mismos.

Trajano hijo asintió, pero no pudo evitar añadir un comentario en recuerdo del humillante banquete de Tarraco al que habían asistido juntos.

—Aun así nos desprecian por ser hispanos.

Trajano padre suspiró; el apunte de su hijo era cierto.

—En cualquier caso, nos necesitan.

Y así el veterano guerrero y senador dio por concluida

aquella conversación mientras apretaba el paso para llegar pronto a la biblioteca que le habían indicado.

El *Porticus Octaviae* había sido erigido finalmente por Augusto para culminar un proyecto de su tío César en el que se buscaba reemplazar el anterior complejo de edificios, conocido como el *Porticus Metelli*, por una serie de nuevas edificaciones entre las que sobresalían el templo de Júpiter Stator y el templo de Juno Regina, junto con una nueva biblioteca que sería la tercera biblioteca pública de Roma. Y es que, en los tiempos del gran Augusto, el número de rollos —ya fueran nuevas obras literarias, como las de Horacio y Virgilio, o documentos legislativos y de cualquier otra índole— no dejaba de crecer, y las bibliotecas del foro ya no daban abasto para albergarlos. De esa forma, además, el antiguo emperador buscaba extender los núcleos de conocimiento a otros puntos de la ciudad y que no todo estuviera concentrado únicamente en las proximidades del foro y de la colina del Palatino. El *Porticus Octaviae*, junto con el teatro de Marcelo, levantado en las proximidades, contribuirían a hacer del Campo de Marte un referente cultural de la ciudad. Y hasta allí, hasta sus puertas, llegaron los Trajano, un siglo después de su construcción. La idea del divino Augusto se había probado especialmente útil con el incendio del año 64 después de Jesucristo. Los ciudadanos romanos bajo el gobierno de Nerón vieron cómo ardía la ciudad, incluida alguna de sus más vetustas bibliotecas en el foro, pero el *Porticus Octaviae*, alejado del epicentro de las llamas, sobrevivió primero a las mismas y sirvió, después, como lugar donde almacenar los documentos y los rollos nuevos y antiguos mientras se procedía a la restauración, muy lenta por cierto, de las bibliotecas dañadas.

—¿Cómo es posible que haya tenido que desplazarme hasta aquí para pedir prestados unos escritos de Julio César? —espetó un ya algo indignado Trajano padre a un pobre esclavo, asistente en la biblioteca, que poco podía aportar en su respuesta a una pregunta que se prestaba a muchas interpretaciones. Un hombre mayor, delgado, vestido con una túnica gris, algo encorvado, pero con la mirada felina, hizo una señal con la mano y el esclavo se retiró.

—Quizá sea mejor que les atienda yo —dijo el hombre de la túnica gris—; soy Vetus, el bibliotecario del *Porticus Octaviae*.

Trajano padre le miró con seriedad. Al menos tenía ante él a un interlocutor válido y con un nombre apropiado, pues Vetus, como la palabra misma sugería, era viejo. Decidió bajar el tono de su voz, pero no el de su indignación.

—He venido decenas de veces a Roma y nunca he tenido que vagar de biblioteca en biblioteca en busca de unos escritos tan importantes como los de Julio César.

El bibliotecario respondió eludiendo el fundamento de la pregunta.

—Los que estudiamos filosofía o literatura estamos acostumbrados a ello y hasta nos sentimos orgullosos de vivir en una ciudad donde florecen las bibliotecas.

—Donde florecían, en todo caso —replicó Trajano padre de forma tajante. El hijo sabía cuando su padre estaba enfadado.

El bibliotecario dejó en una mesa próxima unos rollos que estaba enrollando para volver a poner en su sitio y se aproximó más a los recién llegados. Estaban en una gran sala con una elevada bóveda y altas paredes en las que había nichos que se habían recubierto con *armaria* de madera donde se guardaban los rollos. El centro de la estancia estaba acondicionado como sala de lectura y consulta con mesas y *sellae* repartidos de forma regular. El bibliotecario se situó frente al padre.

—Puedo asegurar a... —se detuvo a la espera de que el hombre se identificara.

—Marco Ulpio Trajano, senador y *legatus* de una legión en Partia bajo el mando del general Corbulón.

Vetus no mostró admiración o sorpresa en su rostro pero asintió con solemnidad. Era evidente que por allí debían de pasar con frecuencia personalidades de igual o más importancia que el propio Trajano.

—Puedo asegurar entonces a Marco Ulpio Trajano —reinició así su discurso en voz particularmente baja, casi un susurro— que el primero que lamenta que no haya fondos suficientes para las bibliotecas en estos días soy yo, pero quizá no sea prudente debatir en público sobre ese asunto. —Miró de reojo hacia su derecha. Trajano padre volvió sus ojos hacia donde indicaba el bibliotecario con la mirada y vio a un tribuno del pretorio consultando un rollo dos mesas más allá. Trajano encaró de nuevo a su interlocutor, asintió y formuló su petición de forma rápida. Ésta no podía conducir a sospecha ni a mala interpretación alguna.

—Quiero la serie de rollos que contienen el *Commentari de Bello Gallico* y el *Commentari de Bello Civili* de Julio César para poder encargar a un escriba una copia de los mismos. Y también una copia de la *Ilíada* en griego, para que el muchacho se familiarice más con esa lengua. Me consta que estos textos se prestan para estos fines.

Vetus inspiró aire despacio.

—Eso era lo habitual sí, hasta el incendio, pero con varias bibliotecas dañadas se ha restringido el servicio de préstamo hasta que podamos hacer copias de todos los volúmenes relevantes para reintegrarlos cuando éstas hayan sido restauradas. Puedo permitiros consultar los textos que deseas aquí en la sala, pero no, por el momento, el préstamo.

Vetus observó que la indignación, una vez más, hacía presa de aquel senador que se expresaba con un fuerte acento hispano; podía dejarlo allí y que uno de los esclavos se ocupara en recibir sus quejas, pero hacía tiempo que no entraba nadie allí con el valor, incluso con la imprudencia, de criticar la mala gestión imperial de las bibliotecas en los últimos años; aquel Trajano era como una bocanada de aire fresco y puro en la corrompida Roma. Miró al adolescente, un joven fuerte y de mirada viva, que callaba junto a aquel alto oficial del Imperio.

—¿Las copias eran, entonces, para el muchacho? —preguntó.

—Así es —confirmó Trajano padre—. Hemos venido desde Hispania y quería regalárselas, pero veo que todo parece ponerse en mi contra.

—Son un excelente regalo para un joven que, sin duda, aspirará a ser un gran *legatus* algún día, ¿no es así?

El joven Trajano asintió sin decir nada al sentirse directamente aludido por aquella pregunta.

—Bien —continuó Vetus, mirando de nuevo al padre—; entonces hay otra posibilidad. Los textos que pides son muy solicitados; gracias a los dioses, aún hay interés por el divino Julio César o por el gran Homero. Estoy seguro que es muy posible que encuentres una copia de los mismos en casa de alguno de los libreros importantes de Roma. Ellos suelen tener copias de los textos más leídos.

Trajano padre escuchaba atento.

—Pero no sé dónde están ni quiénes son estos libreros —dijo.

Vetus se permitió posar su mano sobre el brazo del senador y acompañarlo a la puerta de salida mientras le explicaba todo lo necesario.

—Está Trifón, tiene copias de todo, son baratas pero la calidad de sus escribas y del papiro que usa no son las mejores; luego está Atrecto, con él la calidad está garantizada, incluso el lujo. Atrecto es siempre una buena opción. Si vais a viajar, que imagino es lo más probable, de regreso a vuestra patria, lo ideal es algo muy nuevo que sólo vende Secundo: se trata de textos, los textos de siempre como los que buscáis de César o de Homero, pero copiados no sobre papiro sino sobre pergamino, más resistente, pegados por un lateral, como un códice de tablilla, en lugar de juntando luego las hojas en rollos; así se escribe por ambos lados del pergamino y en mucho menos volumen puedes tener los dos textos. Es una gran idea, pero muy cara; hay quien dice que un día esos códices reemplazarán por completo a los rollos, pero yo no lo creo posible, se perdería ese placer especial de desenrollar poco a poco el texto; es absurdo. Bueno, el caso es que para viajar son útiles los códices de pergamino, eso lo reconozco, y aunque sean caros no creo que el dinero sea un inconveniente para el senador Marco Ulpio Trajano.

Estaban ya en la puerta de la biblioteca.

—Llevas razón. Me gusta esa idea del pergamino. Si lo recomiendas, lo único que necesito saber es cómo llegar hasta ese librero.

—Por supuesto. Hay que ir al foro de Augusto y una vez allí caminar en dirección a la Velia, cerca de donde Nerón está edificando su gran palacio y sus jardines. Justo allí, en los límites de los jardines de Nerón, hay una pequeña casa, tras un atrio. En cualquier caso, a cualquiera que preguntéis por el librero Secundo en la Velia os ayudará a llegar hasta él.

Trajano padre se despidió con seriedad, agradeciendo la información, y tanto él como su hijo se alejaron del *Porticus Octaviae* bajo la atenta mirada del bibliotecario, que tuvo claro que por allí se alejaba la sangre fresca que mantenía al Imperio a salvo aún, pese a la corrupción y la locura reinantes en el corazón de Roma. Había que dar más poder a hombres como aquéllos, pero ¿entendería la orgullosa clase patricia romana alguna vez que eso era necesario? Tendría que venir el fin del mundo antes de que eso ocurriera. En cualquier caso, él ya era viejo y no viviría para averiguarlo. Eso pensaba. Se volvió de nuevo hacia la biblioteca. Lo único que estaba en su mano era preservar el máximo número de rollos de papiro posible por si en el futuro aún alguien quería seguir leyendo.

—Pero ¡por Júpiter, no! —exclamó Vetus al levantar la mirada del suelo y ver que, una vez más, regresaba al edificio un persistente joven poeta, o supuesto poeta, que se empeñaba en conseguir que alguna biblioteca aceptara algunos de sus escritos. Estacio se llamaba. Era imposible olvidarse de su nombre: Publio Papinio Estacio. Venía todas las semanas y siempre con nuevos poemas. Le faltaba fuerza, le faltaba técnica.

—No, no, no —dijo Vetus en cuanto el poeta se acercó a él—. No me traigas más poemas, ni más escritos. Lo siento. Bastante tengo con intentar mantener la biblioteca en orden.

Se alejó del desolado poeta, que sostenía sus últimos versos en la mano. Si ninguna biblioteca aceptaba guardar tus versos era que no valías, y Estacio sólo sabía hacer eso, escribir poemas y dar clases de retórica, aunque sin que tus textos estuvieran en las bibliotecas de Roma nunca se conseguían alumnos. El hambre le mordía en las entrañas. Engulló el desprecio del bibliotecario con dignidad, pero se juró a sí mismo que un día, un día, sus poemas serían apreciados y podría vivir de la escritura y todos le envidiarían. Los sueños no daban de comer pero, de alguna forma, contenían el hambre por unas horas.

Publio Papinio Estacio salió de allí y se perdió en las calles de Roma.

26

EL FORO DE ROMA

Roma, 65 d. C.

Trajano padre compró varios códices en la librería de Secundo: las obras de César, una copia de la *Ilíada* y un par de obras de Plauto. De tanto dar vueltas en busca de aquellos libros se había hecho algo tarde, pero apretaron el paso y llegaron al foro a la hora convenida. Trajano padre temía retrasarse y causar mala impresión al cada vez más influyente Lucio Licinio Sura, el senador hispano más poderoso de toda Roma, hasta el punto de que se hablaba de él como posible cónsul algún día. Pero llegaron a tiempo. Allí, frente al templo de Vesta, en el corazón del Imperio romano, se encontraba Sura, rodeado de un corro de otros prohombres provincianos, hispanos y galos en su mayoría, que, con frecuencia, se reunían en aquel punto para tratar de los asuntos que más les concernían. Sura recibió a Trajano padre y a su hijo con una amplia sonrisa, más allá de lo que aquél habría considerado necesario teniendo en cuenta que sólo habían intercambiado un par de cartas. Sura quería agradarles, si bien nunca hacía nada de forma gratuita. Eso puso al veterano Trajano en guardia.

—Y éste es, sin duda —empezó Sura—, Trajano con su joven hijo, otro vástago del Imperio. Que Júpiter y el resto de dioses os protejan y más en esta ciudad.

Trajano padre estrechó la mano de Sura mientras muchos de los presentes reían la ocurrencia de su líder.

—No me hagas caso, Trajano —continuó Sura poniéndose serio, pues con su habitual perspicacia había detectado el porte defensivo del recién llegado—. Hago muchas bromas, pero en las cosas importantes siempre soy serio. Los aquí presentes son testigos. —Se giró hacia el grupo que asintió en bloque—. Trajano, amigos míos, es uno de los más importantes representantes de la Baetica hispana, como sabéis, y tenemos que hacer todo lo posible por persuadirle y unirle a nuestra causa.

Trajano padre saludó con un leve cabeceo al resto de los presentes. Sura, entretanto, fue directo al asunto de la reunión de aquella mañana: cómo presionar al Senado en su conjunto y cómo influir en el propio emperador, si esto era posible, para que la ciudadanía romana se extendiera a algunas provincias, en particular las hispanas y las de la Galia. Trajano padre escuchó la vehemente oratoria de Sura y comprendió que aquel hombre estaba persuadido de que lo imposible podía ocurrir. Por su parte, para Trajano hijo aquella conversación parecía demasiado distante y, sin poder evitarlo, paseaba sus ojos por las primeras páginas de los escritos de César. La *Ilíada*, por estar en griego, se le hacía más complicada y la dejaba para un momento de mayor sosiego.

—Mirad —dijo uno del grupo. Sura detuvo su parlamento, Trajano padre miró hacia donde se señalaba en el centro del foro y el hijo cerró el códice de César.

—Es Nerva —precisó Sura, identificando para los que aún no lo hubieran hecho al veterano senador de Roma que, respaldado por cuatro fornidos esclavos, se acercaba hacia donde se encontraban. Se detuvo frente a Sura y le saludó con respeto.

—Ave, Lucio Licinio Sura. Veo que los senadores provinciales siguen con la costumbre de reunirse en el foro de Roma. —Lo dijo sin dejar traslucir ironía o desprecio, como quien se limita a describir un hecho objetivo.

—Ave, Marco Coceyo Nerva. El foro de Roma es un lugar en el que nos sentimos cómodos —respondió Sura, inclinándose levemente ante el senador romano.

Nerva sonrió. Le gustaba la forma elegante y sutil con que Sura se las ingeniaba para transmitir lo que pensaba; más aún: lo que deseaba. Miró a su alrededor.

—El foro es grande: hay sitio para todos —dijo.

—Eso pensamos nosotros —confirmó Sura, y se hizo un silencio incómodo. Hábilmente encontró algo con lo que romperlo—. Aprovecho la ocasión para presentarte a un amigo, otro hispano —apostilló sonriendo—: Marco Ulpio Trajano, de la Baetica.

—Trajano —repitió Nerva, mirando directamente al hispano que le saludaba llevándose la mano al pecho. Un militar. Nerva le había visto ya en más de una ocasión en el Senado, pero nunca había hablado con aquel hombre serio y recto que le saludaba ahora de manera tan marcial—. Un veterano de las guerras de Oriente —apostilló.

—Así es —respondió Trajano padre con concisión militar. No añadió que había sido bajo el servicio de Corbulón, porque el emperador estaba investigando la posible participación de Corbulón en una conjura para asesinarle. Lo prudente en aquellos tiempos era hablar lo menos posible. Nerva debió de captar su incomodidad, porque rápidamente cambió de tema.

—Veo que tu hijo lleva libros consigo.

—Me parece bien que se eduque leyendo textos de donde pueda aprender más de Roma y del mundo —respondió Trajano padre.

—¿Y qué textos son ésos? —indagó Nerva. Trajano padre iba a responder pero su hijo se anticipó mostrando los libros al senador romano para que éste pudiera leer sus títulos.

—Las obras de César... —comentó Nerva en voz alta—, obras de Plauto y, por todos los dioses, la *Ilíada* en griego. ¿Lees griego, muchacho?

—Un poco —dijo el chico, algo avergonzado de no poder responder con más contundencia, pero no le pareció inteligente mentir, y menos con su padre delante—. Este libro es para que mejore en esa lengua.

—Es un buen objetivo —confirmó Nerva— y un buen libro para ese fin.

Cerró los ojos y empezó a declamar de memoria en perfecto griego:

—«¡Óyeme, tú que llevas arco de plata, proteges a Crisa y a la divina Cila, e imperas en Ténedos poderosamente! ¡Oh Esminteo! Si alguna vez adorné tu gracioso templo o quemé en tu honor pingües muslos de toros o de cabras, cúmpleme este voto: ¡Paguen los dánaos mis lágrimas con tus flechas!»

—Aquí calló el senador, abrió los ojos y miró al joven Trajano, que había permanecido atento a sus palabras—. ¿Entiendes lo que he dicho, muchacho?

Trajano hijo asintió, pero como el senador Nerva se le quedó mirando, comprendió que no era suficiente con asentir.

—Es el sacerdote Crises, que se lamenta porque Agamenón no ha aceptado el dinero que ofrece por rescatar a su hija presa e implora a Apolo para que hiera a los dánaos, los griegos que atacan Troya —respondió Trajano hijo con rapidez. Tragó saliva y añadió un comentario final—: Eso creo que dice. Es como si pidiera venganza.

Nerva seguía observándole atentamente: el hijo de un senador hispano que entendía suficientemente el griego, como un joven vástago patricio de una vieja familia romana.

—Sí, eso es sin duda, muchacho: implora venganza —dijo al fin el senador Nerva. Luego, mirando a Trajano padre, se despidió—: Has comprado buenos libros para tu hijo, senador. Que los dioses os sean propicios a todos. —Tras mirar un instante a Sura, se alejó caminando rodeado por sus esclavos.

Lucio Licinio Sura miró a Trajano padre, evidentemente satisfecho de que su hijo hubiera podido responder bien al senador Nerva.

—Tu hijo nos ha hecho quedar bien a todos —dijo Sura apreciativamente—, y ante Nerva nada más y nada menos. Nerva es amigo de los Flavios, que, con Vespasiano al frente, son una poderosa familia. Además ha apoyado a Nerón en la detención de casi todos los conjurados contra el emperador, empezando por el propio Pisón. Nerva es ahora el ojo derecho de Nerón en el Senado; un ojo vigilante con una cabeza que nunca olvida una conversación. No se olvidará ya nunca de tu hijo, Trajano. Nunca.

Trajano padre borró la satisfacción de su rostro. No estaba seguro de si eso sería bueno para su hijo.

27

LA ORDEN DE NERÓN

Cenchreae, puerto de Corinto
Grecia, 67 d. C.

Trajano padre acudió a Corinto por petición expresa de Corbulón. Era arriesgado, pero se lo debía. La familia de éste había caído en desgracia. Nerva había señalado al propio Corbulón como instigador de la conjura contra Nerón y eso había sido el detonante de su caída en desgracia. ¿Hasta dónde? Eso no estaba claro aún. El emperador estaba convencido de que Corbulón, aprovechando su gran popularidad en el ejército y en la misma Roma, por sus grandes victorias en Oriente, estaba planeando derrocarle e instalarse él mismo en el trono. Era difícil saber cuánto había de verdad en todo aquello y cuánto de locura por parte del propio Nerón, pero Trajano, al recibir el mensaje de su antiguo superior, no lo dudó, se aseguró de que su hijo quedara en Roma bajo la protección de Sura y otros senadores hispanos y embarcó hacia Corinto. Trajano sentía que debía a Corbulón el honor de haber llegado a *legatus* y eso era algo que no podía olvidar fácilmente. Se suponía que en Corinto debía celebrarse un encuentro entre los gobernadores de Germania Superior e Inferior y el propio Corbulón para asegurar las fronteras de todo el Imperio.

El puerto de Corinto, Cenchreae, recibió a la *trirreme* militar en la que se había desplazado Trajano padre sin problemas. El hispano tenía previsto desplazarse en carro al interior para llegar a Corinto lo antes posible, pero, nada más desembarcar, un centurión que se identificó como un oficial al servicio de Corbulón le saludó y le invitó a seguirle. En poco tiempo, en cuanto dejaron atrás los muelles y los almacenes del puerto, llegaron a un pequeño edificio que hacía las veces de autoridad portuaria. Corbulón estaba a las puertas del edificio. El viejo *legatus augusti* de Oriente, a sus sesenta años, no era hombre que se anduviese con rodeos. En cuanto vio a Trajano le tomó por el brazo, sin ni siquiera saludarlo, y lo apartó del grupo de legionarios que custodiaban las puertas de aquel edificio.

—Me alegro de que hayas llegado a tiempo —empezó con tono serio—. Quizá no debí haberte llamado. Nerón sospecha de todos mis familiares y temo que pronto lo haga de aquellos en los que he mostrado algo de confianza, pero como eres hispano he pensado que eso te deja fuera de peligro. —Era evidente para ambos que Roma no podría aceptar jamás un emperador de provincias. Era una idea completamente absurda, de forma que era ridículo temer a un senador que no fuera nacido en Roma o, al menos, en Italia.

—Sí, lo entiendo —respondió Trajano, que tampoco se detuvo en saludos. La mano derecha de Corbulón, pese a sus años, aún le sostenía el brazo con fuerza y transmitía una poderosa señal de urgencia en aquella conversación. El hispano vio que llegaba una unidad de pretorianos imperiales. Era extraño, ¿qué hacía una unidad de pretorianos en Grecia? Corbulón percibió que su interlocutor fruncía el ceño y se giró para ver qué era lo que le causaba esa sensación de extrañeza.

—Ya están aquí —dijo suspirando, y se volvió de nuevo hacia Trajano—. Escúchame, Trajano, si entiendo bien lo que está pasando, mi tiempo se acaba. ¿Me escuchas con atención?

—Sí, por supuesto.

—Bien. —Se oyó cómo los pretorianos enviados por el emperador Nerón preguntaban por el *legatus augusti* Cneo Domicio Corbulón—. Escucha, Trajano, te he hecho llamar porque confío en ti. Eres hombre noble y valiente en el combate e hispano, lo que te protege. Aun así siento tener que recurrir a ti. Si no me equivoco, estos pretorianos no vienen al encuentro de Corinto; de hecho, todo el supuesto encuentro de Corinto es una farsa, una trampa del emperador. Mi yerno ya ha sido ejecutado en Roma. —Escuchaba las poderosas pisadas del grupo de pretorianos acercándose—. Trajano, oigas lo que oigas, veas lo que veas, no intervengas. No te he hecho llamar para que me ayudes por la fuerza; no hay fuerza que pueda contra un César que ha perdido la razón; nunca la hay. Te he llamado porque tengo una esposa y dos hijas. Has de jurarme, Trajano, has de jurarme que las protegerás. Necesito saber que tengo algo más en lo que confiar que la palabra de Nerón, pues ésta no me basta. Dime sólo que puedo contar contigo...

Pero no pudo continuar ni Trajano responder.

—¿Cneo Domicio Corbulón? —dijo un tribuno pretoriano que acababa de detenerse apenas a dos pasos de ellos.

Corbulón se giró despacio. Llevaba su *gladio* enfundado. Trajano lamentó haber acudido solo y no acompañado por más hombres, pero no había esperado nada de todo aquello. Quizá el propio Corbulón no quiso poner sus intuiciones por escrito para no inculparle. Trajano observó los movimientos de su veterano jefe. Sabía que la desconfianza de Nerón hacia Corbulón, hacia cualquiera que destacara en campaña, se había desatado con fuerza, pero no sabía lo de la ejecución del yerno. Debía de haber ocurrido mientras navegaba desde Roma a Corinto.

—Yo soy Cneo Domicio Corbulón —dijo el interpelado con firmeza a la vez que se alejaba un paso de Trajano, como si quisiera marcar distancias.

El tribuno pretoriano siguió con la mirada al *legatus augusti* de Oriente.

—Por orden del emperador Nerón Claudio César Augusto Germánico, estás detenido.

Corbulón no desenfundó su espada y Trajano se mantuvo inmóvil, sin saber bien qué hacer. En su cabeza aún retumbaban las palabras finales de la conversación que acababa de tener con Corbulón: «Oigas lo que oigas, veas lo que veas, no intervengas.» Un pequeño grupo de legionarios, junto con el centurión que había acudido a recibirle en el puerto, se posicionó detrás de Corbulón. Se les veía dispuestos a luchar, pero el *legatus* levantó su brazo derecho con la palma extendida y todos se detuvieron.

—¿De qué se me acusa? —preguntó.

—De traición —respondió el tribuno pretoriano, quien, a

su vez, se había rodeado por unos treinta pretorianos prestos también, al parecer, a desenfundar sus armas si era preciso. Corbulón bajó el brazo despacio.

—¿Sólo arrestado? —preguntó al oficial. Éste tragó saliva. Él obedecía órdenes y lo haría hasta el final, pero el breve silencio que antecedió a la nueva respuesta mostró que aquel tribuno pretoriano no se encontraba cómodo con su actual misión.

—El emperador ha ordenado tu ejecución.

Corbulón asintió un par de veces. Era lo que esperaba, sobre todo después de confirmarse la ejecución de su yerno. Nerón se había vuelto completamente loco. No serían ellos los que le verían morir, pero otros se rebelarían y, al final, alguno tendría éxito. Era una lástima no vivir para verlo, pero eso no le preocupaba demasiado. Había tenido una buena vida, y una esposa con la que se entendió desde un principio. Nunca fue un amor pasional, pero siempre tuvieron una buena relación y Casia le dio dos buenas hijas: la mayor, Domicia Córbula, siempre leal y digna, y la pequeña, Domicia Longina, probablemente la más hermosa de entre todas las jóvenes patricias romanas. Demasiado hermosa, y también inteligente y fiel a su padre y a su madre. Más de una vez había rogado Corbulón a los dioses porque la hermosura de la pequeña de sus hijas pasara desapercibida en medio de la cueva de lobos en la que se había convertido Roma. Siempre pensó que él estaría allí para protegerla, al menos, hasta que se casara, pero ahora todos aquellos planes se ahogaban en medio de la tempestad de un emperador trastornado.

—¿Y cómo ha ordenado el César que sea mi muerte? —preguntó Corbulón. Trajano, como los legionarios, el centurión, y hasta el tribuno pretoriano y sus hombres, escuchaba completamente impresionado por la entereza de aquel veterano *legatus augusti* en un momento tan terrible. El tribuno se explicó con la concisión propia de un militar.

—El detenido tiene dos opciones: ser ejecutado por mis hombres o suicidarse él mismo. Si se suicida, el emperador ha jurado no dañar ni a la mujer ni a las hijas de Cneo Domicio Corbulón.

El *legatus augusti* de Oriente sonrió.

—El emperador es muy generoso —dijo Corbulón antes de añadir una última pregunta—: ¿Y cuándo ha fijado el César que se me ejecute o que me suicide?

—En cuanto fuera detenido, *legatus.* —Era la primera vez que el pretoriano usaba el título que le correspondía a Corbulón. Era una muestra de respeto. Corbulón la recibió con un leve asentimiento.

—¿Si me suicido el emperador respetará las vidas de mi mujer y mis hijas? Corbulón necesitaba oír aquellas palabras una vez más y además quería que se pronunciaran otra vez delante de todos aquellos testigos: pretorianos, legionarios, un centurión y un senador hispano. Incluso un emperador loco se precia de cumplir su palabra.

—Así es, *legatus* —confirmó el tribuno—. Si el *legatus augusti* de Oriente se suicida, el emperador respetará la vida de su esposa y de sus hijas. Ésas fueron sus palabras exactas.

—Sea —dijo Corbulón. Se dio media vuelta y se dirigió al centurión de su pequeña escolta—: desenfunda.

El centurión, contento porque por fin el *legatus* iba a luchar contra aquellos miserables enviados por Nerón, desenfundó con rapidez. Lo mismo hicieron los quince legionarios que les acompañaban, a lo que los pretorianos, más de treinta, respondieron con el mismo gesto. Trajano, por su parte, seguía allí, en pie, sin saber qué hacer, recordando las palabras de Corbulón: «Oigas lo que oigas, veas lo que veas, no intervengas.» En ese momento Corbulón habló con fuerza, dirigiéndose a los legionarios:

—¡Sólo el centurión, por Júpiter! ¡Los demás enfundad vuestras armas!

Y los legionarios, que dudaban, vieron cómo su propio centurión, algo confundido, asentía. Al fin introdujeron de nuevo sus *gladii* en sus carcasas, a regañadientes. Los pretorianos, no obstante, mantenían las espadas en alto. Corbulón tenía claro lo que iba a hacer, pero le quedaba una última duda: ¿quién se ocuparía ahora de la frontera oriental? De nada servía sacrificarse si el Imperio iba a ser deshecho por el enemigo.

—¿Quién me va a reemplazar en Oriente? —preguntó sin

volverse hacia el tribuno pretoriano, con su mirada fija en la espada que blandía el centurión bajo su mando.

—Vespasiano —respondió el enviado del emperador. Corbulón asintió levemente. Quizá el emperador no estaba loco del todo. Vespasiano era una muy buena opción, un veterano de Britania que había conquistado veinte *oppida* enemigos y cuyo valor en aquella campaña había sido recompensado con *ornamenta triunphalia*. Era un hombre válido para mantener una frontera en orden.

—¿Qué va a ser? —preguntó el tribuno pretoriano, que parecía impacientarse.

Corbulón le encaró acercándosele con lentitud estudiada. A su espalda permanecía el centurión con su *gladio* desenvainado.

—¿Tú qué harías? —preguntó Corbulón. El tribuno no supo qué responder. Corbulón volvió a permitirse una sonrisa, su última sonrisa—. Me alegra ver que el valor no abunda entre los pretorianos. Eso me da esperanzas en el futuro de Roma.

Se giró y, a la carrera, dando cuatro pasos veloces y gritando la palabra griega Ἄξιος [«*axios*», valor], se arrojó contra la espada que sostenía su centurión. El arma penetró a la altura de las costillas e hirió el corazón, pero como Corbulón presentía que la herida quizá no fuera mortal aún, se abrazó al centurión y así el arma penetró en su cuerpo hasta atravesarle por completo. El oficial soltó la empuñadura, pero el mal ya estaba hecho. Tomó entonces el cuerpo languideciente de su *legatus* y lo abrazó él ahora para evitar que cayera de golpe al suelo.

—*Legatus, legatus...* —empezó a decir con lágrimas en los ojos.

—Está bien, centurión, está bien... —acertó a decir Corbulón mientras la vida se le escapaba por la tremenda herida abierta en su pecho. Los legionarios tenían la boca abierta y sus propios pechos rebosaban rabia a raudales; los pretorianos observaban la escena confundidos y admirados. El tribuno pretoriano envainó el *gladio*, más que nada por hacer algo, pues no sabía bien cómo proceder ante lo inesperado de la reacción de aquel hombre, al que no acertaba a entender. Había esperado resistencia, ruegos, lucha, cualquier cosa, pero nunca aquella obediencia militar absoluta. Se suponía que estaba ante un traidor, ¿o no? Sacudió la cabeza. No quería hacerse preguntas peligrosas.

Corbulón, moribundo, buscaba a alguien con la mirada, pero había muchos ojos. Un centenar de personas se había arracimado frente al edificio de la autoridad portuaria de Cenchereae en Grecia, en las proximidades de Corinto. Nadie entendía bien qué pasaba, pero había romanos de diferentes lugares y un alto oficial estaba herido de muerte. Corbulón encontró al fin los ojos que buscaba y estiró la mano ensangrentada hacia aquella mirada, la mano que instintivamente se había llevado a la herida abierta cuando se hirió. Trajano se acercó y se arrodilló a su lado. El centurión se levantó y dejó solos a aquellos dos senadores de Roma.

—Cuida de mis hijas... —dijo Corbulón mirando fijamente a los ojos de Trajano—. Cuida de mis hijas... sobre todo de la pequeña... será presa fácil entre las fieras de Roma... presa fácil...

No pudo decir nada más. Trajano no estaba seguro de que Corbulón pudiera oírle ya, pero se agachó hasta que pudo hablarle al oído y respondió en voz baja, pero con claridad.

—Mi familia cuidará de tus hijas. Cuidaremos de ellas... siempre. —Repitió aquella palabra—: Siempre, mi *legatus augusti*, siempre, siempre, siempre...

Se separó del oído de Corbulón y pudo ver su faz serena. Quizá sí le había oído y confiaba en aquella promesa.

28

UNA TARDE EN LA SUBURA

Roma, 67 d. C.

Dos años después, Trajano padre y su hijo adolescente caminaban por las angostas calles de la Subura. El mayor abría el camino acompañado por un par de rudos esclavos. Aquél no era un barrio en el que fuera prudente adentrarse sin ir convenientemente escoltado, y más siendo un senador de Roma. El joven Trajano seguía la estela de su padre y los dos recios esclavos mientras que un tercero cerraba el grupo. Tenía una clara intuición de a qué iban a aquel barrio atestado de gente en el que resultaba difícil moverse por la constante muchedumbre de personas de toda condición que se movían por sus calles. Y no le gustaba la idea, pero su padre estaba decidido. Ya lo insinuó la noche anterior durante la cena, cuando su madre, que se había reunido junto con su hermana con ellos en Roma, les dejó a solas.

—Mañana será un día importante para ti, muchacho —dijo, y sonrió. La sonrisa fue lo único bueno del anuncio. Era una de las pocas sonrisas que su padre se permitía desde que regresara de Grecia. Al contrario que en sus otros viajes, Trajano padre se negó a comentar nada de lo ocurrido en Corinto, aunque todos sabían en casa que el gran *legatus* de Oriente, Cneo Domicio Corbulón, se había suicidado por orden del emperador. Corbulón era un gran amigo suyo. Incluso se habló de regresar a Hispania, pero como fuera que las ejecuciones habían terminado y que el emperador parecía más tranquilo, de momento el regreso a Itálica se pospuso. Aquello le resultó decepcionante al joven Trajano.

Y de hecho, cuando éste vio a su padre detenerse para

hablar con una joven con el pelo teñido entre naranja y rubio, comprendió que todas sus intuiciones eran precisas. Su padre no se acostaba con prostitutas y, si lo hacía, no lo hacía con él como compañero: estaba negociando con aquella muchacha por él. Trajano hijo miró hacia otro lado. Estaban en una pequeña plaza, donde un comerciante había aprovechado el bajo de una de la altas *insulae* para instalar un puesto de fruta. Había mucha gente alrededor de los cestos de manzanas; ésas eran las frutas que más destacaban por su buen aspecto. De pronto, tres niños mugrientos, cubiertos de harapos y de no más de seis o siete años, cruzaron la plaza en dirección al puesto de fruta. Se movían con sorprendente agilidad entre las piernas de los viandantes, que parecían ignorar lo que se deslizaba por debajo de sus cinturas. Trajano hijo vio cómo los niños se acercaban hasta el puesto y cogían rápidamente una manzana cada uno. Se dieron la vuelta e iban a echar a correr, pero el tendero estuvo rápido, y con un grueso bastón de madera que guardaba para esas situaciones aporreó a dos de los niños. A uno le dio en la cabeza y cayó redondo. Al otro le dio en el hombro y también cayó al suelo, pero se arrastró intentando huir. El niño descalabrado no se movía, y Trajano hijo comprendió entonces que no se movería ya nunca más. Sólo había cogido una manzana. El tendero, ante la pasividad de todo el mundo —aquella escena debía de ser razonablemente habitual—, se abalanzó sobre el segundo niño, que seguía herido en el suelo. Levantó el bastón de nuevo cuando, en ese momento, por detrás, regresó el tercer niño. Hábilmente, había dado un rodeo por entre los numerosos curiosos arremolinados en la plaza, y mordió en la pierna al tendero, que aulló y se revolvió buscando a su atacante. Algunos viandantes se echaron a reír. El tercer niño, aprovechando la confusión del tendero, acudió en auxilio de su pequeño amigo herido y le ayudó a levantarse. No hizo nada por ayudar a su otro compañero porque debía de tener claro, como había concluido el propio Trajano hijo, que no había ya nada que hacer por él. Estaban a punto de escapar cuando el tendero se recuperó y cogió del pelo al niño que le había mordido.

—¡Ahora vas a saber lo que es bueno, por Hércules!

La gente, morbosamente, hizo un corro alrededor de la escena. El tendero había recuperado su bastón y era evidente que iba a ejecutar también al niño que le había mordido, y quién sabe si luego no remataría también al que seguía vivo en el suelo, entre aterrado y magullado. Arrojó al suelo a su presa un instante y blandió el bastón con fuerza. El gran palo iba a descender cuando, de forma inesperada para todos, la silueta poderosa del adolescente Trajano se interpuso. El hombre se detuvo en seco; se trataba del hijo de un patricio. Su ropa impoluta lo delataba, y además al momento llegó un gran esclavo armado con un palo que se puso junto al joven patricio metomentodo.

—¡Aparta, muchacho! —dijo el tendero en un intento por terminar con los pequeños ladrones que aún vivían. En ese instante, Trajano padre, senador de Roma, apareció en medio del tumulto.

—¿Qué pasa aquí? —preguntó con voz amenazadora al ver a un tendero blandiendo un bastón frente a su hijo. Tenía la intuición de que éste podría arreglárselas solo frente al hombre, pero era una cuestión de principios no permitir que una lucha tan absurda pudiera siquiera iniciarse—. ¿Qué está pasando? —repitió.

—Esos miserables. Me han robado —respondió el tendero bajando el bastón y dando un paso atrás—. El muchacho no tiene derecho a inmiscuirse en esto.

Trajano padre miró a su alrededor y evaluó la situación. Vio a dos pequeños alejándose por un estrecho pasillo que se habían abierto a base de empujones entre las piernas de los curiosos. Vio también al niño muerto, con su cabeza partida en medio de un charco de sangre y vio la manzana que se empapaba de aquel líquido rojo, perdida, sola, al lado del pequeño y flaco cadáver. Trajano padre se agachó, cogió la manzana ensangrentada y se la entregó al tendero.

—Te felicito —le dijo mientras el otro abría la mano para coger la manzana—. Has recuperado parte del botín de los ladrones y has matado valientemente a uno de ellos, sin duda, pese a su feroz resistencia. Estoy admirado. Seguramente con hombres como tú las fronteras del Imperio estarían aún más seguras. Quizá debiéramos enviarte al Rin o al Danubio.

El tendero tomó la manzana y se retiró lentamente hacia su tienda. Aquel hombre era un senador, y podía conseguir cosas que otros no podían ni tan siquiera imaginar. No era buena idea decir nada. El tendero no tenía gana alguna de moverse de Roma y mucho menos acudir a una de las regiones más peligrosas del Imperio alistado a la fuerza. Trajano padre miró a su hijo.

—Vámonos de aquí. —Cuando se alejaron de la plaza le recriminó haberse puesto en peligro—. No vuelvas a inmiscuirte en cosas que no te conciernen, hijo, y menos en este barrio.

Caminaban siguiendo a la joven del pelo naranja. Trajano hijo no se arredró ante la reprimenda de su padre.

—Eran niños, padre, y sólo habían cogido una manzana para cada uno.

—Esos niños no valen nada en Roma.

Nada más decirlo se sintió incómodo con sus propias palabras; quería haber dicho que nadie estimaba en nada la vida de aquellos desharrapados, huérfanos la mayoría, que deambulaban por las calles de Roma malviviendo a base de robar o mendigar. Por eso nadie había intervenido. Su hijo siguió rebatiendo su actitud.

—En Roma hay mucha comida, padre. Esos niños podrían tener comida y a cambio se les podría pedir que trabajaran para el Imperio.

Trajano padre se detuvo y todos lo hicieron: los esclavos, su hijo y también la joven prostituta del pelo teñido al ver que dejaban de seguirla. No quería perder un buen cliente.

—Eso, hijo —y le miró fijamente a los ojos—, sólo lo puede arreglar el emperador, y me temo que el emperador ahora tiene otras preocupaciones.

—Si yo fuera el emperador lo arreglaría.

—¿Arreglarías qué? —preguntó su padre.

—Lo del hambre de esos niños. Distribuiría comida en Roma de forma que nadie tuviera hambre. ¿De qué vale ser la capital del imperio más grande del mundo si hay niños hambrientos por sus calles? Además tú mismo dices muchas veces que faltan romanos en las fronteras. Esos muchachos serían mil veces mejores legionarios que ese frutero estúpido y cobarde.

Trajano padre miró a su hijo durante unos instantes. No tenía palabras para rebatir lo que el muchacho acababa de decirle. Sonrió.

—De acuerdo, hijo. Si alguna vez eres emperador de Roma espero que arregles este asunto de los niños huérfanos y sin comida de las calles.

—Lo haré. Si alguna vez soy emperador.

Ante el aplomo de su hijo, su padre echó la cabeza hacia atrás al tiempo que soltaba una enorme carcajada.

—Te recuerdo, muchacho, que somos hispanos, y no hay emperadores nacidos fuera de Italia —dijo Trajano padre cuando dejó de reír. El chico guardó silencio. Era él ahora el que no tenía palabras para rebatir el poderoso argumento que acababa de exponer su padre, que había reemprendido la marcha por las angostas calles de la Subura.

Los dos niños se refugiaron entre las ruinas de una vivienda de varias plantas que se había derrumbado hacía un año y que todavía seguía sin reparar. Se escondieron entre los escombros. El niño magullado parecía encontrarse algo mejor, pero había perdido la manzana por la que tanto habían arriesgado. El otro niño, el que le había ayudado, se sentó frente a él.

—Atilio, ¿estás bien? —le preguntó. No se llamaba Atilio, sino que, al vivir en la calle desde que tenían memoria, ninguno de ellos sabía cómo se llamaba de verdad. Era incluso posible que nunca hubieran tenido un nombre. Por eso un día tuvieron la idea de ponerse unos. Querían que fueran nombres importantes. No tenían nada, así que un nombre importante les pareció una buena idea, pero, como no sabían leer, los buscaron en las conversaciones que escuchaban en las tabernas frente a las que mendigaban. Un día oyeron a unos patricios hablando de los grandes hombres de Roma del pasado. Uno defendía que como los grandes hombres de la República no había nada; mencionó muchos nombres, pero el niño sólo se quedó con uno: Atilio Regulo, quien parecía haber derrotado a unos enemigos de Roma en alta mar durante las luchas contra los cartagineses hacía muchos años. Su amigo, el que le había preguntado cómo se encontraba y estaba sacando una manzana de debajo de su ropa, se quedó con el nombre de Marcio, que, según oyeron, fue un gran rey del pasado de Roma. No sabían más de sus nombres, pero les gustaban y sabían que, al menos en el pasado, se hicieron grandes cosas con ellos. Estaban convencidos de que podrían llegar lejos arropados por el recuerdo de sus nombres.

—No tengo hambre —dijo Atilio. Acababa de recordar a Rómulo, el tercer niño del grupo que ya no regresó a la casa derruida donde vivían.

—Has de comer —le insistió Marcio—. Tengo otra para mí. Al final le robé dos al miserable. Y pienso volver.

Atilio tomó la manzana al fin y empezó a morderla.

—Yo no vuelvo allí —dijo mientras daba el primer mordisco. Marcio, por su parte, comía con rabia. Rómulo había sido un buen compañero y ahora estaba muerto por culpa de aquel imbécil.

—Volveré de noche —dijo—; con una antorcha.

Atilio no dijo nada. Sabía que Marcio era vengativo. Igual que era generoso y compartía las cosas, era vengativo y decidido y fuerte. Él era más ágil, más rápido, pero siempre tenía más miedo de todo. Si Marcio decía que iba a volver allí era seguro que lo haría.

—Te acompañaré.

Marcio asintió satisfecho de que Atilio fuera a ayudarle. Aquel frutero no iba a vender más frutas en la Subura. Justo en ese momento se acordó del joven patricio que les había ayudado. No sabía su nombre. Le estaba agradecido, pero no tenía sentido pensar más en él. No era probable que sus vidas se volvieran a cruzar.

Trajano hijo estaba desnudo. La muchacha se aplicaba con esmero, pero a él le costaba concentrarse.

—Ya sé que es tu primera vez —dijo la joven prostituta—. Relájate. Te gustará.

Trajano cerró los ojos. Al hacerlo vio a los dos niños escapando con sus manzanas. ¿Qué sería ahora de ellos? No pensó que todo lo sucedido en aquel tumulto en la Subura fuera importante, pero le distraía, le sacaba de aquella habitación. Pero como aquello no funcionaba, hizo caso a la muchacha y dejó su mente sin nada. Sin pensamientos. La muchacha seguía acariciándole por debajo de la cintura, con los labios —labios suaves, dulces, carnosos— y la lengua. Eran caricias que casi parecían cosquillas, pero era agradable. Él permaneció con los ojos cerrados.

Cuando terminaron, la muchacha, sentada en la cama, le miró mientras se vestía.

—No hablas mucho —dijo ella.

—No —respondió Trajano. Ella asintió. Había conseguido que el muchacho tuviese un orgasmo, pero le había costado más que nunca. Ella era joven, pero tenía experiencia y había oído de casos similares. Tenía bastante claro lo que pasaba.

—¿Lo sabe tu padre? —preguntó la joven prostituta.

—¿El qué?

—Que no te gustan las mujeres.

Trajano hijo dejó de vestirse. Se sentó al lado de la muchacha.

—No —respondió Trajano hijo mirando al suelo.

—Mejor así —dijo la muchacha. El chico estaba sombrío y la joven pensó en algo para animarle—. Tengo un cliente que siempre dice que nosotras sólo traemos problemas. Quizá te vaya mejor así.

Trajano pensaba. Su vida no era una vida sin mujeres. En su vida eran importantes su madre y su hermana, por ejemplo. Las quería mucho, pero era evidente, cada día más, que para según qué cosas las mujeres no le interesaban.

—Sí, quizá me vaya mejor así.

Aquella noche Trajano dio vueltas en la cama. Soñó con aquellos niños que escapaban con las manzanas. En el sueño siempre corrían y corrían sin poder escapar nunca de Roma. Entonces emergió un poderoso lince de sus sueños y les atacó. En ese instante se despertó. Tenía sudor por todo el cuerpo. Lo del lince no era extraño; llevaba tiempo intentando cazar uno que se escondía en las colinas que rodeaban Itálica y estaba obsesionado con él. Bebió agua de un cuenco que tenía junto a la cama y volvió a dormirse. Esa vez ya no hubo sueños y pudo descansar tranquilo.

Entretanto, en la *tertia vigilia*, las *cohortes vigiles* de Roma recibieron el aviso sobre un incendio en el centro de la Subura. Llegaron hasta el lugar, una pequeña plaza del populoso barrio, en poco tiempo, y pudieron evitar males mayores. Sólo ardió una tienda de fruta y el piso de la planta superior. Nadie sabía cómo se había iniciado el incendio. El propietario estaba desolado.

29

LA REBELIÓN JUDÍA

GALBA

**Puerto marítimo de Cesarea, Siria
Junio de 68 d. C.**

Marco Ulpio Trajano padre caminaba con prisa. En modo alguno podía permitirse llegar tarde a la reunión del Estado Mayor de Vespasiano, convocada para resolver la estrategia a seguir en la guerra contra el levantamiento judío de Oriente. Éste le había incorporado al nuevo ejército de Siria por su experiencia en las campañas dirigidas por su antecesor Corbulón. Trajano padre lo organizó todo para que su esposa Marcia, su hija Ulpia Marciana y su hijo Marco fueran de regreso a Itálica y él partió con Vespasiano hacia Asia. Era más prudente, teniendo en cuenta que Nerón tenía cada vez más enemigos, que la familia estuviera en Hispania, no fuera que durante su ausencia en Siria surgiera alguna nueva rebelión que pudiera derivar en una auténtica guerra civil. Él estaría bien con Vespasiano, pero su familia estaría entonces mejor en Itálica que en la imprevisible Roma, al menos, hasta su regreso. Además su hijo, y su esposa también, hacía tiempo que preferían regresar a Hispania.

Tito Flavio Sabino Vespasiano escuchaba los informes que llegaban de Occidente atento y concentrado en cada palabra que se pronunciaba. Había que entender no solamente lo que se decía en aquellos informes, sino también lo que se callaba, que seguramente, según su experiencia, sería aún más importante. A su alrededor se había congregado su Estado Mayor en la guerra contra los judíos, entre los que destacaban las figuras de su hijo Tito, de veintiocho años, y la de un recio general, Marco Ulpio Trajano padre, que a sus treinta y ocho era ya todo un veterano en las guerras de Oriente; por eso mismo, Vespasiano, hombre cauto, reclamó sus servicios para la campaña que el emperador le ordenaba emprender en Siria en sustitución del malogrado Corbulón. Hasta la fecha, los combates marchaban bien: Tito se había mostrado capaz en el mando y en el frente de guerra en diversos puntos y, al ser su hijo, contaba con su plena confianza; por su parte, Trajano acababa de doblegar la resistencia en la ciudad de Jericó con la legión X *Fretensis*, en una acción de alto valor estratégico, pues tras la caída la resistencia judía se había concentrado en la ciudad de Jerusalén y la fortaleza de Masada al sur del país. Alrededor de estos dos hombres, en el edificio que Vespasiano había elegido junto al puerto de Cesarea como improvisado *praetorium*, se encontraban una veintena de oficiales escogidos por el propio Vespasiano, por Tito y por Trajano; la mayoría tribunos y centuriones experimentados en el combate. La resistencia judía, pese a las derrotas que habían sufrido, era tenaz, y ése era el tipo de oficiales que necesitaban para conseguir una victoria sin paliativos, que era lo que buscaba: los judíos se habían rebelado ya en demasiadas ocasiones y era necesario hacerles ver, con una victoria absoluta, que sus constantes insurrecciones eran una absurda pérdida de energías para todos.

Sin embargo, las noticias de Roma lo complicaban todo. Vespasiano, no obstante, curtido en la conquista de Britania y superviviente a las locuras de Calígula en el pasado y de Nerón en un tiempo mucho más cercano, sabía que uno debía tomarse con cierta calma los golpes inesperados de la diosa Fortuna.

—Así que Nerón ha muerto —dijo Vespasiano, repitiendo el mensaje que acababa de transmitirle el joven emisario imperial remitido por el Senado desde Roma para informar al *legatus*. Miró entonces a su hijo y a Trajano—. Parece que estamos reconquistando Judea como nos ordenó Nerón, pero ahora no sabemos a qué emperador vamos a entregársela.

No lo pudo evitar: habían sido muchos meses de tensión y combate, y se echó a reír un buen rato. Su hijo Tito, Trajano y otros compartieron un poco aquella risa, pero sin excesos. Allí no había sitio para aduladores, sólo guerreros. Vespasiano sabía por experiencia militar y política que sólo se puede ganar una guerra con hombres valientes y rectos.

—¿Y qué hay de Víndex? —inquirió mirando al emisario del Senado. Víndex, gobernador de la Galia Lugdunensis, se había rebelado contra un cada vez más impopular Nerón. Ésas eran las últimas noticias antes de que llegara el nuevo emisario. También habían llegado rumores de que Galba en Hispania y quizá Otón en Lusitania se habían unido a la rebelión. Vespasiano meditaba a la espera de las explicaciones del mensajero del Senado. Seguramente tantas rebeliones fueron demasiado para un cobarde como Nerón. Quizá se había suicidado. Eso sería lo único digno de todo su reinado. El nuevo emisario senatorial tenía noticias frescas que confirmarían o desmentirían los pensamientos de Vespasiano.

—Víndex fue derrotado y ejecutado por las legiones del Rin comandadas por Lucio Verginio Rufo; el Senado ofreció hasta tres veces la dignidad de *imperator* a Rufo, pero éste la rechazó en las tres ocasiones. Galba asumió entonces el liderazgo en la lucha contra Nerón y recibió el apoyo del Senado, lo que hizo que Nerón se suicidara cuando comprobó que la guardia pretoriana aceptaba los dictámenes del Senado. Galba es ahora el emperador de Roma.

—Galba —dijo Vespasiano meditabundo e inclinándose hacia atrás en su *sella* sin respaldo. Miró entonces a Trajano un instante. Luego posó su vista en el suelo y, al fin, volvió a atender al mensajero.

—De acuerdo. Verginio Rufo ha declinado vestir la púrpura imperial. Luchamos ahora en Oriente a las órdenes del emperador Galba. Debes de estar cansado. Que proporcionen agua y comida a este enviado del Senado.

El mensajero, agradecido, saludó militarmente al *legatus* de Oriente y salió de la estancia dejando a Vespasiano con su alto mando. El *legatus* volvió a mirar a Trajano.

—Trajano, tú eres de Hispania. ¿Qué sabemos de Galba?

Trajano dio un paso al frente, saludó con el puño cerrado sobre el pecho y empezó a hablar sin rodeos, como correspondía a un militar que cumplía una orden directa.

—Galba ha gobernado en Aquitania y en África en el pasado, y sirvió bien en Germania deteniendo a los bárbaros en tiempos de Calígula. De hecho muchos...

—... muchos pensaban en él como emperador tras Calígula, pero Galba no se rebeló contra Claudio y se hizo amigo del nuevo emperador. ¡Trajano, por Hércules, todo eso ya lo sé! —le interrumpió algo impaciente Vespasiano—; como sé que, antes de los tiempos de Claudio, Galba gozaba del favor de Livia, la esposa de Augusto, pero cuando ésta murió fue apartado del poder por Tiberio. Lo que me interesa ahora es que fue gobernador en la Tarraconensis durante al menos seis o siete años, y, aunque sé que has estado muchos años sirviendo fuera de tu patria, me consta que habréis coincidido más de una vez en Hispania. Trajano, no me des lecciones de historia. No las necesito. Dime algo que no sepa o no digas nada.

Trajano miró al suelo. Era evidente que Vespasiano estaba nervioso. Aquellos movimientos en el occidente del Imperio podían derivar en una auténtica guerra civil. La dinastía Julio-Claudia, la que iniciara Augusto y continuara con Tiberio, Calígula, Claudio y Nerón, había llegado a su fin y Roma buscaba cómo solucionar el gobierno de un Imperio tan inmenso y complejo que necesitaba de un hombre capaz de entender todo el complicado mecanismo para liderarlo en un momento en que se veía amenazado en el norte por germanos y dacios, en oriente por los partos y en sus entrañas por la rebelión interna de los judíos. Vespasiano quería saber si Galba iba a ser ese hombre. Trajano levantó los ojos y encaró con respeto la mirada de Vespasiano.

—Galba es tacaño —dijo Trajano.

Vespasiano asintió despacio mientras digería aquella respuesta.

—¿Muy tacaño? —indagó buscando confirmación y precisión.

—Mucho —respondió Trajano padre—. Es cierto que ha sabido introducir disciplina en algunas unidades algo relajadas en diferentes lugares durante sus años de servicio, pero siempre ha sido muy tacaño; recuerdo que cuando convidaba a una cena en su casa, incluso cuando era gobernador y disponía de recursos de sobra, servía dos tipos de comida: una buena para sus más allegados y otra de pésima calidad para la mayoría. En parte lo hacía para humillar, pero también porque es un tacaño consumado.

—Tacaño —repitió Vespasiano, como si buscara ahondar en las implicaciones de aquel calificativo. El *legatus* de Oriente tenía claro lo que le estaba diciendo Trajano: un tacaño nunca podría durar mucho en una Roma que acababa de ser gobernada por Nerón, quien había vaciado las arcas del Estado en todo tipo de banquetes y juegos repletos de festivales líricos y, sobre todo, de gladiadores, un entretenimiento que apasionaba a los ciudadanos pero que era tremendamente costoso de mantener. Además, estaba la guardia pretoriana. Desde su creación por Augusto, ésta se había visto siempre mimada desde el punto de vista económico por su creador y luego por sus sucesores. Tiberio entregó a cada pretoriano 1.000 denarios cuando éstos terminaron con el rebelde Sejano; luego Calígula les dio 2.500 dracmas por cabeza al ascender al trono para garantizarse su lealtad y Claudio elevó esa cantidad a 3.750 denarios, que equivalía a unos 45.000 sestercios por soldado de la guardia imperial. Nerón mantuvo la cantidad de su predecesor y volvió a entregar 3.750 denarios a cada pretoriano cuando accedió al poder. Todo el Senado compartía la idea de que aquello era un dispendio excesivo y brutal, pero nadie se atrevía a contradecir al emperador de turno, y mucho menos una vez que cada pretoriano tenía en sus bolsillos, o en sus cofres, aquella pequeña gran fortuna. Vespasiano frunció el ceño. La cuestión era saber si un viejo y tacaño senador como Galba estaba dispuesto a seguir con aquella costumbre.

30

LA BODA DE DOMICIA LONGINA

Roma, octubre de 68 d. C.

La hermosa Domicia había pasado del más terrible de los sufrimientos a la más absoluta de las felicidades, y se sentía culpable por ello, aunque ella no fuera culpable de nada. Casia Longina, su madre, estaba junto a ella mientras tres *ornatrices* se esmeraban en acicalarla apropiadamente para la boda. Una de las esclavas usaba un pequeño bastoncillo de carbón y un poco de ceniza para definir las cejas de su señora, mientras que otra seleccionaba con una espátula de plata cremas y ungüentos de un conjunto de pequeñas ánforas de alabastro, vidrio y cerámica que la madre había traído en un cofre recubierto de marfil tallado. La tercera ancila esperaba su turno con dos peines de hueso en las manos. La piel blanca y perfecta de la joven señora no precisaba de albayalde aún para iluminar su hermoso rostro. Hermoso pero triste.

—¿Por qué esa cara tan triste, Domicia? —le preguntó su madre.

Domicia miraba al suelo.

—Apenas hace año y medio que ha muerto padre y, sin embargo, estoy a punto de casarme.

—De casarte con un hombre que te quiere y a quien quieres. Por todos los dioses, Domicia —dijo la mujer llevando la mano a la barbilla de su hija para forzarla a que la mirase a los ojos—, eres una romana muy afortunada; muy pocas jóvenes pueden aunar matrimonio y felicidad. Yo la tuve con tu padre y sé lo valioso que es eso, y me siento inmensamente feliz de que puedas heredar ese sentimiento. Deja ya de sufrir. Bastantes lágrimas hemos vertido y nunca serán suficientes para calmar mi dolor. Un poco de felicidad te hará bien. Nos hará bien a las dos, a las tres —añadió pensando en su hija mayor, que había visto cómo su marido también era ejecutado por su supuesta colaboración en la conjura contra Nerón—. No quiero que llegues a la ceremonia con ese rostro, ¿está claro, pequeña?

Domicia asintió, pero su cara seguía con el ceño fruncido. Su madre suspiró y se sentó a su lado. Estaban entrando un par de esclavas con el resto de aderezos para el peinado de la novia: tenacillas, más peines, cintas y hasta un pequeño brasero para calentar los *calamistra*, pequeños hierros que darían forma a los rizos del pelo de su joven señora, los cuales debían caer por la frente para ocultarla y así, de acuerdo a los estrictos cánones de belleza en Roma, aumentar la hermosura de la muchacha. Ante la mirada gélida de la madre, las esclavas se dieron la vuelta y dejaron a las dos patricias a solas.

—Escucha, Domicia —dijo su madre tomándole una de sus suaves manos entre las más viejas y ajadas suyas—, escúchame bien, por Júpiter: Lucio Elio Lamia Emiliano es un buen hombre, un descendiente de una de las mejores familias de Roma, es honesto y siempre ha sido un buen amigo de la familia. Además, aunque sea algo mayor que tú, se conserva muy bien y apuesto a sus treinta años, esos mismos años que le dan sentido común a su cabeza, lo cual en la Roma alocada e imprevisible en la que vivimos, esta misma Roma donde un emperador como Nerón —cerró el puño de una de sus manos y miró un instante al suelo—, que ojalá se pudra para siempre en el Hades —de nuevo cambió la voz a un tono más dulce para seguir dirigiéndose a su hija que la escuchaba atenta—, en esta Roma que intenta gobernar Galba, donde uno tras otro se rebelan los *legati* de todas las provincias del Imperio, esos años le dan al que va a ser tu marido una gran experiencia para saber moverse con habilidad y sobrevivir, hija, sobrevivir. Recuerda que tu padre se suicidó por orden de Nerón a cambio de que ese miserable respetara nuestras vidas, la tuya, la de tu hermana y la mía, y sé que lo hizo sobre todo por ti y por tu hermana Córbula. Domicia, yo ya he vivido la mía y he tenido sufrimiento, eso es cierto, pero también mucha felicidad contigo, con Córbula y con tu padre. Hija, tu padre se suicidó para regalarte a ti una vida entera, una vida que él querría que vivieras rodeada de felicidad. Lucio Elio puede proporcionártela en medio de la seguridad que toda patricia romana necesita. Galba está inseguro como emperador y tu futuro marido se está manejando con astucia, sin forjar una alianza decidida con él pero sin posicionarse abiertamente en su contra. Está esperando a ver cómo se desarrollan los acontecimientos. Galba es mayor. Roma vivirá años extraños, pero al final habrá un nuevo emperador y será con él con el que tendremos que congraciarnos todos. Tu marido sabrá hacer eso bien. Entretanto, tú sólo tienes que ocuparte de hacerle feliz a él, a tu esposo, en su gran *domus*, serle fiel, vigilar que los esclavos cumplan con sus obligaciones y, a poder ser, darle a él un hijo y a mí un nieto. Domicia, no mires tanto al suelo ni te sonrojes, que sé que le quieres.

La muchacha asintió.

—Así es, madre. Entonces, ¿puedo sentirme feliz?

—¡Debes sentirte feliz! —confirmó Casia Longina levantándose y mirando hacia la puerta donde las esclavas esperaban a ser reclamadas— Quiero que todos los invitados vean que Lucio Elio se casa con la más hermosa de las patricias romanas, porque además lo eres.

Se alejó un par de pasos para contemplar la figura esbelta rematada en hermosas curvas de Domicia, con brazos limpios y blancos, manos suaves y pequeñas y una cara de frente escasa, de nariz algo respingona y labios carnosos coronados por dos mejillas ligeramente sonrojadas tras la sugerencia de que debía quedarse embarazada. Lucio Elio se llevaba de veras una patricia joven y muy bella a su casa, y a su madre le costaba cederla, pero debía ser así. Era una unión perfecta que otorgaría la seguridad que la joven Domicia necesitaba. Un sacerdote de Isis le había predicho que el día elegido para la celebración era *nefasto*, pero Isis, a fin de cuentas, era una diosa de Oriente; otros sacerdotes de Júpiter habían dado la aprobación para la boda en ese día. Era difícil encontrar un día en el que todos los sacerdotes se pusieran de acuerdo y la madre de Domicia decidió olvidarse de aquella mala predicción y, por supuesto, no desvelar nada de aquello a su impulsiva hija, que sería capaz de retrasar la boda si llegaba a enterarse. Y es que cuanto antes tuviera lugar el matrimonio mejor. Galba intentaba controlar las rebeliones de las tropas en África y en Germania, mientras que los judíos seguían en armas en Oriente y los bátavos estaban levantándose en armas por toda la Galia. En un Imperio que se resquebrajaba, casar bien y pronto a una hija era resolver un asunto importante y reforzar a la familia en mitad de aquella vorágine de guerras que amenazaban a todo y a todos.

La madre salió de la habitación y la joven Domicia se quedó con sus pensamientos y con las dos esclavas que se esforzaban en que el velo naranja quedara bien equilibrado por todas partes sin que llegara al suelo para no dificultar luego el caminar a su joven ama en aquel día tan importante. Domicia tenía lágrimas en los ojos que procuraba no verter para no estropear todo el trabajo de las *ornatrices*. Era cierto que se sentía feliz. Su padre había muerto para salvarla y le había regalado una hermosa vida que se desplegaba ante ella empezando con aquel matrimonio. Y es que Domicia sentía el pálpito del amor en sus entrañas por aquel apuesto hombre que la había cortejado con paciencia desde los dieciséis años, y que incluso cuando Nerón ordenó el suicidio de su padre o la ejecución de su cuñado se mantuvo junto a ella y su madre sin importarle que el propio emperador se pudiera volver contra él. Era un valiente y Domicia sólo quería devolver ahora a Lucio Elio, con el calor de su joven cuerpo de mujer, todo el amor recibido en aquellos tristes días, los peores de su joven vida. Sí, su madre tenía razón. Tenía derecho a ser feliz. Tenía derecho a ello. Sólo había una frase, unas palabras que su padre susurrara hacía años, cuando era ella una niña de sólo siete, que la tenían intranquila. En los tiempos de la lejana campaña de Armenia, una noche en la que sus padres pensaban que ella ya dormía, Domicia les oyó hablar junto a su cama poco antes de que Corbulón partiera hacia Oriente. Su madre, como siempre, estaba ensalzando su belleza, y entonces su padre pronunció aquellas palabras que no dejaban de perseguirla en sus malos sueños y en sus días de tristeza.

—Es demasiado hermosa, demasiado hermosa. Hay que mantenerla lejos de Roma el máximo tiempo posible —dijo.

Su madre le dio la razón, y eso hicieron. A la campaña de Armenia siguió la de Partia, y su padre estaba casi siempre en el frente. De ese modo Domicia se mantuvo alejada de la tumultuosa Roma durante años, en Siria, pero ahora, a su regreso, muerto su padre, era en Roma donde había encontrado a su gran amor. Sin duda, Elio se había acercado a ella por primera vez en el foro por su gran hermosura, así que su belleza le había traído algo bueno. Pero su padre nunca decía una palabra sin causa, y su joven e inexperta mente no alcanzaba a entender por qué podría pensar de aquel modo. ¿Cómo la belleza puede conducir al sufrimiento?

31

LA CABEZA DE UN EMPERADOR

OTHO

Roma, 15 enero de 69 d. C.

La cabeza de Servio Sulpicio Galba, *Imperator Caesar Augustus*, estaba clavada en una larga estaca en el corazón de Roma, en mitad del foro, frente al templo de Vesta. Miraba con los ojos en blanco, la boca torcida y la tez pálida a los curiosos que aún tenían la valentía de recorrer las calles de la ciudad aquella tarde. Tenía moratones y cortes en ambas mejillas, fruto de su vano intento por defenderse de unos pretorianos enloquecidos y hartos de que el emperador no cumpliera su promesa de darles el pago comprometido y acostumbrado tras su ascenso al poder. Su caída fue rápida: sólo siete meses desde su nombramiento como sucesor de Nerón. Alrededor había otras tres estacas con dos de los más fieles oficiales de Galba, Vinio e Icelo, y una última lanza con la cabeza de Lucio Calpurnio Pisón Liciniano, a quien Galba había adoptado como sucesor para dar inicio a una nueva dinastía. El cráneo de este último había sido perforado por la punta de un asta pretoriana hasta asomar por la frente partida de quien había soñado ser pronto emperador también.

Cayo Plinio Cecilio Segundo, llamado Plinio el Viejo, se encontraba entre los pocos atrevidos que se habían decidido a comprobar con sus propios ojos que, en efecto, los pretorianos, alentados por un nuevo rebelde, Otón de nombre, se habían rebelado y dado muerte al emperador Galba y su sucesor. Cayo Plinio se consideraba ya mucho más un hombre de letras que un guerrero, pero no era un cobarde: había servido a Roma durante doce duros años en Germania y combatido con valentía hasta llegar a alto oficial de la caballería; luego, cuando Nerón empezó a volverse loco hasta ordenar que el gran general Corbulón se suicidara —pues su fama eclipsaba a la del emperador—, captó el mensaje subliminal y dejó la carrera militar y política en la que estaba destacando demasiado y se dedicó a la escritura. Luego Plinio, atento a los vaivenes del siempre caprichoso carácter de Nerón, que, de pronto, se aficionó a componer versos, dejó de escribir poemas y se centró en la redacción de su gran obra, la *Historia Naturalis*, donde intentó recopilar todo el conocimiento de botánica, medicina, mineralogía y decenas de otras disciplinas para que quedara constancia para una posteridad que cada vez intuía más incierta y tenebrosa; más aún después de los tumultos de aquella misma mañana. Ahora, por la tarde, con las sombras de los edificios del foro alargándose sobre las losas de piedra, todo parecía más tranquilo, pero Cayo Plinio no se dejaba engañar por aquella paz extraña que tanto le recordaba a esos espacios vacíos, sin lucha, que se dan mientras dos ejércitos toman aliento antes de una nueva embestida. De modo que se había hecho acompañar por media docena de esclavos varones fuertemente armados, no tanto por protegerse él mismo como por proteger a su joven sobrino, también Cayo Plinio Cecilio Segundo de nombre, conocido como Plinio el Joven, de tan sólo siete años, que iba con él en aquel atrevido paseo vespertino por el foro de una ciudad en guerra consigo misma. El pequeño Plinio había quedado huérfano y él se había hecho cargo del niño, no sin ciertas reticencias iniciales, pero el pequeño se había mostrado discreto, reservado y propenso al estudio, como él mismo, y eso había hecho que se encariñara de él de forma sincera.

—¿Tienes miedo? —preguntó Cayo Plinio al ver que su pequeño sobrino lo miraba todo con los ojos muy abiertos y sin casi parpadear. El niño no respondió. Su tío se agachó y le habló en voz baja—: Es normal sentir miedo hoy. Todos los que están aquí, alrededor de esas estacas, deberían sentir miedo. Sólo los tontos no lo tienen.

Cayo Plinio observó que su pequeño sobrino se relajaba y asentía y, por fin, se atrevió a abrir la boca, algo que no había hecho desde que habían salido de la *domus*.

—Pero ese hombre —dijo el niño señalando la cabeza yerta de Galba—, ¿no era el emperador?

Cayo Plinio, aún agachado junto a su sobrino, se giró y miró la faz de Galba contorsionada y retorcida por el dolor extremo del último momento de su existencia.

—Así es, pequeño. Ése fue el emperador de Roma durante siete meses.

—Yo creía que un emperador gobernaba durante años, tío.

Cayo Plinio asintió.

—Así ha sido hasta ahora, pero cada vez, sobrino, hay que ser más inteligente para gobernar esta ciudad y todo su Imperio. Son demasiadas las personas que quieren ser el emperador de todo y de todos y muy pocos los capaces de ejercer el gobierno con astucia. Galba, a quien ves ahí, cometió muchos errores y en muy poco tiempo.

Cayo Plinio seguía hablando en voz baja y agachado junto a su sobrino. No era probable que como estaban las cosas hubiera algún partidario de la ya perdida causa de Galba, pero no era momento de despertar las suspicacias de nadie. Era mejor mantener aquella conversación lo más privada posible.

—¿Y en qué se equivocó Galba? —preguntó el pequeño Plinio con curiosidad.

—En varias cosas, sobrino, en varias cosas: no supo nombrar consejeros adecuados, no supo elegir a los prefectos del pretorio, decepcionó a los que le habían apoyado en su ascenso, como Otón, y, sobre todo, no pagó a los pretorianos el dinero que éstos esperaban. Perdido el apoyo del Senado por su mala gestión, con varios *legati* en rebelión en Germania y con su guardia pretoriana insatisfecha, aún me parece que duró demasiado. Y es sorprendente: todos pensaron siempre que Galba podría ser un gran emperador, incluso se pensó en él para que gobernara después de Calígula en lugar de Claudio, pero entonces fue más astuto y se mantuvo al margen, incluso se hizo amigo de éste. Seguramente ahora, en la vejez, ya no discernía con tanta habilidad. En cualquier caso, sobrino, lo que me importa de esta tarde es que veas bien en qué ciudad vives, en qué mundo vives. —Señaló las estacas clavadas frente al templo de Vesta con sus trofeos de muerte sin levantarse, aún de cuclillas y siempre mirando la faz de su muy joven sobrino—. Ese hombre era el más poderoso del mundo ayer, o eso creía, y hoy no es nada; además, ha muerto sin honor, de forma terrible. Míralo bien, sobrino, míralo bien y que no se te olvide nunca: todos podemos perderlo todo en cualquier momento, sólo nuestro sentido común, nuestro conocimiento, puede ayudarnos a sobrevivir. —Bajó aún más su voz hasta convertirla en un susurro—: Roma lleva ya muchos años sin sentido común y sin honor; sin sentido común desde Augusto y sin honor desde Julio César y el gran Escipión el Africano.

El niño, pese al tenue murmullo en el que su tío había hablado, lo había escuchado todo perfectamente, con la nitidez de su joven oído. Sabía quién era el emperador Augusto o Julio César, pero no sabía nada de aquel último nombre que había mencionado su preceptor. Por puro mimetismo, preguntó en voz muy baja:

—¿Y quién era ese Escipión el Africano, tío?

Cayo Plinio se irguió. A sus cuarenta y tres años, le costó hacerlo después de tanto rato de cuclillas.

—¿Escipión el Africano? Escipión el Africano, querido sobrino, fue uno de los mayores hombres de Roma, quizá el que más junto con César. Es una historia muy larga la suya, sobrino.

—Me gustaría que me la contaras, tío.

Cayo Plinio asintió un par de veces.

—Lo haré, lo haré, pero ahora vámonos de aquí. Está cayendo el sol y aún habrá enfrentamientos.

Empezaron a alejarse del templo de Vesta, siguiendo a los esclavos que les abrían el camino entre la marabunta de gente, que se estaba arracimando en el foro para comprobar si era cierto lo que se decía: que Galba había sido asesinado y que

Otón era ahora el nuevo emperador. Mientras se alejaban, el joven Plinio lanzó una última pregunta:

—¿Y quién es ahora el emperador?

Su tío aceleraba la marcha, pues vio a varios grupos de senadores, muchos custodiados por pretorianos, otros por sus propios guardianes, todos nerviosos, cruzando el ángulo noroccidental del foro en dirección a la *Curia*. Plinio, sin dejar de caminar, habló otra vez en tono más bajo.

—Los pretorianos han proclamado emperador a Otón, y esos senadores van al edificio del Senado para decidir si apoyan ese nombramiento.

—¿Lo harán? —inquirió el pequeño.

—Ya lo creo que lo harán. Les va la vida en ello, muchacho. Ahora guarda silencio, por Júpiter, guarda silencio.

Se detuvieron para que pasaran los grupos de senadores y pretorianos y, en el momento en que el *Vicus Iugarius* quedó libre, Cayo Plinio, su sobrino y los esclavos se adentraron en la gran avenida con rapidez. Si aquellos senadores, en un acto de valentía pero también de locura, se oponían al nombramiento de Otón, iba a correr mucha más sangre. Había que encerrarse en casa y no abrir a nadie en unos días.

En cuanto llegaron a la *domus*, Cayo Plinio fue dando todas las instrucciones pertinentes a su *atriense* para que se prepararan para vivir aislados del exterior al menos una semana, hasta que se aclarara la situación y se supiera a qué atenerse. Una vez que el pequeño Plinio vio que su tío, algo más sereno, se sentaba en una modesta *sella* junto al *impluvium*, se le acercó de nuevo. En su pequeña cabeza aún bullían muchas preguntas.

—¿Y Otón, tío, será como Augusto, como Julio César o como Escipión el Africano?

El hombre suspiró con profundidad. Un esclavo le trajo una copa de bronce con un poco de vino con agua; lo tomó, bebió un trago y devolvió la copa. Bebía poco y no eran días para excederse. Convenía mantener la mente despejada.

—No lo creo, hijo, no. No creo que viva yo ya lo suficiente para ver a uno de esos grandes hombres. Quizá tú, sobrino, quizá tú seas más afortunado.

El pequeño Plinio se sentó en el borde del *impluvium*, pensativo. Tardó unos instantes, pero pronto supo formular con precisión su nueva pregunta:

—¿Y cómo sabré yo si estoy alguna vez ante uno de esos hombres, ante alguien como ese Escipión, o como Julio César o como el emperador Augusto?

Cayo Plinio se llevó los dedos de la mano izquierda al lóbulo de su oreja durante unos segundos antes de responder con rotundidad.

—Si alguna vez tienes la fortuna de estar ante uno de esos hombres, lo sabrás de inmediato, sin que nadie te lo diga. Esas cosas, sobrino, esas cosas... se sienten... se intuyen.

Fuera de la casa de Cayo Plinio, en un foro que se había vuelto a vaciar de gente, donde sólo los pretorianos campaban a sus anchas en pequeñas patrullas de una docena de hombres, la cabeza de Servio Sulpicio Galba, clavada en una estaca recubierta de sangre imperial seca, empezaba a corromperse por el inexorable paso del tiempo mientras las primeras hojas caídas de los árboles volaban sobre las silenciosas losas del centro de Roma.

32

EL *LANISTA*

Roma, finales de enero de 69 d. C.

Era el *lanista*. Le llamaban Cayo, su *nomen* y su *cognomen* ya no importaban. Veterano de la conquista de Britania bajo el emperador Claudio, era ahora sólo el entrenador de gladiadores, el *lanista*, pero no uno cualquiera, sino el mejor de Roma. Competía con las escuelas de Capua o Pérgamo o de cualquier esquina del Imperio, sólo que al estar situado en la misma Roma, con su colegio al sur del circo Máximo, había conseguido amasar una pequeña fortuna. La caída de Nerón, generoso en todo lo tocante a los *munera*, suponía un enorme problema, pero él sabía que sólo era cuestión de esperar. Galba, tacaño en todo, hasta con los pretorianos que debían protegerle, no había durado ni un año. El *lanista* se giró, dio la espalda a las estacas clavadas en el foro que exhibían las destrozadas cabezas de Galba y sus más fieles colaboradores, y echó a andar con su habitual cojera, recuerdo de algún maldito germano del norte. La tarde caía y los pretorianos de Otón, recién autoproclamado emperador, seguían buscando a partidarios de Galba escondidos entre los callejones de Roma. Por seguridad, Cayo se había hecho acompañar de un gigantesco *retarius* y dos *secutores* conveniente armados.

—Es hora de regresar —dijo cuando emprendieron la marcha por el foro en dirección al *Vicus Tuscus* para bordear la colina del Palatino y así regresar al circo Máximo.

Encontraron puertas y ventanas cerradas a su paso. Con dos emperadores muertos en poco tiempo, Nerón y Galba, el miedo había calado hondo. Otón, el nuevo líder del Imperio, era diferente a Galba, más próximo a Nerón. Se le veía más propenso a disfrutar de la vida y a ofrecer entretenimiento al pueblo de Roma, pero el asunto de una nueva rebelión, en este caso a cargo de Vitelio, *legatus* en Germania, era muy serio. El *lanista* sacudió la cabeza varias veces. No, no veía nada claro que Otón fuera a durar mucho tiempo al frente de Roma si no conseguía más legiones. Si Vitelio se lanzaba hacia el sur, el emperador sólo podría oponer la legión que Galba había traído de Hispania y algunas otras fuerzas inexpertas en combate campal, mientras que las legiones de Vitelio llevaban años luchando en la frontera del Rin, y Cayo sabía cómo endurecía combatir contra los germanos. El *lanista* inspiró profundamente mientras pasaban junto al gran Circo. Tendría que tomar medidas para sobrevivir. En medio de las revueltas y del caos reinante por toda la ciudad, la mayoría de los gladiadores que estaban en su colegio por sentencia imperial o de cualquier magistrado, condenados a luchar en la arena, habían escapado. La mayor parte de los que se habían quedado eran aquellos que habían elegido libremente ser gladiadores para saldar deudas o como medio de vida para alcanzar fortuna, pese a los riesgos inherentes a la profesión, pero, como en aquellos días no era menos peligroso alistarse en las legiones, sus gladiadores voluntarios se habían quedado con él. El *lanista* sonrió. Al menos, en Roma hacía mejor tiempo que en las frías tierras de Germania y el Danubio, y el calor tampoco llegaba a ser tan insoportable como en los desiertos de Oriente. Sí, si alguien quería vivir de matar a otros era mejor quedarse en su escuela de gladiadores, claro que estaba el elemento adicional de los caprichos de la plebe o del propio emperador de turno, pero muchos de los que se habían quedado con él llevaban años luchando en la arena y sobreviviendo. No todos los combates terminaban en muerte, aunque no era menos cierto que esa posibilidad existía. También era peligroso cruzar la ciudad por la noche a solas y algunos inconscientes que aparecían flotando al amanecer en el Tíber habían cometido semejante osadía. Cada uno asume sus riesgos.

Llegaron a la gran escuela de gladiadores y nada más entrar el *lanista* se dirigió a sus hombres, como le gustaba pensar de sus gladiadores.

—Cerrad las puertas bien y estableced turnos de guardia.

No entra ni sale nadie sin que yo lo sepa. Los ciudadanos de Roma van a seguir aún matándose entre ellos durante bastante tiempo. Nosotros nos quedaremos aquí y sólo saldremos para aprovisionarnos. Cuando todo esto termine, y os garantizo que terminará, los romanos se habrán cansado de matarse entre sí, tendrán ganas de que otros se maten en su lugar y querrán pagar para verlo; los romanos que consigan la victoria tendrán mucho dinero para pagar esas luchas. Entonces se volverán a acordar de nosotros, y estaremos aquí esperando que nos llamen. Hasta entonces montaremos guardia y dejaremos la guerra de Roma fuera de los muros de esta escuela. Aquí seguiremos con el adiestramiento a diario y las normas serán las de siempre: prisión para el que no cumpla, y comida y bebida para los que obedezcan bien. No hay más. El que no esté de acuerdo, que se largue ahora mismo. No tengo legionarios de las *cohortes urbanae* con los que retener a los que no quieran quedarse, así que no pienso impedir que quien quiera se marche como no lo he hecho hasta ahora. Pero una cosa os digo, por Hércules, y escuchadme bien porque no lo repetiré más: tenéis vosotros... tenemos todos muchas más posibilidades de sobrevivir a la locura que se ha apoderado de Roma atrincherados en esta escuela que saliendo a las calles de la ciudad. Si nos mantenemos quietos nos dejaran en paz, ya sean los partidarios de Otón o de cualquier otro *legatus* que se autoproclame emperador en alguna provincia del Imperio, como acaba de hacer Vitelio. Saben que aquí sólo hay guerreros y poco más; si no nos entrometemos se pelearán entre ellos sin prestarnos atención. Así deben seguir las cosas hasta que los *legati* de las legiones de frontera y el Senado y los pretorianos se pongan de acuerdo en quién es el nuevo emperador de Roma. Hasta entonces, dentro de estos muros, la ley soy yo.

El *lanista* se llevó la mano a la empuñadura de su viejo pero muy cuidado *gladio* militar y tensó los músculos para que se viera con claridad la fortaleza de sus aún potentes bíceps; tenía casi cuarenta años y todos le habían visto adiestrarse en la palestra con ellos a diario. Los *torques* y una *corona mural* que había ganado en Britania no eran por casualidad. Nadie dijo nada y nadie decidió marcharse. Aquella noche se hizo inventario de los víveres de los que disponían y, comprobado que había bastante pan, trigo, aceite, queso, carne y pescado secos, vino y agua para más de un mes, se atrancaron las puertas de entrada con un grueso travesaño de hierro. Media docena de gladiadores montaron la primera guardia en la hora duodécima mientras el resto se retiraba a descansar en sus pequeñas celdas. El *lanista* se sentó en el lecho de su habitación. Su casa estaba custodiada por treinta feroces hombres armados y adiestrados en todo tipo de lucha. Aquella escuela de gladiadores era, paradójicamente pero sin lugar a dudas, uno de los sitios más seguros de Roma.

33

EL ORÁCULO

Monte Carmelo, Judea
Febrero de 69 d. C.

Manio Acilio Glabrión observaba la frondosa ladera de aquel monte que los judíos llamaban *Hakkarmel*, «la tierra del jardín», según le había comentado otro oficial veterano en aquella larguísima campaña en Palestina y Judea. El joven Manio, a sus veinte años, se encontraba en su primera campaña militar. Se consideraba afortunado porque, pese a lo complicada de aquella lucha contra los irredentos judíos, Marco Ulpio Trajano, uno de los *legati* veteranos, se había fijado en él y lo había incorporado a la guardia personal de Vespasiano, el *legatus augusti* con mando supremo en Oriente. A Manio le gustaba aprender de todo lo que veía. Tenía ese espíritu inquieto que conjugaba con su valor en el combate. Quizá por eso se fijara en él Trajano. Ahora escrutaba, bajo la cegadora luz del sol de aquel país, la silueta de aquella montaña sagrada desde tiempos de los que no se guardaba memoria. Trajano estaba junto a él, toda vez que Vespasiano había decidido subir sin más oficiales, sólo acompañado por su hijo Tito y una docena de hombres de su escolta.

—Esta montaña fue sagrada para los egipcios, para los fenicios y los griegos—comenzó a explicar el *legatus* Trajano mientras Manio también se protegía los ojos con la mano, para no perder de vista el ascenso del general Vespasiano por la sección sudoriental de la escarpada sierra que cortaba el aire del Mediterráneo, sobre el que se elevaba desafiante aquella montaña—. Los egipcios lo llamaban el «promontorio sagrado», los fenicios adoraban a su gran dios Baal en sus laderas y muchos griegos creían que ésta era la montaña de Zeus.

Ahora son los judíos los que se han apropiado de sus dominios y aquí adoran a su dios, eso después de que uno de sus profetas expulsara a los sacerdotes de Baal.

—Elías —dijo Manio, y Trajano se volvió para mirarle. No fue el único; otros legionarios y oficiales también lo miraron. Todos sabían que el veterano *legatus* Trajano llevaba mucho más tiempo que ellos allí, desde el principio de las guerras contra los judíos en tiempos de Nerón, y por eso los demás comprendían que había aprendido mucho de las creencias de los que habitaban en aquel extremo del Imperio, pero Manio tenía una habilidad especial para, en pocos meses, absorber gran parte del conocimiento que otros no podrían asimilar sino en varios años.

—Sí, así se llamaba —confirmó Trajano, tomando nota de la sagacidad de aquel joven y considerando que sería un buen ejemplo para su propio hijo; debía juntarlos en alguna campaña. Continuó hablando; todos querían saber por qué Vespasiano les había conducido hasta esa remota esquina del Imperio en Oriente—. El caso es que, sea como sea, con egipcios, fenicios, griegos o judíos, esta montaña es sagrada y siempre la han habitado profetas y oráculos con capacidad de predecir el futuro.

—Por eso estamos aquí, ¿verdad? —preguntó Manio, verbalizando lo que todos querían confirmar.

Trajano asintió. Todos sabían lo que estaba en juego aquella mañana junto a la ladera de aquel bosque sagrado que se erigía por encima del mar en una sierra repleta de pinos, carrascas, mirtos, lentiscos, algunos algarrobos y olivos y muchas vides en su parte inferior: Otón se había hecho con el poder en Roma con el apoyo de la guardia pretoriana, a la que había comprado con dinero, pero, aunque Galba estuviera muerto, quedaba pendiente la rebelión de Vitelio en Germania. Todo el occidente del Imperio estaba a punto de entrar en una guerra civil de desenlace imprevisible. Al margen, de momento, quedaban las legiones del Danubio, que bastante tenían con contener las constantes incursiones de unos cada vez más envalentonados dacios, sármatas y roxolanos; y, por fin, ellos, las legiones de Oriente que, no obstante, seguían por su parte en una dura pugna para terminar con los últimos núcleos de resistencia judía contra la dominación romana. Y aún quedaba campaña, pues, mientras Jerusalén no cayera en sus manos, los judíos no doblarían la cabeza ni aceptarían de una vez por todas el poder de Roma. Y tomar Jerusalén, rodeada por tres perímetros de murallas gigantescas, no parecía una tarea posible sin el más largo y complejo de los asedios; un asedio que podía terminar en derrota. En medio de esa vorágine de incertidumbre, luchas intestinas y guerra casi total, habían llegado emisarios de diferentes familias senatoriales pidiendo a Vespasiano que se levantara contra Otón y contra Vitelio y que impusiera orden antes de que los catos y otros pueblos germanos del Rin, por un lado, y los dacios, sármatas y roxolanos del Danubio por otro, más los bátavos de la Galia, que estaban aprovechando la confusión general para rebelarse también, condujeran a la inexorable desintegración del Imperio. Vespasiano dudaba. Y tenía sus motivos. En Roma permanecían su hermano Sabino y su hijo pequeño Domiciano. Cuando hacía un par de años había partido hacia Judea con Tito, su hijo mayor, Roma era un sitio seguro, pero ahora, dos emperadores después, todo había cambiado y Vespasiano sabía que si se alzaba contra Otón —o contra Vitelio si éste derrotaba al primero en una batalla campal—, ya fuera uno o el otro el que gobernara Roma, el nuevo emperador no dudaría en usar a Sabino y a Domiciano como rehenes.

Por otro lado, las legiones de Egipto, allí apostadas para garantizar el flujo de grano hacia Roma, habían enviado a su vez mensajeros a Vespasiano, asegurándole una lealtad plena si éste se alzaba contra Otón. No era por fidelidad real, sino que en Egipto la minoría judía era enorme, temían un alzamiento y Vespasiano representaba la única fuerza que podía controlarles, tal y como estaba haciendo en Judea misma. Así, por un lado, las presiones sobre Vespasiano para que se autoproclamara emperador eran grandes, pero, por otro, la vida de su hermano y su hijo pequeño podían estar en juego y no podía evitar dudar. Por eso, cuando en Cesarea le llegaron los informes que había solicitado sobre el famoso Monte Carmelo [10] y

10. En 1251 la tradición católica ubica aquí una aparición de la Virgen del Monte Carmelo o, como es más conocida hoy día, de la Virgen del Car-

todos confirmaban el carácter sagrado de sus laderas y la capacidad de sus sacerdotes para predecir el futuro, contrastada desde tiempos de los fenicios, Vespasiano decidió que, a falta de otros augurios, quizá fuera una buena idea ascender a aquella montaña y preguntar a sus adivinos. Estaba confuso sobre el camino a seguir y cualquier predicción podía hacerle decantarse en un sentido o en otro. Los sacerdotes eran judíos, pero Vespasiano no se sentía en guerra con aquella religión, sino contra aquellos judíos que no aceptaban el poder político y militar de Roma. Eso sí, no tenía claro de qué forma le recibirían en lo alto del monte.

Basílides llevaba treinta años de sacerdote y oráculo en el Monte Carmelo. Sus predicciones eran respetadas por todos y su habilidad para sobrevivir, en unos tiempos tumultuosos de contantes rebeliones contra Roma, admirada. Basílides se asomó por encima del sencillo altar de piedra que, desde los tiempos del profeta Elías, usaban para sacrificar a los animales que consagraban a su dios. Esta vez era el general de generales romano el que ascendía por la ladera.

—¿Qué vamos a hacer? —le preguntó un sacerdote más joven, de mediana edad—. Es su general en jefe. No sé si debemos colaborar con él.

Basílides desdeñó aquella idea.

—Es un hombre. Si se presenta con humildad ante el altar de Yahveh y quiere hacer un sacrificio en honor de Dios, no seré yo quien se lo prohíba.

—Ya, pero luego querrá que leas en las entrañas del animal y que le predigas el futuro —insistió contrariado el otro sacerdote, más impetuoso y muy poco dado a cooperar con los romanos.

—Pues más a nuestro favor —contravino Basílides—. Cuando leamos en las entrañas de la bestia todos sabremos lo que

_____

men. De aquí la orden de los carmelitas. El monte, como se ha comentado en el diálogo, había sido sagrado para muchísimas religiones y culturas anteriores a la cristiana.

será del futuro de ese hombre, y su futuro, amigo mío, nos hará ver si la resistencia de Jerusalén y Masada tiene aún sentido.

—Resistir a los romanos siempre tiene sentido —repuso el segundo sacerdote, y se alejó del altar dejando al más veterano a solas con sus reflexiones y su conciencia. Basílides hacía tiempo que sospechaba que muchos de sus sacerdotes se habían pasado al bando fanático de los zelotes, para quienes resistir a Roma siempre tenía sentido, sin importar la muerte de mujeres, niños y ancianos más allá de toda lógica. Basílides no pensaba que Dios reclamara tanta sangre humana de su propio pueblo; era más proclive a creer que el pueblo judío había perdido el sentido común hacía tiempo, pero, por prudencia, guardaba sus opiniones para sí mismo.

Vespasiano llegó junto al altar. A su lado, su hijo mayor, Tito, siempre atento a todo lo que ocurría alrededor de su padre, y tras ambos, una docena de legionarios armados, prestos a desenfundar sus *gladii* al más mínimo movimiento extraño del viejo sacerdote, que les esperaba junto a la gran losa de piedra de los sacrificios.

—Vengo en son de paz —dijo Vespasiano en griego.

Basílides asintió antes de hablar y responder en la misma lengua.

—Cualquier hombre que ascienda hasta aquí para hacer un sacrificio en honor de Yahveh es bienvenido.

A los romanos no les importaba hacer sacrificios en honor de otros dioses, lo que no podían admitir era que los judíos se empeñaran en decir que el único dios era el suyo y negaran además la divinidad de las deidades romanas y, lo peor de todo, de los emperadores divinizados.

—Vengo a hacer un sacrificio en este altar y dejo en tus manos elevar las plegarias de dicho sacrificio al dios que desees, pero pido a cambio que me digas qué me deparará el futuro —dijo Vespasiano. Se giró hacia sus hombres, hizo una señal con la mano y dos de los legionarios condujeron junto al altar un enorme carnero que, como si intuyera lo que iba a pasar, empezó a balar con fuerza y a forcejear, en un vano intento por liberarse de las férreas manos de los legionarios que lo sujetaban.

Basílides fue parco pero directo.

—Sea —dijo y señaló el altar, apartándose para que los legionarios pudieran poner el carnero en lo alto de la losa. Miró hacia atrás y extendió la mano. A regañadientes, el otro sacerdote tomó un afilado cuchillo de manos de otro sacerdote aún más joven y se lo dio. Basílides, con experta habilidad, clavó el cuchillo en la garganta del animal y éste lanzó su último balido de dolor entre un estertor horrible, a la vez que la sangre enrojecía toda la piedra y empezaba a gotear sobre una zanja que rodeaba todo el altar. El animal dejó de moverse y los legionarios soltaron las patas por las que lo tenían cogido, dejando al viejo sacerdote a solas con la bestia muerta. Basílides cerró los ojos y empezó a orar en hebreo mientras alzaba su faz seria hacia el cielo. Pasado un rato dejó de rezar, calló, abrió los ojos y volvió a clavar el cuchillo, esta vez en el vientre del carnero. Trazó un tajo profundo que hizo que la panza del animal se abriera y emergieran aún calientes, casi palpitantes, las entrañas. Vespasiano y su hijo Tito vieron los intestinos, el corazón, los pulmones y otros órganos que reconocían de otros muchos sacrificios. Todo parecía estar en orden y no se veía nada extraño o podrido, pero callaron a la espera del dictamen de aquel sacerdote.

—«Todo lo que pienses y planifiques, por grande que sea, se cumplirá.»[11] Eso es lo que dice el sacrificio y eso es lo que ocurrirá, gran *legatus augusti* de Roma —el anciano sacerdote, por un instante, miró a los ojos al atento Vespasiano—; quizá algo más que *legatus augusti*.

Los sacerdotes judíos no eran ajenos a la guerra interna que se había desatado en Roma por controlar todo su Imperio

---

11. Las palabras textuales que podemos leer en la *Vida del divino Vespasiano* de Suetonio, capítulo V, están puestas en boca del sacerdote del Monte Carmelo en estilo directo; el original de Suetonio está redactado en estilo indirecto y dice así: *ut quidquid cogitaret volveretque animo, quamlibet magnum, id esse proventurum pollicerentur*, o lo que es lo mismo: «[el sacerdote dijo que] todo lo que pensase y planificase [Vespasiano], por grande que fuese, se cumpliría».

y, en el fondo, les gustaba pensar que, si alguien les podía derrotar, que éste no fuera otro que, al menos, un emperador. Siempre resultaría así menos humillante la derrota.

—¿Estás seguro de lo que dices, sacerdote? —preguntó Vespasiano.

Basílides volvió a mirar en las entrañas del animal introduciendo la punta del cuchillo en las tripas revueltas del carnero. Para sorpresa del sacerdote que tanto se había opuesto a aquel sacrificio, se tomó un tiempo largo antes de responder.

—Estoy seguro de que conseguirás lo que te propongas.

Vespasiano se dio por satisfecho. Se inclinó levemente ante el sacerdote, dio media vuelta y, acompañado de su hijo Tito y sus legionarios, empezó a descender por la ladera del monte. Tito no pudo resistir más tiempo y le habló a su padre con vehemencia.

—No debemos dar más tiempo a Otón, padre: hay que alzarse ya. Tenemos a Egipto de nuestro lado, podemos controlar el transporte de cereales a Roma y tenemos todas las legiones de Oriente. Déjame aquí y yo acabaré con la resistencia de Jerusalén. Tú ve a Egipto, padre, y de allí a Roma.

Vespasiano asentía, pero las dudas aún le corroían por dentro.

—¿Y Sabino? ¿Y tu hermano?

—Sabino es fuerte e inteligente y es *praefectus urbanus*. Dispone de las *cohortes urbanae* para protegerse de los pretorianos de Otón hasta que llegues a Roma.

—No es Otón el que me preocupa —respondió Vespasiano sin ocultar la tensión de aquel debate—, sino Vitelio. Vitelio está loco, completamente loco, y es capaz de cualquier desatino. Derrotará a Otón, le destrozará con las legiones del Rin, y entonces llegará a Roma. Y está tu hermano pequeño, tu hermano Domiciano.

Aquí Tito, algo furioso también, elevó el tono de voz.

—Domiciano sabrá cuidar de sí mismo. Siempre tiene claro que lo primero es él, padre. No dudes de que Domiciano sobrevivirá pase lo que pase.

Vespasiano se detuvo en seco en la ladera de aquel monte sagrado y se giró hacia su hijo mayor.

—Tito, no me gusta que hables con ese menosprecio de tu hermano. Sé que Domiciano no es ni la mitad de valiente que tú y sé que no le puedo confiar grandes empresas, pero es tu hermano, es nuestra familia y le debes un respeto por ello, ¿está claro?

Tito comprendió que había equivocado la estrategia. Su desprecio a un hermano que desde que nació no había hecho más que su capricho, que estaba completamente malcriado y que era incapaz del más mínimo de los esfuerzos, resultaba demasiado irritante para un Tito que no hacía sino seguir a su padre en todo cuanto éste emprendía. Ahora, ahora que lo podían conseguir todo para la familia, Domiciano, como siempre, se interponía en el camino. Pero Tito se contuvo.

—Padre, el tío Sabino se ocupará de protegerle. Por todos los dioses, padre, puedes ser el próximo emperador de Roma y Roma necesita un líder capaz, o los germanos, los dacios, los partos, los mismos judíos, todos, se lanzarán contra nosotros y no quedará nada. Despedazarán el Imperio como buitres hambrientos. Padre, debes alzarte contra Otón lo antes posible y luego, si es preciso, contra el mismísimo Vitelio y sus legiones del Rin. El oráculo ha sido totalmente positivo.

Vespasiano no dijo nada, dio media vuelta y reemprendió la marcha. Lo del oráculo era cierto y lo de que Sabino protegería a Domiciano también. Quizá Tito tuviera razón. También tenía claro que si dejaba a éste a cargo del asedio de Jerusalén, la capital de los judíos, más tarde o más temprano caería en sus manos. Su cabeza era un puro tumulto de ideas, por eso pasó por delante de Trajano y el resto de oficiales sin siquiera saludar. Fue Tito el que se detuvo junto a ellos y les informó de lo acontecido.

—El oráculo ha sido positivo —dijo, y les dejó enseguida para seguir a su padre.

Los sacerdotes se quedaron a solas. Basílides volvió a revolver con el cuchillo en las entrañas del animal sacrificado. El olor a sangre era intenso; era un olor al que estaban acostumbrados. El sacerdote zelote miró por encima del hombro de

Basílides. Uno de los dos riñones del animal estaba completamente corrupto; aquello era muy extraño, de hecho, no lo había visto nunca antes. Miró a Basílides con el interrogante en su faz. Basílides respondió en voz baja, un susurro en lo alto de la montaña sagrada.

—Los riñones. Dos órganos que deben ser siempre iguales.

—¿Qué quiere decir? —preguntó el sacerdote zelote cada vez más curioso. Basílides no pudo evitar saborear saberse más experto, más veterano, más lúcido que su joven colega. Se deleitó al proporcionarle una lenta y detallada explicación. La explicación que se hace a quien no sabe. Peor: a quien no aprende.

—El corazón está bien, los intestinos, los pulmones, todo lo vital está bien; el oráculo que le hemos hecho es cierto: ese romano, Vespasiano, triunfará en lo que se proponga, pero... —alargó la pausa mientras el zelote le miraba con los ojos bien abiertos y el tercer sacerdote, el más joven, se quedaba con la boca abierta—, pero ¿no tiene acaso el general romano dos hijos? —Por la cara de sorpresa que pusieron ambos colegas, era obvio que no estaban informados al respecto; sólo debían de conocer a Tito, el hijo con el que Vespasiano se movía por toda Judea, pero desconocían que hubiera otro. Basílides tenía que explicárselo todo, como a los niños—. Vespasiano tiene un hijo mayor, Tito, aquí en Judea, y otro menor, Domiciano, que está en Roma. Estos riñones representan a sus vástagos, sin duda, y uno de los dos está completamente corrompido.

—¿Cuál? —insistió el sacerdote zelote buscando saber más. Si el corrupto fuera Tito, quizá éste se revolviera contra su padre durante la guerra y la victoria judía aún fuera posible. Basílides comprendió que ése y no otro era el sentido de aquella pregunta.

—Eso no nos lo dicen las vísceras —respondió al fin el veterano sacerdote—. Cuál de sus dos hijos es el que está completamente corrompido es algo que Vespasiano tendrá que averiguar por sí mismo.

El sacerdote zelote se separó del altar. Era evidente su contrariedad porque las vísceras no desvelaran ese punto en su predicción, pero entonces otra duda brotó en su cabeza. Se detuvo y miró a Basílides.

—¿Por qué no le has dicho nada de todo eso al romano?

Basílides sonrió.

—No lo ha visto y no lo ha preguntado. En este mundo hay que aprender a observar primero y hacer las preguntas adecuadas después. Quien yerra en cualquiera de estos dos puntos está condenado al sufrimiento propio y el de toda su familia. Eso también es una predicción —hubo un instante de silencio y un lento suspiro del sacerdote—, y Dios sabe que nunca me equivoco. Nunca.

34

UNA CARTA DE SABINO

VITELLIVS

Cesárea, costa de Siria
Junio de 69 d. C.

La guerra había proseguido bien en Judea. Era el momento
de lanzarse sobre Jerusalén, pero entonces llegó la carta de
Sabino. Vespasiano reconoció el sello de su hermano en aquel
papiro plegado y se retiró unos pasos para leerlo tranquilo.
Eso sí, las miradas de Tito, su hijo mayor, y de sus altos oficiales, entre ellos Trajano, que sabían que se trataba de un mensaje de Roma, le observaban atentos.

Vespasiano desplegó el papiro y empezó a leer en silencio:

Querido hermano:

*La situación en Roma es muy grave. Otón, como temíamos, no resis-
tió el empuje de las legiones del Rin que controla Vitelio. Parece ser que
en particular la fuerza de la I* Germánica *y la XXI* Rapax *decantó la
balanza en la batalla de Bediacrum, que fue la definitiva. Pero adelanto
acontecimientos. He de precisar que Otón ofreció un buen pacto a Vitelio.
Era consciente de la inferioridad militar de las legiones del sur y le ofreció
ser nombrado oficialmente su sucesor, pero Vitelio no parecía dispuesto a
esperar para acceder al principado, toda vez que veía que era el más
fuerte. Tras una serie de batallas en las que las fuerzas de Otón fueron
derrotadas, las tropas de uno y otro se encontraron en Bediacrum. Esto*

fue en abril. Vitelio contaba con hasta siete legiones expertas en combate, mientras que Otón apenas pudo defenderse con la I Adiutrix, la guardia pretoriana y algunas fuerzas auxiliares. La derrota de Otón fue absoluta, pero él salió con vida y hay que reconocerle dignidad en su final. Muchos seguidores suyos y también muchos senadores le conminaron a seguir defendiéndose contra Vitelio. Pocos en el Senado auguraban nada bueno por parte de éste, pero Otón decidió que alargar la guerra sólo perjudicaba a Roma y se suicidó. Fue un fin honorable para alguien que apenas estuvo tres meses como emperador, pero, querido hermano, todo lo que nos temíamos de Vitelio se ha confirmado y en los peores términos posibles: en pocos días ha dilapidado el tesoro imperial con festines que no dan tregua, empezando al alba y continuando todo el día y toda la noche. Los prestamistas y proveedores de toda condición que han reclamado cobrar el dinero que se les debe han sido ejecutados, y eso es sólo el principio. No me importa dejar constancia de todo esto por escrito. Mi vida, como la de todos los senadores que mostramos nuestra crítica a sus actuaciones, está en constante peligro. Es cierto que el Senado, forzado por la presencia de las legiones de Vitelio alrededor de Roma, le reconoció como emperador, pero él mismo sabe que en nuestro fuero interno muy pocos le reconocen como un merecido gobernante del Imperio. En su desfachatez, se autoproclamó Pontifex Maximus en el nefasto día del triste aniversario de la batalla de Alia. Algunos piensan que es una desafortunada coincidencia, pero la mayoría estamos persuadidos de que lo ha hecho a conciencia, como si quisiera enviar un mensaje al Senado y al pueblo: los galos saquearon hace siglos Roma tras derrotarnos en el río Alia y ahora es él el que se dispone a saquear la ciudad. Ha ordenado ya la ejecución de todos los que lleven su nombre o el de su hijo para evitar que quieran proclamarse parientes suyos, y pronto empezará directamente con los senadores.

Hermano, sé que el Senado, el pueblo entero, busca no ya un nuevo emperador, sino un auténtico libertador de este tirano que sólo sobrevive porque sus legiones rodean la ciudad. Aquí he de hacer unos apuntes importantes que no quiero que se me olviden: la guardia pretoriana de Nerón, que luego se rebeló contra Galba y que finalmente apoyó a Otón, fue licenciada por Vitelio y vaga por el norte de Italia sin líder, al igual que los legionarios que sobrevivieron a la matanza de Bediacrum. Son hombres con ansia de venganza que sólo esperan que alguien reconduzca su odio contra un objetivo claro. Y están las legiones del Danubio, que se han mantenido neutrales todo este tiempo, pero que sienten el aliento de los dacios, sármatas y roxolanos en su cogote y no se atreven a abandonar sus posiciones mientras miran con perplejidad a una Roma que no les dice qué deben hacer y no les envía suministros para mantener esa endeble frontera. Hermano, debemos alzarnos ahora. Tu nombre está en boca de todos. Has conseguido someter a los judíos, reduciendo su rebelión general a tan sólo ya las ciudades de Jerusalén y Masada, reconquistando toda Judea y devolviendo el control de Siria y todo el Oriente a Roma. No hay nadie más con tu carisma y, no lo negaré, muchos no pueden evitar pensar en tus legiones. Y es que para casi todos, sólo tú, con las legiones de Oriente y de Egipto, dispones de las tropas necesarias para acabar con Vitelio. Si consigues el apoyo de las legiones del Danubio y de las tropas derrotadas de Otón del norte de Italia, Roma se rendirá a tus pies, feliz por ser liberada del pesado yugo de la locura y la tiranía de Vitelio. Marco Antonio Primo, en el Danubio, estaría dispuesto a apoyar una rebelión contra Vitelio que estuviera dirigida por ti. Él podría iniciar el avance sobre Roma a la espera de la llegada de tus legiones.

Querido hermano, estamos a finales de mayo. Espero que antes del final de junio, o incluso antes, esta carta esté en tus manos y puedas actuar con rapidez. Sin poder consultarte más ni esperar a tu respuesta, voy a proponer que el Senado vote a tu favor y te proclame emperador. No sé si lo conseguiré. Cada día siento que me vigilan más los legionarios de Vitelio, que parecen tener oídos y ojos por todas partes. Además, la votación en el Senado se hará pública y eso supondrá que su ira se desatará contra nosotros, pero no me importa morir si con ello consigo la liberación de Roma. He ordenado que se proteja a tu hijo Domiciano en todo momento y que, llegado lo peor, se le oculte hasta que Roma esté por fin en tu poder.

Me despido de ti, hermano. Quizá no tenga ya nunca la oportunidad de volver a estrechar tu mano o compartir una copa de vino contigo. Sea como sea, ruego a todos los dioses que te protejan y que te den fuerza y clarividencia en estos meses de locura e incertidumbre absoluta. Estoy completamente convencido de que tu fortaleza y tu honor salvarán Roma. Te escribo dirigiéndome a ti como gobernador de Siria y legatus augusti, *pero espero que cuando pises Roma lo hagas ya como emperador.*

Que los dioses velen por ti,

TITO FLAVIO SABINO, *senador de Roma*

Vespasiano plegó el papiro y se volvió hacia su hijo Tito. Éste comprendió su mirada y se acercó despacio. Su padre le habló al oído.

—Parece que tu tío piensa igual que tú, hijo. Nos alzaremos contra Vitelio. Voy a escribir a Marco Antonio Primo para asegurarme el apoyo de las legiones del Danubio, pero antes he de saber si tú te sientes capaz de terminar la guerra contra los judíos. —Le miró a la cara—. ¿Crees que podrás conquistar Jerusalén? Piénsalo bien antes de responder, hijo, porque necesito, necesitamos, esa victoria. Incluso si derrotamos a Vitelio, necesitaremos la conquista de Jerusalén, una victoria absoluta, total, completa, para asentar nuestro poder en Roma sin discusiones. Piensa bien tu respuesta, hijo, porque yo no voy a alzarme para ser otro Galba u otro Otón que dure sólo unos meses como emperador. Si nos lanzamos contra Vitelio ha de ser para inaugurar una nueva dinastía, y una dinastía debe cimentarse sobre algo heroico. Jerusalén nos puede dar eso y más. —Apretó los labios antes de completar su intenso discurso, susurrado a los oídos de su hijo para hacerle partícipe de su gran idea—. Nerón dilapidó el tesoro imperial; Galba fue asesinado en gran medida por no disponer de dinero para pagar a los pretorianos y no querer endeudarse más para hacerlo; Otón no dispuso de tiempo suficiente para recuperar las finanzas imperiales y Vitelio ha terminado por gastar lo poco que quedaba, incluso lo que no tenía, como hizo Nerón en sus últimos años de reinado. Tito, sin oro no podré durar como emperador mucho tiempo: necesito, necesitamos, oro para los nuevos pretorianos, para las legiones del Danubio y para las de Egipto y Siria que nos ayudarán en nuestro ascenso; oro para satisfacer todas las deudas y calmar al Senado, y oro, por encima de todo, hijo, para entretener al pueblo de Roma. Pero Tito, el oro sale de las minas de Hispania o de Britania demasiado despacio, demasiado lentamente, y nosotros lo vamos a necesitar mucho antes, rápido, ya mismo. Para fortuna nuestra, ese oro está aquí mismo, muy cerca, en la ciudad de Jerusalén, sólo que protegido por tres perímetros de murallas infranqueables defendidas por miles de judíos armados dispuestos a morir antes que a ceder su ciudad y su tesoro. Hijo, tienes que entender esto, tienes que comprenderlo, tienes que entender lo que supone Jerusalén en esta compleja partida en la lucha por el poder del Imperio. —Vespasiano paró un instante para recuperar el aliento, miró fijamente a su hijo y prosiguió en voz baja—: Necesitamos el tesoro de los judíos, hijo: con el tesoro que guardan en su Gran Templo tendremos el oro que necesitamos para asegurar nuestro control de Roma y del Imperio, así que piénsalo bien antes de responder, porque si crees que no vas a poder con Jerusalén y hacerte con el oro de su Templo, tendremos que hacer las cosas de otra forma, cediendo todo el control a Primo en el norte y al gobernador de Egipto en el sur. Pero si tú me dices que sí podrás conquistar Jerusalén, yo me ocuparé de Egipto, desde allí controlaré el flujo de grano a Roma y luego me uniré a Primo para entrar en la urbe antes de un año. El asedio de Jerusalén va a ser duro y los judíos resistirán meses, eso no lo dudo, pero no dispongo de esos meses. Tu tío lo ha dejado claro en su carta: el Senado necesita ver que me pongo en acción de inmediato, así que yo necesito saber ahora, hijo, si podrás conquistar Jerusalén. Respóndeme a esa pregunta, porque del resto me ocuparé yo: de Egipto, del Danubio, de Roma. Necesito saber tu respuesta, dime, Tito —sin poder evitarlo, sin darse cuenta hasta que las palabras ya habían sido pronunciadas, levantó el tono de voz de forma que todos pudieron oír bien aquella pregunta—: ¿podrás conquistar Jerusalén?

Vespasiano, incómodo al ver que se le había escapado el control de la situación y que había puesto a su hijo ante una disyuntiva difícil, le puso la mano sobre el hombro y repitió la pregunta en un tono más conciliador.

—¿Crees que podrás conquistar esa ciudad, hijo?

Tito inspiró profundamente, como no lo había hecho en años. Miró a su padre y respondió con decisión.

—Jerusalén habrá caído antes de un año, o no me consideraré digno de ser miembro de la familia Flavia.

Tito Flavio Sabino Vespasiano apretó el hombro de su hijo.

—Bien, muchacho, bien —dijo, y la gran rueda de la historia del mundo empezó a girar.

35

EL DISCURSO DE UN SENADOR

Roma, julio de 69 d. C.

En las gradas de tres niveles de los laterales del edificio de la *Curia Julia* se habían congregado aproximadamente cien senadores. Sabino, hermano de Vespasiano, miraba a un lado y a otro. Allí, al fondo, se levantaba el Altar de la Victoria que Augusto ordenara construir para rememorar eternamente su victoria sobre Marco Antonio en Actium. Verlo le dio fuerzas a Sabino. Cien senadores, sin embargo, eran pocos, pero era un principio. El resto estarían en sus casas, atrincherados en sus grandes *domus*, completamente atemorizados por los legionarios vitelianos que controlaban toda la ciudad, desde los accesos hasta las grandes avenidas e incluso patrullaban por el foro. Ya no se observaba ninguna ley en Roma que no fueran los desmanes que Vitelio permitía a todas sus tropas, las legiones de Germania que le habían encumbrado al poder. Pese a todo, la llamada a reunirse de Sabino había sido satisfecha por aquel centenar de senadores, que habían respondido convocados por su indudable prestigio, que permanecía intacto en medio de aquel año de locura que ya había visto morir a dos emperadores: Galba y Otón. Sabino había combatido bravamente en la conquista de Britania en tiempos de Claudio, junto a su hermano menor, Vespasiano, había sido cónsul en el 47 y gobernador de Moesia pocos años después y ostentado la prefectura de la ciudad desde hacía ya catorce años, bajo emperadores diferentes —Nerón, Galba y Otón—, sin que ninguno juzgara necesario relevarle del cargo. Entre todos ellos, Sabino había sabido moverse con habilidad estratégica y mantenerse firme en su puesto de prefecto de Roma; en la medida de sus posibilidades, con la ayuda de las escasas *cohortes urba-*

nae bajo su mando, había procurado mantener el orden público en cuanto los pretorianos se calmaban tras cada uno de los tumultuosos cambios de poder y regresaban a sus funciones y a sus *castra praetoria*. En una Roma que había visto caer a varios emperadores en pocos meses y en donde los prefectos del pretorio también caían junto con el poder imperial de turno, la continuidad de Sabino en la prefectura de la ciudad le había transformado en una de las pocas voces que tanto senadores como ciudadanos de toda condición respetaban. Sabino los había convocado en el Senado y por eso aquel centenar había osado cruzar las peligrosas calles dominadas por el más absoluto de los caos, para escuchar lo que el veterano prefecto de Roma tenía que decirles. De hecho, muchos intuían lo que iba a decir y tenían miedo, pero también el coraje suficiente para ir y escucharlo, porque sentían que si Sabino era capaz de decirlo en voz alta y ellos estaban allí para oírlo, quizá lo que iba a proponer fuera posible.

Tito Flavio Sabino había llegado hasta la escalinata de la fachada de ladrillo del edificio de la gran *Curia Julia* escoltado por una cincuentena de legionarios de las *cohortes urbanae*, lo que le había asegurado el camino libre frente a las patrullas de Vitelio. El emperador, de momento, parecía dejarle moverse por la ciudad, aunque Sabino estaba seguro de que aquella reunión llegaría a oídos de Vitelio más bien pronto que tarde y la reacción sería rápida y terrible. Estaba preparado, preparado para lo peor. Junto a Sabino marchó el joven Domiciano, su sobrino de dieciocho años, el hijo pequeño de su hermano Vespasiano, que lo miraba todo con ojos nerviosos.

Domiciano no estaba seguro de que todo aquello fuera una buena idea. Paseaba por el suelo decorado con todo tipo de motivos geométricos en rojo, verde y amarillo sin detenerse un instante, mientras seguían entrando algunos senadores más por las poderosas puertas de bronce.

—Deberíamos desconvocar al Senado y refugiarnos. Vitelio se va a enterar de lo que tramas y vendrá a por nosotros —dijo en voz baja a su tío justo a la entrada del edificio de la *Curia*.

—Vendrá a por nosotros de todas formas, sobrino. Quédate aquí, en la puerta, con la escolta, y envíame a un legionario si los vitelianos agrupan hombres en el foro, ¿está claro? —A Sabino le ponía nervioso la constante cobardía de su sobrino; qué lástima no disponer a su lado del valiente Tito. Su sobrino mayor, además de ser todo un hombre de treinta años, sí que era un apoyo firme, tal y como Vespasiano le confirmaba en las cartas que llegaban de Oriente. Domiciano, por el contrario, sólo mostraba interés en su vida por el vino y por yacer con cuantas mujerzuelas o patricias pudiera. No era aquél un bagaje de utilidad en aquellos días ni una actitud que augurara la fortaleza necesaria para afrontar aquella crisis, pero era parte de la familia y debía protegerlo—. ¿Podrás encargarte de eso, sobrino, de vigilar el foro? —apostilló mirándole fijamente.

Domiciano se sintió humillado. Sabía del desprecio de su tío hacia él, como sabía del desapego de su propio padre y de su hermano. Todos le despreciaban, pero él no era culpable de que nunca se le concediera la más mínima oportunidad.

—Haré tal y como dices, tío —dijo con la voz más firme que pudo.

—Bien —dijo Sabino, algo más satisfecho de aquella respuesta. Dio media vuelta y entró en el edificio de la *Curia Julia*.

Alrededor de Sabino estaban los bancos medio vacíos del Senado, pero él se esforzaba en darse ánimos y no dejaba de decirse que estaban medio llenos, medio llenos, y de que en cualquier caso eran suficientes para empezar lo que debía empezarse aquella mañana. Sin dilación se situó en el centro y empezó a hablar. No había ni presidente ni control en aquella reunión. No había tiempo para las formalidades del pasado. Sólo había tiempo para la acción.

—*Quod bonum felixque sit populo Romano Quiritium referimos ad vos, patres conscripti....* [¡Referimos a vosotros, padres conscriptos, cuál es el bien y la dicha para el pueblo romano de los Quirites!] Os he hecho llamar, haciendo uso de una de las prerrogativas de mi cargo, porque Roma, y todos lo sabéis bien, está sumida en el más absoluto caos. —Un murmullo de voces empezó a desplegarse por toda la sala, pero a las murmuraciones Sabino respondió levantando con fuerza su voz hasta silenciarlos a todos—. ¡Caos, sí, *patres conscripti*, caos, desorden absoluto, y no me importa que alguien piense que decir eso sea traición! ¡Nerón se suicidó, Galba fue asesinado y Otón cometió también suicidio! ¡Tres emperadores muertos en menos de un año! Ahora, Vitelio, gobernador de Germania, se ha erigido en nuestro nuevo emperador, y hasta gozó del voto favorable de este bendito cónclave en la esperanza de que un *legatus* del norte, veterano en la lucha contra los germanos, fuera al fin capaz de controlar a los pretorianos, devolver el orden a la ciudad y recuperar posiciones en nuestras endebles fronteras del Rin y el Danubio. Pero, por el contrario, ¿qué es lo que nos hemos encontrado? ¿Qué es lo que ha hecho Aulo Vitelio Germánico?

Sabino, con sus manos en jarras en el centro de la *Curia* guardó unos segundos de silencio para añadir un dramatismo intenso a lo que debía decir a continuación; un silencio antes de las acusaciones; un silencio antes de emprender un camino sin retorno.

—De Vitelio, sin embargo, Roma sólo ha recibido desprecio a sus leyes, sangre en forma de mujeres y niños violados por las calles, opositores asesinados, pretorianos sin gobierno, nombramientos de prefectos del pretorio y otros funcionarios del Estado totalmente sin sentido. Mientras, el culpable, y digo bien, el culpable de todos estos desmanes, el emperador Vitelio, permanece encerrado en el palacio imperial, sin atender ni a los desórdenes que destrozan las entrañas de Roma ni dar respuesta a los desafíos cada vez más descarados, más incontrolados y más temibles de bátavos, germanos, catos, dacios y judíos. El Imperio se deshace y Vitelio sólo piensa en comer y hundirse en un mar de orgías y banquetes entre las paredes de un palacio imperial que hace oídos sordos a los sufrimientos de los romanos y la sangre de todos los ciudadanos de nuestro Imperio que se derrama en la Galia, en Germania, en Moesia, en Panonia, en Siria y en tantas otras provincias. Y pregunto yo, pregunto yo, ¿es que ya no hay ningún lugar en todo el Imperio donde quede un vestigio de orden, de mando, de gobierno? ¿No queda ya ninguna provincia donde la vieja pero experta y poderosa mano de Roma, poderosa al menos en el pasado reciente, sepa regir los destinos de legiones, pueblos y reinos enteros?

Se detuvo en un nuevo silencio y paseó su mirada por los absortos rostros de los senadores presentes; que estuvieran escuchándole, que siguieran haciéndolo sin haber abandonado la sala después de la diatriba que acababa de lanzar contra Vitelio, los unía en un destino común. Eso le dio energía.

—Pues yo os digo, *patres conscripti*, que sí hay un lugar así, un lugar que reúne aún esas condiciones, y no es otro que el oriente de nuestro amado Imperio. —Señaló hacia el este con decisión—. Allí, *patres conscripti*, mi hermano Tito Flavio Vespasiano mantiene el orden, imponiendo el poder de unas legiones disciplinadas a la rebeldía eterna de los judíos, conquistando ciudades y rindiendo fortalezas, asegurando el flujo de trigo desde Egipto, desde Alejandría, para que todos en Roma tengamos qué comer sin preocuparnos por nuestro sustento, aunque estemos sumidos en enfrentamientos civiles sin fin. Sí, mi hermano mantiene el flujo de trigo hacia la capital del mundo y, al mismo tiempo, subyuga a los que se han rebelado contra Roma. ¡Por Júpiter Óptimo Máximo! ¿No añoráis ese orden, ese poder, ese gobierno en el corazón la urbe? —Hizo una nueva pausa, durante la cual Sabino comprobó que sus palabras empezaban a despertar la reacción que tanto anhelaba, traducida en varios de aquellos veteranos patricios asintiendo con vehemencia—. Sea pues, si realmente añoráis ese gobierno, esa rectitud en el mando, ese dominio sobre las legiones, ese sometimiento de los enemigos, lo que debéis hacer es dar el paso definitivo y nombrar a Tito Flavio Vespasiano, veterano de la conquista de Britania, anteriormente cónsul y gobernador y reconquistador de Judea, *imperator* de Roma y de todos los territorios del Imperio, desde Britania hasta el Oriente que él mismo ha recuperado para la propia Roma, una Roma que le necesita para devolver al Estado el gobierno, la razón y el respeto debidos a nuestros dioses y a nuestras costumbres.

Iba a proponer la votación cuando su joven sobrino entró en la sala de la *Curia* e hizo el más estúpido de los anuncios con voz temblorosa, casi como un gimoteo en voz alta.

—¡Los pretorianos...! ¡Los pretorianos de Vitelio están aquí...!

No hizo falta más. El pánico se apoderó de todos los presentes, que se aprestaron a levantarse y abandonar la *Curia* a toda velocidad sin hacer caso a las imprecaciones de Sabino, que intentaba calmar a los aterrados senadores de Roma.

—¡Esperad, esperad todos! ¡Juntos podemos contra ellos! ¡Hemos de votar la moción para proclamar un nuevo emperador...! ¡Esperad...! ¡Por Júpiter, esperad...! —Pronto se dio cuenta de la inutilidad de sus palabras. En sus vanos esfuerzos por detener a algunos senadores que se zafaban de sus manos llegó junto a su sobrino. Le miró con odio—. Te dije que enviaras a un legionario para avisarme, no que entraras como un loco para aterrar a todos los senadores de Roma.

Domiciano bajó la mirada y no supo qué decir. A su tío tampoco le importaba ya lo que tuviera que decir o lo que pensara. En su cabeza sólo había espacio para buscar la forma de seguir adelante. Su intento de rebelar al Senado llegaría a oídos de Vitelio en poco tiempo. La única esperanza que tenía ahora era atrincherarse en algún barrio de la ciudad a la espera de que su hermano Vespasiano pusiera en marcha el plan que le indicó en su última carta y que lo antes posible las legiones del Danubio llegaran a Roma para reestablecer el orden derrotando a los vitelianos. Entretanto había que sobrevivir día a día. Noche a noche. Los vitelianos les atacarían en cuestión de pocas horas.

36

LA ESCUELA DE GLADIADORES

Escuela de gladiadores junto al Circo, Roma
Finales de octubre de 69 d. C.

El *lanista* vio a uno de los *provocatores*, que hacía la guardia en lo alto del muro que daba a la avenida del circo Máximo, riendo de forma estúpida. Era una carcajada exagerada que dejaba bien claro que aquel gladiador estaba en aquel centro de adiestramiento por su agilidad y buenos reflejos, pero no por su capacidad mental. El *lanista* nunca había esperado gran cosa de él, pero en las actuales circunstancias un guerrero bien adiestrado, tonto o no, siempre que obedeciera las órdenes, era algo preciado. En todo caso, como el preparador de gladiadores dudaba del criterio de aquel centinela, ascendió a lo alto del muro para ver qué era lo que hacía reír tanto a aquel *provocator*. Fijó sus ojos en el fondo de la calle, donde empezaban las arcadas del circo Máximo. Allí, dos niños pequeños, de entre siete a ocho años, quizá más o quizá menos —era difícil precisar la edad de un niño mendigo porque la malnutrición, con frecuencia, les hacía crecer menos de lo que les correspondía—, intentaban zafarse de media docena de legionarios vitelianos. Durante las últimas semanas, desde la muerte de Otón, las tropas de Vitelio, el nuevo emperador, campaban a sus anchas por las calles de Roma cometiendo todo tipo de tropelías y desmanes sin que nadie, ni el Senado ni Sabino, el prefecto de la ciudad —recluido en el pequeño sector de la urbe que controlaba con los pocos legionarios de las *cohortes urbanae* que no habían desertado—, ni ninguna otra autoridad hubieran encontrado la forma de poner coto a semejante indisciplina. Por otro lado, todos los rumores apuntaban a que el tiempo de Vitelio como emperador de Roma se agotaba: parecía ser que las legiones de Egipto habían aclamado a Vespasiano emperador en Alejandría y era evidente que muchos senadores, aunque no se hubieran atrevido aún por miedo a los nuevos pretorianos y al resto de los legionarios de Vitelio, veían con buenos ojos a Vespasiano, que estaba imponiendo orden y gobierno por todo Oriente.

Los niños seguían intentando escapar, pero les estaban rodeando. El *lanista* contemplaba la escena mientras seguía repasando en su mente los últimos acontecimientos en Roma: parecía que las legiones de Vitelio habían sido derrotadas por los enviados de Vespasiano, al norte de Italia, en Bediacrum; una vez más, allí donde Vitelio derrotara a Otón, ahora las legiones de Vespasiano le derrotaban a él. Una derrota brutal. El propio Vitelio había considerado abdicar, pero ni los pretorianos ni sus oficiales se lo permitieron. Ser amos de Roma era algo muy jugoso como para ceder a la primera derrota, no importaba lo grande que ésta fuera. Además tenía a Sabino, el prefecto de la ciudad, hermano de Vespasiano, y a Domiciano, hijo de éste, rodeados en el centro de la urbe como posibles rehenes para negociar. El primero seguía atrincherado con parte de las *cohortes urbanae* y decenas de familiares y amigos en la colina del Palatino. El segundo, Domiciano, estaba bajo arresto domiciliario en algún lugar oculto en Roma. Era todo lo que tenía Vitelio para negociar, pero podía ser mucho. El conflicto podía alargarse durante meses aún.

Entretanto, las violaciones de mujeres y niños, los robos y los saqueos estaban a la orden día. La escuela de gladiadores había sufrido un tímido intento de saqueo, pero sus treinta gladiadores habían puesto con facilidad en fuga a la docena de desquiciados legionarios que habían osado atacarles. Desde entonces, la escuela había gozado de un mes de paz en medio de los disturbios y crímenes que les rodeaban por todas partes. La política de no intervención en aquella casi ya eterna lucha por el control de Roma, promovida por el *lanista* y acatada por sus hombres, había hecho que la escuela de gladiadores, para fortuna de todos ellos, hubiera quedado en el olvido por parte de todas las autoridades de la ciudad, y allí, por tanto tiempo como fuera necesario, en ese maravilloso olvido, deseaba el *lanista* que siguiera su colegio de lucha. Observando con atención la escena que se desarrollaba junto a los muros del circo Máximo, el preparador de gladiadores no tuvo mucha dificultad en adivinar el propósito de aquella media docena de legionarios ávidos de satisfacer su lujuria con cualquier cosa joven y tierna. Aquellos niños que intentaban escapar a su acoso les valían tanto como una lozana mujer. Seguramente, una vez consumadas las violaciones, si los niños aún seguían vivos, algo que no era probable si debían satisfacer a los seis legionarios, los rematarían. Los vitelianos se caracterizaban por no dejar testigos de su brutalidad. En eso era en lo único que el *lanista* les admiraba: no dejar testigos siempre era inteligente, y lo único que diferenciaba a esas bestias de los animales. No era mucho. Pero, de pronto, la escena que estaba observando el *lanista*, el *provocator*, y ya una docena de los gladiadores de la escuela que habían ascendido al muro al ver que su jefe se había interesado por lo que ocurría en el exterior, empezó a evolucionar de forma extraña. Uno de los niños, en lugar de intentar huir, se detuvo y esgrimió lo que debía de ser un pequeño puñal que, eso sí, en sus pequeñas manos parecía un auténtico *gladio*. Los legionarios también se vieron sorprendidos por aquel gesto. Dos de ellos ya habían atrapado al otro niño y estaban empezando a desnudarlo, aunque era difícil, ya que se agitaba entre sus brazos como un jabalí que se niega a ser apresado.

—¡Dejadle, malditos, dejadle u os juro que os mato a todos! —exclamó el niño que esgrimía el puñal con un aplomo en su voz que no pudo sino captar la atención del *lanista* y del resto de gladiadores, quienes contemplaban la escena como único público, pues todas las ventanas y puertas de la avenida estaban, como era lógico en esos días y en especial cuando se oían gritos, completamente cerradas.

Los vitelianos, no obstante, no pudieron evitar echarse a reír, excepto los dos que luchaban con el niño que ya habían atrapado, fastidiados porque no se dejaba desnudar. Uno de ellos le golpeó en la cara y el niño quedó medio inconsciente, ya más quieto sobre el suelo de la calle. Se volvieron entonces a mirar al otro pequeño que intentaba defenderse y, al ver aquella triste figura diminuta, que les llegaba sólo a la cintura, exhibiendo aquella daga mellada, se unieron a las risas del resto de compañeros.

Los seis vitelianos se distribuyeron alrededor del niño del puñal y fueron rodeándole sin dejar de reír. Cuando el pequeño hacía un movimiento rápido hacia delante con el puñal apuntando al vientre de sus enemigos, éstos, fingiendo miedo de forma exagerada, se iban hacia atrás sin dejar de reír.

—No tiene ninguna posibilidad —dijo Spurius, un *sagittarius*, el más veterano de los gladiadores, al *lanista*. Aquél, al contrario que el *provocator*, había mostrado en su larga carrera en el circo y en los anfiteatros de la ciudad que era un hombre con sentido común.

—No, no la tiene —confirmó el *lanista*.

Pero aún no había terminado del todo la frase cuando el niño se lanzó como un poseso contra uno de los legionarios y le asestó tres puñaladas certeras y rápidas en el bajo vientre. Veloz, antes de que el resto de legionarios pudiera reaccionar, se volvió a situar en el centro y defendió su posición girándose rápidamente a un lado y a otro y esgrimiendo el puñal, que no dejaba de gotear sangre roja de su primer enemigo herido. Éste, de rodillas, intentaba evitar que los intestinos se le escaparan por el vientre rasgado y mantenía sus manos apretando la piel cortada, en un vano intento por preservar una vida que se le escapaba por momentos.

—¡Me ha herido! ¡Por Marte, me ha herido!

El *lanista* sacudió la cabeza, decepcionado por la incapacidad del legionario de reconocer cuándo una herida era mortal.

—Le ha matado —precisó en tono profesional para que todos sus gladiadores aprovecharan aquella circunstancia para aprender algo útil, esto es, aquellos que no lo sabían, como el *provocator* que, pese a su simpleza, cosa curiosa, había dejado de reír al ver el sorprendente ataque del muchacho.

—Desenfundan —dijo el *sagittarius*.

Y así era. Los cinco legionarios que quedaban en pie también habían dejado de reír y desenvainaban sus *gladii*. Luego se entretendrían violando al otro niño, pero a éste que estaba en el centro iban a trocearlo en pedazos tan pequeñitos que no lo reconocería ni su propia madre. El niño detuvo un par de fuertes golpes con su pequeña daga, pero en el tercero el puñal salió despedido por los aires y quedó fuera de su alcance. El fin estaba cerca cuando, una vez más por sorpresa, uno de los legionarios empezó a soltar terribles alaridos, distrayendo a sus cuatro compañeros que se volvieron para mirarle. El niño que habían dado por inconsciente se había recuperado y, en lugar de huir aprovechando las circunstancias, se había lanzado como un loco para ayudar a su compañero. Como no tenía arma alguna, se había arrojado al gemelo sin greba de uno de los legionarios para morder con toda la rabia que da la desesperación y arrancarle un pedazo de carne. Luego, gateando, se alejó para evitar los golpes torpes del *gladio* de su presa que, atenazada por el dolor, era incapaz de asestar golpes certeros contra aquella pequeña e inesperada fiera.

—¡Matadlos a los dos! ¡Matadlos a los dos! —dijo el legionario, que veía ya todas sus tripas desparramadas por el suelo mientras caía de bruces sobre aquella polvorienta calle de Roma.

Entretanto, el niño que había perdido el puñal, aprovechando la distracción generada por su compañero, cogió el *gladio* del legionario que acababa de morir, terriblemente pesado en sus pequeños brazos, y se lanzó a la carrera para asestar un golpe a la espalda de uno de los vitelianos. La inexperiencia del crío le jugó una mala pasada, pues la *lorica segmentata* del legionario hizo que el golpe, ya de escasa fuerza de por sí, resultara inútil, y el niño perdió la oportunidad de sorprender de nuevo a unos legionarios cada vez más furiosos.

—¡Vosotros dos, a por ése! —dijo el que parecía más veterano, señalando al que acababa de atacar mordiendo. A continuación, señalando al otro niño que retrocedía con el *gladio* en sus manos, añadió mirando a sus otros dos compañeros—: ¡Y nosotros tres nos encargaremos de éste!

—Ahora van en serio —dijo el *sagittarius* desde lo alto del muro—. Ya no habrá más sorpresas. Es una pena. Hacía mucho tiempo que no veía tanto valor en nadie.

El *lanista* asintió en silencio, mientras veía cómo los dos niños se situaban frente a sus atacantes en un intento desesperado por plantarles cara de nuevo. Como decía el *sagittarius*, ahora ya no se trataba de una pelea, pues el factor sorpresa del valor de los críos se había perdido: estaban ante una ejecución. Cayo tampoco había visto una exhibición de valor como aquélla en mucho tiempo, y no sólo eso: no había visto unos reflejos como los de aquel niño, que había sido capaz de asestar tres puñaladas en el vientre de un enemigo antes de que éste pudiera reaccionar. No, eso no lo había visto nunca. Una puñalada rápida sí, dos, puede, pero tres tan rápidas, tan certeras, no podían ser sólo fruto de la casualidad. El *lanista* miró a su derecha: junto a él estaban los tres *sagittari* de la escuela; el más veterano, que desde el principio se había referido con admiración al valor de aquellos niños, y los otros dos más jóvenes; siempre previsores en aquellos meses de tumulto continuo, los tres experimentados arqueros llevaban sus arcos y carcasas con flechas. El *lanista* apretó los labios. El destino de los niños no tenía por qué estar decidido. Su valor merecía una oportunidad. Éste, además, podía suponer, convenientemente adiestrado, mucho dinero. Mucho. Aquél era uno de esos pocos momentos en la vida en que honor y negocio podían ir de la mano.

—Tomad los arcos y apuntad bien —ordenó el *lanista* con decisión. Los *sagittarii* no perdieron el tiempo en preguntas estúpidas. Todos en aquel muro estaban con los niños. Un gladiador, del tipo que sea, siempre admira a un buen luchador y siempre está en contra de un combate injusto. Seis legionarios, bueno, ya cinco, contra dos niños, era del todo absurdo, desproporcionado: en el circo o en un anfiteatro el público abuchearía al *editor* que hubiera diseñado un combate así. Los *sagittarii*, con la destreza del entrenamiento diario, cargaron sus arcos y apuntaron rápidamente contra sus objetivos. No tenían que hablar entre sí. Cada uno apuntaría al legionario que le correspondía según su posición: el arquero más a la derecha al legionario más a la derecha, el arquero del centro a uno de los legionarios del centro y el *sagittarius* de la izquierda al viteliano más a la izquierda. Esa capacidad para enfrentarse a varios enemigos sin tener que hablar entre ellos les había salvado la vida más de una vez en la arena. Aún estaba mirándoles el *lanista* cuando las tres primeras flechas partieron, silbando la muerte que transportaban con velocidad y furia incontestable. Los *sagittarii* apuntaron a las cabezas de los legionarios, porque si bien los soldados llevaban sus *lorica segmentata* para protegerse pecho y espalda, iban, no obstante, sin casco. Un grave error aquella mañana. Las tres flechas reventaron los cráneos de sus objetivos, como si cada legionario fuera golpeado por una maza invisible. Las *sagittarii* podían alcanzar objetivos hasta a doscientos pasos, y aquellos hombres estaban sólo a cien. Era sencillo. Los dos legionarios que quedaban en pie se giraron hacia el muro desde el que intuían que habían partido las flechas.

—Disparad de nuevo —dijo el *lanista*—; nosotros tampoco vamos a dejar testigos. Y los arqueros estaban ya apuntando cuando los niños se revolvieron desde atrás y, uno con el *gladio* y el otro de nuevo a mordiscos, se lanzaron contra las piernas de los dos legionarios que aún estaban en pie y los hirieron de nuevo, confundiéndose en una maraña de brazos y piernas en donde resultaba difícil ver dónde empezaban los niños y dónde los legionarios.

—¡Esperad, esperad! —ordenó el *lanista*, y los *sagittarii*, con los arcos cargados, permanecieron como estatuas inmóviles a la espera de una nueva orden. Al fin los niños se zafaron de los legionarios, que, una vez más, habían sido heridos, esta vez en las piernas, pero éstos no tuvieron mucho tiempo de plantearse si las heridas eran graves o no, porque sendas flechas les atravesaron la cabeza de parte a parte, en un caso entrando por una oreja y asomando la punta por la otra y, en otro, atravesando el cogote y sobresaliendo la punta por una boca perpleja y ensangrentada. Mientras los hombres caían, los niños gatearon dejando un reguero de sangre propia, pues, en el último ataque, los dos legionarios que acababan de morir habían herido en el cuello a uno, y en un brazo al otro. Querían correr, pero, de forma extraña, uno de los legionarios abatidos por las últimas flechas cayó sobre las piernas del niño que luchó con el puñal y el *gladio* y éste quedó atrapado. El otro crío tiraba de él para liberarlo del peso de aquel viteliano muerto, pero era como cuando un jinete queda con una pierna atrapada bajo el peso de su caballo abatido por el enemigo. De pronto, los dos niños levantaron la vista y se vieron rodeados por una docena de guerreros ataviados con las más terribles armaduras y luciendo armas, corazas y escudos de todo tipo. Contra todos ellos no podían, no podían. Los guerreros dejaron un pasillo y apareció un hombre maduro que se agachó junto a ellos. Parecía su jefe.

—Soy el *lanista*, preparador de gladiadores, y éstos son mis hombres. Venid a mi escuela y allí os curarán. Si hacéis cualquier movimiento extraño mis arqueros os matarán. —Señaló hacia el muro de la escuela de lucha.

Los niños se miraron un instante, luego se volvieron hacia aquel jefe de luchadores o lo que fuera y asintieron varias veces hasta que el que estaba trabado por el cadáver del legionario muerto reunió suficiente saliva como para poder hablar.

—Estoy atrapado —dijo el niño señalando su pierna.

—Todos lo estamos, muchacho —dijo el *lanista* mientras miraba a un *secutor*, que de inmediato se agachó para levantar junto a otro gladiador a aquel legionario muerto y así liberar al niño—. Todos lo estamos, muchacho —repitió el *lanista*—, todos estamos atrapados en esta Roma de locos.

37

LA COLINA CAPITOLINA

Roma
18 de diciembre de 69 d. C.

Aulo Vitelio Germánico, emperador de Roma, se encontraba en lo alto del podio de entrada al templo de la Concordia, justo en el centro de la gran *pronaos* donde seis altísimas columnas corintias le rodeaban como vigilantes de un emperador que necesitaba, más que nunca, amparo y ayuda. Sudaba; a sus cincuenta y cuatro años y sus más de noventa quilos, se unía a la apresurada marcha desde el palacio imperial hasta el foro de Roma. Las negociaciones con Antonio Primo, el enviado de Vespasiano en Italia, no habían ido mal del todo. Aún tenía posibilidades de conseguir el perdón de Vespasiano cuando éste llegara a Roma, siempre y cuando cumpliera las condiciones pactadas: comprometerse a la paz y entregar a Sabino y a Domiciano intactos a las tropas leales a Vespasiano en un plazo de una semana. Había acudido al templo de la Concordia para hacer un sacrificio en aras de la paz, como forma de ejemplificar ante todos los senadores y ciudadanos de Roma que había decidido ir por ese camino y no continuar levantado en armas contra un Vespasiano que, apoyado por las legiones del Danubio, de Siria, de Judea, de Egipto, las antiguas legiones de Otón y sus pretorianos licenciados, era ya, sin lugar a dudas, el hombre más fuerte de todo el Imperio y a quien el Senado veía claramente como el próximo emperador de Roma.

—Un pañuelo —dijo Vitelio, y uno de sus soldados le entregó un paño blanco. Se secaba el sudor despacio cuando un legionario se aproximó a ellos cruzando la explanada del foro a toda velocidad. No podía ser presagio de nada bueno.

—¡Ave, César! —dijo el legionario en cuanto llegó al pie de la escalinata del templo de la Concordia.

Vitelio sonrió al oír cómo alguien aún se refería a él como César. Tenía claro que había gobernado mal, que se había dejado llevar por la locura que sus oficiales habían propiciado y que había sido un mal estratega en la última batalla de Bediacrum, pero al menos conocía bien su larga lista de errores. A partir de ahí aún podía enmendarse algo. La clave era ahora entregar a Sabino y Domiciano vivos. Aquel mensajero, con esa urgencia, no podía ser bueno.

—¿Qué ocurre? —preguntó Vitelio.

—César, Sabino, el prefecto de la ciudad, ha convocado a todos los senadores que quieran a su casa. Va a proclamar a Vespasiano emperador de Roma con el apoyo de tantos senadores como pueda reunir.

Vitelio suspiró exasperado. Ése no era el pacto, no era el pacto. Sabino actuaba de forma precipitada. Vitelio sabía que sus oficiales se negaban a rendirse, pues temían que el perdón que Vespasiano pudiera otorgar a Vitelio no se hiciera extensivo al resto de oficiales bajo su mando. Las locuras cometidas en Roma, la lista de crímenes era demasiado larga como para que el nuevo emperador se mostrara generoso con ellos. Y aquel legionario, en su completa estupidez, anunciaba a gritos que Sabino adelantaba la proclamación de Vespasiano. Vitelio sintió las miradas asesinas de sus oficiales. Eso no era lo convenido. Primero tenía que entregarse a Sabino y luego varias decenas de oficiales conseguirían el perdón de las tropas de Vespasiano. Luego vendría la entrega de Domiciano a cambio del perdón para el resto de oficiales y del propio Vitelio, y sólo entonces se reuniría el Senado para proponer a Vespasiano como emperador. Vitelio leyó el miedo en los ojos de sus oficiales y algo aún más infame: la locura. De pronto ocurrió lo peor: varios centuriones se alejaron del templo de la Concordia sin esperar a recibir instrucción alguna de su emperador. Vitelio aullaba palabras que se perdían en el aire del foro sin que nadie las escuchara.

—¡Deteneos, por Júpiter, deteneos todos!

Aquellos centuriones se alejaban en dirección a la casa del

prefecto de la ciudad. Iban a detener el nombramiento de Vespasiano como fuera.

Sabino vio cómo llegaban cada vez más y más senadores, la mayoría animados por la derrota de los vitelianos en Bediacrum y por la proximidad de las tropas fieles a Vespasiano. El prefecto de la ciudad los recibía a todos en el atrio y los saludaba afectuosamente. Estaba feliz. Habían sido semanas muy duras, pero el final de Vitelio se acercaba y, más importante aún, el imperio de su hermano estaba a punto de comenzar. Y estaban Tito en Oriente y Domiciano aquí; no era un cambio cualquiera, era el principio de lo que podía ser una nueva dinastía. Con él en el Senado y con su hermano como emperador podrían afianzarse en el poder contando con el apoyo de muchos senadores, sanear las cuentas públicas y ocuparse de reforzar las fronteras del Imperio en el Rin y el Danubio. Toda Roma iba a cambiar para bien en cuestión de pocos días y todo empezaría aquella mañana, aquella misma mañana. Todo iba perfectamente hasta que unos legionarios de las *cohortes urbanae* anunciaron las maniobras de las tropas de Vitelio.

—¡Vienen a centenares, prefecto! ¡Ascienden desde el foro y son demasiados para detenerlos!

Sólo entonces comprendió Sabino la magnitud de su error. Se había adelantado demasiado. O bien el propio Vitelio se había desdicho de su pacto o bien era ya incapaz de controlar a unos oficiales que llevaban demasiados meses haciendo su voluntad por las calles desgobernadas de Roma. Lo peor era que Domiciano no estaba allí; el muchacho no había llegado a tiempo y ahora ya era tarde. Tendría que valerse por sí mismo hasta la entrada de las tropas de su padre.

—¡Rápido! —reaccionó Sabino con vehemencia— ¡Volveremos a la colina Capitolina y volveremos a hacernos fuertes allí!

Algunos senadores le siguieron, y también muchos familiares y amigos. Otros senadores se perdieron por entre los callejones buscando un regreso veloz a la seguridad de sus propias casas, donde esperarían acontecimientos. No tenían pensado volver a salir hasta que las tropas de Vespasiano tomaran de forma efectiva todos y cada uno de los barrios de Roma.

Domiciano despertó con un sobresalto. Se llevó la mano a la cabeza. Notó un pequeño bulto cerca de la nuca. Le habían golpeado. Iba recordando escenas como en rápidos destellos. Los pretorianos de Vitelio le arrestaron cuando estaba próximo a llegar a casa de su tío Sabino. Arremetieron contra la docena de legionarios de las *cohortes urbanae* que le escoltaban con una ferocidad bestial, como si el pacto de Vitelio con Antonio Primo y las legiones de su padre ya no tuviera sentido. Lo arrastraron por la calle y cuando intentó oponer resistencia le golpearon. Palpaba la nuca con la mano. No tenía sangre, sólo un dolor de cabeza que parecía no querer irse nunca. Se sentó. Estaba en la estancia de una *domus*; quizá alguna de las casas de alguno de los senadores ajusticiados ya por los vitelianos. Había una mesa y un *solium*. Estaba en el *tablinium*, sentado en el suelo, su espalda apoyada en la pared. Una tela le separaba del atrio. Se oía a algunos soldados hablando. Eran dos voces, pocos hombres: dos legionarios de Vitelio.

—Pronto cogerán al prefecto.

—¿Y entonces?

—No lo sé. Es todo muy confuso.

—¿Y el pacto con los hombres de Vespasiano?

—No vale nada. Mi centurión dice que sólo van a perdonar a Vitelio. Al resto nos crucificarán o nos decapitarán, eso último sólo si hay suerte.

Callaron. Domiciano se levantó despacio y se sentó en el *solium* con cuidado de no hacer ruido. Las voces volvieron a hablar.

—¿Adónde han ido los demás?

—Han salido a por refuerzos. Tenemos al hijo de Vespasiano. Es lo más importante para todos, para Vitelio y, sobre todo, para Antonio Primo y los demás *legati* de Vespasiano. Pero algunos han huido directamente.

—¿Tú crees que lo mejor sería escapar de Roma ahora?

—Quizá.

Volvieron a callar. Domiciano buscaba algo en la mesa, por las estanterías, cualquier cosa podía valerle. Eran sólo dos. En la confusión en la que se encontraban las tropas de Vitelio, le habían dejado sólo con dos hombres y además éstos dudaban. Entraba algo de luz por encima de la cortina. Una hoja de metal brillaba en una de las estanterías. Domiciano se levantó y, con cuidado de no hacer ruido con las sandalias, llegó hasta la estantería. Era una navaja, una navaja en forma de media luna, una navaja de afeitar de bronce templado. Podía ser suficiente. Se sentía como una fiera antes de ser arrojada a la arena. No iba a quedarse allí quieto esperando su muerte. ¿Qué hacía allí aquella navaja? Minerva se la enviaba. Quizá el que fuera dueño de aquella *domus* tuviera la costumbre de afeitarse en el *tablinium* mientras leía documentos. Un esclavo dejaría olvidada aquella navaja allí y Minerva ahora se la había iluminado para que la viera. La cogió con fuerza, todos los dedos de la mano derecha asiendo fuertemente el mango de aquella improvisada arma. Las voces volvían a hablar.

—Voy a asomarme y ver si vienen —dijo uno. Mientras hablaba sus palabras perdieron fuerza, como si se alejara. Domiciano sentía que todo era precipitado, pero no había otro camino. Con los dedos de la mano izquierda entreabrió ligeramente la cortina. En el atrio sólo había un legionario y de espaldas a él. A sus dieciocho años, Domiciano concluyó que lo mejor era solucionar aquello por la vía más rápida posible. Tiró de la cortina, ésta se abrió, el legionario se giraba lentamente, había presentido algo, pero él emergió como un rayo de Apolo y le clavó la navaja en el bajo vientre una, dos veces. Se separó, el legionario se llevó las manos a las heridas abiertas en su costado y cuando fue a gritar Domiciano le rebanó el cuello de cuajo. El hombre cayó de bruces con un grito ahogado que parecía salir del propio cuello cortado. Entró entonces el otro legionario y Domiciano, como un felino, con la misma navaja le atacó con una ferocidad que incluso a él mismo le sorprendió. El viteliano se defendió con la mano izquierda mientras con la derecha intentaba desenfundar su *gladio*, pero llegó tarde a todo. Al poco, los dos legionarios yacían muertos en sendos charcos de sangre. Domiciano se asomó entonces por la puerta dispuesto a matar a todo el que se opusiera a su avance. No había nadie en el exterior. En la confusión total en la que luchaban los vitelianos, sin un líder definido, con órdenes contradictorias de unos oficiales y otros, le habían dejado con sólo esos dos guardias. Pero no sabía dónde estaba. Le habían traído inconsciente, quizá en un carro; el caso era que no podía situarse. Salió a la calle, un callejón estrecho, y se adentró en Roma en busca de una avenida más ancha o de un edificio que pudiera reconocer para averiguar dónde estaba.

Caminaba cubierto de sangre en las manos, con la navaja asida fuertemente con la derecha. Se oyó un tumulto de gentes y Domiciano se escondió en el umbral de una puerta. Decenas de vitelianos armados cruzaban por una avenida más ancha. Se quedó quieto, conteniendo la respiración, hasta que aquella unidad armada desapareció. Anduvo entonces hacia aquella avenida y vio el teatro Marcelo. Ya sabía dónde estaba: en el Campo de Marte. Los vitelianos se dirigían a las puertas de la *muralla Serviana* para entrar en la colina Capitolina. Sin duda su tío volvería a hacerse fuerte allí, como en los enfrentamientos de las últimas semanas. Podría acudir en su ayuda. Era una locura, pero los vitelianos, como aquellos que acababa de matar, tenían tantas dudas que quizá si se presentara como el hijo del que pronto sería el nuevo emperador podría detenerlos en su ataque a la colina Capitolina. Sería un gesto honorable, valiente, épico por su parte. Pero era también muy posible que le volvieran a apresar o que simplemente le mataran. No, no tenía tanto valor en sus entrañas. No aquel día. Quizá nunca. Quizá en otro momento. Era demasiado joven. Escipión salvó a su padre con sólo diecisiete años, sólo diecisiete, en la batalla de Tesino; una carga épica de la caballería romana. Él podría salvar o intentar salvar a su tío. Pero eran otros tiempos. No. Se detuvo. Se debatía, era el momento de decidir por dónde quería ir en su vida. Pudo más la inercia de la supervivencia; pudo infinitamente más. Reemprendió la marcha en busca de la *Via Lata*, pero comprendió que era una avenida demasiado grande. Se paró de nuevo y se dirigió hacia el *Porticus Octaviae*. Pasó por delante de la biblioteca, rodeó el circo Flaminio y siguió ascendiendo hasta llegar frente a uno de los viejos obeliscos egipcios. Frente a él se alzaba el majestuoso templo de Isis, que Calígula ordenara levantar treinta años atrás. Apretaba la navaja con fuerza; además de la libertad, le estaba dando una idea. Entró en la plaza del templo. Varias parejas de obeliscos egipcios se alzaban desafiantes ante él y pasó entre todos ellos. El silencio allí era un contrapunto enigmático frente a los disturbios del centro de la ciudad. Llegó a la entrada del imponente edificio y pasó bajo las grandes arcadas que daban acceso a su interior. Dentro, el silencio era aún más total. Sólo la diosa Isis parecía mirarle dándole una extraña bienvenida. Se sintió más seguro. No se veía a nadie. Los sacerdotes debían de haber abandonado el templo hacía días, quizá semanas. Había polvo por todas partes. Buscó por las paredes hasta encontrar lo que anhelaba: una estrecha puerta. La empujó y tuvo acceso a una de las estancias donde los sacerdotes se vestían. Eso era lo que ahora necesitaba. Allí estaban. Allí: las túnicas blancas de los iniciados en la adoración a Isis. Se quitó su sucia toga gris ensangrentada y se puso la túnica blanca de un sacerdote de Isis. Se mojó entonces con ambas manos el pelo de la cabeza, un pelo escaso para su juventud que anunciaba que la calvicie sería pronto una preocupación en su vida —si sobrevivía a aquellos días de locura—, y, por fin, empezó a afeitarse engullendo el dolor que su falta de pericia incrementaba. Se cortó en dos ocasiones, pero consiguió su objetivo al cabo de un lento rato de tortura. Por eso en Roma se apreciaba tanto a un buen *tensor* que supiera afeitar sin dolor. Pero ya estaba, ya estaba. Se limpió los cortes con más agua fresca. El afeitado había sido horrible, pero necesario: los sacerdotes de Isis siempre iban con el cuero cabelludo completamente rapado. Domiciano sonrió. Ahora, a fin de cuentas, sí que se parecía a los bustos del viejo Escipión que había visto en el foro. Quizá la apariencia sólo fuera externa, pero eso no le preocupaba. Seguía vivo. La cuestión era por cuánto tiempo. Se sentó allí y dejó pasar un rato largo. Comprendió que aquel escondite no valdría para siempre. Decidió volver a salir e intentar averiguar qué pasaba. Entró de nuevo en el templo, cruzó bajo la estatua de

Isis y llegó a la plaza de los obeliscos. Pasó entre ellos y, caminando en dirección este, se aproximó a la *Via Lata* otra vez. Fue allí cuando se percató de la nube de humo que cubría el sol. Miró hacia el sur. Había un incendio, pero ¿dónde? Un grupo de esclavos ascendía la gran avenida corriendo, huyendo del centro de la ciudad. Domiciano, confiado en el anonimato que le confería su vestimenta de sacerdote de Isis, abordó a uno de los esclavos.

—¿Qué ocurre en el centro de la ciudad?

—Un incendio. —El esclavo no quería detenerse, pero un sacerdote de Isis era siempre respetado, por lo que ralentizó su marcha.

—¿Dónde? —preguntó Domiciano, nervioso de que el esclavo sólo le hubiera dicho lo obvio.

—En la colina Capitolina. Los vitelianos han incendiado el templo de Júpiter, sacerdote, el templo de Júpiter, y han matado al prefecto.

Aprovechando el silencio que su respuesta generó en aquel sacerdote de Isis, el esclavo revisó que llevara todo su dinero en una pequeña bolsa de cuero. Domiciano pensó en girar e ir hacia el sur. Los vitelianos habían matado a su tío y habían incendiado el mismísimo templo de Júpiter. El mismísimo templo de Júpiter. No se detendrían ante nada y, como si el esclavo estuviera dentro de su cabeza, éste, antes de volver a correr, le lanzó unas últimas palabras, que Domiciano sintió como si Minerva misma le hablara.

—Buscan ahora al hijo de Vespasiano. Buscan a Domiciano y lo queman todo a su paso. Todo... —Por fin, el esclavo se alejó corriendo a toda velocidad.

Domiciano comprendió que no estaría seguro durante mucho tiempo ni con su túnica de sacerdote de Isis en el templo abandonado de la diosa egipcia. Tenía que encontrar otra solución. Pero su tío había muerto y las *cohortes urbanae* estaban huidas, desaparecidas, ocultos todos sus legionarios, buscando cada uno de ellos escapar a la ira de los vitelianos. ¿Y Vitelio? Quizá consiguiera imponer orden en sus tropas. Sólo entonces tendría sentido presentarse ante él para volver a negociar con los enviados de su padre, pero de momento tenía que encontrar quien le defendiera. Pero ¿quién podría defenderle, quién podría salvarle? Quedaba la opción de luchar, de reunir a los senadores amigos que hubieran sobrevivido a la lucha en el Capitolio y hacerse fuerte con ellos en algún otro punto de la ciudad, pero luchar por sí mismo nunca era su primera opción. Ya lo había hecho. Había matado con sus propias manos a dos vitelianos y no había conseguido nada, nada más que estar perdido en la inmensa Roma sin nadie que le protegiera y rodeado por miles de enemigos que le buscaban por todas partes. Marchaba en silencio, mirando al suelo. ¿Quién podría protegerle? ¿Quién?

38

EL SACERDOTE DE ISIS

Roma, 18 de diciembre de 69 d. C., *quarta vigilia*

Los golpes en la puerta de la escuela de gladiadores eran brutales. Uno pensaba que eran producidos por un gigante, sin embargo, cuando uno de los *provocatores* que custodiaban la entrada se asomó por encima del muro sólo pudo ver la figura de un sacerdote de Isis. Aquello le extrañó y descendió veloz para ir en busca del *lanista*. Mientras bajaba por las escaleras no dejaba de oír los gritos de quien no cesaba de aporrear la puerta.

—¡Abrid, malditos, abrid! ¡Por Isis, abrid o la maldición de todos los dioses caerá sobre vosotros!

En el interior del colegio de gladiadores, el *provocator* informaba ya al *lanista*.

—Es un sacerdote.

—¿Un sacerdote? Qué raro —comentó meditabundo el *lanista* mientras se levantaba y se aseaba la cara con algo de agua clara en una bacinilla que un esclavo dejaba cada noche junto a su lecho.

El *provocator*, que había hecho el último turno de guardia, pensó que era mejor poner en antecedentes al *lanista*. Todos los gladiadores respetaban a aquel maduro amo que, por el momento, había conseguido que durante meses el colegio de gladiadores se mantuviera al margen de todas las luchas mortíferas que libraban en la ciudad.

—Ha sido una noche terrible, mi amo: ha habido combates por todas partes y se ven llamas en el Capitolio.

—¿En el Capitolio? —El *lanista* no pudo ocultar su incredulidad. Había salido la noche anterior pero en lugar de ir al centro se había concentrado en ver cuál era la situación en las murallas de la ciudad. Lo del Capitolio le tenía confundido. Había visto los incendios en el centro, pero no podía ser que los romanos se hubieran vuelto tan locos como para incendiar uno de sus templos más sagrados. Si eso era verdad, Roma estaba totalmente fuera de sí y eso era peligroso para todos, incluso para ellos. Si la ciudad entera se entregaba a la guerra intestina y sin fin hasta ellos mismos serían absorbidos por aquella vorágine—. ¿El templo de Júpiter Capitolino? ¿Estás seguro de lo que dices?

—Se ve desde lo alto del muro.

El *lanista* asintió al tiempo que echó a andar en dirección a la entrada del colegio de gladiadores. El *provocator* lo seguía de cerca y continuaba hablando. No había tenido tiempo de explicarlo todo.

—¿Qué hacemos con el sacerdote?

Cayo no dijo nada. El gladiador y su amo llegaron a la entrada y ascendieron por las escaleras que conducían a lo alto del muro. El *lanista* vio cómo los niños Marcio y Atilio, así le habían dicho que se llamaban, se habían situado próximos a la puerta, al lado de una decena de gladiadores armados, curiosos y expectantes. Quizá aquellos niños ya nunca llegaran a gladiadores. Quizá aquel amanecer fuera el último que fueran a ver todos. ¿Qué estaba ocurriendo en Roma? ¿Es que Vitelio era tan inútil que no podía controlar a sus malditos legionarios? Alcanzaron la parte superior del muro. En efecto, el templo de Júpiter estaba ardiendo. Los gritos del sacerdote despertaron al *lanista* de su perplejidad.

—¡Abrid, por todos los dioses, abrid a un servidor de Isis! ¡Abrid o los dioses os torturarán en el inframundo para siempre!

El *lanista* se asomó por encima de la pared del muro. Imposible ver la cara del sacerdote. De pronto, por el fondo de la calle, emergieron una veintena de legionarios. Vitelianos, sin duda, una vez más de caza, pero ¿cómo era posible que la hubieran emprendido contra los templos? Eso no podía traer nada bueno. Eran veinte, treinta, cuarenta, cincuenta legionarios. No podrían con todos ellos. Si abrían las puertas, como hicieron para rescatar a los dos niños, esta vez no podrían acabar con todos los testigos. Los vitelianos tendrían claro que en el colegio de gladiadores se ocultaba un enemigo, o lo que fuera aquel sacerdote, y no cejarían hasta tomar el lugar por la fuerza y aniquilarlos a todos. Por otra parte, era un sacerdote, un sacerdote de Isis quien los estaba maldiciendo si no abrían las puertas. El *lanista* no era hombre religioso ni acudía con frecuencia a los templos, pero una cosa era mantenerse distante de la religión y otra muy diferente negar protección a un sacerdote perseguido por la furia incontrolada de unos legionarios sin gobierno.

—¡Dejadle entrar! —exclamó el *lanista*—. ¡Dejadle entrar! ¡Por todos los dioses, dejadle entrar y cerrad las puertas tras él! ¡Luego veremos qué hacemos con los vitelianos!

Sin dudarlo, dos *mirmillones* corpulentos levantaron los pestillos que apuntalaban la madera al suelo y levantaron la barra de hierro que trababa las dos hojas de la pesada puerta de aquel vetusto colegio de gladiadores levantado al sur del circo Máximo. Dejaron entrar al sacerdote de Isis. Éste irrumpió corriendo hasta situarse casi en el centro de la gran palestra de adiestramiento. En la puerta, los *mirmillones* empujaron las dos hojas de madera, volvieron a trabarlas fuertemente con la barra de hierro y ajustaron todos los pestillos justo cuando la primera embestida de los legionarios se estrelló contra el exterior de las grandes maderas. Los *mirmillones*, pese a su fortaleza, sorprendidos e impulsados por aquel empujón transmitido por un fuerte zarandeo de la puerta, cayeron al suelo. Media docena de gladiadores más acudieron raudos a relevar a los *mirmillones* mientras éstos se rehacían. Todos se dispusieron a lo largo de la puerta, usando sus propios cuerpos para apuntalarla a la espera de nuevas embestidas. El *lanista*, que lo había observado todo mientras descendía del muro, tenía claro que no podrían resistir por mucho tiempo.

—¿Quién eres y por qué te siguen? —preguntó el *lanista* al sacerdote. No había tiempo para rodeos. El servidor de Isis se descubrió la cabeza rapada que había llevado cubierta con una capucha y todos se quedaron aún más confusos: se trataba de un joven que no debía de llegar a los veinte años, demasiado joven para ser sacerdote; quizá, como mucho, se tratara de un novicio. Pero el preparador de gladiadores ya intuía que sólo había oído mentiras. El *lanista* se acercó en siete pasos rápidos a aquel impostor y le habló con la franqueza que requería la situación—. Dime quién eres y dame una razón, una sola razón, para que no te entregue a los vitelianos. Hazlo rápido, antes de que derrumben la puerta, porque si no lo haces no dudaré en hacerme a un lado y no inmiscuirme en la guerra de Roma, como he hecho hasta ahora, como debía de haber seguido haciendo.

El joven miró a un lado y a otro. Había unos veinte, no, quizá una treintena de gladiadores armados y listos para el combate, pero en el exterior se amontonaría, al menos, medio centenar de legionarios. Aquel preparador de gladiadores no haría que sus hombres entraran en combate a muerte contra los vitelianos por nada o por un mal pretexto. Su única salvación era la verdad. No estaba acostumbrado a usarla, pero aquélla parecía la ocasión adecuada.

—Mi nombre es Tito Flavio Domiciano. Soy hijo de Vespasiano, emperador de Roma proclamado en Egipto, y me persiguen los vitelianos para darme muerte o para usarme de rehén contra las legiones del Danubio que, fieles a los designios de mi padre, se acercan tras haber derrotado al ejército del Rin en Bediacrum. Los vitelianos han incendiado el templo de Júpiter y han asesinado a mi tío Sabino, el hermano del emperador. Si me proteges de la ira de los vitelianos serás recompensado. Mi padre no lo olvidará nunca. Yo no lo olvidaré nunca.

El *lanista* recibió aquella retahíla de frases no como una revelación sino como el anuncio de que la guerra que destrozaba las entrañas de Roma acababa de filtrarse en su casa sin posibilidad de dar marcha atrás. En el exterior se oía a los oficiales fieles aún a la causa de Vitelio vociferando órdenes.

—¡Abrid las puertas o las echaremos abajo, malditos! ¡Abrid las puertas u os mataremos a todos! ¡Por Marte que os he de ensartar a todos con mi espada antes de que acabe el día!

Al *lanista* había pocas cosas que le irritaran. Una de ellas, no obstante, era que alguien que no fuera un emperador de Roma le diera órdenes. Tenía una intuición sobre qué hacer, pero dudaba. El joven Domiciano percibió esas dudas pero se percató también de que había un margen para sobrevivir y decidió apuntalar la intuición del preparador de gladiadores con más información.

—Las legiones del Danubio han derrotado a las de Vitelio. Éste está acabado. En unos días las tropas de mi padre, Vespasiano, tomarán la ciudad y tú estarás en posición de reclamar la recompensa que quieras. Si dejas que me...

Domiciano iba a lanzar una amenaza pero la mirada gélida del *lanista*, por primera vez en bastante tiempo, le contuvo. No, no parecía ese camino el mejor para persuadir a aquel hombre y no estaba en condiciones de presionar.

Cayo apreció la contención de su interlocutor y, en un error de cálculo que sólo entendería con el transcurso de los años, atribuyó aquel esbozo de amenaza al nerviosismo de la situación. Mucho después comprendería el craso error de apreciación que había hecho, pero para cuando se dio cuenta todo era ya inevitable. En aquel instante, la mente del preparador de gladiadores evaluaba desbocada todas las repercusiones de su decisión al tiempo que los legionarios seguían embistiendo la puerta de forma cada vez más contundente, de tal modo que era comprensible que no pudiera percibir con claridad la auténtica naturaleza de aquel joven que le pedía ayuda.

—¡Van a por un ariete! —gritó el *provocator* desde lo alto del muro. El *lanista* pensó aún más rápido: Domiciano, hijo pequeño de Vespasiano; Vespasiano tenía a Siria, Egipto y Asia con él y todas sus legiones y las legiones del Danubio; Vitelio contaba con las del Rin, pero éstas habían sido derrotadas; el Senado estaba harto de Vitelio y su tiranía y del caos que se había apoderado de Roma y gran parte del pueblo también; Vespasiano tenía un buen expediente militar: un gran *legatus*, líder en la guerra contra los judíos de Oriente, alguien que sabía mandar; alguien que sabía mandar sabría gobernar, o, más urgente aún, sabría ganar la guerra civil, y ante él estaba su hijo menor pidiendo ayuda. Además había algo que sólo él y uno de los *sagittarius* sabían: el joven Domiciano sabía mucho de lo ocurrido en el centro de la ciudad, pero él sabía lo que ocurría en las murallas.

—¡Abrid la puerta! —espetó en un grito seco el *lanista* dirigiéndose a los gladiadores de la puerta—. ¡Abrid las malditas puertas, por Marte, por Júpiter y por todos los dioses! ¡Abrid las puertas y haceos todos a un lado! —Señaló a Domiciano—. Tú vete al fondo, al extremo sur de la palestra y, si quieres vivir, no digas ni una palabra.

El joven Domiciano no estaba acostumbrado a que nadie se dirigiera a él de esa forma tan despechada, pero no era momento de discusiones. Si aquel preparador de luchadores de la arena era capaz de salvarle, no tenía importancia cómo se dirigiera a él. No por el momento. No ese día.

Los gladiadores, entretanto, habían quitado ya la barra de hierro que atenazaba la puerta pero no tuvieron tiempo de levantar los pestillos, pues los legionarios volvieron a embestirla y cedió, abriéndose una hoja y quebrándose la otra por la mitad. Los legionarios se quedaron sorprendidos del éxito de su empuje y, por un instante, permanecieron detenidos ante la puerta. Los gladiadores siguieron las instrucciones de su preparador y se hicieron a un lado. El oficial al mando de los vitelianos entró entonces en la escuela de lucha, rodeado por una veintena de sus hombres, hasta quedarse en el centro de la palestra encarando al *lanista* que, como una estaca, permanecía clavado en el centro de la arena. Por detrás del oficial y su escolta fueron entrando otra treintena más de legionarios. Las tropas vitelianas superaban en número a los gladiadores, pero los soldados no se encontraron nada cómodos al observar a tantos hombres armados y adiestrados en el combate a su alrededor. Estaban acostumbrados a irrumpir en templos o en casas privadas donde la máxima oposición que habían encontrado aquella última noche había sido la de algún torpe esclavo armado con una estaca o la de algún viejo sacerdote más enfurecido que práctico en la lucha. La mirada fría de aquellos gladiadores no auguraba un combate sencillo.

—¿Qué quieres, centurión? —preguntó con tono firme y sereno el *lanista*.

—A ese sacerdote que hay a tu espalda —respondió el centurión—. Quiero verle la cara.

Domiciano, que se había vuelto a cubrir el rostro con la

capucha de los sacerdotes de Isis, habría dado un paso atrás si esto le hubiera sido posible, pero estaba ya completamente pegado a la pared sur de aquel recinto. No podía retroceder más. Sentía que las cosas pintaban mal pero no podía hacer nada. Su vida estaba en manos de aquel *lanista* y tenía serias dudas de que aquel hombre pudiera estar a la altura de las circunstancias.

—Es un sacerdote de Isis —respondió el *lanista* con decisión—. ¿Desde cuándo los legionarios combaten con los sacerdotes de los templos?

El centurión no estaba dispuesto a someterse a un interrogatorio, pero respondió al preparador en un intento por evitar un enfrentamiento que preveía cada vez más complicado.

—Desde que los sacerdotes del templo de Isis ocultan a traidores al emperador Vitelio.

—¿Por eso habéis incendiado el templo de Júpiter también? —insistió el *lanista* sin moverse un ápice de su posición, pese a que el centurión había dado un par de pasos más hacia él hasta quedar a tan sólo tres de distancia.

—¡Entrégame a ese hombre o te arrepentirás! —El centurión desenfundó su *gladio*.

—No —le corrigió el *lanista* con una seguridad que haría dudar al más fuerte de los enemigos—. No, centurión, en todo caso, lo sentiremos los dos. —Dio dos pasos atrás antes de aullar sus órdenes—. ¡Cerrad las puertas y todos a por el centurión! ¡Cerrad las puertas y todos a por el centurión, los demás no importan!

Los gladiadores levantaron la hoja rota y la encajaron en la entrada como pudieron, mientras otro grupo cerraba la que aún se movía girando sus grandes bisagras de bronce. Las espadas largas, cortas, pesadas y curvas y los tridentes de los gladiadores apuntaron todos hacia el corazón del centurión, al que sus legionarios rodearon para protegerle. El *lanista* empezó entonces a avanzar, pues era ahora el centurión el que, atemorizado, retrocedía despacio.

—Te concedo una última oportunidad de sobrevivir —dijo el preparador de gladiadores con tranquilidad y una sonrisa entre feliz y cínica marcada en su rostro—. Sal de aquí y no regreses o moriremos todos esta mañana. Mis hombres están acostumbrados a no saber si sobrevivirán al sol de cada nuevo día. Para ellos esto es su vida, pero ¿y tus hombres, centurión? ¿Van a combatir por ti hasta el último aliento o retrocederán y saldrán corriendo por la puerta rota en cuanto tengan la más mínima oportunidad? ¿Te fías de tus hombres, centurión? ¿Confías tanto en ellos como para poner tu vida en sus manos? Además, por si no los has visto, tengo a varios *sagittarii* apuntando a tu cabeza.

Al centurión, de pura rabia, le temblaban los labios de su boca cerrada. Miró hacia los muros de la escuela y vio a los arqueros preparados para disparar apuntándole.

—¡Volveremos, maldito, volveremos! —dijo escupiendo saliva al tiempo que daba media vuelta. Rodeado por sus hombres, llegó hasta la puerta, tiró de la hoja que aún funcionaba y la estrelló contra la pared al empujarla con la fuerza que da la humillación. Salió de la escuela de gladiadores, eso sí, dispuesto a volver con quinientos hombres para incendiar todo el recinto.

En el interior, el *lanista* se giró en busca del hijo de Vespasiano que, con su irrupción aquella mañana, había puesto fin a casi un año de escrupulosa neutralidad de su escuela de gladiadores. Al girarse, vio en una esquina a los dos niños, a Marcio y a Atilio, armado cada uno con una afilada daga. Eran valientes. Si sobrevivían a aquella guerra quizá aún hiciera grandes combatientes de aquellos niños. Pero no había tiempo para eso ahora. El joven Domiciano se le acercó, de nuevo con la cara descubierta.

—Volverán y volverán con más hombres —espetó el joven enfadado, indignado, furioso—. ¡Deberías haberles atacado, por todos los dioses! ¡Les has dejado marchar!

El *lanista* había esperado algo de agradecimiento por parte del joven hijo del que seguramente pronto sería el nuevo emperador, pero pensó que estaba bien saber desde bien pronto cuál era la auténtica naturaleza de aquel muchacho. Mejor mantenerse a distancia de él siempre que fuera posible. Siempre que fuera posible.

—Esos legionarios están muertos, sólo que no lo saben

—respondió con cierto desprecio el *lanista*—. No volverán vivos. Las tropas leales a tu padre ya están dentro de la ciudad. Estaban entrando por las puertas del norte en la *prima vigilia*. La caída de Vitelio es cuestión de horas. —Y así, sin añadir más, ignoró al joven Domiciano y se dirigió a sus hombres—: ¡Coged argamasa y piedras y tapiad el hueco de la puerta! ¡De aquí ni se entra ni se sale hasta que los hombres del nuevo emperador controlen la ciudad por completo! —Luego, pasando por delante del perplejo Domiciano, añadió unas frases más, pero como si pensara en voz alta, como si sólo hablara para sí mismo, recordando la noche sin dormir vagando por las enfurecidas calles de Roma—: Me voy a descansar. Esta mañana se me ha despertado antes de tiempo.

El *lanista* no se equivocaba. Aulo Vitelio Germánico fue capturado al poco tiempo, conducido al foro y decapitado de forma fulminante. Su cuerpo sin vida fue arrojado al Tíber y se alejó flotando boca arriba, pero sin boca, en un río teñido de rojo por la cantidad de cuerpos de legionarios del Rin que compartieron su mismo destino. La cabeza de Vitelio, emperador de Roma durante nueve meses, fue paseada por las calles de la ciudad como un trofeo hasta que fue despedazada a golpes y sólo quedó una calavera medio descarnada en la que su faz apenas resultaba ya reconocible.

Libro III

EL ASEDIO DE JERUSALÉN

NERO
GALBA
OTHO
VITELLIVS
VESPASIANVS
TITVS
DOMITIANVS
NERVA
TRAIANVS

Año 69 d. C.

(año 823 *ab urbe condita*, desde la fundación de Roma)

Quia si cognovisses et tu, et quidem in hac die tua, quae ad pacem tibi: nunc autem abscondita sunt ab oculis tuis. Quia venient dies in te: et circundabunt te inimici tui vallo, et circundabunt te: et coangustabunt te undique: Et ad terram prosternent te, el filios tuos, qui in te sunt, et non relinquent in te lapidem super lapidem: eo quod non cognoveritis tempus visitationis tuae.

[¡Si al menos en este día supieras (Jerusalén) cómo encontrar lo que conduce a la paz! Pero eso está ahora fuera de tu alcance. Días vendrán en que tus enemigos te rodearán de trincheras, te pondrán sitio, te atacarán por todas partes y te destruirán junto con todos tus habitantes. No dejarán de ti piedra sobre piedra, porque no supiste reconocer el momento en que Dios quiso salvarte.] [12]

Palabras de Jesús al entrar en Jerusalén prediciendo el asedio de la ciudad por Roma, según el Evangelio de Lucas, 19, 41-44.

---

12. Original en latín según la versión de la Biblia publicada en Madrid en 1854; traducción según la edición del Nuevo Testamento de EDICA en 1978. Ver bibliografía.

39

EL EJÉRCITO DE TITO

**Campamento general romano,
frente a las murallas de Jerusalén
Febrero de 70 d. C.**

Trajano padre llegó al campamento del monte Scopus cabalgando al trote. En su cabeza repasaba los últimos acontecimientos, que se habían sucedido como un torbellino: Vitelio había sido ejecutado, sus hombres depuestos y arrestados, el Senado había proclamado a Vespasiano emperador y éste, de viaje desde Egipto hacia Roma para hacerse con el control de la ciudad y del Imperio, había nombrado Césares a sus dos hijos, Tito y Domiciano. El Imperio había cambiado de manos una vez más, sólo que Trajano intuía que Vespasiano no tenía la más mínima intención de ser uno más, otro emperador que apenas durara en el poder unos meses. Estaba claro que Vespasiano partía a Roma para asegurar su poder en la capital, por un lado, y para controlar la rebelión de los bátavos en la Galia, por otro.

A Tito le correspondía cumplir con su promesa de terminar con la resistencia de los judíos en Oriente, pero, desde la partida de Vespasiano, se había perdido un tiempo precioso en asegurar el poder romano en el resto de ciudades de Judea. Estaban en febrero y Jerusalén debía caer antes del final de junio, según lo pactado entre Vespasiano y Tito, su hijo. Aquélla era una promesa imposible de cumplir, pero Trajano tenía prisa por entender la estrategia de Tito para superar las infranqueables defensas de Jerusalén. Había dejado atrás, rodeando todas las murallas de la ciudad sagrada de los judíos, las fortificaciones en construcción de la legión X *Fretensis* en el monte que los judíos llamaban de los Olivos, al este de las murallas. Tito había ordenado dos campamentos, uno al este y otro al oeste de la ciudad, con el fin de controlar los movimientos del enemigo desde todos los ángulos. Hasta ahí todo le parecía razonable a Trajano, pero cuando un joven Aulo Larcio Lépido se presentó en el *praetorium* de la legión X para notificarle que era relevado del mando de dicha legión y que debía presentarse ante Tito en el campamento occidental, el veterano Trajano tuvo que contener su enfado, saludar militarmente y salir a por un caballo para entrevistarse con el nuevo César e intentar comprender qué estaba pasando.

Le gustó observar que, al menos, independientemente de a quién estuviera seleccionando el joven Tito para el mando de sus legiones, las fortificaciones del campamento occidental iban a buen ritmo, especialmente las de la legión V *Macedónica* y las de la XV *Apollinaris.* Como era de esperar, los legionarios de la XII *Fulminata* iban mucho más retrasados en el trabajo en la sección del campamento que les había correspondido construir. Y es que los hombres de la XII *Fulminata* llevaban cosechadas varias derrotas durante la campaña pasada de Galilea, incluyendo una terrible emboscada donde habían perdido algunos de sus estandartes en forma de rayo. Sin algunos de estos emblemas sagrados para los legionarios, con varios de sus centuriones degradados y trasladados a otras legiones, la XII *Fulminata* era sólo un resto de unidades desorganizadas y de dudosa capacidad militar. El retraso en su sección del campamento occidental sólo confirmaba todo lo que Trajano había oído sobre esa legión.

El veterano *legatus* hispano llegó al *praetorium* donde Tito, César y jefe supremo del ejército romano en Siria y Galilea, planeaba cómo culminar con éxito el asedio de una ciudad tan vasta y tan bien defendida como Jerusalén. En el *consilium* de *legati* y oficiales, Trajano reconoció a Sexto Vettuleno Cerealis, veterano como él de las campañas con Corbulón, y a Marco Tittio Frugi, eficaz en el mando y en el combate. El resto eran oficiales de menor rango, centuriones en su mayoría. Tito, en pie junto a la mesa donde se había abierto un gran mapa de Jerusalén, se limitó a mirar un instante a Trajano, saludarle con un leve cabeceo y volverse a mirar a Cerealis.

—Entonces, ¿están claras mis órdenes? —preguntó.

—Fortificamos los dos campamentos y mañana al amanecer haremos un reconocimiento con la caballería alrededor de las murallas para localizar el mejor punto para iniciar el ataque si las negociaciones fracasan, César —resumió con habilidad marcial Cerealis.

—Exacto —confirmó Tito—. Y yo personalmente comandaré a la caballería en ese reconocimiento, ¿está claro? —Cerealis y el resto de oficiales asintieron; Tito miró entonces a Trajano—. Ahora salid todos menos Trajano.

Los *legati* de la V y la XV salieron en primer lugar y, a continuación, el resto de oficiales. Tito fue directo al asunto que le importaba.

—No tengo suficientes hombres para esta tarea, Trajano. —Como comprobó que su interlocutor le escuchaba con atención, el hijo del emperador fue preciso en sus cálculos; Trajano comprendió que el joven César le estaba dando toda esa información con una intención, pero no sabía aún discernir cuál era y no podía evitar sentirse dolido porque se le hubiera relevado del mando de la X *Fretensis*, con la que siempre había conseguido grandes resultados al servicio de Vespasiano. No obstante, prudente, callaba y escuchaba; Tito enumeró las fuerzas de las que disponía para el ataque—. Es cierto que tenemos la V *Macedónica*, la XV *Apollinaris* y la X *Fretensis*, Trajano, pero tú mejor que nadie sabes que ninguna de esas tres legiones está al completo por las bajas que han sufrido durante esta guerra; además, mi padre envió varios destacamentos de estas legiones a luchar contra Vitelio al norte de Roma. Es cierto que hace poco me han llegado desde Egipto una *vexillatio* de dos mil legionarios procedentes de la III *Cyrenaica* y de la XXII *Deiotariana*, que ha enviado mi propio padre, pues sabe que necesito hombres a toda costa, pero aún eso es poco. Frontón Aerio ha venido al mando de estas tropas y él mismo me ha confirmado que son soldados poco expertos en el combate. Los judíos, estos malditos judíos, Trajano, tú lo sabes bien, luchan a muerte por cada palmo de terreno. Me han llegado algunas *alae* más de caballería auxiliar y algunas otras cohortes desde diferentes puntos, pero siguen siendo recursos escasos para rendir una ciudad de medio millón de habitantes donde dispondrán de al menos veinte mil condenados locos, quizá más, treinta mil de esos que ellos llaman zelotes, dispuestos a morir por su rebelión. Todos esos hombres, bien protegidos por la larga serie de murallas que les rodean, son demasiados para las fuerzas de las que dispongo. Demasiados.

Trajano padre asintió despacio. No sabía bien si se esperaba de él una respuesta, una valoración o simplemente silencio, pero el hijo del emperador se había olvidado de mencionar una legión.

—Quedan también los hombres de la XII *Fulminata* —empezó Trajano—. Sé que no son los mejores, pero pueden valer en muchas tareas del asedio...

—¡La *Fulminata*! —exclamó Tito levantando los brazos, girándose, dándole la espalda por instante, para terminar sentándose en un *solium* antes de volver a dirigirse a él—. Precisamente, Trajano, está la XII *Fulminata*, casi una legión de inútiles: ¿han avanzado en la construcción de su sección del campamento? Acabas de pasar por allí, has tenido que cruzarte con ellos para llegar al *praetorium*. Sorpréndeme, Trajano, y dime que han avanzado como el resto.

Trajano tragó saliva. No dijo nada y se limitó a negar con la cabeza.

—Lo imaginaba, lo imaginaba —respondió un hundido Tito apretando los puños en señal de impotencia—. Una legión entera de inútiles y cobardes desperdiciada en un momento en el que necesito a todos los hombres con los que pueda contar. Un desastre, Trajano.

El hispano permaneció firme y en silencio, al otro lado de la mesa. No tenía nada interesante que añadir, nada que pudiera reforzar los ánimos del joven César.

—Por eso te he llamado, Trajano —dijo Tito mirándole fijamente—. No has dicho nada sobre el hecho de que te haya relevado del mando de la X *Fretensis*.

—Estoy a las órdenes del César, hijo del emperador Vespasiano, y si el César considera que es mejor relevarme...

—Leal hasta el final —le interrumpió Tito—. Eso me dijo

mi padre cuando me habló de ti: leal hasta el final. ¿Es eso cierto, Trajano? Son tiempos en los que las lealtades cambian con facilidad.

—Los Flavios siempre han sido sensibles a los intereses de mi familia y, en general, a los de los hispanos de Occidente. Es justo que devolvamos ese interés con lealtad.

Tito le miró sin decir nada durante unos momentos que a Trajano se le hicieron eternos. Quizá se había excedido al ligar su lealtad a la predilección de los Flavios por la aristocracia hispana, pero Tito miraba al suelo, como si estuviera en otro mundo.

—Necesito la XII *Fulminata* operativa y con energías en el combate —respondió al fin el César—. Necesito, como tú muy bien has dicho, que esa legión se ocupe de muchos trabajos si, al final, como preveo por la tozudez de los zelotes, todo esto termina en duro y largo asedio. Te he relevado de la X *Fretensis* para que dirijas la XII *Fulminata* durante este asedio —se levantó del *solium*—, y escúchame bien, Trajano: no es una degradación ni un castigo, sino un desafío que te lanzo; sé que son hombres derrotados en varias ocasiones y que han perdido sus estandartes, por todos los dioses, sus propias insignias, sus rayos, en manos del enemigo. Sé que no tienen ni confianza ni valor, pero los necesito en este asedio, como necesito al resto. Dime, Trajano, pero no digas algo que no puedas cumplir; dime, Marco Ulpio Trajano, como nuevo *legatus* de la XII *Fulminata*, ¿crees que podrás conseguir que tus legionarios luchen con valor, que combatan con fuerza, que mueran con honor cuando llegue el momento? ¿Crees que puedes prometerme eso?

Trajano no había esperado ser nombrado el nuevo *legatus* de una legión caída en desgracia, de unos hombres que no valían para nada, pero la forma de expresarse del hijo de Vespasiano, su ansia, su anhelo en aquellas preguntas, no dejaba mucho margen. Un César nunca pregunta, sólo ordena. Da igual que envuelva sus órdenes en forma de ruego.

—La XII *Fulminata* combatirá con fuerza y honor a las órdenes del César Tito Flavio Sabino, hijo del emperador Vespasiano.

Tito sonrió levemente. No con una gran mueca, sino con un gesto casi imperceptible, y se sentó de nuevo en su *solium*.

—Que los dioses te ayuden, Trajano, que los dioses nos ayuden a todos.

Levantó su mano derecha. Trajano saludó al hijo del emperador, dio media vuelta, y cargado de furia emergió del *praetorium* dispuesto a hacer trabajar, incluso a latigazos si hacía falta, a los legionarios de la XII *Fulminata* toda la noche si era necesario, hasta que igualaran su sección de las fortificaciones con las de la V y la XV. No iba a ser fácil. No iba a ser nada fácil. Y maldijo su suerte. No había nada peor en una guerra que verse forzado a entrar en combate rodeado de cobardes.

40

LA LLEGADA DE LONGINO

Itálica, sur de Hispania
Marzo de 70 d. C.

Cneo Pompeyo Longino era un superviviente. Su familia, años atrás, tras la derrota sufrida por César, se desperdigó por diferentes puntos del Imperio. El abuelo de Longino encontró un lugar donde rehacer sus vidas en la lejana Augusta Treverorum, capital de la provincia gala de Bélgica. Y todo fue bien hasta que, en medio de la rebelión de los bátavos, el padre de Longino cayó en combate. Con su madre también fallecida, y pese a estar a sus dieciocho años en edad de unirse ya al ejército, el padre del muchacho, en su lecho de muerte, le conminó a ir al sur, a la ciudad de Itálica, donde la familia de un tal Trajano le daría acogida.

—Ve al sur, hijo —las palabras de su padre aún estaban fuertemente grabadas en su memoria mientras el joven Longino entraba en la ciudad de Itálica—; Trajano es un buen hombre. Combatí con él en Oriente bajo el mando del gran Corbulón. Le escribí nada más iniciarse la revuelta de los bátavos. Él está en Jerusalén, con el César Tito —le costaba hablar—; el correo se ha retrasado, pero ha confirmado que serás bienvenido en su ciudad. Tiene un hijo de tu edad, quizá os hagáis amigos. Bajo la protección de los Trajano estarás bien, muchacho. Yo... —la herida de flecha le dolía cada vez más; el médico había desistido de extraerla y la punta le corroía las entrañas—; allí estarás bien. —Y cerró los ojos.

Longino llegó a Itálica al final del invierno. La ciudad no era muy grande, pero sí mayor que su lejana Augusta Treverorum. Viajaba acompañado por un esclavo leal a su padre al que había enviado por delante para anunciar su llegada a los

Trajano. Era lo correcto. Quería causar buena impresión. Por eso no le sorprendió que un grupo de jinetes saliera a su encuentro a las puertas de la ciudad amurallada. Un hombre joven como él se adelantó y cabalgó hasta ponerse frente a su caballo.

—Soy Trajano, Marco Ulpio Trajano. Mi padre está en la guerra de Oriente, pero hemos recibido una carta suya. —Trajano hijo contemplaba a aquel romano que venía del norte: era alto como él y fuerte y... hermoso; pese al polvo del camino, Trajano quedó prendado de inmediato de la vitalidad de aquel joven de Augusta Treverorum—. Eres bienvenido a Itálica.

Trajano lo condujo por la ciudad hasta las termas.

—Lo mejor será que te quites el polvo del Imperio de tu piel antes de ir a casa —le dijo mientras desmontaban de los caballos.

—Por todos los dioses, ésa es una gran idea.

Los dos muchachos entraron sin más compañía en el interior de las termas de Itálica. El veterano esclavo de Longino y los jinetes de Trajano hijo quedaron en el exterior a la espera de que regresaran.

Longino se fue desnudando para entrar en el *caldarium* y Trajano le imitó. La primera impresión fue confirmada con rapidez: Longino exhibía unos brazos musculados y perfectos en proporción, ligeramente cubiertos de vello, pero no en exceso, y sus piernas eran poderosas, con unos gemelos torneados. Su piel estaba ligeramente tostada por el sol, pero sin exceso, y su cabello negro era recio, fuerte. Sólo había suciedad y polvo que reducían el impacto de la hermosura del recién llegado, pero los vapores primero del *caldarium* y luego el agua templada del *tepidarium* y la fría del *frigidarium* eliminaron ese problema con rapidez. Una vez bañados, se sentaron ambos bajo el sol de Itálica para quitarse el agua que aún corría en gotas frescas por su piel con las *strigiles*.

—Ahora iremos a casa y comeremos bien. Debes de estar hambriento —dijo Trajano.

—Lo estoy y mucho. —Longino se sentía a gusto con aquel joven de su misma edad. «Quizá os hagáis amigos», había dicho su padre. Quizá fuera así.

—Vamos afuera —dijo Trajano una vez que habían vuelto a vestirse—. Nuestra casa es una villa fuera del recinto amurallado. De momento hay paz en la Baetica y allí se está bien.

—Uno de los pocos sitios pacíficos del Imperio hoy día —comentó Longino.

—Sí. —Y tras un instante de silencio Trajano añadió unas palabras—: Siento lo de tu padre y lo de los bátavos.

Longino no respondió pero Trajano, acertadamente, interpretó que su nuevo amigo agradecía el comentario pero que no deseaba hablar más de ese asunto. Le pareció razonable. Si su padre muriera en Oriente, él tampoco querría hablar del tema en mucho tiempo.

—¿Qué se puede hacer aquí para divertirse? —preguntó Longino para cambiar de conversación y terminar con un silencio que empezaba a hacerse incómodo.

—Bueno —empezó Trajano—, tenemos un teatro... —Observó que Longino no parecía muy interesado por asistir a una representación; imaginó entonces a qué se refería y le dolió, pero tenía que aceptar que muy pocos eran como él—. Tenemos también una casa, dentro de la ciudad, con mujeres venidas de África, algunas muy hermosas —Trajano vio que Longino asentía—, pero a mí lo que realmente más me gusta es cazar.

Para sorpresa y satisfacción de Trajano, los ojos de Longino se iluminaron.

—A mí también me encanta cazar —confirmó con palabras el recién llegado—, pero ¿cazáis aquí en el sur?

—Hay ciervos y jabalíes, muchos, en la sierra —dijo Trajano exultante señalando hacia el norte—, pero lo más excitante para mí es intentar cazar un lince.

—¿Un lince? Creo que nunca he visto uno.

—Son como leones, bastante más pequeños pero muy listos; se esconden con mucha habilidad. Hay que cazarlos siempre contra el viento. Si te huelen no los verás nunca.

—¿Y has cazado muchos?

La pregunta de Longino iba sin mala intención, pero a Trajano le costó dar la respuesta.

—No... no he cazado aún ninguno... son muy listos... es muy difícil. —De nuevo, el silencio incómodo regresó mientras cabalgaban bajo el sol de la tarde en dirección a su casa; Trajano tuvo una idea—: Pero llevo meses detrás de uno que se oculta tras esas colinas. Ha cazado varias ovejas de los rebaños de la ciudad, pero pocos se atreven a adentrarse en las colinas por miedo al lince. No son muy grandes, eso es cierto, pero tienen unas garras tremendas y pueden desgarrarte la piel con un par de zarpazos rápidos. Si quieres podemos intentar cazarlo entre los dos. Así sería más fácil —Longino estaba mirando las colinas con atención, examinando el terreno—, a no ser que te dé miedo, claro.

El recién llegado se echó a reír.

—Los Longino del norte no tenemos miedo a nada.

Trajano le acompañó en la risa.

—Entonces está hecho: lo cazaremos entre los dos.

Y continuaron cabalgando seguidos de cerca por el esclavo de Longino y la pequeña escolta de Trajano hijo.

41

EL AMANECER DE UNA DINASTÍA

VESPASIANVS

Bahía de Alejandría
Marzo de 70 d. C.

Tito Flavio Vespasiano notaba el aire fresco del mar en la cara y se sintió bien por un breve momento. Al fin se lanzaba hacia Roma. Antonio Primo y Muciano habían conseguido el control de la capital del Imperio y hacía semanas ya que la cabeza de Vitelio había rodado por las calles de Roma; el Senado le había proclamado emperador y los sacerdotes del templo de Serapis en Alejandría habían predicho que el próximo emperador debía venir de Oriente y que, en consecuencia, tendría éxito en sus objetivos, todo muy similar a las predicciones de los sacerdotes del oráculo del monte Carmelo. ¿Por qué tenía entonces ese temor en el cuerpo, un miedo constante y profundo que no le daba un instante de descanso? Eran demasiadas las heridas abiertas del Imperio y se sentía demasiado pequeño, demasiado limitado para poder tapar todas ellas antes de que Roma entera se desangrara. La rebelión de los bátavos de la Galia seguía sin control, los catos y otros pueblos germanos se arremolinaban en las orillas del Rin, y los dacios, roxolanos y sármatas volvían a cruzar el Danubio sin que hubiera fuerzas suficientes para contener sus ataques en Panonia y

Moesia, pues las legiones de aquellas provincias habían tenido que acudir a Italia para desarmar a las de Vitelio. Lo lógico habría sido enviar a dos o tres legiones de Oriente en dirección al Danubio, pero la revuelta judía, con su desafiante Jerusalén libre, estaba aún muy lejos de ser dominada, y lo último que podía hacerse en ese momento era reducir los efectivos de Oriente.

Tito Flavio Vespasiano inspiró con ansia, intentando barrer con la sal del mar las preocupaciones que le abrumaban. No estaba para nada seguro de que su hijo Tito fuera a ser capaz de vencer Jerusalén, y mucho menos en el plazo establecido; sin embargo, la caída de esa ciudad, una urbe gigantesca y mítica, sagrada para los judíos y admirada por decenas de pueblos en todo el Imperio daría fama no sólo a su hijo sino a él mismo. Tomar Jerusalén era el cimiento sobre el que levantar no ya un reinado, sino una dinastía entera. Sacudió la cabeza, bajó la mirada, cerró los ojos. Estaba solo en la proa de la *quinquerreme* que navegaba veloz a favor de un viento poderoso por encima de los dominios de Neptuno. Quizá debió haberse quedado con Tito, pero el Senado reclamaba su presencia y, en una Roma por donde habían pasado tres emperadores fugaces en poco tiempo, se precisaba orden y seguridad, una figura poderosa que pudiera transmitir a todas las provincias occidentales que el caos y el desorden habían llegado a su fin. Si Domiciano, su hijo pequeño, hubiera sido de otra pasta quizá él mismo podría haberse hecho cargo de la rebelión de los bátavos y del gobierno de esas provincias hasta su regreso de Oriente, pero Domiciano era joven, demasiado joven y, lo peor de todo, débil. Sólo si su hermano Sabino hubiera sobrevivido a los enfrentamientos contra Vitelio, sólo entonces podría haberse quedado a dirigir el asedio de Jerusalén. Ahora únicamente le quedaba acudir a Roma, concentrarse en solucionar los problemas de esa parte del Imperio y confiar en que los dioses dieran a su hijo y a sus oficiales la fuerza y la sabiduría para rendir Jerusalén. Vespasiano abrió los ojos. El *Mare Nostrum* se extendía ante él inmenso y dormido, plácido, favoreciendo su navegación hacia Roma, por fin, después de semanas de tempestades que habían pospuesto *sine die* aquel viaje tan necesario, tan urgente. Oficiales. Sí. Asintió para sí mismo. Había dejado a su hijo Tito con un puñado de buenos *legati*. Si cumplían bien, si ayudaban bien a su hijo y se conseguía vencer a los judíos, los premiaría a todos. Si no lo conseguían... Sonrió con melancolía; entonces todo daría igual.

42

LA PRIMERA MURALLA

**Torre Psephinus, sector occidental de la Ciudad Nueva
de Jerusalén bajo control de los sicarios
Jerusalén, abril de 70 d. C.**

—¿Quién les dirige? —preguntó Eleazar ben Jair desde una
de las ventanas rectangulares de la torre Psephinus, elevada
con sus grandes bloques de piedra sobre un ángulo de la primera gran muralla de Jerusalén.

—Es el hijo del emperador —respondió Simón bar Giora, el
líder de los sicarios, el grupo más radical de la rebelión judía
que luchaba por una Judea independiente y libre frente a Roma.

—¿El que convenció a Gischala de que rindiera Tarichaea? [13]

—El mismo —confirmó Simón—, el mismo. —Lo repitió
mientras consideraba cómo la valentía de aquel líder romano
había hecho caer varias ciudades que los débiles zelotes defen-
dieron sin el ímpetu debido. La rendición de Gischala y sus
seguidores, los malditos zelotes, siempre flojos, siempre con
pactos con el enemigo, había supuesto no sólo la pérdida de
Tarichaea, sino que el propio Gischala con sus leales se refu-
giaran en la mismísima Jerusalén, prácticamente ya el único
núcleo activo de resistencia contra Roma en aquella larga y
cruenta guerra. Desde entonces, Gischala se había hecho fuerte con sus zelotes en las inmediaciones del Templo, la fortaleza Antonia y la Ciudad Baja. Simón, junto con Eleazar y todos
los sicarios, había intentado en varias ocasiones, por la fuerza
bruta de las armas, recuperar el acceso al Templo y la Ciudad
Baja, pero Gischala se negaba y oponía una feroz resistencia

13. Ciudad de Galilea al norte del actual Israel.

que no había hecho sino generar muchos muertos de un bando y de otro. Simón, no obstante, no cejaba en su pretensión de recuperar el control completo de Jerusalén y ya tenía diseñado un plan para atacar la Ciudad Baja desde la colina más elevada de la Ciudad Nueva, en lugar de hacerlo por el Templo, como antes, pero en eso llegaron los romanos con sus legiones y rodearon toda la ciudad. Simón, al frente de sus diez mil sicarios y sus cinco mil aliados idumeos, dirigía dos guerras: una contra Roma que rodeaba la ciudad y otra, si cabe aún más enconada, contra Gischala y sus guerreros en el interior de las murallas. Roma había traído cuatro legiones y Gischala disponía de ocho mil cuatrocientos zelotes. No importaba: contra los romanos, Jerusalén enfrentaba tres murallas que el enemigo nunca conseguiría franquear; contra los zelotes, Yahveh, más tarde o más temprano, les protegería y les entregaría el sagrado Templo a su debida hora.

—Son pocos jinetes, no más de seiscientos, los que acompañan al hijo del emperador —dijo Eleazar, lugarteniente de Simón y a quien sí parecía preocuparle más el asunto de los romanos y sus legiones—. Podríamos atacarle.

Simón no dijo nada al principio a la sugerencia de Eleazar, pero al poco su faz brilló con una sonrisa: incluso si no conseguían matarlo, el mero hecho de atacar al líder romano que había hecho rendirse a Gischala en el pasado reciente era un acto memorable, un acto que corroería las entrañas de Gischala y que dejaría bien claro a todos que él y sólo él, Simón bar Giora, con sus sicarios y sus aliados, era el único capaz de liderar a todos los judíos contra los romanos.

—De acuerdo —aceptó Simón sin dejar de mirar por la ventana de la torre Psephinus—; organízalo todo y atacad a ese maldito romano de inmediato.

Eleazar no necesitaba de mucho incentivo para combatir: la guerra era su estado de vida natural, cualquier otra cosa se le hacía extraña. Al instante estaba en el interior de la ciudad, a los pies de la muralla, preparando una salida por la puerta norte.

Caballería romana; exterior de las murallas occidentales de la Ciudad Nueva y la Ciudad Alta

Tito, en un intento por mostrarse valiente y capaz de dirigir aquella gigantesca empresa de rendir una urbe de medio millón de habitantes —por la fuerza si era preciso, pues las negociaciones con los líderes judíos no habían dado ningún fruto por el momento—, decidió ignorar los avisos del pasado y cabalgar en persona para reconocer las murallas de la ciudad, pero el pasado, que no olvida ni perdona, salió a su encuentro: trescientos años antes el cónsul Marcelo también había salido a explorar arropado con unos pocos jinetes para comprobar las posiciones del ejército cartaginés, desplazado a la península itálica, y Aníbal lo había abatido en una emboscada y se había hecho con sus anillos, que utilizó para enviar mensajes confusos al resto de mandos romanos. Tito, casi trescientos años después de aquel desastre, cabalgaba, además, sin casco ni armadura, y es que lo último que podía imaginar el joven César era que la permanente disputa por el poder entre sicarios y zelotes en el interior de la ciudad pudiera impulsar que un grupo de guerreros judíos, ávidos por mostrar su valía por encima del resto de soldados de Jerusalén, se atreviera a salir a su encuentro. Pero así fue.

Tito cabalgaba hacia el sur, rodeando la enorme muralla exterior de la ciudad; cuando se encontraba a la altura de las torres del palacio de Herodes oyó el estruendo de los jinetes de los sicarios liderados por Eleazar por orden de Simón bar Giora. La guardia de jinetes *singulares* de Tito se vio sorprendida y, mientras daba la vuelta a sus caballos, los primeros caballeros romanos fueron abatidos sin piedad por las espadas y puñales esgrimidos con ira por los sicarios, que blandían sus afiladas armas haciendo honor al origen de su nombre, proveniente de *sica*, puñal. Pese al exceso de confianza de Tito y a su ingenuidad al pensar que los sitiados no se atreverían a atacarle fuera de las murallas, el hijo de Vespasiano tuvo la inmensa fortuna de que sus *singulares* no fueran como los cobardes jinetes de Fregellae que abandonaron al emboscado

Marcelo a su suerte contra los jinetes de la caballería númida de Aníbal. Los *singulares* de Tito, pese a las bajas sufridas por el ataque sorpresa, se revolvieron y, aunque en desorden, respondieron a la embestida de los judíos con auténtica saña. No obstante, no pudieron evitar que el hijo del emperador quedara aislado con sólo unos pocos hombres a su alrededor para protegerle. Tito comprendió que había obrado de forma estúpida, pero en medio de su fracaso resolvió no morir sin luchar y, pese a que cayó al suelo, se incorporó como una fiera acorralada y desde tierra derribó a un jinete enemigo; luego evitó el golpe de un segundo y terminó hiriendo a un tercero, que pretendía unirse al acoso al que estaba siendo sometido el líder romano. Tito buscaba un caballo, pero las bestias sin jinetes huían despavoridas del improvisado campo de batalla. Desde las murallas de la ciudad se oía el constante jalear de los judíos, que debían de estar disfrutando al verle allí, en pie, casi sin protección alguna, luchando por sobrevivir cuando se suponía que debía ser él, un César de Roma, el que inflingiera terror en el enemigo. Pero Tito no se arredró. No era ése su carácter. Apretó los dientes y aulló con fuerza.

—¡A mí, la guardia!

No dejó de combatir, ni de detener golpes con su *gladio*. Era alto y fuerte y hábil y estaba bien adiestrado en el combate cuerpo a cuerpo. Resistió así dos embestidas más, hasta que, al fin, sus caballeros se abrieron paso entre los enemigos de Roma, le rodearon para cubrirle de los golpes de los sicarios, y le ofrecieron un caballo al que pudo subir y, rodeado ya por el grueso de sus *singulares*, consiguió salir intacto de la vorágine en la que se había convertido aquella inesperada lucha a los pies de las murallas de Jerusalén.

Gran Templo de Jerusalén, bajo el control de los zelotes

La noticia del ataque y casi muerte del jefe de los romanos, del hijo del emperador declarado César por éste, corrió de boca en boca por toda la Ciudad Nueva y, pese al muro y los guerreros zelotes que los custodiaban, también por el Templo y por toda la Ciudad Vieja. Y tal y como había previsto Simón, llegó a oídos de Gischala. Su despecho fue inconmensurable, y más aún ante las silenciosas miradas de sus oficiales zelotes, que recordaban cómo habían rendido hacía apenas unos meses una ciudad entera a ese mismo romano al que Simón y sus sicarios no habían dudado en atacar y casi abatir a la primera oportunidad de la que habían dispuesto. Gischala lamentó que el grueso de las tropas romanas hubiera acampado en el extremo occidental de la ciudad, donde quedaban completamente fuera de su alcance; sin embargo, una legión, la X *Fretensis* —fácilmente reconocible porque en sus estandartes se podía ver una compleja combinación de diferentes emblemas, desde un toro o un jabalí, pasando por un delfín y un buque de guerra—, se había situado en el sector oriental de la ciudad, entre el valle del Cedrón y el monte de los Olivos. Gischala sabía que sólo tenía una opción si quería seguir manteniendo el liderato entre los zelotes y mantener el control del Templo. Debía impresionar a todos, a sus zelotes y a los sicarios de Simón también, con una acción similar en osadía y valor a la que éstos acababan de realizar.

Campamento general romano de las legiones V, XII y XV al oeste de Jerusalén

Tito entró en las fortificaciones del campamento de las legiones al oeste de Jerusalén enfurecido. Y lo peor de todo es que no tenía a nadie a quien culpar más que a sí mismo y su estupidez: sus *singulares* habían luchado bien y los que habían caído lo habían hecho por causa suya. Le consolaba pensar que el reconocimiento del terreno era necesario, pero quizá no debía haber ido él mismo mostrándose accesible al enemigo, que ahora, sin duda, estaría aún más envalentonado y empecinado en rehuir toda negociación para rendir la ciudad.

El joven César no había tenido tiempo ni de sacudirse el polvo y las manchas de sangre del combate junto a las murallas, o de que un médico le curara alguna de sus pequeñas heridas que se había hecho al caer del caballo, cuando un centurión irrumpió en el *praetorium* y, pasando por entre los *legati legionis* Cerealis, Frugi y Trajano se situó frente a él, que estaba muy irascible. Le miró y el recién llegado comprendió que debía explicarse con rapidez.

—Ave, César —dijo el centurión con dificultad, pues aún estaba recuperando el aliento después de cabalgar al galope rodeando toda la ciudad—. Los judíos han organizado una salida con varios miles de soldados y están atacando a la X *Fretensis* en el otro extremo de la ciudad. Las fortificaciones de la X aún no están terminadas y el *legatus* Aulo Larcio Lépido solicita el apoyo de la caballería del César.

Tito vio así confirmada su percepción de que los judíos no estaban en absoluto dispuestos a rendir la plaza, pero no era ahora momento de grandes reflexiones, sino de actuar con celeridad. Sus *singulares*, cuya ayuda reclamaba ahora Lépido, acababan de combatir, pero disponía de las ocho *alae* de la caballería auxiliar.

—Acudiré yo mismo a apoyar a la X *Fretensis* con una pequeña parte de mis *singulares* y con seis *alae* de la caballería auxiliar, dejando dos *alae* aquí de reserva. Que Frontón me siga *magnis itineribus* con las veinte cohortes de infantería auxiliar para reforzar la caballería lo antes posible—dijo Tito mientras terminaba de sacudirse el polvo y la sangre de su túnica militar, al tiempo que dejaba que un esclavo le pusiera, esta vez sí, la coraza para entrar en combate de nuevo.

Los *legati* de la V, la XII y la XV le escuchaban atentos, en particular Trajano, que no podía evitar pensar que si él hubiera seguido al mando de la X legión las fortificaciones ya se habrían terminado, pero el César volvía a hablar y, como el resto, Trajano escuchó con atención.

—Volveremos a proponer que rindan la ciudad cuando solucione el tema del ataque a la X, pero entretanto, como los judíos no parecen estar muy dispuestos a la rendición, quiero que vayáis limpiando el terreno delante de las murallas entre la torre Psephinus y el palacio de Herodes para que puedan avanzar por la llanura torres de asedio o arietes; ya veremos qué usamos primero. —Miró a Cerealis y Frugi—. Quiero que los hombres de la V y la XV se concentren en la construcción de las máquinas que necesitamos. —Y pensando en voz alta, mirando un instante al suelo—: Arietes, sí; quiero arietes: usaremos arietes transportables. Los hombres de la XII —clavó sus ojos en Trajano padre, de quien intuía aún la decepción por haber sido transferido de la X a la XII legión—, sí, los hombres de la XII deben concentrarse en limpiar el terreno de forma que las máquinas puedan acceder a la muralla sin impedimento. He observado un punto débil junto al palacio de Herodes, Trajano. Es lo único bueno que hemos sacado de esta salida de reconocimiento, pero puede ser importante. Ese terreno debe quedar limpio y llano para que podamos aproximar los arietes. Construiremos rampas si es necesario. Con madera o con tierra o con ambas cosas. Por Júpiter, ¿están claras mis órdenes?

Los observó girando despacio la cabeza mientras el esclavo se las ingeniaba para ponerle el casco.

Los tres *legati legionis* asintieron y Tito, como una centella, salió del *praetorium* decidido a ponerse al mando de la caballería para detener el ataque de los judíos del sector oriental contra sus legionarios de la X. Asumir el mando personal antes había sido un error, pero no hacerlo ahora que las cosas se torcían transmitiría a enemigos y legionarios un mensaje de debilidad y cobardía por su parte. Había empezado aquel asedio combatiendo cuerpo a cuerpo y ya no podía echarse atrás. Para bien o para mal.

Infantería zelote, avanzando frente a las murallas del Templo y la Ciudad Vieja

Gischala no dejaba de animar a sus zelotes con feroces gritos de guerra por la liberación de Israel, y más aún al observar cómo sus leales causaban numerosas bajas entre los legionarios de la X, sorprendidos por la furia de sus hombres cuando aún no habían podido construir las fortificaciones de su campamento.

El combate tenía lugar más allá del río Cedrón, fácilmente vadeable en muchos puntos a causa de la sequía, lo que había permitido el avance de los zelotes con gran rapidez, para mayor perjuicio de los legionarios de la X *Fretensis*. Gischala, en medio de la batalla —pues había querido comandarla él personalmente y no dejarla en manos de un segundo como había hecho Simón con Eleazar—, rodeado por sus hombres, levantaba los brazos y aullaba, aullaba, aullaba.

—¡Por la tierra de Israel! ¡Toda nuestra tierra libre de romanos! ¡Matadlos a todos, a todos! ¡Jehová está con nosotros! ¡Somos los auténticos y únicos bendecidos por Jehová!

Sus guerreros respondían con golpes y estocadas mortales, con furia y sangre, con terror y odio que se desparramaba sobre los atónitos cadáveres de ojos abiertos de los legionarios de Roma.

Campamento general romano de la legión X al oeste de Jerusalén

Lépido, *legatus* al mando de la X, se afanaba por detener el desastre. Se había alegrado cuando el César le había propuesto para comandar aquella legión, pero ahora todo parecía diferente. Sustituir al veterano Trajano no parecía ya tan sencillo.

—¡Mantened las posiciones! ¡Por Hércules, por Roma! ¡Mantened las posiciones!

Sabía que si retrocedían de forma desorganizada, como lo estaban haciendo, aquello podía tornarse en una masacre. Necesitaban la caballería y la necesitaban ya o todo estaría perdido en aquel maldito monte de los Olivos.

—¡Mirad! —dijo uno de los tribunos. Lépido se volvió hacia el norte: una nube de polvo inmensa anunciaba la llegada de los jinetes de Tito. Todo podía arreglarse.

Vanguardia zelote

Gischala observó la nube de polvo y, pese a su ira y su rabia, supo contenerse y actuar con la prudencia de un hábil guerrero.

—¡Replegaos a este lado del río! ¡Retiraos a este lado del río! Si sus zelotes cruzaban de nuevo el Cedrón y se situaban bajo las murallas, el resto de sus hombres desde lo alto de los muros de la ciudad les ofrecerían suficiente cobertura con sus proyectiles para evitar que la caballería romana les masacrara en aquel punto. Y los zelotes, que veían que seguir las órdenes de Gischala era caminar hacia la victoria sobre sus enemigos, obedecieron y se replegaron con rapidez.

Retaguardia romana

Tito comprobó que sus jinetes hacían retroceder al enemigo empujándolo hacia la ciudad y se detuvo junto a Lépido.

—¿Qué ha pasado aquí? —inquirió el hijo de Vespasiano airado, desmontando de su caballo. Lépido bajó la cabeza.

—Estábamos con la construcción del campamento, César, cuando observamos que salían de la ciudad. No paré las obras de la fortificación del todo, sólo tomé parte de la legión para la defensa y no calculé bien la furia del enemigo. Luego era difícil ya maniobrar...

Lépido no levantaba la mirada del suelo. Tito le observaba con atención. No era frecuente que un mando reconociera un error. Tito también tenía muy fresco en su memoria cómo él mismo había estado a punto de caer al otro lado de la ciudad por infravalorar la capacidad del enemigo.

—Eso ahora no importa —dijo Tito y Lépido, algo más aliviado, levantó la mirada del suelo—; ahora hay que continuar con la fortificación. Necesito un buen campamento en este sector de la ciudad. Hemos de atacar por varios puntos a la vez si queremos tener opción de ir quebrando sus defensas. Las murallas son inmensas, pero, si vamos aniquilando a sus defensores, un muro sin guerreros no vale de nada. Lo conseguiremos, Lépido, lo conseguiremos. —Puso su mano sobre el hombro del *legatus* de la X.

—Sí, César —respondió Lépido con firmeza recobrada. A Tito le gustaba escuchar de sus mandos el título de César, nombrado por el emperador. En tiempos en los que había habido tantos emperadores en tan pocos meses, la adhesión de aquellos oficiales a la causa de su padre, aceptando el título que éste le había otorgado, era algo que no podía menospreciar; no podía permitirse el lujo de relevar a un *legatus* por un error de cálculo que él mismo había cometido en el otro extremo de la ciudad asediada. En ese momento, Tito levantó la mirada y se percató de que las *alae* de caballería estaban a punto de cruzar el río. Se despidió de Lépido con una última instrucción.

—Que continúen las labores de fortificación, Lépido; necesito ese campamento.

Sin esperar a recibir respuesta, Tito montó de nuevo sobre su caballo y azuzó al animal para dirigirse, rodeado por un nutrido grupo de sus *singulares*, hacia el río Cedrón. Tenía que detener el ciego avance de su caballería o caerían bajo los proyectiles que, a buen seguro, los enemigos de lo alto de las murallas tendrían dispuestos para ser arrojados con furia y precisión. Llegado al río, el hijo de Vespasiano habló con voz potente al resto de oficiales.

—¡Detened el ataque! ¡Por Júpiter, detened el ataque!

Vanguardia zelote

Gischala se percató de que el hijo del emperador en persona comandaba la caballería enemiga y recordó sus malditas cargas en Tarichaea y Gamala, y cómo tuvo que rendirse ante él en aquellas batallas. Ahora era su oportunidad de mostrar cómo no era sólo Simón el que no temía a Tito Flavio Sabino, César, sino que él mismo tampoco lo hacía, pese a haber sido derrotado en el pasado. Ahora todo era distinto, ahora él, Gischala, era más fuerte que antes, pues en Jerusalén había reunido a todos los zelotes, a todos sus partidarios, y podía plantar cara, desde la fortaleza Antonia y el Templo y las murallas de la Ciudad Vieja, a tantos legionarios y jinetes como osara traer aquel maldito romano: contra las murallas del viejo Jerusalén nada podían hacer los jinetes de Roma. Pero había que provocarles, había que provocarles para que cayeran en la trampa mortal que les tenía preparada. Incluso si no respondían a la provocación, cuando menos quedarían humillados ante sus guerreros, que verían cómo el gran líder de los romanos, el que dirigía ahora la guerra contra ellos, el joven César Tito, no era capaz siquiera de enfrentarse a ellos.

—¡Avanzad hacia el río! —ordenó Gischala cambiando su orden anterior de repliegue hacia las murallas por una nueva instrucción de volver a atacar, a la par que blandía desafiante su propia espada—. ¡Hacia el río, por Israel!

Y los zelotes cargaron contra la caballería romana.

Caballería romana

Tito Flavio Sabino ordenó responder al nuevo ataque judío con una carga de la caballería, pero, en cuanto los zelotes se replegaron una vez más bajo los muros de la ciudad, el hijo de Vespasiano ordenó detener el avance de sus jinetes. Los judíos entonces empezaron a mofarse de la caballería y arrojaron lanzas y flechas que caían cerca de los jinetes de la caballería auxiliar romana. Se reían. Se reían. Tito Flavio Sabino contenía su ira. La caballería era una gran arma para contrarrestar ataques como el que se había ganado más allá del Cedrón salvando a la X *Fretensis*, pero de poco valían los jinetes bajo la gran muralla de Jerusalén. Tito sabía que aquello era una exhibición de poder y de fuerza por parte de Gischala, pero no podía hacer nada por evitarlo.

—Están divididos y, sin embargo, su propia división les hace más fuertes; compiten entre ellos por humillarnos —dijo el joven César a Lépido, que se había aproximado para comprobar *in situ* la evolución de los ataques en primera línea, junto al hijo del emperador.

Lépido no entendía bien a que se refería el César, pero asintió. En ese momento, un decurión de la caballería señaló al norte. Tito, desde lo alto de su caballo, distinguió el avance de las veinte cohortes de infantería auxiliar que Frontón dirigía hacia aquel punto y se volvió, una vez más, hacia Lépido.

—La infantería auxiliar os cubrirá mientras continuáis con la fortificación y detendrá a los judíos en el río si vuelven a intentar atacar. Yo regresaré con el grueso de la caballería al sector occidental. Te dejaré dos *alae* de jinetes de apoyo.

Lépido se puso el puño en el pecho y se quedó mirando cómo el hijo del emperador se alejaba cabalgando hacia el norte, cruzando por entre las cohortes de auxiliares que acudían a reemplazarles.

Vanguardia zelote

Gischala, al ver cómo Tito se alejaba, levantó de nuevo sus brazos y vociferó su mensaje con la intensidad de la rabia y el despecho: quería no ya humillar a los romanos, eso era secundario, sino que su voz se oyera por toda la Ciudad Vieja —sobre todo en la Ciudad Nueva— y que sus palabras se clavaran como cuchillos en la cabeza de los sicarios de Simón.

—¡Victoria! ¡El Gran Templo de Jerusalén está a salvo de los gentiles de Roma gracias a la fuerza de los zelotes, los vigilantes del Templo de Salomón! ¡Victoria, victoria, victoria!

Murallas de la Ciudad Nueva bajo el control de los sicarios

Simón analizaba los movimientos de las tropas romanas frente a las murallas del palacio de Herodes. Estaban desplazando gran cantidad de legionarios a ese punto y era evidente que tramaban algo justo allí, pero qué exactamente no lo sabía, y era lo que intentaba discernir. En ese instante llegó Eleazar y le confirmó que los rumores que los zelotes habían hecho llegar a la Ciudad Nueva eran ciertos: Gischala había hecho retroceder a la caballería romana y a la infantería de la X legión y todo ello mientras el hijo del emperador estaba al mando; era una victoria colosal. Simón apretaba los labios mientras digería aquellas malas noticias. No le habría importado que los romanos tomaran el Templo, ya lo recuperarían, si con eso se conseguía que Gischala y sus zelotes fueran reducidos a polvo. Aquella victoria frente a aquel César en el sector oriental de las murallas de Jerusalén dejaba de nuevo la situación entre sicarios y zelotes en aquel maldito equilibrio del que parecía que nunca podrían salir. Simón dejó de mirar a Eleazar y se volvió de nuevo hacia occidente, asomando por encima de las almenas de la torre de Herodes, en dirección a los romanos. Vio a varios grupos dispersos que apenas portaban armas. Parecía que segaran. Simón, de pronto, lo comprendió todo.

—Están limpiando el terreno —dijo a Eleazar, que se había situado a su lado—. Van a intentar entrar por ahí. —Sonriendo, señaló a un punto al norte, entre la torre de Herodes y la torre Psephinus—. Tendremos el honor de ser los primeros en masacrarles y hacer que su vanidad se reduzca al tamaño de sus dioses.

—Jehová nos ayudará —respondió Eleazar con los ojos bien abiertos, brillantes, anhelando el combate.

—Jehová nos ayudará, sí —confirmó Simón—; Jehová y las máquinas de guerra. Ordena que concentren al sur de la torre Psephinus todas las *ballistae* y los escorpiones que tenemos. Esto va ser una masacre.

Zapadores romanos frente a las murallas de la Ciudad Nueva

—Prefiero esto a tener que cortar árboles, apilarlos, arrastrarlos y construir los arietes —dijo un legionario de XII *Fulminata* mientras segaba con dificultad con su *gladio* militar la maleza que le rodeaba.

—Sí —le respondió otro legionario que realizaba la misma operación—, pero calla. Viene el nuevo *legatus*.

Marco Ulpio Trajano, acompañado por dos tribunos y media docena de legionarios, pasó al lado de los dos legionarios con el rostro serio. La advertencia del segundo había sido en vano: el *legatus* hispano acababa de oír los comentarios y estaba ya digiriendo aquellas palabras repletas de ignorancia: así que eso era lo que pensaban la mayoría de los mentecatos de la legión que le había asignado el hijo del emperador en aquel asedio. Sin duda era su propia inexperiencia la que les hacía hablar de aquella forma y decir aquellas sandeces. Trajano se detuvo a veinte pasos de aquellos dos legionarios. Los tribunos se detuvieron junto a él, pero no dijeron nada. Ya habían observado que el nuevo *legatus* era un hombre reservado. Le vieron mirando hacia las murallas, que aún quedaban muy distantes, y hacia los legionarios que estaban en las inmediaciones empezando a limpiar el terreno. Y de nuevo miró las murallas y una vez más a esos dos legionarios que ahora trabajaban en silencio.

Marco Ulpio Trajano se sentía humillado por tener que dirigir la peor de las legiones en aquel asedio, pero más aún porque aquellos hombres no eran conscientes de su infinito grado de estupidez. Era algo que debía empezar a cambiar como fuera. Como fuera. Marco Ulpio Trajano volvió sobre sus pasos y se situó junto a los dos legionarios que hablaban cuando cruzó a su lado.

—Vosotros dos —les dijo, y les señaló con el dedo para identificarlos entre toda la cohorte que estaba desperdigada segando rastrojos y arrancando piedras que sobresalían—; sí, vosotros dos: al frente. Caminad hacia la muralla y no os detengáis hasta que lo ordene personalmente, ¿está claro?

Los dos legionarios tragaron saliva. Asintieron tras un breve silencio y echaron a andar. Caminaban con las espadas que habían usado para segar en la mano. De pronto se dieron cuenta de que no habían recogido los escudos que habían dejado en el suelo para trabajar sin aquel pesado estorbo del arma defensiva. Los dos se miraron, se entendieron y siguieron andando. El escudo sería una ausencia cada vez más importante a medida que se acercaran a las murallas, pero ninguno de ellos tenía el valor de detenerse sin que el *legatus* diera la orden. Tampoco habían dicho nada como para enfurecerle. No sería capaz de dejarles morir bajo una lluvia de flechas; no tenía sentido. De todos modos aún estaban a muchos metros de la muralla y ni las flechas ni las lanzas podían alcanzarles. Eso les sosegó, pero, al tiempo que avanzaban, ralentizaban el paso a la espera de que el *legatus* diera la orden. Nunca habían disfrutado al recibir órdenes, pero nunca antes habían ansiado tanto recibir una.

Trajano les contemplaba fijamente, casi sin parpadear. Los tribunos concluyeron que iba a dejarlos morir por nada y no estaban seguros de que eso condujera a nada bueno, pero no pensaban intervenir.

—¿Qué hacen esos dos? —preguntó Eleazar.

Simón negó con la cabeza.

—No lo sé —dijo el líder de los sicarios—, pero ésta es una oportunidad tan buena como cualquier otra para comprobar el alcance de los escorpiones. ¡Largad!

Los legionarios caminaban respirando deprisa; más deprisa al tiempo que andaban más despacio. Querían mirar hacia atrás, por si les hacían señales. Quizá el *legatus* había dado la orden y no le habían oído. Uno de los dos miró por encima del hombro, pero sólo vio, empequeñecido por la enorme distancia que habían recorrido, al nuevo *legatus* mirando en su dirección pero sin hacer gesto alguno.

—¿Qué hacen? —preguntó el segundo legionario, que quería aprovechar que su compañero se había atrevido a mirar hacia atrás para saber qué pasaba.

—Nos miran. Eso es todo. Nos miran.

Y siguieron caminando unos pasos más. Veinte más. Treinta. Cincuenta. Las murallas comenzaban a aumentar de tamaño de forma especialmente amenazadora, pero aún no debían de estar al alcance de las flechas, de manera que siguieron avanzando cuando, súbitamente, cayó algo del cielo, una roca, que aterrizó entre los dos cubriéndolos con el polvo que levantó el tremendo impacto. Se quedaron inmóviles.

—¡No he dicho que os detengáis, por Júpiter! —Escucharon a sus espaldas la voz del *legatus* bramando como si de un huracán se tratara. Dieron otro paso más al frente, y otro y otro. Sudaban. Varias gotas frías discurrían por sus frentes arrugadas, en tensión. Miraban hacia el cielo. Oyeron el silbido que anunciaba la muerte, pero no alcanzaron a ver nada y, de pronto, la nueva roca cayó sobre el tronco del primero de los legionarios, arrancando la cabeza del soldado de cuajo con tal fuerza que rodó como un segundo proyectil por espacio de un cuarto de milla, hasta detenerse cerca de donde se encontraba la cohorte de legionarios del XII *Fulminata*, su *legatus* y los dos tribunos.

—¡Alto! —exclamó Marco Ulpio Trajano al legionario que aún seguía vivo—. ¡Puedes dar la vuelta! —Añadió en voz baja—: Imbécil.

Miró a los tribunos y al resto de legionarios de aquella cohorte y de otras cohortes que se habían aproximado para ver lo que ocurría abandonando el trabajo asignado. Aquello era un desastre. No había ni disciplina ni orden. No podía esperar nada de aquellos hombres. Le entraron ganas de ajusticiarlos a todos, pero no había mejor condena para todos ellos que cumplir las órdenes de Tito, así que decidió explicarles lo que les esperaba, ¿por qué no? Les habló alto y claro, con precisión, sin rodeos.

—¿Creíais acaso que limpiar el terreno sería un trabajo fácil? ¡Sois aún más ignorantes de lo que pensaba! ¡El hijo del emperador ha asignado este trabajo a la XII *Fulminata* porque para lo único que valéis es para morir bajo las murallas de Jerusalén limpiando el terreno para los soldados que realmente valen la pena: los de la V y la XV, los que construyen los arietes que luego empujarán contra las murallas por encima de vuestros cadáveres! ¡Sí, de vuestros cadáveres! ¿O seguís creyendo que limpiar el terreno va a ser cosa fácil? No sólo os arrojarán flechas y lanzas, sino que os van a lanzar todo tipo de proyectiles con las innumerables máquinas de guerra que se perdieron, que vosotros mismos perdisteis al dejarlas abandonadas hace unos años en esta misma ciudad! ¡Sí, las mismas *ballistae* y escorpiones que trajisteis a Jerusalén serán las que os masacren estos días! ¡Pero una cosa os aseguro: una cosa os aseguro y lo juro por todos los dioses, por el mismísimo Júpiter Óptimo Máximo! ¡Vamos a limpiar este maldito terreno, lo vamos a dejar llano y construiremos rampas si hacen falta para que los arietes de la V y la XV pasen por encima de nuestra sangre y puedan derribar esos malditos muros! ¡Ahora ya sabéis en qué estáis enfrascados! ¡Ahora ya sabéis de qué va esta limpieza de terreno! —En eso, casi corriendo llegó el legionario que acababa de salvarse de los proyectiles de las *ballistae* y jadeante, agotado, se detuvo a unos pasos del *legatus*. Marco Ulpio Trajano se giró al sentir su respiración de perro acobardado—. ¡A continuar con el trabajo! —le dijo y reemprendió la marcha.

Los tribunos lo seguían de cerca; Trajano aprovechó el momento en el que parecía haber captado también la atención de los oficiales de la XII para darles órdenes.

—Necesitamos las *ballistae* y los escorpiones de la V y la XV y de la X también, o no duraremos ni tres días. Hay que estorbarles mientras nos lanzan rocas con otras rocas, o no podremos ejecutar el trabajo. Uno de vosotros debe ir a los *legati* de la V y la XV y otro al *legatus* de la X. Necesito en especial a los legionarios de artillería de la X; los que tienen mejor puntería en todo Oriente. Yo hablaré con el César.

Los dos tribunos saludaron militarmente a Trajano y partieron raudos en busca de las máquinas de guerra. El *legatus* de la XII *Fulminata* se detuvo de nuevo: a sus pies, la cabeza del legionario abatido por el pesado proyectil del enemigo le miraba con una absurda mueca de asombro y dolor. Trajano sabía que era sólo el principio. Sólo el principio.

La casa de Juan estaba repleta de amigos y conocidos y desconocidos; llena, a fin de cuentas, de decenas de cristianos que buscaban refugio de la guerra no ya entre los muros de su pequeña morada, sino bajo el manto tranquilizador de su serenidad y su fe. Jesús le dejó su propia madre a su cargo y todos los allí congregados compartían el sentimiento de que si el mismísimo Jesús había confiado el bienestar de María a aquel discípulo era, sin duda, porque Juan era merecedor de la más absoluta de las confianzas.

Éste, por su parte, se había ocupado en atender personalmente a todos los que podía, preguntando por el estado de cada uno de ellos, prestando atención sincera a los relatos más terribles de quienes llevaban huyendo de la guerra años y que pensaban que en Jerusalén encontrarían, al fin, un lugar de paz; sin embargo, ahora la guerra les envolvía si cabe con aún más fuerza, más rabia, de forma más implacable y fría. Juan no tenía sirvientes, pero sí amigos cercanos y éstos le ayudaban a distribuir agua, un poco de pan y algo de queso entre los reunidos. Había más comida pero el discípulo de Cristo no podía evitar tener ese presentimiento vago, indefinido pero permanente de que estaban sólo en el principio de algo aún más aterrador; como persona siempre prudente, consideraba que era mejor guardar alimentos para el futuro próximo. Ni los zelotes de Gischala, que dominaban la Ciudad Vieja en la que Juan habitaba, ni los sicarios de Simón que controlaban la Ciudad Nueva y la Alta, parecían preocupados por el estado en que pudiera encontrarse la población. Para ambos sólo la guerra entre ellos mismos y contra los romanos era lo único importante. Gischala había ordenado desalojar casas enteras en los barrios limítrofes con la muralla oriental para almacenar armas y proyectiles de todo tipo que usar en la defensa de la ciudad; y lo mismo con las casas que se levantaban en los aledaños a la parte occidental de Jerusalén, controlada por los sicarios de Simón. Simón. Juan se sentó un instante para descansar después de servir agua en cuencos de arcilla a una familia procedente de una de esas casas desalojadas a la fuerza. Simón parecía igual de terrible que Gischala en su locura. Decían que había ordenado destruir incluso gran número de viviendas para utilizar los escombros como proyectiles para sus catapultas, pero Juan no sabía si dar crédito o no a aquellos rumores. Los rumores eran lo peor, porque se trataba de una marea intangible de miedo contra la que sólo podía contraponer la oración y la fe y ésta se debilitaría en muchos cuando la desesperación se hiciera con el ánimo de los corazones de toda aquella pobre gente. ¿Y él? A sus más de cincuenta años había dejado de preocuparse de sí mismo. Cualquier día de más que viviera le parecía un regalo del Señor y estaba seguro de que pronto llegaría su hora. No tenía miedo. Sólo le extrañaba que Dios le prorrogara la existencia entre los vivos, toda vez que la madre de Jesús ya les observaba desde los cielos hacía un tiempo largo ya. Quizá Dios quería que él estuviera allí para que los hombres y las mujeres de Jerusalén que creían en Él encontraran algo de consuelo en sus débiles palabras de ánimo. Juan se levantó y se dirigió a todos con voz tranquila.

—Hermanos de Jerusalén: comed y bebed en mi casa todo el tiempo que necesitéis y rogad a Dios porque nos guíe y nos dé fuerzas para sobrellevar la ira de romanos y zelotes y sicarios. No perdáis la esperanza: mientras no oigamos el bramido de un ariete romano al impactar contra los muros de la ciudad, aún es posible que romanos y sicarios y zelotes lleguen a un acuerdo y la ciudad se rinda de forma pacífica sin que los males de todos sean aún mayores. Os ruego a todos que ahora recemos juntos para que ese acuerdo sea aún posible. Arrodillaos conmigo y rezad a Jesús para que interceda ante Dios por nosotros.

Y Juan se arrodilló y con él todos, y Juan cerró los ojos y empezó a orar y todos le imitaron. Juan repetía palabra a palabra la oración que el propio Jesús les había enseñado hacía años.

—Padre nuestro que estás en los cielos, santificado sea tu nombre. Venga tu reino. Hágase tu voluntad, como en el cielo, así también en la tierra. El pan nuestro de cada día, dánoslo hoy. Y perdónanos nuestras deudas, como también nosotros perdonamos a nuestros deudores. Y no nos metas en tentación, mas líbranos del mal; porque tuyo es el reino, y el poder, y la gloria, por todos los siglos. Amén.[14]

Pero sus pensamientos de remordimiento le consumían por dentro: los romanos y sicarios y zelotes nunca llegarían a un acuerdo y se sentía horrible por haber dicho lo contrario de lo que pensaba, pero ¿de qué otra forma podía mantener el ánimo de todos aquellos hermanos perdidos y aterrados en medio de la locura de aquella guerra? ¿Era la mentira un camino recto en medio de aquella tortuosa guerra? No sabía qué hacer. No lo sabía. Estaba perdido y todos creían que él les guiaría durante aquel asedio.

Tito había ratificado la petición de Trajano y decenas de escorpiones y *ballistae* de la V, la X y la XV se concentraron justo por detrás de las posiciones de la XII *Fulminata* para dar cobertura a los legionarios que se afanaban, nerviosos, en la limpieza del terreno por el que luego se conducirían los arietes y las torres de asedio.

Trajano estaba convencido de que con el apoyo de la artillería del resto de legiones podría realizar la tarea de limpieza

14. Mateo, 6, 13.

del terreno encomendada por el joven César, pero no fue así: los judíos parecían mejorar su puntería con cada proyectil y causaban múltiples bajas entre los legionarios de la XII legión, mientras que los artilleros romanos, aunque conseguían que sus proyectiles cayeran entre las almenas de la muralla, no parecían dar nunca en ningún sitio donde hubiera defensores. De ese modo, los guerreros judíos no sólo sobrevivían, sino que además lanzaban flechas y lanzas a cualquier legionario que se aproximara a las murallas. Así nunca se podría terminar el trabajo encomendado de forma efectiva. Trajano oteaba el escenario, incómodo. Había algo que no entendía. Los artilleros de la X eran de los mejores del Imperio y no conseguían abatir a prácticamente ningún enemigo. Quizá debía advertir al César, pero reconocer su incapacidad para ejecutar las órdenes recibidas era algo a lo que Trajano se resistía, no ya por orgullo, sino porque presentía que si él no era capaz de llevar a cabo aquella tarea no era probable que ningún otro *legatus* fuera a tener éxito, y si no se conseguía preparar aquel terreno, el trabajo de aproximación de los arietes sería aún más costoso, cuando no imposible. Y sin arietes nunca se conquistaría aquella ciudad. ¿Por qué no acertaban sus artilleros a abatir a casi ningún judío? ¿Era cosa de los dioses? ¿Del dios judío acaso?

Trajano se acercó a un equipo de artilleros de uno de los escorpiones de la X. Observó las piedras que habían acumulado junto a la máquina: oscilaban en dimensiones, pero aproximadamente eran del tamaño de una cabeza humana y del color gris blanquecino que parecía rodear a toda aquella ciudad. Entre gris y blanco.

—¡Largad! —dijo el oficial al mando de aquella unidad sintiendo la atenta mirada de quien había sido *legatus* de la X no hacía mucho tiempo. El equipo, a sabiendas que estaban siendo observados por Trajano, se esforzó en apuntar bien. La roca salió disparada a toda velocidad y surcó el aire como un halcón. Llegó a su máxima altura y empezó a descender aumentando si cabe aún más la velocidad hasta pasar entre dos almenas de la muralla occidental de Jerusalén y herir a... nadie.

Trajano inspiró aire con fuerza. Tenía una triste intuición.

—Dad la vuelta a esta máquina —dijo y ante la mirada confusa de los legionarios repitió sus instrucciones con voz firme; no eran legionarios de la XII, pero ahora las unidades de artillería estaban bajo su mando; en general, para todos los de la X, su antiguo *legatus* era su jefe natural—. Dad la vuelta al escorpión, he dicho. —Mientras empezaban a obedecer se acercó al oficial artillero al mando—. Me voy a alejar media milla, me situaré en aquella zona, a mitad de camino en dirección hacia donde están construyendo las torres de asedio y los arietes. —Le miró fijamente a los ojos—. Cuando levante el brazo me arrojarás una roca —le puso la mano derecha en el hombro— y apunta a dar, a dar, ¿está claro?

El oficial, con la boca abierta, asintió. Iba a decir algo, a manifestar sus dudas sobre la orden recibida, pero, para cuando consiguió empezar a articular una palabra, el *legatus* se alejaba ya a buen paso dándole la espalda.

—¿Qué hacemos? —preguntó uno de los legionarios.

—No lo sé —dijo el oficial y miró a su alrededor. Los oficiales de otras unidades de artillería habían empezado a mirar hacia su escorpión en cuanto éstos lo giraron. Nadie entendía nada. Los legionarios de la máquina de guerra que ya no apuntaba hacia los muros de Jerusalén explicaban con rapidez las instrucciones que Trajano había dado. El bombardeo de los muros de la ciudad se ralentizó. Todos querían saber en qué iban a quedar las extrañas órdenes del entonces ya *legatus* de la XII *Fulminata*. El oficial miraba en dirección a Trajano y vio cómo éste se detenía, daba la vuelta, encarando la máquina de guerra desde la distancia y, al instante, alzaba el brazo.

—¿Qué hacemos? —repitió el legionario encargado de liberar la cuerda que mantenía en tensión el escorpión cargado con un pesado proyectil. El oficial sudaba. Trajano los miraba fijamente con un brazo en alto. Apenas había pasado un brevísimo instante pero al artillero al mando de aquella máquina le parecía que el tiempo se hubiera detenido. Nunca había disparado contra un romano y ni imaginaba que fuera a hacerlo jamás, mucho menos contra un *legatus*, pero había estado bajo el mando de Trajano en el pasado reciente y sabía que no era hombre con quien discutir una orden.

—Suelta el proyectil —masculló el oficial, y como fuera

que el legionario dudaba repitió su orden en voz muy alta—: ¡Suelta el maldito proyectil, por Júpiter!

El legionario liberó la cuerda y la roca salió escupida del escorpión a una velocidad brutal. El zumbido del proyectil surcaba el aire en su irrefrenable ascenso mientras centenares de legionarios y artilleros de la V, la X, la XII y la XV mantenían sus miradas clavadas en el *legatus* que había ordenado semejante absurdo. Muchos se preguntaban qué pasaría si la piedra impactaba en el *legatus* de la XII. Ninguno quería estar en la piel del oficial al mando de aquel escorpión.

Marco Ulpio Trajano observó cómo el escorpión soltaba su mortal proyectil. Si el artillero había calculado bien, y eso era muy probable, pues había seleccionado a uno de los mejores según recordaba en su paso al mando de la X, la roca caería sobre él o muy, muy cerca. Trajano intentó seguir la trayectoria de la piedra desde su lanzamiento, pero ante la velocidad con la que salió despedida del arma, la había perdido de vista, la había perdido. Y eso no le gustó.

Marco Ulpio Trajano mira al cielo y no ve nada. Tiene que estar a punto de caer, a punto de caer. De pronto, en lo alto, se dibuja una silueta, un punto blanco que se observa con claridad y que se acerca, que se acerca a una velocidad de vértigo, pero hay tiempo y el *legatus* se desplaza dos, tres, cuatro, cinco pasos rápidos hacia su izquierda. La roca cae reventando el suelo justo en el punto donde se encontraba hacía un instante. El artillero era bueno. Muy bueno. Y sin embargo apenas derribaban enemigos en las murallas. Trajano, clavado en su nueva posición, vuelve a levantar el brazo encarando, una vez más, al escorpión de la X.

El oficial de la máquina de guerra maldice su suerte mientras da las órdenes precisas.

—¡Cargad el escorpión, cargad el escorpión! ¡Corregid el ángulo de tiro hacia nuestra derecha, un ápice.

Los legionarios empujan el pesado escorpión hacia la derecha hasta que éste queda a satisfacción del oficial. El legionario encargado de liberar el proyectil se le acerca.

—Quizá debieras apuntar a dar; quizá así nos dejará en paz el *legatus*.

El oficial le miró perplejo.

—Estamos apuntando a dar. —El legionario, retomando su posición, le miraba con los ojos abiertos de par en par. No podía creer que el oficial estuviera tan loco como el *legatus*.

Trajano mantenía su brazo en alto. De nuevo dispararon otro proyectil. Esta segunda vez, con más atención, pudo seguir la trayectoria desde el principio, y, sin perderlo de vista ni un momento, vislumbró con nitidez la mole blanca y gris de piedra que se le acercaba desde el cielo. Repitió la operación, esta vez en sentido contrario, dando varios pasos hacia su derecha, situándose justo al lado del primer proyectil. La segunda roca impactó junto a él, pero, una vez más, sin herirle. Trajano estaba ya persuadido de que podrían pasarse así el resto del día y que nunca le darían. Puso sus brazos en jarra. Miraba hacia la muralla, luego hacia los proyectiles que acababan de caer a su lado. Se puso en marcha y caminó hacia el escorpión que, siguiendo sus instrucciones, había arrojado dos rocas contra él. El oficial estaba tenso. Trajano imaginaba que no habría tenido que ser fácil apuntar contra un *legatus*. Se detuvo frente a él. No era necesario confirmar si había apuntado bien: si no se hubiera apartado en ambos casos, el proyectil le habría dado de pleno. Era un buen artillero el de aquel escorpión de la X. Trajano pasó a su lado y luego, sin decir nada, siguió caminando por entre el pasillo de la multitud de legionarios que se había arremolinado en el lugar para observar aquel particular episodio. Siguió andando en dirección a las murallas de la ciudad hasta que llegó al punto donde los trabajos de los soldados de la XII *Fulminata* se habían detenido por obra de los proyectiles enemigos que caían sin parar. El *legatus* se agachó junto a una de las rocas que lanzaban desde el interior de la ciudad, desde detrás de las murallas y, nada más ver el proyectil, vio confirmadas todas sus intuiciones. Sacudió la cabeza. En ese momento alguien gritó.

—¡Por Hércules! ¡Rocas! ¡Arrojan más rocas! ¡Despejad el terreno!

Era un centurión al mando de esa zona. Trajano se levantó, dio la espalda a las murallas y empezó a caminar de regreso a donde se encontraban los escorpiones. A sus espaldas una decena de proyectiles enemigos caían impactando en el suelo, sin causar bajas, pero impidiendo que los legionarios de la XII pudieran proseguir con la tarea de allanar el terreno para los arietes y las torres de asedio. Trajano se detuvo junto al oficial de artillería, que empezaba a dirigir las maniobras para cargar rocas en los escorpiones y responder así a los defensores de la muralla.

—¡No! —dijo Trajano con vehemencia—. No lancéis ni una roca más de éstas. —Señaló a una gran pila de rocas blancas y grises que los legionarios de la X habían acumulado durante la noche anterior—. No tiene sentido seguir desperdiciando proyectiles. Haced pintura negra o usad pez oscura y pintadlas de negro antes de lanzarlas. Sólo así conseguiremos algo. Las ven: son tan blancas que los judíos las ven con tiempo suficiente de evitarlas. Hay que pintarlas de negro.—Comenzó a alejarse mientras repetía la orden una y otra vez—: Hay que pintar las malditas rocas de negro y... —detuvo su marcha, se giró hacia los oficiales allí congregados y añadió una última orden—... las tareas de limpieza del terreno se reiniciarán al atardecer. Al atardecer —sonrió—, así aún las verán menos. Esta tarde las cosas serán diferentes.

Simón y Eleazar estaban satisfechos. Los romanos habían dejado de intentar acercarse a las murallas desde aquella mañana; eso les había dado tiempo a acumular más proyectiles y estaban preparados para abortar cualquier nuevo intento de aproximación por su parte. El sol caía en el horizonte, alargando las sombras inmensas de la fortaleza Antonia y los altos muros del Templo, pero aún había luz y los romanos parecían dispuestos a volver a intentarlo.

—Están acumulando tropas otra vez —dijo Eleazar.

—Responderemos como siempre —afirmó Simón con seguridad. Se encontraban entre las almenas de la torre de Herodes, a resguardo, cuando una roca cruzó a toda velocidad junto a ellos sin que hubieran visto que se acercaba. El proyectil impactó en uno de los sicarios próximo a ellos y le destrozó el pecho. La sangre se desparramó por todo lo alto de la torre y hasta les entró en los ojos. Ni Simón ni Eleazar tuvieron mucho tiempo para comentar lo ocurrido, porque caían nuevas rocas sin que en ningún momento pudieran vislumbrar de dónde venían. Simón se arrastró hasta llegar a la parte de la torre que le permitía ver qué ocurría en el interior de la Ciudad Nueva, por detrás de las murallas, donde tenían acumuladas la mayor parte de las máquinas de guerra; el desconcierto era total. Varios proyectiles habían impactado en algunos de los renegados romanos que las manipulaban y la lluvia de rocas no cesaba. Nadie parecía ver los malditos proyectiles antes de su caída. Las cosas se estaban complicando.

—Se han dado cuenta de lo de las rocas blancas —dijo Eleazar, que se arrastraba a su lado.

—Resistiremos. Da igual lo que hagan: resistiremos —insistió Simón, como si al repetirlo las palabras cobraran más fuerza—. Es hora de preparar los sacos.

Con un eficaz apoyo de los escorpiones, los legionarios de la XII *Fulminata* consiguieron, por fin, preparar el terreno y construir tres largas rampas que culminaban en las murallas. Muchos legionarios cayeron bajo las lanzas y las flechas enemigas. Los escudos evitaron una masacre total, pero otros cayeron por las rocas que arrojaban las máquinas que controlaban los judíos, aunque ya no caían tantas piedras como al principio porque la artillería romana eliminaba a muchos defensores de las almenas de las murallas o dificultaba a los artilleros enemigos que cargaran sus máquinas con la misma velocidad del principio. En poco tiempo corrió por todas las legiones la anécdota del color de los proyectiles, hasta llegar a oídos del propio Tito. El hijo del emperador, que había estado patrullando con la caballería alrededor de la ciudad para asegurarse de que no llegaran ni alimentos ni nuevos pertrechos militares a los sitiados, llegó al punto donde se levantaban, orgullosas, las tres torres de asedio junto a los tres inmensos arietes que debían servir para quebrar las murallas de Jerusalén. Estaba a punto de dar comienzo la parte más audaz de toda la estrategia de ataque y Tito había convocado un *consilium* con todos sus *legati*, allí mismo, al pie de las torres de asedio. Hasta allí habían traído una mesa con un mapa de la ciudad y una *sella castrensis* para el hijo del emperador, pero éste la despreció y se situó en pie, junto a la mesa y el mapa, rodeado por todos sus *legati*.

—Ha llegado el momento: los judíos no se avienen a negociar de ningún modo. He enviado varios mensajeros y todos han sido recibidos con proyectiles. —Miró entonces el mapa—. Si abrimos una brecha en este punto —señaló con su dedo al espacio de la muralla exterior que recorría el sector noroccidental de la ciudad, desde la torre Psephinus hasta la torre de Herodes— gran parte de la ciudad caerá bajo nuestro control. Quizá entonces se avengan a rendir el resto. Para aproximar los arietes nos apoyarán los escorpiones y las *ballistae* concentrando sus proyectiles en los puntos donde culminan cada una de las rampas; a los arietes les seguirán las torres repletas de arqueros; incluso podemos cargar algunos escorpiones en la parte superior de las torres y yo mismo comandaré la caballería para defender los arietes, en caso de que los judíos se atrevan a hacer salir a sus guerreros para dificultar la aproximación de aquéllos. ¿Está todo claro? —Miró a su alrededor: todos afirmaban en silencio. Tito detuvo sus ojos sobre Trajano que, absorto, miraba el plano— ¿Algún comentario? —Trajano no dijo nada; Tito cambió su pregunta—: ¿Qué hacen los judíos ahora?

Trajano sintió que la pregunta iba dirigida a él, pues tanto él como sus hombres eran los que más se habían aproximado a las murallas para preparar el camino de los arietes y las torres de asedio.

—Sacos, César —respondió Trajano levantando la mirada y encarando con respeto los ojos oscuros del hijo del emperador—. Arrojan los sacos desde lo alto de la muralla.

A Tito no se le escapó el hecho de que Trajano hablara de «los sacos», como si los conociera de antes. Sin duda, Trajano era el hombre de más experiencia en combate en Oriente.

—¿Sacos? —indagó el hijo del emperador.

—Sacos, sí —se explicó Trajano—: sacos rellenos de paja.

Los arrojan allí donde terminan las rampas, donde saben que vamos a conducir los arietes. La paja defiende la muralla de los golpes de los arietes, los amortigua, dificulta mucho su labor. Podemos incendiarlos, pero entonces no podremos acercar los arietes o tanto éstos como las torres se incendiarían. Es mejor arremeter contra los sacos, contra todo. Los arietes son fuertes. He visto que se han reforzado con remaches de hierro en sus puntas. Podrán con todo aunque con los sacos costará un poco más.

Todos miraban a Trajano con atención y con respeto ganado allí mismo, pues aun dirigiendo la peor de las legiones, y pese a todas las dificultades, se las había ingeniado para cumplir con las órdenes del hijo de Vespasiano. Tito decidió confirmar la valoración del *legatus* de la XII.

—Los arietes arremeterán contra los sacos —de pronto le asaltó una duda a Tito Flavio Sabino—, ¿y no los incendiarán los judíos cuando tengamos los arietes junto a las murallas?

—Es posible —respondió Trajano—, pero el incendio también debilitará las murallas. En todo caso sería buena idea llevar agua junto a los arietes.

—De acuerdo —dijo Tito—. Todos en marcha —levantó la voz—. ¡Por Roma, por el emperador Vespasiano, por Júpiter! ¡Fuerza y honor!

Los cuatro *legati* repitieron sus palabras.

Al poco tiempo, los tres pesados arietes, empujados por decenas de soldados y tirados por caballos de carga, empezaron su lento ascenso por las tres largas rampas. El poder de Roma caminaba firme contra las infranqueables murallas de Jerusalén. Nada ni nadie parecía que pudiera detenerles.

43

A LA LUZ DE UNA HOGUERA

Alrededores de Itálica
Mayo de 70 d. C.

El joven Trajano y su amigo Longino habían acampado en medio de la sierra, un claro del bosque en el que se habían adentrado aquella tarde en busca del lince que habían visto varios pastores, una vez más, acechando sus ovejas. Caía la noche y decidieron dejar de seguir el rastro del animal para encender una hoguera. Recogieron leña con rapidez. En el estío seco era fácil encontrar hojarasca y ramas quebradizas con las que disponerlo todo. Una vez acumulada suficiente leña, Trajano extrajo un hierro con forma de herradura del saco que portaba consigo colgando de un costado. Cogió el hierro por el centro, con fuerza, como si agarrara el mango de una jarra de vino. Sacó entonces una piedra de cuarzo de la bolsa y empezó a golpear la piedra con el hierro, de forma que, al momento, empezaron a saltar chispas. Repitió la operación varias veces, pero no terminaba de prender la hojarasca y no tenía paja.

—Yo tengo setas secas del viaje —dijo Longino.

—Perfecto —respondió Trajano mientras Longino ponía junto a la hojarasca varias setas completamente secas. Trajano hijo repitió la operación de golpear el pedernal de cuarzo con el hierro y las nuevas chispas prendieron en las setas que empezaron a echar humo primero y, al momento, exhibieron una pequeña llama.

Una vez que el fuego proyectaba sombras nerviosas a su alrededor, los dos muchachos se dispusieron a asar carne de cerdo que llevaban consigo y a compartir vino que habían cogido a escondidas de la cocina. Trajano y Longino eran cómplices en muchas cosas: en sustraer víveres y vino sin que lo supiera la madre o la hermana de Trajano o los esclavos, y en adentrarse en el bosque en busca de aquel sigiloso lince pese a que no tenían permiso expreso para ello. La madre de Trajano en particular insistía una y otra vez en que no quería que se implicaran en ninguna actividad peligrosa sin el beneplácito de su padre. Pero éste estaba en la guerra de Oriente y Trajano hijo hacía oídos sordos, junto con Longino, a las quejas de su madre.

—Está buena la carne —masculló sin dejar de masticar.

—Sí —respondió Longino al tiempo que servía vino en dos vasos de terracota común que había extraído de su bolso de caza.

Trajano tomó el vaso que le acercaba, se lo llevó a la boca y, de un trago largo, durante el que inclinó su cabeza hacia atrás, engulló todo el líquido con ansia que, erróneamente, Longino atribuyó a la sed.

—Bebes demasiado rápido —dijo Longino.

Trajano no dijo nada y se limitó a sonreír a la vez que presentaba el vaso vacío a Longino, que no dudó en llenarlo de nuevo. Bebían sin apenas aguar el vino. Querían emborracharse. No era la primera vez. No sería la última.

Trajano buscaba audacia en aquellos largos tragos de licor. Después de tres meses desde la llegada de Longino, la necesitaba: había decidido intentarlo aquella noche, explicarse, acercarse, hablar, lo que fuera. Llevaban meses saliendo a cazar juntos, creciendo unidos, siendo los mejores amigos posibles, capturando varios jabalíes y ciervos juntos, y Longino estaba feliz con él y él lo sabía. ¿Sería posible, por todos los dioses, que Longino se sintiera como él? Trajano hijo volvió a echar otro trago, esta vez más pequeño. Ahora compartían el silencio de la noche salpicado sólo por un grillo próximo. Se tumbaron el uno al lado del otro, junto al fuego, boca arriba, mirando las estrellas del cielo. La luna estaba inmensa.

—Luna llena —dijo Longino.

—Sí. Hay suficiente luz incluso para cazar —respondió Trajano.

—¿Quieres que reemprendamos la marcha?

—No, se está bien aquí; y seguro que el lince también descansa esta noche. Mañana le cogeremos. —Trajano estaba convencido de ello. Se giró y se quedó mirando el contorno suave de las facciones del rostro de Longino. El vino le estaba dando esa valentía de la que había carecido durante tanto tiempo. Estiró la mano y acercó la punta de los dedos a la mejilla de su amigo. Las yemas ásperas de Trajano le rozaron la piel tersa de la mejilla.

—¿Qué haces? —dijo Longino separando el rostro de la mano de Trajano y corriéndose un tanto hacia un lado.

—Nada —dijo Trajano y volvió a recostarse boca arriba y mirar al cielo. Estaba claro que Longino no sentía como él, no pensaba como él. Se sentía fatal, entre avergonzado e incómodo. El silencio de la noche los abrazaba. El grillo dejó de cantar. Se oía el leve susurro del viento nocturno paseando entre las copas de los árboles. Longino se incorporó y, sentado, avivó el fuego.

—Somos buenos amigos, Marco —dijo mirando al suelo—, los mejores amigos... pero amigos. —El silencio seguía allí con ellos, y el viento y la luna—. Somos iguales en todo menos en ese sentimiento, Marco.

Trajano no respondió. Su amigo lo había sentido entonces desde hacía tiempo y no había dicho nada. No sabía si alegrarse o entristecerse aún más. Longino le aceptaba, pero nada más; no tenía claro si eso le animaba o le hundía. Era la primera vez que intentaba exteriorizar lo que sentía y había sido un desastre. La comprensión de Longino le irritaba si cabe aún más que si se hubiera ido de allí despechado o sintiendo asco. No entendía bien por qué que su amigo le comprendiera le dolía aún más. Era demasiado joven para comprender que aquella reacción de Longino sólo hacía que su amor por él fuera aún mayor, más intenso y abocado al eterno fracaso. Ese destino era el que le hundía sin saberlo, sin entenderlo, sin poder impedirlo.

Longino, ante la ausencia de respuesta o de reacción por parte de su amigo, dejó de hablar y volvió a recostarse boca arriba. El fuego ardía con fuerza. Cerró los ojos y, arrullado por el viento suave de la noche de primavera y algo aturdido por el vino, se durmió profundamente.

Longino no tenía claro cuánto tiempo había pasado, pero al abrir los ojos y girarse hacia el lado donde estaba Trajano descubrió sólo la tierra desnuda. Trajano se había marchado, quizá de regreso a casa, quizá en busca del lince, solo, dejándole atrás.

44

LA BELLA DOMICIA

Roma, mayo de 70 d. C.
Domus Aurea

El emperador Vespasiano estaba inquieto. Si bien el pueblo, tras los *ludi* que había celebrado en el circo Máximo, con cuadrigas y también con luchas de gladiadores, parecía aceptarle, incluso quererle, sentía las miradas de muchos senadores que aún dudaban de su capacidad para pacificar el Imperio y recuperar el control de todas las provincias. Además seguía la revuelta bátava en la Galia y los problemas en las fronteras del Rin y el Danubio. Por otro lado, su hijo Tito asediaba Jerusalén con energía, pero, por el momento, las noticias, siempre algo confusas, apuntaban a que los judíos seguían resistiendo tenazmente. Aquello no le ayudaba en su propósito no ya de gobernar el Imperio, sino de instaurar una nueva dinastía que sustituyera a los descendientes de Julio César y Augusto. Para ello, Vespasiano, declarado augusto por el Senado, había promovido la concesión de los títulos de César a sus dos hijos, Tito y Domiciano.

En medio de todas aquellas tensiones, Vespasiano se decidió a dar un gran banquete en los edificios de la *Domus Aurea* que, erigidos en la ladera del Palatino, habían sobrevivido a las inclementes llamas del incendio de Roma de hacía unos años originado por los vitelianos. Aún no había habido tiempo suficiente para la reconstrucción después de un tenebroso año de guerra civil y locuras imperiales. Vespasiano había ordenado levantar un nuevo palacio para recepciones oficiales en lo alto del Palatino, pero, mientras tanto, usaba la sección de la *Domus Aurea* que seguía en pie para vivir y acoger a sus invitados. Hasta allí se desplazaron decenas de senadores, el prefecto de la ciudad, los prefectos del pretorio, otras autoridades de importancia y representantes de todas las grandes familias patricias y ecuestres de Roma. Vespasiano intentaba demostrar que se estaba consolidando como emperador y que además, tenía un hijo, Tito, que debía proporcionar importantes victorias militares al Imperio. Y si alguien pensaba lo contrario sería más fácil detectarlo desde la proximidad de una fiesta en la que estaría presente, al menos, su hijo pequeño Domiciano. Todos tenían que ver que la familia Flavia era fuerte; pese a la muerte de su hermano Sabino, allí estaba él, Vespasiano, junto a Tito y... Domiciano. Le costaba incluirlo. El muchacho seguía distante y metido en frívolas fiestas nocturnas y, según parecía, orgías de todo tipo, pero el emperador lo achacaba todo a su juventud. Él también vivió sus juergas cuando tenía diecinueve años. Más tarde o más temprano, Domiciano se centraría en la importancia de la unión de la familia Flavia y sería un aliado importante para él mismo y para Tito. Eso pensaba Vespasiano. Todas aquellas preocupaciones, no obstante, no le dejaban dormir tranquilo. Sólo las caricias de Antonia conseguían tranquilizarle. Ella estaría también en la fiesta.

Domus de Lucio Elio Lamia

Lucio Elio Lamia era de los que tenía clara la importancia de estar en buena relación con el nuevo emperador de Roma. En una decisión que lamentaría el resto de su vida, anunció a su hermosa joven esposa, Domicia Longina, que iban a acudir al banquete que ofrendaba Vespasiano para un escogido grupo de senadores y patricios que el emperador señalaba así como futuros grandes líderes en las diferentes magistraturas del Imperio romano.

—Esta noche conoceremos al emperador —dijo Lucio con orgullo por lo que él pensaba que eran espléndidas noticias. Su joven esposa, no obstante, se mostró algo incómoda. Ella ya había conocido a otro emperador de pequeña, a Nerón, y éste había ordenado la muerte de su padre. No era para ella, pues, una noticia especialmente feliz, pero, al ver la cara de regocijo de su esposo, no dudó en sonreír y en mostrarse contenta.

—¿Nos han invitado? —preguntó de forma retórica, por decir algo que no contraviniera la alegría de su marido.

—Así es, Domicia, y es un privilegio que muy pocos han conseguido; no creo que haya más de doscientas o trescientas personas invitadas. Es un honor muy grande, así que vístete con tu mejor túnica y tu mejor *stola*. Quiero que toda Roma vea que estoy casado con la más hermosa de sus patricias.

Domicia asintió mientras veía cómo su esposo se dirigía a la puerta de la *domus* con intención de salir para, en el foro de la ciudad, anunciar a todos sus amigos que estaban invitados a la gran cena de Vespasiano.

Domus Aurea

Domiciano despreciaba las grandes recepciones que su padre se empeñaba en hacer con demasiada frecuencia para su gusto. Esas cenas le obligaban a mostrarse sociable y atento con todos, siendo muchos de los invitados totalmente despreciables para él. Además, un banquete oficial implicaba una noche en la que no podía salir por la Roma nocturna a satisfacer sus apetitos carnales en los mejores lupanares de la ciudad, donde el flujo de oro que manaba de su bolsa como segundo hijo del emperador era siempre bienvenido, y aún mejor recompensado con las más impactantes prostitutas de todo el orbe que, toda vez que la ciudad había recuperado el orden, volvían a ser enviadas hacia Roma desde todos los puntos del Imperio para satisfacer los más variados gustos de los gobernantes y los hijos de los gobernantes del mundo. Domiciano se sentía a gusto en esa segunda categoría, pero una nueva recepción oficial se interponía en su anhelada visita a un nuevo prostíbulo donde le habían prometido una noche de lujuria sin límites con varias doncellas provenientes de la lejana Asia.

—Meretrices del máximo nivel, auténticas *heteras* de Oriente para servir al hijo del emperador —le había anticipado la vieja *lena* que regentaba el gran prostíbulo junto a la margen izquierda del Tíber, próximo al puente Fabricio.

Pero ahora, por ese maldito empeño de su padre de ir rodeándose de un grupo bien nutrido de fieles senadores que acudían a sus fiestas primero para luego ser empleados en alguna arriesgada campaña en el norte del Imperio, ahora tendría que posponer esa maravillosa noche con las meretrices de Asia durante al menos una velada que se probaría del todo inútil en lo esencial: encontrar algo entretenido con lo que compensar su terrible pérdida de diversión nocturna.

Domiciano entró en la gran sala preparada para el banquete oficial, se reclinó en el lecho a la derecha de su padre y decidió hundir su furia mal contenida pegando grandes mordiscos a las suculentas carnes que los esclavos estaban disponiendo ante él. Había pensado en emborracharse, pero su padre se lo recriminaría delante de todo el mundo y no quería añadir más humillaciones a aquella ya de por sí humillante velada.

Domus de Lucio Elio Lamia

Domicia no hizo caso a su marido y, aun a riesgo de decepcionarle, optó por una *stola* gris muy discreta y por acicalarse con mesura, recogiendo su pelo con elegancia pero sin recurrir a ninguno de los complejos y más sofisticados peinados que se elevaban por encima de la cabeza tras una hora de ingente trabajo de varias esclavas y *ornatrices* duchas en mantener el cabello en equilibrios imposibles a base de decenas de pequeñas pinzas. Pero Domicia, ingeniosa, ante la mirada de desaprobación de su esposo, tenía preparada una muy buena excusa para su discreta presencia.

—Habrá esposas de muy importantes autoridades en el banquete, Lucio, y no quiero que ninguna sienta envidia de mí, especialmente Antonia Cenis, la concubina del emperador, y que eso te perjudique.

Su esposo parpadeó un par de veces, perplejo ante la sagacidad de su esposa. Sin duda alguna, indisponer a la esposa de un jefe del pretorio o de un senador cónsul podría ser algo terrible para su futuro, pero era evidente que indisponerse con Antonia Cenis, tan próxima y tan influyente en el nuevo emperador, podría ser aún algo mucho peor. Antonia superaba ya los cuarenta años y, aunque se conservaba razonablemente bien por haber sido muy hermosa en su juventud, estaba claro que no podía competir con la radiante belleza de Domicia o de otras muchas jóvenes patricias romanas. La discreción en el vestido y en el maquillaje por parte de su inteligente esposa harían que los ojos de Antonia Cenis se fijaran en otras jóvenes que acudirían mucho más llamativas al banquete. ¿Cómo no se le había ocurrido a él todo eso? Antonia fue liberta de la madre del emperador Claudio y se decía que fue ella la que descubrió la conjura de Sejano que conllevaría la caída del temible jefe del pretorio en tiempos de Tiberio. La esposa de Vespasiano había fallecido hacía unos años y, tras la llegada de éste a Roma, no se sabía muy bien cómo, Antonia Cenis había sabido cautivar al nuevo gobernante del Imperio. Si bien Vespasiano no parecía dispuesto a contraer matrimonio con ella, la trataba como a su esposa en privado y en público y muchos estaban persuadidos de que la influencia de Antonia Cenis en las decisiones de los últimos nombramientos de gobernador tenían su sello inconfundible.

—Has elegido bien, esposa —respondió Lucio Elio al fin con una sonrisa en los labios que tranquilizó a la joven Domicia—; como siempre mi hermosa mujer tiene mejores intuiciones que las mías propias.

Ambos, en sendas literas portadas por media docena de esclavos cada una, partieron de su *domus* en dirección a la ladera del Palatino.

Exterior de la *Domus Aurea*

Había una gran multitud de gente congregada en las inmediaciones de la *Domus Aurea*. El pueblo de Roma tenía curiosidad por ver a todos aquellos que gozaban de la confianza del nuevo emperador. Era como un gran desfile improvisado donde se podía ver a los senadores y otros prohombres de la ciudad acompañados de sus mujeres, de camino al viejo palacio imperial que construyera Nerón en el pasado reciente. Hasta allí encaminó sus pasos Estacio, para ver pasar la vida de quienes realmente contaban en aquel mundo ante sus ojos. Todo lo digería bien: senadores, *equites*, magistrados, cónsules, sacerdotes y un largo *et cetera* de personalidades de toda condición que acudían a la llamada alta y clara del poder; todo lo aceptaba Estacio, con la resignación de su condición humilde, hasta que apareció Quintiliano, el popular retórico que había conseguido llamar la atención del nuevo emperador con sus dotes oratorias. Eso fue lo que le dolió. Los había que con las palabras llegaban hasta el círculo más íntimo del poder de Roma, allí donde estaba el oro, allí donde había una vida de lujos, cómoda y sin problemas. Quintiliano apareció y desapareció como un destello fulgurante entre el tumulto de los que se adentraban en la *Domus Áurea*, pero aquel instante fue suficiente para que Estacio cerrara los ojos y buscara dentro de sí palabras, versos, poemas con los que ser considerado alguien en aquel mundo donde su persona, como la de tantos otros, simplemente no contaba, no existía. Pero no acertó a encontrar las palabras, los versos, ese poema que pudiera cambiar su vida. Se marchó de allí entristecido, pero no resignado. Eso nunca. Seguiría en el empeño. No importaban los desprecios de todos los bibliotecarios de Roma: alguna vez lo conseguiría. Y ese lujo y esa paz que da el poder serían también suyas. Lo serían. No importaba para qué o para quién tuviera que componer sus poemas. Lo conseguiría.

45

EL ARIETE DE ROMA

Ciudad Vieja de Jerusalén
Mayo de 70 d. C.

En casa de Juan se habían reunido aún más cristianos. Las miradas de desamparo eran sobrecogedoras y el veterano discípulo de Jesús se afanaba en proporcionar consuelo con la serenidad de su voz, pero hacía días que se le habían acabado las palabras con sentido y todo lo que decía se le antojaba vacío. Por eso se decidió a rezar en alto. Todos le imitaron.

En el resto de la ciudad la guerra proseguía inalterable. Simón, el inmisericorde líder de los sicarios, había llegado a un pacto con Gischala para que sus terribles zelotes se unieran a los sicarios en las murallas de la Ciudad Nueva y así, luchando juntos por una vez, detener a los romanos. Juan cerraba los ojos mientras oraba. Sus palabras se centraban en Cristo y en Dios, pero sus pensamientos volaban de forma irremediable hacia el asedio sin fin que los envolvía y que amenazaba con engullirlos a todos. El odio a los romanos había unido a enemigos irreconciliables como Simón y Gischala. ¿Sería una unión permanente? ¿Conseguirían así detener a los romanos, detener esa guerra? ¿Vencer? ¿Se podía vencer a Roma? Juan había presenciado tantas rebeliones que sólo terminaban en sangre y dolor y sufrimiento para todos, en particular para los más humildes, que no pensaba que la fuerza pudiera nunca rendir a Roma, pero ahora le acuciaban otras preocupaciones más cercanas. Lamentaba no tener más comida o más agua para atender a tantos como acudían a su casa. Y de pronto, quebrantando sus pensamientos y su fe, llegó: como un temblor profundo, un estruendo largo y lento que se propagó por todos los rincones de la ciudad. Todos dejaron de rezar. Y en el silencio que los arropaba sonó un segundo impacto, igual de poderoso, igual de fuerte, igual de irremediable: uno de los arietes de Roma había impactado contra la muralla de la Ciudad Nueva. Ahora ya no había marcha atrás posible. Los romanos no cejarían hasta el final. Juan sacudió levemente la cabeza; los romanos eran así: podían negociar y negociar la rendición de una ciudad durante semanas, meses incluso, pero si uno de sus arietes chocaba contra las murallas de la misma, eso significaba que ya no había vuelta atrás. No se detendrían ya jamás. Hasta el final. Juan no quería que todos percibieran su desánimo. Simón y Gischala tampoco cederían nunca. Estaban abocados a una guerra sin cuartel hasta que sicarios y zelotes y romanos se exterminaran y, junto con ellos, se llevarían las almas de todos los habitantes de Jerusalén en una orgía de brutalidad sin sentido y sin redención. Cerró los ojos y pensó en Jesús.

—Dame fuerzas, Señor, dame fuerzas. Danos fuerzas a todos —dijo y lloró por dentro, sintiendo su miedo rasgándole las entrañas, pero sin exhibir ni una sola lágrima. Todos le miraban. Necesitaban su coraje.

46

EL BANQUETE DEL EMPERADOR VESPASIANO

Domus Aurea, **Roma**
Mayo de 70 d. C.

Domiciano, como había imaginado, estaba aburrido en grado sumo. Las jóvenes patricias que le miraban con interés eran o bien muy feas o gordas o tan insípidas como aquella salsa que habían empleado para la carne. Decididamente echaba de menos a las meretrices que le habían prometido en el gran prostíbulo, aunque, si la velada terminaba temprano, quizá aún pudiera hacer una escapada y compensar aquella deleznable cena con la compañía de alguna de esas prostitutas griegas de las que tanto le habían hablado. Fue en ese momento cuando hicieron su entrada Lucio Elio Lamia y su esposa y los ojos del hijo menor del emperador capturaron en su retina la hermosa silueta de Domicia.

El joven Flavio dejó de comer y de beber y se dedicó durante unos instantes a contemplar con atención la figura de aquella hermosa patricia que se movía con la gracilidad de quien es elegante por naturaleza, incluso aunque no quiera aparentarlo. La joven y su esposo se sentaron algo demasiado lejos para su gusto, pero Domiciano aún podía verla, algo sonrojada por el calor que se había apoderado de la gran sala a causa de lo atestado que se encontraba aquel atrio al que habían llegado ya todos los invitados al banquete. Domiciano se giró y encontró a quien buscaba con rapidez, allí, de pie, callado: al veterano liberto Partenio, consejero del antiguo Nerón, apartado del poder durante los reinados de Galba, Otón y Vitelio, y recuperado como consejero por Vespasiano. A Domiciano no le gustaba Partenio, pero ahora que necesitaba saber quién era aquella mujer le pareció que el liberto podría ser la mejor fuente de información. Era una forma como otra cualquiera de comprobar la utilidad de aquel hombrecillo delgado y sigiloso. Domiciano le hizo una señal con los dedos de su mano derecha, Partenio se acercó y se agachó para que el hijo del emperador, un nuevo César, pudiera preguntarle al oído y preservar así la privacidad de sus palabras.

—¿Quién es la joven patricia que acaba de entrar acompañada por ese hombre?

Intentando disimular, lo suficiente para que su padre no se diera cuenta de nada, pero insuficiente para que Antonia Cenis no se percatara del interés de Domiciano en la joven recién llegada, el hijo menor del emperador miró en dirección a Lucio Elio Lamia. Partenio levantó los ojos ligeramente, sin apartarse de Domiciano.

—Es Domicia Longina, César —respondió Partenio. Como Domiciano no parecía satisfecho, completó su informe con más detalles—: Es la hija de Corbulón, el gran general que contuvo a los germanos en numerosas ocasiones y que luego conquistaría la ciudad de Artaxata, la capital de Armenia, que fortificara el propio Aníbal en el pasado, o eso aseguran. El padre de la joven también consiguió una gran victoria sobre los partos, pero su fama fue excesiva y Nerón le ordenó que se suicidara a cambio de preservar a su esposa y a sus hijas de todo mal. Se acaba de casar con Lucio Elio Lamia Emiliano, un patricio de buena familia pero sin ningún servicio relevante para el Imperio, al menos de momento, César. —Como el interés de Domiciano por la joven era evidente, Partenio decidió apuntarse una pequeña victoria y añadió más información—. La joven Domicia está emparentada por vía de su madre, Casia Longina, con el mismísimo divino Augusto.

Domiciano sacudió su mano derecha un par de veces indicando a Partenio que se apartara. Ya sabía suficiente. La hija del general Corbulón. Aquéllas eran magníficas noticias para lo que su mente estaba tramando. Su padre había hecho bien en recuperar a ese liberto como consejero; sin duda, Partenio era buen conocedor de todo lo que había corrido en Roma en los últimos años. Domicia Longina, descendiente del mismísimo Augusto. Le gustaba aquella ascendencia que todos en Roma anhelaban tener pero que muy pocos realmente poseían; y le gustaba el nombre y el rostro y los labios y las manos que se adivinaban suaves y aquella piel blanca y la frente estrecha y los rizos que colgaban sobre los ojos negros de mirada curiosa. Sólo había un problema: estaba casada. Domiciano se sintió especialmente furioso. Si su padre no fuera como era, aquello no sería problema alguno, pero estaba tan obsesionado por parecer recto, seguidor de las leyes y las tradiciones, que el hecho de que aquella hermosura estuviera casada resultaba un gravísimo problema para sus ansias. Intentaba imaginar una solución, pero no se le ocurría nada. El vino le había embotado la cabeza, pero tenía la triste intuición de que incluso después de la borrachera aquella horrible sensación de impotencia seguiría con él.

Antonia Cenis observaba de reojo a Domiciano, que, como cualquier otro hombre, era transparente. La concubina del emperador tuvo claro al instante que el hijo menor de Vespasiano no pararía hasta hacerse con aquella joven que acababa de entrar. Si ella le ayudaba aquello podría contribuir a que Domiciano no la mirara con tan malos ojos como hacía hasta ahora. Antonia sabía que su posición en palacio era débil: sin que Vespasiano se decidiera a casarse formalmente, ella carecía de una posición lo suficientemente fuerte como para protegerse de la ira de cualquiera de los dos hijos del emperador si éstos se enemistaban de forma abierta contra ella. Tito, el hijo mayor, no le preocupaba. Era un guerrero, al modo de los legendarios Británico o Germánico. Era, a su modo, noble, aunque seguramente sería infiel una y mil veces, pero no estaría predispuesto a cometer mil injusticias para conseguir su capricho. Domiciano era otro asunto, otro carácter, más retorcido, más rencoroso. Lo había leído en su mirada hostil decenas de veces. Antonia llevaba meses buscando una oportunidad para congraciarse con el hijo menor del emperador y esa oportunidad, en forma de hermosa patricia, estaba cenando esa noche en palacio. Antonia miró a Partenio y éste, en respuesta a un gesto de ella, se acercó como había hecho antes con Domiciano.

—Al hijo del emperador —dijo Antonia, que se resistía a referirse a Domiciano con el título de César— le interesa Domicia Longina, ¿no es así?

Partenio, aunque tenía claro que así era, se mostró cauto ante la pregunta de Antonia Cenis, pues por experiencia en palacio sabía que no era inteligente meterse en las disputas y maquinaciones de los diferentes miembros de una familia imperial.

—No sabría decir...

—Pero ha preguntado por ella, ¿verdad? —insistió Antonia. Partenio se limitó a asentir una vez—. Bien —continuó—, dile al joven Domiciano al final de la cena que esa mujer, si así lo desea, puede ser suya... con mi ayuda.

Partenio volvió a asentir y dio dos pasos hacia atrás para situarse de nuevo tras el emperador. El consejero no estaba seguro de que aquella cena hubiera sido buena idea. Ya había visto en el pasado, con Nerón, grandes males que empezaron así, con una pequeña maquinación. Una pequeña traición al principio puede parecer insignificante, pero siempre termina desatando feroces consecuencias.

Domicia Longina se acostó junto a su marido y posó su pequeña cabeza sobre el pecho de éste. Lucio Elio dormía y roncaba. Domicia sabía que su esposo había bebido demasiado, así que aquélla sería una noche tranquila en cuanto a sexo. Lo lamentó porque le gustaba su esposo, porque se sentía llena de vida y quería compartirlo con su marido, pero tendría que esperar al nuevo día. La vida parecía, por fin, después de la terrible tragedia del forzado suicidio de su padre, volver a trazar un camino con algo de felicidad ante sus ojos. Había un nuevo emperador en Roma y su marido parecía estar entre los elegidos de la nueva familia imperial. Las cosas sólo podían ir a mejor.

47

UN PACTO ENTRE ENEMIGOS MORTALES

Jerusalén, mayo de 70 d. C.
Avance zelote en la Ciudad Nueva

Los zelotes de Gischala cruzaron las puertas de la fortaleza Antonia desde sus posiciones fortificadas en el Templo y la Ciudad Baja. De allí, cargados con lanzas, flechas y antorchas, pasaron a la Ciudad Nueva seguidos por la mirada desafiante y desconfiada de centenares de sicarios, que se veían forzados a dejarles pasar por el pacto acordado entre sus jefes para que los zelotes reforzaran la defensa de la primera muralla ante el vigor del ataque romano y sus temibles arietes y torres de asedio. De hecho no dejaban de oírse de forma constante los impactos de los pesados arietes contra los muros de Jerusalén.

Los zelotes pasaron también por la puerta de Efraim y entraron en las calles que conducían al sector más occidental de la Ciudad Nueva. Subieron a las almenas de la muralla y allí, perplejos, se quedaron mirando, inmóviles, las tres inmensas rampas que había construido el enemigo y desde las que tres pesados arietes, soportados por tres gigantescos vehículos, golpeaba una y otra vez las murallas. Al instante comprendieron por qué los sicarios les habían dejado pasar: detrás de cada ariete los romanos habían situado una gigantesca torre de asedio, tres en total, desde la que lanzaban piedras, flechas y lanzas contra los sicarios. Incluso habían instalado escorpiones en lo alto de alguna de ellas.

—¡Las antorchas! —gritó Gischala. Él y sus zelotes iban a enseñarles a los sicarios cómo se detenía a aquellos malditos romanos. Había llegado el momento del fuego.

Vanguardia romana bajo la muralla

Trajano, al pie de una de las grandes torres, imprecaba a los dioses y animaba a sus legionarios.

—¡Por Marte! ¡Empujad! ¡Empujad!

El ariete golpeó contra las murallas. Arqueros y artilleros les cubrían mientras seguían haciendo que su bestial ariete golpeara la base de una de las torres de la gran primera muralla de Jerusalén.

—¡Empujad, por todos los dioses, empujad!

De pronto emergieron decenas, centenares de judíos por una de las pequeñas brechas que se había abierto. El combate cuerpo a cuerpo fue inmediato. Los arietes fueron abandonados para poder defenderse de los enemigos que les rodeaban. Trajano miró a su alrededor. Necesitaban refuerzos. Necesitaba refuerzos.

Retaguardia romana

Tito se percató de la salida del enemigo y del ataque a uno de los arietes. Al instante trepó sobre su caballo y se dirigió a sus *singulares*.

—¡Al ataque! ¡Al ataque! ¡Por Roma, por Vespasiano, por el emperador!

Quinientos jinetes se lanzaron en tropel contra el enemigo.

Vanguardia zelote al pie de la muralla

Gischala vio cómo la caballería se lanzaba contra ellos. No podrían contra tantos. Ordenó la retirada y los zelotes se replegaron poco a poco, manteniendo las lanzas en ristre contra la caballería romana, en orden, para evitar ser masacrados.

Defensa romana de las torres de asedio

La noche cayó sobre el sitio de Jerusalén y los romanos decidieron detener el ataque para descansar. El hijo del emperador ordenó que se mantuvieran tropas por turnos de vigilancia para evitar que los defensores pudieran atacar los arietes o las torres de asedio. Así pasó la *prima vigilia*, pero con la llegada de la *secunda vigilia*, entretenidos en el cambio de guardia, los romanos fueron sorprendidos por una nueva feroz salida de los judíos. Avisado Tito y sus *legati*, se recurrió a las *vexillationes* de las legiones de Egipto, que no habían participado en los combates de la tarde, y éstas, apoyadas una vez más por la caballería del propio César, consiguieron repeler el nuevo ataque judío. Todo parecía volver a la tranquilidad cuando el hijo del emperador oyó gritos a sus espaldas.

—¡Fuego, fuego, fuego!

Tito Flavio Sabino, Marco Ulpio Trajano y el resto de *legati*, que se habían reunido para decidir cómo organizar la vigilancia de las torres y arietes para el resto de la noche, se volvieron hacia el lugar desde donde se proferían los gritos. Se trataba de uno de los arqueros de la torre de asedio central. La enorme construcción había sido incendiada durante el ataque por los rebeldes judíos. El fuego trepaba por los cuatro costados de la enorme mole de asedio.

—No podremos con ese fuego —dijo Tito. Ninguno de sus *legati* le contradijo. Aquella torre estaba perdida.

En lo alto de la primera muralla

Gischala se pavoneaba por encima de las almenas de la primera muralla de Jerusalén: sus hombres habían incendiado una de las grandes torres del enemigo y ésta, hecha astillas y pavesas, se derrumbaba ante los admirados ojos de los sicarios de Simón. El propio Simón no sabía bien qué sentía más, si rabia o alegría. Las dos cosas. Se acercó a Gischala.

—Quedan los tres arietes y dos torres más. Esto no ha hecho más que empezar —dijo y se dirigió a los suyos para que se prepararan para la defensa, como si la acción de los zelotes no hubiera significado nada.

Casa de Juan el Apóstol en la Ciudad Vieja

Juan decidió aprovechar la relajación en los controles entre los dos sectores de la ciudad, tras la tregua entre sicarios y zelotes, para pasar a la Ciudad Alta y comprobar con sus propios ojos qué estaba ocurriendo y, de paso, si era posible, conseguir algunos víveres más con el poco dinero que le quedaba. Esto último fue tarea imposible. Nadie vendía ya nada en Jerusalén. El que tenía algo que comer o que beber se lo guardaba para sí mismo en previsión de un asedio que a todos se les antojaba eterno, a todos menos a los sicarios, a los zelotes y quizá, por el momento, a los romanos.

Juan llegó a la tumba de David y luego caminó hacia el norte hasta las inmediaciones del palacio de Herodes. Las calles estaban prácticamente desiertas. Sólo se veían sicarios o zelotes armados reuniendo piedras y más armas. Gracias a Dios, parecían demasiado ocupados en sus propios asuntos de guerra como para detenerle y preguntarle adónde iba o de dónde venía. Encontró un punto elevado que, desde la Ciudad Alta, emergía por encima de las murallas exteriores de Jerusalén. Se detuvo y lo que vio le recordó un pasado que le parecía ahora tan distante, tan distante... Los romanos habían crucificado a uno de los sicarios, o de los zelotes, apresado durante la noche y lo exhibían agonizante ante las murallas de la Ciudad Nueva. Juan bajó la cabeza. No quería ver más, no quería saber más. Sin conseguir ni comida ni agua regresó a su casa. Todos le preguntaron cómo estaban las cosas.

—Dios nos ayudará —les dijo y se arrodilló para rezar.

Nadie le preguntó por la comida. La mayoría se arrodilló con él para orar. Algunos, los más desesperados, se escabulleron entre las sombras convencidos de que intentar huir sería lo mejor que podían hacer.

Praetorium romano

Tito ordenó repetir los ataques contra los mismos puntos de la muralla cada día y usó a diario también a su caballería para detener las salidas de los defensores. Con esto consiguió evitar que se incendiaran las otras dos torres o los arietes. Y los arietes golpearon sin descanso, durante dos semanas, los muros de la ciudad hasta que un sector cedió, la muralla se partió y la brecha se transformó en una batalla cuerpo a cuerpo feroz y brutal, sin descanso ni rendición por ningún bando.

El César combatía y, de cuando en cuando, se recluía en el *praetorium* para descansar y recuperar fuerzas para seguir, al poco tiempo, dirigiendo los trabajos de los arietes y las torres de asedio personalmente.

Sicarios y zelotes en la Ciudad Nueva

Simón veía que sus sicarios, incluso con la ayuda de los zelotes, eran insuficientes para resistir el ataque continuado de las legiones de Roma, una vez que parte de la primera muralla había sido demolida por los arietes. Sin la ayuda de las fortificaciones no podían contra el pertinaz ataque sin tregua de los romanos. Rápidamente fue en busca de Gischala, dejando el mando de la defensa a Eleazar. Encontró al líder de los zelotes a los pies del palacio de Herodes, reagrupando a parte de sus hombres.

—No tiene sentido resistir aquí —empezó Simón señalando la brecha de la primera muralla—. Voy a dar orden de replegarnos tras la segunda muralla y quiero que tú hagas lo mismo con tus hombres. Una vez dentro, los tuyos retornarán a sus posiciones en el Templo, la fortaleza Antonia y la Ciudad Baja. Nosotros nos quedaremos en el resto de la Ciudad Nueva y en la Ciudad Alta para proteger la segunda muralla. Es de menos extensión y no necesitamos vuestra ayuda para ese trabajo.

Gischala no estaba de acuerdo pero sabía que Simón no

daría su brazo a torcer y él solo no podría mantener las defensas de la primera muralla, así que lo mejor era aceptar aquella propuesta.

—Si tus sicarios lucharan con más valor aún estaríamos defendiendo la primera muralla —dijo y se dio media vuelta sin esperar respuesta. Podía sentir el odio de Simón clavado en su espalda mientras se alejaba. Ojalá usara algo de aquella rabia contra los romanos. Era un imbécil. Ojalá el asedio se lo llevara por delante.

Avance romano a través de la brecha de la primera muralla
25 de mayo de 70 d. C.

Tras quince días de encarnizados combates, la primera muralla de Jerusalén quedó sin defensores. Un centenar de legionarios de la XII *Fulminata* y varias cohortes de la V *Macedónica* entraron en la Ciudad Nueva de Jerusalén. El hijo del emperador Vespasiano, por el lugar más destrozado de la muralla, a lomos de su caballo, penetró en la ciudad que tan ferozmente se le estaba resistiendo y contempló cómo, tras las edificaciones de ese sector, se levantaba la poderosa segunda muralla de la ciudad de Jerusalén. Inspiró aire profundamente. Le quedaba un mes para cumplir la promesa dada a su padre de rendir la ciudad. Desmontó de su caballo. Miró a su alrededor: edificios, casas, fuentes, tiendas, construcciones de todo tipo y condición por todas partes. Imposible organizar un ataque similar al llevado en la muralla exterior con semejantes edificaciones por todas partes. Ni las legiones podrían maniobrar y ni tan siquiera sería posible que las torres de asedio o los arietes pudieran pasar por allí. A su espalda estaban Cerealis, Lépido, Frugi y Trajano.

—Que lo destruyan todo —dijo Tito Flavio Sabino—. Quiero trasladar el campamento de la V, la XII y la XV aquí mismo y quiero que el terreno esté allanado para poder repetir el mismo ataque que hemos efectuado contra la primera muralla ahora contra esta segunda muralla.

No dijo más, sino que se retiró andando en busca de su caballo. Sus *legati* intuían que el hijo del emperador iba a descansar un rato. Nadie pensó que no lo mereciera. Nadie cuestionó las órdenes. Si los judíos no se rendían no había otro camino: lo arrasarían todo, palmo a palmo, hasta que hubiera una rendición incondicional.

48

UNA FIERA ASUSTADA

Domus Aurea, Roma
Finales de mayo de 70 d. C.

Domiciano buscó y encontró a Antonia Cenis en uno de los grandes peristilos de lo que quedaba de la gigantesca *Domus Aurea* de Nerón. Antonia estaba leyendo un rollo y, en apariencia, parecía muy absorbida por la lectura, pero el joven Domiciano se vio sorprendido cuando Antonia empezó a hablarle sin tan siquiera haber despegado los ojos del papiro que ya enrollaba con cuidado.

—Siempre es una agradable sorpresa que el hijo de Vespasiano me busque.

Domiciano comprendió que no tenía sentido negar lo evidente y que fingir que pasaba por allí por casualidad era banal. Ella quería ir al grano. Sea. Él también. Eso le haría ver a Antonia Cenis que ella no le imponía nada en absoluto. No importaba que fuera la actual concubina de su padre; eso podía cambiar en cualquier momento, mientras qué él era César por mandato imperial y siempre sería el hijo del emperador. Siempre. Era cierto que Tito iba por delante de él en la sucesión; eso era cierto. Pero ahora tenía que ocuparse de Antonia Cenis. Se dirigió a ella con frialdad pero con precisión.

—Partenio me dio a entender que si estaba interesado en Domicia Longina debía hablar contigo. —Calló un segundo, pero como no obtuvo respuesta alguna, subrayó sus palabras con una afirmación tautólogica—: Bien, por todos los dioses, pues aquí estoy.

Antonia lo miraba atenta. Aún dudaba si hacer lo que iba a hacer o no, pero su mente se decidió al final en sentido positivo: debía asegurarse la confianza de aquel hijo del emperador o, al menos, que no la odiara para que la dejara en paz durante el tiempo que le quedara de vida. No se sentía fuerte físicamente, como antaño, y sólo quería un poco de paz.

—Partenio te ha informado bien. Domicia está casada, pero se puede persuadir a un marido para que se divorcie y así su actual esposa quedaría libre.

Domiciano preguntó con sequedad, sin rodeos.

—¿Cómo?

La mujer apretó ligeramente los labios antes de responder y luego vertió sus palabras con la destreza de quien escancia un vino seleccionado con esmero.

—Los hombres son siempre ambiciosos. Si tu padre le ofrece a Lucio Elio un puesto de gobernador en alguna provincia lejana de Roma a cambio de que deje a su esposa, Lucio Elio se divorciará sin dudarlo.

—¿Y por qué iba a exigir mi padre que se divorciara de Domicia?

—Porque Domicia es hija de Corbulón, como Partenio te habrá explicado, y Corbulón estuvo, muy posiblemente, implicado en una conjura para eliminar a Nerón, es decir, que el padre de Domicia pudo haber sido el instigador de una rebelión contra un emperador. Eso es un estigma en esa familia. A ningún emperador le gusta que un gobernador esté casado con la hija de un *legatus* que promovió una rebelión de esa magnitud.

Domiciano escuchó interesado lo que decía Antonia Cenis. Tenía sentido, sí, pero había otras cosas que le preocupaban.

—Pero ¿cómo vamos a convencer a mi padre para que nombre a Lucio Elio gobernador de una provincia?

—De eso me ocupo yo —respondió Antonia con seguridad. No estaba segura de que eso fuera a agradar a Domiciano, pero tampoco estaba mal que el muchacho viera que ella también tenía poder efectivo y que podía ejercerlo, en este caso, intercediendo a favor suyo para que consiguiera algo que anhelaba en ese momento.

—¿Y Lucio Elio aceptará? —Domiciano no parecía convencido.

—Aceptará —confirmó Antonia con seguridad absoluta—. Le ofreceremos la Tarraconensis; es una provincia rica, bien romanizada y con sólo una legión. Tu padre no le concederá demasiada importancia y, si resulta ser un inútil, no se pone en peligro ninguna frontera.

Domiciano asentía mientras paseaba por el jardín. De pronto se detuvo y se giró rápido hacia a Antonia Cenis.

—Pero si luego yo quisiera casarme con esa patricia, el mismo argumento que hemos usado para promover el divorcio se volvería en mi contra.

Antonia lo tenía todo pensado.

—Tu padre siente admiración por el viejo Corbulón; estoy seguro de que un acercamiento tuyo a la joven Domicia no sería mal visto por su parte. Además, el asunto del motivo del divorcio será privado y no seremos ni tú ni yo ni Vespasiano los que empleemos todo ese argumento de la posible rebelión de Corbulón contra Nerón cuando se hable con Lucio.

—¿Quién entonces?

Antonia sonrió por lo torpe que podía llegar a ser aquel impulsivo joven.

—Partenio —dijo la concubina del emperador—. Partenio hablará con Lucio Elio, éste dejará a Domicia y luego es asunto tuyo lo que desees hacer con ella. Lucio Elio irá a Hispania y nos olvidaremos de él, tu padre se olvidará de él, Roma entera se olvidará de él, pero tú habrás conseguido lo que anhelas. Domicia es una joven muy hermosa.

Domiciano empezaba a estar satisfecho con aquel plan pero le quedaba una última duda, la más intrigante.

—Pero ¿y tú qué ganas con todo esto?

Antonia lo miró parpadeando un par de veces como quien casi ni entiende la pregunta.

—La amistad del hijo del emperador.

Domiciano levantó la cabeza mirando a Antonia Cenis de arriba abajo. No, no le gustaba aquella mujer, no le había gustado nunca ni pasaría ahora a gustarle, pero, si todo salía según lo planeado, tampoco veía motivo por el que enemistarse con ella.

—Sea —dijo Domiciano—; mi amistad.

Dio media vuelta y se alejó de Antonia sin despedirse.

Antonia lo vio alejarse y le recordó algo, pero no sabía bien qué. Luego, varias horas después, por la tarde, en el circo, viendo a unas fieras alejarse ante la presencia de varios *bestiarii*, encontró el recuerdo perdido: Domiciano caminaba como una fiera atemorizada, sigiloso, algo encorvado, pero siempre dispuesto a atacar mortalmente al menor descuido. No dijo nada a nadie entonces, pero comprendió que aquella mañana había hablado con una fiera asustada. El pensamiento la dejó intranquila, pero ya había instruido a Partenio sobre el asunto de Lucio Elio y también había convencido al emperador. Todo estaba en marcha. Quizá no pasara nada que no hubiera previsto. Volvió a concentrarse en lo que ocurría en la arena, pero aunque sus ojos y sus oídos estaban allí su pensamiento seguía incómodo entre los pasillos del palacio imperial.

49

LA SEGUNDA MURALLA DE JERUSALÉN

Jerusalén, 30 de mayo de 70 d. C.
Puesto de observación sicario de la segunda muralla

Simón caminaba por lo alto de la segunda muralla y observaba cómo los romanos destruían todos los edificios de la Ciudad Nueva para trasladar allí su gran campamento general, levantándolo sobre las ruinas de aquella parte de la ciudad, encarando de forma desafiante la segunda muralla de Jerusalén. No importaba. No importaba en absoluto. Cuando Jehová les concediera la victoria sobre los invasores romanos, lo reconstruirían todo y todo desde el celo más completo a Dios y a sus creencias. Quedaría el asunto pendiente de Gischala y sus zelotes, pero, desaparecidos los romanos, derrotar a aquéllos y expulsarlos del Templo sería sólo cuestión de tiempo. Tiempo. Todo era cuestión de tiempo. Los romanos, por el momento, se entretenían en destruir, destruir, destruir. Allanado el terreno frente a la segunda muralla, reiniciarían los ataques con los arietes y las dos torres de asedio que les quedaban. Todo volvería a empezar. En un principio, Simón pensó que, como el perímetro a defender de la segunda muralla era bastante inferior al de la primera, tendría hombres suficientes para hacerlo con más eficacia; pero no había contado con las numerosas bajas que había sufrido y con el hecho de que, rota la tregua con los zelotes, sus sicarios podrían no ser bastantes para proteger con firmeza las posiciones de la segunda muralla. Tenía que pensar en algo. Algo nuevo. Algo diferente.

Simón miró al cielo en busca de inspiración divina. El sol cegador le hizo cerrar los ojos, pero tuvo una idea. Una gran idea. Y sonrió.

Primeros de junio de 70 d. C.
Vanguardia romana a los pies de la segunda muralla

Trajano estaba cubierto de sudor y polvo y sangre. Llevaban cuatro días de ataques sin descanso contra la segunda muralla. Había visto morir a varios legionarios de su legión en el fragor brutal de los arduos trabajos de asedio, con los arietes a los pies de la nueva muralla que se interponía entre ellos y los judíos. Al final, quizá picados por el valor que demostraban las *vexillationes* de Egipto y el resto de legiones, los hombres de la XII estaban luchando con gallardía, pero nada parecía suficiente hasta que, como en el caso de la muralla exterior, uno de los arietes resquebrajó la parte del muro sobre la que venía impactando desde hacía cuatro malditas, largas e interminables jornadas de combates sin fin. Se abrió una brecha que, tras el derrumbe de aquel sector de la fortificación, dejaba un espacio de entre doce y quince pies, con la muralla derruida hasta el mismísimo suelo. Era la gran oportunidad. Trajano, como el resto de *legati*, cada uno desde sus diferentes posiciones, volvió los ojos hacia el hijo del emperador que los gobernaba a todos en aquel largo asedio. Todos querían saber qué legión iba a elegir Tito para entrar en la Jerusalén que seguía luchando tras aquella nueva muralla, pero Tito no se volvió hacia ninguno de ellos, sino que se dirigió a los oficiales de caballería.

Tenía claro que quería ser él quien cruzara primero la nueva muralla del enemigo. Quería dejar claro ante todos que no era hombre de mandar desde la cómoda situación de retaguardia. Subió a su caballo y miró a los decuriones de su caballería.

—¡Por Roma, por el emperador Vespasiano, por Júpiter! —exclamó con fuerza—. ¡Vamos a tomar esta ciudad de una vez por todas y para siempre! —Asestó un golpe seco con sus talones a las tripas de su caballo para iniciar un decidido trote en dirección a la brecha abierta—. ¡Que los arqueros nos cubran! —aulló y éstos pusieron una rodilla en tierra para apuntar mejor a las almenas de las murallas mientras los *singulares* del hijo del emperador se aprestaban a cabalgar raudos hacia el interior de la ciudad—. ¡Desenvainad los *gladios*! ¡Los *gladios*!

Tito estaba convencido de que tendrían que abrirse camino a golpes de espada entre una espesa maraña de enemigos, pero nada parecía amedrentarle. Nada. Estaba resuelto a terminar con aquello con una brutal exhibición de fuerza por parte de la caballería que, en tantas ocasiones, se había mostrado ya efectiva en combate contra los judíos de aquella rebelde ciudad. Una vez más y todo terminaría. Una vez más. Con fuerza, con decisión. Al acercarse a la brecha, Tito azuzó una vez más a su caballo y lo mismo hicieron sus oficiales. En fila de a dos, casi al galope, los *singulares* de Tito Flavio Sabino, vociferando como bestias, irrumpieron en las entrañas abiertas de la Jerusalén que aún permanecía en pie, siempre rebelde contra Roma. Y los jinetes romanos blandían sus *gladios* con furia para cortar, para herir, para matar... el aire.

Entraron sin encontrar oposición alguna.

Los arqueros romanos en el exterior de la muralla, pie a tierra, mantenían la mirada fija en lo alto de los muros. No se veía a nadie. No parecía haber ni un solo defensor entre las almenas.

Tito cabalgó con furia durante un centenar de pasos y, al no ver a nadie armado a su alrededor, detuvo la carga, tirando de las riendas de su caballo. Alzó la mano derecha para que el resto de caballeros le imitara. Estaban en una especie de gran plaza, a los pies de una colina que los judíos llamaban Acra pero en cuyas laderas se levantaban decenas de edificios, al igual que a su alrededor: todo estaba lleno de casas allí donde terminaba la plaza y, sin embargo, no se veía a nadie. Silenciados los gritos de sus hombres y con los cascos de los caballos detenidos sobre el suelo de piedra de aquella gran plaza, Tito oyó algo extraño en una ciudad que debía estar atestada de población, pues la mayoría de los habitantes de la Ciudad Nueva se había retirado tras la segunda muralla. No obstante, Tito oyó algo absolutamente extraño: el silencio. No se oía nada. Los defensores parecían haber desaparecido y la población, escondida tras sus casas de puertas y ventanas cerradas, parecía haber detenido la respiración. Todo y todos estaban quietos, petrificados, inmóviles. Ni siquiera había una brizna de viento. Tito pensó que los dioses debían de estar absortos también, observándoles, entretenidos en el desenlace de aquel gran asedio, pero pronto sus pensamientos derivaron hacia el espacio físico que tenía a su alrededor y tanta quietud empezó a hacer que se sintiera incómodo.

En el interior de la Ciudad Nueva, en las calles adyacentes a la gran grieta de la segunda muralla

Simón mantenía la misma sonrisa de hacía cuatro días, sólo que ahora había llegado el momento de disfrutar realmente de los resultados de su plan: durante cuatro días había dejado que uno de los tres arietes tuviera éxito en destrozar una parte de la muralla, justo el ariete que estaba emplazado donde se podía preparar la mejor de las emboscadas. Ahora había llegado el momento de cosechar sangre: la parte de sangre que les correspondía cobrar. Miró a Eleazar y asintió. Éste aceptó la orden, levantó el brazo un instante y lo bajó al momento. Súbitamente decenas, centenares, miles de sicarios emergieron de todas las bocacalles que desembocaban en aquella plaza donde se había concentrado la odiada caballería romana. En una mano una espada y en la otra sus famosas *sicae*, gritando como animales fuera de sí, se abalanzaron a toda velocidad contra el enemigo. Había que evitar que la caballería pudiera arrancar y aprovechar el ímpetu de los animales para hacer una carga. Tenían que llegar a los jinetes enemigos antes de que éstos tuvieran tiempo de reaccionar. Luego clavarían sus dagas en los vientres de los animales mientras con las espadas se defenderían y herirían a los jinetes.

Posiciones romanas en el exterior de la segunda muralla

Trajano observaba las almenas de las murallas agrietadas, desguarnecidas, sin defensor alguno. Los escorpiones estaban armados pero sin ningún objetivo contra el que disparar, y lo mismo ocurría con los centenares de arqueros que se mantenían con una rodilla en tierra apuntando al aire vacío del horizonte.

—Esto no tiene sentido —dijo Trajano al resto de *legati* que estaban a su lado—. Voy a entrar con los arqueros —añadió.

Los tres altos mandos asintieron con sus miradas aún fijas en las almenas. Compartían con el veterano Trajano la sensación de que algo no marchaba bien y, al igual que éste, temían que algo le ocurriera a Tito. El hijo del emperador era, con mucho, el mayor revulsivo para todos los hombres de las legiones V, X, XII y XV, pues luchar bajo la atenta mirada de quien es César y está llamado a ser *Imperator Caesar* era algo poco frecuente: lo más normal era que un César estuviera siempre bajo el resguardo de los pretorianos de Roma. Sí, combatir bajo el mando de alguien llamado a ser emperador del mundo era como combatir bajo la atenta mirada de los dioses, pero si ese dios caía abatido por los judíos, Jerusalén nunca sería rendida. Por eso Ceralis y Frugi y Lépido asintieron y aceptaron sin dudarlo la idea de Trajano.

Interior de la Ciudad Nueva, junto al segmento derruido de la segunda muralla

Tito tardó poco tiempo en comprender la gravedad de su error: los judíos, comandados por Simón bar Giora, les rodearon en poco tiempo. No tuvieron tiempo ni de cargar contra ellos, perdiendo la gran ventaja de la caballería. Así, envueltos por una maraña informe de enemigos que luchaban con una furia descarnada, más brutal aún que en los combates de las murallas, el hijo del emperador Vespasiano vio cómo su caballo, herido de muerte en el vientre, alzaba las patas delanteras mientras lanzaba su agónico relincho de muerte. Tito Flavio Sabino cayó al suelo, entre los cascos de los caballos del resto de sus *singulares* y rodó un par de veces para evitar ser pisoteado por las bestias equinas heridas y aterradas que sólo anhelaban escapar de aquella emboscada. Maldijo su estupidez y su ansia de victoria. Llevaban ya varios meses de asedio y había querido acortar el camino hacia la victoria, un camino que ahora se le antojaba no ya difícil, sino una senda que él mismo ya no podría andar nunca. Desenvainó su *gladio* y entró en lucha con un judío que había reconocido su *paludamentum* púrpura y se había arrastrado por entre los caballos para llegar hasta él y atacarle. El judío lanzó un golpe rápido que Tito detuvo con la habilidad del adiestramiento militar disciplinado y constante, y así con los dos golpes siguientes, pero se vio obligado a retroceder. Era evidente que aquellos judíos, si habían luchado con garra en las murallas, lo hacían ahora aún con más saña entre las calles de su ciudad. El sicario golpeó una vez más y otra y Tito respondió al ataque con golpes propios, de su cosecha personal, mandobles certeros y poderosos que sorprendieron a su atacante. Pero en ese momento, la grupa de un caballo golpeó al hijo del emperador, que cayó de rodillas y, en un acto instintivo por no caer de bruces, soltó la espada. Detuvo así su caída implacable, pero quedó desarmado. El atacante se acercó dispuesto a no desaprovechar la ocasión que le brindaba el destino.

—Mi nombre es Eleazar y voy a matarte —dijo, pero una nube extraña cubrió el cielo y el sol desapareció.

Eleazar levantó la mirada porque aquél era un día despejado y vio cómo un mar de flechas se cernía alrededor de los jinetes romanos para impactar entre los judíos que les rodeaban; para cuando volvió a mirar hacia donde se encontraba el líder de los romanos, el César ya estaba rearmado con su *gladio* y custodiado por una docena de jinetes que habían desmontado de sus caballos para proteger con su vida si era necesario la vida del hijo del emperador.

—Nunca podréis vencernos —dijo Eleazar mientras empezaba a replegarse para reunirse con el grueso de sus tropas—. ¡Nunca! ¡Nuuunca! —aulló y su voz resonó misteriosa entre la nueva lluvia de flechas que los arqueros lanzaron desde todos los puntos de la retaguardia romana.

En poco tiempo la plaza quedó desierta de judíos y Tito empezó a retirarse con la caballería superviviente a aquel fracasado intento de terminar con el asedio. En su retirada se cruzó con Trajano que, desde lo alto de un sector de la muralla derruida, justo al lado mismo de la estrecha brecha, estaba dirigiendo a los arqueros que les cubrían durante aquel improvisado repliegue. Tito Flavio Sabino no dijo nada al *legatus* de la XII legión de Roma, pero su mirada se cruzó con la suya y Trajano se limitó a llevarse el puño cerrado al pecho. El hijo del emperador asintió al tiempo que decidía no olvidar nunca la lealtad de aquel hispano que su padre le recomendara. Éste tenía la habilidad de identificar el espíritu noble o insano de los hombres. Una virtud extraña. Una virtud valiosa. Una virtud que sólo le faltaba a la hora de valorar a Domiciano, pero eso le quedaba ahora muy lejos. Muy lejos.

—Los judíos vuelven a atacar, César —dijo uno de los oficiales de caballería a Tito y el hijo del emperador aceleró la marcha. La brecha era estrecha y eso ralentizaba la retirada.

En las almenas de la segunda muralla

Tras la retirada de los romanos, de su caballería y de sus arqueros, desde lo alto de la segunda muralla, de nuevo bajo el control de los sicarios, Simón supervisaba los esforzados trabajos de sus hombres para amontonar el máximo número de escombros posibles en la brecha abierta por el enemigo.

—Estuve a punto de matarlo —dijo Eleazar a su espalda.

Simón bar Giora se volvió y le miró a los ojos.

—«A punto» no nos vale de nada, Eleazar —le respondió su jefe con frialdad—. Siempre estamos «a punto» de matarle y nunca lo conseguimos. Debemos centrarnos en no ceder esta muralla o nos encerrarán en la Ciudad Alta.

Eleazar no replicó nada, pero se sintió menospreciado. Había esperado recibir algún aprecio por su hazaña al colarse entre los caballos romanos para atacar personalmente al hijo del emperador. Tomó buena nota de aquella gélida respuesta de Simón. Si Jerusalén caía, él no caería con ella. Eleazar empezó a tener ideas propias.

Campamento general romano frente a la segunda muralla de Jerusalén

En el gran *praetorium* de las cuatro legiones que asediaban Jerusalén, erigido en medio del sector derruido de la Ciudad Nueva que estaba bajo su control, Tito Flavio Sabino, como si no hubiera pasado nada aquel día, pese al cansancio de todos, en medio de la luz de las antorchas daba las nuevas instrucciones a sus cuatro *legati*.

—Esta noche descansaremos, pero mañana al amanecer se retomarán todos los trabajos del asedio. Volveremos a atacar allí donde hemos abierto la brecha. Los judíos apenas tendrán tiempo en una noche de amontonar escombros suficientes en esa sección del muro para detenernos de modo permanente. Hemos de reventar la muralla de nuevo ahí y concentrarnos en abrir una brecha mucho más amplia. No volveremos a adentrarnos como hemos hecho esta mañana.

Los cuatro *legati* le miraban con cierto asombro: el hijo del emperador tenía una pequeña herida en un hombro, su *paludamentum* estaba rasgado, el casco sucio, las manos encallecidas por empuñar la espada constantemente y, sin embargo, el joven César parecía desconocer que la palabra desfallecimiento existiera.

—No, no volveré a cometer ese error: nada de adentrarnos por estrechas brechas. Nos tomaremos todo el tiempo que haga falta hasta derruir todo el muro desde aquí hasta aquí. —Señaló un amplio espacio en la zona noroccidental de la segunda muralla, en torno a la pequeña brecha que estaban reparando los judíos—. Atacaremos y atacaremos hasta que tenga un espacio lo suficientemente grande para entrar en Jerusalén con una legión entera. Entonces nos las veremos con los malditos judíos.

Tardaron cuatro días.

Cuatro largos y lentos días.

Los sicarios de Simón bar Giora arrojaron todo lo que les quedaba, cualquier cosa que valiera de proyectil. Los escorpiones respondieron con contumacia, los arietes golpearon la segunda muralla sin parar. Tardaron cuatro lentos y sangrientos días, pero al quinto día la segunda muralla se desmoronaba en pedazos en el mismo punto donde había caído unos días antes. En esta ocasión, Tito ordenó que se continuara bombardeando con la artillería a lo largo de toda la muralla mientras los arietes demolían un enorme sector del muro, hasta que, al fin, decenas de calles de la Jerusalén dominada por los sicarios quedaron expuestas a la artillería romana. Y el ataque continuó y continuó hasta que Simón bar Giora se retiró con sus sicarios a la colina de la Ciudad Alta tras el tercer y último muro de Jerusalén. La ciudad quedó dividida entonces en tres partes: toda la Ciudad Nueva bajo el control de los romanos, la Ciudad Alta con su tercer muro en manos de Simón y Eleazar y sus temibles sicarios, y el Gran Templo, con la fortaleza Antonia y la Ciudad Vieja, controlada por Gischala y los zelotes que, por sus diferencias con los sicarios, no habían intervenido en la lucha por la segunda muralla.

En medio del polvo de la tarde del quinto día, Tito Flavio Sabino se sentó entre las ruinas de la segunda muralla mientras bebía algo de agua fresca que le había traído un aguador de las legiones. Marco Ulpio Trajano se acercó. Hacía tiempo que había percibido el agotamiento en los legionarios de todas las unidades, y aunque se hubiera conseguido demoler una nueva muralla, los muros de la Ciudad Alta, de la fortaleza Antonia y del Templo, que aún se mantenían bajo el poder férreo de los judíos, no eran obstáculos menores; más bien al contrario: era como si, una vez agotado, se le exigiera a un corredor que en ese momento corriera aún más y con más vigor. Era en todo punto imposible. Los hombres necesitaban un respiro, pero el hijo del emperador, de quien Trajano admiraba su determinación, parecía no ver que el resto de hombres bajo su mando no eran como él. No lo eran.

—¿Agua, Trajano? —dijo Tito y le acercó su propio cazo en el que aún quedaba un poco de líquido. Trajano asintió y tomó el cuenco sin dejar de escuchar al César que le seguía hablando—. Mañana proseguiremos con el ataque a esta nueva muralla y a la fortaleza Antonia también. Lo haremos todo a la vez. Lo tengo todo pensado. Esta noche quiero veros a los cuatro en el *praetorium* —concluyó mirando a Frugi, Cerealis y Lépido que acababan de unirse al grupo de altos oficiales.

Trajano devolvió el cuenco de agua ya vacío al aguador y con voz serena contradijo al hijo del emperador.

—Los hombres necesitan descanso, César.

Tito, que se había levantado y le había dado la espalda para dirigirse a su tienda a descansar un poco antes de la reunión que acababa de convocar, se detuvo en seco, se giró e, inmóvil, se quedó mirando fijamente a Trajano. El *legatus* de la legión XII, que percibió a su vez las miradas intensas del resto de *legati*, no se arredró. Su misión era dar el apoyo más eficaz en aquella maldita campaña, en aquel asedio infinito, y si para ello tenía que contradecir al hijo del emperador, ésa y no otra era su obligación.

—¡Por todos los dioses, César! Los hombres están exhaustos: han luchado en decenas de combates alrededor de toda la ciudad; han sido atacados con lanzas y flechas y proyectiles durante meses; han construido torres de asedio, arietes, y han conquistado dos murallas inmensas en ese tiempo. Ante ellos sólo tienen nuevas murallas, si cabe algunas más altas e imponentes que las anteriores, especialmente las de la fortaleza Antonia y el Gran Templo, y a estas alturas todos sabemos que los judíos no se van a rendir nunca. Tendremos que demoler cada nueva muralla, cada pedazo de muro, hasta conseguir rendir esta ciudad olvidada por los dioses. Ya sé que el emperador necesita una victoria. —En este punto las facciones de Tito se tensaron aún más, si ello era posible; Trajano se adentraba en terreno peligroso—. Es evidente que el emperador necesita una gran victoria que acalle a sus enemigos en Roma, y yo estoy con él. Los Trajano estamos con Vespasiano y estaremos con su familia, con la familia Flavia, hasta el final, pase lo que pase, pero estos hombres, los legionarios de la XII, y creo que hablo por mis colegas también —volvió su mirada hacia Ceralis y el resto de *legati*, pero éstos, no obstante, se limitaron a guardar silencio, sin ponerse claramente de su parte, esperando para ver en qué quedaba aquel debate entre Trajano y el hijo del emperador—; creo que hablo en nombre de todos los legionarios, los de la V y la X y la XV también, cuando leo en sus caras el agotamiento total. Todos ellos necesitan unos días de descanso y quizá nosotros mismos también y quizá, aunque no lo crea, hasta el mismísimo hijo del emperador necesita unos días de descanso.

Guardó silencio; Tito le observaba apretando los labios, sin decir nada. Trajano, ya en voz baja, repitió su mensaje a modo de conclusión, como si hablara ya para él solo.

—Unos días de descanso nos harán bien a todos...

—A los defensores también —replicó Tito con sequedad. Trajano suspiró y no se atrevió a responder a aquella valoración del hijo de Vespasiano, que, por otra parte, podía tener parte de verdad. Tito miró entonces a Cerealis, otro de los veteranos en las campañas de Oriente—. ¿Estás con el *legatus* de la XII, Cerealis? ¡Por Júpiter! ¿Tú también crees que un descanso es lo que nos hace falta ahora, ahora que tenemos el corazón de la ciudad tan cerca de nuestras manos?

Aquélla era una pregunta envenenada, pero Cerealis decidió dejar de ser neutral en aquel debate.

—Estoy con Trajano, César; un descanso vendría bien a los legionarios, un des...

Tito le interrumpió airado, con las mejillas enrojecidas por la ira que intentaba controlar en aquella lenta tarde de junio.

—¿Es esto, acaso, una rebelión? —preguntó mirando fijamente a Marco Ulpio Trajano—. No esperaba esto de ti —añadió—. De cualquiera, pero de ti, nunca.

—Esto no es una rebelión, César —se defendió Trajano con una voz vibrante pero contenida—. Si el César ordena que en este anochecer reúna a los legionarios de la XII *Fulminata* y ataque con los arietes el nuevo muro que se levanta ante nosotros, no seré yo quien me niegue a cumplir una orden, la que sea que venga de boca del hijo del emperador de Roma, pero mi función de *legatus* de una legión es la de obedecer a mi superior y la de aconsejar...

—La de aconsejar cuando se te pida consejo —refutó Tito con la faz completamente roja y los puños cerrados a ambos lados de su uniforme, desgastado y ensangrentado por los combates del día.

—Es cierto —respondió Trajano y bajó la cabeza—. En ese caso, retiro mis palabras.

Saludó militarmente al hijo del emperador y se retiró. El resto de *legati* imitó el gesto de Trajano y acudió a las posiciones de sus respectivas legiones.

Fortaleza Antonia, junto al Gran Templo de Jerusalén

Gischala había sido testigo privilegiado de la derrota de Simón en la segunda muralla. Por fin, los muros de la fortaleza Antonia serían el objetivo de los romanos. Ahí quería verlos Gischala, ahí, preparando el terreno para acercar sus arietes. Éste había tomado muy buena nota de la estrategia de asedio de los romanos en su participación en la defensa de la primera muralla y estaba convencido de haber encontrado la fórmula con la que detenerlos. Ahora podría poner en marcha su plan y dejar en ridículo, ante todos los judíos de Jerusalén, ante los zelotes y ante los mismísimos sicarios, a Simón bar Giora. Gischala estaba incluso feliz de que el segundo muro hubiera caído. Nada había más importante para él que humillar a Simón. Ni siquiera la libertad de Israel, aunque él no era consciente ya de ello. En cualquier caso, su plan estaba en marcha y era un plan elaborado con la precisión del odio personal: una de las fuerzas más feroces que nunca jamás ha conocido la humanidad. Ni siquiera los romanos podían con eso.

Campamento general romano

En el *consilium* de los *legati*, Tito desplegó un mapa nuevo sobre el que se habían dibujado cruces con números que identificaban el despliegue de las legiones para el nuevo ataque. La voz de determinación gélida del hijo del emperador era la de siempre.

—La V y la XII se situarán frente a la fortaleza Antonia y levantarán sendas rampas de madera. Sé que la madera se ha acabado en las proximidades de la ciudad, pero la traeremos de más lejos. Me da igual de dónde. Quiero esas rampas aquí y aquí, y luego, en este punto, más al sur, frente a la tercera muralla, la que defiende la Ciudad Vieja donde se ha replegado Simón, se levantarán otras dos. En este lugar trabajarán las legiones X y XV. Y no me importa si estas murallas son más elevadas o si la artillería enemiga nos ataca constantemente. Esas rampas se construirán y por ellas subirán los arietes y las torres de asedio hasta que destrocemos sus defensas. ¿Están claras mis órdenes? —Miró fijamente a la cara a cada uno de sus *legati*, empezando por Trajano para terminar de nuevo en él tras haber paseado sus ojos por las miradas de aceptación, resignadas, sin emoción ni bravura, pero aceptación a fin de cuentas, de Ceralis, Frugi y Lépido—. Bien —añadió el hijo del emperador y bajó su propia mirada al suelo mientras se sentaba—. Eso haremos, pero en unos días. Antes aseguraremos las posiciones y repartiremos la segunda paga que corresponde a las legiones. Ya llevamos unos días de retraso con esta paga y los legionarios se la han ganado. Eso permitirá que se aseen todos, que limpien sus armas y uniformes, que descansen un poco y que su moral se refuerce algo con la sensación de las bolsas llenas de oro. —Suspiró—. Dinero tengo para pagarles, lo que no sé es si tengo valor suficiente en sus corazones para devolver con su bravura lo que Roma les paga.

Volvió a mirar a Trajano. El *legatus* de la XII sintió que debía responder. Y lo hizo.

—El César verá que su decisión ha sido sabia.

—Sea, pero no quiero más consejos que no sean solicitados —apostilló Tito y Trajano asintió.

Una vez a solas, Tito se tumbó en el lecho que tenía dispuesto para él en su tienda. Seguramente había hecho lo correcto. Cerró los ojos. Era cierto que los legionarios necesitaban descanso. Suspiró. Sin embargo, estaba convencido que cada día de descanso sería aprovechado por los judíos para tramar alguna nueva y terrible estratagema contra la que tendrían que luchar. Luchar y vencer. No había otro camino. Tenía claro que nunca podría cumplir la fecha prometida de junio para rendir la ciudad. Se estaba quedando dormido. Él también estaba agotado. Si no era en junio sería en julio o en agosto o en septiembre o cuando fuera. Nunca abandonaría aquel asedio, nunca. No importaba lo que los judíos ingeniaran para la defensa. Más tarde o temprano comprenderían que no había otro camino que la rendición.

Se quedó dormido.

50

UN NUEVO GOBERNADOR

Roma, junio de 70 d. C.

Partenio decidió recibir a Lucio Elio en la cámara privada, que el emperador Vespasiano había tenido a bien entregarle para su uso personal a cambio de sus servicios y su lealtad. Aún no tenía claro si iba a sufrir o no con aquel emperador, pero aquella mañana se daba cuenta de que no servía sólo a Vespasiano, sino a toda una nueva dinastía que tenía ramificaciones mejores, esperanzadoras, y otras ramas más secas, retorcidas, punzantes. Y a todas debía servir.

Lucio Elio le miraba con aire expectante. El pobre creía que recibía un premio. Partenio se encogió de hombros al tiempo que entraba en la cámara donde le esperaba su interlocutor. El consejero del emperador pasó entre los guardias pretorianos y éstos, en respuesta a una mirada suya, cerraron la puerta. Partenio se situó entonces frente a Lucio Elio.

—Ave, Lucio Elio —dijo con solemnidad.

—Ave, Partenio —respondió el aludido con seriedad.

A Lucio le extrañaba no entrevistarse directamente con el emperador si era un mensaje de Vespasiano el que le había convocado allí. Partenio pareció leer sus pensamientos.

—El emperador está hoy muy ocupado, la resistencia judía en Oriente concentra su atención, pero me ha pedido que te transmita sus deseos. Siéntate, Lucio Elio.

Señaló un *solium* en el centro de la sala. A Elio, como a tantos otros, les parecía impertinente la seguridad con la que aquel liberto se manejaba en los muros del palacio imperial, pero no dejaba de admirarle que aquél era uno de los pocos supervivientes de los antiguos servidores de la dinastía Julio-

Claudia y ése era un pasado que a todos infundía respeto. Partenio continuó hablando de pie.

—El emperador quiere concitar el máximo apoyo del mayor número de familias nobles de Roma. Su política es de acercamiento, de consenso y no de enfrentamiento con el Senado y con todos los patricios de Roma. El Imperio necesita estar unido para afrontar los desafíos de las fronteras del norte y de Oriente, por eso está procurando que sus nombramientos de gobernadores y otros altos cargos del Estado reflejen su intención de repartir el poder entre diversas familias. Cuanto más, mejor. La cuestión es si Lucio Elio quiere formar parte de esta gran red del poder imperial o no. —Calló.

Lucio Elio comprendió que debía formular una respuesta clara, que eso y no otra cosa es lo que se esperaba de él.

—Mi deseo y el de toda mi familia es el de servir al emperador y a Roma entera.

Partenio asintió pero le corrigió.

—Basta con que sirvas al emperador. El emperador es Roma. —Lucio Elio concedió con un leve cabeceo—. Sea, entonces, si deseas participar en esta red de poder, el emperador Vespasiano, en una nueva muestra de su generosidad, está dispuesto a nombrarte gobernador de la provincia Tarraconensis, de rango imperial. ¿Aceptas?

Lucio Elio abrió bien los ojos. Una provincia imperial con una legión entera bajo su mando y grandes minas de oro en el norte. Además era un destino fácil, sin fronteras peligrosas que vigilar. Estaban los astures y los cántabros, pero el divino Augusto ya dio buena cuenta de ellos y la legión VII acantonada en el norte de la provincia era más que suficiente para controlar cualquier levantamiento. El Rin o el Danubio eran los lugares peligrosos. También ofrecían más posibilidades de épicas victorias, pero Hispania ofrecía seguridad y podría llevarse consigo a Domicia a Tarraco y disfrutar de una vida de lujo como gobernador de aquella rica y pacífica provincia. Lucio lo tuvo claro.

—En efecto, el emperador me abruma con su generosidad. Para mí será un honor servir como gobernador de esa provincia de Hispania.

—Bien, bien, sea, perfecto entonces. Lo comunicaré al emperador esta misma noche y el nombramiento será efectivo en unos días —respondió Partenio como quien da el asunto por zanjado.

Lucio Elio, sin saber bien cuál sería la formula adecuada para despedirse de aquel consejero, se levantó, extendió su brazo derecho y saludó una vez más a Partenio, esta vez con más pasión.

—Ave.

Dio media vuelta para encarar la puerta y marcharse, pero, justo cuando estaba a un paso de la misma, la voz de Partenio volvió a resonar en la sala, en voz baja pero nítida, un apunte final, algo sin aparente importancia que resquebrajó las entrañas de Lucio Elio.

—Por supuesto —dijo Partenio—, el emperador espera que antes de partir para Hispania te divorcies de Domicia Longina.

Lucio Elio se giró despacio y fijó sus ojos en el consejero, que parecía ahora entretenido en buscar un rollo sobre una mesa repleta de documentos y mapas.

—Eso es imposible —respondió Elio con decisión—; yo... yo... quiero a mi mujer y no veo por qué...

Partenio dejó de buscar cosas en la mesa, alzó la cabeza y le interrumpió.

—Domicia Longina es la hija de un *legatus* que instigó una revuelta contra el último emperador de la dinastía Julio-Claudia. Lucio Elio —y aquí Partenio adoptó el tono que un padre emplea cuando intenta persuadir a un hijo adolescente sobre qué es lo correcto—, escúchame bien, Lucio Elio: Domicia Longina es de una familia que ya se rebeló contra un emperador; tu matrimonio es un dislate que nunca se debió producir. Es un matrimonio que se interpone entre tu futuro, un gran futuro al lado del emperador Vespasiano, y tú, Elio. Divórciate y empezarás un fulgurante ascenso empezando como gobernador en Hispania. No te divorcies y no sólo perderás este nombramiento sino que, con toda seguridad, el emperador empezará a recelar de ti y de tu familia y caerás en desgracia. —Ante la mirada de angustia de Elio, Partenio intentó suavizar el mensaje, eso sí, no sin dejar de sentir cierto asco de sí mismo—. Vamos, por todos los dioses, Lucio, nadie está pidiendo que repudies a tu mujer de malas formas ni estamos planteando ninguna condena para ella. Sólo se te pide que te divorcies de forma discreta, que partas a Hispania sin ella y que, de esa forma, dejes a tu familia limpia, inmaculada, sin asomo de duda sobre la lealtad al emperador de Roma. Tu esposa tiene dinero y recursos suficientes para vivir por sí misma sin problemas. —Bajó aún más la voz, como si hablara de lejanos recuerdos de un pasado lejano—; el suicidio de su padre le garantizó eso. —Calló un momento; levantó al mirada y habló con más decisión—. No será molestada. Lo importante es que el emperador no quiere que la familia del antiguo general Corbulón, que en algún momento de locura quizá anheló para sí la toga imperial, pueda crecer en poder. El nombramiento que te ofrecemos sólo redunda en beneficio tuyo, de Roma y del emperador, y el perjuicio para tu esposa es nulo. Domicia es joven y con dinero. Puede encontrar pronto otro marido, otro enlace más modesto que no genere la preocupación del emperador. Y todos, así, podremos seguir viviendo con tranquilidad. Créeme, Lucio Elio, te hablo con la experiencia de quien lleva muchos años cerca del poder imperial: te conviene aceptar esta propuesta y te conviene hacerlo ahora mismo. No hay alternativa. O aceptas o caerás en desgracia. ¿Es eso lo que quieres? —Dejó un instante de silencio y, con la habilidad de quien ha blandido palabras punzantes con frecuencia, Partenio remató a su presa antes de que pudiera revolverse—. He de llevar una respuesta clara al emperador ahora mismo, en cuanto salgas por esa puerta, y Vespasiano no entiende respuestas ambiguas. ¿Aceptas, Lucio Elio, el nombramiento como gobernador de la provincia imperial Tarraconensis o prefieres que le diga al emperador que desprecias su generosidad y que prefieres seguir aliado con una familia de tan dudosa lealtad imperial? ¿Aceptas o no? Dame sólo una palabra como respuesta.

Lucio Elio estaba sudando de pies a cabeza. No parecía que hiciera calor allí dentro, pero el sudor le resbalaba profusamente por la frente, por los brazos y por las piernas casi a chorros. Él quería, amaba a Domicia Longina, y lo último que había pensado aquella mañana es que se le fuera a exigir que la abandonara. Pero negarse implicaba que caería en desgracia y tampoco podría proteger entonces a su esposa sin poder e influencia sobre el emperador de Roma. Lucio Elio se pasó una mano por la frente en un fútil intento por secarse algo de sudor, pero nuevas gotas brotaban como por arte de magia, incontenibles, irrefrenables. Le costaba respirar.

—¿Aceptas, Lucio Elio?

Aquel maldito consejero parecía inmisericorde, inclemente. Necesitaba tiempo, necesitaba pensar con tiento y no se le concedía ni un respiro. Vio con el rabillo del ojo cómo Partenio se acercaba a la puerta de la sala y la golpeaba con sus nudillos. Las hojas de madera remachada en bronce se abrieron y los pretorianos asomaron intrigados.

—Debéis llevar de inmediato un mensaje al emperador —dijo Partenio mirando a los guardias. Éstos se situaron frente a él atentos; Partenio se volvió entonces hacia Lucio Elio—. Veo, pues, con tristeza, que no aceptas, Elio; esto será en consecuencia lo que haré llegar al emperador...

En ese momento, Lucio Elio saltó y pronunció su respuesta como quien escupe odio por la boca.

—Acepto, maldita sea, acepto, por todos los dioses, acepto ese nombramiento. —Y alzó su brazo extendido, se puso firme como un legionario, dio media vuelta y, pasando entre los pretorianos, se alejó de la sala. Uno de los guardias preguntó entonces a Partenio, que no dejaba de mirar cómo Lucio Elio se alejaba, acerca de lo que debían decir al emperador.

—¿Qué mensaje debemos llevar al emperador, consejero?

—¿Mensaje? —Partenio estaba distraído—. No, no debéis llevar ningún mensaje. Yo mismo hablaré con el emperador más tarde. Ahora dejadme trabajar.

Regresó hacia la mesa a buscar una vez más un rollo mientras escuchaba cómo los pretorianos, confundidos, cerraban la puerta de su cámara. Encontró entonces al fin el papiro que buscaba: el nombramiento de Lucio Elio como gobernador de la provincia Tarraconensis. Ahora sólo faltaba la firma del emperador, pero Vespasiano firmaría como firmaba tantas otras cosas que sugería Antonia Cenis. Además no era un mal nombramiento, no era una mala alianza para los Flavios, pero el rencor sembrado aquella mañana, algún día, quizá aún distante, germinaría. De eso estaba convencido Partenio. Lo que no sabía intuir, pese a su dilatada experiencia, era en qué forma la vida devolvería aquella ruindad a los Flavios. Él sólo era un espectador. ¿Y una herramienta? Quizá también, pero, si no cooperaba con Domiciano, el hijo menor del emperador habría encontrado a otro para aquel trabajo sucio. Siempre había gente dispuesta para la injusticia, siempre; en eso tenía razón Antonia Cenis. Él, sin embargo, si alguna vez los acontecimientos del mundo se aproximaban hacia la virtud y el honor y la recompensa para aquellos hombres de mérito auténtico, no se opondría a esos nuevos vientos, como harían otros. De hecho preferiría que así fuera el mundo, pero no lo era. No lo era en absoluto. Él era un superviviente y un superviviente sólo se ponía de perfil y dejaba que Eolo soplara a sus anchas.

51

LA FORTALEZA ANTONIA Y LA TERCERA MURALLA

Jerusalén, junio de 70 d. C.
Posiciones romanas frente a la tercera muralla
y frente a la fortaleza Antonia

Las órdenes de Tito se ejecutaron con exactitud marcial: los legionarios limpiaron sus armas y uniformes, desfilaron frente a las murallas de Jerusalén en una exhibición de fuerza y tesón para hundir la moral del enemigo y, luego, cobraron su segunda paga del año. Se les permitieron un par de días de descanso, donde apenas se realizaron trabajos en las murallas de la fortaleza Antonia o en el tercer muro de la ciudad, y los hombres se relajaron, pero, al amanecer siguiente, el plan del hijo del emperador se puso en marcha.

Las legiones V y XII se concentraron en la construcción de dos nuevas rampas de madera frente a las inmensas paredes que sostenían la gran torre de la fortaleza Antonia. Se trataba de la mayor fortificación de la ciudad: una inmensa torre que se erigía sobre el resto de construcciones en el sector oriental de Jerusalén. Edificada bajo el gobierno del macabeo Juan Hyrcanus, en el siglo II a. C., como un edificio administrativo anexo al Gran Templo, posteriormente Herodes el Grande le dio el nombre de fortaleza Antonia en honor a su gran benefactor en Judea, Marco Antonio. Era inmensa y, a todos los efectos, inexpugnable. Defendida por los zelotes de Gischala, se elevaba como un obstáculo insalvable en el proceso de conquista de Jerusalén. Y los legionarios de la V y la XII lo sabían, pero no tenían más remedio que seguir las órdenes de sus *legati*. Los días de descanso les habían venido bien, pero el reencuentro con la cruda realidad de aquel asedio imposible les volvió a hundir en la desesperanza.

Entretanto, algo más al sur, las legiones X y XV levantaban sendas rampas de madera frente a la tercera y última muralla que protegía la Ciudad Alta, el último reducto de los sicarios de Simón bar Giora. El esfuerzo también se les antojaba enorme y sus posibilidades de éxito escasas, pero, disciplinados, los legionarios trabajaban hora a hora, día a día, semana a semana. La artillería enemiga era de gran precisión tras tantos meses de práctica y los muertos entre los legionarios eran bastantes, los heridos muchos y el miedo a ser alcanzado por un proyectil lanzado desde la alta colina había prendido en el ánimo de todos los romanos. Y para hacerlo todo aún más complicado, Simón ordenaba salidas periódicas de sus sicarios con el fin de dificultar aún más las tareas de construcción de las nuevas rampas frente al sector de la ciudad que aún estaba bajo su control. El hijo del emperador respondía, como en ocasiones anteriores, utilizando la caballería para hacer huir al enemigo cuando éste salía a perturbar los trabajos de asedio. Era el mismo juego que en la primera y segunda murallas, por eso Tito estaba persuadido de que, como en los dos muros exteriores, al final el desenlace sería el mismo también. Sólo quedaba ver si el agotamiento y la baja moral de sus tropas resistirían el esfuerzo continuado de ataque permanente sobre aquellas fortificaciones ciclópeas. Y había algo más que incomodaba a Tito.

—¿No ha habido salidas de los zelotes? —preguntó a Trajano cuando estaba supervisando los trabajos de las rampas de la V y la XII. El *legatus* negó primero con la cabeza y luego puso voz a su respuesta.

—No, no han salido.

Trajano compartía la extrañeza que estaba reflejada en la arrugada frente de Tito. Los sicarios de Simón seguían con su técnica de hacer salidas desde la muralla, pero los zelotes no.

—¿Por qué no salen? —inquirió Tito Flavio Sabino.

—No lo sé —respondió Trajano mirando la gran torre de la fortaleza Antonia—. No lo sé, César.

De hecho, la poca inclinación de Gischala a sacar a sus hombres fuera de la fortaleza Antonia había favorecido la construcción de las rampas de la V y la XII y éstas, tras diecisiete largos días de esfuerzo, estaban dispuestas para que los arietes y las torres de asedio avanzaran sobre ellas para confrontar los temibles muros de aquella formidable edificación.

Fortaleza Antonia

Gischala mantenía una amplia sonrisa de complacencia en su rostro. Desde lo alto de la torre de la fortaleza Antonia, podía ver cómo romanos y sicarios se enzarzaban en absurdos combates cuerpo a cuerpo a los pies de la tercera muralla, donde los sicarios se esforzaban por proteger su tercera y última muralla.

—Fracasarán como les ha ocurrido en las dos anteriores —dijo Gischala en voz alta y sus oficiales asentían y sonreían.

Todos estaban seguros de que su plan era mucho mejor y, además, no tenían que salir a luchar con los romanos. Bastaba con arrojarles proyectiles y seguir con sus trabajos de defensa, pero sin salir fuera de la fortaleza. Pronto comprenderían los romanos que no tenían nada que hacer contra la fortaleza Antonia. Nunca podrían tomarla y nunca llegarían al Gran Templo de Jerusalén. Nunca.

Tercera muralla de Jerusalén
Ciudad Alta

Simón había acompañado a sus sicarios en la última salida. Tenía que dejarse ver por sus hombres en primera línea de combate para mantener su autoridad, especialmente desde que Eleazar parecía combatir a su antojo, iniciando salidas para las que no le había consultado previamente. Algo pasaba con Eleazar, como si hubiera decidido hacer la guerra por sí solo, pero la mente de Simón estaba más ocupada por la testarudez de Gischala en no hacer salidas que por cualquier otra cosa. Los romanos habían terminado las rampas en su sector y ya montaban los arietes sobre las mismas. A Simón no le importaba que los romanos acabaran con Gischala y sus zelotes, pero, si se hacían con la fortaleza Antonia, eso les permitiría acceder al Gran

Templo y sí sería un tremendo golpe contra la moral de sus hombres. Simón se tragó el orgullo y fue en busca de Eleazar.

—¿Sabes por qué Gischala no sale a importunar los trabajos de los romanos? —preguntó Simón.

—No —respondió Eleazar.

Le dio la espalda y se fue hacia otro sector del muro. Simón no prestó más atención a la actitud distante de Eleazar y se quedó allí, mirando sin parpadear los arietes que los romanos aproximaban a la base de la torre de la fortaleza Antonia.

—Gischala es un imbécil —dijo, pero sus palabras sonaron vacías e impotentes frente a los grandes arietes y torres de asedio que los romanos hacían avanzar sobre las inmensas rampas de madera.

Vanguardia romana bajo los muros de la fortaleza Antonia

—¡Adelante! ¡Adelante! ¡Adelante! ¡Por Roma! ¡Por el emperador Vespasiano! ¡Por Júpiter! —aullaba Marco Ulpio Trajano a sus hombres de la XII *Fulminata* mientras se acercaban con uno de los grandes arietes a la base de la gran torre Antonia—. ¡Adelante!

Las maderas de la rampa crujían al sostener el tremendo peso de un ariete montado sobre gigantescas ruedas y el peso de una monumental torre de asedio que le seguía, con dos escorpiones instalados en su último piso, toda ella llena de arqueros, legionarios y auxiliares armados con flechas, lanzas y protegidos por sus grandes escudos rectangulares y cóncavos. Las maderas crujían y los clavos que la sostenían se tensaban hasta lo indecible, pero los ingenieros romanos lo tenían todo calculado con exactitud y, además, ya llevaban varias rampas construidas para la conquista de los muros exteriores de la ciudad. Por mucho que aquellas vigas cruzadas aullaran de dolor ante el descomunal peso que debían soportar, legionarios, oficiales y hasta el propio *legatus* de la XII caminaban por encima de ellas con la seguridad que da saber que los ingenieros de Roma nunca se equivocan. Si una rampa se daba por buena, esa rampa nunca se derrumbaba. Nunca. Esa seguridad les permitía a todos concentrarse en lo esencial: evitar los proyectiles enemigos, responder a los mismos con su propia artillería y con sus flechas y lanzas y, poco a poco, lo más importante, ir aproximando el gran ariete a la base de su objetivo.

La lluvia de dardos y proyectiles enemigos era, si cabe, la más intensa bajo la cual habían tenido que avanzar, pero avanzaban, pese a todo y pese a todos los zelotes del mundo. Trajano, con orgullo, veía cómo sus hombres ascendían por la gran rampa. El ariete había llegado a medio camino; no, sólo le quedaba un tercio de ruta por recorrer, pero se había detenido a unos sesenta pasos de la base de la torre Antonia. Ahí parecía que el ímpetu de sus hombres se había desinflado. Marco Ulpio Trajano comprendió que si no ascendía él mismo por la rampa, los legionarios de primera línea no avanzarían más. Fuera ya por agotamiento o por desánimo, sólo la presencia del *legatus* en primera línea de combate les haría continuar con el ascenso. Trajano empezó a subir por la rampa, pero, de pronto, cuando sólo llevaba —en esta ocasión para su fortuna— una decena de pasos sobre aquellas vigas de madera, los crujidos de la base de la rampa se transformaron en un ensordecedor estruendo y lo inimaginable, lo imposible, lo que nunca antes había ocurrido, aconteció: Trajano perdió el equilibrio porque la base que le sustentaba parecía moverse sola, y en su caída contempló cómo el gigantesco ariete y la inmensa torre de asedio se venían abajo, en pie aún, pero hundiéndose en una maraña brutal de madera que se deshacía en su base y se desplomaba, no hasta caer en el suelo sobre el que se había levantado, sino aún más, hundiéndose torre y ariete y arqueros y escorpiones y auxiliares y legionarios en las profundidades de un inabarcable agujero que lo engullía absolutamente todo, como si el dios Vulcano hubiera decidido emerger a la superficie de la tierra por aquel punto y todo a su alrededor se deshiciera en un océano de astillas, gritos y sangre.

Marco Ulpio Trajano quedó al borde de ese abismo. Sesenta pies abajo, se veía a legionarios y auxiliares luchando por emerger de aquel agujero de horror en donde las máquinas de guerra descompuestas en mil pedazos, las vigas de madera y las armas lo aplastaban todo en su derrumbe, aprisionándoles, impidiendo la salida de los que no habían sucumbido al hundimiento general de la estructura y del mismísimo suelo que había desaparecido también en aquel fragor inexplicable. A todo ello, la confusión y una lluvia de dardos lanzada desde la impasible fortaleza Antonia hicieron que apenas se pudiera rescatar con vida a prácticamente ninguno de los legionarios de la XII *Fulminata* engullidos por aquel desconcertante accidente. Trajano sacudía la cabeza mirando las vigas partidas y no daba crédito. Tito ordenaría ejecutar a todos los ingenieros. Súbitamente un estruendo, no por ya conocido menos sobrecogedor, se oyó a sus espaldas. Trajano se dio la vuelta y fue testigo de cómo la rampa, el ariete y la torre de asedio de la legión V sufría la misma suerte que la rampa de su propia legión: un accidente idéntico y un hundimiento que, una vez más, no terminaba en el suelo, sino que el propio suelo desaparecía hasta abrirse las entrañas de la ciudad de Jerusalén y tragarse todas las máquinas de asedio de la legión V. Los gritos de auxilio, las escenas de pánico, la sangre de los heridos, todo igual. Trajano podía creer que los ingenieros hubieran errado sus cálculos una vez, pero dos nunca. Marco Ulpio Trajano miró hacia arriba. En lo alto de la gran torre de la fortaleza Antonia, Gischala, su líder, con brazos en alto, era aclamado como un dios por sus seguidores.

—¿Qué ha ocurrido? ¡Por todos lo dioses! ¿Qué está pasando?—preguntó Tito Flavio Sabino.

Trajano se dio la vuelta y encaró al hijo del emperador.

—Han excavado túneles por debajo de las rampas. Mientras nosotros levantábamos las rampas, los zelotes de Gischala excavaban minas por debajo de los cimientos de nuestras construcciones. Por eso no hacían salidas. —Hablaba suspirando, con los ojos mirando al suelo, como si buscara más agujeros bajo sus pies, mientras repetía, una y otra vez, las mismas palabras—: Por eso no hacían salidas, por eso no hacían salidas...

Tercera muralla de Jerusalén
Ciudad Alta

Simón, tan atónito como los propios romanos, contemplaba el caos que Gischala había conseguido organizar con la demolición de las rampas y las máquinas de guerra que asediaban la fortaleza Antonia. Estaba como paralizado. Hasta sus sicarios habían vitoreado la caída de las gigantescas estructuras romanas. Su liderato estaba en cuestión. Gischala había apostado fuerte y había ganado. Eleazar llegó junto a Simón que, absorto, seguía admirando los cadáveres de decenas, centenares de legionarios que los romanos sacaban sin cesar de las dos enormes tumbas ciclópeas que los zelotes habían excavado bajo el subsuelo de Jerusalén.

—Hemos de hacer una salida —dijo Eleazar ante el paralizado Simón y, como fuere que éste no parecía reaccionar, decidió dar él mismo las órdenes—. Yo atacaré la rampa que construyen los romanos de la X y tú puedes concentrarte en atacar la rampa de los de la XV. Hemos de incendiarlas aprovechando el caos en que están sumidos los romanos, mientras intentan recuperar a los heridos de la V y la XII.

Dio media vuelta sin esperar respuesta de su líder. Simón bar Giora contuvo su rabia. Sí, Eleazar se crecía y más cuando Gischala parecía superarles. Simón estaba persuadido de que Eleazar no le consideraba ya un jefe adecuado para los sicarios, pero ahora no era el momento de discutir. Debía aceptar que la idea de Eleazar era ajustada. Tenían que aprovechar el desorden que reinaba entre los romanos para herirles de muerte destrozando las otras dos rampas que tanto esfuerzo les había costado levantar. Si las hundían o las quemaban, eso supondría el final del asedio y su liderato volvería a verse reforzado al emular sus sicarios la hazaña de los zelotes. Luego arreglaría el tema de Eleazar. Cada día un asunto. Cada día un asunto, decían que había dicho el profeta de los cristianos. Éstos deberían haber ayudado en la defensa, pero andarían, como siempre, escondidos por los callejones de la ciudad. Eran unos cobardes. Unos blasfemos.

Retaguardia romana

Tito engullía a grandes tragos la impotencia de su ejército ante la inagotable resistencia de los judíos y, sin embargo, no podía cejar, no podía rendirse y dejar aquel asedio sin conseguir una victoria, total, absoluta, definitiva. Si se retiraban en ese momento, la moral de las tropas de Oriente no se reharía en años, en decenios, y la llama de la rebelión prendería de nuevo por toda Judea. Así no podía presentarse ante su padre. El Senado atacaría al emperador, a sus *legati*, y todo el plan de crear una nueva dinastía se vendría abajo.

—¡Nos atacan, César! —oyó a sus espaldas el hijo de Vespasiano—. ¡Los sicarios de Simón están atacando ahora las rampas de la X y XV legión que tenemos frente a la tercera muralla de la ciudad!

Tito Flavio Sabino se giró para ver cómo el horror que habían generado los zelotes con sus minas parecía extenderse también a las rampas levantadas por las otras dos legiones: los sicarios de Simón bar Giora habían salido con todo lo que tenían y, pertrechados con antorchas, se esforzaban por incendiar las dos rampas que les quedaban. El hijo del emperador se encaramó a su caballo y, raudo como el viento, al mando de sus *singulares*, cargó con furia contra los sicarios. Ya no llevaba la iniciativa en aquel combate. Sabía que combatía a la defensiva; un absurdo en un asedio, pero ahora no se podía pensar en más. Había que salvar las rampas de la X y la XV como fuera. Como fuera.

Ciudad Alta

Simón y Eleazar retornaron a la tercera muralla con la mayoría de los sicarios. había muchos heridos y se había perdido un centenar de buenos guerreros, pero había merecido la pena, había merecido la pena todo, hasta el último cadáver.

**Posiciones romanas junto a la tercera muralla
frente a la Ciudad Alta**

Tito Flavio Sabino caminaba entre las llamas de aquel inmenso incendio. Los legionarios de la X y la XV traían agua en cubos pero todo era insuficiente. Las dos rampas que les quedaban en pie ardían como una gigantesca pira funeraria. Y eso era: eso era aquello. Allí, en ese fuego fastuoso y sin control, se consumían las esperanzas de rendir Jerusalén. Todo había acabado. Era una derrota absoluta, incontestable, inimaginable. Heridos, agotados o muertos, sus legionarios estaban más allá de cualquier posibilidad de recuperación.

Fue entonces cuando empezaron las deserciones, en especial entre los auxiliares, que, conmovidos, aterrados por la capacidad de lucha del enemigo, se pasaron a las filas de los sicarios, unos, y de los zelotes, otros, a cambio de cualquier cosa: un poco de dinero, una mujer, y, sobre todo, no tener que construir más rampas de muerte que no conducían a ninguna parte más que al infierno. Y se llevaban consigo víveres y el oro de las pagas y sus propias armas.

Campamento general romano

Marco Ulpio Trajano recibió el mensaje de aquel *signifer*.

—Allí estaré, dile al César que Marco Ulpio Trajano acudirá esta noche al *consilium* en el *praetorium*.

El mensajero asintió y partió para convocar al resto de *legati*. Trajano aprovechó la hora que quedaba antes del *consilium* para pasear por las ruinas del ejército romano y evaluar los daños de aquella horrible jornada de combates: las cuatro rampas estaban destruidas, dos demolidas y medio enterradas en las entrañas de la ciudad y las otras dos incendiadas, transformadas en cenizas que aún humeaban en las sombras de aquel penoso atardecer. Los heridos eran incontables y los muertos numerosos. Para detener las deserciones, el ejército se había replegado al interior del campamento para controlar los movimientos de los que deseaban huir y, como recordatorio de lo que les esperaba a los que habían abandonado la disciplina de las legiones de Roma, se puso en marcha una rápida serie de ejecuciones de algunos auxiliares que habían intentado desertar pero que habían estado lentos y habían sido capturados por legiones aún fieles al César Tito Flavio Sabino y sus *legati*. Estas medidas habían frenado las deserciones por un tiempo, pero con la moral por los suelos, con la fortaleza Antonia, el Gran Templo y la tercera muralla intactos, era difícil plantearse otra cosa que no fuera renunciar a aquel asedio, aunque Trajano, como Tito, como el resto de *legati*, sabía que permitir que los judíos se salieran con la suya y disfrutaran de una victoria en aquella campaña era algo que el emperador Vespasiano no podría aceptar nunca. Y no pensaba que Tito estuviera dispuesto a aceptarlo tampoco. Incluso si, como le habían contado, por primera vez en toda la campaña se le había visto realmente abatido, cabizbajo, de regreso al *praetorium* tras varias horas intentando detener, infructuosamente, el incendio de las dos últimas rampas.

La hora pasó y el *consilium* del alto mando romano se reunió. La noche había cubierto de oscuridad una ciudad fantasma: media urbe derruida sobre la que los romanos habían edificado sus campamentos y media ciudad con una población aterrada pero repleta de guerreros sicarios y zelotes encendidos por la victoria conseguida aquella jornada. Jerusalén vivía un pulso brutal. Entre los ciudadanos prendía la esperanza de que quizá, tan sólo quizá, los romanos, tras el último revés, decidieran, al fin, levantar el asedio.

Tito Flavio Sabino miró a sus *legati*.

—Esta noche sí deseo sugerencias, *legati*. Cada uno de vosotros comandáis una legión. Demostradme esta noche que la confianza de mi padre en vosotros, que la confianza mía en vosotros tenía sentido. —Y con una voz vibrante, por la que supuraba la desesperación del hijo del emperador, añadió—: Por todos los dioses, decidme qué pensáis que debemos hacer ahora. Estoy dispuesto a escuchar cualquier cosa, cualquier cosa, cualquier plan, no importa lo descabellado o absurdo que pueda parecer; cualquier idea la escucharé con interés, menos que abandonemos el asedio. Eso, simplemente, no podemos hacerlo.

Hubo un silencio largo. Un esclavo que traía agua y vino tropezó y se le cayó un cuenco de *terra sigillata* que se hizo añicos. Ninguno de los presentes movió un músculo para ver qué había ocurrido. El esclavo se arrodilló para recoger los pedazos del cuenco roto.

—Tenemos que volver a atacar —dijo Cerealis.

Lépido y Frugi asintieron, sin gran emoción, pues no veían de qué modo iban a rendir a aquellos malditos judíos y menos con unas tropas completamente desmoralizadas, pero no había otra, no quedaba opción que no fuera ésa. Tito asintió. Compartía el sentimiento de sus *legati*, pero tampoco concebía cómo proseguir con el asedio. Miró a Trajano que, callado, miraba el plano de la ciudad sin casi parpadear.

—¿Y qué piensa Trajano? Hoy que pido consejo no dices nada y cuando no lo pedía me lo diste delante de todos. ¿El abatimiento ha dejado mudo al *legatus* de la XII legión?

Trajano negó despacio con la cabeza. Levantó la mirada y, sin soberbia pero con firmeza, con la fortaleza con la que uno presenta una convicción, dio su parecer.

—Creo que debemos hacer como Escipión Emiliano en Numancia, o como Julio César en Alesia. —Tito frunció el ceño e inclinó la cabeza atento a las explicaciones de su legado hispano—. En ambos casos levantaron muros alrededor de la ciudad asediada. Nosotros podríamos hacer lo mismo. —Se adelantó para trazar con su índice un largo círculo alrededor de toda la ciudad—. Un muro de varios pies de altura, como tres hombres uno sobre otro, sería suficiente, alrededor de toda Jerusalén. Piedras. Necesitaremos una enorme cantidad, pero piedras tenemos, y con los escombros de la Ciudad Nueva derruida tendremos aún más material para esa construcción. Un muro alrededor de toda la ciudad, con algunas torres de vigilancia. Levantar una muralla, alejada del alcance de sus escorpiones y arqueros es un trabajo sin riesgo y una gran obra que no puede ser pasto fácil de las llamas. Los sitiados aún aprovechan las salidas para rebuscar víveres en la ruina de la Ciudad Nueva o en los campos que rodean la ciudad. Hay estraperlo por las noches que mantiene con vida el alma agonizante de Jerusalén. Un muro que cierre por completo la entrada de víveres en la ciudad, el hambre absoluta. Sólo eso rindió a Numancia. Eso valdrá aquí.

—Numancia resistió cuatrocientos días —respondió Tito, pero no con un tono que desaprobara la propuesta de Trajano; sólo estaba debatiendo sobre el plan que se le proponía.

—Cierto, pero aquí ya llevamos casi cuatro meses, más de cien días, y la población es mucho mayor que en Numancia, y sus necesidades más imperiosas. Los defensores también están exhaustos. El muro sería la forma de hacer que la moral de nuestros hombres se recuperara al tiempo que desgasta la del enemigo.

—Un muro —repitió Tito dubitativo—. ¿De que extensión estamos hablando?

Trajano se acercó al plano y lo mismo hizo el resto de *legati.*

—Unas cinco millas.

—¿Y torres? —preguntó Cerealis.

—Quizá fuera mejor pequeños fuertes —propuso Frugi.

—Es una idea, sí, fuertes pequeños, aquí y aquí y aquí... —señalaba Trajano.

—Uno cada trescientos pasos, más allá no serían útiles en caso de ataque —apostilló Lépido.

Tito Flavio Sabino se levantó despacio y fue a la mesa donde había agua y vino. Bebió un trago largo. Tenía la garganta seca, áspera por el humo que había inhalado mientras se intentaba apagar el incendio de las rampas de la X y la XV. Mientras saboreaba el vino rebajado con agua contempló con una tímida sonrisa cómo sus *legati* debatían con intensidad sobre la mejor forma de levantar aquel muro. La idea de Trajano parecía haber encendido entre ellos su alma guerrera languideciente tras varios meses de asedio. Quizá la idea valiera para animar también a los legionarios. Era evidente que no iba a poder cumplir la promesa de rendir Jerusalén en junio, pero era mejor rendir la ciudad más tarde que no rendirla nunca. Seguirían en el empeño. Seguirían hasta el final.

52

LA CAZA DEL LINCE

Hispania, verano de 70 d. C.

Trajano hijo salió en busca del lince ibérico que llevaban persiguiendo desde hacía semanas, sólo que en esta ocasión decidió salir solo; a fin de cuentas, era él el mejor cazador; Longino era menos hábil, más lento, más miedoso. Trajano no lo había verbalizado pero estaba convencido de que el lince olió el miedo de Longino desde la distancia y por eso les atacó por sorpresa, pero ahora no estaba dispuesto a que eso volviera a ocurrir de nuevo. Quizá no fuera del todo así; quizá sólo pensaba eso, sólo había visto los defectos de Longino desde que éste se apartó de él aquella noche junto a la hoguera. No; sacudió la cabeza. Era cierto que se sentía herido, pero también lo era que Longino parecía tener miedo del lince. Era absurdo sentir dolor porque alguien que es cobarde te rechace. En cualquier caso, todo eso ya le daba igual, se decía una y otra vez. Alejado su padre, en medio de la guerra de Oriente, sin noticias sobre lo que acontecía en Jerusalén, Trajano decidió centrarse en la captura de aquel lince. Iba armado con un *pilum* militar, un arco y tres flechas y un *gladio*. Lo consideraba justo: el lince tenía cuatro patas que culminaban en afiladísimas garras y unas fauces cuya dentellada, según donde se recibiera, podría llegar a ser mortal. Eran cinco las armas del animal y Trajano oponía otras cinco. Era un combate igualado. El problema era que el lince, tras el enfrentamiento que habían tenido con él el día anterior, se mostraría aún más remiso a ser encontrado de nuevo o aún más peligroso si al final lo encontraba. Trajano estaba seguro de haberle herido en una de las patas con su *gladio* y eso le daba esperanzas. Herido, el animal no podría haberse alejado demasiado de la ladera de la montaña en donde se habían enfrentado. Él, por su parte, llevaba el brazo izquierdo vendado por un zarpazo recibido con furia. Longino había recibido otro en la pierna, pero mucho menor y, sin embargo, había llorado como una niña asustada. Tan hermoso y fornido cuerpo para tanta cobardía. Era una lástima. Estaba mejor solo. Su padre decía que nunca se puede conseguir nada realmente grande solo y que lo que se consigue así siempre es algo pequeño, pero él no estaba de acuerdo: demostraría a su padre de lo que era capaz solo, con la fuerza de sus brazos y con la habilidad adquirida en el uso de las armas de guerra. Quería demostrar a su padre que estaba preparado para acompañarle en cualquier nueva misión que el emperador le encomendara. No quería volver a quedarse atrás, en Itálica o en Roma. Anhelaba ver las fronteras del mundo y sentir el aliento de los bárbaros del norte, de los germanos y los dacios o de los temidos judíos o partos de Oriente, pero su padre insistía en que aún era demasiado joven. Bien, eso iba a acabarse esa mañana, cuando entrara en casa triunfal con el cuerpo de aquel lince ibérico sobre los hombros.

De pronto oyó algo y se detuvo en seco. El sol ya lo iluminaba todo. Los pájaros habían callado. Allí cerca había más de un cazador. Trajano sentía la presencia del lince buscando su propio sustento entre algún ave enferma o lenta en emprender el vuelo. Se arrodilló y examinó el suelo a su alrededor. Absorbido por sus pensamientos, había llegado al lugar de la batalla. Le gustaba imaginar su combate con aquel animal como una gran batalla, y en cierta forma lo era. La mayoría de las personas, incluso legionarios veteranos, no presentaría combate a un lince salvaje en su territorio. Lo de atacar fieras en el circo o en el anfiteatro era diferente. Siempre estaban asustadas. Trajano encontró la sangre. Había bastante: suya, de Longino y del lince. Había que leer con tiento entre las piedras y los matojos de matorral que crecían por todas partes en aquel extrañamente lluvioso final del verano. Empezó a moverse de cuclillas, despacio, mirando fijamente el suelo a la vez que con sus oídos escrutaba cualquier ruido que pudiera suponer un aviso. Encontró entonces el fino reguero de gotas que el animal había dejado en su huida: había ido montaña arriba, buscando cobijo en las grutas de los escarpados peñascos de lo alto de la sierra. No era para nada el mejor territorio para una caza: las montañas estaban repletas de barrancos y precipicios muchas veces ocultos por la densa maleza. Si no hubiera estado cegado por impresionar a su padre (no dejaba de imaginar la cara que pondría al leer la carta en la que relataría su hazaña) o por impresionar a Longino, el joven Trajano habría regresado, pero su espíritu osado se rebeló contra sus dudas y emprendió el ascenso de la montaña con la tenacidad de las cabras montesas.

Al rato tuvo que detenerse para recuperar el aliento. Era un día despejado y sin nubes y desde lo alto de la sierra se veía el valle y el curso del río que bajaba en dirección a Itálica. El lince, sin embargo, caminaba en dirección opuesta, buscando los cerros más altos y más alejados de los hombres. Trajano retomó el ascenso y comprobó que el animal había tomado un camino que bordeaba los precipicios de la sierra. El muchacho decidió ralentizar su marcha para evitar caer en alguno de aquellos barrancos. Cuando la maleza empezó a resultar demasiado espesa, desenfundó el *gladio* y lo usó para cortar matorrales y, en ocasiones, para clavarlo en el suelo en busca de tierra o piedra, para asegurarse que podía pisar sin caer en un vacío desconocido. Una caída desde allí podía resultar aún más mortífera que las garras del propio animal que estaba cazando. De pronto el reguero de sangre del lince fue reduciéndose. Estaban ya sobre roca pura, de forma que era imposible discernir las zancadas del animal: o éste avanzaba más rápido por esa zona y por eso había menos gotas de rastro o su herida había dejado de manar. Cualquiera de las dos posibilidades era mala para sus objetivos. De pronto, Trajano sintió algo a su espalda. No supo si fue el sentido del oído o si sus ojos habían captado algún movimiento entre la maleza, pero se giró por puro instinto y, en efecto, allí estaba el lince, mirándole fijamente, con una herida en el exterior de una de las patas delanteras, con la boca entreabierta, rugiendo y mostrando sus dientes de la forma más amenazadora que podía. El joven Marco Ulpio Trajano no estaba seguro de si lo que sintió en ese momento fue miedo o arranque de sensatez, pero dio un par de pasos atrás sin dejar de mirar a los ojos del animal. Ahora ya no había otra salida que enfrentarse de nuevo con aquella fiera herida. Era imposible escapar corriendo y el lince se acercaba, de modo que aunque permaneciera completamente quieto, éste, sin duda, iba a atacar. Trajano tragó saliva varias veces mientras su mente decidía con urgencia qué arma debía utilizar. No había tiempo para cargar un arco —lamentablemente, porque era la mejor opción—, pero el lince estaba ya a tan sólo seis pasos y seguía acercándose. Trajano dio otro paso atrás y el animal dos más hacia delante. El lince a cinco pasos. Trajano tenía aún el *gladio* en la mano. Eso quizá le salvara. Ya le hirió con él el día anterior; podía volver a hacerlo. El lince bajó los ojos y los clavó en el arma que su enemigo blandía defensivamente. El animal se quedó inmóvil, como una estatua pétrea de sí misma cuando estaba a tan sólo tres pasos y volvió a rugir. Su enemigo dio otro paso atrás y, como el animal esperaba, súbitamente, desapareció como si se lo tragara la tierra. Para el animal aquello había sido sencillo.

El joven Trajano sintió que el suelo desaparecía bajo sus pies y sólo tuvo tiempo para asirse a la raíz de un pino que, desobedeciendo la lógica, crecía en aquella pared de roca. Trajano supo de inmediato que había caído en uno de los precipicios de la sierra y miró hacia abajo. Había más de cien pies hasta el fondo del barranco en un vacío absoluto. Si caía, era hombre muerto. Miró a su alrededor. No había más donde agarrarse. La pared era lisa. La raíz del pino se desgajó de la roca y cedió un tanto. No resistiría por mucho tiempo. Trajano estiró entonces hacia arriba, buscando con los dedos el borde de la roca, para poder asirse y empujarse hacia arriba, pero no llegaba, no llegaba, le faltaba un pie de distancia, sólo un maldito pie; menos, un palmo, sólo un palmo, pero no podía... no podía.... Era tan poco y, sin embargo, lo era todo. Estaba sudando por todas partes, sintió sed y, sin poder evitarlo, se orinó encima. La muerte estaba allí. Los dioses le habían abandonado. Oyó el rugido del lince y al mirar hacia arriba vio al animal asomarse. Estaba claro que quería ver dónde iba a caer para poder procurarse un buen almuerzo. Había sido un combate justo y el animal había ganado. Conocía mejor el terreno. Trajano sabía que le había infravalorado. Ya nunca infravaloraría a ningún enemigo, aunque eso era ya poco importante. La raíz del pino se desgajó un poco más y la distancia hasta lo alto de la roca era ya de pie y medio. El lince desapareció. Sin duda iba a descender para devorarlo en cuanto cayera. Trajano sintió vergüenza de sí mismo por haberse orinado e intentó, en vano, no llorar, pero es que no podía hacer nada, no podía hacer nada, y volvió a estirar sus dedos hacia arriba, arañando la pared de roca calentada por el sol, buscando el más mínimo de los resquicios para no caer en el vacío, pero ya apenas le quedaban fuerzas y estaba a punto de soltarse y ceder, soltarse y ceder. Testarudo, aferrándose a la vida más allá de la esperanza, siguió estirando los dedos hacia lo alto, hacia lo alto, hacia el inalcanzable borde del precipicio que iba a transformarse en su tumba...

Se oyó entonces un rugido mortal, convulso, horrible, estremecedor. Era un rugido de muerte y se oyó casi de inmediato la voz de Longino.

—¡Marco, Marco, Marco!

Por todos los dioses. La mente de Trajano hijo, embotada por el esfuerzo, reaccionó pese a todo.

—¡Aquí, Cneo! —Fue la primera y única vez en su vida que Trajano le llamó por su *praenomen*. Cneo Pompeyo Longino asomó por encima de las rocas, justo en el mismo sitio por donde había asomado hacía un momento el lince—. No puedo... no puedo más... —masculló.

Longino se tumbó en el suelo, al borde del principio y alargó el brazo. Trajano era tan grande como él, de modo que elevarlo sería una tarea casi imposible, pero no había otra opción.

—Coge mi mano —dijo Longino y Trajano se estiró de nuevo en un intento por llegar a la mano de su amigo. Unos instantes antes le habría resultado sencillo, pero cada vez estaba más exhausto y ahora se le antojaba demasiado lejana, pero estiró, alargó el brazo y Longino hizo lo mismo, y las yemas de los dedos se tocaron...

—No puedo... —volvió a mascullar Trajano entre dientes, cubierto de sudor, con lágrimas en los ojos.

—¡Sí puedes, maldita sea! ¡Por Hércules, sí puedes, Marco! —le espetó Longino a gritos.

Y los dedos de Trajano rozaron los suyos y ascendieron lentamente, lentamente, demasiado lentamente cuando la raíz del pino de la roca cedió por completo, se desgajó y, suelta, cayó al vacío justo en el momento en el que Trajano hizo el último esfuerzo y el propio Longino, a riesgo de su vida, se estiró más hacia abajo. Trajano quedó entonces suspendido del brazo de Longino, que le sostenía haciendo un esfuerzo descomunal. Le había salvado la vida, de momento, pero ¿por cuánto tiempo? Había tenido que vencerse demasiado hacia fuera para coger la mano de Trajano y ahora era incapaz de arrastrarse hacia atrás sin soltarlo. Estaban atrapados y la única solución que le quedaba a Longino para sobrevivir era abrir la mano y soltar a Trajano. De lo contrario, al final, por agotamiento, caerían los dos. Los dos.

Pasaron un rato así, respirando entrecortadamente, aturdidos por las energías consumidas en mantener aquellas manos férreamente asidas la una a la otra, pero las fuerzas se les escapaban por momentos. Trajano miró entonces hacia arriba y encontró el rostro de sufrimiento brutal de Longino.

—Suéltame —dijo Trajano—. Suéltame. —Se hizo el silencio entre los dos; ni siquiera había viento—. No podrás subirme nunca. Suéltame y sálvate tú. —Bajó la mirada y cerró los ojos e inspiró profundamente mientras repetía aquella palabra una y otra vez—: Suéltame, suéltame...

53

EL MURO DE ROMA

Jerusalén, junio de 70 d. C.
La Ciudad Vieja de Jerusalén

Juan pudo ascender a lo alto de la muralla de la Ciudad Vieja
que se levantaba en paralelo al valle del Cedrón. Había pocos
zelotes en aquel punto, pues casi todos estaban al norte, en la
fortaleza Antonia y el Gran Templo, protegiendo aquellas fortificaciones contra los constantes ataques romanos. Así, desde
aquella posición elevada, Juan pudo hacerse una composición
precisa de lo que hasta entonces sólo había llegado a sus oídos
en forma de rumores. Los peores presentimientos se hacían
realidad ante sus ojos, acostumbrados ya a una larga desesperanza que se esforzaba por ocultar a todos los cristianos que se
habían refugiado en su casa: los romanos levantaban un muro
alrededor de toda la ciudad asediada. No era muy alto, pero
suficiente para impedir que nadie pudiera hacer más salidas
en busca de alimentos en los campos abandonados que rodeaban la ciudad; además, a buen seguro desanimarían a cualquier mercader lo suficientemente loco, o codicioso, como
para vender sus productos a los asediados sorteando las patrullas romanas en medio de la noche. No, con aquel muro todo
aquello se acababa. No es que hubieran llegado muchos alimentos del exterior en todos aquellos meses, pero era el hecho de saber que existía esa posibilidad la que sostenía el ánimo de muchos de los judíos y cristianos de una Jerusalén
gobernada por sicarios y zelotes para los que nada importaba,
ni el hambre ni el sufrimiento de sus conciudadanos; para éstos sólo importaba no rendirse jamás. Si niños y viejos y enfer-
mos morían por inanición, eso no era de su incumbencia. Incluso habían limitado los alimentos que se entregaban a la

población no armada para mantener fuertes a los guerreros que defendían las murallas. Aquellas malditas murallas. Juan cerró los ojos y levantó su rostro al cielo.

—¿Hasta cuándo, Señor? ¿Hasta cuándo?

Pero como tantas otras veces en aquellas últimas semanas sus preguntas quedaron sin el aliento de una respuesta. Juan se sentó sobre una roca olvidada por los artilleros judíos en aquella esquina de la muralla. El último discípulo de Jesús suspiró profundamente. Para colmo de desventuras, los jefes de los sicarios y los zelotes, en una muestra más de su fanatismo, habían ordenado quemar parte de los pocos alimentos que se custodiaban en los almacenes de grano de la ciudad, ante un amago de rebelión de los ciudadanos desarmados y desamparados que preferían rendirse y ser esclavos de Roma antes que ver cómo todos sus familiares y ellos mismos morían de hambre. La población, estupefacta ante la locura absoluta de sicarios y zelotes, que incendiaban decenas, centenares de sacos de trigo, se plegó a su mandato y muchos retornaron a sus casas, la mayoría. Pero fue en ese momento, tras el incendio de aquellos víveres, cuando comenzaron a extenderse por la ciudad historias de deserciones, de judíos que se entregaban a los romanos. Los sicarios y los zelotes repetían una y otra vez que los romanos asesinaban a todos cuantos se entregaban. Nadie sabía quién decía la verdad. Juan sacudió la cabeza y se alzó despacio. ¿Hasta dónde puede resistir el sufrimiento el género humano? Fue en ese momento cuando Juan, al fin, comprendió el auténtico alcance de la predicción de Jesús sobre la caída de Jerusalén y su cuerpo se sobrecogió ante la clarividencia del hijo de Dios. El último discípulo de Cristo se levantó y su figura delgada se perdió entre las sombras alargadas de un nuevo atardecer en una Jerusalén que agonizaba. En casa le esperaban muchos. Sólo podía ofrecerles oración. Oración y paciencia.

Muro romano alrededor de Jerusalén

Trajano caminaba a buen paso en medio de la noche. Era su turno de guardia. Realmente hubiera bastado con que uno de los tribunos de la XII hiciera aquel trabajo, pero Trajano decidió supervisar personalmente la guardia. La idea del muro había sido suya y tenía interés en que funcionara de verdad. La ronda nocturna implicaba dar la vuelta a todo el perímetro del muro: cinco millas de paredes de piedra interrumpida sólo por fuertes de vigilancia. En cada fortificación, Trajano recogía las *tesserae* de los centinelas, las pequeñas tablillas que debían entregarle para confirmar que estaban en su puesto, despiertos y atentos a cualquier movimiento del enemigo. El esfuerzo de levantar aquel muro había cumplido los objetivos deseados: la moral de los legionarios había subido de forma notable. Construir algo durante días que no podía ser destruido por los asediados les había enorgullecido, a la par que eran conscientes de que con su trabajo habían endurecido aún más las condiciones de vida de los asediados y reducido sus esperanzas. Las deserciones eran el mejor ejemplo: en apenas una semana se había pasado de que hubiera deserciones entre las legiones a que fueran los asediados los que desertaban o los que intentaban escapar de la voluntad inflexible de sus líderes zelotes o sicarios.

Trajano estaba seguro de que aquél era un punto de inflexión, aunque no sabía calcular cuánto tiempo más duraría aquel pulso. De pronto se oyeron gritos desgarradores. Trajano se detuvo y lo mismo hizo la docena de hombres que le acompañaban. Los aullidos eran de dolor y terror en una magnitud descomunal y procedían del último de los fortines del muro. Marco Ulpio Trajano padre aceleró el paso y llegó bajo la luz de las antorchas de aquella última fortificación de la muralla romana. Lo que vio estuvo a punto de hacerle vomitar. A su alrededor, por todas partes, había cadáveres de judíos que habían intentado huir del asedio y que se habían topado con la muralla levantada por las legiones durante los últimos días, pero lo horrible es que había cuerpos de hombres, mujeres y niños, todos muertos, todos desarmados y todos con un mismo tipo de herida: un amplio corte en el vientre de forma transversal al tronco por donde se desparramaban los intestinos de aquellos miserables que habían visto frustrado su intento de huida. Lo peor es que había algunos hombres y mujeres y niños aún vivos, llevándose las manos a sus vientres despedazados de forma inmisericorde mientras un grupo de legionarios, sistemáticamente, iban de un muerto a otro, de un herido a otro, para seguir hundiendo sus *gladios* en las entrañas abiertas y descarnadas de sus víctimas, girando las armas en el interior de cada cuerpo, mirando con ojos abiertos, brillantes, iluminados por el fulgor palpitante de la codicia en el centro de sus pupilas oscuras.

—¡Por todos los dioses! ¿Qué ocurre aquí? —preguntó Trajano con voz rotunda y vibrante. La llegada del *legatus* de la XII *Fulminata* pilló por sorpresa a los legionarios—. ¿Quién está al mando? ¡He dicho que quién está al mando!

Un centurión, demasiado joven para ser un veterano, dio un paso al frente. Él, como el resto de los legionarios de aquel fortín, tenía el arma desenvainada y llena de sangre caliente, goteando por la punta. A sus pies una mujer judía, herida de muerte, lloraba y lloraba, pero no por ella y su dolor sino por el pequeño niño muerto, destripado igual que el resto de moribundos, que sostenía en sus brazos ensangrentados. Entre lágrimas la mujer profería palabras de lamento infinito, incontenible, perturbador.

A Marco Ulpio Trajano le temblaban los labios por la ira. Sólo disponía de doce hombres de la XII *Fulminata* que le acompañaban en aquella ronda y allí había más de ochenta legionarios desquiciados involucrados en aquella carnicería absurda y bestial; además, estaban en medio de un largo asedio: había que ser comedido con las medidas disciplinarias, pero aquellas muertes horrendas, los gritos de los niños y las mujeres judías desarmadas, agonizando...

—¿Qué está ocurriendo aquí? —preguntó de nuevo el *legatus* de la legión XII de Oriente.

El centurión, al fin, pronunció una tímida frase a modo de explicación.

—Los judíos que huyen llevan monedas de oro, *legatus*; se las tragan e intentan escapar con su oro del asedio, pero nosotros vamos a impedir que eso ocurra.

Trajano cerró los ojos e inspiró aire lentamente. Sintió cómo sus propios legionarios miraban hacia los cuerpos muertos o moribundos en busca del brillo cegador de voluntades del maldito oro.

—¿Y por eso matáis a mujeres y a niños también? —preguntó Trajano controlando su voz.

—Cualquiera.... Cualquiera puede habérselas tragado... *legatus*.

Trajano se arrodilló junto a la mujer que había dejado de llorar, pero que, aún viva, no soltaba a su bebé de sus brazos languidecientes.

—¿Y este niño de apenas unas semanas de vida también es capaz de tragar monedas de oro más grandes que su propia boca? —volvió a preguntar Trajano.

El centurión miró al suelo.

—Eso ha sido para que hablaran sus padres... —arguyó el oficial romano en su defensa.

Trajano se levantó de nuevo.

—Ya. Comprendo. Y además de gritar y llorar y morirse, ¿han dicho algo sus padres sobre esas monedas?

—No —respondió el centurión con el ceño fruncido y cara extrañada—. No, no han dicho nada.

Trajano había oído historias similares en otros asedios durante la campaña judía, pero nunca había llegado al lugar de los hechos en medio de la vorágine de sangre desatada por la codicia desmedida de unos legionarios que, aparentemente, sólo veían sentido a lo que hacían, luchar y luchar a diario, no en defender Roma, sino en el hecho individual de enriquecerse durante sus años de servicio sin importar el método o la forma. Quizá por eso aquel asedio duraba tanto también: no sólo por la voluntad de los defensores y por las impresionantes murallas de la ciudad, sino también por la cobardía y la falta de disciplina de las legiones que asediaban Jerusalén. Pero había que ser cuidadoso con la forma de castigar. Una rebelión de las tropas era lo último que podían permitirse. Marco Ulpio Trajano levantó la cabeza y miró fijamente al centurión al mando del fortín. Había observado su mano izquierda vacía, mientras que en la derecha sólo llevaba el *gladio* enrojecido por el ansia irrefrenable de la avaricia.

—Centurión, estoy en ronda de guardia. He recogido las

catorce *tesserae* en los otros catorce fortines del muro. ¿Dónde está tu *tessera*?

El *legatus* de la XII alargó su brazo extendiendo la palma de su mano hacia arriba en espera de la pequeña tablilla. El centurión frunció, si cabe, aún más el ceño. Miró rápidamente a su alrededor, pero, al igual que con las monedas de oro, no parecía vislumbrar tampoco ahora lo que buscaba.

—Se me debe de haber caído, *legatus*...

—No te he preguntado, centurión, lo que piensas. Te he pedido, en conformidad con las normas de la legión, tu *tessera*: eres el oficial al mando en un puesto de vigilancia nocturna y el oficial al mando del tercer turno de la ronda de guardia que soy yo, nombrado por el César Tito Flavo Sabino, te ordena que como es preceptivo me entregues la *tessera* asignada a este fortín al principio de la noche.

El centurión empezó a sudar.

—Han venido todos estos hombres y mujeres, en mitad de la noche, hemos tenido que detenerlos.

—No iban armados. No habéis sido objeto de ataque alguno —continuaba Trajano con seriedad—, no es excusa detener a un grupo de personas asustadas que huyen del asedio, para no poder, simplemente, entregarme la *tessera* del puesto de guardia.

—Pero estamos despiertos, estamos despiertos, aquí nadie se ha dormido, *legatus*, aquí nadie se ha dormido...

—Eso no lo sé. Sólo sé que todos los legionarios bajo tu mando han bajado de las torres del fuerte y se han dedicado durante no sé cuánto tiempo a matar a hombres y a mujeres y a niños desarmados mientras trescientos pasos de muralla quedan sin vigilancia y que además, cuando te pido la *tessera* asignada al puesto, no me haces entrega de ella. —El centurión fue a añadir algo más, pero Trajano le dio la espalda y se dirigió a sus hombres—: Arrestad a este oficial por incumplimiento de su labor de centinela y tú —señaló a uno de los legionarios que le acompañaban— ve a paso rápido al *praetorium* y dile a Cerealis, cuyos tribunos van a hacer la próxima ronda, que traiga a una nueva cohorte a este fuerte. —Se volvió a los legionarios del fortín que, nerviosos, envainaban sus *gladios* como quien intenta ocultar la prueba oscura de su deleznable crimen—. Mañana, el César decidirá qué hacer con vosotros. Sólo os digo que tenéis suerte que sea él y no yo.

Y Marco Ulpio Trajano, dando un empujón al centurión detenido, se alejó de aquel escenario de horror a pasos grandes, temeroso de no controlarse por más tiempo y desenvainar su propia espada para arremeter contra alguno de aquellos legiona... o, no merecían aquel nombre, de aquellos cobardes que habían perdido toda dignidad militar romana. El castigo por no entregar las *tesserae* de los puestos de centinela en las guardias nocturnas era la muerte, pero en aquel momento a Trajano aquello se le antojaba una pena demasiado suave.

Campamento general romano

Tito Flavio Sabino ordenó ejecutar al centurión rápidamente y a punto estuvo de diezmar la cohorte de legionarios bajo su mando, pero decidió dejarlo en una degradación de toda la tropa implicada en el episodio de aquella noche. Quizá no fuera suficiente para impedir nuevos accesos de locura incontrolada, pero el asedio era largo y no quería enfrentarse con las legiones. Trajano había abogado por diezmar a los implicados, ejecutando a uno de cada diez, para que sirviera de ejemplo al resto.

—La degradación no será suficiente, César —insistía el *legatus* hispano.

—Usaremos a todos los legionarios implicados en el primer ataque contra la fortaleza Antonia en cuanto tengamos las nuevas rampas dispuestas —respondió Tito con severidad, dejando claro en el descenso de su voz al final de aquella frase que el asunto estaba zanjado.

Ahora sólo le interesaba preparar un nuevo ataque sobre las murallas de Jerusalén, y es que, terminada la construcción del muro que rodeaba toda la ciudad, el hijo del emperador había ordenado construir nuevas rampas frente a la fortaleza Antonia. No quedaban árboles en once millas alrededor de Jerusalén, de modo que se tardó más de lo habitual: veintiún largos y lentos días de trabajo constante para levantar nuevas rampas por encima de las rampas destrozadas por las minas que los zelotes habían excavado. Los ingenieros trabajaron firmemente para asentar las nuevas rampas sobre una base sólida, rellenando todas las grietas del subsuelo sobre el que operaban. Tito lo observó todo impaciente y nervioso. Un nuevo fracaso supondría un golpe del que no sabría cómo recuperarse. El episodio de los legionarios asesinando a mujeres y niños judíos era una muestra más de lo desesperado que estaba el ejército. No se podía fallar en este nuevo intento. No se podía fallar. Por todos los dioses de Roma. ¡No se podía fallar!

Fortaleza Antonia

Gischala había vigilado, desde lo alto de la torre de la fortaleza Antonia, los nuevos esfuerzos de los romanos en levantar más rampas para atacar la muralla de la fortificación.

—¿Cómo van las nuevas minas? —preguntó a uno de sus zelotes.

—Se está trabajando bien.

—¿Por debajo de las anteriores?

—Sí. Las minas de la primera defensa han sido rellenadas con tierra por los romanos, pero no saben que excavamos por debajo. Pero nos falta madera para apuntalar bien los nuevos túneles y...

Gischala levantó la mano izquierda y dio la espalda a su oficial. No quería saber nada sobre los problemas que tuvieran en los túneles. Sólo quería cerciorarse de que se estuvieran excavando. Las rampas ya estaban listas y los romanos montaban los arietes sobre las mismas. Tendría que organizar una defensa en lo alto de la muralla hasta que los túneles hicieran su efecto y todo el complejo entramado levantado por los romanos volviera a venirse abajo. El oficial zelote se inclinó ante Gischala, dio media vuelta y marchó hacia la base en el interior de la torre, desde donde empezaban las nuevas minas.

Gischala seguía observando las maniobras del enemigo: los romanos ascendían con dos arietes y una torre de asedio con escorpiones en lo alto. La artillería enemiga volvía a arremeter contra la fortaleza Antonia y contra el Templo, incluso algunos proyectiles caían en medio del gran atrio del Templo, el espacio más sagrado del mundo para los judíos. Ese hecho, lejos de deprimir a los zelotes, les hizo combatir aún con más ferocidad. Contraatacaron arrojando lanzas y dardos de todo tipo y proyectiles con sus propias *ballistae* y escorpiones. El combate empezó una mañana y, a la caída del sol, continuaba aún de forma encarnizada y constante. Gischala comprendió que no podrían resistir mucho más y bajó a las minas. Entró en uno de los túneles y corrió a la luz de las antorchas. Era mucho más largo de lo que había imaginado. Llegó en poco tiempo a donde sus zelotes seguían excavando, esta vez ya hacia arriba con el fin de llegar a la base de las nuevas rampas.

—¡Hay que cavar más rápido! ¡Más rápido! —Y él mismo tomó un pico y empezó a luchar contra las rocas que se interponían entre los zelotes y la base sobre la que los romanos habían edificado las nuevas rampas.

Vanguardia romana bajo los muros de la fortaleza Antonia

—¡Formación en *testudo*! —aulló Trajano en la base de una de las rampas. Y una cohorte de legionarios ascendió, rodeando la torre de asedio, cubierta por un improvisado techo formado por sus escudos pegados unos a otros. Sobre la formación romana caían lanzas y dardos enemigos, pero el avance proseguía. Los arietes habían golpeado todo el día la muralla de aquella maldita fortificación, pero la fortaleza Antonia parecía resistirlo todo. La idea era llegar a la base de la muralla y clavar palancas entre las grandes piedras, allí donde los arietes las habían empezado a mover de su sitio, para terminar de volcarlas hacia el interior y empezar a abrir una brecha. Era una acción completamente desesperada, pero no había tregua ni cuartel. Tito se mantenía al pie de las rampas, junto a Trajano y los otros *legati*.

—No detendremos este ataque ni aunque anochezca. Hay luna llena. Atacaremos sin descanso toda la noche. Que se turnen las legiones, ¿está claro?

Pero antes de que pudieran responderle sus más altos oficiales ocurrió lo que todos más temían: el suelo sobre el que se habían erigido las dos rampas nuevas empezó a resquebrajarse. Una vez más. Todo se repetía.

—Hay que ordenar que desciendan los legionarios —dijo Trajano con rapidez.

Tito Flavio Sabino apretó los labios y engulló su rabia mezclada con la poca saliva de su garganta medio reseca. Estaban a finales de julio y ante un nuevo fracaso, pero había que salvar, al menos, la mayor cantidad de legionarios. Asintió. Trajano y Cerealis y Frugi y Lépido dieron la orden de retirada. Los *bucinatores* y *tubicines* hicieron sonar sus instrumentos para que la orden llegara a todos los combatientes por encima del estruendo de la batalla y de los crujidos de las maderas que empezaban a resquebrajarse cada vez con mayor velocidad.

—¡Retirada! ¡Retirada! ¡Retirada!

Y los legionarios, que, por experiencia personal, ya sabían lo que les esperaba si no corrían, descendieron raudos de las rampas y algunos, ante los que las maderas se partían antes de poder escapar, se arrojaron desde lo alto, pues era mejor partirse una pierna o un brazo en la caída que ser arrastrados por las ruinas en las que estaban a punto de convertirse rampas, torre y arietes.

—Perderemos la torre y los arietes —dijo Trajano en voz baja, y nada más decirlo lo lamentó. No tenía sentido subrayar la magnitud del desastre con palabras.

—Haremos más —dijo Tito—. Incluso si tengo que hacer traer madera desde la misma Roma, haremos más torres y más arietes y más rampas hasta que esta maldita ciudad se rinda a Roma. Se rendirán, más tarde o más temprano se rendirán. —Hablaba atropellando unas palabras con otras y moviendo los brazos con puños cerrados en gestos violentos y amenazadores que, no obstante, parecían los mandobles impotentes de un gladiador derrotado—. Y si no se rinden lo arrasaré todo... todo...

Al fin, las dos nuevas rampas se derrumbaron una vez más, bramando como bestias salvajes, y con ellas la gran torre de asedio, los escorpiones y los arietes cayendo en dos grandes abismos de destrucción absoluta.

A los pies de la torre Antonia

Gischala emergió de las minas en la base de la torre Antonia completamente cubierto de polvo y arena y con sangre por el rostro a causa de algunas astillas de diferentes vigas que se le habían clavado en medio del derrumbe general de todos los túneles, pero salió a la luz de aquella nueva luna feliz, exultante, con los brazos en alto, aclamado por todos los zelotes de Jerusalén. Vivió así su gran momento de gloria, convencido cada día que pasaba de que Jehová estaba con él, que era un elegido de Dios y que Dios le protegía en cada uno de sus esfuerzos por salvar el Gran Templo del poder maligno de los romanos. Fue en ese preciso instante, mientras su felicidad era completa, cuando el suelo tembló bajo sus pies.

—¿Qué ocurre? —preguntó, pero nadie respondió porque todos se quedaron en silencio, petrificados por aquel extraño fenómeno: la tierra vibraba bajo los pies de todos ellos y no entendían lo que pasaba porque no habían cavado minas allí, sino sólo de la muralla hacia el exterior. ¿Habían acaso los romanos imitado su maniobra? No podía ser. Tendrían que haber excavado incluso por debajo de las últimas minas que ya eran muy profundas.

No tuvieron tiempo de meditar una respuesta a tantas preguntas porque la propia torre de la fortaleza Antonia empezó a resquebrajarse con una enorme grieta que, imparable, ascendía en zigzag por toda la pared occidental, sin detenerse un solo instante, reventando piedras y argamasa y maderas... Y la gran torre empezó a inclinarse hacia el exterior de la fortificación y a caer en pedazos pequeños primero y luego en gigantescas secciones de piedra que se venían abajo en bloque sobre los restos de las rampas romanas destrozadas por las minas. Tras la torre de la muralla, los propios muros de la gran fortaleza Antonia se deshacían y, piedra a piedra, caían como desgastados por el tiempo y el cansancio infinito de los miles de golpes recibidos durante todas aquellas semanas. Gischala se alejó andando de espaldas, contemplando el desastre total en el que se había convertido su magnífica victoria, sin entender nada de lo que pasaba, sin comprender cómo Dios podía permitir aquella sinrazón.

Ciudad Alta

Simón fue testigo del derrumbamiento de la fortaleza Antonia desde lo alto de la tercera muralla que protegía la Ciudad Alta que estaba bajo su control. Eleazar no daba crédito a sus ojos.

—¿Cómo puede ser? —preguntó. Simón se sintió complacido de ver que Eleazar, pese a creerse tan bueno como él, era incapaz de discernir lo que había pasado. Dio la explicación con el tono más paternalista que pudo con el fin expreso de humillarle.

—Ese imbécil de Gischala ha excavado demasiado y ha hecho que los propios cimientos de la fortaleza Antonia se vengan abajo. Su gran idea de las minas se ha vuelto contra él. Un imbécil. Ahora los romanos atacarán el Templo.

Campamento general romano

Tito permitió que las legiones descansaran durante el resto de la noche: derruida la fortaleza Antonia, era justo conceder un breve descanso al ejército, pero al amanecer ya había ordenado atacar las nuevas posiciones defensivas de los zelotes. Gischala había hecho levantar un improvisado nuevo muro con los escombros de la fortaleza Antonia, justo detrás de donde ésta se había levantado orgullosa durante todos aquellos largos meses de asedio, pero era una muralla endeble y de poca altura y más en comparación con las murallas que los legionarios habían derribado durante las últimas semanas. Sin embargo, paradójicamente, pese a lo poco imponente del nuevo obstáculo, éste fue suficiente para deprimir a unos soldados que estaban hartos de encontrarse con nuevos muros. Durante dos días no se consiguió nada. Tito prometió entones grandes recompensas a los que conquistaran la nueva posición defensiva de los zelotes y eso generó algunas acciones individuales de diferentes oficiales, en particular de un *signifer*, dos jinetes auxiliares, un *buccinator* y veinte legionarios. La muralla improvisada fue tomada por este grupo de valientes enardecidos por las recompensas prometidas por el hijo del emperador y, acto seguido, superada la última, empezó el combate en el interior mismo del Gran Templo de Jerusalén. Pero aquí los zelotes lucharon por defender cada palmo del terreno, cada baldosa, y la violencia brutal de sus ataques detuvo, una vez más, a los legionarios que se quedaron en el sector norte del gran atrio porticado, mientras los propios zelotes se hacían fuertes en el sector sur del Templo. En ese momento, Tito Flavio Sabino envió mensajeros a diferentes puntos de la ciudad ofreciendo la libertad a los que se rindieran. Con ello consiguió un gran número de deserciones, especialmente entre los aristócratas de Jerusalén, que ahora, sí, confinados los zelotes en el Templo y los sicarios en la Ciudad Alta, podían salir de sus casas y rendirse a las tropas romanas. Parecía que, al fin, Jerusalén empezaba a ceder en aquel interminable pulso de tantos meses de combates y horror desbocado, pero como fuera que tanto en el Templo como en la Ciudad Alta pervivían fuertes grupos de resistencia armada, Tito Flavio Sabino convocó un nuevo *consilium*.

—Quiero dirigir yo mismo el ataque final al Templo con los mejores legionarios de la V y la... —Se detuvo.

Observó que varios de los *legati* negaban con la cabeza. Tito había aprendido a valorar el consejo de sus altos oficiales y estaba razonablemente satisfecho con los progresos conseguidos, así que, en esta ocasión, no se sintió enfurecido y se limitó a sentarse y preguntar a Cerealis y a Trajano, que eran los que más claramente se habían manifestado en contra de lo que acababa de decir.

—¿Qué ocurre? ¿Qué hay en lo que he dicho que no os satisfaga? Hablad.

Trajano y Cerealis se miraron. Cerealis asintió y fue Trajano el que verbalizó las dudas de los *legati*.

—Los judíos de Gischala combaten con enorme rabia en el interior del Templo. Incluso con los mejores hombres de la V, la lucha será muy peligrosa. El hijo del emperador no debe ponerse en peligro. No podemos permitirnos que le pase nada al César. —Como fuera que Trajano veía que Tito no parecía convencido recordó el peligroso episodio de Gamala—: Hace tres años, el emperador Vespasiano en persona dirigió una carga de caballería en primera línea en Gamala y acabó acorralado y herido en un pie. Salvó la vida por poco. A todos nos consta, a todos los aquí presentes en el *praetorium* y también a los legionarios de las cuatro legiones, a los auxiliares, a la caballería y hasta a los propios judíos, a todos nos consta que el hijo del emperador de Roma ha combatido con enorme valentía durante todo el asedio y no tiene nada que demostrar en ese sentido, pero perderle en una acción al final de todo, cuando la victoria está tan cerca, sería perderse un gran desfile triunfal en Roma, el que el emperador espera celebrar con su hijo al frente del ejército por las grandes avenidas. Sin Tito Flavio Sabino ese *triunfo* no tendrá lugar y el emperador nunca nos lo perdonaría. Por eso nos atrevemos a manifestarnos ahora en contra de que el joven César dirija este último ataque.

Trajano calló y el propio Tito se mantuvo en silencio durante unos instantes. Era cierto que ese *triunfo*, ahora que todo parecía tan cerca, era importante para asentar el poder de su padre. Además, si él fallecía, el Imperio pasaría luego de su padre a su hermano Domiciano, que era un incapaz, que no había combatido nunca y que los conduciría a todos al desastre. Le dolía aceptarlo, pero sus altos oficiales tenían razón: tenía que dejar en manos de sus *legati* los ataques finales para rendir el Templo y la resistencia en la Ciudad Vieja y la Ciudad Alta.

54

LAS PALABRAS DE LUCIO

Roma, julio de 70 d. C.

La joven Domicia no daba crédito a lo que estaba oyendo. Las palabras de Lucio la habían herido más allá de lo que jamás hubiera podido imaginar que unas palabras pudieran hacer sufrir. Su aún marido seguía intentando explicarse, pero lo hacía sin mirarla a la cara.

—Ya no se trata de lo que pensamos o de lo que sentimos, Domicia. Se trata de que no había ya otra salida. Si no nos divorciamos el emperador se enfrentará contra nuestras dos familias y no podremos hacerle frente de ninguna forma. Vespasiano está apoyado por el Senado, por las legiones y está controlando con habilidad a los pretorianos. Es imposible que caiga del trono imperial, pero sigue nervioso por la revuelta de los bátavos en el norte y por la resistencia de los judíos en Oriente, y eso le hace sospechar de alianzas como la nuestra. Vespasiano es el que manda, el que decide, el que ordena. Indisponernos contra él sólo nos llevará a la destrucción...

—¿Y el divorcio no es otra forma de destruirnos, Lucio? —interpuso Domicia con habilidad. Se resistía a que su marido diera aquel asunto por decidido—. Sólo has hablado con un consejero del emperador. Pide una audiencia con el propio Vespasiano. Mi familia nunca participó en ninguna conjura contra Nerón; nunca se probó nada; todo fueron infundios promovidos por el propio Nerón por la envidia que tenía de las victorias militares de mi padre...

—¿Ves...? —la interrumpió ahora su propio marido—. ¿Ves? Por todos los dioses, Domicia, estás haciendo exactamente eso que dices que no hace tu familia: estás criticando abiertamente a otro emperador...

—Sí, lo hago —se defendió ella levantándose como una fiera que acaba de romper la soga que la mantenía atada—, lo hago, critico a Nerón, un emperador maldito sobre el que el propio Senado emitió una *damnatio memoriae*, igual que hizo con Calígula. Emperadores malditos, asesinos, es lo que son, es lo que fueron. Nerón mató a mi padre y ahora Vespasiano me arrebata a mi marido. Los odio, sí, los odio a todos.

Nada más acabar de decir esas palabras, Domicia leyó en los ojos de su marido, con nitidez prístina, que su mundo, el mundo de felicidad en el que había vivido por unos meses, acababa de quebrarse para siempre.

—Lo siento, Domicia, pero no puedo permanecer unido a ti y escuchar cómo odias a los emperadores de Roma. Sé que se te maltrató horriblemente en el pasado reciente y es muy probable que todo lo que ocurrió con tu padre fuera injusto, pero tu carácter, tus palabras, que, es evidente, no puedes controlar, un día nos traicionarán a los dos ante el propio emperador o ante uno de sus consejeros y entonces será el fin para ambos. Sé que crees que sólo actúo por cobardía, te conozco lo suficiente, Domicia, para saber leer el desprecio más absoluto en tus ojos hacia mi persona, y no seré yo quien te culpe por ello, porque aunque creas que sólo soy un miserable, te sigo queriendo, tanto o más que el primer día, por eso sé que ésta es la mejor salida, la única posible. Separados podremos sobrevivir los dos a esta Roma imprevisible en la que nos ha tocado vivir. Juntos nos hundiremos en unos meses, quizá en sólo unas semanas.

—Por Cástor y Pólux y todos los dioses, Lucio, si me quisieras de verdad, lucharías por estar conmigo pese a todo, contra todo. Podríamos huir, refugiarnos en algún punto de la frontera. Tenemos dinero suficiente.

Lucio sacudió la cabeza al tiempo que expiraba aire profundamente.

—El dinero se nos acabaría y no hay lugar dentro del Imperio donde no llegue la larga mano del emperador. Más tarde o más temprano darían con nosotros.

—Pues salgamos de este maldito Imperio. Crucemos las fronteras, vayamos donde los germanos o los dacios o vayamos a Oriente. —Domicia era consciente de que hablaba ya de locuras imposibles de acometer; era difícil que un matrimonio patricio romano pudiera encontrar acomodo fuera del Imperio, aunque su mente parecía un caballo desbocado; quizá sí, quizá sí—. En la Dacia, en la Dacia —dijo ella con rapidez—. Los dacios siempre están ávidos de información sobre Roma. Podrías convertirte en consejero de sus reyes; podríamos vivir allí en paz.

—Eso es traición, Domicia —respondió Lucio.

Domicia calló por fin y se sentó y dejó de luchar para ahogarse en un mar de lágrimas que parecía inundar los sentimientos de los dos. Lucio se acercó a ella.

—Sé que no me crees, pero te quiero. Renuncio a ti porque sé que es la mejor forma de salvarte. Pero para ello hemos de separarnos, de divorciarnos y seguir vidas por caminos diferentes. Quizá en algún momento nuestras sendas vuelvan a cruzarse.

Domicia sólo lloraba, lloraba, lloraba. Su marido decidió dejarla a solas. Domicia levantó el rostro y habló entre sollozos.

—Yo habría sido capaz de traicionar a Roma por ti, Lucio. —Pero sus palabras sólo quedaron registradas por las paredes de aquel atrio mudo. Nadie oyó sus lamentos. Su pasado, una vez más, la había devorado. Nunca podría escapar de él. Nunca. Fue esa noche, entre lágrimas solitarias, cuando la nueva Domicia Longina empezó a forjarse: una Domicia para quien ya no habría nunca límite alguno.

55

CAMINO A ÉFESO

Jerusalén, finales del verano de 70 d. C.

Juan se dirigió a todos.

—Ahora podremos salir. El camino a Éfeso será largo y duro pero nos proporcionarán suficiente comida para llegar. Una vez en Éfeso, nuestros amigos, cristianos como nosotros, nos ayudarán a empezar una nueva vida. Ánimo, ánimo todos.

No dijo más. No se refirió a Jesús ni a Dios. Todos estaban agotados y desalentados y no era el momento para pedir más fe a quienes lo habían dado todo. Todo menos la vida. Eso le dio fuerzas para volver a hablar.

—Jesús nos invita a una nueva vida, nos ha mantenido vivos a todos, a través del mayor de los sufrimientos, es cierto, pero seguimos vivos y podemos llevar su mensaje, sus palabras de paz a todo el mundo. Caminad conmigo y cerrad los ojos si el horror os aturde. Yo os guiaré hasta Éfeso.

A algunos les pudo parecer exagerado el ofrecimiento de Juan, pero, cuando emergieron al exterior de entre las ruinas en las que se habían refugiado, todos comprendieron que sus palabras tenían un sentido literal: alrededor de ellos Jerusalén entera estaba en llamas. El mismísimo Gran Templo donde Jesús fuera examinado por los sacerdotes estaba ardiendo. Caminaron entre las llamas bajo la atenta mirada de centenares de legionarios. Juan había conseguido negociar un salvoconducto para abandonar la ciudad. Había prometido a los romanos sacar de la ciudad a todos los cristianos, y un alto oficial romano de nombre Trajano había aceptado. Juan aún recordaba las palabras de aquel romano, pronunciadas con la serenidad forzada sobre uno mismo de quien ya está cansado de presenciar tanto horror.

—Saca de aquí a todos los tuyos y que no regresen. Mis hombres respetarán el acuerdo y os dejarán marchar hacia Éfeso, como hemos pactado. A la salida de la ciudad se os dará pan, trigo, agua y algo de carne seca. —Juan percibió una mirada profunda en aquel romano que, de pronto, sin que se lo hubiera pedido, intentaba justificarse—. El César no quería esta destrucción...

—Nos iremos sin nada —respondió Juan—, sólo con la ropa que llevamos y la comida que nos deis.

El oficial Trajano asintió. Juan le vio alejarse entre los escombros de aquella ciudad. No entendía cómo hombres que no parecían pérfidos podían estar al mando de máquinas tan destructivas como las legiones de Roma, aunque no era menos cierto que Simón, Eleazar o Gischala no habían dejado mucho margen para la negociación durante aquel largo asedio. En cualquier caso, no era momento de pensar en ello. No había tiempo para reflexiones. De inmediato comunicó a todos lo pactado con aquel oficial y al poco estaban saliendo de sus ruinosas casas y caminando por las destrozadas calles de Jerusalén. Y todo estaba igual, la Ciudad Vieja, el Templo, la fortaleza Antonia, la Ciudad Alta, la Ciudad Nueva. Incluso si los romanos les hubieran dejado, no tenía sentido alguno quedarse allí. Había demasiada destrucción y demasiados cadáveres por todas partes, entre los escombros, quemados, atravesados por flechas, heridos con espadas, lanzas, proyectiles de todo tipo, y crucificados, decenas, centenares de crucificados en las más inverosímiles y horrendas posiciones, a ambos lados del camino que conducía hacia el norte, hacia Éfeso. Juan no había exagerado. El infierno debía de ser algo así. Ellos tenían la inmensa fortuna de sólo desfilar por él y poder escapar, aún vivos, hacia una nueva vida. Jesús les había protegido.

Llegaron a un puesto de guardia a quinientos pasos de las murallas derruidas de la ciudad. Varios legionarios les entregaron comida y agua. Varias docenas de sacos de trigo, treinta cestos con pan y diez cestos con carne seca. El oficial romano era fiel a su palabra y generoso en el cumplimiento de su pacto. Juan echó una última mirada a la ciudad. Estaba anocheciendo. La visión de Jerusalén en llamas era fantasmagórica. Vio allí, recortada su silueta contra la luz de los incendios, a aquel oficial, mirándoles. Juan levantó su brazo derecho en señal de saludo. No esperaba respuesta alguna, pero el oficial levantó su brazo de igual forma. Luego, Trajano lo bajó, dio media vuelta y se desvaneció entre las llamas de la ciudad.

Marco Ulpio Trajano se encontró con el César Tito a los pies del único muro que quedaba en pie del Gran Templo. Hasta allí, a salvo de los incendios circundantes, se estaban llevando todo el gran tesoro de los judíos: cofres repletos de oro y plata, alhajas, joyas y objetos religiosos hermosos brillando en dorado o plata a la luz de las llamas.

—Los cristianos han abandonado la ciudad, César —dijo mirando, como hacía Tito, el enorme botín, de un valor incalculable, que se seguía amontonando frente ellos—. Creo que algunos judíos se les han unido pero no me parece que hubiera zelotes o sicarios entre ellos. Éstos se han ido con el sicario Eleazar hacia Masada. Esos cristianos son pacíficos. No nos darán problemas. Su líder, un tal Juan, sólo ha pedido comida y agua para el viaje.

Pensó en añadir que aquel Juan le había causado una sensación extraña al hablar con él. Una sensación de paz, pero prefirió no decir nada. Además no tenía sentido alguno. Era una tontería. Simplemente estaba cansado.

Tito no dijo nada. Seguía admirando el inmenso tesoro del que disponía. Nunca en su vida había visto tanto oro.

56

UN MENSAJE PARA EL EMPERADOR

Roma, final del verano de 70 d. C.

Jerusalén cayó en septiembre. Vespasiano sostenía en su mano la última carta de su hijo Tito donde le relataba el final del asedio: un informe detallado en lo militar, escrupuloso en los datos, pero que dejaba vacíos en cuanto a los sentimientos experimentados por el autor del mensaje. Hasta los oídos de Vespasiano, allí, en medio de la *Domus Aurea*, llegaban los gritos de júbilo del pueblo de Roma, que no cesaba de aclamar al hijo del emperador, a Tito, por haber dado fin a la larga guerra de Judea y haber rendido la indomable ciudad de Jerusalén. Ésa era, sin duda, la gran victoria que Vespasiano necesitaba para fundar una nueva dinastía. Sin embargo, el rumor de que Tito pudiera querer alzarse ahora como emperador, aprovechando su tremenda popularidad ante el pueblo y el Senado de Roma, emponzoñaba en el paladar de Vespasiano aquella anhelada victoria. Volvió a leer por enésima vez parte de la carta que Tito le había remitido desde Oriente.

Tuvimos que luchar en el patio del Templo palmo a palmo. Los judíos no se dieron por vencidos en momento alguno. Los zelotes de Gischala acumulaban madera, muebles, cualquier objeto combustible en improvisadas barricadas que oponían a nuestro avance. Cuando la infantería se acercaba a las mismas, les prendían fuego y el incendio nos obligaba a retroceder. De acuerdo con el consejo de los legati, *no luché en primera línea de combate hasta que, como en ocasiones anteriores, tuve que intervenir con la caballería para evitar que nuestras líneas fueran completamente desbordadas por la locura de los judíos. Avanzamos así, cada día, unos pasos dentro del gran patio porticado. Empleamos los arietes una vez más, pero el tamaño ciclópeo de las piedras del Templo hizo que su* trabajo fuera inútil. De nuevo tuvimos que recurrir al combate cuerpo a cuerpo. Al final del mes de agosto conseguimos el control de todo el patio exterior del Templo, mientras que los últimos zelotes se refugiaron en el patio interior. Fue entonces cuando se desató el mayor de los incendios. No sé si fue obra de los legionarios de la primera línea o de los propios judíos. Ordené que se establecieran largas filas de legionarios que debían portar cubos de agua para intentar frenar el avance de las llamas, pero la confusión era absoluta y el Gran Templo de Jerusalén ardió hasta los cimientos, aunque conseguimos salvar el gran tesoro de los judíos: miles de libras de oro y plata y piedras preciosas y joyas de todo tipo, padre, un tesoro digno de un emperador de Roma. Del Templo no queda ya nada, sólo un pequeño lienzo de uno de sus grandes muros. Los legionarios querían derribarlo pero he ordenado que no lo toquen: quiero que quede en pie, para que los judíos recuerden siempre lo que tuvieron y lo que, conducidos por su obstinada rebeldía, han perdido para siempre. Quiero que vean esas pocas piedras en pie y se lamenten eternamente.[15] A veces pienso que ellos mismos incendiaron el Templo para quemar el tesoro antes de que nos apoderáramos de él, pero si ésa fue su intención han fracasado por completo.

Permití que los legionarios se dedicaran al pillaje y hubo muchas ejecuciones en los aledaños del Templo. La resistencia se trasladó entonces a la Ciudad Alta, dominada aún por los sicarios de Simón y donde se refugiaron muchos de los hombres liderados aún por Gischala. Toda la Ciudad Nueva, el Templo, la fortaleza Antonia y la Ciudad Vieja estaban en nuestro poder, así que teníamos completamente rodeados a los judíos de la Ciudad Alta. Simón y Gischala, por fin, después de cinco meses de asedio, enviaron mensajeros para pactar una rendición. Como imaginarás, llegados a este punto me negué a entrar en negociación alguna. Tardamos dieciocho días más en levantar nuevas rampas desde la Ciudad Vieja para atacar los muros del Ciudad Alta. Esperaba nuevamente la acostumbrada resistencia de sicarios y zelotes, pero parece que incluso entre ellos existe el agotamiento. En cuanto las primeras cohortes ascendieron por las nuevas rampas para alcanzar la brecha que habían abierto una vez más los arietes, tanto zelotes como sicarios empezaron a huir de la Ciudad Alta sin apenas luchar. Detuvimos a gran número de ellos, entre ellos, a los mismísimos Simón y Gischala, pero un grupo de varios centenares de sicarios, según creo, se abrió paso por el sector occidental, superó nuestro propio muro de contención y escapó en dirección a las fortalezas de Herodión, Maqueronte y Masada, que son ya los últi-

15. De hecho éste es el actual Muro de las Lamentaciones de Jerusalén.

mos reductos de resistencia judía en toda la región. Era septiembre y, por fin, padre, toda Jerusalén estaba bajo nuestro control.

Recompensé luego a todos aquellos legionarios y oficiales que se habían destacado por su valor y constancia en la lucha y ascendí a muchos de ellos a su grado superior dentro de cada legión. Muchos fueron los premiados. He de destacar la labor de Marco Ulpio Trajano por su tenacidad durante todo este largo asedio. Al final, seleccioné un buen número de bueyes y los sacrifiqué a los dioses en señal de agradecimiento por su ayuda y luego repartí toda la carne entre la tropa para que celebraran un banquete.

Vespasiano dejó el pergamino que había usado su hijo para relatarle la caída de Jerusalén sobre la amplia mesa que tenía enfrente y se levantó para pasear con tranquilidad por los jardines que aún quedaban en pie en la *Domus Aurea*. Los vítores del pueblo llegaban por todas partes. Todo marchaba perfectamente. Incluso se había conseguido reprimir la rebelión de Civilis en el norte con las legiones que había enviado a Germania Inferior bajo el mando de Petilio Cerial. Todo el Imperio parecía estar bajo su control. Entonces.... ¿por qué no era feliz? ¿Tanto le preocupaban aquellos rumores sobre una supuesta rebelión de Tito? Tenía, siempre había tenido, plena confianza en su hijo mayor. ¿Por qué dudar ahora de él? Además, en el peor de los casos, disponía de numerosas legiones tras la victoria sobre los bátavos. Detuvo su pensamiento. Volvió atrás. No; no disponía de ellas. Estas legiones deberían quedarse en Germania un tiempo para asegurar el norte de la Galia, Germania Inferior y Superior y todo el resto de la frontera del Rin. No. Era un emperador cuyas legiones estaban divididas, unas en el norte, sin poder retornar, y otras, victoriosas en Oriente, al mando de su hijo mayor. Sí, así era. Dependía por completo de la lealtad de su primogénito.

Antonia Cenis había estado buscando al emperador por todo el palacio. Quería felicitar a Vespasiano y, al fin, lo encontró en los jardines, pero, nada más abrazarlo y sentir el frío gesto del emperador, comprendió que algo no iba bien.

—¿Qué te preocupa? —preguntó Antonia con voz suave.

Vespasiano detuvo su paseo y se sentó en un gran banco de piedra del jardín. Era una mañana calurosa en aquel final del verano, pero se estaba bien allí, bajo la sombra de los árboles, con el frescor de las plantas que les rodeaban. Nerón no supo gobernar, pero sabía hacer confortable un palacio. Lástima que estuviera en ruinas por los incendios de la guerra civil.

—Quedan núcleos de resistencia en tres fortalezas en Judea, en Masada, Herodión y otra que ahora no recuerdo el nombre —respondió al fin el emperador. Antonia Cenis parpadeó un par de veces y mantuvo su faz seria. Conocía demasiado bien a Vespasiano para dejarse engañar.

—Si quieres mentir a los libertos de tu *consilium* o a los senadores o a los *legati* de tus legiones, adelante, pero no lo hagas conmigo. Prefiero tu silencio a tus mentiras.

Vespasiano no pudo evitar sonreír ante la perenne sagacidad de Antonia, pero no añadió nada. Domiciano llegó entonces a aquel remoto rincón del jardín seguido por un grupo de pretorianos que custodiaban al emperador. Vespasiano había ordenado que sólo Antonia Cenis se podía aproximar a él sola y sin guardia. Cualquier otro, desde un consejero hasta su propio hijo menor, debían venir vigilados por la guardia. La cautela siempre era buena consejera. Eso pensaba el emperador.

—Por fin encuentro a mi padre, al emperador del mundo —dijo Domiciano con tono desenfadado—. El pueblo entero está disfrutando de la gran noticia, que al fin ha sido confirmada oficialmente, por lo que veo. —Miró fugazmente la carta que el emperador acababa de dejar sobre aquella gran mesa del jardín; era fácil reconocer el caro pergamino que su hermano mayor gustaba de emplear en los despachos con su padre—. Ahora ya no estamos con rumores, ¿verdad? Por todos los dioses, no sólo se han rendido los bátavos en el norte, sino que mi valeroso hermano ha conquistado Jerusalén.

—Así es —respondió el emperador con cierta distancia; intuía a qué había venido Domiciano y le temía.

Vespasiano se sentía algo cansado después de la larga guerra de Judea, de la denodada resistencia judía, de los problemas en Egipto, de las rebeliones en el norte y de toda aquella maldita guerra civil. Quería un poco de paz. Un poco de paz dentro y fuera del palacio imperial. Pero los judíos seguían resistiendo en Herodión, Maqueronte y Masada, y allí, más cerca, en la mismísima *Domus Aurea*, Domiciano seguía con su lengua afilada preparada para atacar.

—Te felicito de corazón, augusto padre, *Imperator* de Roma, del mundo. La ciudad está a tus pies y felicito también a mi glorioso hermano, el César Tito, a quien todos aclaman como el gran conquistador en el que se ha transformado. Toda Roma le aclama, todo el pueblo, muchos senadores y todas las legiones de Oriente, que según he oído en el foro han desfilado en un gran *triunfo* en Egipto ante él y le han jurado fidelidad para siempre. De hecho he oído que mi hermano Tito ha sacado a la luz tanto oro de las entrañas del Gran Templo de los judíos que hasta el precio del oro ha bajado a la mitad en todo Oriente. Alguien así es realmente poderoso, padre.

Domiciano percibió cómo su padre tensaba las facciones de su cara: quizá su hermano no había hecho mención en sus cartas al gran desfile triunfal de Egipto o quizá lo de la bajada del precio del oro en Siria, que daba muestra de la cantidad de riqueza de la que Tito disponía, era desconocido para el emperador.

—Hoy es, sin duda, un gran día, padre. Sólo quería felicitarte. Te dejo para que disfrutes en la intimidad de esta gran victoria de tu hijo mayor. —Domiciano, con una amplia sonrisa, en apariencia sincera, se retiró no si antes inclinarse de forma exagerada ante su padre. Dio media vuelta y marchó, pero no se cansó de repetir en voz alta parte de lo que acababa de decir—: Todas las legiones de Oriente le aclaman, todo el pueblo, toda Roma. Un gran día, por todos los dioses, un gran día.

Antonia Cenis vio el semblante serio de Vespasiano y comprendió lo que realmente le preocupaba. Ella, como todos en palacio, habían oído los rumores que corrían por el foro: Tito había triunfado donde el padre no lo había conseguido; el hijo del emperador había doblegado por completo a los judíos apoderándose de una de las mayores ciudades del mundo, Jerusalén, donde se había hecho con los infinitos tesoros del Gran Templo; una lección que los judíos nunca olvidarían. Pero, en lugar de venir de inmediato a Roma para rendir fidelidad al emperador, Tito se había quedado en Egipto, disfrutando de su gran victoria y consiguiendo el apoyo unilateral y absoluto de todas las legiones de Oriente. E, incluso, había celebrado algo muy parecido a un *triunfo* fuera de Roma, sin permiso ni del emperador ni del Senado. ¿Hasta dónde quería llegar Tito? Roma había visto una larga sucesión de emperadores en muy poco tiempo. ¿Por qué no iba a querer aprovechar el propio Tito aquella gran victoria para hacerse valer incluso por encima de su padre? ¿Habría una nueva guerra civil, esta vez entre padre e hijo?

—Es sangre de tu sangre —dijo Antonia—. Eso es lo que realmente te preocupa, no Masada o Hero... como quiera que se llamen esas ciudades. Pero déjame decirte de nuevo que Tito es sangre de tu sangre. Nunca se rebelará contra su padre. Nunca. Conque la mitad de lo que me has contado todos estos meses sobre él fuera cierta, esa rebelión es imposible.

Vespasiano miró con una mezcla de ternura y agradecimiento a Antonia y asintió despacio. Él también era de ese parecer, pero Tito alargaba demasiado su ausencia de Roma una vez conseguida la gran victoria de Jerusalén. Y las celebraciones de Egipto, fueran ciertas o no, no hacían sino alimentar los rumores promovidos por aquellos senadores que buscaban cualquier cosa para evitar la consolidación del nuevo poder, de su poder. ¿Se alzaría Tito contra él? Podría hacerlo. Podría hacerlo; él también, como Antonia, lo consideraba improbable, pero el poder y al gloria y las victorias absolutas transforman a los hombres, a todos. ¿Hasta dónde habría cambiado Tito?

—Domiciano también es sangre de mi sangre —respondió Vespasiano.

Antonia Cenis calló. Para ella, Tito y Domiciano eran mundos diferentes, pero no tenía pruebas con las que defender su punto de vista. Sintió no poder calmar la angustia del emperador y se limitó a hacerle compañía. El sol empezaba a descender lentamente en el horizonte. Sólo las acciones de Tito y de Domiciano podrían dejar clara la naturaleza de cada uno. Entretanto sólo podían esperar.

57

ALGUIEN QUE NO TEME A VESPASIANO

Roma, principios del otoño de 70 d. C.

A Domicia le sorprendió verse invitada de nuevo y no iba a aceptar, pero su madre insistió.

—El hecho de que Lucio se haya comportado como un traidor y un cobarde contigo —dijo la madura Casia Longina con vehemencia— no quiere decir que todos los hombres de Roma sean igual de imbéciles. Domicia, escúchame —y levantó la barbilla de su hija con la mano, pues la joven no dejaba de mirar al suelo—; escúchame Domicia: no sólo sigues siendo hermosa, muy hermosa, sino que desciendes del mismísimo Augusto. No lo olvides. —Dio media vuelta pero siguió hablando con intensidad—. Además, Vespasiano da este banquete para celebrar la conquista de Jerusalén, para celebrar la victoria de su hijo Tito. Quiere acallar los rumores sobre una supuesta rebelión de Tito. Hay que ir. Negarse es como desafiarle, como decirle que no se le teme, como decirle que uno sólo espera la llegada de Tito, que es el realmente poderoso. No, Domicia; si te ha invitado debes ir. Como descendiente del divino Augusto debes ir.

—Pero por eso mismo el emperador me teme, madre, por descender de Augusto.

—No digas eso nunca. Vespasiano te ha invitado a un nuevo banquete y debes ir. El divorcio con Lucio está consumado, Lucio está en Hispania y tú aquí. Otros hombres se fijarán en ti. Quizá alguien aún más importante que Lucio.

—Entonces el emperador volverá a interferir, madre.

A Casia Longina le agotaba la perseverancia de su hija. Miró entonces a Domicia Córbula, su otra hija embarazada que las acompañaba.

—Es bueno que vayas, Domicia —confirmó Córbula.

Y Domicia, tras una hora de discusión, al fin, cedió.

Domiciano detectó la entrada de Domicia en el gran atrio del emperador de inmediato. Llevaba horas esperando ese momento. La muchacha se había hecho esperar. No importaba. Al momento, en cuanto Domicia, acompañada por su hermana, que debía de estar embarazada de varios meses por la enorme barriga que exhibía, se recostó en uno de los *triclinia* de los invitados, el joven César se aproximó.

—Me alegra que la joven Domicia se reincorpore a la vida social de Roma —dijo mirándola y quedándose al lado de la hermana embarazada. Ésta comprendió el significado de aquella actitud.

—No me encuentro bien, Domicia. Saldré al jardín. El aire fresco me sentará bien.

Pese a las protestas de Domicia, que deseaba acompañarla, Córbula se levantó y desapareció con rapidez, dejándola con el César Domiciano.

Domiciano habló con dulzura, podía usarla cuando quería con destreza, mientras se sentaba junto a Domicia.

—Una hermana hermosa e inteligente.

—Mi hermana y mi madre es todo lo que tengo; a muchos les parecerá poco, pero para mí es mucho.

Domiciano sonrió. Sabía que todos les estaban mirando. Era mejor ir al grano y no alargar demasiado la conversación. Todo se andaría a su tiempo, un tiempo rápido, pero paso a paso.

—También tienes unos antepasados muy nobles, augustos —dijo el César recalcando la última palabra. Domicia guardó silencio. No esperaba eso. Seguramente ahora la expulsarían del banquete. No tenía que haber ido, no tenía que haberse doblegado a la voluntad de su madre... La voz de Domiciano al oído interrumpió sus pensamientos—. La joven Domicia debe estar orgullosa de sus antepasados. Yo, Domiciano, no temo a la descendiente del divino Augusto ni tampoco temo a mi padre, el emperador.

Se separó de ella, le sonrió y Domicia, en un mar de confusión, asintió primero levemente y luego sonrió un poco a medida que el César se levantaba para regresar a su *triclinium* al lado del emperador Vespasiano. Domicia cruzó entonces su mirada con la del emperador y creyó percibir preocupación en aquellos ojos. Malinterpretó una simple mirada de curiosidad, pero era aún muy joven y estaba engañada sobre quién era el responsable de su divorcio, así que aquella confusión era lógica. Domicia bajó la mirada. Incauta, impulsada por la locura de su juventud, una juventud que siempre cree que lo puede todo, concibió una forma retorcida de vengarse del emperador: si enamoraba a su hijo Domiciano, y todo parecía apuntar a que eso podría ocurrir, si lo enamoraba hasta el punto de que el joven César se casara con ella, ésa y no otra sería su más afilada venganza contra Vespasiano.

—¿Estás bien? —preguntó Córbula, que regresó en cuanto Domiciano se alejó de Domicia.

—Muy bien —dijo Domicia—; no he estado mejor en mi vida.

Antonia Cenis ordenó que las *ornatrices* salieran de la habitación. Quería hablar con el emperador a solas. Ella misma continuó quitándose los peines, agujas y aderezos del complejo peinado que había lucido durante la velada.

—He observado que Domiciano se ha mostrado interesado por la joven Domicia —dijo.

—Sí —respondió Vespasiano. Antonia guardó silencio; conocía ese sí; vendría acompañado con más palabras si uno sabía esperar—. Sí; no me desagrada la idea. Es una joven hermosa y emparentada con el mismísimo Augusto. Sería una buena unión para la familia. No puedo entender que ese Lucio que me recomendaste como gobernador para la Tarraconensis se divorciara de ella.

—Hay hombres estúpidos.

Nada más decirlo, Antonia comprendió que había cometido un error.

—¿Y desde cuándo me recomiendas a hombres estúpidos?

Porque creo que tú me recomendaste a Elio para ese puesto de gobernador

Antonia se volvió despacio al tiempo que quitaba la túnica y se acercaba al emperador hasta abrazarlo para seguir hablándole al oído.

—Hay hombres estúpidos en el amor, pero válidos para el gobierno de una provincia; hay muy pocos hombres válidos para ambas cosas y sólo hay uno audaz en el amor a la par que válido para el gobierno de un imperio: ese hombre eres tú.

Vespasiano ya no hizo más preguntas.

Pasadas unas horas, mientras el emperador dormía plácidamente, Antonia Cenis no podía evitar pensar en la joven Domicia: acababa de entregar al más ingenuo de los corderos al más voraz de los lobos. Sabía que con ello había comprado la neutralidad de Domiciano con respecto a su relación con el emperador, pero no se sentía cómoda con el precio pagado. Aquella muchacha no sabía con quién se estaba juntando y no tenía ni la inteligencia ni la capacidad para sobrevivir. Y si lo hacía sería con mucho sufrimiento. Antonia Cenis cerró los ojos. Quizá la sangre que corriera por las venas de aquella joven, procedente de la fuente lejana del divino Augusto, le diera la fortaleza necesaria a la joven Domicia. Quizá.

58

LA MUERTE DE UN GOBERNADOR

Roma, otoño de 70 d. C.

Partenio se había ganado la confianza absoluta del emperador. Su discreción y su tenaz negativa a dar crédito alguno a cualquiera de los rumores con relación a una posible rebelión de Tito le habían elevado a una posición muy próxima a Vespasiano. Eso hacía que todos los informes de las provincias imperiales, desde Germania Inferior hasta las lejanas Egipto o Siria, pasaran primero por sus manos. Él decidía qué era relevante y qué no. No era infrecuente el envío de regalos acompañados de interminables cartas de gobernadores aduladores que, con poca habilidad, intentaban ocultar tras esas dádivas una mala gestión o, peor, una administración corrupta. Partenio sabía leer entre las líneas de aquellos mensajes con destreza y transmitía entonces sus certeros informes al emperador.

Vespasiano, satisfecho de que el trabajo de gestión de las provincias imperiales estuviera bien supervisado, le permitía que consultara el correo imperial sobre las mismas con total libertad. Además, Partenio no tenía esposa, ni hijos. Era un solitario que estaba convencido de que trabajando para un emperador de Roma lo mejor era no tener flancos vulnerables. Sin descendencia, por otro lado, se hacía menos peligroso a los ojos del emperador, pues no tenía ni hijos ni familiares de primer grado que colocar en diferentes puestos del *cursus honorum*. Y, en otro orden de cosas, algo ya desconocido para Vespasiano, Partenio, en gran medida, era un filántropo. Creía que el mundo podía mejorar, aunque fuera poco a poco, con una buena administración. Aun en sus años de madurez, sobrevivía en su ánimo un destello de ingenuidad, que lo mataba porque le daba energías para seguir allí. Otras veces se decía a sí mismo que sólo estaba allí porque era lo único que sabía hacer bien: leer informes y dar opiniones normalmente adecuadas sobre decisiones de política y, hasta cierto punto, de logística militar. Partenio sabía que era un hombre de salud débil, siempre estaba constipado, aunque procuraba estornudar a escondidas y ocultar su enfermedad. No valía para el ejército y en las calles de Roma, sin protección y sin trabajo, duraría vivo menos que en medio de una batalla campal contra los dacios o los catos. No, su vida, si quería seguir adelante con ella, se basaba en escucharlo todo, en leer mucho y en hablar lo justo con los miembros de una familia, la familia imperial de Roma, la familia más poderosa del mundo.

Aquella mañana habían llegado cartas desde las provincias imperiales de Panonia y Tarraconensis y de la provincia senatorial de Moesia. Desde la frontera del Danubio llegaron, una vez más, quejas sobre los ataques de los dacios. Ése era, sin duda, un problema que se tendría que acometer en algún momento. El emperador aún consideraba que estaba consolidando su posición en Roma, pero ya había dado a entender a Partenio que, en cuanto se concluyera la guerra contra los judíos, se pondría a estudiar el asunto del Danubio con calma. Era una respuesta razonable. Partenio abrió entonces el papiro que llegaba de la Tarraconensis. Como de costumbre, esperaba leer otro detallado informe elaborado por el desterrado y divorciado Lucio Elio, así lo denominaba Partenio en sus pensamientos, que con tanta seriedad y empeño estaba ejerciendo como gobernador en el occidente del Imperio, pero, para su sorpresa, la carta venía firmada por uno de los tribunos de la legión VII.

Partenio leyó con atención: en el transcurso de una comida en Tarraco, el gobernador había muerto; los médicos habían certificado que se trataba de una indigestión, pero el tribuno, una vez más sin escribirlo palabra a palabra, daba a entender que aquélla había sido una muerte muy extraña y, finalmente, como procedía en las actuales circunstancias, solicitaba del emperador que se nombrase a un nuevo gobernador, no sin antes recordar sus excelentes servicios a Roma y dando a entender que estaría encantado de asumir el gobierno de aquella provincia. Partenio dejó el papiro sobre la mesa. Reemplazar a Lucio Elio por otro era fácil, podía ser aquel tribuno o, más seguramente, cualquier otro patricio romano próximo al emperador, pero no podía evitar sentirse culpable por la muerte de Lucio Elio. Lo que más le asqueaba era que su muerte resultaba del todo innecesaria. Pensó en no hacer nada, pero su ánimo, por esa estúpida llama de ingenuidad que aún latía en su corazón, se sublevó y el consejero imperial fue directo en busca de Domiciano, a quien sabía que encontraría en uno de los jardines del palacio imperial, paseando o comiendo. Si no, por supuesto, siempre quedaba buscar en los prostíbulos de Roma. Pero era aún temprano, no habían llegado aún a la *hora quarta*.

La búsqueda fue breve. El hijo menor del emperador estaba limpiándose, atendido por dos jóvenes esclavas, en uno de los peristilos de palacio. Todos se aseaban en sus habitaciones, pero a Domiciano, si hacía buen tiempo, le gustaba disfrutar del sol. En cualquier caso, todos evitaban el peristilo en el que él estuviera por no incomodarle, de modo que el jardín, a excepción del terreno reservado para el emperador Vespasiano y custodiado por los pretorianos, se transformaba en una extensión de su dormitorio. La entrada de Partenio en el peristilo, rompiendo esa ilusión de soledad, anunció a Domiciano que el consejero había averiguado algo que le preocupaba.

—¿Y bien? —preguntó Domiciano, molesto porque el irritante Partenio no le saludara sino que se limitara a permanecer en pie, ante él y sus esclavas, en un incómodo silencio.

—Ha llegado un informe de la provincia Tarraconensis, César —empezó Partenio y exhibió el papiro con la mano derecha.

—Ah, eso —respondió Domiciano lacónicamente—. Creía que se me interrumpía en mi aseo personal por algo de importancia.

Partenio era un hombre paciente. Mantuvo la serenidad.

—Ha muerto el gobernador de la Tarraconensis —subrayó el consejero.

—Hay muchas provincias y muchos gobernadores. Si te vas a indisponer cada vez que uno tiene un contratiempo tu trabajo de consejero imperial va a resultarte insoportable —replicó Domiciano haciendo una señal a las esclavas para que les dejaran solos.

—Calificar a la muerte de contratiempo es algo inexacto, César.

—¿Inexacto? Es posible. Pero la muerte en general es algo malo, un contratiempo. De acuerdo, un contratiempo importante.

Ante la indiferencia de Domiciano y su total ausencia de explicaciones o de interés por continuar con el asunto, Partenio se sintió forzado a pasar al nivel de las insinuaciones.

—Era innecesaria —dijo—. La muerte de Lucio Elio era innecesaria, César.

Domiciano le miró con atención. Partenio no iba a dejarle aquella mañana con facilidad.

—Mi padre sueña con el mayor de los imperios, mi hermano dirige asedios imposibles, y yo tengo que entretenerme con algo: asediar a mujeres es bastante entretenido.

Partenio miró al suelo. Domiciano estaba ya avanzando en el cortejo de Domicia Longina, de eso era consciente; les había observado hablando juntos en varias ocasiones, en palacio, en el foro... Respiró dos veces y volvió a hablar.

—Pero no era necesario matar a Lucio Elio para triunfar en ese asedio.

—¿Ah, no? —Domiciano se levantó y empezó a pasear por el jardín; Partenio le seguía de cerca—. Bueno, lo que es necesario o no, Partenio, lo decido yo. —Se detuvo y se giró para encarar al consejero imperial—. Yo no voy a hacer como el simple de Nerón, que dejó a Otón vivo después de arrebatarle a Popea: luego éste acabó como emperador tras haber intrigado contra Nerón y rebelarse contra Galba. No, no seré yo quien caiga en ese error.

Partenio abrió la boca pero no dijo nada. La comparación era inapropiada, pues Domiciano no era emperador como Nerón, sino sólo el segundo hijo del emperador actual y, muy probablemente, nunca sería investido, pues a la muerte de su padre sería Tito el elegido y luego, con toda seguridad, los hijos de éste cuando los tuviera. La boca de Partenio seguía abierta y en silencio. Sus pensamientos se tropezaban unos con otros. ¿O es que Domiciano ambicionaba ser emperador, como Nerón? Eso implicaba acabar con quien se interponía entre él y el trono imperial. Podía advertir a Vespasiano sobre el asunto, o a Tito, pero no tenía nada, absolutamente nada. Sólo conversaciones sin testigos con insinuaciones veladas. No obstante, Partenio estaba seguro de lo que aquella comparación enmascaraba; lo tenía tan claro como cuando leía entre líneas en cualquier informe de los que repasaba cada mañana. Y no podía hacer nada. Antonia Cenis se equivocó cuando, unas semanas atrás, en una conversación privada, le advirtió sobre el joven César y lo calificó como «lobo»: Domiciano no era un lobo, era una serpiente, sigilosa y mortífera.

—Sigo pensando que no era necesario ordenar la muerte de Lucio Elio —insistió Partenio incapaz de articular nada mejor. Domiciano miró a su alrededor para asegurarse de que estaban solos. Se acercó entonces a Partenio y le habló desde más cerca, sólo a un paso de distancia, en voz baja.

—Ésa es la diferencia entre tú y yo, Partenio. Tú piensas, yo actúo. Por eso somos tan diferentes y por eso nuestros destinos difieren tanto. Las cosas, Partenio, hay que hacerlas hasta el final, siempre. Hasta el final. No hay que dejar cabos sueltos. Yo no tendré a ningún Otón en Hispania del que preocuparme en el futuro. Ya no.

Domiciano empezó a darse la vuelta, pero las palabras de Partenio le frenaron en seco. El consejero sabía que no tenía nada para que el emperador Vespasiano le creyera con relación a las maquinaciones de su hijo, pero sabía que había otras personas más predispuestas a escucharle.

—¿Qué pasará cuando Domicia Longina se entere? ¿Qué pasará cuando Domicia Longina averigüe un día que fue el hijo menor del emperador, el que la corteja ahora, quien ordenó el divorcio de Lucio Elio y luego su ejecución? —Habló deprisa, en voz baja, pero con tono claro, preciso, cortante.

Domiciano se giró de nuevo. Le miró un instante serio, luego sonrió, casi afectuosamente, dio un paso hacia Partenio y le habló al oído.

—¿Y quién va a decírselo? —Se quedó ahí, junto al consejero imperial, escuchando la respiración apresurada de Partenio, que se mantenía en silencio. Fue aún más preciso—. Sé
que no tienes familia, Partenio, pero ¿te gusta el dolor? Si es
así, sigue como esta mañana, pero si el dolor es algo que te
repele, mide muy bien de ahora en adelante cada palabra que
cruces conmigo. Eres un buen consejero imperial, pero no te
metas en mis asuntos. Tienes muchas provincias, muchos consejos de política y de gobierno que dar. Entretente con eso y
olvídate de que existo.

Se alejó un paso de él; volvió a sonreír de forma casi cándi-
da, dio media vuelta al fin y se marchó caminando despacio
por entre las plantas verdes y exóticas del jardín.

59

UNA CARTA DE ORIENTE

Itálica, otoño de 70 d. C.

Trajano hijo fue a las termas de Itálica. Allí se bañó en el *caldarium* y, en lugar de pasar rápidamente al *tepidarium* del agua tibia, prefirió quedarse un buen rato en el asfixiante calor de aquella sala, como si al sudar pudiera quitarse de encima todos los remordimientos. Acababa de cruzarse con Longino en la *palestra* de las termas y lo había visto haciendo ejercicios para poder batirse en combate blandiendo una pesada espada de madera con su brazo izquierdo. El derecho le había quedado inutilizado para siempre. No lo soltó nunca. Nunca. Lo mantuvo en el aire y en un momento se le ocurrió zarandearlo, columpiarlo hasta que él, el supuestamente valeroso Trajano hijo, pudiera alcanzar otras raíces que emergían un par de pies más allá. Longino lo consiguió, pero en el balanceo su brazo hizo crac y algo se rompió. Al tiempo que Trajano conseguía asirse a aquellas nuevas raíces, más grandes y más fuertes que la primera y desde las que pudo escalar hacia arriba para ponerse a salvo, Longino lanzó un desgarrador grito de dolor total.

Cuando Trajano llegó junto a él, su amigo estaba hecho un ovillo y sostenía su brazo derecho que parecía desencajado, más largo de lo normal, girado casi al revés. En un principio ambos intentaron pensar que sólo estaba fuera de sitio, pero los médicos de Itálica no pudieron conseguir que el brazo se recuperara de nuevo por completo y quedó como una extremidad medio inerte, hinchada durante semanas y que le provocó tremendas fiebres a Longino. Al fin, la inflamación bajó y las fiebres desaparecieron, pero ya no era capaz de mover aquel brazo con una mínima agilidad. Había quedado incapaz para cargar un arco o para combatir blandiendo un *gladio*. Cneo Pompeyo Longino era un tullido. Y la culpa de todo era suya, sólo suya, de Marco Ulpio Trajano hijo, un imbécil. Se hundió una vez más en el agua. Longino fue quien mató al lince con una flecha que le clavó en mitad de los ojos con una puntería que ya no le valdría para nada más porque no disponía de la capacidad de cargar rápidamente un arco. Trajano emergió de nuevo del agua caliente y se sacudió el pelo como un perro mojado hace cuando sale de un río. Un perro. Ésa era una buena comparación. Su padre acababa de conquistar Jerusalén junto a un César, junto al hijo del emperador, mientras que él, su hijo, había conseguido dejar inválido a un hijo de un amigo suyo.

Sintió asco de sí mismo. Cerró los ojos mientras recordaba el contenido de la carta que su padre les había hecho llegar desde Siria.

Querida Marcia:

Espero que todos estéis bien, tú, Ulpia y su pequeña niña Matidia, y el joven Marco. La campaña contra los judíos va por buen camino. Jerusalén, por fin, es parte de Roma y muy pronto lo será toda Judea. Los últimos enfrentamientos han sido muy duros, especialmente alrededor del Gran Templo de los judíos. Ha habido muchos muertos y heridos en las legiones. Yo mismo, te lo digo una vez que ya ha pasado, estuve a punto de perder la vida en esta última parte de la contienda. En una absurda e imperdonable distracción me vi rodeado por una decena de enemigos, pero la acción valiente y rápida de un tribuno, de nombre Suburano, que ordenó intervenir a una docena de sus mejores hombres, hizo que los sicarios que me rodeaban cayeran abatidos antes de que pudieran herirme. Sexto Atio Suburano es su nombre completo. Alguien a quien siempre deberemos estar agradecidos. Rezo a los dioses porque podamos disponer de su ayuda en el futuro, pues es, sin duda alguna, un hombre valeroso en extremo y de honor por lo que luego he podido averiguar consultando a su legatus. Pero Marcia, no debes ya temer por mí. Una vez conquistada Jerusalén, mi regreso a Roma es cuestión de poco tiempo y en unos meses espero poder estar de vuelta a nuestra amada Itálica.

MARCO ULPIO TRAJANO

Siempre supo que nunca estaría a la altura de su padre, pero no pensó que fuera, además, a decepcionarle tanto.

Longino se lo había tomado bien, con una dignidad extraña. Como si el hecho de que le hubieran acogido en Itálica fuera pago suficiente a tanto sufrimiento. Y no cejaba. No se daba por vencido igual que no lo hizo en el precipicio. No, nunca abrió la mano. Ahora llevaba semanas intentando entrenarse para poder combatir con la mano izquierda. Le había visto atarse un escudo militar al brazo tullido. Era una torpe figura en sus movimientos, pero no había visto jamás una muestra tan clara de tenacidad y valor. No, aquel tullido, estaba claro, era mil veces más valiente que él.

Libro IV
EL ANFITEATRO FLAVIO

NERO
GALBA
OTHO
VITELLIVS
VESPASIANVS
TITVS
DOMITIANVS
NERVA
TRAIANVS

Año 71 d. C.
(año 825 *ab urbe condita*, desde la fundación de Roma)

And here the buzz of eager nations ran,
In murmur'd pity, or loud-roar'd applause,
As man was slaughter'd by his fellow man.
And wherefore slaughter'd? wherefore, but because
Such were the bloody Circus' genial laws,
And the imperial pleasure. — Wherefore not?
What matters where we fall to fill the maws
Of worms — on battle-plains or listed spot?
Both are but theatres where the chief actors rot.

[Y aquí se escuchaba el fragor de naciones ansiosas,
en forma de lástima susurrada o clamorosos aplausos,
a medida que un hombre era masacrado por otro hombre.
¿Y masacrado por qué? Por qué sino por qué
ésas eran las geniales y sangrientas leyes del Circo,
Y la voluntad imperial. ¿Por qué no?
¿Qué importa dónde caemos para llenar las mandíbulas
de los gusanos, en campos de batalla o en grandes monumentos?
Ambos son sólo teatros donde los actores principales se pudren.[16]

LORD BYRON, *Childe Harold*, canto IV

16. Traducción del autor.

60

EL ANFITEATRO FLAVIO

Roma, primavera de 71 d. C.

El *curator* de las cloacas era un hombre maduro, con la piel excesivamente ajada para su edad, pero Partenio ya imaginaba que los efluvios del submundo de fango y heces de Roma no debían de ser el mejor lugar para mantenerse joven y con una piel lustrosa. Por otro lado, el *curator* era un hombre escrupuloso con su aspecto: había acudido al encuentro con una toga blanca sin mácula alguna y hacía gala de modales exquisitos. Partenio respetaba a aquellos pequeños hombres, funcionarios de un Estado dirigido por emperadores y patricios que ignoraban a estos eficaces servidores de Roma. El consejero imperial sabía que la ciudad, el Imperio, se sostenía en gran medida por dos grandes fuerzas: el ejército, sin duda, y un complejo y casi siempre olvidado entramado de pertinaces administradores públicos que, por alguna extraña razón que aún no había conseguido comprender, encontraban en el trabajo bien hecho una satisfacción que era la fuerza motora de sus ignoradas existencias. Sí, Partenio repetaba a ese ejército silencioso y ahora, ante él, tenía a uno de esos callados servidores que, contrario a su naturaleza, había decidido hacerse visible, en este caso emergiendo de las entrañas de la ciudad, para presentar algo insólito: una reclamación.

Cuando una de estas personas se dirigía al emperador para elevar una queja eso sólo podía significar que algo grave pasaba. Aquellos funcionarios nunca se equivocaban en sus apreciaciones porque estaban basadas en el conocimiento exacto, preciso, del entorno sobre el que trabajaban. Si quien regentaba las cloacas de la ciudad había solicitado entrevistarse con el emperador, es que algo serio ocurría. Pese a todo, Partenio, cauto, superviviente nato entre los humores variables de diferentes emperadores, decidió recibir él primero a este extraño servidor y escucharle con atención.

—Gracias, muchas gracias por recibirme —empezó el *curator* en lo que podría haber sido una pose fingida, pero, era tal la efusividad en aquellas palabras, que Partenio estaba convencido de que aquel hombrecillo pequeño estaba realmente agradecido de forma desmesurada por el simple hecho de que se le hubiera recibido en el palacio imperial en un relativamente corto espacio de tiempo: siete días desde su petición. Partenio, debía admitirlo, sentía curiosidad—. Gracias, consejero imperial, gracias.

—Ve al asunto, *curator*; mi tiempo es limitado y más aún el del emperador.

—Por supuesto, por supuesto. Al asunto, entonces. Veamos, resumiré; sí, al asunto: las alcantarillas, los túneles subterráneos de las cloacas, concretamente de la red central, la de la Cloaca Máxima, se hunden. Se hunden. Ha habido ya varios desprendimientos. Dos techos y una pared en una de las grandes cisternas.

—¿Desprendimientos? —repitió inquisitivamente Partenio; aquello tampoco era nuevo. Pasaba desde hacía años. Desde hacía siglos. Era absurdo elevar una queja por eso. El *curator* supo interpretar el entrecejo del consejero imperial.

—Sí, por supuesto esto ocurre siempre, siempre, pero no con la intensidad, con la frecuencia actual. Han sido dos galerías enteras y una cisterna de derivación de aguas fecales. Esto nos ha creado muchos problemas allí abajo.

—¿Por eso los malos olores de estos días en palacio y en el foro?

—Por eso, por eso. —El *curator* estaba encantado de hablar con alguien que era capaz de hacer las conexiones adecuadas.

—Bien, pues arregla el asunto. Repara las galerías hundidas. Tienes hombres a tu cargo para esas tareas. El emperador ha dedicado la partida usual de dinero para los materiales de reparación. El hecho del olor, lo único que demuestra es que no estás últimamente a la altura de tu responsabilidad.

Partenio no pensaba para nada algo así, pero estaba seguro de que al atacar la capacidad de aquel fiel funcionario público, éste se rebelaría y soltaría lo que fuera que le había traído allí, pero que le daba miedo plasmar en palabras, de forma inmediata. Y no tenía tiempo que perder en largos circunloquios.

—No, consejero imperial, eso no es cierto, debo contradecir al gran consejero del emperador. Durante diez años he afrontado derrumbamientos, grietas, desmoronamientos de galerías enteras, *cloaculae* embozadas, pero siempre una aquí, otra allá, y llevaba a mis hombres y lo arreglaba. Pero ahora es un desmoronamiento general el que se aproxima si no se toman las medidas adecuadas. —Inspiró con profundidad un instante antes de decir lo que había que decir—. Las obras del nuevo anfiteatro... del anfiteatro Flavio, acabarán con la red de la Cloaca Máxima. —Toda vez que vio que el consejero no le interrumpía, se atrevió a ser más específico—. Los carros que extraen arena del centro de la ciudad, de los jardines de la *Domus Aurea*, y que luego vuelven cargados con esas inmensas moles de piedra y mármol, se pasean por las calles bajo las que discurren las principales *cloaculae* de la ciudad. La red de la Cloaca Máxima es, de las tres de la ciudad, la más antigua y, pese a las reformas de Agripa, las galerías no soportarán ese tráfico de grandes piedras y materiales por sus techos resquebrajados.

—El emperador quiere un nuevo anfiteatro, ¿o es que estás sugiriendo que le diga al emperador que el *curator* de las alcantarillas de Roma le pide que construya su anfiteatro en otro sitio?

El funcionario miró al suelo. Eso exactamente es lo que habría que decirle al emperador, pero él ya sabía que eso sería imposible. Por eso había elaborado un plan alternativo. De debajo de su toga extrajo un plano del centro de la ciudad, se agachó y lo desplegó en el suelo. No le importaba arrodillarse. Se pasaba gran parte del día encogido bajo tierra y, cuando se trataba de defender su pequeño reino en las entrañas de la ciudad, no tenía orgullo si humillándose podía conseguir sus objetivos.

—No, por supuesto que no —dijo el *curator* sin mirar al

consejero, con sus ojos fijos en las líneas que había trazado sobre el plano de la ciudad—. He marcado aquí la ruta que estos carros siguen actualmente en su trayecto hacia el centro y en su regreso a las puertas de la ciudad; han escogido el camino más corto, es lógico, lo entiendo, lo entiendo, pero si se desviaran en este punto y en este punto —señaló la *Via Sacra* al norte, la intersección del *Vicus Tuscus* y el *Clivus Victoriae* en el centro y las calles aledañas al circo Máximo algo más al sur—, sólo se alargaría un poco el trayecto, pero evitarían las galerías más débiles, las más antiguas y, con unos pocos hombres más de refuerzo, podríamos mantener el conjunto del sistema de *cloaculae* operativo en su mayor parte mientras se llevan a cabo los trabajos. —El *curator* se levantó entonces y, con sus brazos estirados, le acercó el plano al consejero mientras seguía hablando—. Se puede ver con claridad en las anotaciones que he hecho. Un anfiteatro como el que el emperador ha proyectado, todo el mundo habla de ello en Roma, llevará años de construcción y hay que reducir el impacto de estas obras en la red de alcantarillas. Es por el bien de Roma.

Partenio tomó en sus manos el plano y lo estudió con atención. Todo lo que había dicho aquel hombre tenía perfecto sentido. Era lógica pura, sólo que nadie, ni siquiera los arquitectos del emperador, había reparado en ello, y si el *curator* decía que el sistema de alcantarillado no aguantaría aquellas obras, sin duda, eso era lo que pasaría. Sólo había un pequeño problema.

—Las rutas alternativas que propones para el transporte de las piedras, los ladrillos, el mármol, bueno, todos los materiales de la obra —dijo Partenio mirando el plano con atención— implican casi el doble de tramo a recorrer por cada cargamento. Eso ralentizará el trabajo y no le gustará al emperador.

—Entiendo, entiendo lo que dice el consejero, pero quizá —y aquí se inclinó levemente al hablar como quien hace una reverencia— el consejero sepa exponer mucho mejor que yo la situación al emperador y acierte con el modo de persuadir al *Imperator Caesar Augustus* sobre la mejor forma de ejecutar estas magníficas obras sin destruir la red de alcantarillado del centro de la ciudad.

Partenio sonrió por dentro ante la habilidad con la que el *curator* le adulaba, pero mantuvo una faz seria en el exterior. No estaba para nada convencido de que el emperador fuera a aceptar todos aquellos desvíos. Quizá algunos sí, evitando las galerías más viejas.

—No creo que el emperador acepte tu plan —respondió al fin el consejero imperial—. Pero dime, ¿cuáles son las *cloaculae* más afectadas?

El *curator* apretó los labios. Se resistía a que no se accediera a su plan tal cual lo presentaba, pero sabía que poco se podía negociar. Fue preciso en su respuesta.

—En el sector de la basílica Julia y la basílica Emilia, junto al templo de Cástor, ésas son las calles bajo las que las alcantarillas están más dañadas. Hay que evitar esas dos avenidas, por lo menos eso. Y aun así no sé si podré mantener el sistema operativo.

—Hay decenas de personas dispuestas a ocupar tu puesto, *curator* —le advirtió Partenio, pero decidió dejarle una salida honorable—; aunque yo sé que tú eres el más indicado para esta tarea.

El *curator* asintió y suspiró al tiempo que respondía.

—Si se evitan esas calles, las alcantarillas funcionarán. —Dejó un segundo de silencio antes de volver a repetir su compromiso—. Funcionarán.

—Por supuesto —concluyó Partenio e hizo una señal con el dorso de su mano derecha indicando que la entrevista había terminado.

El *curator* miró el plano, pero como el consejero no hizo ademán alguno de devolvérselo, el funcionario se limitó a inclinarse de nuevo y, caminando hacia atrás, abandonó la sala.

Semanas después de la entrevista, el *curator* miraba los techos de piedra de las galerías subterráneas de las *cloaculae* de Roma. Apretaba los labios y, cuando las grietas se trazaban en su particular cielo pétreo, la barbilla le temblaba por la ira, pero no podía hacer nada, no podía hacer nada más que luchar aquella guerra sucia y desigual a la que se veía abocado para supervivir en el submundo de la ciudad. El consejero imperial con quien se había entrevistado había conseguido que algunos cargamentos de piedra para el gran anfiteatro se desviaran de las avenidas más débiles, allí donde los derrumbamientos en su subsuelo habían sido más importantes, pero era sólo una victoria parcial. Los arquitectos imperiales, acuciados por un emperador que a sus sesenta y dos años se sentía viejo y anhelaba ver su gran obra terminada lo antes posible, se saltaban las directrices marcadas por el consejero imperial y, especialmente por la noche, ordenaban que los gigantescos carruajes de transporte volvieran a las antiguas rutas, las más cortas, pero también las que más estragos causaban en las ignoradas entrañas de Roma.

Nadie en el exterior oía el aullido de los derrumbamientos, y si el mal olor, fruto de alguna o de varias galerías bloqueadas por piedra, tierra y heces, emergía entre las piedras de las calles, pronto se confundía con el hedor que desprendían mercados sucios, orines de borrachos y perros, ollas calientes, fábricas, y hasta sangre de los mataderos o de los circos donde no dejaban de sacrificarse cabras, terneros, cerdos, jabalíes, leones, tigres, hipopótamos, osos, linces y hasta seres humanos cuyos cadáveres eran arrastrados a las salas de despiece para, en el caso de los animales, ser ingeridos por seres humanos y, en el caso de los hombres y mujeres y niños muertos por ser cristianos o judíos o esclavos rebeldes o asesinos, tanto daba, ser entregados en pequeños trozos a las propias fieras que luego se comerían los mismísimos romanos en diversos fastuosos banquetes. El *curator* de las alcantarillas mantenía sus ojos fijos en los techos destrozados de su reino de tinieblas y sentía asco: Roma se había convertido en un círculo de carne infinito donde los ciudadanos de la capital del Imperio terminaban convirtiéndose en caníbales indirectos sin casi saberlo, o sin querer saberlo.

Miró al suelo con rabia. A su alrededor una veintena de trabajadores esperaban sus órdenes. Había también otra veintena de esclavos que Partenio, el consejero imperial, había enviado a modo de refuerzo; como si con veinte hombres más se pudiera detener aquella debacle. El *curator* se dirigió a todos como un *legatus* que arenga a sus legionarios antes de entrar en combate.

—Nos dividiremos en tres grupos. Yo dirigiré los trabajos en la Cloaca Máxima y sus *cloaculae*, mientras que otro grupo se dirigirá al norte para revisar la red del Campo de Marte y un tercero, con la mayor parte de los esclavos, irá hacia la red del Aventino. De esta forma controlaremos todos los frentes. Te quiero a ti y a ti y a ti, a todos vosotros —continuó el *curator* señalando a los trabajadores más veteranos—, conmigo. Aquí —miró una vez más hacia un techo que acababa de crujir—, aquí, en la Cloaca Máxima libraremos la peor de las batallas. —Volvió a mirarlos a todos—. Ésta va a ser una guerra larga y no tendremos ayuda del exterior. Una guerra larga, sí —empezó a andar sobre el fango y el agua podridos que fluían por el suelo de la galería—; larga, sí, pero resistiremos, resistiremos como hemos hecho siempre, incluso si allá arriba todos han perdido ya la razón.

Era una guerra oculta, extraña, maloliente que se luchaba en el submundo de Roma de espaldas a todos. Nadie en el palacio imperial pensó que de aquella guerra desconocida se pudiera derivar ninguna consecuencia de importancia. Ni el propio Partenio supo intuirlo entonces. Pero el rencor del *curator*, alimentado con cada derrumbe, fue creciendo impulsado por su perplejidad ante la estupidez de los que gobernaban en la superficie del mundo.

61

EL *TRIUNFO* DE TITO

Roma, primavera de 71 d. C.

El *triunfo* de Tito fue colosal. Miles y miles de libras de oro y plata, de joyas y alhajas de todo tipo y de decenas de objetos gigantescos de oro y plata sagrados para los judíos —como la *Menorá*, el gran candelabro de siete brazos de oro macizo que, desde tiempo inmemorial, había estado preservado de todo y de todos en el Gran Templo de Salomón, de donde lo sacaron los legionarios de Tito antes de que fuera consumido por las llamas— desfilaron ante los asombrados ojos de los romanos. La exhibición resultó apabullante, admirable, casi cegadora para todos los que atestaron las calles de Roma aquella mañana. Y no sólo eso, sino que además se pasearon cubiertos de cadenas a varios centenares de judíos, sicarios y zelotes, apresados en los últimos días del gigantesco asedio de Jerusalén: carne fresca para las fieras o futuros gladiadores forzados a luchar ante los ojos de todos, a vida o muerte, para el simple entretenimiento de ellos, los romanos, los superiores, los que controlaban el mundo. El pueblo estaba exultante, enfervorecido, enardecido por una victoria de la que ahora paladeaban ese regusto feliz que daba ver enormes riquezas y ejércitos rendidos a los pies de su César, primero, y del emperador, después. Y, a los ojos de todos, a las puertas de oro del gran templo de Júpiter que se levantaba hacia el cielo con sus majestuosas columnas de mármol rematadas en gigantescos capiteles corintios, Tito, el joven y victorioso César, del que muchos habían murmurado y sugerido que se levantaría en armas contra su padre, y Vespasiano, emperador, se fundieron en un fuerte abrazo, y eso porque el emperador evitó, asiéndole fuertemente por los brazos, que su hijo Tito se arrodillara ante él.

—Tu regreso, estas riquezas, estos prisioneros, tu enorme victoria, hijo, son suficientes pruebas de lealtad —dijo el emperador—. Nunca Tito se arrodillará ante el emperador de Roma.

Y de allí regresaron al foro, donde asistieron juntos a la ejecución por estrangulamiento del líder de los sicarios, Simón, quien, con los ojos salidos de sus órbitas, incapaz de dar crédito al abandono de su Dios, el único y verdadero, se negaba a creer que todo aquello pudiera estar ocurriendo.

—¡La maldición de Dios caerá sobre todos vosotros, sobre toda vuestra familia! —fue lo último que dijo Simón mirando fijamente al César Tito, que lo contemplaba todo desde primera fila.

Por detrás de Tito y de su padre, el emperador Vespasiano, el César Domiciano observó aquella escena con el distanciamiento que genera la envidia, pero se apresuró a aplaudir y a clamar por la grandeza del emperador y de su hijo Tito, aunque no pudo dejar de considerar hasta qué punto una maldición judía sería capaz de herir a su todopoderoso padre y a su asquerosamente victorioso hermano Tito. Pero al poco tiempo, como el resto del pueblo y como los propios maldecidos por Simón, Domiciano desterró de su pensamiento la capacidad de hacer daño de aquellas últimas palabras del malogrado líder de los sicarios de Jerusalén, mientras los pretorianos arrastraban hacia las mazmorras de la cárcel a Gischala, el jefe de la otra facción judía, condenado por el emperador a pudrirse en las entrañas más húmedas, estrechas y malolientes de la ciudad hasta su muerte. Así lo anunció Vespasiano mismo delante de todos, con voz potente y poderosa.

—Uno estrangulado hasta la muerte y el otro condenado a permanecer encerrado en las entrañas de Roma hasta el fin de sus días. Así sabrán todos los que se oponen a nuestro poder que resistir a Roma es sólo caminar hacia su propia destrucción.

Entre el público, en medio del gran foro, el *curator* de las cloacas de Roma comprendió que el emperador no había descendido nunca a las alcantarillas de la ciudad o habría sido más mesurado en sus calificativos sobre lo maloliente, húme-

das y estrechas que eran las cavidades subterráneas de la cárcel de Roma.

Después de las ejecuciones y los sacrificios a los dioses, el
emperador puso la mano derecha en el hombro de su hijo
Tito y le habló con pasión.

—Ven a palacio, hijo. Hay algo que quiero enseñarte.

Vespasiano miró también a su segundo hijo y Domiciano
comprendió que la invitación, o, mejor dicho, la orden de seguir al emperador también le incluía. Domiciano intuía de
qué se trataba todo aquello y no tenía ningún interés para él,
pero tenía claro que debía satisfacer a su padre, el emperador,
en todo aquello que pudiera. Al menos por el momento. Además, su situación, con la triunfal llegada de Tito, se había debilitado notablemente en palacio, a la par que el poder de su
padre y la admiración que despertaba Tito se agigantaban en-
sombreciéndole hasta hacer de él una figura tan pequeña
como insignificante. No pasaba nada. Domiciano sonreía sin
que fuera perceptible a los ojos de los pretorianos que les rodeaban mientras caminaban de regreso a la *Domus Aurea*. Sí,
estaba a la sombra de dos gigantes, pero a la sombra se trabaja
mejor: a la sombra nadie se fija en ti y se puede hacer de todo
sin que nadie se percate de nada, no, al menos, hasta que sea
ya demasiado tarde. Tuvo que esforzarse porque su sonrisa no
aflorara con evidente desafío por sus labios. Sabía que su padre le miraba constantemente. Constantemente.

Como imaginaba Domiciano, Vespasiano les condujo a la
gran sala donde los arquitectos habían preparado las maquetas que él ya había visto. Estaban tapadas con sendas telas. Era
evidente que su padre quería deslumbrar a Tito. Lo conseguiría; en el fondo su hermano, su gran hermano, el gran conquistador de Jerusalén, era un ingenuo.

—Aquí está, hijo —dijo Vespasiano mirando a Tito—. Tu
hermano ya lo ha visto pero ahora quiero tener tu opinión.

Se volvió hacia Rabirius, el arquitecto imperial, que, al
instante, destapó las maquetas ocultas por las sábanas blancas. Ante los perplejos ojos de Tito, la silueta tridimensional
del mayor de los anfiteatros se dibujó impactante y majestuosa. Era enorme, emergía por encima de todos los edificios de

la ciudad de Roma, que, de una forma más o menos precisa, se habían reproducido por los mismos carpinteros que habían trabajado en aquel modelo a escala de la ciudad, con el fin de mostrar el descomunal tamaño de la obra que se deseaba acometer.

—¿Qué piensas, hijo? —preguntó el emperador, impaciente ante el silencio de Tito. Éste miró a su padre y se inclinó ante él.

—Es la obra propia de un dios.

—¿De un dios? —Vespasiano se quedó pensativo—. Quizá termine siéndolo, hijo, quizá termine siéndolo, pero de momento es la obra de los arquitectos del Imperio y, por encima de todo, hijo, es la obra de una nueva dinastía. —Y volvió a posar el brazo derecho sobre el hombro de Tito—. La obra de una nueva dinastía —repitió, y se giró hacia la maqueta caminando alrededor de la gran mesa sobre la que se había situado para ser observada mejor por la familia imperial—. Hasta hace poco era sólo un sueño, muchacho, sólo un sueño. —Se volvió de nuevo hacia su hijo mayor—. ¿Puedes acaso concebir la cantidad de dinero que hace falta para levantar algo así, hijo, y más después del desastre económico de la guerra civil y de los derroches de Nerón, Otón y Vitelio? No, ya imagino que no tienes idea. Yo tampoco hasta que me puse a calcularlo con Partenio y otros consejeros. Era un sueño imposible, pero ya no, muchacho, ya no. Has conquistado Jerusalén y has traído a Roma el mayor de los tesoros imaginables. Tenemos ahora suficiente oro para construir este anfiteatro, el anfiteatro Flavio; será nuestro regalo a Roma, al mundo. —Volvió a caminar alrededor de la maqueta—. Ya están trabajando, llevando las primeras piedras de mármol, extrayendo tierra para levantar los cimientos; trabajan sin descanso y será levantado ahí mismo, hijo, en el centro de Roma, en ese centro que Nerón le arrebató al pueblo para los jardines privados de su palacio. Vamos a devolverle al pueblo esa parte de la ciudad adornada con la mayor de las obras públicas emprendida jamás por un emperador. Eso, hijo, además de preservar las fronteras del Imperio —miró de nuevo a Tito—, eso, hijo, nos hará dioses ante los ojos del pueblo: será el mayor anfiteatro del mundo. Nos adorarán, hijo, nos adorarán.

Tito parecía contagiarse de la euforia del padre y se acercó también a observar con más detalle el enorme modelo: decenas de arcos que trazaban círculos perfectos superpuestos decorados con semicolumnas de orden toscano, una evolución del dórico griego en la planta baja, semicolumnas jónicas con sus inconfundibles volutas en la segunda planta y una tercera planta final con semicolumnas entre los arcos de orden corintio con hermosas hojas de acanto en los capiteles. Había decenas de estatuas repartidas en los espacios que dejaban los arcos y, en el interior, unas gradas inmensas donde podrían caber treinta o quizá cuarenta mil personas.[17]

Mientras Tito se empapaba de las enormes dimensiones del proyecto, Vespasiano se acercó a su segundo hijo.

—Domiciano, tengo que hablar con tu hermano a solas. Nos veremos esta tarde en la cena —dijo y se quedó satisfecho con el saludo acompañado de una leve inclinación de Domiciano al retirarse.

Éste se giró un instante antes de dejar solos a su padre y a su hermano y vio cómo el emperador, una vez más, ponía la mano derecha sobre el hombro de Tito. Domiciano no dejó escapar ninguna mueca de desengaño o desasosiego. Se mantuvo sereno, dejó de mirarles y encaró la salida de la sala con el silencio propio de quien vive rodeado por sus pensamientos.

En el interior, Vespasiano volvió a hablar.

—Hay algo más de lo que debemos hablar, hijo.

Miró a los arquitectos y a los pretorianos. Todos comprendieron el sentido de aquel gesto y abandonaron la sala con rapidez. El emperador se quedó a solas con el conquistador de Jerusalén. Tito miró a su padre con interés.

—Sabes que todos han llegado a dudar de tu lealtad, hijo —empezó el emperador. Tito fue a hablar en un intento por defender su total sumisión a su padre, pero éste levantó la mano y guardó silencio. Vespasiano apoyó las manos en la gran

17. La planta superior final es un añadido posterior de Domiciano, como se verá posteriormente en la novela, lo mismo que los subterráneos para las fieras y gladiadores. Estas modificaciones ampliaron el aforo inicial de forma significativa.

mesa y continuó hablando mientras seguía admirando su gran anfiteatro, su gran sueño—. Todos han dudado menos yo, menos yo y... Antonia Cenis. Antonia siempre creyó en ti, te lo digo para que la juzgues adecuadamente. Ya sé que tu hermano desaprueba esa relación —ladeó un poco la cabeza, con aire distraído—, aunque es cierto que últimamente está menos hostil con ella. —Calló, volvió a poner recta la cabeza y retomó su discurso—: Me gustaría que tú tuvieras mejor relación con Antonia. En cualquier caso, hijo, lo esencial es que yo nunca he dudado de ti y te voy a demostrar hasta qué punto confío en ti. —Levantó la mirada—. Te voy a nombrar jefe del pretorio.

Tito enmudeció primero y luego fue a hablar, pero una vez más su padre levantó la mano derecha y volvió a guardar silencio.

—No aceptaré ninguna negativa. Escúchame bien, hijo: el jefe del pretorio ha sido un puesto siempre codiciado, desde que el divino Augusto creara la guardia pretoriana, pero, lamentablemente, ha sido utilizado en demasiadas ocasiones para maquinar conjuras contra el emperador. El jefe del pretorio tiene a sus órdenes a más de cinco mil hombres, los mejores hombres de toda la ciudad, con la misión de proteger al César, pero cuántas veces los jefes del pretorio han terminado queriendo gobernar por encima del emperador o vendiendo sus servicios a aquellos senadores insidiosos que buscan su caída. No, no tengo a nadie a quien confiar ese puesto mejor que a ti. Has tenido bajo tu mando todas las legiones de Oriente, has vencido a los judíos, has conquistado Jerusalén, controlabas Egipto, Siria y, sin embargo, aquí estás, atento a mis órdenes, a mis proyectos y mis ideas. Tú y sólo tú puedes ocupar ese puesto. Si Sabino, si tu tío Sabino hubiera sobrevivido a los malditos hombres de Vitelio, habría confiado en él, pero eso ya no puede ser, no puede ser. Debes ser tú y no otro. Y no sólo eso, muchacho, has de ser tú y sólo tu. No nombraré dos jefes del pretorio para que compitan entre ellos; eso nunca. Contigo al mando de la guardia pretoriana sé que estaré seguro, que estaremos seguros todos y podré llevar a cabo mis planes, este anfiteatro, el saneamiento de las arcas del Estado, el fortalecimiento de las fronteras, la reconstrucción del Imperio, de un Imperio que tú herederas pronto. No, no me mires así. Soy mayor, hijo. Aún me siento fuerte, pero no tengo la capacidad de resistencia del pasado. Hoy mismo, todo el *triunfo*, los sacrificios, las ejecuciones, estas conversaciones, todo esto, un gran día de celebración y estoy cansado. No, no soy el de antes. Pero, con tu ayuda, sé que podremos conseguir grandes cosas y, sobre todo, conseguiremos instaurar una nueva dinastía. ¿Qué me dices, muchacho? ¿Qué tiene que decir el conquistador de Jerusalén a las palabras del emperador de Roma?

Tito tragó saliva. Se sentía algo abrumado y también había cierta preocupación en su rostro. Buscó las palabras precisas.

—Por supuesto, augusto padre, que si ésos son tus deseos aceptaré con orgullo la posición de jefe del pretorio y desde ese puesto protegeré al emperador y a toda la familia, pero me preocupa una cosa.

—Habla, un César debe decir siempre lo que piensa.

—Domiciano. —No dijo más. El emperador miró a Tito y asintió.

—Domiciano es demasiado joven. Sólo tiene diecinueve años. Tendrá cargos de relevancia en el Imperio, es sangre de nuestra sangre; es mi hijo y tu hermano y es César, pero es demasiado joven para confiarle una tarea propia de hombres.

Tito comprendió en el tono solemne de su padre que el emperador tenía ese asunto completamente decidido y que nada que dijera podría hacerle cambiar con relación a lo que acababa de proponer. Quizá tuviera razón. Domiciano, indiscutiblemente, era demasiado joven. Demasiado joven incluso para iniciar una conjura. Tito volvió a asentir. Se preocupaba por peligros imaginados, fantasmas inexistentes.

62

UNA PREGUNTA DE DOMICIA

Roma, principios de otoño de 72 d. C.

Las noches con el joven César eran cada vez más violentas. Domicia había aborrecido a su antiguo marido, Elio, por su debilidad y por su bajeza al abandonarla por un puesto de gobernador y, por contra, siempre había admirado la valentía del joven César al enfrentarse al emperador casándose con ella sin que le importara lo que Vespasiano pensara del enlace con la hija de un *legatus augusti* acusado por otro emperador de traición, una acusación falsa, pero que, pese a todo, era la de un emperador y, en consecuencia, una pena de muerte inexorable. Pero ahora, tras una nueva larga sesión de sexo forzado con el joven César, la hermosa Domicia, echada de costado, dando la espalda a su nuevo marido, añoraba la dulzura en el lecho de Elio. Quizá fuera un cobarde, y hasta vil por abandonarla, pero al menos cuando estuvo con ella siempre fue dulce y cariñoso y atento.

Ahora todo eso había desaparecido y en su lugar pasaba noches en las que su actual esposo la obligaba a adoptar cualquier tipo de postura con la que satisfacer su lascivia. Y lo peor de todo era que últimamente buscaba nuevas formas de encontrar placer con su joven cuerpo, formas abyectas que sólo las putas o las esclavas ejercían con naturalidad. Ella se había negado ya en varias ocasiones, pero aquella noche Domiciano la había cogido por el pelo y, tapándole la nariz con la otra mano, al verse obligada a abrir la boca para respirar, había aprovechado para forzarla. Ella cedió al fin e hizo lo que su marido anhelaba para, por lo que se ve, insatisfacción de los dos. Ella por verse obligada a semejante humillación y él por no ver satisfecho su deseo con la pasión que buscaba. Todo había terminado con un desprecio profundo por parte del joven César. Le dijo lo que más podía herirla.

—Me he enfrentado con mi padre, con el emperador de Roma y ni siquiera eres capaz de satisfacerme en la cama.

Se echó sobre el lecho dando la espalda a su atormentada esposa para dormir. Ella se limpió la boca con una de las sábanas y se acurrucó en el suelo intentando ahogar los sollozos entre sus manos. Quería limpiarse, pero eso implicaba llamar a las esclavas y temía despertar a su marido y que éste, como era habitual cuando se despertaba en medio de la noche, quisiera volver a poseerla contra su voluntad. Así que se limitó a quedarse allí, apretada contra el lado de la cama, echada sobre el suelo frío, agradeciendo esa sensación de frescor que trepaba por sus piernas procedente de las frías piedras. En la *quarta vigilia,* al fin, poco antes del amanecer, sus lágrimas se secaron. Estaba algo más tranquila. Tenía los músculos de piernas y brazos entumecidos por aquella postura incómoda en la que había mal dormido la noche, pero estaba más segura de sí misma. Pensó que debería ser más dócil con su marido y acceder a todos sus deseos carnales. Eso facilitaría la relación entre los dos y haría la vida, su vida, mucho más fácil. Estaba embarazada y eso podía cambiarlo todo entre ellos, debía hacerlo. Ella sólo anhelaba paz en su matrimonio para que el niño creciera feliz. Había disfrutado de esa paz en su infancia y quería conseguirla para el niño que llevaba en las entrañas. Sintió las sábanas moverse. Domiciano se había despertado y se acababa de sentar en el borde del lecho.

—¿Has pasado ahí toda la noche? —preguntó el joven César.

Ella asintió, pero como no quería desalentar a su marido ya de buena mañana añadió palabras que buscaban reconfortarle. No quería que se sintiera culpable por nada.

—He estado pensando, mi señor —empezó ella. Domiciano levantó las cejas exteriorizando su incredulidad sobre las palabras que acababa de oír y no dijo nada. Domicia lanzó sus palabras como quien alarga un brazo al enemigo con el que ha estado combatiendo durante largo tiempo pero con el que quiere hacer ya las paces para siempre—. A partir de ahora haré todo lo que desees, esposo, aquí en el lecho, contigo.

Domiciano la miró con desdén.

—Ya me has defraudado muchas veces. Eres hermosa Domicia, pero una amante muy incapaz. Quizá debiéramos dejar de compartir nuestro lecho. Tú estarías más tranquila y yo sabré encontrar satisfacciones más placenteras con rapidez.

Se levantó como quien acaba de anunciar que se va de caza. Domicia no podía creer lo que acababa de oír. Estaba a punto de comentarle a su esposo que estaba embarazada, pero ante aquella cruel sentencia su boca quedó sellada. Vio cómo su marido se levantaba y se ponía una túnica sobre su cuerpo desnudo, sin nada más debajo. Era su costumbre para acudir así a su baño matinal; pero, para asombro absoluto de Domicia, su marido aún no había terminado de hablar.

—Nunca debí haberte separado de tu anterior marido.

Esas palabras, que Domiciano pronunció de forma distraída, mientras se ajustaba la túnica, como si no hablara con nadie, como si se limitara a expresar un pensamiento en voz alta. Ante esa inesperada revelación que sumió a Domicia en una extraña mezcla de confusión y perplejidad, la joven esposa se levantó despacio e interpeló con voz suave pero tensa a Domiciano.

—¿Qué has dicho?

Domiciano se dio cuenta que se había traicionado de forma absurda, pero es que estaba hastiado de aquella relación. Ahora dudaba, no obstante, entre no decir más o decirlo todo.

—¿Qué has dicho? —repitió Domicia, en pie, recta, muy quieta, mirándole fijamente. A Domiciano le resultaba irritante aquella mirada y optó por la salida más sencilla, la más fácil, la más cobarde: echó a andar sin decir nada y salió de la habitación dejando a Domicia a solas, atormentada por mil preguntas que habían quedado sin respuesta. De lo único que estaba segura era de que su esposo no volvería a mencionar aquel tema de nuevo. A ella sólo le quedaban dos posibilidades: olvidarlo, hacer como si aquellas palabras nunca se hubieran pronunciado o preguntar allí donde sabía que estaban todas las respuestas: en el palacio imperial. Averiguar hasta el final, hasta las últimas consecuencias, la verdad que ocultaban aquellas ocho palabras: «nunca debí haberte separado de tu anterior marido».

Domicia sabía actuar con celeridad cuando las circunstancias lo requerían y, apenas las esclavas y *ornatrices* terminaron de vestirla y peinarla, sin desayunar se dirigió a la cámara donde sabía que Partenio despachaba con los funcionarios imperiales. Ante su presencia, los guardias pretorianos se hicieron a un lado: era la esposa del hijo menor del emperador y tenía libertad para moverse por toda la gran *Domus Aurea*. Además, el consejero imperial estaba solo en su despacho.

Domicia entró en el pequeño *tablinium* personal de Partenio y se situó frente al consejero sin decir nada, a la espera de que éste levantara su cabeza de entre el montón de rollos de papiro que le rodeaban. Partenio, en cuanto se percató de la visita de una de las mujeres de la casa imperial, se levantó y se inclinó para saludar. Domicia no venía para ser agasajada. Tenía otras urgencias.

—Mi padre se suicidó por orden de un emperador. Sé encarar la peor de las realidades con fortaleza. He vivido la mayor parte de mi existencia abrazada por el sufrimiento. —Partenio escuchaba con atención, algo desbordado por lo directa que era aquella joven patricia imperial—. Sí, digo bien, por el sufrimiento. Si he de encarar más dolor aún, lo haré. Lo que no soporto es vivir engañada. —Calló un instante; incluso ella necesitaba de un momento para formular bien la pregunta que tenía clavada en sus entrañas—. ¿Tuvo algo que ver mi esposo, el César Domiciano, el hijo del emperador, en el nombramiento de mi anterior esposo como gobernador y en que eso implicara que Elio me repudiara?

Partenio se debía a su lealtad a la casa imperial de Roma, pero la pregunta venía a su vez de una joven que ya formaba parte, por matrimonio, de la familia imperial. Tampoco tenía instrucciones concretas sobre lo que debía ocultar o no. A Partenio no le preocupaba desvelar la verdad salvo en un punto: ¿estaba realmente aquella joven preparada para conocer la verdad en toda su crudeza? ¿Sería capaz de afrontar la enorme mentira en la que Domiciano, su actual marido, había transformado su vida?

—Quiero una respuesta, consejero, y la necesito ya —insistió Domicia Longina—. ¿Tuvo algo que ver Domiciano en que mi anterior marido se divorciara de mí?

Partenio apreció las dotes de mando de aquella mujer, digna hija de un gran senador y *legatus augusti* de Roma; lástima que no fuera varón, pues como mujer pocos servicios podría prestar al Imperio.

—Eso es correcto, sí —respondió Partenio con parquedad pero con precisión y observó cómo su joven interlocutora buscaba un lugar para sentarse. Lo encontró con rapidez en un viejo *solium* que estaba junto a una de las paredes. Domicia miró unos instantes al suelo y, de pronto, volvió a levantar la cabeza y a mirar con fiereza al consejero imperial.

—¿Y tuvo algo que ver mi actual esposo, Domiciano, en la muerte de Elio en Hispania?

Partenio, que había permanecido en pie desde la entrada de Domicia, se sentó con cuidado. Apartó varios rollos para que no se interpusieran entre la joven esposa de un César y él mismo. Entonces, Partenio la miró con seriedad y asintió una vez, levemente, pero lo suficiente para transmitir toda la brutalidad de su mensaje. Para su sorpresa, Domicia Longina no derramó ninguna lágrima ni lanzó ningún grito. Partenio siempre había lamentado la incapacidad de las mujeres para controlar sus sentimientos, pero Domicia le estaba causando una honda impresión. Era una guerrera nata. Qué desperdicio para Roma.

—Gracias por la sinceridad, consejero —dijo Domicia, sin levantarse aún del *solium*—. Es importante saber la verdad. A mí me importa.

Volvió a mirar a Partenio quien, sin saber muy bien qué se esperaba de él, se limitó a asentir de nuevo; aún temía una reacción incontrolada de su interlocutora pero ésta nunca se materializó; en su lugar la vio levantarse con cuidado y pronunciar unas palabras poderosas, rotundas, pero que no sonaban a exageración pues venían talladas por la mano segura del odio en estado puro.

—Domiciano pagará por esto.

Partenio la vio levantarse, dar media vuelta y salir de allí sin derramar lágrima alguna. El consejero del emperador de Roma se quedó inmóvil durante un tiempo. La venganza de una mujer siempre era retorcida e inesperada y seguramente Domiciano no la esperaría, pero Partenio no podía evitar sentir pena por Domicia: la joven muchacha no sabía contra quién se enfrentaba; era posible que hiriera a Domiciano con alguna estratagema, pero el odio de éste siempre sería más retorcido, vil y cruel en su contraataque. Los legionarios de las fronteras de Roma siempre anhelaban la paz de la ciudad. Partenio, cada día que pasaba, se preguntaba si no era más sosegado vivir en los límites del Imperio, en combate constante contra los bárbaros, en lugar de entre las paredes del palacio imperial. Al menos, en el norte sabías que los enemigos vendrían siempre desde el otro lado del río.

63

UNOS PEQUEÑOS GLADIADORES

Roma, finales de otoño de 72 d. C.
En la escuela de gladiadores

Vespasiano caminaba acompañado por Trajano padre, Partenio y una veintena de pretorianos. Había acudido a uno de los vetustos colegios de gladiadores, que dirigía Cayo, un oficial veterano retirado del servicio activo hacía años. El colegio disponía de unas pequeñas gradas que rodeaban un óvalo que hacía de arena de entrenamiento para los gladiadores de la escuela. El emperador sabía que si construía un gigantesco anfiteatro como el que estaba proyectando en el corazón de Roma, necesitaría también mejorar y ampliar las instalaciones de los colegios de gladiadores. Un anfiteatro como el que estaba construyendo precisaría de más y mejores luchadores, los mejores del mundo entero. Cayo estaba en la arena, junto a varias parejas, con *mirmillones*, *retarii*, samnitas y *provocatores*; todos empleándose a fondo en varias luchas que buscaban, sin duda, impresionarle. No lo hacían mal. En el otro extremo del óvalo, bajo la sombra de las gradas opuestas, un par de niños de unos diez u once años observaban las luchas con atención. Vespasiano estaba convencido de que eran esclavos que ayudaban en la limpieza del lugar.

Trajano padre, por su parte, acompañaba al emperador contento de saberse entre los hombres de más confianza de la nueva dinastía, aunque con un leve recelo, pues una entrevista personal siempre era para ordenar algo, con frecuencia algo incómodo o difícil de cumplir. En cualquier caso, Trajano sólo podía estar agradecido al emperador: nada más terminar el asedio de Jerusalén, con el año nuevo, fue nombrado cónsul de Roma, un privilegio al alcance de muy pocos con el que Vespasiano lo situaba entre los pocos senadores consulares vivos tras el terrible año de guerra civil. La posición de los Trajano, en consecuencia, había ascendido mucho y su poder, junto con el del veterano Sura, había incrementado el poder de los hispanos en el conjunto del Senado, a la par que su lealtad para con Vespasiano.

—Te he hecho llamar, Trajano —empezó el emperador sin dejar de mirar los combates de los gladiadores en la arena de aquel colegio de lucha—, porque tengo un problema y preciso de tu ayuda.

—El emperador sabe que estoy siempre a sus órdenes —respondió Trajano con rapidez.

Vespasiano asintió, pero seguía mirando a los gladiadores. Luchaban bien. Cayo era un buen *lanista*, eso también le interesaba aquella mañana, pero ahora estaba hablando con Trajano. Se giró y le miró a la cara.

—Partia —dijo el emperador—. Me preocupa Partia. Las últimas noticias que tengo de Siria es que han caído Herodión, Maqueronte y Masada y que ya no hay resistencia alguna por parte de los judíos en Oriente, y eso es muy bueno, pero están los partos, Trajano. —Éste asintió sin decir nada. Vespasiano volvió a mirar los combates y continuó hablando—: Los alanos, una tribu sármata, han atacado Armenia y Media. Tiridates, rey de Armenia, nos ha pedido ayuda, y se la daremos, pero todo eso no me importa. —Volvió a mirar a Trajano—. Lo importante es que Vologases puede emplear toda esta confusión para apoderarse de Armenia y quién sabe si para atacarnos directamente. Necesito a alguien fuerte, hábil y capaz, alguien con experiencia en la región para controlar todo aquello y mantenerme informado. Tú estuviste con Corbulón en el pasado y luego con mi hijo Tito. Conoces bien el terreno y las alianzas cambiantes y, sobre todo, conoces cómo luchan los partos. Te necesito allí lo antes posible como gobernador de Siria y *legatus augusti*. Quiero que informes de todo lo que pase y no quiero problemas en Oriente, ¿me entiendes, Trajano? Aún tenemos las fronteras del Rin y el Danubio por pacificar y no podemos permitirnos abrir un nuevo frente en Oriente.

Trajano asintió.

—Acudiré donde diga el emperador y cumpliré con la misión, augusto —respondió Trajano de forma tajante. Vespasiano le sonrió y volvió a mirar a los gladiadores, algunos de los cuales habían dado por terminados sus combates.

—No esperaba menos de ti —añadió el emperador—. Por cierto, estoy pensando en extender la ciudadanía romana a varias ciudades de Hispania, ¿qué opinas?

Trajano tragó saliva. Aquél era un eterno anhelo entre la aristocracia hispana y entre muchos de sus ciudadanos. Muchas poblaciones de la Tarraconensis y de la Baetica ya disfrutaban del derecho y la ciudadanía latinos, pero pasar a ser ciudadanos romanos era un salto cualitativo enorme. Trajano no pudo evitar responder con cierta emoción.

—Eso, sin duda, hará aún más popular al emperador en toda Hispania.

—Eso creo yo —completó Vespasiano. Trajano comprendió que la conversación había concluido, saludó al emperador e iba a dar media vuelta cuando se detuvo. Vespasiano se percató de que Trajano quería preguntar algo y volvió a mirarle.

—¿Sí, Trajano? Si quieres preguntar algo, éste es el momento.

Trajano asintió.

—Tengo un hijo, augusto, tiene ya veinte años. Creo que sería bueno para él que pudiera acompañarme en calidad de... —Pero no se atrevió a completar la frase.

—En calidad de tribuno *laticlavio* —terminó así el emperador—. Por supuesto, que tu hijo te acompañe. El Imperio necesita que cuando el gran Trajano se retire haya alguien capaz de reemplazarle en el servicio a Roma. Tu hijo puede acompañarte a Siria. —Trajano volvió a saludar al emperador y dio media vuelta cuando la voz de Vespasiano se oyó decidida a su espalda—. Sólo recuerda que no quiero malas noticias de Oriente.

Trajano ya no se volvió, pero grabó en su memoria aquellas palabras del emperador.

Vespasiano se quedó contemplando cómo el nuevo gobernador de Siria se alejaba para cumplir con la tarea encomendada. Estaba seguro de que Oriente estaría a buen recaudo mientras aquel senador hispano estuviera en la región. Ahora tenía otros asuntos, quizá menores, pero también importantes de los que ocuparse. Clavó su mirada en el *lanista* y éste, *ipso facto*, alzó los brazos y todos los combates se detuvieron al tiempo que él se acercaba al emperador. Vespasiano bajó a la arena.

—Tus gladiadores parecen bien entrenados. En particular, me han gustado esos dos.

Señaló a dos gladiadores fornidos que se lavaban el sudor con agua fresca.

—Prisco y Vero —respondió el *lanista*—. Sí, el emperador ha sabido quiénes son los que mejores aptitudes tienen. Me ocuparé personalmente de su entrenamiento y de que ambos luchen el día de la inauguración, augusto.

—Eso está bien —dijo el emperador—. De todos los colegios que he visitado estos días, sin duda el tuyo, Cayo, es donde mayor disciplina y destreza he visto, y eso me hace pensar en ti como futuro *lanista* del *Ludus Magnus*, un nuevo colegio de gladiadores que pienso construir pronto junto al nuevo gran anfiteatro Flavio. Ya sabes que estoy edificando el mayor anfiteatro del mundo.

—Todo el mundo habla de ello, augusto. Yo sólo soy un humilde servidor del emperador y el emperador me abruma con su confianza —respondió el *lanista* inclinándose ante Vespasiano.

—¿Acaso no te sientes merecedor de esa confianza? Sabes que te estoy muy agradecido.

Cayo se puso recto. El emperador se estaba refiriendo al momento en el que él intervino para proteger a su hijo menor, Domiciano, cuando los vitelianos querían matarle. Cayo miró por un instante al emperador y encontró un aprecio sincero que le reconfortó; de inmediato, bajó la mirada y respondió con seguridad.

—Estoy seguro de poder dirigir bien ese nuevo gran colegio de gladiadores, augusto. —Y enfatizó el término «augusto» para distinguir al emperador de sus hijos.

—Bien. Tus hombres luchan bien y espero que para cuando esté terminado el nuevo anfiteatro y el nuevo colegio aún luchen mejor, ¿está claro?

—Sí, emperador. —Ante el silencio que siguió el *lanista* se sintió en la obligación de hablar—. Luchan bien porque los entreno desde muy jóvenes, algunos incluso desde niños. Sólo así es posible que sean los mejores luego en la arena.

—¿Esos niños también se entrenan? —preguntó Vespasiano, que caminaba por la arena siempre seguido por Partenio y por el resto de la guardia pretoriana.

—Por supuesto, César —dijo el *lanista*, y señaló a los muchachos que, veloces, acudieron a presentarse muy firmes frente al emperador de Roma—. Son Marcio y Atilio. Huérfanos de la calle, pequeños, pero ya han matado a más de un hombre.

El emperador, incrédulo, miró al *lanista* primero y luego a los niños. Cayo se explicó y narró cómo habían rescatado a los niños de un combate mortal contra varios legionarios vitelianos en el año de la anarquía. Vespasiano asintió.

—Quiero ver cómo combaten —dijo el emperador.

El *lanista* se volvió hacia un samnita y un *mirmillón* y les ordenó que les entregaran las espadas pesadas a los niños. Para sorpresa del emperador, los dos jóvenes muchachos tomaron las armas con rapidez y las blandieron con desafiante destreza. Al momento estaban cruzando golpes rápidos certeros que, no obstante, el contrincante sabía leer, para los que preparaba su propia arma de forma defensiva para detener el filo del atacante. Estuvieron así un rato, hasta que el emperador vio cómo empezaban a sudar profundamente por el calor y el esfuerzo. Sin embargo, no bajaban en momento alguno el ritmo del combate.

—Es suficiente —dijo el emperador—. Quizá estos niños terminen combatiendo en la arena del nuevo anfiteatro.

—Eso espero, César.

El emperador vio cómo los muchachos devolvían las armas a los gladiadores y se alejaban de regreso a la esquina en la que se encontraban en un principio. Vespasiano los siguió con la mirada mientras volvía a hablar.

—Antes te he dicho que tus hombres son los que mejor luchan, pero eso es sólo cierto por muy poco, *lanista*. Hay otros hombres que podrían optar a este puesto —se giró una vez más para encarar a Cayo—, pero en el pasado defendiste a mi hijo menor frente a los vitelianos y yo soy agradecido con los que me ayudan. Dirigir el nuevo colegio es también algo importante para mí. No me falles, Cayo.

—No lo haré, César.

—Bien.

El emperador, acompañado por su consejero imperial y rodeado por los guardias pretorianos, emprendió la marcha de regreso a palacio.

En la *Domus Aurea*

Domicia Longina recibió al emperador humillándose ante él, pero Vespasiano, que venía satisfecho por los asuntos que había resuelto aquella mañana, la cogió por los hombros y la levantó.

—¿Cómo está el pequeño? —preguntó. Domicia se volvió hacia la cuna, tomó al bebé en brazos y se lo ofreció al emperador. Vespasiano, con cierta torpeza pero con el amor de un abuelo, cogió al niño con cuidado.

—Ya sonríe —dijo.

—Está claro que le gusta el emperador de Roma —comentó Domicia de forma desenfadada.

Vespasiano era un abuelo feliz, la trataba bien y ella se sentía algo mejor desde el nacimiento de su hijo. La vida con Domiciano seguía siendo difícil, pero desde aquel inesperado embarazo y el posterior nacimiento, el segundo hijo del emperador parecía entretenerse por la noche más fuera de palacio que dentro, y eso le daba algo de paz. Así Domicia, por un tiempo, decidió olvidar su venganza por su primer marido asesinado por Domiciano. Quizá aún pudiera ser feliz en la vida. De lo que Domicia no estaba segura era de si estaba viviendo ya una nueva existencia de permanente sosiego o si los dioses sólo le estaban dando unos meses de tregua.

En la escuela de gladiadores

Marcio y Atilio recogían las armas y las guardaban en su sitio. Cepillaban bien los escudos, sacaban brillo a cada filo, barrían y pasaban el rastrillo por la arena. Todo lo hacían felices. Aquél había sido un día especial: no sólo habían disfrutado de la sesión habitual de adiestramiento en la que el *lanista* les permitía participar para ir adquiriendo la destreza del mejor de los gladiadores, sino que habían combatido frente al emperador de Roma. Aquella noche, Marcio y Atilio se colaron a hurtadillas en la cocina del colegio de lucha. Era arriesgado porque si el *lanista* se enteraba a buen seguro que los encerraría durante días en una de las pequeñas celdas de la escuela, y los tendría allí a pan y agua hasta que se cansara de oírlos pedir perdón. Pero Marcio y Atilio eran sigilosos y escurridizos como una leona en la selva, o eso decían de las leonas. Se hicieron con su botín, un ánfora pequeña de vino, y, en la oscuridad de su pequeño *cubiculum* bebieron juntos para celebrar aquel día tan especial.

Al día siguiente, con la cabeza embotada por la resaca, les costó aplicarse en las tareas de siempre, pero consiguieron hacerlo sin que nadie averiguara nada. La pequeña fechoría les unió aún más. Les recordaba a sus tiempos en las calles de Roma, subsistiendo de lo que robaban cada día y, con habilidad, decidieron repetirla ocasionalmente.

Nunca les pillaron.

—Vuelve a faltar vino —dijo el *atriense*, el jefe de los esclavos de la escuela de gladiadores al *lanista*.

Habían pasado meses desde la visita del emperador de Roma al colegio de gladiadores y Cayo tenía una intuición clara de quién estaba robando vino. Tanto Marcio como Atilio, al día siguiente de que el *atriense*, eficaz y buen observador, anunciara que faltaba un ánfora, trabajaban más despacio y con sueño, pero siempre cumpliendo con su trabajo. Eran robos ocasionales, bien realizados, sin que nadie oyera nada. Cuando el *atriense* montaba guardia toda la noche nunca pasaban, sólo cuando se relajaba.

—No importa —dijo el *lanista*.

El *atriense*, inclinándose levemente ante su amo, se retiró y lo dejó a solas. Cayo, el mejor preparador de gladiadores de Roma, sonrió en silencio en la penumbra de su habitación. Marcio y Atilio estaban robando, como habían hecho desde niños, pero mientras no les atraparan no haría nada. No entrenaba a niños miedosos o cobardes, sino a pequeños y audaces muchachos. Llegarían lejos en aquel mundo de la lucha; llegarían lejos. Sólo le preocupaba una cosa, y aquí la sonrisa de Cayo se desvaneció por completo: eran demasiado amigos. Demasiado.

En la *Domus Aurea*

Domiciano se cruzó con su padre, el emperador, en uno de los grandes atrios del palacio imperial. No era por casualidad. Hacía semanas que quería entrevistarse con su padre, pero éste no parecía tener tiempo para él. Vespasiano se detuvo.

—Mi hijo me mira con intensidad en los ojos —dijo Vespasiano.

—Es cierto... —iba a decir «padre», pero se lo pensó dos veces—. Es cierto, *Imperator Caesar Augustus*, hace días que deseo hablar con el emperador, pero el emperador está siempre muy ocupado para atenderme.

Vespasiano fue directo al grano.

—Pues aprovecha ahora, hijo. ¿Qué es lo que deseas?

Domiciano estuvo en silencio un instante. Lo había pensado decenas de veces y ahora que tenía la oportunidad parecía que no era tan sencillo. Pero se decidió. Lo que era justo era justo. Optó por ir también directo al grano.

—Mi hermano Tito es el jefe del pretorio y a él le confías decenas de misiones, pero yo, que también soy César, no recibo ninguna encomienda política o militar por parte del emperador. Creo...

—¿Qué crees, muchacho?

A Domiciano no se le escapó el apelativo que el emperador acababa de emplear para definirle. Por su parte, Vespasiano pensaba con rapidez a la par que examinaba el ceño fruncido de su hijo menor: repasaba el extraño suceso de la muerte de su hermano Sabino y la sorprendente supervivencia de su segundo hijo; o cómo todos los informes que tenía de senadores y *legati* que habían tratado con Domiciano desaconsejaban que le fuera otorgada ninguna capacidad militar, pues desconfiaban completamente de su competencia en ese ámbito. Las palabras de su hijo penetraron en su compleja red de pensamientos.

—Creo que es injusto que yo no reciba ningún cargo político o militar.

Vespasiano respondió con rapidez y con aplomo.

—Eres César y, por el momento, es mejor que sigas siendo eso, César. Hay ocasiones en la vida en que lo mejor que puede hacer un César es no hacer nada. Con eso me conformo.

Y el emperador reemprendió la marcha escoltado por su guardia pretoriana. Domiciano se quedó en aquel atrio mirando la guardia imperial, con el ceño aún más arrugado, meditando el alcance y el significado completo de la respuesta de su padre.

64

LA INVASIÓN PARTA

Antioquía, Siria
Primavera de 74 d. C.

El joven Manio Acilio Glabrión, a sus veinticinco años, avanzaba decidido pero con semblante sombrío por los pasillos del palacio del gobernador de Siria en Antioquía. Llegó a la gran sala que Trajano padre, el gobernador en funciones nombrado directamente por el emperador, empleaba como *praetorium*, desde donde se controlaba la inmensa y compleja frontera oriental del Imperio.

En cuanto Trajano padre vio entrar a Manio comprendió que algo grave estaba pasando. Llevaban año y medio sin malos encuentros con los partos, pero todo parecía indicar que eso se acababa. Vespasiano era un militar de gran intuición y si les había enviado allí era porque, como le había explicado en Roma, preveía problemas en la región. Trajano padre había obtenido del propio emperador permiso no sólo para llevar a su hijo a Siria, sino a quien solicitara como segundo al mando, y no dudó en pedir la colaboración de Manio. Manio Acilio Glabrión era un joven descendiente del gran vencedor de la batalla de las Termópilas en el año 563 *ab urbe condita*.[18] Desde aquel lejano tiempo, la época de los grandes Escipiones, del mismísimo Escipión el Africano, la familia de Acilio Glabrión se había mantenido en el centro del poder de Roma. El joven Manio se había mostrado capaz ya en el combate y, con la habilidad política que caracterizaba a aquella veterana familia de Roma, lo había hecho luchando del lado de las legiones de Vespasiano durante la guerra civil, de forma que el

18. 191 a. C.

emperador no se opuso a dicho nombramiento. Trajano padre también intentó que el tribuno Suburano fuera a Partia con él, pero éste ya había sido destinado a la remota Britania y, toda vez que había conseguido a Acilio, no era cuestión de ir con demasiadas exigencias al emperador. Había elegido a Manio porque consideraba a su propio hijo demasiado inexperto para las misiones más delicadas, como, por ejemplo, la que había encomendado hacía unos meses a Manio: explorar la frontera con Armenia para confirmar algunos informes confusos que apuntaban a un posible gran agrupamiento de tropas de Partia en la frontera. Los partos podían resultar invencibles si agrupaban todo su ejército en la frontera; invencibles, esto es, para las legiones acantonadas en Siria, pero susceptibles de ser derrotados si se les atacaba antes de que reunieran al grueso de su inmenso ejército. Partia tardaba meses en reunir unas tropas que debían acudir desde las remotas regiones de Asia Central, los valles del Indo, el Éufratres o el Tigris o las costas del Golfo Pérsico, por eso era clave estar bien al tanto de lo que ocurría en la frontera.

Por otro lado, Manio podía resultar un buen referente para su hijo. Y es que el joven Trajano se había empeñado en que le acompañara aquel muchacho de la Galia, Longino, que había quedado tullido en un accidente de caza en Itálica. Su padre no dudaba del valor de aquel muchacho, que se había esforzado en demostrarle que podía combatir de forma eficaz con un escudo atado en su brazo tullido mientras blandía el *gladio* con el brazo izquierdo. La exhibición dejó bastante que desear, pero su hijo parecía sentir tanta pena por aquel muchacho herido en aquel absurdo accidente —por lo visto se había despeñado por uno de los barrancos mientras cazaban un lince, o eso le contaron— que, al fin, cedió. Daba igual. Aquél había sido un capricho de su hijo, que le preocupaba en otro sentido: Trajano hijo no frecuentaba burdel alguno ni miraba con ojos ávidos a ninguna de las hermosas mujeres, romanas u orientales, que con frecuencia acudían a los banquetes —frugales, pero donde se reunía la flor y nata de Oriente— que él, como gobernador, celebraba con frecuencia en aquel palacio. ¿Era Longino algo más que un amigo? Lo pensó en más de una ocasión, pero el joven tullido sí que miraba con interés a cualquier mujer hermosa, patricia o esclava, que se le aproximara durante cualquier comida. No, no entendía bien todo aquello. No le gustaba, pero fuera lo que fuese que ocurriera entre Longino y su hijo se llevaba con discreción. Lo esencial era que Manio serviría de buen ejemplo militar para Trajano.

—¿Y bien? —preguntó Trajano padre a Manio Acilio Glabrión, que se quedó firme ante él, su hijo y varios tribunos más que conformaban parte del selecto grupo del alto mando de Roma en Oriente.

—Los informes eran ciertos, gobernador —dijo Manio con concisión. Sólo se permitió añadir datos objetivos relevantes—: Unos cinco mil soldados de infantería ligera, varios centenares de arqueros, algunos carros y quinientos *catafractos*.

—¿*Catafractos*? —repitió Trajano padre—. ¿Estás seguro de lo que dices?

—Seguro, gobernador —confirmó Manio—. Los he visto con mis propios ojos. Nos acercamos al amanecer y con la primera luz del alba, desde unas colinas, pude verlos junto con varios jinetes que me acompañaban. Sus armaduras brillaban con la primera luz del sol. Yo no los había visto nunca antes, pero uno de los jinetes que iban a mi lado era un veterano de la guerra que venció el gran Corbulón y me confirmó que eran *catafractos*.

—Muy bien, tribuno —dijo Trajano padre mientras suspiraba—, muy bien. —Miró al suelo—. Ahora dejadme solo. Quiero pensar tranquilo.

Manio le saludó y lo mismo hizo el resto mientras salían de la sala. Trajano hijo se quedó rezagado, desobedeció la orden y volvió sobre sus pasos.

—¿Qué vamos a hacer, padre?

Trajano, gobernador de Siria, levantó la mirada despacio. Pocas veces había visto a su padre con una faz tan seria.

—Tribuno, aquí no soy tu padre, sino el gobernador y el *legatus augusti* del emperador. —Vio cómo su hijo tragaba saliva mientras seguía hablando—. ¿Qué vamos a hacer, tribuno? Lo único que se puede hacer: el emperador no quiere problemas en Oriente, así que, muchacho, vamos a atacar.

—Sí, pa..., sí *legatus augusti*.

Iba a girarse cuando su padre se levantó, se acercó a él, le puso la mano en el hombro y le habló con una intensidad poderosa en la mirada:

—Muchacho, combate bien en esta campaña y aprende de Manio y, por lo que más quieras, nunca más desobedezcas una orden. Nunca. El Imperio se sustenta en eso, en que todos cumplimos las órdenes recibidas. El emperador me ordenó que no hubiera problemas en Oriente: si espero a que los partos reúnan todo su ejército mientras pido refuerzos, sólo haremos que crear un problema enorme. Atacaremos, venceremos e informaremos de todo lo ocurrido al emperador. Sólo me preocupan esos malditos quinientos *catafractos*.

—¿Tan temibles son, *legatus augusti*?

—Nunca han sido vencidos en combate. Lo más que se ha conseguido es alejarlos de una batalla, como hizo Alejandro en Gaugamela o el propio Escipión el Africano en Magnesia. Y trescientos años después seguimos con el mismo problema. Si alguna vez se te ocurre algo para derrotar a esa maldita caballería acorazada de Oriente, hijo, entonces podrás cambiar el curso de la Historia. Entretanto obedece a Manio.

Y retiró su mano del hombro de su hijo, éste le saludó, y muy concentrado salió de aquella sala.

65

UNA ADVERTENCIA

Domus Aurea, **Roma, 75 d. C.**

Antonia Cenis se sentía enferma hacía tiempo, pero ahora apenas salía de su habitación. Domicia entró pisando con cuidado de no hacer ruido, por si la concubina de Vespasiano estaba dormida. El emperador nunca había formalizado un matrimonio con Antonia Cenis, pero Domicia, como todos, sabía del enorme poder de influencia de aquella mujer sobre el hombre que regía el Imperio. La joven madre no entendía bien por qué la había llamado Antonia Cenis, pero tenía claro que debía acudir.

—¿Tu hijo está bien? —dijo Antonia con voz débil.

Domicia comprendió que no dormía y se acercó hasta sentarse en una pequeña *sella* que había dispuesta junto a la cama.

—Muy bien, mi señora —respondió Domicia—. Sólo han sido unas fiebres pasajeras.

—Me alegro —respondió Antonia—. Sé que ese niño significa mucho para ti y para el emperador también... Me cuesta hablar...

Domicia se levantó.

—Quizá sea mejor que descanses. Puedo venir luego —dijo la joven, pero Antonia le cogió la muñeca con la mano y la obligó a sentarse de nuevo al tiempo que volvía a hablar.

—No, no te vayas... he de hablar contigo... Siéntate, siéntate, por Cástor y Pólux, siéntate —rogó Antonia, y la joven cedió mientras ella seguía hablando—. ¿Cuántos años tienes, Domicia?

—Veinticuatro, mi señora.

—Veinticuatro —repitió Antonia. Miró hacia el techo y luego cerró los ojos un instante y los volvió a abrir—. Eres tan joven, tan joven... que no te das cuenta.

Antonia calló. Sólo se oía su respiración entrecortada.

—¿No me doy cuenta de qué, mi señora? —preguntó Domicia intrigada.

Antonia giró pesadamente la cabeza sobre la almohada y volvió a mirarla. Era el momento propicio para una confesión, decían que los cristianos confesaban muchas de sus peores faltas antes de morir, aunque ella, Antonia Cenis, no compartía esa visión tan simplificada del mundo: viertes tus miserias poco antes de morir, te liberas de ellas y extiendes el dolor por todas partes. ¿De qué le iba a servir a Domicia saber que había sido ella la que instigó el nombramiento de su antiguo marido Elio y su divorcio? Era cierto que luego el asesinato de Elio fue sólo cosa de Domiciano, pero Antonia había iniciado todo aquel triste proceso. Ahora Domicia, la joven Domicia, estaba atrapada en un matrimonio que Antonia intuía terrible. Sí, se sentía culpable, pero no era su naturaleza verter sus remordimientos sobre quien había causado ya mucho daño con sus actos del pasado. El sufrimiento callado de Domicia había sido el dinero con el que había comprado unos años de paz junto a Vespasiano sin las interferencias del más horrendo de sus hijos. No, no podía hacer nada por deshacer lo hecho, pero podía hacer algo útil: podía advertir, avisar. Antonia miró a Domicia fijamente.

—¿Me oyes bien? —preguntó Antonia; era importante cerciorarse de que Domicia comprendiera bien su mensaje y también lo era que no lo escuchara nadie más.

—Sí, mi señora.

—¿Y estamos solas?

La respuesta de Domicia tardó un instante, el tiempo necesario para que ella paseara sus ojos por la habitación y comprobara que, en efecto, no había esclavos cerca.

—Sí, mi señora.

—Bien; escucha entonces, joven Domicia, escúchame bien: no te enfrentes con Domiciano, no lo hagas nunca. Por muy terribles que puedan ser sus acciones nunca podrás con él y más horrorosa será su venganza si le atacas. Cuida de tu hijo y olvídate de todo lo demás. Todo lo demás no importa. Deja que otros se encarguen de él; ¿me has entendido?

—Sí, mi señora.

—¿Te sorprende lo que te he dicho?

Y, de pronto, para perplejidad de Domicia, la joven escuchó su propia respuesta y comprendió que tenía perfecto sentido.

—No, mi señora, no me sorprende. Sé que Domiciano puede ser temible, pero ahora está más bien ausente. No estamos mucho tiempo juntos y se mantiene bastante alejado también de nuestro hijo.

Antonia sonrió ante la ingenuidad pasmosa de Domicia.

—Eso es ahora —dijo Antonia—, pero cuando Vespasiano muera y su hijo mayor, Tito, acceda al trono imperial, entonces Domiciano se pondrá rabioso. No debes atacarle entonces, incluso si se revuelve contra ti... Recuerda mis palabras: nunca te enfrentes con él... nadie puede con él... lo he leído muchas veces en sus ojos... Ahora sí, será mejor que me dejes sola... necesito descansar...

Y Domicia se levantó y se dirigió a la puerta. Antonia Cenis sintió cómo la puerta se cerraba al tiempo que, de pronto, ya no podía respirar. Sus ojos abiertos se quedaron mirando el techo, su cuerpo se quedó inmóvil y el aire de la habitación quieto.

66

LOS *CATAFRACTOS* DE PARTIA

Frontera oriental del Imperio, sur de Armenia
75 d. C.

Aún era de noche. Trajano hijo, al frente de una cohorte, avanzaba junto con Longino. A quinientos pasos, en paralelo, otra cohorte, bajo el mando de Manio Acilio Glabrión, hacía lo mismo, despacio. La orden fundamental era hacer poco ruido. Las colinas les protegían pero el *legatus augusti* había insistido una y otra vez en que lo fundamental era mantenerse ocultos al enemigo.

—¿Crees que lo conseguiremos? —preguntó Trajano hijo a Longino en voz baja.

—Tu padre parece seguro de lo que hace —respondió Longino sin añadir más.

Ambos permanecieron ya en silencio. Trajano observó bajo la luz de la luna cómo un mensajero llegaba hasta la altura de Manio. Éste leyó una tablilla y alzó su mano mirándoles. Trajano hijo le imitó y la cohorte se detuvo. Ahora debían esperar. Si se aproximaban más a las colinas serían descubiertos.

—Es la hora de la caballería —dijo Longino. Trajano hijo asintió.

Trajano padre intentaba escudriñar bien la posición de sus tropas, pero, pese a la débil luz de la luna, era difícil distinguirlas entre las sombras de la noche. Estaban aún en la *tertia vigilia.* En cualquier caso, esa dificultad que él tenía era la misma circunstancia que les ayudaba a permanecer ocultos. Al otro lado de las colinas estaba el campamento de los partos. Se dirigió al jefe de su caballería.

—Adelante... y que los dioses nos protejan —dijo.

Trajano padre quizá no fuera un genio en el arte militar. En el asedio de Jerusalén no se disitinguió por nada novedoso, sino por recordar a unos y a otros acciones sobresalientes en el pasado de la historia de Roma, como levantar un muro en torno a la ciudad como hiciera Escipión Emiliano en Numancia. Sí, destacó por eso y por su tenacidad. Ahora se trataba de algo parecido: tenían que emular la estrategia de Escipión el Africano y su hermano Lucio Cornelio en Magnesia.

Trajano padre vio cómo la caballería romana se ponía en marcha, primero al paso y luego, de inmediato, al trote. A aquellos jinetes les correspondía servir de cebo para atraer la atención de los *catafractos* partos mediante un ataque nocturno. Si éstos respondían persiguiéndoles y alejándose del campamento general sería cuando las dos legiones de las que disponía se lanzarían en un vertiginoso ataque nocturno contra las posiciones partas. Un ataque nocturno como el que hizo también Escipión en África contra los númidas. No, Trajano padre no era un genio militar, pero sí un gran conocedor de toda la historia de Roma con el valor suficiente para pensar en repetir lo que en el pasado funcionó bien. Incluso a riesgo de su vida. O de la vida de su hijo. Aquello era lo único que realmente le preocupaba, pero su hijo tenía que fajarse ya en una batalla campal. No había forma de mantenerlo siempre protegido. Hasta la fecha, el muchacho se había portado bien en diferentes escaramuzas de frontera. Faltaría ver qué pasaba aquella noche en pleno combate campal.

La espera se hizo mortalmente lenta en los corazones de Trajano hijo y de Longino. Se oían gritos al otro lado de las colinas y el fragor de lo que parecía un combate.

—Ésa es nuestra caballería —dijo Trajano hijo.

Longino asintió. Pero no veían nada. Sólo quedaba esperar. Un nuevo mensajero llegó junto al puesto de Manio y éste, nada más leer la nueva tablilla, asintió en dirección a Trajano hijo.

—Parece que los *catafractos* se alejan en persecución de nuestra caballería —dijo Longino. Fue Trajano el que asintió entonces, al tiempo que alzaba su brazo y ordenaba a toda la cohorte que reiniciara el avance. Longino se ajustó el casco apretando bien las correas y Trajano le imitó.

Las cohortes bajo el mando del joven avanzaron con rapidez. El terreno era irregular. Eso les había beneficiado para aproximarse sin ser vistos, pero, en cuanto empezó el combate, aquellas mismas ondulaciones del terreno hicieron que fuera complicado tener una visión de conjunto. Una temida lluvia de flechas partas recibió el avance de los romanos. Los partos usaban arcos más grandes de los habituales, lo que permitía que sus dardos adquirieran aún mayor potencia, de forma que al caer sobre las legiones atravesaban escudos y corazas.

—¡Por Júpiter! ¡Hay que avanzar rápido, rápido, rápido! —aulló Trajano hijo, que comprendió que un avance lento sólo haría que incrementar el número de muertos. Longino le siguió, así como muchos oficiales y gran parte de los legionarios, pese a que la lluvia de flechas no arreciaba y eran muchos los que caían malheridos o muertos. Los romanos, al fin, alcanzaron la primera línea parta. Las flechas dejaron de caer y los *gladios* empezaron a impactar contra los escudos partos. La batalla campal comenzaba a parecerse más a lo que los romanos deseaban, pero habían sido muchos los caídos y Trajano hijo, sin saber bien cómo, se encontró pronto con demasiados partos a su alrededor. Longino le protegía el flanco derecho y por la izquierda los legionarios respondían bien a los partos, pero el joven hispano intuía que éstos les estaban rodeando. Pensó en ordenar una retirada temporal, pero el miedo a una nueva lluvia de flechas si se separaban de la primera línea de combate parto le hacía dudar. Longino se batía con furia denodada, recibiendo innumerables golpes en su escudo atado al brazo derecho tullido, y él, por su parte, había acertado a herir por debajo de su propia arma defensiva a varios partos de primera línea, pero era como si estuvieran en un callejón sin salida. Miró alrededor. Las primeras luces del alba permitían vislumbrar una larga y confusa primera línea de combate. Necesitaban la ayuda de la caballería romana. Con ésta atacando por los flancos se desbloquearía aquella maraña de combatientes de un bando y otro, y las legiones tomarían la iniciativa, pero su padre había tenido que usarla para alejar a los *catafractos*. En su momento le había parecido una buena idea, pero ahora todo parecía más difícil.

—¡Aagghh! —gritó Trajano hijo.

Un parto se había adelantado y le había herido en el hombro derecho con la punta de una lanza. Longino le embistió por el lateral y le clavó su *gladio* cortándole la yugular. La sangre les salpicó a los dos. Trajano hijo asintió al tiempo que veía cómo otro parto se aproximaba por la espalda contra Longino y, agachándose, protegido por su escudo, acertó a herirle en el muslo. El parto herido cayó al suelo aullando. Longino y el propio Trajano le remataron y dieron un paso atrás para alinearse con el resto de legionarios. Todo seguía igual, sólo que había más sangre por todas partes y Trajano estaba herido. No parecía grave, pero si seguían allí estancados quizá aquella sólo fuera la primera de muchas heridas. De pronto los partos se retiraron por el lado de Longino. Una cohorte de infantería romana había quebrado sus líneas en aquella zona y había iniciado una maniobra envolvente.

—Es Manio —dijo Longino. Trajano hijo cabeceó afirmativamente y se volvió hacia el resto de sus hombres.

—¡Mantened la posición, mantened la posición!

Si se mantenían firmes y Manio atacaba por el flanco, los partos lo pasarían mal. Así fue. Los legionarios de Manio Acilio Glabrión pillaron casi por sorpresa a los partos y éstos caían a decenas. Al fin las tropas de Trajano hijo pudieron volver a avanzar. Caminaban hacia la victoria.

El campo de batalla era un mar de sangre. Trajano padre cabalgaba al paso por encima de los cadáveres y los heridos. El *legatus augusti* se detuvo en medio de aquella masacre. La mayoría eran partos, pero las bajas entre las filas romanas habían sido también cuantiosas. No había sido una lucha épica, sino una batalla más de Roma que sería olvidada en el inexorable paso del tiempo, pero se había desmantelado el grueso del ejército parto. Eso era lo esencial. La gloria era para los Césares, la guerra para sus *legati*.

—Que lleven los heridos al *valetudinarium* —dijo Trajano padre.

—¿A los partos también? —preguntó confuso uno de los tribunos que cabalgaba a su lado. El *legatus augusti* asintió.

—Sí; que los médicos se ocupen primero de los nuestros, pero luego que curen a los partos que se pueda. Serán rehenes. Esta frontera es complicada. Unos rehenes siempre pueden venir bien.

Siguieron avanzando y llegaron junto al hijo del *legatus*, que compartía agua de un cazo con Longino y Manio.

—Ha sido una gran victoria, padre... *legatus augusti* —dijo Trajano hijo.

Trajano padre sonrió y desmontó del caballo.

—Ha sido una victoria razonable, pero dura.

En ese momento llegaron los oficiales de la caballería. Estaban cubiertos de sangre, mucha, y, a la vista del mal aspecto de aquellos jinetes, debía de ser sangre romana. El más veterano desmontó y se situó frente a Trajano padre.

—Los *catrafractos* se alejan. Han visto que la infantería parta ha sido derrotada y se retiran hacia el este, pero han caído muchos de los nuestros, *legatus*, muchos. Sus malditas corazas, las cotas de malla de sus caballos, les hacen casi invulnerables. Era como atacar una pared. Les alejamos de la batalla de la infantería, pero nos han... nos han... masacrado.

Trajano padre fue directo al asunto más delicado.

—¿Cuántos muertos? —preguntó.

El oficial de caballería se pasó la mano izquierda por una sudorosa y ensangrentada barba.

—Sólo hemos sobrevivido un tercio. El resto cayó en combate, *legatus augusti*

Fue en ese momento cuando Trajano hijo comprendió lo inapropiadas que habían sido sus palabras. Sí, se había derrotado a los partos, pero el coste había sido brutal y el caso es que nadie parecía dudar de todo lo hecho. Poco más parecía que pudiera hacerse con los *catrafractos* que alejarlos de la batalla principal, sacrificando gran parte de la caballería propia. A Trajano hijo aquello le parecía una barbaridad. Tendría que encontrarse otra forma, otra manera de acometer un combate contra los partos.

—Retiraos a descansar —dijo Trajano padre al oficial de caballería— y que un médico os vea esas heridas.

El jinete saludó con el puño cerrado sobre su pecho, volvió a montar a lomos de su caballo y se alejó con el resto de oficiales de caballería. Trajano padre suspiró profundamente. Se volvió hacia el este. Habló en voz baja, desvelando sus pensamientos, pero de modo lo suficientemente audible como para que los tribunos le oyeran.

—Partia es un problema sin resolver. Un problema.

Nadie dijo nada. El *legatus augusti* desestimó coger las riendas de su caballo que le ofrecía uno de los legionarios. No le parecía digno cabalgar sobre los muertos romanos de aquel campo de batalla. Antes lo había hecho para reconocer el terreno, pero ahora, consciente del elevado número de bajas, no le parecía un gesto honorable. Así, Trajano padre regresó acompañado por su hijo, Manio, Longino y el resto de tribunos al campamento fortificado más allá de las colinas.

Una hora después, a solas, en la tienda del *praetorium*, Trajano padre recibió a su hijo.

—Me dicen que has luchado con valentía, hijo.

—Longino también, padre, pero realmente fue Manio el que ganó la posición. Nosotros, padre, ya no podíamos avanzar. —Dudó un momento, pero se decidió a ser lo más honesto posible—. Esto no es como cazar linces, padre. Esto no es como nada que hubiera hecho antes. Manio es mil veces mejor en el mando y en el combate que yo.

Su padre le miró en silencio. Se tomó un rato antes de responder.

—Manio lucha mejor, sí, hijo, pero eso no debe hundirte. Debes fijarte en él. Debes aprender de él. Todos le respetan, se sienten seguros bajo su mando. De ti todos piensan aún que eres el hijo del *legatus augusti*, mi hijo, pero eso es lo que pasa con todos los hijos de los senadores. Estás herido en un brazo, no creas que no lo he visto antes, pero no era correcto preocuparme más por ti que por el resto de heridos y muertos de la legión; y aun así mantuviste la posición en primera línea de combate. Nadie se avergüenza de luchar bajo tu mando. No saben aún si serás un gran *legatus* pero todos saben que no eres un cobarde. Ése es un buen principio, hijo. —Sonrió—. Ahora deberías curarte bien esa herida y descansar.

Trajano hijo se inclinó levemente y se dio media vuelta. Empezó a caminar, pero la voz de su padre le detuvo en el umbral de la tienda. El joven cerró la tela que daba acceso a la salida y volvió a entrar.

—¿Se te ha ocurrido algo ya para luchar contra los *catafractos*, hijo?

El joven tribuno miró a su padre con los ojos encendidos de quien piensa con intensidad.

—Tengo una idea, padre, pero no estoy seguro aún. He de pensarlo bien.

Su padre le miró de forma inquisitiva.

—Tú sigue pensando en ello. Yo nunca he sido muy ocurrente. Tú eres diferente; quizá eso sea bueno Si alguna vez se te ocurre algo, dímelo. El Imperio te lo agradecerá infinitamente.

—Sí, padre. —Y salió del *praetorium*.

Trajano padre meditaba en silencio. No conocía a su hijo. Sabía que podía leer en latín y griego, que era un buen cazador, que no sentía interés alguno por las mujeres y que sí sentía pasión carnal por hombres, aunque, al menos, no perdía la cabeza por ninguno; intuía que era hombre de honor, amigo de sus amigos, con los que le gustaba beber pero sin emborracharse, y sabía que en aquella jornada había demostrado que, sin ser el mejor en el campo de batalla, no era ni un cobarde ni un incompentente. Pero más allá de eso no conocía a su hijo. Es decir, no conocía lo que latía en lo más profundo de su ánimo, cómo podría reaccionar en situaciones límite. Y esas situaciones, en Roma, siempre llegaban, pues más tarde o más temprano siempre terminaban por surgir circunstancias excepcionales en las que un hombre tenía que tomar decisiones clave en muy poco tiempo y, si erraba, estaba perdido. Para Trajano padre, el futuro de su hijo era una gran incógnita. Sacudió la cabeza. Tenía que informar al emperador de todo lo ocurrido. Se inclinó sobre la mesa. Tomó una pluma de bronce, la mojó en un tintero azul de loza que contenía *atramentum* y empezó a escribir sobre una hoja de papiro.

A *Tito Flavio Vespasiano*, imperator augustus:
Los partos han concentrado una parte importante de su ejército en la frontera próxima a Armenia. La concentración era de tal magnitud, con arqueros, infantes y catafractos, que suponía un peligro para la seguridad de las fronteras del Imperio. En consecuencia, hemos atacado y derrotado al enemigo que ha sido dispersado. Los partos supervivientes se retiran hacia el este.

MARCO ULPIO TRAJANO,
legatus augusti *en Siria*

Trajano padre no era hombre de dar rodeos en sus informes y sabía que Vespasiano apreciaba la concisión.

67

LA ESCUELA DE RETÓRICA

Roma, 77 d. C.

Estacio aceptó de mal grado, pero sin capacidad de oponerse, la carne que le había traído su suegro. Hacía semanas que no podían permitirse comprar cordero y vivían a base de gachas, fruta y algo de queso. Su esposa Claudia lo llevaba bien y su amor por él no parecía haber sufrido merma, pero Estacio era consciente de que la situación era poco prometedora.

—Hervida os durará más días —dijo su suegro a Claudia y, acto seguido, sin despedirse de él, salió y les dejó solos. Estacio se engulló el orgullo.

—Todo mejorará, Publio —comentó Claudia con voz suave—. No hagas caso a mi padre.

Publio Papinio Estacio, abogado, profesor de retórica y poeta, asintió mientras veía cómo su esposa entraba en la pequeña cocina anexa a la sala que usaba de escuela en aquel bajo de una de las grandes *insulae* de la populosa Subura. Abogado, profesor de retórica y poeta. Estacio hizo una mueca de decepción mientras observaba las calles atestadas con aquella muchedumbre que surcaba Roma siempre indiferente a él. Como abogado, sin contactos de renombre, apenas acudían a él algunos desesperados cuyos crímenes eran más que evidentes y que, lo que era más grave, no disponían de dinero para pagarle sus servicios. Como profesor de retórica tenía que sufrir, como el resto de profesores de oratoria de Roma, la incontestable competencia de la Escuela Pública de Retórica que el emperador Vespasiano financiaba personalmente y que dirigía el famoso Quintiliano. Hasta allí iban todos los patricios prominentes de Roma y más aún desde que el almirante Plinio, jefe de la marina imperial, llevara a su joven sobrino a estudiar en aquel centro. Los demás profesores de oratoria tenían que conformarse con los hijos de quienes apenas tenían un poco de dinero extra que dedicar a la educación de sus jóvenes vástagos; Quintiliano, sin embargo, ganaba más de cien mil sestercios al año. Estacio miró al suelo. Abogado y profesor de retórica para nada. ¿Y como poeta? Menos que nada: ninguna biblioteca había aceptado aún guardar ninguno de sus escritos. Sacudió la cabeza. No entendía cómo seguía usando la palabra «aún» en sus pensamientos con relación a aquel asunto. Se giró hacia el interior. El niño esclavo que tenían para ayudar en las tareas de limpieza de la casa y la escuela, un niño esclavo que era todo cuanto podían permitirse, estaba, como hacía a menudo, quieto, mirando los rollos de papiro de las estanterías.

—Siempre te distraes, Numerio —dijo Estacio desde la puerta.

—Lo siento, mi amo.

Cogió otra vez el trapo que había dejado sobre una de las pequeñas mesas que se usaban a modo de pupitre y retomó las tareas de limpieza. De pronto se detuvo y miró al amo. Éste se había girado de nuevo y miraba hacia la calle. El niño esclavo se acercó despacio, por detrás.

—Amo —dijo. Estacio se volvió hacia él y le miró arrugando la frente—. Me gustaría aprender a leer, amo —concluyó.

Como Estacio no respondía nada, bajó la cabeza y continuó limpiando sin atreverse ya a decir nada más.

Estacio lo observó con atención. Lo habían comprado por poco dinero porque era un niño flacucho que no tenía buena venta, pero desde que estaba con ellos, comiendo poco, pues poco tenían incluso para ellos mismos, el niño trabajaba bien, aunque se quedara en ocasiones como prendado mirando aquellos papiros. Estacio no tenía dinero que dar a nadie. Sólo poseía sus conocimientos sobre abogacía, literatura y oratoria y apenas tenía alumnos interesados, pues generalmente venían obligados por sus padres. En cualquier caso, los únicos que tenía no acudían hasta la *hora quarta* y aún estaba en la *hora tertia*. ¿Por qué no enseñar a leer a alguien que tenía auténtico interés?

—Ven, Numerio —dijo Estacio cogiendo uno de los rollos de una de las estanterías—. Te enseñaré un rato por las mañanas, pero el resto del día quiero que atiendas a tus obligaciones.

—Sí, mi amo —respondió el niño esclavo con un rostro lleno de felicidad.

68

EL NACIMIENTO DE UN DIOS

Roma, 23 de junio de 79 d. C.

A Domicia la paz le duró apenas unos pocos años, hasta el día en que su hijo pequeño enfermó. La fiebre no descendía nunca y, para colmo de males, aquel día Domiciano estaba con ella. Fue él quien se negó a llamar a los médicos hasta el amanecer. Ahora, caminando hacia la cámara del emperador, dos años después de todo aquel horror, aún recordaba las palabras de su esposo retumbando en sus sienes.

—La familia imperial necesita niños fuertes —sentenció Domiciano—. Si el niño es incapaz de sobrevivir una noche con fiebre, no vale para la familia.

Domicia regresó aquella larga e interminable noche a la habitación con el niño y puso ella misma las toallas frescas sobre su cabeza, sobre sus brazos y piernas, como había visto hacer en otras ocasiones a los médicos, pero nada podía detener aquella fiebre. Domicia regresó ante Domiciano y, engullendo todo su orgullo, se arrodilló, le abrazó por las rodillas en señal de máxima humillación y le imploró que llamase a los médicos, pero Domicano se negó.

—Por la mañana —repitió.

Y por la mañana fue tarde. El médico negó con la cabeza después de examinar al pequeño. Domicia comprendió que ese día era el final de su breve remanso de paz, una paz turbia, casada con aquel monstruo, pero que con el niño a su lado y el emperador feliz de tener un nieto pareció una paz hermosa. Ahora todo aquello se había desvanecido. Hacía poco que había perdido a su propia madre y a su hermana mayor Córbula. Domicia no tenía a nadie en quien refugiarse, nadie que la abrazara y que la consolara. Estaba sola. Peor que sola: estaba además casada con un monstruo que se deleitaba en hacerla sufrir. Domicia intuía que parte de la desidia de su esposo a la hora de llamar a un médico podía deberse a que éste sospechó que el niño no fuera realmente suyo, sino de algún amante de ella, incluso del mismísimo Tito. Miró con asco a Domiciano. No, no le era fiel desde hacía tiempo, ninguno de los dos lo era ahora. En eso ella sólo había hecho que igualar la partida, pero el hijo que falleció era de su esposo y éste lo había dejado morir, lo dejó morir...

Domiciano vio la mirada de odio que los ojos de su esposa le lanzaron en cuanto se marchó el médico, pero no tuvo miedo. Sabía que Domicia le detestaba, pero no le importaba. Un niño débil no interesaba. Domicia, como mujer, no podía entender esas cosas. En cualquier caso, Domiciano hacía tiempo que pensaba que era mejor no tener hijos. Era una idea aún casi inconsciente, pero que iba cobrando fuerza en su cabeza: los hijos siempre quieren tu muerte para heredar. Domiciano había concluido que todos pensaban como él.

Domicia se alejó de allí y pasaron meses sin hablarse.

Desde entonces vivían en el mismo palacio, pero en habitaciones separadas. Sólo coincidían en los grandes actos públicos, en el circo Máximo, en el teatro Marcelo o en las grandes reuniones familiares cuando fuera que al emperador le pluguiera reunirles a todos. Aquella calurosa mañana de junio era uno de esos días, pero por una razón excepcional: el emperador Vespasiano estaba agonizando y los había convocado a todos en su cámara.

El emperador estaba custodiado por una docena de pretorianos que se pegaron a la pared del fondo, bien firmes, en cuanto el César Tito, el hijo mayor del emperador, el heredero del mundo, entró en la habitación. A un lado del lecho estaban cinco pretorianos al mando de un tribuno pretoriano llamado Fusco, y al otro estaba la otra media docena de pretorianos.

Domiciano, acompañado por Domicia, entró justo detrás de su hermano mayor y, tras ellos, Partenio con un puñado más de consejeros imperiales y los médicos. Todos se pusieron en torno al lecho, dejando a los dos Césares, Tito y Domiciano, lo más próximos posible al emperador, uno a cada lado de la cama. Vespasiano se giró a la derecha y habló mirando con ojos pequeños a su hijo mayor.

—Tito... muchacho... dejo el Imperio mucho mejor de lo que estaba cuando llegué a Roma desde Oriente: tú pacificaste Siria y Judea, conquistaste Jerusalén, los bátavos fueron derrotados en la Galia y Agrícola está consiguiendo grandes victorias en Britania... pero queda mucho por hacer, hijo. —Inspiró un poco de aire—. Hay que vigilar el Danubio: sármatas, dacios y roxolanos andan revueltos y en Oriente no hay que olvidarse nunca de los partos, hijo. Trajano, como siempre, los ha mantenido a raya. Trajano y Agrícola están manteniendo bien las fronteras del Imperio. Escúchales si piden refuerzos. Si lo hacen, dáselos.

—Así lo haré, padre, pero será el emperador Vespasiano el que escuche sus informes —respondió Tito con vehemencia, cogiendo la mano de su padre entre las suyas.

—No, muchacho. —El emperador miró a los médicos, que con rostros sombríos reflejaban que las palabras que iba a pronunciar eran ciertas, inexorables—. Me muero, muchacho. Siento no haber podido ver terminado el gran anfiteatro Flavio. Ya falta poco para terminarlo, hijo...

—Lo terminaremos, padre, lo terminaremos, te lo prometo —le aseguró Tito con voz vibrante. El emperador sonrió y, al instante, borró su sonrisa.

—Hay algo más, hijo. —Tito, como fuera que el emperador había bajado la voz, se acercó más para oírle bien—. Sé que esto no te va a gustar, pero has de dejar de verte con Berenice, esa reina de Oriente. No importan aquí tus sentimientos. Vas a ser el próximo emperador de Roma, y los romanos no quieren a una extranjera como emperatriz. Una nueva Cleopatra no puede ser. Eso tiene que terminar. Aquí en Roma hay patricias hermosas, de buena familia. Es entre ellas donde debes buscar una esposa.

Tito guardó silencio pero asintió. Sabía que su padre estaba en lo cierto. Desde Jerusalén había mantenido a Berenice como concubina, pero el emperador tenía razón. Ya en el pasado, cuando vino a Roma, tuvo que hacerla regresar a Oriente porque su presencia era impopular. Si querían una transición de padre a hijo sin problemas con el Senado o con el pueblo, Berenice debería marcharse de nuevo y esta vez para siempre.

—Berenice regresará a Oriente para siempre, augusto padre —respondió Tito al fin. El emperador relajó los músculos de su rostro, cerró los ojos y expiró aire con lentitud. Se volvió entonces hacia el otro lado.

—Domiciano —reinició así con dificultad sus peticiones a sus hijos—, sólo te pido lealtad a tu hermano... lealtad... Tu hora llegará a su debido tiempo, hijo... a su debido tiempo...

—A su debido tiempo, emperador —respondió Domiciano, repitiendo de forma enigmática las palabras de Vespasiano a quien, tal y como observaron Tito, Domicia o Partenio, se había dirigido sólo como emperador, no como padre. Pero nadie dijo nada. Fusco, el tribuno pretoriano, tampoco abrió la boca, pero tomó nota de aquel detalle. Lo archivó como un secreto precioso, al igual que la mirada gélida de Tito hacia Domiciano y la respuesta igual de helada del propio Domiciano a Tito en forma de una mueca de desdén cuidadosamente controlado.

Vespasiano abría y cerraba los ojos y no estaba claro lo que había podido observar. Fue a decir «no me voy tranquilo, no me voy tranquilo», pero apenas le quedaban fuerzas y tenía que priorizar. Ya nada podía hacer para poner paz entre sus hijos. Los dioses se ocuparían de aquel asunto.

—¡Levantad el lecho! —dijo el emperador en un último esfuerzo. Como fuera que sus hijos dudaban, repitió la orden con más autoridad, elevando la voz—: ¡Por Hércules, levantad la cama! ¡Un emperador de Roma muere en pie o no muere!

Tito y Domiciano, sorprendidos, intentaron alzar el lecho, pero era demasiado pesado con el emperador encima y temían que cayera si lo levantaban de forma brusca.

—¡Ayudad a los Césares! —ordenó Partenio desde el otro

extremo de la habitación dirigiéndose a Fusco. El tribuno asintió y al instante los pretorianos alzaron el lecho mientras que Tito y Domiciano sostenían el cuerpo de su padre de forma que éste permanecía pegado a las sábanas, sin derrumbarse por falta de fuerzas. El emperador lanzó una última sonrisa mirando a Tito.

—*Vae, puto deus fio!* [¡Ay de mí, creo que me estoy convirtiendo en dios!][19]—dijo, y dejó de respirar mintras su mente viajaba hacia los brazos de su amada Antonia. Desde que ella le dejó se había sentido solo y ahora que cerraba los ojos por última vez, más allá de Roma, del Imperio, del poder, se relajó con la esperanza de un reencuentro largo tiempo anhelado.

19. Dión Casio, LXVII, 17, reescrito en latín desde el texto original, pues Dión Casio escribió su historia de Roma en griego.

69

LA CONSPIRACIÓN DE DOMICIANO

TITVS

**Norte de Roma, residencia del emperador en territorio Sabino
Otoño de 79 d. C.**

Partenio acababa de llegar a la residencia del emperador en
territorio sabino, al norte de Roma. Tito, como su padre, prefería pasar largas semanas allí, bien protegido por los pretorianos, pero, a la vez, con mayor sosiego que en la tumultuosa
Roma. Desde aquella villa se dirigía el mundo. El veterano
consejero sabía que el Imperio, desde la reciente muerte de
Vespasiano, estaba agitado y que el nuevo emperador podía
haberle llamado por multitud de asuntos, aunque preveía cuál
sería el que el emperador Tito tendría primero en su lista de
prioridades.

—¿Es cierto? —preguntó Tito en cuanto Partenio entró
en el amplio atrio de la villa. El consejero caminó hasta situarse en frente del mandatario del mundo, se inclinó, saludó y respondió. No necesitaba aclaraciones sobre la pregunta.

—Ave, César. Sí, César, me temo que el hermano del emperador está implicado en la conjura de parte de la guardia
pretoriana.

Tito negaba con la cabeza.

—Sabía que no nos queríamos. No esperaba que mi hermano abrazara la idea de mi acceso al trono imperial con gran alegría, pero sí, al menos, esperaba un poco de lealtad, como le pidió mi padre o, en el peor de los casos, que tardara más tiempo en hacerse con el suficiente apoyo para alzarse contra mí ¿Cómo ha conseguido tantos conjurados en tan poco tiempo? ¡Por todos los dioses, apenas han pasado cuatro meses desde que falleció nuestro padre!

Partenio había reunido bastante información en los últimos días. Era el momento de exponerla.

—Domiciano, el hermano del emperador, ha prometido más dinero a los pretorianos y al ejército. El emperador Vesp... —se corrigió de inmediato ante la mirada agria del emperador Tito, pues el edicto de deificación de Vespasiano ya había sido aprobado por el Senado—; quiero decir, el divino Vespasiano, gran emperador, sin duda alguna, pero siempre remiso a subir los salarios de los militares, ha hecho que una promesa como la de Domiciano despertara la codicia de los fácilmente corruptibles. Siempre los hay. Pero...

—¿Pero...?

—Pero, César, es muy bueno saber que ha habido más leales que corrompidos y los primeros han delatado a los segundos con el suficiente tiempo como para detener a los conjurados.

Tito miraba al suelo mientras hablaba.

—Supongo que en eso tienes razón, por Júpiter. —Levantó la mirada—. ¿Se ha detenido a todo el mundo?

—Sí, César. A todos los conjurados, incluido... —dudó, inspiró aire, lo dijo despacio—: incluido el hermano del emperador... Roma está tranquila y bajo el control de la parte de la guardia pretoriana que ha sido leal. Y, si se me permite decir algo...

—Habla, Partenio —respondió Tito con rapidez—; mi padre te tenía en alta estima y llevas muchos años en el corazón del Imperio. ¿Qué quieres decirme?

—Siempre me he honrado en servir al César lo mejor que he podido. —Se aclaró la garganta—. Creo que el emperador y César Tito es muy popular en el ejército por sus grandes hazañas del pasado y eso ha ayudado a que muchos se hayan mantenido leales, sobre todo los veteranos de la campaña de Jerusalén, pero pienso que mantener la política de no subir los salarios del ejército o de los pretorianos debería ser algo a reconsiderar pasado un tiempo prudencial, claro está.

Tito asintió una vez.

—Pensaré en ello. Tú mismo has dicho que pasado un tiempo prudencial. Ahora lo importante es que se ejecute a todos los pretorianos implicados. Quiero que llegue un mensaje claro al resto de la guardia. No esperaba esto de ellos después de haber sido, de seguir siendo, pues aún no he nombrado sustituto alguno, jefe del pretorio todos estos años.

Partenio asintió.

—Y con el César Domiciano, ¿qué hacemos, augusto?

Tito maduró su respuesta un tiempo largo. En sus manos sostenía diferentes informes referentes a cuestiones de variada importancia en el Imperio: un resumen de las últimas operaciones del *legatus* Agrícola en la larga y complicada campaña de Britania, donde estaba reconquistando el territorio de los ordovicos,[20] una región particularmente complicada de controlar; o el informe del aguador del *Aqua Augusta* en Pompeya, insistiendo en que el agua que llegaba a la ciudad era de ínfima calidad en las últimas semanas y pedía fondos para hacer trabajos de reparación y para investigar qué estaba pasando en las montañas desde las que partía aquel gran acueducto del centro de Italia. Lo de Britania era importante, lo del aguador de Pompeya y Herculano parecía una minucia, y todo resultaba pequeño, insignificante, frente a la pregunta que le acababa de hacer el consejero Partenio: ¿qué hacer con Domiciano? En ese momento un centurión, acompañado por varios pretorianos, entró en el atrio. El centurión estaba completamente cubierto de una sustancia entre gris y negra que se le había pegado al sudor del cuerpo. Se le veía agotado y tenía la mirada de quien acababa de ver el fin del mundo.

20. Aproximadamente corresponde con Gales.

70

LA FURIA DEL VESUBIO

Pompeya, otoño[21] de 79 d. C.
Dos días antes de la llegada del centurión
a la residencia del emperador al norte de Roma.
Prima vigilia

Era de noche en Pompeya. Sólo algunos legionarios patrulla-ban las calles, sobre todo en torno a los edificios que aún es-taban en reparación tras el terremoto de hacía unos años. Las autoridades no querían que se perdiera el dinero invertido en recuperar aquellas construcciones por el pillaje de unos po-cos. Legionarios y putas; eso era todo en la noche de Pompe-ya. Y todo estaba en calma.

Un perro empezó a aullar en la distancia. Y otro perro. Y otro. Los esclavos los callaron a golpes, pero seguían nervio-sos. Había uno en particular que aunque hubiera dejado de ladrar no dejaba de morder la gruesa cadena con la que le habían atado, pero sus dientes no podían contra el metal. Es-taba fuera de sí, como loco. Volvió a ladrar. El *atriense* de la casa se levantó por segunda vez aquella noche y lo molió a palos hasta que el maldito animal calló.

—Como se despierte el amo te matará y así me hará feliz —fue la despedida del esclavo.

El can estaba con el cuerpo pegado al suelo y las orejas gachas, pero seguía alterado. En cuanto se quedó a solas

21. Aunque la datación clásica de las erupciones que arrasaron Pom-peya es del 24 al 26 de agosto, las últimas excavaciones arqueológicas des-mienten la datación tradicional por la presencia de polen de plantas otoña-les atrapadas en las cenizas, que indica que el desastre aconteció unas semanas o meses después de la vendimia. He dado prioridad al testimonio arqueológico. Véase Mary Beard en la bibliografía.

volvió morder la cadena. Tenía que liberarse, tenía que liberarse.

Quarta vigilia
(primera erupción)

La gente se arremolinaba ante las dos aberturas de la puerta de Neptuno de la ciudad de Pompeya, una estrecha para viandantes y otra más grande para los carruajes, pero ambas se mostraban ahora insuficientes para dejar paso a tantos como querían escapar de la ratonera de cenizas y gas en la que se había convertido su amada ciudad. Entre las columnas del foro porticado de la población se vivían escenas similares de confusión y carreras a ciegas bajo la intensa lluvia de restos volcánicos. Hombres y mujeres, niños, niñas, esclavos y libres, todos se medio arrastraban mirando al suelo empedrado de aquella gran explanada, pero no se veían ya las piedras, sino sólo aquel eterno manto de cenizas. Algunos se habían refugiado en el templo de Júpiter, aún en restauración después del terremoto del año 62, y allí imploraban al gran dios para que detuviera la ira del Vesubio.

De igual forma, por las cinco puertas de la gran basílica de Pompeya, unos entraban en busca de refugio y otros, asfixiados por un edificio atestado de gente, salían buscando una huida de aquel mundo de destrucción que los envolvía a todos. Frente a la basílica, en el templo de Apolo se vivía el mismo pánico, sólo que aquí unos y otros tropezaban en la escalinata de acceso. Allí mismo, el reloj de sol instalado sobre una columna jónica parecía una broma del destino, pues en medio de aquella densa nube de cenizas volcánicas no pasaba ni un solo rayo de luz. No sabían dónde estaban. No sabían qué hora era. Muchos no sabían siquiera si era de día o de noche. El templo de Vespasiano y su gran altar, el gran *Macellum* de la ciudad, el templo de los Lares, todo había quedado sepultado bajo la constante lluvia de cenizas. El edificio de la sacerdotisa *Eumaquia*, sede del gremio de los tintoreros y los lavanderos, aún muy destrozado por el terremoto del 62, veía cómo era enterrado poco a poco, esta vez ya para siempre. Toda la ciudad se hundía, como tragada por la tierra bajo aquel manto irredento e imparable de restos volcánicos que el Vesubio arrojaba a los cielos para que cayeran sobre una Pompeya que se desintegraba, que se borraba, que desaparecía del mundo sin que nada ni nadie pudieran hacer nada para evitarlo. En el lupanar, clientes y prostitutas, ricos mercaderes y esclavas griegas y orientales subían al piso de arriba en busca de visión para ver qué era lo que estaba ocurriendo en el exterior.

Fuera, en aquella tormenta de ceniza y fuego, el templo de Isis, recientemente reabierto tras haber sido completamente rehabilitado después de los muchos daños que sufrió en el último terremoto, aún pugnaba, desafiante, con sus estatuas de Isis, Anubis y Harpócrates, hijo de Isis y Osiris, por subsistir al nuevo desastre que el Vesubio extendía sobre la ciudad donde eran adorados. Pero el fin era irrefrenable. Los contornos del templo de Minerva en lo alto de la colina del foro triangular también se difuminaban, y lo mismo pasaba con el gran teatro de Pompeya, cuyas gradas descendían por la ladera de aquel monte; y se desvanecían las termas Estabianas y las termas Centrales y la lujosa mansión de Sila, el sobrino del antiguo y famoso dictador de Roma, y las termas del foro; y desaparecía también otra mansión donde podía leerse en el suelo «cave canem» [cuidado con el perro] y allí al lado, casi sobre la inscripción misma, un perro encadenado, incapaz ya de seguir luchando por liberarse, iba cubriéndose de ceniza hasta desaparecer por completo y quedar oculto a los ojos del mundo durante siglos.

Al día siguiente, *hora prima*
(segunda erupción)

El Vesubio parecía haberse cansado de explotar y escupir lava y fuego y horror de sus entrañas, así que los pocos que se habían quedado escondidos en sus casas aprovecharon la calma para salir con antorchas e intentar escapar de una ciudad que ya no era ciudad sino una inmensa tumba. Una pareja salió corriendo con una pequeña llave como todo equipaje. Estaban convencidos de que cuando todo pasara podrían regresar y recuperar sus pequeños tesoros. No llegaron lejos. Antes de salir de la ciudad, la lluvia de escorias volcánicas se reinició y sucumbieron a las cenizas que los envolvieron hasta enterrarlos. Otro grupo más grande de personas se vio igualmente sorprendido por la reactivación del volcán: se trataba de un hombre armado con un puñal y otros que apenas llevaban nada; eran las mujeres las que portaban amuletos y enseres, como una estatuilla de la diosa Fortuna, cajitas diminutas de plata, más llaves, joyeros, collares, pendientes y hasta cucharas de plata. Y todos habían cogido tanto dinero como pudieron, aunque entre todos los del grupo no sumaran más de quinientos sestercios. Corrieron, corrieron, y pensaban que lo iban a conseguir, pero entonces una ola de gases y piedra fundida que avanzaba irrefrenable los barrió a todos a la altura de la tumba de Marco Obelio Firmo. Algunos intentaron asirse a ramas de árboles, y abrazados, a éstas serían encontrados centenares de años después, aún intentando huir, siempre intentando escapar, eternamente luchando contra la lava y las cenizas, así, sin fin, durante siglos, petrificados sus cuerpos por la lava y las cenizas que amordazaron sus gritos, sus llantos y su dolor para siempre.

Otra familia lo intentaba en el otro extremo de la ciudad. El padre abría la marcha. Se trataba de un hombre alto, fuerte, corpulento, que parecía poder con todo. Le seguían sus dos hijas pequeñas y cerraba la marcha la esposa, que se había arremangado el vestido para avanzar con mayor rapidez. La mujer llevaba también amuletos de la diosa Fortuna y plata y un espejo. Tampoco lo consiguieron y, como tantos otros, quedaron al fin inmóviles, detenidos en el tiempo como efigies, testigos de un horror que nadie supo prever.[22]

Interim e Vesuvio monte pluribus locis latissimae flammae altaque incendia relucebant, quorum fulgor et claritas tenebris noctis excitabatur.

[Entretanto, en muchos puntos del monte Vesubio resplande-

22. Todos estos cuerpos petrificados, incluso el del perro encadenado, pueden observarse hoy día en Pompeya y en sus museos.

cían unas altísimas llamas y unas enormes columnas de fuego, cuyo fulgor y claridad se veían aumentados por las tinieblas de la noche.]

PLINIO EL JOVEN, *Epistolario*, Libro VI, 16, 13.

Residencia imperial al norte de Roma

—Caía ceniza sin parar, César. —El centurión hablaba con dificultad y atropellaba unas palabras con otras en su intento por transmitir con la máxima concisión la brutalidad de lo acaecido en el sur—. Fueron muchas horas. Todo un día entero. Hubo gente que intentó huir en medio de la erupción y muchos murieron. Plinio, al mando de la flota de Miseno, intentó acudir con la flota imperial, pero no pudo desembarcar más que en Stabia; el resto resultaba inaccesible por unas corrientes extrañas. El mar parecía moverse solo, agitarse de forma peculiar como había hecho antes la tierra al principio de la erupción. El almirante Plinio lo intentó todo, César, y mis noticias son que quizá haya muerto en Stabia por los gases que siguen emanando del Vesubio. Hubo entonces un descanso en la lluvia de cenizas y los que se habían mantenido en el interior de sus casas intentaron de nuevo la huida. Era el amanecer del segundo día desde la primera erupción, pero entonces el volcán volvió a rugir, si cabe con tanta o más fuerza que en la primera ocasión. La lluvia de cenizas se intensificó de tal forma, César, que no podía verse nada, era como andar a ciegas. La luz del sol quedó apagada por la nube de polvo del Vesubio y la gente corrió despavorida de un lugar a otro sin poder escapar a aquella locura. La mayoría ha muerto, César. —Apretaba los puños con impotencia en un intento por contener las lágrimas—. Mi hijo y mujer se perdieron... muchos se han perdido... Pompeya, Herculano, César, ya no existen... ya no existen... Sólo hay cenizas y cenizas y cenizas...

Tito escuchó con emoción el relato terrible de aquel oficial. Cuando a éste ya no le quedaron palabras, el emperador ordenó que se le trajera de comer y de beber y que los médicos le atendieran por si tenía heridas. Él, entretanto, se levantó de su *cathedra* con decisión.

—El emperador no abandonará a los habitantes de Pompeya y Herculano. No, no los abandonará. —Miró a Partenio y los demás libertos de su *consilium* y al resto de oficiales allí presentes que tenían costumbre de desplazarse con el emperador cuando éste se retiraba al norte—. Quiero que se envíen víveres a estas ciudades. Tenemos grandes reservas en Roma y más en los almacenes del puerto de Ostia. Quiero que se use parte de estas reservas para ayudar a los supervivientes. Usaremos la flota de Miseno. Que los barcos accedan por la costa y que se carguen de comida, agua y aceite y de todo lo que haga falta. Luego que vuelvan hacia el sur.

Partenio vio cómo todos asentían y se esforzaban por asimilar las instrucciones del emperador para, desde el ámbito de sus responsabilidades, poder cumplir cada uno con aquellas órdenes. Admiró la presteza con la que el emperador había reaccionado ante aquella inesperada noticia, aunque, por otro lado, ya empezaba a entender el sentido de los informes que el aguador del *Aqua Augusta* había enviado semanas antes. Lástima que la conjura de Domiciano y la guerra de Britania los hubiera dejado a todos ciegos sobre lo que estaba a punto de ocurrir en Pompeya.

El emperador siguió hablando.

—Yo mismo acudiré a Pompeya en unos días para comprobar los efectos de las erupciones y para asegurarme de que mis órdenes de ayuda a esas ciudades han sido llevadas a cabo de forma rigurosa. ¡Por Júpiter, no abandonaré a los ciudadanos del sur! ¡No lo haré!

Partenio sabía que quedaba algo pendiente, pero intuía que era delicado recordarlo y, sin embargo, ése y no otro era su trabajo: evitar que un emperador se olvidara de cosas importantes. El consejero carraspeó fuertemente. El César se detuvo y se volvió para mirarle.

—¿Y bien? ¿Acaso Partenio considera inadecuado que el emperador en persona se desplace a las ciudades azotadas por la ira del Vesubio? Porque si es eso lo que vas a decir, ya puedes ahorrarte tus palabras. Has de saber que en Jerusalén combatí constantemente en primera línea, en Jerusalén y en toda la larga guerra de Judea. Ésa ha sido mi forma de enfrentar los problemas siempre y así seguirá siendo.

La voz del emperador era atronadora. Todos los consejeros, libertos y oficiales se empequeñecían ante la fortaleza de la determinación de Tito, pero Partenio, que se inclinó varias veces dando muestra de sometimiento al emperador, alzó su voz, leve pero con fina precisión, y planteó una pregunta que llevaba tiempo en el aire y que ni las cenizas de todo el Vesubio podrían barrer jamás de su memoria.

—¿Qué hacemos con Domiciano, César augusto?

El emperador Tito se quedó inmóvil.

—¿Domiciano? —repitió de forma confusa. Claro. Eso quedaba por decidir. Volvió a sentarse. Domiciano, ¿qué hacer con él? Se tomó un instante, luego alzó la mirada y encaró a Partenio—: Primero nos ocuparemos del desastre de Pompeya, luego inauguraremos el nuevo anfiteatro, el Flavio, al que tanto cariño tenía mi padre, y después decidiré qué hacer con mi hermano. De momento, vigiladle.

Partenio volvió a inclinarse mientras el emperador salía con el resto de consejeros, pretorianos y esclavos y le dejaban a solas en la habitación. Se quedó en silencio en la penumbra de una esquina. No estaba convencido de que vigilar a Domiciano fuera a ser suficiente, pero sin autorización imperial no podía hacer nada más.

71

LA INAUGURACIÓN DEL ANFITEATRO FLAVIO

Roma, 80 d. C.

El anfiteatro Flavio se alzaba desafiante y orgulloso en el corazón de Roma. Tras el desastre de Pompeya y Herculano, un enorme incendio había destrozado las entrañas de la urbe, pero, como protegido por los mismísimos dioses, el nuevo y gigantesco anfiteatro había quedado fuera del alcance de las llamas. Y como fuera que el anfiteatro Flavio estaba ligado a la nueva dinastía imperial, Tito decidió presentar al pueblo el hecho de que el incendio se hubiera detenido ante sus ciclópeos muros como una señal inequívoca de que los dioses, tras azotar Italia con graves desastres, habían decidido legitimar, por fin, la nueva serie de emperadores de la familia Flavia.

Habían hecho falta diez años de constantes trabajos para poder inaugurar aquella mole de piedra. El mayor anfiteatro del mundo se erigía en tres grandes plantas exteriores, que, a su vez, se subdividían en el interior en más pisos donde el pueblo encontraba acomodo, más próximo o más alejado a la arena, de acuerdo a su clase social: el emperador y los senadores en un primer nivel; los oficiales de la guardia pretoriana, del ejército y de otros cuerpos armados y los diferentes servidores del Estado en un segundo nivel; los soldados y los ciudadanos en general en el tercero; más arriba los pobres y los esclavos y, finalmente, en el último piso, las mujeres, con excepción de las sacerdotisas vestales o de las mujeres de la familia imperial que, por supuesto, estaban en el primer nivel.

Cada uno de los tres pisos exteriores se asentaba sobre ochenta arcos y en cada arco se alzaba hermosa una estatua.[23]

23. La cuarta planta que se observa desde el exterior, sin arcos, será

El público se arracimaba por centenares, por miles, en cada una de las setenta y seis puertas que daban acceso al gigantesco recinto. Nadie lo había visto por dentro excepto el divino Vespasiano o el emperador Tito, su guardia y los trabajadores. Estos últimos, con sus relatos sobre la grandiosidad del edificio en tabernas y otros antros de aún menor dignidad, pero no por ello menos populares, habían contribuido a encender la curiosidad del vulgo hasta límites insospechados. No cabía tanta gente como en el circo Máximo, eso era cierto, pero era una obra más imponente en su aspecto exterior por su infinita altura y porque, además, en su interior iban a poder presenciarse los más terribles, a la par que audaces, combates de gladiadores, *bestiarii* y ejecuciones de todo tipo. Las carreras del circo suministraban grandes dosis de emoción y, con frecuencia, sangre, pero el gran anfiteatro Flavio estaba destinado a proporcionar siempre emoción, siempre sangre, siempre espectáculos inimaginados.

Ochenta arcos y, en ellos, setenta y seis puertas para el pueblo. Así, quedaban cuatro arcos más para cuatro puertas especiales: una destinada para uso particular del emperador y su familia, otra para las vírgenes vestales y los principales sacerdotes y, por fin, la Puerta de la Vida y la Puerta de la Muerte, que conducían directamente hasta la mismísima arena del centro del edificio. Por la Puerta de la Vida saldrían los gladiadores a luchar y por la Puerta de la Muerte serían retirados los cadáveres de los gladiadores muertos o de los presos ejecutados.

El emperador Tito entró acompañado por su joven hija Flavia Julia, de dieciséis años. La joven era fruto de un matrimonio previo del emperador, que terminó en divorcio cuando Furnilla, la madre, pareció estar conectada con los que conjuraban contra Nerón. En su momento Tito aceptó el consejo de su padre Vespasiano de divorciarse de Furnilla, para

---

parte de una ampliación posterior, tal y como se ha señalado en una nota anterior; al igual que el complejo entramado de túneles y ascensores del *hipogeo* subterráneo. Ni esta cuarta planta ni el *hipogeo* subterráneo estaban el día de la inauguración.

evitar verse acosado por Nerón, igual que había aceptado la sugerencia de su padre al ordenar el regreso de su extranjera concubina Berenice a Oriente. La madre de Flavia Julia murió, pero Tito, fallecido ya Nerón y olvidado éste por todos, se hizo cargo del cuidado y educación de su hija con auténtico fervor paterno. Y ahora que era él el César, se hacía acompañar por Flavia Julia a todas partes.

Así, el público jaleó la entrada de un emperador cuya popularidad estaba creciendo desde que ascendiera al trono apenas unos meses atrás, incluso pese a los desastres recientes. Sus visitas a Pompeya y el continuo flujo de ayuda en forma de alimentos, bebida y todo tipo de enseres que había organizado el emperador con destino a Pompeya y Herculano, junto con las labores de reconstrucción de los barrios incendiados en Roma, no habían hecho sino fortalecer ante los ojos del pueblo la imagen de un emperador magnánimo y clemente para con los que sufrían el azote de unos dioses caprichosos y crueles. Además Tito, su emperador, era otro dios, o, al menos, como su padre ya divinizado, en camino de serlo. El emperador los cuidaba, les curaba las heridas infligidas por la injusticia de los otros dioses. Y él, ahora, les iba a entretener con aquel gigantesco anfiteatro. ¿Qué más podía pedirse? Aquel edificio ciclópeo era el cimiento no de un simple entretenimiento, sino la base de toda una nueva dinastía, la Flavia, tal y como había planeado su padre Vespasiano; una nueva dinastía que así se aseguraba con hondas raíces no ya en las entrañas de la ciudad sino entre los sentimientos más profundos del pueblo de Roma.

El emperador se situó junto a su joven hija en el centro del gran podio y saludó a todos los rincones del anfiteatro. El público aullaba con fuerza.

—¡César! ¡César! ¡César!

Tras el emperador y su hija, poco a poco, fueron incorporándose al palco varios pretorianos que, discretamente, se apostaron a los lados. Seguidamente salieron Domiciano y su esposa Domicia Longina, siempre querida por el pueblo por su hermosura y por su discreción; el maestro de ceremonias, varios senadores prominentes, favorecidos por el emperador, entre los que destacaba Trajano padre y su hijo, y una esclava que llevaba de la mano a una pequeña y atemorizada niña de ocho años, Flavia Domitila III, hija de la fallecida hija de Vespasiano del mismo nombre y, por tanto, sobrina del emperador. A la niña le asustaba el griterío y tanta gente y las historias que se contaban de lo que debía de ocurrir en aquel lugar. Domiciano, mientras su hermano Tito seguía saludando al pueblo que no dejaba de aclamarle, miró primero a Flavia Julia, la adolescente hija del emperador, y luego posó sus ojos sobre la tímida figura de la pequeña Domitila. Ambas eran hermosas. No importaba que la una fuera una jovencísima mujer y la otra sólo una pequeña niña: la hermosura de la hija de Tito y de la hija de su hermana eran sobresalientes. Sonrió. A Domiciano le gustaba la belleza. Miró a su esposa. Domicia había sido tan guapa, tan guapa... y aún lo era. Lo era y mucho, pero siempre tan arisca, con tanto rencor en sus venas. Fría, gélida en la cama. Ella no le miraba, sino que mantenía sus ojos perdidos en la arena del anfiteatro.

En medio de tanta nobleza, Cayo, el veterano *lanista*, se movía con cierta incomodidad, pero tenía el privilegio de estar en el palco imperial, toda vez que era el preparador de gran parte de los gladiadores que iban a combatir durante los cien días que debían durar los juegos inaugurales del nuevo anfiteatro. Se sentó al fondo, buscando un lugar discreto donde pasar lo más desapercibido posible. Había puesto a Prisco y Vero entre los luchadores de aquella jornada. Tenía la esperanza de que no le defraudaran. El emperador quería el mejor de los espectáculos y el *lanista* estaba convencido de que cualquier fallo despertaría la ira imperial. No, no estaba tranquilo.

Por su parte, Domicia Longina sintió la gélida mirada de su esposo de igual forma que había percibido la lascivia que iluminaba las pupilas de su marido instantes atrás, cuando éste observaba a Flavia Julia y a la pequeña Domitila. Tenía que hablar con Tito. Tenía que hacerle ver que Domiciano no podía quedar sin castigo por su conjura de hacía unas semanas. Domiciano, como las bestias, sólo entendía el castigo como forma de control. Sin castigo, su pérfida mente cabalgaría desbocada.

El emperador se inclinó por la barandilla del podio para comprobar las protecciones.

—Ahí están —dijo a su hija Flavia Julia, señalando los grandes colmillos de elefante que emergían desde el muro de protección que rodeaba la arena—. ¿Lo ves? Además de un muro están esos colmillos, desde los que han colgado esas redes que ves. De esa forma ningún animal puede saltar y escapar de la arena. Ninguno. —Se volvió hacia atrás en busca de Rabirius, el arquitecto imperial que había participado en el diseño del gigantesco recinto—. ¿No es así, Rabirius?

El arquitecto se levantó de su butaca y asintió.

—Por supuesto, César. Además hay una barra de bronce por encima del muro protector, que está sujeta pero gira sobre sí misma si se toca. De esta forma, si una fiera intenta asirse a la misma, la barra girará, la bestia resbalará y la caída la devolverá a la arena. Y para completar las protecciones hay un foso, sobre todo para detener la furia de los elefantes. Entre el foso, el muro, la barra y las redes con los colmillos gigantes, es imposible que ningún animal o ser humano pueda escapar de la arena. —El arquitecto miró sonriendo de forma tranquilizadora a la joven hija del emperador—. La noble Flavia Julia puede estar segura en el podio. En este anfiteatro a la arena sólo se entra, o se sale de ella, por la Puerta de la Vida o por la Puerta de la Muerte.

El emperador asintió satisfecho por la explicación y las palabras de Rabirius. El arquitecto suspiró aliviado y volvió a sentarse en su asiento.

—Estamos en mundos distintos —continuó el emperador, poniendo su brazo protector sobre el hombro de su joven hija—. Mundos distintos: la arena del anfiteatro y la familia imperial. Mundos diferentes. Nunca se cruzan. Nosotros gobernamos sobre ellos. Nosotros les observamos. Ellos nos entretienen. Si luchan bien les premiamos, si no les castigamos, pero ellos siempre en su mundo y nosotros en el nuestro. Siempre ha sido así y siempre será así.

El *lanista* escuchó la explicación final del César. Era sencilla, pero ajustada. Eso sí, dejaba de lado las visitas nocturnas de algunas patricias a las celdas de los gladiadores más famosos, pero quizá aquél no era un asunto conveniente para explicar a la joven hija del emperador. En ese momento las cosas empezaron a torcerse un poco: Tito parecía algo aburrido con el espéctaculo de las fieras. Muchas se limitaban a buscar el abrigo del muro, como si quisieran esconderse. Estaban aterrorizadas. Tito se giró entonces al maestro de ceremonias.

—Quiero ver al *bestiarius* que ha adiestrado a estas fieras.

El maestro de ceremonias asintió, se volvió hacia un pretoriano y, al poco tiempo, en medio de la arena, mientras las fieras permanecían asustadas en el otro extremo, armado con un látigo, apareció el entrenador de aquellos animales que se negaban a luchar entre ellos.

—Éste es, augusto —dijo en voz baja el maestro de ceremonias.

El emperador asintió y se limitó a mirar al pretoriano que tenía a su derecha. El público no dejaba de abuchear al *bestiarius*, que, nervioso, callaba y miraba de reojo a sus fieras, que seguían sin luchar entre ellas. El pretoriano interpretó bien la mirada del emperador, no dudó en esgrimir su *gladio* y, antes de que el entrenador de las bestias pudiera reaccionar y para gran satisfacción del público, le atravesó el pecho de parte a parte.

—Espero que no haya más fallos durante el resto de la jornada —dijo el emperador al maestro de ceremonias quien, cabizbajo, asentía una y otra vez.

Más atrás Cayo, el *lanista*, permaneció en silencio mientras asimilaba que estar invitado en aquel palco no era ya nada tan magnífico. Pero mantuvo la serenidad: sus hombres eran buenos luchadores y, en especial, Prisco y Vero, ya famosos por otros combates, estaban llamados a dar un gran espectáculo. En cualquier caso decidió aceptar de buen grado la copa de vino que le ofrecía un esclavo. Era un vino excelente y no estaba seguro de cuántas copas podría beber en su vida, así que decidió aferrarse al deleite que le ofrecía el presente inmediato. Qué tranquilos estaban cuando Roma fue saqueada por los vitelianos y todos se olvidaron de ellos, de la escuela de gladiadores. El vino era realmente bueno. Apuró la copa y pidió más.

Mientras se abrían las puertas por las que las fieras asustadas escapaban, el emperador miró una vez más a su derecha y otro pretoriano se acercó de inmediato.

—Que vengan los Trajano —dijo, y el pretoriano fue en su busca.

Tito sabía que el veterano Trajano, gobernador de Siria, llevaba tiempo queriendo hablar con él. Se temía lo que quería y por eso había retrasado escucharle, pero recordaba las palabras de su padre, al tiempo que tenía presente también la gran lealtad de Trajano en la campaña de Judea y comprendía que se merecía ser escuchado. Otra cosa sería concederle aquello que fuera a pedir.

Mientras tanto, en la arena, se retiró el cuerpo del *bestiarius* abatido por el pretoriano de la guardia imperial. El resto de *bestiarii*, congregados en la Puerta de la Muerte, habían sido testigos del fatal desenlace de su colega y tomaban buena nota de lo ocurrido, en particular un joven preparador de animales de nombre Carpophorus, un hombre corpulento y extraño que apenas hablaba con el resto.

Los animales cobardes del primer *bestiarius* fueron sustituidos por otros más fieros, más salvajes, que apenas habían sido entrenados y en los que todos pusieron sus esperanzas para satisfacer el ansia de sangre del pueblo de Roma. El problema sería cómo sacar de la arena luego a las fieras que sobrevivieran. Los *bestiarii* acordaron informar a los pretorianos.

Los doscientos pretorianos caminaban a marchas forzadas por el centro de Roma. Habían dejado atrás los *castra praetoria*, cruzando por debajo del gran acueducto *Aqua Marcia*, y avanzaban sin bajar un ápice la velocidad marcada por Fusco, el tribuno pretoriano al mando, mientras descendían por el *Vicus Patricius* en dirección al gran anfiteatro. Fusco sabía que tenían que llegar a la hora indicada. Podrían haber estado antes del inicio de los juegos si los *bestiarii* hubieran sabido planificar mejor las cosas, pero, por otro lado, entrar ahora en el anfiteatro, con todo el público ya en sus asientos, sería mucho más sencillo. Luego, una vez conseguido su objetivo, se quedarían allí.

—¡Vamos, vamos, vamos! ¡Por Marte, espero que sepáis comportaros ante el emperador! ¡Vamos, vamos, vamos!

Tenían una misión extraña. Fusco no estaba seguro de que todo fuera a salir bien, pero quería sobrevivir. En la mirada de Domiciano el día de la muerte de Vespasiano había percibido posibilidades. Domiciano se rebeló demasiado pronto y fue descubierto, pero el emperador Tito había sido clemente y no lo ejecutó; Domiciano volvería a intentarlo: aquella mirada no dejaba lugar a dudas. Fusco quería estar preparado para cuando fuera el momento adecuado. De lo contrario nunca pasaría de tribuno y él tenía grandes aspiraciones. Muy grandes.

Las nuevas fieras habían mejorado algo el espectáculo. Mientras un león destrozaba con sus zarpas a una cebra que agonizaba en medio de la arena, se acercaron al emperador Trajano padre y su hijo. Tito ignoró la presencia del hijo y miró directamente a los ojos al veterano gobernador de Siria.

—Querías hablar conmigo, Trajano. Te escucho.

—El César es muy generoso con su tiempo. —El clamor del público, que admiraba cómo un elefante era capaz de mantener a varios leones a raya blandiendo sus gigantescos y afilados colmillos con rabia salvaje, interrumpió al gobernador de Siria; en cuanto el público calló, Trajano padre retomó la palabra. Tito miraba hacia la arena, pero parecía escucharle—. He combatido durante muchos años, César, en diferentes guerras, sobre todo en Oriente, eso es cierto, al servicio de vuestro padre y antes al servicio de otros, pero siempre fiel al emperador, fiel a Roma. Mi lealtad, la lealtad de toda mi familia a la dinastía Flavia, ha sido probada en numerosas ocasiones. Me enorgullezco de haber combatido bajo el mando del propio emperador en la larga guerra de Judea...

—Y aquel interminable asedio de Jerusalén, ¿recuerdas? —El emperador dejó de mirar hacia la arena y se volvió hacia Trajano padre—. Aquél fue un asedio tremendo. Los judíos no parecían rendirse nunca... nunca...

Por un momento, Tito dejó de ser el emperador y parecía

un simple veterano rememorando el pasado glorioso con otro veterano.

—Sin embargo, el emperador nos mantuvo a todos firmes con su tesón. Cuando las legiones caían en el desánimo, el valor y la fortaleza del emperador nos mantuvieron a todos unidos.

—Entonces no era emperador, sólo César, el *legatus augusti*, el enviado de mi padre.

—Nuestro *legatus augusti*, nuestro líder, nuestro César —completó Trajano padre con solemnidad, llevándose el puño al pecho y con voz que sonó sincera. El emperador asintió pero se detuvo y sacudió la cabeza.

—Sé lo que me quieres pedir, pero no puedo permitirme el lujo de prescindir de buenos aliados en el gobierno del Imperio justo ahora que he accedido al trono. No puedo dejarte marchar, Trajano.

—Por supuesto, César, lo entiendo, y si no tuviera una solución para ese asunto no vendría a importunarte con los desvaríos de un viejo guerrero como yo, pero tengo cincuenta años y mis energías no son ya las de un joven *legatus*. Yo apenas valgo para mucho más que no sea ver crecer a mi pequeña nieta Matidia, de doce años. En cambio mi hijo, aquí presente, ha estado conmigo durante todos estos años en Oriente, tiene veintiocho años y es fuerte como yo lo era en la guerra de Judea. Más fuerte si cabe, y tan leal como yo. Ha servido bien en Siria.

—Dices que eres mayor, pero te las arreglaste bien para detener a los partos hace poco tiempo —replicó el emperador, aún negándose a mirar al joven Trajano.

—Y me costó mucho, César. Mi hijo, no obstante, ayudó mucho, muchísimo, entonces. Es en él, en su fuerza, en la que debéis apoyaros ahora.

El emperador calló. Los vítores del público enardecido por las gestas de unos animales o por la agonía de otros, ascendían o descendían, según los acontecimientos brutales que se vivían en la arena.

—¿Qué quieres?

Tito no quería doblegarse, pero aquél era un senador poderoso que le había servido bien siempre y era la primera vez que aquel hombre le pedía algo.

—Sólo quiero retirarme a mi vieja Itálica, en Hispania, y descansar alejado de Roma. No quiero poder, sólo descanso. Estar con mi hija, con mi esposa, con mi nieta. Eso es todo. Mi hijo me podrá reemplazar en cualquier misión en donde el emperador precise de un hombre fuerte, inteligente y leal sin límites.

Por primera vez, el emperador Tito miró al joven Trajano. Encontró una mirada limpia, sin traiciones, pero con secretos. Eso le incomodó; aunque un hombre que es del todo transparente es siempre poco hombre. Un auténtico líder necesita de sus pequeños espacios ocultos, donde esconder su dolor, su vergüenza, sus humillaciones si las ha sufrido. Pero aun entre esas sombras se leía lealtad. Eso era lo esencial.

—Sea, Trajano —dijo el emperador y Trajano padre se inclinó—. Pero si tu hijo me falla en lo más mínimo será devuelto a Hispania y esperaré que te presentes en Roma a reemplazarle de inmediato, ¿está claro, por Júpiter?

—Muy claro, César. El César es generoso, muy generoso.

El emperador levantó la mano derecha indicando que la conversación había terminado. Trajano padre y Trajano hijo se alejaron de los asientos de Tito y su hija. Cuando ambos se sentaron de nuevo en su lugar, el joven Trajano murmuró unas palabras en el oído de su padre.

—No te fallaré.

El veterano gobernador de Siria sonrió levemente.

—Lo sé, hijo, lo sé. —Le miró un instante—. Tito es un buen emperador. Con él no tendrás problemas. Por eso me retiro ahora. Otra cosa sería si...

Miró hacia el hermano del emperador. Domiciano se había sentado junto a la aterrorizada sobrina del emperador e intentaba consolarla acariciándole las mejillas con el dorso de la mano. Trajano hijo miró hacia donde miraba su padre. No hicieron falta más palabras y era mejor así, mucho mejor. Había cosas que convenía dejar en silencio y más en medio del palco imperial en el gran anfiteatro Flavio.

Habían terminado las escenas de caza y era hora de retirar

las fieras, pero no todas parecían querer volver a sus jaulas, dispuestas bajo el podio imperial, o regresar a su encierro en los nichos ocultos tras el laberinto de pasadizos de la Puerta de la Vida.

—¿Cómo van a volver a sus jaulas, padre? —preguntó la joven Flavia Julia. El emperador sonrió.

—No lo sé, hija. pero no te preocupes; al menos, al fin han sacado unas fieras salvajes de verdad.

Miró al maestro de ceremonias, que se levantó enseguida para aportar una detallada explicación que pudiera satifacer la curiosidad del emperador y de su hija.

—La mayoría de los animales salvajes están exhaustos por luchar entre ellos o contra los *bestiarii* y muchas fieras tienen sed. Hemos trabajado en la forma de devolverlas a sus celdas: decenas de esclavos están poniendo ahora mismo grandes cuencos con agua en todas las jaulas. La mayoría de los animales regresará para beber. En cuanto lo hagan, otros esclavos, o los propios *bestiarii*, cerrarán las jaulas —concluyó el maestro inclinándose ante la joven hija del emperador.

Flavia Julia miraba hacia la arena. En efecto, la mayor parte de las fieras parecía retirarse sin oponer resistencia, seguramente en busca del agua que había comentado el maestro de ceremonias, pero varias leonas y leopardos se mantenían en la arena, pegados a las paredes, rugiendo y sin hacer además alguno de querer regresar a sus jaulas.

—¿Y con éstos qué harán?

—Ya habrán pensado en ello, hija —respondió Tito, y miró al maestro de ceremonias buscando confirmación.

—En efecto, César, en efecto. Los *bestiarii*... —dudó en acabar la frase, pero la mirada adusta del emperador le conminó a no entretenerse— ...los *bestiarii* han pedido ayuda a la guardia pretoriana, augusto.

En ese momento se cerraron las jaulas de debajo del podio y las de los pasadizos de la Puerta de la Vida, aunque una docena de fieras seguían en la arena. Pero entonces, por la misma Puerta de la Vida emergieron decenas, hasta casi dos centenares de pretorianos armados con *pila* y sus pesados escudos rectangulares cóncavos. Nada más entrar en la arena giraron hacia la derecha, estableciendo una larga formación en línea y quedando frente a las fieras que estaban sueltas. Fusco, el tribuno al mando, empezó a dar órdenes.

—¡*Pila*! —exclamó, y los pretorianos esgrimieron sus lanzas amenazadoramente contra las fieras, aunque eso no sería suficiente para protegerse de un ataque de los animales— ¡Escudos!

Pusieron sus escudos por delante, todos muy pegados, de forma que era como si las fieras se encontraran con una pared muy cerrada, sin fisura alguna, por la que sólo asomaban afiladas lanzas que, lentamente, se aproximaban hacia ellas. Los pretorianos maniobraban de forma que ahora dejaban libre la Puerta de la Vida, para que las fieras tuvieran un lugar por donde huir. Pese a todo un leopardo se arrojó contra el muro de escudos, pero fue repelido por las lanzas pretorianas y herido en el vientre y en el hocico. El público aplaudió la destreza de la guardia imperial. Tito asintió complacido. Era importante mostrar que la guardia pretoriana era valiente y eficaz en el combate, fuera cual fuese el enemigo. Las heridas del leopardo fueron suficiente advertencia para el resto de fieras y, poco a poco, todas fueron regresando a sus jaulas por la Puerta de la Vida. En poco tiempo la arena quedó sin animales salvajes y los esclavos pudieron entrar tranquilos y disponerlo todo para la siguiente atracción de la tarde. No obstante, como el montaje del nuevo escenario, con montañas construidas por carpinteros sobre complejos armazones de piedra para representar un bosque donde unos soldados iban a ser emboscados por un enemigo salvaje, requería tiempo y era, por encima de todo, aburrido para el público congregado en el anfiteatro, el maestro de ceremonias había dispuesto que media arena quedara libre para los *andabatae*. Estos guerreros, cubiertos con cascos sin visera, de forma que no podían ver nada, armados con espadas y caminando torpemente, a ciegas, empezaron a emerger por la Puerta de la Vida y el público aulló satisfecho. La espera hasta el siguiente entretenimiento sería distraída.

En el palco imperial, Flavia Julia se retiró del lado de su padre para buscar algo que comer y beber. Tito se quedó a solas, pero sólo un instante, porque Domicia Longina, aprovechando que Domiciano, su marido, también se había acercado a las grandes bandejas de apetitosa comida que acababan de sacar los esclavos del palco, se aproximó al emperador.

—Un edificio impresionante —dijo Domicia. Ésta aún recordaba el consejo de Antonia Cenis de no enfrentarse nunca a Domiciano, pero desde el episodio de la muerte de su hijo, que ella atribuía en gran medida a la inacción de éste con su cruel negativa a llamar a los médicos, Domicia había decidido saltarse cualquier norma de prudencia y apostar fuerte por la venganza absoluta.

Tito miró hacia las gigantescas gradas, luego hacia a la arena y, finalmente, a la propia Domicia.

—En efecto, lo es. Un gran edificio.

—Digno de una dinastía —añadió Domicia—. El divino Vespasiano debe de sentirse feliz viendo todo esto.

—Seguramente, seguramente, Domicia.

Tito sabía que, tras esas palabras, Domicia buscaba algo más. La esposa de su hermano se acercó más y le habló al oído.

—¿Veré esta noche al emperador de Roma? —susurró la mujer con la voz más insinuante que pudo. Era diestra en ese ardid.

Tito sonrió. Asintió y no dijo nada más. Desde que aceptara seguir el consejo de su padre y mandara a Berenice, su concubina oriental, de regreso a su país para evitar hacerse impopular ante el pueblo, Tito había iniciado una pasional relación con su cuñada. Era una dulce venganza tras el intento de rebelión de Domiciano. Su hermano, por el momento, o bien no se había dado cuenta o bien les dejaba hacer. En cualquier caso, Tito se sentía seguro: como emperador dominaba a la guardia pretoriana, de la que había sido jefe del pretorio durante todo el reinado de su padre; y aún más desde la purga que había realizado tras el intento de rebelión de unos meses atrás. Era imposible que Domiciano pudiera sorprenderle. Tito se sentía fuerte, sano, invulnerable.

Domicia se separó y fue hacia las bandejas de comida. Se cruzó con un esclavo que había hecho una selección de los mejores manjares en una bandeja de bronce para acercarlos hasta el emperador.

Marcio y Atilio no combatían en la inauguración del anfiteatro Flavio. Tenían ya diecinueve años, y ganas y fuerza para hacerlo no les faltaba, pero el *lanista* había seleccionado sólo a veteranos, encabezados por los temibles Prisco y Vero. Marcio y Atilio comprendían que aquél era un día demasiado señalado como para sacar a novatos como ellos a la arena, pero tenían esperanzas en poder demostrar su valía a lo largo de las innumerables jornadas que seguirían a aquel primer día del anfiteatro Flavio.

Atilio se quedó admirando cómo Prisco y Vero y el resto se preparaban para salir a luchar, pero Marcio decidió asomarse al gran pasillo de la Puerta de la Vida por su cuenta para ver lo que ocurría en la arena y vio cómo salían los *andabatae*, apretujándose unos contra otros en el pasadizo que daba acceso a la gran explanada ovalada, hasta que una veintena de esclavos, con palos ahorquillados, les empujaron por el cuello o por la espalda para que continuaran andando. Algunos tropezaban y caían al suelo, pero los esclavos les levantaban con rapidez. Al llegar a la salida, justo antes de entrar en la arena, otro esclavo les entregaba una espada a cada uno, una espada recta, recia y terminada en punta como la de un *mirmillo*. Atilio llegó entonces junto a Marcio y ambos se rieron al verlos. Eran tan torpes y se les veía tan asustados... Eran lo peor de lo peor. Los *andabatae* eran condenados a muerte a los que se les daba una última oportunidad, aunque más que una oportunidad era una forma de conseguir más espectáculo a precio barato.

—Allá van —dijo Atilio señalando hacia la arena.

Se asomaron desde la Puerta de la Vida con la curiosidad de su juventud. Aún no se estrenarían como gladiadores aquel día. La inauguración del anfiteatro Flavio era algo demasiado importante como para que pudieran debutar en la arena, pero el *lanista* les había permitido asistir a las luchas desde los pasadizos de la Puerta de la Vida como premio a su concentración en los combates de adiestramiento en el colegio de gladiadores.

Marcio miraba a los *andabatae* en medio de la parte de la arena que quedaba libre de los trabajos de los esclavos que estaban montando el complejo escenario para la siguiente recreación de una batalla. Los pobres condenados tenían que batirse a ciegas, los unos contra los otros, hasta que sólo quedase uno o dos en pie y, al final, esperar haber entretenido lo suficiente al populacho como para que éste se apiadara de ellos y pidiera su libertad. Así, los *andabatae*, con sus cascos atados con correas de cuero al cuello, de modo que no podían quitárselo aunque lo intentaran, empezaron a blandir sus armas con furia, presas del pánico, hacia delante, girando sobre sí mismos, intentando herir a otros sin ser a su vez heridos por un contrario. La gente reía viendo cómo daban tumbos a ciegas, cómo cortaban el aire con las espadas temblorosas y jaleaban cuando alguno alcanzaba a cortar un brazo o una pierna de otro enemigo igual de ciego que él mismo. De pronto uno acertó a rebanar el cuello de otro luchador, el degollado soltó la espada, se arrodilló y, llevándose las manos al cuello, intentó, sin conseguirlo, quitarse el casco en un vano intento por poder respirar, pero el aire se le iba, se le iba. Otro tropezó sobre el cadáver del degollado y cayó al suelo. Uno, Nonio de nombre, más astuto, empezó a moverse de cuclillas, lo que le hacía librarse de la mayor parte de los mandobles de sus enemigos, mientras él, por su parte, acertaba a herir en piernas y costados de varios gladiadores con sus cascos ciegos. Ajeno a los esfuerzos de Nonio por sobrevivir, el público estaba encantado porque podía influir en la lucha aullando instrucciones a los *andabatae*.

—¡Lo tienes a tu derecha, a tu derecha, por Júpiter!

—¡No, imbécil!

—¡Por Marte, ataca ahora! ¡Adelante, lo tienes delante!

Las instrucciones no siempre eran correctas, sino que también había quien disfrutaba engañando a los *andabatae*, para hacer que dos chocaran o que uno tropezara con un cadáver u otro luchador herido que se arrastraba por la arena. Además se cruzaban apuestas y era conveniente conseguir que tu luchador siguiera en pie el máximo tiempo posible; si para ello había que confundir al resto, se le confundía. Pero al final, los *andabatae* no escuchaban a nadie, sino que, presos del pavor más absoluto, algunos llorando sin ser vistos, con las lágrimas bajo aquellos cascos que los atenazaban, esgrimían sus espadas por todas partes, con la saña que da la desesperación. Nonio, condenado a la arena por estafador, pensó que podría salir vivo de allí fingiendo y engañando como había hecho durante toda su vida. Así, cuando recibió un golpe no mortal —pues sólo se trataba de un rasguño en un hombro—, se dejó caer como si estuviera muerto. Lamentablemente para Nonio, aquellas tretas no valían en el anfiteatro Flavio.

Uno de los más temidos empleados de la arena salió entonces por la Puerta de la Muerte, cubierta su cara con una máscara de Caronte a través de la cual, como los actores de teatro, podía ver perfectamente lo que ocurría a su alrededor. Caronte se acercó a los caídos seguido por varios esclavos y fue señalando a cada uno de los posibles cadáveres. A continuación los esclavos, que portaban un brasero con fuego y hierros candentes, aproximaron uno de los hierros al brazo desnudo de los supuestos muertos. La mayoría permanecían inmóviles pese a ser marcados a fuego, pues eran sólo cadáveres, pero cuando uno de aquellos esclavos puso el hierro candente en el brazo de Nonio éste no pudo evitar lanzar el más terrible de los aullidos. El esclavo del hierro abrasador dio unos pasos atrás y dejó que otro temido empleado de la arena, éste con la máscara del dios Hermes, se arrodillara junto al que había fingido estar muerto. Hermes cortó las correas del casco de Nonio y tiró del mismo. Por un breve instante, el astuto estafador sintió el alivio del aire fresco en la piel de su rostro, pero de inmediato, cuando aún parpadeaba para intentar averiguar qué estaba pasando, Hermes dejó caer sobre la cabeza del condenado Nonio, que había intentado engañar a todos, un pesado martillo que se la destrozó. Entonces y sólo entonces, una vez que fue seguro que Nonio y el resto de aquellos miserables estaban muertos, Caronte les clavó unos gruesos ganchos y, ayudado por sus esclavos, arrastró los cadáveres por la arena hasta conducirlos a la Puerta de la Muerte, donde desaparecieron por los negros pasadizos que terminarían conduciendo los cuerpos de aquellos hombres forzados a luchar a ciegas hasta morir al *spolarium*. Allí, otro grupo de esclavos los despojarían de todo cuanto pudiera tener valor: armas, casco, si aún lo hubiera llevado puesto, y cualquier protección, para retirarse al fin y dejar que los carniceros del anfiteatro hicieran su trabajo con eficacia y rapidez. Estos últimos trocearían el cuerpo de Nonio y del resto de *andabatae* en varios pedazos sobre unas tarimas de piedra y entregarían los trozos de carne humana a los *bestiarii* para que éstos tuvieran comida que dar a las fieras. Carpophorus, el joven *bestiarius*, estaba siempre allí, seleccionando las piezas más jugosas para sus fieras favoritas. La sangre fluía libre por las piedras del *spolarium* hasta caer en un gran sumidero que escanciaba toda la muerte del anfiteatro Flavio en las cloacas que surcaban las entrañas mismas del pesado vientre de aquel edificio, diseñado para mostrar el poder omnipotente de Roma, hasta que la sangre se perdía en la Cloaca Máxima primero y, por fin, en un río Tíber que se teñía de rojo las largas tardes de juegos.

Domicia Longina regresó a su asiento tras su breve pero intensa conversación con el emperador, mientras que casi todo el mundo se arremolinaba alrededor de las bandejas de comida. Había hambre en el palco; tanta que no se había dado tiempo a que los esclavos distribuyeran la comida de forma que no se tuvieran que levantar todos. Sólo el emperador parecía lo suficientemente absorbido por el gran estreno del anfiteatro Flavio como para no correr en busca de la comida, aparte de que el esclavo con la bandeja de bronce ya estaba a su lado. Domicia encontraba aquella ansia por comer de la mayoría de los presentes en el palco, cuando menos, vulgar. Su propio esposo, Domiciano, cogía comida de las bandejas para él y para Flavia Julia y la pequeña Domitila. Las niñas parecían estar contentas a su lado. Y él también. Él también. Domicia Longina apretó los labios y digirió la escena. Tenía que hablar con el emperador. Domiciano no se estaría mucho tiempo quieto sin hacer daño de algún modo, de alguna forma. No sólo se podía hacer daño al emperador con conjuras. Igual que ella y Tito le humillaban con su relación, Domiciano ya habría discernido que había otras formas de herir incluso más dolorosas, pero Tito, en su ingenuidad y en medio de su gran poder, como todo el que se mueve rodeado y protegido en todo momento, parecía incapaz de intuir la maldad de su enemigo, de su hermano. Hablaría con él, con Tito. Hablaría con él lo antes posible del asunto.

Domicia vio entonces que sólo unos pocos habían mostrado el suficiente autocontrol como para no levantarse de forma apresurada a por la comida: el *lanista*, atento a cómo actuaban sus gladiadores en la arena, el maestro de los juegos, siempre pendiente de que el emperador estuviera satisfecho con todo lo que se escenificaba para él y para el pueblo de Roma, y el gobernador de Siria y su hijo, los Trajano. Así se los conocía por toda Roma. El gobernador había servido siempre bien a los Flavios y, en especial, a Tito en la guerra de Judea. Un senador poderoso, rico y, por lo que Tito había contado de él, valeroso en el campo de batalla. Su hijo, alto y fuerte y joven, pero ya maduro —debía de tener veinte y bastantes años, quizá como ella, quizá algo menos— miraba hacia la arena. Domicia se acercó a aquellos hombres. Recordaba que el gobernador de Siria quizá sirviera bajo el mando de su padre, el *legatus augusti* Corbulón, en los lejanos y agrios tiempos de Nerón.

—Parece que sois de los pocos que no tenéis hambre —dijo Domicia con una sonrisa.

Trajano padre se levantó y, de inmediato, le imitó su hijo. Estaban hablando con la cuñada del emperador, con la esposa del hermano del emperador.

—Las campañas militares le enseñan a uno a contener sus ansias —dijo Trajano padre. Domicia asintió.

—Ojalá todo el mundo en Roma tuviera vuestra capacidad de contención, gobernador —dijo Domicia, y añadió un comentario sin mala intención, sólo por hacer conversación—: A mí todo esto me parece excesivo —dijo señalando las gradas del anfiteatro. Planteó una pregunta y nada más hacerlo lo lamentó, porque se dio cuenta de que había puesto en una situación difícil, sin pretenderlo, al gobernador de Siria—: ¿No creéis que todos estos juegos son algo excesivo, con esos pobres obligados a luchar a ciegas?

Trajano padre sonrió levemente, pero midió bien las palabras que usaba en su respuesta.

—Lo que es excesivo o no en Roma lo dictamina el emperador. Por mi parte, ésta es una obra imponente. —Pero evitó dar su opinión sobre unos combates entre hombres forzados a luchar a ciegas, confundidos y aterrados.

Domicia asintió. Comprendió en un instante cómo aquel hombre había podido pasar de ser un simple noble de una provincia hispana a todo un senador, *legatus* y hasta gobernador en medio de los tumultuosos años de guerras civiles. Si era igual de hábil en el campo de batalla que con las palabras, era normal que fuera apreciado por sus amigos y temido por sus enemigos.

—¿Es cierto que combatisteis en Oriente bajo el mando de mi padre? —preguntó Domicia en voz baja. Hablar de su padre había sido siempre un tema delicado y más cerca de un emperador. El hecho de que Corbulón, el padre de Domicia, se hubiera, aparentemente, rebelado contra Nerón siempre dejó una sombra de sospecha sobre las actuaciones de Domicia.

Trajano hijo miró a su padre con cierto nerviosismo, pero el hombre parecía relajado y es que el veterano gobernador de Siria supo leer en la mirada de Domicia Longina lo que había detrás de aquella pregunta: era una hija buscando saber algo de un padre que perdió de niña y del que nadie podía hablarle nunca; un padre que fue su amigo, un padre que le rogó que protegiera a su hija siempre que pudiera.

—Para mí fue un honor combatir bajo el mando del *legatus* Corbulón cuando era joven como mi hijo. Él me enseñó casi todo lo que sé de estrategia militar. Un gran hombre de Roma y una lástima su destino.

Domicia sonrió, pero poco. Le habría gustado oír más, mucho más, pero entendía que el gobernador no quisiera extenderse. Por otro lado, le quedaba la eterna duda de si se trataba de palabras sinceras o de palabras pronunciadas con la habilidad de quien sabe decir lo que su interlocutor quiere oír en cada momento, pero entonces, en ese justo instante, el hijo del gobernador intervino, como si hubiera leído los pensamientos de la preciosa y atormentada Domicia.

—Mi padre siempre ha hablado muy bien del *legatus* Corbulón y siempre me lo ha puesto como ejemplo.

No dijo más el joven Trajano, pero Domicia le miró un momento y asintió. El hijo del gobernador había hablado con la frescura de la improvisación. No, no era probable que le estuvieran mintiendo. Domicia Longina se despidió con una sonrisa de aquellos dos hombres y volvió a su asiento. Por un rato, breve pero intenso, para ella no existió ni el anfiteatro Flavio, ni las maquinaciones constantes de su esposo, ni la plebe aullando a los luchadores de la arena. Por un breve tiempo, Domicia Longina cerró los ojos y recordó los dedos fuertes y recios de su padre acariciándole la mejilla los días previos antes de su partida hacia Oriente.

Y llegó el momento de los gladiadores profesionales. Marcio y Atilio se hicieron a un lado. Ya habían combatido algunas parejas, pero todos estaban esperando lo mismo y el momento acababa de llegar: allí estaba Prisco, un celta de la Galia, un esclavo que había sorprendido a su amo por su fortaleza y que fue comprado por el *lanista* del *Ludus Magnus* siguiendo su fino instinto, que le permitía detectar a los mejores luchadores incluso si éstos aún no habían sido entrenados; y Vero, un hombre libre de Moesia que se había hecho gladiador como único medio para conseguir fortuna y al que Cayo había adiestrado también durante los últimos años. Ambos salieron a la arena. Sí, Prisco y Vero eran sus mejores gladiadores: cosechaban decenas de victorias, apenas un par de *missus* cada uno —indultados por el pueblo por su destreza en el combate pese a haber sido derrotados— y ningún *stans missus*, indulto a ambos luchadores pese a que ninguno hubiera vencido. Esta última opción era muy rara y ningún luchador la consideraba como probable. Los gladiadores luchaban para conseguir la victoria o, en el peor de los casos, para batirse de la forma más digna y espectacular posible si veían que su adversario era mucho más poderoso, porque sólo mostrando valor más allá de su desesperación al sentirse inferiores podían conseguir que el público les perdonara cuando, al fin, el oponente les derrotara. Acontecía además que los *missus* de Prisco y Vero habían ocurrido en su primer año de combates, cuando eran más inexpertos en la arena. Desde entonces sus participaciones en cualquiera de los *munera* [juegos gladiatorios] se contaban sólo por victorias, claro que nunca habían combatido el uno frente al otro. Su popularidad, por un lado, y el entrenarse en el mismo colegio de gladiadores, por otro, les había hecho sentir respeto primero el uno por el otro y, por fin, compartir noches de orgía con más de una patricia romana caprichosa y rica que podía permitirse yacer con los mejores luchadores de Roma. De ahí a la amistad quedaba poco camino que recorrer, por eso cuando se anunció que en la inauguración del gigantesco anfiteatro Flavio iban a enfrentarse el uno contra el otro, aquello se convirtió en el evento más esperado por todos los asistentes a aquella impresionante jornada de combates. Marcio y Atilio los vieron salir corriendo hasta situarse en el centro de la arena pero próximos al podio imperial, donde saludaron al César.

—¡*Ave, Caesar, morituri te salutant*! [¡Ave, César, los que van a morir te saludan!]

Y Tito se levantó en señal de admiración por su larga lista de victorias. El árbitro se acercó entonces a los dos luchadores para indicarles que el combate debía iniciarse ya. Las apuestas se cruzaban en todas las gradas del anfiteatro. Unos apostaban por Prisco, el gran celta, mientras que otros confiaban más en la destreza de Vero de Moesia. Para dotar a la lucha de una igualdad absoluta, se había armado a los dos gladiadores como *mirmillones*, con sendos escudos rectangulares, grandes y cóncavos, cascos con visera rematados con un pez en lo alto, espadas largas, rectas, de doble filo con punta en el extremo, protecciones para el brazo derecho que blandía el arma y grebas en ambas piernas. El árbitro dio un par de pasos atrás y el combate comenzó.

El silencio se apoderó de las gradas. Sólo se oía el chasquido metálico de las espadas chocando entre sí o golpeando los pesados escudos. Los primeros instantes fueron de tanteo, pero pronto Prisco se lanzó al ataque de forma brutal. Vero resistió los embites a la defensiva durante un rato hasta que, de pronto, lanzó su propio ataque con enorme furia sorprendiendo a Prisco que, no obstante, consiguió detener el avance de su contrincante. Las apuestas subían en las gradas. Todos dejaron de comer en el palco imperial. El emperador se levantó para seguir mejor el combate. El *lanista* restregó los dientes superiores contra las mandíbulas inferiores en un intento por masticar su nerviosismo sin llamar la atención de los patricios que le rodeaban. Sabía que hoy iba a perder a uno de sus mejores gladiadores, pero esperaba que, al menos, el emperador quedara satisfecho; le gustaba acariciar la idea de poder pasar aún muchos días bebiendo buen vino.

Los combatientes se separaron unos pasos el uno del otro. Necesitaban recuperar el resuello. El árbitro, juez del enfrentamiento, permaneció atento a que no hicieran nada prohibido, pero Prisco y Vero eran profesionales. Se estaban jugando la vida, pero de acuerdo con las normas. Prisco reinició la lucha. Vero volvió a defenderse. Prisco rozó con su espada el hombro protegido de su oponente. Vero aulló, pero la herida era superficial, aunque suficiente para que manara algo de sangre por su antebrazo y tiñera de rojo la arena que pisaba. El público bramó de júbilo. Sus héroes estaban luchando a muerte, con pasión, con entrega; no se podía pedir más. Vero se agachó evitando un nuevo golpe y acertó a herir a Prisco justo por encima de la greba de la pierna derecha. También un corte superficial, pero más sangre sobre la arena, más furia, más ansia, más aullidos de un público encendido y unas apuestas que volvían a subir. De nuevo se retiraron unos pasos el uno del otro y de nuevo retomaron el combate y así en dos ocasiones más, en tres. El sol se ponía por el oeste y Prisco y Vero seguían combatiendo, luchando sin tregua, golpe a golpe. El público podía oírlos resoplando en busca de aire. Las viseras de sus cascos no parecían dejar suficiente ventilación para los combatientes, pero no había un momento de reposo suficientemente largo como para quitarse el casco y recuperar bien el aliento. En ese momento el emperador levantó el brazo y el árbitro, siempre atento a cualquier gesto del César, detuvo la lucha.

—¡Que les den de comer y de beber! —ordenó Tito.

Era algo del todo inusual. No era que no se hubiera hecho nunca, pero era muy poco frecuente. Sin embargo, a todos les pareció una gran idea. Si Prisco y Vero tenían unos momentos de alivio, retomarían la lucha con la fiereza del principio. De inmediato unos esclavos sacaron agua fresca en sendas jarras y algo de fruta y carne seca de cerdo para los dos gladiadores. Tanto Prisco como Vero se quitaron los cascos, bebieron primero y luego comieron algo de carne y fruta a grandes bocados, con ansia, mirándose mutuamente, vigilándose, estudiándose. El juez hizo un gesto y los esclavos se llevaron la comida y el agua. Prisco y Vero se ciñeron los casos de nuevo y retomaron el combate con una nueva y brutal serie de golpes que habría derribado a cualquier otro luchador que no fueran ellos. El júbilo se apoderó del público. El pueblo de Roma aclamaba a los dos luchadores y al César que les regalaba aquel combate sin par.

> *Cum traheret Priscus, traheret certamina Verus,*
> *esset et aequalis Mars utriusque diu,*
> *missio saepe uiris magno clamore petita est;*
> *sed Caesar legi paruit ipse suae;*
> *lex erat, ad digitum posita concurrere parma:*
> *quod licuit, lances donaque saepe dedit.*

[Prolongando el combate Prisco, prolongándolo Vero
y estando igualado el valor de ambos durante mucho tiempo,
se pidió reiteradamente y a grandes voces que se licenciase a los
dos combatientes; pero el César mismo se atuvo a su propia norma:
la norma era luchar, dejando los escudos, hasta que uno de ellos
levantase el dedo. Sólo hizo lo permitido: les dio varias veces
fuentes con alimentos y regalos.] [24]

Los intercambios de golpes se sucedían con una velocidad pasmosa para un combate que ya duraba largo tiempo. Los dos gladiadores pugnaban como si acabara de iniciarse la lu-

---

24. De los *Epigramas* de Marcial; traducción al español de este extracto, y del siguiente, de la versión en libro electrónico de José Guillén, revisada por Fidel Argudo disponible en <http://ifc.dpz.es/recursos/publicaciones/23/14/ebook2388.pdf>, con pequeñas modificaciones estilísticas por parte del autor.

cha, hasta que poco a poco Vero fue perdiendo terreno. Le costaba mantener el mismo ímpetu en sus golpes con el hombro herido. El corte no había sido profundo pero perdía sangre y con ella se le escapaba la energía necesaria para detener los certeros mandobles de Prisco. Este último cojeaba por la herida en la pierna, pero parecía mantener todas sus fuerzas en los brazos, de forma que arremetió con furia contra Vero hasta derribarlo. Éste, hábil incluso en la caída, rodó por el suelo para evitar que Prisco pudiera golpearle en el suelo, pero al girar sobre sí mismo perdió el escudo. Vero se levantó entonces, blandiendo la espada asida con las dos manos. Mejor así. Se sentía más fuerte. El juez callaba. Prisco vio cómo su compañero se le acercaba dispuesto a combatir sin escudo. Miró al emperador y éste asintió. Prisco arrojó entonces su escudo e, imitando a Vero, tomando la espada con las dos manos, volvió a entrar en combate.

El público rugió por el gesto de Prisco. El combate prosiguió así en igualdad de condiciones. Los golpes volvieron a ser brutales. Los gladiadores gemían de nuevo, respiraban con ansia, combatían con rabia, hasta que Prisco, por un instante sólo, pero suficiente ante alguien tan experto como Vero, perdió levemente el equilibrio por la cojera de su pierna derecha. Vero, reuniendo las pocas fuerzas que le quedaban después de tanta sangre perdida, asestó un espadazo bestial contra el arma de su oponente en ese momento, cuando éste se encontraba más atento a no caerse que a asir con la suficiente fuerza el arma. Así, la espada de Prisco voló por los aires y cayó a más de veinte pies de distancia; demasiado lejos para cogerla si Vero le atacaba. Las tornas habían cambiado. Todo parecía ahora perdido para Prisco, pero Vero, aun a sabiendas de que estaba exhausto, era hombre de honor y le devolvió el gesto que antes había tenido con él, de forma que arrojó su propia espada lejos, a otros veinte pies de distancia. Ambos gladiadores quedaron en pie, el uno frente al otro, sin escudos ni espadas, sangrando uno por el hombro y el otro por la pierna, rodeados de manchas de su propia savia roja repartida por la arena que pisaban. El juez, una vez más, dudaba. No hizo falta su intervención. Para sorpresa de todos y satisfacción absoluta del pueblo de Roma, Vero embistió a Prisco con su hombro sano. Ambos rodaron por el suelo. Se levantaron, se miraron. Prisco aceptó el nuevo reto y empezó un combate a puñetazos, sin tregua, sin descanso.

Una vez más el público del anfiteatro Flavio bramó como bestias salvajes. Aquellos gladiadores iban a luchar hasta el final, como fuera, con los puños, a mordiscos, a puntapiés, como hiciera falta, atentos sólo a una única norma: luchar siempre en igualdad de condiciones. La tenacidad empapada de tanta nobleza les admiró a todos. Los puñetazos no por no tener filo eran menos peligrosos. Vero no lo dudó y golpeó en dos ocasiones el muslo de la pierna herida de su contrincante, mientras que Prisco le devolvió aquel ardid con un poderoso puñetazo en su hombro sangrante. Los dos aullaron de dolor. Tuvieron que detenerse para recuperar el aliento. Estaban agotados, se miraban jadeantes mientras giraban sobre un punto imaginario en el centro de la arena del anfiteatro Flavio. Vero volvió a golpear a Prisco y éste cayó de rodillas, pero en su caída se abrazó a Vero y lo arrastró al suelo. Se revolvieron en la arena y continuaron pegándose, hasta que rodando quedaron separados por dos pasos de distancia el uno del otro: Prisco boca abajo, Vero mirando al cielo del mundo. Habían sangrado demasiado, estaban totalmente exhaustos. Prisco consiguió ponerse de rodillas. Vero intentó incorporarse pero parecía no poder conseguirlo, aun así rugió con rabia y se alzó de nuevo, sentado primero y luego en pie. Prisco hizo lo propio. Tambaleantes se volvieron a encarar el uno contra el otro y, una vez más, intercambiaron varios puñetazos que surcaron el aire sin alcanzar su objetivo, hasta que el puño de Prisco impactó en el mentón de Vero y éste volvió a caer. Desde el suelo, Vero trabó con las piernas a Prisco y le derribó también, aprovechando para darle un puntapié en la herida de la pierna derecha. Los dos se retorcieron de dolor sobre la arena. El juez del combate, el público, el emperador, todos contemplaron la escena atónitos. Y volvieron a levantarse y volvieron a golpearse y volvieron a caer de nuevo. Y así una y otra vez. La noche cayó sobre Roma y se encendieron miles de antorchas en el anfiteatro Flavio. Se les volvió a ofrecer comida pero ambos la rechazaron. Sólo querían combatir, estaban como cegados por la lucha misma, y seguían y seguían... El pueblo de Roma empezó a aclamarlos a los dos por igual, como habían hecho antes, pero ahora aún con más intensidad, con vítores en honor de ambos hasta que empezaron a pedir, desde las *caveas* inferiores de los ricos hasta las *caveas* más altas de los pobres, los libertos, los esclavos y las mujeres, la libertad para dos gladiadores que habían luchado como nunca antes se había visto Roma. Y el emperador Tito se levantó en el palco imperial alzando los brazos y el juez se interpuso entre Prisco y Vero y todo se detuvo.

> *Inuentus tamen est finis discriminis aequi:*
> *pugnauere pares, subcubuere pares.*
> *Misit utrique rudes et palmas Caesar utrique:*
> *hoc pretium uirtus ingeniosa tulit.*
> *Contigit hoc nullo nisi te sub principe, Caesar:*
> *cum duo pugnarent, uictor uterque fuit.*

> [Se llegó al fin de un combate igualado:
> lucharon iguales, se rindieron a la par.
> El César envió a uno y a otro el bastón de la licencia,
> y a uno y a otro las palmas de la victoria.
> Tal fue el premio de su valor denodado.
> Un hecho semejante no se había visto sino en tu reinado, oh César:
> que luchando dos, quedaron vencedores ambos.]

Y el combate terminó. El emperador Tito estaba encantado con aquella lucha digna de la inauguración del más grande de los anfiteatros del mundo, satisfecho con los vítores del pueblo de Roma para los dos gladiadores así como a favor de él mismo, del emperador de Roma. Miró hacia detrás. Su hija Flavia Julia parecía fascinada, como el resto de los presentes en el palco. Los Trajano se levantaron y se inclinaron a modo de reconocimiento por el noble gesto del emperador al liberar a los dos gladiadores que tan sobresalientemente habían combatido; Domicia Longina le sonrió; el *lanista*, serio pero ya algo más tranquilo, también se inclinó y lo mismo hizo el mismísimo Domiciano, con una amplia sonrisa en el rostro.

Tito se sintió complacido y se volvió hacia el pueblo de Roma que no dejaba de aclamarle.

—¡César, César, César!

Domiciano, nada más girarse el emperador hacia el pueblo, borró su sonrisa del rostro y se sentó despacio. Su hermano acababa de conseguir una popularidad inmensa entre el populacho. Todo se complicaba. Pero no se derrumbó. El destino, la diosa Fortuna, siempre le había ayudado, como le ayudó a salvarse de los vitelianos en el pasado, como le ayudó a retrasar el castigo de su hermano al rebelarse contra él. La diosa Fortuna y Minerva, siempre Minerva, a la que se encomendaba a menudo, velarían por él. En algún momento, en algún descuido, en algún error de su hermano, tendría una oportunidad. Sólo necesitaba eso: una oportunidad. Eso sería suficiente. El clamor del pueblo de Roma era abrumador. Domiciano se permitió una nueva sonrisa. Bien. Siempre es más fácil derribar a alguien cuando se siente fuerte, tan fuerte que se cree invulnerable.

Domicia Longina observó los gestos de su marido y calló. Ocultó su preocupación tomando algo de fruta de una bandeja. El *lanista*, por su parte, permaneció sentado en su sitio. No tenía hambre. Sus luchadores habían satisfecho al emperador pero el emperador acababa de liberar a los dos. Era una pérdida enorme para su escuela de lucha. En su cabeza repasaba al resto de gladiadores de los que disponía. ¿Quiénes podrían reemplazar a Prisco y Vero? Tenía una idea, pero no estaba seguro. No estaba seguro.

En la Puerta de la Vida, Prisco y Vero fueron recibidos entre gritos de júbilo por el resto de gladiadores, que habían presenciado igual de admirados que el resto aquella épica lucha. Marcio y Atilio les vieron entrar, cubiertos de sangre y polvo y arena, blandiendo una *rudis* cada uno en la mano derecha, la espada de madera símbolo de su libertad recién adquirida. Marcio y Atilio se miraron un instante. Los dos lo tenían claro: querían, alguna vez, ser como aquellos dos hombres cuyos nombres no dejaban de resonar en las inalcanzables gradas del anfiteatro Flavio.

72

UNA NOCHE CON EL EMPERADOR DE ROMA

Domus Aurea, **Roma**
Final del verano de 81 d. C.

Se veían con frecuencia. Domicia y el emperador Tito pasea-
ban al atardecer por los jardines de la *Domus Aurea*, donde
Tito había terminado de restaurar algunas secciones. El nuevo
palacio imperial proyectado por su padre aún estaba en sus
cimientos en lo alto del Palatino. No había prisa. Era más popular así, inaugurando grandes edificios públicos como el anfiteatro Flavio que construyéndose grandes complejos de uso
privado. Ése fue el principio del fin de Nerón, y Tito no quería caminar en esa dirección, así que no había apresurado
las obras de aquel nuevo palacio. Tenía tiempo para hacer las
cosas despacio. En lo íntimo, por el momento, sólo se permitía, como un pequeño gran lujo personal, su relación con Domicia. El pueblo había rechazado a su concubina, la reina Berenice, por extranjera, por oriental, pero que el emperador
yaciera o no con su cuñada, una matrona romana aún muy
hermosa, era visto con condescendencia y considerado por el
pueblo como, después de todo, un asunto familiar. Domiciano, por su parte, parecía haber aceptado el *statu quo* y se ausentaba varias veces a la semana para perderse en los lupanares más lujosos de la ciudad entre las prostitutas griegas, las
más caras. Eso les daba libertad de acción al emperador y a
Domicia, y Tito estaba feliz así.

Llegaron hasta la cámara personal de Tito. Allí, el emperador del mundo fue desnudado despacio por la hermosa Domicia, quien, a cada pliegue que deshacía de la túnica imperial, dejaba caer un suave beso con sus carnosos labios sobre la
piel del dueño del Imperio hasta que quedó completamente

desnudo, con su miembro en inconfundible excitación y Domicia se alejó fingiendo cierto rubor ante el tamaño de aquella parte de la anatomía imperial.

El emperador se acercó a la cama donde la bella Domicia se había acurrucado. Alargó un brazo y pareció que iba a rodearla con él, pero la mano del emperador se sumergió bajo la almohada y extrajo de debajo de la misma una preciosa daga rematada con un rubí en su empuñadura. Paseó entonces la punta de la daga por el cuello de Domicia.

—Quítate la ropa —dijo y ella negó con la cabeza.

A ambos les excitaba aquel juego sobremanera. Ella fingía siempre no querer ceder a sus pretensiones y él, insistente, usando la amenaza constante de aquella arma, conseguía que ella siempre cediera al final a todas sus lujuriosas pretensiones. Domicia se quitó la túnica y se quedó sólo con la ropa íntima, pero ésta parecía haberse enganchado y no podía deshacerse el nudo de una cinta que sujetaba la parte que sostenía sus senos. El emperador condujo entonces la punta de su daga hasta ese lugar y, con un movimiento violento, pero controlado y preciso, cortó aquel pequeño pedazo de tela que osaba interponerse entre el emperador de Roma y el objeto de su deseo. Los senos de Domicia quedaron desnudos, hermosos, mirando al gran Tito. El emperador paseó entonces la punta de la daga por la superficie dorada de los pezones de Domicia Longina, pues ella había adquirido la costumbre de esparcirse polvo de oro por aquella tierna parte de su cuerpo. Pocos en Roma podían permitirse semejante lujo.

Domicia nunca se había sentido tan querida, tan deseada ni tan de alguien como en aquel momento. Y sabía que el emperador disfrutaba al máximo de todo aquello, que quizá incluso compartiera las mismas sensaciones que ella. Era el momento perfecto para pedir algo. Domicia, con los ojos cerrados, sintiendo la punta de la daga de Tito rascando suavemente su piel más delicada, habló con la voz dulce del ruego.

—El emperador ha de hacer algo con Domiciano —dijo.

Para su alivio, el control que ejercía Tito sobre la daga se mantuvo constante, como si no se hubiera pronunciado palabra alguna en la habitación, pero la respuesta del emperador mostró que Tito había escuchado, y bien, cada una de las palabras de su sometida amante.

—Domiciano está bien como está. No me molesta y yo no le molesto a él.

Se sentó en la cama para jugar desde una postura más cómoda con la daga entre la superficie blanca de aquellos senos. Le encantaba que Domicia estuviera allí, tan desnuda, tan quieta, tan vulnerable. Hasta le gustaba que se empeñara en hablar y en pedir.

—Domiciano no fue castigado tras su conjura, César, y Domiciano sólo entiende el castigo. Ahora busca otras formas de hacer daño. Nuestros encuentros sólo acrecientan su odio.

—Puede ser, pero a ti te gusta que nos odie, ¿me equivoco?

Tito estaba convencido de que Domicia estaba con él más por violentar el ánimo de su esposo que por auténtica pasión. Pero le gustaba tanto que no quería entrar demasiado en ese tema. Hundió un poco la punta de la daga, sin hacer sangre, en el pecho derecho de Domicia. Ella lanzó un breve gemido. No hubo sangre. Sólo una indicación de quién controlaba la situación. Domicia, con los ojos cerrados, sin ofrecer resistencia a Tito, siguió hablando.

—Al principio, sí. Al principio buscaba hacerle daño, hacer tanto daño como pudiera a Domiciano, pero ahora es diferente. —Abrió los ojos; aquello rompió un poco el mágico encanto de la escena para Tito pero sirvió para captar toda su atención—. Ahora me preocupo sinceramente por el emperador y por toda su familia: Domiciano maquina algo de nuevo. Lo sé porque está feliz. Una felicidad cuyo origen no está en las prostitutas griegas. Éstas, a lo sumo, le calman un poco. Está feliz y creo que sé por qué.

Tito apartó la daga de los senos de Domicia. Se puso serio. Dejó el arma sobre la cama. Domicia vio cómo el miembro del emperador indicaba que la excitación disminuía. No le preocupaba; eso era un asunto del que ella sabría ocuparse en un instante. Era más importante lo que tenía que decir, incluso si Tito no quería oírlo.

—Temo por Flavia Julia.

Las palabras se movieron en la habitación como una brisa helada.

—Flavia nunca hará nada que yo, su padre, el emperador, desapruebe —dijo Tito con firmeza.

—Por supuesto, por supuesto, César, pero Flavia Julia es joven e impresionable y Domiciano es astuto y retorcido. Lo sé por experiencia...

—El hecho de que tú fueras débil y fácil de engañar por Domiciano en el pasado no quiere decir que Flavia Julia sea igual que tú —respondió Tito de forma arisca, distante.

Domicia ignoró todas las insinuaciones y acusaciones humillantes de aquella respuesta. Una mujer valiente siempre lo condiciona todo a una cuestión de prioridades y lo importante ahora eran Flavia Julia, la hija del emperador y el propio emperador, aunque él mismo no lo supiera.

—Con mi propia rabia —continuó Domicia, y posó sus manos suaves sobre el pecho desnudo de Tito— he puesto en marcha la cabeza más retorcida y cruel del Imperio, César, la de Domiciano, y sólo sé que o bien el emperador actúa pronto o Domiciano desencadenará un gran desastre sobre esta familia. Podrías desterrarle, alejarlo de Roma, o darle el mando de alguna provincia que no tenga apenas poder militar. Quizá en Hispania. Podrías... —Domicia retuvo un instante sus palabras, pero al fin las pronunció: llevaba años deseando poder decirlas, aunque sólo fuera decirlas, sólo eso ya le supuso una gran satisfacción—... podrías ejecutarlo... por su pasada rebelión.

El emperador Tito cerró un momento los ojos. Calló unos instantes y esta vez sí hizo, por fin, como si no hubiera oído las últimas palabras de Domicia. En el fondo no eran ninguna locura, pero Tito aún dudaba en tomar una medida tan drástica, aún dudaba.

—Galba se rebeló contra Nerón con una sola legión en Hispania —respondió Tito, dando muestras al menos de que no era extraño para él revisar aquellas posibilidades, de que seguramente en secreto, en la soledad de su habitación y de su poder, ya había ponderado posibles opciones para alejar a su hermano de Roma.

Quizá por eso mismo se mostraba tan frío, pensó Domicia, porque ella se había puesto a hablar de un problema que él ya tenía identificado y que le atormentaba. Si era así, el César pronto haría algo. Tito, a fin de cuentas, siempre había sido un hombre de acción. Domicia lo tuvo claro: la semilla ya estaba plantada. Ahora había que regarla y esperar. Tendría que insistir aún unas pocas veces más, pero con un poco de tiempo, sólo necesitaba un poco de tiempo, persuadiría al emperador de que lo conveniente era resolver el tema de Domiciano más pronto que tarde.

Domicia Longina, esposa del hermano del emperador, se arrodilló ante el gran Tito, desnuda, cogió el miembro del César con sus manos y empezó a acariciarlo. Estaba a punto de hacer lo que sólo hacían las esclavas y las prostitutas, pero era necesario y... le gustaba hacerlo. Hacerlo con otro no, pero con Tito sí, porque Tito era la fuerza, la hombría en persona, y el propio Tito, pese a someterla con la daga, nunca se lo pedía, lo anhelaba, pero nunca osaba pedírselo; nunca le pedía nada que pudiera humillarla de verdad; de hecho, Tito no humillaba a nadie, cuando en su condición de emperador podría hacerlo con facilidad. Podía castigar con dureza la incompetencia, pero no humillar por el placer de hacerlo. En eso, como en tantas otras cosas, Tito y Domiciano eran mundos opuestos. Tito estaba en ese mismo instante disfrutando, con los ojos cerrados. Domicia estaba convencida de que Tito actuaría. Quizá no con una ejecución, pero algo haría y pronto.

Lo último que vio Domicia antes de cerrar sus propios ojos por un buen rato fue la hermosa daga del emperador sobre el lecho, resplandeciente, con su brillante rubí rojo en la empuñadura brillando a la luz de las antorchas. Fue una imagen que retuvo en su mente durante años. La imagen casi mágica de aquella daga en las sombras de aquella habitación le recordaría, durante años, una sensación que pudo sentir pocas veces en su vida: esa extraña intuición de que las cosas aún se podían cambiar. Cambiar para mejor. Pese a todo lo sufrido anteriormente, aún había espacio para la esperanza. Sólo necesitaba un poco de tiempo, que los dioses le dieran un poco de tiempo.

73

NO HACER NADA

**Norte de Roma, residencia del emperador en territorio sabino
13 de septiembre de 81 d. C.**

No hubo tiempo. Ocurrió lo inesperado, lo inimaginable. Un capricho de la Historia o, quizá, de los dioses: el emperador Tito Flavio Sabino Vespasiano, con sólo cuarenta y un años de edad, un hombre siempre fuerte, de poderosa salud, recio, en la plenitud de su vida, se derrumbó en uno de los amplios jardines de la villa de los Flavios en el territorio de los sabinos, al norte de Roma. Los esclavos le habían visto sudar con profusión durante toda la mañana y, pese al calor de aquel final del verano, cubrirse con un *palludamentum* excesivamente grueso. Se decía que los judíos habían lanzado una terrible maldición sobre Tito el mismo día que se incendió el Gran Templo sagrado de Jerusalén. ¿Había alcanzado al emperador finalmente aquella maldición de todo el pueblo judío por derruir su Gran Templo y robar todos sus tesoros o quizá era la maldición del sicario Simón el día de su ejecución o ambas a la vez?

Si hubiera habido amigos del emperador en la villa quizá los acontecimientos se hubieran desarrollado de forma diferente, pero Tito había acudido solo a su residencia del norte. Después de dos años intensísimos en los que había tenido que atender los desastres provocados por el Vesubio en Herculano y Pompeya y el caos creado en Roma tras el brutal incendio del centro de la ciudad, se sentía agotado y, con buen criterio, había decidido ir unos días a descansar a la villa del norte. Además, las obras del nuevo palacio que encargara su padre a Rabirius, el arquitecto imperial, en el centro de Roma continuaban sin terminar, así que un descanso en la villa al norte de la ciudad era la mejor opción para abandonar por unos días la vieja *Domus Aurea*. La villa estaba lo suficientemente cercana a Roma como para regresar con rapidez a la ciudad si su presencia se hacía necesaria pero, por otro lado, estaba lo bastante distante como para conseguir algo de tranquilidad y sosiego. De su *consilium* se había llevado consigo sólo a Partenio. No estaba Domicia, pues traerla habría implicado invitar a Domiciano; de lo contrario el escándalo habría sido ya demasiado grande como para controlarlo. Tampoco estaban otros amigos o simpatizantes del emperador.

Partenio ya había visto al César pálido al levantarse aquella mañana, pero, como los esclavos y los pretorianos que les escoltaban, el consejero imperial lo había atribuido al mismo cansancio por el que el emperador había buscado refugio en la antigua villa de sus padres. Cuando lo vio derrumbarse como un saco de trigo que arrojaran por la borda unos marineros en un muelle por haberse echado a perder durante la navegación, comprendió que algo grave estaba ocurriendo. Algo muy grave, porque si Tito Flavio Sabino Vespasiano caía enfermo ya no habría nada que detuviera el instinto mortífero de su joven hermano Domiciano.

El tribuno del pretorio, que ejercía sus funciones a modo de prefecto —pues Tito, después de haber sido el prefecto efectivo durante años, se había negado a nombrar a ningún otro oficial para ese cargo, y más después de la rebelión inicial de algunos pretorianos— se dirigió de inmediato a Partenio.

—¡Por Júpiter! ¿Qué hacemos?

Partenio se agachó junto al tembloroso cuerpo del emperador.

—Tiene convulsiones —dijo mientras ponía la palma de su mano sobre la frente del emperador, que permanecía en el suelo incapaz de articular una palabra— y está hirviendo. ¡Rápido, cogedlo y conducidlo a su habitación! Haz que salga un mensajero hacia Roma en busca de los médicos! ¡El emperador necesita de sus servicios lo antes posible!

El tribuno asintió y empezó a dar las órdenes necesarias a sus hombres. Partenio siguió a los pretorianos que conducían al emperador hacia su habitación cuando el tribuno lo abordó de nuevo.

—¿No deberíamos informar al hermano del emperador?

Partenio se detuvo y se dio la vuelta despacio.

—Sigue mis instrucciones al pie de la letra, tribuno —pronunció Partenio con solemnidad—: lo que necesita ahora el emperador es un buen médico; si es grave ya informaremos a su hermano.

—A mí me parece grave, consejero —insistió con estudiada impertinencia el tribuno.

Partenio comprendió que estaba ante uno de esos oficiales que despreciaban a cualquiera que no fuera militar; uno de esos oficiales dispuestos a cualquier cosa para ascender sin importarle ni las consecuencias ni la moral ni la justicia. Un hombre peligroso y que, ante el error del emperador de no haber nombrado un prefecto de la guardia pretoriana, estaba en ese instante sin control.

—¿Cómo te llamas, tribuno? —preguntó Partenio sorprendiendo al oficial que, instintivamente, dio un paso atrás. Como no responder sería de cobardes, el tribuno pronunció su nombre como quien lanza un desafío.

—Cornelio Fusco.

Partenio le miró con atención.

—Cornelio Fusco, cuando el emperador se restablezca le informaré con precisión del modo de actuar de cada uno de sus oficiales en estos momentos de su enfermedad. Ahora sal de mi vista y asegúrate de que vengan los médicos lo antes posible. —Y dio media vuelta dejando al tribuno plantado en medio del peristilo de la gran villa sabina de la familia Flavia.

Fusco miró al consejero imperial mientras se alejaba. Si no hacía lo que se le había ordenado y el consejero informaba al emperador Tito, su futuro en la guardia habría terminado, incluso podría ser acusado de traición; todo eso suponiendo que el emperador se recuperara. Fusco había visto a otros hombres caer derrumbados de ese modo tan brutal en campañas en Oriente; siempre era por fiebres y eran muy pocos los que se recuperaban cuando caían abatidos de esa forma tan contundente. Aquella enfermedad del emperador era una oportunidad, una oportunidad arriesgada, peligrosa, pero una gran posibilidad para hacerse amigo de quien, más pronto que tarde, sería el nuevo emperador de Roma. Junto a Fusco aguardaba un pretoriano preparado para salir a caballo en dirección a Roma con el mensaje que le indicara su superior. El tribuno Fusco se volvió hacia él y fue muy conciso.

—Ve a Roma y comunica a Tito Flavio Domiciano que su hermano, el emperador, está muy enfermo.

El pretoriano asintió, pero dudaba.

—¿Y le digo que traiga a los médicos, tribuno?

Fusco tomó la decisión más importante de su vida.

—No exactamente. Le dices que Partenio, el consejero imperial, considera necesaria la presencia de los médicos, le dices eso.

—Sí, tribuno.

Y marchó a toda velocidad en busca de su caballo.

Horas después, cuando Partenio fue informado de que Domiciano estaba a las puertas de la gran villa Flavia, contuvo la respiración al saberse traicionado, pero se controló. El emperador no había mejorado un ápice desde su desmayo y apenas había recobrado la conciencia más allá de un breve momento en que Partenio, aplicando sus limitados conocimientos médicos, aprovechó para que unas esclavas lo incorporaran levemente en el lecho y le dieran de beber. Si alguien suda mucho debe beber; hasta ahí llegaba. Lo suyo era tratar con el Senado o con reyes extranjeros o las intrigas entre diferentes servidores del Estado, por eso necesitaba a los médicos y con urgencia. Contra las fiebres, más allá de dar agua, no sabía cómo luchar.

—¿Han traído a los médicos también? —inquirió Partenio nervioso al pretoriano que acababa de regresar de Roma con el joven César.

—No, consejero. El César Domiciano ha venido solo.

Partenio asintió y, girando la mano derecha varias veces, indicó al pretoriano que abandonara aquella estancia. El consejero se llevó la mano izquierda a la sien. Estaban en una partida de dados y los suyos no habían sacado un buen número. Domiciano le reprocharía no haberle informado directamente. Si Tito no sobrevivía el nuevo emperador sería Domiciano con toda seguridad, pues no había *legati* lo suficientemente aventureros como para rebelarse contra la dinastía Flavia: el pueblo adoraba a los descendientes de Vespasiano que les habían regalado el gran anfiteatro, que habían velado por ellos tras el incendio de Roma, que tan generosos se habían mostrado con los supervivientes de Pompeya y Herculano, donde todos en Roma tenían familiares y amigos; una dinastía que, hasta la fecha, había defendido razonablemente bien las fronteras del Imperio. Domiciano heredaría todo ese legado y nadie intuiría lo que estaba pasando, lo profundo de aquel cambio. Partenio sabía que si quería contar aún con una sola posibilidad de supervivencia no podía interponerse ya a ninguna de las decisiones del joven César, recién llegado a la villa, a no ser que el emperador Tito se recuperara por sí solo y de forma rápida. Y allí estaba Domiciano, entrando por el vestíbulo del atrio.

—Parece que el emperador se encuentra indispuesto —dijo Domiciano caminando hacia él y mirándole fijamente.

—Así es, César —respondió Partenio levantándose de la *sella* e inclinándose ante él—. No debe de ser nada serio, pero estoy seguro que los médicos sabrán encontrar el modo más apropiado de restablecer la salud del emperador, que es la salud de Roma —continuó el consejero de forma conciliadora.

—Ah, pero ¿hay médicos en la villa? —preguntó Domiciano fingiendo cierto distanciamiento de la situación.

—Bueno, imagino —respondió Partenio— que el César habrá traído consigo a alguno de los médicos imperiales.

—Pues no —dijo Domiciano, que se sentó cómodamente en un *solium* junto al gran *impluvium* del atrio—. La forma en la que se expresó tu mensajero no me dio a entender que fuera algo grave y tú mismo has dicho que no es nada serio.

Partenio se supo atrapado por sus propias palabras. Uno

es presa de lo que dice y completamente esclavo de lo que ha dicho, y más aún si lo ha hecho ante un César. Intentó buscar alguna salida. Sabía que la vida del emperador, de un buen emperador, estaba en juego. Era una partida a vida o muerte.

—Pero en todo caso la opinión de un médico sería bienvenida. Siempre saben más de estas cosas... —argumentó Partenio.

—Eso dicen, eso nos dicen ellos —le interrumpió el César—, pero de verdad Partenio, ¿tú crees que realmente saben tanto como dicen? Es algo que siempre me ha intrigado. Hasta qué punto son de fiar los médicos y a partir de dónde sólo nos engañan con sus patrañas. Es un tema interesante. Hablemos de ello y, por todos los dioses, como consejero quizá seas bueno, pero como anfitrión eres un absoluto desastre. ¿Es que no vas a ordenar que me traigan agua y algo de comer?

—Por supuesto, por supuesto, César —respondió Partenio, que lamentaba que el emperador no hubiera retirado el título a su hermano tras su rebelión de hacía unos meses; que continuara siendo César hacía todo aún más difícil en aquel momento.

Partenio hizo indicaciones a un esclavo que estaba tras él, frente al *tablinium*, para que fuera a las cocinas de la villa a por todo lo necesario y, acto seguido, se volvió hacia Domiciano para dar respuesta a su pregunta.

—Sí, con frecuencia nos encontramos a médicos charlatanes, pero los de la corte imperial son eficaces en sus servicios, siempre lo han sido. Estoy seguro de que una visita por parte de ellos podría beneficiar la salud del emperador. Por el contrario, retrasar esta visita...

—¿Insinúas acaso que no me preocupa la salud del emperador, Partenio?

El consejero tragó saliva, se inclinó y respondió en el tono más humilde y servil que pudo.

—No, por todos los dioses, yo nunca podría decir eso, nunca, jamás, César. No es eso, para nada, pero una visita...

—Me confundes por completo, Partenio, y sigo sin agua y sin comida. ¿Es que quieres irritarme? —El César se levantó de forma brusca—. ¿Tiene o no mi hermano algo serio?

Partenio sabía que si decía que no tenía nada grave el César nunca llamaría a los médicos, y que si, por el contrario, afirmaba que podía tener algo serio estaría contradiciendo sus palabras del principio de aquella entrevista y el César se lo echaría en cara, seguramente, enfurecido. No, no había salida.

—Soy torpe en estos asuntos, César —dijo Partenio al fin—. Quizá una visita del César a su hermano ayude a que el César tome la decisión más oportuna.

No podía hacer más, estaba dejando la vida del emperador en manos de su ambicioso y retorcido hermano pero no podía hacer más.

Domiciano echó un poco la cabeza hacia atrás y relajó las facciones de su rostro. Sin hacer caso ni al agua ni a la comida que acababan de traer dos nerviosos esclavos respondió con energía.

—Eso parece lo más sensato de cuanto has dicho desde que he llegado a la villa de mi familia, consejero. Vayamos a verlo.

Sin esperar ser guiado, Domiciano se condujo con habilidad por una villa en la que, en tiempos ya muy lejanos, él era un niño pequeño y jugaba con un hermano mayor que siempre era más rápido y más fuerte y más querido por todos.

El emperador yacía pálido y débil en su lecho. Partenio vio cómo Domiciano se acercaba hasta la cama y observaba el rostro blanquecido de su hermano con atención. Tito parecía dormir, respirando de forma entrecortada, inquieto, pero permanecía con los ojos cerrados, respirando. Domiciano se irguió de forma brusca y se volvió hacia el consejero imperial.

—Yo le veo perfectamente —sentenció—. El emperador lo único que necesita es algo de descanso. Eso es todo.

Partenio podía ver las gotas de sudor resbalando por la frente del emperador del mundo, pero ¿cómo se contradice a un César a punto de heredar el mayor de los imperios?

—Quizá... —se aventuró a decir Partenio con intención de volver a insistir en que la visita de uno de los médicos de palacio podría ser pertinente para confirmar el dictamen del César, pero Domiciano le interrumpió, como era de esperar, con rotundidad, sin posibilidad de apelación alguna.

—He dicho que el emperador está bien. No necesito la opinión de ningún médico para saber algo tan evidente.

Partenio calló y se inclinó ante el joven César. *Alea iacta est*, como habría dicho Julio César: la suerte del emperador Tito estaba echada. Domiciano había decidido emplear la misma estrategia para deshacerse de su hermano que ya utilizó para dejar morir a su propio hijo. Más de una vez había escuchado Partenio a Domicia Longina lamentarse de aquella deplorable actuación de su esposo. Ahora todo se repetía, pero con la vida del mismísimo emperador en juego. Sólo los dioses podrían salvar a Tito.

—Ahora puedes macharte, Partenio; no te necesito para nada. Cualquier esclava puede ocuparse de velar por si el emperador necesita algo.

Aquí el consejero dudó de nuevo. Una cosa era contradecir al joven César en lo referente al estado de salud del emperador, pero otra muy distinta era dejar a solas al emperador enfermo con su sucesor, en una habitación de aquella villa y sin testigos. Partenio permaneció clavado en el suelo, sin moverse. Quería ayudar al emperador Tito, a un buen emperador, que era lo mismo que ayudar a Roma y que ayudarse a sí mismo. Domiciano no pareció satisfecho ante la inacción del consejero imperial.

—¿No me has oído, Partenio? —insistió el César.

Partenio asintió pero contrapuso una frase a la petición de Domiciano.

—Tengo un gran aprecio personal por el emperador. Aunque sólo se trate de una fiebre pasajera, me sentiría mejor si se me permitiera permanecer a su lado durante su convalecencia.

Domiciano estuvo a punto de saltar de nuevo, airado, enfurecido, pero de pronto relajó los músculos de la cara y dibujó una de sus enigmáticas sonrisas en su rostro, que atemorizó si cabe aún más al atribulado consejero imperial.

—Por supuesto, por supuesto, Partenio; tu lealtad te honra. Si ése es tu deseo no veo problema alguno en que permanezcas junto al emperador de Roma.

Se volvió entonces hacia su hermano Tito, que seguía sudando en aquel lecho, se agachó hasta acercar sus labios a los oídos del emperador enfermo y musitó unas palabras inaudibles para Partenio pero claras que, aunque medio dormido, penetraron en la mente del emperador semiinconsciente.

—Yo cuidaré de Domicia, hermano, yo cuidaré de ella, querido hermano, a partir de ahora, yo solo cuidaré de Domicia. —El emperador se convulsionó de nuevo y Domiciano se separó de él sonriendo aún más; se volvió a incorporar, miró feliz al consejero y se despidió con un sosiego estudiado—. Se repondrá pronto; estoy seguro de ello.

Se alejó caminando, cruzó despacio la puerta de la habitación y desapareció. Partenio fijó entonces sus ojos en el emperador que, sorprendentemente recuperado de aquella nueva convulsión, acababa de abrir los ojos, quizá despertado por las palabras que le había dirigido su hermano al oído.

—¿Eras tú el que me ha hablado? —preguntó el emperador.

—No, mi señor —respondió Partenio—; ha sido el joven César.

Partenio se acercó al lecho; estaba claro que las palabras del César habían intranquilizado al emperador.

—Domiciano es... muy peligroso —dijo Tito desde su lecho con una voz débil; le costaba hablar—. Debes vigilarle... y vigilar que no maltrate a su esposa. —Se incorporó ligeramente y tomó por la toga a Partenio con una mano fría y sudada—, ¿me entiendes, Partenio... me entiendes?

—Sí, augusto —respondió con convicción, intentando calmar al emperador que, además de enfermo, parecía fuera de sí. Fuera por el agotamiento al que le había sometido la enfermedad o porque la respuesta de su consejero le había tranquilizado, el emperador se dejó caer de nuevo sobre el lecho. Fue entonces cuando empezó a toser y Partenio, impotente, observó que la tos sacudía todo su cuerpo.

A veinte pasos de la estancia donde convalecía el emperador, su hermano Domiciano, César y heredero del Imperio romano, departía entre susurros con el tribuno pretoriano que le había informado de la enfermedad de Tito.

—Vigila que el consejero no haga traer médicos —decía el joven César mirando de reojo hacia la puerta de la habitación donde Partenio velaba al soberano del mundo—. Yo voy a salir para Roma.

Guardó entonces silencio mientras examinaba la faz de aquel oficial pretoriano que, con sus actuaciones de aquel día, se había definido claramente como favorable a una sucesión en el trono imperial al facilitarle la información de la enfermedad del emperador. Domiciano ponderaba hasta qué punto podía fiarse de él; ya intentó en el pasado alzarse contra su hermano y todo terminó mal; había salvado la vida por poco, seguramente gracias a la intervención de los dioses que hicieron que el Vesubio enterrara dos grandes ciudades y así desviaron la atención del emperador de su persona hacia la tragedia acontecida al sur de Roma.

—¿Cómo te llamas, tribuno?

—Fusco, César. Cornelio Fusco es mi nombre; siempre al servicio del César.

Domiciano asintió. Era un tribuno joven, con ansias de poder; la herramienta perfecta dadas las circunstancias. Asintió de nuevo. Y el tribuno sabía que lo era. Bueno, quizá fuera ya el momento de volver a intentarlo. Su hermano estaba realmente débil y era improbable que sin ayuda de los dioses o de un buen médico sobreviviera a aquella noche.

—Bien, Fusco; vigila que no vengan médicos, pero dale agua o cualquier cosa que pida el consejero imperial. No hay que dar la impresión de que desatendemos el bienestar del emperador. Tito tiene muchos amigos en Roma, en el Senado, en el pueblo, pero le haremos dios muy pronto.

—Domiciano se permitió una de sus sonrisas y el tribuno la imitó como un mono amaestrado. Domiciano borró entonces la mueca de su faz y siguió hablando serio—: Habrá dinero, Fusco, mucho dinero para todos los pretorianos si hay una sucesión en el Imperio; soy el único heredero y el Senado no se opondrá al relevo, aunque no sea su favorito, si tengo el apoyo de la guardia pretoriana. Fusco, ¿puedo contar con ese apoyo si prometo otorgar la paga extraordinaria acostumbrada por el ascenso al poder de un nuevo emperador?

—Eso sería 3 750 denarios para cada pretoriano, César —dijo Fusco con los ojos muy abiertos.

—Exacto —confirmó Domiciano, con sus propios ojos pequeños fijos en su interlocutor. Era mucho dinero; habría que esquilmar las arcas del Estado, pero ya se arreglaría ese asunto con alguna nueva guerra. Era la cantidad acostumbrada desde tiempos del divino Claudio. Comprar un imperio siempre es caro.

—Con esa cantidad se puede conseguir el apoyo de la guardia, creo que sí —dijo Fusco.

—«Creo que sí» no es suficiente, Fusco —interpuso Domiciano.

El tribuno se mesó la barbilla con su mano izquierda. Estaba inquieto. Era la oportunidad de su vida, pero ahora, llegado el momento crucial, dudaba. Si las cosas se torcían era la muerte segura, pero Domiciano ya estaba decidido. Ya no se podía detener aquello.

—Casperio Aeliano, junto conmigo, es el que más ascendente tiene sobre la guardia —continuó Fusco—. Todos se sumarán a cambio de ese dinero y de otras mejoras, y si tenemos a Casperio con nosotros tendremos a toda la guardia.

—Perfecto, entonces —concluyó Domiciano, para quien aquella conversación con un simple pretoriano ya se estaba dilatando en exceso—. Promete a Casperio todo lo necesario, una jefatura del pretorio y otra para ti; volveremos al viejo sistema de dos jefes del pretorio. Asegúrate su lealtad, eso es lo esencial; yo satisfaré todas tus promesas a Casperio y al resto de pretorianos cuando sea el nuevo emperador de Roma, ¿está claro?

Fusco, con los ojos inyectados de ambición y haciendo esfuerzos por no abrir la boca como un pasmarote asombrado, asintió con rotundidad.

—Está claro, César.

—Bien —dijo Domiciano—, entonces salgo para Roma para asumir el poder. Mañana por la mañana me presentaré ante el Senado en pleno para informar de la muerte del emperador, ¿lo has entendido, Fusco? —Éste volvió a asentir, esta vez más despacio. Domiciano siguió dando las últimas instrucciones—. Si no es necesario lo mejor es no hacer nada. Si mi hermano deja este mundo en paz a lo largo de la noche, no hagas nada, pero si ves que su agonía se alarga... —Domiciano iba a sonreír, pero dudó porque no estaba seguro de que aquel oficial sintiera el mismo asco por el emperador que sentía él, así que se controló en esta ocasión—... si se alarga su agonía, es mejor ponerle fin y evitarle más sufrimiento, pero que no haya sangre, ¿me entiendes?

Fusco, muy, muy despacio, digiriendo el sentido último de aquellas palabras pronunciadas con tanta facilidad por el César, asintió una vez más.

Domiciano dio media vuelta y se encaminó hacia la salida de la villa de la dinastía Flavia al norte de la ciudad. Tenía un imperio que heredar. A sus espaldas dejaba el pasado. Ante él un futuro prometedor se abría inmenso, infinito, incontestable. Su hermano sería un dios pronto; él tendría que conformarse con ser el gobernante del mundo y, una vez más, su sonrisa extraña se apoderó de su faz mientras caminaba con paso firme en dirección a Roma.

—Llevabas razón, padre: hay ocasiones en que lo mejor que puede hacer un César es no hacer nada —pronunció Domiciano en voz baja, pues era sólo un mensaje para el reino de los muertos o allí donde fuera que estuvieran los emperadores deificados—. Nada de nada.

El emperador Tito sudaba con profusión y una esclava le secaba la frente y los brazos con paños frescos, pero era imposible controlar aquella fiebre. Además tosía con intensidad y le costaba hablar. Se había despertado, o eso parecía, pero apenas hablaba. Se quejaba constantemente de un dolor insufrible en el interior de su cabeza. No tenía fuerzas. Partenio salió un momento de la habitación con la idea de hacer un último intento por conseguir un médico, pero Fusco se interpuso en su camino.

—El César ha ordenado que permanezcas en la villa Flavia esta noche, consejero —dijo el tribuno sin margen a debate alguno. Partenio sabía identificar cuando un militar se sentía seguro y no había oído a nadie en su vida más seguro que Fusco en aquel momento. Todo debía de estar ya en marcha. Domiciano contaba con que su hermano no pasara de esa noche, ya fuera de un modo o de otro. Partenio decidió ahorrarse las palabras, dio media vuelta y retornó a la habitación. La esclava había salido a por más paños y agua fresca. El consejero se sentó en el lugar de la esclava y miró la tez pálida de un gran emperador consumido por una fiebre incontrolable y atormentado por aquel extraño dolor en el interior de su cabeza. No había nada que hacer. El mundo caminaba hacia su autodestrucción: el Imperio entero iba a quedar en manos de un loco, sólo que muy pocos los sabían. Y él, un impotente consejero imperial, estaba condenado a presenciarlo todo, si era afortunado, o a ser ejecutado si así le placía al nuevo emperador. Esto segundo parecía muy probable, pero Partenio no estaba ahora tan preocupado por sí mismo como por Roma en su conjunto. Él, bajo emperadores locos y cuerdos, había trabajado toda la vida por preservar un mundo que ahora podía derrumbarse. Germanos, dacios y partos acechaban en las fronteras. Hacía falta un emperador hábil y fuerte y valiente, como Vespasiano o Tito, para mantener aquel mundo, pero si todo quedaba en manos de un insensato como Domiciano la caída de Roma se aceleraría. Partenio sabía que algún día llegaría ese funesto día en el que los bárbaros descenderían del norte hasta las costas del *Mare Nostrum*, pero nunca pensó en que él fuera a presenciar semejante debacle. Ahora hasta eso era posible. Quizá sólo por eso, quizá sólo por disfrutar viéndolo sufrir bajo su gobierno, Domiciano igual, sólo por ese retorcido placer, le respetaba la vida. Ése era el tipo de tortura rebuscada que le gustaba al joven César.

—Escucha... —era la voz del emperador Tito. Partenio se sacudió sus pensamientos y se acercó al lecho inclinándose sobre el enfermo—; escucha, Partenio... has sido un buen consejero... conmigo... con mi padre... *sólo he cometido un error...*[25] un error...

El emperador tragó la poca saliva que le quedaba; llevaba días agotado y aquella fiebre lo había exprimido como una uva pisoteada para extraer vino; no le quedaba ni sangre en las venas, o eso le parecía; cada palabra era un esfuerzo ímprobo; intuía que sólo tenía unos instantes; el corazón parecía pararse de cuando en cuando y sentía que la cabeza se le quedaba en blanco y aquel maldito dolor seguía allí dentro y no le venían las palabras, pero una idea permanecía fija en su mente.

—Has de detenerle, Partenio... has de detenerle... a Domiciano... ahora no podrás, pero algún día sí, algún día sí... estate preparado, Partenio... Roma depende de ello... Domiciano... mi único error... pero tan grande... tan grande... tú me avisaste... Domicia me advirtió... Domicia... —Pero dejó de hablar y su boca quedó sin cerrar y los ojos abiertos miraban a un vacío inabarcable.

Partenio, el consejero imperial, cerró los ojos del emperador. La esclava llegó con paños limpios, pero ante la mirada del consejero se inclinó y, con cara asustada, dio media vuelta y desapareció por la puerta. Pronto entraría Fusco a comprobar que todo estaba como él y el nuevo emperador Domiciano deseaban. Así era. Partenio, sentado junto al cadáver de Tito, miraba al suelo. Había recibido una última orden de Tito. «Has de detenerle, has de detenerle...» Un último encargo del emperador que acababa de fallecer: detener a otro emperador. Un encargo imposible.

25. Literal de Dión Casio, LXVI, 26.

Libro V

IMPERATOR CAESAR DOMITIANUS

NERO
GALBA
OTHO
VITELLIVS
VESPASIANVS
TITVS
DOMITIANVS
NERVA
TRAIANVS

Año 82 d. C.

(año 836 *ab urbe condita*, desde la fundación de Roma)

I see before me the Gladiator lie:
He leans upon his hand — his manly brow
Consents to death, but conquers agony,
And his droop'd head sinks gradually low —
And through his side the last drops, ebbing slow
From the red gash, fall heavy, one by one,
Like the first of a thunder-shower; and now
The arena swims around him — he is gone,
Ere ceased the inhuman shout which hail'd the wretch who won.

[Y veo ante mí al gladiador derribado:
se apoya con una mano, su recia frente
consiente ante la muerte, pero conquista la agonía,
y su cabeza ladeada se hunde poco a poco;
y, por su costado, las últimas gotas fluyen lentamente
desde la herida roja, cayendo pesadas, una a una,
como las primeras gotas de una tormenta; y ahora
la arena se revuelve a su alrededor, y entonces muere,
justo antes de que cese el clamor inhumano que vitorea al vencedor.] [26]

26. Recreación de la muerte de un gladiador según Lord Byron en su poema
Childe Harold. Traducción del autor.

74

PARIS

DOMITIANVS

Roma, febrero de 82 d. C.

El pueblo recibió la muerte de Tito con enorme dolor. La popularidad del mayor de los hijos de Vespasiano era enorme: sus ayudas a Pompeya y Herculano, los juegos en el anfiteatro Flavio y su glorioso pasado como conquistador de Jerusalén estaban en la mente de todos. El Senado no dudó en deificar de inmediato al emperador fallecido y Domiciano, hábilmente, se mostró favorable a dicha consideración al tiempo que se exhibía compungido en público. El pueblo quiso percibir en la faz triste del nuevo emperador que Domiciano se lamentaba sinceramente por la muerte del gran Tito. Eso le valió el afecto de la plebe, al menos, al principio.

Domiciano no tenía pasado militar brillante, pero era un Flavio, hermano de Tito, hijo de Vespasiano, y los Flavios habían hecho mucho por el engrandecimiento de Roma. El pueblo estaba dispuesto a confiar. El Senado dudaba, pero, con la guardia pretoriana claramente decantada por el nuevo emperador, ninguno de los *patres conscripti* se atrevió a decir nada. Quizá, después de todo, así como con Galba, del que todos esperaron tanto y luego resultó ser un gobernante mediocre, a lo mejor con Domiciano podía ocurrir lo contrario: nadie esperaba mucho de él y quizá les sorprendiera a todos transformándose en un emperador juicioso, magnánimo en Roma y fuerte frente a los numerosos enemigos de las fronteras del Imperio. Eso pensaban todos, eso esperaban todos. Todos menos dos personas: Partenio, quien en silencio engullía todo lo ocurrido en el fallecimiento de Tito a sabiendas de que una sola palabra, una sola mirada altiva, podría ser el fin de su vida; y, por supuesto, Domicia Longina. Partenio tenía datos, Domicia su intuición y muchos años, demasiados ya, al lado de Domiciano.

Con el primero, Domiciano se limitó a evitarlo durante semanas, pero manteniéndolo en su puesto. Partenio se sabía vigilado, pero comprendió que si callaba quizá el nuevo emperador, que aún no tenía consolidada su posición, respetara su vida para evitar que se extendiera ningún rumor sobre las circunstancias de la muerte de Tito. Si uno de los consejeros imperiales, siempre leal a Vespasiano y a Tito, no decía nada es que nada había pasado. Partenio estaba atrapado en su silencio, pero, por otro lado, sólo desde el silencio podría conseguir estar alguna vez en situación de cumplir el último encargo de Tito. Así, mudo, casi inactivo, Partenio fue testigo de cómo el nuevo emperador Domiciano convocaba a los arquitectos imperiales, en particular a Rabirius, para felicitarles por haber dado término a gran parte del nuevo gran palacio imperial en el centro de Roma, al que deseaba llamar *Domus Flavia*, y de cómo Domiciano ordenaba el traslado de toda la familia imperial al nuevo gran edificio que se alzaba imponente sobre la colina del Palatino encarando el siempre impresionante circo Máximo. Eso sí, el emperador conminó a Rabirius y al resto de arquitectos a que rápidamente se terminara la gran *Aula Regia*, que debía servir como gran sala de audiencias, con un majestuoso trono de enormes dimensiones en su centro.

En el caso de Domicia, la relación entre ella y Domiciano se tensó más que nunca, algo que de por sí parecía imposible. Y es que el sufrimiento de Domicia ante la muerte de Tito fue de una amargura casi incontenible; ella, en público, mostró su dolor, mientras que, en privado, entre los muros de la nueva *Domus Flavia*, Domicia plasmaba su intenso sufrimiento con largos silencios, miradas gélidas y un distanciamiento insalvable con su marido. Pero a los pocos meses incluso aquel silencio agresivo fue insuficiente para Domicia Longina y su espíritu rebelde pronto buscó nuevas formas de manifestar no ya su desprecio, sino su odio más absoluto hacia su esposo, el nuevo emperador de Roma. En el pasado reciente le hirió yaciendo con Tito; más aún: enamorándose de él. Ahora utilizaría la misma arma, pero buscando la forma de humillar al emperador del modo más espeluznante que pudiera. Y la encontró. No quiso recordar Domicia la advertencia de Antonia Cenis: la rabia ilumina o ciega de forma a veces inaudita. La rabia siempre encuentra camino, no importan los muros de contención ni los diques y mucho menos las advertencias. La rabia, como el agua de tormenta que fluye en torrenteras violentas, no se detiene ante nada. Así, Domicia Longina, hija del senador Corbulón, esposa del emperador de Roma, fijó sus ojos, una aciaga tarde en el teatro Marcelo, en el popular actor Paris. Así se hacía llamar y así le conocía toda Roma. Paris, por su parte, cegado a su vez por la vanidad alimentada por su gran popularidad, había concluido que todo le estaba permitido y se dejó conducir por la rabia de Domicia hasta el mismo lecho de la emperatriz. Y todo fue bien para ambos amantes hasta que, a los pocos meses, el joven actor fue detenido por una docena de pretorianos a la salida del propio teatro Marcelo. En su ingenuidad, Paris creía haber tomado todas las medidas necesarias para que su romance con la emperatriz de Roma pasara desapercibido. Ignoraba que para Domicia era esencial que terminara siendo descubierto. El pobre actor no sabía hasta qué punto su persona era prescindible para la propia Domicia. Sin saberlo, Paris se había situado en medio del más terrible de los campos de batalla del siglo I: el palacio imperial de Roma.

Cornelio Fusco, jefe del pretorio, miraba al maltrecho Paris mientras éste se abrazaba las piernas acurrucado en una esquina, sollozando. A Fusco le daban asco los hombres que lloraban, pero tenía que hablar con aquel miserable. Se agachó y le cogió por el pelo de la cabeza estirando hacia abajo, de forma que el preso le mirara directamente a los ojos.

—¿Cómo puede alguien ser tan estúpido? —preguntó el jefe del pretorio. Como no esperaba respuesta, cuando Paris intentó argüir alguna razón a lo ocurrido recibió un nuevo puntapié; esta vez en la cara. El labio superior se le partió y empezó a salir mucha sangre; Paris se llevó las manos a la boca intentando detener la hemorragia y llegó entonces una nueva pregunta—: ¡Por Marte! ¿Por dónde accedías a la cámara de la emperatriz?

—Hay... un pasadizo... en el palacio... desde el hipódromo hasta la cámara de la emperatriz...

Paris hablaba tragando sangre de cuando en cuando; Fusco le miraba en pie, desde lo alto de sus gruesas piernas, con los brazos en jarra. Ese pasadizo se había hecho para posibilitar una huida desde las cámaras privadas de la familia imperial; hasta ahí habían llegado las averiguaciones de Fusco en una conversación con Rabirius, el arquitecto del palacio. El emperador había sospechado de Paris por las frecuentes conversaciones que mantenía con la emperatriz en las fiestas de palacio; luego el actor se ausentaba y lo mismo hacía la emperatriz arguyendo agotamiento. Ahora estaba claro adónde iba cada uno: a la cámara de Domicia Longina, la una escoltada por pretorianos por el peristilo superior, el otro, acompañado por algún esclavo o esclava de confianza de la emperatriz, al hipódromo, con cualquier excusa, pero con el fin último de acceder a la cámara de la emperatriz por aquel pasadizo. Fusco sonreía. Ya lo tenían todo. Habían interrogado a los esclavos de palacio y ya habían ejecutado a la que había cooperado con Paris, pero, por alguna razón, el emperador quería al actor vivo. Fusco le asestó una nueva patada y volvió a agacharse sobre el encogido actor ensangrentado, recostado sobre el suelo, aullando de dolor.

—¿Te duele o sólo lo finges? Sí lo finges eres en verdad un gran actor —dijo Fusco y se rió de su gracia; luego frenó sus carcajadas y volvió a hablar con seriedad—: El emperador quiere saber cuántas veces os habéis visto.

Paris asintió.

—Cinco... cinco veces...

—Bien. —Se despidió con un último puntapié en la cabeza—. Vigiladle —dijo a los pretorianos que custodiaban al preso y salió en busca del emperador.

En la cámara imperial de la nueva *Domus Flavia*, el emperador hablaba con pasmosa tranquilidad.

—Había pensado en arrojarlo a los leones —decía Domiciano mientras una desafiante Domicia le mantenía la mirada con orgullo e insumisión grabadas a escoplo en su frente—, pero las fieras a veces matan con demasiada rapidez. Además, esto no deja de ser un asunto privado. He ordenado que le descuarticen y luego que den los pedazos de su cuerpo a las alimañas del anfiteatro, aunque no creo que encuentren mucho alimento en ese saco de huesos. —Se acercó a Domicia—. Ni siquiera es bien parecido. Mi hermano al menos lo era.

—Cualquiera es mejor que tú —replicó Domicia con saña, pues le había dolido de forma especial la alusión a su amado y ya muerto Tito.

Domiciano, por su parte, se separó unos pasos hasta llegar a la mesa donde estaba el vino endulzado artificialmente, demasiado para la mayoría, pero justo en su punto para el emperador de Roma. Se sirvió un vaso y no usó agua para rebajarlo. Bebió despacio, un sorbo, dos, tres y, de golpe, vació la copa de un trago largo. Se volvió de nuevo hacia Domicia.

—Sé que no me tienes miedo, en eso es en lo único en lo que me diviertes. Me hace gracia que siendo tan vulnerable a lo que me plazca hacer no parezcas nunca temer las consecuencias. El actor, en cambio, estaba aterrorizado. En eso le reconozco sensatez. A veces me pregunto si no estarás loca.

Domicia se echó a reír.

—Por supuesto, por todos los dioses —respondió la emperatriz en cuanto terminó con aquella extraña carcajada—; loca y ciega al casarme contigo, pero era joven y me engañaste, como estás engañando ahora a toda Roma, pero más tarde o temprano, ellos, el pueblo, el Senado, todos sabrán cómo eres realmente y entonces se echarán sobre ti. Supongo que pronto ordenarás mi ejecución; sólo lamento no vivir lo suficiente como para ver el día en que Roma te devore igual que tú devoras todo lo que tocas. Ni siquiera sabes dar una caricia. Tú sólo arañas, hieres, muerdes.

Domiciano enarcó las cejas.

—Nunca había pensado en mí de esa forma, pero es mucho mejor morder y arañar que ser débil. Para gobernar Roma hay que ser fiero como un león y sí, lo admito, engañar a todos, al menos durante un tiempo. Es cierto que al final todos se darán cuenta de que quien les gobierna no es débil como mi padre o como mi hermano, pero para entonces tendré a toda Roma bien sujeta en mi mano. De eso puedes estar segura. Además, por Minerva —y sonrió—, lo podrás ver con tus propios ojos, porque no pienso matarte. No, eso es lo que en el fondo deseas. Hace tiempo que andas rondando la idea de dejar este mundo y adentrarte en el Hades, quizá con la esperanza de reencontrarte allí con mi deificado hermano muerto, pero yo no te haré ese regalo. No. Para nada. Me has humillado y lo has hecho a conciencia. Aunque ejecute a Paris, aunque destroce su cuerpo y con ello infunda miedo a los demás, lo que has hecho me ha humillado a los ojos de todos, especialmente de los pretorianos, así que no voy a matarte. Sé que para ti la vida es ahora sólo sufrimiento: tu padre muerto, tu madre muerta, tu hermana muerta, tu antiguo marido muerto, Tito recién fallecido y tu hijo muerto también. No tienes nada ni nadie por lo que vivir, por eso quiero que vivas, pero en condiciones en las que ni puedas matarte ni puedas volver a humillarme. Sólo quiero que vivas, que sufras, que maldigas cada nuevo amanecer. Y más aún cuando veas cómo toda Roma, todo el Imperio, terminan completamente subyugados a mí. Tú y mi hermano me ofendisteis cuando os creíais poderosos, intocables. Bien, primero empezaré contigo, y luego me ocuparé de desquitarme de mi hermano; aún puedo hacerle más daño más allá de la muerte, esto es sólo el principio de mi odio. —Volvió a acercarse hacia Domicia—. Pero volviendo a tu caso: he dado orden de que se emita un edicto de divorcio entre tú y yo y que, al instante, seas desterrada. Así no me molestarás más, pero haré que te lleguen noticias de mis progresos en el gobierno de Roma. —Volvió a sonreír mostrando unos dientes ligeramente ennegrecidos por el vino ingerido—. Maldecirás haber nacido, Domicia, y maldecirás haber intentado enfrentarte a mí. Es un error no medir bien las fuerzas de uno— y se dio media vuelta y miró a Fusco, que en una esquina de la habitación asistía como único testigo a aquella conversación; el jefe del pretorio asintió y llamó a la guardia. Seis pretorianos entraron y rodearon a Domicia Longina, que permanecía inmóvil hasta que, al fin, al tiempo que abría la boca, empezó a caminar despacio.

—Domiciano, tu padre conquistó Judea; Tito los muros de Jerusalén; tú no eres nada, nada... Pronto todo el pueblo de Roma lo sabrá y caerás como caen las hojas cada otoño y el viento te arrastrará hasta los confines del mundo y nadie ya nunca se acordará de tu miserable existencia. Sí, querido esposo, maldeciré cada día que viva, pero sobreviviré para que maldigas no haberme matado y sea yo quien vea tu gran caída.

Fusco, que caminaba justo detrás de la emperatriz, no pudo por menos que admirar la entereza de aquella mujer, tan distinta al actor al que estaban descuartizando en el hipódromo.

Tito Flavio Domiciano, que acababa de servirse una nueva copa de vino, encaró a su mujer mientras los pretorianos la conducían hacia el exterior.

—Lo dudo, Domicia, dudo que llegue el día en que lamente no haberte matado; tu sufrimiento es tan perfecto que es casi una obra de arte —respondió, y hundió su faz en el bronce oscuro de su copa.

75

LEGIO I MINERVA

Al norte del Rin, Germania Superior
Primavera de 82 d. C.

Trajano hijo, empapado y sucio, miraba el cielo nublado y henchido de lluvia que cubría Germania.

—Aquí siempre llueve así —dijo Manio a su espalda—; eso me han dicho algunos veteranos de la frontera.

Trajano asintió. Domiciano le había ascendido a *legatus* y él se había traído consigo al veterano Manio y a su fiel amigo Longino. Necesitaba de hombres de plena confianza para aquella misión en el norte. De Manio, tal y como le sugirió su padre, seguía aprendiendo sobre el valor en primera línea de combate; de Longino tenía el apoyo de un amigo leal más allá de lo inimaginable. Ambos eran valores inestimables en la frontera del Imperio.

El nombramiento de Trajano hijo como *legatus* no sorprendió a nadie. El nuevo emperador había elegido a hombres de probada lealtad a la dinastía Flavia para puestos delicados como la frontera de Germania. Hombres que gozaban de buena reputación en el Senado y que le evitaban enfrentarse con unos senadores que aún dudaban de su capacidad para gobernar el Imperio.

Trajano hijo seguía mirando el cielo. No había dejado de caer agua desde que habían llegado y hacía ya de eso dos meses. Al principio de aquella campaña sólo se trataba de hacer un censo en la Galia, pero luego, por sorpresa, llegó el mismísimo emperador en persona hasta la frontera del norte con una nueva legión, la legión I *Minerva*, que acababa de reclutar y con la que, junto con las fuerzas ya destacadas en la región, ordenó cruzar el Rin y atacar a los catos. Nadie entendió bien aquello, pero nadie discutía las órdenes imperiales. A Trajano hijo sólo le preocupaba estar a la altura de las circunstancias en una situación tan delicada. Con su padre retirado en Itálica, el honor de la familia dependía de su valor en aquella campaña, pero estaba nervioso: los catos llevaban un tiempo tranquilos y todos los oficiales de Germania pensaban que aquello era encender una llama que bien podría transformarse en un incendio cuyo control podría írseles de las manos, pero ahora ya todo estaba en marcha.

—Cincuenta millas de calzadas nuevas adentrándonos en los bosques —añadió Manio— y ni rastro del enemigo.

Trajano se sacudió un poco el agua, un gesto inútil, pero una manera como otra cualquiera de tener entretenidas las manos a falta de más acción.

—Pero están ahí —dijo el *legatus* hispano con una seguridad absoluta—; están ahí, Manio. Y nos atacarán en cualquier momento.

Durante las últimas semanas, Trajano, como un lince que estuviera de caza, había intuido con precisión el movimiento de los catos en más de una ocasión, de forma que Manio y Longino se tomaron muy en serio aquel comentario. El aprecio del tullido Longino a Trajano hijo continuaba igual de férreo que siempre y a esta amistad se había añadido la de Manio, que había observado cómo el joven *legatus* se conducía con autoridad pero con austeridad al mando de la legión que tenía asignada, lo que, junto con el recuerdo del valor exhibido en la lucha contra los partos en Oriente, le hacía sentirse orgulloso de que el más joven de los Trajano le hubiera invitado a unirse en aquella misión más allá del Rin. La reciente llegada del mismísimo emperador hacía que todo fuera aún más intenso.

Pero la noche caía y Trajano, como Manio y Longino, sus dos tribunos de confianza en sus nuevas responsabilidades en el norte, se retiró a descansar.

El campamento estaba fuertemente protegido. Se trataba de la punta de lanza de todo el ejército romano destacado al norte del Rin. Por detrás estaba el emperador con la legión I *Minerva* y otras legiones más de apoyo. Trajano sabía que el emperador les estaba usando de cebo. No le gustaba serlo pero no podía hacer nada por evitarlo.

La noche pasó en calma, pero el amanecer trajo algo extraño. Al principio Trajano, mirando las paredes de su tienda, no sabía bien qué era, pero al salir se dio cuenta.

—Ha dejado de llover —dijo Longino, que venía con Manio para desayunar con Trajano.

—Por fin, ha dejado de llover —repitió Manio. De tan sorprendidos como estaban parecía que tenían que repetirlo varias veces para creérselo.

Trajano encabezó el grupo que se puso en marcha para ir a desayunar con los centuriones y decuriones de más alto rango. El hispano andaba meditabundo. ¿Qué pasa en Germania cuando no llueve? Pero no tuvo tiempo de pergeñar una posible respuesta. La voz de alarma se oyó antes de que pudieran haberse llevado una mala cucharada de gachas de trigo a la boca.

Trajano, Longino y Manio fueron corriendo a las empalizadas. Se encaramaron a una de las torres y pronto se hicieron cargo de la situación: miles de catos emergían de los bosques circundantes armados hasta los dientes con gritos desgarradores y brutales. Los legionarios respondieron con rapidez y se hicieron fuertes en las empalizadas haciendo valer la fortaleza de las fortificaciones de aquel campamento, pero, superados en número por el enemigo, no podrían resistir permanentemente.

—¿Qué hacemos? —preguntó Longino.

Manio aventuró una rápida respuesta, pero lo hizo mirando a Trajano en busca de confirmación.

—Hay que organizar una salida.

Trajano asintió.

—Con la caballería —precisó—; no son muchos jinetes, pero podrían ser suficientes para crear confusión en sus filas. Quizá eso les haga retroceder.

Miró entonces a Manio fijamente. Éste no necesitó que la orden se verbalizara: saludó militarmente y partió a dirigir la salida de la caballería. Trajano se dirigió entonces al centro del campamento acompañado por Longino. A medida que caminaba seguía hablando.

—Tenemos algunas *ballistae*. No son muchas, Longino, pero quedarás al mando de las mismas para intentar entorpecer al enemigo en sus ataques a la empalizada. Y evita lanzar proyectiles por donde ataque Manio, ¿de acuerdo?

Longino afirmó con la cabeza. Trajano se detuvo.

—Yo me quedaré en las empalizadas. —Se despidió de Longino.

Trajano volvió a la torre que vigilaba la entrada del campamento por la *porta praetoria*. Manio tenía dispuesta la caballería. Las puertas se abrieron y los jinetes emergieron del campamento como un torrente. La sorpresa hizo que muchos catos perdieran fuelle en su ataque por la brutal carga de la caballería romana, pero al poco tiempo, refugiados entre los árboles, donde los jinetes de Manio no se atrevían a adentrarse, pues allí la caballería podía ser objeto de una emboscada mortal, los catos se hicieron fuertes. No obstante, el movimiento de Manio dio tiempo a que Longino prepara las *ballistae*. De esta forma, cuando los catos reiniciaron el ataque al campamento desde diferentes puntos, Manio, por un lado, se ocupó de los enemigos que avanzaban desde el norte y, por otro, Longino lanzaba proyectiles contra los catos que atacaban por el oeste. Así se mantuvo el combate igualado durante buena parte de la mañana, hasta que los caballos de Manio empezaron a dar muestras de agotamiento, al igual que los jinetes, a lo que se añadió que, en el interior del campamento, se terminaban los proyectiles. Trajano, impotente, asistió al repliegue de Manio que regresaba a la *porta praetoria* abatido y exhausto. El *legatus* bajó a recibirle.

—Has combatido bien, por Júpiter —dijo Trajano, intentando animarle.

—Pero siguen ahí y parecen más que antes —respondió Manio exhausto y preocupado.

—Resistiremos —dijo Trajano y, al ver que muchos legionarios les estaban escuchando, repitió aquellas palabras con voz potente—: ¡Resistiremos! ¡Por todos los dioses, resistiremos!

Trajano había enviado mensajeros al principio del combate hacia el sur para solicitar el apoyo del emperador, pero no estaba seguro de que los mensajeros hubieran llegado a su destino. Ni siquiera estaba seguro de que, si llegaban, Domiciano les fuera a dar el apoyo que precisaban.

En la *hora septima*, con el sol iniciando su lento descenso, los legionarios heridos se acumulaban en el centro del campamento. Los médicos no daban abasto y los catos no cejaban en sus ataques constantes. La empalizada empezaba a tener cadáveres del enemigo en lo alto. Cada vez llegaban más lejos. Trajano se esforzaba por idear algún plan que les valiera para salir vivos de aquella batalla, pero no se le ocurría nada. Nada. Empezó a entender lo que sintió Publio Quintilio Varo en Teutoburgo. Quizá el divino Augusto tuviera razón y no era buena idea cruzar ninguno de los tres grandes ríos, el Rin, el Danubio o el Éufrates. Y eso que él, Trajano, siempre había pensado que aquello no tenía porque ser así. Julio César nunca pensó así. Nunca. Pero no tuvo tiempo de llevar a cabo sus planes. Lo que estaba claro era que si se cruzaban tenía que hacerse con el apoyo debido, con las fuerzas necesarias, no con una o dos o tres legiones, sino con un ejército de conquista. Pero de nada le servían ahora todas esas disquisiciones en su atribulada cabeza. De nada. Tenía que idear algo y si no, simplemente, mantenerse firme, combatiendo ante los ojos de sus hombres. Ascendió de nuevo a la empalizada y desenfundó su *gladio*.

El *Imperator Caesar Domitianus* recibió los informes de los mensajeros del campamento del norte con cierta indiferencia, pero en el fondo se alegraba de que, al fin, los catos hubieran decidido dar muestras de vida. Aquellos eternos días lluviosos a la espera de algún combate de renombre se le habían hecho insufribles, pero precisamente eso, el renombre, la fama militar, era lo que necesitaba y lo que, contrariando su naturaleza acostumbrada a las comodidades de Roma, le había empujado hacia el Rin. Domicia Longina era, de forma indirecta, la causante de todo aquello. La odiaba. No, no era correcto: la despreciaba, que es diferente; la despreciaba por completo, incluso aunque su belleza con los años no había mermado, pero se le había hecho insoportable desde que se enterara de su participación en la muerte de su primer marido, y todo había empeorado con la muerte del niño pequeño, luego con la relación entre ella y su hermano y, finalmente, con aquella estúpida y humillante infidelidad con aquel actor... no recordaba el nombre. Completamente insoportable. Sin embargo, Domiciano respetaba aún una sola cosa de Domicia Longina: sus opiniones; sabía que era inteligente, muy inteligente. Y aquellas palabras, cuando Domicia salía de las cámaras imperiales en el palacio, rodeada de pretorianos rumbo a su destierro, se quedaron en la mente del emperador embotando sus pensamientos: «Tu padre conquistó Judea; Tito los muros de Jerusalén; tú no eres nada, nada... Pronto todo el pueblo de Roma lo sabrá y caerás como caen las hojas cada otoño y el viento te arrastrará hasta los confines del mundo y nadie ya nunca se acordará de tu miserable existencia.» A Domiciano no le importaba que su esposa pudiera pensar eso de él, ni tan siquiera que lo dijera —le divertía porque subrayaba el sufrimiento que llevaba consigo hacia su destierro—, pero intuía que ella era la única que tenía el valor necesario para poner palabras a lo que muchos pensaban en Roma, en el Senado, en las calles de la ciudad, entre el pueblo, entre los sacerdotes y las vestales, incluso entre los oficiales del pretorio. Por eso, desde aquel día, estuvo buscando una guerra que fuera fácil de ganar contra alguno de los enemigos del norte o de Oriente. El viaje hasta las fronteras de Partia se le antojaba excesivamente largo y, en cualquier caso, o conquistaba toda Partia, algo imposible sin desproteger las fronteras del norte, o no conseguiría ninguna hazaña superior o, cuando menos, similar a las de su padre y su hermano. Qué tremendo inconveniente la genialidad militar de ambos. Toda la vida comparándole con ellos, toda la vida. Incluso muertos eran como *lemures* que seguían allí, con él, persiguiéndole entre las sombras que proyectaban las antorchas por la noche en los pasillos de la *Domus Flavia*. Otra opción era luchar contra los dacios o los sármatas al norte del Danubio, pero hasta el propio Julio César prefirió conquistar toda la Galia antes que adentrarse en ese reino bárbaro. Bárbaro, sí, pero bien organizado.

No, había un objetivo más sencillo: los catos, en Germania. Era un viaje no tan largo como el de Oriente y los catos, siempre divididos en múltiples tribus, podían ser objeto de una derrota importante si empleaban suficientes legiones. Una victoria contra ellos fortalecería la frontera del Rin a la par que mejoraría su imagen ante el Senado y ante el pueblo, especialmente con la celebración de un magnífico *triunfo* en las calles de Roma que fuera luego acompañado de decenas de días de juegos en el gran anfiteatro Flavio. Lo tenía todo planeado y era un plan perfecto. Por eso le incomodaban las miradas nerviosas de los *legati* que le rodeaban. Había hecho bien en dotarse de una nueva legión, la I *Minerva*, que no tuviera los vicios adquiridos de las legiones de la frontera. Y sus dudas, sus eternas, constantes e incómodas dudas.

—Sería oportuno, César, que nos pusiéramos en marcha lo antes posible —se aventuró a sugerir uno de los *legati*, quien, como el resto, temía que la legión de Trajano fuera aniquilada si no se enviaba ayuda de inmediato.

Por un instante Domiciano pensó que allí parecían todos preocuparse más por el bienestar de aquel Trajano que por la comodidad del propio emperador, pero pronto desechó el pensamiento. De hecho había optado por usar a Trajano de punta de lanza en aquella campaña por la inquebrantable lealtad de los Trajano en el pasado. Con el padre retirado en Hispania, lo natural había sido elegir al hijo. De algo tendrían que valerle las malditas campañas de Judea y de Jerusalén. ¿No eran los Trajano completamente leales a la dinastía Flavia? Pues que lo demostraran, que resistiera aquel joven Trajano el ataque de los catos. Que mostrara su valía. Domiciano frunció el ceño. En cualquier caso, perder una legión tampoco mejoraría su imagen. Asintió al fin.

—Que se preparen las legiones. Avanzaremos para apoyar a Trajano.

Los *legati* suspiraron aliviados.

Manio hablaba casi a gritos. Los catos combatían en lo alto de la empalizada y el fragor de la batalla ensordecía los oídos de todos.

—¡Por Marte! ¿Hay que volver a salir con lo que nos queda de caballería?

Trajano, que había descendido para departir con él sobre cómo proseguir con la defensa, negó con la cabeza.

—Nadie sale del campamento, son miles. Resistiremos en el interior. Si abrimos las puertas entrarán en tropel, así que no nos queda otra que resistir. Quizá con la llegada de la noche se retiren: eso nos dará una oportunidad.

Y como si las palabras de Trajano hubieran sido el oráculo de un adivino, en medio de las sombras de aquel sangriento atardecer, el anuncio de los centinelas de las torres de la empalizada certificó su intuición.

—¡Se retiran! ¡Por todos los dioses! ¡Se retiran!

Manio y Longino miraron a Trajano como quien mira a un sacerdote. Éste no dijo nada. Ganaban unas horas, pero al amanecer volverían a atacar. No era momento de celebraciones. Si el ejército imperial no llegaba al amanecer, serían carnaza para los buitres que, siempre ávidos de comida, ya volaban por encima de aquel campamento que olía más a sangre que a esperanza.

Los catos emergieron del bosque al alba. Eran tantos o quizá más que la jornada anterior; tal vez veinte mil o treinta mil. Era difícil de calcular. Los siete mil legionarios y auxiliares que seguían con vida en el campamento miraban con impotencia el avance del enemigo. Manio había persuadido a Trajano para que, por última vez, dejara que la caballería recibiera al enemigo en el exterior del campamento, pero ahora, al ver aquella masa inabarcable de catos, comprendió que Trajano tenía razón. Doscientos jinetes poco o nada podían hacer contra aquellos miles de germanos que se abalanzaban sobre ellos. Así, engullendo su orgullo, Manio miró hacia la torre donde estaban Trajano y Longino y observó cómo el *legatus* hispano asentía. Las puertas del campamento se abrieron y Manio ordenó que la caballería se replegase en su interior. Era una triste muestra de debilidad que no ayudaba a fortalecer la moral de los legionarios, pero era absurdo suicidarse. Al menos, por el momento. Según avanzara la jornada, quizá aquélla no fuera la peor de las opciones. ¿Pensaba Trajano igual que él? Seguramente, pero se mantenía impasible, mostrando la entereza que todos los legionarios necesitaban ver en su líder en momentos como aquél. Manio admiraba el autocontrol de aquel hispano. Ya le sorprendió combatiendo en Oriente, pese a ser novato en aquel tiempo. Ahora lo hacía como *legatus* y con experiencia adquirida ya en varias batallas de frontera. Si salían vivos de ésta, Manio estaba persuadido de que aquel hispano llegaría muy alto en el Imperio.

Domiciano observaba el ataque de los catos desde la seguridad de unas colinas en la parte sur de la llanura donde se encontraba el campamento de Trajano. Una vez más, el emperador había tenido que padecer la impaciencia de sus oficiales, ansiosos por asistir a Trajano y los suyos, pero él prefería esperar un tiempo. Quería que el mayor número posible de catos se concentrara en torno a aquel campamento antes de lanzar sobre ellos sus legiones. Primero la caballería y luego, sembrada la confusión, la infantería. Después intervendría de nuevo la caballería para terminar el trabajo, matando a cuantos más enemigos mejor mientras éstos huían despavoridos.

Los cinco *legati* veían horrorizados cómo los legionarios bajo el mando de Trajano mantenían las posiciones en las empalizadas del campamento, cayendo uno tras otro, para ser reemplazados por nuevos legionarios valerosos que se veían obligados a mantener sus posiciones cada vez con mayor dificultad. Aquella espera no tenía sentido para ninguno de los mandos de las legiones, pero el emperador era el que los regía a todos allí, custodiado por una nutrida escolta de pretorianos. Por fin, Tito Flavio Domiciano consintió con un leve gesto de la cabeza y las legiones se pusieron en marcha.

Los catos se vieron entonces sorprendidos por todos los frentes, menos por el norte, por miles de jinetes primero y luego por decenas de miles de legionarios, de modo que hicieron lo único sensato y se retiraron a toda velocidad del lugar.

Pero cayeron muchos, por miles. Fue una derrota dura para todos ellos. Una derrota de esas que ni se olvidan ni se perdonan. Una derrota que siembra con facilidad la semilla de la venganza.

Domiciano se paseaba exultante entre el mar de cadáveres germanos cuando, de pronto, se detuvo y frunció el ceño.

—¿Cuántos prisioneros hemos hecho? —preguntó al jefe del pretorio que le acompañaba en su inspección al campo de batalla.

—Cien, quizá algo más; las instrucciones eran las de aniquilarlos, César —respondió Fusco.

El emperador negó con la cabeza.

—¡Por Minerva, nunca me repliques! ¡Eso es muy poco! ¡Muy poco! ¡No puedo presentarme ante el pueblo con tan pocos prisioneros! ¡Hay que hacer más como sea!

Fusco asintió. No había pensado en ello, pero comprendía que el emperador quisiera exhibir el máximo número de presos enemigos por las calles de Roma. Eso siempre gustaba a la plebe. Podían insultarles, escupirles y luego disfrutar viendo cómo eran obligados a batirse entre ellos a muerte en el gran anfiteatro Flavio.

—Daré orden de que salgan patrullas en busca de enemigos que hayan huido —dijo Fusco, aun a sabiendas que los *legati* lamentarían recibir aquellas órdenes, pues todos estaban agotados tras la gran batalla campal en el centro de aquel maldito valle de Germania.

Trajano, que, como el resto de *legati*, caminaba cerca del emperador en su paseo por el campo de batalla, oyó la propuesta del jefe del pretorio y a punto estuvo de oponerse, pues enviar patrullas hacia el norte, en medio de aquel espeso bosque, era un suicidio, pero Longino le cogió por el brazo y negó con la cabeza sin decir nada. Manio también parecía de la misma opinión y hacía lo propio con la cabeza. Trajano optó al fin por guardar silencio y no dijo nada. El emperador volvió a dirigirse a Fusco antes de que éste se fuera para poner en marcha las patrullas.

—También están los heridos. Hay muchos catos heridos. Que no los maten, Fusco, que no los maten. Que los médicos les atiendan y les curen. No me importa en qué condiciones lleguen a Roma, pero quiero que el máximo número de heridos lleguen a la ciudad, ¿está claro?

—Sí, César. Daré orden que los médicos se ocupen de los germanos también.

—«También» no me basta, Fusco: que se ocupen primero de los germanos y luego de los legionarios. Los legionarios de Roma son hombres duros, sabrán esperar su turno —concluyó el emperador Domiciano, llevándose el dorso de la mano a la frente y suspirando ante la atónita mirada de Trajano y el resto de *legati*, que no daban crédito a lo que acababan de oír—. Estoy agotado. El combate me ha dejado exhausto. Debo descansar. Un emperador debe reponerse por la noche para afrontar los desafíos de cada día.

Y así, sin despedirse, rodeado por más de veinte pretorianos, enfiló hacia el nuevo *praetorium* que se acababa de levantar en el centro del campamento recuperado por las legiones de Roma.

Trajano, Longino y Manio vieron cómo los médicos, obligados por los pretorianos de Fusco, dejaban de atender a los legionarios heridos para ocuparse de los germanos. El *legatus* hispano decidió acudir a su tienda para no ver más locuras. Manio y Longino le imitaron. No podían hablar entre ellos porque todo lo que querrían decir era inapropiado y los pretorianos andaban por todas partes con centenares de oídos escrutándolo todo. El emperador quizá durmiera, pero su guardia no.

Al amanecer, el campamento era un torbellino. Domiciano, incapaz de dormir en el lecho que se le había improvisado, había madrugado y, tras desayunar abundantemente carne de cerdo ahumada, queso, frutos secos y buen vino dulce, todo en preciosos platos y copas de reluciente bronce, decidió que, derrotados los catos, no le quedaba nada que hacer allí. Las patrullas que habían salido al anochecer en busca de prisioneros aún no habían vuelto. Se habían enviado quince *turmae* en diferentes direcciones, hacia el norte, el este y el oeste. El emperador caminaba directo hacia donde Trajano, Manio y Longino desayunaban y se detuvo justo ante ellos. Los tres dejaron la comida que tenían en la mano, se levantaron de sus *sellae* y saludaron al César levantando el brazo derecho con la mano extendida.

—¡Ave, César! —dijeron los tres al unísono, sin gran intensidad, pero con firmeza suficiente para no incomodar al emperador. Domiciano fue directamente al asunto que le interesaba.

—Parto para Roma de inmediato. Me llevaré la legión I *Minerva*, la guardia pretoriana y el resto de tropas de apoyo que traje para esta campaña. Germania quedará con las legiones que había antes de mi llegada, pero, derrotados los catos, es como dejarla doblemente protegida. —Fijó sus ojos en Trajano—. Has mostrado valor en el combate y eres leal a la dinastía Flavia. Te quedarás al mando de Germania Superior por un tiempo indefinido. Espero no tener noticias de esta provincia en mucho tiempo. Sé que no me defraudarás. —Se giró sin dar tiempo a que Trajano elaborara respuesta alguna, pero Domiciano se detuvo, se volvió de nuevo hacia él y añadió unas palabras—: Cuando vuelvan las patrullas quiero que envíes a los nuevos prisioneros a Roma a toda velocidad.

Se giró nuevamente para, en esta ocasión, no volver a mirar atrás. La figura del emperador se desvaneció entre la muralla de escudos pretorianos que le escoltaban.

Cuando la distancia entre ellos y las cohortes pretorianas era suficiente, Manio puso palabras a los pensamientos de todos los oficiales allí reunidos en torno a Trajano.

—Ha incendiado Germania y ahora se va. Los catos contraatacarán en cualquier momento, pero él ya no estará aquí para verlo.

Trajano no dijo nada, pero todos sabían que aquél era un silencio que, en gran medida, certificaba las palabras de Manio. De las quince *turmae* que se habían adentrado en territorio enemigo sólo había regresado una, con casi todos sus integrantes heridos y sin ningún nuevo prisionero.

Cuando Trajano recibió aquella información, se mantuvo pensativo durante un rato. Eran más de cuatrocientos jinetes perdidos de forma absurda; un auténtico desastre, pero nada podía hacerse ya. Al fin, miró a sus oficiales y empezó a dar órdenes.

—Van a volver a atacar. La aniquilación de las *turmae* les dará valor para ello. No tenemos fuerzas suficientes para una ofensiva, pero con las cuatro legiones aquí reunidas podemos resistir bien. Ocultaremos dos tras las colinas y las otras dos se quedarán en el campamento. Cuando vuelvan a atacar repetiremos todo: defenderemos el campamento unas horas, hasta que las dos legiones de reserva intervengan para, una vez más, ahuyentar al enemigo. Si atacan en los próximos días no podrán haber reunido muchos más hombres. Si en un mes no lo hacen, nos retiraremos hacia Moguntiacum.

Los tribunos, los centuriones con grado de *primus pilus* y otros de alto rango se retiraron para poner en marcha las instrucciones recibidas. Trajano se quedó con los tribunos Longino y Manio.

—Sería más razonable retirarse ya a Moguntiacum —dijo Manio, que no había querido contradecir a Trajano delante del resto de tribunos y centuriones. El *legatus* hispano, para sorpresa de Longino y del propio Manio asintió.

—Sin duda, pero no lo haremos.

—¿Por qué? —preguntó entonces Longino.

Trajano sonrió al tiempo que suspiraba.

—Porque el emperador desea prisioneros y no los tenemos. Sólo un nuevo combate en campo abierto nos dará la posibilidad de hacernos con esos prisioneros. Así que esperaremos. Esperaremos.

76

EL *TRIUNFO* DE DOMICIANO

Roma, 83 d. C.

El *triunfo* celebrado por Domiciano fue colosal. Trajano, por fin, consiguió enviar un buen contingente de cautivos germanos. El emperador nunca preguntó el coste que aquello tuvo para el ejército, pero no fue insensible a los esfuerzos de las legiones del norte y subió los salarios de todas las legiones del Imperio. De esa forma se garantizaba su lealtad por mucho tiempo, más allá de algunas decisiones cuestionadas por algunos oficiales en su campaña del norte. Sólo las legiones que habían visto con sus propios ojos todo lo acontecido en Germania sabían exactamente hasta qué punto aquel *triunfo* era inmerecido o, cuando menos, prematuro, pero de esto en Roma no se hablaba. Sólo algunos senadores, entre las sombras de la gran sala del edificio de la *Curia Julia*, se atrevían a murmurar algún descontento o alguna duda sobre la oportunidad de aquella exhibición de poder imperial. Pero Domiciano, astuto, para desarbolar toda posible crítica, había tomado la inteligente decisión de que se diera término a las obras del gran arco triunfal que conmemoraba la victoria de su hermano Tito sobre los judíos al tiempo que él mismo celebraba su *triunfo* sobre los catos. Vespasiano, Tito y Domiciano, así, se convertían en una misma cosa para el pueblo: una dinastía imperial, una larga serie de victorias absolutas sobre los enemigos de Roma.

Fuera como fuese, centenares de catos fueron exhibidos frente al gran carro del emperador, encadenados todos, muchos malheridos y sólo unas cuantas decenas fuertes y recios y desafiantes. Eran los mejores de entre los enviados por Trajano. A ellos se dirigían las miradas de odio y desprecio de la plebe de Roma. Domiciano saludaba a todos feliz, divertido, exultante. El esclavo que sostenía la corona de laureles y que debía pronunciar la frase *memento mori* [recuerda que vas a morir] tuvo la sagacidad, o la prudencia, de guardar silencio durante todo el desfile y no dijo palabra alguna. Movía los labios para que los senadores pensaran que sí hablaba, pero no emitía sonido. El emperador nunca echó de menos oír las palabras acostumbradas recordándole su condición de mortal. Y es que todos en Roma, desde el más humilde esclavo o liberto a servicio de la casa imperial hasta cualquier poderoso senador, estaban aprendiendo que el silencio era la forma más hábil de evitarse problemas en la Roma imperial que gobernaba Domiciano.

—¡Ave, César! ¡Ave, César! ¡Ave, César! —vitoreaba el pueblo y Domiciano sonreía, sonreía, sonreía. Ya estaba a la altura de su padre Vespasiano o de su hermano Tito.

Flavia Julia esperaba en la cámara del emperador. Había asistido por la mañana al glorioso desfile triunfal de su tío. La joven Flavia, a sus dieciocho años, había presenciado aquella celebración con una amalgama de sensaciones encontradas: por un lado, le recordaba aquel otro desfile triunfal que su propio padre, Tito, celebrara, junto con su abuelo, cuando ella sólo era una niña de siete años; en ese sentido se había sentido feliz rememorando un pasado en el que todo era felicidad, protegida por el amor de su padre y por el poder de su abuelo. Ahora, desaparecidos los dos, dependía de su tío, y las miradas cada vez más penetrantes, más inquietantes del emperador, la incomodaban. La había citado en su cámara particular en la gran *Domus Flavia*. El palacio aún seguía en obras, pero su tío había insistido en que todos se mudaran ya allí, a la nueva gran residencia imperial. A Flavia le parecía demasiado grande, demasiado fría y, sobre todo, sin recuerdos que rememorar entre aquellas fastuosas paredes pintadas con todo tipo de motivos florales, de caza o divinos que más que una decoración eran para ella como una gran prisión. A su desazón se sumaba el destierro de su tía Domicia, que la había dejado sin una mujer mayor a la que consultar. Flavia andaba perdida, asustada y estaba sola. Sin saberlo, sin quererlo, sin hacer nada más que existir, adornada por la hermosura de su joven cuerpo, se había convertido en el oscuro objeto de deseo del emperador.

Domiciano, siempre seguido por la guardia pretoriana, llegó a la *Domus Flavia* y cruzó el *Aula Regia*, ya prácticamente terminada, y el resto de dependencias públicas del palacio sin detenerse. Estaba demasiado contento y demasiado cansado como para ocuparse de cualquier asunto público que no fuera el de oír halagos a su gran campaña del norte y a su bien organizado *triunfo*. Nada más cruzar la mirada con el omnipresente Partenio, el emperador supo que había algún asunto que el liberto deseaba tratar, seguramente relacionado con la rebelión de los caledonios en Britania, pero para eso ya había enviado al supuestamente bien preparado Agrícola en calidad de *legatus* para resolver la situación; Domiciano no deseaba en ese momento perder tiempo en debatir sobre un tema que debía resolverse por sí solo. Y si no, ya se ocuparía del mismo, pero no aquella tarde. Aquella tarde no. No, porque había reservado aquella preciosa tarde, justo después de su *triunfo*, para celebrar una victoria aún más dulce, aún mas cálida, y, como le gustaba a él, mucho más retorcida. A Partenio lo había mantenido como consejero porque el viejo, en un intento desesperado por salvar su vida, se había mostrado realmente eficaz a la hora de proporcionar buena información sobre los diferentes *legati* y sus diversas capacidades. A Partenio, en gran medida, se debía la ratificación de Agrícola como *legatus* para Britania. Los acontecimientos dictarían sentencia sobre su auténtica capacidad como consejero. El tiempo decidiría. Pero apartó de sus pensamientos la para él siempre siniestra figura de Partenio y se centró en lo que más anhelaba en aquel instante: había llegado el momento, una vez equiparado con su hermano en victorias militares, sí, había llegado el momento de vengarse de Tito atendiendo de forma especial a la cada vez más hermosa Flavia Julia.

Las puertas de la cámara imperial se abrieron. Los pretorianos se hicieron a un lado. El emperador entró. Las puertas se cerraron a su espalda. La joven Flavia Julia se levantó del *solium* en el que se había sentado a esperar. Tito Flavio Domiciano avanzó hacia ella con decisión y se detuvo a tan sólo un paso de distancia.

—¿Cómo está mi hermosa sobrina? —preguntó en un tono afable, pero incapaz de evitar llevar su mano a la barbilla de la joven para levantar aquel rostro que se empeciñaba en ocultar su belleza mirando al suelo.

—Muy bien, César —musitó la joven—. El desfile ha sido muy hermoso, César.

Domiciano sonrió.

—Tú sí que eres hermosa, Flavia. —Se alejó para servirse una copa de vino. No quería esclavos presentes; se bastaba él solo; aquel momento era para disfrutarlo hasta el final—. ¿Quieres vino?

—No suelo beber.

Domiciano mantenía su sonrisa. Le encantaba la sensación de fragilidad que Flavia despedía por todos sus poros.

—Sea; beberé yo por los dos.

Saboreó el dulzor del vino con aquellas minúsculas raspaduras de plomo en su poso final, atrapadas en parte por la fina capa de plomo que, a su vez, protegía los labios imperiales del cardenillo del bronce de aquella copa. Se sentó en la cama situada en un lado de la habitación.

—Ven aquí, Flavia.

La joven dudó, pero se fue acercando poco a poco; a Domiciano le encantaban aquella timidez, aquel rubor, aquel miedo de su sobrina. Era cierto que podía disfrutar de cualquier mujer de Roma o del Imperio, la que se le antojase, pero disfrutar de Flavia Julia, poseer a la única hija de su hermano, yacer con ella y llegar al éxtasis en su interior, era una venganza tan perfecta, tan total, tan completa...

La muchacha estaba frente a él.

—Desnúdate, Flavia. Desnúdate.

Y la muchacha, sola, frente al emperador del mundo, en una cámara de puertas cerradas, en un palacio repleto de pretorianos al servicio de aquel hombre, entre lágrimas incontroladas que discurrían por sus mejillas de joven mujer virgen, obedeció y, con manos temblorosas, una a una, se fue quitando cada prenda, desde la suave *stola* hasta llegar a la *tunica intima* y quedar así, con sus senos tan sólo protegidos por sus propios brazos cruzados, desnudos y frágiles ante la incontenible ansia de Tito Flavio Domiciano.

77

LA FRONTERA DEL RIN

Monguntiacum, Germania Superior, 83 d. C.

El campamento militar romano de Moguntiacum, capital de Germania Superior, se había convertido en un inmenso *valetudinarium*. Tras varios y muy intensos combates contra los catos al norte del Rin, Trajano ordenó el repliegue hacia el sur del río. La operación de retirada, aunque organizada, resultó muy humillante para las legiones del Rin, que se habían visto incapaces de mantener un férreo control sobre los territorios al norte del río. Trajano se sintió obligado a dejar puestos de guardia al norte del río, que deberían enviar mensajeros a diario a la capital, con el fin de dar la sensación de que se mantenían las supuestas conquistas del emperador, pero no se podía hacer más, no sin recibir refuerzos, unas tropas de apoyo que nunca llegarían de Roma. Entre otros motivos, porque Marco Ulpio Trajano no pensaba pedirlas.

—Con sólo dos legiones más podríamos recuperar el control al norte del río de forma efectiva; ¿por qué no pedir esos refuerzos? —insistía Longino.

Manio, sin embargo, miraba desde una de las ventanas del edificio del *praetorium* hacia el exterior, donde centenares de legionarios heridos se apilaban frente a las tiendas mientras los médicos militares se apresuraban a hacer su visita diaria a cada soldado caído en combate.

—Realmente —empezó Manio de forma taciturna, distraído—, ¿de qué sirve todo este sufrimiento?

Trajano había notado cierta tendencia de Manio en los últimos días a hacerse preguntas extrañas sobre el sentido de las cosas. También había observado que no atendía con la atención habitual a los sacrificios de los sacerdotes, no importaba que se inmolaran bueyes o carneros o cualquier otro animal a Marte o a Júpiter. Estaba siempre como alejado en su mente de todo aquello, pero cuando había combate seguía siendo el mismo Manio, valiente y dispuesto, que su padre le pusiera como ejemplo a seguir. Trajano, aún mirando a Manio, respondió a Longino, para cuya pregunta sí tenía respuesta.

—El emperador no quiere recibir una carta que le pida refuerzos. Acaba de celebrar un *triunfo* con el que se supone que se da término al problema de los catos y el Rin. No seré yo quien le dé a entender al emperador que su gran victoria no es cierta.

—Pero no lo es —replicó Longino con rapidez. Trajano le miró entonces.

—Poner en cuestión una conquista imperial es grave, Longino. —Y como viera que Longino agachaba la cabeza continuó de forma conciliadora—: No seré yo quien critique tus palabras, pero hemos de aprender todos —miró a Manio—, hemos de aprender, de acostumbrarnos a que el emperador de Roma es Domiciano y a él debemos lealtad. Sin lealtad a nuestros superiores, sin disciplina, las fronteras del Imperio no durarían ni un año. Si nosotros no aceptamos lo que dice el emperador, ¿por qué habrán de aceptar el resto de tribunos y los centuriones lo que nosotros les ordenemos? Y así en cadena: si los tribunos y los centuriones no aceptan las órdenes de su *legatus* y sus tribunos de confianza, ¿por qué iban los legionarios a obedecer a sus centuriones? No, así no se puede mantener un Imperio, ni el orden ni el control sobre tantas ciudades y provincias como las que gobierna Roma. El emperador Domiciano ha conquistado territorios al norte del Rin, y aunque nos hayamos replegado para recuperarnos de los últimos combates, en cuanto podamos volveremos al norte y seguiremos luchando allí, para asegurar las conquistas imperiales y, sobre todo, para mantener a los germanos, sean catos o de otras tribus, siempre al norte del Rin. Ésa es nuestra misión y es una misión que pienso cumplir. Quizá con el tiempo, Domiciano aprenda a valorar bien la lealtad de unas legiones que luchan para proteger Roma. Quizá. Eso es lo que debemos pensar.

Aunque su voz no resultó muy convincente en las frases finales de su discurso. Manio y Longino asintieron. Un trueno anunció que se aproximaba una nueva tormenta. Eso mantendría a los catos en sus poblados por un tiempo. Al final, los tres habían empezado a valorar aquella lluvia sin fin.

78

LA ARENA DEL ANFITEATRO FLAVIO

Roma, 83 d. C.

Tito Flavio Domiciano había pedido nuevos entretenimientos para los *munera gladiatoria* del anfiteatro Flavio, unos juegos con luchas de gladiadores especiales que había ordenado celebrar para engrandecer aún más su *triunfo*. Desde lo alto del podio imperial, aclamado por el pueblo, el emperador miraba hacia la plebe, que no cesaba de vitorearle. Los romanos siempre tenían miedo a que algún pueblo bárbaro quebrara las fronteras del norte: un emperador que acababa de doblegar a las tribus germanas era tremendamente apreciado, y si les ofrecía luchas de gladiadores aún más. Domiciano sonreía a su pueblo. Ahora sólo quedaba que los espectáculos de la arena estuvieran a la altura.

—Confío en que el entretenimiento que se ofrezca sea merecedor de este recinto y del *triunfo* que he celebrado —dijo el emperador mirando al editor de los juegos y al *lanista* del *Ludus Magnus*.

El editor, completamente acobardado, se dobló hasta casi tocar el suelo con su cabeza, sin atreverse a decir palabra alguna, encomendando su suerte a los dioses a los que el día anterior había cubierto de sacrificios y ofrendas de todo tipo con la esperanza de que todo saliese hoy a la perfección. Cayo, el *lanista*, por su parte, se inclinó también ante el emperador, pero con más dignidad, y añadió al reincorporarse unas palabras de confianza en sus gladiadores.

—Mis hombres combatirán bien, César.

—Eso espero... —dijo Domiciano volviendo su mirada de nuevo hacia la arena—, por su bien... por tu bien... —apostilló el emperador, que no podía evitar sentirse incómodo ante un hombre, el preparador de gladiadores, a quien debía nada más y nada menos que haber sobrevivido a la locura de los vitelianos durante la guerra civil.

Su padre, el divino Vespasiano, había premiado a aquel preparador nombrándolo *lanista* del gran *Ludus Magnus*. Para Domiciano aquello había sido premiar en exceso a aquel hombre. El emperador sospechaba de quien resultaba ser demasiado eficaz y, por encima de todo, odiaba deber algo a alguien. Le irritaba.

El *lanista* no sintió miedo ante las palabras de Domiciano. Intuía que con el nuevo emperador no sólo los gladiadores luchaban por su vida, sino que la suya misma estaba en juego en cada momento, como empezaban a estarlo las vidas de todos en aquella ciudad: senadores, libertos, esclavos, pretorianos, *legati*, arquitectos, consejeros, esclavas o patricias; todos cada vez más sometidos a los diferentes y muy variables estados de ánimo del nuevo dueño del mundo. Como la joven Flavia Julia, la sobrina del emperador, allí, sentada junto al César, pequeña en estatura, grande en belleza. También ella estaba sometida. Su rostro triste lo decía todo, pero pocos se fijaban en ella. El *lanista*, no obstante, llevaba bien la parte de sometimiento que le correspondía. Era como la incertidumbre antes de entrar en combate en los viejos tiempos de las legiones. Sin mujer e hijos a los que proteger, el *lanista* no confería demasiada importancia a nada. Le gustaba el dinero, eso sí, porque, mientras sobreviviera, éste le daba la oportunidad de permitirse tantas mujeres y vino y manjares exóticos como deseara y eso le hacía infinitamente más agradable la existencia; por eso se preocupaba de que sus hombres siguieran bien entrenados y de que combatieran con valor y gallardía en la arena, por eso y porque esa extraña sensación de lo bien hecho sólo la sentía ya ante un buen combate en el que participara, al menos, uno de sus hombres. Él nunca había valido para otra cosa que no fuera supervisar hombres antes y durante un combate: primero fue en las guerras del Imperio, ahora en la arena. Hoy combatirían muchos de sus gladiadores pero, por encima de todo, para satisfacer las ansias infinitas de nuevas sensaciones del emperador, lo harían Marcio, el *mirmillo* invencible, contra Atilio, el gran *pro-*

vocator. El preparador de gladiadores aún recordaba el diálogo con el emperador en Alba Longa, su residencia de verano, al sur de la ciudad, antes del regreso de éste a Roma; una nueva villa donde el emperador se refugiaba ocasionalmente para alejarse del ruido muy diferente a la que su padre y su hermano disfrutaron al norte de la ciudad. Entre otras cosas, Domiciano había ordenado que se fuera levantando un anfiteatro privado para él y el pueblo de Alba Longa donde poder disfrutar de luchas de gladiadores durante sus retiros veraniegos. De momento estaba en cimientos, pero más tarde o más temprano sería una auténtica realidad.

—Quiero nuevos retos, nuevas luchas, cosas nunca vistas para los *munera gladiatoria* de mi *triunfo* —había dicho el emperador. Cayo no supo bien qué responder y el silencio fue aprovechado por Tito Flavio Domiciano para formalizar una petición de forma explícita—. Quiero que tus dos mejores hombres combatan entre sí... Al pueblo le encanta que gladiadores de un mismo colegio se vean obligados a luchar entre ellos, pues es seguro que se conocen desde hace tiempo, incluso es probable que sean amigos, y eso le añade tanta tensión a la escena que al pueblo le encanta... Tus gladiadores, los del *Ludus Magnus*, son los mejores, así que, ¿qué mejor espectáculo que un combate entre los dos mejores de la mejor escuela de lucha?

—Pero César —contravino en aquel momento el *lanista*, aunque ahora, en el recuerdo, su voz sonaba absurda y torpe en la réplica—, Marcio es un *mirmillo* y Atilio, mi segundo mejor luchador, es un *provocator*. Un *mirmillo* nunca lucha contra un *provocator*, nunca ha sido así... De hecho recuerdo que ambos eligieron esas categorías tan opuestas para no enfrentarse nunca entre ellos... son grandes amigos.

—Eso es precisamente lo esencial —le interrumpió el emperador, que al saber de todo aquello agradeció hasta el que el *lanista* se hubiera atrevido a contravenirle en algo—. Esa amistad es lo que hará el combate aún más interesante para todos. El pueblo me adorará por ello. Asegúrate de que se sepa por toda Roma que ambos gladiadores son amigos. Eso me encanta. Es perfecto, perfecto...

Se alejó del jardín en el que habían hablado rodeado por los pretorianos, dejándole a solas con aquel encargo. El hecho de que nunca antes hubieran combatido entre sí un *mirmillo* y un *provocator*, o sólo de forma muy excepcional, añadía aún más novedad al combate exigido por el emperador. Había sido un estúpido y al hablar de más había sentenciado, como mínimo, a uno de sus dos mejores gladiadores. Pero no había nada que hacer. Nada. ¿Nada? El *lanista* meditó largamente sobre el asunto durante su lento viaje de regreso a Roma. Tenía que ver la forma en la que presentar todo aquello a Marcio y a Atilio, no porque no pudiera obligarles a combatir entre ellos, eso siempre se podía hacer, sino porque no se puede obligar a nadie a combatir con auténtica convicción. Los dos eran amigos de la infancia, desde que los acogió en la escuela en la época de los disturbios vitelianos, y aún más: eran amigos desde antes de tener memoria, pues cuando les preguntó ninguno de los dos supo decir cómo o cuándo se conocieron: simplemente habían sobrevivido siempre juntos en las peligrosas calles de Roma, luchando juntos, aprendiendo juntos, y, con frecuencia, una vez en el *Ludus,* hasta durmiendo en la misma celda del colegio de gladiadores. Pedirles que lucharan a muerte el uno contra el otro se podía hacer, pero pedirles que lo hicieran y que se emplearan a fondo no era posible. ¿O sí?

Marcio se asomaba por la Puerta de la Vida. A pocos se les permitía moverse con esa libertad por las entrañas del anfiteatro Flavio, pero su caso era especial: a fuerza de sangre y victorias en la arena, se había convertido en el mejor de todos los gladiadores del *Ludus Magnus*; era como si su carne misma fuera parte inseparable de los muros que sostenían el edificio. No iba a huir, eso era imposible con centenares de pretorianos custodiando todas las entradas y salidas del gran recinto, y no iba a intervenir en los combates sino cuando le correspondiese. Así, Marcio lo observaba todo desde aquella puerta intentando encontrar en cualquier visión alguna forma de escapar a su destino: combatir contra Atilio, su mejor amigo, casi su único amigo, pues los dos se habían encerrado en su amistad inquebrantable para sobrevivir en el duro colegio de gladiadores, como antes lo hicieron para sobrevivir como niños mendigos y ladronzuelos en las calles de Roma. Combatir contra Atilio era lo último que deseaba y, sin embargo, era lo que se les había impuesto. De nada les había valido su prudencia al escoger especialidades de lucha que normalmente nunca se confrontaban. Estaban sujetos, todos lo estaban, al capricho del emperador. Recordaba las palabras del *lanista*.

—Tenéis que luchar. No hay otra salida, pero tenéis una posibilidad: si combatís tan bien como Prisco y Vero, si conseguís que vuestra lucha traiga a la olvidadiza memoria del pueblo aquel combate, quizá éste sea clemente y pida vuestra liberación. Sólo vosotros dos podéis luchar de forma similar a ellos. Sois los únicos que estáis a la altura, aunque quizá el combate os pille aún un poco pronto, pero ése es el único camino que tenéis ante vosotros para salir los dos vivos. Demostrad que sois los mejores y tal vez así os salvéis. De lo contrario sólo podrá quedar con vida uno de los dos. Y si os negáis a combatir o alguno abandona a mitad de combate os ejecutarán a los dos. Tenéis que ser como Prisco y Vero, como Prisco y Vero... —Y se alejó de ambos.

Marcio, desde la Puerta de la Vida, recordaba aquellas palabras y la mirada que cruzó con Atilio en aquel momento: como Prisco y Vero, se dijeron ambos y, por mutuo acuerdo, ya no volvieron a dirigirse la palabra desde aquel día. Si querían luchar bien tenían que estar concentrados en los entrenamientos. No comieron juntos en aquellas semanas, ni bebieron juntos ni hablaron de nada. Tampoco asistieron a las orgías que algunas patricias organizaban con la participación de algunos de los mejores gladiadores del *Ludus Magnus*, a las que ambos eran invitados con frecuencia. El *lanista* se las ingenió para excusarlos. Respetaba su concentración. Sólo se miraban durante los entrenamientos a puerta cerrada en la arena del colegio de lucha. Los dos se estaban esforzando, aplicando al máximo. Marcio sabía que tenía que perder algo de peso para poder equipararse un poco en velocidad con Atilio; éste, por el contrario, comía más que de costumbre y entrenaba sus músculos con ardor voraz en un intento por ganar corpulencia para detener los brutales golpes que podría lanzarle Marcio. Como Prisco y Vero... como Prisco y Vero... Marcio sólo tenía esa idea en su mente. Allí estaba, clavado en la Puerta de la Vida, mientras los juegos para celebrar el gran *triunfo* del emperador Domiciano sobre los catos seguían en marcha, unos juegos inéditos por su brutalidad, imparables en sus ansias de sangre.

Se oyeron entonces gritos de dos mujeres. Marcio dejó de mirar hacia la arena y se volvió hacia el pasillo que estaba a su espalda. Carpophorus, el temible nuevo jefe de los *bestiarii*, que en pocos años había pasado de mero ayudante a jefe supremo de los adiestradores de fieras, apareció arrastrando a dos jóvenes griegas de apenas diecisiete años. Marcio bajó la mirada. Conocía demasiado el destino de ambas. Las muchachas iban cubiertas con túnicas blancas manchadas de sangre seca, pero cuyo origen ellas desconocían; podía ser sangre de cualquier cosa, incluso podía ser vino, o eso les habría dicho Carpophorus. El gigantesco *bestiarius* miró fijamente por un instante a Marcio. Éste le sostuvo la mirada sin parpadear, transmitiendo a través de sus pupilas todo el desprecio que sentía por aquel salvaje. Las ingenuas jóvenes creyeron en su momento que habían hecho un gran negocio. Carpophorus las habría reclutado en los bajos del anfiteatro en alguna tórrida noche de verano, cuando el calor los trastornaba a todos y muchos hombres salían por las calles de Roma en busca de diversión y entretenimientos retorcidos. Junto al anfiteatro Flavio se podía disfrutar, para los que tuvieran las entrañas suficientemente curtidas, del espectáculo de ver a mujeres jóvenes yaciendo con animales, normalmente con perros, aunque en ocasiones algún caballo viejo también valía para aquellos encuentros furtivos y brutales. Hasta allí habría acudido Carpophorus, donde habría engatusado a algunas de esas jóvenes con la promesa de que podían conseguir mucho dinero, el suficiente para escapar definitivamente de toda aquella locura: se trataría sólo de hacer lo mismo que hacían allí pero en la arena del anfiteatro Flavio. Una actuación y obtendrían el dinero de todo un año de oscuras sesiones en las sombras de los arcos de las ochenta puertas del gran anfiteatro. Era una propuesta irresistible para aquellas ingenuas. Algunas intuirían la barbarie en la voz oscura o en la mirada insondable de Carpophorus, pero otras, ignorantes recién llegadas a Roma, desconocedoras de las pasiones más bajas de la plebe que henchía las gradas del anfiteatro, sucumbirían a la necesidad de obtener dinero para subsistir. A fin de cuentas era una oferta para dejar de hacer lo que hacían: una sola vez y podrían descansar durante un año, un año en el que encontrar otra forma de vida o dinero suficiente para escapar de una Roma que las había atraído con falsas esperanzas de prosperidad; un dinero que incluso podría traerles la posibilidad de regresar a sus provincias de origen. Cualquier cosa con tal de terminar con aquellas prácticas horribles al amparo de la noche y las ansias irrefrenables de los que pagaban por mirar. Una sola vez, una sola vez y serían libres.

Marcio, ahora, desde la Puerta de la Vida, veía cómo salían a la arena las dos muchachas. Carpophorus sólo había convencido a dos para poner en práctica su nuevo método, como lo llamaba él; su magia, como pensaban muchos. Y es que a los romanos les encantaba ver cómo se representaban horribles escenas de sus dioses cuando alguno de éstos, reencarnado en algún animal bestial, como un toro, yacía con alguna joven diosa o ninfa o mujer. Y hacia allí caminaban aquellas pobres jóvenes, inconscientes de que les aguardaba el más horrible de los destinos. Hasta la fecha esas representaciones habían sido bastante desastrosas ya que los animales no mostraban ningún interés por montar a las hembras humanas, sino que o bien las embestían, en el caso de los toros, o bien las despedazaban, en el caso de las fieras. La gente no se lo pasaba mal del todo, pero lamentaba que el espectáculo no fuera más completo, más realista y que los animales no se excitaran sexualmente de algún modo. Pero Marcio sabía que Carpophorus tenía un nuevo método. Todos parecían haber estado desarrollando nuevas ideas para satisfacer la insaciable ansia de brutalidad y horror del nuevo emperador, pero sólo Carpophorus, que ya tomó buena nota del castigo del anterior emperador al primer *bestiarius* del anfiteatro Flavio el día de su inauguración, sólo él parecía haber dado con algo que maravillaría a todos por igual, al pueblo y al propio emperador Domiciano. Hacía una semana Marcio, en medio de su soledad absoluta al no hablar con Atilio, se entretuvo inspeccionando los pasadizos que conducían a la arena del anfiteatro. Había nuevas celdas, nuevas cárceles y pasillos que iban de un lado a otro en un intento por dar cabida aún a más fieras, esclavos o condenados con los que alimentar la pasión de la plebe por la sangre y la muerte. Marcio se sentía incómodo si no sabía bien a dónde conducía cada pasadizo. El anfiteatro Flavio era su vida y, quizá, terminara siendo su muerte, pero, cuanto mejor lo conociera, más seguro se sentiría en sus entrañas. Había llegado a considerar la posibilidad de escapar para evitar combatir contra Atilio, pero sus caminatas nocturnas por aquel entramado complejo de pasillos húmedos y henchidos de horribles gritos humanos o rugidos bestiales lo conducían siempre a verjas custodiadas por pretorianos. No. El *lanista* había dado con la única salida: combatir como Prisco y Vero.

En uno de esos paseos, Marcio, hacía una semana, había oído los rugidos de las fieras. Se acercó despacio hasta una de las celdas de los animales y sorprendió a Carpophorus en su interior, sosteniendo una antorcha con la que ahuyentaba a dos leonas que, por la sangre que se desprendía de sus cuerpos, debían de estar en el celo más agudo posible. ¿Por qué se enfrenaba Carpophorus a dos fieras en celo? Marcio observó con atención. No luchaba contra ellas; sólo le interesaba su sangre, su sangre de leonas en celo. Ése era su nuevo método. Las fieras, los toros, cualquier animal no se excitaba con las hembras humanas, pero en sus terribles experimentos Carpophorus había llegado a la conclusión de que si untaba ropas de mujer con sangre de animales hembra en celo los machos de las bestias correspondientes a su especie se excitarían e intentarían montar a quien llevara aquella maldita ropa impregnada con esa sangre, con ese olor a sexo. Justo en ese instante, Carpophorus sintió la mirada de Marcio y se revolvió desde el interior de la celda. Sus ojos lo decían todo: «Habla y morirás; éste es mi secreto, éste es mi mundo.» Marcio se retiró de allí sin decir nada. Carpophorus salió de la celda con las túnicas impregnadas en sangre de leona en celo, cerró bien la puerta de metal y caminó detrás de Marcio, pero al cabo de unos pasos se detuvo. Sabía que el gladiador era hombre de pocas palabras. No diría nada. Sólo se ocupaba de sus asuntos. Además tenía un combate contra su amigo el gran *provocator*. Quizá no pasase de mañana.

Eso mismo creyó Marcio que pensaba Carpophorus cuando sus miradas volvieron a cruzarse ahora en la Puerta de la Vida, pero el *bestiarius* tenía trabajo pendiente aquella tarde y pasó a su lado sin hablarle, saliendo hacia la luz del sol que se desparramaba sobre la arena del anfiteatro con sus dos griegas jóvenes atadas y amordazadas. Marcio vio cómo las condujo hasta el centro de la arena y allí, con la ayuda de varios esclavos, ató a cada una a sendos postes. El público esperaba que las desnudara por completo y los esclavos empezaron a tirar de las túnicas para desgarrarlas como era la costumbre cuando iban a ser entregadas a las fieras, pero en este caso Carpophorus le interrumpió con un grito.

—¡Dejadles la ropa! ¡No las toquéis!

Los esclavos se alejaron sin contradecir al gigantesco *bestiarius*. Allá se las compusiera él con los deseos contrariados del público, pues, en efecto la plebe, en cuanto vio que no se desnudaba a las mujeres, empezó a gritarle y abuchearle. Carpophorus hizo como que no oía nada y siguió con su metódico plan. Al público le habría gustado también ver a un toro con una de aquellas mujeres, pero Carpophorus sabía que era mucho más fácil adiestrar a los leones o a cualquier otra fiera antes que a un toro. Así que en eso confió. Miró hacia el podio imperial y observó que el emperador tampoco parecía complacido por los abucheos del público, pero no podía cambiar ya lo que tenía preparado. En los pasadizos del anfiteatro, los esclavos estarían poniendo en marcha sus instrucciones, por la cuenta que les tenía, con milimétrico cálculo, de lo contrario sabían que tendrían que enfrentarse contra la ira descontrolada del *bestiarius*. Éste se alejó unos pasos de las muchachas, portando un largo látigo y una antorcha encendida como defensa. No quería arriesgarse. De pronto, un inmenso león salió a la arena, incómodo y nervioso. El animal salvaje rugía, de puro miedo, de modo casi ensordecedor para los que se encontraban próximos a él. Las muchachas sólo entonces empezaron a comprender que las promesas de Carpophorus habían sido la más vil de las mentiras. Aquel animal no era ni un perro ni un caballo. Pero atadas y amordazadas no podían hacer nada más que agitarse, retorcerse de forma casi espasmódica en su vano intento por deshacerse de aquellas tensas ligaduras para poder escapar. El león se paseaba por la arena y, de inmediato, fiel a la costumbre de las fieras, se aproximó hacia la valla protectora en un extremo del gran óvalo en un afán de encontrar algo de refugio al abrigo de aquella pared. Carpophorus sabía que pronto esclavos e incluso pretorianos armados azuzarían a la bestia para que saliera hacia el centro de la arena donde sería visible para todos, pero, como si fuera un protector de los animales, anduvo detrás del león agitando su antorcha para dar a entender a esclavos y guardias imperiales que dejaran a la fiera en paz. Vio que el miembro masculino de la bestia estaba algo erecto; no en vano lo había dejado durante horas justo delante de la celda de las leonas en celo. El animal estaba fuera de sí por el deseo insatisfecho, pero el miedo al encontrarse allí solo en medio de aquella explanada, rodeado por miles de seres humanos que gritaban, era enorme y estaba reduciendo su ansia por montar a una leona a la que no veía.

Carpophorus se puso algo nervioso y fustigó el aire con su látigo para que el chasquido hiciera que el animal se moviera, pero sin llegar a darle. Lo quería intacto. Una ligera brisa se levantó por fin, por fin, y el *bestiarius* se calmó. El aire era su gran aliado. El león se quedó inmóvil, pero levantó su cabeza recubierta de la más majestuosa de las melenas animales. Carpophorus sonrió. Estaba oliendo la ropa de las jóvenes. Ahora vería hasta qué punto su idea era buena. El león, pese al terror de verse rodeado por miles y miles de seres humanos que no dejaban de gritar, de vociferar, no pudo resistir la atracción de aquel olor a celo que se despedía desde el centro del óvalo y empezó a acercarse hacia una de las muchachas. El *bestiarius*, veloz, llegó hasta una de ellas y, dejando la antorcha en el suelo, sacó un cuchillo y cortó las ligaduras de sus manos.

—Ponte a cuatro patas y quédate quieta. Es tu única oportunidad —le dijo con una voz oscura como la noche. La muchacha, aterrada, temblando, obedeció sin saber qué otra cosa podía hacer. Seguía atada por las piernas y no podía huir.

Marcio lo observaba todo desde la Puerta de la Vida. El león se acercó a la muchacha que estaba a cuatro patas y empezó a olerla. Su miembro se excitaba cada vez más. Carpophorus había cogido la antorcha y se alejaba unos pasos. El público, enfervorecido, entusiasmado por el interés sexual del animal por la joven, empezó a aclamar al *bestiarius*, que miró de nuevo al podio imperial y comprobó que el mismísimo emperador estaba absorto por el espectáculo. Todo estaba saliendo mejor de lo que esperaba. En ese momento la fiera, incapaz de satisfacer su ansia con la pequeña joven, sintió quizá que debía hacer lo que hacía con las leonas en la selva y mordió a la muchacha por el cabello en un intento por sujetarla. El mordisco fue brutal y la joven, incluso amordazada, desgarró el anfiteatro con el más horrible de los gritos ahogados que se hubiera oído allí en mucho tiempo. La fiera, con una fuerza brutal, zarandeó el cuerpo de la muchacha que, con los ojos en blanco, agonizaba ya musitando sólo gemidos de horror. Marcio se dio media vuelta en la Puerta de la Vida. Había visto suficiente y se adentró por los pasadizos hacia el lugar que tenía asignado previo a su combate contra Atilio.

En la arena la fiera eternamente insatisfecha pero constantemente excitada por los olores de las ropas de las muchachas, repetía la operación de morder en la nuca de la joven que aún permanecía con vida y a la que Carpophorus también había librado de sus ligaduras de las manos. El resultado fue similar al caso anterior. El público, no obstante, jaleaba a Carpophorus. Para ellos había sido divertido ver cómo la fiera se ofuscaba en intentar penetrar a unas jóvenes que se contorsionaban aterradas mientras eran desgarradas. Y Domiciano asentía con satisfacción desde su podio.

—Un gran espectáculo —comento el César a su joven sobrina. Flavia Julia, con los ojos abiertos de par en par, con la respiración detenida, asintió sin decir nada. Era posible tener destinos aún más horribles que el suyo. Aquello la sobrecogió. Se suponía que estaba en el corazón del mundo, en el lugar donde mejor debía vivirse de todo el Imperio, bajo la protección del emperador, pero ella sólo veía, vivía y sufría horror, horror, horror...

Marcio llegó a la celda que estaba destinada para ellos. Los pretorianos que la custodiaban le miraron con desprecio. En general, todos los soldados, guardias imperiales o legionarios, menospreciaban la capacidad de lucha de los gladiadores. Veían sus combates como un juego en el que todo estaba amañado.

—El *lanista* iba a mandarnos ya a por ti, miserable —le dijo uno de los pretorianos—. Es una pena que hayas venido. Nos habríamos divertido arrastrándote hasta aquí. —Echó una sonora carcajada que retumbó por los pasadizos del anfiteatro Flavio.

Marcio ignoró al oficial y entró en el pequeño recinto. Era un habitáculo de apenas tres pasos de ancho por tres de profundo y una altura justa para que el propio Marcio pudiera estar en pie. En la pared de un lado habían puesto una pequeña estatua de Némesis en un hueco excavado en la misma roca. Atilio estaba arrodillado ante la imagen de la diosa con los ojos cerrados. Marcio, en silencio, se sentó detrás de su amigo en el banco de piedra al fondo de la pequeña celda. Atilio abrió los ojos al sentir su presencia. Se incorporó y se sentó a su lado. En el exterior, los pretorianos habían dejado de reír y hablaban entre ellos. Parecía que cruzaban apuestas. Dentro de la celda, el espacio era pequeño y pronto resultó violento permanecer en silencio sin decir nada. Fue Atilio el que se decidió primero.

—Estás más delgado —dijo.

Marcio asintió y luego añadió una breve respuesta.

—Tú, en cambio, estás más fuerte.

Ambos guardaron silencio y, al fin, sonrieron un instante, pero pronto las comisuras de los labios se tensaron en ambos rostros. Fue Atilio, una vez más, el que puso voz a los pensamientos que los aturdían.

—Tendrá que haber sangre.

—Sí —confirmó Marcio—. Por Némesis que tendrá que haberla —completó mirando de reojo a la estatua de la diosa.

—Némesis nos ayudará —replicó Atilio.

—Es posible. —Pero la respuesta de Marcio no sonaba muy convincente.

Sí, los dos sabían que tendrían que herirse de verdad y con cierta saña. Desde los tiempos de Calígula, en que un grupo de gladiadores fingió estar gravemente herido cuando sólo tenían rasguños superficiales, el público era muy escéptico ante los luchadores que caían en seguida al suelo a no ser que sangraran abundantemente.

—¿Brazos y piernas? —preguntó Atilio.

—Brazos y piernas, sí... —y Marcio dudó un momento—, pero tendremos que lanzar golpes también contra el pecho y la cabeza o será demasiado evidente.

Atilio asintió ahora.

—Sí, y confiar en que seamos los dos rápidos para esquivar los golpes que sean mortales.

—Sí.

Un tribuno pretoriano, diferente a los otros, asomó por la puerta de la celda.

—Es vuestro turno.

Marcio y Atilio se levantaron con decisión. El tribuno pretoriano les observó con cierta admiración. No eran como los demás. Como todo el mundo en el anfiteatro, sabía que aquellos dos hombres eran amigos desde niños y que, sin embargo, caminaban ahora juntos por aquellos pasadizos dispuestos a batirse a muerte. Petronio, veterano de varias campañas, era uno de esos pretorianos que no infravaloraban las capacidades guerreras de aquellos gladiadores y lamentó que las órdenes de vigilar los pasadizos le privasen de ver aquella lucha. Sus compañeros pretorianos despreciaban a los gladiadores; sí, pensaban que sus combates eran pura pantomima, pero él había visto luchar a Marcio por un lado y a Atilio por otro. Aquellos hombres combatían combinando fiereza y destreza. Eran diferentes a la mayoría. Y sólo podía regresar uno. Sólo uno. Él, cómo otros muchos pretorianos, había apostado a favor de Marcio, pero ahora, al ver cómo Atilio había ganado en corpulencia, pensó que quizá se hubiera equivocado.

Atilio, mientras echaba a andar hacia la Puerta de la Vida

tras la estela firme de Marcio, sentía aún en el estómago parte de la comida de la noche anterior. Aquella vez, siguiendo su dieta basada en ingerir mucho más de lo habitual para ganar peso, había comido con abundancia. Al contrario que Marcio, que, como siempre, comió con la frugalidad acostumbrada, distinguiéndose de los otros gladiadores, que usaban aquella quizá última cena para darse opíparos festines.

—Hay que cenar como si no fuera la última vez —decía siempre Marcio. A Atilio le hubiera gustado poder estrecharle la mano antes de salir a la arena, pero Marcio se había puesto ya el casco y caminaba mirando al suelo. Sólo se oía su densa respiración asomando por entre los hierros de su yelmo metálico. Allí ya no parecía estar ya su amigo, sino Marcio el gladiador. Atilio tragó saliva mientras se ajustaba las correas de su propio casco.

Flavia Julia veía cómo el emperador disfrutaba viendo a los pobres *andabatae* asestándose heridas mortales a ciegas, gateando por el suelo, ensangrentándolo todo con sus líquidos rojos que se desperdigaban por la arena mientras que los pocos que seguían en pie seguían blandiendo sus espadas como locos cortando el aire a su alrededor.

Marcio y Atilio fueron detenidos por varios trabajadores libertos del anfiteatro en la Puerta de la Vida: Caronte y sus esclavos aún estaban retirando los cadáveres de los últimos *andabatae*. El sol, pese a estar bien pasado ya el mediodía, aún caía a plomo en aquella lenta tarde sobre la gran explanada del anfiteatro. Marcio miraba a través del enrejado de su casco de *mirmillo*. Los esclavos y los libertos se retiraron dejando la entrada a la arena libre y Marcio echó a andar. Atilio caminaba a su lado al mismo ritmo.

Cruzaron el centro del óvalo entre el clamor del público. Unos vitoreaban a Atilio, otros a Marcio. La gente parecía bastante dividida, lo cual les favorecía en su plan de ejecutar una lucha igualada. Aún tenían una posibilidad. Si la plebe se hubiera decantado ya por uno o por otro, todo resultaría aún más difícil.

Se detuvieron ante el podio imperial. Levantaron sus brazos derechos con la mano extendida y saludaron al emperador del mundo.

—¡Ave, César, *morituri te salutant* [los que van a morir, te saludan].

El emperador asintió satisfecho. Un árbitro, que actuaría como juez en aquel combate velando porque se combatiera sin hacer trampa alguna, se situó entre ambos guerreros y, de inmediato, se separó de nuevo para que iniciaran la lucha. Marcio no lo dudó un instante y lanzó una rápida serie de golpes que Atilio detuvo primero con su espada y luego con el escudo al tiempo que se veía obligado a retroceder unos pasos. Marcio frenó entonces su ataque y Atilio devolvió la jugada lanzando varios mandobles que se estrellaron contra el escudo de Marcio. Un golpe rozó las protecciones de su brazo derecho y parte del cuero saltó por los aires, pero no hubo sangre. Marcio, en su nueva embestida de respuesta, decidió igualar a Atilio y se centró en las protecciones del brazo derecho de su oponente hasta que consiguió que su espada impactara con ellas. Atilio lanzó un grito, pero, como *provocator*, tenía derecho a protecciones igual de fuertes que las del *mirmillo* y tampoco hubo herida alguna. Se revolvió y se agachó para golpear en las piernas de Marcio. Éste llevaba su greba de bronce con la *gorgona* de cabellos de serpiente cuya mirada debía congelar al enemigo, algo que no ocurrió con Atilio pero sí fue suficiente para evitar que la espada del gladiador cortara la pierna de Marcio a la altura de la espinilla. En cualquier caso, el intercambio de golpes les había cansado y ambos tenían sendos brazos, y Marcio también la pierna derecha, doloridos. Pero era muy pronto aún para que se les permitiera descansar y tomar agua o algo de comer, así que siguieron luchando.

Las espadas se cruzaban en lo alto y, cuando se trababan, ya fuera Marcio una vez u otra Atilio, ambos usaban los escudos para desestabilizarse y derribar al contrario, que rodaba por el suelo alejándose para evitar un golpe mortal mientras estaba en la arena. El que había caído se reincorporaba y volvía a situarse frente al otro luchador. El público seguía gritando y las apuestas subían. El combate estaba igualado. Un clamor y, de pronto, sangre: Atilio había recibido un golpe en el muslo izquierdo, desprotegido, y la sangre emergía bañando su pierna. Marcio se detuvo. Pensó que se había excedido, pero Atilio, quizá por instinto, aprovechó aquella indecisión de su viejo amigo para responder con su espada, que al chocar contra la de un Marcio algo sorprendido por la rápida reacción de su oponente perdió el arma. Atilio fue entonces quien se contuvo mientras dejaba que Marcio fuera dando pasos hacia atrás para recuperar su espada perdida. Era un aviso: «Estoy herido pero estoy fuerte; no te confíes.» Marcio recuperó el arma y se posicionó de nuevo frente a Atilio. Tenía que haber sangre. Era lo que habían hablado. Marcio bajó un poco, apenas nada, su escudo, pero fue suficiente para que el otro aprovechara aquel error, real o fingido —era difícil de decir cuando todo se desarrollaba a gran velocidad—, y cortó con su espada el hombro izquierdo de Marcio. Un nuevo clamor del público. Las apuestas, que por unos momentos se habían decantado a favor de Marcio, volvían a igualarse. Pero allí, en medio de la arena, ambos contendientes estaban agotados. Miraron al árbitro y éste al emperador, pero no parecía que el César estuviera pensando en concederles descanso alguno. Marcio, sintiendo su propia sangre resbalando por la espalda, volvió a atacar. Atilio se defendía con fuerza, pese a que cojeaba ligeramente por la debilidad que empezaba a sentir en su pierna herida.

El combate se alargaba y Tito Flavio Domiciano estaba concentrado en examinar los golpes que se asestaban aquellos hombres. Ambos estaban heridos ya en brazos y piernas, pero de ningún modo estaba dispuesto a que le engañaran. Quería un combate brutal, descarnado, a muerte, sin redención posible. Y no había pensado en permitir descansos. Quería una lucha continuada, larga y cruel. Y cuando menos, una muerte.

Partenio, situado detrás del emperador, observó que Cornelio Fusco entraba en el gran podio imperial con el rostro satisfecho. El veterano consejero imperial intuyó que el jefe del pretorio traía buenas noticias de alguna de las esquinas del Imperio, así que aguzó el oído. Quería saber qué pasaba.

—César —dijo Fusco una vez que estuvo junto al emperador. Domiciano se volvió con el semblante molesto; era evidente que no le gustaba aquella interrupción, pero Fusco estaba convencido de que las noticias merecían la pena—. César, Agrícola ha conseguido doblegar a los pictos y avanza hacia el interior de Caledonia.[27] Britania está segura, César. Es una gran victoria.

Pero, para sorpresa de Fusco, la faz de Domiciano no mostró alegría alguna. El jefe del pretorio se inclinó levemente y, confundido, optó por retirarse del podio. Partenio, que lo había oído todo, sí intuía las razones que se ocultaban tras la frialdad imperial ante aquella, desde un punto de vista objetivo, buena noticia para el Imperio: desde hacía meses las hazañas de Agrícola en Britania estaban ensombreciendo la supuesta épica victoria del propio emperador contra los catos de Germania y eso era algo que éste no podía ni olvidar ni perdonar. Partenio frunció el ceño mientras meditaba. De Trajano y Germania, por el contrario, no llegaba noticia alguna. Aquel hispano era inteligente. Agrícola, sin embargo, concluyó Partenio, empezaba a resultar un personaje incómodo para el emperador y la torpeza de Fusco en no captar estas sutilezas tampoco dejaba en buen lugar al jefe del pretorio. Tanto uno como otro tendrían que medir bien sus acciones futuras.

El griterío del público devolvió a Partenio a la realidad inmediata. Uno de los gladiadores, el más alto, acababa de herir por segunda vez a su oponente; esta vez, en un brazo. Era la tercera herida de aquel combate y el *provocator* se arrastraba gateando por la arena.

Atilio estaba herido ahora en un brazo y en una pierna. No eran cortes profundos pero sí sangraba bastante y perdía fuerzas. En un nuevo golpe, su espada voló por los aires, como le pasó antes a Marcio. Atilio no podía sostener el arma con la misma fuerza y el choque con la de Marcio hizo que perdiera su propia espada. Retrocedió desarmado. Miró alrededor. En ocasiones quedaban armas de otros luchadores o de combates anteriores por la arena, pero ése no era el caso en ese momen-

27. Escocia.

to de la tarde en el anfiteatro Flavio. Había un sector del público que vitoreaba a Marcio ya como vencedor, pero otro quería más combate. Algunos pedían la muerte de Atilio. Marcio, por su parte, respirando entrecortadamente a través del enrejado metálico de su casco de gladiador, tragó saliva, tenía la garganta seca, y dio varios pasos hacia atrás, hasta situarse a más de diez pasos de la espada de Atilio. Este último comprendió el mensaje de Marcio y el *provocator*, veloz, fue a por su arma, la recogió y volvió a blandirla desafiante pese a sus heridas. El árbitro no se opuso porque Atilio había permitido antes a Marcio recuperar la espada, así que aquello era justo. El público bramaba. Los que habían pedido la muerte de Atilio callaban. En el fondo todos querían que el combate continuara, sólo que algunos habían concluido que todo estaba ya decidido, pero el gesto de Marcio les ofrecía la posibilidad de alargar aquella gran lucha y compartían, en el fondo de su ser, que era legítimo que Marcio devolviera el gesto de recuperar la espada.

—Quizá el *mirmillo* lamente dar esta nueva oportunidad al *provocator* —dijo el emperador, genuinamente entretenido por el combate, mirando un instante al *lanista* que se encontraba a su espalda.

El preparador de gladiadores se incorporó un poco en su asiento y afirmó con la cabeza al tiempo que respondía.

—Seguramente, César, seguramente.

Continuó el intercambio de golpes y Atilio, embravecido por la nueva posibilidad de defenderse, pasó al ataque. Poco podía hacer ya tan sólo deteniendo golpes, pues sus heridas le tenían exhausto, así que decidió brindar al público una rápida serie de golpes en los que Marcio se vio sorprendido. Aunque detuvo los mandobles que buscaban su cabeza o su pecho con el escudo, estuvo un instante lento para defenderse de la espada cortante de Atilio, que segó la superficie de su muslo izquierdo.

—¡Aaaaggh! —aulló el *mirmillo*, dolorido y contrariado por su torpeza, pero sin poder evitar alegrarse de que Atilio le hubiera alcanzado. Ahora sangraban los dos por heridas similares. Ahora que el espectáculo estaba completo, la lucha más igualada, la posibilidad de pedir clemencia al público en favor de los dos y no de uno sólo aumentaba. Se acercaban a repetir la hazaña de Prisco y Vero. Marcio contraatacó mientras su mente acariciaba con esperanza aquella posibilidad de ser perdonados los dos. Atilio acertó a defenderse con destreza una vez más. El sol caía en el cielo. Las antorchas del anfiteatro Flavio en el corazón de Roma se encendían aunque aún había bastante luz. El emperador, recostado y satisfecho, disfrutaba del combate. El pueblo de Roma aplaudía, vitoreaba a uno y a otro. La sangre de Marcio y Atilio se vertía sobre la arena central del gran Imperio. Flavia Julia observaba cómo aquellos hombres luchaban a muerte, incluso si eran amigos, todos sometidos por las ansias de un emperador y de un pueblo ajenos ya a percibir cualquier sentimiento de misericordia. El *lanista* percibía que se acercaba el momento en el que iba a perder mucho dinero, pues uno de los dos tendría que morir. Y también, confuso, sintió algo extraño: sentía lástima de perder a uno de esos dos luchadores que había criado desde niño. Concluyó que se hacía viejo para aquel negocio. Viejo y débil.

Atilio retrocedió y resbaló en un charco de sangre de una de las mujeres destrozadas por las bestias de Carpophorus. Marcio podía haberlo matado en ese momento pero se contuvo. Resultaba evidente que Atilio no podía responder bien ya a sus ataques, pero la lucha había sido descarnada, fiera, brutal a la par que igualada, espectacular, intensa. Sin embargo, habían cometido la torpeza de herirse demasiado pronto el uno al otro, y en las heridas Atilio parecía haberse llevado la peor parte. Era imposible alargar el combate sin que aquello no derivara en una pantomima de verdad. Si pudieran retroceder atrás en el tiempo lo habría hecho de otra forma, de otra forma... Marcio miró hacia las gradas. Gran parte del público agitaba pañuelos blancos. Estaban contentos, satisfechos con el combate. Atilio intentaba recuperar el aliento, pero había perdido demasiada sangre y aunque se levantara de nuevo no tenía ya fuerzas con las que resistir un nuevo ataque de Marcio, aunque si lo sacaban por la Puerta de la Vida aún tenía la posibilidad de sobrevivir si le cosían las heridas pronto.

Eso mismo presentía Atilio. No podría combatir en semanas, quizá meses, pero su cuerpo le decía que podría rehacerse y vivir, vivir, pero no en ese momento, no para alzarse en ese instante y volver a combatir. La lucha de aquella tarde, de aquella incipiente noche, ya había terminado. Estaba en manos del público, en manos del *editor* de los juegos y su decisión final; en manos, en suma, del emperador, pues hacia Tito Flavio Domiciano se volvían todas las miradas: la de Marcio, en pie detenido sobre la arena, goteando sangre por su muslo izquierdo, pero recio y firme; la del propio Atilio, exhausto, abatido, respirando entrecortadamente, y las de todo el público del gran anfiteatro Flavio. Eran miles los pañuelos. En el palco imperial, Partenio miró también a Domiciano. Se lo estaba pensando. Podía hacer como su hermano Tito y conceder la *rudis* a ambos gladiadores. Eso le pondría a su nivel, le igualaría con Tito, pero Partenio vio el ceño cruzado, fruncido con profundas arrugas en la frente del emperador e intuyó que Domiciano, como siempre, tenía su propio modo de ver las cosas.

Tito Flavio Domiciano, ante el descontrolado clamor del público, se alzó despacio de su gran trono y miró a un lado y a otro de las gradas. Los pañuelos seguían poblando cada uno de los rincones del gigantesco recinto. El emperador levantó su brazo derecho terminado en un puño de hierro. Era el momento de sacar o no el pulgar. Tito Flavio Domiciano sonrió levemente, todo aquello era una broma para él, un gran juego. Gran parte de la plebe quería la liberación de los dos gladiadores, el victorioso Marcio y el valiente Atilio que yacía herido en el suelo, pero él, Domiciano, no lo veía igual, no pensaba que fuera justo premiar a quien había sido derrotado; no importaba lo bien que hubiera luchado. Además estaba harto de esa eterna comparación que todos hacían permanentemente entre él y su hermano Tito. Sí, Tito quizá los hubiera liberado a ambos, como hizo con Prisco y Vero que lucharon de forma igualmente heroica, quizá algo más; daba igual. Él no era Tito. No, Domiciano no era Tito. El emperador se permitió girarse un instante antes de hacer visible para todos su veredicto y dirigirse al *lanista*.

—Parece que el *mirmillo* no ha tenido que lamentar haber dado una segunda oportunidad a tu *provocator.*

Se volvió de nuevo hacia la grada y exhibió su *pollice verso* [el pulgar extendido][28] y el clamor del público se transformó en una mezcla de murmullos de contrariedad y sorpresa. Por su parte el *lanista,* sin moverse un ápice en su asiento, negaba en su interior: tenía muy claro que Marcio lamentaba ahora más que nunca lo que estaba ocurriendo. El emperador no era capaz de entender lo que estaba pasando en la arena, pero el preparador de gladiadores se cuidó mucho de mover un solo músculo de su rostro y se mantuvo en silencio. Son negocios a fin de cuentas. Negocios. Los gladiadores ya saben el mundo en el que viven. Ya lo saben. Pero cerró los ojos; por primera vez en su vida, cerró los ojos en un anfiteatro.

Marcio permanece inmóvil. Sus ojos están clavados en el puño cerrado del emperador. Es el *editor* de los juegos el que debe dictaminar lo que va a ocurrir, pero todos saben que desde hace decenios el *editor* sólo repite el gesto del emperador, y de un emperador como Domiciano aún más. El clamor del público es creciente y los pañuelos son millares. Marcio siente a Atilio arrastrándose hacia él, despacio, en busca de su destino, sea el que sea. Le conoce. Conoce tan bien a Atilio que aceptará lo que venga. Tan cegado ha llegado a estar con la vida de gladiador que es lo único que le da sentido a su existencia. Porque de niños no tuvieron nada, porque de niños no fueron nada. Marcio sabe que Atilio, como él, se ha encontrado a sí mismo allí, en la escuela de lucha, sólo que Atilio abrazaba aquella vida de una forma plena y Marcio, sin atreverse siquiera a decírselo a nadie, ni tan siquiera al propio Atilio, hacía meses que estaba dudando, dudando de aquel desatino de matar y matar y matar para vivir un día más, unos meses, quizá un año. Hasta que hubiera que matar una vez más y así

---

28. Pese a lo transmitido por el cine que recrea la antigua Roma, no está probado que el pulgar señalara hacia abajo para indicar la muerte del derrotado. Ni siquiera está probado que se usara el pulgar. Más sobre otras teorías con relación al gesto que indicaba la muerte en el anfiteatro, en la nota histórica y en el glosario en la entrada *pollice verso.*

para siempre, en la esperanza extraña, distante, de conseguir un día la *rudis*. El emperador se levanta en su gran podio imperial. Todos le miran. Todos. Y Marcio lo ve, ve como el pulgar del emperador del mundo señala un único camino: la muerte. Y de alguna forma Marcio no se sorprende, no le sorprende. Domiciano no era Tito. No lo era. Habían jugado a creer que sí y habían perdido. Y Atilio, como un perro fiel al Imperio, se arrodilla ante él y pone las manos en las rodillas de Marcio. Está entregado. Marcio mira a través de los agujeros de su casco. El público, ese público que hacía sólo unos instantes los aclamaba, de pronto, como gallinas asustadas, había dejado de batir pañuelos y permanecía en silencio. ¿Por qué no insistían? ¿Por qué no seguían pidiendo su libertad? ¿Por qué no se rebelan?

En el palco imperial, Domiciano volvió a dirigirse al *lanista*:

—El *mirmillo* parece lento en ejecutar a su compañero —dijo con una mezcla de desprecio y satisfacción: desprecio porque el *lanista* se vanagloriaba de que sus luchadores eran valientes hasta el final, en cualquier circunstancia y, sin embargo, ahora el *mirmillo* parecía flaquear; y satisfacción por sentir esa flaqueza, esa debilidad del invencible *mirmillo* que podía siempre contra todos y contra todo; ahora Domiciano había encontrado algo que le dolía de verdad: ejecutar a su gran amigo de toda la vida. Y ese poder, tener ese dominio sobre todos y cada uno de los seres que se congregaban en aquel inmenso anfiteatro, tener ese gobierno absoluto sobre la vida y la muerte de todos, henchía el pecho de Domiciano del regusto perfecto del poder absoluto.

Marcio seguía inmóvil y los murmullos empezaron a extenderse por las gradas. Desde los senadores hasta el último de los libertos empezaban a comentar la extraña actitud del fiero *mirmillo*. No importaba que fueran amigos: eran las leyes de aquella lucha y debían cumplirse siempre. De un modo peculiar, todos parecieron arrastrados por el emperador hacia el sabor amargo y espeso de sentirse también partícipes de ese control sobre los que salían a la arena; el emperador había dictado sentencia y el *editor* la había ratificado, como hacía siempre, y ésta debía cumplirse, pero Marcio, el maldito Marcio, como empezaban a decir ya algunos, seguía inmóvil, como una estatua. Atilio, a sus pies, esperaba, desangrándose, herido, incapaz de resistir, entregado.

Atilio se apoya con una mano en el suelo y siente cómo cada gota de sus heridas cae lenta pero inexorable hacia el suelo y la arena las absorbe primero, hasta que, incontables, hacen pequeños charcos alrededor de él, que se unen hasta formar un espeso círculo rojo que le rodea. Y se da cuenta, por fin comprende que Marcio, su amigo desde niño, es incapaz de hacerlo, es incapaz de ejecutarle y todo se va a perder, todo por lo que han luchado durante tantos años se va a perder y él no quiere que eso suceda, no quiere que pierdan los dos, que mueran los dos. Eso no tiene sentido alguno. No lo tiene.

—Mátame, Marcio, mátame —dice primero con voz débil. Ante la incapacidad de su amigo para mover un solo músculo, Atilio extrae fuerzas de donde no le quedan y le sacude por las rodillas, intentando despertarlo de su trance—. ¡Mátame! ¡Mátame o nos matarán a los dos! ¡Mátame, por Némesis, mátame!

Pero Marcio sigue sin moverse, su espada, tan vencida y derrotada como la del propio Atilio, está en paralelo a su cuerpo erguido, sostenida levemente por una mano que está a punto de soltarla. Su amigo, que se ha quitado el casco, insiste y alza la mirada y la clava en los agujeros del caso de Marcio.

—¡Mátame o nos matarán a los dos y yo no quiero morir a manos de un pretoriano o de un esclavo del anfiteatro! ¡Mátame por lo que más quieras! ¡Marcio, estoy herido, no sobreviré de ninguna forma, he perdido demasiada sangre! —mintió así en su desesperación. Marcio sabía que mentía, que esas heridas podían tener cura, pero Atilio seguía hablándole y la voz de su amigo le llegaba como si viniera de lejos, de muy lejos—. ¡Mátame tú, mátame tú! —Atilio baja la cabeza otra vez mientras sigue no ya rogando, sino ordenando su ejecución—. ¡Levanta esa espada y mátame, por lo que más quieras, Marcio! ¡Marcio! ¡Marcio!

Al fin, como movido por un extraño resorte, respondiendo a las increpaciones incesantes de Atilio, el brazo de Marcio empieza a levantarse con la espada en ristre. Los pretorianos a los que el *editor* ha ordenado ya que tomaran posiciones rodeando a ambos luchadores se detienen, el público calla, el emperador se levanta genuinamente interesado en el desenlace de todo aquello, en saber hasta dónde llega su dominio sobre cada uno de los seres del mundo, del Imperio, y Marcio sigue levantando la espada mientras Atilio entre lágrimas sigue gritando, rogando por su propia muerte —«¡Mátame, mátame, mátame!»—, aunque sabe que Marcio no llegará nunca hasta el final, no, siente que no podrá hacerlo. La espada está en lo alto, en posición, con la punta debajo de su nuca, sólo falta hundirla; podría levantarse de forma inesperada e intentar que la espada se clavara en él, pero si Marcio no la sostiene con la suficiente fuerza la estratagema no valdrá de nada, y serán los pretorianos los que acaben con ellos, con los dos, uno por haber sido derrotado y otro por negarse a cumplir con la orden de ejecución del emperador. Atilio cierra los ojos y reza a Némesis en silencio, aspirando pánico y tragando la escasa saliva que le queda en su boca reseca y Némesis le responde, Némesis le responde desde el otro mundo y Atilio abre los ojos para recibir a la muerte.

—¡Mátame y yo viviré en ti, Marcio, mátame y yo viviré en ti! ¡Yo viviré en ti!

Y la espada de Marcio se hundió en el cuello de Atilio hasta asomar por la garganta y las palabras terminaron, terminaron para siempre.

Los pretorianos dieron media vuelta de regreso a la Puerta de la Vida.

Marcio extrajo la espada con precisión y arrastró un borbotón de sangre de Atilio en su salida. Su amigo, sin decir nada, sin ni siquiera un gemido de dolor, cayó doblado, inerte, con los ojos en blanco en medio del círculo de su propia sangre.

El público lo jaleaba todo. Cada movimiento, la forma en la que Marcio sacó la espada del cuerpo de su amigo, la forma valiente en la que, sin gritar, Atilio recibió la muerte y el modo elegante en el que su cuerpo se precipitaba sobre la arena. Había sido una ejecución perfecta. Había merecido la pena la incertidumbre, las dudas, la pequeña rebelión del *mirmillo*. Todo quedaba olvidado, tapado, oculto por la sensación plena de ver que su mundo, el mundo de la Roma imperial, seguía su curso por encima de todo y de todos, incluso de amistades inquebrantables como la que hasta hacía sólo un instante habían exhibido aquellos dos luchadores. Roma estaba por encima de eso, por encima de todo, por encima de todos ellos. Y el emperador se alzó y el público aplaudió, aplaudió como no lo hacía en mucho tiempo y Tito Flavio Domiciano regía ya sobre Roma, no como el recuerdo eterno de su hermano, sino como él mismo, como Tito Flavio Domiciano, *Imperator Caesar Domitianus*.

Y los vítores acompañaron a ambos gladiadores en sus caminos de salida de la arena, caminos divergentes: el cuerpo de Atilio, arrastrado por Caronte y sus esclavos en dirección a la Puerta de la Muerte, y la figura poderosa y fuerte de Marcio, andando, solo, en dirección a la Puerta de la Vida. Y clamaban, aplaudían y el estruendo de palmas y vítores era ensordecedor, descomunal, como pocas veces se había oído entre aquellos muros del anfiteatro Flavio, y sin embargo Marcio no oía nada, no sentía nada, no percibía nada. Sus ojos miraban la arena, los pequeños círculos de arena que los agujeros de su casco permitían ver y no oía nada. Su mundo, su vida tal y como la había conocido hasta entonces, había terminado. Acababa de matar a su mejor amigo, a su único amigo, y recordaba las calles de la Subura, corriendo juntos, Atilio y él, siempre los dos, con un par de manzanas que acababan de robar y cómo se escondían tras dejar atrás a todos sus perseguidores y se miraban los dos, y sonreían mientras daban bocados a aquellas manzanas que les sabían como los mejores manjares del mundo. Todo aquello había terminado. Eran recuerdos que ya no se permitía tener porque acababa de matarlos, sentía que había matado a Atilio y toda su vida juntos y todos sus recuerdos. No podía recrearse ya en recordar lo único bonito que había tenido su existencia, la amistad con Atilio, porque todo ese torrente de recuerdos le conduciría siempre hasta aquella maldita tarde en la arena y el desencanto infinito, la pena total, cruel, inmisericorde, siempre volvería a asfixiarle.

Caminó siguiendo a los pretorianos que lo custodiaban de regreso a la Puerta de la Vida, hasta penetrar de nuevo en la pequeña celda que había compartido con Atilio antes del combate. Le dejaron solo, se arrodilló ante la estatua de Némesis y a punto estuvo de romper a llorar como un niño, como aquel niño que fue junto a Atilio cuando robaban comida en la Subura.

En el exterior un pretoriano preguntó a otro:

—¿Qué hace?

El interpelado se asomó por la puerta de la celda, observó a Marcio y se alejó rápido de la puerta.

—Parece que está rezando a Némesis.

Y los pretorianos, excepcionalmente y por respeto, callaron.

No salió lágrima alguna de los ojos de Marcio. Era como si Atilio hubiera llorado ya por los dos todo lo que debía llorarse y ya no quedaran más lágrimas que verter sobre aquel asunto. No lloró, ni tan siquiera se permitió un leve gimoteo ni un mínimo suspiro. Némesis le hablaba como antes había hablado a Atilio y Marcio abrazó la única esperanza que le quedaba en su mundo roto para siempre: la venganza total, matar al emperador de Roma. No importaba que la venganza que anhelaba fuera imposible. En aquel momento sólo importaba sentir esa ansia, la única fuerza que podría mantenerle con vida.

Todavía quedaba una recreación de una cacería de fieras exóticas en la arena, pero, para el *lanista*, el resto de espectáculos carecía de interés. En su cabeza había quedado grabada la imagen de Marcio abandonando, encorvado y abatido, la arena por la Puerta de la Vida. Sabía que aquélla no era una salida como las otras y registró aquel dato con pericia. Nadie más parecía haberse dado cuenta: Partenio hablaba con el jefe del pretorio sobre Britania, o eso le había parecido; el emperador acariciaba el hermoso pelo de su sobrina Flavia Julia mientras ésta fingía estar interesada por la cacería y así todos y cada uno de los presentes, distraídos en mil cosas diferentes sin prestar más atención a aquella retirada de Marcio por la Puerta de la Vida con la cabeza inclinada, mirando al suelo, algo que no había hecho jamás, algo distinto, diferente. El *lanista* estaba confuso. Quizá aquello no significara nada relevante, o quizá algún día, haberse dado cuenta de ese detalle, del desconsolado abatimiento de Marcio tras la ejecución de su amigo, quizá algún día haberse percatado de eso fuera importante.

79

LA LUJURIA DEL EMPERADOR

Roma, verano de 83 d. C.

El emperador caminaba hacia su cámara personal en el interior de la *Domus Flavia*. Se había pasado toda la mañana ocupándose de Roma y del Imperio; ahora era el momento de ocuparse de sí mismo. Se permitió una sonrisa: habían llegado más buenas noticias de Britania. Agrícola parecía proseguir su avance hacia el norte sin importar cuál fuera la oposición que le presentasen los bárbaros de aquellas lejanas tierras; su popularidad seguía en aumento. La sonrisa se borró del rostro del emperador. Sólo se oían las sandalias del propio César y de los pretorianos que le escoltaban; por lo demás, en la *hora sexta*, con el sol en lo alto, el silencio era absoluto. Hacía calor. Sí, era el momento de ocuparse de sí mismo. Más adelante se ocuparía de Agrícola y sus conquistas. No era un tema para olvidar, pero todo a su debido momento. Ahora tenía otras cosas entre manos.

Flavia Julia, recostada y sin ropa, esperaba, una vez más, en el lecho del emperador. Su tío estaba a punto de llegar. La joven se miraba el vientre desnudo. Cada vez era más difícil de ocultar. Y las piernas y los brazos se le hinchaban. Tenía que decírselo hoy. Quizá había esperado demasiado, varios meses, pero tenía pánico a su reacción. Podía pasar cualquier cosa. Cualquier cosa.

Domiciano se quedó tumbado boca arriba. Estaba saciado, por el momento. Le encantaba hacerlo así, de forma rápida y violenta. Flavia Julia ya no luchaba más. Por un lado le molestaba, pues había disfrutado mucho los primeros meses de aquella relación, cuando la muchacha aún oponía algo de resistencia. Por otro lado le gustaba, a ratos, sentir su sumisión total. Frunció el ceño. Le sacaba de sus casillas tener que admitirlo pero era así: echaba de menos a Domicia y su rebeldía permanente. Le gustaba tanto forzar a una hermosa matrona romana que la continuada sumisión de Julia era... aburrida. Se giró en la cama. Ella estaba tumbada de lado y le daba la espalda. ¿Se habría dormido? A veces lo fingía, pero no parecía el caso, porque la respiración no era tan relajada como cuando dormía. Simplemente evitaba mirarle. Domiciano observó el cuerpo desnudo de su sobrina. Sí, definitivamente había engordado. Eso estaba bien, estaba más lozana, más hermosa. Quizá eso compensaba por su resignada actitud.

—Has engordado —dijo el César.

Flavia Julia dejó de respirar. Sus ojos, con la mirada perdida, se quedaron sin parpadear unos instantes. La joven se volvió despacio para encarar a su tío. Estaba claro que no podría ocultarlo por mucho más tiempo.

—Estoy embarazada, César.

Cerró los ojos y hundió su rostro en la almohada. Temía un grito, insultos, quizá una bofetada. Pero pasaba el tiempo y no ocurría nada. Sólo había silencio. Sintió entonces que el César se movía en la cama. De pronto el lecho que se doblaba siempre hacia el emperador quedó en horizontal: su tío se había ido. Eso no quería decir nada o quizá lo dijera todo. Se atrevió a sacar su rostro de la almohada y miró a su tío, que se estaba vistiendo. No parecía enfadado, ni siquiera molesto. De inmediato se levantó para ayudarle a vestirse. A él le gustaba que fuera ella la que le asistiera, como si fuera una esclava. Fue rauda a servirle. Él la miraba atento.

—¿Por eso has engordado? —preguntó Domiciano.

—Sí, César; eso creo.

El emperador asintió una vez y enarcó una ceja.

—Lástima. Pensaba que por fin estabas fortaleciendo tu delgado cuerpo. Bueno —continuó el César—; en cualquier caso, no importa.

Una vez puesta la toga, sin dar un beso a Julia, se encaminó hacia la puerta. Al llegar junto a las grandes hojas de bronce de su cámara, antes de tocar con los nudillos para que los pretorianos abrieran, el emperador se volvió hacia su sobrina.

—Como imaginarás, ese niño no puede nacer.

Flavia Julia le miró sorprendida; no había esperado eso. Había pensado que se enfadaría, incluso que le pegaría, pero no pensó nunca que su tío fuera a llegar a ese extremo. Ella había visto lo que pasaba con las mujeres que abortaban. Muchas no sobrevivían. Se acercó a Tito Flavio Domiciano y se arrodilló.

—Por favor, César, eso no, eso no... —imploró y quiso abrazarle por las rodillas, pero su tío dio un paso atrás.

—Ni siquiera con Domicia he tenido un hijo que sobreviviera el tiempo suficiente para ser declarado mi sucesor, así que contigo mucho menos. Cuando quiera tener un hijo yo decidiré el momento y la persona con quien tenerlo.

Se dio media vuelta para tocar en la puerta; las hojas de bronce se abrieron de par en par y Domiciano se adentró en el pasillo seguido por un nutrido grupo de pretorianos. En su cámara, de rodillas, suplicante, en un mar de lágrimas, sollozaba Flavia Julia, sola, abandonada por todos.

80

SIN REFUERZOS

Germania, otoño de 83 d. C

Los dardos caían por todas partes. Trajano se esforzaba porque los legionarios mantuvieran las posiciones en la empalizada, pero habían caído muchos y los catos venían en grandes grupos, cargados con antorchas que dejaban a los pies de aquel gran muro de madera que pretendía ser la frontera de Roma. De forma sorprendente, hacía una semana que no llovía y la hierba, más seca que de costumbre, prendía con facilidad. Pronto toda la empalizada estaba ardiendo.

—¡La fortificación está perdida! —gritó Longino a su espalda. Trajano se revolvió como un loco.

—¡Nunca! ¡Por Júpiter, eso nunca! —Y caminando por detrás de la empalizada en llamas aullaba sus órdenes a los centuriones de cada cohorte—: ¡Mantened las posiciones! ¡Bajad de la empalizada si ésta arde, pero mantened las posiciones justo detrás! ¡No cederemos ni un paso, ni un solo paso!

Los centuriones saludaban militarmente y hacían sonar los silbatos en un empeño testarudo por mantener la formación de sus tropas justo al pie de las fortificaciones en llamas. Longino caminaba detrás de Trajano y sacudía la cabeza. Empezaron a emerger decenas, centenares de catos por entre las llamas. Ni siquiera se esperaron a que la empalizada fuera consumida por completo. Se acercaban aullando como bestias

Longino se quedó atónito. Pese a las hordas bárbaras que penetraban por diferentes puntos, los legionarios se mantenían en sus posiciones, relevándose de forma ordenada y luchando con fiereza brutal. Sólo resistir era algo grande, pues cada vez resultaba más evidente que los catos habían reunido un enorme ejército. Estaba claro que buscaban venganza por la derrota que les había infligido el año anterior el emperador de Roma. No habían tenido un día de paz desde que Domiciano se retirara a celebrar su gran *triunfo* sobre aquellos mismos bárbaros contra los que ahora combatían. Pero muy vencidos no parecían, no. Allí estaban de nuevo. Longino pensó que al final, quisiera o no Trajano, tendrían que retroceder. En eso llegó Manio al frente de la caballería por un costado, desde las colinas peladas, sin árboles, pues los habían utilizado todos para construir aquella interminable fortificación. Los jinetes romanos embistieron al ejército enemigo por el flanco. Trajano hizo sonar su voz aún con más fuerza que antes.

—¡Al ataque! ¡Avanzad las posiciones! ¡Haced que regresen más allá de la empalizada! ¡Por Júpiter, por Roma! —Y se lanzó junto con la primera cohorte.

Longino le siguió, como hacía siempre. Atravesaron las cenizas de la empalizada mientras los catos, algo confundidos por el ataque de la caballería romana, retrocedían unos pasos. Fue suficiente para que el avance de la infantería romana les pillara por sorpresa. Los legionarios acertaron a herir a muchos catos en la primera embestida. Manio, por su parte, empezó la persecución de un amplio sector del ejército enemigo que se batía en franca retirada hacia el bosque.

Fue una sangría. Una más.

La empalizada de toda aquella zona había sido destruida, había centenares de legionarios y de catos heridos y muertos, pero la frontera de Roma se había mantenido en el punto donde había quedado fijada por la última campaña del emperador al norte del Rin.

Trajano estaba en el centro de la llanura, paseando entre cadáveres, custodiado por un grupo de legionarios que actuaban de guardia personal para evitar que ningún herido intentara un ataque por sorpresa contra el *legatus* del Rin. Las tropas de la frontera, toda vez que el emperador se había ido a Roma hacía meses para celebrar un *triunfo* inmerecido, habían aprendido a confiar en aquel hombre que era capaz de mantener a los germanos a raya pese a que no llegaban ni refuerzos ni más apoyo desde Roma.

Manio llegó a caballo y desmontó junto a Trajano.

—Una vez más ha sido por muy poco —dijo.

Trajano no respondió. Estaba detenido en medio del campo de batalla, con los brazos en jarra, mirando hacia el bosque.

—Volverán —dijo Longino. Trajano asintió lentamente.

—Sí, siempre vuelven —concedió el *legatus* hispano. Añadió unas palabras, pero como si pensara en voz alta o como si recordara viejos relatos de un pasado ya muy lejano—: Julio César tenía un plan, un plan para conquistar toda Germania, todos los territorios al norte del Rin... tenía un plan... —Pero no siguió; negó con la cabeza, como quien rechaza aquella idea del pasado como algo imposible y se volvió hacia Manio y Longino—: Hemos de reconstruir la empalizada antes de que vuelvan.

Dio media vuelta sin esperar respuesta. Manio y Longino se miraron.

—No podremos resistir eternamente; cada vez son más —dijo Manio. Longino negó con la cabeza indicando que compartía el mismo sentimiento. Ya le había pedido a Trajano que escribiera al emperador pidiendo refuerzos en varias ocasiones, pero Trajano se negaba siempre. Y ni él ni Manio entendían aquel empecinamiento en no informar al emperador de los problemas en el Rin.

81

PONTIFEX MAXIMUS

Roma, invierno de 83 d. C

Fusco entró en el *Aula Regia* de la gran *Domus Flavia* con nuevos informes de Britania. Domiciano quería recibirlo a solas y la inmensa sala estaba vacía. Incluso los pretorianos estaban apostados fuera de la sala.

Cornelio Fusco se detuvo frente al emperador. Lo último que se sabía de Agrícola es que, tras haber sometido a las tribus que habitaban frente a las costas de Hibernia,[29] había seguido avanzando hacia el norte hasta chocar con el temible ejército de los caledonios en las costas orientales del norte de Britania, en la remota región de Fife y Forfar, y que allí, en medio de la noche, los bárbaros se habían lanzado, como fieras, contra las fortificaciones del campamento de Agrícola. Después se interrumpieron los correos. De eso hacía varias semanas; por eso Domiciano estaba esperanzado. Quizá, al final, no tuviera que ocuparse de Agrícola y los caledonios le resolvieran el asunto de aquel incómodo *legatus* de Britania. Incluso había pensado ya en los honores fúnebres que pediría al Senado para enaltecer a un heroico Agrícola que quizá ya hubiera caído en combate contra los caledonios, eso quería pensar, pero el rostro de satisfacción de Fusco, que seguía sin entender nada relacionado con lo que el emperador realmente deseaba que pasara, previno a Domiciano y éste detuvo su imaginación.

—¿Y bien? —indagó el emperador ante el absurdo silencio de Fusco.

—Una gran victoria, César —anunció el jefe del preto-

29. Irlanda.

rio—. Acaba de llegar un nuevo correo: tras la batalla nocturna, donde la IX legión resistió bravamente, sobrevino una batalla campal y en ella Agrícola se impuso de forma absoluta. Los caledonios se han retirado hacia los montes Grampianos y el *legatus* planea ya una nueva campaña para perseguirles hasta derrotarlos por completo.

Domiciano recostó su espalda en el trono imperial. Asintió.

—Supongo que si lo consigue tendremos que honrar a Agrícola con honores triunfales —dijo el emperador con cierta desgana; pero, al instante, sonrió levemente—. Lo que es justo es justo. Luego ya veremos.

Fusco le miró con aire confundido. Cómo echaba de menos el emperador a alguien más inteligente. ¿Quizá Casperio, el otro jefe del pretorio? No, era demasiado ambicioso. Alguien inteligente pero sin tantas ansias de poder. Alguien eficaz. Eso sería lo ideal.

En ese momento, la figura enjuta de Partenio se dibujó en la entrada de la gran sala. Dos pretorianos se interponían delante de él, evitando que pudiera entrar, pero el liberto parecía pugnar por conseguirlo. Eso no era habitual en él. El emperador dio orden de que le dejaran pasar al tiempo que, con una mirada, transmitió a Fusco que se retirara. Partenio se cruzó con el jefe del pretorio, que le miró a su vez con desprecio supino mientras avanzaba hasta ocupar la posición de Fusco frente al César.

—¿Qué ocurre? —preguntó Domiciano manifestando una evidente molestia por la interrupción—. Un César tiene que ocuparse de las fronteras del Imperio sin ser perturbado a cada instante por minucias de palacio.

Partenio se inclinó. Se volvió a incorporar y justificó su presencia con pocas palabras.

—No vengo a importunar al César con nada relacionado con palacio, augusto.

—¿Entonces? ¿De qué se trata?

Partenio mostró en ese momento unos rollos sellados.

—Es por estas sentencias, augusto.

Domiciano miró aquellos rollos un instante y levantó las cejas con indiferencia.

—Sentencias de muerte, sí. ¿Me vas a molestar cada vez que condeno a muerte a alguien, Partenio?

El consejero guardó los rollos bajo su toga, se incorporó, se llevó una mano a la frente, meditó, suspiró y, al fin, se decidió a hablar.

—Son vestales, augusto: las hermanas Oculatae y Varronilla son vestales. El pueblo tiene a las vestales en gran estima, y son tres...

Domiciano alzó la voz interrumpiendo la argumentación de Partenio.

—¡Vestales que han roto su voto de castidad mientras están consagradas a velar por el fuego de Vesta!

Partenio volvió a llevarse la mano derecha a la frente. Empezaba a sudar. Las pruebas contra las vírgenes vestales habían sido confusas. No estaba claro que se hubiera consumado ningún acto sacrílego y los acusados de haberlo cometido con las vestales eran miembros de familias senatoriales claramente opuestos a la política imperial en el Rin y el Danubio, senadores que verían con buenos ojos que alguien como Agrícola ocupara el trono imperial dando fin así a la dinastía Flavia. Matar a aquellas vírgenes, enterrarlas vivas según la costumbre ancestral, y ejecutar a aquellos senadores enemigos sólo podría conducir a una guerra civil en poco tiempo. El emperador no parecía consciente de todo aquello. Sólo llevaba tres años en el trono y ya eran muchos los que añoraban a su hermano Tito o a su padre Vespasiano. No es que Partenio tuviera gran afecto por Domiciano, y más recordando lo que ocurrió en la muerte de Tito, pero una guerra civil era algo que el Imperio no podía permitirse. A Partenio le gustaba pensar no ya que velaba por Domiciano, sino que era custodio de algo mucho más grande: Roma. Un custodio aislado y con poco poder, pero que se sabía importante en ciertos momentos. Aquél era uno de ellos.

—Ningún emperador ha ordenado antes la ejecución de ninguna vestal. Ninguno, *Imperator Caesar Domitianus*. Ninguno. —Se inclinó ante el emperador en señal de sumisión, pese a que sus palabras no hacían sino contrariarle.

Domiciano le miró con odio. Le asqueaba que le recordaran lo que él ya sabía. No necesitaba un viejo consejero imperial para eso. ¿Acaso Partenio no entendía que tenía demasiados enemigos y que debía encontrar la forma de acabar con todos ellos antes de que éstos acabaran con él?

—Soy el *Pontifex Maximus* —dijo Domiciano al tiempo que se levantaba de su trono— y en calidad de tal la vida de las vestales la regulo yo.

Partenio permaneció mirando al suelo. Eso era cierto: desde los tiempos del divino Augusto, el máximo pontificado, el puesto de sacerdote supremo, quedó asociado a la figura del emperador, pero nunca antes se había usado aquel privilegio para condenar a muerte a tres vírgenes vestales y, menos aún, en base a unas pruebas tan poco fiables que, sin duda, levantarían las sospechas de muchos y el rencor en el pueblo, pero era evidente que el emperador no estaba dispuesto a ceder en lo fundamental: quería a esos senadores muertos; las vestales eran sólo víctimas, bajas necesarias a los ojos de Domiciano en su guerra personal contra el Senado.

—El emperador podría ver cumplidos todos sus deseos, pero hacerlo de forma que sus enemigos no puedan usarlo contra él.

Domiciano se sentó al oír las nuevas palabras de su consejero. Sabía que lo que quería hacer era peligroso. Odiaba a aquel miserable, pero reconocía que aquel maldito liberto sabía de política, mientras que él, aunque le doliese reconocerlo en secreto, se sabía torpe en aquella materia. Por eso mantenía aún con vida a Partenio.

—¿Qué propones?

Partenio alzó de nuevo la mirada.

—Sugiero que el emperador se muestre magnánimo en sus condenas y que ordene el destierro de los senadores implicados.

Domiciano asintió despacio.

—¿Y las vestales? —inquirió levantando su mentón imperial.

Partenio suspiró.

—Las vestales tendrán que morir, pero el emperador podría concederles el mínimo privilegio de elegir cada una la forma de morir. —Partenio sentía cada día más asco de sí mismo.

Domiciano ponderó en silencio la propuesta de su consejero. Aquellos senadores, y otros muchos, deberían morir, pero quizá aún fuera demasiado pronto para eliminar a todos sus enemigos. Y más con Agrícola conquistando toda Britania. Sí, era mejor esperar.

—Que se haga como sugieres, Partenio.

El emperador levantó la mano derecha y Partenio se inclinó, dio media vuelta y se encaminó hacia la salida de la gran sala. Tito Flavio Domiciano se quedó mirando a su consejero imperial mientras se marchaba. Partenio era mucho más inteligente que Fusco y no tenía esa ambición innata en los militares. ¿Era Partenio su hombre? Domiciano sacudió la cabeza en medio de las sombras del *Aula Regia*. Partenio tenía escrúpulos, demasiados escrúpulos. Y sabía demasiado. Sabía lo de la muerte de Tito. No. Partenio le era útil; mientras fuera inteligente en sus consejos, le usaría.

El emperador miró a su alrededor. Intuía que las conjuras estaban próximas a aparecer, desde el Senado, desde el ejército, desde Britania o desde Oriente; quizá desde el Rin, y los bárbaros acosaban en el Danubio y en Partia, por todas partes. Y allí, en el corazón del Imperio, percibía las miradas de los senadores dudando, siempre dudando de él. Dio una palmada y un esclavo entró con una copa de bronce con vino dulce recién escanciado servido sobre una bandeja de oro. En cuanto el emperador tomó la copa, el esclavo desapareció llevándose la bandeja. Domiciano se levantó y paseó por la gran sala bebiendo de su copa. Tenía a cinco mil pretorianos, eso era cierto, pero las confabulaciones las presentía, estaba seguro de que una traición empezaba a urdirse en Roma misma y necesitaba de hombres rudos que, sin miramientos, siguieran sus órdenes sin hacer preguntas incómodas, absurdas. Elevó la copa y bebió con ansia hasta ingerir el poso del fondo.

82

UN CACHORRO

Roma, invierno de 83 d. C.

Un día su madre no regresó. Al fin se aventuró con sus hermanos a salir en busca de comida. Siguieron el rastro de su madre hasta que se confundió en un mar extraño de olores intensos que no supieron interpretar. En ese momento un
caballo, que arrastraba algo enorme apoyado sobre dos círculos grandes, destrozó a dos de sus hermanos. Asustados, todos
se alejaron en direcciones diferentes y ya no los volvió a ver.

Sentía un hambre atroz. Caminó durante horas sin rumbo, por entre aquellas paredes con agujeros desde los que
emergían, cuando menos lo esperabas, orines que no eran
como los suyos, fuertes, intensos pero que no valían para
orientarle en su larga búsqueda de comida. Había intentado
coger carne en un lugar repleto de aquellos que caminan sobre dos patas, pero éstos le atacaron y tuvo que volver a echar
a correr. Estaba exhausto. Llovió. Los charcos aliviaron su sed,
pero el tema de la comida era cada vez más horrible. Si no
comía pronto dejaría de andar. Se quedaría quieto en una
esquina, se acurrucaría y no haría ya nada. Su instinto aún le
estimulaba lo suficiente para no darse por vencido. Encontró
entonces el mayor de los muros, el más alto de cuantos había
visto en aquel laberinto confuso en el que la comida sólo la
tenían los que caminaban sobre dos patas. Empezó a olfatear
la base de aquel muro y su pelo se erizó: olía a muerte, muerte
tras aquel muro, pero también olía a comida, a mucha comida, mucha carne de diferentes tipos. A él cualquier carne le
parecía buena, o cualquier cosa. Un día subsistió con unas
babas blanquecinas que encontró en una calle; no sabían a
nada que hubiera comido antes pero su estómago no le dolió.

También estaba ese olor allí, tras aquel muro. Había visto a los que caminan sobre dos patas comiendo esas babas, pero aunque se acercaba a ellos con cuidado, nunca nadie le daba nada, sino que movían sus patas altas con movimientos rápidos y gritaban; él, aterrado, volvía a correr. Seguía oliendo aquel inmenso muro. Orinó. Continuó corriendo buscando una entrada, pero aunque había muchas todas parecían cerradas. El sol no estaba y hacía frío. Había aprendido que el sol iba y venía y que cuando no estaba hacía más frío. En otra circunstancia, con el hambre saciada, como cuando su madre les traía comida, se hubiera tumbado en un rincón tranquilo y se hubiera quedado dormido hasta que saliera el sol de nuevo, pero el hambre era demasiado aguda. Sentía que o comía ya o se tumbaría para no levantarse más. De pronto, oliendo el suelo, se encontró con su propia orina. El muro daba una vuelta entera. Estaba donde había estado. Era un muro inmenso que trazaba un camino que volvía sobre sí mismo y había comida, mucha comida dentro. Olía a sangre de muchos animales muertos y donde había sangre había carne. Siguió dando la vuelta a aquella muralla hasta que, de pronto, vio que una puerta se abría. Varios de los que caminaban salieron de allí cargados con hierros que terminaban en punta y que él ya había visto blandir amenazadoramente si te acercabas. Las sombras le amparaban. Era pequeño, pequeño y rápido. Se deslizó al interior cuando volvían a cerrar la puerta.

Estaba dentro. Estaba dentro. Estaba tan contento que hubiera lamido a cualquiera de aquellos que caminaban a dos patas, pero desaparecieron al otro lado del muro y se quedó solo. Estaba oscuro, pero había sombras. Se veía una luz débil al final de un largo pasillo. El olor a comida era aún más intenso. Caminó con audacia, pero con precaución. Había aprendido que donde había comida también había golpes y gritos. Sabía que tenía que ir con mucho cuidado, pero el olor a comida era tan fuerte que lo arrastraba inexorablemente hacia las entrañas de aquellos muros. El pasillo descendía, poco a poco, pero descendía. No importaba. Iría hasta donde tuviera que ir. Entonces oyó voces. Decían cosas incomprensibles para él. Los vio al llegar al final del pasillo. Había varios de ellos con pinchos retorcidos, muy puntiagudos, clavados en otros muchos de los que caminan a dos patas que estaban tumbados, llenos de sangre. De ahí venía el olor a carne y a muerte. Daba igual. Para él era comida.

Mordió primero en una de las patas pero estaba dura: era mucho hueso y poca carne. Se concentró entonces en las garras superiores de los cadáveres, las que no usaban para caminar, y le parecieron más blandas. Su dentadura aún no podía despedazar los trozos más grandes de carne, por eso aquellas garras blandas de los que caminan le parecieron un manjar a su alcance. Comió hasta hartarse. Había muchos cuerpos allí amontonados y les royó a todos las garras blandas hasta saciarse por completo. Se sentó entonces, entre todo aquel olor a muerte y sangre y comida. Se quedaría en aquel lugar. No había luz, pero no importaba. De pronto le vino la sed. Allí no había nada para beber. La sangre estaba seca. Muy a su pesar tendría que salir en busca de agua. Se tumbó. Descansaría un poco. Sólo un poco.

Le despertaron unos ruidos metálicos extraños y todos sus pelos se erizaron. Se oía a varios de los que andaban erguidos acercándose. Se levantó y, veloz, dejó aquella sala de comida para buscar refugio en el pasillo largo y oscuro por el que había venido. Podía oler su propio olor en aquellas paredes y eso le dio algo de seguridad. Seguiría la misma ruta por donde había venido para salir del muro y buscar agua, ya lejos de los que caminaban a dos patas pero, de pronto, ante él, un montón de ellos se acercaban con antorchas. Le vieron. Le gritaron como hacían siempre y uno de ellos echó a correr tras él. El pánico se apoderó de su ser y corrió por los pasillos de aquel mundo extraño y desconocido hasta dejar atrás los gritos de aquellos que le seguían. Estaba aún más oscuro. Parecía haberse hundido aún más en las entrañas de la tierra. Se quedaría allí un tiempo y luego volvería a intentarlo, pero no, de nuevo se oía a los que caminan erguidos acercándose. El pasillo se acababa. Había una verja de hierro que se cruzaba impidiéndole el paso, pero él era pequeño y pudo deslizarse entre los barrotes. La estratagema le hizo sentirse feliz. Los que caminan a dos patas no podrían pasar por allí. Fue entonces cuando oyó el rugido más horrible que había oído nunca en su breve pero intensa vida. El pelo se le erizó aún más, no como antes, sino que ahora era todo su pelo, desde la cola hasta la frente, y se quedó petrificado. Una bestia gigantesca se acercaba hacia él; no, dos, tres enormes animales, varias veces más grandes que su propia madre cada uno, andaban hacia él y rugían con tal fuerza que, aterrado, se limitaba a pegarse contra la pared fría y húmeda de aquel submundo. Pensó en retornar a la verja que había cruzado, pero las bestias se interponían ya entre él y los hierros cruzados. Emitió un torpe, rudimentario y débil rugido que para nada intimidó a sus atacantes. Salió entonces como una centella, pasando entre las fieras que le acechaban, y aquel movimiento pareció coger por sorpresa a los gigantescos animales, porque consiguió deslizarse entre las bestias. Pero cuando pensaba que lo peor había pasado una de las garras brutales de aquellas fieras le golpeó el lomo y le rasgó la piel. Sintió el dolor penetrando en su cuerpo al tiempo que conseguía deslizarse de nuevo entre los barrotes cruzados. Sabía que dejaba un reguero de sangre tras él, podía oler su propia sangre, pero no quería detenerse para lamerse la herida. Las bestias rugían a su espalda pero a cada paso que daba los rugidos se oían más débiles. No podían pasar los hierros, no podían pasar los hierros. Eso le alivió un poco, pero apenas era capaz de andar ya. El pasillo terminaba de pronto frente a otra verja. Esta vez no la cruzó. Se sentía muy débil. Tenía sed, más sed que antes. Y estaba débil. Se tumbó junto a una de las paredes del pasillo. Entraba un aire fresco por aquella verja. Parecía dar al exterior; se veía una explanada muy extensa ante él y no se sentía con energías suficientes para atravesarla. Estaba seguro de que si lo intentaba los que caminaban a dos patas le verían e intentarían atacarle. Necesitaba descansar un poco. Se acurrucó aún más contra la pared y cerró los ojos. Gimoteaba torpemente, sin casi fuerza, asustado, desangrándose, perdido.

Se durmió.

Tuvo sueños extraños. Le costaba respirar. La sed era horrible.

El aire fresco del amanecer le despertó. Por su lado desfilaron decenas de los que caminan erguidos. Así pasó la mañana. Él no se movió. No podía. Suponía que en algún momento le gritarían, le pegarían y le matarían, pero no podía hacer ya nada más. No tenía fuerzas para nada. Yacía en el suelo, acurrucado contra una pared, en un charquito pequeño de sangre que destilaba el olor de sus propias entrañas. Le gustaría que su madre estuviera allí para lamerle el lomo, pero eso ya no era posible. No lo era. De pronto los que caminan a dos patas cambiaron. El sol caía en el cielo de la explanada infinita y se oían gritos de una multitud; junto a él, por el pasillo largo, empezaron a pasar dos patas vestidos de hierro y con afiladas puntas en sus manos, con hierros incluso tapándoles las cabezas por completo, diferentes a los otros. Aquél era un sitio terrible. Había comida, pero no había agua y sí bestias inmensas que le habían herido y muchos de dos patas revestidos de hierro.

Era curioso que nadie hubiera reparado aún en él, pero estaba tan acurrucado que se confundía con las piedras por el color oscuro de su piel y un poco de sangre más en aquella esquina no llamaba la atención a nadie en aquel lugar de muerte. La sangre parecía algo habitual en las paredes de aquellos pasadizos.

Los dos patas de hierro regresaban de la explanada envueltos en su propia sangre mientras se oían grandes gritos en el exterior. Cuando volvieron no parecían tener interés en nada de lo que hubiera en aquel pasillo. Pensó entonces que, si no le veían, quizá al día siguiente estuviera mejor y podría intentar de nuevo salir de aquel muro que envolvía tantas cosas extrañas y buscar agua. De pronto todos sus sueños se desvanecieron. Uno de los dos patas de hierro se detuvo junto a él. Lo vio agacharse. Era alto y fuerte, de los más fornidos de todos cuantos había visto pasar. El dos patas alargó su mano cubierta con pieles y hierro y él intento morderla, pero su dentellada fue débil y ni siquiera sirvió para intimidar al gigante. Éste lo tomó en sus patas delanteras y lo levantó del suelo con facilidad. Supuso que en ese momento lo arrojaría contra la pared o que le apretaría hasta estrujarlo o que le clavaría algún hierro afilado y cerró los ojos porque no tenía fuerzas para más.

Marcio, el que no hablaba con nadie, el que tenía el espíritu muerto, el que sólo vivía para matar, había conseguido su vigésimo segunda victoria en la arena. Le habían aplaudido pero no tanto como antaño. Desde lo de Atilio ya no alargaba los combates para ganarse el favor del público, sino que se limitaba a ejercer su oficio con la destreza no ya del luchador sino del ejecutor. Todos le temían y acortar el combate evitaba que el contrincante pudiera albergar esperanzas. Eso no le hacía muy popular entre parte del público, que anhelaba combates largos como los de Prisco y Vero o como el que el propio Marcio realizara contra Atilio, pero sabía que las apuestas a su favor daban mucho dinero y que el *lanista* estaba contento. Así que no se preocupaba por embellecer la lucha de manera innecesaria mientras no le llamara la atención el veterano preparador de gladiadores.

En cualquier caso, a Marcio le daba igual todo y no le importaría que le expulsaran o que le ejecutaran, pero la parte de Atilio que sentía que vivía en él era lo único que le mantenía con vida. «Yo viviré en ti, yo viviré en ti» fueron las últimas palabras de Atilio y le martilleaban dentro de la cabeza hasta el punto de no dejarle dormir muchas noches. Los días de lucha se acostaba durante la mañana para estar dispuesto para el combate de las tardes. El *lanista* le permitía llevar su propio horario. Comía cuando tenía hambre y lo hacía siempre solo. No hablaba con nadie, no decía nada. Tenía el ingenuo convencimiento de que así, cuando llevara años y años sin decir nada a nadie, llegaría un momento en el que las palabras de su cabeza, por fin, se callarían para siempre. Incluso los recuerdos. Pero ese día no llegaba nunca. De regreso después del último combate, entró en el gran pasadizo de la Puerta de la Vida. Fue en ese momento cuando vio a aquel pequeño bulto, una bola de pelo y sangre apretada contra una de las paredes. La bola estaba viva. Marcio había desarrollado un sexto sentido para discernir cuándo un cuerpo estaba vivo o muerto. Eran muchos los contrincantes que fingían estar aturdidos o incluso muertos para provocar que el oponente se confiara y, al acercarse, contraatacar de forma mortal. Aquella pequeña bola de pelo estaba viva, llena de sangre pero viva. Se agachó despacio. A sus espaldas el público, enfervorecido, volvía a gritar porque una nueva remesa de parejas de gladiadores emergía a la arena corriendo; éstos, rápidos, pasaron a su lado sin detenerse a mirar en el suelo, como había hecho él. Marcio observó con detenimiento aquel animal herido. Era un perro pequeño, un cachorro. El pequeño animal, al sentirle, levantó la cabeza, gruñó y mostró unos dientes pequeños. Tenía instinto, como él. Y seguramente sólo ese instinto lo conservaba con vida. Marcio estudió el lomo rasgado del animal. Había visto marcas como ésa con frecuencia, pero en animales grandes o en hombres y mujeres, incluso en niños, que luego entraban por la Puerta de la Muerte arrastrados por los esclavos de Caronte, enganchados por los garfios de aquellos servidores del anfiteatro Flavio. Era un zarpazo de león o de tigre, un zarpazo mortal. Era sorprendente que aquel pequeño animal aún estuviera vivo. El cachorro dejó de gruñir, pero al acercar la mano, rápido, como una serpiente, le mordió una de las protecciones del antebrazo. No pudo hacerle daño; tampoco le habría hecho mucho aunque hubiera hincado sus dientes afilados en la piel.

Marcio, de pronto, sintió que aquel cachorro era él mismo: herido de muerte, solo y perdido, con la única diferencia de que las heridas del animal se veían y las de él no, pero dolían igual, los dos sufrían por igual. El cachorro estaba a punto de morir y Marcio, el que no hablaba con nadie, el que no comía con nadie, el que no decía nada, lo tomó en sus manos y lo levantó del suelo con cuidado, con el mismo cuidado con el que cogía un arma nueva cuando la examinaba antes de decidir si se la quedaba o no bajo la atenta mirada de algún nervioso herrero del *Ludus Magnus*. Los ojos del cachorro emitían furia y miedo, pero Marcio sintió una paz extraña y lo llevó a su pecho. El animal le arañó y le hizo sangre, pero Marcio ni gimió ni lo separó de su pecho. Pronto el animal dejó de ofrecer resistencia, estaba demasiado exhausto. Marcio caminó con rapidez y, pasando por entre los hombres que salían hacia la arena, llegó hasta una pequeña sala donde un médico, a la luz de varias antorchas, cosía las heridas de un luchador poco afortunado en el combate. Marcio fue a hablar, pero las palabras estaban como escondidas; demasiado tiempo sin usarlas. El animal gimoteó entre sus brazos. Se estaba muriendo.

—Quie-quie-quiero que le cures —dijo Marcio al fin, sorprendiéndose de que las palabras, de nuevo, brotaran de su boca.

El médico, como todos, sabía del largo silencio de Marcio y conocía lo mortífero que era aquel guerrero. Durante el último año le había cosido varias heridas muy dolorosas sin que aquel gladiador emitiera un solo sonido y ahora, sin embargo, estaba hablando. El médico aún no había terminado de coser al otro luchador, pero interpretó con agudeza que la petición de Marcio no era de las que se pudiera dejar sin atender de forma inmediata.

—Ahora terminaré contigo —dijo al otro gladiador y miró con atención al cachorro que sostenía Marcio—. Esas heridas son malas. Es muy pequeño. No llegará vivo al nuevo amanecer.

—Vivirá, si le coses, vivirá —respondió Marcio con una convicción que no dejaba margen a discusión alguna. El médico suspiró y se encogió de hombros. Muchos gladiadores le habían pedido favores en muchas ocasiones: que curara a un amigo, que fuera a ver a una mujer embarazada para «solucionar» el asunto, que les diera remedios contra un mareo o contra la fiebre o contra mil y un padecimientos. Ésa era la primera vez que Marcio le pedía algo. Era algo absurdo y tenía miedo porque sabía que el cachorro iba a morir.

—No sobrevivirá, gladiador. Ha perdido demasiada sangre, es demasiado pequeño.

Marcio miró entonces de nuevo al pequeño perro que sostenía en sus manos y, tras un nuevo examen, sacudió la cabeza y se dirigió de nuevo al médico.

—Si ha sobrevivido toda la noche con esas heridas es que es fuerte. Un cachorro que sobrevive al encuentro con un león tiene que ser fuerte y se merece una segunda oportunidad. —Pero Marcio veía que el médico dudaba y que empezaba a sudar—. Tú cóselo. Si se muere no será culpa tuya. Eso lo sé.

Esas palabras consiguieron el efecto que el gladiador buscaba. El médico se relajó un poco y asintió.

—Ponlo ahí —dijo, y señaló una pequeña mesa en el centro de la sala de curas, en medio de las sombras.

83

EL BESO DEL EMPERADOR

Roma, 84 d. C.

Agrícola llegó a las puertas de Roma de noche, tal y como se le había ordenado. Desmontó de su caballo y lo mismo hicieron los jinetes que le acompañaban. Ya en la misma *Porta Flaminia* un regimiento de pretorianos conminó a los escoltas de Agrícola a permanecer fuera de las murallas.

—Sólo puede venir el *legatus* de Britania.

Todos los caballeros que acompañaban a Agrícola pensaron que habría sido mucho más preciso referirse al recién llegado como el conquistador de Britania, pero nadie les preguntó su parecer. El propio Agrícola se giró hacia ellos un instante y asintió con la cabeza. Nadie dijo nada, aunque a ninguno le gustaba todo aquello.

Los pretorianos escoltaron a Agrícola por las calles de la ciudad. Fue un paseo extraño, en plena noche, a la luz de las antorchas, con puertas y ventanas cerradas, como tenían costumbre los ciudadanos de la ciudad en las horas de la vigilia nocturna. A la derecha dejaron el *Mausoleum Augusti*, uno de los pocos edificios iluminados con antorchas. Luego los pretorianos evitaban las grandes avenidas atestadas de carros y escogían las calles estrechas y más oscuras. Agrícola parecía más un traidor que hubiera sido arrestado por la guardia imperial que un *legatus* victorioso que acababa de reconquistar toda Britania, extendiendo el poder de Roma hasta su punto más septentrional, incluyendo gran parte de Caledonia. Siguieron adentrándose en la ciudad. Todo el Campo de Marte quedó a la derecha y así llegaron a los foros, pero, para su sorpresa, los pretorianos giraron hacia el norte y le condujeron por las angostas calles de la Subura, donde su presencia se confundía con la de los borrachos y las putas. A Agrícola aquella ruta le pareció la más inapropiada de todas las posibles para un gran conquistador, pero supuso, y supuso bien, que el emperador le estaba mandando un mensaje velado con aquel largo rodeo. Se vislumbró entonces la enorme sombra del anfiteatro Flavio bajo los débiles haces de la luna menguante que ocupaba el cielo. Dejaron entonces el templo del Divino Claudio a la izquierda y alcanzaron, al fin, la colina del Palatino. Los guardias se detuvieron a las puertas del palacio imperial.

Agrícola ascendió solo por las escaleras de la *Domus Flavia*. Estaba convencido de encontrar el *Aula Regia* igual de vacía que las calles por las que acababa de cruzar, pero, para su sorpresa, la gran sala de audiencias estaba repleta de gente: consejeros imperiales, pretorianos, algunos senadores, libertos al servicio de la dinastía Flavia, esclavos, esclavas y hasta algún miserable con trazas de delator siempre atento a cualquier conversación sospechosa de la que extraer alguna información con la que poder dirigirse al emperador y ganarse así su favor a costa del desprestigio y la perdición de otros, a veces culpables, con más frecuencia inocentes.

Agrícola caminó hasta quedar frente al gran trono imperial de Tito Flavio Domiciano. Allí se detuvo y saludó al emperador.

—Salve, César. Cneo Julio Agrícola, *legatus* de la provincia de Britania, te saluda.

Domiciano le miró fijamente, con una faz seria, severa. De pronto sonrió. Se alzó de su trono, descendió de él y se acercó a Agrícola hasta abrazarle ligeramente e, imitando la vieja costumbre oriental importada por el divino Augusto, le dio un beso en la mejilla ante las miradas de todos los presentes. Era un aprecio sobresaliente. Agrícola se sintió algo confuso. Primero se le negaba un *triunfo* público y, sin embargo, el emperador luego parecía querer reconocer de algún modo, ante los senadores y cortesanos allí reunidos, su gran victoria sobre los caledonios y el resto de pueblos de Britania. No sabía bien qué pensar.

Domiciano volvió a sentarse en su trono.

—Una gran victoria la de la batalla del Monte Graupius —comentó el César.

Agrícola afirmó con la cabeza un par de veces.

—Una batalla sangrienta, César, pero una victoria para Roma, una victoria para el César.

—Bien, eso está bien, *legatus*. —Calló un momento; todo el mundo se había acercado al trono para oír bien aquella conversación; el César cambió un poco de tema—: Entonces, Britania es una isla.

Agrícola había sido el primero, conseguida la victoria en Caledonia, en coger una flota y circunnavegar toda Britania, partiendo desde el golfo de Firth, rodeando todo el norte de Caledonia, hasta bajar entre Britania e Hibernia y llegar por fin, de nuevo, al sur de la isla, desde donde había empezado sus campañas de conquista. Hasta entonces los romanos no estaban convencidos de que Britania fuera, en efecto, una isla. Los correos que enviaba Agrícola regularmente habían informado de todo esto al emperador.

—Así es, César. Britania es una isla.

Un nuevo silencio.

—Qué pena que no podamos hundirla —dijo Domiciano serio—; nos ahorraríamos tantos problemas y tantos esfuerzos...

Se echó a reír. Primero los pretorianos y en seguida muchos de los consejeros acompañaron al César en su carcajada. Partenio, atento a las miradas de algunos delatores que tenía identificados, no dudó en formar parte de la clac del César. Agrícola recibió el comentario del emperador con una sonrisa forzada, pero, cuando se recuperó el silencio, se atrevió a defender el valor de su victoria.

—Hay, no obstante, César, minas importantes en Britania.

Calló; había dicho poco y había dicho mucho. Para la mayoría de los presentes había dicho demasiado, desde luego mucho más de lo que ninguno de ellos se habría atrevido a decir jamás ante el emperador Domiciano, pero lo único que importaba allí era lo que pensaba éste. Domiciano le volvió a mirar con el mismo rostro severo del principio, pero, una vez más, decidió que una sonrisa aflorase en su augusto rostro.

—Sin duda, sin duda. Sólo estaba bromeando, querido Agrícola. —Se dirigió a todos en voz alta—: La victoria del *le-*

gatus de Britania es una victoria importante; tal es así que he decidido pedir al Senado que se te concedan *triumphalia orna- menta* y que se erija una estatua ecuestre tuya en el foro.

Eran aprecios importantes. Todos sabían que el emperador estaba buscando la forma de compensar a Agrícola pero siempre evitando concederle un *triunfo* en toda regla que, de modo inevitable, todo el mundo compararía con el *triunfo* que el propio emperador había celebrado apenas un par de años antes por haber sometido a los catos de Germania. Agrícola, prudente, se inclinó ante el emperador.

—El César es muy generoso —dijo el *legatus*.

El emperador se levantó, bajó del trono y se situó frente a Agrícola.

—Soy generoso, sí. No lo dudes, *legatus*, no lo dudes y no lo olvides.

Le dio un nuevo ósculo y se alejó por el amplio pasillo que todos los presentes abrieron ante los pretorianos que camina- ban justo por delante del César. Éste abandonó la sala y Agrí- cola fue rodeado por todos aquellos que querían felicitarle, pero siempre midiendo sus palabras, no fuera a percibir nadie una efusividad o un aprecio desmedido hacia aquel *legatus*, un afecto que alguien pudiera identificar como un aliento a una rebelión contra el emperador.

Agrícola se dio cuenta que todo era frío, medido, contro- lado, e intuitivamente empezó a comprender que quizá su vida corría más peligro entre las paredes de aquel palacio que en medio de los gélidos páramos de Caledonia.

84

LA GUERRA INVISIBLE

Germania, 84 d. C.

Los legionarios del Rin habían sido reunidos junto a las nuevas empalizadas destrozadas, por enésima vez, por un ataque más de los catos, que no cejaban en su campaña de constante hostigamiento contra la frontera del Imperio. Y es que aquellos germanos se negaban a ceder esos territorios del Rin a las tropas extranjeras venidas del sur.

Dos legiones en perfecta formación junto a una gran ladera. Caía una lluvia fina que lo empapaba todo. Longino y Manio habían seguido con minuciosidad las órdenes de Trajano; no entendían bien a qué venía todo aquello, pero el *legatus* de las legiones del Rin, el *legatus* hispano, como le conocían todos los oficiales y gran parte del ejército, había sido preciso:

—Quiero a todos los hombres formados frente a esa ladera, junto a las empalizadas incendiadas, al amanecer. Tengo algo que decirles.

Y con los primeros rayos de alba, Marco Ulpio Trajano salió de su tienda. Iba con su uniforme de *legatus* impecable rematado con un brillante *paludamentum*. Aún sostenía un cazo de cerámica común con el resto de las gachas de trigo que había comido aquella mañana, fiel a su costumbre: un plato abundante pero sencillo, muy similar a la comida que se le servía a la tropa. Entregó el cuenco vacío a un *calo* y tomó un vaso con agua que le ofrecía otro esclavo. Echó un trago grande y, saciada su sed, se dirigió hacia el pequeño podio que se había levantado con madera de abeto en medio de la ladera. Era un buen punto para hablar. La colina hacía de caja de resonancia, como si de un teatro griego se tratara, y su voz, emitida con potencia, llegaría a la mayor parte de los hombres allí reunidos.

—Todo está según lo que pediste —dijo Longino.

Trajano le puso su mano derecha en el hombro y asintió satisfecho. Acto seguido se encaminó hacia el podio y, con agilidad, se encaramó al mismo. A los soldados les gustaba ver que su líder estaba en buena forma. Trajano miró hacia el mar de legionarios que le observaba atento. Habían combatido bien el día anterior, como en tantos otros días, pero se les veía agotados y con preocupación. Eran ya muchos los enfrentamientos con los catos desde que el emperador se retirara llevándose una de las legiones y otras tropas auxiliares. Los soldados sentían que se necesitaban más fuerzas para contener los crecientes ataques de los bárbaros y Trajano sabía que todos, empezando por Longino y Manio, se preguntaban una y otra vez por qué no pedía más refuerzos al emperador. Había llegado el momento de hacerles ver a sus hombres, oficiales y legionarios, contra qué se estaban enfrentando, en qué guerra estaban metidos hasta el mismísimo cuello.

Todo alrededor del podio era un barrizal. A Trajano le pareció una metáfora adecuada. Miró a los centuriones de las primeras hileras y empezó a hablar proyectando su voz no ya con potencia, sino con garra, con auténtica pasión. Era todo lo que podía ofrecerles

—¡Legionarios del Rin! ¡Escuchadme, por Júpiter, y escuchadme bien! ¡Legionarios del Rin, estamos en guerra, en una guerra larga y lenta que durará años y que no sé si ganaremos, pero por encima de todo estamos en una guerra invisible! —Calló un momento para ver el efecto de sus palabras sobre aquellos oficiales de primera fila: le miraban atentos. Algo había conseguido, tenía su atención, pero necesitaba más, mucho más—. ¡Legionarios del Rin! ¡Legionarios del Rin! ¡Estamos en guerra porque los catos no van a dejar de atacarnos hasta que sientan que nos han devuelto todos los muertos que les causó el emperador Domiciano en su campaña de hace dos años, no les importan las veces que les detengamos ni las empalizadas que reconstruyamos a lo largo de todo el *limes*! ¡Ellos volverán a atacar y volverán y volverán y siempre será así! —Miró al cielo—. ¡Porque los germanos son como el agua de esta lluvia incesante que no termina nunca; de igual forma ellos nos atacarán hasta convertirnos en el barro que nos rodea y que lo ensucia todo, que nos ensucia, que nos cubre, que nos engulle cuando trabajamos, cuando reconstruimos las fortificaciones; ese barro que se nos mete entre los dedos de las manos y los pies y se nos pega y que parece que nunca ya podremos quitarnos y que formará parte de nuestra piel para siempre! ¡Así es Germania y así es esta guerra: pegajosa y permanente como el barro que pisamos a diario! ¡Pero además es una guerra que no existe, una guerra que no tiene lugar, porque para el emperador de Roma, para el señor del mundo, esta guerra terminó cuando la legión I *Minerva* derrotó a los catos aquella tarde hace dos años y los germanos se retiraron! ¡Para el emperador los catos han sido vencidos de forma absoluta y estos cadáveres que veis hoy de vuestros compañeros que cayeron ayer y que tenemos que enterrar esta mañana, estos cadáveres no existen, estas muertes no existen y esos catos que nos atacaron no existen porque están total y absolutamente derrotados! ¡Pero mañana volverán, como *lemures*, como espectros, regresarán y saldrán de sus bosques y volverán a atacarnos y tendremos que luchar contra esas sombras inexistentes que nos hieren y nos atacan y nos matan con ferocidad sin igual! ¡Y Roma no mirará nunca aquí ni yo diré nada a Roma porque los catos están derrotados, vencidos y exhibidos en un *triunfo* por las calles de Roma por el emperador Domiciano, de forma que no seré yo quien le diga que siguen aquí, porque eso no es cierto! ¡Ésta es, y os lo dije desde el principio, una guerra asquerosa y larga y tremenda y, sobre todo, por encima de todo, una guerra invisible y vuestras heridas son invisibles y vuestras muertes son invisibles y vuestros actos de valor también son invisibles! ¡Nada de todo esto existe a los ojos de Roma!

Calló otro instante para tomar aire; vio el desaliento en los ojos de los que le miraban y comprendió que estaban allí con él, hundidos en aquel maldito barro, confundidos por sus palabras, que podían sonar a un intento de rebelión, sin saber bien qué esperar. Ése era el lugar donde los quería tener, porque cuando uno está más sumido en la confusión sólo busca que alguien le diga lo que tiene que hacer y ese alguien era él. Infló su pecho y les dijo lo que esperaba de todos ellos.

—¡Así que ya lo sabéis: queráis o no estáis en esta maldita guerra invisible, rodeados por un océano de barro y bajo un manto de lluvia perenne, pero os diré una cosa, una sola cosa importante esta mañana: yo estoy con vosotros en este mismo barro, bajo esta misma lluvia y en esta maldita guerra invisible, y sí, todo lo que ocurre aquí no lo sabrá nunca Roma ni quizá nadie jamás, pero os aseguro que hay alguien que sí se fija en vuestras heridas y en vuestras manos encallecidas por el trabajo y el fango y la lluvia, alguien que sí admira vuestro valor cuando lucháis contra esos espectros del bosque, alguien que come lo que vosotros coméis y que bebe lo que vosotros bebéis y que sueña lo mismo que vosotros soñáis! ¡Y ese alguien soy yo, Marco Ulpio Trajano! ¡Marco Ulpio Trajano, *legatus augusti* del Rin, un *legatus* hispano, como todos me llamáis y no me importa! ¡Podéis llamarme como queráis siempre que cumpláis mis órdenes! ¡Este *legatus* os ve y os mira y os observa! ¡Así que tenedlo bien presente! ¡En esta maldita guerra invisible para Roma, vuestros actos son sólo visibles para mí, y yo recompensaré con *torques* y *falerae* y con regalos y dinero a todos cuantos destaquen por su valor en el campo de batalla de esta guerra inexistente; yo alabaré y premiaré vuestros esfuerzos en el trabajo de igual forma que seré implacable con aquellos que desfallezcan o que muestren desánimo! ¡No sé si esta guerra la vamos a ganar o a perder, pero sí sé que mientras yo os vea y os mire y os observe ni uno sólo de vosotros va a ceder un sólo pie de terreno al enemigo! ¡Vamos a reconstruir esas empalizadas y vamos a resistir de nuevo su siguiente ataque y el siguiente y el siguiente y vamos a estar aquí siempre, porque, aunque Roma no nos mire, nosotros vigilamos sus fronteras y por la frontera que nosotros vigilamos no va a pasar ni un solo germano, sea real o inexistente, sea visible o invisible! ¡Por la frontera de las legiones del Rin no pasan ni los espectros, ni las sombras ni los *lemures*! ¡Lucharemos por Júpiter, por los dioses, por Roma, por ese emperador que no nos ve y por nosotros mismos, por nuestro honor, por nuestro orgullo, por nuestra propia honra! ¡Lucharemos descarnadamente, sin piedad, contra el enemigo inclemente cada día, tantos días como llueva en esta Germania del norte y si llueve todos los días, lucharemos todos los días y si sale el sol, combatiremos bajo el sol, y no desfalleceremos nunca hasta que esos malditos espectros comprendan que no importa cuántos miles de fantasmas reúnan en su ejército: por aquí no pasarán, no pasarán nunca porque las legiones del Rin sólo entienden tres palabras, tres malditas palabras! —Aspiró aire una vez más y levantó los brazos y aulló mirando al cielo nublado henchido de lluvia y viento y furia—: ¡Muerte o victoria! ¡Muerte o victoria! ¡Muerte o victoria!

Y los legionarios, ante los asombrados ojos de Longino y Manio, repitieron sin cesar:

—¡Muerte o victoria! ¡Muerte o victoria! ¡Muerte o victoria!

85

EL REGRESO DE DOMICIA

Roma, 84 d. C.

Domicia encontró su antigua habitación en el palacio imperial exactamente como la había dejado: los frascos de perfume y cosméticos seguían en el mismo sitio, sólo que en algunos casos las esencias se habían desvanecido y algunos ungüentos estaban resecos tras aquellos dos años de destierro. Domicia no había esperado que, después de todo lo ocurrido, del hijo muerto, de lo de Paris y, especialmente, después de lo de Tito, Domiciano la llamara de nuevo a su lado. De hecho había estado convencida de que en cualquiera de las comidas que le servían en su destierro encontraría una muerte rápida, pero no le importaba demasiado. La rabia de la venganza, distanciada de su origen, de Domiciano, se había diluido en su interior y Domicia tomaba aquellas comidas incluso con alivio de pensar que alguna de ellas estuviera, en efecto, envenenada por orden imperial. No le importaba acabar con todo, pero no quería suicidarse, eso no, no quería ponérselo tan fácil al emperador. Por lo menos, que su muerte tuviera que sumarla a las otras que había ordenado, por lo menos eso. Pero el veneno nunca llegó. En su lugar un pretoriano se presentó en su pequeña casa en el sur de la península itálica y le transmitió un mensaje de viva voz. Domiciano ni siquiera se había molestado en escribirlo.

—El emperador desea que la augusta Domicia Longina regrese a Roma de inmediato. —Se inclinó ligeramente.

Domicia parpadeó un par de veces al oír aquellas palabras y como si de un sueño se hubiera tratado, como si tras parpadear, de pronto se hubiera despertado allí mismo, en sus antiguos aposentos de la gran *Domus Flavia* rodeada por aquellos frascos del pasado: sólo los ungüentos resecos y los tarros de perfumes vacíos le confirmaban que sí había pasado el tiempo. Partenio estaba con ella y, como siempre, era un consejero muy observador.

—En seguida ordenaré que traigan nuevos perfumes y todo lo que la emperatriz necesite —dijo.

Domicia sonrió. Partenio no había perdido facultades. Se volvió hacia él.

—¿Por qué?

Partenio, al oír la pregunta de la emperatriz, inspiró aire.

—¿Por qué... qué, augusta? —inquirió al no entender bien la pregunta, pero la mirada seria de la emperatriz le hizo ver que no estaba para juegos o malentendidos, sólo que él no sabía que es lo que Domicia Longina quería saber.

—Si no vas a decirme la verdad o si no puedes hacerlo no digas nada, pero no me insultes con mentiras —apuntó Domicia con frialdad—. Y sí, espero que se renueven todos estos frascos lo antes posible y que venga una esclava para ayudarme a desvestirme y bañarme. Tengo el polvo de mil calzadas pegado a mi piel.

Partenio se inclinó, dio media vuelta, se detuvo en la puerta, se volvió hacia la emperatriz y habló en voz baja, pero de forma perfectamente audible para su interlocutora imperial. Creía haber entendido al final el sentido del interrogante que le había planteado la emperatriz.

—El César está intentando mejorar su imagen ante el pueblo y ante el Senado. La emperatriz siempre ha sido querida por el pueblo y respetada por el Senado.

—¿Eso es todo? —indagó Domicia sin mirar a Partenio, con sus ojos fijos en el espejo que le devolvía la imagen de ella sentada y del consejero imperial a su espalda.

—Sí, augusta. —Pero Partenio completó sus explicaciones con algo más de detalle—: Bueno..., es cierto que desde que el César promulgó una ley de lesa majestad, los sospechosos de traición son ejecutados con rapidez y el emperador incauta sus bienes; así, son muchas las ejecuciones, y muchos los delatores, como Caro Mecio, Mesalino y otros. Además, desde la muerte de las vestales, el pueblo siente algo de antipatía hacia el César. La vuelta de la emperatriz, uno de los miembros de la familia imperial más apreciados, contribuirá a calmar a la plebe. En eso confía el emperador.

Como no hubo más preguntas, Partenio salió y la dejó sola.

No fue hasta la noche, durante la cena, cuando Domicia Longina comprendió cuán precisas eran las palabras de Partenio: Domiciano hizo que la sentaran a su lado y se mostró amable con ella, como si el pasado no hubiera existido, como si se olvidaran las traiciones, las infidelidades y los muertos; como si, de pronto, hubiera una tregua entre ellos, pero aunque no hubo desprecio tampoco hubo miradas de afecto o sentimiento auténtico por parte del emperador hacia ella. Todo era una pantomima, como si estuvieran en el teatro Marcelo representando una obra de Plauto. No, las miradas de ansia animal que tan bien conocía Domicia, el emperador las reservaba ahora abiertamente para Flavia Julia, la joven y hermosa Julia. La pobre Julia. La joven hacía lo posible porque no se notara, pero era tan evidente para Domicia que, si no le hubiera resultado patético a la par que asqueroso, le habría hecho reír. Domiciano proseguía con su lenta venganza *post mortem* contra su hermano Tito. Primero le dejó morir, como mínimo eso, y ahora se acostaba con su hija. Flavia Julia no sabía dónde se había metido. Quizá tampoco tuvo opción. Eso concluyó Domicia, y por eso, cuando Julia se levantó para retirarse después de la cena, ella hizo lo mismo y la siguió con paso rápido. La alcanzó a la entrada de las cámaras de la familia imperial.

—Julia —la llamó. La joven se detuvo y se volvió para mirarla—. Si alguna vez quieres hablar conmigo... puedes hacerlo.

Era una manera torpe de intentar acercarse a ella, pero llevaba tres años sin estar en palacio, sin apenas hablar con nadie y no le salieron las palabras más adecuadas para la ocasión. Flavia Julia la miró airada.

—No tengo nada que hablar contigo —dijo y Domicia no respondió; la vio dar la vuelta y marcharse rápida a su habitación. Pronto, sin duda, la seguiría el emperador. Flavia Julia había respondido con orgullo. Seguramente eso era lo único que le quedaba a la joven. Domicia no se lo echó en cara, continuó caminando y llegó a su propia habitación. Una esclava la asistió para deshacerle el peinado. El espejo las devolvía a las dos su imagen ligeramente borrosa. La emperatriz habló mientras se miraba a sí misma fijamente.

—Es suficiente.

La esclava dejó los aderezos del pelo en la mesa de los perfumes y salió de la habitación sin decir nada, con la cabeza agachada. Domicia Longina se miraba sin darse tregua a sí misma. Domiciano hacía como si nada hubiera ocurrido y ella casi lo había ido olvidando todo, pero al verlo allí de nuevo, sonriendo mientras comía, engullendo carne mientras hablaba, mirando lascivamente a su sobrina mientras ella posaba a su lado como la perfecta emperatriz, así, sin poder evitarlo, sin saber bien cómo, la rabia y el odio y el ansia de venganza volvieron a atenazarla de pies a cabeza. Se dio cuenta de que aquel anhelo de devolver todos y cada uno de los horrores sufridos nunca había desaparecido de su ser: sólo dormía, dormía. Domiciano estaba disfrutando con su victoria absoluta: no sólo le había arrebatado a Tito, sino que además la mantenía viva para que viera cómo, por las noches, se acostaba con la hija de quien fue su último amor verdadero. Domicia cerró los ojos. Tendría que aprender a dominar sus pasiones oscuras, porque intuía que, si alguna vez tenía una posibilidad de devolver alguno de los horrores que le había infligido Domiciano, esa ansiada ocasión aún tardaría en llegar, tardaría mucho. Debía cultivar la paciencia infinita, lenta, perenne. La emperatriz asintió en silencio, para sí misma y, poco a poco, se fue quedando dormida acariciando en sus sueños el lomo suave, tentador y sedante de la venganza.

Libro VI

LAS FRONTERAS DEL IMPERIO

NERO
GALBA
OTHO
VITELLIVS
VESPASIANVS
TITVS
DOMITIANVS
NERVA
TRAIANVS

Año 85 d. C.
(año 839 *ab urbe condita*, desde la fundación de Roma)

... tot exercitus in Moesia Daciaque et Germania et Pannonia temeritate aut per ignaviam ducum amissi, tot militares viri cum tot cohortibus expugnati et capti; nec iam de limite imperii et ripa, sed de hibernis legionum et possessione dubitatum.

[... tantos ejércitos perdidos en Moesia y en Dacia, en Germania y en Panonia por la temeridad o la cobardía de sus generales; tantos oficiales vencidos y hechos prisioneros con tantas cohortes. No estaban ya en juego los límites del Imperio y la orilla de un río, sino los cuarteles de invierno de las legiones y el control de las provincias.][30]

TÁCITO, en *Agricola*, 41,
con relación al gobierno de Domiciano

---

30. Traducción según la edición de Beatriz Antón Martínez. Ver bibliografía.

86

EL AMO

DOMITIANVS

Roma, 85 d. C.

Me daba de comer y de beber. El lomo me hervía de dolor y quería lamérmelo, pero él no me dejaba. Me cogía en sus patas delanteras, las más fuertes que he visto nunca, y me acariciaba con suavidad. Al final me tranquilizaba algo. Me daba agua y se pasaba la tarde conmigo. Por las mañanas no; entonces luchaba contra otros de los que caminaban a dos patas en una plaza cerrada. Mi amo, que así empecé a pensar en él, ganaba siempre. Luchaban con los hierros punzantes, pero no se los clavaban. Era como un juego para ellos, pero un juego en el que el amo siempre ganaba.

Con el tiempo las heridas de mi lomo se cerraron y pude empezar a caminar y a correr. Pronto me familiaricé con todos los recovecos de aquella guarida. Era grande y llena de pequeños rincones y había bastante comida, pero a mí sólo me daba comida el amo, que siempre se sentaba solo. Ninguno de los otros se acercaba a él cuando comía. Yo estaba orgulloso porque el amo me dejaba que me tumbara a sus pies. Cuando él terminaba se levantaba y yo le seguía. Iba a donde tenían mucha comida y gruñía de forma incomprensible para mí, pero siempre le daban carne fresca, cruda y sabrosa. Se giraba entonces y me la ponía en el suelo, frente a mí. Yo me relamía, pero había aprendido que tenía que esperar a una señal del amo. Le miraba fijamente, sentado, nervioso, muerto de hambre. Entonces él levantaba su pata delantera derecha y era la señal. Podía coger la carne y comerla toda sin que nadie me molestara. El amo se sentaba entonces en una piedra bajo el sol de la tarde. Yo me acostaba junto a él con mi pedazo de carne. A veces era un conejo entero o un pollo y me lo comía tranquilo a los pies de mi amo. Mis patas crecieron y se hicieron fuertes y mis dientes cayeron para que salieran otros aún más grandes. A veces me tragaba los pequeños que se caían sin darme cuenta, pero nunca me dolió nada por eso.

Había algunos perros más por la guarida, pero crecí tanto y mis gruñidos eran tan potentes que ninguno se atrevía a acercarse. Había también una perra mayor, pero no dejaba que me acercara. Rugía y me enseñaba los dientes. Yo era más fuerte, pero no quería luchar contra ella. Nos manteníamos alejados el uno del otro. Luego aparecieron algunas otras perras. Como era el más fuerte de todos, cuando quería estaba con una o con otra. Mi amo no me decía nada. Yo me concentraba en estar siempre que podía junto a mi amo. Los de dos patas se reunían en grupos y se reían, parecían relajados a veces, cuando no luchaban. Mi amo siempre estaba solo. El único que se le acercaba era el más viejo de los de dos patas, delgado y con el pelo de la cabeza gris. Era como el jefe de todos ellos, como el amo de mi amo. Era al único a quien mi amo escuchaba. Llegó entonces una tarde en la que el amo, después de comer, no se sentó conmigo sino que se vistió de hierro y, acompañado por el resto de luchadores, caminó por un largo túnel. Yo les seguí; iban de regreso al edificio de la muerte y las bestias oscuras. Procuré estar al lado del amo porque sabía que junto a él nada malo podía pasarme. Llegamos a una sala donde mi amo se arrodilló frente a una pequeña figura de piedra que sólo olía a piedra. Salió al fin de esa pequeña sala y llegamos al pasillo en el que el amo me encontró meses atrás. El túnel ascendía y terminaba en aquella infinita explanada desde donde se oían los gritos de una multitud nerviosa de miles de dos patas reunidos para ver luchar al amo y sus compañeros. El amo me miró cuando estábamos al final del pasillo y se detuvo un instante. Yo quería seguirle pero entonces levantó sus dos manos como hacía en la guarida cuando no quería que estuviera cerca de él porque iba a luchar con sus compañeros. Me senté en la boca del túnel y mi amo pareció satisfecho. Se dio la vuelta y salió hacia la explanada. Miles de dos patas gritaron de forma ensordecedora. Todos admiraban al amo, pero sólo yo comía con él. Le esperaría allí sentado hasta que volviera. Porque volvía. Algunos de los que luchaban contra el amo o contra otros en aquella explanada terrible no volvían nunca, pero el amo regresaba siempre. Siempre.

87

UNA BODA PROVINCIAL

Nemausus, Galia Narbonensis, 85 d. C.

Marco Ulpio Trajano padre recibió a su hijo con un abrazo a la puerta de la ciudad de Nemausus.[31] El *legatus* del Rin acababa de desmontar y apenas entregó las riendas de su montura a Longino, los brazos de su padre ya le envolvían con fuerza. No parecía que el tiempo hubiera pasado por él por la fuerza de aquel gesto de cariño, pero, en cuanto se separaron, Trajano hijo vio las arrugas del tiempo en la faz de su padre. Sí, retenía fuerza en su cuerpo, pero había envejecido.

—Ven, muchacho, ven —le dijo su padre, tomándole por el antebrazo y conduciéndole hacia la ciudad andando. Longino, Manio y otros oficiales les seguían a caballo—. No te importa andar, ¿verdad?

—No, padre. Me hará bien. No he dejado de cabalgar desde Moguntiacum.

—Un viaje largo, pero estos días en Nemausus te irán bien. Podrás descansar. A mí andar me revitaliza; me hace sentir fuerte aún, hijo. Y ésta es una buena ciudad, forjada por los veteranos del divino Julio César. Aquí estaremos bien estos días.

Caminaron unos instantes en silencio. Trajano hijo se fijó en los edificios de la ciudad: la basílica de justicia, la *Curia*, el *gymnasium*, pero, sobre todo, las imponentes murallas con sus altas torres que protegían la mayor parte de aquella gran ciudad del sur de la Galia.[32]

—Me alegro de que hayas aceptado esta boda, hijo —dijo al fin su padre.

31. Nimes.
32. El famoso anfiteatro de Nimes es posterior, de finales del siglo II.

Trajano hijo asintió. Apenas hacía dos meses que había recibido dos cartas en dos días consecutivos. En la primera el emperador le relevaba de su puesto de gobernador de Germania Superior y lo enviaba como *legatus* a Legio,[33] en el noroeste de Hispania. En la segunda su padre le proponía que aceptara un matrimonio con una joven de la aristocracia del sur de la Galia Narbonensis. Ninguna de las dos cartas le sorprendió. Eran cosas que se veían venir. El emperador no dejaba que nadie permaneciera demasiado tiempo en un mismo puesto, ya fuera como gobernador o como *legatus*, y con ambos rangos a la vez aún menos. Él había estado casi tres años en Moguntiacum vigilando la frontera del Rin. Para Domiciano eso ya era demasiado tiempo. Quizá sospechara de su silencio. En cualquier caso, abandonar la dura guerra de la frontera no le vendría mal. Estaba cansado de batallar sin un ejército lo suficientemente fuerte como para ganar. Y esa permanente lucha de desgaste le tenía consumido por dentro. Por dentro, porque nadie sabía de sus sentimientos. Longino quizá se hubiera dado cuenta, pero se guardaba mucho de comentarlo abiertamente y él lo agradecía. Lo que no le convencía era que el elegido para reemplazarle en Germania fuera Saturnino, un hombre no demasiado experto en campañas de frontera; pero determinar quién debía gobernar Germania Superior y vigilar a los catos no era potestad suya, sino del emperador. Por otro lado, el asunto de la boda era también previsible: a sus treinta y un años seguía soltero. Su falta de interés por las mujeres no le había hecho difícil mantener aquella situación, pero sabía que su padre desearía cambiarla pronto. La seleccionada era una joven de veintiún años de Nemausus.

—Padre —dijo Trajano hijo deteniéndose en medio de la calle—, ¿estás seguro de esta boda? —preguntó en voz baja.

Su padre volvió a tomarle por el brazo y le hizo avanzar de nuevo.

—Muy seguro, hijo, muy seguro. —Pero como viera que el joven *legatus* no parecía muy convencido añadió una explicación, siempre entre susurros—: Es una buena boda para noso-

33. León.

tros, hijo. Escucha y escúchame bien, y haz el favor de sonreír, que se te vea feliz. Aquí todos conocen a la familia de Plotina, tu futura esposa, todos les aprecian y todos saben que tú eres el elegido, así que sonríe, pero escúchame. —Trajano hijo forzó una sonrisa débil, pero suficiente para que las miradas que les observaban se sintieran tranquilas; mientras, su padre seguía hablando en voz baja pero con rapidez—. Son muchas las cosas que he de decirte y no tenemos mucho tiempo. Hemos de atender a todo lo concerniente a los preparativos de la boda; he considerado que era mejor que tu madre y tu hermana se quedaran en Hispania, así que nos corresponde a nosotros cuidar esos detalles, pero salgo del asunto primordial. Escucha: el emperador te releva de Germania, pero no te envía a Siria o a Egipto, que sería donde correspondería que fuera alguien con tu rango y de una familia como la nuestra, tan leal a la dinastía Flavia y más después de haber estado en el Rin. No, en lugar de eso Domiciano te envía a Legio, por todos los dioses, a las minas de Legio en Hispania. Se excusa, lo sé, lo sé —levantó la mano para que su hijo no le repitiera lo que le había explicado en su última carta—, el emperador argumenta que necesita el oro de la región y que, como eres hispano, sabrás ganarte la confianza de todos en Legio y sus alrededores con rapidez, pero en realidad te está degradando, a los ojos de todos te está degradando. En Germania Superior estabas al mando de varias legiones, como lo estarías en Oriente, pero en Legio, en Hispania, tendrás una única legión a tu mando. Así dejarás de preocuparle. Es un destierro velado.

»Escucha, hijo: sé que has combatido bien en el Rin, como lo saben todos tus oficiales. ¿Acaso crees que no escriben a sus familiares y que éstos no hablan con sus amigos en las calles de Roma, en las termas, en los foros, en las tabernas, por todos los dioses, en las letrinas de toda la ciudad? ¿Cuánto crees que le ha costado al emperador averiguar que todos te llaman el Guardián del Rin y que luchas valerosamente contra los catos desde hace dos, tres años sin tan siquiera pedir refuerzos? Domiciano no tiene sólo sus oídos, sino también los ojos y los oídos de una densa trama de delatores; sí, hijo, delatores. Está Caro Mecio, uno de los peores, y Mesalino, el peor de todos.

Éste es ciego, pero sus oídos son los más finos de toda Roma. Lo oye todo, lo percibe todo y luego lo usa frente al emperador para hundir a sus enemigos. Pronto, escúchame bien, habrá persecuciones contra algunos senadores. Domiciano ha promulgado una nueva ley de lesa majestad por la que los que son acusados de traición son ejecutados y sus bienes incautados. Para muchos es una forma más de que el emperador consiga dinero, el que necesita para financiar la conclusión de las obras de la *Domus Flavia*, su gigantesco palacio imperial; dinero para las inacabables luchas de gladiadores en el anfiteatro, para sus banquetes; dinero, dinero, y más dinero. En medio de todo esto, para muchos eres como un héroe, aunque nadie lo diga en voz alta por miedo a los delatores, los mismos que han informado a Domiciano de cómo empieza a considerarte el ejército. El emperador, este emperador, no quiere héroes; no los quiere, no le gustan los que consiguen grandes victorias como Agrícola, ni tampoco le gustan los héroes silenciosos como tú. Por eso envía a Saturnino, no muy capaz, por cierto, lo sé.

»La cuestión es que Domiciano no quiere gente capaz con varias legiones a su mando. Además, Saturnino cayó en desgracia en alguna velada en la *Domus Flavia*. Su traslado a Moguntiacum y la frontera del Rin es un castigo. No me preguntes por qué, no lo tengo claro, pero eso no es de nuestra incumbencia ahora. Gracias a nuestra lealtad, y a tu prudencia, el emperador sólo te envía a Legio.

Aquí su padre calló por un instante; había hablado en voz baja pero como un torbellino y necesitaba recuperar el aliento para seguir de inmediato.

—Por eso esta boda, hijo. Hemos de hacer ver al emperador que sigues con tu vida, con normalidad. Te casas, que es lo que te corresponde a tu edad. Ya debías haberlo hecho antes, pero ahora está bien, está bien, y lo esencial es que te casas con una provincial. Nada de un enlace con una patricia nacida en Roma, ni siquiera en Italia. Nada que pueda hacer intuir al emperador que queremos emparentarnos con los patricios de Roma. No, eso sólo alentaría sus sospechas. La familia de Plotina es una buena alianza para nosotros, entre provinciales; nos fortalece pero sin intimidar al emperador. Una buena alianza, sí.

—Domiciano también ha enviado a Agrícola a África, otra degradación después de su gran conquista de Britania —apuntó Trajano hijo.

Su padre no respondió. El joven se detuvo. Su padre seguía en silencio. Miró alrededor. Se aseguró de que no hubiera nadie cerca y, al fin, musitó unas palabras.

—Agrícola está muerto.

Trajano hijo se quedó petrificado. Su última información era la del nombramiento de Agrícola para África. Nada más. Su padre volvió a susurrarle.

—Hay que sonreír, muchacho, hay que seguir caminando y sonreír.

Los dos reemprendieron la marcha. Trajano hijo hizo un esfuerzo y relajó las facciones de su rostro. Esbozó un tímido y torpe amago de sonrisa.

—¿Cómo ha sido? —preguntó.

—No lo sabemos, hijo. De pronto, una tarde, después de comer, Agrícola se sintió enfermo y al día siguiente estaba muerto. Es mejor no hablar más del tema, pero ahora entenderás por qué es esencial que te cases con una provincial, que obedezcas el mandato imperial y que te limites a vivir en Legio por un tiempo, sin hacer nada. El emperador tiene muchos enemigos. Habrá rebeliones, sobre todo si la guerra con los dacios estalla; ya sabes que las cosas en el Danubio están muy revueltas y si Domiciano se ve incapaz de resolver bien el asunto de aquella frontera... dejémoslo ahí. Llegado el momento te alinearás con el emperador, como hice yo con su padre Vespasiano, y eso reforzará de nuevo su confianza en ti. Hasta entonces sólo debe llegarle a Roma una cosa desde Hispania. —Miró fijamente a su hijo—. Una sola cosa, hijo: silencio.

Padre e hijo continuaban caminando hacia el corazón de Nemausus. Tenían una boda que celebrar esa misma tarde. Pero Trajano hijo aún tenía una pregunta. Como todos los *legati*, era consciente de que los dacios atacaban en el Danubio igual que los germanos en el Rin. Era una guerra pendiente desde hacía tiempo y su padre acababa de sugerir que pronto Domiciano iba a tomar una decisión sobre el asunto, pero con Agrícola muerto...

—¿En quién está pensando el emperador para enviar al Danubio?

Su padre mantuvo la sonrisa abierta, cálida y miraba saludando a los que les rodeaban.

—En Cornelio Fusco, su jefe del pretorio —dijo y le cogió al tiempo por el brazo para que no se detuviera. Trajano hijo dejó de sonreír. Fusco carecía de cualquier experiencia militar de relevancia. Su padre volvió a hablarle—. Tenemos una boda, una boda; eso es lo importante ahora. Y luego Hispania. Deja que el Imperio siga su curso. Lo importante estos años es sobrevivir.

Dos días después, Trajano hijo se vestía con cierta lentitud. Las fronteras del Imperio, sus guerras, todos esos asuntos parecían haberse diluido un poco en su cabeza. Estaba solo con su mujer. Los esclavos respetaban el alba de los recién casados. Ella se levantó entonces y se acercó a su marido. Plotina había conocido a aquel hombre el día anterior y acababa de perder la virginidad con él. Ella no había disfrutado, pero tenía la percepción, más preocupante teniendo en cuenta la forma en la que la habían educado, de que su marido tampoco había disfrutado mucho. Plotina sabía que no era una mujer hermosa. Su familia era de gran dignidad en la Galia Narbonensis y ella había llegado pura al matrimonio; era todo lo que podía ofrecer a aquel valeroso, según decían todos, *legatus* del emperador. Era orgullosa. A ella no le parecía poco lo que aquel hombre había cosechado con el recién celebrado matrimonio: emparentar con una noble familia de la Galia y disfrutar de una romana virgen; muy inexperta, seguramente, pero virgen. Se acercó a su esposo con tiento. Él aceptó que le ayudara con la toga.

—Las cosas están bien —dijo él sorprendiéndola en medio de sus cábalas—. Las cosas están bien —repitió.

Ella, ajustando el último doblez de la toga, asintió sin decir nada. Trajano hijo tuvo la necesidad entonces, ante el silencio de su esposa, de volver a hablar.

—No soy un hombre apasionado.

Plotina, una vez que su esposo estaba vestido, dio unos pasos atrás y se sentó en la cama. Cruzó los brazos abrazándose la túnica íntima que cubría su cuerpo.

—Y yo no soy una mujer hermosa —dijo.

Trajano la miró y dudó un instante en acercarse y abrazarla con dulzura, pero se contuvo. Tampoco quería parecer débil a los ojos de su esposa. Suspiró.

—Plotina... —empezó al fin el *legatus* hispano—, partimos mañana para Legio. Será un viaje largo y Legio es un sitio pequeño y frío, pero haré lo posible porque estés bien atendida en todo momento.

Ella, con los brazos aún cruzados, abrazándose a solas, asintió de nuevo un par de veces sin decir palabra alguna. Trajano se acercó y se sentó a su lado. No la abrazó, pero habló con voz suave intentando, sin conseguirlo, imitar la voz que su madre usaba con él cuando era pequeño.

—Plotina, no voy a engañarte: no creo que nos queramos nunca; no de la forma en la que se quieren los que se enamoran. Nuestro matrimonio tiene otro fin y tú lo sabes: es un acuerdo entre nuestras familias. Pero aunque no nos queramos de esa manera, podemos intentar respetarnos.

Ella miraba al suelo.

—Respetarse está bien —dijo la muchacha—. Está bien.

Trajano se levantó y, sin volver la vista atrás, salió de la habitación. Plotina se quedó a solas. Muy lentamente se dejó caer en la cama hasta quedar recostada de lado. Tenía los ojos muy abiertos. Su matrimonio, en el que tantas veces había soñado, no era para nada como había imaginado. Siempre había dibujado en sus pensamientos una noche de pasión y luego infinitos días de felicidad tras pronunciar las palabras soñadas que señalarían su enlace el día de su boda: *ubi tu Gaius ego Gaia* [donde tu Gayo, yo Gaya],[34] pero de todo eso no había nada. Su mundo cambiaba para siempre y empezaba un

34. Frase pronunciada durante la celebración del matrimonio romano.

viaje no ya hacia Legio en Hispania, sino hacia lo desconocido. No tenía ni idea de lo que le depararía el futuro, y no es que se sintiera mal con aquel marido que la diosa Fortuna, y sus padres, habían destinado para ella; parecía un hombre sincero y lo de respetarse era, sin duda, una buena base para un matrimonio duradero y pacífico. No era eso lo que la preocupaba, lo que la mantenía nerviosa; se trataba de otra cosa: respetarse estaba bien pero ella quería más y no podía evitar estar plenamente convencida de que más tarde o más temprano, en algún momento, llegaría el día, o la noche, en que echaría de menos que alguien la amara con auténtica pasión. Y eso lo cambiaría todo. Eso, aunque ella no pudiera ni tan siquiera imaginarlo, cambiaría el curso de la Historia.

88

EL CRUCE DEL DANUBIO

Puertas de Hierro, frontera norte de Moesia, 85. d. C.

El ejército romano se detuvo junto al gran río. Eran seis legiones, unos cincuenta mil hombres entre legionarios y tropas auxiliares, más cinco cohortes de la guardia pretoriana bajo el mando del jefe del pretorio Cornelio Fusco. El Danubio, caudaloso, ancho y eterno, se erigía como la gran frontera del Imperio al norte de las provincias de Moesia y Panonia. Cruzarlo, como vadear el Rin más al noroeste, era algo imposible.

Los legionarios tenían miedo, con excepción quizá de los muy especiales soldados de la legión V *Alaudae*, la que Julio César creara personalmente para poder triunfar en su épica conquista de las Galias. Éstos eran diferentes: habían combatido bajo el estandarte de esa legión en el pasado glorioso de Roma y habían vencido en numerosas batallas hasta llegar a ser piezas clave en la victoria de Julio César contra Pompeyo en África, en la famosa batalla de Tapso, donde los pompeyanos, como Aníbal hiciera en el pasado, atacaron a las legiones de Julio César con elefantes. La legión V se mostró especialmente eficaz y valerosa ante aquella embestida brutal y, al igual que las legiones V y VI de Escipión contra Aníbal, salieron victoriosas de aquel descomunal combate contra los elefantes. Por eso, Julio César cambió su estandarte y desde entonces la legión V exhibía orgullosa sus insignias rematadas en un poderoso elefante, en recuerdo de la increíble victoria de Tapso. Pero quitando a esos legionarios, el resto de los soldados del ejército romano que iban a adentrarse en la Dacia temían lo que pudiera ocurrir al otro lado del Danubio. Habían pasado casi setenta años desde el desastre de Teutoburgo, en Germania, donde el querusco Arminio masacró a tres legiones completas enviadas por Augusto bajo el mando de Varo, y aquella derrota permanecía grabada en la mente de todos los legionarios de Roma de forma indeleble con un mensaje imborrable: las legiones no debían cruzar ni el Rin ni el Danubio. Era cierto que luego el propio Augusto envió a cincuenta mil hombres más bajo el mando de su sobrino Julio César Germánico y que éste derrotó a Arminio y recuperó los estandartes de las legiones perdidas, pero nunca pudo consolidarse el dominio romano más allá de los dos grandes ríos del norte, y en el ánimo de la mayoría de los legionarios combatir más allá del Rin o del Danubio era una empresa suicida.

Sin embargo, pese a aquel terrible precedente, Cornelio Fusco, jefe de la guardia pretoriana del emperador Domiciano, mientras ordenaba que se organizara adecuadamente el paso del río con la flota fluvial que se había construido para esa campaña contra los dacios, se mostraba seguro de sí mismo. Había un dato más que muchos olvidaban, pero que él, como jefe del pretorio, acariciaba como si de la mano de la más hermosa de las mujeres se tratara: con las seis legiones imperiales cruzarían también el Danubio cinco cohortes de la guardia pretoriana, dos mil quinientos de los mejores hombres de Roma, un cuerpo de élite indestructible, incluso más allá de las fronteras tradicionales del Imperio. Los pretorianos habían salido victoriosos siempre que habían entrado en campaña militar y eso era un prestigio indiscutible. Habían derrotado a los *salassi* en los Alpes, y luego a los cántabros en Hispania, y vencido en las conquistas de Raetia, Noricum y Panonia bajo el emperador Augusto. Nuevamente triunfaron bajo el mando del propio Germánico más allá del Rin, pues el sobrino de Augusto, cuando lo cruzó para recuperar las águilas perdidas en Teutoburgo, decidió hacerlo apoyado por un buen contingente de pretorianos como refuerzo. Y salió bien. Posteriormente la guardia pretoriana escoltó con éxito a Calígula en sus campañas de Germania y al divino Claudio en su conquista de Britania. Nerón no empleó a su guardia pretoriana en campaña, pero es que Nerón no hizo campaña alguna de mérito. En conclusión: la guardia pretoriana nunca había sido derrotada por los bárbaros. Así, Fusco, con el pecho hen-

chido de orgullo y confianza a partes iguales, observaba cómo
iban embarcando los hombres de la legión V *Alaudae*, inconfundibles con sus cascos con alas, al uso de los galos que conquistaron en el pasado y que daban el nombre a la legión;
ellos serían los primeros en cruzar el río y establecer un campamento al otro lado para asegurar la posición mientras el
resto de tropas seguía embarcando en los barcos que no dejaban de ir y venir de una orilla a otra.

Entre tanto, Fusco seguía repasando en su mente el glorioso pasado de la guardia pretoriana en campaña: pasada la guerra civil y el año de los cuatro emperadores, Vespasiano había
reconstruido la guardia pretoriana cuidando al máximo la selección de sus hombres, por eso había puesto a su propio hijo
mayor, Tito, al mando. Fusco se aclaró la garganta; hacía frío y
humedad aquella mañana junto al Danubio. Escupió en el suelo. Tito fue un gran *legatus augusti* y un buen emperador. Fusco
no se sentía orgulloso de su implicación personal en la muerte
de Tito, pero esa colaboración le había valido ser ahora él mismo el jefe del pretorio y estar al mando de un ejército de más
de cuarenta mil hombres en una campaña que era imposible
perder con aquella fuerza tan descomunal concentrada junto
al gran río. En cualquier caso, Tito, se repetía él una y mil veces
desde aquella aciaga noche, habría muerto aunque hubieran
venido los médicos. Eso se decía. Había borrado ya de su mente la orden de Domiciano de «ayudar» a morir a Tito en caso
de que éste sobreviviera a la enfermedad. Lo había borrado.
Lo importante para Fusco ahora era ese pasado invicto de los
pretorianos, un pasado en el que, sin duda, habría pensado
Domiciano para elegirle como general supremo en esta nueva
campaña de castigo, además de para premiarle por su colaboración. Pero, para Fusco, la guerra que se avecinaba no era
sólo una acción de castigo por los constantes ataques de los
dacios sobre Moesia o Panonia. No, aquella guerra era su gran
oportunidad para algo mucho más importante: el hijo del emperador Domiciano había muerto de niño. Nadie sabía muy
bien por qué; los niños morían con frecuencia. Lo esencial es
que no había un heredero claro en la dinastía Flavia. El emperador detestaba al resto de sus familiares. Fusco estaba conven-

cido que una buena campaña en Dacia podía abrirle el camino al consulado y, por qué no, a ser nombrado sucesor de Domiciano. El emperador no podría mantener ese puesto vacante eternamente sin intranquilizar a todos, empezando por los propios pretorianos. Fusco miraba al Danubio con la ambición descontrolada de los sueños inabarcables.

—No va a dar tiempo a que crucen todas las tropas antes del anochecer. —Era la voz de Tetio Juliano. Fusco no le miró y mantuvo sus ojos sobre el Danubio.

El jefe del pretorio sabía que Tetio Juliano era el *legatus* de más experiencia en la región y que era a él a quien le habría correspondido el mando de aquella expedición de no ser por el deseo expreso del emperador de que la guardia pretoriana comandara todo el ejército encabezada por Cornelio Fusco. El pretoriano respondió al fin pero sin dignarse a mirar a Tetio.

—La V está construyendo un campamento y en él se guarecerá el primer contingente de tropas. Mañana terminaremos la operación.

Tetio asintió. Poco más podía hacer. Estaba furioso. Se alejó caminando del puesto de Fusco. Cuando llegó junto a Nigrino, un experimentado tribuno de origen hispano, descargó su rabia.

—El muy imbécil ni siquiera se ha preocupado. Vamos a tener el ejército dividido en dos durante un día entero, con el río por medio, y él ni se inmuta. Pero ¿quién se cree que es? ¿Un dios?

—Se sabe un pretoriano, y éstos comen aparte —dijo Nigrino mientras se sentaba en una *sella* frente a la tienda en la que iba a pasar la noche en el centro del campamento.

Había un fuego encendido y algunos otros oficiales que, como Tetio, compartían su desconfianza sobre el hecho de estar comandados por un pretoriano inexperto, sin importarles que en el pasado la guardia pretoriana siempre hubiera triunfado más allá de las fronteras del Imperio. Para ellos aquellas victorias se debían más a las legiones que participaron en ellas que a los propios pretorianos, pero era difícil saber cuál era la realidad.

—Venga, Tetio; no podemos hacer nada. Siéntate y descansa.

Tetio se sentó en otra *sella* y aceptó una copa de vino que Nigrino le ofrecía.

—Deberíamos haber esperado a tener suficientes transportes para cruzar el río de una sola vez.

Nigrino asintió despacio.

—Supongo que estás en lo cierto. Eso, sin duda, habría sido lo más sensato, pero, por todos los dioses, la V *Alaudae* es la que está acampada al otro lado del río. Ellos defenderán la posición si los dacios se atreven a hacer alguna tontería.

La V *Alaudae*. Tetio Juliano asintió un par de veces.

—¡Por la V *Alaudae*, porque permanezcan con los ojos bien abiertos esta noche!

—Por la V legión —dijo Nigrino y los dos vaciaron sus copas de un largo trago.

Tetio Juliano se fue a dormir al poco rato y lo mismo hizo el resto de oficiales. Nigrino se permitió un paseo por el campamento hasta ascender a una empalizada desde la que se observaba el río y la fortificación que la V legión había levantado al norte del Danubio. Nigrino había hecho uso de su excelente hoja de servicios en Britania, Germania, Aquitania y Moesia para conseguir que su joven sobrino entrara precisamente en esa V legión. Ahora, tras escuchar a Tetio, no tenía claro que aquel éxito de sus maniobras políticas fuera algo tan inteligente. Era obvio que Fusco iba a utilizar la V legión para encabezar la marcha en todo momento por territorio enemigo. Nigrino suspiró. Su sobrino era fuerte. Y los hombres de la V, los mejores. El muchacho tendría que valerse por sí mismo. Tendría que hacerlo.

La luna, silenciosa, nadaba inmaculada sobre la superficie de un Danubio en calma que navegaba hacia un mar ajeno a las pasiones de los hombres. Era un río indomeñable que había visto el advenimiento y el derrumbe de civilizaciones enteras e, indómito, seguía allí. Ni siquiera los hombres habían sido capaces de trazar un puente sobre sus aguas. Ni siquiera eso. Nunca lo permitiría.

Al otro lado del río, un joven legionario también llamado Nigrino, de apenas veinte años, sobrino del veterano tribuno que acababa de conversar con Tetio Juliano, hacía guardia en la *porta principalis sinistra* del campamento que se había levantado al norte del Danubio. Junto a él, otro joven centinela, pero de rango superior al haber sido recientemente nombrado decurión de la caballería de la legión V, de nombre Lucio Quieto, escudriñaba el bosque vecino, oscuro y espeso en busca de cualquier movimiento sospechoso. La luz de la luna proyectaba grandes sombras por todas partes y hacía frío, mucho frío.

—¿Crees que atacarán esta noche? —preguntó el joven Nigrino a Lucio Quieto, que seguía con su mirada fija en las profundidades de aquel bosque cercano.

—No creo —dijo al fin Quieto—. Ésta es la V *Alaudae*, una legión conocida incluso por los bárbaros al norte del río. No, no creo que nos ataquen mientras tengamos una posición fortificada como ésta.

Lucio Quieto era también muy joven, de veintiún años, pero Nigrino le admiraba porque ya había combatido contra los dacios en Moesia y se había distinguido por hacerlo con valor, incluso había recibido una *torquis* por su bravura en el combate de manos del propio Tetio Juliano. Nigrino quería imitarle y que así su tío se sintiera orgulloso de él, pero no sabía si estaría a la altura. Allí, en la frontera, todo parecía muy distinto. Lucio Quieto seguía hablando.

—No me gustan los bosques como ése. Demasiado espesos. Seguramente nos atacarán ahí: en uno de sus bosques.

Nigrino tomó nota de las palabras de Quieto. Había una leyenda sobre aquel decurión y no sabía cuánto de cierto o de mentira había en ella: se decía que era hijo de un viejo príncipe de Mauritania, el cual había ayudado a los romanos en la conquista de Mauritania Tingitana[35] y que eso le había valido la concesión de la ciudadanía romana. En consecuencia, Lu-

35. Norte de Marruecos.

cio Quieto había nacido ya como ciudadano romano y se había distinguido, junto con otros jinetes norteafricanos que le acompañaban, como un gran líder con la caballería. Por eso Tetio Juliano lo había puesto al mando de una *turma* de la legión V *Alaudae*. El joven Nigrino aún recordaba las palabras de su tío un par de semanas atrás.

—Permanece siempre que puedas al lado de tu decurión. He recibido informes que confirman que es un experto oficial, pese a su juventud; dicen que tiene ese instinto que sólo tienen los grandes *legati*. —Su tío le miró fijamente a los ojos—. ¿Lo harás, muchacho?

—Sí, tío.

Por eso el joven Nigrino miraba ahora el bosque que Quieto calificaba de peligroso con la frente arrugada, intentando descubrir en las sombras a los enemigos ocultos que debían de estar al acecho.

89

EL CONSEJO DEL REY DOURAS

Sarmizegetusa, capital de la Dacia, 85 d. C.

En el corazón de la Dacia, a más de mil metros de altura, rodeada por las montañas de Orastia, en medio de un gran desfiladero, se erigía, envuelta por los bosques, orgullosa, bien protegida, prácticamente inexpugnable, la fortaleza de Sarmizegetusa. Decébalo cabalgaba seguido por Diegis, Vezinas y el resto de sus nobles y los dos príncipes germanos que le acompañaban, cruzando los diferentes muros dacios, elaborados con roca, de tres metros de grosor y diez de alto que se levantaban en grandes círculos alrededor de aquella plaza fuerte. Luego pasaron también por debajo de los gigantescos acueductos de cerámica que llevaban agua a las mansiones de los grandes señores de la ciudad. Había que superar hasta cinco terrazas artificiales, en donde habitaban los dacios que poblaban la capital de su reino, para llegar al centro de la ciudad y alcanzar así la entrada al palacio real donde, cansado y encogido, con una faz ajada por los años y con un marcado ceño sobre la frente, les esperaba el gran rey de los dacios, el monarca Douras, visiblemente enfadado con su mejor caballero, el gran Decébalo, también conocido en la corte dacia como el demasiado impetuoso Decébalo.

—Supongo que estarás satisfecho. —Fue el recibimiento gélido del rey a su victorioso súbdito.

Decébalo no se mostró molesto y se limitó a inclinarse ante Douras. A su manera, le respetaba. Douras había conseguido reunificar la Dacia, dividida en cinco reinos distintos tras la caída, tiempo atrás, de Burebista, y eso para el joven caballero dacio era merecedor de un gran respeto, pero luego se había mostrado demasiado cómodo con la situación. Le faltaba ambición. Roma estaba débil y era el momento de aspirar a más, a mucho más.

—Estoy satisfecho, sí, mi señor —empezó Decébalo con una voz potente—, satisfecho de haber derrotado en repetidas ocasiones a los romanos en Moesia y Panonia, si es eso a lo que se refiere mi rey.

Douras tintó de rojo su faz. Era evidente que no se refería a eso.

—Supongo que estarás satisfecho de que tus sueños de grandeza cruzando el Danubio repetidamente hayan conseguido que los romanos lo crucen ahora y avancen hacia el norte en tu busca, en nuestra busca, con un inmenso ejército. ¿Estás satisfecho de eso?

La voz del rey retumbó entre las gruesas paredes del palacio real. El rostro del resto de nobles era serio. Sólo los que acompañaban a Decébalo parecían no compartir el enfado del rey.

—De eso estoy satisfecho también, mi rey.

Douras no sabía ya bien qué más decir. Su autoridad estaba en entredicho, allí delante de toda la nobleza dacia. Después de años para conseguir ser reconocido rey de todos los dacios, ahora llegaba aquel maldito noble sin control y lo echaba todo a perder. Todo. Movió de forma nerviosa los labios aún sin hablar. Decébalo se atrevió a explicarse mientras la ira del rey encontraba las palabras adecuadas para expresarse.

—Estoy satisfecho de eso, mi rey, porque de esa forma les combatiremos mejor.

—Te dije que detuvieras esos malditos ataques en Moesia —dijo el rey sin escuchar las explicaciones de su caballero.

Decébalo continuó explicándose mirando al rey y a todos los nobles reunidos en el palacio real de Sarmizegetusa.

—Aún no tenemos la capacidad ni la fuerza suficiente para atacar a los romanos a gran escala al sur del río, eso llegará también, pero aún no. —Lanzó una rápida mirada de complicidad hacia los dos príncipes germanos que se encontraban entre sus nobles—. De lo que sí somos capaces es de masacrar a todas las tropas que se atrevan a enviarnos al norte del Danubio. De eso puede estar bien seguro mi rey. Tengo un plan según el cual no quedará vivo ni uno solo de los romanos que avanzan desde el río hacia Tapae. Precisamente allí, en el desfiladero de Tapae, acabaremos con ellos, pero necesito que el rey convoque a los sármatas, a los roxolanos y a los bastarnas, allí en Tapae, y que permita que los príncipes germanos que me acompañan y que han venido desde más allá de las grandes montañas[36] puedan acompañarme para que vean lo que vamos a hacer. Entre todos aniquilaremos a ese ejército que Roma envía contra nosotros. Después se verán obligados a aceptar la paz, pero la que nosotros queramos. En nuestros términos, no en los suyos.

Las palabras de Decébalo no convencieron a Douras —como no lo habían hecho en el pasado reciente, unos meses atrás, cuando le había explicado con todo lujo de detalles aquellos malditos y absurdos planes— pero vio cómo el discurso de Decébalo había captado la atención de sus súbditos, del resto de nobles. Sin el apoyo de esos nobles, Douras no era nada. Diegis y Vezinas, dos temibles *pileati*, ya estaban en el bando de Decébalo. El rey suspiró. Sabía que su tiempo estaba llegando a su fin, justo tras reunificar la Dacia. Quizá ésa había sido su gran misión. Al menos, Decébalo seguía llamándole rey. Hacía varios años que, si hubiera querido, aquel maldito noble podría haberle derrocado; sin embargo, no lo había hecho. En su fuero interno, a Douras le gustaba pensar que era porque Decébalo aún le temía, pero en realidad sabía que Decébalo no quería debilitar a los dacios con una nueva guerra civil. El joven noble no se rebelaba formalmente, pero hacía lo que le daba la gana en la frontera. Y no sólo eso, sino que ahora se hacía acompañar de aquellos dos príncipes germanos. Decébalo estaba haciendo pactos con tribus más allá de las fronteras del reino sin contar con el beneplácito del rey. Eso era lo que más indignaba a Douras.

—Sé que aunque me llames rey, Decébalo, no crees en mí como tal, pues no te comportas como mi súbdito, sino que haces y deshaces en la frontera con Roma a tu antojo —empezó Douras con sorprendente aplomo, levantándose despacio

36. Los Alpes.

de su trono para que todos le oyeran bien—. Sé que podrías rebelarte abiertamente contra mí y que muchos te seguirían, igual que sé que otros muchos permanecerían a mi lado, leales. —Decébalo dio un paso adelante negando con la cabeza con la intención de interrumpir al rey y negar aquellas afirmaciones, pero éste levantó su mano derecha y el joven, por una vez, guardó silencio—. Permite, impetuoso noble de la Dacia, permite al menos que tu rey hable con determinación y sin interrupciones en su palacio. Eso, al menos eso, sería un mínimo de respeto que creo que aún me guardas.

Decébalo calló y asintió y el rey, suspirando, con lentitud, volvió a sentarse sobre su trono sin dejar de mirar a su más aguerrido caballero. Continuó hablando con firmeza:

—En lo único en lo que ya nos podemos poner de acuerdo tú y yo, Decébalo, es en que la Dacia no podría resistir una nueva guerra civil. Eso acabaría con nosotros y más cuando los romanos están cruzando el Danubio con seis de sus legiones. Convendrás conmigo que enfrentarnos tú y yo ahora es un suicidio. ¿Aceptas eso? —Douros miró fijamente a Decébalo y éste, bajo la atenta mirada de todos, volvió a asentir en silencio—. Sea pues —confirmó el rey, mostrando un mínimo de satisfacción—, evitemos entonces esa guerra fratricida. Pero, Decébalo, una vez solucionemos el asunto de los romanos que han cruzado el río, si es que sobrevivimos, que por Zalmoxis[37] no lo tengo claro, si sobrevivimos, digo, no estoy dispuesto a seguir aguantando tu insolencia ni un día más.

El rey detuvo su discurso para beber agua de una copa que tenía en una pequeña mesa junto al trono. Aclarada la garganta, con todos pendientes de sus palabras, retomó su discurso y lanzó su desafío.

—Decébalo, escúchame bien, escuchadme bien todos: si Decébalo consigue detener a los romanos, derrotarles en campo abierto y destruir sus legiones, si Decébalo es capaz de todo eso como él cree, yo, el rey Douras, abdicaré de mi trono en favor de alguien que, sin duda, se habrá mostrado mucho más merecedor de sentarse aquí que yo. —Observó cómo los

37. Dios supremo de los dacios. Ver glosario dacio.

nobles que acompañaban a Decébalo asentían y sonreían con satisfacción empapada de sorpresa; no habían esperado que el rey se mostrara tan débil tan pronto ante su exhibición de fuerza en la frontera, pero entonces Douras volvió a levantarse y a mirarlos fijamente—. Pero Decébalo, escúchame bien, si como pienso que va a ocurrir tus hombres son incapaces de detener el avance de los romanos por territorio dacio, si Roma se adentra en las entrañas de mi reino sin que tú puedas defender nuestra tierra; si caes derrotado pero sobrevives, entonces Decébalo, yo, el rey Douras de la Dacia, tendré que solucionar todo el desastre de esta guerra pactando con los romanos, y te aseguro que en ese pacto irás tú y tus nobles encadenados de camino a las calles de Roma para que te exhiba el emperador en uno de sus desfiles triunfales ante su pueblo. ¿Está claro, Decébalo? ¿Está claro lo que nos jugamos aquí y ahora todos en esta guerra? Serás rey o esclavo, Decébalo, rey de la Dacia y yo tu súbdito o serás encadenado y pisoteado por el pueblo de Roma para calmar así sus ansias de venganza. Ésta es mi propuesta para cederte el mando de las operaciones al sur de la Dacia. Si aceptas tendrás el mando supremo del ejército hasta que haya una batalla contra las legiones romanas. Si ganas todo será tuyo. —Se volvió a su espalda señalando el trono—. Pero si pierdes, Decébalo, lo perderás todo.

El rey se sentó de nuevo. Las miradas volvieron sobre Decébalo. Éste avanzó aún dos pasos más hasta quedar a tan sólo cinco pasos del rey.

—Sea —dijo Decébalo—, ante el rey y ante todos los aquí reunidos juro que derrotaremos a los romanos y que la Dacia será un nuevo reino tan poderoso como en los tiempos de Burebista, esta vez bajo mi mando, o, por Zalmoxis, que mi cuerpo pertenecerá al rey Douras para hacer con él lo que quiera. Acepto este pacto.

El rey asintió despacio. Bajó entonces de su trono y rodeado por su guardia de soldados dacios recios, armados con afiladas espadas largas culminadas en curva, como guadañas que anuncian la llegada de la muerte, avanzó entre todos los nobles hasta pasar junto al propio Decébalo. Entonces se detuvo un instante para, acercándosele mucho, hablar al oído de aquel joven noble de forma que nadie más le oyera:

—Llamaré a los sármatas, a los roxolanos y a los bastarnas, pero has de saber que tu ansia de poder, Décebalo, te ha *ademeni* [tentado] más allá de lo razonable. Incluso si ganas, Décebalo, incluso si te haces con mi trono, nos conducirás a todos a la muerte. Incluso si acabas con estas seis legiones, Roma enviará siempre más y más hombres. Ésta es una guerra que no se puede ganar. Tendrías que haber dejado a los romanos en paz al sur del río. Ahora sólo tu derrota en la próxima batalla puede salvarnos a todos. Si vences será el fin, pero nadie es capaz de comprenderlo. Nadie.

Se giró mascullando entre dientes un último «nadie» que quedó en el aire, entre un Décebalo que fruncía el ceño y la espalda de un rey atormentado por su falta de poder.

90

EL AVANCE DE ROMA

Suroeste de la Dacia, 86 d. C.

Fusco, orgulloso y marcial, erguido sobre la grupa de su gran caballo negro, observaba el imparable avance de sus legiones por las llanuras y valles al norte del Danubio. Su plan era simple, pero preciso: recorrer con la máxima rapidez todo el territorio desde el gran río hasta alcanzar Sarmizegetusa, la capital de la Dacia, lo antes posible y allí tener el gran enfrentamiento contra los dacios; un pulso que él estaba persuadido de que no sería otra cosa que un largo y lento asedio donde esperaba rendir a los dacios por desesperación, hambre y sed. Nada ni nadie podía detener a seis legiones y cinco cohortes pretorianas. El emperador Domiciano estaría en ese momento inaugurando los juegos capitolinos. Sería perfecto que al César le llegara la noticia de una gran victoria durante la celebración de los mismos.

Llegaron pronto, a marchas forzadas, y sin oposición alguna, hasta las inmediaciones de la ciudad dacia de Tapae, antesala de la capital enemiga, rodeada de montañas de forma que sólo se podía acceder a ella desde el sur por un desfiladero rodeado de laderas pobladas por espesos bosques que extendían su manto de densa vegetación hasta el corazón mismo del valle.

—No pensará cruzar por ahí —dijo el veterano Nigrino a un nervioso Tetio Juliano, que parecía compartir su preocupación. Fusco iba en vanguardia, pero ellos, con el grueso del ejército, se encontraban en el centro de la gigantesca formación. Para su desesperación, ambos oficiales fueron testigos de cómo los arqueros y auxiliares que hacían las veces de exploradores se adentraban por orden de Fusco en la espesura del valle de Tapae.

—No lo sé —respondió Tetio Juliano arrugando la frente y protegiéndose los ojos con la palma de la mano para ver mejor—. Quizá se limite a enviar los exploradores —añadió, pero, poco después de que los arqueros y auxiliares de vanguardia hubieran desaparecido en el bosque, la V legión *Alaudae*, que tenía el privilegio por su historia y su leyenda de encabezar el ejército, se adentró, por orden directa de Fusco, por el estrecho camino que penetraba en las entrañas de aquel bosque.

—¿Con qué caballería de apoyo cuenta la V legión? —preguntó Nigrino que, una vez más, lamentó haber promovido que su joven sobrino fuera aceptado en aquella legendaria legión V.

—La habitual —respondió Tetio Juliano.

Nigrino bajó la mirada y sacudió la cabeza. Ciento veinte jinetes no serían nada si los dacios planteaban una emboscada en aquel mar de árboles. Y su sobrino era uno de esos ciento veinte jinetes.

—Si Fusco quiere adentrarse allí dentro, al menos debería reorganizar las tropas y poner a todas las legiones juntas —añadió Nigrino sin preocuparse por controlar un tono de voz que claramente dejaba bien visible su más absoluta indignación por la forma en la que Fusco despreciaba al enemigo.

—Sin duda —respondió Juliano que, en silencio, meditaba adelantarse y transmitir precisamente esas dudas al propio Fusco. Sólo le detenía pensar que aquel maldito y engreído jefe del pretorio, con toda seguridad, despreciaría su consejo, pero... ¿y si fuera Nigrino el que se lo dijera? Era un buen veterano y muy experto. Quizá Fusco le escuchara.

Tras la primera legión avanzaban, como era costumbre de los ejércitos romanos en territorio controlado, los zapadores; luego una primera parte del bagaje con todo tipo de acémilas y carros con mercancías y víveres; a continuación el *legatus* al mando, en este caso Fusco con sus pretorianos; seguía el grueso de la caballería con los seiscientos jinetes de las cinco legiones que venían en retaguardia, la segunda parte del bagaje junto con las armas de artillería, catapultas y escorpiones, que Fusco había hecho traer para el asedio de Sarmizegetusa, los suboficiales y los portaestandartes, y sólo entonces avanzaban, totalmente desconectadas de la vanguardia, las cinco legiones restantes, es decir, el grueso del ejército, seguidas de cerca por la tercera y última parte del tren de carros y acémilas y un regimiento de auxiliares que cerraban el ejército.

—Fusco me desprecia y sabe que yo debería estar al mando, Nigrino —empezó Tetio Juliano con rapidez—, pero no tiene nada personal contra ti. Cualquier cosa que yo diga creerá que es fruto de mi despecho, pero de ti no puede pensar lo mismo y sabe que eres hombre experto en el combate. Aunque no lo diga, lo sabe. Ve a la vanguardia e intenta hacerle recapacitar.

Nigrino asintió y, sin dudarlo un segundo, pidió un caballo a uno de sus hombres. Se perdió galopando a toda velocidad en paralelo a los carros de víveres, los portaestandartes y las tropas auxiliares que les precedían. No había un instante que perder.

91

LAS LÁGRIMAS DEL BOSQUE

Valle de Tapae, 86 d. C.
Vanguardia dacia. Centro del valle

Decébalo estaba en el centro del valle de Tapae. Quería confirmar por sí mismo, con sus propios ojos, que todo se había preparado según sus planes. Con él iban los dos príncipes germanos, altos y fuertes, que observaban las maniobras de aquel ejército con atención y, para satisfacción de Decébalo, asentían con firmeza ante el despliegue de las tropas dacias.

—Todo está dispuesto —se dijo Decébalo a sí mismo, en voz baja. De pronto se giró y se dirigió a un hombre maduro vestido con una larga túnica que caminaba despacio, escoltado por un grupo de recios guerreros dacios—: todo está dispuesto, sumo sacerdote —repitió, esta vez en voz alta y clara.

Aquel hombre era Bacilis, el gran sacerdote de la Dacia, leal a Douras y al que el propio rey había añadido a la gran expedición de Decébalo para vigilarle con la excusa, por supuesto, de que Bacilis podría rezar mejor que nadie a Zalmoxis y rogar que el gran dios dacio defendiera a su pueblo en su lucha contra los romanos.

Bacilis se detuvo junto a Decébalo y le miró con frialdad.

—Sí, veo que has pensado mucho en esta batalla, Decébalo. Esperemos que hayas pensado bien.

Decébalo sabía que sus mejores hombres, Diegis y Vezinas, escuchaban aquella conversación, así que no se arredró en su respuesta.

—Y esperemos que Zalmoxis escuche tus plegarias.

Diegis y Vezinas rieron por el comentario de su líder. Bacilis, por su parte, sonrió de forma cínica. Admiraba la impertinencia de Decébalo, aunque la temía por igual. El sumo sacerdote compartía la visión del rey Douras: había sido un error acosar a los romanos hasta forzarlos a cruzar el río en un contraataque de castigo contra la Dacia, pero, de la misma forma, había visto a Decébalo ganar combates en posiciones de desventaja clara al sur del río y pudiera ser que, una vez más, se saliera con la suya en Tapae. Si eso ocurría, Decébalo sería el nuevo rey y su posición como sumo sacerdote peligraría si ahora no sabía aplicar una fuerte dosis de autocontrol ante los despechados desplantes de aquel impetuoso caballero dacio. Por eso Bacilis se limitó a mantener su sonrisa mientras respondía con aparente serenidad.

—Zalmoxis siempre me escucha cuando rezo por la Dacia. —De pronto, dio un paso adelante y habló al oído de Decébalo—: Lo que no sé es si tú eres la Dacia. Dime Decébalo, piensa y dime: ¿eres la Dacia?

Se separó y se quedó inmóvil frente al joven noble en espera de una respuesta. En ese momento llegaron unos jinetes sármatas que descendían desde la ladera cabalgando de forma sorprendente: evitando las ramas bajas de los árboles. Para admiración de todos, aunque los germanos eran los más sorprendidos porque desconocían aquella costumbre sármata, junto con los hombres a caballo iban un pequeño número de guerreras sármatas, amazonas y luchadoras al igual que ellos.

—Están entrando en el valle sin detenerse, como dijiste que harían —dijo el más veterano de los jinetes sármatas a Decébalo, que asintió sin mirarlos pues sus ojos se mantenían fijos en la faz gélida del sumo sacerdote. Se acercó entonces a Bacilis y le respondió también al oído.

—Soy la Dacia, sacerdote, soy la Dacia que emergerá de las cenizas de Roma. Mide bien para quién rezas. Mide tus plegarias, Bacilis.

Se alejó para acercarse a los jinetes sármatas que acababan de llegar con noticias del frente. Pero Bacilis fue rápido y lanzó una respuesta hábil:

—Rezaré por la Dacia del presente y por la Dacia del futuro.

Decébalo no pudo evitar sonreír, pero no se giró. Sabía que a Bacilis le habría gustado eso, un gesto de reconocimiento a su muy medida respuesta, pero que sufriera un poco. Además, ahora lo único que importaba eran las legiones de Roma.

Vanguardia romana, entrando en el bosque de Tapae

Fusco vio cómo Nigrino llegaba al galope desde la retaguardia. Ya imaginaba que venía a criticar su idea de entrar en aquel bosque. Su propuesta sería rodearlo, evitar todo aquel valle, pero eso retrasaría el avance sobre Sarmizegetusa varias semanas y Fusco estaba persuadido de que lo esencial era llegar a la capital dacia en el mínimo tiempo posible. Ese rápido avance impresionaría a los dacios por la determinación de Roma de devolver los golpes recibidos en Moesia y Panonia directamente en el corazón del reino enemigo. Además, el hecho de que los dacios no les hubieran atacado cuando cruzaron el Danubio había persuadido a Fusco de que éstos no intentarían nada hasta que las legiones llegaran a las murallas mismas de Sarmizegetusa.

—*Vir eminentissimus* —empezó Nigrino situando su caballo junto al de Fusco—, hay que detener esta incursión en el bosque. Es una temeridad. Los bárbaros siempre han aprovechado los bosques para atacarnos. Los galos lo hicieron en el pasado y más recientemente los germanos. Rodeemos el bosque o que los zapadores abran una brecha en el mismo antes de introducir todas las legiones en esta espesura.

Fusco estaba contrariado a más no poder. Era cierto que Nigrino se había dirigido a él con respeto, usando la fórmula preceptiva para todos, excepto para el César, de dirigirse a un jefe del pretorio, pero, por otro lado Nigrino, también en voz alta y clara de forma que todos los oficiales pudieron oírle, había planteado su desacuerdo con el plan trazado. A Fusco no le importaba que oyeran aquella conversación los tribunos de las cohortes pretorianas, pero sí lamentaba que lo hicieran los oficiales de las legiones. Sabía que los legionarios no estaban cómodos bajo el mando de un pretoriano y que Nigrino cuestionara su estrategia en voz alta no ayudaba a mejorar su imagen.

—Lo esencial es cruzar este bosque lo antes posible —respondió Fusco con frialdad, sin mirar a Nigrino, con sus ojos en el horizonte verde de unos árboles que ya rodeaban su ejército.

Nigrino se acercó más al jefe del pretorio y bajó la voz, pero mantuvo su desafío si cabe aún con más vehemencia.

—Ya fue una temeridad cruzar el río en dos días, dividiendo al ejército en dos, si bien hubo suerte y los bárbaros no atacaron, pero éstos son sus bosques. Adentrarnos en ellos puede ser una trampa mortal.

—La única trampa mortal para Roma es la que tejen los cobardes con sus miedos —sentenció Fusco y azuzó su caballo para seguir avanzando rodeado por los jinetes pretorianos.

Nigrino comprendió que no había nada que hacer. Absolutamente nada que hacer. No había marcha atrás. Detuvo su caballo y se hizo a un lado para que los carros de víveres y suministros pasaran en su lento avance hacia el corazón del valle. El tribuno miró a los árboles espesos que lo cubrían todo. Apenas se veía la luz del sol. Era como estar en una gran cueva donde la luz entrara tamizada por las grietas. No había ruido alguno distinto al de las sandalias de los legionarios o las pezuñas de los caballos de los jinetes romanos quebrando la hojarasaca seca de principios de otoño. Nigrino miraba nervioso a un lado y a otro. No se oía ningún pájaro; ni un solo pájaro en todo aquel bosque. El tribuno intuía lo peor, pero era impotente para impedir aquella locura. De pronto, sin que se levantara una sola brizna de viento, los árboles empezaron a moverse por sí solos, como si todo el bosque estuviera encantado. Agitaban las ramas de sus gigantescas copas de un lado a otro y los romanos detuvieron su marcha admirados, temerosos, confundidos. ¿Cómo era posible que aquellos árboles se movieran así si no había viento?

**Alto mando dacio en lo alto del Monte Semenic
en la ladera occidental del valle**

Ocultos entre los árboles de lo alto de las montañas, pero con un hueco abierto entre la espesura para poder otear bien la entrada al valle, Decébalo; su mano derecha Diegis, un joven noble dacio que seguía la estela de su señor desde los ataques a Moesia; Bacilis, el sumo sacerdote; los príncipes germanos; Vezinas, el último *pileati* que se había unido a la causa de Decébalo frente a Douras y los jefes de los sármatas, roxolanos y bastarnas observaban atentos cómo los romanos se iban adentrando en el gran bosque de Tapae. Los oficiales dacios y de las tribus aliadas miraban nerviosos a Decébalo a la espera de que éste diera la orden de ataque. Por su parte, los dos príncipes germanos se mantenían más distantes. Aquélla no era su guerra, aunque tenían curiosidad por ver si la estrategia de Teutoburgo, la que Armiño usara contra las tres legiones de Varo, volvería a funcionar ahora contra las legiones que comandaba el pretoriano enviado por el emperador de Roma. Sí, los germanos tenían curiosidad por ver si Decébalo era un nuevo Burebista con el que mereciera la pena firmar un pacto para atacar a Roma de forma conjunta o si sólo se trataba de un fantoche incapaz de ganar batalla alguna.

Decébalo había esperado a que entraran en el bosque los arqueros y auxiliares de la vanguardia romana y la legión V, y hasta ahí todo bien para todos, pero el líder dacio siguió sin dar orden alguna de ataque aun cuando ya habían entrado los zapadores romanos, los primeros bagajes del ejército enemigo y hasta el propio jefe del pretorio romano con todos sus pretorianos. Los oficiales dacios miraban a un lado y a otro inquietos, pues la segunda parte del tren de suministros romanos ya había entrado en el bosque y Decébalo seguía sin mostrarles que fuera a dar la orden de ataque. Fue entonces cuando se vio a uno de los oficiales de las legiones entrando al galope en el bosque. Decébalo intuyó que algún romano no compartía la tranquilidad con la que el jefe pretoriano se adentraba en la espesura verde del valle, pero poco podía hacer ya para impedir lo inevitable. Decébalo, no obstante, tragó saliva. Los romanos aún podían detenerse y el plan se vendría abajo; pero pasaron unos instantes y las tropas enemigas seguían entrando en el bosque. Ahora era el turno para el grueso de las legiones y su caballería. El momento se acercaba. Podía sentir las miradas de todos sus hombres, en particular la leal mirada de Diegis y la más tensa, con más dudas, de Vezinas, y las de los jefes sármatas, roxolanos y bastarnas, todos pendientes de él. Sabía que todos ellos habrían dado la orden de ataque hacía ya rato, pero él no quería simplemente derrotar a los romanos y hacerles retroceder. Eso no sería suficiente para impresionar a los dos príncipes germanos que tan orgullosos y distantes se mostraban hacia él, pero que al mismo tiempo no podían evitar sentir una curiosidad infinita por lo que allí pudiera pasar aquella tarde. No. Había que esperar un poco más, un poco más. La segunda y la tercera legiones ya estaban dentro. Diegis se acercó por detrás.

—Ya hay tres legiones en el bosque y los pretorianos —dijo el joven noble dacio al oído de su líder—; es más de la mitad de su ejército. Es suficiente, mi señor, es suficiente.

Decébalo no le respondió con palabras y se limitó a negar con la cabeza. Diegis se mordió el labio inferior. Aquella espera era demasiado peligrosa. Todo el bosque estaría infestado de romanos. Serían demasiados. Demasiados. La cuarta legión entró en el bosque. Diegis volvió a acercarse.

—Los sármatas están a punto de ordenar el ataque por su cuenta, mi señor.

Decébalo, que no había hecho otra cosa que mantener sus ojos fijos en el avance romano, se giró resuelto hacia los jefes sármatas que hablaban entre ellos.

—¡Silencio! —dijo y todos callaron.

Sabía que le tomaban por loco, pero había que aguantar, había que aguantar. La cuarta legión estaba a medio entrar. Decébalo habría esperado aún más, pero era cierto lo que apuntaba Diegis: en cualquier momento, alguno de los sármatas o los roxolanos podía decidir emprender una acción por su cuenta y eso sería peor. Decébalo escupió en el suelo. Despreciaba a los romanos y su orgullo pero admiraba su disciplina, una disciplina que los conducía a hacer algo tan absurdo como adentrarse en ese bosque sin rechistar, sin discutir. Eso solo era algo poderoso en sí mismo. Le irritaba que los sármatas, los roxolanos y los bastarnas no pudieran ser iguales en ese aspecto a los romanos. Pero era así. Decébalo alzó su brazo y, al instante, lo bajó de golpe.

—¡Sea, por Zalmoxis, sea! ¡Al ataque! ¡Los árboles! ¡Que muevan los árboles!

Vanguardia romana. Centro del valle

Lucio Quieto y el joven Nigrino cabalgaban en el centro de la legión V, en la vanguardia del ejército romano. A Quieto no le gustaba aquella densa espesura. Tenían que romper la formación para poder pasar por entre los miles de árboles que crecían por todas partes y las ramas casi les cegaban y apenas podían ver el camino. Lucio Quieto miraba al cielo cuando podía y sólo veía más y más ramas; miraba entonces a los árboles y los veía allí, firmes, rectos, plantados en aquel valle, amenazadores, inmóviles en una tarde sin viento. Pero había algo raro, algo peculiar en la base de muchos troncos. Regueros de resina fresca emergían de sus cortezas y caían en cascada silenciosa hasta alcanzar las raíces y la hojarasca seca que lo llenaba todo. Era como si todos los árboles estuvieran heridos. Todos heridos, todos llorando, agonizando en un mar de sombras quietas, sin pájaros ni voces, sumidos en el rumor informe de las sandalias de los legionarios pisando las ramas secas. ¿Por qué estaban todos los árboles heridos? ¿Por qué parecían llorar desde dentro? Lucio Quieto presintió que algo terrible estaba a punto de ocurrir.

—¿Has visto los árboles? —dijo Quieto, al fin, al joven Nigrino.

—Sí, ¿qué pasa?

Quieto sacudió la cabeza. Nadie parecía tener ojos en aquel ejército.

—Lloran, Nigrino. Todos los árboles de este bosque lloran; están heridos de muerte. Mira la resina.

Nigrino, sin dejar de cabalgar, observó el detalle que apuntaba Lucio. Llevaba razón. Aquello era muy extraño.

—Y mira en lo alto, cerca de las copas —señaló Quieto, que compartía su nuevo hallazgo al instante. Y es que en lo alto de algunas copas se veían cuerdas que colgaban cayendo en paralelo a los troncos hasta perderse por debajo de la hojarasca seca. Cuerdas y resina.

Quieto intentaba entender lo que pasaba y el joven Nigrino también cuando los árboles empezaron a agitarse en medio de aquella jornada silenciosa y sin aire alguno. Los árboles se movían solos. Hasta que, de pronto, ante ellos, una cuerda emergió de golpe de las entrañas de la tierra y casi los derriba. Los caballos relincharon y los jinetes tenían que tirar con fuerza de las riendas para dominarlos. Quieto siguió con la mirada la cuerda y la vio perderse en una de las copas de los árboles más altos. Luego se giró sobre su montura y buscó el otro extremo de la cuerda pero no se veía, se perdía entre la espesura. De pronto todo se llenó de cuerdas que saltaban del suelo y derribaban a algunos legionarios en su extraño vuelo hacia el cielo, y que hacían saltar a los caballos cada vez más nerviosos, pero lo que más llamaba al atención era que los árboles se agitaban de forma alocada y se inclinaban agresivamente sobre unos legionarios confundidos que no entendían cómo todo un bosque podía moverse de esa manera sin que Eolo interviniera con la fuerza de su viento.

Vanguardia dacia. Centro del valle de Tapae

Diegis avanzaba entre el bosque agitado. Levantaba los brazos en alto y gritaba en su lengua con todas sus fuerzas.

—*Curma, curma!* [tensad las cuerdas] —Miraba a los árboles—. ¡Con más fuerza, con más fuerza, ya todos, *curma, curma!*

Y los árboles, sobre todo los más grandes, empezaron a desplomárse sobre los romanos. Estaban aserrados en gran parte en su base, y al ser agitados por las largas cuerdas atadas a sus ramas más altas, se doblaban hasta ceder y partirse por sus heridas abiertas. Las copas de sus ramas caían a plomo sobre unos legionarios que corrían despavoridos en un vano intento por salvarse de una lluvia de troncos y espesura que lo arrasaba todo en su brutal caída. Diegis observaba la emboscada con orgullo. El plan de Decébalo de imitar la estrategia que los germanos le habían descrito sobre la batalla de Teutoburgo estaba saliendo a la perfección. Sólo los jinetes de la legión V, dirigidos con habilidad por uno de sus oficiales, parecían ser lo suficientemente diestros y rápidos, ayudados por sus caballos, para zafarse de la zona donde más árboles caían. Era como si alguno de esos oficiales hubiera presentido con apenas unos instantes de anticipación todo lo que iba a ocurrir. Pero a Diegis no le preocupaba que escaparan una treintena de jinetes; la caballería sármata se ocuparía de ellos en cuanto intentaran salir del bosque.

—¡Saltad por encima de los *butuc* [troncos]! ¡Al ataque, al ataque, por Zalmoxis, por Decébalo, por el rey Douras!

Y centenares, miles, de dacios emergían de detrás de los árboles que permanecían en pie y se lanzaban contra los auxiliares y los legionarios de la V en la vanguardia romana. Aullaban como lobos en plena cacería, y las cabezas de dragón que usaban como estandartes emitían, al pasar el aire por sus fauces abiertas, un sonido similar al de los aullidos más temibles de los lobos; esgrimían sus afiladas *falces* con maestría y ardor guerrero brutal y sólo buscaban la sangre, la sangre de sus enemigos.

Los legionarios de la V, pese a no tener un mando claro —muchos oficiales habían perecido bajo los árboles caídos—, se defendían con auténtica bravura, pero no podían organizar formaciones cerradas con las que protegerse con sus amplios escudos, sino que se veían obligados a combatir en un cuerpo a cuerpo desordenado del que se beneficiaban claramente los dacios. Estos últimos, además, usaban sus largas *falces* empuñándolas a dos manos, sin escudos, pero con tal habilidad que con sus largas puntas curvas arrancaban primero el escudo de los legionarios para luego herirles en brazos y piernas dejándolos mutilados. No se preocupaban en rematarlos, para eso venían detrás de ellos otros dacios con *sicae*, espadas curvas pero más cortas, con las que degollaban a los heridos romanos mientras los dacios con las *falces* seguían su sangriento avance. Era una maquinaria perfecta de despedazar primero y ejecutar después. Los legionarios de la V no habían combatido nunca en una batalla tan desordenada y contra unos guerreros que metódicamente se concentraban en intentar enganchar con las puntas de sus espadas sus escudos hasta arrebatárselos para, luego, aprovechando la mayor longitud de sus *falces,* terminar hiriéndoles de gravedad. Era una batalla extraña la que se combatía en la vanguardia del ejército romano. Era la batalla que los dacios querían luchar. Era la batalla que Decébalo había planeado.

Centro de la formación romana

Cornelio Fusco daba órdenes apresuradas a sus pretorianos.

—¡Avanzad, por Júpiter, avanzad! ¡Hay que apoyar a la infantería de la V legión! ¡Avanzad, malditos! —vociferaba con fuerza desde lo alto de su caballo.

Sus pretorianos se apresuraban a sortear los troncos derribados y a los legionarios heridos y muertos para dar su apoyo a las desorganizadas filas de la V legión, pero en ese momento, desde ambas laderas de los montes Banatului y Semenic, empezaron a descender las hordas de la caballería sármata y roxolana, con sus jinetes fuertemente protegidos con gruesas armaduras de escamas de metal. Fusco hizo entonces lo peor que puede hacerse en medio de una batalla: contradecirse.

—¡Deteneos, deteneos! ¡Todos aquí! ¡Hay que proteger los flancos, los flancos! ¡Avanzad hacia los flancos!

Los pretorianos no sabían si debían seguir hacia delante y apoyar a la V legión que estaba siendo diezmada por los dacios, o detenerse y dirigirse a los flancos. ¿A qué flanco? Y, en medio de la confusión, el choque entre la caballería pretoriana, su infantería y los jinetes sármatas y roxolanos fue bestial. Los pretorianos, sin órdenes claras, se limitaban a intentar defenderse de una embestida descomunal ante unos jinetes que, al ir protegidos como si fueran *catafractos* partos, recibían sus golpes sin apenas sufrir daño alguno. Por el contrario, respondieron de forma inmediata con lanzas y espadas que sí herían con saña a una guardia pretoriana confusa, desarbolada y sin mando. Los pretorianos luchaban como fieras. La guardia de un emperador de Roma nunca había sido derrotada en combate contra los bárbaros de ninguna región y ellos no estaban dispuestos a ser los primeros en caer ante el enemigo extranjero, por eso los sármatas y los roxolanos tuvieron que emplearse a fondo. Pero lo hicieron. Lo hicieron. Combatían por su tierra y lo hicieron a conciencia.

Monte Semenic

Los príncipes germanos y catos contemplaban el desarrollo del combate desde lo alto de los montes próximos. Gran parte del bosque había sido derribado con la estrategia de Decébalo y eso permitía ver mejor la evolución del combate en la llanura central del valle. La legión que encabezaba el ejército romano estaba siendo destrozada por la infantería dacia; los jinetes de apoyo que aquélla tenía huían por entre los carros de suministros romanos y, justo detrás, el prefecto pretoriano luchaba con su caballería contra sármatas y roxolanos de forma brava, pero los *catafractos* aliados de Decébalo, convocados por el rey Douras, estaban ganando terreno. Al fondo del valle las cosas no estaban claras, pero todo parecía indicar que la densa lluvia de flechas de los arqueros sármatas junto con la embestida de la infantería de los bastarnas estaba haciendo retroceder a unas legiones que, desconectadas de su *legatus* pretoriano, se batían en una retirada desordenada. Los príncipes de Germania asistían entre sorprendidos y satisfechos a la exhibición militar dacia. Quizá, después de todo, sería interesante sellar un pacto con el que ya pronto, sin duda alguna, sería el nuevo rey de los dacios. Un rey capaz de hacer retroceder a las mismísimas legiones de Roma.

—Van a capturar las insignias de la V legión —dijo uno de los príncipes germanos, el de los catos.

El otro príncipe germano asintió.

—Sí —dijo—; igual que hicieron nuestros antepasados en Teutoburgo, aunque luego los romanos las recuperaron. Nos derrotaron y las recuperaron.

—Es cierto —confirmó el príncipe de los catos—, pero si uniéramos nuestras fuerzas a las de los dacios, tal y como nos ha propuesto Decébalo, si convirtiéramos todo el transcurso del Rin y del Danubio en un inmenso frente de guerra, los romanos no podrían contra todos a la vez y tendrían que retroceder. Podríamos incluso recuperar los territorios próximos al Rin y más allá, al sur, en la Galia. Podríamos hacerlo.

El príncipe germano no estaba aún tan persuadido de que eso fuera a ser posible, pero era difícil oponerse a aquella tentadora idea y más aún asistiendo al baño de sangre romana que se estaba consumando a los pies de aquellos montes.

Centro del ejército romano

El veterano tribuno Nigrino retrocedía a toda velocidad. Su caballo pugnaba por evitar los troncos caídos y los muertos. No era una huida: buscaba recuperar su posición en la retaguardia con Tetio Juliano para establecer con él una línea defensiva razonable, lejos de la locura en la que se desenvolvía Fusco. Locura que el propio prefecto del pretorio había creado con su estupidez. Que Fusco se las compusiera como pudiera en vanguardia. De pronto el tribuno Nigrino detuvo en seco su caballo. Su sobrino. Su sobrino estaba en vanguardia con la caballería de la V. Nigrino hizo girar al animal. En vanguardia sólo se veía una maraña informe de guerreros y legionarios luchando y no alcanzaba a vislumbrar a los jinetes de la V. Sintió terror e impotencia por su sobrino. No tenía hijos, el muchacho era todo para él. Pero no podía hacer nada. Nada. Se decantó por una opción razonable: obrar con cierta disciplina, regresar a su posición y rezar a los dioses porque protegieran a su sobrino. Quizá si ese oficial joven, Quieto, era hábil... Quizá. Pero era tal la magnitud del desastre, era tan absoluto... Nigrino cabalgaba encogido sobre el caballo, agachado para evitar dardos que volaban sobre su cabeza. Los carros de suministros estaban anclados entre los troncos. Si las legiones de retaguardia no conseguían recuperar posiciones en el valle, todo aquel material y aquellos víveres serían para los dacios. La artillería. Había que evitar que los dacios consiguieran las catapultas que Fusco se había empeñado en traer desde el sur del Danubio para su pretendido asedio a Sarmizegetusa. Nigrino azuzó al caballo. Tenía que llegar junto a Tetio Juliano lo antes posible. Una lanza roxolana atravesó entonces el vientre del animal, que cayó y rodó por el suelo. Nigrino, experto en esas lides, tuvo los reflejos de saltar del caballo antes de que éste le destrozase bajo su mole herida. Nigrino gateó entonces como si fuera un perro y se ocultó tras un carro. Desenfundó el *gladio*. Sintió sangre resbalando por sus dedos. Se había herido al saltar. Eso no era importante. La caballería enemiga le rodeó. Nigrino se levantó y esgrimió su solitario *gladio* entre las risas de aquellos bárbaros. Vendería cara su vida. Era lo único que podía hacer.

Caballería de la legión V

Lucio Quieto había agrupado a su alrededor a los jinetes de su *turma* y a los de dos *turmae* más. En su mayoría eran compatriotas suyos norteafricanos que le habían acompañado desde su país para sumarse a la legión V, más algún otro jinete de origen hispano como el sobrino de Nigrino, que tenía claro que si había alguien que podía sacarlos con vida de allí ése sólo era Lucio Quieto. Tetio Juliano había aceptado incorporar a los norteafricanos en la V legión por la fama de aquellos jinetes en combate. El joven Nigrino pensó que ahora era el momento de que demostraran su valía. Se pegó al caballo con ansia. Intentaría imitarles en todo, incluso en la forma de morir si llegaba el momento.

—¡Seguidme! —gritó Lucio Quieto.

Los noventa jinetes le siguieron sin importarles lo que pudiera decir o pensar aquel maldito jefe del pretorio que los había conducido hasta aquella trampa mortal. Cornelio Fusco era el culpable de haberlos metido a todos en aquella ratonera.

—¡Hacia la montaña! ¡Hacia la montaña! —exclamó con decisión dando una orden que nadie entendía, pero que ninguno dudó en obedecer.

Quieto tenía claro que había que alejarse de aquella locura en la que se había transformado el valle. Todos los enemigos descendían allí mientras que ellos estaban desorganizados y en minoría, al menos en la vanguardia. Lo prioritario era salir de la emboscada. Ascendieron al galope por una ladera por la que seguía bajando la infantería dacia, pero los dacios, pese a sus largas espadas, no estaban preparados para detener una carga de la caballería romana en formación. Los árboles de las laderas, que no habían sido cortados, no obstante, evitaron que los romanos pudieran matar a tantos enemigos como les habría gustado, porque los dacios, inteligentes, se protegían tras los árboles. Pero para Quieto no se trataba ahora de matar enemigos, sino de salir con vida de allí.

—¡Girad, girad ahora, seguidme! —volvió a gritar con fuerza, e hizo que su caballo virara para galopar ahora en paralelo a la batalla que se desarrollaba en el centro del valle, pero en dirección sur, en busca de la retaguardia romana.

Las ramas de los árboles eran ahora el peor enemigo de los jinetes norteafricanos y del joven Nigrino, pero todos se pegaban a la crin de sus monturas de forma que si el caballo agachaba la cabeza ellos sobresalieran lo mínimo posible. Así consiguieron surcar media montaña hasta que, de pronto, un contingente de unos quinientos jinetes sármatas que estaban a la espera de entrar en combate se cruzó en su camino.

Guardia pretoriana tras la vanguardia del ejército romano

Cornelio Fusco sintió un corte rápido en el brazo en el que sostenía el escudo. Desde el suelo, sin saber muy bien cómo, un dacio había conseguido introducir una larga *falx* y le había herido. El jefe del pretorio, comandante en jefe de aquel gran ejército romano, soltó el escudo pero no gritó su dolor. Casi como un acto reflejo lanzó su espada contra la cabeza del guerrero dacio que intentaba alejarse una vez perpetrado su ataque, pero acertó a rasgarle la cara con el filo de su *gladio*. El dacio, caído en el suelo, se llevaba las manos a la cara en un intento por detener la hemorragia. Cornelio Fusco usó su mano libre para coger uno de los *pila* que portaba su caballo y lanzarlo con furia contra el guerrero herido. El dacio dejó de moverse. Fusco miró entonces a su alrededor. El desastre era total. La sangre fluía por todas partes. El cauce seco de un río que surcaba el corazón del valle estaba tintado de rojo y casi toda era sangre romana. La guardia pretoriana se defendía de los ataques de la infantería dacia con cierto éxito, pero desde la ladera de los montes que los envolvían descendían nuevos contingentes de caballería enemiga. Parecían roxolanos. También había visto sármatas y otros guerreros que no había podido identificar. El dolor del brazo herido era punzante.

—¡Mantened las posiciones! —Luego, en voz más baja, repetía la orden sin parar—: Mantened las posiciones, mantened las posiciones...

Tenía una segunda espada en la montura, pero optó por usar la mano un momento para apretar con ella la herida del brazo segado. La sangre brotaba demasiado profusamente. Era una herida grave si no recibía la asistencia de un médico rápidamente. Fusco se desplomó sobre el cuello del caballo sin dejar de apretar su brazo sangrante. En medio de aquella batalla no había tiempo ni ocasión para un médico. Eso le trajo a la memoria, como un destello, aquel momento en que él mismo negó la asistencia de un médico al emperador Tito, convaleciente de unas fiebres. Fue su gran oportunidad. Una oportunidad forjada sobre la traición. Los dioses le estaban pagando ahora con la misma moneda. La misma soledad de Tito, sólo que en medio de un campo de batalla. Fusco sintió ganas de vomitar en una mezcla de miedo ante la muerte próxima, ante la derrota absoluta y humillante y ante su pasado de cobarde ambicioso. La suya era, al fin, una vida triste. Se irguió de nuevo sobre el caballo. Sus pretorianos seguían luchando con bravura pero perdían espacio y roxolanos y sármatas, protegidos por sus cotas de malla, apoyados por centenares, miles de infantes dacios, no cejaban en su empeño por destruirlos a todos. De pronto, desde el fondo de la angustia y la miseria, desde lo más profundo del asco por sí mismo, Cornelio Fusco tuvo la única reacción mínimamente digna que le quedaba. Estaba condenado a ser el primer prefecto del pretorio que sucumbía en campaña ante un pueblo bárbaro; un triste final. Un final que, al menos, no debía ser más vergonzoso que el resto de su vida. Desenvainó el *gladio* de la montura y lo blandió en alto. Hinchó los pulmones y vociferó por encima del estruendo de la batalla.

—¡La guardia pretoriana muere pero no se rinde! ¡Muerte o victoria! ¡Muerte o victoria!

Y Cornelio Fusco, jefe del pretorio del emperador Domiciano, se lanzó, solo, herido, cubierto por su propia sangre, contra una decena de jinetes roxolanos que acababan de dar muerte a varios pretorianos. El choque entre el desesperado líder de aquel ejército romano y los roxolanos fue sorprendentemente equilibrado pese a ser uno contra diez. La embestida del jefe del pretorio hizo que, al chocar su montura contra la de dos roxolanos, éstos cayeran al suelo. La espada del líder pretoriano volaba por el aire esgrimida con habilidad y así Fusco cercenó dos gargantas más. Llegó en ese momento una lanza enemiga que le atravesó por la espalda y, casi al mismo tiempo, un nuevo guerrero dacio, desde el suelo, con una nueva *falx*, rasgó el cuello del prefecto hasta que el filo de aquella larga hoz chocó con la coraza que cubría su pecho.

—¡Aaagh! —aulló.

Pese a todas su heridas, con la lanza asomando por un omoplato, se negaba a caer de su caballo. Dos roxolanos le clavaron las espadas en un hombro y, por fin, en la mismísima cara. Fusco quedó cegado y sintió que sólo era dolor, dolor. No sintió las demás heridas. Sus manos dejaron de asir las riendas. Su cuerpo se desplomó en silencio emborrachado de sangre y desgarros. Chocó contra el suelo y Cornelio Fusco oyó el estallido de su propio cerebro al estrellarse contra una piedra de aquel cauce seco que partía en dos las entrañas del desfiladero de Tapae.

Centro del valle

Lucio Quieto tiró con fuerza de las riendas de su montura.

—¡Al valle, de regreso al valle! —dijo y todos le siguieron.

Nadie quería entrar en combate contra quinientos sármatas siendo sólo noventa jinetes. Era una lástima porque si no hubiera sido por aquellos jinetes sármatas habrían podido salir de la batalla en poco tiempo, pero ahora debían volver a descender hasta donde se libraban los combates. Galopando llegaron rápidamente hacia el lugar donde el tren de suministros estaba detenido entre un mar de troncos y ramas y heridos y muertos y donde dacios, sármatas y roxolanos herían y mataban a todos los *calones* y demás esclavos y trabajadores que acompañaban al ejército romano del Danubio. Allí había pocos legionarios y los bárbaros se cebaban en cargar contra los artesanos, cocineros, conductores de carros, herreros y todos los hombres y mujeres que viajaban con los romanos en su largo desplazamiento hacia el norte. Los legionarios de la V no habían podido retroceder para auxiliar a todos aquellos pobres miserables que habían quedado indefensos. Sólo unos pocos pretorianos parecían intentar defender los carros del brutal ataque de la caballería enemiga. Quieto, con una mirada rápida, observó que no había señales ni del jefe del pretorio Fusco ni de otros oficiales de rango superior al suyo.

—¡Pasaremos entre los carros! ¡Hacia el sur! ¡Hay que salir de este valle maldito! —exclamó, y observó las miradas de duda de algunos de los que le acompañaban, especialmente del joven Nigrino—. No hay tiempo para ayudarles.

Nigrino asintió, pero en ese momento se cruzaron con un grupo de jinetes sármatas que tenía rodeado a un oficial romano, un tribuno, que, herido, sin caballo, seguía combatiendo desde el suelo.

Retaguardia del ejército dacio

El frente de la batalla había pasado al centro del valle. Decébalo se paseaba tranquilo pisando los muertos romanos de la V legión. A su alrededor una docena de *pileati* hacía las veces de guardia personal y, alrededor de todos ellos, decenas de guerreros seguían rematando con sus *sicae* a los enemigos heridos. El líder dacio había dado órdenes de matarlos a todos. No era el momento de hacer prisioneros. Quizá en otra fase de la campaña pudieran ser útiles, pero ahora, bajo la escrutadora mirada de los príncipes germanos, sólo quería romanos muertos y cuantos más mejor.

Llegaron al punto donde los portaestandartes romanos habían clavado en el suelo las insignias de la V legión de Roma. Allí estaban, orgullosas, rodeadas de legionarios muertos que las habían defendido hasta el final. Decébalo observó con atención aquellos cadáveres romanos. Eran valientes, eso había que reconocerlo. Habían derrotado a un ejército de valientes, liderados por algún estúpido, pero los caídos eran hombres valientes. Mientras Roma enviara a *legati* tan imbéciles y siguiera dirigida por un emperador tan cobarde como inútil, su plan de crear la gran Dacia, desde el mar Negro hasta Germania, desde las estepas del norte hasta, por qué no, Panonia y Moesia y quizá incluso más al sur, seguiría adelante construido sobre un océano de cadáveres de legionarios romanos.

Decébalo cogió con su brazo derecho una de las insignias rematada en un vanidoso elefante y, tirando con fuerza, la extrajo del suelo dacio sobre el que un *signifier* romano la había clavado hacía menos de una hora. La sacó como quien extrae una molesta pincha de una mano y la lanzó al suelo. Y repitió la misma escena con el resto de insignias romanas hasta que todas las águilas remachadas en orgullosos elefantes quedaron tumbadas sobre los cadáveres que debían haber evitado que ningún enemigo pudiera hacer exactamente lo que Decébalo estaba haciendo: humillar las sagradas insignias de Roma.

—¡Dadme a *balaur*! —dijo con tono decidido y orgulloso Decébalo.

Uno de los *pileati* le pasó un estandarte rematado en la feroz cabeza de un *balaur*, un dragón, la insignia de origen sármata que los dacios habían adoptado como el símbolo bajo el que luchaban contra las huestes de Roma. Decébalo, a dos manos, hundió el estandarte en el mismo punto donde antes se habían levantado las águilas de la V legión.

—¡Tapae es dacio y dacio será para siempre! —exclamó y todos alzaron sus espadas y las *falces* y las hachas que portaban y aullaron con su gran líder por la victoria que estaban consiguiendo contra el mayor de los ejércitos romanos que había osado, para su vergüenza y para su dolor, cruzar las sagradas aguas del Danubio. El *balaur* lo miraba todo y con la boca abierta parecía reírse de las águilas y los elefantes volcados sobre el suelo del valle.

Ejército romano en el segundo grupo de carros de suministros

Más al sur del valle, la batalla aún proseguía de forma encarnizada. El veterano Nigrino evitó dos lanzas que le arrojaron mientras que los jinetes sármatas no dejaban de reír. Se estaban divirtiendo con él. No había casi legionarios en aquella zona de los transportes y la V legión y los pretorianos parecían estar demasiado ocupados en sobrevivir en la vanguardia del ejército, si es que quedaba aún alguno con vida, como para ocuparse de lo que pasaba allí atrás; a su vez, la retaguardia del ejercito romano era incapaz de avanzar hacia el valle y se replegaba. Estaba abandonado. Por eso los sármatas, que habían reconocido su capa blanca con franjas escarlata y casco rematado en un inconfundible penacho longitudinal de tribuno, habían decidido entretenerse un poco a su costa. Uno sacó un arco, le apuntó y le lanzó una flecha que el veterano Nigrino acertó a evitar con su escudo, pero allí quedó clavada a modo de aviso de lo que vendría luego. Uno de los sármatas se adelantó al grupo y mirándole de cerca, sonriendo a los demás, pronunció palabras sin sentido para Nigrino:

—*Ghiuj* [viejo].

Todos los demás rieron la gracia, pero Nigrino, aprovechando la distracción del sármata que se había adelantado y que se había vuelto para ver cómo los demás reían, se acercó al jinete e, incapaz de alcanzar más alto, le hirió con su *spatha*, más larga que un *gladio*, en la parte interior de la pierna, justo donde terminaba una de las protecciones que llevaban aquellos *catafractos*.

—¡Aggggh! —aulló el sármata y se revolvió contra el veterano Nigrino, quien retrocedió con rapidez hasta proteger su espalda contra uno de los carros romanos abandonados.

El sármata envainó su espada y tomó entonces una larga lanza que le pasó otro de los jinetes bárbaros. Enfiló directamente contra Nigrino, que dudaba entre quedarse quieto y detener el golpe con el escudo o arrojarse al suelo cuando, de forma extraña, varios sármatas caían de sus caballos golpeados por otros jinetes que acababan de llegar. Nigrino, al fin, optó por arrojarse al suelo en el último instante, dejar su escudo, rodar por la tierra y zafarse del ataque del sármata herido en la pierna y en su orgullo para, de pronto, encontrarse rodeado de una docena de jinetes romanos que combatían con saña contra los sármatas que se habían visto sorprendidos por la espalda.

—¡Aquí tío, aquí! —oyó Nigrino y vio a su sobrino que se acercaba sobre un fuerte caballo tendiéndole la mano. El veterano tribuno no lo dudó, cogió la mano de su sobrino y se dejó aupar sobre la grupa del caballo.

—¡Vámonos de aquí, vámonos de aquí! —gritó Lucio Quieto junto al joven Nigrino, que acababa de rescatar a su tío. De nuevo todos los jinetes romanos emprendieron la larga huida siguiendo el cauce seco de aquel río maldito en busca de las legiones que habían quedado en retaguardia.

Los dos Nigrino galopaban sobre sendos caballos hacia el sur y consiguieron zafarse de los sármatas que les perseguían, pero no todos los jinetes africanos tuvieron la misma suerte y varios cayeron atravesados por las lanzas sármatas.

Lucio Quieto cabalgaba también a toda velocidad, justo por detrás del tribuno y su sobrino. Lamentaba profundamente la muerte de aquellos compañeros de las *turmae*, pero no pudo negarse a asistir a un tribuno romano cuando el joven Nigrino identificó el casco con aquel penacho inconfundible rodeado por los sármatas. Quieto sacudió la cabeza. Aquella batalla había sido un desastre y una vergüenza. Roxolanos, dacios, guerreros con cabezas rapadas y largas coletas que nunca había visto antes; incluso hubo unos instantes en los que pensó que tenía visiones: por un momento creyó haber visto mujeres entre aquellos bárbaros. Pero no mujeres normales, sino guerreras, esgrimiendo espadas y luchando como si fueran hombres. El joven jinete norteafricano pensó que estaba perdiendo la razón.

Retaguardia dacia, junto a la insignia del *balaur*

Los príncipes germanos descendieron de las montañas acompañados por el sumo sacerdote Bacilis. Al mismo tiempo, desde el frente de guerra del valle, llegaron Diegis, Vezinas y otros *pileati.* Diegis fue el primero en hablar.

—Los sármatas, roxolanos y bastarnas están haciendo retroceder a los romanos en la boca del valle. —Con un tono menos solemne, sin poder evitar una media sonrisa añadió—: No creo que los romanos paren de correr hasta el Danubio.

Todos, empezando por el propio Decébalo, rieron a gusto. Terminadas las carcajadas, Bacilis, con la habilidad de quien sabe reconocer cuándo está cambiando la dirección del viento, se acercó a Decébalo y le habló en tono serio a la par que orgulloso.

—Zalmoxis te ha bendecido. Estamos todos, sin duda —se giró hacia los nobles dacios que se habían arremolinado junto al gran *balaur* que Decébalo había clavado al lado de las insignias romanas volcadas sobre la tierra y los miró con seriedad—, estamos ante el nuevo rey de la Dacia. Una gran Dacia que emerge victoriosa sobre la sangre de los legionarios muertos hoy por las espadas dirigidas con fuerza por un nuevo y fuerte rey. —Y lo dijo una vez más—: Un nuevo rey.

Y Diegis y Vezinas y todos los *pileati,* incluso el propio sumo sacerdote Bacilis, se arrodillaron y rindieron pleitesía a quien debía gobernarlos a todos ya en busca de un nuevo y gigantesco reino que se impondría sobre todos sus enemigos, empezando por los propios romanos a los que tanto habían temido durante años. Los príncipes germanos y catos no se arrodillaron pero se inclinaron en señal de reconocimiento ante un líder dacio que acababa de infligir la más grave derrota a las legiones de Roma al norte del Rin y del Danubio desde la batalla de Teutoburgo. El jefe de los catos fue el que se decidió a hablar por los dos. Curiosamente, de forma paradójica, los catos y los dacios usaban el latín, la lengua de su enemigo común, la lengua de Roma, para entenderse entre ellos.

—*Vidimus quid facere potes, recens iuvenis rex Daciae. Nos promissu complebimus parte nostra* [Hemos visto de lo que eres capaz, joven nuevo rey de la Dacia. Nosotros cumpliremos ahora nuestra parte].

Decébalo asintió, y así, en aquel latín tosco, quedó sentenciado el futuro de una Roma incapaz de entender la auténtica dimensión de lo que estaba ocurriendo al norte de los grandes ríos de Europa. Sólo un giro inesperado del destino podría evitar la caída del gran Imperio romano en unos pocos años: que surgiera un nuevo líder, un emperador diferente a Domiciano, capaz de revertir la Historia. Pero si existía un hombre así, no era un hecho que entrara en las previsiones ni de los dacios ni de los germanos reunidos aquella mañana sangrienta en el valle de Tapae.

En el otro extremo del campamento dacio, varios jinetes sármatas reían a costa del relato que hacía cada uno de ellos de sus hazañas en la gran batalla. Entre ellos había mujeres jóvenes, guerreras como ellos, que guardaban silencio. Aún no habían matado suficientes enemigos como para poder hacer ostentación de su valor, pero allí estaban ellas, entre los más valientes guerreros, respetadas, compartiendo la misma comida y la misma guerra. Alana estaba entre esas jóvenes. Sentada junto a Tamura, su hermana mayor, comía con avidez carne de un venado cazado justo antes de la batalla. Alana estaba satisfecha. Había matado a su primer enemigo. Era el principio. La muchacha comía y miraba con ojos de admiración a Dadagos, el líder del grupo, el que más hablaba y también el que más enemigos había derribado. Tamura también lo miraba con interés.

92

LA IRA DE DOMICIANO

Domus Flavia, **Roma, 86 d. C.**

El emperador acababa de escuchar el terrible relato de la derrota de Fusco y todo su ejército en el maldito valle de Tapae.
El *Aula Regia* estaba abarrotada de senadores, embajadores,
pretorianos, esclavos y libertos que servían al emperador de
Roma. Partenio, justo detrás del trono imperial, miraba al suelo y se mordía el labio inferior. Había aconsejado al emperador recibir al mensajero del ejército del Danubio a solas, pero
Domiciano, en uno de sus arranques de vanidad, pese a que
todos sabían que había malas noticias del norte, se había negado a seguir la prudente sugerencia de Partenio. El consejero imperial, como el resto de los presentes y seguramente el
propio emperador, se había estremecido en particular cuando el decurión Lucio Quieto, enviado por el tribuno Tetio
Juliano, había descrito la aniquilación de la invencible legión
V *Alaudae*, la caída del propio Fusco y el suicidio épico pero
inútil de la guardia pretoriana. Lucio Quieto terminó su relato. Partenio alzó la mirada y estudió con atención a aquel
mensajero del norte. Debía de ser un hombre válido si había
sido seleccionado por Juliano para referir semejante desastre
ante el emperador. Válido y valiente. No habría habido muchos voluntarios para transmitir ese mensaje al emperador de
Roma; probablemente ninguno. El decurión exhibía una hermosa *torquis* sobre su pecho, lo que atestiguaba que había debido de servir a Roma con valor en el campo de batalla en un
pasado no muy lejano, pues el era un joven soldado aún. El
emperador pareció reparar también en aquel premio.

—Veo, decurión, que luces con orgullo una *torquis* sobre
tu pecho —dijo Domiciano en medio de un silencio generado

por el horror a todo lo escuchado y por el temor a la reacción iracunda, sin duda, del emperador del mundo.

Lucio comprendió que acababa de cometer un grave error. Fue rápido. De inmediato se quitó de encima la *torquis* y la arrojó al suelo.

—Era un premio por mi campaña anterior contra los sármatas y roxolanos en Moesia y Panonia. Un premio que ya no merezco, ni yo ni nadie del ejército del Danubio —replicó Lucio Quieto, que se quedó firme ante el emperador, sin añadir nada más, mirando al suelo.

Él no lo sabía aún pero aquel gesto, aquella rápida reacción, le acababa de salvar la vida. Había sido un acto de gallardía, pues un decurión no podía ser el culpable de un desastre de las dimensiones del que se acababa de describir. Un desastre así era culpa del *legatus* al mando y el *legatus* al mando, Cornelio Fusco, que había perecido en la batalla, había sido puesto al mando por el propio emperador y eso lo sabían todos. Domiciano habría ordenado con sumo gusto que aquel decurión fuera arrojado a las fieras esa misma mañana en el gran anfiteatro Flavio, pero sabía que eso no le haría popular y que tampoco serviría para calmar su ira. Para ello tendría que esperar al concurso literario de la tarde, en el teatro Marcelo, donde se había convocado a todos los poetas de la ciudad para que exhibieran su destreza con poemas que alabaran la pasada victoria de su emperador sobre los catos en el Rin, pero aquellos malditos dacios, por Júpiter, se inmiscuían en su vida impidiendo que pudiera disfrutar de aquella victoria en paz. Primero las inoportunas victorias de Agrícola en Britania y ahora los dacios.

—Arrojar esa *torquis* al suelo, decurión —continuó el emperador con severidad—, es lo mínimo que podías hacer, pero no es suficiente para lavar tu honor de soldado derrotado por los bárbaros. Soldados así, como tú... Lucio... —y el emperador se quedó callado, a la espera de que alguien le diera el nombre completo; Partenio se acercó por detrás y murmuró al oído del emperador. Domiciano terminó entonces su frase—; soldados así, Lucio Quieto, no sirven a Roma. Debería hacer que te arrojaran a los leones hoy mismo, pero te salva que eres consciente de tu ineptitud y te humillas por ello. Eso te salva, eso te salva de mi ira, pero sigues sin valerme para luchar en el norte. A ver, a ver, una región pacífica en el Imperio, una región donde un soldado inservible como tú pueda valerme para pasearse y dar sensación de que Roma esta presente allí; una región bien controlada, donde un soldado como tú no tenga que verse en la tesitura de combatir. Por todos los dioses, ¿dónde hay una provincia así? —Partenio volvió a aproximarse por la espalda del emperador y, de nuevo, murmuró al oído imperial; Domiciano asintió—. Hispania, sí, Hispania, la provincia Tarraconensis parece un lugar adecuado. ¿A quién tenemos allí al mando?

Partenio respondió esta vez en voz alta.

—A Marco Ulpio Trajano, César.

—Trajano, sí, bien. Los Trajano son leales. Quizá él sepa encontrarte utilidad a ti y, en cualquier caso, la región está tranquila. Como no tendrás que combatir, Lucio... —no se quedaba con el nombre de aquel maldito decurión y Partenio volvió a musitar al emperador—, Quieto, sí. No merece la pena que recuerde tu nombre. Mejor para ti cuanto antes lo olvide. Irás a Hispania. Saldrás ahora mismo. No mereces ni un día de descanso en Roma. —Miró a Partenio un instante—. Que salga para Hispania en un barco con legionarios o mercancías o lo que sea, pero que no esté en Roma ni un día más. A Ostia con él esta misma tarde, en cualquiera de las barcazas de transporte fluvial, nada de *cuadriga*.

Partenio asintió. Lucio Quieto se inclinó ante el emperador y, sin mirarle, dio media vuelta y abandonó la sala engullendo con dificultad toda la humillación en forma de insultos que el César había vertido sobre su persona. A sus espaldas, en el suelo del *Aula Regia*, olvidada, quedó aquella *torquis* que con tanto valor ganara en el pasado. Su carrera militar y, en consecuencia, política, había llegado a su fin antes incluso de empezar. Ya nunca sería nadie. Bastante tenía con sobrevivir. Eso se decía a sí mismo mientras apretaba los dientes con rabia extrema, pero, para alguien que era el hijo de un príncipe norteafricano, sobrevivir así no merecía la pena. No la merecía. Sólo le alegraba algo: que ni el joven Nigrino ni su veterano tío ni Tetio Juliano ni sus jinetes norteafricanos habían presenciado el despreciable final de su vida militar.

En el *Aula Regia* todos esperaban la decisión del emperador sobre la respuesta adecuada contra los dacios.

—Hay que recuperar las insignias de la V legión —dijo el emperador, y calló a la espera de alguna sugerencia. Como siempre fue Partenio el único que se atrevió a hablar.

—Tetio Juliano, César, sería un *legatus* apto. Dispone aún de casi cuatro legiones completas. Hay que ordenarles contraatacar para que el enemigo no se crezca mientras se disponen nuevas legiones, por ejemplo desde el Rin, que puedan acudir en la próxima primavera al Danubio para emprender una auténtica campaña de castigo que culmine con la recuperación de las insiginias, César.

El emperador observó cómo varios senadores se atrevían, al menos, a subrayar con sus asentimientos silenciosos que estaban de acuerdo con la sugerencia de Partenio.

—De acuerdo —concedió Domiciano—. Que Juliano, en calidad de *legatus*, contraataque y... ¿quién está ahora al mando en el Rin...?

—Saturnino, César —respondió Paternio en voz baja.

El emperador hizo una clara mueca de desprecio. Saturnino era un débil al que le había gastado la broma de acusarle, delante de todos, de que se dejaba penetrar por todos los hombres que quisieran yacer con él. *Scortum* [prostituta], así le había llamado. El muy idiota en vez de reírse se atrevió a responder con una mirada de odio al César. En Germania estaba bien aquel engreído. Allí estaba bien, por osar mirar al César con esa altanería. Una broma del emperador se ríe o, como mínimo, si no te gusta, se engulle en silencio, pero sin miradas de aquel tipo. Domiciano asentía para sí. Desde aquel día nadie osaba mirarle con nada que pudiera parecer orgullo o rabia o desafío.

—Ese imbécil, sí —dijo Domiciano—. Bueno, da igual. Quiero saber lo antes posible cuántas legiones podemos enviar desde el Rin al Danubio. —De pronto, triunfante, casi jovial, el emperador habló con una carcajada entre dientes—. Ahora nos vendrá mejor que nunca mi épica victoria sobre los catos, especialmente si mandé a ese idiota de Saturnino al Rin. Fortalecida por mi gran victoria la línea defensiva del Rin podemos permitirnos ahora que un imbécil esté ahí al mando y coger parte de sus tropas para ocuparnos de derrotar de una vez por todas a los dacios y solucionar el problema de las fronteras del norte para siempre. —Se levantó en su trono imperial y miró a todos desafiante—. Menos mal que tenéis a un auténtico César que vela por todos vosotros o los bárbaros ya camparían a sus anchas por las calles de Roma, se apropiarían de vuestros bienes y yacerían con vuestras esposas e hijas. Menos mal que tenéis a un César en Roma. —Como esperaba Domiciano, todos se inclinaron ante sus palabras—. Ahora dejadme solo, porque tengo que pensar y meditar sobre la forma de seguir salvándoos la vida.

Absolutamente todos fueron abandonando la gran *Aula Regia*, con la excepción de los guardias pretorianos y de Casperio, el jefe único del pretorio tras la muerte de Fusco, que nunca se daba por aludido ante una orden imperial en el sentido de dejar solo al César, a no ser que éste se dirigiera a él personalmente. Partenio fue el último en abandonar la gran sala de audiencias imperiales. Como siempre, no le gustó la idea de que Casperio se quedara a solas con el emperador, pero nada podía hacerse contra eso. Lo más urgente en cualquier caso era ver cómo desplazar legiones del Rin al Danubio para solucionar el avance de los dacios. La guerra del norte era un asunto temible, mucho más de lo que el propio emperador acertaba a imaginar, pero era imposible hacérselo entender y Partenio había aprendido a economizar esfuerzos. Se hacía mayor y no tenía energías para desperdiciar.

En cuanto el emperador vio que todos habían abandonado la gran *Aula Regia*, se dirigió a su jefe del pretorio.

—Ahora sólo tú estás al mando del pretorio, Casperio.

El oficial pretoriano asintió con decisión. Domiciano continuó.

—Fusco, con su estupidez, ha destruido media guardia pretoriana en el norte. Eso no puede permanecer así. Necesito que reconstruyas las cinco cohortes pretorianas que se han perdido al norte del Danubio y necesito que lo hagas en el menor tiempo posible, ¿me entiendes? —Casperio asintió de nuevo—. Es importante porque tengo muchos enemigos, muchos enemigos y esta derrota no hará sino que aumenten sobre todo en el maldito Senado. —Prosiguió mirando las paredes de reojo—. Todos me vigilan, Casperio, vigilan cada paso que doy y presiento las traiciones. Ahora saben que mi guardia está sólo con la mitad de sus efectivos. Debemos ser muy cuidadosos en mis desplazamientos por la ciudad, muy cuidadosos.

—¿Quiere el César cancelar el concurso literario de las próximas semanas en el teatro Marcelo? —preguntó el jefe del pretorio con el ceño fruncido.

—No, eso nunca. No podemos cancelar nada de lo previsto; ni eso ni mis apariciones en el gran anfiteatro Flavio o en el circo Máximo. No, eso provocaría que se murmurara y que pensaran que me he vuelto débil. No, Casperio. Debemos ser más astutos que mis enemigos en Roma. Acudiremos allí pero doblarás la guardia alrededor de mi persona. Si algo ha de quedarse sin vigilancia que sean los *castra praetoria* pero no yo ni la *Domus Flavia*, ¿comprendes; por todos los dioses, Casperio, lo entiendes?

El emperador lo miraba ahora fijamente y veía que su ahora único jefe del pretorio asentía, pero intuía que había pocas luces en aquel oficial, pocas luces. Quizá fuera mejor así. Casperio era leal y algo simple. Tendría que buscar a otro jefe del pretorio para sustituir a Fusco, pero, entre tanto, tendría que valerse de Casperio.

—Has de formar esas cinco cohortes con hombres de confianza de aquí de Roma o de cualquier parte del Imperio, pero que sean de confianza plena. Este asunto tiene prioridad absoluta.

Domiciano se alzó del trono imperial, descendió y sin mirar atrás abandonó el *Aula Regia* en busca de su sobrina Flavia Julia. La rabia le había abierto el ansia por poseer a alguien sin límite. Sin límite. Eso siempre le calmaba un poco. Un poco.

93

SATURNINO Y LOS GERMANOS

Moguntiacum, Germania Superior, 87 d. C.

Los príncipes de los catos y de otras tribus germanas de la frontera entraron en el campamento de Moguntiacum escoltados por una veintena de legionarios armados, tensos y recelosos de los hombres que custodiaban. Los germanos sentían que los romanos les miraban con respeto y temor entremezclados. Aquellos jefes eran altos, fuertes, rubios y lo observaban todo con unos ojos azules como el mar. Centenares de legionarios se agolpaban alrededor de la *via principalis sinistra* por la que caminaban aquellos enemigos del norte. Enemigos que pronto podrían dejar de serlo. Todos sabían que Lucio Antonio Saturnino, el nuevo gobernador de Germania Superior en sustitución de Trajano, en consecuencia la máxima autoridad militar y civil en toda la provincia, tramaba algo. Algo grande. Todos estaban allí hastiados del emperador Domiciano. No llegaban suministros suficientes desde Roma. No llegó nunca nada de lo que necesitaron cuando los comandaba Trajano y ahora aún menos. En los últimos meses todo el grano, toda la carne, todas las armas nuevas, y, peor que todo eso, todo el vino, parecía haber ido destinado al Danubio. El emperador les había olvidado hacía años. Domiciano les visitó en el pasado reciente, consiguió una pequeña victoria contra los catos y se retiró para siempre a disfrutar de su supuesta gran victoria, de su *triunfo*. Dejó allí solas, como abandonadas, a las legiones XIV *Gemina* y la XXI *Rapax*. Durante unos años, bajo el mando de Trajano, un general tan hábil como querido y al que todos allí echaban de menos, habían sido capaces de mantener a germanos y catos a raya en diferentes batallas de las que apenas llegaron informes a Roma, pero luego el emperador, una vez más, desalentó a todos los legionarios de Germania superior al retirar a Trajano del mando y llevarlo al sur, a la lejana Hispania. Llegó entonces la ausencia absoluta de recursos, de comida, de armamento y, lo más duro, la ausencia de un líder que, como Trajano, les diera fe en sí mismos. Lucio Antonio Saturnino, no obstante, había acertado a encender otra llama en el pecho de aquellos legionarios que se sentían despreciados y olvidados por el emperador. El nuevo gobernador había sido enviado al norte por el César por despecho, como un castigo, según se comentaba, pero había sabido ganarse la confianza de la tropa repartiendo el escaso vino que le llegaba desde Roma, muchas veces obtenido con su propio dinero, y compartiendo en ocasiones el rancho con los legionarios de la XIV y la XXI como ya hiciera el propio Trajano en el pasado. Pero Saturnino no era Trajano y no fue capaz de saber cómo detener los constantes ataques de los catos y los germanos. Los legionarios empezaron a dudar y a caer en el desánimo de nuevo hasta que supo dar un giro completo a aquella situación de derrota.

—Nos aliaremos con los catos —dijo Lucio Antonio Saturnino en la *comissatio* de una cena de uno de los largos y gélidos inviernos germanos.

Todos los presentes, en su mayoría tribunos y oficiales de la XIV y la XXI, guardaron silencio un rato largo hasta que Cayo Ascanio, el *primus pilus* de la legión XXI *Rapax*, se atrevió a poner en palabras lo que todos se preguntaban.

—¿Y contra quién será esa alianza?

Las alianzas siempre eran contra algo o contra alguien, y una alianza entre legiones y bárbaros sólo podía tener un objetivo: atacar al emperador de Roma. Pero esto era algo tan enorme, tan inabarcable, que necesitaba oírlo con palabras claras.

Lucio Antonio Saturnino, al que el emperador Domiciano había humillado en público, sólo por divertirse, al acusarlo de ser poseído por todos los hombres que querían acostarse con él, tomó una copa de vino, bebió un buen trago, se aclaró la garganta y dejó caer en medio de aquella sobremesa el anuncio para el que llevaba meses trabajando. No, él no era Trajano; era diferente, pero no se consideraba inferior, sólo distinto. Enfrentarse a Domiciano, incluso con la ayuda de los catos, no era precisamente una empresa menor.

—Nos aliaremos contra el emperador, por supuesto, ¿contra quién si no? —Sonrió con satisfacción.

Las caras de sus oficiales no eran de sorpresa desmedida, pues todos sabían del desprecio de su *legatus* por el emperador, pero de ahí a una rebelión en alianza con pueblos bárbaros había un gran trecho que parecía que su nuevo gobernador ya había recorrido en su mente y con gusto. Por eso, aunque no sorpresa, sí había rostros de cierto asombro y de un temor razonable. Saturnino sabía que debía explicarse con más detalle.

—Los ojos del emperador están puestos en el Danubio desde hace años. El Imperio, mientras tanto, se descompone. Los partos se hacen fuertes en Oriente, los judíos pueden rebelarse por todo el Imperio en cualquier momento, en cuanto sientan que el emperador está débil, y aquí en el norte, nosotros mejor que nadie sabemos que, sin refuerzos, nos resultará imposible contener a los catos eternamente. Sólo tenemos dos caminos: permanecer en Germania Superior hasta que ésta sea atacada por hordas incontables de bárbaros y perecer protegiendo las fronteras de un emperador que ni gobierna ni dirige nada, sino que se limita a ir de banquete en banquete, de mujer en mujer y, entre medias, acudir a los combates de gladiadores en el anfiteatro de Roma.

Todos repararon cómo Saturnino eludía emplear el nombre oficial de anfiteatro Flavio, como si ya diera por finalizada la dinastía del emperador.

—Eso o tenemos otra posibilidad, otro camino diferente al de pudrirnos aquí hasta esperar nuestra muerte.

Saturnino observó cómo todos habían dejado de comer y de beber y cómo cada uno de los oficiales de la XIV y la XXI le escuchaban atentos, dispuestos a mucho. ¿Dispuestos a todo?

—Podemos aliarnos con los catos y con algunas de las otras tribus germanas más organizadas y rebelarnos contra el emperador. Podemos descender juntos desde Germania Superior hacia el corazón del Imperio, derrotar a aquellos que defiendan a Domiciano y hacernos con el poder en Roma. Apenas dispondrá de media guardia pretoriana, la otra media está muerta en la Dacia, y no puede recurrir a las legiones del Danubio porque entonces los dacios se harían con Panonia y Moesia. Nuestro avance será incontenible. Luego, una vez conseguido el poder, con el apoyo de las muchas legiones que están tan descontentas como nosotros, sobre todo después del desastre de Tapae al norte del Danubio, tendremos la suficiente fuerza para hacer que catos y germanos cumplan su parte de nuestra alianza. Entonces podremos concentrarnos en reforzar el resto de fronteras.

Fue Cayo, una vez más, quien volvió a indagar en los planes del gobernador.

—¿Y qué pactaremos con los germanos?

Saturnino volvió a sonreír.

—Les regalaremos esta maldita Germania Superior que tanto parece gustarles, donde no hay ni oro ni plata y donde sólo hay árboles y lluvia y más lluvia. A cambio de esta pequeña provincia, con su apoyo militar, obtendremos el control del Imperio.

Como aún se veían algunos rostros serios —pues a ningún legionario le gustaba ceder territorio al enemigo en ninguna circunstancia y bajo ningún concepto—, Saturnino añadió unas palabras más:

—Por supuesto, si le habéis cogido cariño a Moguntiacum, pasados unos años y controlado el Imperio, podemos volver aquí con el apoyo de varias legiones más y hacer que las fronteras vuelvan a su actual punto. —Los miró a todos a los ojos—. ¿Qué me decís, oficiales de la XIV y la XXI? ¿Estáis conmigo y la victoria o estáis con Domiciano y su eterno desprecio? Vosotros decidís. Yo os acabo de entregar mi alma. Podéis enviar a cualquiera de vuestros decuriones cabalgando hacia Roma acusándome de una traición que no pienso molestarme en negar o podéis cabalgar conmigo, todos juntos, hacia el dominio absoluto del Imperio. ¿Qué me decís? ¿Sois soldados de la derrota y del desprecio o sois oficiales del desafío y la victoria?

Todos los hombres reunidos en aquel *praetorium* estaban hartos de las quejas de sus soldados, de sus reclamaciones, que siempre tenían origen en la constante carencia de todo tipo de suministros militares y de provisiones; sí, todos los allí presentes estaban hastiados de luchar una interminable guerra invisible, como la llamó en su momento Trajano, una contienda que, desde la partida de éste, no hacían sino que perder un poco más cada día. Todos estaban infinitamente agotados de luchar para nada, de empaparse cada mañana, cada tarde, cada noche para nada, hartos de comer mal, cansados por dormir poco, asqueados de aquella vida de perros en los confines de un Imperio que les había olvidado. Así que nadie se planteó cuántas legiones estarían de su parte y cuántas permanecerían fieles al emperador. Por eso nadie se planteó siquiera de qué lado se posicionaría su antiguo general Marco Ulpio Trajano. Trajano era ahora sólo un nombre distante, ausente, al mando de una única legión en la lejana Hispania. Saturnino les proponía un objetivo tangible, algo que podían casi acariciar con las yemas de los dedos. Por eso todos brindaron juntos por la victoria cuando Cayo Ascanio, una vez más, el *primus pilus* de la XXI legión, se levantó y saludó a Lucio Antonio Saturnio como nuevo emperador de Roma.

—¡Ave, César! ¡Ave, César! ¡Ave, César!

Y por eso, apenas una semana después, los príncipes germanos entraron en el *praetorium* del gran campamento de Moguntiacum y se sentaron en varias *sellae* dispuestas frente a otro asiento igual donde Lucio Antonio Satunino los saludaba con respeto para pasar de inmediato a ocuparse del asunto que les había traído allí.

—¿A cuántos hombres podéis reunir? —pronunció lentamente en latín el gobernador romano que acababa de ser proclamado César por la XIV y la XXI legiones de Roma.

Los jefes tribales se miraron entre ellos y al final fue el príncipe de los catos el que especificó una cifra con orgullo.

—Más de treinta mil —dijo el príncipe en un latín algo tosco pero suficientemente comprensible.

Saturnino no necesitó de más detalles. Hacía unas semanas esos treinta mil hombres iban a ser sus enemigos, pero

644

ahora serían treinta mil aliados que sumar a los veinte mil legionarios de Germania Superior. Un fastuoso ejército con el que amedrentar a cualquier emperador. El pacto se selló esa misma mañana y los príncipes germanos se retiraron satisfechos. Pronto cruzarían el Rin. Por fin. Pronto iban a poder cumplir su promesa de hacerlo, dada al rey Decébalo de la Dacia, ayudados por parte del ejército romano y dando inicio así a una guerra civil que debilitaría al Imperio mortalmente. Décebalo estaría contento y ellos también. Sólo Roma perdería en aquella nueva primavera que se acercaba.

Tribunos, decuriones, centuriones y príncipes germanos abandonaron el *praetorium*. Todos tenían muchos preparativos de los que ocuparse para la próxima campaña, la más importante de su vida para todos y cada uno de ellos. Lucio Antonio Saturnino se quedó a solas y aprovechó para servirse él mismo una copa de vino; la miró, la levantó en dirección al sur, a Roma, y lanzó al aire su brindis más feliz.

—De hombre a hombre, Domiciano, veremos ahora quién es el que sabe poseer y quién es el poseído. Te va a doler haberme insultado y humillado ante todos. Te va a doler y mucho, Domiciano. *Nunc videbimus qui scortum est* [Veremos ahora quién es la puta]. Esto te va a doler hasta en las entrañas.

94

EL TEATRO MARCELO

Roma, 87 d. C.

Domiciano pasó por debajo de los arcos sostenidos por semicolumnas dóricas que daban acceso al gran teatro Marcelo.
Por encima de éstas, una segunda planta sostenida por semicolumnas jónicas se erigía majestuosa y, por fin, una tercera
serie de arcos completaba el edificio con innumerables semicolumnas corintias. El mármol travertino, idéntico al que luego se empleara en la construcción del gran anfiteatro Flavio,
resplandecía tras haber sido limpiado con esmero por centenares de esclavos después de que el edificio fuera restaurado
por Vespasiano tras haber sido dañado en el incendio de la
época de Nerón y luego en los incendios provocados por los
vitelianos durante la pasada guerra civil. Había recuperado así
gran parte de su viejo esplendor y estaba a la altura del divino
Julio César, que lo había proyectado, y el divino Augusto, que
fue quien supervisó su construcción y lo denominó Marcelo
en honor a uno de sus malogrados sobrinos.

Domiciano se sentó en su butaca especialmente reservada
para el César. Lo hizo con cuidado. Se contaba que el mismísimo Augusto se cayó del asiento el día de la inauguración del
teatro y Domiciano, tras la tremenda derrota de Fusco y la
aniquilación de la legión V *Alaudae*, no quería dar motivo para
que nadie pudiera ver en un tropiezo trivial del emperador un
mal augurio para el futuro de los ejércitos imperiales. Tetio
Juliano estaría recibiendo en ese mismo momento las órdenes
de contraatacar. Domiciano quería dar apariencia de que todo
estaba perfectamente controlado. Además, aquel acto era para
que diferentes poetas compitieran declamando versos que en-
salzaran su gran victoria contra los catos en el pasado reciente.

Nunca antes había necesitado que se recordara a todos, a los senadores, al pueblo y a los consejeros imperiales, que él, el *Imperator Caesar Domitianus*, tenía el título de *Germanicus* por algo: porque era capaz de conseguir grandes victorias. Nadie debía olvidarlo, nadie.

Los poetas declamaban.

Domiciano suspiró. El nivel de los versos era ínfimo. ¿Es que ya no quedaban buenos poetas en Roma? El teatro Marcelo fue inaugurado con los poemas del gran Horacio. ¿Dónde estaba su Horacio? ¿Dónde había un poeta lo suficientemente digno de cantar sus hazañas? ¡Qué injustos eran los dioses con él! Domiciano se sintió cansado. Pidió más vino.

—¿Quién es el siguiente? —preguntó el César mientras un esclavo escanciaba más vino endulzado con ralladuras de plomo en su copa de bronce.

—Un tal Estacio, Publio Papinio Estacio —precisó Partenio—. Nació en Neápolis. Imparte clases de retórica en Roma. Creo que su padre era del orden ecuestre, César.

Domiciano volvió a suspirar y se llevó la copa a los labios. El nuevo poeta empezó a declamar alabando la victoria del César contra los catos.

> *... lumina; Nestorei mitis prudentia Crispi*
> *et Fabius Veiento (pontentem signat utrumque*
> *purpura, ter memores implerunt nomine fastos)*
> *et prope Caesareae confinis Acilius alvae...*

[... dirigentes: la suave prudencia de Crispo propia de Néstor
y Fabio Veyento (el poder de uno y otro lo indica su vestido
de púrpura, tres veces llenaron con su nombre los fastos dignos de
recordar) y Acilio, casi vecino del palacio del César...][38]

Quizá fuera el vino, o el hecho de que quedaban ya muy pocos por cantar, o quizá la cadencia con la que aquel poeta venido del sur recitaba los versos que había compuesto, o por-

38. Únicos versos que han quedado del poema de alabanza que Estacio compuso en honor a Domiciano por su victoria contra los catos. Traducción sugerida por el catedrático Jesús Bermúdez. Ver agradecimientos.

que resultaban especialmente elogiosos para con él y para con todos aquellos que le apoyaban, Domiciano se levantó de su asiento en cuanto Publio Papinio Estacio hubo terminado de recitar su canto y empezó a aclamarle como vencedor. Nadie más pudo intervenir. Domiciano descendió al centro de la escena, puso su mano sobre el hombro del abrumado poeta y le habló con decisión.

—Tú serás mi Horacio.

El emperador no dijo más. Estaba cansado y, aunque no quisiera admitirlo, preocupado por cómo se desarrollaría el contraataque de Tetio Juliano contra los dacios. Y, además, había bebido demasiado vino. El César, rodeado por la guardia pretoriana, abandonó el teatro Marcelo.

Estacio estaba en medio de la escena, solo, entre las miradas curiosas de unos y envidiosas de muchos.

—A partir de mañana —le dijo Partenio—, te presentarás cada día en el *Aula Regia* de la *Domus Flavia*, ¿entendido?

Publio Papinio Estacio asintió mientras veía cómo aquel viejo consejero se alejaba todo lo rápido que le permitían sus cansadas piernas para seguir la estela de la guardia pretoriana. El poeta, confuso, no entendía muy bien aún lo que había pasado en su vida, pero tenía algo muy claro: no tendría ya que volver a arrastrarse ante su suegro. A partir de ahora, tanto su mujer como él tendrían todo lo que les hiciera falta para vivir sin estrecheces, de modo holgado y confortable. Para ello sólo había de vender sus poemas, sus versos y halagar al emperador con frecuencia. No pensó entonces que aquello tuviera que resultarle penoso.

95

LAS MINAS DE HISPANIA

Legio, noroeste de la Tarraconensis, Hispania, 87 d. C.

Trajano había ascendido hasta lo alto del monte Teleno, donde el frío y la nieve hacían casi impracticable el camino, pero quería ver con sus propios ojos la fuente principal de agua para las minas de oro más importantes de Hispania, las minas que debía proteger desde su campamento general en la cercana Legio. Había habido retrasos en el suministro de agua a la explotación minera y Trajano quería saber dónde estaba el problema. En las minas usaban el sistema de extracción de *ruina montium* y para ello necesitaban enormes cantidades de agua. Trajano observaba las cumbres nevadas de las montañas que les rodeaban con los ojos semicerrados para evitar los reflejos del sol sobre la nieve.

—Aquí hay agua más que suficiente para toda la primavera y el verano —dijo el *legatus*.

—El problema debe de estar en la distribución —comentó Manio, que le había acompañado en aquella inspección mientras Longino había quedado al mando de la guarnición principal en Legio.

—Sí —confirmó Trajano volviéndose hacia su tribuno y amigo—. Descendamos de nuevo y revisemos la red de distribución.

Manio, junto con el pequeño grupo de legionarios que les escoltaban, empezó el descenso de las escarpadas montañas hispanas.

En cuanto llegaron a las minas, Trajano ordenó que se duplicaran los canales por donde se repartía el agua dentro del entramado complejo de las excavaciones. Había más de cien millas de canales, pero Trajano, pese a esa gran red ya

existente, ordenó que se doblara la extensión de las canaliza-
ciones y que cada uno de ellos se hiciera más profundo, de
hasta más de dos pies, y también se hicieran más anchos todos
los acueductos, con tres pies en los tramos rectos y más anchu-
ra aún en las curvas para evitar pérdidas. Trajano quería que
hubiera un mínimo de siete canales principales y una larga
serie complementaria de estanques de explotación.

—Los quiero todos llenos para duplicar la capacidad de
extracción —le comentó a Manio. Su amigo no pudo evitar
sonreír. Como no había guerra en Hispania, parecía que Trajano la hubiera tomado con las entrañas de la región y estuviera dispuesto a desenterrar todo el oro de aquella provincia
durante su mandato como *legatus* de la Tarraconensis. Trajano pareció leerle el pensamiento.

—Sólo quiero asegurarme de que el emperador no se pueda quejar de que no fluye el oro desde Hispania. Necesitará
oro para financiar las guerras del norte. Nosotros se lo propor-
cionaremos.

Manio asintió, pero no pudo evitar añadir un comentario,
aunque en voz baja para que no le oyeran los legionarios de la
guardia.

—Oro para un emperador incompetente en la guerra puede ser un gran desperdicio, además de aumentar el sufrimiento de muchos en batallas perdidas y absurdas.

Trajano se detuvo en seco. Tomó a Manio por el brazo y lo
llevó aparte, alejándose de la escolta.

—Manio Acilio Glabrión —empezó Trajano con seriedad—, eres mi amigo y amigo de mi padre y procedes de una
familia infinitamente más noble que la mía, pero aquí estás
bajo mi mando y no quiero volver a oír comentarios de ese
tipo. Ya sé lo que piensas del emperador igual que sé que lees
panfletos de los cristianos, pero mientras estés bajo mi mando, sea lo que sea que hagas en tu vida privada, mantenlo en
secreto y controla tus palabras, Manio, por todos los dioses,
controla tus palabras. Eres un gran oficial y te necesito. Roma
te necesita. No te pongas en peligro. —Y con un tono que
tornó en casi súplica—: Por Cástor y Pólux, Manio, has de controlar tus pensamientos y, si eso no puedes hacerlo, te ruego

que controles tus palabras. El emperador tiene ojos y oídos en todas partes. Por Júpiter, Manio, sé discreto.

Manio asintió con lentitud y ya no dijo más en todo el largo trayecto de regreso desde las minas hasta el campamento fortificado de Legio. Una vez allí, tras despedirse militarmente de Trajano, se encaminó a las recién inauguradas termas de la pequeña ciudad provincial y desapareció por entre las estrechas calles del centro de Legio.

—Ha llegado un correo imperial —dijo un legionario insertando sus palabras en la mente de un Trajano que se había quedado mirando con preocupación a Manio mientras se alejaba. El *legatus* se giró hacia le soldado que acababa de hablarle.

—¿Dónde está?

—En el *praetorium, legatus.*

Frente a Lucio Quieto, sentados en sendas *sellae* sencillas, sin adornos, se encontraba Marco Ulpio Trajano, su nuevo superior al mando, *legatus* del emperador en Hispania; Cneo Pompeyo Longino, tribuno y persona de confianza de aquel *legatus* hispano, y Manio Acilio Glabrión, otro tribuno de la legión y del que Quieto ya había oído hablar como hombre valiente y de honor al que el propio Trajano había ordenado llamar para que escuchara aquel informe junto con Longino y él mismo.

Lucio Quieto acababa de describir la emboscada de Tapae y, como buen militar, había sido parco en palabras pero preciso en los datos. Se encontraba cómodo frente al nuevo legado, un hombre que había preferido la soledad y el frío de la austera Legio, en el norte de Hispania, en lugar del lujo, las comodidades y el clima mucho más suave que ofrecía Tarraco, la capital de aquella provincia del sur del Imperio; una Tarraco a donde podría haberse desplazado con frecuencia dejando a su segundo al mando de la legión VII. Pero Trajano no había hecho nada de eso, sino que se había mantenido siempre allí mismo, en el frío de Legio, con sus pequeñas termas, su acueducto y sus murallas, más próximo a las minas de oro que debía vigilar. Fue el propio *legatus* quien, inclinándose hacia delante en su asiento, se dirigió primero a Quieto en busca de aún más precisión en aquel escueto relato de la terrible derrota sufrida por las legiones comandadas por Fusco.

—¿Los árboles lloraban? —inquirió Trajano buscando confirmación.

—Bueno, sí —respondió Quieto aclarándose la garganta; aquélla había sido la única metáfora que se había permitido en todo el relato y ahora se sentía algo avergonzado de haberse expresado de aquella manera—. Es decir, los árboles estaban cortados en su base, pero no del todo, a la espera...

—A la espera de derribarlos cuando las legiones estuvieran en medio del bosque —le interrumpió Trajano con rotundidad.

—Eso es —concluyó Quieto y permaneció en silencio mientras el *legatus* de Roma asentía con tono serio. Era normal: acababa de describir a un *legatus* cómo una unidad entera similar a la suya, y parte de otras legiones, habían sido aniquiladas por el enemigo al norte del Danubio; pero en la faz de Trajano se leía una preocupación aún mayor, como si ni él mismo, Lucio Quieto, superviviente al desastre que acababa de referir, fuera consciente de las dimensiones de aquella tragedia.

—¿Por qué te interesa tanto lo de los árboles? —preguntó entonces Longino a Trajano.

El *legatus* de Roma se levantó despacio, fue hasta la mesa que había en el centro de la gran sala central del *praetorium* y se sirvió un vaso de vino que rebajó con algo de agua de otra segunda jarra. Sobre la mesa había varios rollos con escritos de César y varios códices, entre ellos una edición especial de la *Ilíada* en griego muy apreciada por el *legatus* hispano, regalo de su padre durante una de sus estancias en Roma, y unas cartas con información que Tácito, un renombrado senador, había reunido sobre Germania. Trajano bebió hasta vaciar el contenido de la copa. La dejó sobre la mesa y volvió a sentarse en la *sella*.

—Me interesa porque es la misma estratagema que usaron los queruscos en Germania contra las legiones de Varo. La misma estrategia. La misma.

Se estableció entonces entre los cuatro hombres un silencio que perduró durante un rato hasta que fue Manio el que se aventuró a hablar.

—Bueno, puede ser un dato conocido entre los pueblos bárbaros o una simple coincidencia.

Pero Trajano negó con la cabeza.

—Ni es un dato tan conocido ni creo en las coincidencias —sentenció el *legatus* del emperador en Hispania.

—¿Qué piensas entonces? —indagó Longino.

Trajano evitó responder de inmediato a esa pregunta y en su lugar se dirigió de nuevo a Lucio Quieto que asistía inmóvil y en respetuoso silencio al diálogo entre aquellos altos oficiales del Imperio.

—¿Había germanos entre los bárbaros de Tapae, decurión?

Quieto meditó bien antes de responder, pero luego fue muy claro.

—No, no había germanos. Veamos, había dacios, por supuesto, la gran mayoría, pero también había un gran contingente de caballería extranjera, donde juraría que combatían incluso mujeres —subrayó con un tono de voz especial que denotó su sorpresa por aquella peculiaridad—; muchos roxolanos y un gran número de bárbaros con la cabeza afeitada excepto en un punto de su cráneo de donde emergían grandes coletas, los recuerdo bien por su ferocidad. Pero no, no había ni catos ni marcomanos ni queruscos ni sajones ni otros pueblos de Germania. Había veteranos del Rin en las legiones del Danubio y ninguno reconoció a germanos entre el ejército de los dacios. No.

Trajano no parecía satisfecho con la valoración de Lucio Quieto.

—Esos hombres de cráneo afeitado y largas coletas, decurión, son bastarnas, y para algunos son germanos; otros dicen que son tracios o sármatas, pero todos están de acuerdo en que viven en la frontera con los pueblos que todos conocemos como germanos y viven como ellos, sólo que, además, luchan con aún más brutalidad. No es extraño que los recuerdes bien. Podrían ser el enlace entre los dacios y los germanos, quizá haya otra conexión a un nivel más alto, lo cual sería mucho más grave... bastante más grave. Los que llevaban mujeres al combate... ¿eran jóvenes estas mujeres?

—Sí... *legatus* —confirmó Quieto arrugando la frente mientras intentaba recuperar aquellas imágenes del pasado reciente.

—Entonces eran sármatas —sentenció Trajano—. Los sármatas hacen que sus hijas jóvenes luchen en combate contra el enemigo. Todo esto que has referido no es bueno. No es bueno para el Imperio. —El *legatus* hispano calló, pero Longino le miró frunciendo el ceño, sin duda en busca de más explicaciones, y Trajano asintió a su pregunta muda y completó su comentario—: Si los dacios han empleado una estrategia similar a la de los antiguos queruscos de Germania y combaten con bastarnas en sus filas, todo eso no hace sino apuntar a una posible alianza entre la Dacia y los pueblos germanos, la cual sería nefasta para el Imperio. Si todos los bárbaros del norte empezaran a actuar de forma coordinada contra las fronteras del Danubio y del Rin no habría legiones suficientes para contenerles. Algo parecido pasó en los tiempos de Julio César con Burebista, un antiguo rey de Dacia. Julio César lo atacó para neutralizar el peligro. En aquel tiempo Roma tenía menos enemigos. Hoy día, con los partos acosando en Oriente, una nueva alianza entre dacios y germanos, querido Cneo, sería terrible. —Trajano continuó mirando a Cneo Pompeyo Longino y luego al propio Quieto—. Eso, decurión, podría suponer el principio del fin del Imperio. Por eso me interesan tanto esos árboles. Sus lágrimas son el preludio de las muchas que verteremos todos si lo que digo es cierto.

Ya le habían hablado a Quieto en Roma, en cuanto supo que su nuevo destino sería Hispania, de la experiencia en el mando y de los conocimientos del *legatus* Trajano, pero sólo ahora se daba cuenta de que tenía ante sí no sólo a un gran militar sino a un *legatus* con la suficiente clarividencia para interpretar los acontecimientos mucho más allá de lo que cualquier otro era capaz de imaginar. Aquél no era un alto oficial romano al uso y, sin embargo, por su porte, por la austeridad absoluta de aquel *praetorium*, en donde sólo los rollos y códices de la mesa contigua suponían un aditamento ajeno al terreno militar, aquel Trajano se movía como si fuera un humilde oficial de un inmenso Imperio del que él sólo fuera una mínima pieza, una pieza prescindible. ¡Cuántos imbéciles había encontrado Lucio Quieto en su servicio militar que, por el contrario, se creían imprescindibles para preservar el Imperio! ¡Qué tremenda contradicción! Y, por todos los dioses, allí estaba aquel *legatus* hábil, preparado, atento a los movimientos del enemigo, despierto, alerta, y, sin embargo, con tan sólo una legión a su mando y alejado a más de dos mil millas de las fronteras del Rin y el Danubio. ¿En qué estaba pensando el emperador? Cuando Quieto oyó la voz de Cneo Pompeyo Longino dirigiéndose a Trajano, comprendió que el tribuno había llegado a la misma conclusión que él.

—Si tienes razón, Marco, no tardará mucho el César en llamarte para que vayas al norte otra vez.

Longino se volvió hacia Manio, que asentía con la cabeza al tiempo que el propio Trajano confirmaba con sus propias palabras la aseveración de Longino.

—Seguramente, Cneo, seguramente.

96

EL CONTRAATAQUE DE TETIO JULIANO

Valle de Tapae, Dacia, 87 d. C.
Vanguardia del ejército romano

Tetio Juliano, de acuerdo con las nuevas instrucciones del emperador Domiciano, comandaba ahora el ejército del Danubio. Un contingente que, tras la derrota de hacía unos meses, había quedado reducido de seis a cuatro legiones escasas, según el número de efectivos, y para ello habían tenido que recurrir a vaciar los campamentos de toda la frontera en un intento por cumplir la orden del emperador: contraatacar. La legión IV *Flavia Felix* se les había unido, pero aun así era un ejército menor que el que había tenido bajo su mando el malogrado Fusco. Los refuerzos de Germania, claves para derrotar a los dacios, no llegaban y el nuevo *legatus* no entendía por qué.

—Contraatacar —dijo Tetio Juliano, y escupió en el suelo. Junto a él, el veterano Nigrino oteaba el horizonte en busca del enemigo; Juliano carraspeó, escupió de nuevo y se dirigió a Nigrino—. Están ahí, están ahí aunque no los veamos.

Ante ellos y ante sus legiones estaba, una vez más, el infausto valle de Tapae, repleto de troncos caídos entremezclados con esqueletos envueltos en andrajos sucios y a medio corromper; sin embargo, la *lorica segmentata* de las armaduras legionarias, los gladios, los *pila*, y sobre todo el cargamento de todas las acémilas y las pesadas catapultas, había desaparecido. En el valle, los dacios y sus aliados sólo habían dejado los cuerpos sin vida de los miles de legionarios atravesados por sus *falces*, sus espadas y sus hachas afiladas.

—Ni siquiera los enterraron —añadió Tetio Juliano.

—Es un aviso —completó Nigrino—; un aviso para que no volvamos a adentrarnos en ese valle.

—Pues la orden del emperador es contraatacar —recordó Tetio Juliano.

Nigrino asintió y ahora fue él quien escupió en el suelo.

—¿Cómo lo hacemos?

Pero en ese mismo instante, desde el fondo del valle, emergieron centenares, miles de guerreros dacios armados con sus temibles *falces*, hachas y *sicae*.

—¡Por Júpiter, parece que nos esperaban! —acertó a decir Tetio Juliano al tiempo que se ponía el casco de nuevo, se lo ceñía bien y montaba sobre su caballo. Nigrino le imitó con el ceño fruncido, sin entender bien lo qué ocurría.

—¿Por qué salen esta vez los dacios a nuestro encuentro en lugar de tendernos una nueva emboscada? —preguntó Nigrino desconfiando de aquel ataque sorpresa del enemigo. Juliano, no obstante, le respondió sonriente, exultante.

—No les quedan árboles que cortar en el centro del valle. Esta vez será una batalla campal, en espacio abierto. Mejor así. Mejor así. ¡Por Marte, así venceremos! —y sin esperar respuesta alguna de Nigrino partió con su caballo, escoltado por doce jinetes hacia el centro de la vanguardia del ejército romano al norte del Danubio. Nigrino no parecía convencido de que todo fuera a ser tan fácil, pero era Juliano el que tenía el mando y lo que decía tenía sentido. Los dacios avanzaban. Nigrino se volvió hacia su espalda: su sobrino estaba en la caballería del ala izquierda. Esta vez tendría que combatir sin el apoyo de Lucio Quieto. Aquélla era una gran pérdida para el ejército del Danubio: Quieto, incomprensiblemente para Nigrino, había sido trasladado a Hispania junto con Trajano. El emperador parecía empecinarse en alejar del Danubio a los mejores hombres. Eso le hizo dudar, por un instante, de su propia valía, pero sacudió la cabeza, apretó los dientes y fue hacia la segunda línea de combate, donde se encontraba la segunda legión del ejército. Era el momento de cumplir con su cometido. La política y la estrategia para preservar las fronteras del Imperio eran asunto del emperador. Él sólo era un soldado. Un soldado en medio de una locura.

Vanguardia del ejército dacio. Centro del valle de Tapae

Diegis avanzaba al frente de las tropas dacias. Lo hacía con gallardía y con decisión pero su ánimo estaba preocupado. No le gustaban las órdenes que había recibido de Decébalo, ahora ya recién coronado nuevo rey de la Dacia, toda vez que Douras, tras la gran victoria de Decébalo en Tapae el año anterior, cumpliera con su promesa de abdicar si los romanos eran derrotados. Diegis respetaba a Decébalo desde los primeros combates en Moesia, pero la actitud del ahora nuevo rey era extraña, muy extraña, ante el contraataque de los romanos. Las palabras de Decébalo en la ciudad de Sarmizegetusa, por inexplicables, parecían grabadas en piedra en la memoria de Diegis.

—Irás a Tapae, mi buen Diegis —le había dicho Decébalo con solemnidad, a solas, en el palacio real—, y te enfrentarás a los romanos en el valle donde les derrotamos hace un año.

Diegis había dudado, pero al encontrarse a solas con el rey se atrevió a formular sus dudas de forma precisa.

—Pero, por Zalmoxis, necesitamos que el rey de la Dacia convoque a los sármatas y a los roxolanos y a los bastarnas, como hizo Douras el año anterior. Sólo así podremos detener a los romanos, mi rey.

Decébalo, que hasta entonces había estado paseando por la gran sala real de audiencias del palacio de Sarmizegetusa, dejó de caminar y se sentó en el trono real. Diegis sabía por la mirada de Decébalo que éste, sin querer herirle con palabras, le iba a mandar un mensaje claro sobre la jerarquía en la nueva gran Dacia.

—Convocaré a los sármatas, a los roxolanos y a los bastarnas, Diegis, cuando sea necesario, eso tenlo por seguro, pero por Bendis que ahora lo importante es que te desplaces a Tapae y te enfrentes allí con los romanos en el mismo punto donde les vencimos. ¿Está claro, Diegis?

El general asintió, pero su rostro descompuesto por las dudas reclamaba refuerzos aun sin hablar. El rey descendió del trono, se puso a su lado, le tomó por el brazo y le habló en voz baja.

—No necesitamos una victoria, Diegis. Sólo que haya una batalla, ¿entiendes? Una batalla y, a poder ser, sin demasiadas bajas por nuestra parte. Una batalla campal, una retirada a tiempo y las murallas de Tapae te ofrecerán la suficiente protección para resistir un asedio; éste no será largo, eso por Zalmoxis y por Bendis y por todos nuestros dioses te lo prometo. Sé que son órdenes extrañas, pero siempre has confiado en mí y yo siempre he confiado en ti. Yo sueño en una Dacia mucho más grande de la que Douras concibió nunca, incluso más grande de la que tú puedas imaginar, pero los grandes sueños se construyen por caminos que a veces parecen no conducir a grandes victorias. Debes confiar en mí, Diegis, debes confiar en mí como cuando en Moesia te dije que pronto sería rey. —Guardó un momento de silencio para dejar que sus palabras permearan profundamente en la mente de su mejor hombre y, a continuación, añadir un último comentario que empujara a Diegis hacia Tapae sin más dudas ni más dilación—: Podría enviar a Vezinas, pero sé que sólo tú puedes llevar a término mis órdenes de forma precisa. Vezinas intentaría transformar lo que no puede ser una victoria en la peor de las masacres; tú, sin embargo, sabrás hacer lo que digo. Pero si crees, pese a todo lo que te he dicho, que no puedes hacerlo, entonces tendré que recurrir, aunque no quiera, a Vezi...

El rey no pudo terminar el nombre del otro gran *pileatus* de la Dacia.

—Haré lo que mi rey ordena —respondió Diegis con seriedad— y lo haré tal y cómo el rey ordena: una batalla, una retirada, un asedio.

Se inclinó entonces ante el gran rey de la Dacia y desapareció para encaminarse hacia el valle de Tapae, ese mismo valle que ahora mismo pisaba seguido por veinte mil guerreros dacios contra cuatro legiones de Roma que les doblaban en número. El rey no sólo no había convocado a los sármatas y bastarnas y roxolanos, sino que además sólo le había dado la mitad de los guerreros dacios disponibles. Estaba claro que no era posible conseguir una victoria. El único alivio era pensar, saber que Decébalo no esperaba tal cosa: sólo un combate fuerte y una retirada lo más organizada posible. Lo esencial era evitar que la caballería enemiga les desbordara por las alas y les impidiera retroceder hacia las murallas de Tapae.

Ala izquierda del ejército romano
Bosque del monte Semenic

El sobrino de Nigrino había sido ascendido a decurión por Tetio Juliano por su valor en la anterior batalla de Tapae, pero el joven no tenía claro que estuviera a la altura del bravo Lucio Quieto. El nuevo decurión cabalgaba junto a otros oficiales en la vanguardia de la caballería de las legiones en el ala izquierda del ejército romano. Allí, en la ladera, a diferencia de la llanura del valle, el bosque seguía erguido, orgulloso y espeso ante ellos. El lugar perfecto para una nueva emboscada. Tetio Juliano les había dicho que sólo entraría en el bosque la caballería, porque, como se comprobó en la anterior batalla de Tapae, sólo ésta era lo suficientemente rápida para escapar de una emboscada si tenía lugar. Al joven Nigrino aquélla le pareció una pobre justificación, pero las órdenes eran muy concretas: debían superar la formación de la infantería dacia en el centro del desfiladero y atacar al enemigo por la retaguardia impidiendo su huida hacia las murallas de Tapae.

El decurión, al igual que otros muchos jinetes, advertido ya de la anterior estratagema de los dacios, miraba con recelo los troncos de los árboles que les rodeaban, pero no se veían hendiduras en ninguno de ellos ni regueros de resina o savia. Los árboles parecían intactos. Era un alivio, pero el silencio que les envolvía sólo les hacía intuir que algo iba a ocurrir en cualquier momento.

Avanzaban en varias filas, al paso, con las manos asiendo las riendas con fuerza, un poco por seguridad, un mucho por nervios.

Primero fueron las flechas.

—¡Protegeos con los escudos! ¡Por Júpiter, protegeos todos! —gritó el joven Nigrino con toda su energía.

Luego empezaron a llover lanzas y los escudos romanos no podían evitar todas las armas arrojadizas que se venían sobre ellos. El avance de la caballería de las legiones se detuvo. Por fin, llegaron los propios dacios aullando como bestias, emergiendo de detrás de los árboles, golpeando con sus hachas a los caballos o a las piernas de los jinetes romanos. Los relinchos de los animales heridos, enloquecidos por el dolor, se confundían con los aullidos agónicos de decenas de caballeros romanos alcanzados por algún arma enemiga.

—¡Atacad, por Marte! ¡Atacad, por Roma! —vociferó Nigrino. Respondió con habilidad a la embestida de dos dacios hiriendo en el hombro a uno y golpeando al otro en el casco, con tal fuerza que éste se derrumbó sin sentido. Pero venían más dacios, decenas, centenares. No podrían contra todos.

Vanguardia del ejército romano. Centro del valle

Los auxiliares iban en primera línea de combate. Tetio Juliano no tenía mucha fe en ellos, pero servían para abrir la batalla y ver de qué forma se comportaba el enemigo. Para su sorpresa, en la primera embestida, los auxiliares consiguieron detener el empuje con el que avanzaban los dacios. Juliano no lo dudó: aprovechó la confusión creada en las filas enemigas ante lo inesperado de ver su progresión frenada por los auxiliares romanos y ordenó que los legionarios de las dos primeras legiones pasaran al frente reemplazándolos. La llegada de estas tropas de refresco fue suficiente para que los dacios cedieran terreno y comenzaran a replegarse. Todo iba a ser sencillo, infinitamente sencillo. Una maravillosa victoria con la que congraciarse con el emperador y afianzarse en el gobierno de las provincias limítrofes con el Danubio.

El veterano tribuno Nigrino, próximo ya a la primera línea de combate, veía cómo los dacios retrocedían ante la formación ordenada de las apretadas filas de legionarios. El enemigo oponía golpes de sus afiladas y largas *falces* a las puntas de los *pila* romanos o a los gladios legionarios, pero los soldados romanos habían aprendido a protegerse de aquellas gua-

dañas mortales con grebas en ambas piernas y con protecciones similares a las que utilizaban los gladiadores en ambos
antebrazos. De esa forma, la eficacia mortal de la más temible
de las armas dacias veía reducida su capacidad destructiva notablemente. Aun así, el experimentado Nigrino, fruncido el
entrecejo, se extrañaba de la facilidad con la que las legiones
que hacía un año habían sido repelidas con brutalidad podían ahora, por contra, avanzar haciendo retroceder a un
enemigo que parecía amedrentado en el primer choque y
acudía a la batalla sin la asistencia de sus aliados sármatas,
roxolanos y bastarnas.

—Quizá sea eso —se decía en voz baja Nigrino mientras
supervisaba el relevo de los legionarios de vanguardia por
otros de la segunda legión—, quizá sea eso: sin sus aliados los
dacios no valen tanto.

Pero en el fondo de su ánimo presentía que había algo
más que no acertaba a entender.

Retaguardia del ejército dacio

Diegis miró hacia los bosques en ambas laderas del valle. Dos
numerosos contingentes de sus tropas se habían adentrado
tanto en los montes Semenic como en los Banatului y de momento nadie salía de allí, pero el general dacio observó cómo
la caballería romana se adentraba en aquellas laderas. Era
muy posible que sus guerreros pudieran contenerles durante
un tiempo o incluso bloquear su paso por completo, pero
también era posible que parte de la caballería romana cruzara
por entre ambas emboscadas. «No espero una victoria.» Las
palabras de Decébalo rey resonaban aún frescas en la memoria de Diegis.

—¡Retroceded! ¡Por Zalmoxis, retroceded! —ordenó Diegis a sus hombres. Éstos, sin dudarlo, empezaron a ceder terreno frente al empuje de los legionarios de Roma.

Ladera de los montes Semenic

Los dacios se batían con crueldad y fiereza inusitadas. El joven Nigrino vio cómo abrían las tripas a más de un caballo y cómo las bestias caían y una decena de guerreros enemigos se abalanzaban como lobos sobre los jinetes abatidos para despedazarlos en cuestión de instantes. Otros jinetes, más hábiles, se las habían arreglado para seguir adelante con el avance, pero aquello era una carnicería aún más brutal que la que había presenciado en la primera batalla contra los dacios en aquel mismo valle de sangre y muerte. Y caían más flechas. Volvió a protegerse con el escudo. Entonces, de forma inesperada y más teniendo en cuenta cómo marchaba el enfrentamiento, los dacios empezaron a desaparecer. ¿Se volvían a ocultar tras los árboles? ¿En qué consistía aquella nueva estrategia? El bosque quedó sin enemigos. Sólo se oían los gemidos ahogados de decenas de heridos, dacios y romanos, que agonizaban entre la hojarasca del bosque. Muchos jinetes se detuvieron, confundidos ante la ausencia de golpes y hachas y flechas enemigas.

—¡Adelante, adelante! —ordenó el decurión Nigrino a los jinetes más próximos a su posición.

Las instrucciones eran desbordar a los dacios por las alas, y para ello debían salir del bosque; si los enemigos atacaban había que abrirse camino entre ellos como habían hecho; si desaparecían, no era asunto suyo. La caballería romana se agrupó en una formación más compacta. Habían perdido a un tercio de los hombres en la emboscada, pero seguían avanzando hacia el final del bosque. Se veía la luz fuerte del sol justo donde terminaba la última línea de árboles. Hasta allí llegaron y emergieron de aquella espesura bien pasado el centro del valle, en el punto idóneo para revolverse y atacar la retaguardia del ejército dacio, pero cuando salieron de entre los árboles Nigrino comprobó que el mundo a su alrededor había cambiado: los dacios se habían replegado más de dos mil pasos, hasta situar su vanguardia casi fuera en el valle, próximos ya a las murallas de la ciudad de Tapae. La llanura estaba dominada por las legiones. Se había conseguido una gran victoria por parte de los legionarios. Al joven Nigrino le invadió una mezcla de satisfacción por la victoria del valle y por haber superado la emboscada, pero salpicada de frustración ante el repliegue dacio que había impedido que la maniobra diseñada por el *legatus* Tetio Juliano de rodear al enemigo hubiera podido llevarse a término. Era una victoria sí, pero una victoria parcial y a costa de muchas bajas. Si los dacios hubieran seguido en el valle, si les hubieran podido rodear, les habrían aniquilado.

Al pie de las murallas de Tapae

Diegis se dirigió a sus hombres a la entrada de las murallas.

—¡Al interior! ¡Todos al interior de la ciudad! ¡Ordenadamente!

Obedecían ayudados porque los romanos, por su parte, habían detenido sus ataques. Vezinas, el noble al mando de la fortaleza de Tapae, recibió al ejército de Diegis para evitar que éste fuera destruido, pero no dudó en dirigirse con desprecio a su líder.

—¡Por Zalmoxis, si yo hubiera estado al mando en el valle, esta retirada nunca se hubiera producido!

Diegis lo miró y no dijo nada, pero recordó las palabras de Decébalo: «Vezinas intentaría transformar lo que no puede ser una victoria en la peor de las masacres; tú, sin embargo, sabrás hacer lo que digo.» Diegis se detuvo, se volvió hacia Vezinas que se reía de él junto con varios de sus *pileati* más leales y decidió dar respuesta a su insulto.

—No, Vezinas no habría retrocedido nunca. Vezinas habría perdido el ejército entero en lugar de replegarse para presenciar cómo, al final, son los romanos los que se retiran de la Dacia sin que tengamos necesidad de que mueran miles de nuestros hombres.

Antes de que Vezinas pudiera formular una nueva réplica, Diegis se desvaneció entre la escolta que le proporcionaban sus propios hombres.

El repliegue dacio había sido tan rápido que Tetio Juliano tuvo miedo de acercarse demasiado a un enemigo que se hacía fuerte bajo unas murallas repletas de arqueros, los cuales protegerían a los guerreros de su patria si las legiones se aproximaban y quedaban bajo el alcance de sus flechas.

—Una gran victoria, sí, por todos los dioses, una gran victoria —dijo Tetio Juliano quitándose el casco y cogiendo una copa con agua que le servía un *calo*.

El tribuno Nigrino, que le había imitado para así sentir el aire fresco de la Dacia en su frente sin el pesado metal sobre su cabeza, cogió otra copa de agua y sació su sed sin decir nada. Juliano se sintió molesto por el silencio de Nigrino y lo manifestó con cierto desprecio.

—No pareces contento, Nigrino, con nuestra victoria.

El veterano Nigrino extendió su mano con la copa para que le sirvieran más agua. La bebió y entregó el vaso al *calo* que se alejó con el odre al hombro y su mirada clavada en el suelo para no despertar más suspicacias por parte de un *legatus* que parecía nervioso.

—Ha sido demasiado fácil —respondió Nigrino ahondando en la irritación de Juliano.

—¿Fácil? —replicó Tetio Juliano abiertamente indignado, sobre todo porque respetaba el criterio de un veterano como Nigrino y porque, en el fondo de su ser, sentía que estaba en lo cierto, aun cuando no estaba dispuesto a admitirlo en modo alguno. Un *legatus* al mando nunca acepta que una victoria suya haya sido fácil.

—¿Han caído centenares de legionarios y lo llamas una victoria fácil?

Nigrino negó con la cabeza y miró hacia la caballería, pero, como reconoció a su sobrino vivo a lomos de uno de los caballos de Roma, suspiró aliviado y volvió a centrarse en la conversación que mantenía con Tetio Juliano.

—No, yo no he querido decir que no haya costado hacerles retroceder y hacernos con el valle; no quiero que me malinterpretes, pero tú mismo estuviste aquí, en este mismo valle hace un año, y las cosas fueron muy distintas, no ya por el resultado de la batalla, sino por la sorprendente furia con que combatía el enemigo; esa furia ha estado ausente hoy en el valle.

—En el valle es posible, pero no tenían el bosque para defenderse como hace un año —se defendió Juliano incómodo por el razonamiento del tribuno Nigrino—. Además, según me han explicado los decuriones de la caballería, entre los que está tu propio sobrino, los dacios han combatido con ferocidad en las alas. Con tanta o más ferocidad que el año anterior, Nigrino, en palabras de tu propio sobrino.

Nigrino se vio atrapado. No quiso entrar en el hecho de que eso lo único que probaba con claridad era que los dacios no estaban dispuestos a dejarse rodear, pero no explicaba la facilidad con la que habían cedido el centro del valle para replegarse en el interior de la ciudad. Cambió de tema.

—¿Mi sobrino ha combatido bien, a tu satisfacción?

Tetio Juliano relajó las facciones tensas de su rostro ante la pregunta de Nigrino, que no dejaba de ser la preocupación de un tío que anhelaba confirmar que su sobrino había sido valiente en el combate.

—Tu sobrino ha combatido bien, Nigrino. Es un buen jinete y un bravo soldado. No ha llegado a tiempo de rodear a los dacios pero ha combatido bien.

Nigrino asintió y decidió someterse a la valoración del *legatus* sobre la batalla.

—Una gran victoria, Juliano. El emperador estará satisfecho —dijo.

Pidió permiso para ir a ver a su sobrino, permiso que Juliano, gustoso de verlo marchar con sus dudas, le concedió. Y es que el propio Tetio Juliano, en cuanto se quedó solo, volvió sus ojos hacia las inmensas murallas de Tapae y comprendió que había gran parte de verdad en las palabras de Nigrino: era una victoria extraña, fácil en el valle, difícil en las laderas, y ahora se avecinaba un asedio complicado. Aquellos muros dacios de enormes sillares de piedra podrían resistir durante semanas, meses quizá. Todo dependía de lo bien pertrechados que estuvieran los dacios en el interior de Tapae. Además, el enemigo siempre podía enviar refuerzos, o recurrir de nuevo a los sármatas y roxolanos y bastarnas y otros pueblos bárbaros en busca de ayuda y que todo se convirtiera en una nueva Alesia, en cuyo asedio Julio César se vio a su vez asediado por decenas de miles de enemigos que acudían al rescate de sus aliados. Él, Tetio Juliano, no era Julio César. Nunca habría otro como él, nunca. Quizá los sármatas y demás bárbaros quisieran aprovechar el momento de debilidad de Decébalo y su reino para anexionarse territorios que el ahora nuevo rey de la Dacia no podría defender. Todo era posible. Juliano lamentaba, no obstante, no haber recuperado aún los estandartes de la V legión, pero todo se andaría. Por el momento, podía enviar un reconfortante mensaje al emperador Domiciano sobre una gran victoria que vengaba en gran medida la derrota del año anterior y que, sin duda, mejoraría su posición con relación a recibir el favor del emperador de Roma.

Palacio imperial de Sarmizegetusa en el corazón de la Dacia

Vezinas pasó entre los pórticos flanqueados por columnas con una sonrisa cínica en el rostro. Antes de que los romanos hubieran completado su cerco a Tapae, había podido salir por la puerta norte de la ciudad y llegar así hasta Sarmizegetusa, la capital de la Dacia, escoltado por sus más fieles oficiales. Traía malas noticias para el rey, pero no podía evitar estar contento por todo lo ocurrido; tan feliz que no había dudado en ser él mismo el mensajero de la noticia de la derrota en el valle de Tapae. Todo por culpa de aquel incompetente y cobarde de Diegis. Era a él, a Vezinas, a quien Decébalo debía haber confiado el mando del ejército del sur del país. Ahora los romanos les habían derrotado y todo se complicaba. Quizá el viejo rey Douras tuviera razón y Decébalo, después de todo, era un incapaz que había accedido al trono aupado por sus amigos nobles, animados por unas pequeñas victorias conseguidas sólo con el apoyo de sármatas, roxolanos y bastarnas que ahora, incomprensiblemente para todos, el propio Decébalo había rehusado convocar para defenderse del nuevo ataque romano. «No hay que agotar a los amigos pidiendo su ayuda constantemente», recordaba Vezinas que había dicho el rey Decébalo en uno de los últimos consejos reales al que había asistido. Una consideración estúpida. A ver qué decía ahora, con el ejército de Diegis encerrado en los muros de Tapae, asediado y sin posibilidad de derrotar a los romanos.

Vezinas llegó ante el trono del monarca de la Dacia y, pese a sus pensamientos de creciente desprecio, se arrodilló ante su rey y éste le habló con solemnidad.

—Levántate y di qué noticias hay del sur —dijo Decébalo ante la atenta mirada de un Vezinas que, aunque arrodillado, miraba a los ojos a su rey a modo de desafío silencioso. Decébalo no dijo nada porque estaban a solas. Sabía que Vezinas estaba más atento a las formas en público. En todo caso, tomó nota. Realmente Vezinas sólo servía para que Diegis tuviera un competidor que no le permitiera dormirse en los laureles.

—Ha habido una gran derrota, mi rey —respondió Vezinas levantándose despacio—. Los romanos se han hecho con el control de todo el valle de Tapae y Diegis ha tenido que refugiarse con los supervivientes del desastre en los muros de Tapae.

—¿Cuántas bajas ha habido? —preguntó el rey con una frialdad que puso a Vezinas aún más nervioso. ¿Qué importaba el número de bajas? De acuerdo, habían sido pocas, pero precisamente por eso se había perdido: por no luchar con suficiente bravura.

—No han sido demasiadas. Quizá mil hombres, entre muertos y heridos, pero hemos perdido el control del paso de Tapae, mi rey. Los romanos pueden avanzar ahora sin oposición hasta la mismísima Sarmizegetusa.

Decébalo sonrió ante la candidez de Vezinas.

—No lo harán, general. Si lo hacen, corren el riesgo de que Diegis salga con su ejército de Tapae y les ataque por el sur mientras nosotros descendemos desde Sarmizegetusa con otro ejército por el norte. No, el nuevo *legatus* romano al mando se concentrará ahora en asediar Tapae.

—Entonces deberíamos enviar un ejército en ayuda de Tapae —respondió Vezinas, orgulloso de tener una idea que él consideraba particularmente original—. Así les cogeríamos entre las murallas y sus arqueros, por un lado, y las tropas que tenemos en la capital, por otro. De esa forma haríamos que los romanos volvieran a retroceder hacia el sur.

El rey negó con la cabeza y suspiró. Era absurdo intentar explicar a Vezinas nada. Llevaría horas y, al final, Vezinas seguiría convencido de que su idea era la mejor.

—No. No haremos nada de eso. —Decébalo decidió fingir enfado hacia Diegis y su derrota para calmar un poco así la rabia de Vezinas—. Diegis ha hecho el estúpido. Ahora deberá afrontar las consecuencias de su derrota, al menos por un tiempo. Tendrá que defenderse solo. Eso le hará combatir con mayor bravura la próxima vez, ¿no crees?

Vezinas se encogió de hombros.

—Quizá, mi rey. Quizá —y vio como Decébalo levantaba la mano indicando que le dejara a solas. Vezinas dio media vuelta convencido de que el rey era un inútil desde el punto de vista militar, pero contento de que estuviera decepcionado de Diegis. Vezinas se veía ahora con muchas más posibilidades de conseguir sus sueños. Para empezar volvería a cortejar a la distante Dochia, la hermana de Decébalo. Ése era un asedio mucho más entretenido y placentero, especialmente aprovechando que Diegis estaba rodeado por miles de romanos y a centenares de millas de distancia.

Decébalo se quedó a solas en su gran sala de audiencias de su majestuoso palacio imperial. Descendió del trono y cruzó la sala hasta quedarse frente a la colección de trofeos de las últimas campañas militares. Durante un tiempo, en aquella esquina de la sala, se habían exhibido varios estandartes con la cabeza de un *balaur* que representaban la victoria de los dacios sobre varias tribus sármatas, pero, desde que se habían aliado para luchar contra los romanos, los propios dacios habían asumido esos estandartes con cabeza de dragón como insignias propias de su nuevo ejército, un gran ejército que bajo la cabeza del *balaur* combatía uniendo a dacios, sármatas, roxolanos y bastarnas contra las legiones de Roma. Esa alianza había hecho inapropiado seguir exhibiendo los antiguos trofeos de las viejas victorias y Decébalo, hábilmente, los había reemplazado por los flamantes estandartes de la legión V *Alaudae*, capturados en la primera gran batalla de Tapae. Todos los que entraban en la gran sala de audiencias admiraban asombrados esos trofeos que dejaban claro que el rey de aquel palacio sabía cómo derrotar a los romanos. Decébalo se detuvo entonces frente a esos estandartes aún manchados de sangre romana que el rey había ordenado no limpiar. Nunca molesta la sangre enemiga. Nunca. Sabía que Vezinas pensaba que estaba loco, pero sólo él, Decébalo, alcanzaba a ver la envergadura de las fuerzas que él mismo acababa de poner en movimiento. Un hombre como Vezinas era incapaz de tan siquiera intuir la potencia de la nueva gran guerra que estaba a punto de estallar. Decébalo se acercó muy, muy despacio a los estandartes hasta quedar a sólo un paso de uno de aquellos remates en forma de elefante y le habló como quien habla a un niño. Se dirigía a toda Roma, representada allí por aquellos estandartes ensangrentados y arrebatados a miles de legionarios muertos.

—Estáis vencidos —dijo el rey dacio en voz baja, muy baja, como quien cuenta un secreto—; estáis vencidos, todos vosotros, estáis vencidos y no lo sabéis, no lo sabéis.

Calló sin dejar de mirar aquellos estandartes que tantas victorias habían dado a sus poseedores en el pasado pero que ahora, impotentes, escuchaban en silencio. De pronto, sonrió de forma enigmática.

—Pronto lo sabréis. Muy pronto.

Campamento general romano frente a las murallas de Tapae

El asedio proseguía después de días de intercambio de flechas y armas arrojadizas por un bando y por otro. Tetio Juliano seguía mostrándose tranquilo y seguro de sí mismo.

—Veremos lo que resisten cuando tengamos aquí todas las catapultas y empecemos a arrojarles rocas en vez de *pila*. Veremos entonces —dijo.

El veterano Nigrino le vio alejarse para supervisar la instalación de las primeras armas de asedio que debían llegar en pocos días desde el sur, ya que Tetio Juliano, prudentemente, no había querido traerlas con la vanguardia del ejército para evitar que, en caso de una nueva derrota, cayeran en manos del enemigo como pasara el año anterior con las catapultas de la legión V *Alaudae*. Parecía que al fin Tetio Juliano, gracias a su victoria y a su cautela, sería el que llevaría a efecto el sueño del fallecido Fusco de bombardear a los dacios en sus propias ciudades con decenas de catapultas. Eso le recordó todas las catapultas que el propio Fusco había llevado y que tuvieron que dejar abandonadas a su suerte tras la primera batalla de Tapae. ¿Qué habría sido de ellas? Seguramente los dacios las habrían despedazado, hecho trizas y utilizado para encender grandes hogueras en sus bárbaras fiestas de celebración por la victoria del año anterior. Nigrino sintió una mano en el hombro y se revolvió rápido.

—Perdón, tío —dijo su sobrino dando un paso atrás ante su violenta reacción—. Te he sorprendido, discúlpame.

Nigrino tío se relajó en seguida y no dudó en abrazar a su sobrino, pero al tiempo le advirtió sobre su gesto.

—Nunca vuelvas a hacer eso con un oficial de las legiones mientras estemos al norte del Danubio, ¿entiendes, muchacho?

—Sí, tío.

—Pero vamos, vamos. Por todos los dioses, estoy satisfecho de ti. Hasta Tetio Juliano ha reconocido que combatiste bien en la ladera. No hemos tenido mucho tiempo para hablar desde la batalla. Vamos a mi tienda.

Los dos caminaron juntos hasta una tienda levantada para el veterano tribuno junto al *praetorium* en el que Tetio Juliano seguiría revisando el plan de asedio. Una vez dentro, el joven Nigrino fue directo al asunto que más le preocupaba en aquellos días.

—¿Conseguiremos conquistar Tapae?

Su tío enarcó las cejas y tomó la copa de vino y agua que un esclavo le acercaba. Su sobrino le imitó. El mayor habló mirando la copa, aún sin beber. Su sobrino escuchó también sin beber, por respeto.

—Han combatido de forma extraña los dacios; no han luchado igual, no, al menos en el valle no. —Miró a su sobrino un instante—. Dice Juliano que sí lo hicieron en los bosques de ladera, muchacho, eso me dijiste tú a mí también...

—Sí, allí lucharon con ferocidad.

Nigrino tío asintió ante la confirmación de su sobrino y volvió a hablar mirando la copa que sostenía en la mano.

—No querían ser desbordados por las alas. Eso está claro, pero ¿por qué ceder el valle con tanta facilidad? ¿Por qué replegarse en seguida en su ciudad? Todo hace parecer que conseguimos una gran victoria en una gran batalla pero tengo la extraña sensación de que la de hace dos días no era la gran batalla que suelen luchar los dacios. Es como si... como si... —calló un momento mientras meditaba, mientras en algún lugar de su cabeza surgía una idea—... como si hubiera otra batalla pendiente. —Asintió para sí—. Es eso, sin duda es eso. Hay otra batalla pendiente. —Miró de nuevo a su sobrino—. Hay otra batalla pendiente en algún sitio, pero no sabemos dónde ni cuándo.

—¿Tetio Juliano lo sabrá? —preguntó con cierta ingenuidad el joven Nigrino.

Su tío negó con la cabeza.

—No, por Marte, no. Juliano es un buen *legatus*, no es el estúpido de Fusco, pero no tiene la clarividencia especial que tienen los auténticos *legati augusti*, los que saben ver más allá de lo que ven otros.

Volvió a callar. Su sobrino no pudo evitarlo y lanzó la pregunta evidente.

—¿Y tú, tío, eres uno de esos *legati*?

Nigrino el mayor volvió a mirarle, esta vez con profunda simpatía. Le había conmovido que su sobrino pensara tan bien de él, pero fue sincero.

—No, muchacho. Yo soy lo suficientemente bueno para presentir que algo no es lo que parece en esta guerra, pero hoy día, después de todos los *legati* que Domiciano ha desterrado primero —y bajó la voz— y ejecutado después...

—Como Agrícola —interrumpió su sobrino.

—Como Agrícola, sí, muchacho —confirmó su tío sin sentirse molesto por la interpelación de su sobrino, pero bajando aún más la voz—; después de tantos buenos *legati* muertos sólo se me ocurre uno que pudiera ver más allá de lo que nosotros vemos.

—¿Quién, tío?

El veterano tribuno miró a su sobrino largamente antes de responder. Todavía no era un hecho evidente entre las legiones. ¿Cuánto tardarían en darse cuenta de quién era el mejor de todos ellos? En cualquier caso, esa ignorancia de la mayoría era la que lo preservaba vivo. Por eso dijo su nombre como un susurro.

—Marco Ulpio Trajano, muchacho. Trajano —y echó un buen trago de su copa.

97

BUENAS Y MALAS NOTICIAS

His eius saevitiis ac maxime iniuria verborum, qua scortum vocari dolebat, accensus Antonius, curans Germaniam superiorem, imperium corripuit.

[Indignado por la depravación (de Domiciano) y por encima de todo por haber sido insultado por el César, que lo llamó prostituta, Antonio (Saturnino), gobernador de Germania Superior, se autoproclamó emperador.]

AURELIUS VICTOR, *Epitome de Caesaribus*, 10

Domus Flavia, Roma, 88 d. C.

Partenio esperó a que el emperador regresara a su cámara desde el *Aula Regia*. Las noticias que tenía no eran para exponer en público. Las había buenas y las había nada buenas. Era mejor presentar todo aquello al emperador en privado. Los pretorianos se apartaron ante la llegada del consejero imperial y Partenio entró en la habitación del emperador, sentado para descansar. Domiciano estaba aburrido de todas las quejas que había tenido que escuchar de enviados de muchas de las provincias de las fronteras del Imperio.

—Todos vienen a quejarse, Partenio —le saludó el emperador sin ocultar su hastío—. Ni los *legati* de las fronteras ni tú ni ninguno de los otros consejeros parecéis hacer nada bien vuestro trabajo. Si esto sigue así tendré que ir yo mismo a resolverlo todo. Yo mismo. Es como si sólo yo valiera para detener a los bárbaros.

Se rió. Partenio, con el semblante serio, se limitó a asentir. No era momento de contradecir al emperador. En realidad, nunca era buen momento para una torpeza semejante, pero la información que poseía tenía que presentarla sin falta y sin omitir detalle.

—Tu presencia aquí augura que tienes noticias del frente del Danubio. Estoy pensando que estoy harto de que tú te enteres de todo antes que yo. Creo que voy a ordenar que eso cambie. No veo por qué has de recibir a correos imperiales antes que yo.

—Es sólo para evitar aburrir al emperador con noticias intrascendentes, pero, por supuesto, el emperador sabe lo que es mejor...

—Por supuesto que sé lo que es mejor —dijo Domiciano golpeando la mesa que tenía delante con su puño cerrado—. Por supuesto que lo sé. ¿Por qué los mensajeros que has debido de recibir esta mañana no han acudido directamente al *Aula Regia*?

—Porque hay buenas y malas noticias, César.

Domiciano suspiró. A veces se preguntaba por qué no apartaba de su lado a aquel impertinente de una vez por todas, pero luego, más tranquilo, se decía que era un buen gestor del Imperio y que fue útil a su padre. Domiciano siempre evitaba pensar en su hermano y su reinado. Era como si su recuerdo hubiera sido borrado por completo, como si no hubiera existido nunca.

—Empieza por las buenas.

Partenio asintió.

—Los dacios han sido derrotados al norte del Danubio y se han refugiado en la ciudad de Tapae, que está siendo asediada por nuestras tropas —explicó el consejero omitiendo de forma consciente el nombre de Tetio Juliano.

Hacía tiempo que había aprendido que era mejor no pronunciar con frecuencia innecesaria el nombre de los *legati* victoriosos ante la siempre suspicaz persona del emperador de Roma.

Domiciano se levantó exultante.

—¿Ves, ves como había que contraatacar? Sabía que los dacios no podrían resistir permanentemente. Los dacios no podrían y no han podido. Buenas noticias, en efecto y yo aquí sin vino con el que celebrar. —Miró a un esclavo que se desvaneció como una centella en busca de lo que demandaba el emperador—. ¡Vino, vino dulce, malditos imbéciles! ¡Vino!

Partenio esperó prudentemente a que el esclavo regresara acompañado de otros dos más que pusieron una hermosa copa de bronce frente al emperador y la llenaron de vino bien endulzado, mucho más de lo normal, para que estuviera al gusto de su ya muy viciado paladar, que lo necesitaba todo o muy dulce o muy salado.

—¿Y cuáles son las malas noticias, Partenio? —preguntó el emperador en cuanto hubo saciado su sed.

Partenio engulló saliva un par de veces antes de hablar.

—Se trata de Saturnino.

Domiciano frunció el ceño. Su memoria era cada vez peor y le dolía la cabeza. Echó un trago más de vino.

—El gobernador de Germania Superior, César. Le acusasteis de dejarse poseer por otros hombres en una cena en palacio... *Scortum*, lo llamasteis *scortum*...

—Ah, sí. Ese afeminado —dijo Domiciano con una sonrisa—. Me acuerdo. Un imbécil, un blando que se atrevió a mirarme con insolencia cuando sólo hice una broma. Ese inútil nunca ha hecho un buen servicio en ningún lado. ¿Qué ocurre ahora con él? ¿Quiere refuerzos, se queja de los suministros, quiere un novio que le siga dando? —Domiciano soltó una carcajada, divertido por su ocurrencia.

Partenio sonrió e incluso forzó una risa tenue para acompañar al emperador que, de pronto, dejó de reír y le miró fijamente con seriedad.

—¿Qué ha hecho?

Domiciano sabía en su interior que Partenio no le estaría molestando por ninguna de las simplezas por las que había preguntado y temía, con agudeza, lo peor.

—Saturnino se ha rebelado contra el Imperio, César, y con el apoyo incondicional de las legiones XIV *Gemina* y la XXI *Rapax* se ha autoproclamado César y emperador de Roma —contó, y espiró el poco aire que estaba aún por salir de sus pulmones contraídos por los nervios. Lo peor ya estaba dicho.

—César, ¿eh? ¿Con sólo dos legiones? No me parece a mí mucho emperador con sólo dos legiones.

Partenio suspiró. Quizá, pensándolo bien, aún no había dicho lo peor. Domiciano comprendió que había más. Levantó la mano para que su consejero esperara. Alzó su copa y le sirvieron más vino. Bebió todo. Volvió a mirar a Partenio y asintió. El consejero prosiguió con su terrible informe.

—Saturnino se ha aliado con los germanos, con los catos al norte del Rin, y éstos le han prometido fidelidad. Puede reunir un enorme ejército encabezado por sus dos legiones que estará respaldado por decenas de miles de bárbaros del norte del Rin. Es un asunto serio, César.

Tito Flavio Domiciano dejó la copa sobre la mesa y suspiró. Partenio esperaba atento cualquier gesto, cualquier palabra. El emperador podía estar más o menos cuerdo, pero no era un estúpido. Domiciano inspiró y volvió exhalar aire con profundidad. Partenio sabía que estaba pensando, pensando como no lo había hecho en muchísimo tiempo. Eso estaba bien, para variar, eso estaba bien, porque el Imperio empezaba a desmembrarse en pedazos y todo, absolutamente todo, podía perderse. Partenio no aspiraba ya a mucho, sólo a unos últimos años tranquilos en alguna pequeña *domus* entre las tumultuosas calles de Roma, pero si todo se venía abajo ya no habría nada de eso. No, no era mucho, pero era su aspiración: el amor no lo había conocido y tampoco había tenido hijos. Sólo un poco de tranquilidad al final de su vida, sólo eso, pero para conseguir esa pequeña recompensa hacía falta un Imperio en paz. Se hacía viejo. Se empezaba a sentir viejo. El emperador volvió a hablar.

—¿De cuántas legiones disponemos para detener a Saturnino y los germanos?

—Tenemos las dos legiones de Germania Inferior, dos más entre Raetia y Noricum; podríamos llevar más tropas desde Roma y cohortes pretorianas, pero todo eso puede ser insuficiente dependiendo del número de catos y germanos que se alíen con Saturnino. Necesitamos las legiones del Danubio: las de Panonia, las de Moesia y las que asedian Tapae. Sin éstas el emperador podría ser derrotado en el Rin y Saturnino podría llegar a las puertas de Roma con su ejército en menos de un mes.

Domiciano escuchaba en silencio. Cuando el consejero calló, el emperador se levantó y paseó por la habitación con las manos a la espalda. Se detuvo y miró a Partenio.

—Pero para usar las legiones del Danubio...

Partenio se atrevió a completar la frase del emperador.

—Hay que pactar una paz con el rey de la Dacia. Sí, César.

Domiciano apretó los labios y volvió a pasear de un lado a otro de la habitación. Volvió a detenerse.

—Es eso o la posibilidad de que Saturnino nos derrote —dijo. Partenio asintió, pero el emperador no parecía satisfecho—. Tiene que haber más tropas en algún otro sitio. Ya sé que las de Oriente están demasiado lejos, además de que las necesitamos allí para contener a los partos, pero ¿y las tropas de Hispania?

Partenio asintió a la vez que respondía.

—He pensado en ello, César, pero están en Legio, al noroeste de Hispania, muy lejos, y se trata sólo de una legión.

—Una legión puede ser importante tal y como están las cosas —apuntó el emperador.

A Partenio, en el fondo, le alegraba ver al emperador tan centrado en el gobierno, por una vez en mucho tiempo. Por un momento, el pérfido episodio de la muerte de Tito quedó enterrado por los tumultuosos acontecimientos del presente y Partenio recuperó la sensación confortable de hablar con un hijo de Vespasiano.

—Eso es cierto, César —aceptó Partenio—. Una legión más puede ser muy útil. Puedo enviar mensajeros a Hispania con órdenes de que la legión VII se presente en el Rin al servicio del emperador en el menor tiempo posible.

—Trajano está al mando de la VII —comentó Domiciano y, mirando al suelo, añadió una pregunta—: ¿Será de fiar en estas circunstancias?

—Los Trajano siempre han sido leales a la dinastía Flavia, César. Siempre.

El emperador asintió.

—Que se presente en el Rin en menos de tres semanas.

Partenio, aunque sabía que eso era una orden imposible de cumplir —entre otras cosas porque el mensajero con las órdenes ya consumiría gran parte de ese tiempo en llegar a Hispania—, asintió. Trajano tendría que defenderse solo de la ira imperial si llegaba demasiado tarde. Partenio estaba ya agotado de defender siempre a todos, y ahora había otros asuntos más urgentes. Cada uno tendría que velar por sí mismo en las próximas semanas. Pero quedaba una cuestión pendiente.

—¿Y la Dacia, César? —preguntó el consejero imperial en voz baja. El emperador volvió a sentarse.

—Supongo que debemos acordar la paz con el rey de ese país. Una paz rápida y al precio que sea. Que nuestras legiones se retiren de Tapae, que levanten el asedio, que crucen el Danubio y que se dirijan hacia Germania. Envía embajadores a la capital dacia y que se acuerden las condiciones necesarias. Si es preciso comprar con oro la paz en el Danubio, la compraremos. El oro ha fluido bien desde Hispania estos meses y tenemos algunas reservas que pueden usarse para persuadir a ese maldito Decébalo. Necesito todas las legiones para vérmelas con ese imbécil de Saturnino. Eso es lo esencial —y apretó el cuello de la copa como si retorciera el gaznate de alguien.

98

LA RISA DE DECÉBALO

Palacio real de Sarmizegetusa, 88 d. C.

Decébalo recibió a los embajadores romanos sin contener la satisfacción que afloraba en su relajado rostro en forma de una impertinente sonrisa que, sin duda, debía lacerar el orgullo de aquellos enviados del César. El embajador más veterano se presentó y explicó las condiciones que el emperador Domiciano proponía para la paz.

—Mi nombre es Tetio Juliano; he sido gobernador y cónsul del Imperio romano y en la actualidad soy senador y *legatus* del ejército imperial desplazado al norte del Danubio. Me envía el César para acordar una paz duradera con el gran rey de la Dacia.

Juliano habló de prisa; le mordía la rabia por dentro desde el mismísimo día en el que había recibido las instrucciones del emperador en aquella odiosa carta: «Has de pactar una paz efectiva con el rey de la Dacia, cueste lo que cueste; has de aceptar todo lo que proponga, incluido el pago de dinero anual, si eso es necesario para asegurar una paz duradera; es prioridad absoluta del emperador conseguir esta paz y sólo su consecución será aceptada como cumplimiento efectivo de esta orden. Cualquier otra circunstancia es secundaria y debe ser asumida como necesaria si permite la obtención de la paz en esa región del Imperio». Luego venían unas posibles condiciones que ahora él debía recitar ante un crecido rey dacio que le miraba con marcado desprecio.

Tetio Juliano sabía lo del levantamiento de Saturnino en Germania y sabía que el emperador buscaba una paz con los dacios para poder usar todas las legiones del Danubio contra Saturnino, pero después de tanto tiempo combatiendo contra los roxolanos primero, cuando era *legatus* de la VII *Claudia* en Moesia veinte años atrás, y luchar después junto con Fusco contra la alizanza de dacios, roxolanos, bastarnas y sármatas, no podía evitar que se le descompusiera el cuerpo al verse obligado por el emperador a pactar una paz que le repelía después de dos decenios de combates contra aquel maldito enemigo; pero tenía que hacerlo, debía hacerlo. Continuó hablando pese al evidente menosprecio del rey dacio.

—Como senador de Roma y *legatus* tengo la potestad imperial para pactar con el rey de la Dacia una paz definitiva. Como el rey sabe, mis legiones rodean la ciudad de Tapae: el emperador está dispuesto a que éstas se retiren de dicha ciudad y se replieguen hasta volver al sur del Danubio, de forma que se olvide nuestra victoria de este año y vuestra victoria del año pasado y se restituya la frontera a su posición inicial delimitada por el curso del gran río, tal y como estaba antes de que roxolanos, sármatas, dacios y otros pueblos la cruzaran para atacar posiciones romanas en Panonia y Moesia. Es una proposición generosa, teniendo en cuenta que mis tropas dominan ya gran parte de la región al norte del Danubio hasta las mismísimas murallas de Tapae.

Tetio Juliano calló en espera de una respuesta del rey dacio.

Decébalo le había escuchado con la sonrisa permanente en su faz hasta que Juliano terminó su discurso. De súbito, la borró y transformó su rostro en un semblante serio, agresivo, feroz.

—¿Generosa esa oferta? —Se levantó para incomodar aún más a un sorprendido Tetio Juliano que, sin darse cuenta, dio un paso atrás en la sala real de audiencias de Sarmizegetusa, al igual que lo hicieron la docena de legionarios, desarmados por los dacios, que le acompañaban—. Escúchame, romano, y escúchame bien, porque no lo repetiré: os retiraréis de la Dacia, lo que por supuesto conlleva que dejaréis el asedio de Tapae de inmediato. Cruzaréis el Danubio para no volver a cruzarlo más, pero además Roma deberá pagarme en oro y plata por todo lo que ha destruido en estos años de guerra. Y quiero además ingenieros y arquitectos romanos para fortificar mis ciudades contra el acoso de los pueblos de las estepas que nos atacan desde el norte. La Dacia se convertirá así en aliada de Roma y, además, en protectora de sus fronteras al norte del río, pero para ello necesitaremos ese dinero y a esos ingenieros. A cambio me comprometo por mi parte a que ni sármatas ni roxolanos ni dacios ni ningún otro pueblo bajo mi control cruce el río hacia Moesia o Panonia. Esto sólo será posible si se cumplen las tres condiciones que hemos discutido aquí: retirada incondicional de las legiones de Roma, pago anual y envío de ingenieros y arquitectos romanos a mi reino.

Seguro de sí mismo como pocos hombres, Decébalo se sentó en su trono real y, nuevamente, hizo retornar su sonrisa impertinente a su faz, divertida al observar cómo aquel veterano general romano engullía su rabia mezclada con su propia saliva.

Y es que a Tetio Juliano le hervía la sangre por dentro. ¿Un pago anual e ingenieros y arquitectos? Aquel infame rey de la Dacia debía de saber, de algún modo, lo de Germania, y se estaba aprovechando miserablemente. Eran unos términos completamente inaceptables en cualquier otra circunstancia, pero, ante el levantamiento de Saturnino y con las órdenes recibidas de Roma de aceptar cualquier condición, Tetio Juliano estaba atado, muy a su pesar, de pies y manos. Así que, sin querer decirlo, lo dijo.

—Roma acepta esas condiciones —pronunció muy bajo.

Decébalo levantó las cejas e interpeló una vez más a Tetio Juliano. Quería que todos sus *pileati*, incluido el impertinente Vezinas y el siempre soberbio y engreído sumo sacerdote Bacilis, oyeran a aquel gran general de Roma arrastrándose ante él.

—No te he oído bien, *legatus*.

Tetio Juliano inspiró profundamente y repitió su respuesta esta vez alto y claro.

—Roma acepta esas condiciones.

Decébalo sonrió aún más descaradamente al tiempo que asentía.

—Entonces está todo hablado —apostilló el rey, pero Juliano añadió algo más.

—Para sellar la paz será necesario que el rey se desplace a Roma para rendir pleitesía al emperador o que, en su defecto, el rey de la Dacia envíe a un representante del más alto rango a la ceremonia que debe tener lugar en Roma para certificar este tratado.

Decébalo miró al *legatus* romano girando ligeramente la cabeza. Frunció el ceño. Era cierto que el emperador había enviado a su *legatus augusti* del Danubio, como lo llamaban los romanos, pese a que podría haber sido retenido por él y usado como rehén. Parecía razonable aquella petición aunque rendir pleitesía a quien te va a pagar oro y plata parecía un poco absurdo. Decébalo leyó con claridad en el silencio desesperado de aquel enviado de Roma que el emperador Domiciano necesitaba aquella ceremonia para vender el pacto con la Dacia como una victoria ante sus propios *pileati*, a los que en Roma llamaban senadores. A Decébalo no le importaba participar en aquella pantomima, si bien no personalmente, si con ello conseguía el oro, la plata, los ingenieros, los arquitectos y la retirada de Roma sin tener que luchar. Era la más dulce de las victorias.

—Enviaré a uno de mis *pileati*, uno de mis mejores nobles a esa ceremonia, *legatus* —confirmó Decébalo. Tetio Juliano asintió. El rey, borrando su sonrisa y en tono conciliador, se dispuso a ofrecer algo de hospitalidad a aquel mensajero y su escolta—. Ahora, si lo deseas, tú y tus hombres podéis comer con nosotros y relajaros en mi corte hasta mañana.

Pero Tetio Juliano negó con la cabeza y tuvo que responder mordiéndose la rabia para no deshacer el pacto al que se había llegado.

—Mis hombres y yo debemos partir hacia el sur para poner en marcha este acuerdo de paz y para transmitir todo lo que hemos pactado al emperador de Roma.

Decébalo se sintió molesto y Tetio Juliano vivió aquella pequeña decepción del rey de la Dacia como una mínima victoria personal, algo muy minúsculo, eso sí, frente a tan gigantesca derrota militar y política propiciada por la debilidad del emperador Domiciano.

—Si eso es lo que queréis, marchad de mi palacio lo antes

posible —respondió el rey claramente indignado—. Marchad, salid de mi palacio, de mi ciudad, de mi reino y no volváis nunca más ni tú ni tus hombres ni ningún otro ejército de Roma, o quedará sepultado como quedaron las legiones que enviasteis contra mí el año pasado y de las que guardo preciosos recuerdos —y señaló las insignias de la legión V *Alaudae* que Tetio Juliano y sus hombres, con sus ojos siempre fijos en el rey de la Dacia, no habían visto expuestas en una de las esquinas de aquella gran sala real. La visión de los estandartes de la V legión, rematados en los elefantes que recordaban la batalla de Tapso, fue el golpe maestro con el que Decébalo partió en dos el corazón guerrero de todos aquellos soldados de Roma. Tetio Juliano no encontró palabras con las que responder a aquella última humillación y, al no poder hacer nada ni decir nada que no pusiera en peligro el tratado de paz, dio media vuelta y, sin poder dejar de mirar aquellos estandartes ensangrentados y presos en aquel palacio dacio, salió envuelto en un mar de ira y odio y asco de sí mismo y de Roma entera, todo ello aderezado con una burlona carcajada emitida con potencia y felicidad hiriente por el ahora victorioso rey de la Dacia. Una risa aquella de Decébalo que trepanaba los oídos de Tetio Juliano hasta corroerle las mismísimas entrañas.

Tetio Juliano acababa de comentar al tribuno Nigrino las condiciones que Decébalo había exigido y que él había aceptado en nombre del emperador para concertar la paz que éste le había exigido. Nigrino se sentó en una de las *sellae* que había dispuestas unos pasos por detrás de las grandes catapultas junto a las que se encontraban. Éstas habían tardado mucho más de lo esperado en llegar, pues una gran nevada y una fuerte ola de frío dejaron impracticables los caminos durante casi un mes. Pero, una vez montadas las catapultas, Nigrino se había visto obligado, contra su criterio, a adelantarlas mil pasos hasta quedar muy próximas a las murallas de la ciudad. Había seguido escrupulosamente las órdenes de Tetio Juliano antes de que éste partiera hacia Sarmizegetusa. Para Nigrino era evidente que Tetio Juliano albergaba la esperanza de que el rey de la Dacia tendría un arranque de soberbia y despreciaría cualquier acuerdo de paz y quería que todas las catapultas del asedio de Tapae se encontraran lo más próximas a la ciudad que fuera posible, a una distancia que les permitiera a los legionarios cargar las grandes máquinas sin temor a las flechas enemigas pero lo suficientemente cerca para bombardear no ya las murallas, como habían hecho las semanas pasadas, sino el interior mismo de la ciudad.

—Es un acuerdo vil —dijo Tetio Juliano, que seguía de pie, con los brazos en jarras, mirando hacia las murallas de Tapae. Hablaba con rabia y ansia y decepción a raudales—. Tantos muertos en Moesia y Panonia y luego en esta última batalla en el valle, el año pasado y éste también, para tener ahora que retirarnos y encima pagarle a ese miserable que los dacios tienen como rey. Es demasiado.

—Es lo que el emperador quiere —dijo Nigrino desde su asiento, suspirando con impotencia—. Es lo que el emperador necesita. No puede luchar una guerra civil y, a la vez, mantener una guerra al norte del Danubio.

—Supongo que tienes razón —aceptó Tetio Juliano, pero lo hizo con una voz tan extraña que Nigrino lo miró nervioso, especialmente cuando Juliano añadió una pregunta inesperada—: ¿Están cargadas todas las catapultas, tal y como ordené?

Nigrino se levantó con movimientos lentos, con cuidado, y se aproximó al *legatus* del ejército del Danubio como quien se acerca a un perro rabioso al que sabe que hay que calmar.

—¿Qué vas a hacer, Juliano? —preguntó con voz forzadamente serena.

—¿Están cargadas?

—¡Por todos los dioses! —respondió Nigrino elevando la voz, incapaz de tanto autocontrol—. ¡Lo están! ¡Sí, tal y como ordenaste: cargadas para cuando regresaras del norte! ¡Pero se ha acordado la paz, por Júpiter, Juliano, tú mismo has aceptado la paz en nombre del emperador!

Juliano no tenía oídos para las palabras de Nigrino; se dio la vuelta y encaró al tribuno hispano. Los legionarios de alrededor y todos los oficiales allí reunidos asistían atentos a aquel debate entre sus dos máximos líderes.

—Quiero que descarguen una andanada, Nigrino, una sola andanada sobre la ciudad —explicó Tetio Juliano con pasión de guerrero humillado hasta el infinito—. Una sola andanada que les haga sentir la mordedura de Roma en sus tripas, que los aplaste, a decenas de ellos, quizá a cientos si hay suerte, con sus mujeres y sus niños. Una andanada que les deje un recuerdo imborrable del paso de Roma por su valle maldito, Nigrino. —Al ver que Nigrino negaba con la cabeza, Juliano insistía .— ¡Por todos los muertos de la V legión, Nigrino, y los demás caídos en combate en estos años de guerra! ¡Por la V legión *Alaudae*! ¡Por todos los dioses, Nigrino, he tenido que pasar bajo los estandartes apresados por ese maldito rey dacio! ¡Los tiene allí, en su palacio, en Sarmizegetusa, manchados de sangre romana! ¡Una sola andanada que les rasgue la piel a tiras a unos cuantos de esos malditos dacios!

Nigrino sintió que todos le miraban. Tetio Juliano podía ordenar esa andanada de proyectiles sin necesidad de recurrir a su apoyo; para ello tenía el mando supremo del ejército en la región, pero Juliano buscaba implicarle, quería que él mismo se involucrara en esa decisión y por eso había hablado en voz alta y delante de todos. Ahora todos los oficiales y los legionarios lo miraban y sólo veían a un cobarde y un sacrílego con el recuerdo de sus compañeros caídos si no confirmaba la orden del *legatus*. Pero Nigrino era de casta extraña: era de aquellos hombres para quienes la palabra dada debe cumplirse o nada tiene ya valor en el mundo, incluso si éste se ha vuelto loco. Tetio Juliano había acordado la paz con el rey de la Dacia en nombre del emperador y no se podía faltar al honor del emperador, no importaba ni el motivo ni la causa, o ya ningún bárbaro creería en Roma o, peor aún, ni ellos mismos tendrían nada en qué creer. Nigrino volvió a negar con la cabeza y, delante de todos, engullendo las miradas de vergüenza ajena que sentían todos los oficiales y legionarios hacia él, se giró y dio la espalda a Tetio Juliano. El *legatus*, por su parte, más irritado aún de lo que ya estaba, escupió en el suelo.

—Eres un cobarde, Nigrino —dijo Juliano.

Lo peor para Nigrino fue que, al levantar la mirada y confrontar la de todos los centuriones que le despreciaban, tuvo que afrontar la propia mirada de su joven sobrino, que se había acercado al lugar advertido por otro decurión sobre la discusión. Nigrino tío bajó la mirada ante su sobrino y se mantuvo firme, en silencio, de espaldas a lo que iba a ocurrir. Cerró los ojos y oyó rotunda la voz potente de Tetio Juliano dando las órdenes.

—¡Apuntad bien, por Marte! ¡Apuntad al centro de la ciudad! ¡Una andanada de proyectiles! ¡Ahora!

Y medio centenar de catapultas silbaron casi al mismo tiempo arrojando sobre la ciudad de Tapae sus proyectiles de muerte. Nigrino, con los ojos aún cerrados, escuchó aquel silbido que conocía bien. Luego vinieron los golpes secos de las rocas al impactar sobre la ciudad de Tapae y, a continuación, aullidos desde el interior de las murallas, que se elevaban por encima de los muros dacios para júbilo de los legionarios. Pero había más: para mayor regocijo de las tropas romanas, Tetio Juliano decidió recrearse aquella tarde. Se retirarían, sí, pero no sin antes haber apaleado a aquella maldita bestia bárbara.

—¡Cargad otra vez!

Nigrino seguía todo sin abrir los ojos y, en silencio, se limitó a negar con la cabeza.

Diegis salió de su palacio en el centro de Tapae en cuanto se oyeron los primeros impactos y los gritos de sus soldados. Las mujeres y los niños habían sido llevados a los templos del centro de la ciudad, más alejados de las murallas, en previsión de que ocurriera lo que estaba pasando. Diegis había ordenado esa precaución en cuanto observó que los romanos acercaban las catapultas a los muros de la ciudad. El noble dacio se cruzó con un grupo de guerreros que llevaban a varios heridos en brazos hacia un lugar cubierto donde pudieran ser atendidos de sus heridas. Por dos mensajeros, de la media docena que Decébalo le había enviado y que sí habían podido cruzar por la noche las líneas romanas, Diegis sabía que se había acordado la paz, pero también podía intuir el enorme resentimiento de los oficiales romanos por verse obligados, seguramente contra su voluntad, a retirarse.

—Es una pataleta de niños rabiosos —dijo Diegis a sus oficiales.

—¿Qué hacemos? —preguntó uno de sus *pileati*.

Diegis lo tuvo muy claro.

—Responder con la misma moneda. A los perros rabiosos sólo se los calma así, a palos. Así se irán doblemente humillados. Pocos quedarán con ganas de volver a cruzar el Danubio.

El tribuno Nigrino había contado ya tres andanadas. Juliano y todos los oficiales que parecían compartir sus ganas de sangre enemiga estaban enfervorecidos y querían más. El veterano Nigrino abrió los ojos, se dio media vuelta y, cuando estaba a punto de empezar a andar para enfrentarse a Juliano de nuevo y así detener aquella locura, oyó ese silbido que ya había oído en otras ocasiones en su larga vida de soldado de Roma. Pero no era el viento cortado por rocas que despegaban contra el enemigo sino otro distinto, más rápido, más fugaz, un silbido que sólo te da un ínfimo instante para reaccionar: no el de las rocas al salir contra el cielo, sino el silbido de los grandes proyectiles que están a punto de caer sobre uno mismo.

—¡Al suelo! ¡Dispersaos, por Júpiter! —acertó a decir Nigrino al tiempo que se tumbaba y buscaba con la mirada a su sobrino sin poder encontrarlo. Varias rocas llovieron sobre ellos. Piedras enormes, como las que habían estado arrojando ellos mismos, lanzadas con máquinas iguales a las suyas, que cayeron sobre las dos catapultas más próximas y las hicieron añicos, hasta el punto de que varias astillas que volaban por el aire sin rumbo se clavaron en uno de sus brazos.

—¡Aaaaah! —gritó Nigrino mientras se reincorporaba y miraba a su alrededor en busca de su sobrino y luego hacia delante buscando a Tetio Juliano.

Había varios legionarios heridos y algunos muertos. Nigrino vio entonces el cuerpo de Juliano tendido en el suelo con gran parte de una roca que se había partido aplastando su espalda. Había un enorme charco de sangre y más sangre del *legatus* por todas partes: Juliano había reventado y las salpicaduras de la sangre del más alto oficial de Roma al norte del Danubio habían alcanzado al propio tribuno Nigrino, quien, rápido, se arrodilló junto al *legatus*.

—¡Juliano, Juliano!

Éste, con una mueca de dolor estática en su rostro, no podía decir ya nada. Su cuerpo estaba destrozado por dentro y por fuera. Los dacios seguían respondiendo y cayeron nuevas andanadas de piedras. Nigrino se levantó rápido y asumió el mando.

—¡Retroceded! ¡Maldita sea, por todos los dioses, retroceded! —exclamó mientras continuaba buscando a su sobrino. Los legionarios empezaron a retirarse pero dudaban: no querían abandonar las catapultas, pero retirarlas requería que muchos hombres se reunieran en un punto y si una roca caía entonces sobre ellos todos morirían. Los dacios sabían lo que hacían. Ellos, desde las murallas, podían ver si daban o no a las catapultas enemigas, mientras que los romanos disparaban a ciegas. Nigrino sabía que tenía que decidir entre salvar las catapultas o salvar a los hombres. Siempre se podían hacer más máquinas de guerra en pocos meses, pero reponer un legionario requería veinte años.

—¡Abandonad las catapultas y retiraos, por Marte, retiraos!

Había sido absurdo, una temeridad acercarse tanto a las murallas de Tapae y asumir que los dacios no tenían nada con que responder a sus proyectiles que no fueran flechas.

—¡Tío! —oyó el veterano tribuno.

Junto a una de las catapultas vio a su sobrino que, cojeando, intentaba alejarse del lugar; fue junto a él y ayudándole, caminaron los dos lo más velozmente que pudieron para escapar del alcance de las máquinas dacias. Cuando lo consiguieron, bien lejos ya de los muros de la ciudad, el tribuno Nigrino dejó a su sobrino en el suelo y se sentó junto a él.

—¿Estás bien, muchacho?

—Sí, no es nada. —Le daban vergüenza muchas cosas; le daba vergüenza su torpeza—. Es sólo una torcedura, tío; quise retirarme al ver las rocas que caían del cielo y doblé mal el pie.

Sobre todo sentía vergüenza por haber dudado de su tío y éste lo leyó en aquella mirada.

—No digas nada, muchacho. Son muchos años de guerra a mis espaldas. Bombardear a los dacios, una vez pactada la paz, era una deshonra, pero además se ha demostrado un auténtico desastre militar. —Miró hacia las murallas de Tapae—. Ya sabemos dónde están las catapultas que los dacios arrebataron a Fusco y sus pretorianos. Ya sabemos que no las quemaron. Quizá, después de todo, los dacios no sean unos bárbaros.

99

UNA ORDEN IMPERIAL

Legio, noroeste de la Tarraconensis, Hispania
Febrero de 89 d. C.

Lucio Quieto acudió raudo a la llamada del *legatus* de la legión VII en Legio, pues había visto llegar un correo imperial aquella misma mañana al campamento. El legado tendría órdenes imperiales que cumplir y no le parecía mala señal para su carrera militar que Trajano le llamara. Sólo al entrar en el *praetorium* y observar los rostros preocupados tanto del *legatus* como de Longino y Manio, sus hombres de confianza, comprendió que no todo iban a ser buenas noticias. Un pequeño puñado de tribunos y centuriones completaban la reunión. Nada más entrar, Quieto sintió la mirada de Trajano clavada en él. Se adelantó y se situó frente a Trajano.

—Ave, mi *legatus* —dijo y calló a la espera de órdenes o de preguntas.

Trajano miró entonces a Longino y a Manio y éstos asintieron.

—Ya sabéis lo que tenéis que hacer —dijo Longino a todos los oficiales—. Partimos al alba. Todo debe estar dispuesto. Tenéis sólo un día. Aprovechadlo bien.

Todos los oficiales saludaron mirando primero a Longino y a Manio y luego al *legatus* y salieron del *praetorium*. Quieto comprendió que la legión VII se ponía en marcha, pero ¿hacia dónde? ¿Por qué? El *legatus*, una vez que se quedaron a solas con Longino y Manio, volvió a mirarle.

—Háblame del *legatus* del Danubio, de sus tribunos, Quieto, tú que has estado allí —le ordenó Trajano con seriedad.

Quieto abrió bien los ojos y miró un instante al suelo mientras se esforzaba en recordar. No entendía bien a qué venía aquello, pero tenía claro que debía responder con precisión.

—Tetio Juliano es un buen mando. Tiene mucha experiencia y es respetado. Todos saben... —Dudó, tragó saliva y se corrigió—. Todos piensan que si él hubiera comandado el ejército en Tapae el año pasado en lugar de Fusco no habría ocurrido lo que pasó.

—¿Y Nigrino? —preguntó Trajano.

—¿Nigrino? Sí. Nigrino es un buen tribuno. Combatí junto a su sobrino, que estaba en la V legión *Alaudae*. El joven fue valiente en aquella emboscada. Si su tío es igual, será un gran tribuno.

Trajano se reclinó hacia atrás en el *solium* hasta dejar caer todo el peso de su espalda sobre el respaldo del asiento.

—Entonces conoces bastante bien al sobrino de Nigrino —dijo.

Quieto asintió. Trajano le miraba fijamente. Quieto sabía que la pregunta clave, fuera lo que fuese, se tratara de lo que se tratase, estaba a punto de salir de los labios del *legatus*.

—¿Crees que los Nigrino son leales al emperador, decurión? —preguntó Trajano con solemnidad.

Lucio Quieto tardó unos instantes en responder. Fue muy cuidadoso en las palabras que escogió para hacerlo.

—Creo que tanto el tribuno Nigrino como su sobrino piensan que la elección de Fusco fue un error y seguramente creen que la forma de conducir la guerra en el Danubio no ha sido la mejor, pero de ahí a rebelarse contra el emperador hay una enorme diferencia.

Ante el silencio de Trajano, Longino intervino.

—El emperador Domiciano no suele entender de sutilezas, decurión. El *legatus* te ha preguntado si crees que los Nigrino son leales al emperador.

Quieto comprendió que no había forma de eludir dar un sí o un no. ¿Qué estaba pasando?

—Sí, son leales —respondió al fin Quieto.

Trajano asintió. Necesitaba la colaboración de aquel aguerrido decurión que, si no fuera por haber sido el mensajero de la derrota de Fusco, debería ocupar ya un rango mayor en el ejército de acuerdo a sus brillantes servicios en Moesia y Dacia. El *legatus* miró a Longino y a Manio buscando confirmación. El primero asintió un par de veces y Manio una sola pero de forma decidida. Ambos compartían con Trajano la opinión de que necesitaban buenos oficiales en su círculo si querían salir vivos de lo que se avecinaba. Volvió a mirar a Quieto.

—Decurión, ha estallado una guerra civil —anunció Trajano con concisión para a continuación y bajo la atenta mirada de Quieto ponerle al día con los detalles de la situación—. El gobernador de Germania Superior se ha rebelado con las legiones XIV *Gemina* y la XXI *Rapax* y cuenta con la colaboración de los catos y otros germanos al norte del Rin. Esto ha obligado a que el emperador Domiciano haya pactado una paz rápida con Decébalo, el rey de la Dacia. Todo esto prueba que lo que yo intuía está ocurriendo: dacios y germanos actúan coordinadamente, lo que no esperaba es que un mentecato como Saturnino, encima, fuera a regalarles dos legiones. Tetio Juliano ha muerto y el tribuno Nigrino ya no es tribuno si no que actúa como *legatus* en aquella región; por eso era esencial saber tu opinión sobre su lealtad a Domiciano. El emperador en persona va a desplazarse al Rin con varias legiones que retirará del Danubio y con su guardia pretoriana para hacer frente a Saturnino y acabar con esta rebelión. Yo he recibido orden de estar en el Rin lo antes posible y es un mandato que pienso cumplir. Necesito de buenos oficiales para ejecutar esta orden. A partir de ahora serás el jefe de caballería de la VII legión. Espero de tu parte toda la colaboración posible para cumplir con la orden imperial y que cuando entremos en combate contra las legiones de Saturnino o contra los germanos acabes con tantos de ellos que pueda sentir que mi decisión de hoy no ha sido equivocada. ¿Está claro?

Lucio Quieto se sintió abrumado por recibir tanta información en tan poco tiempo y por aquel inesperado ascenso. Abrumado a la par que agradecido.

—No defraudaré al *legatus* —respondió y se llevó el puño al pecho.

—Eso espero —replicó a su vez Trajano—. Eso espero, Lucio Quieto, pues en los días que se avecinan no habrá ni tiem-

po ni espacio para los errores. Longino y Manio te acompaña-
rán y te explicarán los pormenores de la marcha que hemos
de realizar hacia el norte.

Quieto, Longino y Manio abandonaron el *praetorium*. Marco Ulpio Trajano se levantó y caminó hasta llegar a la mesa
donde se encontraba extendido un gran mapa del Imperio.
Sus ojos se pasearon por el norte de Hispania, cruzaron el
Ebro y llegaron a los Pirineos; estaba acabando el invierno; ya
no debería haber tanta nieve en los valles, pero aun así las
montañas eran imponentes; luego venía la gran llanura de la
Galia, los montes del centro y nuevamente una larga llanura
hasta el Rin. Los dioses se habían apiadado algo de él y no era
necesario adentrarse en los Alpes para llegar a Germania Superior. Aun así era una marcha brutal para tan pocos días.
Brutal. Tenía una orden imperial que no se podría acatar en
el plazo señalado y un emperador nervioso que no aceptaría
incumplimientos de ningún tipo. Saturnino era un imbécil.
No por rebelarse —por todos los dioses, Domiciano se había
creado suficientes enemigos entre las familias senatoriales
para tener un levantamiento cada año—, pero lo de aliarse
con los germanos podía ser el fin del Imperio. Si los catos y los
germanos cruzaban el Rin, las legiones del Danubio y la VII *Gemina* no serían suficientes. No serían suficientes. Las fronteras
del Rin y el Danubio eran demasiado costosas de proteger y
demasiado próximas al sur. Las fronteras del Imperio deberían haberse llevado hacía ya tiempo más al norte, mucho más
al norte. Aquél fue el sueño de Julio César, pero Augusto, tras
el desastre de Teutoburgo, abandonó la empresa. Ahora aquello parecía ya un sueño imposible.

100

EL PRECIO DE LA PAZ

***Domus Flavia*, Roma, febrero de 89 d. C.**

El *Aula Regia* estaba atestada de senadores. El emperador los había convocado allí en lugar de en el edificio del Senado por un doble motivo: que les quedara claro, por un lado, que el poder de Roma emanaba del palacio imperial y no del edificio de la *Curia* y, por otro, para que todos y cada uno de aquellos malditos senadores viera cómo un noble dacio se arrodillaba ante él, ante el emperador del mundo. Domiciano, desde su trono, los miraba con recelo y desprecio. Sabía que todos le odiaban. Todos. No se podía fiar de nadie, aunque debía aceptar la colaboración de algunos de ellos para gobernar al menos por un tiempo, por un tiempo. Cuando regresara del norte, de la frontera del Rin, tenía pensado solucionar el problema del Senado de una vez para siempre. Allí estaban Cívica Cerealis, Salvidieno Orfito, Salvio Cocceiano, Mecio Pompusiano, Salustio Lúculo, Junio Rústico, Helvido Prisco y tantos otros, mirándole con descaro, pero daba igual. Ahora verían cómo resolvía él primero una guerra con los bárbaros de Dacia y cómo luego marchaba al Rin para acabar personalmente con la rebelión de Saturnino. Y ya se ocuparía luego de todos y cada uno de aquellos senadores insolentes y engreídos.

En ese momento se abrieron las puertas de la sala imperial de audiencias y desde el gran peristilo exterior entró, rodeado por media docena de pretorianos, un hombre vestido a la usanza dácica, con un gorro largo terminado de forma puntiaguda, largos pantalones y cubiertos el pecho y los hombros por una coraza de escamas. Era joven pero no un muchacho y caminaba con el porte de un auténtico noble, alguien que estaba acostumbrado a mandar más que a ser mandado. Esa gallardía satisfizo al emperador, pues cuanto más valiente pareciera aquel enviado del rey Decébalo más impresionante sería el hecho de que le rindiera pleitesía. El dacio se detuvo frente al César.

—Habla, mensajero de la Dacia. Tito Flavio Domiciano *Imperator Caesar Augustus*, dueño y señor del mundo, te escucha.

El mensajero dacio asintió y respondió en un latín correcto, con voz firme pero no impertinente. Era un discurso que tenía practicado con esmero. «Hablarás con seguridad, pero sin excitar las suspicacias del emperador —le había insistido Decébalo antes de partir hacia Roma—. Tendrás que ser cauto y tendrás que humillarte ante el emperador de Roma cuando éste lo exija. Te aseguro, Diegis, que es un precio muy bajo por años de recibir oro y plata e ingenieros romanos que nos ayuden a fortalecer nuestros campamentos y ciudades. Has de saber que cuando te arrodilles nos harás más fuertes y llegará el día en que seamos tan poderosos que ya no nos arrodillaremos ninguno de nosotros, Diegis, nunca más ante nadie.» Con aquellas palabras de su rey aún frescas en su memoria, el noble dacio comenzó a hablar en aquel latín aprendido del enemigo.

—Mi nombre es Diegis, César, y vengo enviado por el rey de la Dacia para sellar el acuerdo que conduzca a una duradera paz entre Roma y la Dacia.

Domiciano lo miró de arriba abajo y, a la vez, miraba de reojo a los senadores que contemplaban la escena.

—Paz sí, pero a cambio de vuestra humillación —respondió el emperador y se levantó de su trono—. ¡Arrodíllate, guerrero dacio, si lo que quieres es paz con Domiciano! ¡Arrodíllate si no quieres que mis legiones aplasten vuestros insignificantes ejércitos bárbaros!

Diegis sabía que ese momento tenía que llegar. «Cuando te arrodilles nos harás más fuertes, más fuertes, más fuertes.» Diegis, noble dacio, guerrero indomable, se tragó la humillación cerrando los ojos, bajando la cabeza y arrodillándose ante el emperador de Roma. Domiciano, exultante, lanzó una sonora carcajada a la que, de inmediato y como era costumbre, se unieron decenas de guardias pretorianos que custodiaban la gran *Aula Regia* de la *Domus Flavia*, una carcajada a la que Nerva, uno de los senadores más veteranos, decidió unirse a sabiendas de que el emperador reía con ojos bien abiertos y atento a lo que hacían todos los allí presentes; una risa a la que, al fin, se unieron también todos los senadores de Roma, unos más tarde que otros. Diegis mantuvo los ojos cerrados pero lamentó profundamente no poder taparse también los oídos. «Nos harás más fuertes, más fuertes.» Domiciano calló al fin y con su silencio callaron todos en la sala de audiencias del palacio imperial de Roma.

—Te has humillado, guerrero dacio —continuó el emperador—. Sea entonces —miró a su derecha, donde esperaba Partenio con una diadema de oro en sus manos—, sea. La Dacia se humilla ante Domiciano y Domiciano reconoce en esa humillación a un rey vasallo en la persona de Decébalo, tu rey, guerrero dacio, de forma que yo —se levantó y tomó en sus manos la diadema de oro que le entregaba Partenio—, yo, *Imperator Caesar Domitianus Augustus Germanicus, Pontifex Maximus, Pater Patriae*, corono a Decébalo a través de ti, Diegis de la Dacia, como rey de los territorios al norte del Danubio, con el pacto de que ni Decébalo ni sus ejércitos cruzarán nunca más la frontera del río para atacar Roma o sus dominios. —Puso la corona sobre la cabeza de Diegis—. Ahora puedes levantarte, guerrero dacio, y volver a tu país y contar a tu rey todo lo que has oído y visto y, por todos los dioses de Roma, dile que mantenga su parte del acuerdo o la ira del César borrará la existencia de su insignificante reino con sus legiones.

Diegis, al fin, se levantó, saludó al emperador de Roma y, sin decir nada, coronado con aquella diadema de oro, dio media vuelta y se marchó por donde había entrado. El emperador, por su parte, algo cansado, miró a Partenio y éste de inmediato ordenó que se desalojara la sala. Cuando todos estaban saliendo, el propio Partenio se acercó a Nerva.

—El emperador está cansado, pero me anticipó antes de esta audiencia que deseaba hablar con el senador Nerva —dijo el consejero imperial.

Nerva se detuvo y, contracorriente, evitando a los numerosos colegas senatoriales que salían del *Aula Regia*, acompañado por aquel consejero, se acercó a Domiciano hasta quedar frente a su trono imperial.

—El emperador desea hablar conmigo —dijo Nerva con concisión.

Domiciano asintió, pero no habló hasta que la sala quedó vacía de senadores. Cuando sólo permanecían en el interior los pretorianos, Partenio, Nerva y él fue cuando se decidió a hablar.

—Parto mañana para la frontera del Rin, Nerva, y tardaré unos meses en regresar. Casperio, el prefecto de la guardia pretoriana, se quedará aquí para velar por la paz en la ciudad de Roma. Espero completa colaboración por parte del Senado durante esta rebelión del norte. ¿Puedo contar con esa colaboración, Nerva?

El veterano senador era veintiún años mayor que Domiciano y más de una vez, en tiempos de Nerón, se había considerado que podía haber sido emperador, hasta que Vespasiano se impuso en la guerra civil e instauró la dinastía Flavia. La historia había ido, pues, por otros caminos y Nerva, prudente, había decidido mantenerse fiel a los Flavios. Vespasiano premió su lealtad con un consulado en el 71 y Nerva sabía que ese pasado era el que hacía que Domiciano volviera a recurrir a él en aquel momento de crisis; incluso si el emperador odiaba al Senado, parecía que aún confiaba algo en aquellos que auparon a su padre al poder máximo. Nerva frunció el ceño. ¿Triunfaría Saturnino? Nadie podía saberlo. Lo único seguro era que un muy nervioso Domiciano, César en ese momento, le pedía colaboración. Nerva dio la única respuesta posible.

—El Senado colaborará con el emperador en todo momento, César. Y todos rezaremos a los dioses por el pronto regreso del César Domiciano victorioso.

Domiciano sonrió con una mueca cínica.

—No hace falta mentir, Nerva; me basta con que me asegures que tú seguirás siendo leal a una dinastía imperial que tanto ha velado por los intereses de tu familia.

Nerva tragó saliva. A nadie le tranquilizaba que Domiciano se acordara de la familia de uno.

—Mi familia permanecerá leal.

—Bien —concedió el emperador—, eso sí que puedes prometérmelo, pero no hables por otros que sabes tan bien como yo que no me desean nada bueno; aunque ése es un asunto del que me ocuparé a mi regreso. Porque... —se incorporó hacia delante en el trono y bajó la voz como quien va a transmitir un preciado secreto—... puedes asegurarles a todos los senadores que pienso volver del Rin, Nerva. Diles a todos que voy a volver. Eso deberá ser suficiente para que todos te hagan caso y permanezcan quietos, ¿me entiendes?

—Entiendo al César, sí, César —respondió Nerva con voz tensa pero clara.

—Bien. Nos entendemos los dos. Nos entendemos y eso me gusta —respondió el emperador mientras se volvía a reclinar en su trono—. Pese a lo que se dice y se piensa de mí, Nerva, no soy ingrato. Sírveme bien y prometo que serás recompensado. Ahora marcha con los demás. Tengo una rebelión que aplastar y una campaña militar que poner en marcha.

Nerva saludó al César, dio media vuelta y abandonó el *Aula Regia* a sabiendas de que era perseguido por la muy inquietante mirada del emperador de Roma. Aun así, supo caminar con paso marcial con cuidado máximo de no parecer desafiante.

La joven Flavia Julia entró en la cámara de la emperatriz deslizándose por entre las lascivas miradas de los pretorianos que custodiaban la entrada a las habitaciones del César y su augusta esposa.

—¿Es cierto que se va?

Domicia, veterana a sus treinta y nueve años en ser siempre cauta antes de hablar en presencia de sus *ornatrices*, miró a las esclavas y éstas salieron con rapidez dejándolas solas.

—Debes controlar lo que dices delante de los esclavos —dijo Domicia mientras veía cómo la última de las esclavas cerraba la puerta de la habitación al salir. Flavia Julia se arrodilló a los pies de Domicia y rompió a llorar mientras hablaba entre gemidos y lágrimas.

—No puedo más, no puedo más...

Domicia acarició la cabeza de Flavia, que buscaba refugio en su regazo. Hacía tiempo que Flavia había cedido y se apoyaba en la austera paciencia de Domicia para sobrevivir en su mundo de sumisión y horror. Domicia la miraba con lástima: Flavia Julia era muy hermosa en un palacio donde ser hermosa era una maldición. Lo de menos eran las miradas impertinentes de unos pretorianos que cualquier otro hubiera castigado, pero que Domiciano pasaba por alto absorto en sus propios problemas, cuando no cegado por su propia lujuria.

—Sí, es cierto. Se va al norte —confirmó la emperatriz. El llanto de Flavia se tornó en un sollozo ahogado. Pasaron así unos instantes hasta que se atrevió a hacer la pregunta que acariciaba su mente desde que había sabido aquella noticia.

—¿Crees que volverá... vivo?

Domicia Longina, esposa del César, emperatriz de Roma, hija de uno de los mayores *legati* de su historia, madre de un niño que debía haber llegado a César y que había muerto prematuramente, respondió con toda la serenidad pero también con toda la angustia que dan el sufrimiento y la experiencia.

—No sé si los dioses escuchan nuestras oraciones o no —miró hacia abajo, hacia el cabello largo, lacio, negro y hermoso de Flavia Julia revuelto entre sus dedos, y se agachó y le habló al oído—; pero rezaremos mucho, Flavia, y haremos sacrificios a todos los dioses de Roma para que el emperador regrese...

Flavia la miró airada, con rabia, pero, en un susurro, Domicia terminó su frase

—... para que el emperador regrese... muerto.

101

LA BATALLA DEL RIN

31 de marzo de 89 d. C.
Campamento general romano del emperador Domiciano
Al sur del Rin

El emperador llegó a las proximidades de Moguntiacum a la cabeza de seis cohortes pretorianas. Hacía un frío brutal y el viento mordía en las manos y en el rostro, pero Domiciano ignoró las inclemencias del tiempo y se concentró en cabalgar erguido y serio. Norbano, el procurador de Raetia, con dos legiones, y Lapio Máximo, el gobernador de Germania Inferior, con otras dos legiones, eran las fuerzas que se habían podido reunir con urgencia para respaldar al emperador contra las legiones XIV *Gemina* y XXI *Rapax* de Saturnino y sus hordas de germanos y catos. El emperador cabalgó por el vasto campamento levantado por sus legionarios leales hasta llegar a la tienda del *praetorium*. Justo frente a ella, Norbano y Lapio Máximo le esperaban perfectamente uniformados, dispuestos para el combate. Domiciano desmontó de un salto y la agilidad imperial causó buenas sensaciones entre todos los oficiales presentes. Domiciano sabía que todos estarían pendientes de cualquier gesto suyo y era muy consciente de que no podía transmitir otra cosa que no fuera fuerza y decisión. Norbano y Lapio Máximo se hicieron a un lado para dejar pasar al emperador entre ellos dos y luego le siguieron al interior del *praetorium*.

—Hace un frío tremendo —dijo el César nada más entrar, no porque le preocupara, sino por comenzar una conversación que aún no tenía bien pensada y en la que no hacía falta presentaciones. Domiciano ya sabía quiénes eran aquellos hombres. Los había nombrado él mismo en el pasado reciente, por su supuesta lealtad y por su discreción al no exhibir grandes victorias ante el resto de patricios, oficiales y senadores de Roma. Ahora se veía si la lealtad era de verdad o no.

—Sí, César, mucho frío —respondió Norbano, que pese a ser de menor rango que Lapio Máximo parecía estar más predispuesto a departir con el emperador con soltura.

—Estamos a punto de entrar en la primavera —continuó el emperador—. ¿Nunca mejora el tiempo aquí?

—Debería mejorar, César —respondió Lapio Máximo—, pero este año el frío se ha alargado. El Rin sigue helado.

Domiciano miró a Lapio, que se había atrevido a decir algo que parecía relevante.

—Dices lo del río —continuó el emperador— como si eso fuera importante.

Lapio Máximo y Norbano se miraron entre sí. Ante las dudas del primero fue Norbano, al fin, el que se decidió a dar las explicaciones oportunas.

—No sabemos qué ocurre al norte del Rin: los catos de Germania, que están allí, aún no han cruzado a este lado para ponerse junto a Saturnino, pero mientras el río esté helado pueden hacerlo en cualquier momento, por eso nos viene mal este frío tan fuerte.

Tito Flavio Domiciano se sentó en una *sella curulis* que había dispuesta para él en el centro del *praetorium*. Por un momento había olvidado todo lo relativo a los catos. Era normal: los había dado por derrotados en su campaña pasada en Germania.

—Yo ya he derrotado a los catos en el pasado y si vuelven a intentar cruzar el río helado volveré a acabar con ellos.

Lapio Máximo y Norbano no tenían claro que aquello pudiera hacerse con sólo cuatro legiones, no si se necesitaban al menos dos de ellas para contener a Saturnino con la XIV y la XXI bajo su control.

—Necesitamos algo de tiempo —comentó Lapio Máximo.

—¿Tiempo? —inquirió el emperador.

—Necesitamos tiempo, César, para que las legiones del Danubio lleguen hasta aquí. Parece que las lluvias y la nieve han retrasado su avance. Los caminos están en mal estado.

Algunas calzadas de los pasos montañosos hacia el este están bloqueadas. Sin esas legiones...

—Esas legiones llegarán cuando tengan que llegar —replicó el emperador—. Si Saturnino nos da tiempo seremos más fuertes, pero, y aquí tengo una pregunta para vosotros dos, ¿va a ser Saturnino tan estúpido de esperar hasta que tengamos aquí tres o cuatro legiones más?

—No, César —respondió Norbano—. Seguramente sacará sus legiones de Moguntiacum lo antes posible, en cuanto sepa que los catos están cerca del Rin. Hemos observado una amplia sección al sur de la ciudad donde se han derribado todas las fortificaciones de la ribera del río. Debe de ser el lugar que Saturnino ha dispuesto para que los catos puedan cruzar de una orilla a otra sin más preocupación que la de no resbalar sobre el hielo.

El emperador asintió. Estaba anocheciendo y se encontraba cansado.

—¿Por qué no ha atacado antes Saturnino?

—Espera a los catos y... —Norbano se detuvo pero la mirada del emperador le conminó a terminar su frase—... y estoy convencido de que Saturnino desea que el emperador esté presente en el combate. Quiere demostrar que puede derrotarte en persona. Sería una muestra de fuerza que le acarrearía nuevos apoyos entre los legionarios y... en Roma.

Domiciano asintió. Le gustaba lo directo que era aquel procurador, incluso si le daba malas noticias. Necesitaba hombres recios y decididos en aquella campaña.

—¿Se sabe algo de Trajano y de la legión VII *Gemina*?

Lapio Máximo y Norbano volvieron a mirarse entre sí.

—No —respondió Máximo—. De hecho no sabíamos que la VII *Gemina* estuviera en camino.

—Pues lo está, lo está y debería haber llegado ya. —En voz baja el emperador masculló su rencor y su nerviosismo por lo apurado de la situación—. Los Trajano no parecen ser ya tan diligentes y leales como en el pasado.

A Lapio Máximo le pareció que aquella valoración no era la más correcta.

—La distancia con Legio, al noroeste de Hispania, es enorme. Seguro que el mal tiempo también le ha retenido...

El emperador le interrumpió, a la par que tomaba nota de que el respeto a Trajano seguía intacto entre los altos mandos de Germania.

—Yo también he sufrido el mal tiempo y mis pretorianos y yo ya estamos aquí.

Tanto Lapio Máximo como Norbano sabían que no era comparable trasladar las cohortes pretorianas que se movían sin casi *impedimenta* frente a una legión que llevaba acémilas de todo tipo, catapultas, infantería legionaria y tropas auxiliares. Si la orden hubiera sido traer la caballería de la VII era seguro que Trajano ya estaría allí desde días atrás, pero transportar una legión no era tarea fácil y menos con aquel tiempo. No obstante, ninguno de los dos osó añadir una palabra más sobre aquel asunto.

—Mañana al amanecer... —empezó de nuevo Domiciano, mirando al suelo, pensantivo—, sí, tengo la intuición de que mañana al amanecer Saturnino sacará sus legiones. Ya sabrá que estoy aquí. Tiene lo que quiere.

—Le faltan los catos —apostilló Norbano.

—Eso es cierto —admitió el emperador—. Le faltan los catos. Veremos qué trae el nuevo día: si legiones del Danubio y de Hispania para nosotros o germanos aliados de Saturnino. Veremos de qué lado están los dioses. Veremos.

Levantó la mano derecha indicando que le dejaran solo. Lapio Máximo y Norbano salieron del *praetorium*. Dieron unos cuantos pasos hasta quedar lejos del alcance de los oídos imperiales y de los oídos de los pretorianos que custodiaban la tienda.

—¿Qué piensas? —preguntó Lapio Máximo a Norbano. El procurador de Raetia le miró encogiéndose de hombros.

—No sé. Si los catos llegan antes, esto se va poner muy mal, pero, por mi parte, yo permaneceré con el emperador hasta el final. La dinastía Flavia ha resistido muchas cosas. Vespasiano triunfó contra Vitelio, Tito dobló a los judíos. Yo creo que los dioses están con ellos —y dio media vuelta, dejando a Lapio Máximo meditando sobre aquellas palabras. El viento volvió a arreciar y Máximo sintió la dentellada del frío en su rostro. Era el mismo maldito frío que mantenía el hielo sobre el Rin.

1 de abril de 89 d. C.

Moguntiacum, campamento general romano del rebelde Saturnino

Era la *quarta vigilia* y el sol aún estaba escondido en un horizonte negro, pero tan pronto como Lucio Antonio Saturnino recibió la noticia de que la guardia pretoriana había sido avistada entrando en el campamento de las legiones de Lapio Máximo y de Norbano, sin dudarlo, el César rebelde ordenó que la XIV *Gemina* y la XXI *Rapax* formaran ante las murallas de Moguntiacum. No pensaba esconderse. Sus objetivos no podían conseguirse resistiendo en un largo asedio. Eso sólo daría tiempo para que el emperador Domiciano reuniera a más y más legiones hasta desequilibrar la balanza por completo. No. Saturnino estaba persuadido de que un golpe rápido, antes de que Domiciano reuniera todas sus fuerzas, era su mejor arma.

—¡Por Júpiter! —exclamó Saturnino mientras se aseguraba de que su *spatha* estaba bien ceñida a su costado izquierdo en su punto justo para desenfundarla con rapidez en caso de necesidad—. ¿Se sabe algo de esos malditos catos?

Los oficiales de la XIV y de la XXI negaron con la cabeza. Los catos habían prometido llegar hacía días y aún no había señales de ellos. Por su parte, los legionarios de la XIV y la XXI habían derribado, siguiendo las órdenes de su líder, una amplia sección de las fortificaciones en la margen izquierda del Rin para facilitarles cruzar el gran río cuando llegaran a las cercanías de Moguntiacum.

—No pasa nada —aseveró Saturnino con firmeza—. Vendrán. Seguro que vendrán. Entre tanto, nos batiremos con las legiones de Domiciano. Es el momento de demostrar que vamos en serio. Será suficiente con que aguantemos su embestida inicial. Eso les bajará los humos y cuando los catos lleguen —cambió su semblante serio por una sonrisa amplia henchida de satisfacción—, entonces nos reiremos bien. Nos reiremos —repitió mientras montaba sobre un caballo y, escoltado por una *turma* de la XIV, se alejó cabalgando para situarse en el centro de la formación entre sus dos legiones.

Campamento general romano del emperador Domiciano

Fue Norbano quien despertó al emperador. Domiciano abrió los ojos e, instintivamente, sacó una daga de debajo de la almohada. Norbano dio un paso atrás. Sólo cuando el emperador vio que iba acompañado por dos miembros de su guardia pretoriana se tranquilizó.

—¡Por todos los dioses! ¿Qué ocurre?

Norbano se rehízo y dijo lo que había venido a decir.

—Saturnino ha sacado las legiones de la ciudad.

Domiciano se levantó de un salto. Fue directo a la mesa donde había un plano de la región circundante a Moguntiacum.

—¿Cómo las ha desplegado?

Norbano se aproximó a la mesa y dio sus explicaciones a la vez que señalaba con el dedo sobre el mapa.

—Las ha dispuesto frente a las fortificaciones de la ciudad, pero transversalmente al Rin. Así.[39]

Domiciano miraba atento al tiempo que un esclavo le ceñía el *paludamentum* púrpura y otro le traía su *spatha* y el casco.

—Es decir que deja el río a la izquierda de su formación, de forma que si los catos llegan puedan incorporarse desde el norte a la batalla que se libre en ese momento —comentó el emperador. Norbano asintió—. Bien, en ese caso esto es lo que haremos. —En ese momento entró Lapio Máximo en la tienda imperial—. Lapio Máximo, con las dos legiones de Germania Inferior, formará a la izquierda de nuestra formación, en el extremo sur, mientras que tú, Norbano, dispondrás las dos legiones de Raetia y Noricum a la derecha, es decir, próximas al río. Yo estaré con las legiones del río. Si los catos hacen acto de presencia, haremos que éstas maniobren para encarar al enemigo que pueda atreverse a cruzar el Rin, mientras que Máximo tendrá que contener a Saturnino y sus

---

39. Ver mapa en los apéndices: batalla entre Saturnino y el emperador Domiciano, fase I.

hombres. ¿Está claro? —Clavó sus ojos en Lapio que asentía con rapidez—. Entre tanto, nosotros —miró de nuevo a Norbano— tendremos que detener a los germanos que desciendan del norte como sea; por todos los dioses, por Marte, por Júpiter Óptimo Máximo y por Minerva, tendremos que detenerlos como sea.

Norbano asintió y hubo un instante de silencio. Todo parecía estar claro, pero Lapio Máximo formuló una última pregunta.

—¿Y si los catos no aparecen?

Tito Flavio Domiciano emperador de Roma, sonrió con una mezcla peculiar de felicidad y odio.

—Entonces Norbano y yo desbordaremos a las legiones XIV y XXI aprovechando el hielo del Rin, les atacaremos por la espalda y no dejaremos de esas dos legiones ni huesos para los buitres.

Lapio Máximo saludó al emperador con voz rotunda y Norbano le imitó antes de que los tres salieran de la tienda.

—¡Ave, César!

—¡Ave, César!

Vanguardia germana, al norte del Rin

Una gigantesca sombra oscura reptaba al norte del Rin. Eran miles de guerreros altos, rubios en su mayoría, pelirrojos algunos y morenos los menos, armados con espadas y lanzas y utensilios de todo tipo y condición afilados y brillantes, cubiertos con sus sayos ajustados con hebillas. Sus príncipes caminaban al frente, pues nadie podía aventajarles en valor en una batalla y sabían que todos los de su tribu lucharían hasta la muerte por protegerles, ya que no había mayor deshonor entre aquellos germanos que avanzaban sobre las fronteras de Roma que salir de una batalla vivos si sus jefes habían muerto. Tras ellos venían millares de mujeres, esposas, niños y niñas, con espaldas y pechos a veces cubiertos con pieles y, en ocasiones, descubiertos, como retando al gélido viento de las montañas desde las que descendían. Las mujeres seguían a sus hombres seguras de que éstos iban a abrir una brecha, por fin, en la frontera del Rin, y de que pronto tendrían bajo sus pies tierra húmeda y fértil en un lugar donde el frío fuera más soportable y donde la vida fuese más fácil. Eran conscientes de que se avecinaba una gran batalla, pero todos estaban dispuestos a la lucha. Nada ni nadie les detendría. Era el momento de destruir aquella barrera. Los romanos luchaban entre sí y ellos, los catos, se aprovecharían de su debilidad y cruzarían por fin, para no volver atrás, el gran Rin en busca de un nuevo mundo, de un nuevo destino.

Duriora genti corpora, stricti artus, minax vultus et maior animi vigor. Multum, ut inter Germanos, rationis ac sollertiae: praeponere electos, audire praepositos, nosse ordines, intellegere occasiones, differre impetus, disponere diem, vallare noctem, fortunam inter dubia, virtutem inter certa numerare, quodque rarissimum nec nisi ratione disciplinae concessum, plus reponere in duce quam in exercitu. Omne robur in pedite, quem super arma ferramentis quoque et copiis onerant: alios ad proelium ire videas, Chattos ad bellum. [Son los de esta nación (los catos) de cuerpos más robustos y de miembros rehechos, y de aspecto feroz y de mayor vigor de ánimo. Tienen mucha industria y astucia pese a ser germanos porque dan los cargos a los mejores, obedecen a sus oficiales, guardan sus puestos, conocen las ocasiones, difieren el ímpetu, reparten el día, fortifícanse de noche, cuentan la fortuna entre las cosas dudosas y la virtud entre las seguras y ciertas, y lo que es más raro, y que no se alcanza sino por razón de la disciplina militar, hacen más fundamento en el líder que en el ejército. Toda su fuerza consiste en la infantería, la cual, además de las armas, lleva también su comida y los instrumentos de hierro para las obras militares. Los otros germanos parece que van a dar batalla pero los catos vienen a hacer guerra.][40]

40. Tácito, *De origine et situ Germanorum* (*Sobre el origen y territorio de los germanos*), XXX, traducción según <www.imperium.org> modificada en estilo por el autor.

**Unos días antes. Centro de la Galia,
vanguardia de la legión VII *Gemina***

Habían bordeado los Pirineos aproximándose al océano, y habían ascendido hacia el norte cruzando Aquitania, pero aún les faltaban muchas jornadas de viaje. Manio caminaba con el rostro serio a su lado y callaba, pero Longino, para mayor tormento de Trajano, puso palabras a lo evidente.

—¡Por Júpiter! ¡No llegaremos a tiempo! ¡Es imposible que lleguemos a tiempo!

Marco Ulpio Trajano marcaba el paso a seguir al frente de la VII legión *Gemina*, que sólo se detenía unas horas por la noche para descansar lo mínimo necesario para que bestias y hombres se recuperaran y luego reemprender la marcha al amanecer, pero aun así no era suficiente. No lo era. Las palabras de Longino hacían daño, pero era incuestionable que había que plantearse que a ese ritmo no se iba a poder cumplir con la orden imperial de llegar al Rin a tiempo de enfrentarse, junto al emperador, contra las legiones de Saturnino en Germania Superior. Además, había recibido correos indicando que el mal tiempo en el norte, en la región del Danubio, había detenido a los refuerzos del César. Trajano era cada día más consciente de que su legión, que ascendía desde el sur, podía ser clave en el enfrentamiento contra Saturnino.

Lucio Quieto se aproximó al *legatus* hispano. Era el nuevo jefe de la caballería, pero para dar ejemplo a los legionarios de infantería había optado por andar junto a Trajano, Manio y Longino para que los hombres mantuvieran el paso marcado por el gran *legatus* al mando de todos ellos.

—Se puede hacer algo —dijo Quieto en voz no muy alta. Acababa de ser nombrado jefe de la caballería de la VII y tenía miedo a decir algo inapropiado. Trajano se detuvo en seco y le miró con severidad.

—No me gustan los acertijos, Quieto. Si tienes algo que decir, adelante o calla y camina.

Quieto asintió y habló con rapidez.

—Estamos en territorio conquistado. No es probable que

nos ataquen ni a nosotros ni a los carros de víveres y suministros o a los transportes con las catapultas; sin embargo, son estos carros los que más ralentizan nuestro ritmo. Si descabalgamos a toda la caballería y hacemos que se usen los caballos para cargar sólo lo estrictamente necesario para comer y beber los próximos días, podemos acelerar el avance y alcanzar nuestro objetivo a tiempo. Bastaría con dejar una cohorte o dos de escolta de las acémilas con el grueso de las provisiones, que vigilarían que éstas lleguen al norte, aunque unos días más tarde. También se podría aligerar un poco la carga de la infantería dejando que los caballos llevaran las armas de reserva. De esa forma las tropas acelerarían la marcha y estarían junto a Moguntiacum varios días antes que a la velocidad actual. Nadie podrá seguir cubriendo casi treinta millas por jornada con toda la carga militar por mucho más tiempo.

Trajano le miró con detenimiento un rato y luego miró a Manio y a Longino. Ambos asintieron. La idea parecía buena.

—De acuerdo —dijo Trajano—. Está anocheciendo. Quiero que durante la *prima vigilia* se organice todo para partir mañana en la *hora prima* dejando atrás las acémilas de carga.

No habló más y reemprendió la marcha. Quedaba algo de luz y se debía aprovechar. Quieto interpretó aquel silencio del *legatus* como un halago. La palma de la mano de Longino sobre su hombro le certificó que había hecho bien en decir lo que pensaba. Era una sensación extraña aquella de sentirse valorado, sin halagos inútiles, por los tribunos y por un *legatus* veterano y respetado por todos. Una sensación extraña y muy placentera.

Moguntiacum, vanguardia de las legiones XIV y XXI del ejército de Saturnino

Los legionarios de la XIV y la XXI avanzaron quinientos pasos hasta detenerse a una distancia prudencial de las tropas imperiales. Saturnino miró a su alrededor. Las dos legiones estaban en perfecta formación de ataque dispuestas una a su izquierda y la otra a su derecha, con cuatro cohortes avanzadas al resto cada una, lo que hacía un total de ocho cohortes de primera línea. A continuación, tres cohortes en cada caso por detrás en los intervalos que dejaban las primeras unidades y tres cohortes más de reserva por cada legión en la retaguardia. Veinte cohortes desplegadas para ganar un imperio. Saturnino ordenó entonces que las tropas auxiliares se adelantaran por entre los pasillos que dejaban las cohortes de primera línea. Eran los hombres destinados a abrir el combate arrojando flechas, piedras con hondas y jabalinas y luchando luego en una primera embestida hasta que fueran reemplazados por los legionarios regulares de las cuatro primeras cohortes de cada legión. Todo estaba dispuesto para la lucha. Los legionarios de la XIV y la XXI sabían que estaban en inferioridad numérica frente a las cuatro legiones de Raetia, Noricum y Germania Inferior y la guardia pretoriana del emperador, pero también estaban convencidos de que ya no había marcha atrás posible. Se habían alineado con Saturnino hasta el final. Si eran derrotados sólo les quedaba la muerte con suerte en el campo de batalla —si la diosa Fortuna no intercedía, en la cruz o en el anfiteatro Flavio—, pero si resultaban vencedores, y esto era lo que les mantenía firmes en sus posiciones, habrían estado desde el principio con el *legatus* que reemplazaría al emperador en el poder de Roma. Eso les llevaría a ser el centro del Imperio y a enormes recompensas. Quizá muchos de ellos fueran llamados a reemplazar la guardia pretoriana que ahora se disponía a combatir contra ellos. Sí, toda aquella locura era una apuesta muy arriesgada que pasaba porque los germanos llegaran al Rin y cruzaran el río por el meandro de aguas lentas que había permanecido congelado todo el invierno y donde ellos habían destruido las fortificaciones de la orilla que vigilaba el Imperio. Hasta que los catos emergieran de las profundidades del bosque del norte, ellos debían resistir. Resistir. Nunca era sencilla la victoria. Engullían su miedo en silencio. Miraban hacia el enemigo y apretaban las empuñaduras de sus armas.

Ejército imperial de Domiciano

Tito Flavio Domiciano, *Imperator Caesar Augustus*, tercero de la dinastía Flavia, miró al cielo. Seguía nublado pero el viento helado se había detenido. Montó sobre su caballo y cabalgó hasta la vanguardia de sus cuatro legiones dispuestas frente a las dos legiones enemigas. Doblaban en número a las tropas que le habían desafiado. La victoria estaba próxima. El César, seguido por sus cohortes de pretorianos, llegó junto a Lapio Máximo y Norbano en el centro de la vanguardia. Domiciano no dijo nada y se limitó a mirar al gobernador de Germania Inferior y al procurador de Raetia. Al momento, ambos ordenaban el avance de las legiones en formación de ataque: tropas auxiliares al frente, dieciséis cohortes por detrás, doce más a continuación en los intervalos de las dieciséis de vanguardia y, finalmente, otras doce de reserva. Cuarenta cohortes para defender una dinastía imperial. Domiciano observó el avance con la seguridad que da el saberse con mayor número de efectivos que el enemigo, y ya estaba a punto de sonreír y felicitarse por una rápida victoria cuando uno de los tribunos pretorianos señaló hacia el Rin sin atreverse a decir nada, pero el gesto no pasó desapercibido para el emperador de Roma: miles y miles de bárbaros se apiñaban al otro lado del río en lo que debía de ser el inmenso ejército de los catos, el mayor que aquellos germanos hubieran reunido nunca en decenios de luchas contra Roma. Y aquellos catos recordaron a todos los legionarios de la frontera a los temidos queruscos que derrotaron a las antiguas legiones del emperador Augusto, las que se adentraron más allá del Rin; aquélla era una historia de guerra y terror que aún perduraba en la mente de todos los legionarios que vigilaban las fronteras del norte, desde Raetia hasta Germania Inferior. Domiciano intentó calcular cuántos había, pero era tal la inmensidad de aquel ejército que aquélla se antojaba una tarea imposible para su vista cansada por las infinitas horas pasadas en la penumbra de las velas de la *Domus Flavia*.

—¿Cuántos? —preguntó el emperador a Norbano, que se acercaba sobre su caballo para consultar al emperador sobre la estrategia a seguir. Norbano se giró hacia el río y observó la descomunal formación de los catos que, por el momento, formaban al otro lado de las heladas aguas del Rin. Se tomó un tiempo antes de aventurar una cifra que, incluso en la apreciación más optimista, resultaría aterradora.

—¡Cincuenta mil, César! ¡Por todos los dioses, quizá más, muchos más!

El emperador se quedó inmóvil, tan quieto como las gélidas aguas del Rin. En un instante habían pasado de ser cuarenta mil contra veinte mil a ser cuarenta mil contra setenta u ochenta mil hombres, de doblar al enemigo a ser doblados en número por éstos. Tito Flavio Domiciano no parpadeaba. Norbano esperaba órdenes y lo mismo Lapio Máximo, que se había acercado hasta allí con él. El viento frío del norte se había detenido. Era como si todo permaneciera extrañamente en suspenso hasta que el emperador hablara. Ni a Lapio Máximo ni a Norbano ni al resto de oficiales pretorianos y de las legiones imperiales les hubiera parecido insensato ordenar una retirada organizada ahora que aún estaban a tiempo. Una retirada hacia el sur, donde reagruparse con las legiones del Danubio y con la VII *Gemina* de Trajano, cuando fuera que éstas llegaran, para poder hacer frente a aquella invasión germana apoyada por la XIV y la XXI de Saturnino, parecía la más idónea de las decisiones, pero Tito Flavio Domiciano estaba convencido de que retirarse equivalía a abdicar en favor de Saturnino. Y no le faltaba razón. Una retirada sería una muestra demasiado evidente de debilidad: otras legiones podrían pasarse al bando de Saturnino y entonces todo podía perderse. Allí no estaba en juego sólo la frontera del Rin y las provincias de Germania, sino todo el Imperio.

—Norbano —dijo el emperador.

—Sí, César.

—Seguiremos el plan marcado. Que las dos legiones de Raetia y Noricum giren hacia el río para enfrentarse a los catos junto con mi guardia pretoriana. Lapio Máximo se las tendrá con la XIV y la XXI con las legiones de Germania Inferior.

—El emperador tenía sumo cuidado en no mencionar nunca el nombre de Saturnino—. Esto es lo que teníamos planeado si los germanos venían y han venido. Seguiremos con el plan.

Tanto Lapio Máximo como Norbano tardaron unos instantes en reaccionar. Aquello no era lo que habían esperado, pero u obedecían o serían reemplazados en el mando por el emperador de inmediato y sustituidos, con seguridad, por alguno de los tribunos pretorianos, quienes, atendiendo a sus rostros serios e impenetrables, no parecían aturdidos por la presencia de aquel infinito ejército de germanos llegados desde todas las regiones ribereñas con el Rin. El gobernador de Germania Inferior y el procurador de Raetia saludaron al César con sus brazos extendidos y se dirigieron a sus posiciones para hacer maniobrar las legiones según las órdenes recibidas. Aquello era un suicidio. Una locura absoluta. Lapio Máximo y Norbano se alejaron en direcciones opuestas, pero ambos con el mismo pensamiento en la cabeza: quizá Saturnino tuviera razón y el emperador estaba completamente loco desde hacía años. Si era así, estaban en bando equivocado, pero ya era tarde para cambiar.

Ala izquierda del ejército imperial

Lapio Máximo ordenó que los auxiliares se adelantaran y arrojaran sus lanzas, piedras y flechas sobre el enemigo. Las legiones rebeldes actuaron de forma similar. Fue un intercambio en que ambos infringieron numerosas bajas en el contrario, pero que no decidió nada. Máximo ordenó entonces a las cohortes de vanguardia, la segunda, cuarta y séptima de cada una de sus legiones, que avanzaran para enfrentarse con las tropas de Saturnino. Se trataba de los hombres más débiles, jóvenes e inexpertos. Nuevamente Saturnino respondió con la misma estrategia, adelantando sus cohortes de legionarios con menos experiencia en el combate. Máximo se dio cuenta de que era como luchar contra un espejo: dos legiones bien armadas luchando de forma ortodoxa en formación de *triplex acies* contra otras dos legiones empleadas con la misma destreza. Máximo mantenía en reserva la caballería, pero igual hacía Saturnino; el *legatus* imperial estaba seguro de que si ordenaba que los jinetes de sus legiones se incorporaran al combate,

Saturnino haría lo mismo. Era un combate igualado que no conduciría a nada, por mucha sangre que se estuviera derramando en primera línea. Y aquello era grave, muy grave, porque Máximo estaba convencido de que si no conseguían doblegar a las legiones de Saturnino no habría nada que hacer aquella fría mañana en Germania Superior, pues estaba persuadido, como lo estaban todos, de que los catos, una vez cruzaran el río, arrasarían las dos legiones de Raetia y Noricum, llevándose consigo a su procurador y al mismísimo emperador y su guardia pretoriana. La superioridad numérica de los germanos era incontestable. Necesitaban más tropas, más legiones, pero las del Danubio habían tardado demasiado tiempo en reorganizar la frontera y en superar los pasos nevados para poder llegar a Germania, y de la legión VII de Trajano no se tenía noticia alguna. Todo estaba perdido, perdido.

—Las cohortes de primera línea están agotadas, gobernador —dijo uno de los tribunos.

Lapio Máximo asintió. No hacían falta más explicaciones. Las legiones de frontera funcionaban prácticamente solas. Las cohortes segunda, cuarta y séptima eran reemplazadas por la tercera, quinta y novena, quedando cuatro cohortes, las mejores, de reserva, pero todo era inútil porque Saturnino estaba ordenando el mismo reemplazo. Máximo miró entonces hacia el norte, a su flanco derecho: las legiones de Raetia habían maniobrado para encarar a los germanos que empezaban a cruzar el helado Rin. El emperador, en la retaguardia, protegido por sus pretorianos, daba las órdenes en aquel flanco. Los catos eran decenas de miles, un ejército inmenso que cubría todo el horizonte en la margen norte del Rin. Un enemigo demasiado grande, inabarcable, invencible.

Vanguardia germana, al norte del Rin

Los germanos que se adentraban en la superficie helada del Rin llevaban los cabellos largos, sin cortar desde que nacieran, o eso se decía, y lo mismo sus barbas pobladísimas y lacias y sucias. Y sin embargo, contrariamente a lo que la imagen de aquellos peludos guerreros pudiera sugerir, se trataba de los más jóvenes, pues entre los catos se había instalado la costumbre de que sólo los que habían dado muerte a un enemigo en combate podían afeitarse el pelo o la barba. Así, los jóvenes se veían obligados a soportar la humillación de dejarse crecer el pelo sin límite hasta que redimieran la vergüenza de no haber matado a ningún enemigo. Pero los catos no eran inclementes, y por eso les cedían a estos jóvenes recios y barbudos la primera posición en el ataque en cualquier batalla, para que tuvieran la primera oportunidad de ennoblecer su existencia. Y los jóvenes lo agradecían entregándose a la primera línea de combate con una predisposición brutal, demoledora.

Avanzaban sobre el gélido hielo del Rin con sus espadas desenvainadas aullando con furia ensordecedora.

Vanguardia de las legiones de Raetia y Noricum del ejército imperial de Domiciano, al sur del Rin

Los auxiliares de las legiones de Raetia y Noricum cargaron sus arcos, mientras que los que se habían especializado en arrojar lanzas asían las jabalinas con fuerza mientras tragaban saliva y desafiaban el frío del río helado. Los malditos germanos avanzaban en tropel contra ellos. Todos estaban atentos a las órdenes de los oficiales. Albergaban la esperanza de que unas cuantas andanadas de flechas y lanzas enfriarían los ánimos de aquel vasto ejército que descendía del norte con la rabia de los que están dispuestos a todo.

Vanguardia germana, sobre el río Rin

Caminaban rápido pero pisando con tiento para no resbalar, haciendo que en cada paso la planta completa de sus pies descansara sobre el hielo. Preferían combatir en tierra firme, al otro lado del río, pero si la batalla inicial comenzaba sobre el mismísimo Rin no serían ellos los que retrocederían. Si el firme era resbaladizo, lo sería para todos. Llovieron entonces las flechas de los romanos. Caían con la densidad de una lluvia poderosa, pero hicieron uso de los escudos para protegerse y siguieron avanzando. Antes de anochecer podrían, por fin, afeitarse la barba y pasear orgullosos ante el resto de los hombres y mujeres de su pueblo.

Retaguardia de las legiones de Raetia. Guardia pretoriana

El emperador no despegaba su mirada del helado Rin. Mantenía los labios cerrados y apretados en una fina línea por la que apenas circulaba la sangre. Por los orificios de su nariz el aire emergía transformado en un vapor blanco que se elevaba hacia un cielo repleto de nubes. Su caballo negro permanecía tan inmóvil como el propio emperador. Cualquiera podría haber pensado que se trataba de una estatua ecuestre de Tito Flavio Domiciano helada por el frío de Germania. Norbano se acercó con su propio caballo.

—Los auxiliares no están consiguiendo detener el avance de los germanos. Van a conseguir cruzar el río.

El emperador permanecía quieto, sin reaccionar. Norbano inspiró y espiró aire varias veces, hasta rodearse de ese vapor blanco que emergía de los pulmones de todos sus hombres. Era aquella una mañana para morir. Norbano había albergado grandes esperanzas en su futuro hasta que los catos habían henchido el amanecer con su ejército sin fin. Una hora antes todo era posible; ahora el emperador parecía abrumado, incapaz de decidir nada. Norbano miró de nuevo hacia el Rin. Tendría que asumir el mando. Iba a alejarse y ordenar que las primeras cohortes se adentraran en el río helado cuando Domiciano le habló con una serenidad extraña.

—No hagas nada, Norbano. Que las legiones permanezcan donde están. —Se giró hacia los tribunos pretorianos y les habló con energía—. ¡Por Júpiter, a mí la guardia!

Azuzó a su caballo negro y echó a galopar hacia el frente sorteando la posición de las cohortes de las legiones de Raetia. Tras él, la caballería pretoriana primero y, a paso rápido, las cohortes de infantería pretoriana, avanzaban para encontrarse con su destino.

Retaguardia germana, al norte del Rin

Los príncipes germanos se adelantaron unos pasos. No daban crédito a sus ojos, pero el *paludamentum* púrpura y aquella caballería pretoriana no dejaba lugar a dudas: el emperador en persona se situaba al frente de su ejército. Aquello les pareció admirable, digno de respeto, pues no podían dejar de apreciar la gallardía que encerraba aquella maniobra. El emperador estaba intentando, en lo que ellos interpretaban como una acción desesperada, insuflar ánimos a unos romanos que estaban en claras condiciones de desventaja, pues ellos, los catos, les doblaban en número y seguramente en ganas. Eran demasiados años sufriendo ataques de Roma y por fin, aquella mañana, iban a ajustar las cuentas por las derrotas del pasado, por los miles de compatriotas muertos o esclavizados u obligados a luchar como gladiadores en los anfiteatros romanos. Hoy iban a poner fin a todo eso y además iban a hacerlo ensartando la cabeza del emperador en una de sus lanzas, que luego podrían exhibir en cada nuevo combate a medida que avanzaran hacia el sur, si es que los romanos volvían a atreverse a presentar un nuevo ejército frente a ellos. Los príncipes germanos se miraron entre sí y asintieron. Tomaron varios jarros de cebada destilada que tenían dispuestos allí mismo, para ingerir antes de entrar en combate, y bebieron a gusto hasta que sus labios quedaron rodeados por aquella espuma blanca que tanto les satisfacía. Sólo entonces ordenaron que el grueso de su ejército, con los veteranos al frente, se pusiera en marcha para apoyar a los jóvenes que tan valerosamente habían resistido las andanadas de lanzas y flechas de las tropas auxiliares enemigas. Incluso ellos mismos, como jefes de clan, pusieron sus pies sobre el río y echaron a andar para aniquilar el poder imperial de Roma en Germania... en el mundo.

Vanguardia romana de las legiones de Raetia, al sur del Rin

Tito Flavio Domiciano se había situado en la vanguardia de las dos legiones de Raetia y Noricum que encaraban el río. Las tropas auxiliares se replegaban tras las cohortes de vanguardia perseguidas de cerca por aquellas bestias con barba que lideraban el ataque germano, pero todo aquello no era esencial y lo que realmente le importaba estaba teniendo lugar: los germanos habían ordenado que el grueso de sus tropas se adentrara en el río helado. El emperador de Roma miró al cielo: seguía nublado pero el sol se intuía brillante tras unas nubes menos grises que al amanecer y el viento gélido se había detenido. Se volvió hacia sus tropas.

—¡Legionarios de Roma, legionarios del Imperio! ¡Los germanos se ciernen sobre nosotros como una plaga de destrucción, pero Roma no caerá bajo su yugo de locura! ¡Vosotros estáis aquí para detenerlos, para perpetuar en el tiempo el poder infinito de Roma, un poder que emana directamente de los dioses que nos protegen! ¡Y yo os digo, yo os digo! —Miró a cielo y miró al río y miró a las decenas de miles de catos que avanzaban sobre el río cubriendo el blanco del hielo con sus siluetas oscuras henchidas de furia—. ¡Yo os digo que Júpiter y Marte y Neptuno y Minerva e Isis y todos los dioses están conmigo porque yo soy un dios en la Tierra, porque el emperador de Roma está ungido por los mismos dioses a los que rezáis cada día, porque yo mismo soy un dios entre vosotros, soy vuestro *Dominus*, vuestro señor, pero también soy vuestro *Deus*, vuestro dios! —Alzó los brazos blandiendo en la derecha su *spatha* resplandeciente y gritando sin parar—. *Dominus et Deus! Dominus et Deus! Dominus et Deus!*

Y los pretorianos, encendidos por el discurso de su emperador, corearon sin dudarlo un instante aquel himno extraño que el emperador había entonado aquella mañana en que todos estaban convencidos de que caminaban directos hacia el Hades.

—*Dominus et Deus! Dominus et Deus! Dominus et Deus!*

Y los legionarios de vanguardia de las cohortes de Raetia y Noricum, ateridos no ya por el frío —pues éste, aunque nadie pareciera haber reparado en ello, había aflojado— sino petrificados por el pánico ante aquel ejército al que sabían que no podrían contener, se aferraron a aquel cántico como los cristianos hacían con sus rezos en la arena del anfiteatro Flavio cuando se los arrojaba indefensos contra las fieras hambrientas traídas desde todos los confines del Imperio.

—*Dominus et Deus! Dominus et Deus! Dominus et Deus!*

El emperador miró entonces al río como si realmente de un dios se tratara, como si con su mirada pudiera fundir un ejército entero de enemigos invencibles y, justo en ese instante, ocurrió algo insospechado, la auténtica obra de un dios entre los dioses: el Rin rompió su silencio de meses y abrió su boca en el centro de su cauce en forma de una gigantesca grieta que se abría y se abría sin tener fin. Y Tito Flavio Domiciano desmontó de su caballo y, rodeado por los mejores soldados de su guardia pretoriana, avanzó hacia la ribera misma del río sonriendo malévolamente, asintiendo para sí, confirmando la inmensa felicidad de sus pensamientos: lo sabía, lo sabía, él lo sabía. El río se abría, y es que ningún río helado, ni siquiera el Rin, podía resistir tanto peso, no cuando el tiempo está cambiando y el sol está emergiendo de entre las nubes. Y habló para sí mismo, en voz baja, en un susurro de palabras solemnes que pronunciaba convencido de que realmente era un dios entre los hombres.

—Sois muchos, germanos.

Sonreía y sonreía mientras veía cómo las turbulentas y gélidas aguas del Rin fagocitaban a decenas, centenares, miles de guerreros catos incapaces de hacer nada para evitar el desastre absoluto.

—Sois muchos, germanos: sois demasiados, demasiados para el pobre río Rin —y lanzó la más tenebrosa de las carcajadas, que resonó por encima de los gritos de pavor de sus enemigos, aprisionados por el hielo y las aguas cada vez más bravas de un río inmenso que despertaba a la vida después de meses de quietud total en aquel meandro junto a la fortaleza de Moguntiacum. Domiciano puso los brazos en jarra mientras lo observaba todo, disfrutando de su gran victoria, al tiempo que los pretorianos se ocupaban de dar muerte a los pocos germanos que, nadando entre el hielo resquebrajado, habían conseguido alcanzar la orilla sur del río. A los pretorianos se unieron los legionarios de las cohortes de vanguardia de Raetia, que, completamente alucinados, asistían a aquel espectáculo envueltos en la lujuria de la victoria absoluta frente al miedo aterrador que habían sentido hacía tan sólo unos instantes.

Norbano llegó entonces junto al emperador y se acercó despacio. No sabía bien qué decir. Lapio Máximo tenía dificultades para detener el empuje de las cohortes más veteranas de la XIV y la XXI, pero el espectáculo de las decenas de miles de germanos ahogándose en el Rin era tan absorbente que apenas podía articular palabras. Fue el emperador quien, al sentir su presencia, se volvió hacia él y habló con la voz cambiada, como si ya no fuera el mismo que había llegado a Germania unos días antes.

—¿Has visto, Norbano, lo has visto bien?

Norbano iba a asentir, iba a decir que sí, que el río se había abierto en dos y se tragaba a los germanos impidiendo que éstos se sumaran a las tropas de Saturnino, pero fue el propio emperador el que se dio respuesta a sí mismo y sólo entonces Norbano comprendió la transformación que se había obrado en la persona del emperador.

—Los dioses me obedecen, Norbano, los dioses me obedecen. Neptuno, el dios de las aguas, ha obedecido mis órdenes, Norbano, y ha abierto al río en dos. Los dioses me obedecen.

Se volvió para admirar el resultado de su gran poder: un ejército de decenas de miles de hombres destrozado sin apenas entrar en combate. Norbano tardó aún un rato en atreverse a entregar el mensaje que le había llevado junto al emperador, pero incluso si éste se consideraba un dios, incluso si en efecto lo era, ese dios tendría que atender el otro flanco de la batalla cuyo resultado aún quedaba por definir.

—Lapio Máximo, César, necesita nuestra ayuda: pese a lo igualado que ha estado el combate todo este tiempo en ese sector, ahora la XIV y la XXI están a punto de desbordarle.

Tito Flavio Domiciano se volvió hacia Norbano colérico. El procurador de Raetia sabía que aquel comentario, que manchaba la tremenda victoria que se acababa de conseguir en el Rin, iba a molestar al emperador, pero, en cualquier caso, era un mensaje destinado a asegurar que lo conseguido en el río no se perdiera ahora frente a las murallas de Moguntiacum por falta de rapidez en asistir a las legiones de Máximo. Pero las palabras del emperador le aclararon el origen de la rabia imperial.

—¡Nunca, Norbano, nunca!, ¿me oyes bien? ¡Nunca, Norbano, ni tú ni nadie, vuelvas a dirigirte a mí como César!

Norbano asintió, pero no entendía qué otro título aún más insigne que el de César podría usar para dirigirse al emperador. Domiciano se lo aclaró de inmediato, sin gritar, volviendo a emplear una voz extraña a la par que serena que helaba las venas de quien la escuchaba.

—A partir de ahora, Norbano, todos se dirigirán a mí como *Dominus et Deus*. ¿Está claro, procurador? *Dominus et Deus*.

Norbano asintió y saludó al César con el brazo extendido y repitiendo aquellas mismas palabras.

—¡Ave, *Dominus et Deus*!

En respuesta a aquel saludo, el emperador sustituyó la cólera de su semblante por una nueva sonrisa cargada de satisfacción y de seguridad.

—Vayamos ahora a asistir a Máximo. Quiero la cabeza de Saturnino clavada en un *pilum* antes del anochecer.

Las órdenes se transmitieron con rapidez, y excepto cuatro cohortes que quedaron de vigilancia junto al río para terminar con cualquier germano que aún pudiera emerger, medio muerto y medio helado, de las frías aguas ya en movimiento del Rin, el resto de las dos legiones de Raetia y Noricum maniobró hacia su izquierda para incorporarse desde la retaguardia a la batalla que se libraba frente a las murallas de Moguntiacum, donde Saturnino parecía haber conseguido, por fin, deshacer la balanza en aquel combate entre dos legiones imperiales, por un lado, y la XIV y la XXI rebeldes, por otro.

Las legiones imperiales de Germania Inferior frente al ejército rebelde
Instantes antes del deshielo del Rin

Lapio Máximo observó cómo la XXI *Rapax* estaba desbordando su flanco izquierdo y envió a la caballería para evitar el desastre, a lo que Saturnino, una vez más, respondió imitando la maniobra. Ambas caballerías se neutralizaron sin que su lucha hubiera variado el hecho de que la XXI se estaba imponiendo por su furia a las fuerzas desplazadas por Máximo desde Germania Inferior. Miró el gobernador entonces hacia su derecha: necesitaba ayuda de Norbano y del propio emperador para defender ese flanco, pero las legiones de Raetia y Noricum estaban empezando a repeler el ataque brutal de decenas de miles de catos que estaban cruzando el Rin. Era el fin de todo. Lapio Máximo se ajustó el casco y escupió en el suelo. Avanzó una veintena de pasos hasta situarse con el *primus pilus* de la I cohorte de la legión. Era el momento de hacer entrar en combate las mejores cohortes que había guardado en reserva: la primera, la de los hombres más expertos; la sexta, la de los mejores hombres jóvenes y la octava y la décima, formadas por veteranos que habían demostrado su valía en el pasado reciente.

—Vamos allá, por Júpiter —ordenó Máximo al *primus pilus* sin elevar la voz.

Sus instrucciones se difundieron haciendo sonar los *buccinatores* de retaguardia y las cohortes de reserva avanzaron al encuentro de los veteranos de la XIV y la XXI.

El choque en la llanura delante de las fortificaciones de Moguntiacum fue bestial. Los legionarios de la XIV y la XXI combatían con el fervor de quien se ve ganando la batalla. Los veteranos de Germania Inferior sentían que luchaban por su supervivencia. Como siempre, el empuje de los que se creen victoriosos fue superior. Un *pilum* rasgó la piel del brazo izquierdo de Lapio Máximo.

—¡Por todos los dioses! —aulló—. ¡Mantened las posiciones, mantened las posiciones!

Pero los hombres retrocedían y retrocedían... En ese momento, de pronto, se incorporaban al combate jinetes provenientes de las legiones que habían estado protegiendo el Rin. Máximo se había retirado unos pasos de la primera línea para que un médico le vendara la herida. Miró hacia el río: el agua se movía; el hielo se había partido y miles de germanos se ahogaban en sus turbulentas y gélidas aguas mientras que el grueso de las legiones de Raetia y Noricum, apoyado por la caballería y la infantería de las cohortes pretorianas, maniobraba para apoyar a los legionarios de Germania Inferior. Máximo apartó al médico que aún estaba curándole la herida y gritó con todas sus fuerzas:

—¡Los germanos se hunden en el Rin! ¡Los germanos se hunden en el Rin! ¡Vienen refuerzos! ¡Vienen refuerzos! ¡Mantened todas las posiciones, por Júpiter! ¡Mantened las posiciones!

Y allí donde antes el fuelle de los legionarios de Germania Inferior estaba aflojando y retrocedía, de pronto, impulsados por las excelentes noticias que llegaban del Rin, resurgieron fuerzas y los veteranos legionarios leales al emperador contraatacaron contra las primeras líneas de la XIV y la XXI, que, de forma inversa, se vieron sumidos en la confusión y en el temor por lo que se oía por todas partes: el Rin se había descongelado y los germanos no podían cruzar. No podían cruzar. Estaban solos. Solos.

Retaguardia de las legiones XIV y XXI

Saturnino miró al río. Guardaba silencio. Habían tenido la victoria muy cerca, sumamente cerca. Ahora las tornas cambiaban, pero era un militar que pensaba con rapidez. No todo estaba perdido. No todo.

—Que se replieguen de forma ordenada —dijo a sus tribunos—; nos haremos fuertes en Moguntiacum.

No estaba todo perdido. El Rin se deshelaba, pero eso era el principio de la primavera. Con el buen tiempo, los catos podrían encontrar formas de cruzar el gran río de otro modo, con barcazas, poco a poco, en cualquier otro punto de la frontera. Lo que necesitaban los catos era tiempo para rehacerse. Tiempo. Y él iba a dárselo. Si se hacía fuerte en Moguntiacum, cuyas fortificaciones podían resistir un largo asedio, eso daría tiempo a que los germanos se rehicieran del desastre del río y se lanzaran aún con más saña contra la frontera de Roma para vengar a sus guerreros ahogados. Sólo tenía que resistir en Moguntiacum unos meses, manteniendo allí, rodeándole, a las legiones de Germania Inferior, Raetia y Noricum. Sin éstas y sin las legiones de Germania Superior que estarían con él atrincheradas entre las murallas de la ciudad, la frontera del Rin estaría completamente desprotegida. Era sólo cuestión de meses, quizá aún menos tiempo, que los catos y otros pueblos germanos se aprovecharan de las circunstancias, de una Roma sumida en una confusa guerra civil, para atacar de nuevo. El emperador podría traer legiones del Danubio, pero tampoco podría dejarlo sin protección mucho tiempo, incluso si, como habían informado los últimos correos imperiales propagandísticos que Domiciano había enviado a todas las legiones del Imperio, se había firmado un tratado de paz con el siempre imprevisible Decébalo. Y cuanto más tiempo se alargara aquel asedio, más nerviosos se pondrían en el Senado. Todo era posible. Todo. Había que resistir. Los tribunos le miraban inquisitivos.

—Resistiremos hasta que los catos se rehagan —les respondió Saturnino—. Cruzarán el río en otro punto en poco tiempo y el emperador volverá a estar en inferioridad. La victoria final será nuestra.

Los tribunos de la XIV y la XXI asintieron, pero no lo hicieron ya con la rotundidad de unos oficiales plenamente convencidos.

cum ipsa dimicationis hora resolutus repente Rhenum transituras ad Antonium copias barbarorum inhibuisset.

[Al deshelarse súbitamente el río Rin en el mismo momento del combate (Domiciano) contuvo a las tropas bárbaras que se disponían a cruzarlo para unirse a Antonio (Saturnino).]

SUETONIO, *Vitae Caesarum*, «Vita Domitiani», VI [41]

41. Traducción según la versión de Alfonso Cuatrecasas en la edición de *La vida de los doce césares* de Austral. Ver bibliografía.

102

UNA ENTREVISTA CON EL EMPERADOR

Germania Superior, abril de 89 d. C.

La legión VII *Gemina* estaba exhausta. Todos los legionarios habían recibido un nuevo par de sandalias en Aquitania, pero incluso las nuevas *caliagae* daban muestras de agotamiento: presentaban descosidos en el cuero, suelas gastadas, rozaduras y sabañones por todas partes. Caía la tarde y, como tenía costumbre el *legatus* Trajano, la marcha proseguía mientras hubiera un rayo de luz; si había luna, se continuaba andando incluso durante parte de la *prima vigilia*. Sabían que la Galia había llegado a su fin hacía varios días y que caminaban ya por tierras de Germania Superior, pero no se veía a nadie por los caminos. Las puertas y ventanas de los pueblos próximos a las calzadas por las que caminaban estaban cerradas y el miedo se palpaba en el aire. Los legionarios de la VII *Gemina*, procedentes en su mayoría de la refundación la I *Germánica* y la VII *Galbiana*, habían participado activamente en la guerra civil del 69 y sabían reconocer ese ambiente de terror que inunda a los pueblos que sienten cómo el monstruo de la guerra se abalanza sobre ellos. Estaban cerca, muy cerca. Así, al descender una colina, Trajano, Manio, Longino y Lucio Quieto vislumbraron la llanura de Moguntiacum y allí, a los pies de la ciudad, encontraron la devastación rotunda, inconfundible, de la guerra: miles de cadáveres esparcidos por lo que había debido de ser una enorme batalla campal.

—Llegamos tarde —dijo Longino, aunque lamentó en seguida haberlo dicho; nadie podría haber llegado antes de lo que había conseguido Trajano.

El *legatus* no parecía molesto por aquel comentario. Estaba concentrado en escrutar el horizonte intentando interpretar bien lo que se veía.

—Hay un gran campamento frente a Moguntiacum y se han levantado puestos de guardia —dijo—. Son las legiones del emperador... —Pero no terminó la frase.

—Si el emperador está fuera de Moguntiacum es que Saturnino sigue dentro —concluyó Lucio Quieto. Trajano lo miró sonriendo y le puso la mano sobre el hombro, algo que sólo había hecho hasta la fecha con Longino o con Manio.

—Eso es, muchacho, eso es —dijo el *legatus* hispano al joven oficial norteafricano. Miró entonces a Longino, sonriendo—. A lo mejor no llegamos tan tarde.

Longino asintió. La marcha se reinició. Miró a Quieto. El joven oficial de caballería se había ganado el afecto de Trajano en aquella marcha. Longino no sentía envidia; apreciaba demasiado a Trajano para sentir algo tan mezquino. Sabía que él era sólo un tullido que apenas podía blandir el arma en combate y que estaba donde estaba por el afecto de Trajano, por el pasado, por aquellas cacerías de juventud en la lejana Bética; por una cacería en particular. No, no era eso lo que le preocupaba. Lo que le angustiaba era no saber si Quieto sería la persona que Trajano pensaba que era. Quizá sí. Era difícil saberlo sin verlo en combate. Las referencias de sus actos en Moesia y Dacia eran excelentes, pero Longino sólo creía a sus ojos.

—*Dominus et Deus,* acaba de llegar Trajano con la VII —anunció Norbano nada más entrar en el *praetorium* del campamento imperial.

El emperador estaba sentado frente a una mesa con un mapa de la ciudad de Moguntiacum para estudiar la mejor forma de asediarla. Lapio Máximo le estaba indicando en el plano las posiciones más débiles de las murallas. Domiciano levantó la vista sin mover la cabeza.

—Tarde —dijo—. Llega tarde.

Norbano no replicó nada, sin embargo Máximo, que era consciente de las dificultades de aquel asedio y de lo que implicaba dejar desprotegidas las fronteras de Germania Inferior y Superior y Raetia y Noricum mientras no se resolviera la rebelión de Saturnino, se aventuró a apuntar una opinión personal que podía chocar con el punto de vista del emperador.

—Sí, *Dominus et Deus*, llega tarde para la batalla, pero quizá pueda sernos útil en el asedio. —Y como viera que el emperador le miraba fijamente con el ceño fruncido añadió razonamientos que respaldaran sus palabras—: Su padre fue muy útil en el asedio de Jerusalén cuando estaba al servicio del emperador Tito.

Recordar a Domiciano la gran victoria de su hermano en el pasado no contribuyó a relajar su faz. Lapio Máximo calló y bajó la mirada.

—Que venga —dijo al fin Domiciano mirando a Norbano, que esperaba en la puerta.

Pero no fue Norbano, sino Lapio Máximo el que salió a saludar a Trajano y a sus oficiales Manio, Longino y Lucio Quieto, fuera de la gran tienda del *praetorium*. Les separaban una veintena de pasos de la entrada y el gobernador de Germania Inferior aprovechó para resumir la situación al *legatus* recién llegado con la rapidez que requería la urgencia de aquel momento.

—Saturnino se ha hecho fuerte en Moguntiacum; los catos no han podido cruzar el río por el deshielo, pero siguen al otro lado lamiéndose las heridas. Esto no está resuelto, aunque el emperador piensa que sí.

Trajano escuchaba con atención y asentía a cada frase. Estaban ya en la puerta: dos guardias pretorianos se hicieron a un lado para dejar pasar al *legatus* recién llegado de Hispania cuando Máximo recordó algo importante y se lo comentó en voz baja.

—Hay que dirigirse al emperador como *Dominus et Deus*.

No tuvo tiempo de explicar a qué se debía este cambio. Trajano dedicó una mirada de sorpresa a Máximo pero no había tiempo para más palabras. Entró en el *praetorium*.

Tito Flavio Domiciano recibió al *legatus* hispano sentado en una gran *cathedra* mientras degustaba una copa de vino dulce en una hermosa y pesada copa de bronce. Se la había hecho traer desde Roma para mantener un mínimo de comodidades en aquella pesada y fría, lluviosa e inclemente campaña del norte. Manio, Longino y Quieto entraron también, pero se quedaron junto a la puerta de la tienda, a una distancia prudencial de aquel encuentro entre el emperador Domiciano y el *legatus* Trajano.

—Llegas tarde —espetó el emperador a Trajano, que no tuvo tiempo ni de saludar—. Llegas tarde —repitió y aclaró por qué—: Llegas tarde a todo, Trajano: los catos están ahogados en el Rin y Saturnino escondido como una comadreja en su madriguera. Ha sido una nueva gran victoria de tu *Dominus et Deus* —advertía así a Trajano de su nuevo estatus—. He vuelto a derrotar a los catos como lo hice hace unos años. Soy Germánico dos veces ya, y además he aplastado una rebelión; todo eso pese a no tener la ayuda de todas las legiones que convoqué para que llegaran al norte a servirme lealmente.

La mención a la cuestión de la lealtad de Trajano enfrió aún más el ambiente, de por sí ya bastante gélido. Quieto observó con el rabillo del ojo cómo Longino se llevaba su tullida mano derecha a la empuñadura de su *spatha*. Aquel gesto le transmitió con precisión lo grave de la situación.

—Llego tarde, *Dominus et Deus* —respondió Trajano con solemnidad—. No he sido capaz de cumplir las órdenes recibidas. —No dijo más.

Domiciano le miraba nervioso. Esperaba un enfrentamiento con el orgulloso *legatus* hispano, pero éste callaba y, además, se había dirigido a él de forma apropiada. Era algo, algo... pero poco, muy poco.

—Las buenas palabras no cambian el hecho de tu incapacidad —sentenció el emperador.

Trajano asintió antes de volver a hablar.

—Mi *Dominus et Deus* tiene razón, como no puede ser de otra forma, pero quizá pueda redimirme ayudando en el asedio a Moguntiacum.

—Hummm —dijo el emperador mientras se reclinaba sobre el respaldo de su asiento y extendía su brazo con la copa de bronce para que un esclavo la rellenara con el mejor vino dulce traído desde la distante y lujosa *Domus Flavia*—. Este asedio no tiene muchos secretos, *legatus*; les cercaremos hasta que el hambre y la sed acabe con ellos y luego me permitiré la satisfacción de entrar en la ciudad y matar uno a uno a todos y cada uno de los hombres de la XIV *Gemina* y la XXI *Rapax*. Eso enseñará a esos malditos lo que ocurre cuando alguien se rebela contra su emperador, contra su *Dominus et Deus*.

Se levantó para subrayar así la importancia de sus palabras. Todos guardaban silencio. Trajano se acercó despacio al mapa de la mesa y lo analizó con rostro muy serio, pero no dijo nada y esperó a ser preguntado. La curiosidad imperial era conocida por todos y, al poco, hizo acto de presencia.

—Maldita sea, Trajano, si tienes algo que decir, dilo de una vez o márchate y déjame en paz con los que sí me han demostrado lealtad en el combate.

Trajano seguía mirando el mapa y respondió al emperador sin levantar la cabeza, con sus ojos fijos en las líneas que representaban las fortificaciones de Moguntiacum.

—La ciudad está bien protegida. Saturnino se habrá pertrechado bien antes de rebelarse y tendrá provisiones para bastante tiempo, semanas o quizá meses, y el río les garantiza agua suficiente. Es un río demasiado grande para poder desviarlo. Saturnino podrá resistir mucho tiempo, y mientras resista y retenga aquí al emperador y sus legiones toda la frontera, desde aquí hasta aquí —trazó con su índice una línea invisible entre Moguntiacum y el mar siguiendo el curso del Rin—, y desde aquí hasta aquí —dibujó una segunda línea desde Moguntiacum hasta Raetia y Noricum—, estará completamente desprotegida. Los catos han sido derrotados, sin duda, pero pronto se extenderá por todo el norte del Rin que las legiones de Roma están inmersas en una confrontación civil y muchos se aventurarán a cruzar el río en cuanto vean que apenas se les ofrece resistencia desde las fortificaciones del *limes*. Saturnino quiere que el César —se corrigió con rapidez—, que nuestro *Dominus et Deus*, permanezca aquí largo tiempo. Es su plan para acabar con la dinastía Flavia.

Calló y se separó del mapa. Por las miradas de Máximo, Norbano y otros oficiales presentes, Domiciano intuía que todos pensaban igual que el recién llegado Trajano y no podía evitar sentir una rabia brutal por aquel hecho, pero el anuncio de que Saturnino buscaba terminar con su dinastía le hacía contenerse.

—Sea —aceptó al fin Domiciano—. ¿Y tiene acaso nuestro *legatus* hispano algún plan para terminar con este asedio en menos tiempo?

Como Trajano se mantenía en silencio, el emperador empezó a sonreír satisfecho. Parecía que el hispano tenía muchas palabras pero pocos planes, hasta que asintió despacio y, para su sorpresa, retomó la palabra.

—Yo enviaría, *Dominus et Deus*, mensajeros a Moguntiacum anunciando el perdón imperial a aquellos legionarios de la XIV y la XXI que deserten de las filas de Saturnino. La victoria de esta mañana habrá sembrado muchas dudas entre las tropas rebeldes y un anuncio de este tipo hará que muchos se rindan. Es posible que en pocos días Saturnino se encuentre muy solo y en unas semanas las legiones pueden estar de nuevo en sus posiciones en la frontera, asegurando la integridad del Imperio y...

Pero Trajano no pudo terminar su frase. El emperador se levantó de súbito y volcó la mesa con furia.

—¡Jamás! ¡Por Júpiter y Minerva y Marte y todos los dioses! ¡Jamás! ¡Quiero a todos los hombres de la XIV y la XXI muertos y quiero la cabeza de Saturnino en un asta! ¡No me importan ni el tiempo ni los recursos que esto requiera!

Como veía que los oficiales que le rodeaban le miraban con una mezcla de miedo y desconfianza, Domiciano intentó contenerse un poco y lanzar un argumento difícil de refutar:

—Y si no, *legatus*, si no... ¿cómo voy a evitar futuros levantamientos, cómo puede un emperador perdonar a los que se han rebelado contra él?

Domiciano consiguió así que las miradas se volvieran de nuevo hacia Trajano, quien, para admiración de todos, no se arredró un ápice por el furor imperial y respondió con una serenidad enigmática.

—*Dominus et Deus*, es incuestionable que hay que ejecutar a Saturnino y a sus oficiales de más alto rango, pero el Imperio necesita a la XIV y a la XXI para proteger sus fronteras. Eliminarlas sólo nos hará más débiles frente a los catos, los dacios y los partos. Es un lujo que el Imperio no puede permitirse.

—Y el perdón a dos legiones rebeldes —replicó Domiciano— es un lujo que un César tampoco puede permitirse.

—Un César no, pero un dios sí, *Dominus et Deus* —contestó Trajano con solemnidad—. Un dios sí.

Domiciano lo miraba fijamente, con los ojos casi fuera de sus órbitas, pero le escuchaba, le escuchaba mientras hablaba y eso era lo esencial. Trajano siguió con su arriesgada apuesta para persuadir al emperador del mundo.

—¿Cuántas veces ha sido Roma indigna de sus dioses y sus dioses la han perdonado una y otra vez hasta convertirla en la más grande de las ciudades, hasta transformarla en el más grande de los imperios? La misericordia y el perdón de un César tiene límites, pero la de un dios es infinita. De hecho sólo un dios podría ser capaz de perdonar a las legiones XIV y XXI si se rinden y entregan a Saturnino y sus oficiales. Sólo un dios.

Domiciano seguía mirando fijamente a Trajano, pero sus ojos estaban más relajados, aunque igual de abiertos que su boca. Por un instante nadie respiró en el interior del *praetorium*. Trajano se mantuvo firme frente al emperador, señor y dios de Roma, hasta que la faz de éste se relajó y estalló en una larga y sonora carcajada a la que se fueron uniendo, uno a uno, todos los presentes excepto Trajano, que se limitó a esbozar una amplia sonrisa para evitar desencajar con la algarabía reinante en la tienda imperial.

—Haremos lo que dices —espetó al fin el emperador sentándose de nuevo en su *cathedra*—. Perdonaré a la XIV y la XXI si se rinden y aplacaré mi ira divina crucificando a Saturnino y sus oficiales. Como dices, sólo el *Dominus et Deus* de Roma y del mundo entero puede ser capaz de una misericordia tan grande; sí, sólo un dios puede ser tan generoso con sus enemigos.

Levantó su mano derecha y moviendo el dorso de la misma varias veces dio a entender a todos que la audiencia había terminado. Estaba cansado, tremendamente agotado. Una copa de vino más y se iría a dormir. Los dioses, a fin de cuentas, también dormían.

Longino y Manio dejaron a Trajano en la puerta de su tienda. Manio se puso en marcha hacia la suya, pero Longino se quedó un instante viendo cómo Trajano se despojaba de la coraza militar ayudado por un joven esclavo. En ese momento la tela de la puerta volvió a caer y ocultó a sus ojos la figura del *legatus* hispano que había sido capaz de influir con habilidad inimaginable en la mente imprevisible del César. Longino se giró y siguió los pasos de Manio. El tribuno caminaba despacio. Tenía, como casi todos los hombres de la VII *Gemina*, callos y sabañones en los dos pies después de la larga marcha desde Hispania. Se permitió una sonrisa. Pronto se correría la voz al norte de las empalizadas del *limes* de que Marco Ulpio Trajano, el Guardián del Rin, había vuelto.

103

UNA PATRULLA EN EL DANUBIO

φωνῇ δὲ οἱ Σαυρομάται νομίζουσι Σκυθικῇ, σολοικίζοντες
αὐτῇ ἀπὸ τοῦ ἀρχαίου, ἐπεὶ οὐ χρηστῶς ἐξέμαθον αὐτὴν
αἱ Ἀμαζόνες. τὰ περὶ γάμων δὲ ὧδέ σφι διακέεται. οὐ
γαμέεται παρθένος οὐδεμία πρὶν ἂν τῶν πολεμίων ἄνδρα
ἀποκτείνῃ· αἳ δέ τινες αὐτέων καὶ τελευτῶσι γηραιαὶ πρὶν
γήμασθαι, οὐ δυνάμεναι τὸν νόμον ἐκπλῆσαι.

[Hablan los sármatas la lengua de los escitas, aunque
desde tiempos antiguos corrompida y llena de solecis-
mos, lo que se debe a las amazonas, que no la aprendie-
ron con perfección. Tienen ordenados los matrimonios
de modo que ninguna virgen se case si primero no mata-
se a algún enemigo, con lo que acontece que muchas de
ellas, por no haber podido cumplir con esta ley, mueren
viejas y vírgenes, sin llegar nunca a poder casarse.]

HERÓDOTO, Libro IV, CXVII

Norte de Moesia Superior, frontera del Danubio
Verano de 89 d. C.

La paz con Decébalo se había firmado, pero era una paz extraña, conseguida a base de pagar al enemigo grandes sumas de
oro y plata. Era el tipo de paz que no respetaba nadie, ni los
romanos ni los dacios ni sus aliados, en particular, los sármatas. Los romanos porque, al ser los pagadores, la encontraban
demasiado humillante para seguir al pie de la letra las órdenes
de un emperador débil que allí, junto al Danubio, parecía estar excesivamente lejos de todo y de todos, y los dacios y los
sármatas porque no veían por qué debían mantenerse sin cruzar las fronteras de un Imperio que se veía obligado a pagarles

por puro miedo. Así, las incursiones de los unos y los otros a lo largo de toda la frontera del Danubio permanecieron como algo habitual, sólo que los oficiales romanos apenas informaban a sus oficiales de más alto rango y éstos casi nunca transmitían nada de lo ocurrido en la frontera a los tribunos o al *legatus*, de forma que el emperador no tenía conocimiento directo de lo que estaba pasando. Tampoco es que Domiciano se esforzara en saberlo.

Se vivía así en una permanente inestabilidad que empobreció a todas las ciudades, aldeas y campamentos al sur del Danubio, pues eran pocos los que se atrevían a establecerse en unas tierras tan hostiles donde el futuro era, como mínimo, imprevisible. Uno de los pocos negocios que todavía tenía cierta vigencia era la captura de esclavos. Una caza silenciada por los mandos, a los que siempre les tocaba algo si miraban hacia otra parte; una caza del hombre y de la mujer y de los niños, porque allí donde la ley no se aplicaba era siempre más fácil apresar a alguien, alejarlo de su mundo y conducirlo cubierto de cadenas hacia las fauces de un imperio eternamente hambriento de esclavos para seguir levantando edificios más grandes y más imponentes en Roma o en las grandes capitales provinciales, o esclavos para servir en las gigantescas *domus* de los ricos o, con cada vez más frecuencia, para luchar en la arena del ciclópeo anfiteatro Flavio. Por eso, aquella tarde fue testigo de cómo una pequeña patrulla romana se detenía oculta en el espeso bosque que llegaba hasta la ribera misma del Danubio.

—¿Es aquí? —preguntó Décimo, el centurión al mando.

—Sí —respondió uno de los legionarios, que se había adelantado y no dejaba de otear el río desde la espesura de los árboles—. Llegan siempre al atardecer.

—Bien; esperaremos —dijo Décimo mirando hacia un cielo algo ya oscuro.

Los soldados se sentaron en el suelo y compartieron agua de un odre grande que llevaban un par de *calones* que se habían traído consigo. Aquellos legionarios no eran hombres de grandes esfuerzos. La mayoría estaba allí por haber desobedecido a sus superiores en otras legiones; ahora les tocaba servir en la frontera del Danubio. Curiosamente, en pocos meses se habían ido juntando bajo el mando de aquel centurión corrupto, y la situación de todos había mejorado sustancialmente al colaborar en aquellas expediciones secretas destinadas a capturar esclavos entre los dacios, los sármatas o los roxolanos.

—Allí están, mi centurión —dijo el legionario que vigilaba la ribera del río. Señaló a media docena de guerreros sármatas que, acompañados por un par de mujeres, cruzaban el Danubio en una barca—. Es lo mismo cada día: cruzan por la tarde y aprovechan la noche para hacer pillaje entre las granjas abandonadas de este lado del río.

—¿Y esas mujeres? —preguntó otro de los legionarios con los ojos bien abiertos y babeando.

—No lo sé —respondió el que vigilaba—. Son un pueblo bárbaro, hacen cosas absurdas.

—Pues yo me alegro de que hayan traído mujeres —añadió un tercero.

—¡Silencio! —exclamó el centurión— Por Hércules, todos callados o les espantaréis.

Décimo se sentía seguro. Eran veinte hombres en aquella patrulla, más que suficientes para abordar a sólo seis sármatas. Era una proporción de tres a uno, una situación cómoda para el ataque. Las mujeres bárbaras no contaban para la lucha, pero, después de satisfacer a sus hombres, si aún seguían vivas, podrían venderse también bien si había alguna que fuera joven y no demasiado desagradable de aspecto.

—Esperaremos a que se acerquen al bosque —ordenó Décimo bajando la voz. Los legionarios se levantaron y desenfundaron los *gladios*. De tratarse de una batalla, cualquier oficial medianamente competente habría hecho uso de los *pila*, pero la idea era capturar al máximo número de aquellos sármatas con vida. De los muertos no se sacaba nada. Los legionarios se concentraban en herir, lanzando sus estocadas a piernas, brazos u hombros. A veces era buena idea matar a dos o tres para que así el resto se rindiera. De esa forma conseguías sólo una parte de la mercancía, pero intacta, y su valor se incrementaba; sin embargo, con algunos dacios y con los sármatas, aquella estrategia se había probado inútil en ocasiones anteriores.

Los malditos no se rendían hasta estar maniatados de pies y manos y, aun así, todavía intentaban embestir a cabezazos. Siempre tenían que terminar propinándoles dos o tres buenas patadas con sus *caligae* militares para que dejaran de moverse como enloquecidos en el suelo. Lo ideal era venderlos cuando aún estaban semiinconscientes o, en su defecto, encadenarlos bien por el cuello, las muñecas y los tobillos antes de que despertaran.

—Ya están ahí —masculló el legionario que los había conducido hasta aquel lugar—; ya están ahí.

Cruzaron el Danubio entre las brumas del alba. La joven Alana lo observaba todo con sus ojos azules encendidos por la excitación. Aún no había matado a un enemigo en combate, pese a que el año anterior, durante la gran batalla de Tapae, había herido a alguno. Al menos así había formado parte de la gran victoria sobre los romanos, cuando su pueblo, los sármatas, junto con los dacios, habían conseguido destrozar a una legión entera de aquellos malditos romanos que se empeñaban en querer cruzar el gran río. Ahora eran ellos los que lo cruzaban en busca de víveres, animales o simplemente por la posibilidad de enfrentarse contra alguna patrulla romana y atacarles. El grupo con el que Alana cruzaba el Danubio era reducido, pero todos valientes. Alana confiaba ciegamente en el jefe de la expedición, Dadagos, alto, fuerte y rubio. A Alana se le antojaba que Dadagos era un gran héroe. Con tan sólo diecisiete años, la joven era aún incapaz de valorar la diferencia entre el auténtico valor y la temeridad sin sentido. Pero su ceguera era comprensible. Alana, como Tamura, su hermana mayor que la acompañaba en aquella nueva aventura, estaba enamorada de Dadagos. En Tapae, al principio, sólo era admiración, pero el sentimiento había evolucionado de forma irrefrenable. Para Alana, como para su hermana, lo único importante era matar a un enemigo lo antes posible. Tamura tampoco lo había conseguido aún. Sólo entonces, de acuerdo con sus leyes, podrían desposarse con un guerrero como Dadagos y abandonar la lucha en primera línea. A Alana no le convencía

737

lo de abandonar la guerra: le gustaba. Era rápida, veloz, ágil, astuta, silenciosa, atrevida, delgada pero fuerte. Y aunque no lo percibiera, con su cabello rubio, lacio, largo, recogido con una cinta para combatir mejor, su piel brillante por el sudor de la lucha, sus músculos bien torneados en piernas y brazos, sus pechos pequeños, apretados por la ropa para poder combatir con más libertad, era también, a los ojos de cualquier hombre que la mirara, una mujer hermosa. Alana estaba celosa de su hermana por ser la mayor y porque presentía que se le adelantaría a la hora de matar a un enemigo, pero más allá de los celos, al compartir ambas el mismo anhelo de yacer con Dadagos, Alana quería a su hermana. Era una relación extraña la que mantenían, pero Alana estaba dispuesta a morir por Tamura en combate si eso era necesario, y estaba segura de que su hermana sería capaz de lo mismo. Eso sí, la que primero matara a un enemigo sería la que se dirigiría directa a hablar con Dadagos.

La llegada de la patrulla romana les sorprendió por la espalda, apenas habían desembarcado en la orilla sur del Danubio. Abrumada por sus propios pensamientos, Alana apenas si tuvo tiempo de desenvainar su espada y retroceder hacia el río. Tanto ella como su hermana se beneficiaron de que los romanos, en su ingenuidad y desconocimiento de las tradiciones sármatas, las ignoraran y se centraran sólo en Dadagos y sus hombres. Dadagos acababa de derribar a un legionario y luchaba contra otros dos mientras que tres arqueros romanos, desde la distancia, se las ingeniaron para herir con sus dardos a tres de los compañeros de Dadagos. Los otros legionarios rodearon a los heridos y los hirieron mortalmente. Fue entonces cuando Tamura intervino y se lanzó contra los legionarios que les rodeaban. Y mató a uno, a dos, con la velocidad de su juventud y su entrenamiento, pero uno de ellos se revolvió y la hirió en el vientre. La sangre empezó a salir de sus entrañas a borbotones mientras un romano se jactaba entre grandes carcajadas de su hazaña. Muy cerca, Dadagos caía muerto, de bruces sobre la orilla; los tres compañeros heridos por las flechas y ensartados por lanzas enemigas miraban al cielo con los ojos abiertos y la boca escupiendo espuma y sangre. Los dos guerreros sármatas supervivientes fueron rodeados por el resto de romanos y desarmados y obligados a arrodillarse, pero entonces uno de los dos, ya desarmado, sintió la humillación de aquella derrota inesperada quebrándole por dentro y se lanzó con sus puños contra los romanos, y su compañero sármata, enardecido por el valor de aquél, le imitó. Los *gladios* romanos los tuvieron que ejecutar sin piedad entre gritos de despecho y rabia. Alana, por su parte, se había quedado petrificada viendo a Tamura desangrándose. Sentía vergüenza de sí misma: ni siquiera había luchado. Quería acercarse a su hermana pero tres romanos se interponían. Dadagos y sus guerreros y su hermana estaban muertos: su mundo había desaparecido en un instante. Los legionarios supervientes, doce en total, se volvieron hacia ella. Alana asía la espada con fuerza. Hablaban entre ellos en aquella lengua extraña y brutal que usaban. Se los veía enajenados por la muerte de varios de sus compañeros de armas. Dadagos y el resto, incluida su hermana, habían vendido caras sus muertes. Alana retrocedía hacía el río. La barca estaba demasiado lejos y, aunque pudiera llegar a ella por ser más veloz que los romanos, éstos la alcanzarían cuando intentara empujarla hacia el agua. Cómo echaba de menos un buen caballo, pero aquellas barcas eran demasiado pequeñas para los animales. Sólo podía defenderse y luchar y morir, como Dadagos, como Tamura, como el resto de sus compañeros...

Décimo miraba a su alrededor con cara de asco. Ocho legionarios muertos y los seis guerreros sármatas ensartados por sus lanzas y *gladios*: un auténtico desastre. Ocho muertos y ni un esclavo que vender. Lo único que le aliviaba era ver al legionario que los había conducido hasta aquel lugar entre los muertos; ejecutado, además, por una de aquellas extrañas mujeres sármatas que blandían espadas. La que se había atrevido a atacarles ya estaba muerta también, sólo quedaba aquella otra joven que retrocedía caminando hacia atrás.

—Nos divertiremos con ella —oyó Décimo que decía uno de sus legionarios supervivientes a aquel desastre—. Primero nos acostaremos con ella todos y luego la venderemos.

Décimo comprendía las ansias de sus legionarios, y más teniendo en cuenta el horror de aquel anochecer. Miró entonces a la sármata, que les encaraba esgrimiendo la espada con valentía. El centurión inspiró aire profundamente. No parecía que aquella joven, muy hermosa por cierto, fuera a dejarse violar por sus hombres. No sin luchar con saña. Tendrían que golpearla brutalmente antes de solazarse con ella. Décimo avanzó varios pasos y se interpuso entre sus hombres y la muchacha.

—Hemos venido a por esclavos y el día ya ha salido bastante mal, pero nos resarciremos vendiendo a esta sármata guerrera —dijo Décimo a sus hombres—. Sé de un comerciante de esclavos que siempre busca guerreros para el anfiteatro Flavio. Podemos sacar un buen dinero por esta muchacha. —Miró a los legionarios muertos antes de continuar—. Como somos menos de los que hemos venido, al repartir las ganancias habrá oro para todos pese a que la caza haya sido escasa.

—De acuerdo, Décimo —dijo uno de los legionarios—, pero antes estaremos con ella; por turnos.

Décimo sabía que el conducir legionarios de caza para conseguir beneficios particulares hacía que la disciplina se relajara, pero todo tenía un límite. Se acercó al legionario y le habló con firmeza.

—Soy tu centurión, legionario y he dado una orden.

Todos se detuvieron, pero Décimo leyó el desprecio en sus miradas. Estaba claro que aquella sármata era demasiado hermosa y hacía semanas que no se pasaba ningún grupo de prostitutas por el campamento en aquella maldita tierra olvidada por el emperador. Décimo comprendió que tenía que dar alguna satisfacción a sus hombres, pero también estaba convencido de que la joven nunca rendiría su cuerpo. Décimo, antes que legionario, había sido comerciante. Y siempre hábil en los negocios. Ese instinto era el que le había llevado a centurión.

—De acuerdo, legionario —empezó el centurión—. Por turnos. Pero por turnos para todo: el que quiera acostarse con la muchacha que vaya, la desarme y luego que haga con ella lo que quiera. Cuando termine irá otro y así hasta que todos estéis a gusto. Sexto —señaló al que se le había encarado—, adelante, por Júpiter, es sólo una mujer con una espada, casi una niña. Adelante y disfruta. Los demás, diez pasos atrás.

El resto de legionarios retrocedió. Les parecía algo razonable. Sexto avanzó hacia la muchacha. Lo hizo sonriendo al principio, hasta que cuando estuvo apenas a dos pasos de distancia aquella maldita dio un paso rápido hacia delante y paseó su espada rozando los ojos del legionario. Sexto dio un par de pasos hacia atrás mientras que la humillación de las risas del resto de legionarios le hacía hervir la sangre.

—¡Zorra! ¡No sabes lo que has hecho! —dijo. Fueron sus últimas palabras. En cuanto se lanzó hacia delante, la muchacha, como una centella, se agachó, giró sobre sí misma y antes de que Sexto pudiera darse cuenta la espada de la joven asomaba por su garganta después de haber entrado por la parte posterior del cuello.

Alana intentó entonces extraer la espada del cadáver de Sexto pero no pudo. Le faltaba fuerza. Tenía agilidad, pero aún le faltaba más músculo. Hábil, no obstante, tomó el *gladio* de su enemigo agonizante y lo blandió nuevamente a la espera de que algún otro de aquellos hombres se lanzara sobre ella. No entendía bien por qué habían dejado que aquel legionario fuera solo contra ella en lugar de echarse a luchar todos a la vez, pero no era el momento de intentar entender a los romanos; eran extraños y absurdos en sus costumbres. Sólo pensaba en su hermana muerta y en cómo intentar escapar para retornar algún día y vengar la sangre derramada por los suyos, pero no veía forma alguna de hacerlo. La empezaron a rodear. Tenía que pasar y estaba pasando, era lo lógico, pero no se acercaban, la envolvían en un círculo de muerte del que no podría escapar ya nunca. No pensaba dejarse forzar por ninguno de ellos. Antes se quitaría la vida. Aquélla parecía ser la única forma de escapar, así que Alana levantó la espada, la giró en el aire y dirigió la punta contra su pecho.

—¡Ahora, por Júpiter! ¡O la muy imbécil se va a matar! —aulló Décimo.

De pronto, una red igual a la que usaban los *retiarii* en sus luchas en el anfiteatro Flavio cayó sobre la joven sármata y trabó su brazo, que empezaba a descender para herirse mortalmente. Se abalanzaron sobre ella varios legionarios y la redujeron, aunque sin poder evitar arañazos, mordiscos y patadas de todo tipo. Tardaron un rato en tenerla completamente inmóvil, atada con varias cuerdas. Para cuando consiguieron su objetivo, todos doloridos, ya nadie tenía ganas de acostarse con aquella maldita zorra. Décimo tenía razón: lo mejor que se podía sacar de aquella jornada era un buen puñado de oro, si es que había alguien tan loco como para querer pagar dinero por aquella maldita fiera sármata, despiadada y terrible.

Libro VII

DOMINUS ET DEUS

NERO
GALBA
OTHO
VITELLIVS
VESPASIANVS
TITVS
DOMITIANVS
NERVA
TRAIANVS

Año 90 d. C.
(año 844 *ab urbe condita*, desde la fundación de Roma)

... inopia rapax, metu saevus.

[... la necesidad le hizo codicioso, el miedo cruel.]

SUETONIO sobre Domiciano
en *De Vitis Caesarum, Domitianus,* III

104

LOS ARQUITECTOS DEL EMPERADOR

DOMITIANVS ET DOMITIA

Roma, noviembre de 90 d. C.

—Lo quiero más grande, más grande y más espectacular —decía el emperador desde su trono.

En el *Aula Regia*, Rabirius, el arquitecto al mando de las obras de la *Domus Flavia*, y sus ayudantes escuchaban sin saber bien qué responder. El emperador se había empeñado en ampliar el anfiteatro Flavio, pues el ahora *Dominus et Deus* consideraba el gran anfiteatro heredado de su padre y su hermano demasiado pequeño para un dios. Para Domiciano todo había cambiado desde su última gran victoria en el Rin. Desde entonces había tomado muchas decisiones. Algunas lógicas, bienvenidas por sus consejeros o por el Senado, como el nombramiento nada más regresar del Rin de Nerva como cónsul. Éste había ayudado al emperador y era, además, un senador respetado por todos. Domiciano consideró oportuno premiarle compartiendo el consulado de aquel año de la victoria sobre Saturnino con él. Así, Nerva fue cónsul por segunda vez, pues ya lo había sido con Vespasiano, y él, el *Imperator Caesar Domitianus, Dominus et Deus*, fue cónsul por decimoquinta vez. En cuanto terminó el año, Domiciano ordenó que Trajano sucediera en el consulado a Nerva, algo nuevamente bien visto por todos. Trajano también había colaborado en detener el levantamiento de Saturnino y asimismo era apreciado por el Senado. Otras decisiones, no obstante, eran más difíciles de comprender por todos, como que Manio Acilio Glabrión fuera también nombrado cónsul en sustitución de él mismo, del *Dominus et Deus*. Aquello era extraño, dado que todos sabían que el emperador hacía tiempo que dudaba de la lealtad de Manio Acilio Glabrión, pues hasta el César habían llegado informes de sus delatores sobre ciertos comentarios críticos de Manio hacia su gobierno. Pero todos, desde Partenio hasta el último senador, estaban acostumbrándose a estos vaivenes extraños en unas decisiones que, a fin de cuentas, eran consideradas por el César como de origen divino.

—Lo quiero más grande —repetía Domiciano como ese niño al que no le importa que se le haya dicho que lo que pide es imposible.

Los arquitectos se miraban entre sí, nerviosos, confusos, tensos. Domiciano los escrutaba atento, entre divertido y molesto. En su cabeza seguía repasando los últimos nombramientos: después de Nerva, Trajano cónsul, sí, para satisfacción de muchos, de demasiados; y Manio cónsul también, para confusión de todos. Sonrió. Le parecía tan apropiado, tan perfecto que después de él mismo, del *Dominus et Deus*, viniera Manio... Tan perfecto... Para perplejidad de todos pero no de él, del *Dominus et Deus*. Él sabía bien lo que se llevaba entre manos. A fin de cuentas era cuestión de dioses y era normal que los mortales no entendieran todo aquello. Tiempo al tiempo. Algunos pensaban que había nombrado cónsul a Manio Acilio Glabrión, de una de las más ilustres familias de Roma, para congraciarse una vez más con el Senado, de la misma forma que el nombramiento de Trajano le congraciaba con el ejército de las fronteras. Que pensaran lo que quisieran. Él sabía por qué hacía cada cosa. A Norbano, el procurador de Raetia, le había premiado con la prefectura de Egipto mientras que Lapio Máximo fue recompensado con el puesto de gobernador en Siria. Luego perdonó en principio a los legionarios de la XIV *Gemina* y de la XXI *Rapax,* con lo que consiguió, tal y como sugirió Trajano hijo, la rendición de Moguntiacum con rapidez y la entrega de Saturnino y sus oficiales. Más tarde ordenó no sólo decapitar a Saturnino y sus tribunos y centuriones, sino que exigió que además se diezmaran las dos legiones. Dos mil legionarios de la XIV y la XXI, seleccionados al azar, fueron ejecutados sin piedad uno a uno. La cabeza de Saturnino fue exhibida en un *pilum* frente a las murallas de Moguntiacum mientras se ejecutaba a aquellos rebeldes ya rendidos de la XIV y la XXI legiones de Roma. Era una medida comprensible, aceptable para muchos mandos, pero que supuso un punto de inflexión en la forma de obedecer de las legiones a Domiciano: ya no era tanto por amor a quien mejor les pagaba de los últimos años, sino que se trataba ahora más bien de una obediencia fundada en el temor a las consecuencias de no acatar las órdenes imperiales. Finalmente, la legión XIV *Gemina* fue enviada a Iliria y la XXI *Rapax* a la todavía difícil frontera del Danubio en Panonia.

—Espero una respuesta —insistió Domiciano, cansado de revisar todas sus decisiones recientes mientras aguardaba una solución de aquellos malditos arquitectos, incapaces de reformar un anfiteatro para convertirlo en una obra digna no ya de un emperador, como su padre o su tío, sino de un dios.

—Podríamos derribar un sector, al norte o al sur —respondió al fin Rabirius— y ampliar el ancho del óvalo de la arena para construir a su alrededor nuevas gradas que admitan más público...

—¡Destruir, derribar! ¡Por Minerva! —El emperador se alzó en su trono; los pretorianos que se encontraban en el *Aula Regia* fruncieron el ceño, los arquitectos contuvieron la respiración—. ¡Yo te pido construir algo más grande y tú me hablas de derribar, Rabirius! Creo que no nos estamos entendiendo. Al pueblo no le gustaría ver cómo derribamos parte del gran anfiteatro que levantó mi padre, ¿no crees?

—Por supuesto, *Dominus et Deus*, por supuesto... pero sin derribar un sector no sé cómo podemos hacerlo más grande —dijo Rabirius y se arrodilló ante el emperador en señal de humillación total. El resto de arquitectos le imitó.

El César se sentó de nuevo en su trono. Sacudía la cabeza. Estaba rodeado de estúpidos, de inútiles. De pronto uno de los arquitectos jóvenes, un recién llegado de Oriente, se atrevió a romper aquel incómodo silencio.

—Se podría ampliar el anfiteatro Flavio, *Dominus et Deus*, sin necesidad de derribar nada de lo edificado.

Domiciano miró al joven arquitecto y le hizo una señal para que se levantara.

—Al menos, Rabirius —dijo el emperador—, veo que has incorporado nuevos valores a tu equipo. ¿Quién es este hombre?

Rabirius se levantó también para responder.

—Apolodoro de Damasco, de Siria. Vino muy recomendado por los gobernadores de aquella provincia, pero si el *Dominus et Deus* me lo permite, es aún muy joven para acometer un trabajo de remodelación de la envergadura que el emperador desea. No sabe de lo que habla...

—Si sabe o no de qué habla, Rabirius, soy yo el que ha de juzgarlo, al igual que soy yo el que decide quién es el más apto para cumplir con mis deseos. —Se volvió de nuevo a mirar a aquel recién llegado joven arquitecto—. Apolodoro de Damasco, el *Dominus et Deus* del mundo te escucha, pero sé breve y no abuses de mi paciencia divina

Apolodoro asintió. Fue muy conciso.

—Hacia arriba y hacia abajo. —Como viera que ni el emperador ni los otros arquitectos parecían entenderle añadió una sucinta explicación—: Hacia arriba: podemos elevar el tamaño del anfiteatro Flavio añadiendo un cuarto piso, de forma que aumentaríamos la capacidad de las gradas; y hacia abajo se podría excavar un *hypogeo*, una red de túneles debajo de la arena, por la que podrían ir fieras y gladiadores y construir trampas y elevadores por donde ascenderían a la arena luchadores o animales. Eso haría mucho más espectaculares los juegos, *Dominus et Deus*.

El emperador sacó los labios hacia fuera.

—¿Tú que opinas de esto, Rabirius?

El veterano arquitecto negaba con la cabeza.

—Las arcadas del anfiteatro Flavio no resistirán el peso de otra planta; la estructura entera se vendrá abajo. Y esos túneles, por todos los dioses, ¿sobre qué iban a luchar entonces los gladiadores si todo está agujereado? Es absurdo, todo el planteamiento es absurdo.

—¿Qué tienes que decir, joven arquitecto? —preguntó el emperador mirando a Apolodoro. Éste avanzó un par de pasos aproximándose al emperador.

—Puede hacerse, *Dominus et Deus*, puede hacerse. He hecho cálculos. Las arcadas son fortísimas, los arquitectos imperiales han hecho un trabajo magnífico —comentaba en un intento por no enfrentarse con Rabirius y el resto de su equipo—, y sobre esas arcadas se puede levantar una nueva planta, pero esta vez sin arcadas, maciza, porque así nos valdrá de soporte para los mástiles que sostendrán el gran *velarium* que podrá cubrir todo el anfiteatro. Y en cuanto a los túneles, una vez excavados, se cubriría todo de madera, dejando trampas y puertas allí donde conviniera. Ese suelo de madera se cubriría de arena, sobre la que los gladiadores podrían luchar.

Se hizo de nuevo el silencio.

—Me gusta —dijo el César—. Tienes un año para realizar esa remodelación, Apolodoro, un año.

Se levantó del trono y se encaminó hacia la salida del *Aula Regia*, rodeado por la guardia pretoriana sin ni siquiera despedirse de Rabirirus y el resto de arquitectos.

105

EL *LANISTA* Y EL MERCADO DE ESCLAVOS

Roma, marzo de 91 d. C.

El *lanista* la vio en el mercado de esclavos. Una vez llegados a Roma, nadie preguntaba cómo habían sido capturados. Eran carne, mercancía, y como tal eran tratados. Se les daba de comer y de beber bien, sobre todo la semana anterior a entrar en Roma, porque ningún mercader de esclavos quería que sus productos estuvieran pálidos o escuálidos. Tenían que parecer fuertes y sanos, o sanas y hermosas. Hacía semanas que el preparador de gladiadores del gran *Ludus Magnus* no se molestaba en acudir al mercado de esclavos, pero había recibido una carta desde Moesia donde se le informaba de la presencia de una esclava que había destacado, sorprendentemente, en combate abierto contra una patrulla de legionarios: una luchadora. Por la fecha de la carta, la muchacha debía de llevar bastante más de un año como esclava. Habría que ver cuánto de aquel espíritu guerrero había sobrevivido a aquel largo cautiverio. Sin garra, sin furia, no le interesaba, pero Cayo estaba presionado, apremiado por un César que buscaba nuevas experiencias y que ya en más de una ocasión había ordenado que se buscaran luchadoras que, vestidas de gladiadoras, combatieran ante él en alguna de las largas tardes en el anfiteatro Flavio. Cayo, sin embargo, al contrario que otros preparadores que habían estado más sensibles a los antojos del emperador, no había tenido ninguna luchadora para presentar en los combates y Domiciano le había pagado con severas miradas de desprecio aquella ausencia. No había llegado a más la reprimenda imperial porque sus gladiadores, encabezados por Marcio, eran los mejores de Roma, pero el *lanista* había tomado buena nota y llevaba días esperando una oportunidad adecuada para hacerse con una luchadora que pudiera presentar ante el emperador y que fuera capaz de sorprender al César por su destreza frente a las *gladiatrices* de otros *lanistae*.

Y allí estaba, encerrada en una jaula como una fiera. El preparador tenía demasiada experiencia como para dejarse impresionar por un truco tan burdo. No hacía falta enjaular a ningún guerrero, y mucho menos a una mujer, para asegurarse su docilidad. Bastaba con encadenarlo de pies y manos y clavar un eslabón de la cadena de los pies en el suelo con un fuerte clavo. De ahí no se movía nadie, pero, indudablemente, era mucho más impactante presentar a una esclava hermosa, porque además era muy bella, enjaulada como si sólo los barrotes de hierro pudieran contener su fiereza. El *lanista* se aproximó hasta quedar a un paso de la jaula. Cayo era prudente: no quería ni mordiscos ni patadas. A él no le gustaba el dolor. De pronto detectó algo que le llamó la atención: la joven esclava tenía la letra F de *fugitivus* marcada en la frente, seguramente con algún hierro incandescente. La muchacha había conseguido fugarse en algún momento pero había sido capturada de nuevo. Aquello denotaba un espíritu realmente rebelde y eso le gustaba al *lanista*; pero, por otro lado, la F en la frente no ayudaba a vender a la esclava como prostituta o esclava sexual para algún noble patricio. No obstante, la joven era hermosa y más de un lascivo patricio podría no dar demasiada importancia a esa marca.

Cayo sabía que el mercader llegado del norte del Imperio le observaba con atención, pues sólo él, el preparador de gladiadores del *Ludus Magnus*, podía pagar más que nadie por aquella luchadora. El resto de *lanistae* se mantenía a la espera de su dictamen. No era probable que quisieran entrar en una puja con él. Cuando el gran *lanista* de Roma ofrecía una cantidad por un esclavo era generoso, pero todos sabían que odiaba entrar en subasta, y que si alguien subía el precio solía retirarse mirando con desprecio al mercader de esclavos, a quien había pujado y al esclavo de turno objeto de aquella pugna, pues era frecuente que algunos amigos de los mercaderes de esclavos fingieran pujar por un luchador con el fin de subir el precio de los prisioneros que llamaban más la atención. Con esa actitud de menosprecio, el *lanista* buscaba terminar con esa práctica, algo imposible, pero al menos no se fingían pujas cuando era él quien proponía un precio.

—Treinta denarios —dijo Cayo mientras rodeaba la jaula cojeando con pesadez.

Los años le pesaban ya demasiado. Había ofrecido una cantidad importante, pero la muchacha era joven y fuerte; la habían conservado bien y tenía aún esa mirada asesina del guerrero nato que no había visto jamás en una mujer. Eso le empujó a ofrecer una gran suma. Cayo intuía que si alguien encajaba en lo que los historiadores griegos contaban de las amazonas del norte del Danubio, nadie lo hacía mejor que aquella muchacha.

—¿Sabe montar? —preguntó el *lanista* antes de que el mercader aceptara o desechara su oferta.

—No lo sé —respondió.

Cayo sacudió la cabeza ante aquella falta de conocimiento, como defraudado. El mercader se puso nervioso.

—Treinta denarios. Es vuestra, sí. Se llama Alana, o eso me pareció entender un día que se dignó a hablar en su lengua bárbara. Y ha matado por lo menos a un legionario. Eso dicen los que la atraparon —explicó en un intento por asegurarse la venta.

Cayo había dado la espalda al mercader. Se permitió una sonrisa. Una sármata, una guerrera del Danubio, nacía casi cabalgando. Aquel mercader era aún más idiota de lo que imaginaba. Cayo lamentaba haber ofertado tanto dinero; la podría haber conseguido por mucho menos. La presión de la impaciencia del César le estaba afectando a la hora de hacer negocios con la cabeza fría. ¿Sería cierto lo del legionario muerto? Sacudió la cabeza: imposible saberlo. En cualquier caso, el negocio ya estaba hecho. Había que mirar hacia el futuro. Alana sonaba bien. Una joven como ésa, medio salvaje, criada entre guerreros, a la que habían visto combatir y que era capaz de sostener la mirada de cualquiera tenía que ser una buena *gladiatrix*, y si no ya estaba ahí él para forjar aquel cuerpo joven, ágil y hermoso. Otra cosa es que se la pudiera domesticar.

La transportaron dentro de la jaula. El *lanista* no quería permitirse ninguna alegría. La soltaron nada más llegar al *Ludus Magnus*. Por orden de Cayo situaron la jaula en medio de la arena de adiestramiento y la abrieron entre dos fornidos *secutores*. La muchacha salió como salen las fieras en el anfiteatro Flavio: asustada, mirando a todas partes. Era la hora de comer y en un lado de la arena se empezaba a distribuir el rancho del día. El olor a *hordeum* [cebada] atrajo a todos los luchadores. Alana vio que nadie se fijaba en ella. Tenía hambre, como el resto. Allí todos iban armados; ella no. Todo estaba rodeado por unas gradas enormes. En las puertas había soldados armados que se parecían a los legionarios del Danubio, aunque eran diferentes, más corpulentos, y parecían más disciplinados. El que la había comprado lo observaba todo desde lo alto de una grada. Alana se acercó a comer. Vio que todos tomaban un cuenco con cebada y una cuchara y les imitó. Sentía las miradas de aquellos hombres, todos guerreros, en su mayoría musculosos, muy fuertes. No había ninguna mujer, pero eso no le dio más miedo. Desde que dejara el Danubio había aprendido a vivir sin saber qué iba a ocurrir al día siguiente, al momento siguiente.

Se puso en la cola y, cuando llegó su turno, un hombre que servía la miró y se rió de ella enseñando unos dientes podridos, pero le sirvió una ración como la de los demás. Alana cogió su comida. Al salir de la cola vio que todos se habían sentado en pequeños grupos. Sólo uno de entre todos ellos comía solo, apartado del resto. A sus pies había un perro grande negro. Alana se acercó a aquel hombre que ocupaba la esquina más lejana de aquella explanada de arena. A medida que se acercaba, el perro se levantó despacio y se sentó. El hombre que comía a su lado ni siquiera alzó la mirada. Ella se detuvo a unos diez pasos y se sentó acurrucándose contra la pared. La joven sármata conocía bien a los animales: aquel perro defendería aquella esquina con su vida si se aproximaba más. Al sentarse ella, el animal volvió a echarse. Alana comió con ansia todo el contenido del cuenco y mordió varias veces el pedazo de pan que le habían dado, pero se contuvo y se guardó la punta final del mismo. Miró entonces al perro y le arrojó el pan con habilidad, de forma que, rodando, le quedó apenas a un paso. El perro volvió a sentarse mirando el pan con anhelo, pero se contenía y miraba al luchador que comía solo a su lado. Alana comprendió de inmediato que era su amo. El hombre, al fin, alzó los ojos. Dejó su cuenco vacío en el suelo y miró al perro. Asintió levemente, una sola vez. El animal se levantó, cogió el trozo de pan que le había arrojado la muchacha y empezó a masticarlo con deleite. Una vez terminó, siempre mirando de reojo a su amo, el perro, muy despacio, se acercó a Alana. Ella se mantuvo muy quieta, sentada, sin moverse un ápice, respirando despacio. El perro se acercó hasta quedar a un solo paso. Alana movió su brazo con lentitud y ofreció su mano desnuda al animal, de abajo arriba, abierta. Éste se acercó un poco más y la olió primero. Al poco empezó a lamerla. Alana sabía que no era sumisión: aún había restos de la comida que la muchacha acababa de ingerir entre sus dedos. Levantó entonces su mirada y se dio cuenta de que el amo del perro, sentado en su esquina, la observaba muy atento. Tenía una mirada profunda y extraña que la sedujo al mismo tiempo que la atemorizó. No sabía muy bien por qué, pero, por primera vez en la vida, Alana fue incapaz de sostener la mirada de un hombre y bajó los ojos. El perro seguía lamiéndole la mano. Alana, lentamente, pudo posar su otra mano sobre su lomo y acariciarlo. Sabía que la mirada del amo del animal seguía clavada en ella.

Absorbidos como estaban en analizarse el uno al otro, ni Marcio ni Alana se percataron de que el *lanista* los vigilaba desde las gradas. El *sagittarius* más veterano se acercó al preparador de gladiadores.

—Parece que Marcio va a adoptar ahora una perra.

Cayo asintió sin sonreír. Aquello le parecía más importante que casual.

—Eso parece —confirmó el *lanista*—, eso parece.

No dijo más. A Cayo le pareció lógico lo que estaba pasando. Los tres, aquel perro, Alana y Marcio, eran animales perdidos y solos. La desgracia les unía. Pero el *lanista* se quedó algo intranquilo. No sabía intuir si aquella unión los hacía más fuertes o más vulnerables. Y él necesitaba guerreros fuertes.

106

ALBA LONGA

Alba Longa, agosto de 91 d. C.

El emperador citó a sus cónsules de aquel año, Manio Acilio Glabrión y Marco Ulpio Trajano, en su hermosa villa privada levantada en Alba Longa. Los carros de los dos cónsules y de todo el séquito imperial avanzaron por la *Via Appia* hasta llegar a la bifurcación donde empezaba el camino que conducía directamente a aquella antiquísima población del tiempo de los desaparecidos reyes de Roma. Se decía que el emperador había hecho edificar allí su gran villa porque se sentía a gusto en un lugar que le conectaba con los reyes de antaño, como Tarquino el Soberbio, que mandara levantar el gran templo de Júpiter Latiaris en los montes Albanos, próximos a aquella ciudad.

La creciente locura del emperador aún no se había desatado de forma pública, pero todos los que estaban obligados a vivir próximos al César temían por sus vidas; incluso si no lo confesaban, temían por sí mismos. Domiciano daba cada vez más muestras de controlar cada día menos sus impulsos, y la imagen de un tirano caprichoso e imprevisible había empezado a permear en el ánimo de todos los que trataban directamente con él. Por eso, tanto Manio Acilio Glabrión como Trajano observaban con ojos inquietos la exhibición de lujo y poder que rezumaban todos los rincones de aquella impresionante villa: estatuas de los dioses Júpiter, Minerva e Isis por todas partes, aquellos con los que el emperador se afanaba más en identificarse, los miraban desafiantes desde cada esquina de los inmensos jardines que rodeaban el palacio que Domiciano había hecho levantar en aquella pequeña villa. Los ciudadanos de Alba Longa, no obstante, estaban encantados con el hecho de que el emperador hubiera elegido Alba Longa como lugar donde relajarse cuando el bullicio de Roma le resultaba excesivo. Era cierto que Domiciano, fiel a su costumbre, había expropiado de malas formas algunos terrenos y casas para construir todas las edificaciones que deseaba, pero pasados esos años de tensión las visitas del César traían grandes cantidades de oro y plata a la ciudad, además de que la villa del emperador precisaba todo tipo de productos agrícolas y de ganadería para satisfacer las fauces insaciables de sus cocinas, que no paraban de guisar en gigantescas cacerolas durante todos los días y las noches que el emperador permanecía con su séquito de familiares, senadores y altos funcionarios del Imperio. Y para colmo de felicidad de los ciudadanos de Alba Longa, el emperador había hecho levantar junto a su villa un anfiteatro de notables dimensiones donde podía seguir disfrutando de uno de sus entretenimientos favoritos, las luchas de gladiadores, incluso si se encontraba alejado de la gran Roma. No se trataba de un nuevo anfiteatro Flavio —aquella era una construcción irrepetible que había precisado de todo el oro del Templo de Jerusalén para financiarse—, pero sí era un edificio de dimensiones hercúleas para una pequeña ciudad como Alba Longa, pues al albergar hasta casi tres mil espectadores permitía que a los juegos circenses que el emperador organizaba para su divertimento personal pudiera acudir no sólo su séquito, sino todos los ciudadanos romanos de la población. ¿Qué más se podía pedir? Dinero y diversión a manos llenas. Los ciudadanos de Alba Longa se sentían señalados por los dioses. Y no iban desencaminados. A fin de cuentas, el emperador era su *Dominus et Deus*.

Aquel verano, Domiciano había decidido retirarse a su gran villa por lo insufriblemente lentas que le resultaban las obras de ampliación del anfiteatro Flavio. Para su desazón, éstas impedían la celebración de unos juegos circenses en condiciones.

—Me resulta doloroso no poder entrar en el gran anfiteatro que mi padre levantó, Apolodoro —le había dicho el emperador en tono grave a su nuevo joven arquitecto la víspera de salir de Roma—; me voy unos meses a Alba Longa y espero que a mi regreso tengas algo digno con lo que aplacar mi desasosiego sobre este punto.

Apolodoro dio la única respuesta que podía esperarse de él.

—El emperador estará satisfecho cuando regrese y vea la ampliación del gran anfiteatro Flavio, *Dominus et Deus.* —Se inclinó tanto como pudo.

Cuando se reincorporó de nuevo, el emperador ya no estaba ante él y el joven Apolodoro de Damasco se encontró solo en la gran *Aula Regia* de la *Domus Flavia.* Sabía que tenía que acelerar las obras como fuera. Como fuera. Partenio, el veterano consejero, había dado instrucciones de que los carros con piedra y mármol dieran penosos rodeos por las calles de Roma evitando las rutas más lógicas y directas hasta las obras del anfiteatro. A Apolodoro aquellos desvíos se le antojaban un engorro absurdo y, como fuera que el consejero Partenio también marchaba a Alba Longa, el joven arquitecto tuvo claro que no habría más rodeos para los carros de material.

Domiciano aún recordaba en su cabeza aquellas palabras intercambiadas con aquel nuevo arquitecto y suspiraba. Podría haberse quedado en Roma y acudir a juegos circenses organizados en los anfiteatros de las escuelas de gladiadores, sobre todo el del gran *Ludus Magnus,* junto al gran anfiteatro Flavio, pero hasta allí llegaba el molesto polvo que se desprendía de las obras, y si había algo que el emperador detestaba era el polvo sucio, llevado por un viento caprichoso que, con frecuencia, no era nada respetuoso para con quien regía el gigantesco Imperio de Roma. Domiciano decidió entonces consolarse unos meses con disfrutar de las luchas de gladiadores, *venationes* y otros juegos circenses en su modesto pero privado anfiteatro de Alba Longa. Hasta allí, hasta sus gradas, ordenó que se dirigieran todos. La excusa era que quería celebrar el nombramiento de sus nuevos cónsules, gobernadores y prefectos con un espectáculo deslumbrante en la arena.

Partenio, en pie justo detrás del emperador, en medio del gran palco imperial que Domiciano se había hecho construir para presidir los juegos en su pequeño gran anfiteatro privado de Alba Longa, miraba a un lado y otro con rapidez. El viejo consejero intuía una tarde llena de peligros para todos y, por encima de todo, para el propio Imperio. Cuando Casperio, el veterano jefe del pretorio, le había informado de que la corte imperial se trasladaba a la villa de Alba Longa por unos meses, así de pronto, sin aviso previo, Partenio supo que se trataba de un impulso del emperador, y eso era lo peor de todo. Cuando Domiciano se dejaba regir por sus impulsos cualquier catástrofe era posible. Las tensiones en el seno de la familia imperial eran brutales, las fronteras estaban aparentemente lejos de allí pero cercanas a un tiempo —pues si caían las legiones de los *limes* el Imperio estaba desprotegido hasta casi las puertas de Roma— y las fortificaciones avanzadas estaban siendo sometidas a ataques constantes, especialmente en el Danubio. Mientras tanto, el César parecía sólo moverse entre Roma y Alba Longa en busca de satisfacer sus más bajos instintos alejándose del polvo molesto de unas obras. Sí, Partenio estaba nervioso y, por ello, atento a cada movimiento del emperador y de todos los que les rodeaban en aquel palco justo antes de una velada con gladiadores y juegos circenses de, estaba seguro, desconocida factura.

Partenio siguió mirando a su alrededor. Junto al César estaba Domicia Longina, con el semblante serio y aire cansado, como si todo aquello no fuera con ella, sintiéndose indiferente o fingiendo indiferencia, en un intento sutil de herir la gruesa sensibilidad de su esposo al despreciar todo aquello que a él parecía interesarle. Y es que Domicia había rezado a todos los dioses de Roma porque el César no regresara vivo del Rin y, sin embargo, había retornado aún más fuerte, aún más cruel. Domicia, en el silencio de sus noches atrapada entre los muros de la *Domus Flavia,* renegaba de todos los dioses de Roma. Los cristianos prometían otro dios, mejor, más comprensivo, más próximo a los hombres, pero Domicia había llegado a sus propias conclusiones: no había dioses en el mundo, al menos no para ella, y si los había sólo se divertían con el sufrimiento de muchos y el solaz de muy pocos.

Tras el matrimonio imperial se sentaban, entre intrigados y curiosos, ajenos aún a ningún desastre en ciernes, Manio

Acilio Glabrión y Marco Ulpio Trajano hijo, los cónsules de aquel año nombrados por Domiciano para proteger las fronteras del Imperio. A Partenio le pareció ver que Manio miraba al suelo con frecuencia y que apretaba los dientes como si estuviera incómodo, pero eran gestos muy controlados, casi imperceptibles y quizá no fueran más que imaginaciones suyas.

Trajano estaba acompañado por su padre, quien desde los tiempos de Vespasiano seguía gozando de la confianza de los Flavios y, como buen conocedor de las intrigas de palacio, había decidido acompañar a su hijo en aquel viaje a Alba Longa. Trajano padre sabía que su fuerte hijo no necesitaba de consejo en la frontera, rodeado de bárbaros de toda condición, pero allí, en el corazón del Imperio, presentía que su vástago aún era demasiado ingenuo o, peor aún, demasiado noble en un lugar, la corte del emperador Domiciano, donde la nobleza era un lujo demasiado ostentoso para exhibirse en público. Trajano hijo, por su parte, se sentía fuera de lugar, pues pensaba que lo apropiado para el Imperio era que se les hubiera permitido desplazarse hacia las fronteras lo antes posible para poner, si había ocasión, algo de orden frente a las razias de catos, germanos y dacios. En vez de esa rápida acción se habían visto arrastrados a Alba Longa para satisfacer al emperador. Manio Acilio Glabrión compartía la visión de su colega consular. Además, para Manio, presenciar los combates de gladiadores y otras exhibiciones circenses empezaba cada vez más a entrar en conflicto con sus convicciones más profundas, las cuales, prudente, siguiendo el consejo de Trajano hijo, se cuidaba de mantener lo más en secreto posible. Y con los cónsules estaban la joven Flavia Julia, siempre con el rostro triste, justo detrás de Domicia, y el ya viejo Estacio, el poeta de cámara del César, con el semblante serio, muy atento a cualquier mirada del emperador y, seguramente, con algún poema laudatorio que pudiera ser del agrado del *Dominus et Deus* del mundo en caso de necesidad.

Y tras todos ellos, en una esquina del gran palco, se encontraba la figura fuerte y recia, aunque algo consumida ya por la edad, del gran *lanista* de Roma. El emperador le había pagado bien por desplazar hasta Alba Longa a una veintena de sus mejores gladiadores, incluido el famoso Marcio, y a una gladiadora. Ésta debía combatir contra otras mujeres entrenadas en otras escuelas de lucha de Roma y hacer las delicias de un público que aún no había presenciado combate alguno entre mujeres; sin embargo, Cayo, pese a tener la bolsa de dinero rebosante, compartía con el consejero imperial esa sensación extraña de estar en un lugar peligroso, pues allí, en aquel anfiteatro privado —daba igual que estuviera atestado de ciudadanos de Alba Longa—, el emperador se sentía en libertad plena y sus peticiones particulares podían llevarse a dimensiones imprevisibles. Eso podía implicar la muerte de más gladiadores de los estrictamente necesarios, lo que siempre era una gran pérdida, una grandísima pérdida económica. Así que el *lanista* decidió, con su prudencia natural, esperar al final de la velada para hacer cálculos sobre si realmente le saldría provechoso o no haber participado con sus luchadores en aquella tarde de circo en el anfiteatro privado del emperador.

Como era costumbre, primero vino el gran desfile con todos los gladiadores que debían combatir aquella tarde. Llegaron después, también antes de lo habitual, los regalos que el emperador distribuía con profusa generosidad entre el público asistente, en las acostumbradas bolas de madera huecas de donde los espectadores afortunados extraían una tablilla de madera o cerámica en la que había dibujado el regalo obtenido —siempre dibujado y no escrito, pues no eran tantos los que sabían leer—. Los agraciados exhibían sus vales, ya fueran canjeables por monedas de oro, jarras de vino, una vaca, una túnica nueva o una cesta de manzanas, levantándose y mostrando con orgullo sus premios imperiales a los que les rodeaban, con frecuencia amigos y familiares y, con también bastante frecuencia, enemigos envidiosos. El emperador aprovechó el momento de euforia entre el público asistente para levantarse y ser públicamente aclamado, aplaudido y vitoreado con la energía de unos ciudadanos que estaban rendidos a todos sus deseos. A Domiciano le sentaban bien aquellas auténticas duchas públicas de vítores de júbilo hacia su persona y, por un momento, por un breve instante que duró tan sólo un destello, se sintió feliz. Para alargar el relámpago de plenitud se giró y volvió sus ojos hacia Flavia Julia, su sobrina, sentada justo detrás de Domicia, y aquí todo se quebró un poco, porque su hermosísima sobrina, en lugar de devolverle la mirada con alegría, bajó los ojos hacia el suelo y evitó regalarle su mirada oscura y profunda, que tanto excitaba al César. Domiciano se sentó entonces de golpe y haciendo una señal a Casperio, su jefe del pretorio, ordenó que los juegos empezaran. Daba igual el desdén de su sobrina. Haría a Flavia Julia suya aquella noche, como tantas otras, eso sí, después de haber visto mucha sangre vertida en la arena y de haber comido y bebido hasta hartarse.

La tarde se inició con el combate de varias parejas de *secutores*, samnitas y *provocatores*. Domiciano, con cierta indiferencia, pero ante los aplausos de los espectadores, había permitido, para satisfacción del *lanista*, que se perdonara la vida a varios de los luchadores derrotados. Hasta que, por fin, entró en la arena el gran Marcio, temido y admirado a partes iguales por el público y por los propios gladiadores. Aquí tanto Manio como Trajano y su padre estiraron el cuello para ver bien el nuevo combate, pues la fama de Marcio había llegado a todos los rincones del Imperio y para el ánimo de aquellos cónsules, más guerreros que políticos, ver un buen combate era un pequeño aliciente en medio de aquel viaje al sur que más se les antojaba destierro que descanso, ávidos como estaban de hacerse con las riendas de las fronteras del norte.

Marcio se arrodilló ante la estatua de Némesis que había en un pequeño habitáculo en medio del pasillo que conducía a la arena de aquel anfiteatro, que hacía las veces de templo y, en ocasiones, de enfermería. Como acostumbraba permaneció así, arrodillado, rezando a los dioses para que le protegieran; había recuperado este hábito desde que Alana apareció en el colegio de gladiadores. El único ser vivo que se atrevía a acercarse a Marcio en un momento como ése, su perro grande, negro oscuro, un mastín inmenso con alguna mancha marrón sobre el lomo, permanecía sentado al lado de su amo, muy quieto, muy callado, atento a cualquier gesto de su señor.

Marcio se levantó, dio media vuelta y al salir del habitáculo se cruzó con la silueta joven, fuerte y alta del gladiador con el que debía combatir. No lo miró pero, como su perro, casi olió la adrenalina y su miedo pese a su estatura y a ser un guerrero tracio bien cubierto de protecciones y bien adiestrado. Sería un combate corto si no hacía caso a los requerimientos del *lanista*.

—¡Por Cástor y Pólux y todos los dioses de Roma, Marcio, tienes que alargar el combate como sea! —había insistido el veterano preparador de gladiadores con auténtica pasión—. ¡El emperador espera un gran combate, y si llegas a la arena y cercenas el cuello de tu enemigo en apenas tres o cuatro golpes rápidos se sentirá defraudado! Te aseguro, por tu propio bien, que en Roma puedes desatender los afectos de cualquiera, incluso de todo el pueblo de Roma cuando salgas a la arena, pero si hay alguien de quien no puedes olvidarte nunca es del emperador. —A punto estuvo el *lanista* de recordarle a Marcio la muerte de Atilio, exigida por el propio Domiciano, pero le pareció una crueldad innecesaria; Marcio le había escuchado—. ¡Por todos los dioses, Marcio! ¿Me harás caso esta vez, esta única vez?

—Si hay alguien de quien nunca me olvido es del emperador —había respondido Marcio con una gravedad inusual, pero sus palabras aún no daban respuesta a la petición del *lanista*, confundido por el tono extraño con el que Marcio había hablado.

Marcio se ajustaba el casco con el penacho simulando la larga aleta dorsal de un pez y las protecciones: primero la *manica* en el brazo derecho y la greba de bronce con la faz de una *gorgona* en la pierna izquierda. Terminó apretando bien el *subligaculum* y el *balteus* ancho. Durante años había ignorado de forma repetida y constante todas aquellas peticiones del *lanista* en cuanto a alargar los combates, pero, desde que Alana se encontraba entre ellos, Marcio había decidido, igual que había recuperado la costumbre de orar a Némesis, mostrarse más sensible a las palabras del preparador, seguramente porque había observado que, si lo hacía, el *lanista*, a su vez, se mostraba más generoso con la propia Alana, protegiéndola de los insultos o los ataques de otros luchadores. Era cierto que todos los gladiadores evitaban dirigirse a la gladiadora si ésta se encontraba cerca de Marcio, pero no la podía proteger siempre; sin embargo, la bien conocida e implacable disciplina del *lanista* llegaba a todos los rincones de la escuela de gladiadores, día y noche, y saberse protegida por ella era el mejor escudo para Alana. Si para ello Marcio tenía que ser sensible a las peticiones del *lanista*, lo sería.

—Alargaré el combate —había dicho al fin Marcio. El *lanista* suspiraba con algo de alivio.

De esa conversación hacía ya un rato. La oración a Némesis también había pasado. Ahora había llegado el momento de salir y, como hacía siempre, Marcio, el gladiador de gladiadores, se agachó un instante, justo allí donde terminaba el túnel, y acarició a su perro en la cabeza con su mano áspera, arañada por la sangre y por los combates de años y años. Sintió cómo aquel animal de poderosas fauces le lamía los dedos con lealtad infinita al tiempo que se sentaba, como en cada combate, en el borde del túnel de la Puerta de la Vida de aquel nuevo anfiteatro para ver cómo su amo luchaba y, como siempre, retornaba victorioso. *Cachorro* no contemplaba nunca otra posibilidad.

Trajano se había mostrado distante, incluso aburrido, durante el desfile inicial y durante toda la serie de combates previos, algo que su padre le recriminó en varias ocasiones, pero, como todos, sintió curiosidad por ver cómo luchaba el que por aquel entonces resultaba uno de los más admirados gladiadores. Trajano, en el fondo de su ser, como todos los soldados, como los pretorianos y como todos los oficiales de las legiones, despreciaba en silencio aquellos combates, que sentía más como una pantomima que como un combate auténtico. No morían tantos gladiadores en la arena, sino que muchas veces, como acababa de ocurrir aquella misma tarde, eran perdonados después de ser derrotados. En el campo de batalla no había lugar para el perdón. No, para Trajano ninguno de aquellos hombres tenía nada que ver con él o con su mundo.

—Lucha bien —dijo Manio.

—¿Quién? —preguntó Trajano.

—El tracio, el que lucha contra Marcio —precisó Manio sin dejar de mirar el combate; su espíritu guerrero, por un momento, había adormecido sus nuevas convicciones, que aborrecían de aquellas luchas—. Quizá estemos asistiendo a la primera vez que el *mirmillo* Marcio es derrotado.

Trajano analizó la lucha con atención. El tracio era, sin lugar a dudas, más corpulento, más alto y seguramente, más fuerte, pero también era más lento. Iba bien protegido hasta la cintura por dos gigantescas grebas, pero esas mismas protecciones le impedían ser más ágil en sus movimientos de ataque. Sí, golpeaba con fuerza el escudo del *mirmillo* con una pesadísima espada tracia curva, pero no era suficiente para herir a un muy hábil Marcio, que se mantenía a su alrededor a cierta distancia, a la defensiva, recibiendo golpes sin apenas contraatacar. Trajano no tardó en intuir que el *mirmillo* tenía tomada la medida de su contrincante desde el principio y que se limitaba a alargar un combate que, en cuanto decidiera, haría caer de su lado en un rápido contraataque. Entre tanto el público jaleaba al tracio; éste, ingenuo, se envalentonó y, creyendo que quizá sí, que quizá fuera a ser él el que por fin, después de más de treinta combates invicto, iba a conseguir doblegar al legendario Marcio, se aventuró a alargar su lluvia de golpes contra el escudo ya magullado del *mirmillo*, que retrocedía constantemente.

La arena del anfiteatro de Alba Longa era mucho más pequeña que la del gran anfiteatro Flavio de Roma y, casi sin darse cuenta, Marcio, al seguir aquella estrategia de no atacar durante un espacio del combate, se vio con su espalda próxima a una de las paredes del anfiteatro privado del emperador. Aquello no era inteligente, porque le reducía la posibilidad de moverse con libertad, de modo que lanzó un rápido ataque con dos estocadas que sorprendieron al confiado tracio hiriéndole en el hombro izquierdo descubierto, del que había alejado el escudo demasiado. Mientras el otro gladiador se recomponía, Marcio se situó en el lado opuesto, dejando que fuera ahora el tracio el que tuviera la pared a sus espaldas. El oponente, aunque goteando sangre por el brazo que sostenía el escudo, se sentía aún pleno de energía. El corte había sido superficial y, enrabietado, se lanzó con furia contra el experimentado *mirmillo*, que decidió, no obstante, que aquel combate debía terminar ya. Así, Marcio se hizo levemente a un lado y el tracio se abalanzó sobre nada, sobre puro aire, perdió el equilibrio y cayó al suelo de bruces, dejando su espalda desnuda descubierta. Marcio clavó entonces su espada en los riñones del enemigo abatido hiriéndole de gravedad, pero aún no mortalmente. El tracio intentó levantarse, pero el dolor era muy grande y Marcio aprovechó la ocasión para volver a herirle, esta vez en el mismo hombro izquierdo pero por detrás. No quería matarlo. El tracio había luchado bien y el pueblo podría salvarlo si el imbécil dejaba de moverse y se quedaba tumbado, de modo que no tuviera que herirle más veces. Por fin el tracio, entre profundos aullidos de dolor, pareció haber entendido el mensaje y en lugar de incorporarse con violencia se limitó, no sin gran esfuerzo, a arrodillarse y esperar el veredicto de un público que no dejaba de gritar *habet, hoc habet* [lo·tiene, lo tiene].

Trajano miró entonces a Manio.

—Parece que el *mirmillo* vuelve a ganar.

Manio sonrió, mostrando que no se tomaba a mal la sorna con la que su amigo y colega consular le hablaba después de que él hubiera alabado al tracio abatido. Trajano pensó en añadir que, en su opinión, el *mirmillo* podría haber acabado con el tracio en cualquier momento, pero pensó que ya estaba bien con dejar la broma allí.

El público aullaba *mitte, mitte* [déjalo ir], pues el tracio había combatido bien y con valor y estaba herido, lo que demostraba que no había rehuido en modo alguno la lucha, pero el emperador estaba cansado de tanta clemencia y quería empezar a ver algún cadáver arrastrado por Caronte y sus garfios inmisericordes. Domiciano se levantó con solemnidad y el silencio se apoderó de la multitud. Domicia le miraba con asco. Era tan horrible verle disfrutar con la muerte, daba igual de quién, era la muerte la que le hacía disfrutar. Domicia había tardado años en entenderlo, pero ahora ya lo veía con nitidez.

Desde la arena, Marcio veía a través del visor con rejilla

de su casco de bronce cómo el emperador se levantaba. Era el mismo hombre que le ordenó atravesar con su espada la piel de su amigo Atilio y por un momento, por un instante, todo volvió a su ser: la amistad perdida, el odio infinito, el momento supremo en que su vida se partió en dos. Una vez más, el emperador indicó con un gesto el camino hacia la muerte. Como en el pasado, como en aquel fatídico momento en que tuvo que ejecutar a Atilio, Marcio se tomó unos segundos en los que la mirada fija del emperador parecía atravesar las protecciones de su casco, pero, al fin, empujó la espada como hizo en el pasado, en un pasado remoto y distante donde aún se sabía vivo. El tracio lanzó un grito ahogado y cayó sobre la arena de lado, empapándola con su sangre roja y espesa. Marcio echó a andar sin mirar atrás y se adentró por el túnel oscuro cuya boca abierta le esperaba para regresar a su mundo sin vida. Sin embargo, lejos ya de las miradas de un público enfervorecido por aquel espectáculo de muerte, Marcio recibió, como siempre desde hacía ocho años, los lametones cargados de lealtad ciega de su perro negro y marrón, enorme y fiero, que lo acompañó sumiso mientras se retiraba por entre un grupo de mujeres nerviosas que esgrimían espadas, escudos y yelmos, la mayoría con algo de torpeza y todas entre nerviosas y aterradas. Marcio se detuvo ante la última de aquellas nuevas guerreras y, rompiendo su costumbre ancestral de años de silencio, le dijo unas palabras.

—Que los dioses te protejan —dijo, y Alana asintió entre agradecida y sorprendida para luego ver cómo el gladiador de gladiadores se alejaba en silencio, camino de la estancia que se había habilitado para lavarse después de los combates. Esto es, si regresabas vivo, o viva, de ellos.

Hos inter fremitus novosque luxus spectandi levis effugit voluptas: stat sexus, rudis insciusque ferri, ut pugnas capit improbus viriles!

[En medio de tanta excitación y lujos extraños el placer de los juegos se desvanece con rapidez: ¡Aparecen entonces mujeres, mal entrenadas en el uso de la espada, atreviéndose a luchar en combates de hombres!][42]

ESTACIO, *Silvae*, I, 6, 51-54

Fue entonces cuando la llamaron. Alana siguió a sus compañeras y las tres parejas de gladiadoras emergieron a la arena del anfiteatro privado del César en Alba Longa. La reacción inicial del público fue de sorpresa y de silencio. Mientras que de éste se pasaba a un poderoso murmullo, el veterano *lanista* se levantó de su asiento y caminó despacio pero seguro hasta situarse junto al emperador. Una vez que una docena de trompetas hicieron callar al confundido público, Cayo, el preparador de gladiadores, proyectó su voz hacia todos los rincones del anfiteatro.

—¡Ciudadanos de Alba Longa! ¡Ciudadanos de Alba Longa! ¡El César, en un magnánimo gesto de su generosidad para con vuestra ciudad y sus habitantes, os hace partícipes de un nuevo juego circense, un juego nunca antes visto fuera de las arenas de los anfiteatros de entrenamiento! ¡Ciudadanos de Alba Longa, ciudadanos del Imperio de Roma! ¡Hoy asistiréis a las primeras luchas entre gladiadoras, entre mujeres entrenadas en los mejores colegios de lucha, para vuestro deleite y entretenimiento! ¡Ciudadanos de Alba Longa! ¡Esta tarde, ante vosotros, tres parejas de gladiadoras combatirán en la arena del anfiteatro y lo harán a muerte!

Con ese anuncio, el *lanista* se giró para recibir un asentimiento de aprobación por parte del emperador, lo que le permitió volver de nuevo a su sitio y tomar asiento. Mientras, en la arena, las tres parejas de gladiadoras se acercaron, tal y como se las había instruido, al palco imperial para saludar al César de la forma acostumbrada.

—¡Ave, César, *morituri te salutant*! —dijeron las seis luchadoras al unísono.

El César se levantó, algo nada habitual en él, en señal de aceptación de aquel juramento. El gesto del emperador hizo

42. Traducción del autor. Traducción de referencia de Francisco Torrent Rodríguez; ver bibliografía.

que el público se tomara en serio aquellos combates y que no reparara tanto en si los yelmos eran demasiado grandes para algunas luchadoras o en si tenían menor destreza en el manejo de las armas que los gladiadores que acababan de presenciar. Eran mujeres y combatían a muerte. Era nuevo, era entretenido, divertido. Era el César regalándose, regalándoles algo nuevo. Estaban contentos, exultantes, intrigados. Pero el sol se ocultaba en poniente y la luz languidecía. El César hizo una señal a Casperio y el jefe de la guardia pretoriana, de inmediato, ordenó que se encendieran decenas de antorchas por toda la empalizada que rodeaba la arena del anfiteatro. Así, a la luz del fuego incandescente que las envolvía, las gladiadoras entrenadas por Roma empezaron sus combates. En un extremo luchaban dos germanas entre sí, altas, rubias y fuertes, mientras que en otro lado de la arena combatían una esclava de Britania con una guerrera númida de oscura piel. En el centro, Alana blandía la espada larga y curva propia de los dacios —de nada hubiera importado que ella les hubiera hecho entender que no era dacia sino sármata— contra una tercera germana, aún más rubia y más alta que sus dos compatriotas del otro extremo. En la grada, la gente comía pan y queso y compartía jarras de vino que escanciaban con generosidad mientras se oían los golpes metálicos de las armas de las luchadoras combatiendo entre sí. En el palco imperial el emperador miraba de reojo a su esposa.

—¿Qué le parece este combate a la emperatriz de Roma? —preguntó el emperador entre curioso y divertido.

Domicia intuyó que aquel despliegue de locura era idea del emperador, pero seguramente una idea con la que molestarla, con la que herirla en su amor propio al tener que ver a aquellas mujeres humilladas, forzadas a luchar, torpemente unas, con más destreza otras, por su supervivencia. Era una exhibición más de poder de su odiado marido. Domicia sacó las uñas con habilidad.

—Me parece un espectáculo apasionante, César.

Domiciano apretó los labios. Había esperado incomodar a la emperatriz, pero por lo visto nada de eso iba a conseguirse con aquella pantomima. Eso sí, el pueblo parecía entretenido.

En la arena, una de las germanas hirió en el brazo a su contrincante y ésta dejó caer el escudo. Así, al quedar desprotegida, recibió un segundo corte en el brazo que sostenía la espada, lo que hizo que también soltara el arma y cayera de rodillas, abrazándose en un intento por contener la hemorragia de ambas heridas. La germana victoriosa se acercó despacio por la espalda de la luchadora herida y, tal como le habían enseñado sus preparadores, miró al César en un vano intento por encontrar una señal de clemencia, pero el *lanista*, tal y como había requerido el emperador, había anunciado combates a muerte y a muerte debían ser. Sin levantarse el emperador, sin prestar atención a algunos pañuelos que se mostraban tímidamente en las gradas, indicó con su mano que la guerrera derrotada debía morir. La germana victoriosa rugió su rabia y su desesperación como una leona en celo y se abalanzó sobre su contrincante herida para hundirle la espada en su cuerpo y extraerla, sacando también de ella la vida.

La gente, centrada como estaba en el desenlace de este combate, no pudo disfrutar de cómo la númida de África había aprovechado un descuido de su contrincante britana para pasear el filo de su espada por el cuello de la misma y degollarla, en una acción que no dejó lugar para la intervención del emperador. La figura de Caronte emergió del túnel con sendos garfios dispuestos a retirar los cadáveres de las dos gladiadoras muertas, mientras las vencedoras se retiraban, agotadas, sudorosas y aún asustadas, entre vítores y aplausos.

Mientras, en el centro de la arena, seguían combatiendo a muerte la gigantesca germana, armada con una pesada espada y protegida por un poderoso escudo, contra la guerrera supuestamente dacia que esgrimía con movimentos rápidos una espada curva buscando el momento de descuido de su contrincante para herirla de muerte. La piel de Alana, empapada en sudor, brillaba hermosa bajo los reflejos de las antorchas.

En el palco imperial, Domicia Longina se volvió hacia atrás para dirigirse al *lanista*.

—¿Cuál de las dos ha sido entrenada en tu colegio, *lanista*?

El preparador se levantó de inmediato para responder a la emperatriz.

—La dacia, augusta señora. —Como comprendió que aquello quizá no fuera suficiente para identificar a la luchadora en cuestión, añadió—: La que esgrime la espada curva. Ésa, augusta, ha sido adiestrada en el *Ludus Magnus*.

—Bien, sea entonces, por Juno —continuó la emperatriz; ¿no quería su marido luchas de gladiadoras? Pues todos debían disfrutar de ellas—; apuesto cien denarios por la guerrera dacia, si es que alguien quiere aceptar mi apuesta, claro —concluyó de forma desafiante, mirando a todos los miembros del palco y teniendo especial cuidado en bajar la mirada hasta posarla sobre los perplejos ojos del emperador.

Domiciano estaba a punto de aceptar la apuesta, el reto que había lanzado su esposa, pues le irritaba el desparpajo y la comodidad con que Domicia parecía moverse en aquella situación que él había diseñado con tiento para ponerlos a todos nerviosos. Pero a su espalda se oyó la voz grave de un hombre mayor aceptando la apuesta de la emperatriz.

—Yo, augusta, acepto la apuesta.

Domiciano se topó con la figura del viejo Trajano en pie, inclinándose ante la emperatriz y ante el *Dominus et Deus,* también ante el emperador como muestra de respeto. Un grito rasgó la tarde, casi ya noche, de Alba Longa. La germana acababa de herir en un hombro a Alana y ésta había puesto una rodilla en tierra mientras se protegía con el escudo de una larga tanda de nuevos golpes de aquella enemiga gigantesca, que parecía decidida a rematarla en ese mismo instante.

Marcio oyó aquel grito y dejó de lavarse. Echó a correr abandonando la sala de descanso de los gladiadores y, veloz, seguido de cerca por su fiel perro, ascendió por todo el túnel hasta alcanzar la boca del mismo para poder contemplar una escena que había intuido pero que había esperado no tener que ver. Alana, herida, se mal defendía de un impetuoso ataque de aquella guerrera germana cuyos brazos eran casi el doble de largos que los de ella. Había sido un emparejamiento a todas luces injusto por lo desigual de las contendientes, pero Marcio había albergado esperanzas, confiado en la agilidad de movimientos de Alana, aunque ahora todo parecía indicar que no volvería a ver a aquella muchacha con vida. Le supo mal, se sintió horrible, y se sorprendió, por encima de todas las cosas, de reencontrarse de nuevo con esos sentimientos cuando creía, desde hacía años, que estaba muerto por dentro; pero lo que más le encolerizaba fue darse cuenta de lo que sentía en un momento y en una circunstancia donde no podía hacer nada, donde no podía intervenir. Qué absurdamente ciego había estado. Alana tenía que arreglárselas sola, tenía que hacerlo. Marcio se puso de cuclillas junto a su perro y empezó, inconscientemente, a acariciarlo mientras cerraba los ojos y esperaba el desenlace de aquella locura.

Alana sentía el dolor punzante de la herida recibida, pero, sin saber bien por qué, aún se sentía fuerte. Los golpes llovían incesantes sobre su escudo y cada vez con más violencia. Si retiraba el escudo para levantarse, la germana la heriría de muerte, pero, desde su posición agachada, Alana vio las piernas protegidas de su contricante: protegidas por delante con sendas grebas de bronce, pero con la carne blanca descubierta por detrás. Hacia allí dirigió con habilidad el filo cortante de su larga espada dacia, cuya curvatura utilizó como una guadaña mortal que segara no trigo sino piernas. La germana aulló al sentir los dos gemelos lacerados cortados en dos y, concretamente, al partirse uno de los tendones, la luchadora del norte del mundo se vio incapaz de sostenerse en pie y cayó derrumbada para sorpresa de todos, del público, de la emperatriz, del emperador, de Trajano padre, que tanto dinero acababa de perder, del propio *lanista*, que había dado por perdida a aquella luchadora, y del mismísimo Marcio que, ante el griterío del público, abrió los ojos para ser testigo de cómo Alana se levantaba y hería de muerte en el pecho a su contricante, que en vano intentaba arrodillarse para pedir clemencia. Alana podía haber esperado la decisión del emperador antes de ese nuevo golpe, pero la sármata no olvidaba con facilidad cuando alguien había intentado matarla con saña. No obstante, al fin, antes de dar el golpe de gracia, miró hacia el César. El emperador confirmó con un gesto la resolución mortal del combate y Alana ejecutó a quien había estado a punto de matarla cortándole el cuello de un modo poco ortodoxo. A fin de cuentas, pensaba el público, tampoco podía esperarse que unas mujeres supieran cumplir de modo preciso con todo el ritual de unas luchas que nunca habían sido destinadas para ellas.

—Creo que acabo de ganar una gran cantidad de dinero, esposo —dijo Domicia en voz alta, mirando hacia un Trajano padre que se volvía a alzar y a inclinarse ante la emperatriz, en señal de que reconocía su derrota y de que pronto pagaría la cantidad convenida.

Domiciano se limitó a fingir una sonrisa distraída, casi indiferente, pues su mente ya cavilaba cuáles serían las reacciones al nuevo número que tenía preparado para finalizar la noche.

Por detrás, Trajano hijo hablaba en voz baja con su padre.

—Ha sido una apuesta inconveniente, padre, demasiado impulsiva.

Su padre lo miró como quien mira aún a un niño.

—No, hijo, ha sido una apuesta muy adecuada. Presentí que la dacia era más ágil y que se revolvería, y acabamos de perder una apuesta con la emperatriz. Eso siempre es bueno. Lo malo es ganarla, eso sí sería inconveniente. Además no importa perder dinero con la hija de un viejo amigo —explicó Trajano padre con la mirada perdida en el recuerdo del veterano Corbulón, el padre de Domicia, y una antigua promesa, pero pronto volvió a centrarse en el mundo real que les rodeaba—. Y aún podría haber sido mejor si hubiéramos perdido la apuesta con el emperador, pero contra éste, hijo, es mejor no apostar nunca.

Trajano, con semblante serio, asintió una sola vez, pero fue suficiente para asegurar a su padre que había entendido el mensaje.

Por delante, en primera fila, la emperatriz conversaba algo más animada con Flavia Julia sobre la destreza de esa gladiadora. La joven Flavia siempre se sorprendía de que Domicia no le mostrara rencor ni en público ni en privado por ser la amante de su esposo. En cierta forma notaba que la emperatriz sentía lástima por ella, y podía entenderla bien. Domiciano, por su parte, miraba a Casperio para que ordenara que el siguiente número circense empezara lo antes posible, en cuanto terminaran de retirar el cadáver de la última germana muerta, al tiempo que su mente se debatía en pergeñar alguna forma para acabar con aquella gladiadora dacia con la que tanto parecía haberse encariñado su esposa. Asentía para sí en silencio, un silencio mortífero. Esa gladiadora dacia debía morir, pero debería hacerlo en público, en un nuevo combate, frente a otro enemigo, y, por supuesto, delante de su esposa y de la forma más humillante que pudiera ocurrírsele. Sí, el destino de aquella maldita luchadora estaba sellado por la voluntad inflexible del emperador de Roma. Domiciano se volvió entonces hacia la emperatriz y, por fin, mostró una amplia sonrisa mientras hablaba, una sonrisa, no obstante, que no confundió a su esposa.

—Una gran luchadora esa guerrera dacia, sí, augusta esposa, una gran guerrera.

Domicia sonrió exteriormente, pero por dentro lamentó que aquella guerrera fuera a morir por haberle hecho ganar una apuesta. La mirada de su marido no dejaba margen. Lo mejor que podía hacer aquella pobre muchacha era disfrutar de los pocos días, semanas o meses que le quedaran de vida.

Alana permanecía tumbada sobre una mesa de piedra fría. El hombro sangraba pero el médico estaba conteniendo la hemorragia con la mano mientras esperaba que le trajeran todo lo necesario para coser la herida. Era un trabajador concienzudo y había lavado los bordes del corte con agua pese al rictus de dolor de una guerrera que le sorprendió por su capacidad de mantenerse callada en medio de aquella tortura, necesaria, pero tortura a fin de cuentas. El *lanista* lo había organizado todo para llevar a Alba Longa a su médico de confianza, un notable *chirurgus*, para asegurarse así de traerse de vuelta a Roma el mayor número posible de gladiadores. Un mal médico podía suponer un desastre económico, y si había algo de lo que el *lanista* estaba seguro era de que el emperador no se habría preocupado en tener un buen médico para gladiadores en su gran villa del sur.

Marcio estaba en pie, justo detrás del *chirurgus*, observando con atención lo que ocurría.

—¿Se pondrá bien? —preguntó el veterano gladiador.

El médico se giró y se sorprendió de ver allí al gladiador de gladiadores. La última vez que Marcio le había preguntado algo así, o, para ser más exactos, la última vez que Marcio le había preguntado algo, fue cuando le trajo aquel cachorro que luego creció a su lado y que ahora le seguía siempre fiel. El médico asintió mientras se volvía para empezar a coser la herida de Alana.

—No es una herida profunda. La he limpiado bien. Es joven y es fuerte —completó el *chirurgus* sin dejar de atender a su trabajo—; creo que sobrevivirá, sí.

La muchacha cerró los ojos cuando el médico clavó la aguja por primera vez en su piel rasgada. Marcio se sentó en una esquina y la vio sollozar con gemidos ahogados, pero sin gritar. Nunca pensó que una mujer pudiera ser fuerte. Recordó a alguna de las patricias con las que se acostó cuando Atilio aún estaba vivo. Una mujer podía ser hermosa sí, pero fuerte no. Pero Alana era las dos cosas a la vez.

La arena, una vez retirados los últimos cadáveres de las gladiadoras muertas, estaba de nuevo llenándose de otros seres humanos dispuestos para el entretenimiento imperial.

—No van armados, mi señor —dijo Estacio, que llevaba detrás del emperador toda la velada sin atreverse a decir nada, pero que pensó que era momento de romper su silencio. De hecho, el emperador le tenía siempre próximo para que hablara, para que recitara versos, para decir cosas ocurrentes. Estacio nunca se sentía a gusto ante los juegos de gladiadores y sus múltiples variantes, pero sabía fingir como nadie un muy realista interés por todo lo que acontecía en la arena.

—No van a luchar, Estacio; sólo van a morir —dijo el emperador sin mirarle, pero contento de que alguien hubiera subrayado el hecho de que aquellos hombres iban sin armas.

Estacio se sintió satisfecho de no haber enojado el creciente mal humor de su señor y de no percibir en las palabras del emperador el veneno con el que cada vez más frecuentemente se dirigía a la emperatriz o a diferentes servidores del Estado.

—Son cristianos —anunció Domiciano y se puso en pie y se volvió hacia el resto del palco—, cristianos que van a morir ante nosotros por su ateísmo.

Domiciano los observó a todos. Su esposa parecía indiferente, aunque exhaló un pequeño suspiro de compleja interpretación; Partenio bajó la mirada, recogiéndose en sus enigmáticos pensamientos; Trajano padre y Trajano hijo, cónsul de Roma, se limitaban a observar; el colega consular de Trajano hijo, Manio Acilio Glabrión, no obstante, se movía inquieto en su asiento. Domiciano miró entonces a Partenio, pero éste seguía mirando al suelo. Recordó el último diálogo que había tenido con su consejero imperial antes de los nombramientos consulares de aquel año.

—Manio Acilio Glabrión y el joven Trajano son leales al emperador y buenos *legati* —había asegurado Partenio al defender aquellos nombramientos—. Y el Imperio necesita buenos líderes en las fronteras. Harán más fuertes al emperador.

Domiciano no dijo nada acerca del nombramiento de Trajano, pero sí repuso un comentario hostil hacia Manio Acilio Glabrión.

—Me han dicho que Manio Acilio, el gran Acilio Glabrión descendiente del vencedor de las Termópilas, querido Partenio, se ha hecho cristiano.

Domiciano vio cómo entonces Partenio bajaba la mirada antes de responderle sin suficiente convencimiento.

—No hay pruebas sobre ese respecto, *Dominus et Deus.*

—No, no las hay —concedió Domiciano entonces—, pero quizá debamos comprobarlo antes de enviar a un cristiano a comandar varias legiones en una de las fronteras del Imperio, ¿no crees, Partenio?

El consejero hizo entonces lo único que se podía esperar de él: callar e inclinarse ante el emperador. Como luego se hicieron efectivos los nombramientos a los pocos días y el emperador no había vuelto sobre el tema, Partenio, que ahora en Alba Longa estaba enrabietado consigo mismo por su torpeza, inexcusable después de tantos años, había concluido, erróneamente, que Domiciano había olvidado aquel espinoso asunto. En ese momento, con la arena de aquel anfiteatro privado poblada por una treintena de supuestos cristianos, con hombres y mujeres y niños, familias enteras desarmadas esperando su triste destino, Partenio comprendía la enormidad de su error. Sin quererlo había acercado a Manio Acilio Glabrión a aquella terrible prueba de aquella tarde que empezaba ya a atragantársele al consejero imperial. Si él no hubiera propuesto a Manio Acilio para cónsul, quizá su supuesto ateísmo hubiera pasado más desapercibido. Ahora todo dependía de si, en efecto, Manio Acilio sentía o no simpatías reales por los cristianos y de su reacción ante el baño de sangre que iba a producirse en unos instantes.

Domiciano volvió a mirar a Casperio, que actuaba claramente todo el tiempo a modo de improvisado editor de aquellos juegos, y el jefe de la guardia pretoriana hizo un par de señales. Al momento se abrió una puerta en el extremo opuesto a la boca del túnel de la Puerta de la Vida por donde habían salido antes los gladiadores y luego los cristianos, y por esa nueva puerta emergieron una docena de leones y leonas que, por su forma de rugir, tenían en sus entrañas la punzante sensación del hambre.

El emperador no miraba la arena. Sólo le interesaba la reacción de uno de sus cónsules. Manio Acilio Glabrión, por el momento, se limitaba a mirar el coso con cierta tensión en sus ojos, pero cuando se oyeron los primeros gritos de dolor de alguna de las pobres víctimas de aquel nuevo entretenimiento imperial —o forma de justicia, según lo consideraban muchos romanos— bajó la mirada y tragó saliva.

—Les hemos ofrecido armas, Estacio —dijo el emperador retomando la intervención anterior del poeta—, pero estos

777

cristianos las han desechado. Su loco ateísmo les nubla la razón. Prefieren morir así, sin luchar. —Domiciano hablaba de pie, de espaldas a la arena, mirando a sus cónsules—. ¿Alguien me puede explicar por qué hace eso un hombre, por qué no lucha y deja que las fieras maten a sus mujeres y a sus hijos sin protegerse? ¿Es así como los cristianos protegen a los suyos? Porque si es así, no creo que alguien así nos valga de mucho en las fronteras del Imperio.

Los gritos en la arena proseguían y eran envueltos por los vítores de un público que disfrutaba con aquel espeluznante espectáculo de sangre y sufrimiento sin límites. Por encima de todos los aullidos destacó el de una mujer cristiana que imploraba ayuda a su dios mientras veía cómo un león destrozaba con sus fauces a un niño, seguramente su hijo, de sólo un par de años. En el palco imperial nadie respondió al emperador, pero Domiciano no se dio por satisfecho y se aproximó despacio, seguido de cerca por Casperio y cuatro pretorianos más que siempre le cubrían las espaldas incluso allí, rodeado por su esposa, familia y consejeros, hasta situarse al lado de sus cónsules. Era evidente que el emperador quería sentarse y Trajano padre, atento, se levantó y dejó vacío un asiento que Domiciano aprovechó para ponerse cómodo junto a sus más altos oficiales de aquel año.

—Yo creo que están locos —continuó el emperador, ahora sí mirando la arena donde las fieras seguían en su festín de carne. Habían dado muerte a más de la mitad de los cristianos condenados, para mayor tortura y dolor de los que aún sobrevivían—. Pero me interesa saber lo que piensan mis cónsules sobre el asunto de los cristianos.

Trajano padre miró entonces fijamente a su hijo, invitándole a dar una respuesta con rapidez. Había que evitar cualquier sospecha. Manio debía apañárselas por su cuenta. Aquí, con el emperador respaldado por su guardia pretoriana, cada uno debía desenvolverse por sí solo. Trajano cónsul asintió casi inadvertidamente a su padre y tomó la palabra.

—Lo indicado es que los ciudadanos de Roma adoren a sus dioses —dijo con decisión; no era mucho, pero pareció suficiente.

Otro asunto era lo que la mente de Trajano elucubraba sin palabras: estaba claro que el ateísmo propugnado por judíos y cristianos, en su pertinaz negativa a adorar a los emperadores de Roma, era una forma de atentar contra el Estado, pero, y aquí su boca permaneció prudentemente sellada, ¿hasta qué punto era inteligente o necesario sacrificar a mujeres y niños e incluso a hombres que, a fin de cuentas, se negaban a luchar? Por lo poco que él sabía de los cristianos, éstos parecían admirar esas actitudes en sus correligionarios y después de tantos como se habían sacrificado en Roma, primero por Nerón y ahora por Domiciano, cada vez había más. No, Trajano no tenía claro cuál podría ser la mejor estrategia para controlar esas dos religiones perniciosas para Roma, pero no podía evitar sentir un gran desapego hacia ese espectáculo donde hasta mujeres y niños eran arrojados a unas fieras contra las que no podían hacer nada. Su mente estaba confusa, pero sus palabras supieron no dejar entrever esa maraña de pensamientos ante la inquisitiva mirada del emperador de Roma.

—¿Y qué piensa mi otro cónsul? —insistió Domiciano mirando ahora sólo a Manio. El silencio en el palco contrastaba con los gritos de la arena y la jauría de aplausos, carcajadas y aclamaciones que descendían hasta la gran explanada del anfiteatro de un público entregado al emperador en la ciudad de Alba Longa.

—Yo creo... —empezó dubitativo al fin Manio Acilio Glabrión—, yo creo que es excesivo arrojar a hombres y mujeres desarmados contra las fieras. No tienen ninguna oportunidad.

—Ah, ah —dijo el emperador, que se levantó entre sorprendido y preocupado—; sin armas, claro. Ya he dicho que se las he ofrecido pero no las han querido, pero quizá mi querido cónsul Manio Acilio Glabrión no confía en la palabra de su emperador.

Manio quiso intervenir con rapidez para precisar que él no había dicho eso, pero Domiciano le dio la espalda y se acercó al borde del palco con el *pilum* que acababa de coger a uno de sus pretorianos. Mirando de nuevo a Manio, arrojó el arma a la arena y continuó respondiendo a su cada vez más nervioso cónsul:

—Pues mira, Manio, allá va, allá va, un arma para tus cristianos.

Ni a Partenio ni a la emperatriz ni a ninguno de los Trajano se les escapó que el emperador acababa de emplear el posesivo *tuis* [tus] al referirse a los cristianos, insinuando una muy posible relación entre ellos y el cónsul. Pero, de pronto, algo ocurrió en la arena que los distrajo a todos.

Uno de los cristianos aún supervivientes había tomado el *pilum* y, situado frente a una mujer y un niño, lo blandía con valentía contra las fieras que querían acercárseles. Domiciano apretó los labios incómodo. Manio, como todos los del palco, se levantó para ver. El cristiano no parecía muy fuerte pero, sin duda, el ansia por la supervivencia se convierte en una fuente inagotable de resistencia, de forma que cuando una de las leonas se abalanzó sobre él acertó a clavar la punta del *pilum* en el cuello y a herir de gravedad a la fiera, que retrocedía dolorida y nerviosa. No obstante, el cristiano nada pudo hacer para evitar que otra de las fieras aprovechara aquel ataque para lanzarse sobre la mujer y el niño desprotegidos y los derribara destrozándoles primero parte del cuerpo con un zarpazo para luego empezar a morderlos mientras chillaban en medio de su agonía. El cristiano se revolvió entonces y, estupefacto, se quedó sin capacidad de reacción. La leona herida retornó y acortó el dolor de aquel hombre de un zarpazo certero que le destrozó la espalda y de un mordisco en el cuello que le partió la yugular. Aquel cristiano había tenido un último momento de furia antes de morir para deleite de un público que agradecía con grandes aplausos que el emperador hubiera arrojado aquella lanza que tanta distracción les había dado. Manio, sin embargo, cabizbajo, tragaba saliva.

—Al final uno de ellos ha tenido un destello de cierto valor —dijo el emperador retomando la palabra una vez que el episodio del cristiano había concluido; ya no quedaban más condenados con vida en la arena que pudieran distraer a su audiencia cautiva en el palco imperial—. Pero ¿sabéis lo que pienso yo? —Guardó un breve silencio retórico y, con habilidad, supo ganarse la atención de todos, algunos movidos por el odio o la tensión y el resto por innata curiosidad—. Yo creo que lo que nos diferencia a los unos y a los otros es eso, precisamente, el valor: los cristianos, aparte de ateos, son unos cobardes incapaces de luchar, mientras que los romanos no; los romanos somos valerosos y luchamos con una energía fuera de lo común. Por eso tenemos el Imperio que tenemos y por eso mandamos sobre todos los pueblos desde la húmeda Britania hasta las desérticas tierras de Partia, desde el Rin y el Danubio hasta Cartago o Alejandría. Por eso somos los más fuertes. —Nadie más que Estacio asentía, y eso irritó al César—. ¿Acaso ninguno de vosotros me cree? Pues yo estoy seguro de ello. Seguro de ello y os lo voy a probar. A ver, Manio Acilio Glabrión, en pie. —Se volvió hacia Casperio—, que retiren los despojos y las fieras. —Miró de nuevo a Manio—. Eres mi cónsul y un cónsul está justo por debajo del emperador. Mis cónsules son los brazos del emperador en las fronteras del Imperio y yo digo que mis brazos son más fuertes que las fieras contra las que han luchado los cristianos. Acabamos de ver cómo uno de esos malditos cristianos ni siquiera ha podido con un par de fieras para salvar a su mujer y a su hijo. Yo digo que los romanos no somos así y lo voy a demostrar. Manio Acilio Glabrión va a descender ahora mismo a la arena y va a luchar contra una fiera. Como no es un cristiano sino un cónsul de Roma, va a acabar con ella sin mayor problema, ¿verdad que sí, Manio Acilio Glabrión?

Y ante los rostros desencajados de todos los presentes, excepto los de Casperio y los del resto de miembros de la guardia pretoriana, el emperador añadió unas últimas palabras:

—Siempre te has jactado ante todos, Manio, de que eres descendiente de aquel gran general que derrotó al rey Antíoco III en las Termópilas, contra el que sólo pudieron también los Escipiones. A lo mejor mi cónsul es un nuevo Escipión el Africano y no lo sabíamos. Así que ésta, Manio Acilio Glabrión, es tu oportunidad, tu gran oportunidad para demostrar tu auténtica valía y para mostrar a todos los presentes y a todos los ciudadanos de Alba Longa cuán diferente es un cónsul de Roma en comparación con esos miserables ateos cristianos —y mirando entonces a Casperio, dando la espalda a todos y sentándose en su asiento junto a una asqueada emperatriz y un abrumado Estacio, sentenció—. Que le den un *pilum* y que le bajen a la arena de inmediato.

Partenio se pasó la palma de su mano derecha por el cogote y por toda la cabeza. Flavia Julia, que no podía evitar sentir simpatía por aquel noble cónsul que era conducido por los pretorianos fuera del palco, empezó a sollozar, y sus lágrimas impregnadas del silencio del resto enervaron aún más a un emperador que dio dos órdenes precisas. Manio, no obstante, caminaba rodeado por los pretorianos con la mirada desafiante.

—¡Vino, quiero más vino y bien dulce! —Luego, mirando a Estacio—: ¡Y tú, poeta, gánate de una vez el alimento que te doy y recítanos algo mientras lo organizan todo! Pero vigila que sea algo que me anime.

Estacio se levantó y abrió la boca un par de veces mientras se pasaba la lengua por los labios en un intento por generar la saliva suficiente para proyectar su voz con energía, pues sabía que lo importante para el César no era que le escuchara él, sino que todos los allí reunidos en aquel palco imperial oyeran también sus versos, pues Domiciano sabía que, como no podía ser de otra forma, serían versos de alabanza hacia su persona. Estacio se pasó entonces una mano por la boca. No estaba seguro de qué recitar, pero al fin optó por un poema que ensalzaba el gran palacio del emperador, la inmensa *Domus Flavia* de Roma que estaba a punto de ser terminada por el arquitecto Rabirius mientras se culminaba a su vez la ampliación del anfiteatro Flavio por parte de Apolodoro.

—Una silva, César, *Dominus et Deus*, una silva sobre el gran palacio del César en Roma para ilustrar a los habitantes de Alba Longa y que sean así conocedores de la riqueza y del poder de quien nos gobierna a todos. Dice así.

Estacio se levantó para declamar su poema mirando al público de los graderíos:

> *Tectum augustum, ingens, non centum insigne columnis, sed quantae superos caelumque Atlante remisso sustentare queant. Stupet hoc vicina Tonantis regia, teque pari laetantur sede locatum numina. Nec magnum properes excedere caelum: tanta patet moles effusaeque impetus aulae liberior, campi multumque*

amplexus operti aetheros, et tantum domino minor; ille penates
implet et ingenti genio iuvat...

[Un monumento augusto, ingente, no marcado por cien
columnas, sino por tantas cuantas podrían sustentar a los
dioses y al cielo si Atlante remitiera sus esfuerzos. La morada vecina del Tonante se halla asombrada, y se gozan los
dioses de verte a ti (el César Domiciano) instalado en mansión semejante. Pero no te apresures a exceder las alturas
de los cielos: es tan vasto el palacio, y más libre el impulso
ascendente de su área, que abarcan muchas tierras y otro
tanto de aéreos espacios, mas es menor tan sólo que su
amo: él llena la morada y con su genio ingente le da vida...][43]

Pero la arena estaba ya razonablemente limpia, y el emperador, ávido de ver morir a Manio. En la explanada del anfiteatro de Alba Longa sólo quedaban algunos despojos humanos repartidos por aquella llanura artificial, silenciosa y
manchada de sangre humana. Las fieras habían sido encerra-
das. El palco imperial estaba mudo y hasta el pueblo calló al
ver la figura insólita de un cónsul romano avanzando, solo,
por encima de la arena de un anfiteatro. Nadie recordaba una
imagen así: un cónsul de Roma armado con un *pilum* en la
arena. En el silencio, la voz de Estacio, bien modulada, mar-
cando los ritmos correctos de su métrica, destacaba desplegando todas sus palabras huecas por encima de la vanidad de
un emperador paranoico y por encima de los ánimos abruma-
dos de cuantos le rodeaban en aquel palco imperial, con excepción, por supuesto, de su guardia pretoriana. Casperio
asistía con el rostro impasible a cuanto acontecía, concentrado tan sólo en estar dispuesto para servir al César, el emperador que mejor pagaba a la guardia pretoriana.

Domiciano levantó su mano y Estacio calló en seco, deteniéndose justo antes de enumerar todos los mármoles exóticos que decoraban las incontables columnas de la gran *Domus
Flavia*.

43. Estacio, *Silvae*, Libro IV, 2, 18-26. Traducción según la edición de
Francisco Torrent Rodríguez. Ver bibliografía.

—Suficiente, Estacio, suficiente —dijo el emperador con autoridad—. Buenos versos los tuyos, pero ahora tenemos que asistir a otra poesía: la lucha de un cónsul contra una fiera. Yo también escribo poemas, pero... de otro tipo. Con mis cónsules, con su fuerza. —Volvió su mirada hacia los asombrados ojos de todos; luego decidió añadir una pincelada de misericordia—: No os preocupéis, no os preocupéis ninguno —y mirando a Flavia Julia—, ninguna. Nadie debe preocuparse. —De nuevo alzó sus ojos hacia todos los reunidos en aquel palco—. El César sólo busca que su cónsul, sobre el que pesa la sospecha de cristianismo, limpie con su fuerza semejante duda.

Dio una palmada y la puerta por donde se habían recogido las fieras volvió a abrirse, esta vez para dar paso a un gigantesco oso pardo traído desde las remotas tierras del norte de Hispania.

Todos contuvieron la respiración, esto es, todos menos el emperador, que aprovechó el momento para llevarse a la boca la nueva copa de bronce repleta del licor dulce que tanto le agradaba y que un veloz esclavo había traído con celeridad.

En la arena, Manio Acilio Glabrión observó cómo el pesado animal caminaba con lentitud bordeando el óvalo de la explanada del anfiteatro. Era obvio que el animal se sentía incómodo y anhelaba el cobijo de la empalizada y el muro que se levantaba tras ella. El público empezó a gritar y eso enervó aún más a la bestia, que empezó a buscar algo o alguien contra lo que arremeter. Los nervios traicionaron a Manio: se movió dando un par de pasos hacia atrás, lo que captó de inmediato la atención del gran oso pardo.

—Muy valiente no parece nuestro cónsul —dijo el emperador con media sonrisa en su boca sintiendo a sus espaldas el sufrimiento de Flavia Julia, la incomodidad de Domicia, el asombro de Partenio, el miedo de todos.

En ese preciso instante, cuando el oso, a la carrera, enfilaba contra Manio, éste levantó el *pilum*, tensó el brazo, apuntó bien, porque sabía que no habría una segunda oportunidad y arrojó con toda su fuerza, pero también con toda su destreza, la lanza contra la fiera. Impresionante. El público aulló ante la hazaña. El *pilum* se clavó entre los ojos del oso, rompiendo su cráneo y entrando en su cerebro de forma que el animal cayó abatido de golpe, rodando por la inercia de su carrera pero ya muerto. Manio, intacto, caminaba por la arena entre los vítores de unos espectadores entregados. Flavia Julia transformó su sollozo ahogado en lágrimas de felicidad, pero el emperador, con semblante serio, miró a Casperio y éste comprendió el mensaje de su líder. El jefe del pretorio hizo una indicación a los pretorianos que custodiaban las puertas del túnel de las fieras y éstos rápidamente las abrieron de nuevo. Uno de los leones que había estado devorando cristianos apareció sobre la explanada. Las puertas volvieron a cerrarse. Partenio intentó interceder.

—El cónsul ha derrotado al gran oso pardo, augusto, *Dominus et Deus* —dijo en voz baja—. Es suficiente para demostrar que los romanos son mejores que los cristianos, para demostrar que el lado romano del cónsul es el que prevalece, *Dominus et Deus.*

Pero Domiciano levantó su mano izquierda con desdén y Partenio se retiró. Fue Domicia entonces la que intervino.

—¿Cuántas fieras ha de matar Manio para que te quedes satisfecho?

Domiciano la miró serio.

—Las que considere necesarias.

Entre tanto el león se había situado en medio del óvalo del anfiteatro de Alba Longa. Manio estaba intentado extraer el *pilum* de la cabeza del oso abatido, pero no podía; los *pila* no podían extraerse así como así de un enemigo o de un escudo, de esa forma cuando se clavaban en las armas defensivas del enemigo éstos tenían que terminar arrojando sus escudos y quedaban aún más desprotegidos. Ese ardid romano, no obstante, se volvía ahora en contra de un cada vez más desesperado Manio. Trajano hijo fue a levantarse, pero su padre le cogió por el brazo y se levantó él en su lugar para dirigirse al emperador.

—*Dominus et Deus*, el cónsul quizá podría disponer de un arma —se aventuró a decir un Trajano padre muy nervioso.

Domiciano se volvió hacia él y le miró medio cerrando los ojos. Había esperado que muchos de aquel palco intercedieran por Manio pero no el veterano de los Trajano; estaba claro que ya no se podía confiar en nadie, en nadie. Partenio volvió a aproximarse al emperador: había visto en las palabras de Trajano padre una posibilidad.

—El público no entenderá que el cónsul deba enfrentarse desarmado, *Dominus et Deus* —dijo el consejero con rapidez, de nuevo en voz baja y retirándose enseguida de la proximidad del emperador.

Domiciano miraba a todos los del palco imperial con desprecio. Todos estaban en su contra, todos. Quizá el *lanista* era el único que no, y sabía callarse; tampoco Estacio, el siempre débil pero leal Estacio. El resto se conjuraba contra él, maquinaban cómo destruirle. Todos en su contra. Sólo tenía al pueblo, al pueblo de Roma a su lado. En eso era en lo único que había estado acertado Partenio. No podía perder su apoyo. Miró de nuevo a Casperio y le señaló el *pilum* de otro de los pretorianos del palco. Casperio asintió, tomó el arma del soldado y la arrojó con fuerza hacia el centro del óvalo, pero de forma que cayera sin clavarse en el suelo, o, como en el caso de la lanza del oso, habría resultado de nuevo inservible para el cónsul. Manio Acilio Glabrión corrió hacia el *pilum* y se hizo con el arma. El león se movía despacio. No tenía ya mucha hambre. Había ingerido el tórax y los brazos de un hombre grande hacía unos minutos, pero le ponía nervioso toda aquella gente y los gritos y las llamas de las antorchas que rodeaban la arena; luego estaba aquel hombre moviéndose cerca de él. No tenía ganas de luchar pero si aquel hombre se acercaba arremetería contra él con toda su furia.

Manio se aproximó despacio. Lo ideal era repetir un lanzamiento similar, pero el león empezó a moverse de forma extraña, imprevisible, en rápidos acelerones, de un lado a otro, rugiendo y amenazando con sus gigantescas garras. Cuando Manio lo tuvo a tiro y estaba a punto de lanzar, la bestia volvió a moverse y a cambiar de posición y el cónsul se vio obligado a retroceder y a buscar de nuevo una posición desde la que arrojar la lanza. En esta ocasión, al recular, Manio no vio un despojo humano que quedaba en el suelo de la arena, un resto de uno de los pobres cristianos que habían sido sacrificados hacía un rato, y tropezó y cayó hacia atrás, momento en que el león, sin dudarlo, aprovechó para abalanzarse sobre él. Ya no hubo tiempo para arrojar la lanza y Manio, tumbado en el suelo, con la fiera cerniéndose sobre él con sus garras por delante, buscó la forma de clavar el *pilum* en el cuello del animal y lo consiguió, al tiempo que intentó zafarse del ataque de la bestia girando sobre sí mismo, rodando por el suelo. Pero fue inevitable que una de las monstruosas garras le arañara la espalda y sintió entonces el punzante dolor de la piel rasgada. Gateó como pudo para alejarse del león que, herido y aún más enfurecido que antes, lanzaba zarpazos, ciego de dolor, con brutalidad desconocida a su alrededor. Manio se incorporó, pero sangraba profusamente por la espalda y por una pierna. Un segundo zarpazo, durante su improvisada huida de la fiera, le había alcanzado en la pierna derecha. El cónsul sintió que no la podía apoyar y, una vez más perdió el equilibrio y se derrumbó en la arena cayendo sobre su propio charco de sangre. La fiera, poco a poco, fue moviéndose menos, hasta quedar tumbada en un extremo del óvalo, rugiendo de dolor pero incapaz de moverse. En sus esfuerzos por quitarse la lanza, sólo había hecho que moverla con fuerza y ésta había rasgado aún más su cuello causando mayores destrozos, un tremendo desgarro por donde se le escapaba la vida a un león que parecía imbatible pero que, sin embargo, había caído derribado por un cónsul de Roma. Y Manio volvía a gatear, retirándose hacia la empalizada, a cuatro patas, como un perro. El público le jaleaba y todo el anfiteatro se cubrió de pañuelos blancos y de pulgares que pedían clemencia al emperador ante la bravura sin par de aquel cónsul de Roma.

Pero Domiciano se mantenía serio, y cuando estaba a punto de mirar a Casperio para que se abrieran de nuevo las puertas del túnel de las fieras para que saliera una tercera bestia que, sin lugar a dudas, sólo haría que rematar al cónsul herido, Trajano hijo se zafó de la mano recia de su padre, que intentaba por todos los medios mantener a su hijo al margen de todo lo que estaba ocurriendo. Se levantó y, sin consultar a nadie, antes de que Casperio o de que otro pretoriano pudiera reaccionar, saltó por encima de la barandilla del palco y se descolgó con la habilidad del guerrero para dejarse caer en la arena y, corriendo, llegar junto a su amigo herido para asistirle. Hizo que éste pasara un brazo alrededor de su cuello, lo levantó y lo ayudó a retirarse de la arena antes de que volvieran a salir nuevas fieras. Domiciano, emperador de Roma, colérico, rojo de ira, se levantó despacio, e iba a dar nuevas órdenes a Casperio cuando Partenio volvió a acercarse y dejó caer sobre el emperador un torrente irrefrenable de palabras.

—Trajano es leal al emperador; los Trajano siempre han sido leales al emperador; lo fueron con su padre, el divino Vespasiano, y con su hermano y lo son ahora con el *Dominus et Deus* del mundo. La lucha ha sido noble: el cónsul ha vencido a las dos fieras; el emperador es fuerte porque sus cónsules son fuertes; el emperador gobierna el mundo porque tiene cónsules que pueden con las mismísimas fieras; todo ha sido para bien, ha sido una gran tarde.

Domiciano, inmóvil, escuchaba la retahíla de palabras de Partenio debatiéndose entre arrojarlo de su lado o escucharlo hasta el final. Mientras tanto, en la arena, Trajano hijo ya había conducido a Manio hasta la Puerta del túnel de la Vida, pero ésta, custodiada por media docena de pretorianos, permanecía cerrada a la espera de que el emperador dictaminara qué debía hacerse: si abrir ésta o, una vez más, el túnel de las fieras. Trajano miró hacia los guardias pretorianos, pero éstos, impasibles, no hacían nada.

—¡Abrid las puertas, por todos los dioses, abrid las puertas! —les espetó Trajano iracundo, empapado de la sangre de su amigo herido.

Los pretorianos permanecían como estatuas, fijas sus miradas en el jefe del pretorio quien, a su vez, se concentraba en mirar a un emperador que, en pie, seguía escuchando los susurros del consejero imperial. El público seguía aclamando a los cónsules de la arena, mientras que Domicia, Flavia Julia y Trajano padre se contenían para no gritar al emperador. El *lanista*, impasible, lo contemplaba todo con la boca ligeramente abierta, pero en perfecto silencio, y Estacio miraba al suelo y sacudía la cabeza sin parar. Manio sentía que le faltaba el aire y se concentraba en mantenerse en pie junto a Trajano hijo.

—El emperador es fuerte porque sus cónsules pueden con las fieras —continuaba Partenio que había descubierto que sus palabras, al menos, paralizaban a Domiciano y eso, después de una tarde en que sólo había hecho locuras, ya era algo—; el público aclama a los cónsules del emperador, que es como aclamar al emperador mismo, pues los cónsules son los brazos del César en las fronteras del mundo. Los Trajano son leales. El emperador necesita a Trajano y a Manio en las fronteras del Imperio. Leales vigilantes del Imperio. El César será sabio si les aclama delante de todo el pueblo de Alba Longa. Será sabio y fuerte e invencible; si condena ahora a los cónsules a ser devorados por las fieras, nadie lo entenderá, nadie lo entenderá... Puede que semejante sentencia fuera el acto de un dios, pero el pueblo de Alba Longa, el pueblo de Roma, son sólo hombres, sólo hombres y no lo entenderán, el *Dominus et Deus* tiene que hablar a su pueblo con acciones más sencillas, actos que su pueblo entienda...

Las palabras se acabaron en la garganta seca del consejero imperial y no dijo más. Tito Flavio Domiciano, emperador de Roma, alzó los brazos y el público calló de inmediato. El *Dominus et Deus* iba a hablar. Tito Flavio Domiciano proyectó entonces su modulada voz hacia todos los espectadores del anfiteatro de Alba Longa.

—¡El emperador es fuerte porque sus cónsules son fuertes! ¡Tan fuertes que pueden con las mismas fieras! —Por detrás, Partenio, haciendo una larga serie de reverencias, se retiraba sintiendo cómo un sudor frío resbalaba por sus sienes; nunca había sentido la muerte tan de cerca, tan próxima. El emperador seguía hablando al pueblo allí congregado—. ¡Estos cónsules son mis brazos y con estos brazos vigilamos las fronteras del mundo romano! —Se giró hacia Casperio y le dio una orden en un tono más relajado—: Que abran la Puerta de la Vida y que los cónsules salgan de la arena. Por hoy es suficiente.

Y la puerta se abrió y Trajano siguió conduciendo al malherido Manio Acilio por el angosto túnel hacia el lugar donde el médico de gladiadores seguía entretenido en curar a diferentes luchadores que se habían herido aquella tarde.

En el exterior, el pueblo aclamaba al emperador de Roma y éste, entre cansado y disgustado, pues la tarde no había concluido exactamente como él quería, se alejó del palco imperial rodeado por Casperio y una veintena de pretorianos sin tan siquiera mirar atrás. Desaparecido el emperador, todos, sin saberlo, suspiraron aliviados. Todos menos Flavia Julia, preocupada porque intuía que la visita nocturna del emperador, de especial mal humor, no tardaría mucho rato en realizarse y sería más violenta de lo acostumbrado. Todos se fueron levantando: Estacio, Partenio, la emperatriz Domicia, Trajano padre y otros acompañantes fueron saliendo de aquel palco, mientras que el *lanista*, que siempre acostumbraba a salir de los anfiteatros el último, pues odiaba las enormes aglomeraciones de gente en los túneles de los vomitorios de aquellas grandes construcciones, se quedaba allí sentado, llevándose los dedos de la mano izquierda a los labios, ponderando con detenimiento todo lo que allí había ocurrido aquella tarde. Su conclusión fue muy precisa: el emperador se había vuelto completamente loco. La cuestión no era ya si Manio Acilio el cónsul sobreviviría a las heridas del león, sino saber cuántos de los que había aquella tarde en el palco imperial sobrevivirían a la locura del emperador en los próximos años. Y él, Cayo, el *lanista* del *Ludus Magnus*, de Roma, se incluía a sí mismo entre las posibles víctimas. Se incluía.

En los pasadizos del anfiteatro de Alba Longa, Trajano hijo, mientras esperaba que el médico curara a su amigo Manio, observó cómo los gladiadores se retiraban. Caminaban algo encogidos, cansados, agotados por las luchas y los nervios. Sólo uno caminaba recto, justo detrás de una de las gladiadoras. Era Marcio, alto y fuerte, erguido y orgulloso. Cuando pasaron junto a él, Marcio giró la cabeza y le dedicó una mirada a Trajano hijo. No había rabia en aquellos ojos, al menos no rabia hacia él. De hecho, el cónsul sintió que había visto aquella mirada alguna vez, en otro tiempo, hacía muchos años, pero no acertó a reconocer ni el momento ni el lugar en que antaño cruzara su mirada con aquellos ojos que parecían observarle por un instante desde un pasado ya demasiado lejano.

Marcio continuó caminando detrás de Alana. Había querido mirar a aquel cónsul porque le pareció valiente su intervención para salvar a un amigo. Hubo un tiempo en el que él, Marcio, también arriesgó su vida para salvar a un amigo. Entonces él y Atilio eran niños. No entendía por qué le había venido a la memoria aquel día en la Subura, cuando Atilio y él robaron unas manzanas y casi mueren los dos a manos de un frutero salvaje. No entendía bien por qué se acordaba ahora de todo eso.

Durante el consulado de [Manio Acilio] Glabrión, Domiciano ordenó que le acompañara a su villa de Alba [Longa] para asistir al festival de las *Juvenalia* y le obligó a que luchara contra un león.

DION CASIO, LXVII, 14

Profuit ergo nihil misero quod comminus ursos Figebat Numidas Albana nudus harena Uenator.

[De nada le sirvió, por tanto, al desgraciado (Manio Acilio Glabrión) cazar a pecho descubierto en la arena albana y traspasar osos númidas en lucha cuerpo a cuerpo.]

JUVENAL, *Satvrae*, 4, 99-101

during his consulship and before his banishment, Glabrio was forced by Domitian to fight with a lion and two bears in the amphitheatre adjoining the emperor's villa at Albanum.

[Durante su consulado y antes de su destierro, (Manio Acilio) Glabrión fue obligado por Domiciano a luchar contra un león y dos osos en el anfiteatro que se levantaba junto a la villa imperial del emperador en Alba Longa.]

Catholic Encyclopedia en
<http://library.catholic.org/view.php?id=5190>[44]

44. Como se observa, distintos autores refieren el incidente de diferente modo. Lo que ninguno duda es que Domiciano obligó a su cónsul Manio a luchar en la arena albana contra una o varias fieras.

107

UNA PETICIÓN, UNA MENTIRA Y UNA PROMESA

Roma, septiembre de 91 d. C.

De vuelta en el *Ludus Magnus*, Alana se tumbaba en su pequeño habitáculo para descansar por las tardes, mientras el resto
de gladiadores proseguía con los entrenamientos. La joven
sármata siempre se recuperaba bien de sus heridas, desde
niña, por eso no estaba asustada. El corte había inflamado un
poco el hombro, pero las cataplasmas del *medicus* de los gladiadores parecían ayudar a rebajar aquella hinchazón y el dolor no era excesivo. Nadie la visitaba. A ella le venía bien así.
Se entretenía escuchando las órdenes de los preparadores a
los luchadores y de esa forma conseguía aprender más palabras de aquella burda lengua latina. Ya podía decir frases completas, pero había muchas cosas que seguía sin entender. Las
tardes las pasaba así siempre, en soledad, pero en paz consigo
misma. Sólo entraba en su pequeño *cubiculum* el perro de
Marcio, en busca de algún pedazo de pan que Alana le hubiera guardado o, en su defecto, de una caricia. Aquel animal
parecía tan misterioso como su amo. Le había parecido entender que un gladiador le decía a otro que aquel perro negro
había sobrevivido a un encuentro con un león cuando tan
sólo era un cachorro. Alana no estaba segura de haber entendido bien.

Una noche la joven gladiadora oyó un ruido extraño justo
fuera de su pequeña celda. Dejaban las celdas abiertas de los
gladiadores que se habían probado valerosos como una muestra de confianza por parte del *lanista*. La suya estaba abierta
desde su victorioso combate en Alba Longa, en una muestra de
que había sido aceptada, pero para Alana aquel gesto de generosidad por parte del preparador de gladiadores se había con-

vertido en una constante preocupación. Fingió seguir dormida, pero asió con fuerza una pequeña daga que tenía en la mano derecha sobre la que apoyaba la larga melena de su pelo. Había alguien, y se aproximaba. Era sigiloso, pero los oídos sensibles de Alana detectaban aquellas pisadas ahogadas. Sintió la respiración de un hombre, el olor de un hombre y se revolvió como una leona, acurrucándose contra la pared a la vez que esgrimía el puñal con violencia y rabia. No pensaba dejar que ninguno de aquellos animales la poseyera. No sin luchar.

—Soy yo —dijo una voz grave en voz baja—. No voy a hacerte nada.

Alana no había entendido bien, agobiada y nerviosa, pero la voz era serena y segura de sí misma. La luz de la luna se filtraba tenue en el *cubiculum*. El hombre se había detenido en el umbral, hacia el que había retrocedido tras el violento despertar de Alana. Al contraluz la muchacha no podía distinguir el rostro, pero aquélla era la silueta inconfudible del musculado cuerpo de Marcio. Ella no era consciente de hasta qué punto tenía memorizado en su cabeza el contorno completo del cuerpo de aquel hombre. Alana se relajó un poco. No quería yacer con nadie, pero, si la iban a violar, en el fondo se alegró de que fuera a ser aquel gladiador y no otro; al mismo tiempo, sin saber bien por qué, sintió pena. No había esperado eso de Marcio. El gladiador dio un paso y volvió a entrar en la pequeña celda. Alana seguía blandiendo el puñal. Marcio se sentó en el extremo opuesto del lecho. Ella observó que estaba desarmado. Eso la tranquilizó un poco, pero sólo un poco. Marcio era diez veces más fuerte que ella y mil veces mejor luchador. Aquella daga se le antojaba una torpe protección.

—Quiero estar contigo —dijo Marcio, que no era hombre de andarse con rodeos. El gladiador observó que la muchacha no parecía entenderle. Se acercó despacio hacia ella, y le acarició un pie desnudo. La piel de Alana, pese a estar curtida por el viento y el sol, seguía siendo suave por su juventud y su fuerza. La muchacha retiró el pie acurrucándose aún más contra la pared y cortó el aire con el puñal.

Marcio volvió a retirarse. Sabía que podía con ella, pero no era así como quería que fuera. Así no. Había visto la F grabada a fuego en la frente de la muchacha; no era con dolor como quería imponerse. Marcio estaba seguro de que para marcarla con aquella letra la habrían tenido que sujetar entre varios hombres. Él era muy fuerte. Podría forzarla, sin embargo, Marcio, sin saberlo bien, buscaba otras sensaciones, pero aún era inexperto para desenvolverse bien en ese mundo extraño de sentimientos que Alana abría ante sus ojos. No, no quería usar la fuerza, pero era obstinado y no iba a dejarla sin insistir.

—Quiero estar contigo —repitió.

Alana negó con la cabeza.

—No puedo —dijo la muchacha.

Esa respuesta confundió a Marcio y la muchacha lo percibió, pero se sentía muy incómoda en latín. Le faltaban las palabras. Aun así lo intentó.

—Sármatas. Sus mujeres guerreras. Una mujer guerrera. Matar a un guerrero. Un guerrero muerto, mujer sármata puede estar con un hombre. Si no ha matado, no. No puedo. —Hubo un silencio—. No he matado aún a ningún guerrero —mintió Alana ocultando su enfrentamiento a orillas del Danubio con la patrulla romana que la atrapó—. No puedo.

Marcio la miraba fijamente. Aquello era lo último que había esperado, pero de alguna forma tenía sentido. Aquella muchacha era diferente a cualquier mujer que hubiera visto nunca. Era lógico que también fuera extraña en sus costumbres. Pero Marcio era persistente.

—En Alba Longa mataste a la guerrera germana —dijo y se acercó de nuevo hacia Alana, pero la joven volvió a cortar el aire con la daga y el filo de la misma pasó apenas a un dedo de la frente de Marcio. Éste volvió a retroceder. La muchacha habló jadeante, a trompicones, muy rápido.

—Germana no guerrero. Germana mujer obligada a luchar. No guerrera. No puedo. No puedo. —Vio que aquel gladiador no se iba a ir con facilidad de su lado; a su modo aquel hombre mucho más fuerte que ella estaba siendo condescendiente; tenía que darle algo—. No puedo. Cuando mate un guerrero, un gladiador, entonces sí. Entonces sí puedo.

Marcio apoyó la espalda en la pared. Había oído al *lanista* comentar que se suponía que Alana había matado a un legionario en la frontera del Danubio, pero decidió no entrar en una discusión con la muchacha. Ella le había ofrecido un pacto, una promesa. Marcio asintió despacio.

—¿Cuando mates a un gladiador estarás conmigo?

Alana tardó unos instantes, pero al fin afirmó con la cabeza, una sola vez, pero de forma clara.

—Un gladiador, entonces —dijo Marcio y se levantó despacio—. ¿Eres buena con esa daga? —preguntó con la curiosidad con la que un guerrero pregunta a otro. El tono gustó a Alana; se sentía tratada de igual a igual.

—Muy buena —respondió la joven sármata. Marcio asintió y registró bien aquella información; siempre era interesante conocer las habilidades guerreras de todos y cada uno de los gladiadores de la escuela de lucha; luego, por fin, enfiló hacia el umbral, salió y su sombra proyectada por la luna se arrastró veloz por el suelo de arena que Alana alcanzaba a vislumbrar desde su rincón. La joven sármata bajó la daga, que no había dejado de esgrimir con tensión en todo momento, y se relajó un poco. No tenía claro que quisiera estar con Marcio, pero estaba segura de que aquel hombre la protegería del resto una vez que ella le había prometido estar con él. Otro problema distinto sería cuando, en efecto, matara a un gladiador. Ninguna mentira le serviría cuando ese momento llegara. Marcio no parecía hombre con el que se pudiera discutir sobre una promesa dada.

108

EL NUEVO HIJO DE FLAVIA JULIA

Roma, noviembre de 91 d. C.

El médico hizo una auténtica carnicería. Se lamentaba a cada nuevo intento infructuoso por detener la hemorragia de la sobrina del emperador.

—¡Por todos los dioses!

Flavia Julia se había vuelto a quedar embarazada y, una vez más, Domiciano había rechazado por completo la idea de tener un hijo con su sobrina.

—No pasa nada, Julia —le había dicho Domiciano con voz forzadamente dulce, casi tan empalagosa como el vino que destilaba el emperador en su aliento—. Estas cosas pasan. Repetiremos la operación de la última vez y seguiremos como hasta ahora. Ya sabes que no quiero hijos, y mucho menos de ti, de la hija de mi hermano. —Posó su mano sobre el vientre desnudo de Flavia.

Ella cerró los ojos y contuvo su llanto hasta que el emperador abandonó la habitación. Estaba condenada a yacer con Domiciano eternamente y a abortar tantas veces como quedara embarazada. De esa forma se vengaba Domiciano de Tito, de su hermano. Se levantó de golpe de la cama y salió tras el emperador. Los ecos de sus gritos aún serían oídos por Domicia Longina, la esposa de Domiciano, durante años entre las paredes del gran palacio imperial de Roma. Nadie más parecía tener oídos para oír aquellos lamentos retenidos por los muros ciegos y mudos de la gigantesca *Domus Flavia*.

—¡Eso no! ¡No puedes hacerme eso otra vez, maldito! ¡Maldito y mil veces maldito! ¡Por todos los dioses! ¡Por Isis, por Minerva y Juno! ¡No puedes hacerme eso otra vez! ¡Noooo! —Cayó derrumbada, llorando, maldiciendo una y otra vez, una y otra vez—. ¡Te maldigo! ¡Los dioses acabarán contigo! ¡Acabarán contigo!

Días después, en un mar de sangre, Flavia Julia perdió la conciencia. Hacía rato que ya no se oían sus gemidos de dolor. El médico sudaba profusamente. El feto ya estaba muerto, a un lado, entre un montón de sábanas enrojecidas y sucias, pero no había forma de detener el sangrado de aquella joven. Él ya lo había dicho, lo había dicho, pero el emperador no quiso escucharle.

—Es demasiado tarde para detener el parto, César, y ya sería la segunda vez que se fuerza un aborto. En el primer caso la sobrina del emperador ya perdió mucha sangre... no puedo hacerme responsable de lo que ocurra ahora...

Pero el emperador ya se alejaba entre sus pretorianos. El médico no estaba seguro ni de que le hubiera oído.

El bisturí enrojecido estaba ahora a un lado del cuerpo de la mujer; al otro un montón de toallas limpias que una esclava le iba pasando. El médico se llevó el dorso de una mano sudorosa a la frente y con la misma mano aún humeda intentó coser de nuevo la herida abierta. Al final lo consiguió. A duras penas. Parecía que al final todo iba a quedar en un susto. Sólo un susto. El médico empezó a respirar algo más aliviado. Había conseguido detener la hemorragia y la sobrina del emperador seguía respirando. Sonrió. Era un gran médico, el mejor. Sintió un orgullo profundo. Si aquello salía bien le abriría grandes posibilidades.

Partenio sabía que las malas noticias había que darlas rápido, sin anuncios previos.

—La sobrina del emperador ha muerto, *Dominus et Deus.*

Domiciano se llevó la palma de la mano izquierda a la boca y la arrastró hacia abajo despacio.

—El médico dijo que estaba mejor —comentó el emperador.

—Y así era, *Dominus et Deus,* pero la herida no parecía sanar, cada vez tenía peor aspecto. Luego vino una fiebre muy alta y ha muerto. —Un breve silencio—. Lo siento, *Dominus et Deus.*

El emperador callaba. La muerte de Flavia Julia era una contrariedad sobrevenida. En particular le incomodaba lo inesperado de todo aquello y, por qué no admitirlo, que la echaría de menos... ¿o no? Cada vez más sumisa, y luego, cuando se estaba poniendo hermosa de nuevo, aquel embarazo. Otras mujeres abortaban y no ocurría eso. Era evidente que Flavia Julia no era una mujer fuerte. No como Domicia, siempre tan resistente. Era lo único que admiraba de ella.

—Quiero un funeral propio de una sobrina del emperador, de la sobrina de un dios —dijo mirando al suelo.

Partenio asintió.

—Por supuesto, *Dominus et Deus*.

Domiciano seguía mirando al suelo. Tendría que consolarse un tiempo con prostitutas y esclavas. Luego, por supuesto, estaba la pequeña Flavia Domitila, su otra sobrina, la hija de su hermana fallecida hacía años. Tenía... ¿cuántos? ¿Veinte? Estaba casada con ese estúpido de Flavio Clemente, siempre tan débil. Pero era familia, familia directa. Y tenían ya un hijo. Empezaban a ser peligrosos. Alguien podría pensar en ellos como sucesores dentro de la dinastía. Flavia Domitila era muy guapa, y ninguna prostituta podía proporcionar el placer sexual de poseer a una hermosa patricia de la familia imperial. Estaba casada, sí, pero desde cuándo eso había supuesto un problema para él. Domicia Longina también estuvo casada, también. Hacía tanto tiempo de todo aquello... Tenía que meditar lo de Flavia Domitila, pero las fronteras y los senadores traidores, tantos enemigos por todas partes, no le dejaban pensar.

—Sí, Partenio, quiero un gran funeral, un funeral digno de una diosa... y ese médico... —El emperador se quedó dudando.

—¿Sí, *Dominus et Deus*? —preguntó Partenio.

Domiciano consiguió poner sus pensamientos en orden.

—Que lo ejecuten. No quiero que nadie pueda decir que no lamento la muerte de mi joven sobrina.

Aquí Partenio tardó un momento en responder y lo hizo en voz más baja, sin tanta decisión.

—Sí, *Dominus et Deus*.

109

UNA PETICIÓN AL *LANISTA*

Roma, enero de 92 d. C.

El *lanista* esperaba solo en medio de la inmensidad del *Aula Regia*. Era de noche. Estaban en la *secunda vigilia*. A Cayo no le sorprendió la llamada del emperador en las tinieblas de la madrugada. Desde Alba Longa todo había ido a peor. Flavia Julia había sido la primera víctima imperial de aquel palco, mientras que el ex cónsul Manio estaba desterrado. El emperador había seguido con su ola de destrucción. Nadie sabía bien por qué, pero había arremetido contra las vestales como hiciera ya en el pasado, cuando sentenció a tres de ellas a muerte. Ahora había ido más lejos y ordenado la condena de enterramiento viva para Cornelia, la Vestal Máxima. Nunca antes se había condenado a una Vestal Máxima. El emperador la culpaba de los males del Imperio, es decir, de los ataques constantes en las fronteras del Rin y de la Dacia y, en particular, de no haber dirigido correctamente los sacrificios las vísperas del desastre de Tapae, cuando el jefe del pretorio Fusco condujo a la legión V *Alaudae* a la destrucción absoluta.

Cayo sacudió la cabeza y suspiró una vez. A los pocos meses de que la Vestal Máxima fuera enterrada viva, la legión XXI *Rapax* había sido aniquilada en Panonia por un ejército sármata. Domiciano ya llevaba dos legiones completas destruidas y varias más seriamente reducidas en sus fuerzas en las guerras del norte que supuestamente había vencido. Varios senadores argüían que ese último ejército sármata habían sido tropas enviadas por el propio rey de la Dacia, Decébalo, que para nada cumplía con el acuerdo de paz firmado entre Roma y Sarmizegetusa. Al *lanista* le dolía su pierna coja y anhelaba poder sentarse, pero no podía hacer otra cosa que esperar allí de pie. Con el ex cónsul Manio desterrado y caído en desgracia, el ex cónsul Trajano fue el elegido por Domiciano para acudir a Panonia con la XIV *Gemina* para sustituir a la aniquilada legión XXI *Rapax*. Quizá de esa forma buscara el emperador deshacerse de la segunda legión que se le rebeló en el Rin y del propio Trajano.

El *lanista* siguió pensando en el resto de personas de aquel palco en Alba Longa: Partenio aún conservaba su puesto, eso era cierto, pero su influencia había decrecido en favor del jefe del pretorio, Casperio, y de un tal Norbano, a quien todos apuntaban como un próximo jefe del pretorio compartiendo el cargo con Casperio. La emperatriz Domicia era la única que, por el momento, era capaz de ingeniárselas para sobrevivir con cierta seguridad al lado de la locura del emperador. ¿Cómo lo lograba? Quizá tenía más experiencia que nadie en vivir junto a Domiciano. Cayo sacudió la cabeza. Tenía que centrarse. Ahora era su turno. El emperador iba a pedirle algo, eso era evidente, relacionado con sus gladiadores. Y no podría negárselo. Y se lo iba a pedir de madrugada, con nocturnidad, movido por un impulso. Eso era lo peor.

De pronto se oyeron las puertas de bronce abriéndose a su espalda. Cayo se giró. El emperador del mundo entró en el *Aula Regia* seguido por veinticuatro pretorianos bien armados. Parecía que a Domiciano le costara algo andar. Un esclavo con una copa resplandeciente caminaba a su lado. El emperador estaba borracho. El *lanista*, cojeando, una cojera que la edad había acentuado, se hizo a un lado para dejar que la comitiva imperial pasara ante su cuerpo inclinado en señal de completa humillación ante el César. El emperador se sentó y, rodeado por su guardia pretoriana, se dirigió al preparador de gladiadores.

—Cayo... Esa gladiadora... ¿cómo se llama?

—Alana, *Dominus et Deus*, la *gladiatrix* Alana.

—¿*Gladiatrix*? —repitió algo sorprendido y con cierta dificultad el emperador mientras extendía el brazo para que el esclavo le devolviera su copa rellenada con vino endulzado—. Me gusta. Ya han inventado una palabra para definir una mujer gladiadora. Una creación mía, que Roma me debe.

El *lanista* se limitó a inclinarse ante el César en señal de reconocimiento. Nerón ya hizo combatir a algunas gladiadoras, pero tampoco iba él a discutir sobre eso con el César. El emperador bebió un buen trago y devolvió la copa al esclavo.

—Bien, bien... eso está bien, pero esa *gladia... trix*, Cayo, esa luchadora ha de morir. No soporto el recuerdo de la cara de satisfacción de mi esposa cuando ganó aquella estúpida apuesta al padre de Trajano. Se me revuelven las tripas. Llevaba tiempo ocupado en otras cosas hasta que esta noche Minerva me ha iluminado. Hablo con Minerva en mis sueños, ¿sabes, Cayo? —El *lanista* se limitó a asentir y el emperador continuó—. ¿Sabes contra quién va a luchar esa *gladiatrix*?

Se rió, el nombre femenino de gladiador le hacía gracia. Cayo comprendió que no era una risa para ser compartida y se mantuvo serio mientras preguntaba al César.

—¿Contra quién ha de luchar la *gladiatrix* Alana, *Dominus et Deus*?

Domiciano saboreó el momento de pronunciar su sentencia.

—Contra Marcio, Cayo. —El *lanista* permaneció inmóvil; Domiciano podía estar perdiendo la razón, pero era súbitamente certero en encontrar las formas más crueles de infligir sufrimiento humano. Proseguía con sus palabras—: Esa muchacha que mi mujer, Domicia, cree tan buena guerrera se batirá contra Marcio en la reapertura del anfiteatro Flavio. Las obras están terminadas. Al pueblo le encantará.

El *lanista* se quedó de pie, en silencio, frente al emperador de Roma.

Marcio, acompañado por una veintena de los mejores gladiadores del *Ludus Magnus*, caminaba, rodeados todos por pretorianos, por entre los túneles del *hipogeo*: la nueva y compleja trama del subsuelo de la arena del anfiteatro Flavio. El *lanista* no quería que sus luchadores perdieran un ápice de energía por el miedo que podían producir aquellos túneles —en ocasiones estrechos pero de techos elevados, en otros lugares pequeños y húmedos, pero siempre tenebrosos y lúgu-

bres— por donde transitarían los centenares de fieras y gladiadores y condenados que formarían parte de los juegos de reapertura del anfiteatro más grande del mundo. Marcio lo
observaba todo con atención. Compartía con el *lanista* la importancia de conocer bien el terreno en el que te juegas la
vida como base para la supervivencia. Marcio tenía en mente
que su próximo combate seguramente fuera a ser contra un
nuevo gladiador traído por el *lanista* desde el colegio de gladiadores de Pérgamo: un tracio gigantesco y brutal que miraba con ojos lujuriosos a Alana y que había intentado tocarla, a
lo que ella respondió con un zarpazo con su pequeña daga en
la mano izquierda de aquel gigante; no en la derecha porque
ella sabía que eso era inutilizar a un guerrero y el *lanista* se lo
habría hecho pagar con días de aislamiento en su celda. Desde entonces el gigante había dejado a Alana tranquila, pero
Marcio se mantenía atento en todo momento a los movimientos de aquel sirio descomunal.

De pronto, el veterano gladiador observó algo en su paseo
de reconocimiento por el *hipogeo* que le llamó la atención y sus
pensamientos retornaron al submundo que le rodeaba: allí
había unas ruedas enormes con cuerdas que actuaban como
poleas para subir hasta el techo unos cuadrados de madera,
como una balsa, cuya finalidad aún no acertaba a comprender. Había unas cadenas atadas a los extremos de cada esquina de aquellos suelos de madera que debían ser elevados por
las poleas, pero... ¿hacia dónde? ¿Para qué? La carcajada oscura de Carpophorus reverberó en las esquinas del techo hacia
el que miraba Marcio. El gladiador se volvió hacia él. Los pretorianos se habían detenido para organizar la mejor forma de
regresar por aquellos estrechos pasillos. Carpophorus, apestando a hedor de fieras salvajes encarceladas, asomó su rostro
entre las sombras.

—¿Ya sabes contra quién tiene que luchar tu amiga, Marcio? —dijo el *bestiarius* mezclando sus palabras con el pestilente aire de su aliento fétido. Carpophorus se enteraba de todo.
Se arrastraba constantemente por los agujeros más perdidos y
recónditos del anfiteatro Flavio y escuchaba conversaciones
inaudibles para cualquier otro ser humano. Era como si el *bes-*

tiarius hubiera desarrollado el oído fino y preciso de las fieras con las que convivía.

—Por tu cara de asombro veo que no lo sabes. Tu amiguita servirá pronto de alimento a mis bestias y su sangre... con su sangre voy a ganar una fortuna, una fortuna... —Y volvió a reírse mientras desaparecía en las tinieblas.

Empezaba a ser habitual que se comerciara con la sangre de los gladiadores muertos, pues existía la creencia de que servía de estimulante sexual, y tanto los patricios como las matronas de Roma parecían dispuestos a pagar mucho dinero por un poco de sangre de un gladiador muerto. Era de suponer que la sangre de una gladiadora, de una *gladiatrix* como Alana, aún se cotizase más en ese mercado negro. Marcio no sabía muy bien cómo se conducía ese tráfico de sangre, pero al oír a Carpophorus ya tuvo bien claro quién estaba detrás de todo aquel repugnante negocio. Uno de los pretorianos se acercó a ver con quién hablaba Marcio, pero cuando llegó junto a él sólo vio el aire vacío henchido de oscuridad por el que se perdía un pasadizo angosto del que sólo provenía el rugido de las bestias enjauladas. El pretoriano no quiso averiguar más y regresó a su puesto.

—¡No es posible! —aulló Marcio desesperado ante la figura sentada y algo encogida de un cada vez más decrépito *lanista*, como si los años de servicio bajo el gobierno del emperador Domiciano le empezaran a pesar ya de una forma excesiva.

—¡No me levantes la voz... esclavo! —respondió Cayo alzándose del banco de piedra de uno de los extremos de la arena del *Ludus Magnus*—. ¡No te atrevas a hablarme así! ¡Nadie me habla así! ¡Recuerda que sólo eres un esclavo y no me importa lo buen luchador que seas! —Como Marcio se controlaba e inclinaba la cabeza, el *lanista* volvió a sentarse y continuó con un tono más sereno—. Deberías estarme agradecido, Marcio, por muchas cosas... por todo. Te cogí cuando eras sólo un niño y te he convertido en el gladiador más importante de Roma. Pronto te ofrecerán la *rudis* de madera en cualquier combate y serás libre. No tenías nada y yo te lo he dado todo. Sí, ya sé, ya sé que no ha sido un camino fácil y que has sufrido mucho, como todos aquí, Marcio, como todos en esta maldita vida que nos ha tocado vivir. Los dioses, sí —miró al cielo y luego al suelo negando con la cabeza—, ¿dónde están los dioses en todo esto? No lo sé, Marcio, no lo sé. Roma estaba completamente loca cuando te rescaté de los vitelianos en medio de la guerra civil. Hubo unos años de sosiego con Vespasiano y Tito, pero Domiciano nos conduce a todos de nuevo al desastre. —Hablaba en voz baja; aunque presentía su muerte próxima no tenía ningún interés en adelantarla—. Todos vamos al desastre. Lo siento por tu amiga, Marcio, pero no importa tanto morir un poco antes o un poco después. Al final te das cuenta de que no importa tanto...

—No es un emparejamiento justo, *lanista*, solo digo eso; el público se reirá. —Marcio había vuelto a interrumpir al preparador de gladiadores pero con un comentario certero y la voz controlada.

El *lanista* asintió, suspiró, bajó la cabeza y volvió a hablar.

—No es justo, Marcio, no, pero aun así deberías estarme agradecido. No tienes ni idea de cuál era la orden inicial del emperador.

El *lanista*, sin levantar la cabeza, se limitó a volver sus ojos hacia arriba buscando así de soslayo la mirada nerviosa y tensa de Marcio y éste comprendió, comprendió con una rapidez sorprendente; el *lanista* lo miraba muy atento: sí, seguramente por eso era el mejor de todos los gladiadores, porque no sólo era fuerte y ágil sino también inteligente. A Cayo no le hicieron falta más palabras. Marcio las pronunció en su lugar.

—El emperador quería que Alana luchara contra mí... —No lo dijo como una pregunta.

El *lanista* asintió, se incorporó un poco y apoyó la espalda en la pared del muro de madera que rodeaba la arena del *Ludus Magnus*.

—No soy tan cruel como crees, Marcio. No lo soy. El emperador sí. Pese a todo le convencí de que contra el gigante de Pérgamo se garantizaría la muerte de la *gladiatrix*, que es lo único que obsesiona al emperador en todo este asunto. No tengo claro por qué. Creo que es por una apuesta que hizo su esposa, Domicia Longina, a favor de Alana hace tiempo ya, en Alba Longa. La emperatriz ganó la apuesta y Domiciano no resiste que su esposa tenga razón en nada. Alana iba a morir de todas formas, pero esta vez no tendrás que ser tú el que lo haga. Ya sufriste eso una vez. No tienes por qué pasar por ello dos veces.

Marcio estaba de pie, bajo el sol de Roma, pisando la arena del anfiteatro de entrenamiento. Miró al suelo, apretó los puños, levantó su faz y habló con una solemnidad extraña.

—Alana habría tenido muchas más oportunidades de regresar viva luchando contra mí que combatiendo contra el maldito luchador de Pérgamo.

No dijo nada más; se limitó a dar media vuelta y alejarse en dirección a su celda. Fue ahora el *lanista* el que estuvo rápido en la interpretación de aquellas palabras, mientras parpadeaba con los ojos muy abiertos: Marcio se habría dejado matar por aquella muchacha sármata; se habría dejado matar.

LOS CRISTIANOS

Roma, febrero de 92 d. C.

El emperador estaba inquieto. Partenio le observaba desde el otro lado de la mesa. Nada más entrar Partenio, Domiciano levantó los ojos mientras ocultaba una pequeña tablilla de madera debajo de otros documentos. Partenio sabía que el emperador iba perdiendo la confianza en él y que cada vez se fiaba más del criterio de sus nuevos jefes del pretorio, Norbano y Petronio Segundo, que habían reemplazado al veterano Casperio. A Domiciano no le gustaba que nadie estuviese demasiado tiempo en el mismo cargo, así que había situado a Norbano, que tanto le ayudara en la rebelión contra Saturnino, al mando del pretorio, junto con un Petronio más popular entre las legiones para mantener fuerte el apoyo del ejército. No obstante, el César de quien se fiaba sobre todo era de Norbano, a quien recibía de forma habitual, a solas, en la gran *Aula Regia*, mientras que al consejero Partenio le atendía sólo en la intimidad de su habitación. Eran cambios que se acentuaban desde que Norbano contribuyera de forma clara a aplastar la rebelión de Germania y que se habían agudizado desde que el propio Norbano fuera traído a Roma por orden del emperador después de haber ocupado la prefectura de Egipto. A Partenio no le incomodaba que su papel de consejero imperial se redujera ahora a un ámbito más íntimo, menos público, pero le preocupaba lo que eso implicaba en cuanto a pérdida de influencia, pues cuando dejabas de influir sobre Domiciano, éste, poco a poco, pasaba de la confianza a la sospecha. El emperador hacía tiempo que parecía desconocer la amplia gama de grises en las que se puede clasificar nuestra relación con los que nos rodean; para Tito Flavio Domiciano el mundo, cada vez más, se dividía con sencillez entre los que estaban con él y los que estaban en su contra. Pero, pese a todo, le seguía llamando. Sería, sin duda, por algún asunto en el que la limitada capacidad y el escaso conocimiento de los jefes del pretorio, ya fuera del veterano Casperio o de los nuevos prefectos Norbano y Petronio, debía de ser sobresaliente, tanto que hasta el emperador, aunque sólo fuera en la intimidad, estaba dispuesto a asumir que le era conveniente buscar consejo en aquellos que sabían más.

—Los cristianos —se limitó a decir Domiciano y se quedó callado, contemplando a un pensativo Partenio, que parecía esperar más información o una pregunta más precisa y, por ello, de forma irritante para el emperador, permanecía en silencio—. ¡Por Minerva, Partenio, los cristianos! ¡Están por todas partes, cada vez son más! —Como fuera que Partenio seguía sin dar respuesta, bajó la voz y lanzó una pregunta concreta—. No es bastante matar unos cuantos en los anfiteatros de Roma. Quiero acabar con todos ellos. ¿Quiénes son sus jefes?

Partenio sonrió por dentro. Ésta era la información que ni el recién destituido Casperio ni los nuevos prefectos Norbano o Petronio Segundo, con toda seguridad, habían sido capaces de aportar. El consejero no se dejó engañar por el hecho de que la pregunta la planteara el emperador en voz baja. Cuanto más descendía el volumen de su voz, el *Dominus et Deus* del mundo más interesado estaba en recibir una respuesta clara, precisa y directa. Cualquier rodeo sólo conduciría a la ira imperial, y la ira imperial solía conducir a la arena del anfiteatro Flavio. Partenio había tenido que responder con habilidad muchas de esas preguntas en los últimos meses. El consejero repasaba sus opciones en su mente con rapidez: si daba la información que se le pedía iba a ser el detonante de mucha sangre y mucha muerte entre aquellos hombres que abrazaban aquella extraña religión, incomprensible para él pero por la que tampoco sentía ni temor ni desprecio; por otro lado, si conducía la ira imperial a una sola de aquellas personas que se consideraban a sí mismos cristianos, quizá así podría hacer que la rabia creciente y casi ya sin límites del emperador se saciara, al menos por un tiempo, y se alejara de un Senado diezmado por una larga lista ya de ejecuciones sumarísimas que no hacían sino debilitar las entrañas del Imperio y, cada día, agudizar una división ya casi irreconciliable entre el emperador y los senadores, una división que debilitaba Roma y, en consecuencia, fortalecía a los enemigos de las fronteras de Germania, de Dacia o de Partia. Distraer al emperador de ese enconado enfrentamiento con el Senado era un objetivo que a Partenio le pareció adecuado.

—Jesús, su Cristo, su profeta, su líder máximo —empezó Partenio con tono didáctico pero sin caer en un paternalismo que enervara al emperador—, se rodeó de doce hombres, de doce fieles.

—Como los doce *lictores* de un cónsul —intervino Domiciano satisfecho de haber encontrado esa comparación.

Partenio nunca había pensado en esa curiosa coincidencia, pero así era.

—Exacto, el *Dominus et Deus* lo ha resumido perfectamente. —Partenio se sintió cómodo al ver que el emperador parecía satisfecho y muy interesado en aquella conversación, así que continuó hablando—. Doce, doce *lictores* que los cristianos denominan apóstoles. Ésos eran los hombres de máxima confianza.

—¿Eran? —inquirió el emperador con rapidez, pues no le había pasado desapercibido el uso del pasado por parte de su consejero.

—Sí, *Dominus et Deus*, pues no sólo su líder máximo, el Cristo, está muerto, sino que la mayoría de los apóstoles también están muertos.

Partenio miró un momento al suelo mientras hacía memoria y empezaba un pormenorizado repaso a una vieja lista sobre la que trabajó ya en tiempos de Nerón y sobre la que había vuelto apenas hacía unos meses en previsión de una pregunta como la que se le acababa de plantear.

—Veamos... un tal Pedro fue crucificado por Nerón hace ya tiempo; también un tal Pablo, que no estaba en los doce apóstoles iniciales pero que llegó a tener tanto poder o más que éstos. Este último, como era ciudadano romano, en lugar de crucificarlo, fue decapitado por orden imperial. Volviendo a los doce, estaba un tal Santiago que fue degollado en Oriente por el rey Herodes Agripa; Andrés, que fue crucificado; Bartolomé, ejecutado por el rey Astiages de Armenia por solivantar al pueblo con las prácticas cristianas.

Partenio seguía con la mirada en el suelo, pero sentía la admiración del emperador por la precisión en aquel torrente de información y sabía que con ello recuperaba, aunque tan sólo fuera un poco, algo de la antigua capacidad de influencia que tenía sobre el César. Continuó con aquel listado, uno por uno.

—Un segundo Santiago tambien fue ejecutado, lapidado por los propios judíos, y los que se llamaban Mateo y Felipe murieron en Partia, el primero quizá en Etiopía, pero en todo caso están muertos. Del resto conocemos poco, pero los que se llamaban Judas Tadeo, Simón el cananeo y Tomás no sabemos bien dónde o cuándo pero todos los cristianos los dan por fallecidos hace un tiempo. Queda Judas Iscariote, que fue el único de los doce que traicionó a su profeta pero se suicidó. El resto eligió entonces a otro para sustituirle, alguien con el nombre de Matías, pero también ha fallecido. Sin embargo... —levantó la cabeza para confrontar sus ojos con los del intrigado emperador— ...sin embargo, queda uno, uno de esos doce apóstoles, *Dominus et Deus*, un tal Juan que parece ser era muy joven cuando el líder de los cristianos los seleccionó. Vive aún y es muy admirado y respetado por todos ellos. Quizá sea su líder.

El emperador completó el razonamiento que Partenio se limitó a dejar implícito en su relato.

—¡Por Minerva! ¡Uno de los doce que eligió su profeta sigue vivo! El hecho de que ese tal Juan siga vivo les dará mucha fuerza a esos cristianos.

—Sin duda, *Dominus et Deus*, sin duda.

El emperador asintió un par de veces antes de volver a preguntar.

—¿Sabemos dónde está ese hombre?

Partenio había esperado esa pregunta desde el principio. No sonrió por dos motivos: por no irritar con su arrogancia al emperador y porque cuando envías a alguien a la muerte de forma injusta lo mínimo que puedes hacer es no sonreír.

—Estuvo en Jerusalén largo tiempo, pero después del asedio que destruyó la ciudad se refugió en Éfeso y allí sigue, *Dominus et Deus.*

Domiciano sí que se permitió una marcada sonrisa en su rostro pétreo.

—Pues quiero a ese Juan aquí, en Roma, pronto y lo quiero vivo. Quiero hablar con él antes de torturarlo y matarlo ante los ojos de todos los cristianos de Roma. Eso les bajará los humos a esos malditos. La muerte de la Vestal Máxima traidora ha puesto en su sitio a los que se sienten y se saben romanos, pero necesito destruir a los cristianos y lo necesito ya —y levantó la mano para que Partenio saliera y le dejara solo. El consejero se inclinó y antes de volverse pudo ver con el rabillo del ojo cómo el emperador, a tientas, con los dedos de su mano izquierda, rebuscaba entre los documentos de la mesa en busca de aquella tablilla que había ocultado al entrar él en la habitación. Aquel gesto del César intrigó tanto a Partenio que el destino de aquel cristiano de Éfeso quedó en un segundo plano entre los atribulados pensamientos de su mente. ¿Qué escondía el César en aquella tabla?

111

LA REAPERTURA DEL ANFITEATRO FLAVIO

Roma, abril de 92 d. C.

El anfiteatro Flavio rugía. Tito Flavio Domiciano saludaba desde el palco imperial con una amplia sonrisa en su boca. Las *venationes*, las recreaciones de batallas antiguas y los *andabatae* habían hecho las delicias de un público completamente entregado al emperador que los agasajaba con aquellos maravillosos juegos en aquel escenario incomparable. Allí el pueblo romano se olvidaba de todo: las dos legiones perdidas en el Danubio, los juicios a decenas de senadores, las ejecuciones, incluso la muerte de la Vestal Máxima. Al pueblo, que quedaba fuera de la lucha fratricida entre el emperador y el Senado, nada de todo aquello parecía preocuparle demasiado, pues un emperador que ofrecía unos juegos semejantes era, sin duda, el más poderoso de los gobernantes, y bajo su mando era imposible que nada pudiera poner en peligro a Roma. Si acaso los malditos cristianos, pero hasta en eso se estaba empleando a fondo su amado emperador. Centenares de cristianos eran en ese momento arrastrados hacia el centro de la arena por una cohorte de pretorianos inmisericordes.

—Un gran trabajo, Apolodoro —comentó el emperador en pie, con los brazos en jarra, admirando la gran remodelación que aquel joven arquitecto había conseguido terminar en apenas un año—. Un trabajo grandioso.

Y es que las gradas se elevaban hacia el cielo en aquella fastuosa ampliación que había añadido nuevas plantas a las ya existentes; junto con el gigantesco *velarium*, operado por los marineros de la flota imperial de Miseno, que protegía del calor del sol a la casi totalidad del pueblo y, en particular, al emperador de Roma; mientras que de las entrañas de la arena, a través de la compleja red de túneles del gran *hipogeo* excavado bajo la supervisión de Apolodoro, habían emergido toda clase de fieras, grupos de soldados armados y hasta condenados a muerte en las *venationes*, recreaciones y ejecuciones realizadas hasta el momento haciendo las delicias del público y, por encima de todo, del César. El anfiteatro Flavio no era sólo grandioso: era mágico.

Apolodoro de Damasco, prudente, se levantó y se inclinó ante el emperador. Al sentarse, el veterano Rabirius, que, por su parte, estaba concluyendo las obras de la *Domus Flavia*, le habló en voz baja.

—No malinterpretes mis palabras, Apolodoro: admiro lo que has conseguido hacer aquí; ninguno pensábamos que fuera posible, pero ten cuidado con conseguir imposibles. Los emperadores se acostumbran y puede que algún día el propio Domiciano u otro emperador te pida algo que no pueda hacerse. ¿Qué harás entonces, muchacho?

Apolodoro le respondió acercándose a su oído.

—Todo puede hacerse.

Rabirius se separó un poco y le miró. No encontró vanidad en los ojos de Apolodoro: aquel ingenuo, sinceramente, parecía creer que todo era posible.

En primera fila, el emperador se dirigió a su esposa.

—Ahora volveremos a ver luchar a tu querida *gladiatrix*.

Domicia Longina se limitó a cabecear levemente en sentido afirmativo. Presentía lo peor para aquella aguerrida muchacha del norte. Tampoco es que sintiera pena, pero tomó nota de que cualquier gesto suyo podía, por intervención de su esposo, conducir a la muerte a cualquiera. A partir de aquella tarde, Domicia Longina se mostró cada vez más fría y más distante. Muchos pensaban que, al igual que el emperador, la emperatriz empezaba a considerarse una diosa. Domicia sólo buscaba no mostrar afecto en público por nada ni por nadie. Que no hubiera nada ni nadie que ella amase que su marido pudiera destruir para hacerla sufrir.

—La salida de la *gladiatrix* y su oponente va a ser espectacular —continuó el emperador—, o eso me ha prometido el *lanista*.

Se giró buscando al preparador de gladiadores. Cayo, de inmediato, se levantó para confirmar lo dicho por el emperador.

—En efecto, así será, *Dominus et Deus*, espectacular, así será.

—Bien, bien... —dijo Domiciano y se sentó cómodamente en su trono para disfrutar del nuevo combate. Sólo le incomodaba el hecho de que Domicia ni tan siquiera hubiera manifestado curiosidad por conocer quién era el oponente de la *gladiatrix*.

Alana estaba preparada para el combate. Le habían permitido ponerse dos grebas en las piernas y protecciones en los brazos, pero ella había rechazado las *manicae*, porque quería tener los brazos libres para moverse con agilidad. Sabía que ante aquel gigante de Pérgamo sólo podía oponer rapidez de movimientos. Ni la fuerza ni las protecciones la salvarían de aquella encerrona a la que el *lanista*, por expreso deseo imperial, la conducía. Marcio la esperaba en la pequeña sala donde se encontraba la imagen de la diosa Némesis. Alana seguía rezando al dios supremo de su pueblo, Perún, por lo que recordaba Marcio de una explicación de la joven *gladiatrix*. Perún era el dios, según Alana, que controlaba los rayos y los truenos. Eso estaba bien. Rayos y truenos es lo que necesitaría Alana si quería regresar viva de la arena del anfiteatro Flavio.

Marcio se levantó en cuanto la joven entró en aquel pequeño recinto subterráneo. Podían hablar, aunque un guardia pretoriano los miraba desde la puerta. Era uno de la media docena que custodioban a Alana por los pasadizos del *hipogeo*. Era de suponer que el gigante de Pérgamo fuera custodiado, como mínimo, por otros tantos. El de Pérgamo ya había pasado por allí y debía de estar preparado para salir a luchar. Seguramente no rezó demasiado. No debía sentir esa necesidad considerando la fragilidad de su oponente. En cuanto el gladiador de Pérgamo salió de allí, Marcio entró para esperar a Alana.

—Vamos con retraso, por Marte —dijo el pretoriano de la puerta—; la *gladiatrix* tiene que salir ya.

Marcio aún no había tenido tiempo de decir nada. Tampoco importaba. Sólo quería decir una cosa. Se acercó y, para sorpresa de Alana, la abrazó. La muchacha iba a zafarse de aquel abrazo, pero estuvo lenta. Marcio la había pillado desprevenida y no pudo evitar que la mano del veterano gladiador se hiciera con la suya propia y le diera algo al tiempo que le susurraba dos palabras para, de inmediato, separarse de ella antes de que intervinieran los pretorianos. Ella se quedó mirándole fijamente. Marcio no decía más sino que respondía a la confundida muchacha con su silencio, apretando los labios, transmitiendo rabia y fuerza a partes iguales.

—Es tu única posibilidad —añadió Marcio mientras los pretorianos cogían a Alana por el brazo y se la llevaban por los túneles del *hipogeo*.

Marcio los siguió hasta donde le permitieron, hasta llegar al final de un pasillo ancho que se bifurcaba. No la conducían a la Puerta de la Vida, sino a otro lugar. Marcio sintió que le lamían la mano. No bajó la mirada. Se limitó a acariciar a *Cachorro* en la cabeza.

En el palco imperial todos miraban hacia la Puerta de la Vida a la espera de la salida de los gladiadores. El emperador sonreía. Sonreía. Se lo estaba pasando en grande.

Situaron a Alana en aquella plataforma de madera. Unas larguísimas cadenas se estiraban hacia lo alto, hacia el techo del *hipogeo*, perdiéndose en la oscuridad absoluta. Veinte esclavos empezaron a tirar de una cuerda y la polea se puso en marcha, despacio primero y, luego, con rapidez. La plataforma se elevó. Alana, con el rostro cubierto por el casco de *mirmillo* que le habían puesto, apenas podía ver lo que ocurría a través de la rejilla de protección. Además, aquel yelmo pesaba una enormidad, y le costaba mantener la cabeza en la posición adecuada. Para ella, aquel casco era más un impedimento para el combate que una protección. Alana soltó un instante las cadenas y se quitó el casco con rapidez para dejarlo en el suelo de aquella base de madera móvil. La plataforma temblaba al ascender y Alana, instintivamente, alargó los brazos y se volvió a agarrar con las manos a las cadenas que tiraban de ella y de la plataforma hacia lo alto. Inclinó la cabeza un poco, no mucho, hacia atrás, y miró hacia arriba. De pronto una compuerta se abrió en lo alto y se hizo la luz, y un baño de rayos cegadores la obligó a cerrar los ojos al tiempo que una corriente de aire levantaba su larga melena y agitaba su cabello mientras la plataforma ascendía y ascendía hacia la superficie del anfiteatro Flavio.

El pueblo rugió. Ya no sólo emergían fieras desde las entrañas del gran anfiteatro, sino que ahora eran los propios gladiadores los que aparecían en medio de la arena, surgiendo de debajo de la tierra, cubiertos con sus yelmos, armados con sus espadas, preparados para el combate: Alana, la famosa *gladiatrix* de Alba Longa, pues allí se había dado a conocer y por ese nombre se la reconocía en toda Roma, apareció en un extremo de la arena con su piel morena y tersa y brillante y su pelo ondeando, movido por la brisa de aquella tarde épica. A sus pies se encontraba su casco con la inscripción de un pez, rematado en un gran penacho, su pesado escudo y una larga espada recta terminada en punta. En el otro extremo emergió un gigantesco gladiador desconocido pero del que todos habían oído hablar: un enorme tracio que se había hecho famoso luchando en la arena de Pérgamo, el mejor gladiador de Oriente, o eso decían. Las apuestas no dejaban lugar a dudas sobre lo que iba a ocurrir: la gran mayoría apostaba todo cuanto había traído al anfiteatro Flavio a favor del gigantesco tracio de Pérgamo; sólo unos pocos locos se atrevían a apostar por la *gladiatrix*, animados por la esperanza de que si ocurría lo imposible sus ganancias de aquel día les permitirían vivir con lujo el resto de su existencia sin tener que trabajar ni pedir ya favores a nadie.

El tracio no quiso dejar espacio para que se plantearan dudas sobre su capacidad de ataque y, a buen paso, casi corriendo, se situó frente a Alana. El árbitro del combate la miró y luego a su casco. Alana comprendió y se puso el pesado yelmo sobre su cabeza. Luego, el juez alzó las manos y el tracio, sin dudarlo, asestó el primer golpe contra el pesado escudo de la *gladiatrix*. El impacto fue tan brutal que Alana cayó de espaldas. El público empezó a abuchear: querían un combate largo. El tracio era un veterano, sabía hacerse querer y anhelaba ser famoso en Roma. Lanzó entonces una sonora carcajada y retrocedió un par de pasos para permitir que su magullada contrincante se alzara del suelo.

Marcio había regresado a la sala consagrada a Némesis. La diosa de los gladiadores parecía observarle en silencio. *Cachorro*, desde la puerta, miraba cómo su amo se arrodillaba ante aquella estatua de piedra e inclinaba la cabeza humillándose. El perro no entendía qué tenía aquella imagen de piedra, pero su amo parecía tenerle un respeto tan grande como el que él mismo sentía por su amo.

Marcio rezaba, orando con una pasión y una intensidad que Némesis no había percibido en muchos años por parte de ninguno de los gladiadores de Roma. Era una oración, un ruego capaz de conmover.

—Seré tuyo siempre —musitaba Marcio entre dientes—. Volveré a la arena siempre que quieras, siempre que me reclames, juro que regresaré y volveré a arrodillarme a tus pies, pero salva a Alana de este combate, sálvala... Tú sabes que es un combate injusto...

Marcio no sabía cuánto tiempo llevaba allí arrodillado, con los ojos cerrados, cuando un griterío descomunal hizo temblar las bases del anfiteatro Flavio.

Alana se había rehecho y combatía, lo intentaba, pero el yelmo, el escudo y la espada eran demasiado pesados para combatir con destreza. El guerrero de Pérgamo ni tan siquiera se esforzaba: se limitaba a amagar golpes mientras no paraba de reír. El público empezaba a estar incómodo. Aquello no era un combate, sino una pantomima, pero, entonces, Alana arrojó el escudo a un lado, dio unos pasos para atrás y con el brazo libre del escudo se quitó el casco. Como le iba grande, cayó con facilidad, lo recogió del suelo y lo arrojó contra el tracio.

—¡Uuuuuuuuh! —se volvió a oír en las gradas; el árbitro miró de forma amenazadora a Alana, pero la *gladiatrix* sólo tenía espacio en su mente para las palabras que le había susurrado Marcio. Era lo único que le daba fuerzas.

—Haz trampa —había dicho Marcio—. Haz trampa.

Y eso pensaba hacer. Si al juez del combate no le gustaba algo, que cogiera él la espada y que luchara él contra el tracio. ¿Qué podía ser lo peor que podía ocurrir? ¿Que la mataran por hacer trampa? En cualquier caso, era ya un cadáver si su oponente de Pérgamo se decidía a dar término a aquella lucha desigual y absurda. Alana, sin casco y sin escudo, estaba mucho más desprotegida, pero de pronto disponía de ambas manos para blandir la espada y, mucho más ligera, podía moverse alrededor del enorme tracio con velocidad. El tracio se veía obligado a girar y girar para mantenerla en el estrecho ángulo de visión de las rejillas de su propio yelmo, pero Alana daba vueltas sin parar. En cuanto percibió que el tracio estaba algo mareado, se detuvo en seco y le atacó con dos estocadas rápidas. El tracio estuvo lento y, si bien acertó a detener la primera con su escudo, la segunda le rozó el vientre y una línea de sangre se marcó sobre su piel. No era un corte profundo, pero sí resultó humillante. El público estaba encantado de la reacción de la *gladiatrix*. Quizá aquel combate no fuera a terminar, después de todo, de forma tan rápida.

Domicia Longina no pudo evitar identificarse con aquella *gladiatrix*. Al igual que ella, aquella joven se veía obligada a luchar contra un enemigo infinitamente más fuerte y poderoso. Pero la emperatriz se mantuvo seria. Percibía la incomodidad de su esposo por la reacción de la guerrera. Si la joven *gladiatrix* volvía a vencer, Domicia Longina percibía que la ira del emperador se desataría contra alguien, una vez más, de forma incontrolada, pero ¿contra quién? Flavia Julia ya estaba muerta. ¿Contra ella misma? ¿Contra el *editor* de los juegos o contra el *lanista*? Miró hacia atrás: Cayo, el preparador de gladiadores, estaba más serio que nunca, con el semblante sombrío ante la capacidad de resistencia de la *gladiatrix*.

La lucha se alargaba. El sol languidecía por detrás de los muros y el *velarium* del anfiteatro Flavio. Alana sudaba. Tenía que moverse tres veces más que su enemigo para mantenerse viva. El tracio también sudaba y empezaba a cansarse de todo aquello. Además la herida del vientre, aunque no fuera grave, sí era dolorosa y la lucha, para él, se había transformado en algo personal; muy pocos le habían herido antes en combate y todos los que lo habían hecho ya estaban muertos y enterrados; pero le era imposible asestar un golpe mortal si aquella luchadora jugaba eternamente a salirse de su campo de visión, por todos los dioses. El tracio se detuvo. Arrojó el escudo, al igual que había hecho Alana antes y, con más dificultad que ella y para desesperación absoluta del juez, se quitó también el pesado casco de su cabeza. Blandió entonces su larga espada curva y arremetió contra Alana con furia. Dos golpes secos. La espada de Alana voló por los aires. El público aulló. Ella pensó en arrastrarse para recuperar su espada, pero estaba demasiado lejos, demasiado lejos; el árbitro del combate miró hacia el emperador y el tracio también. Tito Flavio Domiciano permanecía impasible en su trono. Alana miró también hacia allí. No parecía que fuera a haber clemencia. Recordó de nuevo las palabras de Marcio. Despacio, muy despacio, se llevó la mano derecha a la greba de la pierna y, con habilidad, extrajo con los dedos la pequeña daga, un pequeño puñal que Marcio le había dado en aquel abrazo frente a la diosa Némesis. Recordó cuando Marcio le preguntó meses atrás: «¿Eres buena con esa daga?» Y ella había respondido: «Muy buena.»

El árbitro, el tracio, el público, todos miraban hacia el emperador que se negaba a ceder para que se le diera otra arma a la joven *gladiatrix*. Alana no lo dudó. Seguramente luego la ejecutarían, pero se llevaría a ese maldito gigante de Pérgamo por delante. Lanzó el puñal con la destreza de una guerrera sármata que llevaba sangre de amazona auténtica en sus venas. El filo cortó el aire silbando levemente, un siseo casi mudo pero perfecto, preciso, que rompía la brisa de la tarde en su curso imparable. El tracio presintió algo y se volvió hacia la gladiadora. La punta de la daga se clavó justo entre las cejas.

El casco lo habría evitado, pero el yelmo del gladiador de Pérgamo hacía rato que yacía olvidado en un rincón de la arena; la punta quebró, con el pulso firme de quien la había lanzado al cráneo de aquella gran cabeza; el tracio abrió la boca para gritar al tiempo que arrojaba la espada y se llevaba ambas manos a la cara, pero, para cuando sus dedos alcanzaron a tocar la empuñadura de la daga, ésta se había hundido en las entrañas de su cerebro y, sin saber cómo o por qué, se quedó en pie, inmóvil, un brevísimo instante, para desplomarse al momento de espaldas, con los ojos abiertos, una mueca de dolor en la boca y un reguero de sangre cegándole. Lo último que vio aquel tracio fue la faz sorprendida del juez mirándole desde un mundo que parecía cada vez más lejano, más lejano...

El árbitro se irguió y miró a la *gladiatrix*, que se levantaba del suelo desde donde había lanzado la daga. El juez, perplejo, buscó entonces con su mirada a los pretorianos. Aquello no podía quedar impune, pero el pueblo de Roma gritaba, aplaudía, aullaba de júbilo: el gigante de Pérgamo había sido astutamente abatido por la *gladiatrix*. La luchadora había hecho trampa, pero eso no parecía importar al pueblo que había disfrutado con aquel combate y más aún con aquel insólito desenlace.

En el palco imperial el emperador se alzó de su trono. Miró un momento a Cayo. El *lanista* comprendió que estaba sentenciado a muerte. Lo asumió con la serenidad de quien ya está cansado de todo. Tito Flavio Domiciano lo vio claro: la *gladiatrix* era demasiado popular en ese momento entre la plebe y necesitaba el apoyo del pueblo para que éste no se pusiera de parte del Senado mientras llevaba su larvada guerra de exterminio contra todos sus enemigos políticos. La muerte de aquella luchadora podía esperar. Además, siempre existía la posibilidad de que muriera en cualquier combate. La mayoría de los gladiadores terminaban así y más si él, como emperador, se negaba a conceder ninguna *rudis* durante unos meses, o años si era preciso. Tito Flavio Domiciano alzó las manos y la *gladiatrix* fue conducida, intacta, hacia la Puerta de la Vida. El emperador miró a su esposa. Ésta se mantenía en silencio.

112

LA LISTA DE DOMICIANO

Domiciano, sospechando de estas personas, concibió la
idea de matarlos a todos, y escribió sus nombres en una
tablilla doble de madera de tilo.

DION CASIO, *Historia de Roma*, LVII

Roma, abril de 92 d. C.

Partenio fingió no encontrarse bien para no acudir esa tarde
al anfiteatro Flavio. El consejero, mientras caminaba por los
soportales de los peristilos porticados de la *Domus Flavia*, aún
recordaba la mirada cargada de desprecio del emperador
cuando le comentó lo de su indisposición.

—Te haces viejo —le dijo el *Dominus et Deus* del mundo.

Partenio se limitó a inclinarse mientras emitía una bien
ensayada tos cavernosa.

Ahora, mientras avanzaba sigiloso hacia las habitaciones
privadas del César, el consejero no tosía; casi ni respiraba
apenas. Estaba el asunto de los pretorianos que vigilaban el
acceso a los aposentos del emperador. Podría sortearlos,
pero tenía que pensar en una excusa para el César si éste se
enteraba que había entrado en sus habitaciones sin estar él
presente: necesitaba consultar un mapa, eso diría, pues el
emperador guardaba todo tipo de mapas en las habitaciones
privadas del palacio. Estando como estaban de revueltas las
fronteras del norte y sabiendo que él, Partenio, siempre insistía sobre ese punto una y otra vez, Domiciano no sospecharía, es decir, no más de lo que ya sospechaba de todo el
mundo.

En efecto, la media docena de pretorianos de guardia se

hicieron a un lado para dejarle pasar sin tan siquiera preguntarle. Se limitaron a mirarle de reojo, de forma desconfiada, pero nada más. Era suficiente. Una vez dentro de la habitación, Partenio paseó su mirada por la mesa, el lecho en una esquina y los armarios repletos de papiros, rollos, pergaminos y mapas. Era como buscar una aguja en un pajar, pero no tendría muchas más oportunidades como aquélla. Y no era una aguja: se trataba de una tablilla. Si el emperador hubiera usado una hoja de papiro, la tarea habría sido imposible, pero una tablilla era algo más difícil de ocultar. Así que, tal y como había hecho todas las cosas en su vida, con paciencia metódica, se aplicó a revisar, uno por uno, cada uno de los documentos de la mesa, primero y, como no encontró lo que buscaba, prosiguió examinando los rollos del armario después. Avanzó con rapidez, pues sabía que una tablilla, seguramente de tilo, como le gustaban al emperador, sería visible con facilidad si daba con la cesta o la estantería adecuada.

Por las manos de Partenio pasaron edictos imperiales sobre impuestos, sobre nuevas leyes relacionadas con la censura vitalicia que se había autoasignado Domiciano y borradores de ejecuciones ya realizadas; era curioso que el emperador no se deshiciera de todo aquello, que no eran sino pruebas acumuladas de su progresiva enajenación. La búsqueda parecía infructuosa y la tarde se había tornado en noche. Encendió una lámpara de aceite con una de las antorchas del pasillo, para lo que tuvo que salir y volver a entrar, aunque, para su fortuna, los pretorianos no parecieron observarle, entretenidos como estaban en jugar al *ludus latrunculorum*, el juego típico de los mercenarios, donde todos rodeaban un tablero lleno de piezas blancas y negras y dos piezas azules que representaban al *dux* [general] de cada bando. Ante lo intenso de aquel juego de estrategia, los dados habían quedado olvidados en el patio, al igual que parecían haberse olvidado también del veterano consejero imperial. La guardia pretoriana relajaba su disciplina notablemente cuando Norbano dejaba el palacio para acompañar al emperador al anfiteatro Flavio. Partenio, de regreso a la habitación imperial, retornó a su búsqueda en los armarios del emperador. Encontró lo que debían de ser las estanterías donde Domiciano guardaba sus obras de literatura favoritas, entre las que destacaban todos y cada uno de los pesados poemas de Estacio elogiando su persona, su reinado y su Imperio. Había alguna obra de teatro de Plauto y Terencio y algunos textos griegos sobre geografía, pero nada de filosofía. De pronto, de entre las hojas de los poemas de Estacio, cayó una tablilla que Partenio, lento ya por la edad, no acertó a coger. La tablilla golpeó el suelo, pero ni se rompió ni se marcó de forma alguna. El tilo era lo que tenía: resistencia. El consejero tuvo esa intuición que siente una persona cuando sabe que ha encontrado algo que buscaba desde hace tiempo y, sin embargo, una vez descubierto siente miedo de examinarlo con detalle porque su contenido le da terror. Pero Partenio, prestando atención al texto de Estacio del que había salido la tablilla —un poema a la colosal estatua ecuestre del emperador Domiciano, uno de los favoritos del César— se agachó y la tomó en sus manos. La llevó a la mesa donde estaba la lámpara de aceite y observó con atención. Se trataba de una lista, una lista de nombres escrita por Tito Flavio Domiciano. Partenio reconocía aquellos trazos del pulso poco firme del emperador. Los había visto en decenas de sentencias de muerte, edictos imperiales y cartas personales. Para el consejero eran unos rasgos inconfundibles. Empezó a leer con rapidez. Tan absorto estaba que no oyó las pisadas que se acercaban a la cámara del emperador. La lista empezaba mencionando a Paris, aquel estúpido actor que se atrevió a yacer con la emperatriz. Seguía con Hermógenes de Tarso, que había escrito una historia sobre la Roma reciente que incomodó a Domiciano. César ordenó que se le crucificara igual que exigió que se crucificara también a todos aquellos ingenuos copistas que se habían atrevido a reproducir aquella obra y que se purificaran las bibliotecas que la habían albergado. La lista seguía. Lo terrible era que los nombres que seguían eran de senadores vivos:

Cívica Cerealis
Salvidieno Orfito
Manio Acilio Glabrión

Así que el emperador no había quedado satisfecho con la prueba de Alba Longa. Manio ya estaba desterrado. ¿Qué sería lo siguiente? ¿Una ejecución pública o un discreto envenenamiento? Pero siguió leyendo, sin que sus viejos oídos percibieran aún aquellas pisadas de unas sandalias que se acercaban poco a poco a la cámara del emperador.

Elio Lamia
Salvio Cocceiano
Mecio Pompusiano

Sí. Partenio asentía para sí mismo. Pompusiano había comentado en privado que un astrólogo le había predicho que alguna vez sería emperador. El estúpido no sabía que con esa fanfarronada se acababa de sentenciar. Domiciano debía de haberlo oído ya de boca de algunos de sus delatores, Caro Mecio o Mesalino o cualquier otro. La lista seguía. Las pisadas se acercaban.

Salustio Lúculo
Junio Rústico
Helvido Prisco
Flavio Sabino

Flavio Sabino era primo del emperador. Iba entonces no sólo a por senadores, escritores o historiadores críticos, también a por la familia. No se veía a Flavio Clemente y su esposa. Éstos, por el momento, se salvaban, pero la lista seguía, seguía. Partenio levantó la cabeza. Pisadas fuera de la cámara. Y estaban muy cerca. Cada vez oía peor. Se hacía viejo. Siguió leyendo a toda velocidad.

Arrecino Clemente
Epafrodito
Ascletario

Clemente era un informador y amigo que debía de haber caído en desgracia, mientras que Epafrodito era secretario y tesorero; alguna cuenta no le parecería correcta al emperador o quizá habría insinuado al César que el gasto diario en juegos circenses, luchas de gladiadores y los pagos anuales a Decébalo para que no atacara las fronteras no eran soportables por mucho tiempo más. Era un funcionario con experiencia, pero imprudente a la hora de tratar con el César. Partenio se sorprendió de que su propio nombre no estuviera debajo del de Epafrodito. Ascletario era un astrólogo; algo habría predicho al emperador que debía de ser inoportuno. La gente parecía querer morir pronto. Un nuevo nombre cerraba la lista, añadido con un trazo de grosor diferente, revelando que se trataba de una adición posterior al resto de los nombres, pero la puerta de la cámara se estaba abriendo. Partenio leyó el nombre a la vez que dejaba ya la tablilla entre los poemas de Estacio. Aquel último *praenomen*, con su *nomen y cognomen*, retumbaba en sus sienes donde las venas parecían que iban a estallar. Partenio se volvió hacia la puerta. La figura de la emperatriz Domicia Longina apareció en la habitación. La mente de Partenio vivía un combate intenso mientras se preparaba para justificar su presencia allí al tiempo que, incrédulo, seguía preguntándose si había leído bien el último nombre de la lista.

—¿Qué haces aquí? —La emperatriz le miraba nerviosa, disgustada. Él no era quién para estar en la habitación del emperador a solas, incluso si era un gran consejero imperial, incluso si los pretorianos le habían dejado pasar.

—Necesitaba unos mapas del norte —arguyó Partenio poniendo en orden los rollos de los diferentes volúmenes que había revuelto en su agitada búsqueda.

—¿Y lo has encontrado? —preguntó Domicia Longina, firme, seria, en pie ante él. Partenio se dio cuenta que en su afán por devolver la lista a su sitio no se había ocupado de seleccionar algún mapa que presentar ahora como prueba de su supuesta búsqueda.

—No, augusta, no he encontrado el mapa que buscaba —respondió el consejero con rapidez.

La emperatriz lo miraba con aire de sospecha. Partenio había mentido, y para éste era evidente que la emperatriz sabía que él estaba mintiendo. Sin embargo, la esposa del emperador no se enfrentó a él.

—Pues si no está aquí lo que buscas tendrás que ir a otro lugar a encontrarlo, ¿no crees?

—Sí, augusta.

Partenio, agradecido por la generosidad de la emperatriz, se inclinó de forma ostensible, como dando a entender que apreciaba el silencio de la gran matrona de Roma. La emperatriz lo miraba con algo de tristeza: consejeros rebuscando entre los documentos del emperador, una pléyade de desconfianzas, una red de intrigas en la que ella ya tampoco sabía bien a qué atenerse. Partenio captó aquella mirada y la guardó para sí como una información secreta y privilegiada. Domicia Longina había sufrido mucho, había visto demasiado y, de un tiempo a esta parte, lo callaba todo. Podía ser una poderosa aliada o la más temible de las enemigas. Partenio sabía que nunca debía infravalorarla, y menos ahora, cuando poseía un secreto sobre su persona que poder transmitir al emperador. Un secreto mortal. Mortal. Ya estaba en el peristilo porticado. Aire fresco. Los pretorianos le miraron sin prestarle demasiada atención pero dejaron su juego. Partenio repasó la lista. Manio Acilio Glabrión, otro gran *legatus* que podría ser ejecutado por un emperador celoso. La cuestión clave era, no obstante, si el Imperio podía permitirse quedarse sin sus mejores *legati* en un momento en el que dacios, catos, sármatas, roxolanos, bastarnas y partos amenazaban todas las fronteras de Roma. Partenio engullía su terror en grandes tragos. El último nombre de la lista era:

Marco Ulpio Trajano

113

GLADIADORES VIVOS
Y GLADIADORES MUERTOS

Quem praestare potest mulier galeata pudorem, quae fugit a sexu, uires amat?

[¿Qué pudor puede mostrar una mujer con yelmo que rechaza su sexo y está enamorada de la fuerza bruta?][45]

JUVENAL, *Satvrae*, VI, 252-255

Roma, abril de 92 d. C.
En el *spolarium* del anfiteatro Flavio

Carpophorus se consolaba troceando el cadáver sin vida del gladiador de Pérgamo. Aquel tracio no había tenido tiempo de hacer amigos y ningún otro luchador quiso poner dinero para pagar su entierro en las afueras de Roma, donde los gladiadores veteranos que sí tenían amigos entre el resto de compañeros del *Ludus Magnus* y otros colegios de lucha, eran enterrados habitualmente. Desmembró primero las piernas y los brazos en una gran piedra que se alzaba sobre un tremendo charco de sangre. Los leones de la jaula a sus espaldas rugían a la espera de aquella suculenta cena, pues no era frecuente disponer de un cadáver de aquellas dimensiones. Pero Carpophorus no estaba satisfecho: nadie quería comprar la sangre de aquel gigantón que había sido incapaz de abatir a una mujer, por muy *gladiatrix* que ésta fuera. El *bestiarius*, no obstante, sonrió mientras desgajaba la cabeza y se la arrojaba a las fieras partida en dos para que pudiera pasar entre los barrotes: la *gladiatrix* moriría, más tarde o más temprano; era imposible que una mujer sobreviviera mucho tiempo en aquel lugar; sería entonces cuando ganaría mucho dinero.

45. Traducción según la edición de Rosario Cortés Tovar. Ver bibliografía.

Tres horas más tarde en el *Ludus Magnus*

Alana estaba cubierta por paños con manzanilla y barro. Tenía magulladuras y moratones por todo el cuerpo. Había derrotado al tracio, pero éste se había empleado a fondo contra ella y pese al escudo Alana había recibido numerosos golpes que ahora se dejaban ver por todas partes. Estaba acurrucada en la esquina de su celda. A su lado el cuenco de la comida estaba vacío. Aún tenía hambre. Había consumido mucha energía en aquel combate corriendo, luchando, por la tensión y los nervios. Marcio entró despacio en la celda. Alana se mantuvo quieta. Era de noche, la hora que los romanos llamaban *prima vigilia*. Marcio se sentó cerca de ella, pero guardando las distancias. Llevaba un cuenco que olía bien.

—Te he conseguido más comida —dijo y puso el nuevo cuenco junto al otro que ya estaba vacío.

Alana lo cogió y empezó a comer con ansia ayudándose con la cuchara de madera que manipulaba con tanta torpeza como habilidad había demostrado para blandir una espada. Alana comía sin mirar a Marcio. La muchacha sabía por qué venía Marcio y no se sentía con fuerzas para luchar, pero tampoco quería ceder. El gladiador se acercó un poco, pero sólo un poco. Extrajo algo de entre su ropa y lo puso junto al cuenco vacío: era la daga con la que Alana se había defendido de Marcio hacía unos días y con la que apenas hacía unas horas había matado al tracio.

—Recuperé el arma del cadáver en el *spolarium* —explicó Marcio—. Es una buena daga. Debes tenerla siempre contigo. La manejas bien.

Alana, que había terminado de comer, dejó el cuenco junto al otro y cogió la daga. Seguía acurrucada en la esquina. Marcio la miraba como la miraba desde hacía días, semanas, meses.

—Ya has matado a un guerrero —dijo Marcio al fin. Alana sostenía la daga en su mano derecha. Marcio se acercó con cuidado. Ella asía el puñal con fuerza. El gladiador acarició el pelo largo y fino de la muchacha, algo sucio por el combate y varios días sin lavar, pero fuerte y hermoso y pleno de energía y juventud. Alana tensó los músculos. La daga seguía en su mano. De pronto, para sorpresa de la muchacha, Marcio se levantó y se dirigió a la puerta. Se detuvo en el umbral y se volvió para mirarla y decirle algo antes de irse.

—Ya has matado a un guerrero —repitió el gladiador—. Me hiciste una promesa. Cuando tú quieras ya sabes donde está mi celda.

No dijo más y se marchó. Alana se quedó sola en su pequeño *cubiculum*, asiendo aún la daga, sintiendo la satisfacción de tener el estómago lleno, confusa por un mar de sensaciones extrañas. El dolor de los moratones ya no estaba presente en su mente.

Pasó así un rato largo hasta que cayó en un duermevela en que su cuerpo, pese al insomnio, se recuperó en gran medida del cansancio y las turbulencias descomunales de aquella jornada. Al fin sus ojos se cerraron. Soñó que alguien la atacaba y se despertó sudando y con la daga en la mano, pero no había nadie en la celda. Seguía sola. Alana se levantó entonces y salió al exterior. En la explanada del anfiteatro del *Ludus Magnus* todo estaba quieto. Todos dormían. La muchacha cruzó con sigilo la arena hasta llegar al punto donde se encontraba la celda de Marcio. Al entrar, *Cachorro* dio un respingo y mostró los dientes de forma instintiva, dispuesto a atacar, pero al oler la fragancia especial que desprendía Alana se calmó de inmediato al reconocerla y se limitó a lamerle la mano. Marcio seguía dormido. Alana se desnudó junto al gladiador de gladiadores, el más hábil luchador del *Ludus Magnus*, el guerrero que la había ayudado a enfrentarse contra el tracio y que la protegía, de una manera u otra, desde que llegara allí. Se tumbó junto a aquel hombre y sintió el calor de aquel cuerpo musculoso y recio y prieto. Tragó saliva. No sabía qué iba a pasar. Marcio sintió algo, pero no reaccionó de forma violenta. Se volvió despacio y la vio allí, desnuda, nerviosa, respirando deprisa. Era aún más hermosa de lo que hubiera podido imaginar.

—Has venido antes de lo que esperaba —dijo Marcio. La muchacha callaba. Marcio aún tenía alguna duda—. ¿Y la daga?

Alana se giró, estiró el brazo y cogió el pequeño puñal de entre su túnica desparramada por el suelo.

—Toma —dijo ella al entregársela a Marcio—. Las sármatas cumplimos nuestras promesas. Esta noche no la usaré.

Marcio cogió el puñal y lo dejó a los pies del lecho. Al volverse a recostar junto a Alana empezó a acariciar la piel suave y tersa de la joven. Era infinitamente más bella que cualquier patricia romana, y más fuerte y más leal. Hasta *Cachorro* se fiaba de ella.

—No me hagas daño —dijo Alana.

A Marcio le conmovió que la muchacha pareciera tener más miedo esa noche que en medio de la arena del anfiteatro Flavio combatiendo contra un gigante.

—No te haré daño. Nunca te haré daño.

114

LA CONDENA DEL *LANISTA*

Roma, marzo de 93 d. C.

Partenio acudió a la prisión de Roma a petición del último caído en desgracia: Cayo, el veterano preparador de gladiadores. Partenio no estaba seguro de cuál era la falta que ante los ojos del emperador había resultado tan seria como para merecer que alguien tan bueno en su trabajo como el *lanista* del *Ludus Magnus* ingresara en una de las húmedas y sucias y putrefactas mazmorras de Roma, pero parecía que había perdido el aprecio desde que los resultados de los combates de gladiadores no terminaban exactamente como el *Dominus et Deus* del mundo deseaba.

—No te he llamado para que intercedas por mí —dijo un desaliñado y encogido Cayo nada más verle entrar en la celda. Partenio había hablado pocas veces con aquel hombre pese a las innumerables ocasiones en que habían coincidido en los palcos del anfiteatro Flavio, pero siempre había tenido la definida percepción de que no era persona de andarse con rodeos. El *lanista* hizo una mínima sonrisa en su demacrado rostro y prosiguió:

—Además, aunque intercedieras por mí, el emperador no cambiaría mi sentencia. Tampoco puedo quejarme: soy ciudadano romano y me van a decapitar. Me siento afortunado. La crucifixión o las fieras me dan pavor; me da miedo el dolor sin sentido. Tiene gracia que esto lo diga un viejo militar que luego ha pasado el resto de su vida entre gladiadores, pero es así. Será rápido. Eso me consuela un poco. —Detuvo su discurso en seco y miró fijamente a Partenio—. Eso sí, albergo rencor, un rencor profundo e incontenible contra el emperador. —Volvió a sonreír—. Ahora puedo decirlo sin demasiado miedo, sentenciado, encerrado y esperando mi fin. Y es que me reconcome la injusticia y, sobre todo, la ingratitud. Yo salvé a ese miserable, Partenio, yo. Hace muchos años, cuando los vitelianos rodeaban la escuela de gladiadores, él, un joven asustado que había abandonado a su suerte a su tío en la colina Capitolina, llegó a nosotros oculto bajo la túnica de un sacerdote de Isis. Y así me paga mis servicios: una *gladiatrix* no muere cuando él quiere que muera, y así me lo paga ese miserable que se cree *Dominus et Deus*.

Fue la primera vez que Partenio oyó aquellos títulos pronunciados con tanto desprecio que se convertían en el peor de los insultos posibles.

—Si no quieres que hable con el emperador, ¿qué es lo que puedo hacer por ti? —le interrumpió el consejero imperial, que veía que, contrario a su costumbre, el *lanista*, por una vez, sí daba rodeos. Cayo asintió y respondió de forma más concreta.

—Marcio —dijo y guardó silencio. Partenio levantó las cejas. Marcio era un gladiador. Uno muy famoso, pero su nombre no le sugería nada más. El *lanista* completó su mensaje—. Es como pensaba: aún no has encajado todas las piezas de este gran mosaico que es Roma, la Roma de Domiciano, pero eres un hombre inteligente, Partenio, y con mucha experiencia. Sé que pronto todo encajará en tu mente, las circunstancias y el horror agudizarán tu ingenio y verás que sólo queda un camino, un único camino. Roma entera se desmorona. El emperador está loco y está destruyendo lo que sus antecesores y antes los cónsules y los senadores de la vieja república construyeron. Y todo se viene abajo por su torpeza. ¿Cúantas legiones más hemos de perder y cuántos *legati* más han de ser desterrados y luego envenenados y cuántos senadores más han de ser asesinados y sus bienes confiscados por Domiciano antes de que todos se den cuenta, Partenio? —El *lanista* había bajado la mirada y hablaba como si estuviera solo—. Yo merezco la muerte, sí, pero no por lo que cree el emperador, sino por ser uno más de los muchos cobardes que no hemos actuado a tiempo. Por eso merezco la muerte. Por eso y por abrir las puertas del colegio de gladiadores aquella noche a aquel maldito falso sacerdote de Isis. Roma era mi mundo, no un mundo perfecto, pero se viene abajo y esa ingratitud... no lo puedo evitar... me corroe por dentro. —Levantó de nuevo la mirada para encarar una vez más a Partenio, que, al menos, le escuchaba atento—. Cuando encajes todas las teselas del mosaico, consejero, verás que te falta una pieza, una sola. Esa tesela lleva el nombre de Marcio.

Calló; no dijo más y se acurrucó en su esquina. Partenio comprendió que aquella enigmática charla había llegado a su fin. No había entendido bien el mensaje, si es que aquello era un mensaje, pero sintió lástima de aquel hombre y de su injusto final. Por otro lado, en cualquier momento, podía ser su turno de ocupar su puesto en aquella misma celda a la espera de una sentencia similar.

—Que los dioses te protejan, *lanista* —dijo Partenio y salió de aquel húmedo y frío habitáculo enrejado en el subsuelo de la infinita Roma.

El preparador de gladiadores se quedó a solas consigo mismo y con su conciencia. No estaba seguro de haber conseguido su objetivo, pero se iría de aquel mundo con la esperanza de haber plantado la semilla de su propia venganza. Pocos podían ser los ejecutados por el emperador que pudieran dejar tras de sí una semilla que produjera en el condenado tanta sensación de alivio.

115

JUAN APÓSTOL

Roma, febrero de 94 d. C.

Tito Flavio Domiciano vio cómo entraba aquel anciano en el *Aula Regia*, fuertemente custodiado por cuatro fornidos pretorianos. Dos años habían tardado en localizarlo y en traerlo a su presencia. A los ojos del emperador, la espera no parecía haber merecido la pena. Era una escena casi ridícula: aquel viejo cubierto de cadenas apenas podía con su cuerpo y para caminar se tenía que ayudar de un sucio bastón de madera. Al emperador le costaba creer que aquel decrépito viejo fuera el tan temible Juan del que tanto hablaban los cristianos de Roma, el único que quedaba vivo de los doce líderes que seleccionara aquel maldito profeta que llamaban Cristo. Vestía con harapos, pero eso era lógico teniendo en cuenta que venía preso en la bodega de una galera desde Éfeso. Era ese porte humilde, apocado, dócil, con el que aquel ser caminaba el que defraudaba a Domiciano. Incluso si conseguía que aquel hombre se retractara, que abandonara su religión y le adorara delante de todos, en el foro o frente a una de las grandes puertas de Roma, ¿impresionaría eso a alguien?

El emperador volvió sus ojos nerviosos hacia Partenio. El consejero imperial comprendió el significado de aquella mirada y se acercó al trono imperial para musitar unas palabras al *Deus et Dominus* del mundo.

—Dicen que su poder está en las palabras, en lo que dice —comentó en voz baja. Se alejó de nuevo del trono, situándose detrás del emperador, para no interponerse entre Tito Flavio Domiciano y aquel seguidor de Cristo, aquel profeta de los cristianos.

Juan estaba cansado por el largo viaje en barco. La comida

había sido escasa, algo que no le afectó, pues a su avanzada edad un poco bastaba para subsistir, pero la humedad de la bodega de la *quinquerreme* romana había hecho que todos sus huesos se resintieran y ahora le costaba sobremanera andar. No tenía tampoco curiosidad por conocer al emperador de Roma, de quien sabía que poco bueno podía esperar a tenor de las noticias que se recibían en Éfeso sobre el reinicio de las persecuciones contra sus hermanos de fe, persecuciones que antaño liderara Nerón y que ahora, con igual o mayor saña, dirigía aquel hombre que le miraba con desprecio desde aquel elevado trono lucido en oro y adornado con todo tipo de gemas. Una gran muestra de poder terrenal, sin duda. Pero era sólo un hombre y, nada más verlo, Juan lo entendió: un hombre asustado, horriblemente asustado. Seguramente no sería por miedo hacia él, tan pequeño, tan viejo, tan poco, ¿o sí? Suspiró. Seguramente sería miedo hacia muchas cosas y hacia muchas personas. Poseer mucho acrecienta esos miedos y más aún en los que no han comprendido el mensaje de Cristo. Y aquel hombre, aquel César, aquel emperador del mundo, se dirigió a él con una voz poderosa en la superficie, pero tan débil en el fondo, tan débil.

—¡Por Júpiter! ¡He dicho que te arrodilles, maldito, arrodíllate ante el emperador de Roma! —espetó con furia—. ¡Arrodíllate ante un dios! ¡Arrodíllate ante tu dios, ante tu *Dominus et Deus*!

Juan no se movió. El emperador no era ni hombre ni dios de repetir una orden. Se limitó a mirar a los pretorianos que estaban junto al preso. Uno de ellos tiró de la cadena que pendía de la argolla que rodeaba el cuello del profeta y Juan, sin poder evitarlo, cayó de rodillas ante el emperador de Roma.

—Eso está mejor —dijo Domiciano sonriente, paseando sus ojos orgullosos por la gran *Aula Regia* repleta de oficiales pretorianos; senadores aterrados que intentaban mantenerse próximos al afecto del César, único camino hacia la supervivencia; oficiales de las legiones de visita en Roma; embajadores de todas las provincias; mensajeros de todos los confines del Imperio a la espera de ser atendidos por el emperador y hasta libertos y algunos esclavos de palacio, pues la curiosidad era grande por ver al último de los doce líderes cristianos. Además, todos estaban convencidos de que no habría muchas más oportunidades de ver con vida a aquel falso profeta y el olor a muerte siempre atraía en Roma.

—Eso está infinitamente mejor —repitió el emperador. Pero justo cuando terminaba de repetir la frase, Juan apoyó sus huesudas manos sobre el frío mármol del *Aula Regia*, apoyó un pie en el suelo y, ayudándose del bastón, se alzó de nuevo en pie.

Domiciano, colérico, volvió a mirar a los pretorianos que custodioban al preso y la operación de tirar de la argolla se repitió con el mismo efecto de antes, sólo que esta vez el anciano dio con todos sus huesos en el suelo. El emperador aprovechó la ocasión para reírse y, rápidamente, los pretorianos y muchos senadores acompañaron al César en sus carcajadas, pero aún estaban riéndose cuando aquel viejo, terco hasta el fin, volvió, muy lentamente, pero con esfuerzo pertinaz, a incorporarse despacio: primero de rodillas y luego, ayudado nuevamente de su bastón, en pie, aunque, esta vez, ya muy encorvado, incapaz casi de erguirse más por un profundo dolor que le atenazaba la espalda, los brazos y las piernas. Tito Flavio Domiciano iba a volver a mirar a los guardias pretorianos, pero Partenio se acercó por la espalda.

—Sería conveniente que el profeta, si no se retracta, llegue vivo a mañana; será más provechoso para el *Dominus et Deus* y para todo su Imperio darle muerte en público.

Volvió a retirarse. El emperador asintió sin moverse un ápice. Asintió para sí mismo, en silencio, incapaz de reconocer ante Partenio que le estaba dando un buen consejo, pero lo siguió, contuvo su ira y levantó su brazo derecho de forma que el pretoriano que iba a volver a tirar de la argolla se frenó en seco.

—Te inclinas ante mí —dijo Domiciano ante el encogido anciano—; de momento es suficiente.

Juan quiso ponerse más erguido pero el Señor le negaba las fuerzas y se conformó. Si Dios no le concedía energía para más, no podía hacer más. El Señor tendría otros designios para él que pasaban por sobrevivir a aquella entrevista. Quizá

Dios deseara que convirtiera a aquel azote de los cristianos, una tarea imposible, pero no había nada imposible para Dios. Quizá sólo buscara que hiciera dudar a Domiciano lo suficiente como para que las persecuciones se detuvieran. Debía ser paciente, paciente y escuchar con atención para elegir bien luego las palabras más adecuadas, las palabras que aplacaran la incontestable ira de aquel dragón. Le llamó entonces la atención a Juan que, junto al emperador, a su derecha, sentada ligeramente retrasada en un asiento mucho más modesto, estaba una mujer madura que en su tiempo debió de ser muy hermosa. En los ojos de aquella mujer Juan encontró un inmenso odio, pero no hacia él. Quizá no todo lo que rodeaba a aquel emperador estaba corrompido hasta los huesos. Había esperanza, pero Juan no acertaba a descubrir el camino a seguir. Escuchar, debía escuchar. Y hablar con tiento. Su propia vida era lo de menos. Estaban en juego las vidas de muchos hermanos y hermanas de fe. Cautela, paciencia, sabiduría eran sus únicas armas.

—Tienes que retractarte y adorarme, reconocerme como *Dominus et Deus* —le espetó el emperador sin más preámbulos.

—No me es posible, no puedo negar a Dios, al único Dios y adorar a quien sólo es un hombre en la Tierra —respondió Juan con serenidad.

El emperador había estudiado todos los documentos que le había pasado Partenio. Pese a su poca esperanza en aquella entrevista, Domiciano había decidido emplearse a fondo. Era cierto que si conseguía que aquel profeta negara a su dios en público sería una forma de desalentar a muchos cristianos, que ya empezaban a ser demasiados. Domiciano sentía que tenía muchos enemigos en el Senado, en las fronteras, entre los bárbaros, en palacio, entre sus propios pretorianos incluso, quizá entre sus consejeros o en su misma familia. Eliminar o debilitar a los cristianos, de la forma que fuera, era un buen objetivo. En eso Partenio tenía razón. Además, siempre estaba a tiempo de mandarlos a todos a las fieras. Para eso siempre había ocasión.

—Uno de los tuyos lo hizo: negó a su dios —recordó el

emperador las tres veces que Pedro negó a Jesús antes del amanecer—. ¿No es eso cierto?

—Es cierto. Y lo lamentó profundamente hasta su muerte, pero el Señor le perdonó por su infinita misericordia.

El emperador vio que no tenía sentido razonar, así que intentó una estrategia alternativa que le solía dar mucho mejor resultado: el miedo.

—Retráctate y tu dios te perdonará. Además, si no te retractas, morirás.

—Todos morimos —replicó Juan con tranquilidad. Aquella alusión le dolió al emperador que empezaba a considerarse inmortal.

—Yo no moriré nunca: soy un dios.

La respuesta era obvia para Juan... pero se contuvo. Tenía ante sí al hombre ejecutor y origen de la mayor parte de los males que padecían todos los cristianos. Guardó unos instantes de silencio que Domiciano interpretó como una aceptación de su afirmación. Juan, por su parte, decidió que no era tan importante ya lo que pensara aquel hombre, al menos en ese momento, como lo que fuera a hacer. Sus actos: ésa era la clave.

—¿Por qué tienes miedo de nosotros? —preguntó Juan al emperador de Roma. Tito Flavio Domiciano le miró sorprendido.

—Un dios como yo no tiene miedo de nadie, profeta; soy amo y señor del mundo, *Dominus et Deus*; los hombres me obedecen, hasta los dioses me han obedecido en el campo de batalla. Mis palabras son órdenes desde Britania hasta el Éufrates, desde Germania hasta África.

—Si todos te obedecen no necesitas guardias —añadió Juan volviéndose hacia los pretorianos que le custodiaban. Domiciano se reclinó en su trono. El apóstol se aventuró a continuar—: Los guardias que me rodean, los guardias que vigilan tu palacio, son muestra de tu miedo. Hay muchas prisiones en el mundo, y el miedo es una de las peores.

El emperador le miraba con incredulidad, pero le dejaba hablar; sentía curiosidad por ver adónde quería llegar aquel viejo loco.

—Nosotros los cristianos vivimos en el amor, en el amor de Cristo y en el amor entre nosotros, en el amor a todos. Donde hay amor no hay miedo.

Domiciano se echó a reír y Juan calló. El emperador se inclinó en su trono hacia delante mientras respondía aún medio riendo.

—He visto a muchos cristianos en la arena del anfiteatro y te garantizo, profeta, que había mucho miedo en sus ojos.

—Tenían miedo a morir —respondió Juan con seguridad—. Tú tienes miedo a vivir. Temes cada día nuevo que se presenta ante ti. Los cristianos amamos la vida, tú la temes.

Vio al emperador removerse de forma incómoda en su trono. Juan intuía que no estaba acertando con el modo adecuado para llegar al corazón de aquel hombre. Estaba tan lejos de todo y de todos, tan distante, tan frío que no encontraba las palabras con las que acariciar su ánimo y calmarlo.

—Estáis todos locos —replicó el César.

—Tenemos fe; muchos hombres están tristes, perdidos, sean ricos o pobres, humildes o poderosos, y caen en terribles prisiones: sus vidas se transforman en celdas oscuras, pero todo hombre puede salir de su prisión.

—Hablas con enigmas, como los filósofos, y no me gustan los enigmas. Y hace tiempo que expulsé a todos los filósofos de Roma.

—Quiero decir que el emperador aún está a tiempo de cambiar, de conocer al amor de Dios y de compartirlo y de ser amado por todos los que le rodean: por su familia, por el pueblo de Roma y por todos los pueblos sobre los que gobierna. Se puede gobernar con amor y ser respetado y encontrar paz cada noche al cerrar los ojos y dormir.

Domiciano llevaba meses sin dormir bien, pero ocultó su rabia tras una nueva carcajada.

—Admiro tu constancia. Ni tan siquiera aquí, ante el propio *Dominus et Deus* del mundo, dejas de predicar tu inmundicia. Eres sacrílego y ateo hasta el infinito y por eso antes de que acabe este año, un buen día de sol, al mediodía, en la *hora sexta*, morirás hirviendo en una caldera de aceite. He de verte llorar de dolor mientras tu piel se cuece a fuego lento. —Se dirigió a los pretorianos que estaban junto al profeta—. ¡Lleváoslo de mi vista y encerradlo hasta el día de su tormento!

Juan se retiró medio tropezando por los tirones que le daban sus captores, pero evitó caer al suelo apoyándose con habilidad en su bastón. Estaba decepcionado consigo mismo. Había sido muy torpe en la elección de las palabras y sólo había irritado al emperador. No había hecho nada para ayudar a sus hermanos. La edad le hacía cada vez más incapaz en el uso de las palabras, demasiado torpe para seguir siendo tan apreciado entre los suyos. Sintió ganas de llorar. Podía haber evitado tanto sufrimiento a tantos y, sin embargo, no había conseguido nada. Nada.

Domicia Longina se quedó mirando a aquel cristiano que arrastraban hacia el exterior del *Aula Regia*. A ella no le gustaba asistir a aquellas audiencias, pero, ocasionalmente, el emperador exigía su presencia.

—Hay una augusta en Roma —le decía Domiciano con frecuencia—. Tienen que verte. Al pueblo, a los senadores, les gusta verte. Que te vean.

Ahora se alegraba de haber asisitido a aquella entrevista. Aquel hombre, Juan, era alguien enigmático, alguien que tenía cosas que contar. Domicia Longina estaba inmóvil como una esfinge egipcia cuando el emperador se volvió a mirarla. No detectó nada inusual, la misma frialdad de siempre, la misma distancia de siempre.

Juan esperaba aquella visita, por eso cuando la reja de su celda se abrió chirriando como un gruñido llegado desde el infierno, el viejo discípulo de Cristo no se sorprendió de encontrar ante él no la recia figura de un hombre, sino la delgada silueta de una mujer, de una patricia romana, de la emperatriz Domicia Longina.

—No pareces sorprendido de verme —dijo ella.

—Era sólo la intuición de un viejo —respondió Juan levantándose para mostrar respeto. La emperatriz le seguía mirando, si cabe, aún más intrigada que cuando lo vio en el *Aula Regia*—. ¿En qué puedo servir a tan noble señora?

Por primera vez en su vida Domicia Longina estaba realmente confusa.

—No lo sé... —empezó—. Creo que busco aliados... gente fuerte, gente que no tema al emperador; los que no le temen me interesan... —De pronto cambió de tema con rapidez—. ¿Por qué los cristianos os dejáis matar con tanta facilidad, por qué?

—No estamos en este mundo para luchar.

—Entonces nadie os respetará —replicó la emperatriz.

—Hay otras formas de ganarse el respeto de los hombres.

—No, no lo creo, cristiano —dijo Domicia al tiempo que negaba con la cabeza—; al menos, no en Roma. Aquí, si no luchas terminas en una prisión como ésta. Ya lo ves.

—Hay prisiones peores que ésta —se defendió Juan.

La emperatriz caminaba despacio a su alrededor. Él permanecía quieto en el centro del círculo invisible que Domicia trazaba en torno suyo.

—Ya, como la del miedo que comentabas esta mañana con el emperador.

—Como la del miedo, sí —confirmó Juan—. Y otras.

Domicia Longina sonrió. Empezaba a cansarse de aquellos enigmas y estaba concluyendo que se había equivocado. Aquel hombre no tenía nada que ofrecerle. Tendría que seguir buscando en otra parte, pero se detuvo frente a Juan y aceptó, por última vez, adentrarse en el mundo de misterios que el cristiano planteaba.

—Otras prisiones, cristiano, eso dices. ¿Como cuáles?

—Como la del odio.

—Ésa es mi prisión, ¿verdad? —indagó la emperatriz.

—Sí, mi señora.

—Sabes leer en los ojos de quien te mira, eso es evidente. Sí, es cierto. Albergo mucho odio en mi corazón, pero eso es, cristiano, lo único que me mantiene con vida.

Juan suspiró.

—A veces, señora, es mejor morir.

Domicia volvió a sonreír.

—Eso estará bien para un cristiano, pero no para mí. Yo desciendo del divino Augusto. A mí el odio me da fuerzas.

Juan volvió a suspirar.

—En el odio, mi señora, padece más el que odia que quien es odiado. El odio es un error, una falta que lleva en sí misma su penitencia...

—Vosotros elegís morir, sea —le interrumpió la emperatriz—; haced lo que queráis. Yo elijo sobrevivir. Soy buena en ello. Tengo mis razones. No me des discursos sobre lo que se sufre en el odio, no los necesito.

Juan vio cómo la emperatriz se esforzaba en contener el llanto y lamentó haber añadido más sufrimiento en aquel ánimo devastado. Había visto mucho horror en su vida, en guerras y martirios, en torturas, en ciudades arrasadas, en asedios infinitos, en traiciones y desesperanzas inconmensurables, pero nunca había visto un sufrimiento tan controlado, tan perfectamente contenido en el cuerpo de una persona como el que le miraba en aquel momento desde aquellos impenetrables ojos oscuros de la emperatriz de Roma.

—Pediré que te traigan más comida —dijo al fin Domicia Longina.

—Gracias —respondió Juan y vio cómo la emperatriz se daba la vuelta, se cubría el rostro con la *stola* y llamaba al carcelero. Juan la miraba intrigado.

—¿Por qué ha venido a verme la emperatriz de Roma? —preguntó por simple y humana curiosidad.

La emperatriz se detuvo. Las pisadas del carcelero se acercaban. Domicia Longina respondió sin ni siquiera darse la vuelta.

—Porque eres el único hombre que no se ha arrodillado ante Domiciano en muchos años.

Juan dio un paso al frente.

—Se puede salir de la prisión del odio.

El carcelero empezó a abrir la reja de la celda, pero la emperatriz se giró y encaró de nuevo a Juan.

—¿Cómo? —preguntó Domicia Longina.

—Perdonando.

La emperatriz sonrió con menosprecio.

—Esa salida no me vale, cristiano. Yo no perdonaré nunca. Nunca.

Volvió a darse la vuelta, cruzó el umbral, el carcelero cerró la verja y echó a andar.

—Rezaré por la emperatriz de Roma —apuntó Juan desde la puerta de la celda.

La emperatriz volvió a detenerse. Se giró una vez más y miró fijamente a Juan.

—Reza por ti, cristiano, reza por ti.

116

EL MARTIRIO

Roma, marzo de 94 d. C.

El emperador quería una explanada amplia donde pudiera congregarse un buen número de personas. En tiempos pasados, antes del divino Augusto, se hubiera recurrido a la ladera del Campo de Marte, pero ahora estaba completamente urbanizada, con edificios públicos y privados, así que Partenio sugirió un espacio al sur de la ciudad y hasta allí se dirigió la comitiva imperial, encabezada por el *Dominus et Deus* en una inmensa litera portada por veinticuatro esclavos, a la que seguía la litera de su esposa Domicia Longina y varias literas más con diferentes miembros de la familia imperial, entre los que destacaban el primo hermano del emperador, Flavio Clemente, acompañado por su joven y hermosa esposa, Flavia Domitila III. Aquél era el último familiar cercano vivo que tenía el emperador, pues el hermano de Clemente, Flavio Sabino, el otro primo del emperador, ya había sido ejecutado bajo el pretexto de que ambicionaba convertirse en heredero del Imperio, toda vez que Domiciano y Domicia seguían sin hijos.

Flavio Clemente, por su parte, teniendo presente lo que había ocurrido con su hermano, había hecho todo lo posible por pasar inadvertido para la corte imperial y procuraba estar lo más alejado posible de la *Domus Flavia* para vivir en paz con su joven esposa y con sus dos pequeños hijos. Hasta la fecha, había conseguido tener un razonable éxito en su relación o, mejor dicho, en su poca relación con el emperador, pero Domiciano había insistido en que requería su presencia de forma expresa aquella mañana en el acto durante el cual iban a dar muerte a aquel profeta cristiano de Oriente.

—No deberíamos acudir —había dicho Domitila a su esposo cuando recibieron el mensaje del emperador portado por uno de sus omnipresentes pretorianos, pues aún recordaba las miradas lujuriosas de su tío en el palco de la familia imperial en el anfiteatro Flavio. Flavio Clemente no miró a su esposa y se volvió hacia el soldado imperial.

—Allí estaremos —dijo.

El pretoriano asintió y marchó de regreso hacia la *Domus Flavia* para transmitir la aceptación de Clemente a la invitación del emperador. Sólo cuando Flavio Clemente vio que sus esclavos habían cerrado bien la puerta se volvió hacia su esposa y le respondió suspirando con impotencia.

—No podemos negarnos. Si nos negamos sólo conseguiremos irritarle y sus sospechas se acrecentarán.

Ella asintió. Le repelía la idea de volver a ver al emperador, de volver a sentir aquellos ojos miserables desnudándola, pero sabía que su marido, el buen hombre que la había rescatado de las fauces de la *Domus Flavia*, llevaba razón. Y estaban los niños. Había que protegerlos a toda costa.

—¿Crees que lo sabe? —preguntó ella en voz baja. Su marido se sentó a su lado y le pasó el brazo por encima de sus suaves hombros.

—No lo sé, no lo sé —dijo Clemente con voz intensa—, pero mañana debemos ser fuertes los dos y ocultar nuestras emociones. Es una prueba, como la que tuvo que pasar Manio Acilio en Alba Longa. —La miró fijamente a los ojos—. ¿Podrás hacerlo?

Ella no dijo nada, pero asintió tras unos ojos brillantes por las lágrimas contenidas.

Al día siguiente los dos, abrazados en el interior de una litera, veían cómo la comitiva bordeaba el circo Máximo para adentrarse por el principio de la gran *Via Appia* pasando por los majestuosos arcos del *Aqua Appia*, hasta alcanzar la vetusta *Porta Capena* que marcaba los antiguos límites de la ciudad.

Se habían construido varias *insulae* al otro lado de la vieja *Porta Capena*, hasta el punto donde la *Via Appia* se dividía en dos: hacia el sur, la continuación de la propia *Via Appia* y hacia el este la calzada que iniciaba la *Via Latina* que recorría todo el Lacio. Y era precisamente esta calzada latina la que tomó la comitiva durante unos centenares de pasos hasta que alcanzaron una explanada donde los pretorianos detuvieron la marcha. Años después, cuando la ciudad creciera y Aureliano construyera unas nuevas murallas, allí se construiría la *Porta Latina*, pero en aquel año 94 allí sólo había polvo y la calzada de la *Via Latina* que discurría rumbo al sur.

El emperador descendió de su majestuosa litera engalanado con su *paludamentum* púrpura y, con el fin de ocultar su cada vez mayor calvicie, con una nueva peluca exageradamente larga que le daba una apariencia cómica, pero sobre la que, evidentemente, nadie se atrevía a hacer comentario alguno. Se dirigió al palco especial, instalado en lo más alto de unas improvisadas gradas de madera que un centenar de esclavos había estado construyendo a toda velocidad durante la noche a la luz de las antorchas y bajo la atenta mirada de la guardia pretoriana. Junto al emperador se sentó su esposa, siempre digna, elegante en público, con esa capacidad desarrollada en sus largos años como emperatriz de aparecer como la gran matrona de Roma más allá de la lenta tortura de aquel matrimonio de engaños y dolor en el que vivía aprisionada desde hacía un tiempo que a ella se le antojaba infinito. Tras ellos tomaron asiento los primos del emperador, Flavio Clemente y su esposa Domitila III. Hacia estos últimos se dirigió Domiciano con una amplia sonrisa en su rostro.

—Va a ser un espectáculo impresionante. Lo pasaréis muy bien.

Y con la misma sonrisa en los labios se volvió de nuevo hacia el patíbulo levantado a sus pies: un enorme caldero lleno de aceite bajo el cual se apilaba una abundante cantidad de leña de olivo seco; junto al caldero el emperador vio a aquel estúpido e irreverente anciano rezando, seguramente, a su pérfido dios, inmóvil, con los ojos cerrados y el rostro alzado hacia un cielo limpio de nubes.

—Que ruegue a su dios que le ayude —comentó el emperador mirando a un recién llegado Estacio, que se estaba instalando también en el palco de acuerdo con las instrucciones recibidas por los pretorianos, que sabían cuánto apreciaba el emperador los poemas de aquel veterano escritor—. Falta le va a hacer su ayuda. —Se echó a reír.

Estacio asintió y sonrió de forma ostentosa. El gesto satisfizo al emperador. Al menos el poeta parecía apreciar su sentido del humor.

Partenio también se sentó en el palco y, tras él, el joven nuevo arquitecto del emperador, Apolodoro de Damasco, que desde el éxito de su ampliación del anfiteatro Flavio se había ganado la confianza del César y era invitado constantemente por éste. Si estaba a gusto o no en aquel lugar era algo que Partenio desconocía, pues el joven arquitecto había hecho de la discreción virtud y había aprendido que en aquella corte cuanto menos dijera uno y menos expresara mejor. Partenio respetaba aquella forma de moverse por la *Domus Flavia* y estaba persuadido de que, de seguir así, sería de los pocos que conseguiría sobrevivir a las cada vez más imprevisibles reacciones del emperador y, así, mantenerse fuera de su mortal lista.

—¡Por Júpiter y por Minerva! ¡Que empiecen ya! —exclamó Domiciano.

Al instante dos pretorianos ataron al viejo cristiano por las muñecas y levantaron sus brazos para enganchar la cuerda con un gancho que permitía levantarlo en alto por medio de una grúa, de forma que, suspendido en el aire, el anciano fue conducido hasta quedar colgado, medio desnudo, sobre el aceite del caldero. Mientras se realizaba esta operación, otro pretoriano que blandía una antorcha acercó la llama de la misma a la leña seca y untada con pez para prenderla de inmediato y crear así una gran hoguera bajo la gran olla henchida del espeso líquido. Los pretorianos que manejaban la grúa dieron vueltas al mecanismo que hacía que la cuerda de la que suspendía el condenado cediera y así, poco a poco, fueron introduciendo al anciano Juan en el interior del caldero.

Juan sintió cómo el aceite, aún frío, recubría toda su piel hasta el cuello. Sólo se salvaban del baño su cabeza y sus brazos maniatados y estirados. Fue un alivio poder descansar el peso de su cuerpo sobre sus pies, pues la suspensión le había hecho crujir por dentro y temía haberse roto alguna costilla o incluso uno de los brazos, pero mantenía los ojos cerrados y se concentraba en sus oraciones a Dios. Las musitaba moviendo apenas los labios, en una larga y perenne letanía que pronunciaba sin descanso. Sabía que la oración sería su único sustento aquella mañana de horror y muerte.

—Dame fuerzas, Señor, dame fuerzas sólo para mostrarme digno de Ti en la hora de mi muerte... haz que sólo yo sea quien lo sienta, que sólo yo lo sufra, que sólo yo padezca el calor del aceite abrasando todo mi cuerpo...

El aceite iba calentándose poco a poco. Era una caldera de enorme tamaño. El emperador se levantó y se dirigió a Juan en medio de su tormento.

—Es una caldera que los judíos de Jerusalén utilizaron para arrojar aceite hirviendo sobre las tropas que dirigía entonces mi hermano Tito. Él la trajo como recuerdo a Roma, como muestra de las muchas cosas a las que venció en ese asedio. Ordené que la trajeran ayer aquí desde su sagrado templo en el foro. Como eres de Jerusalén, según me han dicho, he pensado que en esa caldera te sentirías como en casa.

Una vez más, se echó a reír de forma exagerada. Todos los pretorianos y muchos aduladores se unieron a aquella risa. Juan, no obstante, permaneció en el murmullo de sus oraciones sin dar respuesta alguna. El emperador se dirigió a él por última vez. Se había congregado una gran multitud de personas y era momento de aprovechar la ocasión.

—¡Por todos los dioses, profeta! ¡Aborrece de tu dios que, como es obvio, te ha abandonado por completo y abraza la religión imperial! ¡Acepta a nuestros dioses! ¡Arrodíllate ante mí y te perdonaré la vida! ¡Sólo tienes que repudiar a tu dios y te sacaré de ahí!

Juan permaneció con los ojos cerrados, orando sin detenerse un solo instante y sin dar respuesta alguna al emperador de Roma. Tito Flavio Domiciano sacudió la cabeza mientras se sentaba despacio en su asiento del palco y musitó palabras de odio y rabia.

—Que se cueza en su terquedad, que se cueza hasta morir.

Juan empezó a sentir el calor del aceite extendiéndose por toda su piel y un sudor frío que descendía de las sienes de su cabeza. Estaba aterrado pero no quería gritar, no quería gritar y rezaba y rezaba sin parar.

—Señor, mi Dios y mi guía, amor entre los hombres, amor de todo y todas las cosas, hazme sentir tu misericordia y haz sólo que no grite ni llore ni aúlle ante la bestia que me tortura, que tortura a tantos hermanos que creen en ti en todo el mundo. Señor, hazme digno de haber sido Tu siervo y apóstol de Tu hijo en la Tierra y arrópame con Tu fuerza en esta hora; Señor, sólo he intentado serte fiel y digno todos estos años, serte fiel y digno, serte fiel y digno.

Rompió a llorar, a llorar en lágrimas inmensas que parecían regar el aceite que le cubría, pero lágrimas que sólo sentía él, lágrimas invisibles que nadie podía ver, y en ellas encontró consuelo, de tal modo que el dolor del aceite calentándose ya a su alrededor parecía consumirse, derretirse, desvanecerse. Siguió rezando y rezando, sumido en aquel llanto extraño que nadie podía ver ni sentir, un llanto mudo audible sólo para Dios.

—¿Por qué no grita? —preguntó el emperador— ¿Por qué no grita? —repitió Domiciano mirando ahora a un confuso Partenio quien, a su vez, extrañado, observaba cómo el aceite empezaba a chisporrotear alrededor del condenado suspendido en el interior de la olla. Sin duda, debía de estar ya muy caliente.

—No lo sé —tuvo que confesar Partenio, consciente que aquélla era una muy pobre y mala respuesta.

—Pero el aceite está empezando a hervir, ¿no? —preguntó Domiciano.

Partenio asintió un par de veces; el emperador empezaba a mostrarse furioso e impaciente e insistía en obtener una explicación a lo que estaba sucediendo.

—¿Entonces?, ¿entonces? ¿Por qué no grita? Nadie puede resistir ese dolor. Nadie.

Y Partenio callaba. Alrededor, la multitud, asombrada, asistía silenciosa al tormento de aquel anciano que, para sorpresa descomunal de todos, envuelto en aceite cada vez más caliente, ni siquiera lanzaba un solo grito y seguía vivo, seguía vivo porque todos le veían mover los labios mientras proseguía, ajeno al tormento del aceite, concentrado en sus rezos a un extraño dios que quizá, empezaban a pensar muchos de los allí congregados, quizá no hubiera abandonado del todo a aquel anciano seguidor suyo.

—Es magia, *Dominus et Deus* —respondió al fin Partenio, incapaz de argumentar otra explicación mejor—. Magia, *Dominus et Deus*.

Por la mirada rabiosa del César, Partenio supo que sus palabras no habían apaciguado la ira imperial sino que, muy al contrario, la habían acrecentado de forma terrible. Su instinto de supervivencia le hizo buscar, veloz, una salida. Partenio descendió de aquella tarima de madera y fue junto a la hoguera. Levantaba la cabeza de un lado, como si estuviera escuchando lo que decía el condenado. De pronto, se volvió hacia el palco imperial.

—¡Se está retractando, *Dominus et Deus*! —gritó Partenio y lo repitió mirando a la multitud—. ¡El cristiano se está retractando! ¡Sólo que no tiene fuerzas ni para gritar! —Miró a los pretorianos que controlaban el mecanismo de la grúa—. ¡Sacad a ese miserable de la caldera! ¡Sacadlo!

Los pretorianos miraron al emperador. El César, aunque dudaba de la veracidad de todo aquello, como dudaban muchos de los presentes, comprendió que la idea de Partenio era buena y asintió. Era mejor escenificar que aquel viejo líder cristiano se retractaba que quedarse allí quietos viendo cómo era capaz, aunque nadie pudiera explicarlo, de resistir el dolor de las quemaduras sin lanzar grito alguno.

Los soldados sacaron a Juan de la caldera. Lo izaron primero y luego giraron la grúa para bajar su cuerpo empapado de aceite caliente. Norbano, el jefe del pretorio, que se había acercado para supervisar la operación ante la imposibilidad de deshacer los nudos de las cuerdas que mantenían maniatado al prisionero, las cortó con su daga. Juan se derrumbó en el suelo, pero en seguida empezó a moverse, medio arrastrándose, intentando incorporarse y, lo más peligroso, dejó de rezar. Quería hablar.

—Sólo... sólo... hay un Dios... y es... amor... y no es el emp...

No pudo acabar la frase porque un puntapié de la sandalia del jefe del pretorio le hizo perder el sentido y dar de bruces con su rostro demacrado sobre el polvo de la explanada que se extendía a ambos lados de la *Via Latina* de Roma. Había hablado en voz baja y sólo Norbano, los pretorianos más próximos y Partenio habían oído aquellas palabras.

Domiciano se levantó sin ocultar su rostro de profunda decepción y rabia. Partenio comprendió que acababa de perder el poco crédito que aún tenía con el emperador. Todo aquello había sido un desastre. Norbano puso palabras a sus pensamientos con precisión militar.

—Todo esto de querer que el mago cristiano se retractara en público ha sido una estupidez —dijo el jefe del pretorio.

Se marchó tras la estela de la litera imperial que ya se alejaba del lugar mientras una confusa multitud se disolvía sin entender bien lo que había ocurrido, más allá de que el cristiano no se había retractado de su dios.

Partenio se quedó solo en aquella explanada.

Sabía que era hombre muerto.

Era sólo cuestión de cuándo.

Podía sentir la mano del emperador dibujando con precisión los trazos de las letras de su nombre en su interminable lista de enemigos.

Respiró profundamente. Ahora debía actuar con frialdad.

Aquella noche, Partenio ofreció al emperador entregar el líder cristiano a las fieras del anfiteatro Flavio, pero Domiciano ya había visto que en la arena no todo salía siempre como había calculado: Manio mató al oso pardo, aquella *gladiatrix* acabó con un hombre que era el doble que ella, y ni el *lanista* ni Partenio ni nadie podía asegurar que todo saliera como se organizaba.

—No —respondió Domiciano—. Desterraré a ese cristiano y todos se olvidarán de él. El destierro y luego el veneno; eso nunca me ha fallado.

No dijo más. Partenio dejó solo al emperador. Dio media vuelta y se adentró por los pasadizos de la *Domus Flavia*. Sí, se sabía muerto. Derrotado por el maldito dios de los cristianos. Aún repasaba en su cabeza lo ocurrido en aquella explanada a las afueras de la ciudad. Y no lo entendía. No podía entenderlo.

Tito Flavio Domiciano bebía vino entre las sombras del *Aula Regia*. Lo único en limpio que había sacado de aquella jornada era que Domitila, la mujer de Flavio Clemente, seguía tan hermosa como siempre. Quizá fueran cristianos, pero se habían mostrado distantes mientras intentaban quemar a ese profeta. Quizá no lo fuesen. Tenían niños. Sucesores, sucesores por todas partes. Eso le preocupaba. Quizá debiera matarlos a todos. ¿Y si fueran cristianos? No tenía pruebas. Aún no. ¿Cómo sería yacer con una cristiana? Domitila era muy bella. Desde la muerte de Flavia Julia, no había disfrutado del cuerpo bello y suave de una patricia romana de estirpe imperial. Eso le reconcomía las entrañas. Necesitaba algún nuevo divertimento. Tantos enemigos, tantas traiciones. Necesitaba algo con lo que relajarse. Y ese algo sería Domitila.

117

LA SENTENCIA DE TRAJANO

Aquincum,[46] Panonia, febrero de 95 d. C.

Aquincum era una ciudad de frontera, fundada sólo hacía seis años para proteger la provincia de Panonia de los ataques bárbaros de los pueblos al norte del Danubio. Allí, los días eran un torbellino constante de esfuerzos, por eso el final de los mismos era especialmente apreciado por el *legatus* al mando. Para Trajano, la cena era un momento tranquilo después de una dura jornada en que no había dejado de supervisar los puestos de guardia próximos a la orilla del Danubio y los constantes trabajos de fortificación de aquellas zonas donde los dacios o los sármatas u otros pueblos aliados podrían encontrar menos dificultad en cruzar el río. Luego, además, había tenido que leer, como tantos otros días, los informes de diferentes oficiales, del *quaestor* de cada legión y examinar siempre los mapas que los exploradores traían del otro lado del río.

Trajano estaba seguro de que o bien los catos en Germania o los dacios y los sármatas en el Danubio volverían a atacar. Era cuestión de tiempo. El emperador se ocultaba en una Roma que hervía en la sangre de decenas de ejecuciones sumarísimas mientras las fronteras quedaban mal provisionadas, con escasos suministros, y los bárbaros olían la debilidad igual que los perros huelen el miedo en los hombres. Por eso, después de un largo día, Trajano, arropado por sus pensamientos, y con Lucio Quieto como toda compañía —pues su esposa Plotina había preferido las comodidades y el mejor clima de su Nemausus natal a la lluviosa y fría Panonia—, se reclinaba en un sencillo *triclinium* dispuesto a tomar despacio una cena

46. Budapest.

no demasiado lujosa pero sí rica en carnes de caza, pescado del río, pan fresco y vino de razonable calidad. A ambos les gustaba partir el pan y mojar con ahínco en la salsa espesa del cocido de carne de jabalí que tenían ante sus ojos, hablar de viejas campañas y, con frecuencia, recordar al desterrado Manio, al que tanto echaban de menos, en especial, Trajano. Y en esa conversación estaban cuando Longino, que debía estar revisando las fortificaciones del sur de la provincia y no interrumpiendo su cena, irrumpió en el comedor porticado del gobernador *legatus* de Panonia. Era evidente que había venido con prisa y se detuvo frente a Trajano mientras intentaba recuperar el resuello. Quieto, que antes de cenar acostumbraba a beber un vaso de vino, dejó la copa en la mesa que tenía delante y Trajano, que sostenía su primer buen pedazo de pan untado en la salsa de la carne, se quedó con el bocado en el aire. Dos esclavos miraban atentos la mano del gobernador que se dirigía hacia su boca pero que, ante la inesperada entrada de Longino, volvía a descender despacio hacia el plato. El *legatus* hispano, entretenido en la conversación con Quieto, aún no había empezado a comer. Aún no. Trajano no dijo nada pero miró fijamente a Longino y sus ojos lo preguntaban todo.

—Lo siento, por todos los dioses, siento molestar —empezó Longino—, pero acaba de llegarme un mensaje de Roma.

—¿Un mensaje sobre qué y de quién? —preguntó Trajano volviendo a acercarse el trozo de pan a su boca. Pero como continuó hablando siguió sin comer—. Por Hércules, échate en este *triclinium* —señaló a su derecha— y cena conmigo.

Longino se mantuvo de pie y soltó su mensaje.

—Manio Acilio ha muerto; el mensaje es de tu padre.

El pedazo de pan con salsa que estaba rozando ya los labios de Trajano volvió a quedar inmóvil en el aire ante su entreabierta boca. La mano, una vez más, volvió a descender despacio hacia el plato con la comida entre los dedos grasientos. Los dos esclavos seguían atentos a aquel subir y bajar de aquella mano, aunque ni Trajano ni Longino se habían percatado de ello.

—¿Cómo ha sido? —preguntó Trajano sin soltar la comida; su mente no estaba en lo que hacía o dejaba de hacer con las manos, sino centrada, aturdida por la muerte de un gran amigo. Una muerte que le mordía por dentro.

—La versión oficial es que cayó enfermo de unas fiebres, pero tu padre, aunque no lo dice claramente, da a entender que quizá haya sido envenenado.

Trajano se quedó completamente inmóvil salvo por su pecho, que oscilaba muy levemente por la respiración, y por el parpadeo de unos ojos que fueron moviéndose para focalizar sus pupilas no ya en el rostro de Longino sino en el pedazo de pan que aún sostenía en su mano derecha. Aquella salsa, como tantas otras noches, tenía un aspecto suculento, sabroso, apetecible.

—¿Por qué no he recibido yo el mensaje? —inquirió Trajano, manteniendo el semblante impasible. Intuía que le observaban, sentía los ojos de Domiciano clavados sobre él desde la distancia. Longino había meditado, durante su rápido viaje, sobre el motivo por el cual era a él y no a Trajano a quien se había enviado aquel mensaje. Y lo tenía muy claro.

—Creo que tu padre no está seguro de que el correo que recibe el *legatus* de Panonia esté exento de ser intervenido. Estoy convencido de que ha pensado que dirigiéndose a mí había muchas más posibilidades de que recibieras el mensaje.

Marco Ulpio Trajano asintió una vez y, muy muy despacio, giró su cabeza para mirar a un lado y a otro a cada uno de los dos esclavos que le habían servido aquella cena. Los vio sudar, y si había algo claro en aquel lugar era que en Panonia, en febrero, nunca hacía calor. La mano de Trajano se acercó de nuevo al plato del cocido de carne y, por fin, con la atención ahora sí puesta en lo que hacía con ella, dejó el pan mojado en salsa junto con el resto de comida. Mantuvo su mirada entonces fija en Longino, que asentía, y pidió agua para lavarse. Uno de los dos esclavos tomó una bacinilla con agua fresca y se acercó al *legatus* sosteniendo el recipiente para que Trajano pudiera enjuagarse los dedos aceitosos y quitarse la grasa. El pulso del esclavo no era firme y el agua limpia se movía en el interior de la bacinilla como si fuera un líquido nervioso, asustadizo. Trajano hundió sus dedos sucios en el agua y ésta se tiñó del rojo oscuro de aquella salsa de apariencia tan sabrosa mientras miraba a los ojos huidizos de aquel esclavo que no dejaba de sudar. Manio estaba muerto. Muerto. Trajano seguía conteniéndose. Estaba seguro que alguien comunicaría al emperador cualquier gesto, cualquier palabra que dijera en ese momento. Una vez que la mano de Trajano quedó limpia, el esclavo le dio un paño blanco y esperó a que el *legatus* se secara bien; luego tomó de nuevo el paño ya sucio que le devolvía su amo y se retiró rápidamente a la esquina de la que había venido.

Marco Ulpio Trajano inspiró aire profundamente y lo espiró a continuación con lentitud. Se levantó y se dirigió hacia la puerta de salida. Longino le seguía.

—¿Adónde vamos? —preguntó Longino algo confuso.

—A cenar —respondió Trajano de forma resuelta—. No tengo hambre, pero no podemos dejar de comer. Alguien en Roma tiene que saber que Trajano seguirá cenando todos los días.

Los tres, Trajano, Longino y Quieto, salieron del *praetorium* seguidos de cerca por una docena de legionarios de la guardia personal del *legatus* y cruzaron por delante de los barracones de los tribunos, centuriones, decuriones y otros oficiales de la legión. Longino, algo confuso aún por las palabras de Trajano, pensó que sería allí donde su amigo tenía pensado dirigirse, pero el *legatus* del emperador en Panonia no detuvo su marcha allí, sino que prosiguió con paso firme hasta llegar a las tiendas de la novena cohorte, allí donde estaban los legionarios menos experimentados del ejército de aquella provincia y, en consecuencia, donde el *quaestor* remitía los recursos más escasos y las provisiones mínimas para el mantenimiento de aquellas tropas. El *legatus* se detuvo en seco frente a una tienda bastante sucia y destartalada y entró en ella de golpe, sin dar tiempo a que los escoltas le abrieran paso. Longino y Quieto le siguieron con rapidez.

El *contubernium* de ocho legionarios que se alojaba allí, como era de esperar en aquella hora, estaba reunido en torno a una cazuela con gachas de trigo. Los soldados extendían sus manos con cuencos de madera para que el que hacía las veces de cocinero les llenara el recipiente con aquella pasta espesa.

En la otra mano, cada legionario sostenía un pan no muy grande. Al ver al mismísimo *legatus* entrando en la tienda, el cocinero dejó de servir y todos los legionarios se pusieron en pie con sus cuencos, unos vacíos y otros llenos.

—Sentaos —dijo Trajano. Los soldados, admirados y confusos, obedecieron al instante, pero ninguno se atrevía a moverse. Trajano dio algunas órdenes más—: Tú, cocinero, sigue sirviendo y que alguien me dé unos cuencos de madera o de arcilla o de lo que tengáis.

Varios soldados dejaron lo que tenían en la mano y rebuscaron entre sus pertenencias en la tienda e, *ipso facto*, aparecieron tres cuencos más, todos algo sucios pero útiles para contener la pasta de gachas de trigo que el cocinero, con pulso ya no tan firme, seguía sirviendo al resto de soldados. Trajano esperó a que los ocho legionarios estuvieran servidos y entonces presentó los tres cuencos al cocinero. Éste se esforzó en llenarlos bien, con lo que no quedó ya nada sobrante para repetir un poco como era costumbre en aquella tienda, pero nadie se quejó. Unos legionarios estaban sentados en el suelo y otros sobre sus bolsas de cuero, que hacían las veces de mochila colgadas de las *furcae* durante las largas marchas de campaña; otros simplemente se sentaban sobre las mantas de dormir. Alguno, más pillo que el resto, se había agenciado unas pequeñas *sellae* que rápidamente cedieron al *legatus* y a los tribunos que le acompañaban. Trajano, que recibió los cuencos llenos, pasó uno a Longino que con una mirada no demasiado apreciativa del contenido lo tomó en sus manos y se sentó junto a su superior y amigo; acto seguido, Trajano pasó el segundo cuenco a Quieto y se quedó, al fin, con el tercero.

—Aquí cenaremos tranquilos —dijo Trajano a Longino y Quieto.

Los tribunos asintieron y hundieron las cucharas que les pasaba uno de los legionarios en la pasta espesa. Trajano les imitó sin dejar de mirarles. Ambos se sorprendieron de que, pese a la apariencia, la pasta no estuviera mala de sabor. Aquel cocinero se las ingeniaba para producir un rancho razonable con los pocos elementos de los que disponía, hasta el punto de que el *legatus* le miró de forma inquisitiva.

—No está mal —dijo. Hablar de aquella comida, de cualquier cosa, le alejaba de su pensamiento principal: Manio estaba muerto.

El cocinero aludido por el comentario de Trajano se encogió de hombros sin saber qué decir. Fue el legionario más veterano del *contubernium*, un jovenzuelo de diecinueve años, el que se atrevió a apuntar una explicación.

—Él no lo dirá, gobernador, pero aprendió de niño con su padre, que le decía que un legionario tenía que saber hacer de todo.

Trajano asentía mientras seguía comiendo. Otro soldado ofreció un panecillo al *legatus* y a los tribunos. Trajano volvió a mirar al cocinero.

—¿Y dónde está ahora tu padre? —preguntó el gobernador.

El muchacho miró al suelo mientras respondía.

—Era alto y fuerte y valiente y somos de buena familia, por eso le admitieron en la V *Alaudae*.

No hizo falta añadir más para que un silencio incómodo se apoderara de toda la tienda, si bien nadie dejó de comer, por hambre y porque así uno no tenía por qué hablar. El *legatus* tenía clara la secuencia de hechos: muerto el padre en la masacre de la que fue objeto la V legión *Alaudae*, el hijo se había visto obligado a alistarse joven para conseguir sustento para sí y para su familia. Fue Trajano, de nuevo, el que volvió a tomar la palabra.

—Si combates con la misma destreza con la que haces pan y gachas de trigo, legionario, pronto serás oficial.

El cocinero asintió agradecido por el elogio.

Trajano no quería entretenerse. Tenía informes que leer sobre el estado de las fortificaciones en el norte de la provincia y, sobre todo, se encontraba deprimido por lo de Manio, aunque se esforzara en que no se le notase demasiado, así que se levantó y, acompañado por Longino y Quieto, se dirigió a la puerta de la tienda. Los legionarios se alzaron también. Trajano se volvió un instante hacia el cocinero y los legionarios.

—Gracias por la cena —dijo y, mirando al cocinero—: ¿Cómo te llamas?

El cocinero se puso aún más firme de lo que estaba.

—Tiberio, mi *legatus* —dijo—, Tiberio Claudio Máximo, pero todos me llaman Tiberio —añadió como si sintiera que haber dado su nombre completo había sido pretencioso por su parte.

—Tiberio Claudio Máximo—repitió Trajano, se grabó el nombre en su mente y salió de la tienda. Una vez en el exterior, Trajano preguntó a Longino—: ¿Cómo puede alguien de la familia Claudia terminar en un *contubernium* de la novena cohorte de una legión?

—Parece ser —respondió Longino en voz baja— que las confiscaciones de propiedades de muchos senadores y familiares de muchos ciudadanos importantes en Roma han aumentado.

Trajano asintió. Continuaron andando un rato sin hablar, hasta que, cerca ya del *praetorium*, Trajano observó que Longino esbozaba un amago de sonrisa, sonrisa contenida pero evidente. Quieto, por su parte, caminaba muy serio. Trajano se interesó primero por la sonrisa de Longino.

—¿Qué te divierte tanto? —preguntó sin dejar de andar.

—No, nada, si la idea es buena, por todos los dioses, pero si vamos a cenar siempre entre los legionarios convendría mejorar los suministros a la tropa. No todas las noches vamos a tener la suerte de dar con legionarios de la última cohorte que sepan cocinar sin apenas recursos.

Trajano le miró y compartió su sonrisa.

—Supongo que llevas razón. Mañana hablaremos con el *quaestor* —y soltó una carcajada que contagió rápidamente a Longino, pero Quieto seguía serio. La risa de Trajano y de Longino fue más una forma de liberar ansiedad que un modo de mostrar un estado de ánimo auténtico; callaron con rapidez. Quieto seguía sombrío.

—Esos esclavos han estado a punto de envenenarnos —dijo. Trajano y Longino fruncieron el ceño— ¿Qué vas a hacer con ellos? —Miró al *legatus* de Panonia.

Trajano suspiró lentamente.

—No haremos nada, los reemplazarían en poco tiempo por otros con la misma misión, pero no comeremos nada que se cocine expresamente para nosotros.

Siguió caminado mientras que Quieto y Longino se quedaban rezagados mirándose entre admirados y confusos y tristes. Trajano se adelantó para engullir ahora a solas su inmensa pena por la muerte de Manio. No quería que nadie le viera así: melancólico, triste, vulnerable.

El *Aula Regia* quedó desierta excepto por la presencia del emperador, majestuosamente sentado sobre su gran trono, y Norbano, el jefe del pretorio. El resto de la guardia pretoriana había quedado apostada fuera, vigilando los accesos al *Aula Regia* desde el exterior. Ni el emperador ni Norbano querían ser interrumpidos durante aquella conversación. Tampoco querían compartir sus palabras con Petronio Segundo, el otro jefe del pretorio, de origen demasiado militar como para entender las prioridades del emperador.

Norbano se aclaró la garganta. Habían repasado varios asuntos de las fronteras del norte, que no interesaron demasiado a Domiciano, y la lista de posibles senadores susceptibles de ser acusados de traición, algo que sí captó más la atención del César, pero ahora a Norbano le resultaba incómodo pasar al siguiente asunto.

—Deja de toser, por Júpiter —dijo el emperador— y dime si lo de Trajano está resuelto ya.

Norbano había albergado la fatua esperanza de que el emperador se hubiera olvidado un poco de aquel tema, pero era evidente que no era el caso.

—Lo hemos intentado, pero no... no ha sido posible... por el momento. —La mirada encendida del emperador atravesó las pupilas empequeñecidas de Norbano; éste tragó saliva e intentó explicarse—. No es como Manio Acilio Glabrión, que confiaba en todos; Trajano ya no come ni cena ni desayuna en el *praetorium*; ni siquiera lo hace con los mismos tribunos o con un grupo de centuriones de su confianza: hace cada comida en un lugar distinto del campamento, con legionarios de cualquier cohorte, sin importarle su rango; pasea por el campamento de la legión en Aquincum y se detiene frente a cualquier tienda. Allí, escoltado por su guardia personal, come lo que coma el *contubernium* seleccionado. Es una locura. Para envenenarle tendríamos que envenenar a toda una legión, a dos legiones, porque a veces pasa días con otra de las legiones destacadas en Panonia y mantiene el mismo sistema para sus comidas. No podemos eliminar a dos legiones enteras para terminar con un solo hombre, *Dominus et Deus*.

Domiciano lo miraba entre sorprendido y divertido. No dejaba de hacerle gracia el ingenio de Trajano para zafarse de su destino, pero tampoco tenía claro que terminar con dos legiones fuera algo innecesario si con ello se acababa con aquel maldito e imperturbable *legatus* hispano al que tanto parecían admirar muchos, demasiados, en Roma.

—Lo dejaremos como un asunto pendiente —respondió Domiciano—. Al menos, le vale como aviso; el hispano sabrá entender qué es lo que espero de él y se estará quieto, se estará quieto o volveré al norte a arrasarle a él y a todos sus hombres como hice con el imbécil de Saturnino. Se estará quieto —repetía aquella frase como si buscara autoconvencerse de que lo que decía era lo correcto—. No hará nada; lo dejaremos estar... por el momento. Me preocupa ahora más el Senado, pues están aquí tan próximos, pisando las mismas calles que piso yo. Me preocupa Nerva.

—Siempre se ha mostrado leal —comentó Norbano, que no entendía bien por qué sospechaba el emperador de aquel veterano senador que tan buen aliado fue durante la rebelión de Saturnino.

—Precisamente, Norbano, precisamente por eso —respondió Tito Flavio Domiciano con frialdad, mirando al suelo—; tanta lealtad me parece sospechosa. Yo también trato muy bien a mis víctimas antes de su ejecución. Se muestran más confiadas y resultan más vulnerables. Me pregunto si Nerva no estará maniobrando en esa misma dirección. —Levantó entonces los ojos y los clavó en Norbano—. Vigila a ese senador, Norbano, vigílalo de cerca. Y que transfieran a Trajano de Panonia de vuelta a Germania Superior. No quiero que siga junto con esa legión rebelde, la XIV *Gemina*, más tiempo. De hecho, no quiero que Trajano esté mucho tiempo en ningún sitio. Se cree muy listo, ese *legatus* hispano, Norbano, pero se está equivocando. —Sonrió—. Se equivoca ese hispano, Norbano, se equivoca porque todos somos vulnerables, todos. Esto es, todos los mortales lo son. —De pronto, el emperador clavó sus ojos fijamente en los de su jefe del pretorio—. ¿La familia de Trajano sigue en Hispania?

Norbano tardó un instante en responder. Aquella pregunta le había sorprendido.

—Sí, César. En Itálica.

—Bien —dijo Domiciano—; muy bien. Está bien saberlo. Por ahora me preocupan más mis enemigos en Roma, pero está bien tenerlos localizados a todos...

Levantó la mano indicando a Norbano que le dejara solo. El jefe del pretorio saludó con el brazo extendido, dio media vuelta y se alejó. A su espalda escuchaba el murmullo de las palabras del emperador: «Primero Roma; luego volveré sobre Trajano...»

118

EL INFORME DEL *CURATOR*

Roma, 10 de enero de 96 d. C.

Partenio estaba revisando viejos informes. Mientras esperaba su muerte, se limitaba a ocupar su mente con algo. Un día entraría un pretoriano, lo miraría fijamente a los ojos y ya está. No, el emperador ya no le llamaba, sino que despachaba con Norbano. En cuanto a Roma, a la pobre Roma, todo iba a peor: septiembre ya no era septiembre, sino Germánico, y octubre ya no era octubre, sino Domiciano. Igual que en el pasado el quinto[47] mes pasó a denominarse julio en honor a Julio César y el sexto mes se llamaba agosto en honor a Augusto, el emperador Domiciano había decidido que ya era hora no de que un mes sino dos se denominaran de tal forma que se le honrara cada vez que se mencionaran: así el séptimo mes, septiembre, pasó a denominarse Germánico en honor a su supuesta conquista de Germania, y el octavo mes, octubre, pasó a llamarse Domiciano sin más. Julio César y Augusto se conformaron con un mes, Tiberio rompió con aquella costumbre con la clarividente visión de qué pasaría con los futuros emperadores cuando se acabaran los doce meses del año, pero Do-

---

47. En principio, el calendario romano tenía sólo diez meses, a saber: *Martius, Aprilis, Maius, Iunius, Quintilis, Sextilis, September, October, Nouember, December.* Luego se añadieron los meses de *Ianuarius, Februarius,* para que el calendario encajara con el cambio de las estaciones, pero por el listado inicial de sólo diez meses, *Quintilis* significaba el «quinto» y *Sextilis* el «sexto» y así sucesivamente con el resto. Luego se decidió que estos dos meses cambiarían de nombre en honor a Julio César, en el caso de *Quintilis,* y en honor al emperador Augusto en el caso de *Sextilis.* Y como vemos, Domiciano quiso apropiarse del nombre de dos meses pero, al final, su mandato no perduró en el tiempo y seguimos hablando de septiembre y octubre.

miciano ignoró aquella sabia decisión de Tiberio y recuperó la tradición apropiándose de dos meses completos para siempre. Y, a la par que el emperador hacía suyo hasta el calendario, las ejecuciones de senadores, libertos, esclavos, cristianos, y cualquier persona que fuera acusada por los delatores de confianza proseguían sin descanso.

Incluso caía alguno de ellos, como Caro Mecio, acusado por otros delatores. Era una espiral incontenible de autodestrucción cuyo fin sólo podía ser la caída de Roma en manos de los pueblos del norte, que acechaban en todas las fronteras. Fue entonces cuando un viejo documento llamó la atención de Partenio. Era un informe del veterano *curator* de las alcantarillas de Roma y estaba fechado en el año de la ampliación del anfiteatro Flavio. En su momento, aturdido por los delirios del emperador, Partenio no lo leyó con detenimiento, pero ahora, al no tener nada mejor que hacer, le dedicó toda su atención.

> *Informe del curator de las cloacas de Roma.*
> *Las obras de ampliación del anfiteatro Flavio están hundiendo nuevamente los muros de las cisternas y las* cloaculae *del foro. No dispongo de suficientes hombres para evitar el hundimiento de las galerías. He empleado a mi propio hijo, demasiado joven y demasiado inexperto, que ha quedado atrapado en uno de los derrumbamientos. Hoy he recuperado su cuerpo muerto por las horas pasadas enterrado bajo los escombros. Mi hijo ha fallecido por causa de esa ampliación del anfiteatro Flavio que ha decretado el emperador.*

Y parecía que el *curator* iba a seguir escribiendo pero lo había dejado ahí, sin añadir más, sin pedir más. Era como si sólo quisiera poner de manifiesto su dolor y... establecer una responsabilidad con relación a la muerte de su hijo. Quizá quisiera más, mucho más, pero no estaba en situación de conseguir nada que no fuera el silencio de los consejeros imperiales, que es lo que obtuvo, o unas palabras de lamento y solidaridad por su pérdida, que Partenio, en su momento, ni siquiera remitió. Era curioso. Hacía tres años, no, cuatro, de aquella nota que había quedado olvidada sin que él la hubiera leído en su momento, absorbido como estaba en los sucesos que rodeaban al emperador, a su creciente trastorno, al nombramiento de nuevos gobernadores y procuradores y centrado como estuvo entonces en los desastres bélicos del norte, especialmente la aniquilación de la legión XXI *Rapax*. Aquel *curator*, aquel funcionario del Estado, se había limitado a enviar otros informes que sí había leído, posteriores a esa nota, en los que hablaba de la reconstrucción lenta pero firme de las galerías hundidas por los trabajos de ampliación en el anfiteatro Flavio. Ya no había alusiones o referencia alguna al episodio de su hijo muerto.

Partenio releyó aquellos documentos con tiento especial, rebuscando entre líneas. Eran unos escritos gélidos, ausentes de toda emoción aparente, puramente descriptivos. Hablaban de piedras, de conductos, galerías, arcos, grietas, malos olores, inundaciones, quejas de algunos barrios, asuntos por los que Partenio hacía meses, no, un par de años, ni tan siquiera importunaba al emperador. «Mi hijo ha fallecido por causa de esa ampliación del anfiteatro Flavio que decretó el emperador.» Aquellas palabras suponían una acusación indirecta a Domiciano, y eran suficientes para que aquel hombre fuera condenado a muerte. ¿Sería bastante entregar aquel hombre al emperador para que éste recobrara confianza en él como consejero? O, teniendo en cuenta que la carta hacía referencia a hechos de hacía unos años, ¿no pensaría el emperador que la había ocultado de forma intencionada y que sólo ahora, por miedo, se la mostraba, lo que le hacía cómplice de compartir la opinión de alguien que acusaba al emperador de matar a su hijo? Partenio estaba sudando. Sintió asco de sí mismo. De inmediato comprendió que así era cómo pensaban los delatores, y alguno ya estaba muerto. Era un camino sin regreso y rodeado por sangre y odio sin fin. Estaba mayor, demasiado mayor. Tenía sesenta y seis años y sólo quería un poco de paz. Disfrutar de unos años retirado sin temer que cada vaso, cada plato, cada copa estuvieran envenenados, sin temer que alguien le apuñalara por la espalda. Un poco de paz, un poco de descanso alejado de todas las intrigas del palacio imperial. Olvidado, a poder ser, por todos los césares del mundo. Pero nada de aquello era ya posible. Estaba condenado a morir, ejecutado por el *Dominus et Deus* del mundo y, además, sabiendo que las fronteras del Imperio, muertos o a punto de morir todos los *legati* de valía, se desmoronarían. Estaba condenado a morir y a ver cómo se desintegraba todo un mundo por el que había dado toda su vida, un universo que había intentado preservar navegando entre odios, intrigas, guerras civiles, traiciones y asesinatos. Ahora todo se perdía, todo. Su vida no había tenido ningún sentido. Nada de lo que había hecho servía para nada. El sudor le caía por las sienes. Era como el *curator*, acumulando un odio oscuro y subterráneo contra el emperador que los gobernaba a todos y que los conducía directos a la destrucción total. Era como Estacio, a la sombra de Domiciano, alabando sus desmanes y su locura. Era como la silenciosa emperatriz, engullendo su dolor en las sombras. Era como los gladiadores combatiendo sin redención posible cada tarde de juegos en el inmenso y gigantesco anfiteatro Flavio. De pronto, dejó de respirar.

Tuvo una revelación.

Su sudor se detuvo. Sentía las gotas frías detenidas sobre su frente.

Recordó las últimas palabras de su conversación con el *lanista* en la prisión donde el viejo preparador de gladiadores esperaba la muerte: «¿Cúantas legiones más hemos de perder y cuántos *legati* más han de ser desterrados y luego envenenados y cuántos senadores más han de ser asesinados y sus bienes confiscados por Domiciano antes de que todos se den cuenta, Partenio? Roma era mi mundo, no un mundo perfecto, pero se viene abajo y esa ingratitud... no lo puedo evitar... me corroe por dentro. Cuando encajes todas las teselas del mosaico, consejero, verás que te faltará una pieza, una sola. Esa tesela lleva el nombre de Marcio.» Sí, el *lanista* había estado en lo cierto. Todos aquellos años de locura conformaban un gran mosaico de horror en el que, sin embargo, faltaban piezas, faltaban unas pocas piezas para completarlo. Por eso había estado tan confuso, tan perdido todo aquel tiempo: Marcio, el gladiador de la arena; el *curator* de las cloacas de la ciudad y su rencor sumergido; la emperatriz y su silencio oscuro; la reciente muerte del ex cónsul Manio Acilio y aquella lista interminable de condenados a muerte por el emperador, a la que, con toda seguridad, su propio nombre habría sido añadido. El mosaico estaba prácticamente completo. Pero quedaba por decidir quién era el que iba a poner las últimas piezas: ¿Tito Flavio Domiciano o él, el insignificante consejero imperial Partenio, tan olvidado por todos, tan despreciado por los pretorianos, tan infravalorado por el emperador?

Partenio se levantó de la cama en la que se había sentado al sentir un mareo incipiente y se acercó a la bacinilla con agua fresca. Se echó el líquido transparente por la frente y se secó con un paño limpio. Luego cerró los ojos unos instantes, respiró dos, tres veces con sosiego; dejó el paño humedecido con su sudor sucio y el agua limpia y salió de la habitación para poner en marcha el principio del fin de una dinastía. Tenía que hablar con un senador, uno de los nuevos senadores hispanos. Seguramente fracasaría, pero cualquier cosa era mejor que seguir allí sentado, esperando la llegada de un pretoriano enviado para matarle.

119

LOS SENADORES DE HISPANIA

Roma, febrero de 96 d. C.

Licinio Sura se vio con Marco Coceyo Nerva a la salida del edificio de la *Curia*. Eran pocos los senadores que habían acudido a la reunión de aquella jornada. Muchos porque pensaban que de poco valían ya aquellas reuniones; algunos por miedo; otros porque estaban muertos.

Lucio Licinio Sura, el más influyente de todos los senadores hispanos, nacido en Tarraco pero establecido en Roma desde hacía años, se dirigió al veterano Nerva con discreción, con voz susurrada, pero con palabras claras y precisas.

—Más tarde o más temprano nos llegará el turno a todos.

Nerva se mantuvo en silencio, como si no entendiera a qué se refería Lucio Licinio Sura. El hispano fue más contundente.

—Más tarde o más temprano el emperador firmará nuestras sentencias de muerte, y la tuya, Nerva, irá por delante: has sido pretor con Nerón y consular con Vespasiano y con el propio Domiciano, y no sólo eso, sino que además estás emparentado por vía materna, a través de tu tío, con la mismísima dinastía del divino Augusto; ya desde tiempos de tu bisabuelo tu familia servía al emperador Tiberio. No eres de Roma, sino de Narnia, pero eso está apenas a cincuenta millas al norte de Roma y tu impecable *cursus honorum* te hace más romano que nadie en el Senado. Por eso mismo te teme el emperador ahora, y Domiciano está acabando primero con todos los que alguna vez ejercieron el consulado. —Como Nerva seguía sin responder, Sura añadió un apunte más—: Pronto tu crédito ganado al apoyar al emperador durante la rebelión de Saturnino, ese crédito en el que confías para que no te marque como enemigo, ni siquiera será suficiente para protegerte.

Pronto las sospechas del emperador, las acusaciones de los delatores y el miedo a tu glorioso pasado pesarán más a los ojos del César que tus servicios prestados en la rebelión de Saturnino.

Nerva se detuvo y miró a su alrededor. La plaza del *Comitium* estaba ya medio vacía. Una patrulla pretoriana cruzaba el foro en diagonal, pero sin mirarles.

—Lo que dices, Sura, es traición.

Pero el senador de Tarraco no se arredró.

—Sabes que lo que digo es cierto. Por eso estás nervioso.

Nerva no se fiaba.

—¿Por qué te adentras en estas ideas, Sura? El emperador no ha arremetido contra los senadores hispanos. Debéis vuestra inclusión en el Senado, la ciudadanía romana, a Vespasiano, el padre del emperador. La dinastía Flavia siempre os ha favorecido. Tus palabras no parecen muy leales.

Sura estaba encendido, dispuesto a todo y sentía que había posibilidades de conseguir su objetivo, porque Nerva seguía allí, en pie, frente a él, escuchándole.

—Domiciano no es Vespasiano, ni Tito. Por todos los dioses, ojalá fuera así. Domiciano, su miedo, no tiene fin: no tiene hijos; el que tuvo murió en extrañas circunstancias, como tantos otros han muerto; no ha querido tener más hijos y se niega a nombrar un sucesor...

—Está a punto de reconocer a los hijos de Flavio Clemente y Domitila como sucesores —corrigió Nerva.

—Porque son sólo unos niños. Y ya veremos cuánto tiempo se mantiene firme en su decisión. No, primero los senadores consulares y los *legati* populares en el ejército o reconocidos por el pueblo: primero fue Agrícola, ahora Manio Acilio. ¿Quién será el próximo? Y cuando acabe con los senadores consulares, vendrá a por el resto de senadores. Sé que vendrá incluso a por nosotros, pero yo no estoy dispuesto a estar aquí cruzado de brazos sin hacer nada. Escúchame, Nerva. Hemos hablado. Todos los senadores hispanos reconoceríamos a un nuevo emperador al día siguiente de la muerte de Domiciano. Todos te apoyaríamos si tú aceptaras ser el nuevo César. Y con nosotros el resto de senadores te darán su apoyo de inmediato. Sólo has de prometer un poco de paz, detener las ejecuciones y ocuparte de lo que debería ocuparse Domiciano.

—¿Las fronteras del norte?

—Las fronteras del norte —confirmó Sura.

Nerva volvió a guardar silencio.

—¿Hay algún plan? —preguntó al fin. Sura asintió.

—El consejero imperial Partenio tiene uno —dijo el senador de Tarraco.

Nerva engullía la información entre silencios tensos y preguntas breves.

—¿Y Trajano? ¿Y Nigrino? —añadió Nerva.

—Yo hablaré con ellos —prometió Lucio Licinio Sura—. No sé si conseguiré su apoyo, pero creo que puedo garantizar que, al menos, no intervendrán. Todo dependerá de lo que ocurra en el palacio imperial.

Nerva miró al suelo. Levantó las cejas. Suspiró. Volvió a mirar a Sura.

—Yo no he hablado contigo. Yo no sé nada. No quiero saber nada más y no quiero que volvamos a hablar, pero si Domiciano muere puedes ir a buscarme a mi casa y aceptaré ser emperador. —Luego volvió a bajar la mirada y negó con la cabeza antes de volver a hablar—. Estamos todos locos y caminamos hacia nuestra muerte segura. Más vale que ese consejero tenga un buen plan.

120

UNA DEUDA PENDIENTE

Roma, marzo de 96 d. C.

Partenio salió del palacio imperial cuando la tarde ya estaba cayendo. Pensó en que le acompañaran Estéfano o Máximo, pero el primero estaba ocupado atendiendo a Flavia Domitila, y alejarlo de la sobrina del emperador en esa hora de la tarde habría despertado sospechas. Lo último importante que Partenio había conseguido era precisamente que Estéfano, un hombre de su confianza, fuera nombrado por el emperador asistente de Flavio Clemente y de Domitila y, lo más esencial, de los pequeños hijos del matrimonio: unos niños llamados a ser emperadores como únicos descendientes directos de la dinastía Flavia vivos. Máximo, el otro liberto de confianza que le quedaba a Partenio en el palacio imperial, estaba libre, pero, pese a su lealtad absoluta, su torpeza y sus pocas luces no le hacían el candidato ideal para la misión de aquella noche. En cualquier momento se le escaparía lo que habían hecho y todo se vendría abajo antes incluso de iniciarse. Y tampoco podía recurrir a los pretorianos, que sólo le acompañarían en caso de recibir una orden directa del emperador. No. Tenía que hacer lo que tenía que hacer y lo tenía que hacer solo.

Salió del palacio y descendió por las calles en dirección oeste hasta alcanzar el *Clivus Victoriae*. Teniendo en cuenta su objetivo, lo lógico habría sido girar a la derecha y encaminarse directamente al foro, pero quería asegurarse de que no le seguían. Ya no confiaba en nada ni en nadie. Así que giró hacia la izquierda y se alejó del centro de la ciudad hasta cruzar el *Vicus Tuscus*, pero no giró por él, sino que siguió hacia el sur hasta alcanzar el *Foro Boario*. Pasó junto a la gran estatua de bronce donde se decía que habían empezado a celebrarse los primeros combates de gladiadores en Roma[48] y se detuvo tras ella un momento, fingiendo que rebuscaba algo entre los pliegues de su túnica. Sólo quería confirmar que no hubiera nadie tras él. Miraba de reojo a su alrededor. Los puestos de carne de los mercaderes estaban prácticamente recogidos. Ningún comerciante quería dejar su mercancía allí durante la noche, a merced de los ladrones y los forajidos de toda condición que salían a por víctimas dóciles a las que arrebatar todo cuanto llevaran encima para luego matarlas y evitar así dejar testigos vivos de sus fechorías. No, no le seguía nadie.

Reemprendió la marcha bordeando el *Velabrum* hasta llegar al *Foro Holitorio*, ya totalmente desierto de comerciantes y compradores de verdura. Aquí, ya más seguro de caminar solo, reinició su aproximación al centro de la ciudad por el *Vicus Iugarius*, dejando a su izquierda la colina del Capitolio y a su derecha el barrio del *Velabrum*. Anduvo rápido hasta alcanzar el foro entrando por la calle entre la basílica Julia y el templo de Saturno. Allí se cruzó con un anciano que cerraba la puerta de su negocio y que le saludó moviendo la cabeza. Partenio le devolvió el saludo pero sin detenerse. Se trataba del viejo librero Secundo, que aún seguía con su comercio de venta de libros en aquel mismo lugar desde los tiempos de Nerón; un hombre a quien Partenio había recurrido en más de una ocasión en busca de algún rollo difícil de encontrar en otro sitio. Pero no tenía tiempo aquella noche para conversar y recordar el pasado. Giró entonces a la izquierda y allí, frente al templo de la Concordia, estaba, por fin, su destino: el templo de Vespasiano y Tito, estrecho, levantado en el poco espacio que quedaba en aquella esquina del foro que Domiciano había seleccionado para que se adorara a su padre y a su hermano deificados. Partenio recordaba cómo muchos senadores habían criticado el pequeño espacio dedicado al templo de Vespasiano y Tito, pero ninguno se había atrevido a decirlo en voz alta y clara, por supuesto, y mucho menos en aquellos tiempos de locura del César. Los que defendían al emperador argumentaban que era un lugar excelente por su proximidad

48. Ver la novela *La traición de Roma*.

al foro y a la gran basílica Julia, pero todo eso ahora no le importaba a Partenio.

El consejero imperial se detuvo frente a las seis columnas rematadas en capiteles corintios del *pronaos* del templo de Vespasiano y Tito. La falta de espacio se había traducido en el hecho de que el templo fuera más ancho que largo y en la excepcional circunstancia de que la escalinata por la que Partenio ascendía hacia el interior del templo estuviera encerrada entre las altísimas columnas del *pronaos*. El consejero imperial, como esperaba, se encontró con los doce guardias pretorianos que custodiaban, día y noche, aquel templo.

—Soy Partenio, consejero del emperador, y vengo a rezar en este sagrado templo de sus antepasados.

No era extraño que diferentes senadores y otros prohombres de la ciudad acudieran al templo de Vespasiano y Tito a realizar sacrificios o, simplemente, a elevar sus oraciones a los antecesores de la dinastía Flavia. Todo el mundo en Roma sabía que el emperador recibía un informe detallado de quién o quiénes habían acudido al templo de su dinastía a realizar sacrificios cada día. Los pretorianos no dudaron en concluir que Partenio, de quien todos sabían que contaba cada vez menos para el emperador, estaría intentando congraciarse de nuevo con el *Dominus et Deus* del mundo, acudiendo a encomendarse a los dioses flavios allí aquel anochecer. No le dijeron nada y le dejaron pasar. Por tratarse de quien era, y cansados como estaban de su largo turno de guardia, le dejaron acceder solo. Nadie esperaba nada de él, un miserable liberto caído en desgracia. Partenio sonrió. Ese menosprecio era ahora su gran arma.

El consejero imperial entró en el silencio del templo de Vespasiano y Tito.

El templo tenía un altar con restos de libaciones y otras ofrendas que aún no habían sido limpiados por los sacerdotes custodios. Partenio se detuvo en medio de la gran sala central del templo, frente al altar tras el que se ocultaban los sepulcros donde yacían los restos de Vespasiano y su hijo Tito. Las paredes no estaban vacías, sino que, por el contrario, exhibían numerosos objetos preciosos, en su mayoría de gran tamaño, para evitar que pudieran ser sustraídos sin que los pretorianos se dieran cuenta. Se trataba de los despojos de Jerusalén que el propio Tito trajo a Roma para su gran *triunfo*: sobresalían tres enormes escudos de plata usados por los enemigos en la defensa de la ciudad judía y dos gigantescos candelabros de siete velas, que los judíos llamaban *menorá*, de bronce. Muchos de estos tesoros estaban expuestos en lo alto de unas tarimas elevadas, de forma que un hombre en pie los veía emerger majestuosos por encima: eran recuerdos ominosos del glorioso pasado de los dos primeros emperadores Flavios. Pero lo importante para Partenio era que el suelo de las tarimas no era visible desde donde se encontraba o desde la proximidad del altar donde acudían los que deseaban realizar sus sacrificios en honor a los dioses Vespasiano y Tito. El consejero imperial se acercó despacio al lugar más próximo al silencioso sepulcro de Tito. Allí, en la tarima más cercana al emperador guerrero fallecido, muerto demasiado pronto para todos, Partenio vio expuestas las grandes armas imperiales de quien asediara durante meses la ciudad santa de los judíos hasta reducirla a cenizas y rendir así la más sangrienta de las rebeliones: una enorme *spatha*, diez centímetros más larga de lo habitual, diseñada para impresionar al enemigo, recubierta su empuñadura de gemas pequeñas y un largo *pilum* que, según aseguraban, el emperador, ahora dios, había sido capaz de lanzar a varias decenas de pasos de distancia, hiriendo a enemigos que se creían completamente fuera del alcance de aquel majestuoso César de Roma.

Partenio se acercó hasta el lugar despacio. Con cuidado se estiró y, alargando su brazo, buscó, palpando palmo a palmo, por el suelo de la tarima, invisible para él desde abajo, buscando con la yema de sus dedos dar con lo que tanto anhelaba. En el exterior se oyó a los pretorianos riendo alguna broma que alguno de ellos habría contado para entretener la última parte de su aburrido turno de guardia. La carcajada de los soldados imperiales retumbó entre las paredes del templo como una mueca del denostado presente de una dinastía que, en otros tiempos no lejanos, había sido poderosa y ejemplo de buen gobierno. Ahora todo eso se había desvanecido, desaparecido...

—¡Ay! —exclamó Partenio en un quejido ahogado para no llamar la atención de los pretorianos. Instintivamente bajó la mano de la tarima y la observó con tiento: tenía un leve corte en la punta de su dedo índice. Varias gotas de sangre fluían por la superficie de la yema de sus dedos. Pero no se mostró enfadado ni molesto, más bien al contrario: allí estaba lo que buscaba y que él mismo depositó lo más próximo que pudo al sepulcro del emperador Tito el día de su gran funeral, porque entonces pensó que al recién fallecido emperador le habría gustado sentir cerca de sí aquella arma tan especial a la que tanto cariño parecía tener. Nadie la había sustraído. No estaba a la vista y, en cualquier caso, el robo de un tesoro de un templo estaba castigado con la muerte. No era un delito común.

Partenio volvió a estirar el brazo y, con sumo cuidado, sus dedos buscaron la empuñadura de la daga. La alcanzaron y la apresaron con el mimo que da la veneración por un objeto al que uno le confiere un poder casi mágico. El puñal apareció por encima de la tarima, cubierto con algo de polvo —no eran muy escrupulosos en aquel templo con los cuidados a sus objetos— pero igual de firme, recto y desafiante que siempre: un arma propia de un emperador, rematada con un rubí de rojo intenso en la empuñadura. Partenio la miró tan sólo el instante necesario para asegurarse de que aquél era el objeto que buscaba y la ocultó de inmediato debajo de la túnica. Se encaminó hacia la puerta del templo, pero se detuvo en seco, se giró hacia el altar y musitó un mensaje.

—Es sólo un préstamo. Cumplida su misión, la daga volverá a su dueño.

Nadie respondió, pero la llama muda que resplandecía detrás del altar brilló, por un breve instante, con más fuerza. Al viejo consejero le pareció que los dioses Flavios aceptaban sus palabras. Para Partenio aquello era importante: un trueno, un extraño aullido del viento, la aparición de cualquier prodigio extraño le habría hecho devolver la daga al instante, pero más allá de aquel resplandor fulgurante de hacía un momento, sólo le acompañaba el silencio del espacio vacío de aquel mausoleo. Dio media vuelta y salió por la puerta. Los pretorianos lo miraron, pero al no advertir nada sospechoso en su paso tranquilo no le dijeron nada y se limitaron a verlo alejarse en dirección al foro.

Partenio caminó con la prisa de quien sabe que está arriesgando la vida en sus acciones pero, a la vez, tiene el sentimiento de que sus decisiones son inexorables. Tan absorbido estaba en sus pensamientos que no vio la sombra que lo seguía desde que entrara en el *Foro Holitorio* en su camino de regreso hacia el palacio imperial. Había estado muy atento a que no le siguieran en su camino de ida, pero ahora estaba plenamente concentrado en maquinar cuál podría ser la mejor forma de articular el asesinato de modo que hubiera alguna posibilidad de éxito; no acertaba con la estrategia adecuada y eso lo tenía ensimismado, distraído. Y es que Partenio era perfeccionista: no quería sólo asesinar a Domiciano, sino conseguir que él mismo o que alguno de los que participaran en la conjura pudieran sobrevivir a la misma. Era un hombre fino, exquisito en su modo de responder a la humillación y al desprecio: no bastaba con matar, aun cuando eso se le antojaba ya algo muy complejo en sí mismo, sino que el consejero imperial quería conseguir la doble victoria de pergeñar un asesinato y salir él, o al menos alguien que participara en aquel acto, indemne. Y es que ésa sería una doble victoria que le dejaría un regusto especial, particular, dulce sin necesidad de recurrir a raspaduras de plomo, como hacía el emperador Domiciano cada noche, flotando en el espeso vino que ingería para relajarse y quién sabe si para así diluir en el licor de Baco el peso cada vez más insoportable de sus crímenes.

A la primera sombra se le unió una segunda silueta oscura. Seguían a aquel viejo consejero desde el *Foro Holitorio*. Tenían decidido abordarle bajo la gran estatua de bronce del *Foro Boario*. Se les antojaba una víctima fácil. No esperaban obtener un gran botín, pero alguna moneda llevaría y matarlo les proporcionaría así, cuando menos, una buena jarra de vino y algo de queso en las tabernas del río.

Partenio caminaba cabizbajo. Sabía que necesitaba implicar a más personas. El *curator* de las cloacas, sin duda. Era clave en su plan, pero luego precisaba de hombres que no temieran a la guardia pretoriana. Ni los legionarios de las *cohortes urbanae*, la milicia de la ciudad, ni los de las *cohortes vigiles*, fuerzas de policía y antiincendios de Roma, parecían estar a la altura. Su resquemor por cobrar mucho menos dinero que los pretorianos no sería suficiente. No, se precisaba de hombres aún más desesperados y con más rencor contra el emperador. Y mejor entrenados en el combate cuerpo a cuerpo. El rencor era el camino, el rencor sembrado por Domiciano debía conducirle a su perdición. Sin casi darse cuenta, Partenio llegó junto a la estatua de bronce del *Foro Boario* donde se habían celebrado las primeras luchas de gladiadores hacía siglos, en tiempos de Escipión el Africano. Aquello le hizo recordar de nuevo el nombre de Marcio y las palabras del *lanista* y, de pronto, todo encajó perfectamente... Aunque ni esos hombres bastarían, valdrían como herramienta para la segunda parte de su plan: que alguien quedara sin castigo una vez ejecutado el asesinato. Valdrían como maniobra de distracción en los días posteriores al asesinato. Era perfecto, perfecto. Nerón usó a los cristianos tras el gran incendio de Roma para manipular al pueblo acusando a aquellos miserables de ser los culpables del gran desastre; él usaría a los gladiadores ante los ojos cegados por las ansias de venganza de los pretorianos. La mano ejecutora podía ser otra, o quizá los propios gladiadores, pero lo esencial es que tendría a quién acusar frente a la guardia pretoriana. Sí. Podía funcionar, podía funcionar.

—¡Por Hércules! ¿Qué tenemos aquí? —dijo una voz procedente de una inmensa sombra que emergió desde el otro extremo del pedestal de la estatua de bronce.

Partenio comprendió su absurdo error: tanto había estado pensando en el futuro próximo que se había olvidado de los peligros del presente inmediato, pero su mente, a diferencia de su anciano cuerpo, aún tenía reflejos veloces. Tuvo claro que aquel ladrón no andaría solo; nunca lo hacían. Y miró a su espalda. En efecto, allí, sonriendo, entreabiendo una boca de dientes partidos y sucios, se encontraba otro malhechor de menor envergadura, pero que esgrimía una daga vieja y oxidada terminada en una punta amenazadora. Partenio comprendió que no era rival para aquellos hombres fuertes y acostumbrados a las peleas nocturnas, ¿o sí? Los había que se limitaban a buscar víctimas como él, viejos solitarios, mujeres indefensas, siempre gentes débiles a los que era sumamente fácil intimidar con la violencia y la brutalidad. Consideró desvelar que servía al emperador, pero su soledad en medio de la noche, caminando sin protección alguna, haría muy inverosímil su anuncio. Le quedaba la opción de gritar con la esperanza de que la algarabía llamase la atención de los soldados de las *cohortes vigiles*, la guardia nocturna, que pudieran encontrarse en las proximidades, pero incluso suponiendo que al final le ayudaran tendría que explicar quién era, qué hacía allí y al final todo llegaría a oídos de Norbano: el jefe del pretorio sospecharía y todo podía terminar en que se descubriese la sustracción de la daga del divino Tito. La daga de Tito. Sus ojos brillaron como los de un gato.

—Danos todo el dinero que tengas y a lo mejor te perdonamos la vida, viejo —espetó la sombra que se interponía en su camino, junto a la estatua de bronce.

Partenio asintió y se llevó la mano debajo de los pliegues de su túnica. El ladrón se acercó sonriendo con otra boca más grande pero igual de desdentada y, en este caso, apestando a vino. ¿Estaban quizá algo bebidos ya? A lo mejor Baco era un gran aliado aquella noche. Partenio sacó la mano de debajo de la túnica con rapidez, pero en lugar de exhibir una pequeña bolsa con monedas blandió la afilada daga de Tito y el arma del emperador muerto surcó la distancia entre su escondite y la cara del ladrón con sorprendente rapidez, rasgando la mejilla y la nariz de su enemigo. El facineroso se revolvió de dolor, al tiempo que Partenio se daba la vuelta y se hacía a un lado evitando el golpe que, desde atrás, iba a asestarle el segundo ladrón. Éste perdió el equilibrio y cayó de rodillas, deteniendo su caída completa al apoyarse con una mano en el pedestal de la estatua. Ambos ladrones estaban, en efecto, borrachos. Partenio clavó entonces la daga del emperador Tito en la espalda del segundo atacante y ésta se abrió paso entre las vértebras del sorprendido ladrón con pasmosa facilidad. Y con la misma facilidad pudo ser extraída por el consejero imperial mientras su víctima perdía el conocimiento por el dolor y el mareo del vino y caía a plomo sobre el suelo sucio y embarrado del *Foro Boario*. El mayor de los dos atacantes, con la nariz sangrando y la mejilla herida, decidió desaparecer en la noche corriendo y sin interesarse lo más mínimo por la suerte de su compañero gravemente herido. Partenio miró a su alrededor. No había nadie más. No había ni más atacantes ni testigos de lo ocurrido. Un muerto más por la mañana no llamaría la atención de nadie, no en una ciudad donde una decena de personas perdían la vida cada noche del año. El consejero imperial ocultó de nuevo la daga ensangrentada bajo su túnica y reemprendió la marcha, ahora mucho más acelerada que antes, de regreso a la *Domus Flavia*. Venía de orar en el templo de Vespasiano y Tito; eso diría si le preguntaban. Se esforzó por mantener su atención en el presente y estar alerta, no fuera a sufrir un nuevo ataque de más ladrones, pero, pese a todo lo sucedido, no pudo evitar sonreír malévolamente y pensar que aquella daga de Tito parecía abrirse camino por sí misma en su lento viaje hacia la venganza. Partenio seguía sin estar convencido del éxito de su plan, pero tuvo claro que la daga del divino Tito, como si fuera un ser vivo, estaba dispuesta a encontrar el camino, por difícil que éste fuera, que condujera a partir en dos el corazón del temible Domiciano.

121

UN VIAJE AL NORTE

Itálica, Hispania, abril de 96 d. C.

—Tenemos que partir hacia Germania —dijo Trajano padre aún sudoroso tras la última fiebre.

Su esposa negaba con la cabeza.

—No, Marco, eso no es posible. Aún estás demasiado débil. Has de recuperarte antes. Además, las calzadas estarán aún muy mal por las últimas lluvias y sigue haciendo frío en el norte. Hemos de esperar a que la primavera avance. Hemos de esperar.

Trajano padre estaba nervioso y casi desesperado por la incomprensión de su mujer. Él había evitado hacerla partícipe de todas sus dudas, de todos sus miedos, pero ahora veía que había estado en un error. Marcia tenía que comprender el auténtico estado de la situación. Sólo así entendería que ese viaje no podía retrasarse más.

—Manio está muerto.

Marcia lo miró sorprendida. En el atrio, en la *hora septima*, aún se estaba tranquilo. Sus bisnietas, Vibia Sabina y Matidia, debían de estar aún descansando, junto a su madre, y Ulpia Marciana, la hermana mayor de su hijo Trajano, estaría leyendo en el peristilo. Sí, todo estaba tranquilo y, de pronto, Marcia empezó a intuir: demasiado tranquilo.

—¿Desde cuándo lo sabes? —preguntó. Su esposo bajó la cabeza.

—Varios meses —dijo.

Marcia procuraba contenerse.

—Y ahora me lo dices.

—No quería que te preocuparas sin necesidad...

—Pero ahora sí que hay necesidad de que me preocupe

—le interrumpió indignada. Trajano padre sabía que debía haber compartido aquella información antes. La extraña muerte de Manio sólo podía ser, en el mejor de los casos, un aviso del constante avance de la locura del emperador. Marcia parecía leer en la cabeza de su esposo—. Supongo que ha sido cosa del César.

A Trajano padre siempre le admiraba la capacidad de su esposa para llamar a las cosas por su nombre, incluso si eso era sancionable como delito de lesa majestad. Se limitó a asentir levemente mientras respondía con parquedad.

—Es posible —susurró en voz baja—. Ha muerto de forma extraña, quizá envenenado.

—¿Lo sabe Marco? —inquirió Marcia, que empezaba a entender hacia dónde estaba dirigida la preocupación de su esposo.

—Le envié una carta a través de Longino para evitar el control imperial, pero no he recibido respuesta aún. Sólo sé lo mismo que tú: que Marco ha sido transferido de nuevo a Moguntiacum en Germania Superior por orden del emperador. Eso, en principio, no es ni bueno ni malo, su nuevo destino y que no hayamos recibido noticias; hace apenas mes y medio que envié la carta. Pero en cualquier caso me preocupa. Sí, Marcia, es cierto que debí comentarlo antes, pero hasta ayer no me llegó otra carta de Roma. En ella, Lucio Licinio Sura está convencido del envenenamiento de Manio. No lo dice con esas palabras ni mucho menos, es muy cauto, pero nos conocemos hace años y sé leer entre líneas. Me sugiere que viajemos. Sin más.

—¿Sin más? —repitió Marcia algo confusa. Su esposo inspiró profundamente.

—Sura no quiere concretar más, pero yo le entiendo. Marcia —la miró fijamente a los ojos—: tenemos que ir al norte y reunirnos con Marco.

—No, no lo creo. Sólo le supondríamos una carga innecesaria en estos tiempos tumultuosos. Además, ¿quién tendría que ir? ¿Tú, enfermo como estás; yo, una anciana que apenas valgo para algo; su hermana, sus sobrinas, las niñas pequeñas? Es absurdo. Sólo le haríamos débil. Solo está mejor.

Marcia se levantó como si quisiera dar por terminada aquella conversación. Trajano padre sabía que no tenía por qué discutir con ella y que podía hacer prevalecer su criterio sin más, pero no sólo quería hacer aquel viaje al norte, sino hacerlo con la colaboración de su esposa, con la ayuda de todos. Pero Marcia seguía sin entender. Trajano padre comprendió que tenía que decirlo todo.

—No, Marcia. Marco está mejor con nosotros. Nuestra separación es la que le hace vulnerable.

Nada más pronunciar esas palabras, Marcia se detuvo en seco, se volvió despacio y miró a su marido que volvía a hablar en voz baja, con cansancio, arrastrando las palabras, pues la fiebre parecía volver a su cuerpo.

—Yo sé lo que un emperador loco puede exigir a un *legatus* al que ha empezado a temer; lo vi con Nerón y Corbulón, Marcia. Nerón exigió que se suicidara a cambio de preservar la vida de su esposa y sus hijas. ¿Lo recuerdas?

—Sí, lo recuerdo como si fuera ayer —respondió la esposa también en un susurro que quedaba oculto por el viento de la tarde—. Sí, lo recuerdo.

Volvió a sentarse frente a su esposo.

—Si el César Domiciano le ordenara a Marco, a nuestro hijo Marco Ulpio Trajano, que se suicidara, porque le teme, le teme cada vez más, ¿qué crees que haría nuestro hijo, Marcia? ¿Tú qué crees que haría Marco?

Marcia suspiró lentamente.

—Se quitaría la vida, el muy... ¡Por Cástor y Pólux y todos los dioses! ¡Sé que se quitaría la vida! —Empezó a llorar al tiempo que volvía a bajar la voz y hablaba en medio de un sollozo ahogado—. Lo he llevado en mis entrañas, lo he criado durante años, mientras tú estabas en Oriente, sirviendo a Vespasiano y a Tito... Le he visto crecer, sé cómo piensa y sí, estoy segura de que se quitaría la vida.

—¿Entiendes ahora que juntos le hacemos fuerte pero que separados es vulnerable? Llegados a ese punto, si estamos con él puede rebelarse, pero si no estamos, si nos quedamos aquí, no tendrá ni una oportunidad, ninguno tendremos una oportunidad, ni tan siquiera las niñas. Porque Marcia, a diferencia de Nerón, no creo que Domiciano sea capaz de cumplir la palabra dada... —Calló.

La fiebre había vuelto a subir. Su esposa se levantó y se le acercó.

—Pero estás enfermo y tan débil...

—Yo... —le costaba hablar, pero lo hizo, lo hizo porque hay cosas que un hombre tiene que hacer en esta vida—... yo ya no soy importante, Marcia... lo importante ahora es Marco, nuestro hijo, nuestra hija, Matidia, las pequeñas... eso es lo importante. Si estás conmigo, si me apoyas en esto, sé que llegaremos todos hasta Moguntiacum... llegaremos...

Marcia lo tapaba con las mantas que medio le cubrían. La veterana matrona estaba pensando con intensidad.

—¿Tan loco está ya Domiciano? —preguntó.

Su marido no dijo nada. Sentía escalofríos por todo el cuerpo, pero asintió varias veces. Con rotundidad.

122

MIL ESPEJOS

Roma, abril de 96 d. C.

—¿Cuántas columnas hay en el palacio? —La pregunta del emperador dejó confuso a Partenio, que ya había acudido a aquel encuentro con prevención, pues temía profundamente por su persona.

Hacía semanas que no era convocado por el emperador y aquella urgencia con la que había sido llamado le hizo temer lo peor. «Ahora no, ahora no», se decía a sí mismo entre pensamientos tumultuosos mientras caminaba escoltado por dos pretorianos por los pasillos de la *Domus Flavia.* «Ahora que estamos tan cerca del fin... ahora no.» Estaba persuadido de que el emperador iba a acusarle formalmente o iba a indicarle que ya no gozaba de su confianza, que a todos los efectos, en cuanto a consecuencias, era lo mismo; sin embargo, en lugar de acusaciones, vino aquella pregunta sobre el número de columnas del palacio imperial.

—No estoy seguro, *Dominus et Deus* —empezó a responder Partenio toda vez que el emperador le miraba frunciendo el ceño y en silencio—. No estoy seguro del número exacto de columnas del palacio. Es posible que con los peristilos y el hipódromo lleguen a mil, pero puedo averiguarlo con rapidez. Las contaré yo mismo, *Dominus et Deus.*

El emperador lo miró entonces con seriedad.

—Tú mismo, sí. Para estas pequeñas cosas aún me vales, porque sabes contar, ¿verdad, Partenio?

—Sé contar, *Dominus et Deus.* —Y se inclinó con humildad ante el emperador.

—Cuenta entonces, pero ve encargando ya mil espejos. Tengo sueños terribles. Mil espejos, Partenio. Los espejos ayudarán a que duerma más tranquilo.

—¿Mil espejos, *Dominus et Deus*?

—Mil espejos —repitió el emperador irritado por la pregunta—; uno por cada columna: quiero un espejo en cada columna de forma que siempre pueda ver qué ocurre a mi espalda mientras camino por palacio. ¿Lo has entendido bien?

Partenio asintió.

—Sí, *Dominus et Deus*: mil espejos para mil columnas —confirmó aún sin haber borrado el asombro en el tono de su voz, si bien ese tono de perplejidad y sorpresa no molestaba al emperador, sino que, muy al contrario, lo llenaba de orgullo, pues se jactaba de sorprender a sus servidores con la agudeza de su ingenio sin límite.

—Mil espejos —apostilló Domiciano— son mil ojos que añadir a los ojos de los pretorianos. —Soltó una sonora carcajada que terminó de forma abrupta cuando Partenio intentó, torpemente, sumarse a la misma—. Pero no es asunto de risa —añadió y el consejero selló sus labios.

El emperador se levantó, descendió de su trono imperial y se despidió con una última mirada a su consejero.

—Mil ojos, Partenio, y los quiero con rapidez. Cada vez hay más enemigos que acechan. Tú aún estás conmigo, ¿verdad?

—Verdad, *Dominus et Deus* —repitió Partenio y se hizo a un lado. El emperador le dedicó una enigmática sonrisa y descendió del trono imperial. Partenio se quedó detenido solo, en medio de la inmensa *Aula Regia*, mientras Tito Flavio Domiciano se alejaba rodeado por veinticuatro pretorianos que ocultaban la silueta del *Dominus et Deus* del mundo entre el grueso acero de sus armaduras.

123

EL ODIO SUMERGIDO

Roma, mayo de 96 d. C.

Tras aquella entrevista, Partenio encargó los espejos al tiempo que aceleraba los preparativos de su plan. Para ello, convocó al *curator* de las alcantarillas de Roma.

Partenio observó al *curator* con detenimiento en cuanto éste entró en el pequeño *tablinium* donde el consejero despachaba informes. El *curator* era tan viejo como él, sólo que el responsable de las cloacas de la ciudad tenía una amargura especial en su mirada. La pérdida de un hijo debía de ser algo horrible, una cicatriz incurable, una herida cuyo dolor no desaparecería nunca. Ese dolor le interesaba a Partenio.

—¿Sabes por qué te he llamado? —preguntó el consejero del emperador.

El *curator* se encogió levemente de hombros y negó con la cabeza sin decir nada. A Partenio le llamó la atención que ni tan siquiera se esforzara en mostrar más respeto. Estaba de vuelta de todo. Nada parecía importar ya mucho a aquel hombre, ni siquiera poner su vida en peligro con un desplante a un consejero imperial. Partenio estaba satisfecho, pero no lo mostró en el tono solemne de sus palabras.

—En el pasado planteaste quejas sobre el transporte de las grandes piedras del anfiteatro Flavio por las avenidas bajo las cuales transcurren las mayores cloacas de Roma y, en su momento, yo te escuché e intercedí ante el emperador Vespasiano. Creo que entonces se consiguió reducir un poco la incidencia de la gran obra en los ríos subterráneos de la ciudad, pero luego, con la ampliación del anfiteatro Flavio decretada por el emperador Domiciano, *Dominus et Deus*, los derrumbamientos en las cloacas se reprodujeron y volviste a presentar quejas. En esa ocasión yo me encontraba en Alba Longa por orden imperial y creo que no se atendieron tus reclamaciones de la forma debida.

Como fuera que el *curator* permanecía obstinadamente en silencio, Partenio extrajo de un cesto de debajo de la mesa tras la que estaba sentado un viejo papiro y lo extendió sobre la superficie plana de su escritorio.

—En tu informe decías que tu hijo murió en uno de esos derrumbamientos.

El *curator*, como había esperado Partenio, reaccionó a la mención de su hijo muerto: levantó la mirada y clavó sus ojos en aquel viejo papiro al tiempo que apretaba los dientes. El consejero prosiguió con seguridad, persuadido de que ahora el *curator* le escuchaba con toda la atención posible, entre la rabia, el asco y el odio, pero con atención.

—Siento la pérdida de tu hijo: fue un accidente absurdo e innecesario que podría haberse evitado. —El consejero calló un instante durante el que el *curator* asintió una vez, muy despacio pero con claridad: había llegado el momento de ir al grano—. ¿A quién consideras responsable de la muerte de tu hijo, *curator*? —preguntó, pero sólo encontró un nuevo silencio como toda respuesta—. ¿A mí, que intenté ayudar en el pasado para organizar los transportes de forma que no se dañaran las cloacas y sus muros y techos angostos, o al emperador Domiciano, *Dominus et Deus* del mundo, que impuso unos plazos prácticamente imposibles al nuevo arquitecto, forzando a todos a ejecutar las obras sin tener en cuenta nada que no fuera culminar el proyecto en el plazo marcado? ¿Quién crees que es responsable de la muerte de tu hijo? ¿La diosa Fortuna, acaso? ¿Quizá algún otro dios?

Partenio miraba de frente al viejo funcionario que tenía ante él. Decenas de años de servicio silencioso bajo diferentes emperadores, una vida dedicada a velar por uno de los sistemas más vitales de la ciudad, pero que a la vez era de los más ignorados por todos; un viejo servidor de Roma que, a espaldas de ésta, había perdido a su propio hijo en aquel servicio oscuro, oculto, olvidado. Por fin, los labios del *curator* se desplegaron y en su respuesta Partenio comprendió que ser acusado de traición era la última de las preocupaciones de aquel hombre amargado.

—Domiciano —dijo y lo pronunció como si fuera un juez dictando sentencia.

Partenio asintió lentamente mientras se reclinaba hacia atrás en su *solium*. Dejó pasar unos momentos antes de hacer una nueva pregunta. El *curator*, por su parte, estaba convencido de que aquel consejero iba a llamar a la guardia pretoriana para encarcelarlo. Ya le había extrañado que aquella carta que escribiera hacía ya varios años no hubiera tenido ningún efecto sobre su persona, especialmente cuando el emperador había matado a tantos otros por insinuaciones más nimias que la que se apuntaba en aquel viejo informe, pero al *curator* ya no le importaba nada. Morir sería un alivio. Un alivio deseado hacía largo tiempo. Sin embargo, el consejero le confundió con una pregunta inesperada.

—¿Cómo te llamas, *curator*?

A Partenio le gustaba saber el nombre de aquellos con los que iba a caminar hacia la muerte.

—Póstumo, mi nombre es Póstumo —respondió el *curator*. Nunca antes le habían preguntado su nombre. Partenio asintió. Le pareció lógico: *postumus*, el último, o *post humus*, el que nace *después* de que se echa *humus*, es decir, *tierra*, sobre el cadáver del padre muerto. *Postumus*. Encajaba bien. A Partenio le pareció una señal de los dioses.

—¿Hasta dónde llega tu rencor, Póstumo? —Y como no contestaba, el consejero repitió la pregunta sin variar su tono de voz, con serenidad, con paciencia—: ¿Hasta dónde llega tu rencor?

Y el *curator*, sin contenerse un instante más, dio un largo paso al frente y se inclinó sobre la mesa al responder.

—Mi rencor no tiene límites. Lo alimenta cada día que sobrevivo a mi hijo; es un rencor que crece y es incontenible y lo acaricio y lo cuido cada día y cada noche porque no vivo para nada más que para guardar rencor y odio y rabia eterna a una dinastía que sólo ha hecho que destrozar todo el trabajo de todos los que me precedieron en el cargo de *curator* y que, al final, por un divertimento donde mueren miles y miles de hombres y mujeres y bestias y niños cada año, ha conducido a mi propio hijo a la muerte. Así que sí, consejero, mi rencor es infinito e inabarcable.

Despacio, volvió a erguirse y a dar un paso hacia atrás, esperando su sentencia.

Partenio se levantó entonces, rodeó la mesa, tomó la carta que antaño escribiera el *curator* y, para sorpresa de este último, la acercó a la llama de una lámpara de aceite y la mantuvo allí hasta que prendió y empezó a desintegrarse envuelta en aquel humo que consumía palabras escritas con rabia eterna. Acto seguido se acercó al *curator*, que no dejaba de mirarle con perplejidad, y le habló al oído.

—Póstumo, es hora de que tu rencor emerja de las profundidades de Roma.

DOS SUCESORES PARA UN DIOS

Roma, mayo de 96 d. C.
Domus **de Flavio Clemente y Domitila**

—No tenemos otra salida. —Flavio Clemente miraba al suelo con rabia mal contenida mientras estrujaba el papiro con el mensaje del emperador. Su esposa Domitila, sentada frente a él, no había dejado de llorar—. No tenemos otra salida —repetía—. Es esto o morir. Morir todos. —Se detuvo un instante antes de añadir—: Los niños también.

Domitila dejó, al fin, su llanto.

—Lo haré por los niños —dijo y se levantó despacio—. Por los niños.

Se alejó en busca del refugio de su dormitorio. Flavio Clemente quedó a solas en el *tablinium* de su gran *domus* en el centro de Roma. No tenían otra salida. El emperador acababa de nombrar a los niños sus sucesores pero, a cambio, y no había tenido inconveniente en escribirlo, quería que Domitila fuera a vivir a la *Domus Flavia*. «A vivir», pensó amargamente Flavio Clemente. Ahora el emperador llamaba a esa humillación «vivir». Domiciano abusaría de Domitila a diario, tan a menudo como le pluguiera, y no podía hacerse nada por evitarlo. No, no había fuerza en la Tierra capaz de detener ni su lujuria ni su locura. Flavio Clemente se arrodilló allí mismo e imploró misericordia a Dios y fuerza y paciencia y fortaleza de ánimo. Para sobrellevarlo todo. Todo. Por los niños.

LA ÚLTIMA TESELA DEL MOSAICO

Roma, julio de 96 d. C.

Partenio, tras el mal encuentro nocturno en el *Foro Boario*, decidió que no haría más paseos nocturnos sin protección, pero tenía, no obstante, que continuar con su plan y éste requería de algunos encuentros más conducidos en la más absoluta discreción. Así, con la excusa de supervisar el pedido de los mil espejos a unos artesanos al norte de la ciudad que trabajaban sin descanso en el proyecto, aprovechó una mañana para encaminarse por la ruta que seguía el gigantesco *Aqua Marcia* en su majestuoso vuelo por lo alto de Roma, cimentado en sus inmensos arcos, hasta que se despegó de la base de aquel enorme acueducto para ascender las escaleras de la puerta porticada del acceso sur al gran templo del divino Claudio.

Una vez en el interior, mientras se dirigía al templo erigido en un lateral de la gran plaza porticada del descomunal recinto, el mayor espacio dedicado a un emperador en toda la ciudad, observaba con atención que nadie le siguiera. Se detuvo entre los árboles que crecían alrededor del edificio central del mausoleo del divino Claudio. Sólo se veía a ciudadanos que, respetuosos, entraban en el templo del último de los grandes emperadores de la dinastía Julio-Claudia para ofrecer sacrificios que les ayudaran a congraciarse con los dioses. En los últimos meses, en paralelo con la creciente locura del emperador Domiciano, eran cada vez más los romanos —patricios, senadores, comerciantes y ciudadanos de toda condición— quienes, asustados por un gobernante que cada día parecía más obsesionado por sus miedos y menos interesado en ocuparse de los problemas de Roma y de su Imperio, acudían en tropel a arrodillarse frente al altar del templo del divino Claudio. En el nervioso pasear de su mirada por el interior del recinto, Partenio no pudo evitar volver a admirar la inmensidad de una obra que iniciara Agripina, la esposa del emperador Claudio, que Nerón detuvo para usar parte del espacio dedicado al complejo del mausuleo de su tío como cisterna del *Aqua Claudia*. Tuvieron que ser Vespasiano y Tito los que la terminaran, en un último gesto por ligar su nueva dinastía, la Flavia, con el poder del último gran emperador de la dinastía Julio-Claudia, el divino Claudio, pues Nerón, tras su *damnatio memoriae* decretada por el Senado, era de ingrato recuerdo y, en consecuencia, no contaba. Partenio confirmaba con sus ojos que Tito había ejecutado el final de las obras con auténtica generosidad: los mármoles de las paredes y el suelo, la piedra de las columnas, el delicado diseño de las metopas, frisos y capiteles eran de primera calidad. Una obra digna de albergar el recuerdo de un dios. Fue en ese momento cuando su pensamiento le hizo ver cuán extraño era que Domiciano no hubiera ordenado aún la construcción de un mausoleo de similares dimensiones destinado a su persona. Partenio sacudió la cabeza: Tito Flavio Domiciano no contemplaba la posibilidad de su muerte como algo próximo. Sí estaba completamente obsesionado por su seguridad y temía una conjura pero, en el fondo, estaba completamente seguro de salir con vida de cualquier intento por asesinarle. Estos pensamientos hicieron que Partenio recordara la razón que le había conducido al templo del divino Claudio aquella mañana: reemprendió la marcha y, en lugar de salir por donde había entrado, convencido ya de que no le seguían, descendió por la larguísima escalinata de la salida norte, la que que conducía a las arcadas del anfiteatro Flavio que, ajeno al devenir del mundo entero, se levantaba inmóvil y eterno ante él.

Al llegar al pie de la escalinata giró a la derecha y tras un centenar de pasos se detuvo frente a la puerta del *Ludus Magnus*, la gran escuela de gladiadores de la ciudad. Se identificó entonces como consejero imperial y, con la excusa de estar preparando un combate especial para disfrute del emperador, se le permitió el acceso al interior de las instalaciones. Si el viejo Cayo aún hubiera sido el *lanista* no habría precisado de ninguna excusa. Partenio echaba enormemente de menos a aquel veterano preparador de gladiadores. Habría supuesto una ayuda inestimable en aquellos momentos. En cualquier caso, quedaban sus palabras y por ellas se guiaba el viejo consejero, hasta el punto de que pensando en ellas llegó hasta la celda del mejor gladiador de Roma. Partenio, absorto en su plan, pareció no percatarse de que la mirada atenta de una joven *gladiatrix* le vigilaba mientras entraba en aquel *cubiculum*, pero sólo lo pareció.

Partenio se sentó frente a Marcio en una modesta *sella* sucia y destartalada que el consejero no se molestó en limpiar.

—Mi nombre es Partenio, soy consejero del emperador.

Marcio no dijo nada y se limitó a continuar cortando el queso que tenía sobre una pequeña mesa. Partenio interpretó aquel silencio como un signo positivo, pero continuó con tiento. No podía permitirse el lujo de malograr el objetivo de aquella entrevista. Sabía que iba a adentrarse en un terreno escabroso, pero era el único camino.

—Sé que no hablas con nadie pero también sé que eres uno de los mejores gladiadores de Roma. Quizá el mejor.

Marcio se limitaba a llevarse un trozo grande de queso a la boca y morderlo con ansia; parecía hambriento. Partenio continuó.

—Sé que no hablas con nadie desde que te viste forzado a matar a un *provocator* amigo tuyo en la arena. —Marcio dejó de masticar—. Sé que la lucha fue impresionante, merecedora del perdón de ambos. —El gladiador escupió la pasta de queso de su boca y apretó el cuchillo con fuerza; Partenio prosiguió sin dejar de observar aquel filo. Aceleró sus palabras para mantener a Marcio atento a lo que decía—. Lo sé porque yo estaba allí junto al emperador. Vi esa lucha y yo mismo le aconsejé que os concediera a ambos la *rudis* y la libertad; se lo dije varias veces, y le recordé que eso había hecho su hermano con Prisco y Vero y le había hecho popular entre el pueblo, pero ahí me equivoqué: Domiciano odiaba, sigue odiando, a su hermano y, por extensión, a cualquier cosa que hubiera hecho y hubiera sido apreciada por el pueblo. Por eso, por eso mismo, estoy seguro de que se obcecó en que matases a aquel *provocator* amigo tuyo; esa maldita locura y paranoia del emperador que condujo a la muerte de tu amigo. Sé que tu odio a Domiciano debe de ser infinito, incontenible... y vengo a ofrecerte una ocasión para vengarle.

Partenio calló, entre otras cosas para respirar. No era cierto que él hubiera dicho nada al emperador el día en que Marcio se vio obligado a matar a su amigo Atilio. En aquel momento, como el resto de los presentes en el palco imperial, no se atrevió a decir palabra. Pero eso no lo sabía su interlocutor en aquella entrevista que debía cambiar la Historia del mundo.

Marcio blandía el cuchillo asiéndolo con fuerza. Lo levantó despacio pero lo condujo al queso y volvió a cortarse otro buen pedazo. Para alivio de Partenio, Marcio habló antes de llevarse el nuevo pedazo de queso a la boca.

—Lo único que me satisfaría un poco sería matar al emperador; ésa sería la única venganza que merecería la pena. Pero no creo que sea eso lo que tenga en mente un consejero suyo.

No dejaba de sorprender a Partenio cuánta gente se confesaba dispuesta a matar al emperador o, cuando menos, a complacerse de que alguien lo matara, cuando el sólo hecho de admitir un sentimiento como ése podía ser objeto de una condena a muerte. Estaba claro que Domiciano había sembrado un odio desbordante durante sus años de reinado. Partenio albergaba la esperanza de poder encauzar todo aquel odio en la dirección correcta.

—Si te ofrezco venganza —replicó Partenio— es porque considero que la que tú anhelas es la que debe hacerse.

Marcio masticaba despacio. El queso estaba bueno; era de cabra. Se lo había llevado aquella misma mañana un admirador que había ganado mucho dinero apostando por él. Marcio deja de masticar y se rasca la cabeza. Engulle el queso y coge un cazo con vino. Echa un trago largo. Traga saliva. Mira fijamente a Partenio y le responde en voz baja.

—Matar a un emperador es fácil: es de carne y hueso y su piel se puede rasgar con cualquier espada como la de cualquier hombre, pero es imposible llegar hasta él armado y huir

sin ser abatido por los centenares de pretorianos que le custo-
dian en todo momento. Superar la guardia pretoriana: eso es
lo difícil.

Partenio mantiene la mirada mientras escucha las palabras
de Marcio pero a la hora de responder se ve obligado a bajar
los ojos. No era una mirada fácil de sostener la de aquel gladiador. Partenio rebusca las frases más precisas para exponer
la clave de su plan.

—Si te aseguro que puedes llegar junto al emperador sorteando la vigilancia que le protege en todo momento, si te
aseguro que puedo reducir su guardia personal y que puedo
garantizarte una huida... Entonces, gladiador Marcio, entonces...

—No creo que puedas conseguir lo que dices —responde
Marcio, y vuelve a coger el cuchillo para cortarse un nuevo
pedazo de queso.

—No podrás sobrevivir siempre como gladiador —replicó
Partenio en un intento de encontrar una forma de tentar a
aquel luchador a llevar a cabo la venganza que tanto ansiaba.

Eran lógicas sus dudas. Tenía que convencerle, tenía que
convencerle, pero el gladiador volvía a comer su queso como
si nada, como si aquella conversación ya no fuera con él. Partenio miró a su alrededor, como quien busca algo o a alguien
que le ayude, y vio, de nuevo, a la *gladiatrix*. Situó una pieza
más en el denso mosaico que construía su mente, en el complicado mosaico de un plan cada vez más complejo, la última
tesela, una pieza inesperada, pero ahora completamente clave. Marcio miró a la *gladiatrix* un instante, una fracción casi
imperceptible de tiempo, pero fue suficiente para un fino observador de la naturaleza humana como Partenio. Y ella le había vigilado cuando entraba en la celda de Marcio. Sí, Partenio había visto la forma de mirarse entre el gladiador y aquella
luchadora. Era una mirada inconfundible que ningún silencio ni ninguna distancia podía ocultar.

—Corrijo mis palabras, gladiador —dijo entonces Partenio—: es posible que puedas sobrevivir aún muchos años más
como luchador en la arena, incluso puede que no te importe
morir, pero ¿cuánto tiempo crees que podrá sobrevivir ella?

Marcio se levantó, volcó la mesa y cogió a Partenio por el cuello; no le importaba que se estuvieran acercando varios adiestradores a detenerle: no podían dejarle asesinar a un consejero imperial ante ellos sin hacer nada por evitarlo. Partenio, alzado del suelo, con las manos en el cuello, se esforzaba por seguir hablando; las palabras eran lo único que tenía.

—Contra el tracio de Pérgamo estuvo a punto de morir... la muchacha no sobrevivirá siempre... Te ofrezco libertad para ti y para ella...

De pronto Marcio abrió la mano y, como un despojo, Partenio dio con sus huesos en el suelo. Los adiestradores rodearon al gladiador, que se llevó la mano a la espada que pendía de su pierna, pero Partenio se reincorporó como pudo y se interpuso entre los adiestradores y el gladiador.

—Todo está... bien... todo está... bien... Un malentendido, eso es todo... Estamos hablando... —Se giró hacia Marcio—. Estamos hablando, ¿no es así?

Marcio asintió y, más tranquilo, volvió a sentarse frente a la mesa volcada. Partenio comprobó que la *gladiatrix* se había acercado también pero, al ver que Marcio se tranquilizaba, la muchacha había optado por sentarse también en la esquina, a treinta pasos, junto a un enorme perro negro. Los adiestradores se alejaron. Tampoco les sorprendía todo aquello. Alrededor de Marcio todo era extraño. Si a aquel consejero le daba igual haber estado a punto de morir estrangulado, eso era asunto suyo. Una vez se quedaron a solas, Marcio tomó la palabra.

—¿La libertad para los dos?

—Para los dos y oro suficiente para que podáis emprender una nueva vida aquí en Roma o donde queráis. Una nueva vida sin tener que luchar para nadie. Además, habrás vengado a tu amigo. Todo eso es posible, Marcio. Todo eso. Lo prometo.

El gladiador volvió a mirar a la joven que acariciaba al perro negro. Marcio recordó que Alana había quedado embarazada el año anterior y había perdido al niño en los entrenamientos. El viejo *lanista* habría permitido que Alana hubiera descansado hasta que hubiera dado a luz, pero aquellos miserables que se habían hecho cargo del *Ludus Magnus* tras la ejecución de Cayo estaban locos y la obligaron a seguir entrenando y luchando. Un golpe en un combate acabó con el embarazo. Alana era joven y fuerte y se había recuperado; pese al dolor de la pérdida del niño, seguía allí, con él, a su lado, resistiendo, aguantando... pero desde el aborto no era la misma. A veces lloraba por las noches, cuando pensaba que él dormía y no podía oírla. Marcio se giró de nuevo hacia aquel consejero.

—¿Estás seguro de que puedes disminuir la guardia pretoriana, hacer que llegue junto al emperador y asegurarnos una huida?

—Puedo, pero ¿por qué has dicho «asegurarnos» en plural? Partenio se volvió para mirar también hacia la *gladiatrix*.

—No, ella no —corrigió Marcio con rapidez—. Esto es una locura demasiado arriesgada que estoy dispuesto a intentar, aunque para tener éxito necesitaré ir acompañado de un puñado de hombres y quiero dinero y libertad para ellos también. Para los que sobrevivan.

Partenio no había pensado en eso, pero no iba a dar marcha atrás ante nada y, bien pensado, era razonable lo que estaba pidiendo el gladiador: un grupo de hombres armados tendría muchas más posibilidades que uno solo.

—Sea —concedió el consejero imperial—, pero toda recompensa pasa por ejecutar el plan hasta el final.

Marcio fue contundente en su respuesta.

—Si me conduces junto al emperador... le mataré. Pero no sé cómo vas a poder hacer eso —apostilló con solemnidad.

—Eso es asunto mío. —Y lo repitió mientras se levantaba de la destartalada *sella* en la que había vuelto a sentarse—: Eso es asunto mío. Un asunto que resolveré. Tendrás noticias mías. Pronto.

Partenio dio media vuelta y se alejó en dirección a la puerta del *Ludus Magnus*.

Mientras aquel consejero imperial caminaba hacia la salida de la escuela de lucha, Alana se acercó a Marcio, se sentó cerca de él y le preguntó con curiosidad:

—¿De qué habéis hablado?

Marcio cogió el queso del suelo y el cuchillo y empezó a cortar un nuevo trozo.

—De nada.

—Ya —dijo ella—, por eso has intentado matarle.

Marcio se llevó el trozo de queso a la boca. Ella supo que no iba a obtener respuesta alguna y retornó junto al perro. Si no iban a hablar, Alana prefería estar con quien, al menos, no podía hablar en modo alguno.

126

LOS HOMBRES DE MARCIO

Roma, julio de 96 d. C.

Marcio se dirigió al viejo *sagittarius*. Era, con mucho, el más veterano de cuantos había en el *Ludus Magnus*. Marcio lo recordaba desde que era niño, siempre allí, con sus flechas, presto a aniquilar con su fina puntería a cualquiera que se moviera cuando fuera preciso en la gran arena del anfiteatro Flavio. Pero Marcio había percibido que la destreza del veterano *sagittarius* con el arco había disminuido. En ocasiones debía lanzar varias flechas para abatir a un enemigo en movimiento. Un *sagittarius* así no le habría salvado a él y a Atilio de los vitelianos. Pero aquello fue hacía mucho tiempo. El problema de la merma en la puntería del viejo *sagittarius* no era otro que la edad que, más tarde o más temprano, acabaría con todos ellos, reduciendo sus fuerzas y su vista y sus reflejos hasta que un gladiador más joven los sorprendiera una tarde y, bajo la fría mirada del emperador, les rebanaría el cuello o les clavaría una espada mientras la multitud del pueblo de Roma aclamaba enfervorecida al nuevo luchador victorioso. Marcio, desde la ejecución del *lanista*, no hablaba ya prácticamente con nadie, a excepción de Alana, pero con el veterano *sagittarius* sí, ocasionalmente. Marcio respetaba la veteranía, aquella perseverancia del viejo gladiador por sobrevivir más allá de lo imaginable, y no podía olvidar que sus flechas los salvaron a él y a Atilio. Por eso, cuando tomó la decisión de reclutar a algunos hombres entre los luchadores del colegio de combate para la misión que le había encomendado Partenio, se dirigió primero a aquel viejo *sagittarius*.

Era una tarde tórrida de verano y los hombres se habían ocultado en las sombras de los pórticos sostenidos por columnas. Los entrenamientos se retomarían con la caída del sol. Era el horario que seguían en verano. Eran los mejores gladiadores de Roma y se les permitían esos pequeños lujos.

Marcio se acercó al *sagittarius* y se sentó junto a él en un banco de piedra que, al estar a la sombra de los muros del anfiteatro de la escuela de lucha, permanecía ligeramente fresco, un alivio en medio de aquel calor asfixiante. El viejo *sagittarius* bebía un poco de vino en silencio y no miró al recién llegado, pero esperaba paciente sus palabras, pues Marcio nunca hacía nada por nada, y era muy extraño que se le acercara. Muy extraño. Sólo hablaban entre ellos antes o después de un combate. Y no siempre.

—Necesito unos hombres —dijo Marcio. Spurius, el *sagittarius*, no dijo nada y siguió bebiendo; Marcio añadió más información para que el veterano arquero se pudiera hacer una idea del asunto que se llevaba entre manos—: Me han propuesto la libertad y mucho oro por matar a un patricio, pero creo que necesitaré algunos hombres para tener éxito en la empresa. Los que me ayuden conseguirán también la libertad y oro, más del que puedan imaginar.

El veterano *sagittarius* le miró apreciativamente. Marcio sabía que había captado su atención, claro que no había revelado el objetivo exacto de aquella conjura. Antes de desvelar más, quería ver cómo reaccionaba aquel arquero y gladiador.

—¿Cuántos hombres? —dijo al fin Spurius mirando al suelo.

—Cuantos más mejor, pero no pueden ser muchos porque han de ser de confianza. Vamos a matar a alguien importante.

Marcio pensó que ése sería el momento en que Spurius le preguntaría a quién se suponía que debían matar, pero no fue así.

—Mi vista no es la de antes —respondió el *sagittarius*—, y un plan, cualquier plan, que me ofrezca la libertad es bueno. Además los *sagittarii* lo tenemos muy difícil para que nos liberen en la arena. Nuestras acciones nunca resultan tan espectaculares a los ojos del público como las vuestras, luchando con la espada. Y estoy cansado. —Escupió en el suelo—. Puedes contar conmigo; ahora bien, veamos... hombres de confianza... Eso es más difícil. No hay tantos.

Miró a su alrededor: decenas de gladiadores yacían medio dormidos en las sombras de los pórticos, tomando la siesta al aire libre en un intento por refrescarse en medio de aquel horrible calor.

—Tendrá guardias este patricio, ¿verdad? —inquirió Spurius sin dejar de mirar en torno suyo.

—Muchos —confirmó Marcio.

—¿Atacaremos de noche?

—No lo sé. Sólo sé que habrá guardias pero que contaremos con ayuda desde dentro. Nos ayudarán a llegar hasta él.

—¿Y a salir? ¿Nos ayudarán a salir?

Marcio asintió una vez. Spurius sonrió. No estaba seguro de que les fueran a ayudar mucho en la huida, pero prefería morir combatiendo, donde fuera, para quien fuera, que allí a la espera de que un jovenzuelo le rebanara el cuello. No tenía nada que perder. Sólo la vida, pero eso no le parecía mucho. Se concentró en las cuestiones técnicas de la tarea.

—Habrá entonces que matar a varios de esos guardias en silencio. Por eso mis flechas, ¿no es cierto? —Miró a Marcio, que volvió a asentir—. Sea, pero necesitaremos más dardos. Ese otro *sagittarius* es bueno. —Spurius señaló a un joven tumbado boca arriba y roncando con la boca abierta de par en par, por cuyos labios paseaba una mosca negra atraída por el dulzor de unos restos de vino—. Es el mejor de los *sagittarii* y sabe que no tiene opciones de ser liberado. Hará lo que se le pida. Luego tenemos al samnita que vino de Pérgamo, junto con el gran tracio. Es muy bueno y sólo piensa en regresar a su tierra. Creo que tiene alguna cuenta pendiente, lo que explica esa rabia con la que lucha y le mantiene vivo. Estará con nosotros. Y está el nuevo *provocator*. No me mires así. Ya sé que nunca habrá otro *provocator* como Atilio, pero es bueno y tiene esa mirada de quien cree que puede con todo. Nos vendrá bien si las cosas se tuercen, y suelen torcerse en estos asuntos. Luego... Déjame unos días y pensaré un poco. Podré reunir una docena de insensatos más.

Sonrió mientras volvía a beber.

Marcio tragó saliva. No era justo no desvelar el nombre de quien debían asesinar, incluso si el veterano *sagittarius* era tan discreto de no preguntar. Debía saber a lo que se enfrentaban y, en el fondo, Marcio buscaba que alguien le dijera que aquello era una locura absurda y le intentara convencer de que debía desistir. Muerto el *lanista*, sólo aquel *sagittarius* podía persuadirle de que abandonara la idea. Sin embargo, aquel maldito consejero imperial tenía razón: Alana no duraría ya mucho más con vida. Y era una forma de vengarse, por fin, de la muerte de Atilio. Incluso si moría, si morían todos, merecía la pena intentarlo. Pero ése era su parecer, sólo lo que él pensaba. ¿Y los demás?

—Hemos de matar al emperador de Roma—dijo Marcio al fin.

El viejo *sagittarius* asintió despacio, luego levantó las cejas en señal de asombro, volvió a asentir y echó un último trago de su vaso de vino.

—Eso no será posible —respondió el viejo arquero lacónicamente—; incluso si nos ayudan desde dentro, no será posible: son demasiados los pretorianos que le protegen. A un emperador sólo lo puede matar su propia guardia, como hicieron con Calígula o con Galba, pero si buscan hombres de fuera para matarlo es que la guardia pretoriana está con él. No tenemos ni una oportunidad.

Marcio suspiró.

—Entonces, ¿no cuento contigo?

—Yo no he dicho eso —apuntó el viejo *sagittarius* reclinándose hacia atrás en el banco hasta apoyar su espalda en la pared del muro del anfiteatro de entrenamiento—. Yo no he dicho eso; sólo he dicho que no podremos, pero... —esbozó una profunda sonrisa—... odio a ese miserable: siempre allí, mirándonos a todos como si fuera un dios, siempre decidiendo sobre la vida de todos nosotros. Y ni siquiera es como Tito, o como su padre, que eran generosos y liberaban a muchos de los buenos luchadores, como hicieron con Prisco y Vero y tantos otros. Domiciano es diferente. Es simplemente cruel. —Hizo una pausa hasta que al final apostilló una conclusión definitiva—: No, no podremos contra toda su guardia pretoriana, pero será divertido intentarlo. Disfrutaré muriendo en esta locura. Me parece una muerte épica. Nos merecemos este final. Me gusta.

Marcio se vio sorprendido de ver que no era el único a quien le parecía excitante la idea.

—¿Y el resto de hombres? ¿Pensarán lo mismo que nosotros? —preguntó Marcio.

El veterano arquero no vaciló en su respuesta.

—Aquí estamos todos locos hace años. Los hombres que te he dicho irían al Hades si allí encontraran la libertad y un puñado de oro al otro lado del río del inframundo, y no dudarían en luchar con el mismo Caronte si éste se interpusiera en su camino. ¿No nos entrenaron para estar dispuestos a morir? Pues nos entrenaron bien.

127

EL SACRIFICIO DE DOMITILA

Roma, agosto de 96 d. C.

Flavio Clemente había resistido lo inimaginable. Había resistido incluso más allá de lo que él nunca pensó que pudiera resistir, pero por los hijos se hace todo, se da todo, se sacrifica todo. Flavio Clemente había aceptado entregar a su esposa como concubina de su primo Domiciano, el César, el emperador, el *Dominus et Deus*, el mayor miserable sobre la faz del mundo. Esa entrega era la que había permitido que todos sobrevivieran, por el momento; ella, como amante del emperador, él, como protegido del César y los dos pequeños como sucesores de un Tito Flavio Domiciano que ya se consideraba divino en vida. Flavio Clemente pensó, ingenuamente, que nada podía haber peor a lo que ya estaban sufriendo, pero cuando un esclavo abrió la puerta de su casa y Norbano, el jefe del pretorio, el más fiel servidor de Domiciano, irrumpió en el atrio apartando a empellones a los esclavos que salían a su paso y escoltado por decenas de pretorianos armados, preguntando por los niños, Flavio Clemente comprendió que la vida podía ser aún infinitamente más cruel con él, con su esposa y, lo peor de todo, con los niños.

—Es tarde —respondió Flavio Clemente clavado en el centro del atrio, interponiéndose al avance de Norbano—. Es tarde y los niños están durmiendo.

Estéfano asomó por el *tablinium* y no tardó en concluir que algo muy grave iba a pasar. Se desvaneció y, sigiloso, llegó al cuarto de los niños.

—Levantaos —dijo Estéfano entre susurros, pero los pequeños, de cinco y siete años, dormían profundamente. Estéfano les había cogido un afecto sincero en los pocos meses que llevaba en aquella casa. Eran buenos niños, bien educados, que trataban a esclavos y libertos con consideración, con sorprendente consideración para unos niños patricios de tan corta edad. Estéfano se acercó al mayor y le habló con más fuerza al oído—: Levántate, despierta, despertad los dos.

Hasta allí llegaron los gritos del atrio. Clemente seguía oponiéndose al paso de Norbano.

—¡Están descansando, mis hijos están descansando!

Norbano dio un paso al frente mientras desenfudaba su *spatha*.

—Esto no va contigo, de momento no —le dijo el jefe del pretorio—. ¡Aparta de una vez! ¡Nadie se interpone ante la guardia pretoriana!

—¡Yo sí lo hago! —exclamó Flavio Clemente con vehemencia, sin moverse un ápice del lugar que ocupaba—. ¡El emperador tiene a mi esposa! ¿Qué más quiere? ¿Qué más quiere?

—¡Aparta! ¡Es la última vez que lo digo!

En el dormitorio de los niños, Estéfano había conseguido despertar al mayor que, sentado en la cama, se frotaba los ojos.

—Vamos, pequeño, vamos —decía Estéfano a la vez que, suavemente, movía el hombro del hermano pequeño—. Vamos, despierta. Tenemos que irnos, tenemos que irnos.

En el atrio Norbano habló por última vez a Flavio Clemente.

—¡El emperador ha dado orden de ejecutar a los niños! ¡Aparta!

—¡Nunca, eso nunca!

Olvidándose de su fe cristiana, Clemente se arrojó con sus propias manos al cuello del prefecto del pretorio, pero éste se hizo a un lado al tiempo que dos pretorianos atravesaban a Flavio Clemente con sus *gladios*. Se oyó el grito de dolor y, mucho peor aún, de terror, de Clemente al caer al suelo. Norbano no miró atrás y siguió avanzando, adentrándose en la *domus* del primo del emperador. Tenía una orden imperial que cumplir y pensaba hacerlo con precisión.

En el dormitorio de los pequeños, Estéfano, que ya comprendía bien por qué Partenio había insistido en que fuera a servir en la casa de Clemente, había cogido en brazos al más pequeño y empezaba a correr hacia la puerta seguido por el hermano mayor cuando justo en el umbral emergió la figura terrible del prefecto del pretorio. No hubo palabras al entrar. Sin dudarlo un solo instante, Norbano clavó su *spatha* en el cuello del pequeño de siete años, que no tuvo tiempo ni de gritar ni de llorar ni de decir nada. Cayó hacia atrás llevándose las manos al cuello, con los ojos muy abiertos, la lengua fuera y una horrible mueca de pánico en su pequeña faz. Estéfano dio un paso, dos, hacia atrás con el hermano pequeño en brazos.

—El niño —dijo Norbano con una frialdad que helaba el corazón del más valiente y Estéfano no lo era. Era un hombre bueno, un sirviente fiel, alguien que aborrecía la crueldad sin sentido, pero no era un valiente, no lo era. Partenio tenía que haber buscado a otro para aquel puesto, a alguien valiente y fuerte y capaz. Así, sintiendo asco de sí mismo, se agachó y depositó el cuerpo del niño de cinco años aún dormido en el suelo frío de aquella habitación ya manchada de sangre infantil. Estéfano se limitó a mover la cabeza de un lado a otro mientras Norbano cortaba el cuello del pequeño antes incluso de que despertara. Ésa fue la única misericordia del jefe del pretorio: no despertarlo. Estéfano pensó que para lo poco que había valido, no debería haber despertado al otro hermano; le habría ahorrado horror y sufrimiento. Se orinó encima. Esperaba el golpe de gracia de un momento a otro, pero Norbano dio media vuelta y lo dejó a solas con los cadáveres de los dos niños muertos. No tenía orden de ejecutar a nadie más, sólo a los niños y a quien se opusiera a su ejecución, como había hecho Flavio Clemente. Las pisadas de los pretorianos se alejaban, pero Estéfano lloraba las lágrimas que los niños no habían podido derramar y sentía desprecio de sí mismo y un terrible asco de seguir viviendo. Vinieron las arcadas y vomitó.

En el palacio imperial, Domiciano recibió la visita de Norbano bien entrada la *prima vigilia*.

—¿Entonces están muertos los dos niños y el padre también? —inquirió el César buscando confirmación mientras echaba un buen trago de vino endulzado con plomo.

—Sí, *Dominus et Deus* —respondió Norbano con marcialidad y, con algo de orgullo, se permitió añadir unas palabras—: Yo mismo los he ejecutado.

Domiciano asintió compartiendo aquel estado de plena satisfacción de su jefe del pretorio.

—Y serás recompensado por ello, Norbano, serás generosamente recompensado.

Levantó la mano indicando que le dejara solo. Norbano le saludó con el brazo extendido, dio media vuelta y salió del *Aula Regia*. El emperador se llevó la copa de bronce, recubierta de una fina capa de plomo, a los labios y apuró el contenido de la misma. Esa noche dormiría algo más tranquilo. Lo de nombrar a sus sobrinos-nietos sucesores había estado bien para conseguir disfrutar de Domitila con cierta aquiescencia por su parte, pero ahora era más importante que no hubiera sucesor designado. El miedo a una guerra civil si le mataban haría que muchos renunciaran a un plan para asesinarle. Si los niños hubieran seguido vivos, en cuanto tuvieran unos años más, el Senado los utilizaría para encabezar una rebelión contra él. Matarlos cuando aún eran sólo unos niños era una gran idea, una de esas ideas de las que Domiciano se sentía orgulloso. Además, desde que se había enterado del viaje de toda la familia de Trajano desde Itálica hasta Moguntiacum, en Germania Superior, las sospechas sobre una rebelión inminente se habían desatado en su cabeza. Sí, lo de no tener sucesor designado les pararía a muchos los pies, al menos por un tiempo. Por un tiempo. Pero para cuando fueran a por él, ya habría pasado a la acción. Y sonrió.

Domitila se enteró de la muerte de sus hijos por boca de Estéfano. La joven patricia no dedicó un instante de su tiempo a escuchar las lamentaciones de aquel liberto que se avergonzaba de haber sido incapaz no ya de detener a los pretorianos sino de ni siquiera ofrecer una mínima reisistencia o de no ser más ágil para haber escapado con los niños. No, Domitila abandonó su cámara sin mirarle, pasando a su lado como un *lemur*, como un espíritu torturado. Al poco, Estéfano pudo oír los gritos desgarrados de una madre fuera de sí que caminaba por los pasillos de la *Domus Flavia* en dirección al *Aula Regia* en busca de Domiciano.

Domicia Longina, echada en su cama, de lado, con los ojos abiertos, oyó aquellos gritos que atravesaban el ánimo de cualquier mortal y se sentó de golpe en la cama. Más gritos, más horror. Presintió lo peor. En la *Domus Flavia* ponerse en lo peor era acertar.

Domitila irrumpió en el *Aula Regia* aullando, con los ojos casi salidos de sus órbitas. Domiciano la observaba desde su trono mientras ella, casi corriendo, se acercaba con los puños cerrados, esgrimiéndolos como torpes armas de un rencor tan brutal como ingenuo, tan descarnado como incapaz de infligir dolor en el enemigo.

—¡Miserable! ¡Miserable y maldito! ¡Mil veces maldito!

Golpeó a Domiciano con sus pequeños puños en el pecho. El emperador se levantó y, de un empujón, la alejó de sí. El cuerpo de Domitila, sin fuerzas por el sufrimiento absoluto que soportaba en su interior, rodó por el suelo de gélido mármol hasta detenerse a diez pasos del trono.

—Mañana serás desterrada —dijo Domiciano mirando cómo la mujer intentaba levantarse entre lágrimas y sollozos incontrolados—. Estás loca. El destierro será lo mejor para ti; además, nunca has sido gran cosa en la cama.

El *Dominus et Deus* echó a andar en dirección al gran peristilo exterior. Estaba cansado y quería dormir con sosiego. Los pretorianos habían cumplido la orden de dejar pasar a Domitila, pero el César observó que había otra mujer en la puerta del *Aula Regia* retenida por los guardias. Era Domicia.

—Supongo que puedo asistirla esta noche —dijo la emperatriz cuando Domiciano la miró curioso, intrigado, algo sorprendido, pero sin dar demasiada importancia a que Domicia se interesara por Domitila.

—Haz lo que quieras —le respondió Domiciano—. Ya sabes que hace tiempo que me da igual lo que hagas.

Se marchó rodeado por su guardia hacia su cámara personal.

Domicia Longina entró en el *Aula Regia*. Domitila continuaba postrada allí donde había caído al suelo. No tenía fuerzas ni para levantarse. La emperatriz de Roma se sentó a su lado y la abrazó con afecto, pero no dijo nada. Le habría gustado poder anunciarle que la venganza estaba en marcha, pero ella recordaba lo que era perder un hijo, y sabía que ni esas palabras bastarían para consolar a Domitila en ese momento. No, no hay consuelo para una pérdida como ésa. Sólo queda espacio para la venganza fría, despiadada y sin límite. Eso era lo único que mantenía a Domicia viva, pero aquélla era una fuerza, la del odio extremo, que no valdría para Domitila. La emperatriz compartió en silencio el llanto de su sobrina. Un llanto más, entre aquellas paredes, un gemido más que se quedaría pegado a aquellos muros para siempre y que se podría oír durante años, durante siglos, si uno se detenía en el silencio de la noche y escuchaba con la atención de quien buscase oír el latido lento y torturado de la dinastía Flavia.

128

LA *HORA SEXTA*

18 de septiembre del año 96 d. C.
Día designado por los conjurados para asesinar al emperador
Domiciano
Dos meses después de la conversación entre Marcio y el *sagittarius*
Un mes después de la ejecución de Flavio Clemente y sus hijos
Domus Flavia, **Roma,** *hora sexta*

Máximo separó el puñal del cuello de la pobre esclava. El reloj de sol de uno de los atrios, visible por una ventana excavada en la tierra que rodeaba aquellas cocinas semienterradas en las entrañas del palacio imperial, indicaba que ya era la *hora sexta.* No se oía nada desde allí pero todo debía de estar ya en marcha, todo debía de estar ocurriendo, y más aún si el esclavo, hijo de aquella pobre cocinera, había cumplido con su función de anticipar al emperador la llegada de la hora en cuestión. Máximo se levantó y miró fijamente a la esclava.

—Quédate aquí y no te muevas en todo el día de la cocina. Quizá así no te pase nada, y tampoco a tu hijo.

Salió veloz de la cocina en busca de la cámara del emperador. La mujer, entre sollozos, se acurrucó en una esquina y cerró los ojos. Se habían vuelto todos locos, todos locos; la ira del emperador se desataría sobre todos y sólo habría muerte y horror.

Máximo, por su parte, corría por los pasillos de la *Domus Flavia* como llevado por el viento. De pronto se dio cuenta que aún llevaba la daga del emperador, la que había sustraído de debajo de su almohada y con la que había amenazado a aquella cocinera, en la mano y se detuvo en seco. Vio uno de los peristilos ajardinados y, junto a una columna, con cuidado, dejó ahí la daga. No podía justificar ante nadie cómo tenía esa arma, así que lo mejor era abandonarla de una vez. Oyó entonces pasos y se escondió tras la columna.

—¿Dónde está el grueso de la guardia?

Máximo no era inteligente pero tenía la habilidad de reconocer las voces con rapidez. Se trataba de la de Petronio Segundo, el otro jefe del pretorio, entrando en palacio. Aquello era extraño: Petronio se mantenía siempre alejado de palacio, donde Norbano regía y controlaba todo siguiendo con detalle las instrucciones del emperador. Partenio debía saberlo pronto. Tenía que ir a informarle, pero uno de los pretorianos respondió a Petronio mientras Máximo permanecía oculto y en silencio tras la columna.

—En el hipódromo, *vir eminentissimus*, la mayor parte de la guardia está en el hipódromo —respondió uno de los pretorianos a Petronio.

Máximo se quedó inmóvil hasta que los pasos de aquel cuerpo de guardia se desvanecieron en la distancia engullidos por los muros de los pasillos del palacio imperial de Roma. Emergió entonces de entre las sombras y reemprendió su marcha hasta llegar al punto donde empezaban las cámaras imperiales. Allí, detenido frente a la habitación del emperador, Partenio esperaba junto a la gran puerta custodiada por dos pretorianos. Máximo se acercó hasta ponerse justo detrás de él. El viejo se giró y comprendió que Máximo quería hablarle, de forma que caminó alejando a ambos de aquellos guardias.

—Por todos los dioses, ¿qué pasa? —espetó Partenio en voz baja, intentando controlar su furia, pues si había alguien con cara de culpable en el mundo ése no era otro que Máximo, quien, como pudo, intentó responder también en un susurro.

—Petronio Segundo... Petronio Segundo...

Como Máximo parecía incapaz de comunicar nada con serenidad, Partenio se vio obligado a completar aquel mensaje él mismo.

—¿Petronio Segundo está en palacio?

Máximo asintió aliviado de haber conseguido hacerse entender.

—¿Y hacia dónde ha ido? —preguntó Partenio.

—Hacia el hipódromo —respondió Máximo con horror.

Partenio sonrió. Máximo no podía entenderlo. El pobre sólo sabía que era por el hipódoromo por donde debían entrar los gladiadores, pero Partenio no le había comunicado que había ganado para la conjura al propio Petronio Segundo. Al menos en parte.

—Parece que al final Petronio va a intervenir —masculló Partenio para sí mismo, manteniendo un relajado esbozo de sonrisa que, súbitamente, al oírse varios golpes secos tras la puerta de la cámara del emperador, borró por completo de su rostro. Partenio y Máximo se volvieron hacia donde estaban los guardias pretorianos.

—Van a entrar —dijo Máximo.

—Y nosotros con ellos; y nosotros con ellos —apostilló Partenio.

129

EL NORTE

Moguntiacum, Germania Superior
18 de septiembre de 96 d. C., *hora sexta*

Trajano paseaba bajo una fina lluvia en el corto verano de Germania. Caminaba concentrado, mirando al suelo. A su espalda, una docena de legionarios de confianza le seguían a una prudente distancia. El gobernador de Germania Superior se detuvo un instante y miró hacia el otro lado del Rin. Los catos llevaban unos meses tranquilos: no había habido ningún ataque desde hacía tiempo. Tanta calma le incomodaba, pero, por otro lado, la actividad parecía estar ahora en el corazón del Imperio. Era como si los propios catos lo supieran y estuvieran esperando, como el propio Trajano, como Sura, como Nigrino, como todos, pero se le hacía difícil aceptar que los catos, que habían sido tan torpes como para hundir un ejército en las heladas aguas del Rin, tuvieran la intuición de prever que algo grave se tramaba en la lejana Roma. Y sin embargo, como en tantas otras ocasiones desde hacía años, era como si todos los bárbaros del norte actuaran guiados por alguien. Era difícil de creer, pero ya llevaban dos legiones aniquiladas en los últimos tiempos; las dos en las fronteras del Danubio.

Trajano miró hacia el este. ¿Había allí alguien realmente al mando de todo? ¿Era Decébalo el que regía el mundo al norte del Imperio? Era una idea a tener en cuenta, pero con la falta de gobierno en Roma, con un emperador de orgía en orgía, cometiendo incesto con todas sus sobrinas, condenando a muerte a los mejores *legati*, poco podía hacerse para averiguar lo que ocurría al norte de los grandes ríos. Trajano se volvió entonces hacia el sur, hacia la lejanísima Roma. Sólo se veía la pradera de los valles de Germania. Licinio Sura no había sido preciso sobre el día clave. Qué lástima que su padre siguiera enfermo. Hablar le agotaba. No debería haber hecho aquel largo viaje estando enfermo. ¿O quizá sí? ¿Le habría puesto el emperador alguna vez en la misma situación en la que Nerón puso a Corbulón? Difícil saberlo. Difícil saber qué ocurriría en Roma. Si su padre estuviera mejor volvería a preguntarle su opinión sobre el asunto. Éste estaba convencido de que nunca nadie podría asesinar a Domiciano, pero Trajano hijo había empezado a considerar que quizá... pero no. Marco Ulpio Trajano negó con la cabeza. Lamentablemente, su padre solía estar siempre en lo cierto. Quienquiera que fuese a intentarlo, no tenía ni una sola posibilidad. Ni una sola.

130

PETRONIO Y LA GUARDIA

18 de septiembre de 96 d. C.
Domus Flavia, **Roma**, *hora sexta*

Petronio Segundo caminaba a marchas forzadas en dirección al hipódromo. Había salido hacía una hora desde los
castra praetoria al noreste de la ciudad, descendiendo hacia el
corazón de la misma por el largo *Vicus Patricius*, pasando por
debajo del gran *Aqua Marcia*, sin detenerse un solo instante
hasta desembocar en un lateral del foro y bordear el mismo
pasando junto al gran anfiteatro Flavio. En todas partes había observado cómo Norbano había intensificado los puestos
de guardia redoblando el número de pretorianos presentes
en los templos y edificios públicos, y más aún en las proximidades del anfiteatro Flavio, del foro y del templo dedicado al
divino Claudio. Petronio apretaba los dientes con fuerza.
Aún podía desvincularse de la conjura, aún tenía un mínimo
margen para desenmascarar el intento de Partenio y sus
hombres desesperados, pero, incluso si así ayudaba a detener aquel ataque, el emperador desconfiaría siempre de él:
«¿Por qué tardaste tantos días en hablar?», le preguntaría
Domiciano, y él no tendría ninguna buena respuesta que dar
más allá de admitir que temía hacía tiempo por su propia
vida y por eso llegó a pensar que era una buena idea que la
conjura triunfase. No, no tenía ya ningún margen para dar
marcha atrás.

Una vez en palacio evitó cruzar por el *Aula Regia*, donde el
emperador estaba de audiencia con embajadores del norte
junto al siempre vigilante Norbano. Así Petronio, sin que ninguno de los controles de guardia pretoriana osase interferir
en el avance de su segundo jefe, había llegado hasta las entra-

ñas del palacio imperial y, una vez en él, hasta el mismísimo hipódromo, allí donde todo debía empezar.

Cuando llegó al lugar comprendió que Norbano no había dejado espacio para error alguno en la protección al emperador: más de sesenta pretorianos estaban estacionados en aquel gran espacio en el interior de la *Domus Flavia*. Por lo poco que Partenio se había aventurado a confesarle en una de sus últimas conversaciones, los conjurados eran sólo un puñado de hombres escogidos. Por muy buenos luchadores que fueran y por muy locos que estuvieran, era imposible que pudieran abrirse camino contra esos sesenta pretorianos. Por eso le había involucrado Partenio. Era justo reconocer que el viejo consejero imperial sabía con exactitud cuántas piezas debían unirse para conseguir que el complejo mecanismo de una traición al emperador pudiera tener éxito. Petronio se dirigió de inmediato, con voz rotunda, al tribuno pretoriano al mando de aquel destacamento de la guardia.

—¡Hay que reforzar la seguridad en los accesos exteriores al palacio! ¡Quiero que tus hombres me acompañen al exterior! ¡Aquí no hacen nada!

Se dio media vuelta como quien espera que todos le sigan sin rechistar, pero, de inmediato, se percató que sólo le seguían la docena de pretorianos de su confianza que le habían escoltado desde su salida de los *castra praetoria*. Petronio se detuvo y se volvió de nuevo hacia el tribuno que se negaba a obedecer y confirmar sus órdenes a los hombres bajo su mando.

—¿No me has oído, tribuno? —repitió manteniendo su tono de firmeza, pero consciente de que nada iba a ser fácil aquel mediodía. El aludido dio un paso atrás antes de responder. Estaba a la defensiva y algo confuso.

—Tenemos orden expresa de Norbano de permanecer aquí como refuerzo a la guardia de palacio. No podemos salir sin recibir una contraorden suya.

Petronio tragó saliva al tiempo que su faz se tornaba roja por una ira entre espontánea y fingida para una ocasión que así lo exigía.

—Soy yo, tribuno, Petronio Segundo, jefe del pretorio, tu

superior, el que te da esa contraorden. ¿No vas a obedecer a tu superior?

El tribuno empezó a sudar. Era evidente para Petronio que estaba ante uno de los más fieles a Norbano. Sería difícil sacar a todos los hombres de allí. Miró a su alrededor: los pretorianos del destacamento apostado en el hipódromo asistían perplejos a aquel confuso choque entre las órdenes dictadas por un jefe del pretorio frente a las que les había dado el otro jefe del pretorio. No sabían qué hacer. Nunca nadie había precisado cuál de los dos jefes del pretorio era superior en caso de conflicto. Petronio se sintió seguro en esa duda que veía reflejada en aquellos rostros. Era todo lo que tenía y debía usarla con habilidad.

—Hay agitación en el exterior, tribuno. Se habla de una conjura contra el emperador hoy mismo. Hay que reforzar los puestos de guardia del exterior. Ya no se trata de no obedecerme, tribuno; se trata de que luego tendré que explicar al propio emperador que te has negado a reforzar su seguridad allí donde más falta hacía, tú y todos tus hombres —levantó la mirada una vez más para que sus ojos incluyesen a todos los pretorianos congregados alrededor de aquel debate—, sí, no dudaré en explicar al emperador que todos vosotros os negasteis a obedecerme para aumentar su protección. Estoy seguro de que el emperador estará muy interesado en saber cuál ha sido vuestro comportamiento con relación a su seguridad.

El tribuno sudaba ya profusamente, pero habló con la astucia de quien, completamente acorralado, busca una solución que no era fácil, porque no era fácil desobedecer a Norbano, como no lo era arriesgarse a que Petronio pasara malos informes al emperador sobre sus actuaciones.

—Podríamos dividir el grupo y que una parte de mis hombres vayan al exterior, según tus órdenes, *vir eminentissimus*, mientras que otros se quedan aquí conmigo, tal y como ha ordenado Norbano.

Petronio sabía que aquello no era lo ideal, pero el tiempo también apremiaba y si seguían dilatando aquel debate todo se retrasaría, y no podían permitirse ningún cambio sobre el plan establecido. De reojo, Petronio Segundo miró hacia las columnas del hipódromo. Las sombras habían desaparecido. Estaban en la *hora sexta*. Si los hombres de Partenio estaban tan locos como debían de estar para haber aceptado una misión con tan pocas posibilidades de éxito como la de matar a un emperador, no dudarían en emerger de donde fuera que tenían dispuesto y enfrentarse a cuantos estuvieran allí, incluso si no pasaban de aquel maldito hipódromo. Ahora era ya tarde para echarse atrás, demasiado tarde. Tenía que hacer algo para ayudar a los malditos hombres de Partenio, para ayudar a que toda aquella locura tuviera, cuando menos, una posibilidad.

—De acuerdo —aceptó Petronio—. Que una docena de hombres se queden aquí. El resto que me siga.

—Veinte aquí —discutió el tribuno. Petronio asintió, dio media vuelta y, ahora sí, seguido por sus doce pretorianos más los cuarenta que había conseguido sacar del hipódromo, se encaminó hacia la salida norte de aquel lugar. Veinte pretorianos armados. Los hombres de Partenio tendrían que ser muy buenos. Mucho. Más valía, porque ahora ya no tendría mucha defensa su actuación si el emperador sobrevivía.

UN DISCURSO SUSURRADO

18 de septiembre de 96 d. C.
Cloacas en el subsuelo de la *Domus Flavia, hora sexta*

—¿Cuántos pretorianos hay? —preguntó Spurius.

Marcio bajó de lo alto del muro de la cloaca y respondió entre dientes, musitando rabia, porque eran demasiados, demasiados.

—Veo una docena, pero hay algunos más. Quizá sean veinte o veinticinco.

—Muchos —respondió el veterano *sagittarius.*

—Muchos —confirmó Marcio y se volvió hacia sus hombres.

El *curator* de las cloacas se había retirado unos pasos, como dejándoles algo de intimidad a aquellos guerreros en el momento de salir al combate. A Marcio le pareció una actitud apropiada por parte de aquel anciano que los había guiado por las entrañas de Roma. Miró entonces a cada uno de los gladiadores. Estaban tensos, con los músculos marcados por el ansia del combate. Estaban preparados y eran buenos, pero sintió que la tarea era tremenda. Muy pocos iban a volver con vida, quizá ninguno. Fue en ese instante cuando, sin haberlo previsto, Marcio sintió que debía decir unas palabras. Y las dijo. Para sorpresa de todos, habló más de lo que había hablado seguido desde que su amigo Atilio muriera bajo el filo de su espada en la arena del anfiteatro Flavio.

—Los pretorianos son muchos y están bien armados —hablaba en voz baja, en un susurro que evitaba que se le oyera más allá de unos pasos, pero con la suficiente intensidad para que su puñado de gladiadores le entendiera perfectamente—. Pretorianos bien armados, sí, y son fuertes y veteranos de las guerras de Roma, pero os diré una cosa: llevan años sin luchar a muerte, sin temer realmente por sus vidas, no como nosotros, que sabemos lo que es salir a la arena sin estar seguros de si volveremos algún día. Ellos creen que son fuertes, pero son sólo sombras de una fuerza: su poder reside en ser muchos, pero hoy, sin que ellos lo sepan, van a ser menos de los que pensaban y nosotros no nos detendremos ante ninguno y los atravesaremos a todos con nuestras espadas. Ellos se creen fuertes y creen que han estado en combate, pero no saben lo que es el combate a muerte, cara a cara, sin posibilidad de evitarlo, sin redención. Podéis apuñalar, morder, pisar, golpear; me da igual lo que hagáis o cómo lo hagáis, pero os vais a abrir camino hasta que lleguemos a la cámara del emperador y allí, allí... —a Marcio le brillaban los ojos—... allí mataremos a quien nos gobierna a todos, a quien lleva años decidiendo sobre nuestra vida y sobre nuestra muerte. Los pretorianos son muchos, pero sólo vosotros sois los que habéis estado allí, mirando a la muerte a la cara, sintiendo que todo depende del gesto miserable de un maldito hombre de carne y hueso, un hombre que se cree un dios, que se cree mejor que todos nosotros. Pero oled, oled esta cloaca. —Inspiró con fuerza y todos, algo confusos pero totalmente absorbidos por su parlamento, le imitaron e hicieron lo propio: el hedor de las cloacas imperiales les hizo poner muecas de asco en cada uno de sus rostros—. Sí, amigos, la mierda del emperador huele igual de mal que la de cualquier otro, y os aseguro que sus huesos y su carne se quebrarán ante nuestras espadas igual que la de cualquier otro hombre. Hoy es el principio de una nueva vida para todos nosotros. Hoy es el día en que somos nosotros los que decidimos sobre la vida y la muerte. Hoy se cambian las normas; como en las Saturnales, pero nada de juegos de entretenimiento por las calles de una ciudad ebria: nosotros cambiamos las reglas y las cambiamos para jugar a vida y a muerte. Hoy el anfiteatro, la arena, están ahí arriba, en la *Domus Flavia*, en el palacio imperial de Roma. Hoy es el día en que Tito Flavio Domiciano, emperador del mundo, de su maldito mundo, va a morir —y calló.

Todos estaban en éxtasis. No por las palabras en sí sino

por el hecho de que Marcio hubiera sido capaz de hablar tanto, de decir tanto y tan bien en aquel momento; todos sabían que a Marcio le movía la más profunda de las venganzas, y estaban seguros de que aquél era el día que Marcio había esperado durante años para vengar a su amigo Atilio: unos vieron aquel combate; otros habían escuchado cómo el resto refería aquella lucha con tintes de gloria trágica y todos sabían que el gran amigo de Marcio había muerto por culpa del emperador. Les impresionaba que Marcio hubiera sido capaz de encontrar la forma con la que devolver el golpe o, al menos, de intentar devolver el golpe recibido. A todos les movía el oro y las ansias de libertad, pero aquellas palabras, aquel sentimiento de venganza contra quien tanto daño les había hecho desde la inmunidad absoluta que le concedían cinco mil pretorianos, les insuflaba una rabia adicional que Marcio estaba convencido de que todos iban a necesitar.

—Némesis está con nosotros, siempre lo ha estado y hoy no nos va abandonar —concluyó Marcio. Se volvió hacia la boca de la gran alcantarilla imperial e hizo una señal a los dos *sagittarii*, al veterano y al más joven—. Empezaréis vosotros. Apuntad bien.

132

NORBANO Y EL HIPÓDROMO

18 de septiembre de 96 d. C.
Hipódromo de la *Domus Flavia, hora sexta*

Norbano vio cómo el emperador, fuertemente custodiado, acompañado por Estéfano y Partenio, salía de la gran *Aula Regia*. No le gustaba que el emperador intimase con aquellos dos malditos libertos, pero sabía que habían caído mucho en la estima del *Dominus et Deus*, de forma que su capacidad de influencia estaba notablemente reducida. En particular, desde el fiasco del episodio de la caldera hirviendo de aceite con aquel viejo cristiano traído de Oriente al que Partenio nunca consiguió quemar. No, no pasaba nada porque se fuera con aquellos consejeros venidos a menos, no mientras el emperador se mantuviera rodeado de pretorianos armados. Sí. Eso debía hacer. Dar una ronda y comprobar que todos estaban en sus puestos.

Norbano salió del *Aula Regia* y fue cruzando todas las estancias y pasillos hasta llegar al hipódromo. Quería asegurarse de que los efectivos que había ordenado agrupar allí como reserva en caso de cualquier necesidad estuvieran, en efecto, en sus puestos. De un tiempo a esta parte, desconfiaba de todo y de todos, como el propio emperador, y buscaba siempre comprobar con sus ojos que las órdenes que daba se cumplían de forma exacta, por eso cuando llegó al hipódromo y vio que había muchos menos hombres de lo que él había ordenado se puso nervioso y no dudó en escupir sus interrogantes al tribuno al mando.

—¡Por Júpiter! ¿Dónde está el resto de hombres, tribuno? ¿Dónde están los que faltan?

El tribuno respondió a toda velocidad, sin dudar en acusar a Petronio Segundo.

—En el exterior. Petronio Segundo ha exigido refuerzos para el exterior y se ha llevado al resto. Quería llevárselos a todos fuera, pero yo... —Pero Norbano ya no le escuchaba, sino que se limitaba a caminar hacia el centro del hipódromo, solo, porque su media docena de incondicionales, que le habían seguido desde el *Aula Regia*, al no recibir orden alguna, permanecieron quietos entre las columnas del porticado que rodeaba el hipódromo.

Norbano, una vez en el centro, miró a su alrededor, dando vueltas despacio, buscando con sus ojos no sabía bien qué. Podía salir, quería salir y vérselas cara a cara con Petronio y ése había sido su primer impulso, pero, por otro lado, ¿por qué Petronio quería los hombres fuera? ¿Realmente temía un ataque? ¿Realmente Petronio seguía siendo de confianza? Si así fuera no pasaba nada, no pasaba nada, pero ¿y si no fuera así? ¿Y si Petronio fuera ya parte de una conjura contra el emperador? ¿Por qué sacaba a pretorianos al exterior y no los dejaba en el interior del palacio? Así no ayudaría a que los conjurados entraran en la *Domus Flavia*: poniendo más pretorianos en el exterior sólo hacía más difícil su entrada, a no ser que... Seguía dando vueltas, muy despacio, escrutando las sombras de las columnas que desaparecían, desaparecían en ese momento. La *hora sexta* llegaba ahora y no hace un rato como había anunciado el esclavo en el *Aula Regia*, pero nadie se había dado cuenta de las sombras que proyectaba el sol, nadie había caído en la cuenta de que el esclavo mentía... el esclavo mentía... y Petronio ponía más pretorianos en las puertas del palacio porque quizá los conjurados ya estaban... y Norbano empezó a asentir en silencio mientras seguía buscando con sus ojos... quizá los conjurados ya estaban dentro del palacio, pero ¿por dónde habían entrado? ¿Por dónde?

133

COLUMNAS, SOMBRAS Y ESPEJOS

18 de septiembre de 96 d. C.
Hipódromo de la *Domus Flavio, hora sexta*

No había reja que protegiera el palacio de la gran cloaca de desagüe instalada en el hipódromo. El *curator* escribió un informe sobre el asunto que presentó a Partenio y éste pensó en mencionar el tema al emperador, pero nunca encontró el momento y para cuando pudo comentarlo al viejo consejero le parecía ya más interesante que aquella reja no existiera. Por eso los hombres de Marcio pudieron deslizarse por la amplia abertura y salir arrastrándose por el suelo sin necesidad de forzar ningún hierro.

Los *sagittarii*, siguiendo las órdenes de Marcio, fueron los primeros en salir. Los pretorianos se encontraban agrupados justo en el extremo opuesto del hipódromo para evitar el hedor que emergía precisamente de aquella alcantarilla. Eso facilitó que, uno a uno, pudieran salir todos los gladiadores de las entrañas de Roma. A partir de ahí, Marcio ya sólo indicaba al resto qué hacer por señas. Avanzaron despacio, ocultándose cada uno tras una columna. Marcio observaba con especial atención las sombras que estaban a punto de desaparecer. El sol estaba llegando a lo más alto del cielo: era el momento. Miró hacia los guardias. De pronto llegó un alto oficial y se dirigió al grupo con tono nervioso. No se entendían bien las palabras pero era evidente que el oficial estaba enfadado. Había algo que no estaba como esperaba. Marcio levantó la mano para que todos se detuvieran. Estaban a menos de cincuenta pasos de los pretorianos. Por fin reconoció el *paludamentum* rojo del recién llegado: era uno de los jefes del pretorio. Mal asunto. O bueno. Si acababan con uno de sus jefes, el resto de pretorianos estaría aún más confundido por aquel ataque. Marcio miró a los *sagittarii*: estaba a punto de indicarles que apuntaran hacia el jefe del pretorio pero este último, terminada su discusión con sus subordinados, se alejaba de ellos y se encaminaba hacia el centro del gran hipódromo alejándose de todos ellos. No se detenía, no se detenía hasta que sí, al fin, a más de ciento cincuenta pasos, justo en el centro mismo del gran recinto, el jefe del pretorio, solo, se detuvo. Estaba demasiado lejos. Los *sagittarii* podían errar, en particular Spurius, y si había algo que no podían permitirse era desperdiciar ni una sola flecha. Por el contrario, los pretorianos estaban reunidos, apelotonados a tan sólo cincuenta pasos de ellos. Cualquier flecha que arrojaran los *sagittarii* alcanzaría a alguno de ellos, matando o hiriendo. Marcio no dudó y señaló hacia el grupo de pretorianos. Spurius asintió y tensó su arco. El *sagittarius* más joven le imitó. Luego Marcio miró al *dimachaerius* que Marcio había incorporado al grupo por ser experto en el lanzamiento de cuchillos, quizá no tanto como Alana, pero muy bueno. La idea era abatir a media docena de pretorianos antes de emerger de entre las columnas. Eso dejaría la lucha muy igualada: unos quince contra doce. Ése era un combate del que se podía salir victorioso, y más contando con el factor sorpresa. Quedaría el asunto del jefe del pretorio.

Las sombras desaparecieron. El sol cabalgaba en lo alto del cielo. Era la *hora sexta*. Marcio cerró su puño con fuerza. Era la señal y los *sagittarii*, con la precisión del adiestramiento y la lucha de años, arrojaron sus dardos. Los dos primeros se clavaron en el cuello de dos pretorianos y éstos, sin poder gritar, agarrándose con las manos a las flechas que les impedían aullar su dolor, cayeron de rodillas primero y luego de bruces contra el suelo. Sus compañeros se volvieron buscando el origen de las flechas, pero, cuando aún estaban desorientados, llovieron otras dos flechas y otras dos más, y de pronto un cuchillo se clavó en la frente de otro de los guardias. Sólo una flecha erró el tiro, de forma que había cinco pretorianos alcanzados, dos muertos, dos heridos graves y uno que no dejaba de gritar con un dardo clavado en su brazo derecho. Otro pretoriano había caído con una daga clavada en su frente. A partir de aquí, los pretorianos, dirigidos por el tribuno al mando, reaccionaron: se cubrieron con sus escudos ovalados, poderosos y, en formación, avanzaron hacia las columnas desde las que llovían las flechas.

Norbano, que había presenciado atónito aquel ataque, se dirigió corriendo contra aquellos malditos que les habían sorprendido. A cada paso maldecía a Petronio y juraba para sí mismo que, cuando estuviera resuelto todo aquello, lo crucificaría para escarnio de todos los traidores de palacio.

—¡Formación de ataque! —ordenó Marcio.

Dos tracios, dos *mirmillones,* un samnita, un *secutor,* un *hoplomachus,* el *dimachaerius* y el propio Marcio constituyeron una formación compacta que avanzaba por el hipódromo, protegiéndose con sus diferentes escudos, al encuentro de los pretorianos que, como espejos, actuaban de la misma forma. Sólo quedó libre de la formación el *provocator,* pues Marcio le había indicado con la mano que detuviera al jefe del pretorio que venía por la retaguardia. También quedaron entre las columnas los dos *sagittarii* para que desde allí, con sus flechas, molestaran el avance de la formación de pretorianos; sus dardos ya no eran mortales, pues todos chocaban contra los escudos de la guardia imperial, pero, eso sí, conseguían que los pretorianos apenas pudieran mirar a través de los escudos por miedo a recibir un dardo mortal y así, medio cegados en su avance, se toparon, sin casi poder preverlo, contra la formación de gladiadores. Éstos, nada más chocar los escudos de los unos con los otros, transformaron el encuentro en una brutal lucha cuerpo a cuerpo. Al principio, los pretorianos, bien guarnecidos tras sus escudos, resistían con cierto orden el empuje de los golpes de los gladiadores, pero Marcio se agachó y pinchó por debajo de uno de los escudos a uno de los pretorianos, al tribuno, que aulló y se quedó quieto mientras los otros pretorianos seguían intentando avanzar. La formación se quebró; se abrió una brecha y por ella los *mirmillones* que estaban junto a Marcio se abrieron camino hiriendo a dos guardias más. Los pretorianos, no obstante, superada la sorpresa inicial y conscientes de que allí, aunque no supieran bien contra quién luchaban, se combatía a muerte, sacaron de sus entrañas la rabia que tenían dormida, la garra de veteranos guerreros del norte y, vociferando, escupiendo y dando mandobles furiosos, empezaron a herir a sus enemigos. El *secutor* fue el primero de los atacantes en caer atravesado por ambos lados, pecho y espalda, por sendos *gladios* imperiales. Luego uno de los *mirmillones*, demasiado crecido, pensando que aquélla parecía una empresa fácil, tropezó con uno de los pretorianos caídos y otro soldado imperial no dudó en aprovechar la ocasión para segarle el cuello.

En el centro del hipódromo, el *provocator* recibió a un iracundo jefe del pretorio que intentó tumbarlo de un golpe seco con su espada de guerra, pero, hábil, detuvo la *spatha* de su enemigo con su escudo.

—¿Quiénes sois? ¡Por Marte! —gritó Norbano mientras volvía a lanzar otro golpe a su contricante cuyo rostro, escondido tras un casco enrejado, permanecía oculto a sus ojos—. ¿Quién os envía? ¿Quién os envía?

El *provocator* no había venido a conversar. Se agachó cubriéndose con el escudo. Norbano perdió el equilibrio al no encontrar la oposición esperada y el gladiador, al tiempo que se erguía de nuevo, golpeó con saña la cabeza del jefe del pretorio. El casco detuvo la espada del *provocator*, pero Norbano quedó aturdido, a gatas, a la espera de recibir el golpe definitivo. El gladiador oyó la voz de Marcio a su espalda y se giró. Sus compañeros necesitaban ayuda. Se volvió de nuevo hacia el jefe del pretorio, pero éste estaba tendido en el suelo y un hilillo de sangre fluía desde el interior del casco. En otro momento, el *provocator* se habría arrodillado y habría rematado al oficial pretoriano, pero aquél era un combate repleto de urgencias, de forma que se olvidó del jefe del pretorio y marchó corriendo para reforzar a sus compañeros.

Norbano se llevó lentamente la mano al casco. Quería quitárselo pero no podía. Le habían tumbado de un solo golpe. Quería saber si su herida era mortal, pero no pudo averiguarlo. Sus ojos se cerraron y perdió el sentido.

En el otro extremo del hipódromo la lucha había continuado de forma encarnizada. Ya sólo quedaban seis pretorianos en pie, dos de ellos heridos, pero habían caído también un tracio, el *hoplomachus* y el *sagittarius* más joven. La llegada del *provocator* sorprendió a los pretorianos supervivientes, de forma que el gladiador, por la espalda, pudo abatir a un soldado más de los que estaban sanos y rematar a otro de los heridos. Se reintrodujo entonces en la lucha el *dimachaerius* en un estúpido afán por terminar con aquello más rápido de lo que era posible y los pretorianos supervivientes aprovecharon su carencia de protecciones y escudo para hundirle dos espadas en un hombro y en el vientre.

—¡Alarma, alarma! —gritó al fin uno de los cuatro pretorianos que aún seguían en pie, mientras retrocedía junto con sus compañeros.

Todo había sido tan rápido que hasta ese instante ninguno de los pretorianos había tenido la idea tan siquiera de solicitar ayuda. Pero el hipódromo estaba hundido en la ladera sobre la que se levantaba el palacio imperial, y los pórticos con sus decenas de columnas ahogaron aquellos gritos desesperados de la guardia imperial sin que llegaran a oídos del resto de compañeros, alejados a su vez de aquel lugar por Petronio Segundo. Sin embargo, los gritos atemorizaron a los gladiadores y, en el apresuramiento por hacer callar a los pretorianos; el *mirmillo* que acompañaba a Marcio, una vez más, repitió el error del *diamachaerius* y se adelantó al resto, lo que aprovecharon de nuevo los soldados del emperador para herirle primero y matarlo después no ya con las espadas, sino hundiendo la esquina de uno de los escudos en su garganta una vez que había sido abatido y yacía indefenso en el suelo. La contienda ya había dejado de parecerse a combate alguno y todo valía. Marcio miró a Spurius, y éste comprendió la mirada y cargó su arco con una nueva flecha, pero otro de los pretorianos arrojó un *pilum* que había cogido del suelo —al retroceder habían llegado hasta el lugar donde se encontraba todo el armamento de la guardia apostada en aquel recinto—. La lanza atravesó al veterano arquero del *Ludus Magnus* partiendo su pecho y éste cayó sobre el suelo del hipódromo de la *Domus Flavia*. Marcio se acercó a él mientras dejaba en manos del tracio, el samnita y el *provocator* la ejecución de los tres pretorianos supervivientes que, intentando imitar a sus compañeros de armas, buscaban *pila* que arrojar a sus enemigos, pero para cuando sus manos se hacían con las lanzas ya era demasiado tarde. Demasiado tarde. Los gladiadores les rebanaron el cuello con la rabia mortífera de quien ha combatido bajo la mirada de aquellos guardias y oído sus risas mientras cruzaban apuestas.

—Acaba con el emperador. Acaba con ese maldito... —dijo Spurius, el viejo *sagittarius*, mientras agonizaba. Marcio asintió mientras veía cómo el arquero, que antaño matara a varios de los vitelianos que iban a asesinarle, dejaba de respirar. Se levantó y miró a su alrededor: el hipódromo era un mar de cadáveres y sangre. En pie quedaban tres gladiadores más y él mismo. No eran muchos, pero habían conseguido hacerse con el hipódromo. Miró entonces hacia una de las esquinas, la más próxima al suroeste. Allí, tal y como le había explicado Partenio, debían encontrar el pasadizo que conducía a la cámara de la emperatriz.

La mirada de nervio puro y odio pulido por el tiempo de la emperatriz de Roma les recibió al final del pasadizo.

—¡Por ahí! ¡Rápido! —les dijo aquella mujer nada más aparecieron por la puerta del túnel. Los cuatro gladiadores cruzaron la estancia de la emperatriz a toda velocidad. Marcio llegó junto a las puertas que daban acceso a la cámara del emperador. Se oían golpes, ruidos, gemidos. Se luchaba al otro lado de aquellas puertas. Marcio miró de nuevo a la emperatriz.

—¡Entrad de una vez! ¡Por todos los dioses, entrad y acabad con esto de una vez para siempre! —gritó Domicia Longina.

Marcio dejó de mirar a aquella mujer, abrió las puertas con dos poderosas patadas y analizó con el vértigo de la guerra, porque aquello era una guerra, la imagen que se encontró al otro lado: dos hombres flacos, uno viejo y otro más joven, con el rostro aterrado, estaban junto a una gran puerta contra la que golpeaban desde el exterior varios hombres más, sin duda, pretorianos. La mirada de Marcio se dirigió entonces hacia el objetivo de aquel extraño día de lucha sin cuartel:

junto a un gran lecho, en pie, con sangre en las manos, vociferando a los dos únicos pretorianos que se encontraban en la habitación, estaba Tito Flavio Domiciano, emperador de Roma, *Dominus et Deus.* Marcio se acercó hacia él despacio. Nunca lo había visto tan de cerca.

—¿Tú también? —preguntó el emperador ignorando al gladiador que se le acercaba, mirando por encima de su hombro y dirigiéndose a la emperatriz.

—También, *Dominus et Deus* —respondió la mujer a espaldas de Marcio, pero el gladiador de gladiadores estaba concentrado en los dos pretorianos que protegían al emperador, quien, por su parte, seguía con su mirada fija en la emperatriz, a la que dirigió una nueva pregunta.

—¿Desde cuándo? —Como la emperatriz no respondía, el emperador aulló con fuerza—. ¡Quiero saber desde cuándo!

La emperatriz hablaba y el emperador hablaba, hablaban, hablaban, mientras Marcio vigilaba los movimientos de los pretorianos. El samnita estaba a su lado y, tras ellos, el tracio y el *provocator.* Marcio se percata de que hay alguien arrodillado a los pies del emperador: está herido, con sangre saliendo por las cuencas de sus ojos; no es un pretoriano y no parece importante. Los soldados imperiales del exterior vuelven a arremeter contra la puerta de la cámara y ésta cruje pero, por el momento, resiste. Marcio sabe que cuenta con sólo unos momentos para terminar lo que habían empezado en aquella maldita *hora sexta* de aquel sangriento 18 de septiembre.

Libro VIII

EL ASCENSO DE TRAJANO

NERO
GALBA
OTHO
VITELLIVS
VESPASIANVS
TITVS
DOMITIANVS
NERVA
TRAIANVS

Vindicta nemo magis gaudet quam femina.

[Nadie se complace tanto en la venganza como una mujer.]

JUVENAL, *Satvrae*, XIII, 191

134

TODO HABÍA SALIDO MAL

DOMITIANVS ET DOMITIA

18 de septiembre de 96 d. C.
Cámara del emperador, *Domus Flavia, hora sexta*

Todo había salido mal. Los cuatro gladiadores habían acabado con los dos pretorianos que protegían al emperador, pero todo llegaba tarde aquel día: Partenio miraba sobrecogido a su alrededor mientras las puertas de la cámara imperial cedían al empuje de la guardia pretoriana. Una docena de pretorianos irrumpieron en la habitación y, con aquella distracción, el emperador, que había estado a los pies de Marcio, se zafó del gladiador, que se había entretenido en pronunciar aquellas malditas palabras de venganza, *interfecturus te salutat,* que ahora quedaban huecas. Domiciano se había vuelto a refugiar tras la cama dejando que sus guardias se situaran entre él y los cuatros gladiadores que acababan de entrar y que a punto habían estado de matarle. Partenio quería llorar, de pura rabia, de impotencia, de miedo. Estaba aturdido. La emperatriz se arrastraba entre sollozos por una de las esquinas de la habitación sin dejar de gritar «¡matadlo, matadlo, matadlo!». El emperador se había rehecho de la puñalada de Estéfano y lo había dejado ciego, se había rehecho del intento de

Marcio de ejecutarlo y estaba allí en pie, y desde su posición defensiva tras la cama anunciaba que la hora de su ira había llegado.

—¡Nunca podréis conmigo, nunca! ¡Hoy será el día en que acabaré con todos mis enemigos, con todos y cada uno de vosotros! —Se giró hacia los pretorianos, levantando sus manos aún manchadas con la sangre de los destrozados ojos de Estéfano—. ¡A mí, la guardia!

Todo había salido mal. Mal. Mal. Mal. El combate que dio comienzo en ese mismo instante era furibundo, brutal, sin control: media docena de pretorianos se abalanzaron sobre los gladiadores y el sonido metálico del choque de espadas y escudos retumbaba por toda la sala. Partenio vio cómo el tracio era herido y doblaba una pierna para ser finalmente rematado por un pretoriano, pero, por su parte, los otros gladiadores habían malherido a tres pretorianos que, no obstante, fueron reemplazados de inmediato por otros seis, de modo que los luchadores de la arena se vieron obligados a retroceder. Los pretorianos les rodearon de forma que, sin quererlo, aquéllos se encontraron con la pared a su espalda y con ocho pretorianos de frente a falta de que llegaran más soldados.

Marcio sabía que ya no podrían terminar de hacer lo que habían venido a hacer y se maldecía por su torpe y absurda pérdida de tiempo al pronunciar sus palabras de venganza, que habían retrasado un instante la muerte inminente del emperador. Se lamentaba, sí, pero su instinto guerrero y de supervivencia seguía con él: sabía que si abrían una brecha quizá aún pudieran huir por donde habían venido. Si alcanzaban las cloacas, una vez dentro, podrían perder a los pretorianos en el laberinto de las *cloaculae*, pero antes había que romper aquella formación de los pretorianos de la cámara imperial y aquellos miserables luchaban bien, luchaban bien y no cedían terreno. Golpe a golpe mantenían la posición a la espera de unos refuerzos que serían el fin de todo. El fin de todo.

Partenio sacudía la cabeza y Máximo, abrumado, empezó a llorar de miedo, sobrepasado por el pánico. Y allí en el suelo, perdida, desperdiciada, estaba la daga de Tito. Partenio estaba furioso consigo mismo. ¿Por qué había sido tan estúpido de dársela a Estéfano, a alguien tan inferior, tan incapaz? Ahora el consejero imperial estaba seguro de que el emperador los mataría a todos. Y por encima del estruendo de las espadas, por encima del terror de todos, la voz firme, potente, inalterable de Tito Flavio Domiciano, del emperador del mundo, empezaba, una vez más, a hacerse con el control de la situación, siempre ayudado por la diosa Fortuna, por Minerva, por Júpiter, siempre protegido por los dioses, como cuando el Rin helado se tragó el mayor ejército germano que nunca hubieran constituido los bárbaros del norte.

—¡Muy bien, por Minerva! ¡Mantenedlos allí! ¡Mantenedlos en ese rincón hasta que llegue el resto de la guardia! —Y de pronto, en un momento de lucidez cruel, con una gran sonrisa en su rostro, dando otro puntapié al cegado Estéfano para recordarle que no se olvidaba de él, que no se olvidaba de nadie, añadió—: ¡No los matéis! ¡Heridles si es preciso, pero no los matéis! ¡No matéis aún a nadie! ¡Tengo otros tormentos pensados para ellos, para todos ellos, para los gladiadores, para todos! —Se giró hacia Partenio y hacia Máximo—: ¡Tormentos para los gladiadores y también para los traidores de palacio! ¡Ningún hombre puede contra mí porque soy un dios!

Lanzó una descomunal carcajada que perforó las sienes de sus enemigos y rió con tanta fuerza, con tantas ganas, que su cabeza se echó hacia atrás, pero no lo suficiente como para ver la sombra que se acercaba por su espalda, una sombra sigilosa y felina, una sombra inesperada, olvidada, arrinconada durante años de sumisión y tortura lenta, una sombra impensable, una sombra que no podía hacer lo que iba a hacer. El emperador reía y reía.

—¡Soy un dios! ¡Un dios en la tierra de los hombres y ningún hombre puede contra mí! ¡Ningún hombre podrá nunca matarme! ¡Soy el *Dominus et Deus* del mundo!

Extendió sus brazos como si abrazara con ellos todo el Imperio de Roma mientras uno de los pretorianos conseguía herir al *provocator* y éste aullaba de dolor al mantener el escudo en alto, pese a ver su brazo segado por una espada pretoriana.

Mientras, la sombra delgada, pequeña, insignificante, siempre ignorada, siempre humillada, siempre despreciada, emergió por la espalda del emperador asiendo con la fuerza del odio eterno, visceral, perfecto, la daga del único César que le había dado algo de amor en su existencia sometida a los caprichos de los Césares de Roma. Fue en ese momento cuando la daga de Tito surcó el aire a espaldas del emperador, empuñada con una firmeza incontestable, con un pulso recto y regio y recio gobernado por el odio finamente destilado en estado puro, absoluto, completo, total, y en ese momento Tito Flavio Domiciano dejó de reír por una intuición del destino, por la sensación extraña de que algo, algo muy pequeño, no estaba bajo su control total, alguna pequeña pieza del enorme mosaico de aquella conjura se le escapaba y tuvo un momento de iluminación: ¿dónde estaba Domicia Longina? Y la respuesta asomó afilada, punzante, vertiendo sangre a raudales por su propio pecho al que el emperador, dolorido, asombrado, confuso, miró de forma automática al sentir que su espalda entera se partía en dos. Vio entonces cómo la punta astifina de una daga resplandecía entre el brillo rojo de su propia sangre y sintió que le costaba respirar y se volvió despacio hacia su espalda, girando entre aturdido y mareado, parpadeando con fuerza, asimilando lo inasumible, entendiendo lo incomprensible, siendo testigo de que lo imposible estaba ocurriendo y todo a su alrededor se detuvo y hasta los pretorianos y los gladiadores dejaron de luchar, conmovidos, absorbidos por el grito hablado, penetrante y definitivo procedente de la garganta de una mujer que había resistido más allá de lo que ningún hombre habría resistido jamás.

—¡Por mi hijo muerto, por mi esposo muerto, por el César Tito muerto, por Flavia Julia muerta, por Flavio Clemente muerto, por los hijos muertos de Flavia Domitila, por todas las noches pasadas contigo, por todos los días pasados a tu lado, por todo el horror que me has hecho presenciar, por toda la sangre que has vertido, por todos los hombres y las mujeres muertos y corrompidos y torturados bajo tu mandato de terror y locura, por todos y cada uno de ellos y por mí misma, Domicia Longina, emperatriz de Roma, una mujer, porque una maldita mujer puede más que un dios de mentira como el que ahora se cae ante mis pies! ¡Muere una y mil veces muere, Tito Flavio Domiciano! —Se agachó para acompañar al César en su lenta caída de mirada perdida, incrédula, absurda—. ¡Y te aseguro que no eres ni has sido ni serás ya nunca un dios! ¡Te aseguro que el Senado borrará tu nombre de todos los escritos públicos y privados y borraremos todos tus perfiles de todas las monedas y destruiremos todas tus estatuas! ¡Escúchame, escúchame, maldito, escúchame mientras te mato, mientras te mueres, escúchame mientras te mueres de una vez por todas y empápate de mi odio y de tu sangre vil!

La emperatriz lo cogió del brazo cuando Domiciano medio cerraba los ojos por la falta de aire y estaba a punto de caer, lo agarró y lo sacudió para que viviera unos instantes más, unos instantes en los que decirle algo más, algo que se llevara al otro mundo y que le torturara por siempre en el reino del Hades.

—¡Y arrastraremos tu cuerpo maldito por las calles y dejaremos que los perros se lo coman y luego quemaremos a los perros y arrojaremos sus cenizas al Vesubio para que se pudran por siempre en las lentas fraguas de Vulcano, por siempre! ¡Por siempre! ¿Me oyes? ¿Me oyes, maldito *Dominus et Deus* de la muerte, me oyes? ¿Oyes a Domicia Longina? Porque sí, soy Domicia Longina, tu amada y querida y sometida esposa y esta daga... —con la destreza de quien está disfrutando, sin importarle el futuro próximo, a la vista de todos los pretorianos petrificados ante el emperador herido de muerte, arrodillado junto a su esposa, Domicia Longina extrajo, retorciéndola todo lo que pudo, la daga de Tito y se la enseñó, repleta de sangre y trozos de carne a un exhausto Domiciano, de mirada vacía, hueca, que intentaba farfullar una respuesta pero que sólo acertaba a escupir más y más sangre que vertía sin control sobre el rostro de Domicia que, feliz, feliz como nunca, se bañaba en aquella sangre y hasta la saboreaba con su boca mientras transmitía su último mensaje—... y ésta, querido esposo, es la daga de tu hermano, Tito, que, para que lo sepas, era infinitamente mucho más hombre que tú en todo: en la guerra, en la paz, en el gobierno del mundo y en la cama.

Domicia Longina soltó al emperador, que se atragantaba en su sangre y en su bilis y en un vómito propiciado por unas arcadas incontrolables. Sin embargo, aún acertó, movido por una rabia descomunal, quizá por la rabia de un dios, a decir dos palabras que aun pronunciadas por un ser moribundo arrastraron con ellas el valor de un augurio posible:

—Moriréis... todos...

No dijo más. Domiciano sólo sentía que su rabia siempre imbatible se veía obligada a aflojar, a ceder, a morir, a dejar de existir.

Domicia Longina, emperatriz de Roma, cubierta de sangre desde su rostro hasta la punta de los pies se levantó, miró la daga de Tito y la arrojó al suelo, junto al emperador muerto.

—Está hecho —dijo—. Tenía que hacerse y está hecho.

Todo lo que siguió fue muy rápido. Marcio, el samnita, el tracio y el *provocator* no lo dudaron: aprovecharon la distracción de los confusos pretorianos que aún estaban intentando digerir que el emperador, *su* emperador, el emperador a quien debían proteger, estaba en medio de un charco de sangre, muerto, y les atacaron sin dilación. Cada gladiador atravesó a un pretoriano, reduciendo así los enemigos de ocho a cuatro e igualando la contienda por completo. Por su parte, Partenio y Máximo volvieron a cerrar las puertas e intentaron sellarlas de nuevo, pero torpemente, porque la gran barra de bronce estaba medio quebrada por el descomunal empuje que había tenido que soportar por parte de la guardia imperial hacía apenas unos instantes y, aunque saltó antes de romperse, estaba muy doblada. Pero, por lo menos, al cerrar las puertas se conseguía que no se viera nada de lo que estaba pasando en la cámara del emperador: los cuatro gladiadores seguían luchando contra los pretorianos supervivientes, y éstos, pese a seguir aturdidos y preguntarse cuándo llegarían los refuerzos, ya se defendían con más saña. El tracio hirió mortalmente a su enemigo pero estuvo algo lento y fue herido a su vez en un brazo por el pretoriano, que respondía así con bravura antes de caer al suelo agonizante. Marcio, por su parte, terminó con su oponente y lo mismo hizo el *provocator*. El samnita no parecía capaz de derrotar al suyo, pero Máximo apuñaló a ese pretoriano por la espalda y el samnita no dudó en rematarlo. De pronto, se oyó un nuevo golpe contra las puertas de la cámara imperial.

—¡Ya están aquí! —dijo Máximo. Partenio se giró hacia Marcio.

—¡Marchaos! ¡Pronto! ¡Rápido! —les ordenó el viejo consejero imperial. Marcio asintió y dio media vuelta.

—¡Vámonos, vámonos! ¡Por Némesis! ¡En marcha! —animó Marcio a sus tres gladiadores y todos echaron a correr hacia la cámara de la emperatriz primero y, de inmediato, hacia el estrecho túnel por el que habían ascendido. Entre tanto, en la cámara imperial, la carnicería seguía. Todo tenía que hacerse aquel día hasta el final, hasta las últimas consecuencias. Aún se oía el gemido ahogado de dolor de alguno de los pretorianos malheridos que se arrastraban por el suelo de la habitación.

—Hay que rematarlos a todos —dijo Partenio en voz baja mirando a Máximo—. Hay que rematarlos a todos. No puede quedar ningún testigo vivo de lo que ha pasado aquí.

El viejo consejero degollaba o pinchaba a los cadáveres o heridos de forma sistemática. Máximo asentía y le imitaba y con la espada de un pretoriano iba de uno a otro clavando el arma con furia. Partenio se permitió entonces arrodillarse junto al cadáver del emperador Domiciano y hablarle al oído, pronunciando en un vengativo susurro la misma frase que Domiciano le dijera años atrás, cuando el emperador ahora asesinado justificaba la muerte del inocente Lucio Elio, el primer marido de Domicia Longina.

—Las cosas, César, hay que hacerlas hasta el final, siempre —musitó Partenio—. Hoy, César, lo hemos hecho todo hasta el mismísimo final. Supongo que el César estará orgulloso de nosotros.

Se levantó con una sonrisa entre rabiosa y sarcástica, sintiendo un gran alivio, una enorme sensación de paz. Puede que toda la furia de los dioses se desatara ahora contra él, pero ese momento ya no se lo quitaría nadie.

Marcio, ya en la cámara de la emperatriz, encabezaba el grupo de gladiadores que se adentraba en el pasadizo que debía conducirlos hasta el hipódromo a toda velocidad. Tenían que regresar a las cloacas de Roma lo antes posible. Sólo allí encontrarían el camino de la libertad.

Esta vez, las puertas de bronce saltaron por los aires, con las bisagras desencajadas, generando un enorme estrépito al caer derrumbadas hacia el interior de la habitación sobre un par de pretorianos muertos, que quedaron aplastados bajo el peso de los nuevos guardias que accedían a la cámara imperial. Petronio, jefe del pretorio, encabezaba el nuevo grupo de más de veinte pretorianos. Lo que la guardia imperial encontró en aquella habitación los dejó mudos: una docena de sus compañeros yacían muertos, había sangre por todas partes, Partenio, el consejero imperial y Máximo parecían heridos, con sangre en sus manos y brazos, desarmados, en pie, testigos de todo lo que había ocurrido allí; en una esquina gimoteaba otro liberto con sangre brotando de las cuencas de su ojos que no dejaba de gritar:

—¡Estoy ciego...! ¡Estoy ciego...!

La emperatriz, sentada en el lecho del emperador, estaba cubierta de sangre desde la cabeza a las sandalias y lloraba y lloraba y, a sus pies, el cuerpo inerte de Tito Flavio Domiciano los miraba a todos con una faz horrible de dolor y rabia congelada en el tiempo, inmóvil, pétrea, detenida para siempre. Petronio miró a Partenio.

—Unos gladiadores... —empezó el consejero imperial como si le costara hablar, como si estuviera sobrecogido, aterrado—; un grupo de gladiadores; están huyendo por ahí.

Señaló hacia la cámara de la emperatriz y el túnel que la conectaba con el hipódromo. Petronio asintió.

—¡Rápido, seguidme todos! —Y la guardia imperial salió corriendo en busca de los asesinos del emperador.

En la cámara del César, Máximo se acercó a Estéfano para asistirle en su terrible sufrimiento. Partenio miró entonces a la emperatriz y, de pronto, la recordó hacía años, joven, hermosa y decidida, preguntándole si Domiciano había tenido algo que ver en la muerte de su primer esposo, el malogrado Lucio Elio. En aquel momento, al verla tan capaz, tan valiente, Partenio había lamentado que Domicia no fuera un varón, porque con aquel carácter, con aquella fortaleza de ánimo envuelta en el cuerpo frágil de una mujer, se perdía un gran romano. Sin embargo, viéndola ahora allí, ungida en la sangre del mayor de los tiranos, Partenio sabía que Domicia había prestado el mayor de los servicios a Roma. Sí, Domicia, aquella frágil mujer. Sólo ella había podido hacer lo que entre todos habían sido incapaces de conseguir. Partenio se acercó despacio a la emperatriz.

—Augusta —dijo el consejero imperial—, la augusta Domicia Longina debería retirarse a su habitación. Yo me ocuparé de... —Miró al cadáver del emperador—. Yo me ocuparé de todo esto.

Domicia Longina dejó de llorar. Se levantó despacio. Sus manos ya no temblaban. Había recuperado el autocontrol. Pasó por delante de Partenio sin decir nada. El consejero vio cómo entraba en su habitación y cómo ella misma, sin ayuda de ninguna esclava, cerraba las puertas de su cámara.

135

UN COMBATE BAJO TIERRA

18 de septiembre de 96 d. C.
Hora séptima

Marcio corría por el pasadizo que descendía desde la cámara de la emperatriz hacia el hipódromo. A sus espaldas sentía la respiración agitada del samnita, del *provocator* y del tracio herido. Todos estaban empapados en sangre de pretorianos muertos, pero muy cerca, apenas treinta pasos por detrás, la guardia imperial descendía en su busca. Tenían que llegar a las *cloaculae* antes que ellos. Sólo el laberinto de las alcantarillas podría salvarles. Era una opción de pocas posibilidades de éxito, pero no había otra. Los pretorianos eran cada vez más y pronto todo el palacio del emperador estaría atestado de ellos. Allí no tenían nada que hacer; incluso era sorprendente que quedaran algunos de ellos con vida. Marcio tenía claro que Partenio tendría que pagar mucho oro a los que salieran vivos de allí. Mucho oro y la libertad para compensarles por toda aquella locura.

—¡Vamos, vamos! ¡Por Némesis, vamos! —exclamó Marcio para animar a los que le seguían.

No tenía afectos con aquellos luchadores de la arena, pero el hecho de haber luchado juntos en la *Domus Flavia* contra los malditos pretorianos le hacía sentirse cercano a ellos. Todos compartían ahora el mismo destino: huir o ser capturados para morir de la forma más horrible que se les ocurriera a los pretorianos. Una ejecución al uso sería demasiado poco para ellos. Si escapaban, en cuanto se eligiera un nuevo emperador, Partenio estaría en condiciones de pagar lo prometido; la clave era salir vivos de allí y esconderse unos días.

—¡Vamos, vamos! —repetía Marcio, animado, pensando

en que había vengado a Atilio, pensando en Alana, feliz porque llegaban al final del pasadizo cuando, al girar el último recodo, observó sombras proyectadas por la luz de la salida del túnel: había pretorianos esperándoles en el hipódromo y estaban entrando en el pasadizo también por ese extremo. Y pretorianos siguiéndoles. Estaban atrapados.

Norbano abrió los ojos y vio el cielo azul sobre su cabeza. Los volvió a cerrar. Parpadeó varias veces.

—Aaggghhh —rugió como un lobo herido. Se echó de costado—. Mi cabeza...

Se llevó las manos al casco pero no podía quitárselo. Se apoyó con una mano en el suelo y se sentó. Volvió a llevarse las manos al casco y, con dificultad, pudo quitárselo al fin. El aire alrededor de su pelo le hizo bien. Se palpó la cabeza hasta que detectó la sangre caliente, la herida. No parecía mortal ni muy grande. El casco había cumplido su misión y le había salvado la vida. La lucha desorganizada que se había entablado luego y la confusión habían hecho el resto. No le remataron, y ése fue su error. Un error que Norbano pensaba hacer pagar a aquellos malditos traidores con sangre. Paseó la mirada por el hipódromo. El suelo estaba lleno de cadáveres, en su mayoría, de pretorianos, pero también había una buena cantidad de gladiadores. ¿Cuánto tiempo había pasado? Había algunos otros pretorianos heridos que parecían estar recuperando el aliento perdido durante el combate.

—¿Ha sobrevivido alguno? —preguntó Norbano al tiempo que se levantaba y sostenía en una mano el casco y en otra el *gladio*, dispuesto para volver a luchar en cualquier instante. El jefe del pretorio tuvo que repetir la pregunta—. ¿Ha sobrevivido alguno de los gladiadores que nos han atacado?

No es fácil reconocer una derrota ante un superior. Norbano se acercó a uno de los pretorianos heridos que estaba recostado junto a una de las paredes, bajo las columnas del hipódromo, le asestó un puntapié inmisericorde en el estómago y volvió a preguntar.

—¿Ha escapado alguno?

El herido soltó un bufido y empezó a vomitar, pero entre arcada y arcada acertó a decir algo que hiciera que el jefe del pretorio le dejara en paz.

—Unos pocos... han subido... por un pasadizo que hay al fondo... hace un rato... no han vuelto aún...

Norbano fue directo a la entrada del pasadizo. Sus peores presentimientos cobraban cada vez más fuerza. Iban a por el emperador.

—¡A mí la guardia! —aulló Norbano, pero, excepto un pequeño puñado de pretorianos heridos del hipódromo, nadie más respondió a su llamada. Uno de los recién incorporados al grupo aventuró una explicación.

—He oído ruido de espadas, de lucha en el interior del palacio.

Norbano iba a dirigirse hacia el camino que conducía a las cámaras del emperador, pero dudaba en dejar aquel pasadizo sin vigilancia. Pasara lo que pasase, hubieran conseguido o no su objetivo, lo esencial era que ninguno de aquellos miserables escapara con vida. Justo en ese momento se oyeron las inconfundibles pisadas de hombres que corren. El ruido provenía del pasadizo.

—Preparaos —dijo Norbano con voz gélida.

Marcio no detuvo su carrera lo más mínimo, sabía que les seguían más pretorianos, así que embistió como un toro al primero que encontró en su camino. Como fuera que el legionario imperial estaba ya herido, cayó de espaldas y Marcio, pisando sobre su estómago, pasó por encima para arremeter con su espada contra el segundo pretoriano que se le opuso. Se abrió camino matándolo y con ello consiguió emerger de nuevo a la luz del hipódromo. Tras él salieron el samnita, el *provocator* y el tracio. Marcio vio al jefe del pretorio contra el que habían luchado antes poniéndose un casco para cubrir una importante herida en su cabeza. Aquel jefe del pretorio increpaba al resto de pretorianos para que les detuvieran, pero aquéllos eran los guardias que habían dejado heridos antes y ya no oponían gran resistencia. A Marcio no le preocupaban aquellos centinelas atemorizados y heridos, sino los que les seguían por el pasadizo, que no tardarían en llegar y unirse a los del hipódromo. No olvidaba que los que vinieran del túnel serían pretorianos que sabían lo que acababa de ocurrir en las cámaras del emperador: vendrían con la rabia adicional de saber que Domiciano había muerto, su jefe supremo, el que más dinero les había pagado nunca. Sólo se combate con rabia brutal por dos motivos: por un asunto personal o por dinero; los pretorianos tenían ahora los dos. Había que alcanzar las *cloaculae* ya mismo.

—¡Aaaah! —Marcio miró atrás un instante. El tracio, lento por su herida en el brazo, había caído en una emboscada improvisada en las columnas entre tres pretorianos y lo habían atravesado con una lanza. El *provocator* le ayudó hiriendo a dos de ellos y ambos se zafaron de los guardias imperiales, al principio, y corrieron para unirse a Marcio y el samnita, pero un pretoriano arrojó un *pilum* con precisión y éste se clavó en la espalda del *provocator* que cayó de bruces, agonizando. Fue rematado en un instante. Marcio, no obstante, ya estaba junto a la entrada de las alcantarillas.

—¡Entrad, por Némesis, entrad! —gritó a los dos gladiadores supervivientes.

El samnita, aunque algo perplejo por el gesto de generosidad de Marcio, entró sin dudarlo en la abertura de la alcantarilla. El tracio, no obstante, caminaba con dificultad. Marcio permaneció en pie. El jefe del pretorio se acercaba amenazadoramente. Iba a atacarle por la espalda pero Marcio, de pronto, vio un reflejo extraño en uno de aquellos espejos que estaban pegados a cada columna y se revolvió como un jabato. El jefe del pretorio que iba a atacarle se detuvo.

—¡Estáis todos muertos, todos muertos! —dijo Norbano, pero era cauto y no se aproximaba, quedando fuera del alcance de la espada de Marcio. Entonces llegó el resto. Por la boca del pasadizo, como si fuera un vomitorio del anfiteatro Flavio, empezaron a salir decenas de pretorianos armados con sus espadas y con la rabia incontrolable de la venganza. El veterano gladiador comprendió que no había nada que hacer ya allí. Aquel maldito espejo le había salvado la vida, pero ahora sólo podía huir. Escapar a toda velocidad. En cuanto el tracio herido consiguió, medio a rastras, entrar en la cloaca, Marcio dio media vuelta y se metió en la alcantarilla.

Norbano se giró hacia el recién llegado Petronio. Tenía muchas preguntas para él, en particular, por qué había reducido la guardia en el hipódromo contraviniendo sus órdenes, pero Norbano tenía otras urgencias en ese momento.

—¿Y el emperador? —preguntó Norbano. Petronio se limitó a negar con la cabeza. Norbano no se sorprendió, pero tomó el mando sin que Petronio se atreviera a discutir nada—. Sea. Ahora lo importante es capturar a esos miserables. Estos pretorianos me seguirán. Tú reorganiza la guardia en el palacio y asegúrate de que ya no se mate a nadie más. A nadie. Hasta que yo vuelva.

Entonces Norbano se volvió hacia los pretorianos y les gritó las nuevas instrucciones señalando la apertura de la alcantarilla.

—¡Por ahí! ¡Por ahí! —repetía una y otra vez señalando la entrada a las *cloaculae* de Roma.

Como algunos dudaban, él mismo dio ejemplo, se arrodilló, y sin importarle si los gladiadores le esperaban agazapados o no, se introdujo en el interior de un salto. Al instante el hedor de Roma penetró por todos sus poros. No veía nada. Todo estaba completamente oscuro.

»Maldita sea, por Marte —aulló mirando hacia el haz de luz que entraba por la abertura que daba al hipódromo—. ¡Antorchas, imbéciles! ¡Traed antorchas! ¡Estamos perdiendo un tiempo precioso! ¡Imbéciles!

Los pretorianos trajeron antorchas y, uno a uno, fueron entrando en la alcantarilla. Petronio Segundo se quedó solo. Norbano seguía vivo. Ése era un grave error. Partenio tendría que haberse asegurado la muerte de Norbano a manos de los gladiadores. Ésa era una parte del plan que no había salido bien y Petronio Segundo estaba seguro de que aquel error traería consecuencias graves, a no ser que... A no ser que los gladiadores fueran capaces de terminar lo que habían empezado en palacio en las profundidades de las alcantarillas de Roma.

La oscuridad absoluta, al principio, fue un buen aliado. Marcio y el samnita corrieron unas decenas de pasos hasta que la negrura era tal que no sabían si iban a toparse en cualquier momento con una pared, por lo que de forma instintiva ralentizaron la marcha. Esto permitió que el tracio, que seguía perdiendo mucha sangre, se les uniera. Por los túneles de las cloacas retumbaba la voz aquel maldito jefe del pretorio pidiendo antorchas. Pronto dispondrían de ellas e irían en su busca.

—¿Ahora qué? —preguntó el samnita.

Marcio, que seguía avanzando gateando, hundiendo sus manos en el fango pútrido del suelo de las *cloaculae*, no dijo nada. Si el samnita tenía alguna idea mejor, que informara a los demás. Nadie dijo nada. Los tres siguieron gateando, medio asfixiados por el mal olor y sin ver nada. Sólo querían alejarse de sus perseguidores, pero si éstos conseguían antorchas era muy probable que avanzaran mucho más rápido y les atraparan en seguida. Si las cosas hubieran salido bien, el propio Partenio les tenía que haber acompañado de regreso al hipódromo y les habría proporcionado las antorchas necesarias para la huida, pero nada había salido como habían pensado. Nada excepto una cosa.

—¿Está muerto?

Todos se quedaron inmóviles. Era la voz sibilante de una garganta quebrada por el tiempo y el dolor. Llegaba algo distorsionada al rebotar contra aquellas paredes húmedas y sucias, pero Marcio no tardó en reconocer la voz del viejo *curator*, que repetía su pregunta:

—¿Está muerto? ¿Habéis matado al emperador de Roma?

Marcio se dio cuenta, de forma curiosa, de que eran preguntas diferentes, aunque para el *curator* probablemente la diferencia debía de ser inapreciable. No veían nada. El viejo les hablaba arropado por las sombras. Podía estar en cualquier parte: delante de ellos, detrás, en un lado. Imposible saberlo. Los ecos rebotaban en todas las paredes.

—El emperador está muerto —pronunció Marcio con rotundidad. Aquel anuncio fue como un salvoconducto. De pronto apareció una fuente de luz justo una veintena de pasos por delante de ellos. El viejo sostenía una antorcha que debía de haber tenido encendida pero escondida en algún recoveco de un pasadizo lateral, de forma que había resultado invisible hasta que se sintió satisfecho con la respuesta de Marcio.

—¿Muerto? —No parecía convencido del todo.

—Muerto —reiteró Marcio aproximándose despacio. A sus espaldas el samnita y el tracio asentían corroborando las palabras de Marcio, quien, a su vez, para fortalecer aquel anuncio, resumió la situación con rapidez—: El emperador ha caído apuñalado en su cámara imperial, pero ahora nos siguen decenas de pretorianos y si no tienes algún plan acabarán con todos nosotros.

El *curator* parecía no oírle; se limitaba a repetir una palabra como si se tratara de una oración secreta.

—Muerto... muerto... muerto... —Aun repitiéndolo una y otra vez, le costaba creerlo.

Se oyó un golpe seco y un chapoteo. Marcio, el samnita y el *curator* se dieron media vuelta: era el tracio. Se había desplomado. No podía seguir avanzando con sus heridas abiertas. Había perdido demasiada sangre y la pestilencia del aire en aquellos túneles no ayudaba a recuperar el aliento de un malherido. Marcio retrocedió unos pasos y se arrodilló a su lado.

—Tienes que levantarte y seguir con nosotros.

Pero el tracio negó con la cabeza. Marcio no se dio por vencido y, sin saber bien por qué, quizá por sentirse diferente a los pretorianos, quizá porque se sentía libre, perseguido por toda la guardia imperial pero libre, se ofreció a ayudar al tracio.

—Yo mismo te haré andar. Vamos, por Némesis, vamos...

Tiró del tracio, pero éste era grande y no hizo nada por colaborar.

—No —repitió con decisión—. Incluso si salgo de aquí no duraré más de dos días.

Marcio dejó de tirar de él. El *curator* los miraba entre curioso e intrigado. El tiempo pasaba y los pretorianos se acercaban y, sin embargo, allí estaban aquellos guerreros, detenidos, en su propio mundo.

—No quiero que me cojan vivo —dijo el tracio—. Si lo hacen me torturarán hasta matarme y... —le costaba hablar; no obstante, sonrió— y ni siquiera tengo nada que decirles. Sólo tú sabes quién ordenó esta locura. No me dejes en sus manos, Marcio. —Le asió con toda su fuerza del brazo—. ¡No me dejes en sus manos! —repitió mirándole a los ojos.

Soltó el brazo de Marcio y escupió sangre por la boca. Éste se levantó despacio, sin dejar de mirar al gladiador herido. El tracio, con las pocas energías que le quedaban, se apoyó en la pared húmeda de la alcantarilla y haciendo un esfuerzo sobrehumano se incorporó hasta quedar con una rodilla en tierra, mirando al suelo repleto de agua hedionda. Era la postura en la que los gladiadores morían. Marcio miró al samnita, y el samnita asintió. Marcio se colocó detrás del tracio y desenfundó su espada. Éste cerró los ojos mientras pensaba en la diosa Némesis y Marcio la clavó con rapidez. No se trataba de hacer daño, sino de matar deprisa. El tracio estaba ya muy débil por las heridas recibidas en la lucha contra los pretorianos y su cuerpo se desplomó inerte sobre el suelo de las alcantarillas de Roma. La sangre del gladiador muerto se mezclaba directamente con el agua sucia que discurría alrededor de todo el cadáver. Era sangre de un gladiador más que, como la de tantos otros, terminaba en las alcantarillas de Roma, navegando en dirección a la gran Cloaca Máxima. Se habían saltado los sumideros del anfiteatro Flavio, eso era todo; los sumideros y la autoridad del emperador. Marcio y el samnita se miraron un instante. Actuaban libres. Por lo menos sentían que, si les pasaba como al tracio, que si no eran capaces de salir vivos de todo aquello, morirían libres. No era la recompensa por la que habían luchado, pero ver la faz del emperador cuando se vio apuñalado por la espalda y sentir aquella libertad ya era algo. Algo que les daba fuerzas para seguir luchando.

El *curator* pareció asumir al fin que el emperador estaba muerto. Sólo unos hombres que eran capaces de ejecutarse entre sí mismos para no caer en manos del enemigo serían a su vez capaces de una hazaña semejante. Se oyeron entonces las voces de sus perseguidores. La guardia pretoriana se acercaba.

—¡Seguidme! —dijo Póstumo, el viejo *curator*, con autoridad pero sin levantar la voz en exceso.

Norbano caminaba en medio de la la unidad de más de cien pretorianos que se habían adentrado en las alcantarillas de Roma. La estrechez del túnel les obligaba a marchar, no obstante, en fila de a uno. Cada cinco hombres había un soldado con una antorcha encendida. Norbano sabía que en cualquier punto podrían emboscarse los gladiadores y atacarles. Caerían dos o tres pretorianos, pero el resto de la guardia les apresaría.

—¡Recordad que los quiero vivos! —aulló el jefe del pretorio, y su voz retumbó por todos los recovecos de aquella cloaca. Luego añadió unas palabras más entre dientes, como quien lanza una maldición—: He de preguntarles quién está detrás de todo esto, quién ordenó este ataque; he de preguntárselo y he de sacarles la verdad aunque para ello tenga que arrancarles las entrañas con mi espada...

Marcio y el samnita siguieron al *curator* unos cien pasos cuando éste se detuvo en seco.

—Cuidado —dijo Póstumo en voz baja—. Estamos en la cisterna de decantación. Tenéis que rodearla y tomar el túnel de la derecha y seguir recto por él. Dejaréis siete túneles a ambos lados. Debéis entrar por el octavo a la izquierda y seguirlo hasta el final. Es muy largo, pero al cabo de mil pasos saldréis a la superficie lejos de la *Domus Flavia*, más allá del foro, en medio de la Subura. Allí la confusión es siempre grande, las calles, estrechas. Aún tardarán en entrar los pretorianos en el barrio. Es el último sitio donde buscan. Eso os dará el tiempo que necesitáis para huir.

Marcio asintió, pero había algo que no tenía claro.

—¿Por qué no vienes con nosotros?

El viejo sonrió.

—Avanzan rápido los pretorianos. Nos cogerán antes de que lleguemos a la salida, pero yo los distraeré y eso os dará una oportunidad. —El *curator* leyó el asombro en los ojos del gladiador—. No me agradezcas nada. No lo hago por salvaros. Tengo una cuenta pendiente con esos esbirros del emperador. La muerte de Domiciano me alivia, pero mi odio es demasiado grande y necesito más, mucho más para saciarme; cuando has odiado durante años, una sola muerte no parece suficiente. —Miró a Marcio a la cara, desde la lejanía de unos ojos ahogados en las tinieblas del rencor absoluto—. Ojalá no tengas nunca esta sensación, gladiador; ojalá no la tengas nunca; no eres un viejo aún y puedes encontrar otras cosas en esta vida por las que te merezca la pena seguir en pie, pero yo no, muchacho; yo hace tiempo que no tengo nada por lo que vivir. —Dejó pasar un instante cargado de enigmático silencio que Marcio no supo descifrar—. Ahora marchad, marchad.

Les alargó una antorcha nueva que acababa de prender con la vieja que sostenía en su mano y que iba consumiéndose poco a poco.

—Yo ya no necesito mucha luz. La de esta antorcha agonizante me bastará, me bastará.

Marcio y el samnita bordearon la gran cisterna de decantación alumbrados por la nueva antorcha y tras ellos, mucho más despacio, lo hizo el viejo, pero el *curator*, llegados al otro extremo de la piscina, ya no les siguió, sino que se detuvo y los vio alejarse llevándose consigo sus largas sombras de guerreros indómitos.

—Bien —dijo el viejo Póstumo en voz baja—. Ha llegado la hora.

Norbano caminaba con paso veloz. El aire que respiraban era hediondo, asfixiante. Había poca ventilación en aquellos malditos túneles, pero, si los gladiadores los habían usado para entrar en palacio, también podía avanzar la guardia pretoriana por ellos.

El *curator* vio las primeras sombras de los pretorianos proyectarse en el túnel que estaba al otro lado de la gran cisterna. El anciano retrocedió y se escondió con su antorcha en el pasadizo de la izquierda, al otro lado de la piscina. Avanzó unos pasos por él, pero no demasiados para que los pretorianos pudieran ver aún su luz y le siguieran. Se detuvo.

—¡Aaaagghh!

Norbano oyó gritos al frente de la formación. Y otro más y otro. Y chapoteo.

—¡Ayuda! ¡Ayuda! ¡Por los dioses!

—¿Qué ocurre? ¡Maldita sea! ¡Haceos a un lado, a un lado!

Estrujando su cuerpo contra los pretorianos que le precedían se hizo camino por el estrecho túnel hasta llegar a la abertura que daba a la gran cisterna. Media docena de pretorianos habían caído en el centro de la misma al intentar cruzarla por el medio y parecían estar atrapados por las aguas sucias y pantanosas de aquella piscina de desechos. Norbano alzó la mirada y vio la luz que proyectaba una antorcha al otro lado de la piscina, en el túnel izquierdo.

—¡Hay que alcanzar el túnel izquierdo! —Volvió a mirar la cisterna y empezó a pisar con cuidado a ambos lados hasta que pisó en firme apoyándose siempre en el borde de la cisterna, caminando muy pegado a la pared—. ¡Hay que vadearla, imbéciles!

Se puso al frente de la formación cruzando la piscina antes que nadie. Los pretorianos atrapados en el fango imploraban ayuda.

—¡Que vaya uno de los hombres de regreso a palacio y traiga cuerdas para sacar a esos idiotas del agua antes de que se ahoguen!

A Norbano no le importaba que murieran, pero en los días que iban a venir necesitaría el apoyo de toda la guardia pretoriana y no podía perder a seis soldados por algo tan estúpido como una alcantarilla pantanosa; igual que no podía dejarlos morir delante del resto sin hacer nada por salvarles el cuello; pero tampoco iba a detener la persecución de los gladiadores: eso nunca.

—Nosotros seguiremos por aquí.

Se adentró en el túnel izquierdo. La luz parecía moverse despacio. Quizá estuvieran heridos. Pronto los tendrían, muy pronto. ¿Quién había ordenado todo aquello? ¿Quién? Iba a sacarles el nombre de todos los conjurados aunque estuviera días enteros arrancándoles la piel a tiras.

El viejo *curator* zigzagueaba. Primero tomaba un túnel hacia la izquierda y, en la siguiente intersección, otro a la derecha. No era una ruta al azar. No lo era. Y se preocupó de no tomar ningún túnel sin antes estar seguro de que los pretorianos veían su luz. Ascendían, ascendían ligeramente. En realidad, era sencillo: siempre cogía el túnel que ascendía. Eran túneles demasiado poco profundos, a demasiada poca distancia de la superficie. Eso fue el principio del todo. De pronto los desagües de las paredes tenían salpicaduras rojas, espesas, sucias. También se empezaron a ver trozos de carne: primero de bestias, colmillos, pedazos de una garra, restos de pieles de fieras salvajes; luego venían algunos dedos, falanges humanas, dientes de hombre o de mujer o de niño. Estaban bajo el anfiteatro Flavio. No, para ser exactos, estaban bajo los pasadizos que los arquitectos imperiales habían excavado por debajo de la arena del anfiteatro. La mayor parte de los desechos humanos de los cadáveres de los juegos terminaban en los estómagos de las fieras, pero los trozos pequeños, los dientes, uñas a veces, caían al suelo y, arrastrados por la sangre, terminaban deslizándose hasta llegar a las cloacas de Roma, hasta terminar su macabro viaje en la gran Cloaca Máxima y el Tíber. El anciano *curator* llegó donde quería. Volvió a detenerse. Levantó su brazo derecho, el que sostenía la antorcha, para iluminar mejor a su alrededor. Examinó el fondo del túnel y luego las paredes a ambos lados. Varias vigas de madera apuntalaban aquella sección. Miró al suelo. Cerró los ojos y asintió muy lentamente. Se oyeron las voces de los pretorianos. Ya estaban allí. Ya estaban allí.

Norbano vio los despojos humanos y de animales salvajes e intuyó rápidamente por dónde se encontraban. Los gladiadores regresaban a su lugar natural. Era lógico. Los cogerían allí mismo y, si escapaba alguno, iría *ludus* a *ludus*, recorrería cada escuela de lucha, hasta tenerlos a todos. Luego empezarían las torturas. Vio la luz delante de ellos una vez más; ahora parecía detenida. Norbano levantó su mano derecha y sus hombres ralentizaron la marcha.

—¡Desenvainad! —dijo e hizo lo propio sacando su *spatha* y blandiéndola hacia delante—. ¡Están ahí! ¡Por Júpiter, los tenemos ahí!

El jefe del pretorio había bajado la voz sin darse cuenta. Veía la sombra de un hombre proyectada en el túnel. ¿Sólo uno? Habría jurado que quedaba más de uno. Giró con cuidado y, al asomar la cabeza, vio a aquel viejo con una antorcha, inmóvil, en medio del largo pasillo de aquella alcantarilla.

—¿Quién eres tú? —preguntó Norbano confundido, pero el viejo no respondía ni tampoco se movía—. ¿Dónde están los gladiadores?

Póstumo sonrió.

—Lejos —dijo—; aquí no los encontraréis. Arriba, en vuestro mundo, no lo sé. Eso ya es cosa suya y vuestra. —Guardó un instante de silencio mientras Norbano se acercaba amenazadoramente—. Pero eso ya no es asunto que os interese.

Norbano frenó en seco y dejó que una docena de pretorianos fueran, uno a uno, adelantándose y situándose entre él y el viejo. Norbano había desarrollado un astuto instinto de supervivencia y algo le decía que era bueno ser cauto con aquel viejo loco. A tiempo de matarlo estaban siempre. El jefe del pretorio repitió su pregunta inicial mientras sus hombres, en aquel pasadizo más ancho que los anteriores, rodeaban a aquel viejo absurdo.

—¿Quién eres?

El *curator* volvió a sonreír de forma enigmática.

—No soy nadie. Nunca lo he sido para vosotros. ¿Qué importa ahora mi nombre? Nunca lo habéis querido saber antes. ¿Qué importa ahora quién sea yo o lo que haga?

Norbano sabía que estaban perdiendo un tiempo precioso y decidió cortar por lo sano.

—¡Matadlo y sigamos!

Pero, cuando fueron a ejecutar la orden, el viejo esgrimió la antorcha con sorprendente agilidad para sus años y la llama mantuvo a distancia a los pretorianos, pero no por mucho tiempo. Tampoco quería más el anciano.

—No podéis matarme. —El *curator* se echó a reír con carcajadas largas que resonaron tenebrosas en las profundidades de la ciudad—. No se puede matar a un muerto.

Los pretorianos se detuvieron; los soldados imperiales podían contra cualquiera, pero, como todos los soldados, legionarios o pretorianos, eran muy supersticiosos. El viejo detuvo su carcajada en seco y miró fijamente a los ojos de aquellos hombres que le rodeaban y que ahora vacilaban.

—El día que mi hijo murió aquí mismo, al final de este túnel, ese día morí yo también. Por eso no podéis matarme ahora. —Dio la vuelta sobre sí mismo, encarándolos a todos, sin miedo—. Pero yo sí puedo haceros daño. Mucho daño. —Volvió a reír de forma convulsa—. Llevo años esperando este momento, para llevarme por delante a tantos como pueda de vosotros; primero al emperador, luego a sus guardianes.

Norbano había mirado a un lado y otro del pasadizo y vio las débiles vigas de madera que no estaban en otras secciones de la red de alcantarillado por las que habían pasado, así que, instintivamente, empezó a retroceder. El viejo, por su parte, sin dejar de reír, golpeó con su antorcha, con toda la fuerza que da el odio, una de aquellas maltrechas vigas, que cedió y se vino abajo y con ella una parte de la pared. Luego, la presión de la pared caída y de la tierra que arrastraba hizo que cayera una segunda viga y luego otra y otra y otra y todo se transformó en una cegadora nube subterránea de polvo y tierra que se extendía por todas partes sin dejar sitio para nada ni para nadie. Las risas del viejo resonaban por todas partes hasta que las carcajadas mismas callaron, pero, para entonces, ninguno de los pretorianos que había superado la posición de Norbano podía oír ya nada. Sólo tragaban tierra y querían gritar y de pronto les reventaba el pecho por la presión de la tierra que los estrujaba sin piedad y estaban ciegos y sordos y mudos y muertos.

Era un pequeño callejón de la Subura. El sol caía a plomo y mucha gente estaba recluida en sus *insulae* para protegerse del calor. Se veían algunas putas bajo los dinteles de las casas de peor apariencia, con el pelo tintado de vivos colores, naranja o rubio sobre todo, azul en ocasiones, las más de las veces cansadas y siempre aburridas en su soledad. Marcio fue el primero en salir. Una puta le vio y se quedó inmóvil. No estaba segura de lo que había visto. Aquel hombre parecía haber salido de la nada y, al instante, había otro más. Eran gladiadores. Y estaban cubiertos de sangre y emergían de la tierra misma.

Marcio avanzó con paso firme por aquella calle. Tenían que esconderse en algún sitio de inmediato. No podían pasearse por las calles de Roma, ni siquiera en la alocada Subura, armados y manchados con la sangre de decenas de pretorianos muertos.

—Te pagaremos mucho —dijo Marcio a la prostituta. La joven, con el pelo tintado de color azul, asintió sin dudarlo, pues el dinero le venía bien incluso si procedía de seres del infierno y les hizo un gesto para que la siguieran.

Norbano se arrastró a ciegas por el suelo de aquel túnel. Apenas podía respirar y no veía nada. Oía los gritos de pánico de sus hombres huyendo, como él, de aquellas malditas *cloaculae*. Al fin, a fuerza de reptar como una serpiente, consiguió alejarse lo suficiente de la sección que acababa de derrumbarse como para poder ponerse en pie. La diosa Fortuna le había salvado y él sabía por qué. Sabía por qué. Se rehizo al momento y empezó el camino de regreso. Caminó por todos aquellos túneles con la mirada fija en el suelo, los puños apretados, sin espada. La había perdido en el derrumbamiento de aquella galería. Llegó a la cisterna. Ya se había rescatado a los que habían caído en ella, excepto a uno para quien la ayuda había tardado demasiado: se veía una mano emergiendo petrificada en el centro de la cisterna, hundiéndose muy lentamente. Norbano sabía que se había perdido una batalla, una batalla bajo tierra, pero la guerra seguiría y esta vez sería en las calles de la ciudad. Ahí se sentía más seguro. El emperador estaba muerto y varios de los asesinos habían huido.

—Han escapado —dijo Norbano a un Petronio que lo miraba atónito cuando el primero emergía de la boca de la cloaca de desagüe del hipódromo del palacio imperial—. Han escapado —repitió al tiempo que cogía un *gladio* que le proporcionaba uno de los pretorianos de su confianza—. Al menos, dos.

—Les cogeremos —dijo Petronio con rotundidad estudiada.

Norbano sonrió y le miró a los ojos.

—Por supuesto. Y les cogeremos vivos y nos dirán quién les ha ayudado. Nos lo dirán. —Se alejó por el hipódromo rodeado de sus pretorianos más fieles sin dejar de repetir aquellas palabras—. Nos lo dirán.

Petronio tragó saliva y guardó silencio.

136

UNA JOVEN PROSTITUTA

Roma, marzo de 97 d. C.
Seis meses después del asesinato

Partenio entró en el gran *Ludus Magnus* en busca de Marcio. Sabía que no se encontraba allí, como sabía que los gladiadores, por el momento, en medio del caos de la Roma de Nerva, habían permanecido en silencio ante las preguntas de los pretorianos de Norbano. Pero o el nuevo emperador terminaba por imponer orden o Norbano y los suyos acabarían averiguándolo todo.

Partenio sabía que tenía una deuda pendiente con Marcio y que éste, aunque hasta la fecha había permanecido callado y oculto —teniendo en cuenta que los pretorianos habían hecho correr el rumor de que quien confesara el nombre de todos los participantes en el asesinato de Domiciano sería perdonado incluso si había participado en el complot—, podría, al fin, decidir entregarse y colaborar con los pretorianos. Partenio estaba seguro de que aquélla era sólo una vil estratagema de Norbano, y que si alguien se iba de la lengua caería también bajo las implacables espadas pretorianas, pero el viejo consejero imperial no tenía tan claro que Marcio no fuera a creerse ese mensaje y temía que revelara los nombres de los que habían participado en la conjura, en particular, el suyo propio y, por qué no, el de la emperatriz. Todos estaban condenados a vivir bajo la sospecha constante de Norbano y del nuevo jefe del pretorio, Casperio, nombrado en sustitución de Petronio por un Nerva demasiado débil para oponerse a los deseos de los pretorianos. Y es que Norbano dudaba mucho de las acciones de Petronio el día del asesinato y no había dejado de presionar al nuevo emperador Nerva para que le reemplazara por el mucho más brutal Casperio, fiel aliado del propio Norbano.

En esos momentos, cualquier velada acusación, sin importar de dónde viniera, sería tomada en consideración por la guardia imperial que, por el momento, no parecía obedecer demasiado al nuevo emperador; más bien al contrario. La destitución de Petronio Segundo era un buen ejemplo de cómo estaban las cosas y de que, en Roma, los que realmente gobernaban no eran otros que los dos jefes del pretorio, Norbano y un Casperio recién reincorporado a la prefectura.

Por otro lado, tal y como había imaginado Partenio, nadie en el *Ludus Magnus* admitió saber nada en absoluto sobre el ya legendario Marcio. Por todas las tabernas de Roma sólo se hablaba de unos gladiadores que habían conseguido asesinar al emperador, eso sí, siempre eran comentarios pronunciados entre susurros por temor a que cualquier pretoriano pudiera oír esas conversaciones y pensar que quien las sostenía podía estar contento de lo ocurrido, o peor aún, directamente implicado. Y se hablaba del asunto entre el temor y la admiración: el temor a un imperio donde hasta el propio emperador podía sucumbir en un asesinato perpetrado por un gladiador sin que la guardia imperial pudiera impedirlo, y la admiración por un guerrero, o guerreros, que, según la conversación, había o habían sobrevivido, consiguiendo, por el momento, burlar a los más de cinco mil pretorianos de la ciudad. Se cruzaban apuestas acerca de la supervivencia de los asesinos del emperador. Se pagaba mucho más al que apostaba por su vida. La casi segura muerte del gladiador o gladiadores ocultos se pagaba muy barato.

Partenio salió del *Ludus Magnus* sin haber averiguado nada relevante sobre el paradero de Marcio y se quedó mirando el gran anfiteatro Flavio. No sabía bien dónde buscar. Por otro lado, si a él le costaba dar con Marcio, también les costaría a los pretorianos. Eso era lo único bueno de todo aquello. Caminando, distraído, fue bordeando el magno anfiteatro y llegó a la entrada del *Argiletum*. Se encontraba al norte del foro, en el corazón de la ciudad, allí donde se levantaban las *insulae* más altas, de hasta diez alturas. Edificaciones inmensas de ladrillo cocido, separadas unas de las otras por muy estrechas calles atestadas de comerciantes, taberneros y artesanos. Era la entrada a la Subura, uno de los barrios más populosos de Roma y, a su vez, donde se concentraba un enorme número de prostitutas; más cuanto más se adentraba uno en las estrechas calles, pero Partenio se detuvo allí. Tenía la sensación de que alguien le había estado siguiendo. Una mujer que llevaba el pelo oculto bajo una capucha. El consejero estaba frente a una taberna y, en efecto, vio cómo se le aproximaba una joven vestida con una sucia túnica gris, embozada en una especie de *stola* de ínfima calidad que servía para ocultar el color de su pelo. Partenio imaginaba la causa de aquella prenda: las prostitutas solían teñirse el pelo de rubio o naranja para indicar su condición y su disponibilidad con rapidez, pero, si salían del barrio, podían optar por cubrirlo para no llamar tanto la atención. La muchacha se le acercó. Un grupo de clientes, ya alegres por el vino ingerido, salieron de la taberna y, entre cánticos y gritos se alejaron en direccion a la Subura, con toda seguridad para concluir la tarde satisfaciendo sus intensos apetitos carnales. Partenio hacía años que no sentía esas ansias, por eso, cuando la muchacha que le había seguido se decidió al fin a aproximarse, descubrir su pelo tintado de naranja y hablarle, el consejero imperial no se mostró muy atento a su ofrecimiento. No era extraño que alguna prostituta en necesidad saliera a buscar algún cliente en los alrededores de aquel barrio para ser así la primera en abordarle y adelantarse a toda la competencia. A Partenio, no obstante, le llamó la atención el hermoso rostro de la joven a la vez que su extraño acento extranjero que no supo dónde ubicar.

—Soy *fellatrix* y *culara*. El señor no encontrará nada mejor en la Subura. Y sólo por dos ases.

Era una oferta excelente: sexo oral, que las matronas romanas no practicaban, y sexo anal por el mismo precio de una relación convencional, y todo con una joven hermosa y, por lo que se podía adivinar en su rostro y su andar resuelto, sana. Lo primero que pensó Partenio es que debía de estar embarazada y había decidido reunir el máximo dinero posible ahora que podía para luego poder pagar un cubículo durante unos días para el parto y el tiempo necesario para recuperarse hasta que pudiera volver a trabajar. Partenio empezó a considerar la propuesta. Quizá fuera la última vez en su vida que pudiera yacer con una joven tan atractiva. Norbano y su nuevo aliado, el terrible Casperio, podían dar con los gladiadores antes que él, torturarles y pronto su nombre, Partenio, sería incluido en una lista de implicados en el asesinato del emperador. De ahí a la más horrible de las muertes sólo había un paso. En ese contexto no parecía tan insensato intentar procurarse algún momento de placer. La muchacha se le acercó aún más. Olía bien; se limpiaba con regularidad. La lascivia retornaba al viejo consejero. No pudo evitar sonreír mientras se tomaba la libertad de acariciar la faz de aquella joven que, por otro lado, le parecía tan familiar, cuando, de pronto, sintió algo punzante en su estómago. La voz de la muchacha le habló al oído, pero el tono dulce se tornó súbitamente áspero, amenazador.

—Marcio quiere su oro —dijo la prostituta mientras mantenía el afilado cuchillo en el vientre del consejero imperial.

Partenio separó su mano de la mejilla de la muchacha y, por fin, recordó dónde había visto ese rostro: luchando en la arena del circo. Aquella supuesta prostituta era la *gladiatrix* que había derrotado al gran tracio y, sin duda, una colaboradora de Marcio. El resucitado apetito sexual de Partenio se desvaneció con rapidez. El consejero inspiró profundamente antes de abrir la boca.

—Marcio tendrá su oro —respondió manteniendo un tono sereno, pero hablando con rapidez en un intento por conseguir que aquella gladiadora dejara de apretar tanto aquel cuchillo contra su vientre.

A su alrededor nadie parecía notar nada: sin duda sólo veían a un viejo lascivo regateando el precio de acostarse con una joven ramera. Si gritaba no tenía duda alguna de que el cuchillo le abriría las entrañas; para cuando llegara la ayuda, si llegaba, sería demasiado tarde.

—Marcio tendrá su oro a su debido tiempo. Llevo días buscándole para hablar con él de este y otros asuntos y explicárselo. Díselo tú, por Júpiter.

—No —respondió la joven, pero separó el cuchillo del vientre de Partenio, para alivio momentáneo del consejero y para posterior terror al oír las palabras que la joven luchadora decidió añadir—: Tú mismo se lo dirás. Sígueme y no intentes huir o será lo último que hagas en tu vida.

A Partenio no le hacía gracia tener que vérselas con un Marcio pendenciero en algún recóndito escondite en medio de la Subura de Roma; ése no era el tipo de entrevista que deseaba. Él se conformaba con haber encontrado a alguien que pudiera hacerle llegar el mensaje a Marcio de que debía ser paciente, pero ya había visto luchar a aquella mujer varias veces y estaba bien persuadido de que lo más sensato era seguir sus instrucciones. Su vida era una continuada serie de órdenes recibidas. Sólo que ahora, en el tumulto de una Roma desgobernada, había pasado de recibir órdenes de un César a tener que seguir las instrucciones de una *gladiatrix*. El mundo estaba cambiando demasiado rápido para él, pero se dejó de reflexiones metafísicas y decidió concentrarse en la cuestión clave para él: su supervivencia y la del resto de conjurados. Y estaba el asunto de la deuda con Marcio. Una deuda en Roma era siempre algo malo que dejar pendiente. La condena en el marco jurídico romano podía concluir en muerte y no imaginaba que en el submundo del barrio más populoso y anárquico Roma fuera a ser muy diferente.

Caminaban por aquellas atestadas calles, rodeados de decenas de pequeños comercios donde los dueños gritaban desde los bajos de las grandes *insulae* sus mejores ofertas en un afán por conseguir el dinero necesario para pagar los elevados arriendos que costaba tener un espacio en aquel superpoblado centro del mundo. Partenio repasaba en su mente un caso reciente en el que un ciudadano no pudo satisfacer su deuda: el tribunal concluyó que, al ser varios los acreedores, el deudor debía ser troceado a partes iguales en función del número de éstos. No ayudó a recuperar el dinero, pero a los acreedores les entró una gran paz de ánimo, pues el deudor les había estado engañando durante meses. Y la sentencia se ejecutó. Quedaban dos gladiadores vivos de los participantes en el asesinato del emperador: el samnita y Marcio. ¿Era eso lo que tenían en mente aquellos luchadores de la arena? ¿Partirlo en dos? Partenio torció el gesto: para desgracia suya, en la Subura debían de ser bastante más creativos en la forma de matar.

La mujer se detuvo frente a una puerta sucia sobre la que pendía un farol rojo encendido pese a ser aún de día. Era el indicativo de que allí había sexo a precio asequible. La mujer golpeó la puerta con energía un par de veces y al instante se abrió. La *gladiatrix* se hizo a un lado indicando al consejero que pasara primero. Partenio tragó saliva y se adentró por un pasillo oscuro, mal iluminado por tres candiles de aceite colgados de un techo desvencijado. Se respiraba mal. Los que habitaban aquel lugar no creían en la ventilación y además había un hedor fuerte a fluidos humanos de diversa índole que la mente de Partenio procuró mantener alejados de su imaginación. A ambos lados del estrecho corredor se veían *cubicula*, en unos casos vacíos y en otros habitados o bien por mujeres solas o bien por parejas que gemían; los hombres de verdad, ellas con el artificio de la experiencia.

—Hacia arriba —se oyó decir a la *gladiatrix* con autoridad mientras le señalaba una escalera de madera que ascendía por el interior de aquel edificio.

A Partenio no le hacía gracia tener que ir subiendo por dentro de una *insula*, pero la mirada firme de su acompañante, que volvía a blandir aquel cuchillo sin ocultarlo ya bajo la túnica, no dejaba mucho margen para la negociación. Partenio empezó a subir por las escaleras. Lo único que mejoró fue el aire. Como era habitual, sólo había ventanas cerradas con alabastro traslúcido en la primera planta, mientras que en las demás las ventanas estaban abiertas y permitían la ventilación. Eso hacía más agradable el aire en comparación con el lupanar de la planta baja, pero sólo en verano. Era de suponer que en invierno los vecinos de las plantas superiores pasarían mucho frío. Eso hacía que se usaran múltiples braseros para calentarse que, rodeados de tanta madera, propiciaban los incendios. Siguieron ascendiendo. Partenio vio los cubos que, según la ley, debían contener el agua necesaria para usarse en caso de que se desatara algún pequeño fuego en una de las plantas del edificio, pero estaban vacíos. Era evidente, por el tremendo estado de abandono de la propia escalera, que crujía como una bestia herida, de las paredes y de todo cuanto podía observar, que en aquel edificio hacía mucho tiempo que no entraban ni los *aquarii* para subir agua, ni los *scoparii* para barrer y limpiar. Tampoco había visto Partenio a nadie que pudiera actuar como uno de los *ostiarii*, los porteros de la *insula*. Llegados a la cuarta planta ya no se veían prostitutas con el pelo teñido. Era evidente que a los clientes no les gustaba tampoco tener que subir y bajar muchas escaleras, pero por las puertas entreabiertas de las diferentes viviendas no dejaban de oírse conversaciones, insultos, gritos de adultos y llantos de niños pequeños. Quinta planta. Cuanto más arriba, más pobreza. Siempre era así. Los más ricos vivían en sus magníficas *domus* individuales, los de clase media alta habitaban en las plantas bajas de *insulae* medianamente dignas y los más pobres en los pisos más altos de los edificios, allí donde no llegaban ni aguadores ni barrenderos y donde, en caso de incendio, era más difícil poder escapar. Pero como en Roma todo era caro —la vivienda hasta cuatro veces más cara que en otras ciudades del Imperio—, los minúsculos pisos se subarrendaban a inmigrantes recién llegados a la ciudad, parcelando la vivienda con mamparas y así, con el dinero de todos, se podía pagar a los ricos propietarios de aquellas colmenas donde vivía gran parte del más de un millón de habitantes de Roma.

—Sigue —insistió la *gladiarix*.

La escalera se estrechaba. De pronto algo pasó rozando el hombro del consejero imperial y éste se asustó. La luchadora sonrió. Una paloma; allí había muchas de ellas. Roma entera estaba infestada de las mismas y vivían en lo alto de los templos y en los desvanes de las *insulae*. Partenio comprendió que habían llegado al último piso. Se había descontado. No estaba seguro de si estaban en la sexta o la séptima planta. El techo de la habitación en la que entraron estaba inclinado: era el tejado. Había grietas por donde se colaría el agua durante las tormentas y el viento y el frío, pero que ahora dejaban pasar decenas de brillantes haces de luz. Pero el fondo de la sala estaba oscuro. Partenio, conminado por la *gladiatrix*, se aproximó hacia esa esquina oscura. Seguía sin ver nada hasta que, de pronto, unos ojos resplandecieron en la negrura absoluta, pero unos ojos bajos, a la altura del muslo de un hombre, que aparecían vigilantes y amenazadores. No se asemejaban a los ojos de ningún hombre que Partenio hubiera visto antes. No parecían ojos humanos. Se oyó entonces un rugido y, como el cancerbero del inframundo, un gigantesco perro negro emergió con su silueta portentosa de la nada. Partenio se quedó petrificado. La mujer, con paso tranquilo, le adelantó por la derecha y presentó su mano desnuda al animal que primero la olfateó, dejó de rugir y, por fin, la lamió con dulzura.

—Es aquí —dijo la gladiadora y señaló una última puerta que, una vez que la vista se acostumbraba a la oscuridad, se hizo visible tras el gran perro negro. Partenio asintió, dio unos pasos y entró en el último cubículo de aquel desván en aquella *insula* en las entrañas de la Subura de Roma. No le sorprendió encontrar a Marcio tendido sobre un improvisado camastro de heno acompañado, sentado en una esquina, apoyado en la pared, por el samnita. Marcio no se anduvo con rodeos.

—Queremos nuestro oro —dijo con voz serena pero que Partenio sabía que no debía menospreciar. Ya se adivinaba una rabia poderosa bajo aquel aparente autocontrol. Habían pasado meses desde la muerte del emperador y no habían cobrado lo acordado.

—Hay menos dinero de lo esperado en el tesoro imperial. Domiciano dilapidó casi todo el tesoro en fiestas o pagando al rey Decébalo de la Dacia para retenerlo al norte del Danubio. Nerva, el nuevo emperador, aún no confía lo suficiente en mí como para permitirme accceso libre al tesoro, y luego están los pretorianos, que son los que lo controlan todo. Los jefes del pretorio, Norbano y Casperio, me vigilan. —Partenio hablaba con rapidez en un intento por apaciguar al terrible gladiador de Roma y al samnita, y también buscando calmarse él mismo en el arrullo de sus palabras—. Nerva ha nombrado una comisión especial para buscar nuevos ingresos: se están fundiendo las estatuas de oro y bronce del emperador Domiciano y se están vendiendo gran parte de sus propiedades, que han sido confiscadas para el tesoro público tras la *damnatio memoriae* que ha emitido el Senado, pero Nerva ha tenido que pagar casi cuatro mil denarios a los pretorianos por el ascenso de un nuevo emperador... Necesito tiempo...

Marcio se levantó y se acercó despacio al consejero imperial.

—Los pretorianos que no han cumplido con su trabajo de proteger a un emperador cobran su dinero y yo que he cunplido con lo que se me pidió no tengo recompensa. No entiendo tu mundo, consejero imperial; sólo sé que con esas normas no resistiréis mucho tiempo a no ser que venga alguien que las cambie e imponga orden. Pero todo eso no me importa; no es asunto mío cómo gobernáis esta ciudad de locos o todo vuestro maldito Imperio. Lo único que me interesa es que me prometiste todo el oro del mundo y sólo tengo las manos vacías. Como tú dices, Nerva no controla nada de nada. Los pretorianos nos buscan por toda la ciudad y más tarde o más temprano darán con nosotros. Danos nuestro oro y nos marcharemos.

—Dame unos días más y veré lo que puedo reunir... —empezó a decir Partenio.

Marcio le cogió por la túnica y lo levantó del suelo; el samnita desenfundó su espada.

—Yo digo que lo matemos aquí y ahora —dijo el samnita con decisión—. Este viejo no va a pagar nunca.

Marcio sacudió la cabeza y arrojó al viejo consejero contra una pared. Partenio dio con sus huesos en el suelo. Pensó que se había roto algo, pero sólo era dolor y unos rasguños que, eso sí, tardarían semanas en curar. Sonrió. ¿Iba a caso a vivir tanto tiempo?

—Me prometiste oro y no tenemos nada —insistió Marcio.

Partenio se rebeló y mientras se levantaba con dificultad, apoyándose en la pared contra la que había sido arrojado, para sorpresa de todos, encaró a su agresivo interlocutor.

—Has conseguido tu venganza, tu ansiada venganza —dijo con voz silbante, como el susurro de una serpiente—. Anhelabas dar muerte al emperador y el emperador está muerto. Ya tienes algo que sólo yo podía darte y te lo he dado. Así que no me digas que estás con las manos vacías.

Marcio callaba, pensando que había parte de razón en las palabras del consejero. Incluso si al final no había sido su espada la que dio muerte al emperador, no era menos cierto que haber podido contribuir a su muerte y presenciarla en directo había supuesto un enorme descanso para su atormentada existencia. Desde el 18 de septiembre sentía que el *lemur* de su viejo amigo Atilio debía sentirse a su vez más en paz con el mundo. Y sí, eso era algo, era mucho, pero la realidad que le rodeaba era acuciante: necesitaba algo de oro para poder sobrevivir en el largo viaje que tenía pensado emprender en busca de la libertad absoluta, pues estaba Alana y había iniciado todo aquello para sacarla a ella, y él, de aquella maldita ciudad. La voz del consejero volvió a oírse entre las sombras de aquel cubículo angosto.

—Dame hasta las *kalendae* de diciembre. Si entonces no has recibido tu oro, no te molestes en buscarme porque ya estaré muerto. Norbano sospecha de mí y del anterior jefe del pretorio, al que han depuesto forzando a Nerva a nombrar, de nuevo, a Casperio. Sé que pronto ambos pedirán nuestras cabezas al emperador y éste no dispone de la fuerza suficiente para defendernos. Si no recibes tu oro para la fecha que te digo, lo mejor que puedes hacer es encontrar la forma de escapar de Roma lo antes posible. Por todos los dioses, quiero pagarte, soy hombre de palabra. Podría decirte que no fuiste tú ni ninguno de tus hombres los que matasteis al emperador. Fue la emperatriz, pero lo esencial para mí es que sin vosotros, sin vuestra lucha, sin vuestro esfuerzo, sin vuestra sangre, eso tampoco habría sido posible. Y lo básico es que Domiciano está muerto. El Imperio aún tiene una oportunidad y con esa oportunidad puede venir vuestro oro. Dame el tiempo que pido y, si no vuelvo con oro, corre y no pares de correr hasta alejarte de esta ciudad, hasta escapar de los dominios de Roma, porque Casperio y Norbano te buscarán hasta en los últimos confines del Imperio.

El samnita mantenía su espada desenfundada. No parecía muy satisfecho con las promesas de aquel viejo. Marcio tampoco, pero miró de reojo hacia Alana, que permanecía en la puerta vigilando, atenta a lo que allí se decía, al tiempo que observaba que no se acercara nadie hasta el escondrijo más profundo de aquel desván. Marcio sabía que un poco de oro les facilitaría mucho el camino hacia el norte.

—Esperaré hasta las *kalendae*, pero de octubre, no de diciembre. A partir de ese día, si no te han matado los pretorianos, seré yo quien les haga el trabajo sucio —dijo Marcio al fin.

El samnita carraspeó mostrando su desacuerdo, pero no añadió nada y se volvió hacia la pared con su enfado. Partenio se encaminó hacia la puerta, asintió un par de veces, no pensó que fuera momento de regatear por un par de meses más o menos de tiempo y salió. La mujer no le acompañó, sino que se quedó allí quieta. Marcio salió tras el consejero y se puso al lado de la gladiadora. Partenio caminó rápido en busca de la escalera para salir lo antes posible de aquel lugar. Y, a medida que descendía, aceleraba aún más el paso como quien busca la salida del infierno.

Junto a su amo, en lo alto de aquel angosto edificio atestado de miseria, el gran perro negro ladró un par de veces. Una joven prostituta que había subido hasta allí para descansar sin el agobio de los clientes más impacientes asomó por un cubículo de la penúltima planta. La muchacha miró hacia donde estaba el animal en lo alto de las escaleras del desván y en seguida quedó embriagada, como les pasaba a todas, por el hermoso cuerpo del amo de aquel perro; absorta, se quedó admirando apreciativamente los músculos de aquel luchador de Roma hasta que su mirada se cruzó con los ojos de Alana, que estaba al otro lado del perro. La joven prostituta bajó entonces muy rápidamente la mirada y se escondió de nuevo en su cubículo asustada como no lo había estado nunca antes por aquellos ojos de fuego de la *gladiatrix*. Si había algo que una mujer sabía reconocer en aquel barrio eran los celos.

Partenio, por fin, aterrizó en la superficie de la ciudad para encontrarse rodeado por la absoluta indiferencia de una muchedumbre que buscaba comida, dinero, vino o mujeres en medio del olor penetrante de las miles de personas que transitaban un barrio donde el propio Julio César vivió durante años. A Partenio le parecía imposible que el divino Julio pudiera haber pisado aquellas mismas calles. Pero Roma era el lugar de los imposibles, como imposible se le antojaba ahora sobrevivir. Y no le quedaban ideas. Estaba agotado, exhausto, cansado de todo. Roma se lo iba a llevar por delante: era cuestión de días. No sería ni el primero ni el último; Roma lo engullía todo y todo lo digería. Sonrió cínicamente. Los pretorianos podían indigestársele y eso supondría el principio del fin, sólo que él no lo veía. Pensó en huir, pero esos mismos malditos pretorianos ya vigilaban todas las puertas de la ciudad. No. Sólo quedaba participar en la lenta agonía del Imperio y ser parte del festín de los depredadores que esperaban al norte del Rin y el Danubio. Nerva era incapaz, demasiado débil. Ahí habían errado. Se necesitaba a alguien capaz de dominar a los pretorianos, mandar sobre las legiones y derrotar a los bárbaros; una combinación imposible. Partenio se acordó de Corbulón, de Agrícola, de Manio. Los Césares habían acabado con todos. No quedaba ningún patricio romano capaz de reescribir el destino del Imperio.

137

EL MONTE TESTACEUS

Roma, septiembre de 97 d. C.
Un año después del asesinato

Casperio, recién recuperada su posición de jefe del pretorio
con el apoyo recibido por Norbano, caminaba por Roma
como si fuera un perro de presa. Habían peinado muchos de
los barrios de la ciudad; sólo les quedaba la siempre imposible Subura y también el lugar hacia donde se dirigía ahora
escoltado por un centenar de pretorianos. Casperio quería
encontrar a los gladiadores para fortalecer más aún su posición en aquella extraña Roma de Nerva, donde el emperador era demasiado débil como para poder controlarles, a él
o a Norbano.

—¡Vamos, por Marte, vamos! —exclamó sin volver la mirada atrás. Todos los pretorianos aceleraron el paso.

Avanzaban entre los grandes *horrea* del puerto fluvial de
Roma junto al Tíber. Las mercancías de todo el mundo llegaban al gigantesco puerto de Ostia en la desembocadura del
río, pero luego, con grandes barcazas de poco calado, eran
transportadas hasta los almacenes de la ciudad en su puerto
del Tíber. Y ahí, magnífico, impactante, emergía de entre todos aquellos edificios de los muelles el *Porticus Aemilia*. Los
pretorianos de Casperio no podían dejar de admirar el más
grande edificio comercial construido por Roma, con sus siete
grandes naves longitudinales que se entrecruzaban con cincuenta naves transversales, todas rematadas por imponentes
bóvedas. Allí se almacenaba el trigo, aceite, vino y todo tipo de
mercancías de Roma. Un buen lugar para esconderse, pero
Norbano ya había mirado allí. Casperio, sin embargo, había
tenido otra idea. Dejaron atrás los edificios del puerto, atrave-

sando las calles que ascendían hacia el interior y llegaron al gran vertedero de Roma: una suave colina que tras años, siglos, de acumular los despojos de millones de ánforas rotas, empezaba a emerger como una pequeña montaña en el sur. Y es que las ánforas, especialmente las que habían contenido aceite, no eran reutilizables, así que las acumulaban en aquel basurero. Pero no se trataba de una acumulación desordenada de cerámica quebrada, sino que se iban levantando progresivamente muros de contención para evitar corrimientos de toda aquella masa acumulada, de forma que durante las lluvias no hubiera peligro de que la montaña de ánforas se llevara por delante los *horrea* que habían dejado atrás.

—¡Vamos allá! —aulló Casperio al tiempo que se tapaba el rostro con la mano izquierda, abrumado por el mal olor de toda aquella basura, mientras que con la derecha esgrimía su espada con la que pinchaba entre los escombros—. ¡No dejéis nada sin revolver! —volvió a decir, pero luego calló.

Si hablaba, la peste del vertedero se metía en lo más profundo de sus entrañas. La cal que echaban los esclavos del basurero no parecía suficiente para contener toda aquella podredumbre de restos de aceite putrefacto.

Casperio tardó toda aquella jornada en concluir que los gladiadores huidos no se encontraban allí. Nadie podría resistir aquel mal olor tantos días. Tenían que volver a buscar en los barrios de la ciudad. No podían haber escapado, pues las puertas estaban férreamente vigiladas. Estaba seguro de que seguían en Roma. Irían calle a calle, *insula* a *insula*, piso a piso, hasta que dieran con ellos. Y si no... Casperio se detuvo en seco, allí, en lo alto de aquel *Mons Testaceus*, la cima de la montaña de las vasijas rotas, y empezó a pergeñar un nuevo plan de acción. Los gladiadores no habían sido los únicos asesinos del emperador, y Norbano compartía esa idea con él. Habían recibido ayuda desde el interior del palacio imperial. Quizá estaban buscando donde no debían. Quizá habían querido empezar su venganza por el final. Quizá debían empezar por el principio, por aquellos que dieron las órdenes y ya llegarían al final de la cadena. Ya habría tiempo para llegar a los gladiadores.

138

LA DECISIÓN DE NERVA

NERVA

λέγεται Φρόντωνα τὸν ὕπατον εἰπεῖν ὡς κακὸν μέν ἐστιν
αὐτοκράτορα ἔχειν ἐφ᾽ οὗ μηδενὶ μηδὲν ἔξεστι ποιεῖν,
χεῖρον δὲ ἐφ᾽ οὗ πᾶσι πάντα·

[Se dice que el cónsul Frontón comentó: es malo tener un
emperador que no permite hacer nada, pero es peor tener uno cuyo gobierno roza la permisibilidad absoluta.][49]

Roma, 26 de octubre de 97 d. C.
Un año, un mes y ocho días después del asesinato de Domiciano

Marco Coceyo Nerva salió de su villa escoltado por veinticuatro pretorianos de su confianza. Eran hombres seleccionados
por Petronio quien, pese a no ser ya uno de los jefes del pretorio, en calidad de tribuno pretoriano era a quien Nerva había asignado su protección personal. Las aguas del Tíber bajaban revueltas, y no sólo con arcilla, sino con traiciones, y el
nuevo emperador sabía que no podía fiarse de casi nadie.

49. Palabras del cónsul Frontón, senador en época de Adriano, re-
flexionando sobre Domiciano y Nerva, siempre según la versión de Dión
Casio en su *Historia de Roma*, LXVIII, 1, 3.

Nerva subió a la cuadriga que debía conducirlo al palacio imperial desde su residencia en los *Horti Sallustiani*, unos amplios jardines creados por Salustio al noroeste de Roma, en la región VII, entre las colinas del Picio y el Quirinal. Las malas lenguas decían que Salustio había podido crear aquel vergel gracias a una constante malversación de fondos en su gestión como gobernador de Africa Nova, la antigua Numidia, en tiempos de Julio César. Nerva se admiraba de aquel entorno de bosques, estatuas y fuentes mientras subía a la cuadriga. Las malas lenguas en Roma solían tener razón; seguramente si Julio César no hubiera sido amigo de Salustio aquel jardín no se habría levantado nunca con un dinero de tan dudosa procedencia. En cualquier caso, desde Tiberio, aquellos jardines habían sido empleados como lugar de descanso de los emperadores de Roma. Él, Marco Coceyo Nerva, en un gesto que buscaba distanciarse de la tiranía de Domiciano, había decidido no vivir en la *Domus Flavia*, el gran palacio imperial, sino usarla sólo como lugar desde donde administrar el Estado o donde recibir a los embajadores de todo el Imperio y los reinos limítrofes, y hacer que los *Horti Sallustiani* fueran su residencia habitual. Pero hoy Nerva se dirigía a la gran *Aula Regia* para departir con su *consilium* y con varios senadores diferentes sobre asuntos relacionados con las fronteras del Imperio.

Llevaba meses intentando apaciguar los ánimos de todos y, sin embargo, de todos tenía que escuchar quejas y reclamaciones. A nadie en Roma parecía preocuparle lo que pudiera pasar en las fronteras, mientras que él no dejaba de recibir informes sobre los constantes ataques de los bárbaros, especialmente en la región del Danubio, donde, no podía olvidarlo y menos como emperador, dos legiones, la V y la XXI, habían sido aniquiladas en el pasado reciente. Nigrino en Oriente y Trajano en el Rin parecían controlar mejor la situación en sus ámbitos de influencia y se mantenían fieles a Roma, seguramente gracias a la creciente influencia del senador hispano Sura, que negociara con ellos en las semanas previas al asesinato de Domiciano. Pero los dacios en el Danubio eran una amenaza justo en el centro de la frontera norte del Imperio.

La cuadriga, escoltada por los pretorianos de Petronio, inició su camino hacia el sur por la *Via Salaria* hasta, superada la colina del Quirinal, cruzarse con la *Via Nomentana* y entonces girar hacia el suroeste.

—No —dijo el emperador sin gritar pero con firmeza al conductor de la cuadriga—. Iremos por la región V, por el Esquilino.

El conductor asintió y redirigió los caballos de acuerdo con las instrucciones del emperador. Nerva quería evitar la Subura, demasiado populosa y demasiado incontrolada y más en estos meses en los que su gobierno no parecía terminar de imponerse en la ciudad. Primero fueron los pretorianos, encabezados por Norbano, que exigieron la destitución de Petronio como jefe del pretorio por las sospechas que recaían sobre él como posible colaborador o instigador del asesinato de Domiciano. Nerva pensó que con algunas concesiones se haría con la confianza de los pretorianos, por eso cedió en ese punto y relevó a Petronio por Casperio, un veterano que siempre estuvo favorecido por el asesinado Domiciano. Además, dio un generoso *donativum* a los propios pretorianos para celebrar su ascenso al poder, de acuerdo con la costumbre imperial, de casi cuatro mil denarios a cada uno. Eso pareció calmar los ánimos un tiempo, pero al poco Norbano, apoyado por el propio Casperio, insistía en que debía llegarse hasta el final en la investigación sobre el asesinato de Domiciano para encontrar así a los asesinos del emperador y ejecutarlos. De esta forma, pasados los efectos tranquilizadores del *donativum*, Casperio y Norbano volvían a pedir interrogar a Partenio, el viejo consejero imperial, sobre todo lo ocurrido el 18 de septiembre. Y lo mismo exigía Casperio con relación a Petronio Segundo, el jefe del pretorio relevado. Y lo pedía con saña. Sin duda, Casperio no había hecho más que acumular rencor contra Petronio y ahora veía la ocasión para vengarse ante lo que muchos pretorianos interpretaban como una falta de firmeza de Petronio a la hora defender a Domiciano el día 18 de septiembre. Todo lo relacionado con aquel día era confuso. Nerva prefería que todo quedara así, nublado, hasta que se olvidara. Pero los pretorianos no, ellos no olvidaban con facilidad y querían escudriñar en ese día como un sacerdote en las entrañas de un animal sacrificado.

Ya habían pasado el Viminal y se alejaban de la región V para entrar en la región III de Roma. Nerva seguía abrumado por el recuerdo de los últimos meses de traiciones. Calpurnio Craso había preparado una conjura para hacerse con el poder. El complot fue desvelado por los espías del propio Partenio, un consejero que parecía reivindicarse como especialmente valioso incluso en medio de su decrepitud, pero Nerva decidió no condenar a muerte a nadie, en un intento más por no crispar los ánimos de todo el mundo, y se conformó con desterrar a Craso y los suyos a Tarento. Una vez más, su magnanimidad fue interpretada como debilidad y los pretorianos le veían desde entonces como el más despreciable de los gobernantes posibles. Desde aquel día, Nerva temía por su vida y por la de toda su familia; por eso, aquella mañana, al contrario que en otras ocasiones, había decidido acudir solo al palacio imperial dejando a su esposa en la villa de los *Horti Sallustiani*. Tenía un mal presentimiento. Los pretorianos eran capaces de cualquier cosa y los senadores... Nerva sonrió amargamente mientras se vislumbraba en la distancia la imponente silueta del anfiteatro Flavio. Los senadores también le despreciaban, le acusaban de débil, y él estaba allí, en medio de los odios de todos. Región X: el corazón de Roma. El carro se detuvo a los pies de la entrada al palacio imperial.

Nerva bajó de la cuadriga y miró a su alrededor. Había bastantes más pretorianos de lo habitual, rodeando la práctica totalidad de la gran *Domus Flavia*. Aquello podría significar mucho o nada. De un tiempo a esta parte, en las últimas semanas, no se le notificaban los desplazamientos de la guardia pretoriana con antelación. Tanto Norbano como Casperio remitían informes muy ambiguos sobre sus actuaciones y siempre *a posteriori*.

Se aproximó a la entrada del palacio, cuyo acceso estaba custodiado por una veintena de pretorianos. Le miraban directamente a los ojos. No, no les imponía respeto alguno. Era el emperador, era su jefe supremo y a quien debían proteger en todo momento, pero le menospreciaban, todos y cada uno de ellos. Incluso los hombres que le acompañaban, los que había seleccionado el caído en desgracia de Petronio, no le trataban con la distancia y el respeto debidos. Se aproximaba a ellos y, sin embargo, los pretorianos seguían allí, en pie, sin moverse un ápice, bloqueando la entrada al palacio, impidiendo la entrada al mismísimo emperador de Roma. ¿Tan mal estaban las cosas? En cuanto llegara a su altura podría saberlo. Nerva había vivido mucho, visto mucho. ¿Sentía miedo? No, no en particular, no más que en otras muchas ocasiones en su vida, en campaña, o siempre con la duda de si el ya muerto Domiciano ordenaría su ejecución. No, no sentía más miedo que entonces, pero había algo más: se sentía incómodo por no saber definir bien sus sensaciones. Los pretorianos, al fin, se apartaban, se apartaban, se hacían a un lado y pudo pasar sin ser molestado. Algunos no se cuadraron con la mano en el pecho, pero otros sí. Diferencia de opiniones. Era algo sobre lo que trabajar, aunque el margen de maniobra era ya escaso: les había dado un muy generoso *donativum*, tanto como el de Domiciano, y había degradado a Petronio de jefe del pretorio a tan sólo tribuno. ¿Más dinero? El tesoro estaba dilapidado: gran parte en los fastuosos juegos gladiatorios y circenses de Domiciano, parte en pagar a los propios pretorianos y parte en las arcas del rey Decébalo. Nunca una endeble paz en la frontera fue tan cara para Roma. Difícil responder con dinero. Además, lo que realmente necesitaba era lealtad y ésta, si es verdadera, nunca se compra. Se la gana uno al generar admiración en sus subordinados. Nerva sabía que para todos los pretorianos y para el ejército en general, incluso para muchos senadores, él era alguien viejo. Peor aún: viejo y sin hijos, sin sucesor. Era, en suma, alguien prescindible, aupado por las circunstancias, empujado por ellas, pero sin capacidad de gobernar el Imperio.

Pero Nerva intentaba mantener la dignidad por encima de todo. Pasó por delante de todos los pretorianos de la puerta del palacio con el porte de un emperador, con pisadas firmes sobre la tierra de Roma. Les demostraría, al menos, que, pasara lo que pasase, él, Marco Coceyo Nerva, no les tenía miedo alguno. Que dijeran cualquier cosa de él, pero que nunca dijeran que fue un cobarde. Todos, no obstante, de lo que deberían tener miedo era de lo que pudiera estar pasando en las fronteras del norte y de Oriente. Aquello era lo realmente grave, pero a nadie parecía importarle.

Nerva se sentó en el trono imperial que hasta hacía unos meses fuera de Domiciano y allí, rodeado por Partenio, Petronio y el resto de miembros de su *consilium*, se decidió a abordar los dos problemas acuciantes que requerían soluciones: el tesoro y las fronteras. Para el primer asunto había nombrado una comisión especial cuya función era reunir dinero de donde fuera para afrontar los pagos pendientes a pretorianos y legiones y proveedores de toda condición. Las primeras medidas habían consistido en confiscar todos los bienes de Domiciano para, con su venta, realimentar las arcas del depauperado Estado romano. La segunda medida había sido la de derribar todas las estatuas de bronce y oro y plata de Domiciano para fundirlas y hacer moneda. Estas decisiones, no obstante, ahondaban en la herida abierta llena de rencor de los pretorianos, que no sólo habían visto cómo se asesinaba a su querido Domiciano, sino que habían sufrido que no fuera deificado por el Senado, que éste emitiera una solemne *damnatio memoriae* y ahora que su sucesor en el trono ordenara el derribo y fundición de todas sus estatuas. Incluso si parte del dinero era para pagarles a ellos mismos, los pretorianos no podían evitar odiar cada vez más al nuevo viejo *imperator*. Nerva iba a dar la palabra a Partenio, de quien había solicitado informes actualizados sobre la comisión recaudatoria de fondos y sobre el asunto de las fronteras, pero vio rostros tan serios en todos sus consejeros que no dijo nada de lo que tenía pensado.

—¿Qué ocurre? —preguntó Nerva y, ante el silencio de todos, mirando al ahora tribuno Petronio, levantando la voz, insistió—. ¿Qué ocurre? ¡Por Júpiter, soy el emperador de Roma! ¿Qué o-cu-rre?

Petronio suspiró, asintió y respondió.

—Norbano y Casperio se han alzado en armas y no reconocen la autoridad imperial. No hasta que se satisfagan sus condiciones.

—¿Sus condiciones? —preguntó airado Nerva inclinándose en su trono—. ¿Desde cuándo los jefes del pretorio ponen condiciones al emperador de Roma? Sólo el Senado puede atreverse a tanto. Sólo el Senado puede interferir en el gobierno del príncipe del Imperio.

Nuevamente silencio. Fue Partenio el que se adelantó dando un paso al frente. Eludió el tema irrelevante de si los pretorianos tenían derecho jurídico o no a exigir algo al emperador: el hecho era que lo hacían y que controlaban la ciudad de Roma por la fuerza de sus armas. El Senado era importante, sin duda, pero con los pretorianos en rebelión era momento de armas y no de palabras.

—Los jefes del pretorio, Norbano y Casperio, exigen que el emperador entregue al propio tribuno Petronio aquí presente y a mí mismo. —Se giró un instante para mirar al tribuno, que asintió con rostro serio—. Y también a Máximo y Estéfano, ayudantes míos.

Partenio no los buscó con su mirada porque ninguno de ellos se encontraba en el *Aula Regia*, sino en los aposentos privados del palacio. Observó que el emperador se encolerizaba por momentos, a entender del propio Partenio no tanto por aquellas exigencias sino por el hecho de que, en efecto, se le exigiera algo a quien estaba por encima de todos los demás. Sabía que la ira del emperador se desataría por completo cuando terminara con el listado de demandas de los jefes del pretorio.

—Además, Norbano y Casperio han persuadido al resto de pretorianos de que se les debe conceder libertad absoluta para interrogarnos a todos y ejecutarnos si se nos encuentra culpables de haber participado en una posible conspiración contra Domiciano; también piden poder detener e interrogar a aquellos senadores que podrían haber colaborado en el ataque contra el anterior emperador. Eso, en suma, es lo que piden y me consta que vienen desde los *castra praetoria* liderando una enorme turba de pretorianos que sólo son leales a ellos mismos y su causa. Esto, César, es lo que ocurre.

Nerva estaba fuera de sí, pero para sorpresa de todos los presentes se controló. La ira sin mesura ni objetivo preciso era una pérdida absoluta de energía y esfuerzo. Llevaba en la sangre, en su mismísima sangre, la dignidad imperial y pensaba ejercerla con gallardía hasta el último día, incluso si ese día era el presente. Por algo era de los pocos vivos que podía enorgullecerse no ya de haber servido lealmente durante años a la dinastía Flavia, hasta la locura absoluta de Domiciano, sino que además, se sabía emparentado por vía materna directamente con la dinastía del divino Augusto. Sí, era emperador por orden senatorial, pero también por la fuerza de la sangre. Todos le menospreciaban. Todos. ¿Estaban en lo cierto o se equivocaban?

—Cuando lleguen dejadles pasar. Quiero hablar con ellos —dijo, como si fuera una orden. Todos sabían que ningún pretoriano osaría detener a Norbano y Casperio, a excepción de Petronio y algún otro leal al mandato de Nerva y del Senado, pero siempre resultarían insuficientes frente a la gran mayoría de pretorianos que seguían, casi a ciegas, a un Norbano y un Casperio que les habían inculcado que nadie habría en el trono imperial que les volviera ser tan favorable como Domiciano y que, en consecuencia, lo mínimo que podían hacer, para mandar una señal clara al Senado y a toda Roma de su poder, era vengar hasta el final el asesinato de su querido emperador.

Por eso, en ese contexto, las palabras de Nerva sonaron huecas, pero todos asintieron como si el mandato hubiera ido respaldado del poder efectivo de quien gobierna con mano de hierro. Era una farsa. Una mala obra de teatro de final previsible.

Norbano y Casperio se detuvieron ante la entrada de la gran *Aula Regia*. Quinientos pretorianos habían desfilado tras ellos por las avenidas y el foro de Roma. Era una exhibición de tan sólo una décima parte de su poder. Roma era suya y el emperador sería aquel que tuviera claro que las condiciones de vida de los pretorianos, es decir, sus privilegios, eran algo consustancial al Imperio. Luego vendrían el resto de asuntos, pero eso primero, y junto con eso había algo más a lo que ni

Norbano ni Casperio estaban dispuestos a renunciar: la necesaria venganza, dando muerte a todos y cada uno de los asesinos de Domiciano.

Los pretorianos de la puerta hicieron un amplio pasillo, mucho más amplio y más solemne en apariencia que el que habían formado cuando entró el emperador Nerva. Los jefes del pretorio irrumpieron en el *Aula Regia* como si de dos grandes *legati* triunfales se tratara.

Entre tanto, en la Subura, en el Quirinal, el Aventino, el Esquilino, en las inmediaciones del foro y del palacio imperial, por todas partes, los ciudadanos de Roma cerraban puertas y ventanas y la ciudad entera empezaba a quedar desierta. A nadie le importaba ya que aquél fuera día de mercado. Los comerciantes habían palpado el miedo que se apoderaba de las calles y cerraban también sus tiendas, guardando a toda prisa sus mercancías en el interior de sus comercios. En menos de una hora, por las calles de Roma sólo transitaban los miembros de la guardia pretoriana y, quizá, algún borracho despistado que lamentaría gravemente su estado de ebriedad al encontrarse con alguna de las decenas de patrullas pretorianas. Anécdotas de un día clave en el destino del mundo. A nadie le interesaba un muerto más o menos en alguna esquina de la capital del Imperio; lo importante se dirimía en el gran *Aula Regia* de la *Domus Flavia*.

En su interior, Partenio y Petronio, a ambos lados del emperador Nerva, engullían su tensión inmóviles y desafiantes en apariencia, pero con el miedo que todo hombre siente cuando percibe que su final, y un final presuntamente muy doloroso, se acerca.

—No aceptamos más retrasos —espetó Norbano al emperador de Roma—. Entréganos a esos dos miserables que se esconden a tu espalda —ambos, Petronio y Partenio, habían retrocedido un par de pasos como quien intenta ocultarse en las sombras— y no se hable más de este asunto. Y entréganos también a los que les ayudaron: ese ciego traicionero de Estéfano y ese imbécil de Máximo. Los cuatro, ahora mismo, por Marte, o no respondo de las consecuencias.

Nerva se levantó de su trono.

—¡Silencio, miserable! —vociferó Nerva escupiendo saliva al hablar—. ¡Estáis bajo mis órdenes y aquí se hará lo que yo, *Imperator Nerva Caesar Augustus Pontifex Maximus Pater Patriae*, ordene!

La voz había sido resuelta, decidida; las palabras pronunciadas con aplomo, el porte distinguido, pero el efecto de todo fue nulo. Ignorando gestos y palabras, Norbano en persona rodeó el gran trono imperial y, seleccionando con habilidad la presa más débil, llegó hasta el anciano Partenio, lo cogió por la túnica, a la altura del hombro y lo arrojó al suelo a los pies de un airado Nerva, impotente, incapaz de imponer su mando; Norbano aprovechó la indecisión imperial para dirigirse a un grupo de los pretorianos que lo habían acompañado desde los *castra praetoria*.

—¡Prendedlo! ¡Ya tenemos uno! —dijo Norbano sonriente, satisfecho por la caza del día, y mirando a otro grupo de soldados añadió con rapidez—: Y ahora, buscad por palacio y traednos a los miserables de Estéfano y Máximo.

—¡No, por Júpiter! —clamó Nerva descendiendo del trono— ¡No y mil veces, no!

Casperio se encaró entonces con el emperador, que quedó situado con el propio Casperio delante y con Norbano por detrás. Petronio pensó en intervenir, pero cuatro pretorianos que se habían movido con sigilo le asieron por los brazos inmovilizándolo.

—¡Dejadme, malditos! —exclamó Petronio.

Nerva oyó aquellas palabras y se giró y se encontró con un Norbano sonriente que, al igual que había hecho con Partenio, sin importarle que quien tenía ahora delante fuera el emperador de Roma, le empujó. Marco Coceyo Nerva, con sesenta y cinco años, no era rival para el fornido jefe del pretorio, por lo que trastabilló, perdió el equilibrio y cayó sobre el suelo del *Aula Regia*. La humillación más profunda inundó todo su ser. No era sólo que le empujaran a él, sino el hecho de que unos pretorianos osaban empujar, golpear y humillar al emperador de Roma, el príncipe del Senado, el centro máximo del poder del Imperio ¿Dónde estaba el orden, la jerarquía, la disciplina? Sin eso Roma no era nada. Nada.

Nerva no dijo más. Por un instante pensó que lo matarían allí mismo, pero Norbano y Casperio parecían felices aquella mañana con salir del *Aula Regia* arrastrando a Partenio, silencioso, y a Petronio, aullando con fuerza y pugnando por liberarse del abrazo mortal de quienes, hasta hacía bien poco, eran soldados bajo sus órdenes. Y para mayor desafío no se iban a los *castra pretoria*, no, sino que se adentraban en el palacio imperial, como si no tuvieran intención de abandonarlo ya nunca.

Marco Coceyo Nerva sólo se alegró de una cosa simple: acababa de identificar, al fin, con la exactitud del médico experto que sabe entender el mal del que adolece cada persona, cuál era el sentimiento que le incomodaba y le irritaba desde el principio de aquel funesto día: la impotencia, la impotencia absoluta, en grado supino, la impotencia de no poder hacer nada de nada por detener el curso de los acontecimientos. La mayoría de los pretorianos abandonó el *Aula Regia*; sólo media docena de los que Petronio seleccionara en las ultimas semanas y que le habían escoltado esa mañana por las calles de Roma quedaron junto al abatido emperador de... de no sabían bien qué. Eran hombres veteranos en la guerra, para quienes la disciplina, la jerarquía y el orden era un valor aprendido a sangre y fuego y que habían visto otros motines, otras rebeliones y sabían que nunca saldría nada bueno de allí. Así que se quedaron quietos, a la espera de recibir órdenes. Si las había. Era un día confuso. El resto de consejeros imperiales desapareció, de modo que Nerva apreció de forma especial aquel apoyo silencioso de aquella media docena de leales: una gota de agua en un océano de anarquía, pero una gota que recordaba tiempos pasados, tiempos mejores.

Marco Coceyo Nerva se sentó a los pies del trono. No se sentía con la dignidad suficiente para volver a hacerlo sobre el mismo. Estaba hundido, golpeado, humillado, pero se negaba a darse por vencido, porque aceptar su derrota en aquellas circunstancias era aceptar que Roma ya no existía y eso, eso no podía ser. Además, más tarde o más temprano, Casperio y Norbano pasarían de ajusticiar a pretorianos y consejeros imperiales a ajusticiar a senadores y, por qué no, a él mismo, al propio Nerva. Era ya sólo cuestión de tiempo. Pero no tenía soldados fieles, más allá de esos seis hombres mudos; no tenía fuerza que oponer a los pretorianos; el Senado estaría atemorizado y pronto sería objeto de una purga brutal por parte de los rebeldes. Ni las *cohortes urbanae* ni las *cohortes vigiles* se enfrentarían a los pretorianos, como no lo hicieron tampoco en el pasado. Y el ejército estaba demasiado lejos, en las fronteras del Imperio. De pronto se le iluminó el rostro; no con el resplandor de la felicidad si no con el fulgurante destello de la rabia que encuentra una ruta para satisfacer su encono. Sin duda alguna, Norbano y Casperio tenían en mente forzar que el Senado eligiera a algún pobre ex cónsul tan viejo y débil como él, un mero títere para los pretorianos, y así extender su poder y su dominio sobre todas las instituciones del Estado. Quizá ése fuera sólo un paso previo a que el propio Norbano o Casperio se autoproclamaran emperador. Ése sería el plan, ni tan siquiera aún bien pergeñado de los jefes del pretorio, pero era su único camino y no parecía algo fácil de detener. Sobre todo Norbano que estaba bien emparentado, y era apreciado por el ejército por la victoria en Germania contra aquel gigantesco ejército de los catos que se ahogó en el Rin. Pero Nerva comprendió que aún le quedaba un arma, una única arma. Eso sí, un arma al alcance sólo de un legítimo emperador de Roma. Pero él lo era. Lo era por nombramiento del Senado.

Nerva se levantó. Miró a su alrededor. El *Aula Regia* semidesierta, poblada de sombras, le envolvía. Sólo estaban los seis pretorianos leales, inmóviles hasta confundirse con las estatuas de los divinos Vespasiano y Tito y Augusto y Tiberio y Claudio. Ninguna de Calígula o Nerón o Domiciano, pero pronto, si la rebelión de Norbano y Casperio se mantenía en el tiempo, pronto regresarían las estatuas, cuando menos, del propio Domiciano, sin importar la *damnatio memoriae* del Senado. Nerva vio una mesa con papiro y mapas que uno de los libertos del *consilium*, abadonara a su suerte. Se acercó a ella y se sentó en la *sella* del consejero que había huido, atemorizado, como todos, por Norbano, Casperio y sus hombres. Había papiros, varias *schedae* sueltas para tomar notas, un *stilus* y *attra-*

mentum. No necesitaba más. Marco Coceyo Nerva escribió despacio, meditando bien cada palabra. Era importante qué iba a decir y cómo decirlo, pues iba a usar palabras para acabar con una rebelión. No era un iluso. Eran palabras que debían traer espadas más fuertes que la suya al corazón de Roma, *gladii* que pudieran doblegar las pesadas espadas pretorianas. Tenía que escribir dos mensajes. Dos. Para personas distintas. No pudo evitarlo y se sonrió mientras escribía. Dos mensajes, un puñado de palabras contra cinco mil pretorianos en rebeldía, sólo que los pretorianos olvidaban un pequeño detalle: eran las palabras de un emperador, incluso si no le obedecían, incluso si le menospreciaban, incluso si pensaban que no estaba a la altura del puesto, seguían siendo las palabras de un emperador de Roma vivo. Norbano y Casperio tendrían que haberle matado. Ése fue su error. Nerva terminó el primero de los mensajes. Era el más importante, pero también el más claro en su mente, por eso le salió con facilidad y el *stilus* dibujó las palabras con acierto y fluidez, pero, llegado el momento de escribir el segundo mensaje, Nerva se detuvo. ¿Cómo decirle a alguien todo lo que iba a decirle sin emplear decenas de rollos de papiro o un *codex* entero de pergamino? ¿Cómo explicar el cambio del curso de la Historia a quien la Historia señalaba de forma ineludible? Se oía un tumulto en el interior del palacio y los primeros gritos. Habían empezado las torturas a los detenidos. Lo sensato era salir de aquel lugar cuanto antes y refugiarse en los *Horti Sallustiani* y esperar allí a ver cómo se desarrollaban los acontecimientos. Un recuerdo cruzó entonces la mente del emperador. Nerva sonrió. Optó por una cita literaria en griego. Quien la leyera entendería: sólo el destinatario lo entendería. Eso era lo esencial. Los pretorianos, si capturaban al mensajero, aunque le sonsacaran el destinatario, al no saber griego no lo comprenderían, no hasta que dieran con un traductor. Y por los gritos que se oían en palacio la mayoría de los que sabían griego estaban siendo torturados y ejecutados.

Nerva se dirigió a uno de los pretorianos que permanecían en la sala.

—¿Cómo te llamas, soldado?

El pretoriano se puso aún más firme de lo que estaba.

—Aulo. Aulo es mi nombre, César.

—Bien, Aulo. ¿Eres veterano de alguna campaña?

—Veterano de Britania bajo el mando de Agrícola.

—Una gran campaña y un gran *legatus*.

—Sí, César.

—Eres entonces un hombre valiente.

—Siempre he luchado con honor, César.

—¿Por qué te has quedado y no te has unido al resto de pretorianos?

—Porque la guardia está al servicio del César.

Nerva sonrió. Una isla de disciplina y de orden en medio de la tormenta y el caos. Y se giró hacia los otros cinco pretorianos que escuchaban atentos.

—Vuestra lealtad será recompensada. —Se volvió de nuevo hacia Aulo—. Necesito que entregues dos mensajes mientras yo voy al templo de Júpiter. El primero es para el senador Lucio Licinio Sura. A esta hora lo encontrarás en el Senado, en el edificio de la *Curia Julia*. El segundo mensaje es para esta persona. —Y Nerva enseñó el segundo papiro, doblado por la mitad y sellado en un extremo con un nombre en la parte posterior de la *scheda*.

El pretoriano leyó con atención el *praenomen*, el *nomen* y el *cognomen* del destinario del segundo mensaje y asintió despacio, mientras el emperador añadía una pregunta:

—¿Sabrás encontrar a esta segunda persona?

El pretoriano asintió de nuevo.

Marco Coceyo Nerva suspiró.

—¡Por Júpiter! ¡Adelante, pues, pretoriano de la guardia imperial! ¡Lleva mis mensajes y asegúrate de que obtengo respuesta del Senado antes de que partas hacia el norte con el segundo mensaje! Me encontrarás en el templo de Júpiter.

Vio cómo Aulo saludaba con el brazo y la mano derecha extendida, daba media vuelta y, con paso decidido, salía del *Aula Regia*. No era probable que los pretorianos se entretuvieran en retener a uno de los suyos que partía en dirección al foro, que era lo mismo que decir en dirección a los *castra praetoria*. El destino del Imperio estaba contenido en esos dos mensajes. Si su plan surtía efecto, el mundo le recordaría por ellos. Sólo por eso. El resto de su mandato imperial era sólo una lenta sucesión de días de anarquía y desgobierno. Lo había intentado, lo había intentado todo y nada había surtido efecto. Sólo quedaban esas palabras. Y tendrían que bastar. Tendrían que ser las adecuadas o Roma perecería en un torbellino de guerras internas sin control mientras los depredadores de más allá del Rin y del Danubio se harían con el dominio de todas las provincias del norte y los partos se anexionarían todo el Oriente. Y eso sería sólo el principio.

Nerva miró al resto de pretorianos del *Aula Regia*.

—¡Vamos! ¡Al templo de Júpiter!

Tampoco los detuvo nadie. Los pretorianos que custodiaban el palacio imperial le consideraban demasiado insignificante como para retenerlo. Para ellos era ya sólo el pasado, mientras que Norbano y Casperio representaban el presente y el futuro.

139

EL INTERROGATORIO

Roma, 26 de octubre de 97 d. C.

Norbano y Casperio hicieron que se condujera a los cuatro detenidos al hipódromo. A Norbano le parecía que aquel hecho encerraba en sí mismo cierta forma de justicia poética: la muerte había sobrevenido al emperador Domiciano desde el hipódromo; era justo, pues, que la muerte sobreviniera ahora a todos aquellos conjurados en el mismo lugar donde empezó todo. Estaba harto de esperar respuestas. Todos los arrestados tendrían una última oportunidad no ya de sobrevivir, sino de acortar sus padecimientos revelando nombres.

Situaron a los cuatro en el centro del estadio privado del ya fallecido emperador Domiciano, justo en el lugar donde el propio Norbano tuvo el presentimiento de que algo extraño estaba a punto de ocurrir: Estéfano no dejaba de gimotear y llorar; aun sin ojos, las lágrimas resbalaban por las cuencas vacías de su cabeza emergiendo de los lacrimales que no habían sido arrancados por Domiciano. Máximo lloraba también como si fuera un gato herido, mientras que Petronio y Partenio se mantenían callados e inmóviles a la espera de su destino.

Casperio fue el primero en realizar preguntas, una vez más, por enésima ocasión, sobre la conjura contra Domiciano.

—¿Quién más está implicado? Queremos todos los nombres —dijo, en pie, frente al gimoteo ininteligible de Estéfano.

Casperio sentía asco de los cobardes, así que desenfundó su espada y, con la parte plana de la misma, golpeó justo encima del vientre a aquel indefenso ciego que, desprevenido, sufrió aún más al recibir aquel golpe por su incapacidad de prever por dónde podía venir. Estéfano se dobló llevándose las manos al estómago. Apenas podía respirar. Cayó de rodillas, sintió una arcada y vomitó. A su lado, Máximo interrumpió su sollozo silencioso y tragó saliva, pero ya era tarde y Casperio repitió la operación con él. El liberto cayó también de rodillas, pero había intuido el golpe, se las arreglaba para seguir respirando entrecortadamente. Estéfano, por su parte, parecía que recuperaba el aliento cuando Casperio le atizó un segundo golpe con la espada plana en la sien. Aun sin haber usado el filo del arma, el impacto fue brutal y Estéfano cayó sobre el suelo del hipódromo y quedó inmóvil sobre el mismo en medio de un charco de sangre que emergía entre el pelo de su cabeza quebrada. Sin embargo, aún respiraba, se movía, luchaba por su vida. Casperio se agachó y volvió a hablarle, seguro ahora de que el ciego no dudaría en decir todo lo que sabía, aunque sólo fuera por no recibir más golpes bestiales como los que acababa de encajar. Aquellos libertos no eran gran cosa resistiendo el dolor. Casperio sabía que a Estéfano no le quedaba mucha vida por delante, se veía ya mucha sangre vertida desde su cabeza, así que se concentró en la pregunta clave.

—¿Quién apuñaló al emperador? Dime, maldito, ¿quién apuñaló al emperador? Vamos, por Júpiter, dime quién fue el que atravesó el corazón del emperador con su puñal y llamaré a un médico ahora mismo para que te cure.

Tanto Máximo, como Partenio o Petronio, como todos los pretorianos que eran testigos de la escena, a la vista del profuso charco de sangre, sabían que la visita de un médico poco podría hacer ya por el descalabrado y ciego Estéfano, pero el herido en cuestión sólo pensaba, como pensaría casi cualquier persona en sus mismas circunstancias, en la supervivencia.

—No... lo... sé... no... lo... sé... —gimoteaba arrastrándose por el suelo, gateando como un perro malherido. Casperio y Norbano le seguían de cerca evitando pisar con sus sandalias el reguero de sangre que iba dejando su víctima en su camino hacia ninguna parte—. Yo tenía que matarle, yo tenía que matarle.

Estéfano se entregaba por completo; Partenio le miró con odio; el mutilado moribundo iba a decir todo lo que sabía, todo... pero ¿cuánto sabía exactamente? Estéfano se detuvo en su gateo absurdo y se sentó en el suelo con una mano en la brecha de su cabeza, por la que no dejaba de manar sangre.

—Yo tenía que matar al emperador. Me acerqué a él por la espalda y le apuñalé, lo hice por los niños, por los niños... pero no soy guerrero, fue un mal golpe, sólo un rasguño y el emperador se revolvió contra mí y luchamos. Luchamos en el suelo y fue cuando me sacó los ojos... me sacó los ojos.

Los jefes del pretorio sonrieron ante la fortaleza de su anterior jefe supremo que incluso a solas, atacado por la espalda, había sido capaz de defenderse como un león; Estéfano, cubierto de sangre, continuaba con sus recuerdos entrecortados por el dolor

—... pero entonces llegaron más hombres... no sé, hubo varias luchas... para mí todo es confuso, todo es confuso... no veía nada, nada... Oía las voces de todos y de nadie, luego estoy seguro que oí a Partenio y a otros hombres y al emperador y hubo una larga lucha. También estaba la emperatriz, sí estaba la emperatriz y dijo... dijo...—Partenio sintió la impotencia absoluta—, dijo... discutía, no entendí bien sus palabras... gritaba, la emperatriz gritaba y lloraba, y el emperador gritaba también y se hizo como un silencio y luego de nuevo la lucha.

Estéfano perdió el conocimiento y cayó de lado, derrumbándose sobre el suelo, desangrándose sin que ya nadie hiciera nada por él. Partenio se permitió un casi imperceptible suspiro de alivio. Los jefes del pretorio dejaron a Estéfano allí, solo, en medio del hipódromo de la *Domus Flavia* para que se muriera en su particular mar de su sangre y dolor. Estéfano sentía arcadas pero luego ni eso. Estaba quieto, inmóvil. Un líquido que le cubría el rostro. Pensó en el dios de los cristianos, ese dios en el que había creído los últimos meses de su mísera existencia. No entendía nada. ¿Cómo un dios tan supuestamente bueno podía permitir no ya su sufrimiento, sino el asesinato de tantos inocentes? Recordó entonces a los niños de Flavio Clemente y Flavia Domitila. Recordó las espadas de los pretorianos atravesando sus pequeños cuerpos sorprendidos, indefensos. No había dioses para los hombres. Ni los dioses romanos ni el dios cristiano le valían. No había nada. Estéfano sintió entonces un miedo gélido y dejó de respirar.

Tanto Casperio como Norbano estaban contrariados: por un momento habían esperado mucho más de las palabras de aquel miserable, pero ciego como lo había dejado el propio Domiciano no había servido de gran cosa como relator del asesinato. Sólo se confirmaba que habían participado muchos, pero eso ya lo sabían ellos por todos los cadáveres de gladiadores muertos que habían encontrado allí mismo en el hipódromo y luego en la cámara del emperador. «Uno menos», pensaron muchos de los pretorianos allí congregados. A Norbano no le pareció mal que Estéfano hubiera encontrado el camino del Hades tan pronto, pero temió que Casperio se dejara llevar y ejecutara al resto sin sonsacarles nada más de provecho, como acababa de pasar con el ciego. Como aviso no había estado mal matar a Estéfano; eso valía para que aquellos malditos vieran que iban ya muy en serio con aquel interrogatorio, pero había que ser más lento con el resto.

—Ya habéis visto lo que le ha pasado a vuestro compañero de traición —intervino Norbano situándose entre Casperio y los tres arrestados que aún seguían vivos—. Es mejor que alguno de vosotros nos dé nombres o todos correréis la misma suerte que vuestro amigo ciego, sólo que más despacio.

En lugar de desenfundar su espada, extrajo su *pugio* militar y lo exhibió a la altura de los ojos de sus víctimas. Máximo, que había conseguido volver a levantarse, pareció el más impresionado de los tres y en él decidió concentrar Norbano sus esfuerzos.

—Por Marte, ¿vas a ser tú el que entre primero en el camino de la sensatez, liberto?

Pero Máximo se mantuvo callado. Norbano resopló, se dio media vuelta dándole la espalda y parecía que iba a alejarse cuando, de pronto, se giró y clavó el puñal tres veces en la pierna izquierda de Máximo. Éste aulló de dolor, volvió a caer al suelo e intentó contener la hemorragia. Casperio se acercó entonces al liberto herido y le repitió la pregunta con la que se había iniciado aquel interrogatorio.

—¿Quién más está implicado, miserable? ¿Quién más participó en la muerte del emperador?

Máximo miró suplicante a Partenio y éste negó con la cabeza, momento en el que Norbano se le acercó y le golpeó en la boca del estómago, derribando así al veterano consejero de modo que no pudiera influir en la respuesta del otro liberto herido. Mientras Partenio buscaba, jadeante, acurrucado en el suelo, el aire que le faltaba, el propio Norbano ya estaba de nuevo junto al herido Máximo.

—Dinos, respóndenos y salva tu vida. Son heridas en la pierna, se pueden curar. Tenemos buenos cirujanos en los *castra praetoria*, los mejores, pero has de decirnos qué pasó luego, quién intervino en el asesinato.

Máximo, en su simpleza, era leal hasta el fin y sabía la frontera que la mirada de Partenio buscaba delimitar, de forma que dijo todo lo que podía decir, que era lo mismo que no decir nada.

—Fueron los gladiadores. Entraron varios y lucharon con la guardia pretoriana y con el emperador. Fueron los gladiadores. Es Marcio a quien buscáis, el *mirmillo* de la arena. Fue él quien atravesó el corazón del emperador.

Los dos jefes del pretorio se miraron entre sí. No estaban convencidos, pero era lo más probable: Marcio tenía madera de líder pero les dolía que fuera precisamente Marcio, uno de los dos gladiadores que se les habían escapado y al que aún no habían conseguido atrapar, el que hubiera asestado el golpe mortal al emperador. Pero en cualquier caso quedaba el asunto de saber si había habido más colaboradores en palacio. Era día de limpieza general y tanto Casperio como Norbano no querían que quedara ningún traidor sin castigo. Luego se ocuparían de buscar, encontrar y ejecutar a los dos gladiadores fugados. Daba igual dónde se escondieran: al final terminarían dando con ellos.

—Matadlo —dijo Norbano al grupo de pretorianos más próximo mientras buscaba con su mirada la confirmación de Casperio; éste asintió y al instante, varias espadas atravesaban el pecho y la espalda de un Máximo que moría pidiendo clemencia entre gemidos y aullidos que penetraron como afiladas dagas en los tímpanos de Partenio y Petronio. Hacia ellos precisamente se acercaban entonces los pasos de los jefes del pretorio.

Norbano se acercó a Petronio para hablarle muy de cerca, mientras el veterano tribuno era sujetado por varios pretorianos.

—Dime quién más estaba implicado de la guardia y te facilitaré una muerte rápida. De lo contrario te pudrirás aquí lentamente bajo el sol. Te crucificaremos con clavos. Incluso haré que venden tus heridas de las manos y los pies para que sufras una agonía más lenta.

Petronio no respondía, así que uno de los pretorianos le retorció el brazo por detrás.

—Da igual lo que diga... nunca me vais a creer... —respondió al fin Petronio.

—Redujiste la guardia aquí en el hipódromo —continuó Norbano ignorando las últimas palabras de su prisionero—. ¿Quién más de la guardia estaba en esto?

Norbano estaba convencido que debía haber más pretorianos implicados. No podía entender que sólo con haber reducido la guardia en el hipódromo hubiera sido suficiente para acabar con la vida del emperador. Tenía que haber habido más ayuda desde dentro, más allá de la cooperación de Partenio o de los otros libertos.

Petronio Segundo leía la mente de su interlocutor, juez y pronto, con toda seguridad, ejecutor. La proximidad de la muerte parecía haberle dotado de una clarividencia especial.

—No puedes creer que tan poca ayuda hubiera sido suficiente, ¿verdad? —dijo Petronio entre dientes, masticando el dolor del brazo que estaban a punto de romperle—, pero lo fue, Norbano, lo fue. Domiciano había creado demasiado odio a su alrededor... aaggh... tanto odio, al final, te alcanza... Incluso si eres un dios... te alcanza... agghh.

Norbano le estaba asfixiando a la vez que los pretorianos que le sujetaban le quebraban el brazo por detrás y el dolor se hizo irresistible. Petronio respondió escupiendo a la cara de su torturador. Norbano se quitó la saliva del tribuno con el dorso de una mano y se alejó un poco, despacio.

—¿Quién mató al emperador? —preguntó Norbano con frialdad; Casperio se situó entonces a su lado. Quería oír la respuesta. El resto de pretorianos se aproximaron formando un espeso círculo en torno al prisionero Petronio, pero el veterano tribuno, para furia de los jefes del pretorio, lanzó una sonora carcajada.

—No lo sé... no lo sé... cuando llegué ya estaba muerto y lo siento... lo siento... porque me habría encantado ver cómo atravesaban el corazón de ese loco que nos condujo a todos a la destrucción... un valiente... el asesino...un valiente... ahora todos vamos hacia la desaparición... mientras os divertís conmigo... —le costaba hablar con el brazo roto y tras la asfixia de Norbano pero seguía, seguía, las palabras era lo único que tenía para atormentarles a todos—, las fronteras... las fronteras... desatendidas... sin suficientes recursos... los bárbaros se echarán sobre nosotros... pronto tendréis que luchar contra enemigos de verdad... un día no muy lejano seréis vosotros los torturados por enemigos del norte, de Oriente, de todas partes... sólo siento no estar aquí para verlo... ah.

Calló al recibir un puñetazo de Norbano en el bajo vientre. Luego éste se volvió hacia Casperio.

—Dice la verdad. Petronio es un traidor, pero no miente. No es de esa clase. Llegó cuando todo había pasado ya. Eso es conforme con lo que nos han contado los otros pretorianos. Sólo nos queda el viejo. —Y señaló a Partenio que les miraba completamente aterrado.

—Tú lo organizaste todo, ¿verdad? Hablaste con Petronio, sedujiste al resto de libertos, contrataste a los gladiadores, gladiadores que encontraremos pronto y ejecutaremos después de torturarlos adecuadamente, por largo tiempo. Tú lo hiciste todo. Dime sólo una cosa: ¿por qué? ¿Por qué asesinar a quien te daba la vida, a quien te mantenía, a tu jefe supremo?

Norbano terminó su retahíla de preguntas con un par de puñetazos en el estómago del viejo que le hicieron perder la respiración primero y luego vomitar. Casperio y él esperaron entonces un rato, mientras el viejo consejero se recuperaba.

Partenio se embarcó en la absurda actividad de hablar con sus captores. Como a Petronio, cualquier cosa le era buena si le valía para distraerse del dolor que le atenazaba por el estómago.

—Domiciano estaba loco. En poco tiempo habría terminado con todos, sí, con todos. Con vosotros también. Cada día... cada día, su lista de sospechosos era mayor... no tenía límite... no habría habido descanso hasta que hubiera asesinado a todos... a todos... y el Imperio se deshace...

—No más palabras sobre el Imperio, imbécil —le interrumpió Norbano—; eres al que más ganas le tengo, por Marte que es así. Contigo vamos a hacer cosas especiales, a no ser que me aclares lo que vengo preguntando a los demás: me da igual ya el por qué, sólo quiero saber quién, ¿quién? ¿Me oyes? ¿Quién fue el hombre que apuñaló al emperador por la espalda? ¿Quién? ¡Por todos los dioses, Partenio! ¡Tú estuviste allí, en la cámara imperial y no estás ciego, no lo estabas entonces y no lo estás ahora! ¿Fue ese miserable de Marcio? ¡Tú sabes quién asesinó al emperador! ¡Y nos lo vas a decir, por todos los dioses que nos lo vas a decir!

Pero Partenio negó con la cabeza al tiempo que se permitió una pequeña mueca a modo de sonrisa. Era su última gran victoria: toda vez que Máximo había sido ejecutado, sólo él y los gladiadores sabían que la emperatriz era la que había sido la mano ejecutora de la muerte del emperador; sin embargo, aquel pretoriano seguía buscando un hombre, un hombre... pero no hablaría, no hablaría; no importaba lo que le hiciesen ni el grado de dolor en el que le sumieran. No hablaría. Los gladiadores cuidarían de sí mismos: o escapaban o morirían luchando. Eran profesionales. Sabían lo que les esperaba en manos de los pretorianos si eran cazados y no permitirían que eso ocurriera. Lucharían hasta morir, como hacían en la arena. Bien entrenados. Cumplirían con su parte hasta el final. Lamentó por un instante no haberles podido pagar. Se habían ganado su oro. Se lo habían ganado.

Le cogieron por detrás y le empezaron a retorcer un brazo como habían hecho antes con Petronio Segundo. El dolor era insufrible. Petronio, como había admitido, no sabía nada de lo que pasó en la cámara imperial. Máximo había muerto. Allí sólo quedaba él, Partenio, para desvelar el nombre de la asesina, ¿asesina? Su mente viajaba en silencio bajo las miradas confusas de los jefes del pretorio que debían de estar calculando cómo seguir torturándole sin matarle aún. ¿Era realmente asesinato lo que había hecho la emperatriz? Un golpe en la cara propinado por el puño de Norbano le devolvió a su entorno inmediato.

—Te vamos a hacer mucho daño, consejero imperial, mucho daño.

Volvió a pegarle un nuevo puñetazo. Mientras Partenio, aturdido, escupía un diente e intentaba recuperarse, Norbano y Casperio aprovecharon para hablar entre ellos en susurros inaudibles para el resto de los presentes en aquel cónclave de venganza y terror, una lenta prolongación del poder de Domiciano que allí, en el corazón del palacio imperial, parecía aún regir los designios del Imperio desde las profundidades del Hades.

Petronio Segundo, aún fuertemente sujeto por sus captores, contenía el dolor de su brazo roto en su dignidad de soldado, de militar disciplinado dispuesto a resistirlo todo. Partenio, por su parte, escupido el diente, empezaba a poder respirar con regularidad de nuevo. Norbano y Casperio se miraron fijamente un segundo después de haberse hablado en voz baja y se separaron. Cada uno tenía delimitados sus objetivos: Petronio Segundo, si no había visto nada de nada les valía ya. Si acaso sólo les servía para infundir aún más temor en el viejo consejero que era en quien debían centrarse ahora. En eso habían coincidido los dos jefes del pretorio con rapidez. Norbano se dirigió entonces a Partenio una vez más.

—Sí, consejero, te vamos a hacer mucho daño, pero antes quiero que veas algo.

Partenio miraba hacia el suelo, pero Norbano le cogió del pelo y tiró de su cabeza hacia atrás, de forma que el viejo consejero se quedó encarando a Petronio Segundo. En ese momento Casperio desenfundó su *spatha* por enésima vez aquella mañana y la clavó en el vientre de Petronio. Éste rugió su muerte en un estertor lento. Casperio se recreó en retorcer la espada cuanto pudo al extraerla de su víctima. Los pretorianos dejaron de sujetar a su antiguo superior y Petronio Segundo cayó derrumbado, de rodillas primero y luego de bruces, hasta dar con su rostro en la tierra del hipódromo de la gran

Domus Flavia. Norbano se acercó una vez más a Partenio y le habló al oído, con sorna, como si todo aquello le empezara a divertir.

—Petronio, a fin de cuentas, era uno de nosotros. Por eso no nos hemos ensañado con él, pero a ti te va a doler mucho lo que te vamos a hacer. A ti, consejero, no te tenemos ningún respeto. Petronio fue uno de nosotros hasta que tú le corrompiste con tus palabras. Ahora vamos a disfrutar destrozando tu cuerpo. A ti te vamos a crucificar, en el suelo, y con clavos. A ti te lo vamos a hacer de verdad.

Partenio guardó silencio. No por valentía, sino por puro terror.

Casperio y Norbano hicieron venir a un médico, pero en lugar de que éste se empleara en salvar la vida de nadie, le ordenaron que usara sus herramientas de sanar para crear dolor. Primero tumbaron al consejero desplegando bien sus brazos y piernas. A continuación le sujetaron cada extremidad y atravesaron los huesos de cada mano y cada pie con un fuerte clavo de hierro. Los pretorianos disponían de todo lo necesario. Llevaban meses preparando aquello y habían traído todo lo preciso desde los *castra praetoria*. La idea inicial había sido la de crucificar a todos los apresados, pero luego se habían dejado llevar por la pasión del momento. Ahora, muertos los libertos de Partenio y el propio Petronio Segundo, sólo les quedaba Partenio. Era el momento indicado para retomar el plan inicial. Eso habían acordado entre susurros Norbano y Casperio. Ambos ordenaron que, mientras se crucificaba a Partenio, se les trajeran dos *sellae* y algo de comida y bebida. Tanto torturar y matar abría el apetito y parecía que la tozudez de Partenio, de aquel maldito viejo, podía alargar todo aquello de forma absurda, innecesaria, pero daba igual. Si habían esperado tantos meses hasta rebelarse y arrestarle, no importaba que pasaran unas horas más.

El médico se puso a trabajar de inmediato. No disfrutaba con lo que hacía, pero ya estaba acostumbrado a ello en los interrogatorios que había presenciado en los *castra praetoria* cada vez que se enviaba allí a algún acusado en una conspiración contra el emperador Domiciano. Si se negaba sería él el torturado. Había sentido asco las primeras veces. Luego, uno se acostumbra a todo. Fue metódico: arrancó primero las uñas de las manos. Partenio se retorcía de dolor, pero si se movía hacía aún más grandes las heridas de los clavos en sus manos y pies. Hiciera lo que hiciera sufría, sufría, sufría horriblemente. Terminadas de arrancar todas las uñas de las manos, el médico repitió la operación con las de los pies. Los gritos de Partenio eran casi ensordecedores.

Norbano y Casperio asistían serios al espectáculo. ¿Cómo era posible que un viejo pudiera gritar tanto? A sus espaldas oyeron cómo algunos de sus soldados empezaban a cruzar apuestas sobre si el viejo resistiría todo lo que iban a hacerle o no. Norbano, exasperado, suspiró. Todo aquello no conducía a ningún sitio, más allá de apaciguar las ansias de sangre que los pretorianos tenían, pero a cada momento, Norbano veía que no iban a sonsacar nunca el nombre del hombre que apuñaló al emperador: Petronio no lo sabía y Partenio, viejo y débil y aterrado como estaba, parecía obstinado en no desvelarlo y poner fin así a todo aquel sufrimiento. Quizá Partenio pensaba que seguirían con la tortura incluso si les daba esa información. Norbano se levantó como un rayo y se volvió a agachar, de cuclillas, junto al rostro de un consejero imperial cuya mirada estaba perdida en el cielo azul que sobrevolaba el hipódromo imperial.

—Dime tan sólo quién empuñó el puñal que acabó con la vida del emperador y todo esto terminará en seguida. Si fue Marcio, como decía tu liberto, sólo has de confirmarlo. Si fue otro, únicamente has de decirme su nombre. No tienes por qué sufrir de esta forma, Partenio. Puedes terminar con esto con sólo pronunciar un nombre. Sólo el nombre de un hombre y ya está.

Pero Partenio negó con la cabeza mientras cerraba los ojos e intentaba olvidarse de todo el dolor que entraba en su maltrecho cuerpo por manos y pies y dedos y ahora laceraciones que le hacían por los costados. Era su última victoria, su última victoria... Que nadie supiera, sobre todo que todos aquellos cobardes nunca supieran quién había asestado el golpe definitivo... no tenía nada más que llevarse de aquel mundo... nada más... y se concentró en resistir...

Norbano frunció el ceño y apretó los labios con fuerza. No entendía por qué Partenio no se limitaba a confirmar que fue Marcio. Esa resistencia por parte del consejero era lo que aún alimentaba las dudas en la mente de Norbano. El jefe del pretorio miró entonces al médico y señaló debajo del vientre del prisionero. El médico asintió y con un cuchillo especialmente afilado cortó la túnica y la ropa íntima que cubría el pene y los testículos del viejo consejero imperial.

—Hazlo despacio —dijo Norbano al médico y luego, mirando de nuevo a Partenio añadió—: Esto te va a doler, viejo, te va a doler como no has sentido el dolor en tu vida.

Vio que el médico empezaba la operación de castración con la parsimonia exigida y el anciano soltó un alarido brutal y abrió los ojos y deslumbró a Norbano con la mirada de terror más aguda que hubiera visto el jefe del pretorio en toda su existencia; iban por el buen camino, por el buen camino; por fin habían encontrado el punto de dolor más allá del cual aquel viejo ya no controlaría su voluntad. Todos tienen ese punto; es cuestión de paciencia encontrarlo.

—Dime, Partenio, dime y todo esto terminará: ¿quién mató al emperador Tito Flavio Domiciano? ¿Fue Marcio?

—Aaaagggghhhh —aulló Partenio, sacudiendo la cabeza de un lado a otro, resistiendo al máximo pero sintiendo que el dolor tenía niveles insospechados y que estaba cruzando fronteras impensables para él y que no podía más, no podía más... el médico había cercenado uno de los testículos. Norbano fue preciso.

—Pónselo en la boca y repite la operación con el otro y se lo pones en la boca también. Si no va hablar que se atragante con pedazos de su propio cuerpo y que se ahogue en su propia sangre.

Y algo hastiado, se levantó mientras observaba cómo el médico obedecía, repetía la operación, cortaba, extraía y luego ponía el segundo de los testículos de Partenio en la boca del miserable consejero imperial. Aquel viejo no iba a resistir mucho más. Había perdido ya demasiada sangre. Era raro que no hubiera perdido el conocimiento, aunque si eso ocurría pararían la tortura hasta reanimarlo con agua, a golpes o como fuera. No tenía sentido torturar si no se siente el dolor. Pero el consejero imperial lo percibía todo, todo, todo... cada corte, cada nervio rasgado, cada gota de sangre que emergía confusa y atolondrada y aterrada de su ser.

Partenio ya no puede más. Siente que su cuerpo está partido en pedazos, trozeado, destrozado y el dolor... el dolor penetra en sus entrañas por todas partes, por todos los rincones, por lugares desconocidos y el sufrimiento le conduce a un lugar ignoto, insospechado, donde ya no hay virtud ni moral ni bien ni mal ni tan siquiera el ansia de una victoria absurda, sino sólo el anhelo infinito por terminar con todo, donde ya no se distinguen ni siquiera las voluntades del pasado, aquellos motivos que le hicieron hacer lo que hizo; donde ya no quedan lealtades ni pasión ni esperanza sino un lugar donde sólo habita el dolor más absoluto en estado puro y perenne y de donde sólo se quiere salir, salir de allí incluso si la única salida es la muerte y si para que te abran esa puerta hace falta decir cosas que sólo hacía un instante parecían importantes. De pronto ya nada tiene ese interés, esa imagen de necesidad, todo se ha borrado y sólo queda sufrir y sufrir aún más o entregar la respuesta a aquella pregunta que se oye, distorsionada por el propio dolor, como si la preguntara un dios lejano desde el inmenso cielo: «¿Quién mató al emperador? ¿Quién mató al emperador?» Y Partenio abre los ojos y ve la imagen de una frente arrugada de alguien, y recuerda al jefe del pretorio, Norbano, al que odia, al que odia, pero es la única salida y Partenio asiente y aún con la boca henchida de sus partes íntimas pronuncia el nombre de la emperatriz de Roma: Domicia Longina Augusta, Domicia Longina Augusta. Partenio ve cómo Norbano abre bien los ojos y frunce el ceño aún más y el viejo consejero repite desde los más hondo de su dolor, una y otra vez, hasta que el nombre de la emperatriz resuena alto y claro en todos los vértices de su mente: Domicia Augusta, Augusta, Augusta... y de pronto todo termina y la faz del pretoriano se aleja, se difumina, se deshace y junto con él el propio dolor se desvanece como en un sueño largo y lento y todo queda en nada.

Sed milites neglecto principe requisitos Petronium uno ictu, Par-
thenium vero demptis prius genitalibus et in os coniectis ingula-
vere.

[Pero los pretorianos, ignorando al emperador (Nerva),
asesinaron a todos los que apresaron, a Petronio de un
único golpe, pero a Partenio sólo después de haberle
cortado los genitales y habérselos puesto en su boca.]

AURELIO VÍCTOR,
epítome de *De Caesaribus,* 12, 8.

140

LA ADOPCIÓN

Roma
26 de octubre de 97 d. C.

Aulo nunca había entrado en el edificio del Senado. Para él era un lugar extraño. Acostumbrado a ver cómo todo lo relacionado con el Imperio se resolvía entre los muros del *Aula Regia*, no entendía bien el sentido de todos aquellos hombres allí reunidos. Y, sin embargo, eran los que habían nombrado al sucesor de Domiciano, un sucesor débil. ¿Eran igual de débiles todos los allí reunidos? Aulo había decidido mantenerse de parte del orden. El Senado aún nombraba o ratificaba a los emperadores de Roma, y Nerva, el último elegido para el puesto, le había dado dos mensajes. En el ejército no se cuestionan las instituciones sino que se obedecen las órdenes. Sólo así se podía mantener el control de las cosas. Un senador mayor, veterano, se le acercó. Se situó justo delante de él.

—Traigo un mensaje del emperador para el Senado, para el senador Lucio Licinio Sura —dijo Aulo.

Sura le miró con atención. Aquel pretoriano era un hombre de unos treinta años, serio, firme, decidido, pero un pretoriano. ¿Quedaban pretorianos leales a Nerva? Sura extendió la mano. Aulo extrajo de debajo de su uniforme una hoja de papiro doblada. Sura la tomó, miró de nuevo al pretoriano, luego se apartó unos pasos y se situó a un lado para que la luz del sol le ayudara a ver. Lucio Licinio Sura, en silencio absoluto, leyó con atención aquel mensaje. No era extenso. Unas pocas líneas, sólo unas pocas líneas. Inspiró aire profundamente. Volvió a mirar al pretoriano. Aulo permanecía firme en la puerta, sin moverse. Sura leyó el mensaje una vez más: hay cosas en la vida que conviene releer varias veces. Pero el mensaje era tan sucinto, tan claro, tan preciso que no había margen para la interpretación: era lo que era y ya está.

—¿Esto te lo ha dado el emperador en persona? —preguntó Sura pese a que el documento venía convenientemente firmado. Aulo asintió a la vez que respondía.

—El emperador en persona.

Sura asintió. Parecía que el viejo Nerva tenía aún sangre en el cuerpo. Aquello era una locura, una locura absoluta. Sonrió. Le encantaba. Nerva iba a morir luchando hasta el final. Quizá todos iban a morir luchando.

—Según este mensaje alguien tendrá que notificar al implicado en todo esto este asunto —añadió Sura con seriedad.

—Tengo un segundo mensaje que entregar —anunció Aulo—, en el norte, pero antes el emperador desea ser informado de si cuenta con el respaldo del Senado en esta decisión.

Sura, con los brazos en jarras, mirando al suelo, volvió a asentir antes de respoder al pretoriano.

—Es justo lo que pide el emperador... y oportuno. —Miró a Aulo y le habló con autoridad—: Dile al emperador que cuenta con mi apoyo y el de todos los senadores afectos a mi familia, pero no puedo garantizarle que el Senado apruebe esto. Es más, estoy seguro que habrá una oposición frontal por parte de una mayoría. Dile al emperador que lo mejor sería que él mismo viniera al Senado mañana para defender esta... —volvió a mirar aquel papiro un instante y de nuevo a Aulo— ... esta *constitutio principis*; sí, eso es lo que es. Dile que venga mañana y que la defenderemos entre los dos. Eso es lo que puedo prometerle al emperador. ¿Has entendido bien mis palabras, pretoriano?

—Las he entendido bien y así se lo comunicaré al emperador.

—¿Dónde está ahora Nerva? —preguntó Lucio Licinio Sura.

—En el templo de Júpiter.

Lucio Licinio Sura no pudo evitar lanzar una carcajada.

—Lo está haciendo —comentó el senador hispano mientras apagaba su risa—. Nerva lo está haciendo.

Aulo no dijo nada más, dio media vuelta y partió en busca del emperador para comunicarle lo que había hablado con aquel senador. De inmediato, un buen grupo de senadores provinciales rodearon a Sura.

—¿Qué ocurre?

—¿Qué esta pasando?

—¿Qué quería ese pretoriano?

Sura no respondió de inmediato. Su mirada se mantenía fija en la silueta de aquel soldado imperial que se alejaba a toda prisa cruzando el foro.

—Si queréis saberlo —respondió al fin Sura y se volvió lentamente hacia sus colegas para mirarles a la cara mientras terminaba sus palabras—, si queréis saberlo sólo tenéis que ir al templo de Júpiter.

Muchos senadores hicieron caso a Lucio Licinio Sura y le acompañaron al gran templo de Roma, al majestuoso templo de Júpiter. Las varias decenas de columnas de mármol blanco, el imponente techo con remaches de oro y las puertas doradas de uno de los edificios más sagrados de Roma recibieron a aquel grupo de senadores inquietos.

Lo que los *patres conscripti* encontraron en su interior fue inesperado. El emperador estaba en el centro, frente a las grandes estatuas de oro y marfil de Júpiter, Juno y Minerva, rodeado por los treinta *lictores* que representaban al pueblo de Roma y hablando, pronunciando las palabras solemnes de una *rogatio*, de una adopción, pero de una adopción del todo imposible:

—*Velitis, iubeatis, uti M. Ulpius Traianus Nerva tam iure legeque filius siet, et Quam si ex eo patre matreque familias eius natus esset, utique ei vitae necisque in eum potestas siet, uti patri endo filio est* [Mandad, integrantes de la milicia, que Marco Ulpio Trajano sea hijo de Nerva de acuerdo con el derecho y las leyes, como si hubiera nacido del padre y la madre de esa familia en cuya potestad desea entrar, y que el padre tenga sobre él derecho de vida y muerte].[50]

Y los *lictores* aceptaron la propuesta del César, quién sabe si

50. Reconstrucción del autor de la forma de adopción que Nerva pudo usar para adoptar a Trajano, elaborada a partir de la fórmula que Aulo Gelio nos presenta en su obra *Noches áticas*.

por miedo al horror que los pretorianos estaban extendiendo por toda Roma o porque, a fin de cuentas, aquella adopción no suponía nada efectivo hasta que el Senado aceptara confirmarla. Que fueran los *patres conscripti* los que resolvieran el problema de la legalidad o no de aquella propuesta de un César acorralado y sin poder.

Sura se quedó tan asombrado como el resto. A él le parecía una buena idea, pero también una locura. Para el resto de senadores aquello sólo era una locura total. En ese momento, la mano del emperador se posó sobre su hombro. Lucio Licinio Sura se dio la vuelta despacio.

—Ave, César —dijo.

—Ave, Lucio —respondió Nerva—. Aulo me ha dicho que me apoyarás mañana ante el Senado,

—Lo haré, César, y varios senadores provinciales, de Hispania y de la Galia sobre todo, lo harán también, pero tendremos enfrente a Verginio Rufo y la mayoría del Senado. Trajano no es... —Pero no acabó la frase.

—No nació en Roma, ni siquiera en Italia —completó Nerva—. Lo sé. Pero tengo la potestad de adoptar a quien quiera.

Sura se aclaró la garganta.

—Sí, César, el príncipe, el emperador puede adoptar a quien quiera, pero conferirle al adoptado la *potestas tribunicia* y el *imperium proconsularis*, para elevarlo por encima de cualquier otro gobernador y, por fin, a la dignidad de César, para eso necesitas la aprobación del Senado. No creo que Verginio Rufo y otros muchos den su brazo a torcer.

—¿Incluso con los pretorianos en rebelión? —replicó Nerva en voz baja.

Lucio Licinio Sura guardó silencio un momento.

—Incluso con los pretorianos en rebelión —dijo al fin el senador hispano— se negarán.

—Pues tendremos que insistir. Tendrás que insistir, Sura: tú eres el mejor orador —dijo el emperador, y se alejó seguido de Aulo y cinco pretorianos más, la pobre escolta que le quedaba, para desaparecer por el estrecho pasillo que abrían ante él un mar de senadores indignados con la locura que estaba realizando Nerva.

141

EL SENADO DE ROMA

Roma, 27 de octubre de 96 d. C.

Al día siguiente, la *Curia Julia* estaba repleta de senadores. Todos sabían de los acontecimientos que se estaban desarrollando en la *Domus Flavia*. Como en tantas otras ocasiones durante los últimos años, sentían que la historia de Roma se escribía fuera de los muros de su legendaria *Curia*. Muchos añoraban los tiempos en los que el Senado de Roma forjaba los destinos no ya de aquella gran ciudad, sino del mundo entero. Pero todo eso era el pasado, un pasado casi olvidado; parecían tiempos míticos, más próximos a Eneas que al reciente gobierno del terror de Domiciano o al de los pretorianos que acababan de rebelarse contra la mismísima autoridad imperial.

Sí, ahora eran los jefes del pretorio los que parecían decidirlo todo. En el foro no se hablaba de otra cosa que no fuera que Nerva había sido incapaz de imponerse sobre los jefes del pretorio y que éstos campaban a sus anchas por el palacio imperial y por toda Roma. La imagen de un Nerva designado por el Senado como sucesor del último de los Flavios y, sin embargo, humillado en el palacio imperial impregnaba a todos los senadores de una sensación infinita de impotencia. No eran ya nada, un recuerdo que pronto sería barrido por el viento de la guardia pretoriana. ¿Y luego? Por todos los dioses, ¿qué importaba el futuro si en el futuro ellos ya no estarían allí? Domiciano había iniciado la gran masacre de senadores. Se había llevado por delante a los mejores de todas las grandes familias patricias de Roma; los pretorianos se estaban limitando a rematar el trabajo. Eran como los esclavos de Caronte en el anfiteatro Flavio, paseando con sus espadas desenvainadas mientras cercenaban las gargantas de los moribundos o de los que fingían estar muertos para poder sobrevivir; sólo que ahora los heridos de muerte eran ellos, ellos, los senadores de Roma. Y, para colmo, Nerva había reaccionado con otra locura: adoptando a un hispano, al *legatus* Marco Ulpio Trajano, como su hijo y heredero. A título privado podía hacer lo que quisiera, pero conferirle la dignidad tribunicia, procunsular y de César a un hispano... eso era ir más allá de todo lo imaginable.

Lucio Licinio Sura, en la primera fila de una de las grandes bancadas de asientos de la *Curia,* era de los que se resistía a que todo tuviera que terminar así. A él, como a otros hispanos y los galos y otros senadores provincianos, les había costado demasiado poder llegar allí, al Senado, al corazón del Imperio, para que luego todo aquello no sirviera de nada. El plan de deshacerse de Domiciano no estaba dando los frutos deseados. Nerva no había podido reconducir la situación y controlar a los pretorianos, pero Sura no era de los que se daban por vencidos fácilmente y, no obstante, allí, en una ciudad controlada por más de cinco mil pretorianos armados, todos estaban sujetos a los deseos de quienes dominaran la guardia imperial. Pero los controladores de todo eran Norbano y Casperio, los jefes del pretorio, y luego estaba el resto de los pretorianos, dispuestos a todo para perpetuar sus privilegios y mantenerse por encima de todos siempre. El otro recurso era recurrir a las legiones del exterior y, en consecuencia, comenzar una guerra civil. Tampoco parecía el mejor de los caminos. No si no había alguien capaz de asegurar a su vez el control sobre las legiones. Sura miró a su alrededor: la sesión no había dado comienzo. Todos esperaban a Nerva. Y Nerva llegó.

Marco Coceyo Nerva entró en el edificio de la Curia sin pretorianos que le escoltaran. Los pocos que le eran leales habían quedado fuera. Fue directo a donde se encontraba Sura. Se limitaron a mirarse. Lucio Licinio Sura se levantó y caminó hasta situarse en el centro de la gran sala; sólo entonces habló con voz potente haciendo que sus palabras resonaran por todos los recovecos del Senado de Roma hasta alcanzar el mismísimo altar de la Victoria del divino Augusto.

—No hay tiempo para grandes preámbulos. Todos sabéis para qué estamos aquí. Tenemos una *constitutio principis* que espera la ratificación del Senado.

Los senadores callaron. Sura era apreciado por muchos, odiado por bastantes —especialmente romanos que detestaban ver a un no nacido en Roma con tanto poder en el Senado— y, en todo caso, temido por todos. Algunos habían llegado a pensar que Sura aspiraba a lo más alto, a ser emperador algún día, pero ya era mayor y, sobre todo, era hispano, y un hispano en el trono imperial era algo impensable para todos, bueno, para casi todos, teniendo en cuenta la propuesta que traía Nerva ante el Senado.

Los senadores fueron tomando asiento. En el fondo estaban contentos de que se hubieran reunido para algo. Cualquier cosa, hacer lo que fuera, les parecía mejor que estar ahí parados, detenidos, a la espera de sólo los dioses sabían qué. Seguramente a la espera de que los jefes del pretorio vinieran con el nombramiento de uno de ellos como emperador en lugar de Nerva. Seguramente Norbano, que había sido procurador y *legatus* en Recia y que había estado siempre del lado del emperador Domiciano. Entonces habría sangre, venganza, listas de nombres, una vez más, y más ejecuciones...

Sura inspiró más profundamente que en toda su vida. Necesitaba mucho fuelle para decir lo que tenía que decir, pero sabía que las palabras de Nerva no podían soltarse así, de golpe, en medio de aquel cónclave, sin antes preparar a los senadores de Roma, a los más proclives a los cambios, a los menos predispuestos, y, de forma especial, a los más conservadores, la mayoría, para quienes el edicto de Nerva sería, como mínimo, sacrílego. Tenía que persuadirles de que, sin embargo, aquél era el único camino. Tenía que convencer al mayor número posible de senadores, a los jóvenes como Celso o Palma y a los que habían ascendido durante los últimos años en el *cursus honorum* como Plinio o Tácito pero, sobre todo, tenía que convencer a Lucio Verginio Rufo, el veterano y respetado Rufo. Éste, antiguo gobernador de Germania Superior en los últimos años de Nerón, derrotó al rebelde Víndex en la Galia manteniendo así la unión del Imperio, y no sólo eso, sino que rechazó la púrpura imperial que le ofreció el Senado hasta en tres ocasiones. Verginio Rufo se mantuvo al margen de las luchas entre Galba y Otón, para luego unirse al Senado en el nombramiento de Vespasiano frente a la destrucción y el caos de Vitelio y sus legiones. Vespasiano y Tito le respetaron siempre y Domiciano, para sorpresa de todos, lo mantuvo fuera de su lista de sospechosos de traición durante años. «Verginio Rufo rechazó la toga imperial tres veces —dicen que comentaba Domiciano de él por los pasillos de la *Domus Flavia* sólo unos meses antes de su asesinato—, así que sólo sospecharé de él cuando lo acusen tres veces.» Sólo un delator se atrevió a denunciar a Rufo. El delator Caro Mecio fue ejecutado hacía tiempo y Rufo, sin embargo, seguía allí. Un superviviente. Un superviviente venerado que, con la cadera rota por una reciente caída, presa de terribles dolores, se arrastraba hasta su litera para que los esclavos lo condujeran al edificio de la *Curia* cuando el Senado aún se atrevía a reunirse. Los pretorianos dominaban Roma, el emperador Nerva estaba sujeto a los caprichos de aquella nefasta guardia imperial y ya nada parecía tener sentido, pero Lucio Verginio Rufo acudió, una vez más, a la reunión sagrada en la *Curia Julia* igual que el día anterior había acudido al templo de Júpiter para ser testigo de la adopción de Trajano por parte de Nerva.

Lucio Licinio Sura le miró fijamente antes de empezar a hablar. Era a Rufo a quien tenía que convencer. Si éste cedía, el resto de senadores le seguirían en tropel. Si se negaba a la propuesta de Nerva, no había nada que hacer. Rufo había sido nombrado cónsul por el propio Nerva, pero el mismo Verginio Rufo no sentiría que le debiera nada al emperador, de eso estaba seguro Licinio Sura. Nerva había nombrado a Rufo cónsul en un intento por poner a los más respetados al mando de las más altas instituciones de Roma, pero ni las palabras de éstos valían para contener la furia de los pretorianos. No, no en la Roma de siempre. Sura lo veía claro. No en la Roma del pasado, pero en la Roma del futuro que proponía Nerva, en esa nueva Roma, las palabras de Rufo unidas a las de Nerva podían cambiar la Historia. Podía ser, podía ser si le convencía.

—*Patres et conscripti!* —empezó Sura utilizando la más antigua forma de dirigirse al conjunto de los senadores de Roma; por lo menos podía mostrarse conservador en la forma, otra cosa era el contenido de lo que iba a decir— ¡Roma ha muerto! ¡Roma no existe! —Calló un instante, un intervalo lo suficientemente largo como para que su anuncio permeara en la mente de todos los que le escuchaban, incluido Rufo, incluido el propio Nerva que había optado por dejar en manos de la mejor retórica de Sura la defensa de aquella *constitutio*—. *Patres et conscripti*, no me miréis así, confundidos, por todos los dioses, como si no supierais de qué os hablo: el Senado de Roma nombró hace unos meses un emperador y ayer mismo ese emperador fue ultrajado por sus propios jefes del pretorio. En Roma no gobierna ni el Senado ni el *imperator*, sino que toda la ciudad, todo el Imperio, se encuentran sometidos a los caprichos de un par de jefes del pretorio que se consideran por encima de todos nosotros, de toda Roma. Eso, queridos amigos, eso, *patres et conscripti*, no es Roma. Por eso os digo y os repito que Roma ha muerto. Estamos aquí reunidos para... nada. Estamos aquí hablando para... nada. Estamos aquí preocupados para... nada. Porque no queda nada por lo que reunirse o de lo que hablar o de lo que preocuparse, más allá de ocuparnos de salvar nuestras propias vidas. ¿Cuántos días pasarán antes de que los pretorianos rodeen este edificio y Norbano y Casperio ordenen que se nos ejecute a todos a no ser que nombremos a uno de ellos como emperador del mundo? Volvemos a los tiempos de Vitelio y eso, *patres et conscripti*, no es Roma. Yo recuerdo una Roma donde este Senado tenía que ser consultado sobre nobles causas, cuando aquí se ratificaban edictos y leyes y *constitutiones principis* dictadas por un emperador fuerte y decidido y noble que era respetado por todos y que luchaba por protegernos a todos, al Senado, a los *equites*, al pueblo. Eso viví con los divinos Vespasiano y Tito, y eso vivieron tantos otros con el divino Augusto, el divino Tiberio o el divino Claudio, pero de todo eso ya no queda más que el recuerdo. Vivimos en los restos que nos dejó la locura de Domiciano, abocados a una nueva guerra civil, tan cruenta y tan vil como la que sufrimos tras la muerte de Nerón, porque aunque nosotros doblemos nuestras rodillas ante los jefes del pretorio, habrá *legati* en los confines del Imperio que no se atendrán a nuestro forzado dictamen y se levantarán en armas y de nuevo el caballo de la guerra civil cabalgará desde Occidente a Oriente y decenas de miles de legionarios y civiles y mujeres y niños caerán por todas partes. Mientras nuestros ejércitos se desangraran entre sí, nuestros enemigos de Germania, Dacia y Partia se frotarán las manos y se lanzarán contra nuestras desprotegidas fronteras y barrerán nuestros puestos de guardia en el Rin, el Danubio y el Éufrates, y el Imperio será engullido por sus feroces enemigos mientras aquí, en Roma, seguiremos luchando los unos contra los otros, calle a calle, incendiando templos, asesinando a sacerdotes y vestales, desintegrándolo todo, pisoteándolo todo. Por eso os digo que Roma ya no existe.

Volvió a callar un instante; el silencio era aún más profundo que al principio de su discurso; era el momento adecuado.

—Y sin embargo, os he anunciado que Marco Coceyo Nerva, a quien designamos como emperador para conducirnos en estas difíciles circunstancias, quien no se ha mostrado lo suficientemente fuerte para gobernar sobre una guardia pretoriana incontrolable, el emperador Nerva, os digo, ha emitido una *constitutio principis* que requiere nuestra aprobación. Os añadiré una sola cosa, una sola cosa pero la más importante de cuanto he de deciros esta mañana: cuando os lea el contenido de esta *constitutio* muchos pensaréis que el emperador de Roma ha perdido la razón, pero yo os diré que antes de pensar eso penséis si veis otra salida, si acaso tenéis otra solución, porque yo no la veo, como el propio emperador Nerva, sin duda, no la ve tampoco. Pensad bien antes de decidir sobre el contenido de esta *constitutio*, porque si bien su mandato es inaudito, os aseguro que si se toma uno un instante de frialdad y calma para reflexionar sobre su contenido todos llegaréis a la misma conclusión: sólo votando a favor, todos, por unanimidad, a favor de esta *constitutio*, sólo así tenemos aún una posibilidad de salvar Roma y evitar la guerra civil. Sí, será una Roma diferente a la de nuestros antepasados, será con un cambio desconocido, impensable hasta hace apenas unos meses, días quizá, pero este único y gigantesco cambio es lo único que puede alargar la vida de Roma y, por encima de todo, esta decisión es la única que puede hacer que los pretorianos se retiren a sus *castra* y rumien en silencio, confundidos y asustados, sobre lo que han estado haciendo estos últimos días. —Elevó la voz al tiempo que exhibía el papiro con el edicto del emperador—. Sólo lo que contiene esta *constitutio* puede infundir en los pretorianos el miedo suficiente como para que vuelvan a ser controlables. Luego el tiempo dictaminará si hemos estado acertados o no, pero si votamos en contra ni siquiera habrá tiempo para saber si hicimos bien o mal: simplemente no habrá tiempo, no habrá nada; sólo muerte.

Volvió a inspirar profundamente, bajó el brazo, desplegó el papiro con las dos manos y empezó a leer en voz alta y clara y sus palabras retumbaron impresionantes entre la oprimente tensión contenida en aquellos gruesos muros del Senado de Roma. Era un mensaje breve, conciso, pero sorprendente, intenso y lapidario:

—«Yo, *Imperator Caesar Nerva Augustus Germanicus Pontifex Maximus*, he decidido que Marco Ulpio Trajano, gobernador de Germania Superior, sea mi hijo de acuerdo con el derecho y las leyes como si hubiera nacido del padre y la madre de esta familia en cuya potestad desea estar y sobre quien de ahora en adelante tendré derecho de vida o muerte...»

Hasta aquí Sura se había limitado a repetir, más o menos al pie de la letra, las palabras pronunciadas por el emperador en el templo de Júpiter. Hizo una breve pausa para, al momento, continuar, porque había más, mucho más:

—«*haec ita uti dixit, ita vos, Quirites rogo* [y luego de haber dicho esto, a vosotros, quirites, os propongo] que Marco Ulpio Trajano sea investido con la *potestas tribunicia* y el *imperium proconsularis* y, por fin, con la dignidad de César».

Sura dejó de leer, dobló el papiro y lo introdujo bajo su toga. Todos le miraban. Era como si esperaran su propio dictamen. No lo dudó.

—Yo estoy de acuerdo con el emperador de Roma —dijo Sura y fue entonces cuando empezaron los murmullos.

Eso no era bueno. Los conservadores, los pertenecientes a las más antiguas familias romanas, nunca aceptarían un emperador no nacido en Roma... ¿o sí? De pronto, el veterano Lucio Verginio Rufo se movió en su asiento. Hizo ademán de levantarse, pero sus huesos rotos no se lo permitían. Tendría que hablar sentado, pero, en cualquier caso, sólo al verlo moverse, todo el mundo calló; los murmullos se apagaron como una llama débil que extingue el viento que anuncia la gran tormenta. El viejo Lucio Verginio Rufo carraspeó un par de veces. Marco Coceyo Nerva, como una efigie, le obervaba atento. Sura había hablado bien, pero el emperador no tenía claro que aquella magistral retórica fuera a ser suficiente para persuadir al veterano Verginio Rufo. Sí, en realidad, todos los presentes esperaban una dura diatriba contra las palabras de Sura y contra la *constitutio* del emperador que concluyera con un inapelable *nequamquam ita siet* [que de ningún modo sea así]. Incluso el propio Sura y el mismísimo Nerva, resignados, lo esperaban.

—Todos me conocéis, aunque hablo poco. —Lo poco que estaba diciendo le costaba; en su jadeo contenido al hablar era evidente que la cadera rota le atormentaba de forma brutal, pero Rufo continuaba—. Éstos han sido tiempos en los que era más seguro permanecer callado.

Sonrió con cierto aire de tristeza; nadie rió, aunque todos compartieron el sentimiento de aquella tenue sonrisa, y le escuchaban. El propio Sura, que permanecía en pie, se hizo a un lado para acercarse al lugar donde estaba sentado Nerva; no quería quitar protagonismo al viejo senador que, sentado, proseguía con su discurso.

—No soy, nunca lo he sido, nunca lo seré, proclive a los cambios radicales. Roma ha sido fuerte durante siglos por ser fiel a sus costumbres. Alejarnos de éstas sólo puede conducirnos a la destrucción.

Sura suspiró; era como imaginaba: el Senado no estaba aún preparado para un emperador hispano; la sombra de la guerra civil crecía en su ánimo como algo seguro, pero Rufo continuaba hablando; era justo escuchar a quien tanto padecía y, sin embargo, allí estaba, en su asiento de senador, de donde ni la enfermedad ni el miedo podían alejarle.

—Sólo estoy de acuerdo con Lucio Licinio Sura en una cosa. —Miró a Sura fijamente a los ojos, como éste había hecho al principio de su propio discurso; Sura mantuvo la mirada mientras Verginio Rufo se explicaba—. Estoy de acuerdo en que Roma, la Roma que todos nosotros hemos conocido y admirado y amado y que nuestros enemigos más allá del Rin, el Danubio o el Éufrates han admirado también y, sobre todo, temido, esa Roma, es cierto, esa Roma ha muerto. Ya no queda nada de ella. Domiciano se llevó lo que quedaba de ella y nos dejó una pobre herencia en forma de una guardia pretoriana incontrolada y soberbia que ni tan siquiera obedece a aquel a quien más fidelidad deben. Sí, Sura, en eso estoy de acuerdo: Roma ha muerto. —Calló un momento y volvió a carraspear; era su forma de ocultar un leve gemido de dolor por sus huesos quebrados. Era cierto que no hablaba a menudo y le faltaba saliva; se rehízo; tenía que decir algo más—. Ahora bien, una vez que esa Roma que yo amé ha muerto y que algo diferente ha de venir, una vez que eso es así, porque o bien los pretorianos nos dirán quién de ellos ha de ser el nuevo emperador de Roma o nosotros nos veremos forzados por la debilidad de nuestras familias a elegir como sucesor de Nerva a alguien que no nació en esta ciudad, una vez que todo nos conduce a tener que elegir entre esas dos diferentes Romas, dos Romas que no serán ya nunca como nuestra vieja y amada Roma, llegados a ese punto, no tengo duda alguna.

Volvió a callar un instante, miró al suelo, inspiró un poco de aire, levantó la mirada y la volvió a confrontar con la de Sura.

—Moriré dentro de poco, mis huesos no me permiten ya casi andar, y cada vez me cuesta más respirar; he visto el ascenso y caída de muchos emperadores y nunca pensé que viviría lo suficiente para ver algo así, pero la vida es siempre sorprendente, siempre sorprendente hasta nuestro último aliento... Moriré pronto, pero moriré viendo una Roma donde sea el Senado quien elija un sucesor de Nerva y no viendo cómo los pretorianos campan a sus anchas por las calles de mi ciudad como antaño lo hicieron los vitelianos. —Más aire—. Trajano no es romano de nacimiento y por ello no me gusta, y lo digo alto y claro y con toda la fuerza que mi quebrantado cuerpo permite, pero diré también alto y claro que Nerva, en su debilidad y su desesperación, que, no lo olvidemos, en este caso es sólo reflejo de nuestra propia debilidad y desesperación, ha elegido el menor de los males posibles: el padre de Trajano ya fue senador y, aunque no estuve de acuerdo con él en muchos asuntos, siempre se mostró mesurado en sus opiniones y sirvió con honor bajo el mando de Corbulón, al que todos siempre echamos de menos. Luego sirvió bajo el mando de Vespasiano y Tito. Los Trajano siempre se han mantenido al margen de conjuras, y el Trajano que nos señala Nerva, hijo del anterior, ha luchado con honor en las fronteras de Oriente, del Rin y del Danubio. Es respetado por el ejército y, seguramente lo más importante en estos momentos, es temido por los pretorianos. —Volvió a callar; cerró los ojos, sacudió la cabeza, abrió los ojos de nuevo y paseó su mirada por los rostros atentos de los senadores que no dejaban de escucharle—. Mi Roma ha muerto y yo mismo soy el pasado. Trajano es el futuro, un futuro que se me antoja oscuro, pero siempre un futuro. Los pretorianos son el peor de nuestros pasados y coincido con el emperador Marco Coceyo Nerva y con nuestro colega Lucio Licinio Sura en que sólo alguien fuerte como Trajano podrá arrancar de raíz las malas hierbas que Domiciano sembró en sus largos años de locura. Mi voto es, pues... —le costó decirlo, le costó pronunciar aquellas últimas palabras, pero las dijo— ... es favorable a la *constitutio principis* que nos presenta el emperador y que tan bien ha sabido defender Lucio Licinio Sura. —Suspiró profundamente para terminar mascullando unas palabras que sólo oyeron los senadores más próximos—. Roma ya no es mi Roma. No lo es. No sé hacia dónde vamos.

Sura no perdió un instante. Agradeció las palabras de Verginio Rufo y elevando su voz pidió que se hiciera una votación general con relación a la *constitutio principis*. El senador hispano miró primero hacia el emperador Nerva y luego fijó sus ojos en los legionarios de las *cohortes urbanae* que custodiaban las puertas. Éstos asintieron y las empujaron hasta cerrarlas mientras se comenzaba una votación que debía cambiar el curso de la Historia.

Al cabo de una hora, Marco Coceyo Nerva emergió por la puerta del edificio de la *Curia*. Aulo, el pretoriano, estaba frente a las puertas, esperando junto al resto de pretorianos imperiales aún leales al emperador. Nerva se acercó a Aulo, puso su mano sobre el hombro derecho del guerrero y lo separó del resto.

—¿Tienes todavía ese segundo mensaje que te di ayer en la *Domus Flavia*?

—Sí, César.

—Bien —dijo el emperador—. Pues ya puedes entregarlo. Te queda un largo viaje hacia el norte, pretoriano. Cabalga rápido y lleva tu mensaje a Germania. Llevas la esperanza de Roma contigo. Que los dioses te protejan.

142

LA EMPERATRIZ DE ROMA

DOMITIA[51]

Roma, 27 de octubre de 97 d. C.
Domus Flavia

Domicia Longina ladeó ligeramente la cabeza para que la *ornatriz* pudiera peinarla mejor. La muchacha se esmeraba por hacerlo con el máximo cuidado para no dar tirones a su ama. La emperatriz no era proclive a hablar mucho con sus esclavos en la intimidad, y aquella mañana tampoco fue una excepción. Así, en el silencio compartido, las dos oyeron los gritos desgarrados que trepaban por las paredes del palacio imperial. A la esclava le temblaban algo las manos pero tuvo el suficiente autocontrol para evitar que ese hecho interfiriera en sus labores. La emperatriz, por su parte, permanecía sorprendentemente inalterable. Su regia calma insufló una buena dosis de paz en el ánimo de la esclava.

Domicia Longina, augusta, ladeó ligeramente la cabeza. El cepillo resbalaba firme por su larga cabellera oscura que aca-

51. En la moneda, la faz de Domiciano ha sido borrada por la *damnatio memoriae* aprobada en el Senado. La maldición senatorial no incluía a Domicia y por eso su efigie permaneció en las monedas donde se borraba el perfil de su esposo Domiciano.

baban de tintar para ocultar el pelo gris que el sufrimiento, la soledad y el odio habían hecho brotar de forma profusa. Los gritos seguían allí. La emperatriz sabía que la guardia pretoriana se había rebelado contra Nerva y que éste no había podido hacer nada para controlarlos, pese a que, en un acto de nobleza que le honraba, había hecho todo lo posible por interponerse entre los pretorianos y sus víctimas. Luego Nerva había salido y hasta la emperatriz habían llegado murmuraciones sobre la adopción por parte del emperador de un sucesor, de un *legatus* hispano. Aquello parecía increíble, pero, en cualquier caso, eran sucesos que a la emperatriz se le antojaban como de otro mundo.

En su propio mundo, mucho más pequeño pero también mucho más inmediato, Casperio y Norbano buscaban a los asesinos del emperador Domiciano, un crimen que había quedado sin resolver, tapado por el nombramiento apresurado de Nerva por parte del Senado, pero que los pretorianos no olvidaban. Domiciano había sido asesinado como un perro en el propio palacio imperial y los pretorianos, encabezados por Norbano y Casperio, querían saberlo todo, absolutamente todo de aquel 18 de septiembre del año pasado. Una de las esclavas había informado a Domicia de que los pretorianos habían detenido a Petronio, anterior jefe del pretorio, a Partenio, a Máximo y a Estéfano, quizá a más. Los gritos empezaron el día anterior con la *hora secunda* y siguieron durante toda la jornada y la noche. Era sólo cuestión de tiempo que en medio del dolor de la tortura alguno de los apresados, incapaz de resistir más, diera a los pretorianos más nombres: en particular, el de los gladiadores que escaparon y, sobre todo, el suyo propio, Domicia Longina. Ella apuñaló al César. Ahora las consecuencias de sus actos caminaban lenta pero inexorablemente hacia la puerta de su cámara. Con su nombre, los pretorianos cerrarían el círculo. Petronio, Partenio y Estéfano eran hombres valientes, pero el dolor transforma a todos. Máximo era un liberto de mente simple, pero leal. Era posible que Máximo muriera sin desvelar nada; Estéfano quedó cegado por el emperador y era difícil estar seguro de cuánto sabía con certeza. Petronio llegó cuando todo había terminado.

Quedaba Partenio. ¿Sería capaz aquel viejo consejero imperial de resisitir la tortura?

Domicia Longina ladeó la cabeza hacia el lado contrario y la esclava se situó también en su otro costado para seguir peinándola. Los gritos cesaron. Era ya la *hora tertia*. Un haz tenue de luz se filtraba por la ventana de su cámara. La tortura había concluido. Los pretorianos tenían ya todo lo que necesitaban. Pronto se oirían las pesadas sandalias de la guardia imperial aproximándose a su habitación.

—¡Ay! —exclamó a la emperatriz—. ¡Ten cuidado!

—Lo siento, augusta —se disculpó la esclava.

El silencio que había seguido a los gritos había puesto aún más nerviosa a la *ornatriz*, pero se controló y se esmeró por seguir peinando a su ama aún con más cuidado. Fue entonces cuando empezaron a oír los pasos de los pretorianos que se acercaban. Domicia Longina levantó su mano derecha y la esclava se quedó quieta. Las dos mujeres escucharon con atención. Los pasos venían del pasadizo que empezaba entre los dos grandes peristilos porticados. Eran varios pretorianos. Domicia frunció el ceño. ¿Cuántos pretorianos considerarían Casperio y Norbano que serían necesarios para prenderla? Su orgullo se engrandeció al percibir que eran al menos una docena los que se acercaban. ¿Tan temible era? La emperatriz de Roma sonrió lacónicamente. Prefería esta visita mil veces a las turbadoras entradas nocturnas de su antiguo esposo borracho y loco con la lascivia saciada tras haber torturado a Flavia Julia o a la pobre Domitila, o, peor, con la lujuria aún insatisfecha en busca no ya de sexo, en su estado poco podía hacer él, sino de insultar, humillar, golpear... Los pretorianos traerían golpes y tortura y dolor, pero, al menos, por una vez en su vida, los golpes habrían valido la pena, cada uno de ellos, hasta el más nimio, sería el resultado de la bendición de saber que Tito Flavio Domiciano estaba muerto y mil veces muerto por los siglos de los siglos. ¿Qué sería de Domitila? Lo último que había llegado hasta ella es que estaba demasiado enferma como para regresar a Roma de su forzado destierro. Nerva había enviado un mensajero para invitarla a volver, pero éste había regresado solo. Domicia sabía que Domitila no viviría mucho más. Demasiado dolor. Llamaron a la puerta y la esclava dio un respingo.

—Tranquila —dijo la emperatriz—. Es a mí a quien buscan. Sepárate.

Y la esclava, lentamente, con lágrimas en los ojos, dio varios pasos hacia atrás, con la mano aún en alto, apretando el cepillo con el que había estado peinando a su ama; una ama seria, fría, pero siempre correcta, una ama a la que había visto sufrir lo indecible sin que nunca luego lo pagara con los esclavos. No era justo lo que venían a hacerle. No era justo, pero ella no era nadie, no era nada. No podía hacer nada, más que callar y mirar al suelo.

—Adelante —dijo Domicia Longina con voz poderosa, firme, decidida.

Los pretorianos abrieron las dos hojas de la entrada y Norbano entró en la cámara. Miró entonces hacia atrás y los pretorianos que le acompañaron volvieron a cerrar las puertas. La esclava siguió retrocediendo, aún con su mano en alto, asiendo el cepillo con tanta fuerza que sus dedos delgados empezaron a quedarse blanquecinos por la falta de riego. Norbano la ignoró y dio cinco pasos grandes hasta situarse frente a la que hasta hacía sólo unos meses era la emperatriz del mundo romano. Domicia Longina le encaró con la elegancia de quien ha sido patricia de Roma desde su nacimiento, con la altivez de quien ha sido emperatriz y con la fuerza de quien se siente noble por dentro y por fuera.

—¿Y bien, Norbano? ¿Por qué se me molesta en mi habitación?

El pretoriano no respondió de forma inmediata. Estaba serio a la par que satisfecho. Domicia consideró que aquélla debía de ser una mezcla razonable de sentimientos para quien había querido vengar la muerte de Domiciano y había conseguido pasar todo un día y toda una noche torturando a varios de los conjurados. Ahora era el turno de ella.

—La emperatriz sabrá que hemos arrestado a varios de los asesinos del emperador Domiciano.

Domicia Longina pensó en añadir que para ello se habían rebelado contra el actual emperador, pero tampoco quería excederse en su desafío. La tortura iba a destrozarla. Necesitaba ahorrar energías. Se limitó a asentir en silencio.

—Los hemos torturado para obtener los nombres del resto de conjurados.

La emperatriz volvió a asentir. La esclava, por fin, bajó la mano con el cepillo y siguió llorando sin decir nada, sin emitir el más mínimo ruido.

—Lo sé, Norbano —confirmó Domicia Longina.

—La emperatriz estará satisfecha al saber que hemos dado muerte a todos los apresados y que hemos obtenido de ellos el nombre de un conjurado que nos faltaba. Alguien fundamental en el complot contra el anterior emperador. Se trata de quien apuñaló al emperador Domiciano.

Domicia volvió a asentir al tiempo que se daba la vuelta para mirarse al espejo y ocupar sus manos en acariciarse el pelo, como si comprobara si el cepillado había sido adecuado.

—Supongo que ahora procederéis a detener a esa última persona de la conjura —dijo Domicia Longina sin dejar de mirarse en el espejo a la vez que lo usaba para observar la expresión seria de Norbano.

—Sí, eso es lo que procede.

Siguió un largo silencio. Domicia pensó en levantarse y salir con el pretoriano. Parecía que Norbano quería hacer aquello con un mínimo de dignidad. Era toda una vida como esposa de Domiciano. Seguramente era a ese hecho al que se debía aquel acto de respeto último por parte de aquel pretoriano que, por otro lado, no dudaría en ejecutarla en unos instantes. Domicia Longina, en efecto, se levantó con la lentitud de quien sabe que cada gesto, cada movimiento que hace, es el último de su vida. Iba a decir la frase que tenía pensada, nada espectacular, sólo lo justo: «Estoy dispuesta», pero cuando Domicia Longina estaba a punto de hablar, Norbano se anticipó.

—Cogeremos a ese maldito gladiador, a ese miserable de Marcio, antes de que acabe el mes. Lo juro por todos los dioses, augusta.

Domicia Longina se quedó inmóvil, tan petrificada como la esclava que asistía como testigo mudo a aquella escena con los ojos abiertos de par en par sin parpadear desde hacía un buen rato, cuando las lágrimas decidieron secarse. Domicia meditó con mucha precisión sus siguientes palabras.

—¿Es eso lo que has venido a anunciarme, Norbano?

—Sí, mi augusta señora. He pensado que la emperatriz estaría satisfecha de saber que todos cuantos atacaron al emperador y a la augusta Domicia Longina aquel maldito día han sido o serán ejecutados próximamente. Siento haber irrumpido así en la habitación, pero pensé que sería de interés saber todo esto.

Domicia Longina lo miró fijamente y afirmó con la cabeza al tiempo que respondía al pretoriano.

—Has hecho bien, Norbano, has hecho bien.

Cogiéndose con las manos al respaldo del *solium* en el que había estado sentada, Domicia Longina aún tuvo la osadía de lanzar una pregunta más a un Norbano que se inclinaba y ya empezaba a darse media vuelta para salir de la cámara privada de la emperatriz.

—¿Y además de ese gladiador, los conjurados no han desvelado ningún otro nombre?

Norbano se detuvo. Se volvió de nuevo para encarar a la emperatriz.

—No, no nos han desvelado ningún nombre más.

Frunciendo el ceño, como cuando un hombre siente que algo se le escapa pero no está seguro de qué se trata, dio un paso al frente y, muy cerca de la emperatriz, completó la pregunta de su señora con otra pregunta.

—¿Acaso la augusta Domicia Longina sospecha de alguien más?

Domicia negó con la cabeza y subrayó su negativa con un poderoso monosílabo.

—No.

El pretoriano asintió, se llevó la mano al pecho —manteniendo, eso sí, el ceño fruncido— y, algo confuso, salió de la cámara de la emperatriz.

Domicia Longina, que se había levantado para hacer aquella última pregunta al jefe del pretorio, volvió a sentarse con parsimonia sorprendente en su *solium* y se dirigió a la esclava.

—Vamos, hazme el peinado alto, ese que sabes hacer tan bien.

Sus palabras sonaron como si allí no hubiera ocurrido nada.

En el exterior, un aturdido Norbano, ceño cruzado sobre su frente, seguía devanándose los sesos sobre la extraña actitud de la emperatriz. Habría esperado más alegría por parte de la esposa del emperador al saber que habían ajusticiado a muchos de los conjurados, y luego estaba esa peculiar pregunta sobre si no habían desvelado más nombres. Era cierto que Partenio al final, cuando tenía sus testículos en la boca, había dicho algo más sobre el emperador, pero no se le entendió bien. Era como si dijera una y otra vez «Domiciano Augusto, Augusto», o algo parecido, pero sin terminar de pronunciar bien; todos habían pensado que repetía el nombre del emperador asesinado Tito Flavio Domiciano Augusto, ¿o...? Era casi más como si dijera... como si hubiera dicho... Norbano se detuvo en seco y tras él su docena de pretorianos. Todos permanecieron quietos, detenidos en medio de aquel pasillo en el centro mismo del palacio imperial. ¿Domicia Augusta? Norbano se giró muy, muy despacio hacia el final del corredor, donde quedaba la cámara de Domicia Longina Augusta, pero de inmediato sacudió la cabeza. Estaba agotado. Imaginaba tonterías. Había cosas que una mujer no podía hacer. Era imposible, absurdo. Casperio se reiría de él si tan sólo se atreviera a sugerirlo: el poderoso Domiciano apuñalado por su pequeña y delgada esposa. Increíble. Si Domiciano hubiera muerto envenenado, quizá sí, pero así, apuñalado brutalmente, con una saña bestial propia sólo de un soldado o un gladiador, no podía ser; eso era trabajo de hombres y de hombres fuertes. Había que encontrar a ese maldito Marcio, a ese gladiador huido y crucificarlo en el foro, para ejemplo de todas las alimañas traidoras del Imperio. Norbano reemprendió la marcha con furia. Tenía trabajo pendiente.

143

LAS PALABRAS DE HOMERO

**Moguntiacum, Germania Superior
Noviembre de 97 d. C.**

Llovía en Moguntiacum. Aulo llegó agotado y empapado, y su uniforme pretoriano resultaba apenas visible bajo el polvo y el barro de las calzadas de medio Imperio por las que había tenido que cabalgar sin casi detenerse para llegar hasta el *praetorium* del gobernador de Germania Superior. Pese a todo, el sello del emperador le abrió el camino en la ciudad, y en poco tiempo se encontró haciendo un charco con su ropa mojada en una gran sala desde donde se regían los designios de Germania. La estancia era grande pero la decoración austera. Había una estatua del emperador Marco Coceyo Nerva en la pared a su derecha y, enfrente, otra del dios Júpiter. Se veía una mesa repleta de mapas en el centro y varios *solii* para sentarse alrededor de la misma. No había guardias. Estaba solo y cansado y anhelaba sentarse, pero no se atrevía a moverse del punto donde le habían dejado los legionarios que le habían escoltado hasta allí. Entró entonces un hombre maduro, un tribuno, alguien con poder pese a que el brazo derecho parecía medio impedido. Algo extraño en un hombre del éjercito y más aún con ese rango. Quizá una herida de guerra.

—Ave, pretoriano. Mi nombre es Longino, tribuno bajo el mando del gobernador de Germania Superior. Me dicen que traes un mensaje del emperador para el gobernador.

Aulo asintió. Longino se situó frente a él y alargó la mano. Aulo negó con la cabeza.

—Mis órdenes son entregar este mensaje al gobernador de Germania Superior en persona.

Longino le miró fijamente y mantuvo el brazo izquierdo estirado y la mano abierta.

—El gobernador no vendrá hasta la noche y yo estoy al mando de la ciudad hasta entonces. Dame ese mensaje —dijo con tono amenazador.

En ese momento entraron media docena de legionarios armados. Aulo se puso muy firme pero permaneció inmóvil, salvo por sus labios que volvieron a moverse al hablar.

—Podéis arrancarme el mensaje, por supuesto, pero para eso tendréis que matarme antes.

Longino levantó el brazo que tenía extendido y los legionarios, que habían empezado a rodear a Aulo, se detuvieron. Longino sonrió. Se alegraba de que el emperador hubiera enviado a un valiente y disciplinado pretoriano en lugar de a alguno de esos cobardes que tanto abundaban en los *castra praetoria*. Desde el desastre del jefe del pretorio Fusco al frente del ejército del Danubio, la opinión de los mandos de las legiones del norte sobre los pretorianos era francamente pésima.

—Aquí tenemos a muchos bárbaros que matar —respondió Longino en tono más conciliador—, como para tener necesidad de matarnos también entre nosotros. —Lanzó una carcajada a la que se unieron el resto de legionarios—. Tendrás hambre y sed y deberías secarte.

Aulo, algo más relajado, replicó que no quería nada de momento.

—Prefiero esperar al gobernador así. Ya tendré tiempo de comer una vez haya entregado mi mensaje.

Longino asintió. Aquél era un hombre interesante.

—Como quieras. Puedes quedarte aquí. Aún pasarán unas horas hasta que regrese el gobernador. Yo de ti me sentaría y descansaría. Ordenaré que te traigan agua.

Aulo asintió. Le dejaron solo de nuevo. Le trajeron una jarra con agua y un cuenco. Todo sencillo, nada de *terra sigillata* o bronce en aquel *praetorium*. Se sentó frente a la mesa. Se sirvió un vaso y lo bebió entero. Se entretuvo mirando los mapas. El gobernador y sus hombres parecían haber estado fortificando todo el *limes* a lo largo del Rin. Se veían numerosos puntos que parecían ser campamentos y puestos de guardia por toda la frontera norte del Imperio. Estaba agotado. Cerró los ojos.

Aulo oyó voces a su alrededor y se levantó al tiempo que se llevaba la mano a la empuñadura de su espada, pero le habían desarmado al entrar en la ciudad. Lo había olvidado: nadie se fiaba de un pretoriano en la frontera del Imperio. El tribuno estaba allí de nuevo con varios oficiales más, otro tribuno, un grupo armado de legionarios y un hombre alto al que todos miraban con respeto.

—Así que traes un mensaje del emperador —dijo aquel hombre alto.

—Un mensaje para el gobernador de Germania Superior, para Marco Ulpio Trajano, sí —respondió Aulo, parpadeando aún. No sabía cuánto tiempo había permanecido dormido.

—Yo soy Marco Ulpio Trajano.

Aulo asintió y extrajo de debajo de su uniforme el mensaje del emperador. Trajano cogió el papiro, se sentó en un *solium* y leyó el documento con atención. No parpadeó ni una sola vez mientras lo leía. Luego lo depositó despacio sobre la mesa, pero cambió de opinión y lo volvió a coger y se lo dio a Longino, que se encontraba a su lado. Éste lo leyó y, con los ojos muy abiertos, miró a Trajano. El hispano asintió y Longino leyó el documento en voz alta. Lucio Quieto y el resto de los presentes escucharon con atención.

—«Yo, *Imperator Caesar Nerva Augustus Germanicus Pontifex Maximus*, he decidido que Marco Ulpio Trajano, gobernador de Germania Superior, sea mi hijo de acuerdo con el derecho y las leyes, investido con la *potestas tribunicia, imperium proconsularis* y... —Longino dudó un instante antes de seguir— ...y la dignidad de César.» —Volvió a detenerse para añadir, algo avergonzado por no saber bien cómo seguir—: Luego hay una frase en griego...

Trajano asintió. Quieto se había acercado a Longino para ver el mensaje con sus propios ojos, mientras el gobernador de Germania completó lo que faltaba por leer con su propia voz.

—«τίσειαν Δαναοὶ ἐμὰ δάκρυα σοῖσι βέλεσσιν».

A aquellas palabras en griego siguió un silencio. Fue Longino el primero que se atrevió a preguntar a Trajano por el significado de aquella parte final del mensaje.

—¿Qué quiere decir el emperador con esas palabras en griego, Marco?

A Aulo no se le escapó que aquel tribuno se dirigía al gobernador, es decir, a un recién nombrado César, por su *praenomen*.

—Se trata de una frase del canto I de la *Ilíada* de Homero: «τίσειαν Δαναοὶ ἐμὰ δάκρυα σοῖσι βέλεσσιν», es decir: «¡Paguen los dánaos mis lágrimas con tus flechas!»[52]

Pero como tanto Longino como Quieto le miraban con expresión confusa, Trajano dio una explicación.

—Recuerdo que una vez Nerva, cuando yo sólo era un muchacho, nos saludó a mi padre y a mí en el foro y preguntó por lo que estaba leyendo. Entre otros códices tenía un volumen de la *Ilíada* que mi padre acababa de regalarme. Me dijo que era una gran obra. Y era cierto. Nunca pensé que luego lo usaría para hablarme y menos en unas circunstancias como éstas. —Interrumpió sus explicaciones para, de forma abrupta, mirar al pretoriano y hacerle una pregunta—: ¿Cómo están las cosas en Roma?

Aulo habló con la concisión y la precisión de un militar eficaz.

—Los jefes del pretorio se han rebelado contra el emperador y andan interrogando, deteniendo y ejecutando a aquellos que consideran que intervinieron en la conjura contra Domiciano. La ciudad está en sus manos.

—¿Y el Senado? —volvió a preguntar Trajano—. ¿El Senado ha apoyado mi nombramiento en estos términos, con *potestas tribunicia*, con *imperium consularis*, con dignidad de César?

—Hubo un gran debate, pero, al fin, en la votación final, se impuso la *constitutio principis* del emperador.

—Pero hubo quien votó en contra.

52. Último verso de la increpación de Crises a Apolo en el Canto I de la *Ilíada*. Concretamente el verso 42.

—Sí —respondió Aulo escuetamente.

Trajano asintió. Miró al suelo y volvió a hablar, pero sin mirar a nadie. Era como si pensara en voz alta. Volvía al asunto de la cita en griego del mensaje del emperador.

—Los dánaos es el nombre que Homero usa para referirse a los griegos que luchaban contra los troyanos. Roma es la descendiente de Troya; Nerva quiere que vengue la humillación que está sufriendo él y toda Roma a manos de los jefes del pretorio; quiere que mis flechas castiguen esta rebelión.

—¿Y qué vas a hacer? —preguntó Longino, que aún estaba digiriendo que su amigo acababa de ser adoptado por el emperador y que le había otorgado la dignidad de César.

Trajano se levantó y paseó por el *praetorium* con las manos cruzadas en la espalda. Se detuvo.

—No lo sé, Longino, no lo sé. El apoyo del Senado legitima el nombramiento, pero antes de hacer nada con respecto a los pretorianos hemos de esperar y ver cómo se recibe esta adopción de Nerva en otras provincias.

Trajano estaba asumiendo su nueva condición de César al tiempo que hablaba y lo hacía entre la sorpresa y una cada vez más poderosa sensación de enorme responsabilidad: cualquier cosa que decidiera a partir de ese momento podía ser fundamental para el conjunto de los inmensos dominios de Roma.

—Las otras provincias son clave. Sólo entonces sabremos cuál es nuestra fuerza en el Imperio. Sólo entonces.

—¿Estás pensando especialmente en Oriente, en Nigrino? —preguntó Longino.

—Sí —confirmó Trajano—. Hasta que no sepamos qué piensa Nigrino de todo esto, no haremos nada. Las fronteras están especialmente convulsas, los bárbaros huelen nuestra debilidad y lo último que podemos permitirnos es una guerra civil. Hemos obtenido una victoria en Panonia hace poco, pero eso puede ser sólo algo pasajero. Hemos de ser cautos. De momento, no haremos nada. Sólo esperar.

—¿Y la ciudad de Roma? —preguntó Lucio Quieto.

Trajano hizo una mueca de preocupación, pero se mantuvo firme en su opinión sobre cómo actuar.

—Roma tendrá que valerse por sí misma por el momento. Los jefes del pretorio, cuando sacien sus ansias de venganza con unas cuantas ejecuciones, se contendrán igual que nosotros, hasta ver qué ocurre en el Imperio con mi adopción como hijo del emperador.

—Pero entre tanto pueden matar a cualquier implicado en el asesinato de Domiciano —replicó Longino.

Trajano volvió a asentir.

—A cualquiera, en efecto. Excepto con Nerva se atreverán con cualquiera. —Sacudió la cabeza—. Asesinar a un emperador de Roma es un suceso que siempre tiene graves consecuencias. Los implicados sabían de éstas. De momento sólo soy el hijo adoptivo de un emperador débil. No puedo hacer nada por nadie en Roma. En esta vida, cada uno tiene que afrontar las consecuencias de sus actos. —Miró a Aulo mientras cambiaba de tema—. Cenarás con nosotros.

Aulo no tuvo tiempo de responder. Tampoco había sido una pregunta. Trajano salió del *praetorium* escoltado por los legionarios y seguido de cerca por sus dos tribunos de confianza. El pretoriano se sentó y se sirvió un segundo vaso de agua. Nunca había cenado con un César. Y estaba cubierto de barro hasta los hombros.

Plotina tenía que hacer grandes esfuerzos para contener su satisfacción. Siempre había sido muy ambiciosa, pero aquello superaba el más grande de sus sueños. A falta de un matrimonio basado en el amor y a falta de hijos, Plotina basaba su felicidad en el constante ascenso de su esposo en el *cursus honorum*. Un ascenso que implicaba, a su vez, su propio ascenso en poder e influencia sobre todo y sobre todos. Y aquel nombramiento desbordaba la capacidad de Plotina de imaginar, pero, pese a su tormenta de sentimientos y esperanzas, se controlaba mientras conversaba con Ulpia, la hermana de Trajano que, al igual que ella, se mostraba exultante, pero con dominio sobre la expresión de aquella alegría. Matidia, la hija de Ulpia y sobrina de Trajano, imitaba a su madre y a su tía, pero sus pequeñas hijas, que iban de los once años de Vibia Sabina a los diez de Matidia menor y los nueve de Rupilia, reían y no podían evitar hacer bromas sin parar.

—Ahora ya no podré llamarte tío —dijo la pequeña Vibia Sabina—, pues eres un César, ¿verdad?

Trajano la miró con una sonrisa, con ternura. Vibia era su sobrina nieta mayor, la más guapa y la más inteligente: su preferida.

—Tú siempre serás mi sobrina nieta, Vibia, y yo seré tu tío, tu tío abuelo, siempre. No importa cuál sea mi dignidad.

—¿Incluso si al final eres el emperador de Roma, el *imperator*? —insistió Vibia.

Se hizo entonces un breve pero intenso silencio. Trajano observó a todos: la satisfacción de su esposa Plotina y la de su hermana Ulpia o la de su madre Marcia, las sonrisas de sus sobrinas nietas y los rostros todavía entre admirados y sorprendidos de Longino y Quieto. Sólo había una nota discordante: su padre, que permanecía ensimismado, sin apenas comer. Su padre se había recuperado, al fin, de la enfermedad que le había tenido en cama durante meses después del largo viaje a Germania desde Hispania, pero no mostraba una gran alegría por aquella adopción. ¿Quizá se sentía herido en su amor propio? A fin de cuentas, la adopción implicaba que iba a perder la *potestas* sobre su único hijo. Quizá fuera eso, una herida en su orgullo. Pero Trajano hijo conocía demasiado a su padre para quedarse satisfecho con una explicación tan sencilla. Vibia seguía esperando respuesta. Trajano hijo la miró y volvió a sonreír.

—Incluso si alguna vez soy emperador, yo seguiré siendo tu tío.

La faz de Vibia Sabina se iluminó con felicidad pura.

El resto de la cena transcurrió en ese mismo ambiente festivo y relajado de celebración. Al final, cuando la *commissatio* se alargaba, Aulo primero, y luego Longino y Lucio Quieto pidieron permiso para abandonar la residencia del gobernador de Germania Superior y nuevo César. Al poco tiempo se acostaron las niñas, su madre Matidia, Ulpia y Marcia. Plotina observaba cómo su marido no dejaba de mirar a su taciturno padre y comprendió que debían hablar a solas. Se levantó, posó la mano sobre el hombro de su esposo un instante, Trajano hijo asintió y Plotina se retiró.

—¿Qué te perturba, padre? —inquirió Trajano hijo de inmediato. Marco Ulpio Trajano padre levantó ligeramente las cejas, suspiró y fue directo al grano. Nunca se había andado con rodeos con su hijo.

—Has de tener cuidado, muchacho, mucho cuidado.

Trajano hijo asintió.

—Sin duda —confirmó en voz alta para que su padre se quedara tranquilo, pero no pareció ser suficiente.

—No, hijo, no me entiendes. No se trata de que tengas cuidado de que no te envenenen o de que te traicionen o de las envidias o de cualquier otra cosa inherente al nombramiento del que has sido objeto. Eso ya imagino que lo tendrás presente. No, Marco, no se trata de eso.

—Entonces, padre, ¿qué te preocupa? El Senado ha aceptado el nombramiento. Quizá no todos los senadores estuvieran de acuerdo, pero Nerva ganó la votación. Eso nos da un margen...

—Eso nos da muy poco, Marco —le interrumpió su padre y se corrigió en seguida—, te da un margen muy pequeño. Escúchame: nunca nadie pensó en que esto pudiera ocurrir: un hispano adoptado por un emperador y nombrado César junto con el propio Nerva. No, nunca nadie pensó eso, pero, hijo, ahora que es posible, ahora que el mismísimo Senado apoya una decisión semejante, ¿no lo ves, hijo? ¿No ves lo que eso implica? —Como Trajano padre vio que su hijo fruncía el ceño confuso, prosiguió explicándose con pasión—: Hijo, ahora cualquier otro hispano, senador como tú, poderoso como tú, con numerosas legiones bajo su mando, como tú, puede preguntarse, y con razón, que por qué el elegido has de ser tú y no él. ¿Por qué ese hispano sí y yo no?

Trajano hijo comprendió a dónde quería llegar su padre.

—Estás pensando en Nigrino entonces —dijo Trajano hijo—. Sí, he pensado en ello. De hecho, lo he hablado con Longino.

—En Nigrino y en sus legiones de Oriente, Marco. Sí, en él estoy pensando.

Hubo un nuevo silencio, ahora en medio de aquella gran sala de *triclinia* vacíos, sin risas ahogadas de niñas divertidas, sin miradas de admiración de los tribunos de las legiones del Rin.

—¿Crees que Nigrino no aceptará este nombramiento, padre?

—No lo sé, Marco, pero tendrás que averiguarlo. Más tarde o más temprano tendrás que averiguarlo.

Trajano hijo asintió entonces una vez más. En el exterior el manto de la noche germana lo envolvía todo, arropando las ambiciones de los hombres con la fría niebla del Rin.

—Hay una cosa más —añadió Trajano padre. Su hijo le miró atento y le preguntó con rapidez.

—¿Qué más?

—Estoy viejo, Marco. Me he recuperado, pero no tengo fuerzas para resisitir un nuevo ataque. Si la fiebre me vuelve a atrapar sé que no saldré vivo de esa lucha. —Su hijo le iba a interrumpir, pero Trajano padre levantó la mano y le conminó a que le dejara hablar—. Quizá ya no tengamos muchas más charlas como ésta, por eso quiero comentarte algo importante: en el pasado, cuando Corbulón murió en Corinto, cuando se suicidó por orden de Nerón...

—¿El padre de Domicia Longina, la esposa de Domiciano? —quiso precisar Trajano hijo.

—Exacto, Marco —los ojos de Trajano padre empezaron a brillar de una forma especial—, le prometí a su padre, cuando se desangraba entre mis brazos, que protegería a su familia. Su esposa y su otra hija murieron, pero queda Domicia. No sé qué estará pasando en Roma, pero las cosas no deben de estar muy tranquilas cuando Roma recurre a nombrar a un hispano como emperador, y ahora temo por ella, temo por esa mujer, por Domicia. Prometí protegerla. Es una promesa a un padre moribundo y ya no voy a tener ni la fuerza ni la oportunidad para cumplir mi palabra. Prométeme hijo que honrarás la palabra de tu padre. Hace unos días sólo podría habértelo exigido, pero ya no eres mi hijo, sino el hijo de Nerva y no tengo *potestas* sobre ti. Eres César. Tú sólo te debes ahora al emperador, pero te agradecería mucho si sólo en esto me honraras.

Corbulón fue el que nos dio nuestra primera gran oportunidad, sin él, ahora no estaríamos, no estarías donde estás...

Trajano hijo le interrumpió.

—Padre, honraré tu palabra y protegeré a esa mujer si en algún momento está en mi mano hacerlo.

—Bien —dijo Trajano padre, y las facciones de su rostro, por primera vez en muchas horas, se relajaron. Su hijo se levantó y se sentó junto a él. Lo miró muy de cerca mientras le hablaba.

—Tú siempre serás mi padre. Siempre.

144

UN PUESTO DE GUARDIA

Puesto de control a la entrada de la *Via Flamina*
Norte de Roma, *tertia vigilia*
Diciembre de 97 d. C.

El carro avanzaba despacio.

Era aún noche cerrada.

Los pretorianos vigilaban todas las puertas de Roma, sus accesos y las entradas a las grandes calzadas que conectaban la ciudad con todos los confines de su Imperio. Norbano y Casperio habían dado orden de que fuera la guardia imperial la que vigilara todas las salidas a la ciudad en lugar de la milicia de los *vigiles* o las *cohortes urbanae*. Los dos jefes del pretorio sabían que quedaban al menos dos gladiadores huidos de los que habían participado en el asesinato del emperador Domiciano y lo habían dispuesto todo para que no hubiera forma de que ninguno de los dos pudiera escapar de la ciudad. Así sólo era cuestión de tiempo que cayeran en sus manos.

El carro avanzaba despacio.

Un conductor, encogido, cubierto con una larga capa y oculto su rostro por una capucha, dirigía a los caballos que tiraban de aquel carromato. Como era de esperar, uno de los pretorianos apostados en aquel puesto de control se interpuso en su camino y ordenó que se detuviera. El conductor obedeció. Entre tanto, media docena de centinelas más armados rodeaban aquel vehículo de transporte. Había más hombres, quizá una docena más agrupados al otro lado de aquel punto de control; en total, unos dieciocho. El conductor se mantenía encogido. Demasiados pretorianos.

—¡Alto, por Marte! ¿*Quo vadis*? ¿Adónde vas y qué llevas ahí? —dijo el pretoriano al mando señalando unas mantas que cubrían el interior de la parte posterior del carro. El conductor no respondió. Su silencio enfureció al oficial de la guardia imperial—. ¡Baja de ahí, maldito!

Estiró de la capa con tal fuerza que se la arrancó al conductor de cuajo. Éste se levantó entonces en el carro. Una larga y preciosa melena, tintada en parte de naranja, quedó al descubierto. Los pretorianos se vieron sorprendidos por un instante, pero en seguida se sintieron encantados con la situación: el conductor del carro era una mujer, mejor aún, una prostituta. Llevaban toda la noche aburridos y los dioses les entregaban a una puta con la que podrían entretenerse aquella última hora de guardia. Rieron. Rieron con carcajadas grandes. El oficial volvió a coger a la mujer, esta vez de un brazo, y la obligó a bajar de un salto. La joven era hermosa, alta, delgada, y rubia allí donde el tinte no se había apropiado del color del pelo y se la veía, o eso pensaron los pretorianos, atemorizada. Sería una presa fácil.

—No se puede salir de la ciudad a estas horas y menos una zorra como tú —dijo el oficial escupiendo saliva en el rostro de la joven mientras hablaba y aprovechaba su proximidad para olerla como un lobo en celo.

El pretoriano miró a su alrededor. No se veía a nadie que no fuera el resto de la unidad de guardia imperial. La gente sabía que lo mejor era encerrarse en sus casas hasta que las cosas se tranquilizaran, si es que alguna vez volvía un cierto sosiego a la ciudad. Aquella ausencia de testigos satisfizo al oficial. Lo harían allí mismo, a los pies del carro. Ya no le interesaba ni quién era aquella mujer, ni de dónde venía ni adónde iba. Estaba marcada con el tinte de las mujeres públicas e iba a yacer él primero con ella y luego el resto de sus soldados si lo deseaban. Eso le haría popular entre ellos, y aquellos días era importante ser popular entre el mayor número de pretorianos posible. Eso era lo que sostenía a Norbano y a Casperio al mando de los *castra praetoria*, y aquel oficial había tomado buena nota de ello.

—Desnúdate, zorra —dijo sin levantar la voz. No sintió la necesidad de asustar más a aquella puta. Tampoco tenían por qué matarla. Si sobrevivía a yacer con todos ellos unas cuantas veces la dejaría marchar, pero había que empezar con el asunto pronto, antes de que llegara el relevo—. ¡Vamos, vamos, vamos!

La joven, temblorosa, empezó a quitarse la túnica. Los seis pretorianos se arremolinaron a su alrededor al tiempo que se acercaban, curiosos por lo que estaba pasando, el resto de centinelas que se encontraban más alejados. Nadie se molestó en mirar debajo de las mantas del carro o en volver a prestarles atención. Los pretorianos sólo tenían ojos para el cuerpo medio desnudo de aquella joven. Se lo iban a pasar bien, muy bien... Las mantas se movieron despacio. Marcio asomó los ojos por encima de la madera del lateral del carro. Alana estaba rodeada por los pretorianos y uno de ellos, el oficial al mando parecía ser, estaba palpando uno de sus pechos. Marcio se puso en pie en lo alto del carro y asestó tres golpes mortales a tres cabezas antes de que nadie se diera cuenta de lo que estaba pasando. Tres golpes rápidos y certeros, como cuando de niño arremetió contra los vitelianos. Sólo que ahora eran golpes forjados por duros años de adiestramiento en el mejor colegio de gladiadores del mundo. Los golpes del *mirmillo* fueron respaldados por tres ladridos graves y profundos, casi rugidos, de *Cachorro*. El samnita, a su vez, saltó del carro, pero en lugar de ir a por los pretorianos aprovechó la confusión para salir corriendo en dirección a la *Via Flaminia*. Marcio sólo pudo mirarlo de reojo. Eso no era parte del plan. Estaba claro que el samnita tenía ahora ideas propias. El oficial de los pretorianos rápidamente comprendió que habían sido objeto de una argucia para confundirles y, al fin, reaccionó. Dejó de tocar a la prostituta y aulló órdenes con energía. Alana, por su parte, había retrocedido hasta situarse justo encima de los cadáveres de los tres pretorianos heridos de muerte por Marcio.

—¡Detened al que va hacia la *Via Flaminia*! ¡El resto, conmigo! ¡Los quiero vivos, los quiero vivos! —vociferaba el pretoriano al mando.

Norbano había insistido mucho en ese punto: quería a los gladiadores vivos. Eso dificultaba algo las cosas, pero no demasiado. Eran dieciocho... bueno, quince pretorianos contra dos gladiadores. Era cosa hecha, pero en ese momento la mujer desenvainó una espada que tenía oculta en su espalda y, como fuera que los pretorianos se habían centrado en atacar a Marcio, la joven acertó a herir a uno, dos, tres pretorianos que cayeron malheridos al suelo. El samnita, no obstante, corrió peor suerte. Media docena de pretorianos se echaron sobre él y pronto le rodearon; en la lucha, el gladiador consiguió matar a uno de los guardias imperiales, y resistió y forcejeaba constantemente hasta que uno de los pretorianos le hirió en un brazo. Seguía luchando y el pretoriano volvió a atacar para herirle de nuevo, pero, como el samnita cambió de posición en uno de sus forcejeos, la espada del pretoriano se clavó no en el brazo sino en el pecho del gladiador. Aunque el pretoriano intentó detener en ese momento el impulso de su ataque, todo fue en vano y la espada partió el corazón de aquel maldito gladiador. El samnita se quedó con los ojos en blanco, mirando hacia ningún sitio y dejó de luchar. El pretoriano, petrificado, miró su espada. Sus compañeros lo miraban también, inmóviles. Había matado a uno de los gladiadores contraviniendo las órdenes recibidas. Eso no iba a gustarle a sus jefes. Norbano en particular había insistido en que el que hiciera semejante cosa se las vería con él en persona. El pretoriano que acababa de matar al samnita tragaba saliva y miraba a sus compañeros negando con la cabeza.

—No habéis visto nada... no habéis visto nada... —les dijo, pero sus compañeros guardaban silencio; el pretoriano comprendió que estaba perdido y echó a correr hacia la oscuridad que rodeaba ya las murallas de Roma.

Sus compañeros de la guardia imperial dudaban entre ir a por aquel cobarde o quedarse para luchar contra Marcio. Los gritos del oficial al mando les sacaron de dudas.

—¡A mí la guardia! ¡Por Marte, rodeadle! ¡Rodeadle!

Marcio, en su brutal lucha contra una enorme maraña de enemigos, se ha alejado unos pasos del carro. Lleva su gran escudo de *mirmillo* y con él se protege de los innumerables golpes de sus enemigos, pero se ve obligado a retroceder, tiene que retroceder más y más, son demasiados; todo el plan se viene abajo. Si el samnita hubiera cumplido y se hubiera quedado a luchar, quizá juntos... otro golpe y otro más y un paso más hacia atrás, alejándose del carro. Alana debería marcharse si puede, debería marcharse.

Alana ha herido a otro pretoriano y se ha refugiado en lo alto del carro. Los pretorianos han decidido no hacer demasiado caso a la mujer y se han concentrado en Marcio, que es el que les da miedo. Dejan sólo a dos hombres con ella. Además las órdenes se referían a los gladiadores. Había que detener gladiadores; no se decía nada de mujeres. Ya se ocuparían de ella cuando hubieran acabado la lucha y tuvieran a aquel maldito *mirmillo* reducido.

Alana se percató de que la dejaban sola con dos pretorianos y ya había herido a uno. En ese momento se acercaba el otro blandiendo su *gladio* amenazadoramente. Y sonreía, el muy miserable sonreía.

—De acuerdo —decía el pretoriano—, de acuerdo: sabes luchar. Se acabaron las sorpresas, zorra. Ahora es entre tú y yo. Queríamos pasárnoslo bien contigo, pero ahora te mataré. La orden de los jefes del pretorio no habla de ti, así que a ti te podemos matar sin problemas.

Alana se quedó quieta sobre el carro. Sostenía su espada con las dos manos, el pretoriano se acercaba; la muchacha dejó caer entonces el arma y la sonrisa del pretoriano se agrandó.

—Haces bien, haces bien; si te entregas puede que aún respetemos tu miserable vida —dijo el pretoriano.

Alana se llevó la mano a la espalda, sacó una daga con la velocidad del rayo y, antes de que el pretoriano pudiera reaccionar, éste sintió que la frente le estallaba. Lo último que vieron sus ojos fue la empuñadura de aquella daga temblando nerviosa por su filo clavado en su propio cráneo. Cayó de espaldas. Alana ya no miraba atrás. Cortó las cuerdas que sujetaban uno de los caballos, subió a él con la destreza de las amazonas del norte y apretó con los talones a la bestia. «Si tienes oportunidad, no lo dudes y escapa.» Eso le había dicho Marcio. «Corre y escapa», había insistido él con una intensidad que la conmovió. El animal relinchó y penetró al galope el vientre espeso de la noche que envolvía la ciudad. Sobre su lomo una amazona se alejaba de Roma llorando de pena y rabia y dolor.

Marcio luchaba como un valiente, pero estaba solo y los enemigos eran demasiados, ¿seis, siete, ocho? Ni siquiera podía calcularlo. Daba pasos hacia atrás. Para él todo estaba perdido. Le parecía haber visto que Alana escapaba; era lo pactado si las cosas se ponían mal. Era lo que habían hablado entre ellos. Le gustó que la muchacha, ella al menos, cumpliera con el plan. Marcio no temía la muerte. No la suya. De hecho, desde lo de Atilio, la muerte la esperaba como quien espera encontrar alivio en el momento de dejar de existir, pero ahora, no entendía bien por qué, más golpes y más pasos atrás, ahora lo lamentaba, lo lamentaba de verdad, y se dio cuenta de que, por algún motivo que no acertaba aún a desentrañar, quería seguir allí, en ese maldito mundo, para poder estar más tiempo, un poco más, con aquella extraña amazona del norte. Pero todo estaba ya perdido. Cayó de rodillas y le hirieron en un brazo, se revolvió y consiguió ahuyentarlos al alzarse de golpe y herir él a su vez a otro de los pretorianos. No había ya nada que hacer. Vio entonces aquellos ojos oscuros brillando en la noche de forma enigmática. Nunca supo lo que pensaba aquel animal. Nunca lo supo. Un golpe más. Fue entonces cuando gritó su nombre, con la brutalidad de la bestia herida que era.

El amo le llamó. No lo hacía nunca cuando luchaba y por eso tardó unos instantes en responder a aquella llamada. Él siempre esperaba sentado a que el amo volviera de matar a sus enemigos. Y siempre los mataba y siempre volvía, pero aquella noche había más hombres con hierros punzantes alrededor del amo que nunca. Y *Cachorro* perdió de vista al amo. Sólo veía a aquellos guerreros envolviéndole y atacando. El amo no estaba, había caído al suelo. Fue entonces cuando oyó su nombre alto y claro emitido desde la garganta del amo. «¡*Cachorro*!» Alto y fuerte, como nunca le había llamado el amo antes, y *Cachorro*, superada su confusión inicial, saltó del carro como una fiera del circo, como había visto que hacían los leones tantas veces; pero no necesitaba de lecciones de ataque, no de adiestramiento. No, *Cachorro* no lo necesitaba. Lo llevaba dentro de él, en su sangre. Él no lo sabía, nadie lo sabía, pero era descendiente de perros de lucha traídos a Roma desde hacía años. Generaciones de perros llamados *molossus* que habían sobrevivido durante años atacando y matando. Mastines inmensos fieros, temibles y, por encima de todo, leales hasta la muerte. Perdido en el corazón de Roma, abandonado por todos, sólo el amo le había acogido y cuidado y ahora caía, caía y le atacaban. *Cachorro* desgarró piel humana con la fiereza de una bestia del Hades, era como si el gran Cancerbero de tres cabezas hubiera emergido desde las profundidades del reino de los muertos. Las mandíbulas de *Cachorro* se cerraban y se abrían a una velocidad demasiado elevada como para que sus víctimas pudieran responder. Y éstas lo intentaban, pero aquellos hombres de hierros punzantes eran demasiado lentos para él. Torpes y lentos. Los hierros afilados empezaron, por fin, a volar alrededor de *Cachorro*. Intentaban cazarle, como habían hecho con el amo, pero él no se dejaba. Mordía, lanzaba dentelladas descomunales que lo desgarraban todo a su paso. Sólo las planchas de hierro que a veces encontraba entre sus dientes impedían que desgarrara más carne humana, pero si mordía en hierro no desfallecía, sino que soltaba y buscaba un nuevo lugar donde arrancar carne y lo conseguía. Pronto todo *Cachorro* estaba cubierto de sangre, mucha sangre, y la olía y el olor penetrante de aquel líquido le enardecía aún más. Vio entonces que el amo se levantaba. No estaba vencido, no lo estaba. El amo volvía a luchar. Por primera vez luchaba junto a su amo y se sintió bien y fuerte y feliz. Los enemigos retrocedían, daban pasos hacia atrás. Lo pisaban mientras avanzaban. Él seguía a su amo cuando vio aquel hierro que se acercaba al amo por la espalda. *Cachorro* giró sobre sí mismo, dio un respingo que sólo un animal cuadrúpedo es capaz de dar y desgarró el brazo que blandía aquel hierro punzante contra la espalda del amo. Consiguió su objetivo, lo consiguió, pero entonces sintió que le faltaba el aire, luego llegó el dolor, casi a la vez, pero primero notó lo del aire. Cayó al suelo. De pronto estaba débil y las patas no le respondían. Olía una sangre distinta a la de los hombres y, al fin, comprendió que le habían herido. Era por debajo, por el vientre y dolía mucho; el amo se alejaba, se alejaba. *Cachorro* cerró los ojos y dejó de caminar. Sintió entonces que lo cogían, pero él ya no tenía fuerzas para morder. No entendía cómo de pronto no tenía fuerzas. Un olor agradable le envolvía. Era el amo.

Marcio caminaba lentamente. Cojeaba de la pierna izquierda, sentía todo el cuerpo dolorido y magullado como no lo había tenido nunca y sabía que tenía varias heridas y cortes por todas partes, pero no si alguna de esas heridas era mortal. Avanzaba despacio con *Cachorro* en brazos. En aquel puesto de guardia quedaban dieciocho pretorianos entre muertos y gravemente heridos, un mar de sangre y muerte, pero se habían abierto paso el samnita, la *gladiatrix*, *Cachorro* y él mismo, un *mirmillo* de la arena, lo habían conseguido; el samnita estaba muerto, Marcio herido y el perro apenas respiraba, pero habían cruzado aquel último punto de vigilancia de la guardia pretoriana. Marcio caminaba con el perro en sus brazos. El animal lo miraba como si estuviera a punto de hablar, pero sólo jadeaba, sólo jadeaba. Marcio intentaba alejarse lo máximo posible de la ciudad, pero las fuerzas le fallaban. Había sido un gran combate, una lucha en la que había abatido a más oponentes que nunca. Más incluso que en el palacio imperial. Eso pensaba, aunque no estaba seguro. Pero no estaba para cálculos. Cayó de rodillas y echó un resoplido como el caballo que cae exhausto. *Cachorro* le pesaba demasiado. Lo dejó en el suelo. Debía dejarlo allí y seguir andando, pero Marcio se resistía a dejar a aquel perro malherido en medio de aquel camino. No merecía aquello después de lo que había hecho. No lo merecía. Quiso levantarse pero no podía, era una lástima. Había estado tan cerca de conseguirlo. Tan cerca. Pronto llegarían más pretorianos y saldrían en su busca. Siempre había más pretorianos. A pie y malherido no tenía ya ninguna posibilidad. Al menos, en medio de toda aquella locura, había conseguido vengar a Atilio. El miserable de aquel emperador cruel que llamaron Domiciano, aquel maldito es-

taba muerto y mil veces muerto, como había dicho la emperatriz de Roma. Marcio apoyó una mano en el suelo. Sintió que
él mismo empezaba a jadear, como había hecho *Cachorro* hacía tan sólo unos instantes. Sonrió de forma triste. No le pareció mal. No, no estaba mal morir junto con *Cachorro*. No podía
pensar en un mejor compañero para viajar, por fin, de una vez
por todas, al Hades. ¿Se reencontraría con Atilio? Apoyó una
segunda mano en el suelo y empezó a dejarse caer lentamente. Fue así, poco a poco, como quedó boca arriba, mirando el
cielo negro que cubría Roma. Estaba lleno de estrellas. Sentía
a su lado a *Cachorro*, que aún respiraba tímidamente. y gemía,
el animal gemía. Debía de sentir mucho dolor: tenía todo el
vientre abierto. Marcio, tumbado, se volvió hacia el animal y
empezó a acariciarle la cabeza. *Cachorro* dejó de gemir y le lamió la mano.

—Todo se acaba, muchacho, todo se acaba —le dijo Marcio—; incluso la protección de Némesis, hasta eso se nos termina, muchacho.

Se detuvo para inhalar aire; Marcio sintió entonces, en el
silencio de la noche oscura, que el perro dejaba de respirar
por completo.

—Has luchado bien, *Cachorro*, lo has hecho mejor que nadie, mejor que ninguno de nosotros. Mejor que nadie.

Marcio se acordó entonces de Alana y se sintió, por un
breve momento, feliz. Feliz de que alguien escapara de todo
aquello. La huida de la *gladiatrix* era lo único que daba sentido a la muerte de *Cachorro*, a su propia muerte. La muchacha traída del norte podría intentar regresar allí donde pertenecía. Era mejor así. Él allí, muerto a los pies de la ciudad
de Roma. De pronto se dio cuenta de algo que le pareció
gracioso: aunque sólo se había alejado unos cientos de pasos
de la ciudad de Roma, nunca había estado tan lejos de ella,
nunca. Nacido en las entrañas de la ciudad, superviviente a
las guerras civiles, a la arena del anfiteatro y las conjuras imperiales, caía, por fin, a tan sólo unos centenares de pasos de
la gran ciudad. No era un gran viajero. Le vino una sonrisa
más. Una última sonrisa. Miró al cielo negro. Miles de estrellas. Cerró los ojos.

—Levántate —dijo una voz. Marcio no reaccionó. Pensaba que soñaba, que era un *lemur* el que hablaba. Un *lemur* con voz de mujer.

—Maldita sea, por Perún. Levántate, Marcio, levántate.

El espíritu lo agarró por el brazo y tiró de él. Marcio abrió los ojos. Vio el majestuoso pelo largo y rubio de Alana. La muchacha miraba hacia la ciudad. Se volvió a mirarle de nuevo con aquellos ojos azules que le cautivaron desde un principio.

—Levántate —volvió a decir la muchacha.

—Estoy mal —dijo Marcio por toda respuesta sin hacer intento alguno por levantarse. Pero Alana no era ni dócil ni fácil de persuadir. Nunca lo fue antes y no lo iba ser ahora.

—Estás herido, eso es todo. Los gladiadores siempre estamos heridos. Me lo enseñaste tú, así que ahora, maldita sea —Alana le pegó un puñetazo en el pecho a la vez que rompía a llorar—, ¡levántate o te juro que te mato yo misma con mi espada! Los pretorianos vendrán pronto.

Marcio, aunque sólo fuera por no recibir otro puñetazo, se incorporó hasta sentarse. Estaba algo mareado y débil, pero se miró las heridas. Había dejado de sangrar. No parecían tan graves. Quizá estaba agotado por el combate y por la tensión y por la muerte de *Cachorro* y porque estaba exhausto de luchar, de pensar en cómo seguir sobreviviendo un día más, una hora más, un instante más, pero Alana era joven y resuelta y no parecía tener todas esas preocupaciones. La veía allí, con su mirada felina oteando las sombras que empezaban a moverse en el desbaratado puesto de control de la *Via Flaminia* de Roma y sólo veía a una guerrera despierta, atenta, preparada. Se veía a él cuando Atilio aún vivía. La muchacha le ayudó a ponerse en pie.

—No llegaremos lejos —dijo Marcio.

—Llegaremos muy lejos —respondió ella—. Vamos, anda. —Le empujó—. Tengo el caballo allí mismo. —Señaló entre las sombras, donde Marcio observó los ojos del animal que debía de estar atado a algún árbol del camino—. Puede llevarnos a los dos lejos de aquí. Luego ya veremos.

Marcio empezó, por fin, a caminar. Se había quedado sin argumentos con los que seguir discutiendo con Alana. Recordó a *Cachorro* y se volvió a mirarlo.

—No podemos dejarlo ahí —dijo Marcio. Alana se volvió hacia la ciudad. Cada vez había más sombras. No tardarían en organizar una salida.

—No hay tiempo, Marcio. *Cachorro* ha muerto por ti... —dudó un momento pero lo dijo—, por nosotros. No puedes dejar que su muerte quede sin sentido. *Cachorro* te ha comprado una nueva vida. Aprovéchala.

Aún algo a regañadientes, Alana consiguió que Marcio montara sobre el caballo. Ella era mucho mejor jinete, pero dejó que él fuera delante para que el mayor peso de Marcio fuera sobre el centro del lomo del animal. Ella, ligera, ágil, se abrazó a Marcio por detrás, azuzó al animal con sus talones y el caballo empezó a trotar primero y a galopar después. Marcio sintió entonces el viento frío de la noche sobre su rostro y el calor palpitante del cuerpo de Alana abrazado a su espalda.

145

LA MUERTE DE NERVA

TRAIANVS

Madrugada del 27 al 28 de enero de 98 d. C.

—Ha muerto —sentenció el médico.

A su espalda, Publio Elio Adriano no pudo evitar apretar los labios en un fallido intento por contener su exultante felicidad: el emperador Nerva acababa de fallecer y ahora su tío segundo, Marco Ulpio Trajano, era el único César, el nuevo emperador del mundo; su familia estaba en el corazón del Imperio. No: su familia *era* el corazón del Imperio. Con aquellas dos palabras, aquel médico había cambiado su existencia para siempre.

—Partiré hacia Germania inmediatamente —dijo Adriano sin dejar que nadie de los presentes, médicos, consejeros imperiales, prefectos del pretorio, pretorianos, la esposa del propio Nerva, esclavos y libertos del inmenso palacio imperial pudiera retenerle.

Quería ser el primero en llevar la gran noticia a su tío. Adriano había aprovechado su posición de sobrino segundo del César Trajano para ser favorecido por Nerva y su entorno, de forma que había conseguido en poco tiempo uno de los *decemviri stlitibus iudicandis* y luego ser *tribuno laticlavio* en diferentes legiones. Había ido a Roma para recibir un nuevo nombramiento cuando lo que encontró en su lugar era a un emperador gravemente enfermo. Ahora, con su tío como emperador, su única obsesión era ser el primero en informarle. Adriano tenía una gran virtud y un gran defecto: poseía una notable intuición para detectar quién podía ayudarle en su ascenso por el *cursus honorum*; ésa era su cualidad, y estaba seguro de que el nuevo emperador siempre miraría con buenos ojos a cualquiera que le trajera esa noticia; por otro lado, estaba convencido de que todo el mundo veía las cosas igual que él; ése era su gran defecto. Tardaría años en comprender que no todos percibían las cosas del mismo modo que él, en particular, su tío Marco Ulpio Trajano. Años. Pero en aquel instante Adriano sólo pensaba en que nadie debía adelantársele. Por eso, en menos de una hora, se encontró en la salida norte de la ciudad para enfilar en seguida por la *Vía Flaminia* y así cruzar Italia siempre en busca de la lejana frontera del Rin. Partió escoltado por una veintena de pretorianos de su confianza, que era lo mismo que decir casi todos los pretorianos que no estaban plenamente vendidos a Casperio y Norbano, y no dejó de cabalgar hasta que cayó la noche. Era el momento en el que todos pensaban que el sobrino del nuevo emperador ordenaría detenerse para descansar en alguna de las casas de postas que se levantaban a ambos lados de la gran calzada, siempre a intervalos regulares, pero Adriano se limitó a entrar en una de esas posadas y, de malas maneras, porque el propietario no quería desprenderse de los caballos que Adriano exigía, se apoderó de unas cuantas bestias a las que hizo preparar para que reemplazaran a sus propios caballos, completamente exhaustos. Pese a todo sólo había media docena de monturas.

—Vosotros os quedaréis aquí a pasar la noche —ordenó no ya con firmeza sino casi con ferocidad a una parte de los pretorianos—, mientras que cinco de vosotros me acompañaréis con los nuevos caballos. El resto nos seguirán al amanecer. —Mirando hacia la noche oscura en la que se adentraba la calzada añadió—: Hemos de seguir por lo menos unas horas más. Coged antorchas.

Así, en medio de una noche cerrada, sin luna, al trote de unos caballos frescos, Adriano vio las sombras nerviosas de sus bestias avanzar en la temblorosa luz que proyectaban las antorchas que portaban los pretorianos que le escoltaban. Consiguieron cabalgar de esa forma durante dos horas más, hasta que la primera serie de antorchas se consumió.

—Prended las de repuesto —ordenó entonces.

Los cinco pretorianos encendieron con las moribundas antorchas otras nuevas que iluminaron otra vez el camino con suficiente intensidad como para poder seguir aquel viaje sin descanso. Adriano sabía que competía con los correos imperiales y que tanto el Senado como los propios prefectos del pretorio y otras autoridades querían que llegara a oídos de Trajano su ascenso al trono imperial por ellos y no por otros intermediarios, pero estaba dispuesto a hacer todo lo necesario para ser él el primero. Estaba agotado, tenía hambre y sueño y sed, como los propios caballos, y la noche estaba ahora cubierta de nubes invisibles que apagaban las estrellas y amenazaban con tormenta, pero nada le detendría, absolutamente nada. Así era Adriano cuando quería algo.

Las nuevas antorchas se consumieron y apenas quedaban pequeñas llamas con las que alcanzaron a ver una nueva casa de postas. Los caballos resoplaban y había varios, entre ellos el del propio Adriano, que parecían estar a punto de derrumbarse.

—De acuerdo —dijo como si sintiera las preguntas silenciosas de los pretorianos en su cogote—. Pasaremos aquí lo que queda de noche. Debe de ser la *secunda vigilia*, casi la *tertia*. En cuanto amanezca, con la *hora prima*, reemprenderemos la marcha.

Y así fue. Nadie pudo descansar más que una pequeña parte de la noche. Al amanecer, con caballos de repuesto que esta vez sí estuvo dispuesto a ofrecer el posadero de la casa de postas —quizá porque intuía que una negativa no iba a ser aceptada por aquel extraño grupo—, Adriano y su pequeña escolta partieron de nuevo. Llevaban media jornada de adelanto sobre el resto de la escolta y seguramente casi una jornada a un correo imperial regular, pero el Senado podría haber hecho un esfuerzo adicional y enviar correos con caballos vacíos de repuesto para agilizar la llegada de aquel importante mensaje. Con ese pensamiento en la mente, Adriano azuzó a su caballo hasta ponerlo al galope durante un buen rato. El animal, agotado al cabo de unas millas, empezó a decelerar, cayendo primero en un trote y luego intentando ir al paso, pese a que su jinete se negaba a permitírselo golpeándole en todo momento. Los cinco pretorianos lo seguían de cerca y todos tenían los mismos problemas. Pasaron por las ciudades de Fescenium, Tres Tabernae, Ariminium o Placentia en Italia; hacían descansos de tan sólo media noche cuando era absolutamente inevitable y cambiaron un par de veces más de montura adentrándose en la Galia Narbonensis, para cruzar luego Aquitania y Bélgica y siguieron hacia el norte, donde empezaron a preguntar, ya en Augusta Treverorum, por el paradero del *legatus* Trajano, casi en la frontera con Germania Superior. Como imaginaba Adriano, su tío no estaba en Moguntiacum, sino que, siempre atento a vigilar las fronteras del Imperio, había ido aún más al norte, a Colonia Agrippina, en la remota Germania Inferior. Sin dudarlo, hasta allí dirigió su caballo. Iba seguido de su escolta de cinco pretorianos, a los que se unieron una unidad de caballería en Bélgica, pues se trataba del sobrino del nuevo César y ningún pretor o gobernador provincial quería que le pasara nada en aquel largo viaje. Adriano sintió que aquellos nuevos jinetes le ralentizaban el avance, de forma que volvió a adelantarse con sus cinco pretorianos hasta que, una vez más, los animales empezaron a dar muestras de estar completamente exhaustos. Fue entonces, a la altura de Moguntiacum, cuando su caballo exhaló un aire extraño, como una tos nefanda, y la bestia, con su jinete tambaleándose en lo alto de su lomo, se derrumbó y cayó a plomo sobre el suelo. Adriano, ágil, supo esquivar el peso de la bestia en su mortal caída y se arrojó a unos pasos del caballo.

—¡Por Marte! ¡Maldito animal! ¡Maldito seas! —Le arreó varios puntapiés en la cabeza a un caballo que, indefenso por su agotamiento, se limitaba a relinchar agónicamente mientras se moría bajo los incesantes insultos de Adriano—. ¡Maldito seas una y mil veces, y maldito sea mi tío por irse a los confines del mundo cuando debía estar próximo a Roma y no en los límites del Imperio! ¡Malditos sean todos!

Los pretorianos observaban la escena sin decir nada, sin atreverse a intervenir para interceder por el moribundo caballo y sin saber qué hacer que pudiera calmar el terrible ánimo del sobrino del nuevo emperador.

—Tú —dijo Adriano señalando a uno de los pretorianos—; desmonta rápido y dame tu caballo.

El pretoriano obedeció y le cedió de inmediato su cansada montura a su superior. Adriano montó de nuevo y, sin mirar atrás, azuzó la bestia en dirección al norte. Los cuatro pretorianos que aún tenían caballo dedicaron una breve mirada a su compañero, pero, tras sólo un breve instante de duda, agitaron las riendas de sus propios caballos y siguieron al sobrino del emperador. El pretoriano sin caballo se quedó solo en medio de aquella calzada fría de Germania mirando hacia delante y hacia atrás e intentando calcular dónde estaría la hospedería o el campamento militar más próximo. En silencio maldijo a aquel engreído sobrino del emperador, pero sólo en silencio.

Adriano aún sufrió el desfallecimiento de otro caballo y la misma escena se repitió justo cuando se encontraban a la entrada de Colonia Agrippina. Una vez en la ciudad, consiguieron nuevos caballos y se informaron sobre dónde estaba quien, aún sin saberlo, era el emperador del mundo.

—Más al norte, cruzando la ciudad —le respondió un centurión—. El legado Marco Ulpio Trajano está inspeccionando las fortificaciones del *limes*, junto al Rin.

Hasta allí se dirigió Adriano sin detenerse ya ni un solo instante. Por fin, después de un viaje infernal, consiguió vislumbrar un campamento militar en la margen izquierda del Rin, próximo a las tremendas empalizadas que constituían las fortificaciones de la frontera de Roma. Allí, envuelto en una maraña de ingenieros, arquitectos y oficiales, revisando planos expuestos sobre el suelo, estaba su tío, agachado, con las sandalias cubiertas de barro y las manos sucias por haber estado excavando con sus propios dedos para extraer tierra y examinar así el punto por donde era más factible culminar la construcción de los muros que marcaban el fin del mundo. Hasta ese grupo de personas, que estaban a su vez rodeados por un centenar de legionarios armados, se acercó Adriano. Los legionarios, muchos de ellos veteranos de varias campañas, reconocieron en seguida el rostro del sobrino del que para ellos era gobernador de Germania y se hicieron a un lado. Lo veían acompañado de unos pocos pretorianos y todos sabían que eso implicaba que venía directamente de Roma y que traía una noticia de especial relevancia.

Adriano caminó decidido hasta ponerse frente a su tío. Los ingenieros callaron. De pronto sólo se oía el viento del Rin levantando los mapas de las fortificaciones del *limes*. Trajano lo miró serio.

—¿Y bien? —preguntó sin ni siquiera un saludo.

Había sido interrumpido en su trabajo. Más valía que la causa fuera de suficiente importancia. Nunca le cayó bien su sobrino: siempre le parecía detectar que Adriano no apreciaba la vida militar, a diferencia de Longino o Quieto o el malogrado Manio; Adriano prefería una existencia más cómoda, más lujos, sin tantos esfuerzos. Pero aquella llegada irrumpiendo en el campamento acompañado por pretorianos le disgustaba de forma particular. Lo apropiado habría sido que Adriano le hubiera esperado en Moguntiacum y que hubiera enviado un mensajero por delante anunciándole su llegada y el motivo de su viaje a Germania.

—Nerva ha muerto, tío —dijo con satisfacción Adriano—. Eres el emperador de Roma, *Imperator Caesar*. Nerva ha muerto —repitió Adriano ante la aparente indiferencia o frialdad, no sabía bien de qué se trataba, de su tío.

Trajano pidió una *sella* que trajeron con rapidez y el *legatus*, gobernador, senador y César se sentó. Sólo entonces, después de cruzar su mirada con los ojos muy abiertos de Longino y Quieto, que se encontraban a su lado y que estaban asimilando aquel mensaje, se dirigió Trajano a su sobrino.

—Nerva fue un buen emperador; el Senado le deificará pronto. Estás hablando de un dios, sobrino, de un dios. Deberías mostrar más respeto.

Adriano comprendió que en su afán por subrayar que su

tío era el nuevo emperador había resultado ofensivo con el emperador recién fallecido, pero, por todos los dioses, qué importaba eso, qué importaba eso ya. Sin embargo, su tío dejó de mirarle y se dirigió a uno de sus oficiales.

—Longino, las legiones del Rin están de luto.

Trajano guardó luego un breve silencio y miró al suelo. Levantó al fin la cabeza y se dirigió a Longino de nuevo.

—Y que nos traigan una copa de vino. Beberemos en honor de Nerva —añadió con decisión, incluyendo ahora con sus ojos a Quieto y al resto de oficiales y a los ingenieros y a todos los que estaban allí.

Media docena de *calones* se apresuraron para que en el mínimo tiempo posible el nuevo emperador de Roma dispusiera de unos vasos, una pequeña mesa y un ánfora de vino. En su afán por tenerlo todo dispuesto con rapidez se percataron, justo en el momento en el que empezaban a escanciar el licor, de que habían traído vasos de terracota y no los de bronce que se encontraban sólo en la muy lejana tienda del ahora nuevo dueño del mundo. Trajano vio que dudadan y acertó a interpretar el rictus preocupado de los esclavos.

—Está bien así. ¡Por Júpiter, lo importante es el gesto, no el vaso en el que bebamos! —dijo Trajano. Más sosegados, pero con agilidad, los esclavos sirvieron el vino y repartieron los vasos entre el emperador, su sobrino, los tribunos Longino y Quieto y el resto de oficiales e ingenieros que estaban alrededor. Trajano elevó su copa al cielo y propuso un solemne brindis.

—¡Por el *Imperator* Nerva *Caesar Augustus Germanicus, Pontifex Maximus, Tribuniciae potestatis III, Imperator II, Cónsul IV, Pater Patriae*!

Y todos, sin dudarlo, alzaron sus vasos y repitieron uno a uno, sin dejar ninguno, tal y como había hecho Trajano, los títulos del emperador Nerva. Los vasos se vaciaron en grandes tragos y el nuevo emperador miró otra vez a Longino.

—Que se reparta vino entre los legionarios. Un vaso para cada uno, en honor de Nerva. Luego que sigan los trabajos hasta el anochecer. Descanso entonces y mañana daremos término a las fortificaciones del *limes* de Germania Inferior.

Tras ver cómo Longino partía para transmitir las órdenes, dio media vuelta y se dirigió de nuevo hacia la orilla del Rin, al lugar donde las empalizadas estaban aún a medio construir. La voz de su sobrino pareció arrastrarse por el suelo enfangando de aquella húmeda ribera.

—¿No vas a hacer nada más... César?

Trajano se detuvo, dio media vuelta y encaró a su sobrino.

—Voy a terminar la empalizada. Es importante asegurar esta frontera.

Dándole la espalda reemprendió la marcha hacia el río, hundiendo sus sandalias de emperador en el barro del Rin, sin importarle que el fango lamiera su piel hasta los tobillos, rodeado por legionarios, ingenieros y oficiales, admirados por la tenacidad de su líder, a quien ni su ascensión al trono imperial de Roma hacía cambiar el plan de trabajo que tenía decidido para aquella jornada.

Adriano dio por sentado que su tío, como temía, no regía bien, pero pensó que quizá necesitara tiempo para digerir que era el nuevo emperador del mundo. Tal vez esa obstinación de su tío en seguir actuando como si no hubiera ocurrido nada era la forma que tenía de ir asimilando lo que de hecho sí había ocurrido. El cansancio del viaje hizo mella al fin en sus huesos y Adriano buscó una *sella* libre y se sentó. Allí, meditando en silencio, comió algo que le trajeron los esclavos y vio el sol descender poco a poco hasta hundirse en las entrañas del horizonte. Se retiró entonces a una tienda próxima que le habían asignado y, pasado un buen rato ya desde su llegada, mientras se quitaba la ropa del viaje y se aseaba con agua de una bacinilla antes de echarse a dormir, oyó la voz del César despidiéndose de sus oficiales para, igual que él, refugiarse en los brazos de Morfeo aunque sólo fuera por unas pocas horas.

—Mañana tienen que estar terminadas las fortificaciones, Longino. Empezaremos al amanecer, si es necesario. Hay que acelerar el trabajo. Hay muchas cosas por hacer. Muchas.

Ésas fueron las últimas palabras que su tío pronunció con firmeza. Adriano cerró los ojos y se entregó a un sueño tan reparador como necesario.

Marco Ulpio Trajano se levantó a la mañana siguiente enfadado. Por la tienda se filtraba la potente luz del día. Había ordenado que los trabajos debían empezar al amanecer y, sin embargo, ni tan siquiera le habían despertado. Emergió de su tienda furioso, dispuesto a averiguar quién era el responsable de aquello. Incluso si se trataba de Longino o de Quieto, no pensaba reprimir su ira. No parecía un buen augurio empezar así su primer día como emperador de Roma, con sus primeras órdenes imperiales sin cumplir. Al salir de la tienda se dio de bruces con Longino, impecablemente uniformado, en pie, firme frente a la tienda, como quien espera con la paciencia de la disciplina bien forjada.

—¡Ave, César! —dijo Longino, alzando el brazo con la mano derecha extendida con los dedos unidos—. ¡Las fortificaciones del *limes* de Germania Inferior están terminadas, César!

Trajano observó que tras Longino estaba Quieto y varios oficiales e ingenieros y, igual que él, a medio vestir, su propio sobrino Adriano, que debía de haber salido de su tienda al oír aquel rotundo saludo de Longino. «¿César?», pensó Trajano. Llevaba meses siendo César, desde que Nerva le adoptara, pero nunca antes aquel apelativo había sido pronunciado con tanta decisión como lo acababa de hacer Longino. Era cierto que Adriano también se había dirigido a él como César, pero sin esa vehemencia, sin ese saludo marcial, sin esa marca indeleble de lealtad infinita. Trajano, no obstante, no pudo sino sentir una extraña satisfacción porque hubiera sido Longino y no Adriano el que se hubiera dirigido a él por primera vez pronunciando «César» de esa forma tan absoluta, tan enérgica, tan completamente inapelable. Pero Longino había hecho algo más que simplemente saludar.

—¿Por qué no se me ha despertado al amanecer? —preguntó el emperador mientras miraba al cielo y se aseguraba de que el sol aún estaba en las primeras horas del día, seguramente la *hora secunda*, mientras los *calones* se concentraban en asegurar el *paludamentum* púrpura sobre su uniforme. Longino, por su parte, no respondió a la pregunta.

—Las legiones han trabajado toda la noche sin detenerse, a la luz de la luna y de las antorchas —explicó Longino con la concisión propia de un informe militar—. El emperador quería las fortificaciones terminadas hoy y las fortificaciones están terminadas, César. Los hombres han trabajado sin descanso. —Añadió con orgullo—: Toda la noche... para el César.

Trajano miró a Longino satisfecho. No, no empezaba con mal pie su primer día como emperador de Roma. La lealtad de las legiones del Rin era plena. Era un buen comienzo, pero quedaban muchas cosas por asegurar: las legiones del Danubio, las legiones de Oriente, Nigrino, el Senado y, cómo no, la guardia pretoriana. Quedaba mucho por hacer. Adriano se adelantó a los ingenieros y se dirigió una vez más a su tío.

—César, es una gran noticia lo de las fortificaciones. Esto te permite regresar a Roma de inmediato para asumir el control del Imperio.

Trajano miró a su sobrino sin poder evitar cierto desdén: alguien que pensaba que el control del Imperio estaba aún en Roma y no en las fronteras, donde se acumulaba el noventa por ciento de las legiones, estaba aún lejos de poder aportarle nada de interés en su recién instaurado principado.

—No es momento aún de acudir a Roma, sobrino —enfatizó la palabra «sobrino» de un modo extraño que hizo que sonara casi a insulto en vez de a un reconocimiento de parentesco próximo—. Pero es cierto que hay cosas que atender en Roma. —Avanzó hacia Adriano con una sonrisa hasta ponerle su mano derecha sobre el hombro izquierdo—. Ya que te has mostrado un mensajero tan diligente, es buena idea que seas tú quien regrese a Roma para transmitir varios mensajes en mi nombre.

Adriano iba a interrumpirle; no estaba seguro de que alejarse del lado del emperador fuera a ser interpretado como algo positivo por los senadores y prefectos del pretorio, pero el emperador no le permitió hablar y, en su lugar, siguió con sus órdenes.

—Sí, acudirás al Senado lo primero de todo y les dirás a los *patres conscripti* que el César debe ocuparse de asegurar las fronteras del norte y que, mientras tanto, hasta que llegue el momento en el que pueda acudir a Roma, delego en ellos el gobierno efectivo de la ciudad; eso por un lado.

Adriano le observaba entre admirado y confuso; aquél era un claro gesto de su tío para promover una reconciliación entre el Senado y el principado como instituciones, un acercamiento que podría ser muy bien recibido después de los duros e implacables años finales de Domiciano y del débil y caótico gobierno de Nerva, su sucesor.

—Por otro lado —prosiguió Trajano apartando a su sobrino a un lado y bajando el tono de su voz hasta que sólo le oyeran el propio Adriano y los tribunos Longino y Quieto, que les seguían de cerca mientras caminaban—; por otro lado, Adriano, has de dirigirte a Norbano y a Casperio, los prefectos del pretorio, los que vengaron la muerte de Domiciano ajusticiando a varios de los asesinos del emperador, y decirles que el nuevo emperador de Roma quiere verlos en la frontera, en Germania Superior, adonde me dirigiré, en Moguntiacum; diles que Trajano quiere recompensarles por su fidelidad a la dinastía Flavia. Diles que eso para mí es ahora lo más importante. ¿Podrás transmitir estos mensajes, Adriano? ¿Y podrás hacerlo velozmente, de la misma forma en la que te desplazaste hasta aquí? Quiero que seas tú el que lleve estos mensajes para el Senado y para los prefectos del pretorio, porque así tanto los senadores como los pretorianos verán que les respeto al enviar a un miembro de mi familia para dirigirme a ellos.

Adriano, al fin, sintió que su tío, el nuevo César, estaba mandándole algo que merecía la pena.

—Haré tal y como el César me ordena.

—Bien, bien, Adriano —dijo Trajano posando ahora su mano sobre la espalda de su sobrino—, pero no es necesario que cabalgues hasta hacer desfallecer a todos los caballos de aquí hasta Roma. El Imperio necesita caballería y la caballería necesita caballos vivos, ¿de acuerdo?

El emperador se echó a reír al ver la cara de confusión de su sobrino, que parecía sorprendido de lo bien informado que estaba de todo lo que ocurría en el norte. Adriano, aún sin tener claro el sentido de aquella risa, se unió a ella con la mayor naturalidad que pudo, que fue muy poca; en cuanto las carcajadas del emperador se apagaron, él le imitó. Saludó entonces y, dando media vuelta, partió de inmediato para marchar de regreso al sur con aquellos mensajes imperiales.

Longino se acercó por detrás y habló al oído del emperador:

—¿Entonces partimos hacia Germania Superior?

Trajano respondió en voz baja también, sin volverse para mirarle, manteniendo sus ojos fijos en la espalda de su sobrino, que se alejaba cruzando el campamento a paso ligero.

—No, Longino; marchamos hacia Moesia Superior, al sur del Danubio. Lo organizarás todo para que Plotina nos siga y dejaremos protección para mi madre, mi hermana, mi sobrina y el resto de mi familia, pero iremos hacia el Danubio. El Danubio es ahora lo esencial.

Longino asintió y calló unos instantes, hasta que la pregunta que le corroía por dentro emergió por su boca.

—Pero le has dicho a Adriano que diga a los pretorianos que nos encontraremos en Germania Superior. ¿No deberíamos comunicar a Adriano que es a Moesia donde deben dirigirse?

Trajano se giró despacio.

—No —dijo y posó su mano sobre el hombro de su tribuno predilecto, del único amigo que le quedaba de su ya casi olvidada adolescencia hispana—. No, Longino, primero que vayan allí y luego que viajen en paralelo por toda la frontera del norte, desde el Rin hasta el Danubio. El ejercicio les sentará bien a los tres, a Adriano y a los prefectos del pretorio. Quién sabe; con un poco de suerte, el doble viaje valdrá para bajarles los humos un poco a todos ellos.

Y Longino se quedo allí, detenido, viendo cómo Trajano avanzaba unos pasos, alejándose despacio.

—¿Cuál es el plan?

La voz de Lucio Quieto a su espalda sorprendió a Longino. Este último se giró hacia el otro tribuno, que no había podido oír bien las órdenes de Trajano.

—Vamos a Moesia —dijo y Quieto asintió como confirmando que aquella idea le parecía prudente.

Por su parte el emperador, mientras caminaba, fruncía el ceño casi con saña. Trajano estaba pensando a toda velocidad: toda la frontera estaba siendo sometida a una gran presión por germanos, catos y, de forma especialmente brutal, por los dacios, desde Panonia hasta Moesia. Necesitaría al menos una legión para desplazarse con seguridad por toda aquella complicada ruta en paralelo primero al Rin y luego al Danubio. Por la inercia de la costumbre, su mente intentaba dar forma al modo de pedir permiso al emperador para justificar semejante desplazamiento de tropas cuando, de pronto, no pudo evitar sacudir la cabeza y suspirar con fuerza: el emperador ahora era él; no tenía que justificar nada, no tenía que pedir permiso a nadie para nada nunca más.

Trajano esperó encontrar felicidad a su llegada a Moguntiacum, pero su hermana mayor le recibió en el atrio de la residencia del gobernador de Germania Superior con el semblante serio.

—Es padre —dijo Ulpia Marciana ante los inquietos ojos de su hermano, el nuevo emperador—. Está muy grave. Se desplomó aquí mismo hace dos días. Te enviamos mensajeros pero has llegado tú antes. Es peor que la última vez, que hace dos años. Desde que se derrumbó no ha recuperado el sentido por completo en ningún momento, y no ha vuelto a hablar. Los médicos aseguran que no se puede hacer nada... lo siento.

Marco Ulpio Trajano abrazó a su desconsolada hermana. Permaneció unos instantes en silencio. Nadie más salió a recibirle. Era obvio que así lo habían dispuesto Ulpia Marciana y su mujer Plotina. Siempre se habían llevado bien entre ellas y llegaban a acuerdos. Eso era bueno para la familia. Trajano se separó de su hermana.

—¿Y cómo está madre? —preguntó el emperador.

—Muy débil. Triste.

Trajano asintió. Estaba pensando con rapidez. Tenía demasiados asuntos de los que ocuparse, pero la familia era lo primero. Debía tomar las decisiones correctas para la seguridad de todos. Miró fijamente a Ulpia.

—Ulpia, debo partir hacia el Danubio. Es importante asegurarme la lealtad de las legiones de Panonia y Moesia. Y luego he de ir a Oriente. Estos viajes no pueden retrasarse. Tú debes quedarte aquí, con madre y con padre. Ninguno de los dos está en condiciones de viajar y sólo aquí, en Germania, puedo garantizar la seguridad de todos. Hispania está demasiado lejos ahora, Roma es un hervidero, pero aquí las legiones me son leales. Aquí estaréis bien. ¿Podrás cuidar de todos, Ulpia, de madre y padre y de Matidia y las niñas? ¿Puedo confiar en ti?

Ulpia asintió sin decir nada, pero con la decisión que requería el momento.

—Bien —prosiguió Trajano—; Plotina seguramente querrá venir conmigo y es apropiado que la mujer del emperador viaje con él, pero en estas circunstancias vosotros estaréis mejor aquí. Adriano viaja a Roma con mensajes míos para el Senado y para la guardia pretoriana. Es posible que regrese aquí en unas semanas. Si es así redirígelo a él y a los que le acompañen hacia Panonia o Moesia. Te mantendré informada de dónde nos encontramos. Ahora dime dónde está padre.

Su hermana le guió hasta la habitación que normalmente era del gobernador, del emperador.

—Plotina dijo que le pusiéramos aquí, porque es la habitación más cálida —explicó Ulpia.

Era cierto. La humedad en Germania era terrible y las habitaciones orientadas al norte eran tremendamente frías. La habitación principal de aquel palacio estaba orientada al sur; el arquitecto que diseñó la casa fue sabio en aquel aspecto. Trajano agradeció el detalle de su esposa. Nunca había habido amor entre ellos, pero siempre se habían respetado. Ahora más que nunca, con él como emperador, aquella relación debía seguir fundándose en ese respeto mutuo. Era importante que nada empañara aquel vínculo nacido primero de la necesidad, después de la costumbre.

En el lecho, su padre, tumbado boca arriba, con los ojos cerrados, respiraba con dificultad. Ulpia le indicó una pequeña *sella* sin respaldo que había junto a la cama. Trajano se sentó en ella. Su hermana los dejó a solas. A Trajano le habría gustado saludar a sus sobrinas nietas, en particular a Vibia Sabina, pero todo eso podía esperar, debía esperar.

—Hola, padre —dijo Trajano, pero su padre no respondió. Se limitó a entreabrir ligeramente los ojos.

Trajano no apreció en su justa medida aquel gesto. Si su hermana le hubiera acompañado le podría haber subrayado que era el primer gesto que hacía Marco Ulpio Trajano padre desde que lo acostaron en aquella cama, más allá de conseguir que entreabriera la boca ocasionalmente para darle algo de beber. Pero Trajano padre abrió los ojos y miró a su hijo. No hubo sonrisa. En su interior quería sonreír, pero por algún extraño motivo su cuerpo ya no le obedecía y su faz permaneció seria. Pero no importaba, no importaba. Había vuelto a ver su hijo y eso era lo más importante de todo. Ahora podría morir a gusto. Sólo había pedido eso a los dioses: ver una vez más a su hijo, una vez más. Y allí estaba... y le hablaba... le hablaba... su voz llegaba como venida desde muy lejos, desde otro mundo, desde un mundo que ya no era el suyo... Trajano padre sintió que llegaba al gran río del inframundo y que pronto aparecería Caronte a cobrar el precio de su último viaje...

—Padre... Nerva ha muerto... Soy el emperador de Roma. Padre, soy el emperador de Roma.

Trajano hijo había cogido la mano derecha de su padre y la estrechaba entre las suyas. El anciano tenía sesenta y ocho años. Había caído enfermo cuando la conjura contra Domiciano, se recuperó y ahora volvía a enfermar. Esta vez no parecía que tuviera fuerzas para luchar por seguir viviendo. Y Trajano hijo apretaba la mano de su padre entre las suyas con ansia. Qué bien le habían venido los consejos de su padre toda la vida, pero en particular desde la adopción de Nerva. Y ahora, cuando le necesitaba más que nunca, ahora se iba, se marchaba. Pero no era justa su forma de pensar, no lo era. Trajano hijo se sintió mal, se sintió poca cosa. Su padre siempre estuvo con él, siempre, toda su vida: le enseñó lo que era ser hispano en un mundo que despreciaba a los provinciales, le enseñó a ser guerrero, le enseñó a ser tribuno, *legatus*, gobernador. Le enseñó la importancia de los pactos, la importancia de la familia y la importancia de mantener las promesas. Su padre se lo había enseñado todo. Y él ahora, torpe, no sabía ni qué hacer ni qué decir para animarle en su última hora. Era su padre el que debería haber sido elegido emperador. Era él el que sabía siempre lo que se tenía que hacer.

—Sin ti yo no sería nada, padre. No sería nada. —Las lágrimas nublaron ligeramente la visión de Trajano hijo—. Siempre te he querido y te he respetado, padre. Si me oyes, quiero que sepas eso.

Pero el anciano no parecía capaz de escucharle; era como si ya estuviera demasiado lejos de allí, como si ya no estuviese a su lado. Trajano hijo no se resignó a despedirse así y se arrodilló a su lado buscando en el fondo de su ser algo que decirle que le permitiese ir en paz al otro mundo. Algo que sosegara su espíritu. De pronto, las lágrimas desaparecieron y miró fijamente aquellos ojos cerrados.

—Honraré todas tus promesas, padre —dijo Trajano hijo con solemnidad—. El emperador de Roma cumplirá todas tus promesas. Todas tus promesas.

De pronto, la mano de su padre se cerró con fuerza y estrechó sus dedos con el viejo vigor de antaño, sólo por unos instantes, pero suficiente para que Trajano hijo comprendiera que le había escuchado, que había oído aquellas últimas palabras y que significaban mucho para él. Luego, poco a poco, aquella poderosa presión de la mano derecha de su padre fue perdiendo fortaleza, debilitándose, y, cuando iba a soltar por completo las manos de su hijo, fue el propio Trajano hijo el que la asió con vehemencia. Y así, cogido de aquella mano, arrodillado junto a la cama, permaneció horas Marco Ulpio Trajano, emperador de Roma, en silencio, sin decir nada, sin pensar en nada que no fuera que el reino de los muertos se llevaba a uno de los más grandes, de los más nobles, a uno de los mejores de Roma. Y Roma, como tantas veces, ni siquiera lo sabía.

146

EL ÚLTIMO POEMA

Febrero de 98 d. C.

Estacio se sentó en el atrio de su nueva casa. Con el dinero de
Domiciano, siempre satisfecho con sus poemas, por fin consiguió comprar una gran *domus* en el centro de Roma. Y, sin
embargo, todos aquellos poemas de adulación al tirano, ¿para
qué? Su esposa Claudia había muerto hacía tiempo, y su suegro, su maldito suegro, aun antes, justo al poco de que ganara
el concurso en el teatro Marcelo. Había conseguido dinero,
comodidades, pero para qué.

—Debes descansar, padre —dijo Numerio.

Estacio sonrió lacónicamente. Numerio, aquel esclavo a
quien enseñó a leer, al que luego manumitió y a quien al fin
adoptó como su propio hijo. Numerio era lo único bueno que
había hecho en esta vida. Y cuidar de Claudia. ¿Y algún poema? Estacio no era un idiota: sabía distinguir las obras realmente buenas de las que no lo eran. Él había sido el poeta de
cámara del emperador Domiciano, pero igual que Domiciano
no era ni la sombra del divino Augusto, él tampoco era, ni por
asomo, un nuevo Virgilio, ni un contestatario Plauto o un indomeñable Nevio [53]. No. ¿En qué había convertido él sus poemas? No, no era Nevio. Estacio se sabía insignificante y su
obra... prescindible.

—Hace meses, hijo, que no puedo descansar —respondió
Estacio al fin con la voz algo ronca.

---

53. Virgilio fue el poeta de cámara de Augusto y sus obras son admira-
bles. Plauto creó la comedia en latín y fue siempre contestatario con el poder establecido, incluso con los Escipiones. Nevio, contemporáneo de Plauto, fue desterrado y encarcelado por sus críticas a los poderosos.

Llevaba años sin dormir bien. El insomnio se había apoderado de su ser de forma crónica e incluso cuando creía que dormía no lograba descansar. A veces se despertaba en medio de la noche, sudoroso, con las manos frías, sorprendido por un sonido extraño que no era otro que su propia respiración entrecortada. Había rogado a todos los dioses por recuperar el placer del sueño, empezando por el propio Morfeo hasta llegar a orar incluso al dios de los cristianos. Siempre le impactó la bravura de aquel anciano cristiano que Domiciano no consiguió hervir en aquella marmita de aceite. Desde aquel día, Estacio había tomado con más seriedad las ideas de los cristianos, pero, como tantos otros, lo guardaba en secreto; ni siquiera se lo había comentado a su hijo. Su hijo. Se volvió hacia el joven.

—Muchacho —dijo Estacio mirando a su hijo adoptivo—. He escrito un nuevo poema. Mi última obra. No es gran cosa, pero tengo la sensación de que es lo mejor que he hecho. Quizá si hubiera presentado este nuevo poema en los juegos capitolinos de aquel año... —pero no acabó la frase.

Estacio había perdido el concurso de poesía durante el penúltimo año del principado de Domiciano y el emperador no había hecho nada por compensarle; sus poemas habían dejado de interesarle, como a todo el mundo. El César Domiciano, desde aquel último concurso, sólo aceptaba poemas de adulación absoluta, como la silva a su gran estatua ecuestre que el propio Estacio declamó en el *Aula Regia*, justo el mismo día en que fue asesinado.

Se llevó la mano a la frente; su último poema era mejor. Eso creía. Lo había intercalado entre las *Silvae* con la esperanza de que así se salvara del olvido total. Ahora le habían entrado dudas y miraba a su hijo con lástima de sí mismo.

—Tampoco es que mi mejor poema haya de ser gran cosa, pero quería rogarte...

Se detuvo de nuevo; una vez más le fallaba la respiración y el corazón parecía haberse saltado un latido; cerró los ojos. Si muriera, por fin, de una vez por todas, conseguiría descansar. ¿Le habría escuchado ya el dios de los cristianos? ¿O Morfeo?

—¿Qué quieres que haga, padre?

—En la mesa, muchacho... ahí está... mi último poema. Llévalo a Vetus, al bibliotecario del *Porticus Octaviae*. Es un viejo cascarrabias, enjuto y rencoroso. Estoy seguro de que se asegurará de que la mayor parte de mis poemas desaparezcan de sus archivos y de todos los archivos que pueda. Domiciano nunca cumplió bien con las bibliotecas y no creo que considere que las estanterías deban contener ya muchos poemas adulando al tirano. —Se detuvo; y se sorprendió de la facilidad con la que ahora todos llamaban a Domiciano tirano, incluso él. Sí, siempre fue voluble, según soplara el viento. Hoy el viento soplaba para borrar el pasado y él, Publio Papinio Estacio, era parte de ese pasado—. Muchacho, llévale ese poema y que lo lea. Luego vuelve y dime qué te dice. Eso te ruego... ¿lo harás, Numerio?

—Sí, padre.

Vetus, el bibliotecario del *Porticus Octaviae*, era un anciano de incontables años. Numerio siempre lo había visto allí y, antes que él, su padre contaba lo mismo, que siempre había estado allí aquel bibliotecario, custodiando los rollos de aquella magna biblioteca. Quizá tuviera noventa años. Nadie lo sabía. El viejo se movía despacio y le costaba leer, pero se movía y leía.

—Veamos —dijo el biliotecario—; un nuevo poema de Estacio.

El tono era claramente escéptico. El anciano acababa de confirmar a Numerio que había dado orden de dejar fuera de la biblioteca las copias de varias obras de su padre, empezando por el poema épico sobre la victoria de Domiciano sobre los catos con el que Estacio había ganado el concurso del teatro Marcelo. «Era muy malo y no tengo espacio para todo: he de ser selectivo», había repetido en varias ocasiones el anciano. Numerio estaba a punto de rebatir aquella afirmación. Su padre se lo había dado todo: lo compró primero y le trató bien de niño; le enseñó a leer y a escribir, le educó con cariño, le liberó y, por fin, le adoptó; lo mínimo que podía hacer era intentar que las bibliotecas de Roma guardaran algunos de sus poemas. Sabía que para él no había nada más importante, nada. Pero antes de que Numerio pudiera decir algo, el viejo bibliotecario se puso a leer en voz alta. Y lo hizo bien, con una voz agradable pese a tantos años, bien modulada y con emotividad cuando procedía.

Crimine quo merui, iuvenis placidissime divum,
quove errore miser, donis ut solus egerem,
Somne, tuis? tacet omne pecus volucresque feraeque
et simulant fessos curvata cacumina somnos,
nec trucibus fluviis idem sonus; occidit horror
aequoris, et terris maria adclinata quiescunt.
Septima iam rediens Phoebe mihi respicit aegras
stare genas;

[¿Por qué delito, joven dios, entre todos el más placentero,
o por qué error, triste de mí, he merecido, oh Sueño,
ser yo el único ayuno de tus dones? Callan todas las reses,
las aves y las fieras, y las curvadas cimas simulan laxos sueños,
y no es igual el ruido de los ríos salvajes; cae el fragor del mar
y las aguas reposan, tendidas en la tierra. Ya es la séptima noche
que Febe, al regresar, ve fijas mis pupilas fatigadas...][54]

El anciano Vetus dejó de leer, depositó el papiro sobre la mesa que estaba entre él y Numerio e hizo un breve comentario.

—Hace tiempo que Estacio no duerme, ¿verdad?

Numerio asintió.

—Es lo que tienen los remordimientos —dijo Vetus—. Sin duda, tu padre debió de hartarse de halagar a un tirano, a un loco.

Numerio no dijo nada. No sabía bien qué decir para no contrariar a aquel viejo bibliotecario. El anciano continuó.

—El poema es bueno; francamente bueno. Escrito desde el dolor del remordimiento y se nota. —Calló un instante antes de añadir con determinación—: Lo guardaré, Numerio, igual que preservaré la *Tebaida*, una obra irregular pero de cierto mérito y algunas de sus *Silvae*; detesto el contenido de la mayoría de ellas, pero algunas son buenas en su forma y, a

54. Estacio, *Silvae*, V, IV. Traducción según la versión de Francisco Torrent. Ver bibliografía.

fin de cuentas, Domiciano es parte de nuestro pasado reciente. Los poemas de Estacio ayudarán a que la gente recuerde cómo le veían muchos antes de su muerte. Ahora todos hablamos, pero antes... nadie se atrevía. Es justo guardar algunos de estos poemas o no quedará palabra alguna de todos aquellos años. Juvenal ya está escribiendo sátiras contra Domiciano. Cuando las termine las pondré junto con las *Silvae* de tu padre. Luego, que los historiadores decidan quién decía la verdad.

El anciano Vetus lanzó una pequeña carcajada, una risa de un viejo que siente que hace una gran travesura.

Numerio regresó junto a su padre.

—¿Qué ha dicho? —preguntó Estacio nada más ver que su hijo cruzaba el umbral de la casa.

—Le ha gustado, padre, le ha gustado.

Estacio frunció el ceño.

—Tú no me mentirías, ¿verdad, muchacho?

Numerio negó con la cabeza.

—No, no creo que lo hicieras —confirmó para sí mismo Estacio—. Siempre has sido bueno conmigo. Demasiado bueno.

Numerio quiso decir que sólo se portaba con él de la misma forma en la que había sido tratado y educado desde niño, pero vio que su padre cerraba los ojos y prefirió dejarle descansar. Quizá ahora pudiera conciliar algo de sueño. Numerio miró en la mesa. Había allí otra copia de aquel último poema. Intrigado, cogió el papiro para leer el final que el bibliotecario había dejado sin recitar.

> *At nunc heu! si aliquis longa sub nocte puellae*
> *brachia nexa tenens ultro te, Somne, repellit,*
> *inde veni; nec te totas infundere pennas*
> *luminibus compello meis hoc turba precatur*
> *laetior: extremo me tange cacumine virgae,*
> *sufficit, aut leviter suspenso poplite transi.*

> [Pero ahora, ¡ay de mí!, si alguno, bajo la larga noche,
> por tener enlazados los brazos de su amada, quiere, Sueño, alejarte,
> ven de allá; no te pido que extiendas por entero tus alas

sobre mis ojos: tal es el ruego de una más placentera muchedumbre. Tócame, eso me basta, con el borde de la parte final de tu varita, o, al menos, pasa ligeramente de puntillas.][55]

Numerio dejó de leer.

—Es realmente bueno... —dijo, pero vio que su padre callaba. Dejó el papiro sobre la mesa y salió del atrio.

Publio Papinio Estacio se había ido relajando poco a poco. Aún tenía el miedo de verse despertado en cualquier instante por el emperador Domiciano demandando nuevos versos de adulación. Tenía más preparados, tenía más, por si acaso, por si regresaba de entre los muertos. Estacio no estaba convencido de que Caronte y el Hades fueran a querer quedarse con Domiciano, pero quién sabe. Quizá allí hubiera tiranos aún peores. Se encontró, de pronto, muy tranquilo. Parecía que por fin podía respirar con sosiego y sintió que el sueño le invadía, le llenaba por todas partes, le abrazaba, le envolvía, por fin. No sabía si tenía los ojos cerrados o abiertos, pero estaba seguro de que al fin Morfeo se apidaba de él y le permitía disfrutar de sus encantos.

Numerio regresó al atrio al cabo de una hora. Traía algo de agua fresca y fruta. Tenían esclavos, pero era él el que normalmente le traía algo de comer a su padre por la tarde. Vio a su padre completamente quieto y con los ojos abiertos de par en par y comprendió. Se acercó despacio. Dejó la fruta y el agua en el suelo. Con la mano derecha, suavemente, le cerró los ojos. Luego dio media vuelta y fue en busca de una moneda. Caronte siempre esperaba cobrar.

55. Estacio, *Silvae*, V, IV. Traducción según la versión de Francisco Torrent. Ver bibliografía.

147

LA RECOMPENSA

Marzo de 98 d. C.

Singidunum [56] era una fortaleza levantada por los romanos en un promontorio elevado allí donde confluían los ríos Sava y Danubio. Durante siglos había sido habitada por diferentes pueblos. Trajano detuvo la legión a mil pasos del campamento y se tomó un tiempo para examinar el estado de la fortificación. Unos decían que el nombre de aquella fortaleza provenía del galo, ya que serían legiones venidas de la Galia con tropas auxiliares galas las que conquistaron la posición al final de un importante asedio. *Singi* significaba halcón y *dunum*, vendría de *dum,* es decir, fortaleza.

—La fortaleza del halcón —dijo Longino en cuanto se situó al lado del emperador. Trajano asintió antes de añadir un comentario.

—No me gusta el estado en que se encuentra. La muralla sur está agrietada en varios puntos y se ve que la empalizada está hecha con madera que se ha podrido desde hace tiempo. El enclave es perfecto para defenderse, pero está mal preservado.

Longino afirmó varias veces antes de responder de forma escueta.

—Sí, César.

—Quiero que se recuperen todas las empalizadas y que se reparen las zonas de muralla lo antes posible, Longino.

—Así se hará, César.

—Bien, vamos allá.

El emperador reemprendió la marcha de nuevo. Podía haber ido a caballo desde Germania, pero había optado, fiel a su

56. La actual Belgrado.

costumbre, por marchar a pie con los legionarios durante la parte final del viaje, para dar ejemplo a todos. No quería que pensaran que, recién investido con la púrpura imperial, se había reblandecido. «Singidunum», volvió a pensar Trajano. Había una segunda teoría sobre aquel nombre: muchos estaban convencidos de que venía de los Sings, una tribu tracia que ocupó y dominó la región durante siglos antes de que los escordiscos los desplazaran para luego ser éstos los derrotados definitivamente por las legiones del emperador Augusto, bajo el mando directo de Licinio Craso.

Trajano entró en la fortaleza y no detuvo sus pasos hasta entrar en el *praetorium* de la ciudad y conocer personalmente al *legatus* y el resto de oficiales al mando. No hubo felicitaciones por parte del nuevo emperador para el alto mando de Singidunum, pero tampoco una reprimenda exagerada. Se limitó a poner a trabajar a todo el mundo. Trajano sabía que habían pasado semanas desde su última conversación con Adriano en Germania Inferior y que, pese al rodeo que daría, su sobrino no tardaría en llegar acompañado quizá por uno o dos prefectos del pretorio, y quizá algunos pretorianos más. Aunque no lo verbalizara, Trajano quería que aquel campamento recuperara su imponente aspecto del pasado reciente. El *legatus* de Moesia Superior no era el único culpable del mal estado de la fortaleza, sino que la carencia de víveres, pertrechos y materiales de construcción, por la dejadez de los últimos años de gobierno de Domiciano, había propiciado una incipiente decadencia que Trajano estaba decidido a cortar de raíz. Necesitaba una Moesia Superior e Inferior fuertes para sus planes de futuro.

Dos semanas después

Norbano y Casperio, prefectos del pretorio bajo el emperador Nerva y anteriormente con Domiciano, cabalgaban recios sobre sus caballos. A su lado montaba el sobrino del nuevo emperador y, tras ellos, media docena de los tribunos pretorianos que los habían secundado cuando se rebelaron contra Nerva para vengar la muerte de Domiciano. Tanto Norbano como Casperio estaban razonablemente satisfechos de que, al fin, con la llegada al poder de Trajano, uno de los hispanos que había ascendido en Roma gracias al apoyo de la dinastía Flavia, se fuera a recompensar su larga hoja de excelentes servicios a los Flavios. Casperio le recordaba de Alba Longa, cuando Trajano intervino en favor de Manio Acilio Glabrión y Domiciano le perdonó aquella intrusión: estaba claro que entre los Trajano y los Flavios había algo especial, por eso quería ahora el nuevo emperador recompensarles por vengar el vil asesinato de Domiciano: todo tenía perfecto sentido en la mente de Casperio. Por su parte, Norbano había conocido al nuevo César durante la rebelión de Saturnino: Trajano llegó tarde desde Hispania, pero luego, cuando estuvo presente en Germania, habló con el emperador con la habilidad de quien está dotado para hablar con dioses. Estaba convencido también de que Trajano había lamentado la muerte de Domiciano tanto como ellos.

Ni Norbano ni Casperio, al igual que Adriano y que el resto de pretorianos, se sorprendió de encontrar la fortaleza de Singidunum en perfecto estado, con empalizadas y muros recién levantados y pintados, con centinelas por todas partes y con varias cohortes en el exterior del campamento adiestrándose para el combate en campo abierto.

Adriano, por su parte, lo observaba todo con atención y no podía evitar sentir que la presencia de su tío se había dejado notar ya en aquella ciudad perdida en los confines del Imperio. Estaba molesto porque su tío no les hubiera esperado en Germania, tal y como había dicho, y sabía que tanto Norbano como Casperio también se sintieron algo despreciados por aquel movimiento inesperado del emperador hacia el norte oriental del Imperio, pero no era menos cierto que Moesia estaba en una situación delicada, de modo que Adriano, por el momento, decidió no pensar más en aquello y se limitó a acompañar a los prefectos del pretorio y sus oficiales en el largo viaje por el norte. Ya había visto otras fortalezas en la frontera del Danubio a su paso por las provincias de Raetia,

Noricum, Panonia Superior y Panonia Inferior y, de largo, Singidunum, donde su tío se había establecido, era la que presentaba mejor aspecto. Adriano no tenía duda alguna sobre la influencia directa del emperador en esa poderosa imagen que desprendía el enclave hacia el que se aproximaban. Sabía que su tío le había mandado un mensaje al hacerle recorrer toda la fontera norte del Imperio y estaba aprendiendo a fijarse bien en cada detalle.

Una docena de jinetes de la guardia del emperador llegaron junto a la comitiva de Adriano y los prefectos del pretorio.

—El emperador os espera en el *praetorium* —dijo el decurión al mando quien, tras el saludo de Adriano, Norbano y Casperio, dio media vuelta a su montura y reemprendió un veloz trote en dirección al campamento.

Los recién llegados le imitaron y en poco tiempo estuvieron todos frente al edificio del comandante en jefe de las legiones establecidas en aquella provincia. El decurión desmontó y Adriano, Norbano y Casperio le imitaron. Los jefes del pretorio miraron entonces a los seis tribunos pretorianos que los acompañaban; éstos desmontaron también y les siguieron al interior del *praetorium*. Nadie se entretuvo en identificarles. Todos pasaron al interior de la gran estancia central de aquel edificio seguros y, en el caso de Norbano, Casperio y sus pretorianos, ansiosos por saber qué recompensa les aguardaba por haber mostrado fidelidad sin par a la dinastía Flavia, la que tanto había ayudado a los Trajano en el pasado.

El nuevo emperador de Roma estaba sentado en un austero *solium* al fondo de la sala. A su lado permanecían en pie, tal y como esperaba Adriano, Longino y Lucio Quieto, y, unos pasos por detrás, se veía una veintena, quizá más, de legionarios armados que actuaban de escolta del emperador. Una muy nutrida escolta. Adriano concluyó que su tío se había vuelto desconfiado con gran rapidez.

—Ave, César —dijeron con energía Norbano y Casperio Aeliano casi al unísono, adelantándose a un lento Adriano que se limitó a repetir el saludo mientras Norbano ya estaba hablando—. Los prefectos del pretorio saludan al nuevo César.

—Ave, ave, Norbano, prefecto del pretorio —respondió Trajano sin levantarse de su asiento, e, ignorándole, se dirigió a su sobrino—: Siento el largo viaje, Adriano, pero mi presencia en el Danubio se ha hecho necesaria con los últimos ataques de los dacios.

Adriano asintió y su tío, por una vez, se sintió satisfecho de que su siempre intranquilo sobrino mostrara ahora un mínimo de contención al no exhibir enfado alguno; quizá aún se pudiera hacer un buen *legatus* de aquel muchacho; quizá aún fuera posible.

—Veo que entregaste mi mensaje a los pretorianos. ¿Hiciste lo mismo con el Senado?

—Sí, César —respondió esta vez más rápido Adriano.

—Bien, bien —dijo Trajano asintiendo y mirando al suelo mientras seguía preguntando a su sobrino—: ¿Y todo bien?

—El Senado se manifiesta muy honrado por la confianza del emperador y gobernará la ciudad hasta su llegada. Entienden que el emperador quiera asegurar las fronteras del norte. Son palabras de Lucio Licinio Sura, apoyadas efusivamente por los senadores Celso y Palma, entre otros, César.

Trajano asintió. Con el apoyo de Licinio Sura, la situación en el Senado estaría razonablemnte tranquila. El veterano Verginio Rufo había fallecido el año anterior, poco después de que Nerva le adoptara. Los conservadores no tenían un líder claro y Sura y su círculo podrían controlar la ciudad, al menos, por un tiempo. ¿Celso y Palma? Había oído hablar de ellos; dos senadores en alza que no habían dudado en apostar por él desde el principio. Lo tendría presente. Pero quedaban otros problemas.

—Bien, magnífico. Tenemos un asunto resuelto. Un asunto resuelto —dijo el emperador.

Levantó de nuevo la cabeza y dirigió ahora la mirada hacia Norbano y Casperio, que no podían evitar sentirse maltratados al ser ignorados, especialmente después de un viaje tan largo que, para sus ya algo desgastados huesos, había supuesto una prueba más que notable. Trajano, por fin, se dirigía a ellos.

—Ahora nos queda pendiente el asunto de recompensar a estos valerosos pretorianos. Veo que los prefectos han venido acompañados.

Norbano presentó a sus hombres de forma genérica. No quería perder el protagonismo mencionando sus nombres.

—Éstos son seis tribunos pretorianos que nos respaldaron cuando exigimos que se nos entregara a Partenio y a Petronio, y otros conjurados, para ejecutarlos por ser los instigadores del asesinato del emperador Domiciano.

—Perfecto, perfecto —dijo Trajano y se levantó de su *solium* para pasearse frente a aquellos tribunos mientras seguía hablando—; hombres de vuestra máxima confianza, imagino —dijo y miró a Norbano y a Casperio que asintieron con rotundidad—. Bien, eso está bien, la lealtad es esencial en el ejército y más aún en un campamento tan especial como los *castra praetoria*. Hombres leales a Norbano y Casperio y Norbano y Casperio leales a Domiciano, ¿no es así? ¿Me equivoco?

—Así es, César —replicó ahora Casperio con orgullo, pues no quería que fuera sólo Norbano el que hablara.

Por otro lado, no podía evitar mirar con cierta envidia el *solium* sobre el que el emperador volvió a sentarse, aunque el veterano pretoriano no estaba dispuesto a admitir que estaba agotado por el viaje. Además era ya cuestión de instantes recibir la noticia de la recompensa que el emperador iba a anunciarles. Quizá un puesto de gobernador para él y para Norbano o, a lo mejor, una duplicación de la paga extraordinaria que iban a recibir todos los pretorianos como forma de celebrar el ascenso al poder de un nuevo emperador. Si normalmente se recibían unos 3.750 denarios, eso podría suponer hasta 7.000 denarios a cada uno. Era lo mínimo que podía corresponderles por cortar la cabeza a esos miserables de Partenio y de Petronio. Nadie había recibido nunca una cantidad semejante, pero la mente de Casperio era incapaz de concebir una suma menor, teniendo en cuenta el alto servicio prestado.

—¿Qué prefieres tú, Casperio, y tus hombres? ¿O tú, Norbano?—preguntó Trajano mirando distraídamente hacia un lado de la sala—. ¿Dinero o un alto cargo en el Imperio? ¿Gobernadores o quizá debiera haceros cónsules después de compensar vuestro celo y vuestros esfuerzos con una sustanciosa cantidad de denarios? ¿Qué creéis que sería justo? Decidme, el emperador de Roma, el César, os escucha.

Casperio no cabía en sí de gozo. Toda su vida había esperado esto: un César que realmente entendiera su valía. Domiciano había perdido el sentido común en sus últimos años, por eso él, con habilidad, se dejó relevar sin queja alguna. Luego Nerva había sido un débil y un incapaz. Por fin un nuevo emperador reconocía sus servicios. Por su parte, Norbano no dejaba de pensar en el consulado: nadie de su familia lo había ejercido jamás. Nunca nadie de su entorno había llegado tan lejos.

—No sabría bien qué decir. El César se muestra generoso... —empezó Casperio algo confuso porque, en el fondo, lo quería todo y no veía forma de cómo priorizar entre sus apetitos pecuniarios y de poder.

—¿Generoso? —repitió Trajano mirándole interrogativamente—. No. Los servicios prestados deben ser recompensados de forma adecuada. Por ejemplo: Partenio y Petronio estuvieron involucrados en el asesinato de Domiciano y vosotros los ajusticiasteis y los ejecutasteis, ¿no es así?

—Así es —confirmó Casperio.

—Sí, César —reafirmó Norbano también.

—Y estos oficiales aquí presentes os ayudaron, ¿es eso correcto?

—Así es, César, por todos los dioses, ellos nos ayudaron —confirmó Casperio. Lo mismo hicieron Norbano y los propios tribunos pretorianos aludidos asintiendo con vehemencia; ninguno de ellos quería quedarse privado de su parte de recompensa.

—Sea —continuó Trajano—, Petronio y Partenio se rebelaron contra un emperador a quien debían lealtad y a quien debían proteger y encontraron una muerte justa. Vosotros, por vuestra parte, veamos, ¿qué es lo que habéis hecho? —La voz del emperador se tornó más profunda y grave, casi solemne; tanto Norbano como Casperio interpretaron aquel cambio de tono como el paso previo al anuncio de la recompensa, pero no fue así—. Norbano, Casperio... ¿dónde estabais ambos cuando los asesinos irrumpieron en el palacio imperial?

Casperio frunció el ceño. No entendía bien a qué venía aquella pregunta. Se puso a la defensiva.

—Todo el mundo sabe que yo dejé de ser prefecto del pretorio durante los últimos años del emperador Domiciano.... estaba en los *castra praetoria*, según las órdenes de Petronio Segundo.

—Correcto, por supuesto —concedió Trajano—; es decir, cuando las cosas más se complicaban para el emperador Domiciano, tú, Casperio Aeliano, no sólo aceptaste ser reemplazado como prefecto sino que además te quedaste en el campamento, siguiendo órdenes, claro, pero el hecho es que dejaste a tu emperador en manos de sus enemigos.

—El emperador Domiciano quiso relevarme y yo pensé que si ya no tenía la confianza absoluta del emperador... —Casperio comprendió su error nada más pronunciar aquellas palabras pero ya estaban dichas.

—Así que el emperador Domiciano ya no confiaba en ti —repitió Trajano con voz suave pero intrigante, amenazadora—. ¿Quizá ya preveía Domiciano alguna rebelión por tu parte, Casperio?

—Yo siempre he sido leal a Domiciano —se defendía con firmeza.

—Pretoriano, has olvidado decir César al final de tu última frase —replicó Trajano.

—Yo siempre he sido leal a Domiciano, César —repitió Casperio aún firme.

—Sea, admitámoslo; no voy a cuestionar más ese punto.

Trajano calló unos instantes que se hicieron eternos en la mente de Casperio, que empezaba a sudar. La mirada del emperador se clavó entonces en los ojos abiertos, sin parpadear desde hacía rato, de Norbano.

—¿Y dónde estaba Norbano el día del asesinato?

—Yo acudí al palacio imperial de inmediato, en cuanto intuí que algo iba mal, César.

—Pero no llegaste a tiempo de defender la vida del emperador —añadió Trajano.

Norbano tragó saliva.

—No llegué a tiempo, no... César. —Pero como Norbano entendía que aquello no era suficiente se esforzó en explicarse mejor—: No lo hice porque hubo ayuda desde dentro del palacio imperial y porque el otro jefe del pretorio estuvo implicado en reducir la guardia del emperador Domiciano, contraviniendo mis órdenes y...

La mano derecha de Trajano se había levantado y Norbano comprendió que era mejor callar. El emperador retomó la palabra.

—Dejemos ese asunto, olvidémonos del lamentable día del asesinato. Revisemos otros aspectos de vuestra actuación reciente. Veamos —Trajano lanzó un largo suspiro, como si todo aquel debate le cansara o, mucho peor, como si todo aquello le aburriera—; la función de los prefectos del pretorio, exactamente, Casperio Aeliano, Norbano, exactamente, y pensad muy bien vuestra respuesta, meditadla muy bien porque para mí es muy importante, ¿cuál es? ¡Por Júpiter Óptimo Máximo! Casperio y Norbano, ¿cuál es la misión de un prefecto del pretorio?

No era una pregunta difícil, pero tanto a Norbano como a Casperio todo les empezaba a resultar insospechadamente complejo aquella mañana.

—Ser leal al emperador —aventuró Norbano, y Casperio asintió.

—Perfecto —dijo Trajano y repitió aquella frase al tiempo que se daba una fuerte palmada en el muslo, como queriendo subrayar la importancia de aquellas palabras—. Sí, por todos los dioses, ser leal al emperador. Y veamos, mis queridos Norbano y Casperio, mis queridos jefes del pretorio, cuando Domiciano murió, el nuevo emperador ratificado por el Senado, Nerva, el *Imperator* Nerva *Caesar Augustus Germanicus* te ratificó a ti, Norbano, como prefecto del pretorio y luego te nombró a ti, Casperio, como el jefe del pretorio que debía sustituir a Petronio Segundo, ¿es eso correcto?

Los dos líderes pretorianos volvieron a asentir, pero muy lentamente. Ambos habían percibido peligro ante la forma en que Trajano había pronunciado los títulos del recién fallecido Nerva.

Un silencio muy duro se apoderó de la sala.

—Os haré una última pregunta, Casperio y Norbano, una pregunta decisiva. —Trajano tomó aire despacio y lo exhaló mientras hablaba—. ¿Cómo respondisteis a la confiaza del *Imperator* Nerva *Caesar Augustus Germanicus*?

Norbano y Casperio dieron un paso hacia atrás. La pregunta del emperador quedaba sin respuesta y el silencio se hacía más profundo y doloroso para los jefes del pretorio y para sus tribunos de confianza que les acompañaban. Éstos, por su parte, empezaban a mirar a ambos lados de la sala, desconfiados en particular al observar cómo decenas de soldados de las legiones del Danubio se iban posicionando por todas las paredes de aquel maldito *praetorium* levantado en los últimos confines del Imperio romano.

—¿Cómo respondiste tú, Casperio, y cómo respondiste tú, Norbano, cómo respondieron todos estos tribunos, a la confianza del emperador Nerva? —insistió Trajano con seriedad.

Norbano sabía que no había ya palabras, que el tiempo de las palabras había quedado atrás. Sólo Casperio se aventuró a seguir usándolas, palabras trémulas, huecas, palabras llenas de miedo y ansia de huida. Sólo palabras vacías.

—Nerva no iba a hacer nada para castigar a los asesinos del emperador Domiciano, debíamos actuar, no podíamos...

—¿Debíais qué? ¿No podíais qué? —Marco Ulpio Trajano se levantó de su *solium* como quien se levanta de un trono—. ¿Quiénes erais vosotros para decidir en nombre del emperador a quién debíais lealtad absoluta, por todos los dioses, Casperio, Norbano, del emperador que había confiado en vosotros?

Norbano, prudente, calló de nuevo. Casperio intentó balbucear alguna nueva tímida justificación, pero Trajano había decidido ya dar rienda suelta a sus pensamientos y puso palabras gélidas para cada uno de ellos.

—Vosotros que debíais proteger al emperador Domiciano —y aquí miró Trajano en particular a los nerviosos tribunos pretorianos— fuisteis incapaces de protegerle cuando los asesinos irrumpieron en la *Domus Flavia*, primer gran error en vuestra serie de servicios, pero luego, cuando servíais a otro emperador, Casperio, Norbano —y aquí clavaba sus pupilas en las miradas confusas y asustadas de los prefectos del pretorio—, entonces os rebelasteis, os alzasteis en armas contra

vuestro emperador, le rodeasteis y repetidamente le desobe-
decisteis cuando intentó impedir que llevarais a cabo las ejecuciones de Petronio y de Partenio. No digáis nada, no digáis
nada; no me importa si éstos fueron o no culpables del asesinato de Domiciano, ése no es el asunto que me ocupa aquí; lo
que estoy evaluando es si sois hombres de confianza para un
nuevo emperador o no, si servís para pretorianos o no, si yo,
como emperador de Roma, puedo caminar dandoos la espalda por las estancias de la *Domus Flavia* cuando regrese a la
ciudad de Roma o si, por el contrario, tendré que mirar en los
mil espejos de cada una de las columnas del palacio imperial
como hacía Domiciano; eso y no otra cosa es lo que me preocupa, queridos Norbano y Casperio Aeliano; eso y no otra cosa
es lo que quiero saber, prefectos del pretorio. —Los labios del
emperador temblaban; se tranquilizó; habló mirando al suelo,
retrocediendo poco a poco hacia su *solium*—. Dejáis morir a
un emperador, os rebeláis contra otro para vengar al primero,
aunque ni siquiera sois capaces de atrapar a todos los implicados; me consta que algunos han escapado, que por ahí andan
libres algunos asesinos de Domiciano... Por todos los dioses,
uno o varios gladiadores; menudo ejemplo para Roma y para
nuestros enemigos, qué gran lección de autoridad les damos a
todos con vuestros excelentes servicios.

Marco Ulpio Trajano calló en seco, se sentó despacio sobre su *solium* y con voz bien modulada, pero suave, como quien
habla a unos niños que han hecho una travesura, pero de
quien los niños saben que deben desconfiar, añadió la que,
por fin, estaba destinada a ser la última pregunta de aquella
entrevista.

—¿Qué debo esperar de vosotros y vuestros hombres, queridos Norbano y Casperio? ¿Que me dejéis asesinar o que os
rebeléis contra mí? —Trajano suspiró—. Creíais que lo con-
trolabais todo, que erais los grandes dominadores de Roma,
pero la verdad es que no controláis nada. Y peor que eso: sois
completamente prescindibles.

Norbano y Casperio callaban y los tribunos pretorianos
también. Marco Ulpio Trajano miró a Longino.

—Hacedlo fuera; que su sangre no manche este *praetorium*.

Longino asintió. Él y Quieto miraron a los legionarios y éstos se abalanzaron contra los pretorianos, a los que redujeron con golpes rápidos y certeros en estómagos y barbillas. Los arrastraron al exterior mientras los tribunos imploraban clemencia y Casperio y Norbano proferían insultos contra el emperador y, embebidos en su locura, incapaces de comprender cuando el fin llega a uno, juraban vengarse desde el otro mundo si era necesario.

Trajano y Adriano se quedaron a solas. El emperador miró a su sobrino.

—Hoy me has servido bien, muchacho.

Adriano asintió. Se quedó entonces mirando a su tío, pero observó que éste bajaba la cabeza y se quedaba mirando al suelo, como si meditara algo. Adriano comprendió que era mejor dejar a solas a su tío. Le saludó, pronunció al final de su saludo la palabra «César» con fuerza y, como recibiera un gesto leve de la mano derecha del emperador como respuesta, dio media vuelta y dejó a su tío a solas en el *praetorium* de Singidunum.

Pronto empezaron a oírse los gritos de los pretorianos a medida que eran ensartados por los *gladios* de los legionarios del Danubio y del Rin que el emperador había traído consigo desde Moguntiacum. Morían aullando como bestias; ni siquiera en la muerte eran capaces de mostrar algo de dignidad. Trajano levantó la cabeza y miró hacia la puerta del *praetorium*. En cuanto terminaran con las ejecuciones saldría a supervisar las maniobras de las legiones apostadas alrededor de la ciudad. Tenía una guerra que preparar y, toda vez que había hecho limpieza en su casa, sentía que podía empezar a concebir planes para lanzarse más allá de las fronteras del Imperio y empezar a resolver alguno de los graves problemas militares que Nerva había dejado en sus manos.

No iba ser fácil.

Nada importante lo es.

148

LA MIRADA DE DECÉBALO

Abril de 98 d. C.

Decébalo, rey de la Dacia, el único reino del norte al que los romanos pagaban regularmente para que no les atacara, se paseaba a lomos de su caballo por la ribera izquierda del Danubio. Había descendido desde Sarmizegetusa, pasado por Tapae y desde allí, casi sin descanso, había alcanzado la orilla del gran río. Tras él, los sármatas habían reunido un fuerte contingente de caballería junto con varios miles de sus mejores guerreros dacios. Era el momento de volver a cruzar el río y adentrarse en las provincias romanas de frontera para hacerse con un buen botín. Era divertido comprobar cómo Roma, pese a sus ataques, aún le pagaba precisamente para que no atacara. Era cierto que los últimos pagos habían sido menores y no en las fechas acordadas, y que el de ese año aún no se había hecho efectivo, pero los romanos estaban en medio de grandes conflictos internos y eso había sumido a todo aquel vasto imperio en una gran desorganización. Un caos que él, Decébalo, estaba dispuesto a aprovechar al máximo. Miró atrás. No era un gran ejército de invasión. Todavía no, todavía no había llegado la hora del gran ataque. Se trataba sólo de debilitar las ciudades de frontera, de hacer ver a la población que Roma no les protegía y de mantener a sus hombres y a los sármatas y a los roxolanos y los bastarnas y otros aliados ocupados y satisfechos con los botines obtenidos en aquellas incursiones.

Cruzar el río era siempre una operación lenta y trabajosa. Las barcazas eran insuficientes, y todo el paso de un lado a otro se dilataba durante varias jornadas, pero, como fuera que los romanos nunca reaccionaban con la rapidez debida, siempre había tiempo para hacerlo con tranquilidad y para, lo que era aún más satisfactorio, retirarse con la misma seguridad. Decébalo sabía que el emperador Domiciano, asesinado por los suyos, había sido reemplazado por otro emperador, llamado Nerva, débil, incapaz, contra quien se había rebelado parte de su guardia personal. Sabía también que este Nerva había muerto dejando el Imperio en manos de un tal Trajano que ni siquiera era romano. Aquello último le parecía la mayor de las locuras. Era como imaginar una Dacia gobernada por un germano o por un parto. Los romanos caminaban raudos hacia su autodestrucción.

Los renegados romanos, que, hartos de sufrir derrota tras derrota en Moesia y Panonia, se pasaban al bando dacio, le mantenían convenientemente informado de todo, al igual que algunos de los ingenieros que Roma enviara en época de Domiciano para reconstruir sus fortalezas de Tapae y Sarmizegetusa. Eran hombres que mantenían contacto con Roma y muchos de ellos, para congraciarse con el rey, le suministraban información. Y Decébalo lo tenía claro: en cuanto la confusión creciera en el Imperio romano, atacaría hacia el sur y por fin conseguiría extender su dominio a ambas riberas del Danubio. ¿Quién sabía? Quizá se pudiera llegar aún más al sur. Todo se vería con el tiempo. Tenía una buena infantería dacia, disponía de la mejor caballería del mundo, la de los sármatas, y tenía buenos aliados en los bastarnas y los roxolanos. Todos le respetaban por su capacidad de derrotar a los romanos en ya varias ocasiones. Incluso los catos al oeste o los lejanos partos de Oriente enviaban embajadas cordiales. Todos querían ser sus amigos. Sin duda, debían de temerle mucho. Y disponía también de buenos generales: Diegis, inteligente y leal hasta el final, y Vezinas, ambicioso pero sometido a su mando; ambos anhelaban desposarse con su hermosa hermana Dochia. Ella parecía más favorable a Diegis. Su hermana era inteligente además de hermosa, pero Decébalo no había dado aún su consentimiento. Mientras tuviera a Vezinas entretenido en servirle bien para ser premiado con la mano de Dochia, éste combatiría lo suficientemente bien como para serle aún de gran utilidad. La guerra, la gran guerra que habría de desatarse pronto, con un poco de suerte, eliminaría el problema de Vezinas por sí solo. Quizá Diegis también cayera. Era difícil saber lo que pasaría. Decébalo lo tenía todo pensado: ahora dirigía aquellas razias personalmente para mostrar a todos, dacios, sármatas, bastarnas y roxolanos, que seguía siendo el valiente rey que había sido siempre, pero cuando los romanos, por fin, respondieran, porque al final lo harían, pues él seguiría atacando y atacando y avanzando hacia el sur hasta que enviaran sus legiones, entonces él, Decébalo, se quedaría en la retaguardia, en Tapae o Sarmizegetusa si era necesario, y lo dirigiría todo desde allí, moviendo a sus mejores *pileati*, a Diegis y a Vezinas, desde la seguridad de las grandes murallas de las fortalezas dacias. Frunció el ceño. Quedaba el asunto pendiente de Bacilis, el sumo sacerdote del gran dios Zalmoxis. No le era leal. Bacilis siempre iba a favor del viento. Le mantendría vigilado.

—El ejército está ya en su mayor parte al otro lado del río, majestad —dijo uno de sus oficiales.

Decébalo miró hacia el sur. Allí estaban sus guerreros dacios y los jinetes sármatas. El nuevo emperador, hispano de origen según le habían confesado los renegados, se había centrado en reforzar los campamentos de la frontera. Era el momento de hacerle ver que aquél era un esfuerzo inútil. Decébalo sintió entonces el aire en su espalda.

—*Boare!*[57] —exclamó el gran rey de la Dacia satisfecho—. *Boare! Boare!* ¡Tenemos viento del norte! —En voz más baja expresó la naturaleza más profunda de sus sueños—: Todo va a cambiar, todo va a cambiar.

Y Decébalo desmontó de su caballo para subir a la embarcación que debía llevarle al sur del Danubio, allí donde sólo quedaban emperadores romanos viejos o débiles, incapaces ya de defender sus antiguos dominios. Sí, el viento del norte les empujaría hacia una nueva gran victoria.

---

57. Viento o fuerte brisa. Más información en el glosario de lengua dacia al final de la novela.

149

UN ENCUENTRO EN ORIENTE

Mayo de 98 d. C.

La entrevista fue a las afueras de Éfeso, más allá de sus murallas. A Trajano le hubiera gustado hacerlo dentro de la ciudad, rememorando así el famoso encuentro entre Escipión y Aníbal, pero, a fin de cuentas, ni él era Escipión ni Nigrino Aníbal. Por otro lado, verse fuera de la ciudad tenía varias ventajas: se entrevistarían en una tienda militar levantada en campo abierto. Nigrino había acudido, según lo acordado, escoltado por las *turmae* de caballería de una legión y Trajano había hecho lo mismo seleccionando a sus mejores *equites singulares augusti* para aquella reunión, un cuerpo de caballería especial que actuaba de guardia pretoriana a la espera de reconvertir la antigua guardia de Roma en tropas realmente leales al emperador. Plotina se había quedado en la retaguardia con el grueso del ejército imperial. Trajano no quería correr riesgos innecesarios.

Sin duda, Nigrino tendría varias de las legiones de Oriente apostadas en las cercanías, pero, de la misma forma, Trajano había traído a dos legiones que estaban en las playas de Oriente, junto con la flota. Podría haber acudido acompañado de un pequeño grupo de hombres hasta la mismísima Antioquía, pero el nuevo emperador de Roma había optado desde el principio de su *imperium* por la cautela en todos sus movimientos y aún desconfiaba de Nigrino.

Trajano estaba a la puerta de la gran tienda del *praetorium* imperial a la espera de que las siluetas que se dibujaban en la distancia adquirieran una forma reconocible. De momento sólo se avistaba el polvo que los caballos levantaban en su decidido avance hacia el oeste.

—Ya está ahí —dijo Longino.

Trajano asintió aunque seguía intentando delimitar quién de aquellas siluetas era Nigrino. Hacía años que no se veían. Debía de estar mayor, era bastante mayor que él. El hecho de que se acercara cabalgando y que no hubiera optado por venir en cuadriga era un mensaje claro: soy mayor pero no tanto como para no entrar en combate si es necesario. Lucio Quieto y Adriano también estaban con Trajano. Por detrás una veintena de hombres vigilaban atentos a cualquier otro movimiento de las tropas que se aproximaban. A mil pasos estaba el grueso de la caballería imperial. Los jinetes que se acercaban se detuvieron. La mayor parte se quedó detenida a una distancia similar a la del grueso de los *singulares* del emperador y sólo un pequeño grupo prosiguió su avance.

—De momento está cumpliendo con lo pactado —comentó Quieto.

—De momento —dijo Trajano. Adriano guardaba silencio. Su tío estaba evaluándole constantemente y había decidido callar si no tenía nada relevante que decir.

»Hablaré con Nigrino a solas —anunció Trajano.

Sus tribunos asintieron sin decir nada. Los jinetes llegaron hasta ellos. Se detuvieron a veinte pasos. Nigrino, arropado por un *paludamentum* cubierto por el polvo de Asia, desmontó y se dirigió directamente a Trajano. Se quedó frente al emperador. No hubo saludo de ningún tipo. Trajano no mostró enfado ni desprecio y se limitó a extender su brazo con la palma abierta en dirección a la puerta de la tienda. Nigrino no se movió.

—El emperador de Roma primero —dijo. Trajano se quedó inmóvil un instante. Luego sonrió, asintió y entró en la tienda. Nigrino le siguió. En el exterior se quedaron Longino, Quieto, Adriano, la pequeña escolta imperial y los jinetes de Nigrino. Todos se miraban en silencio unos a otros, desafiantes. Longino pensó entonces que tanto Trajano como Nigrino habían entrado armados. No se preocupó. Puestos en lo peor, Trajano era trece años más joven, trece años más fuerte y trece años más rápido que Nigrino. Pero permaneció con los oídos atentos a cualquier sonido extraño que pudiera provenir del interior de la tienda. De momento sólo se oía el viento de Asia acariciando sus rostros con el polvo y la arena de Oriente.

En la tienda había dos *sellae*, una pequeña mesa con una jarra de agua, una jarra de vino y dos copas de plata.

—Viajas ligero —dijo Nigrino, aún de pie, rompiendo el tenso silencio que espesaba el ambiente en el interior de aquel pequeño recinto—; especialmente para ser todo un emperador de Roma. —Era la segunda vez que utilizaba ese término, pero nada de concluir las frases con el título de augusto o de César, que habría sido lo apropiado. Muy pocos se atrevían a semejante impertinencia. Y a muy pocos les permitiría Trajano tanta altanería.

—Más que otra cosa, Nigrino, soy un legionario de Roma. Con poca cosa viajo bien —respondió Trajano—. ¿Quieres beber algo? ¿Agua? ¿Vino? ¿Ambas cosas?

—Ambas cosas —respondió Nigrino sentándose en una de las dos *sellae*.

No había esclavos. Trajano sorprendió al veterano *legatus* de Oriente sirviendo él mismo las copas, en las que mezcló vino y agua a partes iguales. El emperador se acercó despacio y le ofreció una de las dos copas. Nigrino la cogió parpadeando un par de veces, algo confundido. Trajano, con la otra copa en la mano, se sentó en la *sella* que estaba libre. Los dos hombres quedaron frente a frente. Nigrino no bebía. Trajano comprendió que no lo haría hasta que él bebiera primero. El emperador se llevó la copa a los labios y echó un largo y profundo trago hasta que apuró todo el contenido de la misma. Luego la giró en el aire hasta que quedara un instante bocabajo mostrando así que había ingerido todo el líquido. Sólo entonces, Nigrino le imitó: bebió el vino y el agua de un largo trago y luego dejó la copa vacía en el suelo. Al lado de la *sella*.

—¿Cómo vas con los pretorianos? —preguntó Nigrino sin más preámbulos.

—Es un asunto que he resuelto ya —replicó Trajano con rapidez.

Quería dejarle claro a su interlocutor que venía dispuesto

a responderlo todo, a hablarlo todo, sin límites, a dejar las cosas claras en aquella entrevista, para bien o para mal; no había prisa, pero tenían que salir de esa tienda como amigos o como enemigos; no había margen para nada más, no cuando su posición como emperador aún era débil. Nigrino todavía podía levantarse en armas con las legiones de Oriente, reclamar el título de *imperator* para sí mismo; méritos y dignidad no le faltaban, y empezar la más terrible de las guerras civiles.

—Es un asunto que he resuelto ya —repitió Trajano—, de raíz.

—¿De raíz? —reiteró Nigrino de forma interrogativa, pero conforme hablaba comprendió el alcance de las palabras del emperador. En ese momento se echó a reír con una larga y poderosa carcajada; tardó unos instantes en poder hablar de nuevo—. Norbano y Casperio eran unos imbéciles. Me alegro de que ese asunto esté resuelto, porque está resuelto... ¿del todo?

De pronto a Nigrino le entró la duda de si habría entendido bien las insinuaciones de Trajano.

—Del todo —confirmó Trajano y Nigrino volvió a reír con fuerza.

En el exterior de la tienda las carcajadas del *legatus* de Oriente relajaron los ánimos. Los músculos de todos los oficiales y legionarios se destensaron un poco. El viento se había detenido y el sol, en lo alto de la bóveda celeste, era testigo mudo de su espera.

Nigrino dejó de reír. El silencio retornó a la tienda durante un momento.

—¿Qué es lo que quieres? —preguntó Trajano.

Nigrino apretó los labios y meditó unos instantes. Se pasó la mano derecha por la incipiente barba. No se había afeitado desde hacía dos días. Trajano miraba atento los gestos de aquel hombre. Nigrino tenía dos *coronae vallaris*, dos *coronae muralis*, dos *coronae doradas*, dos *corona navalis*, dos *hastae pu-*

rae y ocho estandartes. Había sido uno de los pocos senadores en recibir semejante retahíla de condecoraciones por sus servicios prestados en las fronteras de Roma, especialmente en el Rin, en el Danubio y en Oriente. Sólo Vespasiano había reunido tantas condecoraciones, luego Licinio Sura o el propio Trajano habían conseguido igualarle en méritos, pero siempre después. La confianza de Domiciano en aquel veterano gobernador de Siria había permanecido inquebrantable, pese a su paranoia que le había llevado a desconfiar de todo y de todos. Por eso Trajano andaba con cautela con aquel hombre, quien, fácilmente, podría reunir a su alrededor a todos aquellos que quisieran recuperar la figura del malogrado Domiciano. No obstante, la recepción aparentemente buena por parte de Nigrino de las ejecuciones de Norbano y Casperio auguraba que había posibilidades de entendimiento.

—¿Qué quiero? —dijo Nigrino en voz baja pero audible; luego empezó a poner palabras a sus deseos—. Tengo un sobrino... —empezó dubitativo.

—Sí, he oído hablar de él; tengo buenas referencias de sus méritos —le interrumpió Trajano, más que otra cosa por dar confianza a su interlocutor—. Es un hombre valiente. Ha combatido bien en el Danubio, en campañas difíciles.

—Las derrotas en las que luchó —se aprestó a aclarar Nigrino— no fueron culpa suya.

—Lo sé. Muchos hombres válidos combaten a veces en derrotas dirigidas por incapaces. Tengo claro que tu sobrino es un joven de honor y valía. Un tribuno de mi confianza combatió a su lado en el Danubio.

Nigrino se relajó. Aquel punto era importante para él.

—¿Quieto?

—Sí —confirmó Trajano.

—Quieto es un buen guerrero y bueno en el mando.

—Lo sé.

Un breve silencio.

—Quiero que apoyes a mi sobrino en su *cursus honorum*. Eso quiero —precisó, al fin, Nigrino.

Trajano asintió.

—¿Nada más? —preguntó el emperador.

Nigrino negó con la cabeza.

—Estoy mayor y algo cansado. Las fronteras del Imperio están resquebrajándose. Heredas un imperio que se deshace. No envidio la tarea que tienes por delante. Ni siquiera tengo claro que puedas tener éxito. Los catos, los dacios y aquí los partos... son demasiados enemigos. Pronto serán incontenibles.

—Todo se puede resolver —apuntó Trajano.

Nigrino sonrió.

—Te faltan unos años más, esos años que yo tengo ya, para comprender que no todo tiene solución, pero cada uno debe llegar a sus propias conclusiones y no seré yo quien diga al emperador qué es lo que debe hacerse.

—Excepto en lo referente a tu sobrino.

Nigrino volvió a sonreír.

—Excepto en lo referente a mi sobrino, sí... —Hizo una pequeña pausa—. César —dijo al fin Nigrino—, por mi parte, sólo pienso en retirarme a Lauro,[58] en Hispania, a mi villa y descansar. El sobrino de quien te he hablado es lo único que me queda que realmente me importe.

A Trajano le dolió la negativa valoración que Nigrino, un hombre capaz y lúcido, acababa de hacer de la situación del Imperio. Le dolía especialmente porque sabía que era verdad. La parte buena era que Nigrino no parecía interesado en dirigir ninguna rebelión y que lo que pedía, apoyar a su sobrino, era algo factible. Estaba pidiendo realmente poco. Debía de estar agotado de verdad.

—¿Te parece bien que brindemos por nuestro acuerdo? —propuso Trajano.

—Sí. —Pero esta vez Nigrino se levantó y fue él el que, adelantándose al emperador, sirvió las copas. Trajano tomó la suya y Nigrino la otra—. Norbano y Casperio eran muy odiados en Roma —comentó Nigrino antes de brindar—, eso te hará popular un tiempo, pero ese tiempo pasará pronto.

58. Nombre romano de la ciudad ibérica de Edeta. En la actualidad es la ciudad de Liria, o Lliria, en Valencia.

—Sí —respondió Trajano—. Pasará pronto, por eso me he puesto a trabajar ya.

Nigrino asintió.

—Admiro tu entereza —admitió el *legatus* de Oriente—. Te hará falta toda la que puedas reunir. —Levantó entonces su copa—. ¡Por el César!

Trajano levantó su copa también.

—¡Por Roma! —respondió el emperador, y los dos brindaron con fuerza, bebieron con gusto y dejaron las copas, nuevamente vacías, sobre la mesa.

—No quiero que lo interpretes como un desprecio, Nigrino, pero he de partir de inmediato hacia Roma.

—Por supuesto. Me parece oportuno. Yo permaneceré en Antioquía hasta que envíes a mi sustituto. Luego, como te he dicho, partiré hacia Lauro.

—Bien.

Trajano dio media vuelta, pero cuando estuvo a punto de salir, Nigrino le abordó con una última pregunta.

—Sólo una cosa más... César.

Trajano se giró despacio.

—¿Sí?

—¿En quién ha pensado el César como nuevo jefe del pretorio?

Trajano dio un par de pasos de regreso hacia el centro de la tienda.

—¿Te interesa el puesto?

Nigrino negó con la cabeza.

—No, como te he dicho, estoy demasiado cansado y ése es un puesto de abrumadora responsabilidad y más en los tiempos que corren. No, pensaba una vez más en mi sobrino.

Trajano se quedó serio. Así que Nigrino, después de todo, no iba a pedir tan poco.

—Ese puesto... —empezó Trajano midiendo cada palabra—, no está disponible, Nigrino. Apoyaré a tu sobrino en su *cursus honorum* y te garantizo que llegará lejos, pero ese puesto le vendría... grande ahora. Necesito a alguien con más experiencia. Convendrás conmigo que tras la ejecución de Norbano y Casperio necesito a alguien con mucha experiencia para reformar la guardia pretoriana de Roma.

Nigrino sabía que había apuntado alto, pero quería saber cómo de fuerte o débil se sentía Trajano, y parecía evidente que se sentía razonablemente fuerte como para negarle ese puesto a su sobrino. Era mejor no tensar más la cuerda.

—Sí, alguien de experiencia sería lo adecuado —admitió Nigrino. Trajano se relajó ligeramente, pero el *legatus* de Oriente exigió más concreción por parte del emperador, pues empezaba a intuir que nunca más volvería a tenerlo en una posición vulnerable y quería aprovechar aquella conversación al máximo—. ¿Quién es entonces el elegido?

Trajano inspiró profundamente.

—Sexto Atio Suburano.

Nigrino afirmó un par de veces con la cabeza y habló mirando al suelo.

—Suburano parece una buena elección: un veterano y un amigo de tu padre. —Levantó la mirada del suelo para encarar de nuevo los ojos inquisitivos de Trajano—. ¿Lo sabe él ya?

—No. Lo cierto es que ni mi padre ni yo hemos podido coincidir con él en campaña desde que mi padre lo hiciera en la conquista de Jerusalén, pero sus méritos en Britania y otras provincias de frontera, junto con todo lo que mi padre me ha contado de él, me hacen pensar que es un candidato idóneo. Es respetado por las legiones, lo cual, seguramente, le hará ser temido entre los pretorianos. Además, es muy respetado por el Senado.

—No cuestiono su idoneidad. Todo lo que dices es muy cierto. El problema es que no te será fácil convencerle.

—Lo sé.

—Pero estás seguro de lograrlo.

Fue ahora Trajano el que se permitió una pequeña sonrisa.

—No estoy seguro de nada, Nigrino, de nada.

Nigrino sonrió también.

—Que los dioses protejan al César en su viaje a Roma —concluyó Nigrino.

—Que los dioses te sean favorables en tu retiro en Lauro —apostilló Trajano.

El emperador dio media vuelta, apartó la tela de entrada en la tienda y salió al exterior. Nigrino se sirvió otra copa de agua y vino y la bebió con sosiego mientras escuchaba los cascos de los caballos del emperador y su escolta martilleando contra el suelo del mundo. Se alejaban. Nigrino había considerado la posibilidad de rebelarse contra Trajano, no aceptar el nombramiento de Nerva ni el reconocimiento del Senado. No tenía miedo ni a los corruptos senadores de Roma ni a la guardia pretoriana ni a nada. Pero decidió no hacerlo. En parte era cierto que se sentía cansado. Y, en parte, por qué no admitirlo, tenía miedo sólo de un hombre en todo el Imperio romano y sonrió levantando levemente la comisura izquierda de su boca. Ese hombre era Trajano.

150

LA LIBERTAD

Marzo de 99 d. C.

Las heridas de Marcio no fueron mortales pero le habían dejado demasiado débil y aquello ralentizó el viaje durante semanas. Además se veían obligados a rehuir las magníficas calzadas del Imperio para evitar las casas de postas donde legionarios, correos imperiales y funcionarios de todo tipo y condición descansaban o comían con regularidad.

Se sabían más seguros cuanto más alejados de Roma estuvieran, pero Marcio y Alana nunca bajaron la guardia. Una herida en el costado de Marcio se infectó. Eso les llevó a quedarse en unas cuevas entre Ariminium y Ravenna. Alana cazó liebres y hasta un jabalí que cortó a pedazos y trajo en varios viajes al refugio que habían encontrado en aquellas colinas. Marcio se recuperó, y con cada bocado de carne que le traía Alana no podía evitar admirar cada vez más a aquella guerrera del norte que no perdía nunca la decisión en su mirada. Y es que, desde que salieron de Roma, algo había cambiado entre ellos: en Roma, en el colegio de gladiadores, en el gran anfiteatro Flavio o en las calles de la Subura, allí siempre había sido Marcio el que dirigía todo, el que tomaba las decisiones, primero sobre él mismo, luego sobre los dos; pero desde que salieran de Roma, en medio de aquella inmensidad del mundo, Marcio se sintió torpe, sin rumbo, perdido. Era cierto que sus heridas le tenían debilitado, pero no era eso. Ahora se recuperaba y su cuerpo volvía, poco a poco, a ser el de antes, pero su cabeza estaba embotada, confusa. Marcio se dio cuenta de que, si no hubiera huido de Roma con Alana, hacía tiempo que le habrían capturado. De ella fue la decisión de rehuir las calzadas y las casas de postas y la idea de avanzar siempre de noche, bajo la luz de la luna o las estrellas y ocultarse de día. De ella era siempre la decisión de qué ruta seguir, siempre hacia el norte. Desde Ravenna llegaron a Aquileia, en el extremo más septentrional de la costa adriática. Las ciudades siempre quedaban lejos; nunca osaban entrar en ellas, pero parecía que a Alana le ayudaban a asegurarse de la ruta.

—Es la misma que hice cuando me trajeron —le explicó un día Alana a la luz de la hoguera. De eso hacía ocho años. Ella tenía diecisiete cuando la capturaron y ahora tenía veinticinco, y sin embargo parecía no haber olvidado esa ruta, como si se la hubiera grabado a fuego en la memoria para siempre, como la F de *fugitivus* que le grabaron en su frente, como si siempre hubiera albergado la esperanza de desandarla, de deshacer todo el pasado de aquellos últimos años y volver atrás. Marcio se sintió bien de que ella decidiera ir con él y no dejarle. Podría haberlo hecho y, seguramente, habría llegado ya a su destino hacía semanas, meses, pero se había quedado con él, le había curado las heridas con agua, le había cambiado las vendas y le había besado y amado por las noches. Marcio sabía que sin que él hubiera luchado contra los pretorianos no habrían cruzado jamás esa puerta, pero eso tampoco significaba nada: Alana, hermosa como era, podría haber engatusado a cualquier oficial pretoriano y conseguir un salvoconducto para salir de la ciudad. Los pretorianos nunca preguntaron por una *gladiatrix* cuando buscaban a los asesinos de Domiciano. Podría haberlo hecho y, sin embargo, Alana permaneció con él.

En Aquileia, Alana cambió la dirección del viaje. Ya no iban hacia el norte sino hacia oriente. Marcio no preguntó. Por lo que podía recordar de algunos mapas que viera alguna vez en el colegio de gladiadores, debían de avanzar entre las provincias de Panonia y la de Dalmacia. Marcio se interesó un día por los mapas porque tenía curiosidad por ver de dónde venían muchos de los nuevos gladiadores. Llegaron a la ciudad de Sirmium, que nuevamente dejaron atrás, en el horizonte, unas murallas mal mantenidas, una ciudad de frontera, pero Alana continuó hacia el este, siguiendo el curso de un enorme río.

—Es el Danubio —dijo Alana.

Pero mantuvieron la marcha hacia oriente. La siguiente ciudad se llamaba Singidunum; eso leyeron en un miliario de la calzada a la que se acercaron una noche de luna para intentar orientarse; leyeron aquella larga palabra con dificultad porque ninguno de los dos era hábil con la lectura y porque había parte de la inscripción borrada a golpes de escoplo, pero desentrañaron el nombre con paciencia. Alana asintió.

—Sí, me trajeron por aquí, pero he de ver el amanecer para estar segura de por dónde seguir.

Dejaron la calzada y se olvidaron de aquel miliario. Ninguno de los dos reparó en que las palabras borradas eran *Imperator Caesar Domitianus*, borradas por orden de la *damnatio memoriae* de un Senado de Roma que pese a encontrarse a miles de millas de distancia había conseguido que su mandato de eliminar de la Historia el nombre de Domiciano, sus estatuas y hasta su efigie de todas las monedas, poco a poco, como una mancha de aceite, fuera extendiéndose y cumpliéndose por todo el Imperio.

El sol despuntó al fin y mostró a Alana y Marcio una ciudad bien fortificada, con muros recién reparados y un mar de legionarios rodeando la fortaleza. Los dos callaron mientras evaluaban la situación. Era evidente que allí había alguien que sí mantenía la posición de frontera con fuerza. Marcio comprendió entonces por qué Roma controlaba el mundo. Nunca había visto tantos miles, no, decenas de miles de legionarios juntos. Tuvieron que retroceder varias millas para alejarse de aquel lugar. Esperaron al anochecer y entonces Alana reemprendió la marcha buscando el gran río una vez más, pero mucho más al este, lejos de aquella ciudad repleta de legionarios.

Llegaron a otra fortaleza, Vinimacium,[59] la capital de Moesia Superior. Nuevamente repitieron la operación de rodear aquella ciudad y siguieron más hacia el este, pero de pronto no era posible seguir el curso del río porque unas enormes montañas custodiaban sus orillas y el gran Danubio

59. Kostolac, en Serbia.

transcurría por un despiadado desfiladero por donde sólo se podría navegar. Alana no sufrió ninguna decepción, sino que parecía feliz.

—Sígueme —le dijo, y Marcio vio cómo la muchacha se adentraba en la espesura que bordeaba las primeras montañas de aquella brutal garganta del Danubio y desaparecía. Marcio apartó la maleza por donde ella se había desvanecido y entró en una enorme cueva.

—Vamos —insistió ella. Era una red de túneles medio naturales medio excavados por el hombre—. Los romanos no conocen esto. Al final suele haber barcas —continuó la muchacha.

Y le condujo por aquellos pasadizos con la misma habilidad con la que el *curator* de Roma les guió a través de las cloacas debajo del palacio imperial. En efecto, al final de uno de los túneles, llegaron a una pequeña ensenada donde el agua del río llegaba suave a la boca de aquellas cuevas. Alana buscó entre el frondoso sotobosque circundante y, al fin, se volvió hacia Marcio sonriente. Apartó unos arbustos y allí, tal y como había predicho ella, había una pequeña embarcación.

—¿Sabes nadar? —le preguntó Alana mientras empujaban la barca hacia la corriente del río.

—No —respondió Marcio.

—Pues sube y no te caigas —le dijo Alana sin borrar de su boca una nueva sonrisa—. Tan grande y tan torpe —añadió, pero lo hacía con su rostro iluminado y Marcio compartió que en gran medida ella llevaba razón: Marcio, el gran gladiador de Roma, no sabía nadar. Nunca le enseñó nadie.

—¿Es segura esta barca? —preguntó poco después él, algo preocupado por el ligero vaivén al que la corriente del Danubio sometía a aquel pequeño esquife. Alana miraba hacia el desfiladero.

—No te preocupes, Marcio. He cruzado muchas veces las Puertas de Hierro. Pronto estaremos en la otra orilla del Danubio.

La corriente del río los arrastraba con fuerza hacia un mundo indómito y desconocido para Marcio. Y como si fuera un niño, pese a sus músculos y su fuerza y su adiestramiento, el veterano gladiador preguntó con curiosidad infinita.

—¿Adónde vamos, Alana?

La *gladiatrix* se sintió feliz de que le hiciese aquella pregunta.

—Vamos a casa, Marcio, vamos hacia la libertad.

151

LA PRIMERA AUDIENCIA

Septiembre de 99 d. C.
Domus Flavia, **Roma**

Un escogido grupo de senadores y prohombres de Roma, supervivientes a los últimos tumultos y enfrentamientos contra los pretorianos, se presentó en la escalinata que conducía al *Aula Regia* de la gran *Domus Flavia* con el fin de saludar al nuevo emperador de Roma. Plinio había conseguido estar incluido en ese selecto grupo. Su hoja de servicios al Estado era impecable: *flamen Divi Augusti* [sacerdote del culto al emperador], *decemvir litibus iudicandis* [juez], tribuno militar en Siria, *sevir equitum Romanorum* [oficial de caballería], *quaestor imperatoris,* tribuno de la plebe, pretor y prefecto del ejército y, por fin, del templo de Saturno. Todos cargos desempeñados con sorprendente honestidad que lo avalaban como merecedor de poder saludar en persona al nuevo emperador del mundo. Y allí llegaba. Plinio vio cómo Marco Ulpio Trajano se aproximaba al palacio imperial andando, habiendo dejado su cuadriga en el foro, para llegar allí a pie sin alardes de poder, de forma serena, humilde, aunque a la vista de su regio caminar, también con decisión y hombría. Le vio ascender por la escalinata rodeado por sus hombres de máxima confianza, escoltado por un buen grupo de veteranos de sus legiones del norte. Detrás venía su esposa Plotina, andando también, sin gran concurso de esclavas a su alrededor.

El nuevo emperador saludaba a todos los que se habían congregado allí para recibirle mirándoles fijamente durante un instante. No daba la mano, pero escuchaba con atención si se le decía algo y asentía o pronunciaba unas breves palabras para pasar al siguiente. A Plinio le llegó el turno de los primeros, justo después de los senadores Lucio Licinio Sura, Celso y Palma, con los que el emperador se había entretenido unos instantes en conversar. Plinio no dijo nada. El emperador le miró detenidamente y asintió como reconocimiento cuando Sura le recitó los diferentes cargos que Plinio había ocupado en su *cursus honorum.*

—Siempre al servicio del emperador —dijo al fin Cayo Plinio. Trajano le miró con seriedad.

—No, Cayo Plinio —le corrigió Trajano—. Al servicio de Roma. Todos estamos al servicio de Roma —pero sonrió al final de sus palabras y eso relajó a Plinio mientras el emperador proseguía saludando al resto de senadores a medida que ascendía por la escalinata del palacio imperial.

De pronto, Plinio lo vio con nitidez cristalina y recordó las palabras de su tío cuando estuvieron hablando de cómo sabría él si alguna estaba ante un hombre de la talla de Escipión, César o Augusto. Fue el día en el que los pretorianos asesinaron a Galba, por eso se le quedaron grabadas aquellas palabras; fue un día difícil de olvidar: «Si alguna vez tienes la fortuna, sobrino, de estar ante uno de esos hombres, lo sabrás de inmediato, sin que nadie te lo diga. Esas cosas, sobrino, esas cosas... se sienten... se intuyen.» Así se lo dijo. Y llevaba razón: era sólo una intuición, pero fuerte, enérgica, que se abría paso contra cualquier otro recuerdo o razonamiento. Plinio vio al emperador Marco Ulpio Trajano adentrándose en la gran *Domus Flavia.* Había llegado a pie, había saludado a todos los senadores, uno a uno, y ahora se disponía a gobernar el mundo. Quizá Roma aún tuviera futuro.

El emperador caminaba solo por las entrañas de la gigantesca *Domus Flavia.* Había guardias apostados alrededor del palacio pero muy pocos en su interior. Quería tiempo para sí mismo. El día había sido agotador. La entrada triunfal había impactado al pueblo por su esplendor y por la fuerza que transmitía a todos. En ese sentido, los objetivos estaban cumplidos. Por otra parte, los dos años asegurando las fronteras del Imperio en el *limes* del Rin y en las riberas del Danubio le daban cierto sosiego, aunque Trajano sabía que quedaba mucho por hacer. Se había tomado más de un año desde su encuentro con Nigrino antes de acudir a Roma y, si hubiera sido por él, aún seguiría en las fronteras del Rin y del Danubio, pero primero su esposa Plotina, luego Licinio Sura por carta y, al fin, hasta los mismísimos Longino y Quieto, habían insistido en que era improrrogable que fuera hasta Roma para asumir el poder ante el pueblo y el Senado. Y sintió que tenían razón. Una ausencia tan larga empezaría a resultar sospechosa y, una vez más, las conjuras, como tantas otras veces, empezarían a gestarse.

Trajano se encontró sin casi darse cuenta en el peristilo que antecedía a la gran *Aula Regia*. Se detuvo allí un momento y miró al cielo abierto. Estaba anocheciendo. En un rato cenaría junto a su esposa. Sólo la familia. Una cena tranquila, sin *legati* ni consejeros. Plotina se había retirado a sus aposentos de palacio después del desfile por las calles de Roma. Estaba cansada, como él. La habitación de Plotina era la que antiguamente ocupaba la anterior emperatriz Domicia Longina. Trajano volvió a caminar y entró en la imponente *Aula Regia*. Allí sí que había pretorianos, nuevos, seleccionados por Longino y Quieto, provenientes de las legiones del Rin, de lealtad probada. Un pretoriano en cada esquina. Estaba pendiente el asunto de elegir un buen jefe del pretorio. Longino estaba descartado. Su brazo tullido lo invalidaría a los ojos de los orgullosos pretorianos. No, necesitaba un hombre veterano. Quieto era africano. Era una opción, pero Trajano le quería enviar pronto a la frontera del Danubio para que se hiciera cargo de los problemas de aquellas provincias hasta que él mismo se sintiera lo suficientemente seguro para poner en marcha una solución más definitiva. Como temía, habían llegado nuevas noticias sobre un ataque de los dacios comandados por Decébalo. Y sí, tenía pendiente ese asunto de la jefatura del pretorio. Lo mejor era conseguir persuadir al veterano Suburano, el viejo amigo de su padre. Cuando lo mencionó a Nigrino, sólo lo hizo para evitar que éste presionara más a favor de su sobrino, pero con el paso de los días, cada vez que su mente volvía a aquel asunto, la idea de nombrar a Suburano como jefe del pretorio cobraba mayor fuerza. Pero tendría que convencerle. Y no sería fácil. Nadie quería mandar sobre un cuerpo tan violento y rebelde como el de los pretorianos de los últimos años.

Trajano caminó despacio hasta situarse en el centro de la gran sala de audiencias diseñada por Domiciano. Admiró la amplitud de aquel espacio cubierto, las impresionantes estatuas, lo elevado del techo, la fortaleza de las columnas que lo sostenían. Y al fondo, el inmenso trono imperial. Quieto se había quedado en el exterior pero Longino le acompañaba. Marco Ulpio Trajano se acercó despacio. Había que ascender varios peldaños para acceder al trono. El emperador se volvió un instante y puso su mano en el brazo tullido de Longino. Los pretorianos que observaban en silencio no supieron interpretar aquel enigmático gesto. Longino sonrió al emperador, con orgullo, con amistad sincera. Trajano apretó levemente el brazo de su amigo y luego subió cada escalón con la conciencia de que ya no había otro camino para él, para su familia. Era el emperador de Roma. Se sentó con lentitud sobre el gélido mármol imperial. Domiciano ordenaba que dispusieran media docena de cojines para su comodidad, pero Trajano había dado instrucciones precisas para que el *Aula Regia* quedara exenta de todo tipo de telas, colgantes o cualquier decoración superflua, y los esclavos habían interpretado que los cojines debían de entrar en esa categoría. Trajano se apoyó en el amplio respaldo que emergía por encima de su cabeza. No era un asiento cómodo. ¿Era aquello un mensaje? Sonrió y sacudió la cabeza. ¡Qué lástima que su padre no hubiera vivido para ver todo aquello!

—¡Cómo ha cambiado todo, padre, desde aquella cena en casa del gobernador Galba! —musitó en voz baja.

Longino no oyó nada, pues se había alejado en busca de la puerta al fondo de la gran sala: esperaban a alguien y quería confirmar su llegada. Por su parte, los nuevos pretorianos sólo sintieron que el emperador mascullaba algo entre dientes. Permanecieron firmes en sus posiciones, pero atentos por si su nuevo jefe les ordenaba algo. Trajano, entre tanto, meditaba en silencio. Sí, había muchos asuntos pendientes. La jefatura del pretorio era uno y la frontera del Danubio otro; problemas ambos acuciantes. Pero estaba también Roma: la grandeza y la pobreza de Roma. Nerva había propuesto los *alimenta*, un sistema mediante el cual se daría de comer a los hambrientos de la ciudad, en especial a los niños. Trajano se acordó entonces de aquel pequeño que luchó a vida o muerte por una manzana en la Subura de Roma. Hacía muchos años de aquello, pero recordaba la conversación con su padre en la que él, entonces sólo un adolescente, prometió que un día, si estaba en su mano, ayudaría a que esos niños de la calle no pasaran hambre. A cambio se les podría adiestrar. Roma necesitaba buenos legionarios, no niños miserables muertos de hambre. ¿Qué habría sido de aquel niño que luchó por la manzana? Muerto. Seguramente estaría muerto hacía ya tiempo. Tenía que conseguir poner en marcha aquel sistema de reparto de comidas. Hablaría con Lucio Licinio Sura de ello y con otros senadores proclives a las reformas. Luego estaba el asunto del abastecimiento de agua en una ciudad que no paraba de crecer o el tema de los cristianos. Un tal Juan, uno de sus mayores líderes, seguía preso en Patmos. ¿Qué hacer con él? ¿Qué hacer con todos los cristianos? Sí, había muchas cuestiones pendientes, muchas...

En ese momento entró Longino por el fondo de la gran sala. Se aproximó al emperador con paso firme cruzando por el centro del *Aula Regia* hasta detenerse frente a Trajano.

—Ya ha llegado, César —dijo Longino con tono marcial.

El emperador de Roma asintió. Estaba a punto de celebrar su primera audiencia desde el trono imperial. Era algo en lo que había pensado mucho. En principio consideró que sería mejor empezar con las audiencias públicas después de presentarse formalmente ante el Senado, y así iba a ser, pero había algo, alguien, que no debía esperar: una audiencia privada. Se trataba del pasado reciente, no para removerlo, pero sí para cerrarlo bien. Las heridas que no se curan con cuidado luego se infectan. Lo había visto centenares de veces con los legionarios tras el combate. Esto era algo parecido, muy diferente, pero, al mismo tiempo, parecido.

—Dile que pase, Longino... —Calló un momento antes de terminar su orden—. Y sola, quiero verla a solas.

Longino dio media vuelta, miró a cada esquina de la sala, alzó su mano derecha y, al emprender la marcha, los pretorianos le siguieron con rapidez. La gran *Aula Regia* del palacio imperial quedó sin guardias ni esclavos y en silencio absoluto. Al poco la silueta pequeña de una mujer madura se dibujó en el umbral que daba al peristilo. La pequeña figura empezó a andar en dirección al trono imperial. Trajano la observó con atención. Parecía más pequeña de lo que recordaba, casi insignificante en contraste con las enormes columnas del *Aula Regia*. Alguien sobre quien pasa la Historia por encima, sin que pueda influir en ella, gobernarla, dirigirla. Y, sin embargo, se había mostrado resistente como pocos a la locura de varios emperadores. La mujer iba vestida con discreción, con una *stola* fina de lana blanca, sin joyas llamativas. Se detuvo frente al emperador y habló con una voz suave, hermosa, que mantenía en su timbre la intensidad de quien ha sido una muy bella mujer en un pasado no demasiado lejano.

—Ave, César. Te saluda Domicia Longina, a tu servicio.

Marco Ulpio Trajano se quedó atrapado por las facciones aún suaves del rostro de aquella mujer madura. La última vez que la vio, en Alba Longa, hacía siete años. El tiempo la había marcado, y el dolor, pero seguía siendo una mujer atractiva. Sí, Domicia Longina, la esposa del emperador Domiciano, la emperatriz de Roma durante quince años, se mostraba humilde ante él. No había muchos en Roma que añoraran a Domiciano y no parecía probable que se formase ninguna conjura para recuperar la dinastía Flavia. No con Norbano y Casperio ejecutados. Tampoco había descendientes directos de Domiciano, pero una antigua emperatriz, una persona que había estado acostumbrada a convivir con el poder absoluto durante tanto tiempo, era alguien que convenía tener controlada. Trajano no quería sorpresas innecesarias en sus primeros meses en palacio. Por eso había convocado a la antigua emperatriz. A Plotina también le pareció sensato que él hablara con ella pronto y que le ofreciera un pacto de no agresión, de respeto, si era posible. Además... estaba, por encima de todo, la promesa de su padre de proteger a los descendientes del veterano Corbulón, y Domicia Longina era su última hija viva.

—¿Te han tratado bien? —preguntó el emperador.

Domicia le miró y levantó las cejas. Era evidente que no había esperado aquella pregunta.

—Me ha tratado bien todo el mundo desde que Trajano ha llegado a Roma. No tengo queja del Senado, y los pretorianos que se rebelaron contra Nerva y que me consta que alguna vez llegaron a sospechar que yo estuve implicada en el asesinato de mi marido, han sido... —Domicia buscó la palabra con la que terminar aquella frase con tiento experto—... han sido reemplazados. No tengo pues queja alguna que elevar al César.

Había un *solium* dispuesto frente al emperador y Trajano lo miró y luego miró a la antigua emperatriz. Domicia Longina no estaba cansada, pero había aprendido a no contravenir las insinuaciones de un emperador. Las insinuaciones, las indirectas, no eran lo más peligroso de un emperador, pero era mejor seguirlas. Si había algo de lo que Domicia Longina sabía era de Césares.

Trajano estaba incómodo. En su mente estaba la promesa hecha a su padre en su lecho de muerte de proteger a la hija de Corbulón. Quería cumplirla, pero no sabía bien cómo conseguir que aquella mujer, que tanto había debido de aprender a desconfiar de todo y de todos junto a Domiciano, cambiara ahora y pasara a confiar en él, en un nuevo emperador.

—No tengas miedo de este nuevo César —dijo Trajano con el tono más conciliador que pudo. Para su sorpresa, Domicia Longina respondió con una extraña sonrisa.

—¿Miedo yo? ¿De un César? —Domicia se permitió relajar su espalda en el respaldo del *solium*—. Un César ordenó la ejecución de mi padre; otro César mató a mi primer marido, al que amaba; he sido esposa de un César y amante de otro; he dado a luz a quien debía haber sido César y lo he visto morir. En mi vida he visto desfilar a muchos Césares, y todos me han hecho sufrir. De una forma u otra, todos me han hecho daño. La mayoría queriendo; algunos sin querer, como mi pobre hijo. ¿Miedo al César? No, no tengo ya miedo a los Césares de Roma. Sin marido, ni amor, ni familia ni hijos siquiera, no me queda ya nada que un César pueda arrebatarme. Así que en ese aspecto, el César puede estar tranquilo: puedo sentir muchas cosas por un emperador de Roma, pero el miedo no es una de ellas. He aprendido que los Césares van y vienen por mi vida. Me hieren y se van, pero ya queda poca carne en mi entumecido cuerpo donde clavar más dagas. No, el César puede estar bien seguro de que no le tengo miedo.

Trajano escuchó aquellas palabras con admiración. Aquella era una mujer mucho más fuerte de lo que cabría pensar. ¿Estuvo realmente implicada en la muerte de Domiciano? ¿Era inteligente dejar libre a alguien que quizá hubiera asesinado o ayudado a asesinar a un César, allí mismo, en ese mismo palacio imperial, entre aquellos muros? ¿Era sensato no investigar más, no intentar averiguar qué pasó exactamente aquel 18 de septiembre en la cámara del emperador y saber dónde estaba en todo momento aquella jornada Domicia Longina? Trajano luchaba en su interior, pero la promesa a su padre pesaba más que cualquier otra consideración, más incluso que el peligro o la amenaza de una traición. Más áun que cualquier asesinato o crimen del pasado reciente.

—Mi padre prometió a tu padre que cuidaría siempre de sus descendientes —respondió Trajano mirándola con intensidad—, y luego yo prometí a mi padre que cumpliría con su promesa. El palacio imperial ha sido tu casa durante muchos años —continuó Trajano, atento a las reacciones de su interlocutora—, y no es mi deseo que deje de serlo. La *Domus Flavia* es muy grande y tanto mi esposa como yo estaríamos felices de ceder unos aposentos para que residieras aquí todo el tiempo que quieras. Eres *augusta* y respetada por el pueblo. El palacio es tu sitio.

Domicia Longina lo miró frunciendo el entrecejo. Trajano comprendió que la antigua emperatriz necesitaba una aclaración.

—La *damnatio memoriae* emitida por el Senado con relación a Domiciano —continuó Trajano— sólo recae sobre la memoria del propio Domiciano y no sobre la emperatriz u otra persona de su familia. El Senado me ha manifestado en repetidas ocasiones que no hay causa alguna abierta contra Domicia Longina, del mismo modo que soy consciente del aprecio que el pueblo ha tenido siempre por ti y el asunto de lo que pasó el 18 de septiembre de hace dos años es algo que está cerrado para mí. Sólo sé que Domiciano murió, que Nerva le reemplazó y que éste me nombró sucesor. El Senado ha ratificado ese nombramiento y las legiones del Imperio, desde el Rin hasta Siria, me han jurado lealtad. Ahora ofrezco a la antigua emperatriz la seguridad de mi protección. A cambio sólo solicito lealtad. No sumisión, sino lealtad.

Domicia Longina sonrió entre conmovida y perpleja.

—El César puede estar tranquilo sobre mi persona y mis sentimientos. No tengo descendencia, la tuve y la perdí. —La anterior emperatriz bajó la voz y miró al suelo, pero al instante levantó de nuevo la vista y encaró con sosiego la mirada firme del emperador—. Y no hay descendencia de mi esposo; él mismo se encargó de que todos se fueran al Hades antes que él. No quiero rebelarme ni luchar ni contra el emperador ni contra nadie y, aunque quisiera, ni tengo ya las energías ni encontraría los recursos ni habría quien secundara a nadie que yo pudiera designar para reemplazar a un César que ha sido bien acogido por el Senado, aclamado por el pueblo y, lo que es más importante, un César respetado por las legiones. Contra eso no hay nada ni que hacer ni que decir. Roma tiene un nuevo emperador. Son otros tiempos. Yo soy el pasado y estoy feliz de serlo. Sólo quiero un poco de paz, un poco de calma, algo de soledad.

Trajano asintió satisfecho.

—Ordenaré entonces que se organice todo para que puedas disponer de aposentos adecuados a tu rango de augusta, que se te mantendrá, y de tantas esclavas como precises a tu servicio en el palacio imperial; comerás en mi compañía cuando lo desees y disfrutarás de toda la tranquilidad que anheles.

Domicia Longina negó levemente con la cabeza.

—No, César, no es eso lo que quiero.

Domicia Longina se levantó de su *solium* y empezó a andar por la gran *Aula Regia* al tiempo que hablaba y hablaba en un largo susurro de pensamientos expresados en voz baja, pero perfectamente audibles en el fastuoso silencio de aquella gran sala imperial.

—No, en el palacio, no. Han sido muchos, tantos años entre estas paredes, César... es como si siempre hubiera vivido en ellas y, sin embargo, recuerdo que tuve otra vida, que tuve otros muros, menos gruesos, pero más seguros. Estas paredes, César, estas paredes están malditas. Han muerto tantos entre ellas... tantos... y de muchos más he oído pronunciar su sentencia de muerte entre estas mismas paredes que ahora parecen darnos cobijo. —Domicia seguía moviéndose y caminaba como si sus pies se deslizaran de forma casi mágica sobre el gélido mármol del suelo—. No, otra vez entre estos muros, no, César. He visto a demasiados amigos desaparecer para siempre de mi vida entre estos muros. El palacio imperial, la *Domus Flavia*, sí, así la llaman todos, la gran imponente y hermosa *Domus Flavia* —lanzó una lúgubre carcajada que rebotó en el techo y cayó sobre el suelo como si de trozos de vajilla rota se tratara. Se detuvo entonces en el corazón del *Aula Regia*, se giró y miró fijamente a Marco Ulpio Trajano—; estas paredes, estos muros, este techo, César, todo este palacio sólo es una trampa; todas estas columnas que lo sostienen son sólo una gran trampa, un hechizo mortal que a todos encandila, a todos y, sin embargo, estas paredes sólo han sido capaces de generar horror y sufrimiento jamás conocidos. No, no quiero quedarme más tiempo entre estas paredes, no, César, agradezco el ofrecimiento y agradezco la generosidad del César, pero, si el emperador me lo permite, preferiría buscar un lugar pequeño, fuera de Roma, donde mis cansados huesos vayan envejeciendo poco a poco lejos de las miradas de todo y de todos y donde mi pequeña persona no moleste ni importune a nadie, y mucho menos al César. Eso es lo que quiero, ése es mi sueño, eso es lo que me gustaría, si el César tiene esa extraña virtud que es la generosidad. Si me lo niega el César, acataré lo que se me ordene, como he hecho siempre. Para ser sincera, no espero grandes cosas de ningún César. —Avanzó unos pasos hasta quedar frente a un Trajano que la escuchaba absorto y se arrodilló anté él y humilló su cabeza—. Mi petición es pequeña, gran *imperator* de todas las legiones de Roma; ¿quiere el César honrar a su padre que a su vez prometió al mío ayudarnos si lo necesitábamos, si ello estaba en vuestras manos? Sólo pido un retiro lejos de la ciudad, en cualquier lugar que el César disponga, lejos de su mirada y de la mirada de todos, un lugar donde mi cuerpo se muera para que así la muerte de mi ánimo y de mi cuerpo vayan parejas de una vez. Sólo pido eso, sólo eso... —A Trajano le pareció que la emperatriz sollozaba mientras seguía repitiendo aquellas palabras—. Sólo pido eso, sólo pido eso...

Trajano se levantó del trono imperial, descendió los escalones del pedestal y se agachó junto a la emperatriz Domicia. Conmovido, puso su mano derecha bajo la pequeña barbilla de la mujer que se postraba a sus pies y la empujó suavemente hacia arriba para ver los ojos inundados de lágrimas de quien tanta maldad había recibido de todos los Césares que le habían precedido.

—Domicia Longina sólo tiene que elegir el lugar —empezó Trajano— y el César, este César, te proporcionará escolta y medios suficientes para que puedas vivir con comodidad alejada de todos. En paz.

Adriano caminaba por uno de los grandes peristilos porticados de la *Domus Flavia*. Como el resto de familiares del nuevo emperador, intentaba familiarizarse con la grandeza y el esplendor de aquel ciclópeo palacio imperial donde su tío ahora era el poder absoluto. Oyó entonces pisadas a su espalda y se volvió. Un grupo de veteranos de las legiones del Rin escoltaba a Plotina, la nueva emperatriz de Roma, que venía seguida por su sobrina y sus sobrinas nietas. Adriano, respetuoso, se hizo a un lado e inclinó la cabeza.

Pompeya Plotina, esposa de Trajano, observó el gesto de su sobrino y se detuvo un instante. Le parecía incorrecto no intercambiar unas palabras con Adriano que, después de todo, había servido bien a su esposo trayendo antes que nadie la noticia de la muerte de Nerva y del ascenso de Trajano al poder total en Roma.

—¿Tendremos el gusto de contar con tu compañía esta noche, durante la cena, sobrino? —preguntó Plotina. Adriano alzó el rostro para responder.

—Por supuesto, y más aún si así lo desea la augusta Plotina... —y dudó, pero, llevado por la extraña intuición de su ambición sin límite, añadió—; la augusta y hermosa nueva emperatriz de Roma.

Pompeya Plotina sonrió. No dijo nada y reemprendió la marcha. Plotina no era ingenua. Sabía que su persona quizá pudiera tener muchas virtudes, pero estaba segura de que la hermosura nunca fue una de ellas. Y, sin embargo... sin embargo le había gustado tanto que Adriano la llamara hermosa. Años de gélido matrimonio con su esposo la habían conducido a las mieles del máximo poder en Roma, pero siempre en la soledad de unas noches que cada vez se le hacían más largas. Pero ahora era emperatriz de Roma, emperatriz del mundo. ¿Por qué no podía ella ahora permitirse un pequeño alivio, un consuelo, una pasión? Pompeya Plotina avanzó en silencio en dirección a su nueva cámara, seguida de cerca por aquellos legionarios y por sus jóvenes sobrinas nietas.

Vibia Sabina, con sus doce años y su delicada figura de mujer en ciernes, caminaba cerrando el grupo de niñas. Sintió que alguien la miraba con intensidad, pero para cuando se volvió sólo acertó a encontrar la silueta de su primo Adriano alejándose entre las sombras de aquel mar de columnas. Vibia Sabina se sintió, sin saber bien por qué, algo inquieta. Negó con su pequeña cabeza. Sólo tenía ganas de que llegara la cena y de sentarse junto a su tío, el gran Trajano, el emperador de Roma, que tanto la quería. Él la protegería de todo. Siempre.

Adriano se dirigió al *Aula Regia*, pero los legionarios le detuvieron en la puerta. El emperador estaba hablando con alguien y esperó mirando al suelo. Vibia Sabina era la sobrina nieta favorita del emperador. Aún era una niña, pero pronto dejaría de serlo, muy pronto. Adriano movía su lengua por dentro de la boca, de forma que parecía que estaba comiendo algo. A Adriano, como a su tío, no le gustaban las mujeres, pero estaba convencido de que eran ellas las que podían allanar su camino al poder. Tenía que estar atento a las miradas y jugar bien aquella partida. Alzó la vista y la paseó por los muros de aquel palacio. Sí, sería allí, entre aquellas paredes, donde se decidiría todo.

Domicia Longina se levantó junto con el emperador Trajano y no dijo nada. Se limitó a asentir una vez y a mirar con agradecimiento. Las lágrimas fueron secándose en el silencio que seguía a aquella intensa conversación mientras Domicia observaba cómo Trajano retornaba a su gran trono imperial y se acomodaba en él. La mujer dudó entonces un instante sobre si añadir algo o si salir de la gran *Aula Regia* sin decir más. Había conseguido tanto que le daba terror decir algo inconveniente y perder todo lo que había obtenido en aquella audiencia, pero había dentro de ella algo que se rebelaba y que le hizo ver, para su sorpresa, que el pálpito de la vida no estaba completamente muerto en su interior, pues si aún tenía ansias de advertir algo a alguien, de avisarle de un grave peligro, era que, en el fondo de su ser, aún le quedaba un ápice, un resquicio de vida útil. Eso la animó, esa sensación le insufló la energía adicional necesaria para dirigirse una vez más, por última vez en su vida, a un César.

—Hay algo... César... —dijo con su voz suave.

Trajano la miró atento alargando la mano derecha con la palma hacia arriba para invitarla a hablar. Ella aceptó aquel gesto y pronunció su aviso con la pasión de quien se sabe en posesión de un gran secreto fruto de la experiencia y la intuición entremezcladas.

—El César no debe dejarse atrapar por estas paredes: cuando dije que este palacio está maldito no lo dije en broma, no era fruto de mi rencor por el sufrimiento vivido en él en un pasado aún demasiado reciente; no, mi esposo, el emperador Domiciano, siempre fue perverso, ahora todos lo dicen, aunque en el pasado eran muy pocos los que lo pensaban y ninguno el que se atrevía a decirlo en voz alta; pero yo viví junto a él cada una de sus perversiones. Domiciano siempre fue vil, pero fue aquí, entre estas paredes, donde se volvió aún más inicuo, más horrible, más fiero con todos. Fue aquí, César, bebiendo, comiendo en las vajillas de bronce de la gran *Domus Flavia*, su gran obra, saboreando cada plato de los interminables banquetes, escuchando a los ejércitos de aduladores, que luego se tornaban en los delatores más terribles, desfilando siempre ante él en las largas *comissationes*, entre copa y copa de vino endulzado hasta el límite para satisfacer su paladar corrupto, fue aquí, aquí, donde enloqueció hasta el infinito; fue aquí donde todos nos volvimos locos. Todos perdimos la razón y llenamos todos estos muros, cada esquina, cada recoveco de gritos y llantos. Yo aún oigo los gritos de Flavia Julia, de Domitila, de Petronio, de Partenio y de tantos otros. Aún retumban en mi cabeza, pero son ecos que provienen de estos muros, son gritos atrapados entre estas paredes y se oyen, se oyen si uno afina el oído, César. Por eso, el nuevo emperador no debe dejarse atrapar por estas paredes. Cuanto menos tiempo pase el César en este palacio imperial maldito, mejor para el propio César, para su familia, para todos. Lo siento —bajó la mirada y empezó a caminar hacia atrás disculpándose una y otra vez—; lo siento, César, en mi ánimo no estaba molestar ni indisponer a alguien tan poderoso y tan generoso para con mi humilde persona; lo siento, pero sentía que debía advertir al *Imperator Caesar Augustus*, que debía advertirle.

Continuó retrocediendo, paso a paso, disculpándose hasta la extenuación, hasta que su pequeña silueta se disolvió entre las sombras del umbral de la puerta de salida. Trajano no dijo nada ni hizo ademán alguno de intentar detener a la antigua emperatriz de Roma. Se limitó a quedarse allí, sentado sobre el majestuoso trono imperial de la gran *Aula Regia* y mirar a su alrededor. De pronto, aquellas paredes que le habían parecido tan espléndidas hacía tan sólo una hora le devolvían reflejos oscuros de un pasado terrible y de un futuro incierto. Marco Ulpio Trajano, *Imperator Caesar Augustus*, miró entonces hacia el techo elevado y, sin saber muy bien cómo o por qué, percibió su enorme peso y, por segunda vez en su vida, como el día en que fue a cazar el lince solo en las montañas de Itálica, ahora, allí, una vez más, incluso con más intensidad, con más crueldad que aquella vez, en ese preciso instante, sentado sobre el gran trono imperial de Roma, sintió la mordedura implacable, inmisericorde y descarnada del miedo.

APÉNDICES

1

NOTA HISTÓRICA

Los asesinos del emperador es una novela histórica y, en consecuencia, contiene una parte de ficción. No obstante, y al contrario de lo que se pudiera pensar inicialmente, hay mucha
menos ficción de lo esperable. Así, por ejemplo, en aquellos
pasajes de especial dramatismo donde el lector pudiera concluir con facilidad que el autor se aleja de los datos que nos
proporcionan los historiadores clásicos, he optado por incorporar algunas citas con el fin de hacer notar que no era el
caso y que el relato se pliega con mucha frecuencia a los datos que nos han llegado desde el mundo antiguo. Algunos
ejemplos ilustrativos de esto serían el momento en que el
emperador Domiciano obliga al cónsul Manio Acilio Glabrión a luchar en la arena del anfiteatro de Alba Longa contra varias fieras, la batalla contra Saturnino y los catos con el
repentino deshielo del Rin que engulle a los germanos o la
terrible escena de tortura que padece el consejero imperial
Partenio. En todos estos casos he incluido esas citas de las
fuentes clásicas donde se nos indica que estos acontecimientos ocurrieron.

La parte de ficción de *Los asesinos del emperador,* que existe, hay que buscarla en la vida privada de los grandes personajes históricos que desfilan por sus páginas, en los diálogos
entre Trajano y su padre, entre Vespasiano y sus hijos o entre Domiciano y todas aquellas personas de su entorno que
tanto padecieron su tiranía y su paranoia. Ahí es donde entra la ficción para completar los datos de la vida pública que

sí conocemos y de ese modo dar continuidad a la narración en el contexto privado de cada uno de estos personajes históricos.

Hay, no obstante, una importante licencia que me he permitido, aunque sólo es una licencia en parte. Suetonio nos dice que los que remataron al emperador Domiciano de Roma fueron unos gladiadores y no certifica que Domicia Longina apuñalara personalmente al emperador, aunque tanto Suetonio como otros historiadores clásicos reconocen la participación activa de la emperatriz en el complot para asesinar a su esposo. Pero en todo caso, ¿qué quería decir Suetonio? ¿Que los gladiadores remataron a Domiciano después de que fuera atacado por Estéfano? El mismo Suetonio incide en que el golpe de Estéfano supuso apenas una pequeña herida. No parece que se pueda hablar de rematar a quien apenas está levemente herido. Se remata a quien está gravemente herido. ¿Quién, entonces, hirió de gravedad a Domiciano? ¿Quién asestó el golpe clave, el que lo dejó mortalmente herido a falta de que lo remataran? Nadie nos lo dice. Y, para completar esta extraña escena, resulta cuanto menos curiosa la insistencia del Senado en no hacer extensible a la persona de Domicia Longina la terrible *damnatio memoriae* que emitió contra Domiciano. ¿Tanto había ayudado Domicia a la caída del tirano? Todo vuelve a la misma pregunta: ¿qué pasó exactamente en la cámara del emperador Domiciano el mediodía del 18 de septiembre del año 96? Nadie lo sabe. *Los asesinos del emperador* presenta una posible recreación de lo acontecido aquella mañana en la que, sin saberlo, los reunidos en aquella habitación escribieron la Historia, una vez más, con sangre y odio y venganza. Aunque hay venganzas que uno, si bien puede no justificar, en el caso de Domicia Longina yo sí puedo entender.

Con relación a la identificación del 666, el número que san Juan adscribe a la Bestia en el Apocalipsis, son muchísimas las teorías que se han desarrollado para intentar desvelar el secreto que Juan el Evangelista ocultaba tras esa cifra. Pero ésta es una novela Histórica y no sobre enigmas del mundo antiguo, así que me gustaría concluir recordando una de las explicaciones más simples y sencillas sobre el número 666: en números romanos esta cifra corresponde con la combinación de letras DCLXVI y esta combinación supondría las iniciales que se podrían corresponder con el siguiente mensaje:

DOMITIANUS CAESAR LEGATOS XTI - VILITER INTERFECIT

Es decir: «El César Domiciano mató vilmente a los enviados de Cristo.» Hay quien defiende que san Juan escribió el Apocalipsis en tiempos de Nerón y en griego, y que fue traducido al latín en la época de Domiciano, mientras que también hay quien considera que tal vez el texto se redactara en tiempos del propio Domiciano y quizá en latín directamente. En la primera posibilidad, las teorías basadas en la gematría del griego cobran fuerza, pero, en el segundo caso, la segunda teoría podría ser más cierta. La gematría implica que cada letra del alfabeto griego tiene un valor numérico y sumando las letras en griego de la expresión «Nerón César» daría el valor de 666. Es difícil saber si san Juan escribió en griego o en latín, incluso confirmar que fuera el propio san Juan el autor de esta obra, y más difícil aún estar seguros de a quién se refería el autor del Apocalipsis con el número 666, pero son realidades bastante comprobadas que Tito Flavio Domiciano fue un auténtico tirano que persiguió a los primeros cristianos con una brutalidad descarnada y vil y que este tirano hablaba en latín.

Finalmente, con respecto a la progresiva demencia del emperador Domiciano, me gustaría llamar la atención sobre un aspecto recurrente durante toda la novela: Domiciano comía en vajillas de bronce que los romanos, para protegerse del cardenillo cuya toxicidad conocían, recubrían de una fina capa de plomo; y bebía vino endulzado con ralladuras del mismo metal. La toxicidad del plomo, incluso ingerido en pequeñas cantidades, es terrible, y uno de sus efectos más destacados es el de la paranoia.

Más allá de lo expresado aquí, *Los asesinos del emperador* es sumamente fiel a aspectos como el ascenso progresivo de los hispanos en el Senado, el penoso asedio de Jerusalén, las guerras de frontera en Britania, Germania, el Danubio o Partia, la construcción del anfiteatro Flavio (Coliseo) en dos fases, las intrigas de Domiciano para acceder al poder y su progresiva locura, las persecuciones a los cristianos, la vida de los gladiadores y hasta la existencia de gladiadoras. De esta forma, *Los asesinos del emperador* intenta presentar un intenso y fidedigno fresco de la vida del Imperio romano durante el último tercio del siglo I d.C.

2

GLOSARIO DE TÉRMINOS LATINOS

a posteriori: Expresión latina que significa «más tarde» o «después de».

ab urbe condita: Desde la fundación de la ciudad. Era la expresión que se usaba a la hora de citar un año, pues los romanos contaban los años desde la fecha de la fundación de Roma, que corresponde tradicionalmente con el año 754 a.C. En *Los asesinos del emperador* se usa el calendario moderno con el nacimiento de Cristo como referencia, pero ocasionalmente se cita la fecha según el calendario romano para que el lector tenga una perspectiva de cómo sentían los romanos el devenir del tiempo y los acontecimientos con relación a su ciudad.

Aequimelium: Barrio que se extiende al norte del *Vicus Jugarius* y al sur del templo de Júpiter Capitolino.

Africa Nova: Provincia romana que se corresponde aproximadamente con la región de la antigua Numidia.

alae: Unidades de caballería auxiliar de una legión romana.

Alaudae: nombre de la legión V, creada por Julio César. Fue aniquilada en tiempos de Domiciano al norte del río Danubio cuando estaba bajo el mando directo de Cornelio Fusco, jefe del pretorio. Sus estandartes pasaron a manos del rey Decébalo para humillación de Roma.

alimenta: Programa establecido por el emperador Nerva cuyo fin era distribuir alimentos entre los más necesitados de Roma, en particular entre los niños. Nerva apenas tendría tiempo de poner el programa en marcha, pero su sucesor Trajano lo desarrollaría durante su gobierno.

andabata, andabatae: Gladiador condenado a luchar a ciegas con un casco que no tenía visión alguna; era una dura forma de condena en la Roma imperial.

anfiteatro Flavio: El anfiteatro más grande del mundo, construido en Roma durante el reinado de Vespasiano, inaugurado por Tito y ampliado posteriormente por Domiciano. Aunque en él se celebraban cacerías, ejecuciones en masa de condenados a muerte y quizá en algún momento alguna *naumaquia* o batalla naval, ha pasado a la Historia por ser el lugar donde luchaban los gladiadores de Roma. En *Los asesinos del emperador* se describen su construcción y algunas de estas luchas de gladiadores.

annona: El trigo que se distribuía gratuitamente por el Estado entre los ciudadanos libres de Roma. Durante un largo período, Sicilia fue la región que más grano proporcionaba a la capital del Imperio, pero en la época de *Los asesinos del emperador* Egipto era ya el reino más importante como exportador de grano a Roma.

Apocalipsis: Uno de los libros que conforman la Biblia. Su controvertido contenido, así como las dudas sobre su autoría, hicieron que fuera uno de los últimos en ser incluidos por la Iglesia como uno de sus textos sagrados. Generalmente se acepta que san Juan Evangelista pudo ser su autor, pero hay quien considera que fue otro Juan el que escribió este enigmático libro. En *Los asesinos del emperador* he aceptado esta autoría clásica identificando al autor de este libro con Juan, el discípulo más joven de Cristo. Las interpretaciones sobre las metáforas y sobre las predicciones del Apocalipsis son casi infinitas.

Apollinaris: Nombre de la legión XV, creada en 40 a. C. por el emperador Augusto. Esta legión combatió en Judea, participó en el asedio de Jerusalén del año 70 y cedió varias unidades para las campañas dácicas de Trajano a principios del siglo II d.C. Su nombre es en honor al dios Apolo.

Aqua Appia: Uno de los grandes acueductos que proporcionaba agua a las fuentes y grandes residencias de la antigua Roma.

Aqua Augusta: Uno de los grandes acueductos que suministraba agua a la desaparecida ciudad de Pompeya.

Aqua Claudia: Uno de los grandes acueductos de Roma.

Aqua Marcia: Uno de los grandes acueductos de Roma.

aquarii: Los encargados de subir aguas a las plantas más altas de las *insulae* de Roma.

Argiletum: Avenida que partía del foro en dirección norte dejando el gran *Macellum* al este.

armamentorum: Lugar donde se almacenaban las armas dentro de un campamento legionario o en los *castra praetoria* de Roma.

armaria: Los grandes armarios donde se preservaban los innumerables rollos en las bibliotecas de la antigua Roma.

attramentum: Nombre que recibía la tinta de color negro en la época de Plauto.

atriense: El esclavo de mayor rango y confianza en una *domus* romana. Actuaba como capataz supervisando las actividades del resto de esclavos y gozaba de gran autonomía en su trabajo.

augur: Sacerdote romano encargado de la toma de los auspicios y con capacidad de leer el futuro, sobre todo, en el vuelo de las aves.

augusto, augusta: Tratamiento que recibía el emperador y aquellos miembros de la familia imperial que el emperador designase. Era la máxima dignidad desde el punto de vista de nobleza.

Aula Regia: El gran salón de audiencias del palacio imperial de Roma en un extremo de la *Domus Flavia*. Se cree que en el centro de esta gran sala Domiciano ordenó que se situara un imponente trono imperial desde el que se dirigía a sus súbditos.

auspex: Augur familiar.

autoritas: Autoridad, poder.

Ave, Caesar, interfecturus te salutat: «Ave, César, el que te va a matar te saluda». Se trata de las palabras que Marcio pronuncia justo antes de intentar asestar la estocada final al emperador Domiciano. Estamos ante un juego de palabras, ya que lo que ha hecho el gladiador es invertir el sentido de la expresión que los gladiadores debían pronunciar antes de entrar en combate: *«Ave, Caesar, morituri te salutant».*

Ave, Caesar, morituri te salutant: «Ave, César, los que van a morir te saludan». Saludo al César que pronunciaban los gladiadores en la arena antes de entrar en combate.

Baetica: Provincia romana al sur de Hispania de la que eran oriundos futuros emperadores de Roma como Trajano o Adriano. Era una provincia profundamente romanizada.

ballistae: Catapulta o pieza de artillería romana utilizada en los asedios a fortalezas o ciudades enemigas amuralladas.

balteus: En *Los asesinos del emperador* se emplea este término para referirse al cinturón del gladiador, del que colgaba, normalmente, su espada. Sin embargo, este mismo vocablo puede usarse para referirse al muro que separaba las diferentes categorías de gradas dentro de un anfiteatro.

Basílica Emilia: Una basílica para impartir justicia construida en el año 179 a. C. por la familia Fulvia y Emilia, por lo que en un principio se denominó basílica Fulvia y Emilia, pero tras la reconstrucción de la misma por Emilio Lépido en 78 a.C. ya pasó a denominarse simplemente como *basílica Emilia*. Aún tuvo que ser reconstruida en varias ocasiones más, concretamente en 55 a.C. (las obras no terminaron hasta 34 a.C.) y una vez más en 14 a.C. Sus dimensiones no eran tan grandes como las de la basílica Julia, pero estaban en torno a los ochenta metros de longitud por treinta de ancho aproximadamente.

basílica Julia: Cerraba el foro por uno de sus extremos. Era de grandes dimensiones, con más de cien metros de longitud. Se levantó donde antes estaba la basílica Sempronia, que los Graco levantaron donde estaba la casa de Escipión el Africano. La basílica Julia tenía cuatro naves menores y una gran nave central. Julio César, de quien toma el nombre, inició el proyecto, pero sería el emperador Augusto quien la terminara.

bellaria: Postres, normalmente dulces, pero también dátiles, higos secos o pasas. Solían servirse durante la larga *comissatio*.

bestiarius, bestiarii: Esclavo o liberto que se encargaba de cuidar las fieras de los anfiteatros. Carpophorus fue uno de los más famosos, a la par que terribles, *bestiarii* de todos los tiempos. Sus crueles «juegos» entre fieras y seres humanos indefensos encandilaron al pueblo romano durante años.

buccinator: Trompetero de las legiones.

bulla: Amuleto que comúnmente llevaban los niños pequeños en Roma. Tenía la función de alejar los malos espíritus.

caldarium: Sala con una piscina de agua caliente en unas termas romanas.

caligae: Sandalias militares.

calo, calones: Singular y plural del término usado para referirse al esclavo de un legionario. Normalmente no intervenían en las acciones de guerra.

cardo: Línea de norte a sur que trazaba una de las avenidas principales de un campamento romano o que un augur dibujaba en el aire para dividir el cielo en diferentes secciones a la hora de interpretar el vuelo de las aves.

Caronte: Dios de los infiernos que transportaba las almas de los recién fallecidos navegando por el río Aqueronte. Cobraba en monedas por ese último trayecto y de ahí la costumbre romana de poner una moneda en la boca de los muertos. Por extensión se aplicaba el mismo nombre para el esclavo o trabajador del anfiteatro que retiraba los cadáveres de los gladiadores muertos.

Normalmente iba con una máscara que representaba su supuesta condición de ser infernal.

carpe diem: Expresión latina que significa «goza del día presente», «disfruta de lo presente», tomada del poema *Odae se Carmina* (1, 11, 8) del poeta Horacio.

cassis: Un casco coronado con un penacho adornado de plumas púrpura o negras.

Cástor: Junto con su hermano Pólux, uno de los Dioscuros griegos asimilados por la religión romana. Su templo, el de los Cástores, o de Cástor y Pólux, servía de archivo a la orden de los *equites* o caballeros romanos. El nombre de ambos dioses era usado con frecuencia a modo de interjección.

castra praetoria: El campamento general fortificado de la guardia pretoriana construido por Sejano, jefe del pretorio del emperador Tiberio, al norte de Roma.

catafractos: Caballería acorazada propia de los ejércitos de Persia, Partia y otros imperios de Oriente. Este tipo de unidades se caracterizaba porque tanto el caballo como el jinete iban protegidos por fuertes corazas que les hacían prácticamente invulnerables al enemigo. Los romanos sufrieron numerosas derrotas frente a este tipo de caballería hasta que poco a poco fueron incorporando unidades *catafractas* a la propia caballería de las legiones. El precursor de esta renovación sería el emperador Trajano.

cathedra: Silla sin reposabrazos con respaldo ligeramente curvo. Al principio sólo la usaban las mujeres, por considerarla demasiado lujosa, pero pronto su uso se extendió también a los hombres. Era usada luego por jueces para impartir justicia o por los profesores de retórica clásica. De ahí la expresión hablar *ex cathedra*.

cave canem: Expresión latina que equivale a «cuidado con el perro» que se ha encontrado en diferentes viviendas de ciudades romanas.

caveas: Gradas de los grandes edificios públicos de Roma, de los teatros, anfiteatros o circos.

chirurgus: Médico cirujano.

circo Flaminio: Otro de los grandes circos, o pistas de carreras, de Roma. Era menor que el circo Máximo y en él se celebraban los juegos plebeyos.

circo Máximo: El circo más grande del mundo antiguo. Sus gradas podían albergar, tras la gran ampliación que realizó Julio César, hasta 150.000 espectadores sentados. Éste era el recinto donde se celebraban las espectaculares carreras de carros. Estaba situado entre los montes del Palatino y del Aventino, donde se celebraban carreras y juegos desde tiempos inmemoriales. Con la ampliación, la pista tenía unos 600 metros de longitud y más de 200 de ancho.

Claudia: Sobrenombre de la legión VII, que a veces se denominaba legión VII *Claudia Pia Fidelis*. El nombre original era *Macedónica*, pero se ganó el sobrenombre de *Claudia* por su fidelidad al emperador Claudio durante las rebeliones del año 42 d. C.

Clivus Argentarius: Avenida que parte del foro en dirección oeste dejando a la izquierda la prisión y a la derecha la gran plaza del *Comitium*. A la altura del templo de Juno cruza la puerta Fontus y continúa hacia el oeste.

Clivus Orbius: Avenida al norte del anfiteatro Flavio que terminaba en la Subura.

Clivus Victoriae: Avenida que transcurría en paralelo con el *Vicus Tuscus* desde el *Foro Boario* hasta acceder al foro del centro de Roma por el sur a la altura del templo de Vesta.

Cloaca Máxima: La mayor de las galerías del antiguo alcantarillado de la Roma antigua. Entra por el *Argiletum*, cruza el foro de norte a sur, atraviesa la *Via Sacra* y transcurre a lo largo del *Vicus Tuscus* hasta desembocar en el Tíber. Era famosa por su mal olor y durante muchos años se habló de enterrarla, pues transcurría a cielo abierto en la época republicana. En época imperial ya estaba soterrada y constituía el eje central de una de las tres redes de alcantarillado de la ciudad de Roma.

cloacula, cloaculae: Singular y plural de «alcantarilla»; concretamente hacía referencia a los túneles de la compleja red de alcantarillado de Roma.

codex: Códice en forma de libro formado a partir de pegar o coser varias hojas independientes de papiro o pergamino.

codo: Antigua unidad de medida de origen antropométrico que por lo general indicaba la longitud de un objeto tomando como referencia el espacio entre el codo y el final de la mano abierta. Esta unidad oscilaba de una civilización a otra aunque en la mayor parte del mundo helénico el codo equivalía, aproximadamente, a medio metro, 0,46 m para los griegos y 0,44 m para los romanos.

cognomen: Tercer elemento de un nombre romano que indicaba la familia específica a la que una persona pertenecía. Así, por ejemplo, Trajano era el *cognomen* del primer emperador hispano de la Historia, cuya juventud se recrea en *Los asesinos del emperador*. Se considera que con frecuencia los *cognomen* deben su origen a alguna característica o anécdota de algún familiar destacado, pero no se sabe con certeza de dónde procede el *cognomen Traianus*.

cohortes urbanae: Eran la continuación en época imperial del cuerpo republicano de las *legiones urbanae* o tropas que permanecían en la ciudad de Roma acantonadas como salvaguarda de la ciudad y actuaban como milicia de seguridad y como tropas militares en caso de asedio o guerra.

cohortes vigilum o vigiles: Era el cuerpo de vigilancia nocturna creado por el emperador Augusto, especialmente dedicado a la lucha contra los frecuentes incendios que asolaban los diferentes barrios de Roma.

comissatio: Larga sobremesa que solía tener lugar tras un gran banquete romano. Podía durar toda la noche.

comitia centuriata: La centuria era una unidad militar de cien hombres, especialmente durante la época imperial, aunque el número de este regimiento fue oscilando a lo largo de la historia de Roma. Ahora bien, en su origen era una unidad de voto que hacía referencia a un número determinado asignado a cada clase del pueblo romano y que se empleaba en los *comitia centuriata* o comicios centuriados (o por centurias) en los que se elegían diversos cargos representativos del Estado en la época de la República. A lo largo de la historia de Roma, los *comitia centuriata* se reunían bajo la presidencia del rey, de un magistrado o del pontífice máximo. Esta asamblea decidía sobre temas tan diversos como el nombramiento de diferentes magistrados, sacerdotes, la redacción de testamentos y, tal y como se refleja en *Los asesinos del emperador*, también decidía sobre las adopciones, motivo por el cual el emperador Nerva los convocó en el templo de Júpiter cuando deseaba adoptar a Trajano como sucesor.

Comitium: Tulio Hostilio cerró un amplio espacio al norte del foro donde poder reunir al pueblo. Al norte de dicho espacio se edificó la *Curia Hostilia* donde debería reunirse el Senado. En general, en el *Comitium* se congregaban los senadores antes de cada sesión.

Commentari de Bello Civili: O *Comentarios sobre la guerra civil* escritos por Julio César, donde el dictador narra sus enfrentamientos militares con Pompeyo y sus seguidores.

Commentari de Bello Gallico: O *Comentarios sobre la Guerra de las Galias*, donde Julio César describe con todo lujo de detalles su conquista de la Galia, Bélgica, Helvetia y parte de Germania.

consilium: Estado Mayor que aconsejaban al *legatus* o emperador en campaña, o consejo de asesores imperiales, normalmente libertos, que proporcionaban información al César para el mejor gobierno de Roma.

constitutio principis: Edicto o ley promulgada por el príncipe, es decir, por el emperador; algunas requerían ser ratificadas por el Senado, como la relacionada con la concesión del rango de César a Trajano por parte del emperador Nerva.

consulari potestate: Con poder consular. Expresión que se añadía a una magistratura a la que, de forma excepcional, se le atribuían poderes sólo propios de un cónsul de Roma.

contubernium: La unidad mínima en una cohorte romana, compuesta por ocho legionarios que compartían tienda y rancho.

corona mural: Premio, a modo de condecoración especial, que recibían los legionarios u oficiales que conquistaban las murallas de una ciudad antes que ningún otro soldado.

corona navalis: Condecoración romana en forma de corona rematada en diferentes espolones de naves; era concedida por exhibir un valor sobresaliente durante un combate naval.

coronae doradas: Condecoraciones militares.

coronae vallaris: Condecoración romana en forma de corona dorada rematada en decoraciones que simulan una empalizada y que era concedida a quien conseguía asaltar antes que nadie una posición fortificada enemiga.

cuatrirreme: Navío militar de cuatro hileras de remos. Variante de la *trirreme*.

cubiculum: Pequeño habitáculo para dormir.

cuadriga: Carro romano tirado por cuatro caballos.

cullara: Prostituta de la antigua Roma que aceptaba realizar prácticas sexuales que incluyeran la penetración anal.

cum imperio: Con mando sobre un ejército.

curator: Administrador o responsable de una actividad concreta de la vida pública en Roma. En *Los asesinos del emperador* el término se usa para el encargado de la limpieza y mantenimiento de la compleja red de cloacas de Roma, aunque se podía aplicar en la antigua Roma a otras responsabilidades como, por ejemplo, la persona encargada de los acueductos. En inglés se usa la misma palabra para referirse al conservador de un museo o al comisario de una exposición de arte.

Curia o Curia Julia: Es el edificio del Senado, que sustituía al más antiguo denominado *Curia Hostilia*, construido en el *Comitium* por orden de Tulio Hostilio, de donde deriva su nombre. En el año 52 a. C. la *Curia Hostilia* fue destruida por un incendio y reemplazada por una edificación mayor que recibió el nombre de la familia más poderosa del momento. Aunque el Senado podía reunirse en otros lugares, este edificio era su punto habitual para celebrar sus sesiones. La *Curia Julia* perduró durante todo el Imperio hasta que un nuevo incendio la arrasó durante el reinado de Carino. Diocleciano la reconstruyó y la engrandeció. También puede usarse el término para referirse a la clase senatorial, tal y como hace el padre de Trajano en el libro II de *Los asesinos del emperador*.

cursus honorum: Nombre que recibía la carrera política en Roma. Un ciudadano podía ir ascendiendo en su posición accediendo a diferentes cargos de género político y militar, desde una edilidad en la ciudad de Roma hasta los cargos de cuestor, pretor, censor, procónsul, cónsul o, en momentos excepcionales, dictador. Éstos eran electos, aunque el grado de transparencia de las elecciones fue evolucionando dependiendo de las turbulencias sociales a las que se vio sometida la República romana. En la época imperial, el progreso en el *cursus honorum* dependía sustancialmente de la buena relación que cada uno mantuviera con el emperador.

Cyrenaica: Legión III que envió una *vexillatio* a Jerusalén desde Egipto.

damnatio memoriae: O «maldición a la memoria» de una persona. Cuando un emperador moría el Senado solía deificarle, transformarlo en dios, excepto si había sido un César tiránico, en cuyo caso se reservaba el derecho de maldecir su memoria. Cuando ocurría esto se destruían todas las estatuas de dicho emperador y se borraba su nombre de todas las inscripciones públicas. Incluso se raspaba su efigie en todas las monedas para que no quedara rastro alguno sobre la existencia de aquel tirano. Durante el siglo I el Senado ordenó una *damnatio memoriae* para el emperador Calígula, otra para Nerón y, finalmente, otra más para Domiciano, como se ilustra en *Los asesinos del emperador*.

de ea re quid fieri placeat: Fórmula mediante la cual el presidente del Senado invitaba a los senadores a opinar sobre un asunto con entera libertad.

decemvir litibus iudicandis: Juez civil que emitía un veredicto bajo la presidencia de un pretor.

decumanus: Línea de este a oeste que trazaba una de las avenidas principales de un campamento romano o que un augur dibujaba en el aire para dividir el cielo en diferentes secciones a la hora de interpretar el vuelo de las aves.

decemviri stlitibus iudicandis: Equivalente a *decemviri litibus iudicandis*: jueces civiles.

defritum: Condimento muy usado por los romanos a base de mosto de uva hervido.

Deiotariana: Legión XXII que envía una *vexillatio* a Jerusalén desde Egipto.

devotio: Sacrificio supremo en el que un general, un oficial o un soldado entrega su propia vida en el campo de batalla para salvar el honor del ejército.

dimachaerius: Un gladiador que luchaba con poca protección y en lugar de espada empleaba dos dagas para combatir.

Dominus et Deus: «Señor y Dios». Fue el tratamiento que el emperador Domiciano exigió para su persona, que consideraba ya como de origen divino. Todos debían dirigirse a él utilizando esa expresión, especialmente durante la etapa final de su principado.

domus: Típica vivienda romana de la clase más acomodada, normalmente compuesta de un vestíbulo de entrada a un gran atrio en cuyo centro se encontraba el *impluvium*. Alrededor del atrio se distribuían las estancias principales y al fondo se encontraba el *tablinium*, pequeño despacho o biblioteca de la casa. En el atrio había un pequeño altar para ofrecer sacrificios a los dioses lares y penates que velaban por el hogar. Las casas más ostentosas añadían un segundo atrio posterior, generalmente porticado y ajardinado, denominado peristilo.

Domus Aurea: El gran palacio que el emperador Nerón ordenó construir sobre terreno público expropiado en el centro de Roma tras el gran incendio que asoló la ciudad durante su reinado. Nerón culpó a los cristianos del incendio pero se aprovechó para edificar en gran parte de la zona quemada un inmenso palacio con más de mil aposentos, techos ornamentales y decoraciones con mármol y piedras preciosas. Vespasiano vivió en la *Domus Aurea* un tiempo a la espera de que se terminara el palacio imperial nuevo, la *Domus Flavia*, pero ordenó que los jardines recuperados de la *Domus Aurea* retornaran al pueblo y aprovechó su espacio para edificar allí el gigantesco anfiteatro Flavio.

Domus Flavia: El gran palacio imperial levantado en el centro de Roma por orden de la dinastía Flavia. Domiciano fue su principal impulsor y quien se estableció allí por primera vez. En dicho palacio tuvieron lugar los hechos del 18 de septiembre del año 96 que se narran en *Los asesinos del emperador*. El *Aula Regia*, los grandes peristilos porticados, las cámaras imperiales y el hipódromo son las secciones más relevantes de este palacio.

donativum: Paga especial que los emperadores abonaban a los pretorianos para celebrar su llegada al poder. Galba se negó a pagarlo, lo que facilitó la rebelión de la guardia pretoriana que apoyó a Otón, que sí se comprometió a pagarlo. Domiciano fue particularmente generoso con los pretorianos con el fin de garantizarse su fidelidad absoluta.

dum: Fortaleza, de donde deriva *dudum*, que es la parte final del nombre antiguo de Belgrado: Singidunum o «la fortaleza del halcón».

dux: General. Nombre que se usaba para nombrar esa ficha en diferentes juegos de mesa y estrategia en la antigua Roma.

editor: En el caso de los *munera* o juegos gladiatorios, era la persona encargada de organizarlos y de decidir si se perdonaba la vida o no a los luchadores, aunque en época imperial el editor se limitaba a confirmar la voluntad del César.

Eolo: Dios del viento.

equites: Una de las clases sociales dentro del orden romano existente ya desde la época monárquica. Durante la República fueron ganando en poder hasta rivalizar con los mismísimos senadores. Augusto, una vez controló todo el Imperio, reorganizó las funciones que senadores y *equites* (o caballeros) debían realizar, creando un auténtico *cursus honorum* alternativo para los *equites*, a los que se les permitió, no obstante, lucir togas blancas con las franjas púrpuras propias, hasta entonces, sólo de los senadores.

equites singulares augusti: Cuerpo especial de caballería dedicado a la protección del emperador.

escorpión: Máquina lanzadora de piedras diseñada para ser usada en los grandes asedios.

et cetera: Expresión latina que significa «y otras cosas», «y lo restante», «y lo demás».

Eumaquia: En Pompeya este edificio era la sede del gremio de los tintoreros, tal y como se menciona en la novela. Además de a Eumaquia, fue dedicado también a la Concordia y a la Piedad

Augusta y a Livia, la esposa del emperador Augusto, tal y como se nos indica en una inscripción en la entrada del complejo.

exsilium: Literalmente, «salir o abandonar la tierra (propia)». Era una de las más terribles sentencias que se podían imponer a un criminal en Roma. No está claro si el *exsilium* comportaba siempre la pérdida de la ciudadanía. Parece ser que fue empeorando como castigo, de forma que en tiempos del emperador Tiberio casi todo exiliado perdía la ciudadanía. Nos ha llegado también el término «exsilium iustum», que hace hincapié en el hecho de que el desterrado no perdía la ciudadanía. En el *exsilium* las autoridades podían confiscar las propiedades del desterrado, pero ésta era una acción extrema y, por lo general, las propiedades privadas pasaban a manos de los familiares más próximos al condenado. Domiciano hizo uso frecuente de este tipo de destierro con sus enemigos en el Senado, aunque en su caso era frecuente que este destierro fuera sólo el paso previo a ser envenenado o ejecutado.

falera, falerae: Singular y plural de una condecoración en forma de placa o medalla que se colgaba del pecho.

falx, falces: Singular y plural de las largas espadas curvas que empleaban los dacios en sus combates contra las legiones romanas. Eran muy temidas por los legionarios que, poco a poco, se fueron protegiendo cada vez más los brazos y piernas para evitar sus terribles cortes.

fasti: Días apropiados para actos públicos o celebraciones de toda índole.

feliciter: Expresión empleada por los asistentes a una boda para felicitar a los contrayentes.

fellatrix: Prostituta que aceptaba realizar felaciones. Esta práctica no solían realizarla las matronas romanas, por lo que las felatrices podían ser muy solicitadas.

flamen Divi Augusti: Sacerdote del culto al emperador.

flamines mayores: Los sacerdotes más importantes de la antigua Roma. Los *flamines* eran los consagrados a velar por el culto a una divinidad. Los *flamines maiores* se consagraban a velar por el culto a las tres divinidades superiores, es decir, Júpiter, Marte y Quirino.

Flavia Felix: Sobrenombre de la legión IV creada por Vespasiano a partir de la legión IV *Macedónica*; su emblema era el león. Tomó parte en las guerras contra la Dacia bajo el mando del emperador Trajano.

Foro Boario: El mercado del ganado, situado junto al Tíber, al final del *Clivus Victoriae.*

Foro holitorio: Mercado de fruta y verdura en Roma.

Fretensis: Sobrenombre de la legión X creada por Octavio en el año 41 o 40 a. C. Procede de la lucha en la batalla naval de Frectum Siculum, es decir, el estrecho de Mesina, a favor de Augusto contra Sexto Pompeyo. Fue trasladada a Oriente, donde combatió en la guerra de Judea, tal y como se recoge en *Los asesinos del emperador.*

frigidarium: Sala con una piscina de agua fría en unas termas romanas.

Fulminata: «Relámpago». Fue el sobrenombre de la legión creada por César en 58 a. C. De acuerdo con su nombre su emblema era un rayo. En 62 d. C. fue deshonrada al caer derrotada en Armenia y nuevamente fue vencida, perdiendo su águila temporalmente durante la guerra de Judea. Combatió finalmente con auténtico valor en la parte final del asedio de Jerusalén y se conoce que siguió defendiendo durante años las fronteras en Oriente, primero, y luego, a lo largo del siglo II, en el norte del Imperio bajo el reinado de Marco Aurelio.

gaesum: Arma arrojadiza de origen celta, completamente de hierro, adoptada por los ejércitos de Roma en torno al siglo IV a. C.

Galbiana: Legión VII que toma su nombre del emperador Galba. Luego fue fusionada con la I *Germánica* para dar lugar a la legión VII *Gemina*, que comandaría Marco Ulpio Trajano durante varios años.

Galia Narbonensis: Provincia romana que incluía todo el sur de la Galia.

garum: Pesada pero jugosa salsa de pescado de origen ibero que los romanos incorporaron a su cocina.

Gemina: «Gemela». Era el término que los romanos empleaban para indicar una legión fruto de la fusión de dos o más legiones anteriores. Éste sería el caso de la legión VII *Hispana* o *Galbiana* que recibió el nombre de *Gemina* al fusionarse con los legionarios de la legión I *Germánica*. Lo mismo ocurre con la legión XIV (o XIIII) que recibió el nombre de *Gemina* al absorber legionarios de otra legión sin identificar que, seguramente, participó en la batalla de Alesia. El sobrenombre de *Gemina* lo podemos encontrar en otras legiones fusionadas como la X o la XIII.

gens: El *nomen* de la familia o tribu de un clan romano.

Germánica: Legión I que luego será fusionada con la legión VII *Galbiana* para crear la legión VII *Gemina*, ubicada en León durante

el reinado de Domiciano y bajo el mando de Marco Ulpio Trajano durante varios años.

Germanicus: Sobrenombre que los emperadores se otorgaban cuando conseguían una gran victoria sobre las tribus germánicas. El
emperador Domiciano se otorgó a sí mismo este título tras su
supuesta gran victoria sobre los catos.

gladio, gladius, gladii: Forma en español y singular y plural en latín
de la espada de doble filo de origen ibérico que en el período de
la segunda guerra púnica fue adoptada por las legiones romanas.

gladiatrix: Gladiadora, luchadora en la arena de los anfiteatros romanos. Hay numerosas fuentes clásicas que confirman la existencia de estas luchadoras (Estacio, Juvenal, Marcial o Suetonio
entre otros); incluso hay una ley promulgada en la época del
Bajo Imperio que prohibía la participación de más gladiadoras
en los *munera.* El término como tal, no obstante, no aparece en
las fuentes clásicas, sino que se habla de mujeres guerreras.

gorgona: Terrible monstruo de lo mitología griega asimilado por los
romanos a sus creencias. Repleto de serpientes, su mirada petri-
ficaba, por eso era común llevarlo en grebas, como se ve en la
novela, para así inmovilizar al oponente en un combate de gladiadores. También encontramos *gorgonas* a la entrada de templos y otros edificios públicos para detener en la entrada a cualquier enemigo.

gradus deiectio: Pérdida del rango de oficial.

Graecostasis: El lugar donde los embajadores extranjeros aguarda-
ban antes de ser recibidos por el Senado. En un principio se
encontraba en el *Comitium,* pero luego se trasladó al foro.

Gran Teatro de Pompeya: Estaba junto al foro de la ciudad. Construido
en la primera mitad del siglo II a. C. aprovechando la pendiente de
una colina tal y como era costumbre en los teatros de origen griego, en época romana fue ampliado. En el terremoto del año 62
resultó muy dañado. Había tres puertas en el escenario, como era
habitual, y tres grandes niveles de gradas para los espectadores.

gymnasium: Edificio en el que se instruía a los hombres jóvenes (sólo
a los hombres) en deportes, ciencia o arte.

Hades: El reino de los muertos.

hastae purae: Una condecoración que se concedía a un soldado por
una victoria en una escaramuza o por salvar a un ciudadano.
Parece ser que también era concedida a aquel *primus pilus* que
se licenciaba con honor.

hasta velitaris: Nombre usado para referirse en ocasiones a armas arrojadizas del tipo *gaesum* o *uerutum*.

Hércules: Es el equivalente al Heracles griego, hijo ilegítimo de Zeus concebido en su relación, bajo engaño, con la reina Alcmena. Por asimilación, Hércules era el hijo de Júpiter y Alcmena. Entre sus múltiples hazañas se encuentra su viaje de ida y vuelta al reino de los muertos, lo que le costó un severo castigo al dios Caronte. Su nombre se usa con frecuencia como una interjección.

hetera o hetaira: Cortesana o prostituta de lujo en Grecia y, por extensión de su cultura, en todo el mundo helenístico. Eran damas de compañía que además de hermosas estaban educadas en literatura, música o danza. Normalmente ejercían esta actividad extranjeras o antiguas esclavas. Su importancia social era grande, siendo las únicas mujeres que podían asistir a los simposios o banquetes griegos, y sus opiniones eran respetadas. Hay quien ha querido ver en las *heteras* una forma de vida similar a la de las geishas japonesas.

hipogeo: Compleja red de túneles excavados bajo la arena del anfiteatro Flavio que permitía, mediante una serie de ascensores tirados por poleas, que diferentes luchadores o fieras emergieran a la superficie sorprendiendo a un público encantado por aquel alarde de técnica.

Historia Naturalis: O *Naturalis Historia* es una impresionante enciclopedia escrita por Plinio el Viejo en treinta y siete volúmenes en la que describe conocimientos de la época romana sobre arte, historia, botánica, astronomía, geografía, zoología, medicina, magia, mineralogía, etc. Para esta magna obra, Plinio se documentó con más de dos mil libros diferentes, algo absolutamente impactante si consideramos que está escrita en el siglo I d. C.

homoplachus: Gladiador que usaba una lanza larga como arma principal, aunque podía emplear una espada también, y que se defendía normalmente con un escudo de bronce redondo. Para compensar la pequeñez del escudo podía llevar las piernas cubiertas con protecciones acolchadas que lo protegían de los golpes del enemigo.

hora sexta: La sexta hora del día romano, que se dividía en doce horas; equivalía al mediodía. Ésta fue la hora marcada por los conjurados para intentar asesinar al emperador Domiciano. Del término *sexta* deriva la palabra española actual «siesta».

hordeum: Cebada, el alimento típico de los gladiadores.

horrea: Los grandes almacenes que se levantaban junto a los muelles del puerto fluvial de Roma.

Horti Sallustiani: Complejo de jardines y residencia que levantó Salustio con la fortuna que amasó durante su vida al norte de Roma. Nerva eligió ésta como su residencia imperial para evitar la *Domus Flavia* y no identificarse así con el tirano Domiciano, asesinado poco antes.

ignonimia missio: Expulsión del ejército con deshonor.

Ilíada: La gran obra clásica de Homero donde se nos narran las épicas luchas entre griegos y troyanos.

impedimenta: Conjunto de pertrechos militares que los legionarios transportaban consigo durante una marcha.

imperator: General romano con mando efectivo sobre una, dos o más legiones. Normalmente un cónsul era *imperator* de un ejército consular de dos legiones. En época imperial el término evolucionó para referirse a la persona que tenía el mando sobre todas las legiones del Imperio, es decir, el César, con poder militar absoluto.

Imperator Caesar Augustus: Títulos que el Senado asignaba para el príncipe, es decir, para el emperador o César.

imperium: En sus orígenes era la plasmación de la proyección del poder divino de Júpiter en aquellos que, investidos como cónsules, de hecho ejercían el poder político y militar de la República durante su mandato. El *imperium* conllevaba el mando de un ejército consular compuesto de dos legiones completas más sus tropas auxiliares.

imperium proconsularis: Poder sobre todas las legiones de Roma.

impluvium: Pequeña piscina o estanque que, en el centro del atrio, recogía el agua de la lluvia que después podía ser utilizada con fines domésticos.

in extremis: Expresión latina que significa «en el último momento». En algunos contextos puede equivaler a *in articulo mortis*, aunque no en esta novela.

in situ: «En el lugar» o «en el sitio».

insula, insulae: Singular y plural de un edificio de apartamentos. En tiempo imperial alcanzaron los seis o siete pisos de altura. Su edificación, con frecuencia sin control alguno, daba lugar a construcciones de poca calidad que podían o bien derrumbarse o incendiarse con facilidad, con los consiguientes grandes desastres urbanos.

intercalar: Mes que se añadía al calendario romano para completar el año, pues los meses romanos seguían el ciclo lunar, que no daba de sí lo suficiente para abarcar el ciclo completo de 365 días. La duración del mes intercalar podía oscilar y era decidida, generalmente, por los sacerdotes.

ipso facto: Expresión latina que significa «en el mismo momento», «inmediatamente».

Isis: Diosa egipcia, esposa de Osiris y madre de Horus. Se la consideraba la madre de los dioses y la facilitadora de la fecundidad. Se la conoce como la «gran maga», «gran diosa madre», «reina de los dioses», «fuerza fecundadora de la naturaleza», «diosa de la maternidad y del nacimiento», «la gran señora», «diosa madre» o «señora del Cielo, de la Tierra y del Inframundo». Su culto se extendió por Roma y, en época imperial, se levantaron varios templos de Isis en la capital del Imperio. En uno de ellos se refugió Domiciano para escapar de los vitelianos que le buscaban para asesinarle.

iustum matrimonium: Se trata del matrimonio legal dentro del marco jurídico del derecho civil romano; también es denominado como *iustae nuptiae*.

Júpiter Óptimo Máximo: El dios supremo, asimilado al dios griego Zeus. Su *flamen*, el Diales, era el sacerdote más importante del colegio. En su origen, Júpiter era latino antes que romano, pero tras su incorporación a Roma protegía la ciudad y garantizaba el *imperium*, por ello el *triunfo* era siempre en su honor.

kalendae: El primer día de cada mes. Se correspondía con la luna nueva.

lanista: El preparador de gladiadores de un colegio de lucha.

lares: Los dioses que velan por el hogar familiar.

laticlavio: Tribuno que actuaba como segundo del *legatus* de una legión, pudiendo sustituirlo si era necesario, en cuyo caso adquiría el grado de *tribunus laticlavius pro legatus*. Era frecuente que el puesto de tribuno *laticlavio* lo ocupara el hijo de un senador para que tomara así contacto con la vida militar.

laudatio: Discurso repleto de alabanzas en honor de un difunto o un héroe.

Lautumiae: Cárcel construida junto a la antigua prisión. El *Lautumiae* se empleaba para encerrar a los prisioneros de guerra y las condiciones, aunque extremas, eran algo mejores que las de la vieja prisión o *Tullianum*. El nombre hace referencia a la vieja cantera en la que se construyó, según unos, y a otra prisión en Siracusa que tenía el mismo nombre, según otras fuentes. Hay quien piensa que en realidad sólo existía una única prisión en Roma que unas veces era denominada *Tullianum* y otras *Lautumiae*.

lectus medius: Uno de los tres *triclinia* en los que se recostaban los romanos para comer. Los otros dos *triclinia* eran el *lectus summus* y el *lectus imus*. El *lectus medius* y el *lectus summus* estaban reservados para los invitados, y, en especial, el *lectus medius* para los más distinguidos. El *lectus imus* era el que utilizaba el anfitrión y su familia. En cada *lectus* o *triclinium* podían recostarse hasta tres personas.

legatus, legati: Legados, representantes o embajadores, con diferentes niveles de autoridad a lo largo de la dilatada historia de Roma. En *Los asesinos del emperador* el término hace referencia a quien ostentaba el mando de una legión. Cuando era designado directamente por el emperador y tenía bajo su mando varias legiones era frecuente que se usara el término *legatus augusti*.

legatus augusti: Legado nombrado directamente por el emperador con varias legiones bajo su mando.

legatus legionis: El legado o general al mando de una legión.

legio: Legión. El término también dio origen al nombre de la ciudad española de León.

lemures: Espíritus de los difuntos, generalmente malignos, adorados y temidos por los romanos.

lemuria: Fiestas en honor de los *lemures*, espíritus de los difuntos. Se celebraban los días 9, 11 y 13 de mayo.

lena: Meretriz, dueña o gestora de un prostíbulo.

lenón: Proxeneta o propietario de un prostíbulo.

letterae: Pequeñas tablillas de piedra que hacían las veces de entrada para el recinto del teatro.

lictor: Funcionario público romano que servía en el ejército consular romano prestando el servicio especial de escolta del jefe supremo de la legión: el cónsul. Un cónsul tenía derecho a estar escoltado por doce *lictores;* y un dictador, por veinticuatro. Durante la República estos funcionarios escoltaban también a los diferentes magistrados de la ciudad. En época imperial, un *lictor* actuaba de representante de cada una de las centurias de los *comitia centuriata* (comicios por centurias), la más antigua asamblea de Roma.

limes: La frontera del Imperio romano. Con frecuencia amplios sectores del *limes* estaban fuertemente fortificados, como era el caso de la frontera de Germania y, posteriormente, en Britania con el muro de Adriano.

lorica: Armadura de un legionario romano elaborada con cota, una de malla hecha de anillas metálicas o, posteriormente, con escamas o láminas de metal. Esta última sería luego conocida como *lorica segmentata*.

Lotus: Centenario árbol que estuvo plantado en el centro de Roma desde los tiempos de Rómulo hasta más allá del reinado de Trajano.

ludi: Juegos. Podían ser de diferente tipo: *circenses*, es decir, celebrados en el circo Máximo, donde destacaban las carreras de carros; *ludi scaenici*, celebrados en los grandes teatros de Roma, como el teatro Marcelo, donde se representaban obras cómicas o trágicas o espectáculos con mimos, muy populares en la época imperial. También estaban las *venationes* o cacerías y, finalmente, los más famosos, los *ludi gladiatorii* donde luchaban los gladiadores en el anfiteatro.

Ludus latrunculorum: Juego de mesa y de estrategia al que jugaban con frecuencia los legionarios de Roma.

Ludus Magnus: El mayor colegio de gladiadores de Roma. Se levantó justo al lado del gran anfiteatro Flavio, con el que se cree que estaba comunicado directamente por un largo túnel.

lupanar: Prostíbulo.

Macedónica: Sobrenombre de la legión V obtenido precisamente en Macedonia. Fue fundada por Augusto y luchó en la campaña de Judea, como se refleja en *Los asesinos del emperador* y, posteriormente, contra los partos en la época del coemperador Vero.

Macellum: Uno de los más grandes mercados de la Roma antigua, ubicado al norte del foro.

magnis itineribus: Avance de las tropas legionarias a marchas forzadas.

Manica: Protecciones de cuero o metal que usaban los gladiadores para protegerse los antebrazos durante un combate.

manumissio vidicta: Proceso por el cual se concedía la libertad a un esclavo si un ciudadano romano que actuaba como *adsertor libertatis* la solicitaba frente a un magistrado.

Marte: Dios de la guerra y los sembrados. A él se consagraban las legiones en marzo, cuando se preparaban para una nueva campaña. Normalmente se le sacrificaba un carnero.

Marsias: Estatua arcaica de Sileno en el centro del foro, con un hombre desnudo cubierto por el *pileus* o gorro frigio que simbolizaba la libertad. Por ello los libertos, recién adquirida su condición de libertad, se sentían obligados a acercarse a la estatua y tocar el gorro frigio.

Mausoleum Augusti: La gran tumba del emperador Augusto, construida en 28 a. C., en forma de gran panteón circular.

medicus: Médico, profesión especialmente apreciada en Roma. De hecho, Julio César concedió la ciudadanía romana a todos aquellos que ejercían esta profesión.

medius lectus (o lectus medius): De los tres *triclinia* que normalmente conformaban la estancia dedicada a la cena, el que ocupaba la posición central y, en consecuencia, el de mayor importancia social.

memento mori: «Recuerda que vas a morir», palabras que un esclavo pronunciaba al oído de un cónsul o procónsul que celebraba un *triunfo* en la República de Roma; durante la época imperial eran los emperadores los que celebraban estos desfiles triunfales y, teóricamente, un esclavo debería pronunciar estas mismas palabras, aunque no es probable que algún César endiosado estuviera dispuesto a escucharlas.

menorá: Candelabro judío de siete brazos.

Miles Gloriosus: Una de las obras más famosas de Tito Maccio Plauto. Su fecha de estreno, como siempre en el caso de las obras de Plauto, es origen de controversia, aunque la mayoría de los expertos considera que se estrenó en 205 a. C. El marcado carácter crítico del texto del *Miles Gloriosus* ha hecho que muchos críticos la consideren una de las primeras obras antibelicistas de la historia de la literatura. Era, no obstante, popular entre los legionarios, seguramente por su comicidad. Su propio título, que traducido significa «el soldado fanfarrón», da idea del tono general de la obra.

milla: Los romanos medían las distancias en millas. Un milla romana equivalía a mil pasos y cada paso a 1,4 o 1,5 metros aproximadamente, de modo que una milla equivalía a entre 1.400 y 1.500 metros actuales, aunque hay controversia sobre el valor exacto de estas unidades de medida. En *Los asesinos del emperador* las he usado con los valores referidos anteriormente.

mirmillo: Gladiador que llevaba un gran casco con una cresta a modo de aleta dorsal de un pez inspirada en el mítico animal marino *mormyr*. Sólo usaba una gran espada recta como arma ofensiva y se protegía con un escudo rectangular curvo de grandes dimensiones.

missus: «Indultado». Gladiador al que se le perdonaba la vida aunque hubiera sido derrotado durante el combate.

mitte: Expresión que usaba el editor de los juegos o el público en general para pedir que se dejara ir al gladiador aunque hubiera sido derrotado.

mola salsa: Una salsa especial empleada en diversos rituales religiosos elaborada por las vestales mediante la combinación de harina y sal.

mulsum: Bebida muy común y apreciada entre los romanos elaborada al mezclar el vino con miel.

munera, munera gladiatoria: Juegos donde combatían decenas de gladiadores, normalmente por parejas.

muralla serviana: Fortificación amurallada levantada por los romanos en los inicios de la República para protegerse de los ataques de las ciudades latinas con las que competía por conseguir la hegemonía en Lacio. Estas murallas protegieron durante siglos la ciudad hasta que, decenas de generaciones después, en el Imperio, se levantó la gran muralla aureliana. Un resto de la muralla serviana es aún visible junto a la estación de ferrocarril Termini en Roma.

nequaquam ita siet: Fórmula por la que se votaba en contra de una moción en el antiguo Senado de Roma. Significa «que de ningún modo sea así».

nefasti: Días que no eran propicios para actos públicos o celebraciones.

Neptuno: En sus orígenes, dios del agua dulce. Luego, por asimilación con el dios griego Poseidón, será también el dios de las aguas saladas del mar. Domiciano concluirá que Neptuno le obedece cuando las aguas del Rin engullen al inmenso ejército de los catos.

nihil vos teneo: «Nada más tengo (que tratar) con vosotros», fórmula con la que el presidente del Senado de Roma levantaba la sesión.

nobilitas: Selecto grupo de la aristocracia romana republicana compuesto por todos aquellos que en algún momento de su *cursus honorum* habían ostentado el consulado, es decir, la máxima magistratura del Estado.

nodus Herculis o **nodus Herculaneus:** Un nudo con el que se ataba la túnica de la novia en una boda romana y que representaba el carácter indisoluble del matrimonio. Sólo el marido podía deshacer ese nudo en el lecho de bodas.

nomen: También conocido como *nomen gentile* o *nomen gentilicium*, indica la *gens* o tribu a la que una persona estaba adscrita. El protagonista de esta novela pertenecía a la tribu Ulpia, de ahí que su *nomen* sea Ulpio, Marco Ulpio Trajano.

nonae: El séptimo día en el calendario romano de los meses de marzo, mayo, julio y octubre, y el quinto día del resto de meses.

Nova Via: Avenida paralela la *Via Sacra* junto al templo de Júpiter Stator.

optio carceris: Castigo según el cual un legionario era condenado a una pena de prisión.

ornatriz: Esclava encargada del aseo personal de su señora, lo que implicaba el maquillaje y, sobre todo, la elaboración de los complejos peinados que lucían algunas patricias romanas y, en particular, las emperatrices.

ostiarii: Los porteros de las antiguas *insulae* de la Roma imperial.

palestra: Terreno plano en una terma dedicado a la realización de diferentes ejercicios físicos.

paludamentum: Prenda abierta, cerrada con una hebilla, similar al *sagum* de los oficiales, pero más larga y de color púrpura. Era como un gran manto que distinguía al general en jefe de un ejército romano.

panis militaris: Pan militar.

pater familias: El cabeza de familia tanto en las celebraciones religiosas como a todos los efectos jurídicos.

patres conscripti: Los padres de la patria; forma habitual de referirse a los senadores. Como se detalla en la novela, este término deriva del antiguo *patres et conscripti*.

patria potestas: El conjunto de derechos, pero también de obligaciones, que las leyes de la antigua Roma reconocían a los padres con relación a las vidas y bienes de sus hijos.

penates: Las deidades que velan por el hogar.

peristilium: O *peristylium*, fue copiado de los griegos. Se trataba de un amplio patio porticado, abierto y rodeado de habitaciones. Era habitual que los romanos aprovecharan este espacio para crear suntuosos jardines con flores y plantas exóticas. La *Domus Flavia* poseía varios de estos peristilos porticados.

pileatus, pileati: Singular y plural del término que hace referencia a los nobles dacios que juraban lealtad al rey de la Dacia.

pileus: Gorro frigio de la estatua *Marsias* situada en el foro. El gorro simbolizaba la libertad y los libertos deseaban tocarlo tras ser manumitidos.

pilum, pila: Singular y plural del arma propia de los *hastati* y *príncipes*. Se componía de una larga asta de madera de hasta metro y medio que culminaba en un hierro de similar longitud. En tiempos del historiador Polibio —y probablemente en la época de esta novela— el hierro estaba incrustado en la madera hasta la mitad de su longitud mediante fuertes remaches. Posteriormente evolucionaría, para terminar sustituyendo uno de los remaches por una clavija que se partía cuando el arma era clavada en el escudo enemigo, dejando que el mango de madera quedara colgando del hierro ensartado en el escudo trabando al rival. Éste, con frecuencia, se veía obligado a desprenderse de su ara defensiva. En la época de César el mismo efecto se conseguía de forma distinta mediante una punta de hierro que resultaba imposible de extraer del escudo. El peso del *pilum* oscilaba entre 0,7 y 1,2 kilos y podía ser lanzado por los legionarios a una media de veinticinco metros de distancia, aunque los más expertos podían arrojar esta lanza hasta a cuarenta metros. En su caída, podía atravesar hasta 3 centímetros de madera o, incluso, una placa de metal.

pollice verso: Expresión latina recogida en algunas fuentes clásicas con relación al gesto que hacía el emperador o el editor de unos juegos para indicar que alguien debía ser ejecutado. Es de confusa interpretación, pues no queda claro en qué dirección debe dirigirse el pulgar. El pintor francés Jean-Léon Gérôme pintó en el siglo XIX un cuadro con este título en el que el público aparece con el pulgar hacia abajo. Más tarde Hollywood popularizó esta percepción en sus películas. Otros historiadores consideran que el gesto para indicar la muerte de alguien era una mano extendida en posición de cortar algo. Al no quedar vestigios arqueológicos con imágenes, no sabemos bien cuál era, en efecto, el gesto para indicar la ejecución de alguien. En 1997 aparecieron en Francia unas vasijas donde se indicaba con un dibujo que con el puño cerrado se concedía el perdón al luchador derrotado, pero seguimos sin encontrar imágenes sobre el gesto que debía indicar la muerte.

Pólux: Junto con su hermano Cástor, uno de los Dioscuros griegos asimilados por la religión romana. Su templo, el de los Cástores, o de Cástor y Pólux, servía de archivo a la orden de los *equites* o caballeros romanos. El nombre de ambos dioses era usado con frecuencia a modo de interjección.

Pontifex Maximus: Máxima autoridad sacerdotal de la religión romana. Vivía en la *Regia* y tenía plena autoridad sobre las vestales, elaboraba el calendario (con sus días *fastos* o *nefastos*) y redactaba los anales de Roma. En época imperial era frecuente que el emperador asumiera el pontificado máximo durante todo su gobierno o durante parte del mismo. Domiciano hará uso de este título para juzgar y sentenciar a muerte a varias vestales.

Porta Capena: Una de las puertas de la muralla serviana de Roma próxima a la colina de Celio.

Porta Latina: Puerta al sur de Roma en la muralla Aureliana. Como estas murallas son muy posteriores a la época de *Los asesinos del emperador,* en su lugar había una gran explanada donde tendría lugar, según dice la tradición católica, el martirio de san Juan.

porta decumana: La puerta de un campamento romano que se encuentra a espaldas del *praetorium* del general en jefe.

porta praetoria: La puerta de un campamento romano que se encuentra en frente del *praetorium* del general en jefe.

porta principalis dextera: La puerta de un campamento romano que se encuentra a la derecha del *praetorium* del general en jefe.

porta principalis sinistra: La puerta de un campamento romano que se encuentra a la izquierda del *praetorium* del general en jefe.

Porticus Aemilia: Enorme edificio de almacenes en el puerto fluvial de Roma, de casi quinientos metros por noventa, donde se descargaban los productos que llegaban a la ciudad.

Porticus Metelli: Edificio construido por Metelo Macedónico en el año 147 a. C. que fue demolido para permitir la construcción del *Porticus Octaviae.*

Porticus Octaviae: Una de las grandes bibliotecas públicas de la antigua Roma, levantada en el Campo de Marte.

Portus Magnus: Nombre con el que se conocía el mayor de los dos puertos de Siracusa, una impresionante bahía que albergaba una de las mayores flotas del Mediterráneo en la Antigüedad.

post mortem: Después de la muerte.

postumus: El último o *post humus,* el que nace *después* de que se echa *humus,* es decir, *tierra,* sobre el cadáver del padre muerto.

potestas tribunicia: Poder tribunicio.

praefectus urbanus: Prefecto de la ciudad de Roma; en período imperial su poder incluía todo lo relacionado con el abastecimiento y seguridad de la ciudad hasta un radio de cien millas desde el centro de Roma, incluyendo el puerto de Ostia.

praenomen: Nombre particular de una persona, que luego era completado con su *nomen* o denominación de su tribu y su *cognomen* o nombre de su familia. En el caso de Trajano, su *praenomen* era Marco.

praetorium: Tienda o edificio del general en jefe de un ejército romano. Se levantaba en el centro del campamento, entre el *quaestorium* y el foro. El *legatus* o el propio emperador, si éste se había desplazado a dirigir la campaña, celebraba allí las reuniones de su estado mayor.

prandium: Comida del mediodía, entre el desayuno y la cena. El *prandium* solía incluir carne fría, pan, verdura fresca o fruta, con frecuencia acompañado de vino. Solía ser frugal, al igual que el desayuno, ya que la cena era normalmente la comida más importante.

pretor peregrino: Se trata de un pretor paralelo al urbano que se creó para atender, ante la llegada de numerosos extranjeros a Roma con el crecimiento de su poder, los asuntos entre éstos y los ciudadanos de Roma y también negocios o reclamaciones entre extranjeros dentro de la ciudad.

prima mensa: Primer plato en un banquete o comida romana.

prima vigilia: La primera de las cuatro partes en las que se dividía la noche en la antigua Roma.

primus pilus: El primer centurión de una legión, generalmente un veterano que gozaba de gran confianza entre los tribunos y el cónsul o procónsul al mando de las legiones.

princeps senatus: El senador de mayor edad. Por su veteranía gozaba de numerosos privilegios, como el de hablar primero en una sesión. Durante la época imperial, el emperador adquiría esta condición independientemente de su edad.

Principia: Gran avenida de un campamento romano que une la *porta principalis sinistra* con la *porta principalis dextera* pasando por delante del *praetorium*.

pronaos: Sección frontal de un templo clásico que sirve de antesala a la gran nave central.

provocator, provocatores: Singular y plural de un gladiador que combatía con un *gladio* y un escudo grande; se le permitía protegerse el pecho con un peto denominado *cardiophylax*.

proximus lictor: *Lictor* de especial confianza, siempre el más próximo al cónsul.

Puerta o porta triumphalis: Puerta de ubicación desconocida por la que el general victorioso entraba en la ciudad de Roma para celebrar un desfile triunfal.

pugio: Puñal o daga romana de unos 24 centímetros de largo por unos 6 de ancho en su base. Al estar dotada de un nervio central que la hacía más gruesa en esa zona, el arma resultaba muy resistente, capaz de atravesar una cota de malla.

puls: Agua y harina mezclados, una especie de gachas de trigo. Alimento muy común entre los romanos.

quaestor: Era el encargado de velar por los suministros y provisiones de las tropas legionarias, supervisaba los gastos y se ocupaba de otras diversas tareas administrativas.

quaestor imperatoris: Cuestor imperial.

quaestorium: Gran tienda o edificación dentro de un campamento romano de la época republicana o imperial donde trabajaba el *quaestor*. Normalmente estaba ubicado junto al *praetorium* en el centro del campamento.

quarta vigilia: La última hora de la noche, justo antes del amanecer.

quinquerreme: Navío militar con cinco hileras de remos. Variante de la *trirreme*. Tanto *quinquerreme* como *trirreme* se pueden encontrar en la literatura sobre historia clásica en masculino o femenino, si bien el diccionario de la Real Academia Española recomienda el masculino.

quo vadis: Expresión latina que significa «¿Adónde vas?».

quod bonum felixque sit populo Romano Quiritium referimos ad vos, patres conscripto: Fórmula mediante la cual el presidente del Senado solía abrir una sesión: «Por el bien y la felicidad del pueblo romano nos dirigimos a vosotros, padres conscriptos.»

Rapax: Nombre de la temible legión XXI creada por Augusto. Luchó contra Civilis en 70 a. C. y luego formó parte de la rebelión del *legatus* Saturnino. Transferida por Domiciano a la región de Danubio, fue aniquilada por tropas sármatas.

relatio: Lectura o presentación por parte del presidente del Senado de la moción que se ha de votar o del asunto que se ha de debatir en la sesión en curso.

retarius, retarii: Singular y plural del gladiador que combatía con un tridente o *fascina* de 1,60 metros y una daga pequeña o *pugio*. También llevaban una red (*rete*) de 3 metros de diámetro. Si el *retiarius* la perdía sin que inmovilizara al oponente, era muy probable que perdiera el combate.

rictus: El diccionario de la Real Academia Española define este término como «el aspecto fijo o transitorio del rostro al que se atribuye la manifestación de un determinado estado de ánimo». A la Academia le falta añadir que normalmente este vocablo comporta connotaciones negativas, de tal modo que *rictus* suele referirse a una mueca del rostro que refleja dolor o sufrimiento físico o mental, o, cuando menos, gran preocupación por un asunto.

rostra: En el año 338 a. C., tras el triunfo de Maenius sobre los Antiates, se trajeron seis espolones de las naves apresadas que se usaron para decorar una de las trinabas desde la que los oradores podían dirigirse al pueblo congregado en la gran explanada del *Comitium*. Estos espolones recibieron el sobrenombre de *rostra*.

rudis: Espada de madera que sólo se entregaba a un gladiador cuando el emperador le concedía la libertad.

ruina montium: Forma de excavar en una mina mediante chorros de agua que iban deshaciendo la montaña para así encontrar el mineral que se buscaba, normalmente oro o plata. Ésta es la forma de excavación que se utilizó en las famosas Médulas de León.

sagittarius, sagittarii: Singular y plural de un gladiador especializado en el tiro con arco. Si dos de ellos se enfrentaban en combate se les ubicaba en extremos opuestos y lanzaban flechas el uno contra el otro hasta herirse mortalmente. Alguna flecha perdida podía caer en las gradas y herir al público.

sagum: Es una prenda militar abierta que suele ir cosida con una hebilla; algo más larga que una túnica y con una lana de mayor grosor. El general en jefe llevaba un *sagum* más largo y de color púrpura que recibía el nombre de *paludamentum*.

samnita: Gladiador que luchaba con una espada corta y pesada, protegido por un escudo grande y con un casco con visor y cresta.

Saturnalia: Tremendas fiestas donde el desenfreno estaba a la orden del día. Se celebraban del 17 al 23 de diciembre en honor del dios Saturno, el dios de las semillas enterradas en la tierra.

scheda, schedae: Singular y plural de unas hojas sueltas de papiro utilizadas para escribir. Una vez escritas, se podían pegar para formar un rollo.

scoparii: Barrenderos.

scortum: Persona que se prostituye. Insulto que podía ser aplicado tanto a un hombre como a una mujer. El emperador Domiciano lo usó contra el *legatus* Saturnino, lo que terminó en un alzamiento militar de dos legiones.

secunda mensa: Segundo plato en un banquete romano.

secunda vigilia: Segunda hora de las cuatro en las que se dividía la noche en la antigua Roma.

secutor, secutores: Singular y plural de un gladiador que luchaba con una espada y se protegía con un escudo rectangular. No había visor con rejilla en su casco, sólo dos pequeños agujeros que ofrecían un campo de visión muy limitado. Quizá llevara una greba en la pierna izquierda, mientras que la derecha estaría descubierta con el pie derecho descalzo.

sella: El más sencillo de los asientos romanos. Equivale a un sencillo taburete.

sella castrensis: pequeña silla sin respaldo de uso militar.

sella curulis: Como la *sella*, carece de respaldo, pero es un asiento de gran lujo, con patas cruzadas y curvas de marfil que se podían plegar para facilitar el trasporte, pues se trataba del asiento que acompañaba al cónsul en sus desplazamientos civiles o militares.

senaculum: Había dos, uno frente al edificio de la *Curia* donde se reunía el Senado y otro junto al templo de Bellona. Ambos eran espacios abiertos aunque es muy posible que estuvieran porticados. Lo empleaban los senadores para reunirse y deliberar, en el primer caso, mientras que el que se encontraba junto al templo de Bellona se usaba para recibir a embajadores extranjeros a los que no se les permitía la entrada en la ciudad.

senatum consulere: Moción presentada por un cónsul ante el Senado para la que solicita su aprobación

sevir equitum Romanorum: Oficial de la caballería romana.

sibilinamente: De forma peculiar, extraña y retorcida. Derivado de la Sibila de Cumas, la peculiar profeta que ofreció al rey Tarquino los libros cargados de profecías sobre el futuro de Roma y que luego interpretaron los sacerdotes, con frecuencia de modo complejo y extraño, a menudo de manera acomodaticia con las necesidades de los gobernantes de Roma. Los tres libros de la Sibila de Cumas o *Sibilinos* se guardaban en el templo de Júpiter Óptimo Máximo en el Capitolio, hasta que en 83 a. C. un incendio los dañó gravemente. Tras su recomposición, Augusto los depositó en el templo de Apolo Palatino.

sica, sicae: Espada corta o puñal usado por diferentes enemigos de Roma, desde los judíos en Jerusalén hasta los dacios al norte del Danubio.

signifer: Portaestandarte de las legiones.

silva, silvae: Verso típico de la métrica latina que Estacio utilizó con frecuencia, en particular, para sus composiciones en alabanza al emperador Domiciano.

singi: Halcón.

singulares: Cuerpo especial de caballería dedicado a la protección del emperador o de un César.

solium: Asiento de madera con respaldo recto, sobrio y austero.

spatha: *Gladio* más largo de lo común propio de los centuriones, tribunos y otros oficiales de una legión romana.

spolarium: Sala de un anfiteatro donde se descuartizaba los cadáveres de las bestias o los hombres y mujeres que hubieran fallecido durante una jornada de juegos.

stans missus: «Indultado en pie», es decir, que se perdona la vida del gladiador o de los dos gladiadores porque ninguno ha llegado a caer al suelo durante la lucha; era casi equivalente a una victoria.

statu quo: Expresión latina que significa «en el estado o situación actual». «Status quo» es la forma popular en que se suele usar esta expresión, pero es incorrecta ya que no concuerda con la gramática latina, pues se rompe la concordancia de los casos declinados de cada una de las palabras.

status: Expresión latina que significa «el estado o condición de una cosa». Puede referirse tanto al estado de una persona en una profesión como a su posición en el contexto social.

stilus: Pequeño estilete empleado para escribir o bien sobre tablillas de cera grabando las letras o bien sobre papiro utilizando tinta negra o de color.

stipendium: Sueldo que cobraban en las legiones. En tiempos de Escipión, según nos indica el historiador Polibio, un legionario cobraba dos óbolos por día, un centurión cuatro y el caballero un dracma.

stola: Túnica o manto propio de la vestimenta de las matronas romanas. Normalmente era larga, sin mangas y cubría hasta los pies; se ajustaba por encima de los hombros con dos pequeños cierres denominados *fibulae* además de ceñirse con dos cinturones, uno por debajo de los senos y otro a la altura de la cintura.

strigiles: Plural de unos arcos metálicos con los que un romano se raspaba el exceso de agua al salir de las piscinas de las termas antes de secarse con una toalla.

subligaculum: Ropa interior de un romano en forma de calzoncillo o de un pedazo de tela con el que se cubrían las partes íntimas.

tablinium: Habitación situada en la pared del atrio en el lado opuesto a la entrada principal de la *domus*. Esta estancia estaba destinada al *pater familias*, haciendo las veces de despacho particular del dueño de la casa.

tabulae lusoriae: Tablas o a veces simples dibujos de tableros de diferentes juegos de estrategia a los que eran muy aficionados los diferentes cuerpos militares del Imperio romano. Se han encontrado en diferentes lugares públicos. En Hispania, se han identificado varias en Itálica.

Tarraconensis: Provincia nororiental de Hispania con capital en Tarraco, aunque con una legión establecida en la remota Legio (León) para proteger las ricas minas de oro de aquella región.

Tebaida: Probablemente la obra magna de Estacio, con doce libros escritos en hexámetros y de contenido épico, en donde los dioses intervienen en el devenir de las pugnas de los hombres por el poder. Compuesta según las pautas de Virgilio.

templo de Apolo en Pompeya: Magnífico templo dedicado al culto de este dios muy popular en toda la Campania. Estaba levantado sobre 48 columnas justo en frente de la basílica de Pompeya.

templo de Cástor: O de Cástor y Pólux, es uno de los templos más antiguos de la ciudad de Roma, construido en torno a 484 a. C. Fue sede del Senado en diferentes momentos de la historia de la ciudad.

templo de Isis: Tras la conquista de Egipto por Alejandro Magno el culto a Isis se extendió por todo el mundo grecorromano. El emperador Augusto intentó que el pueblo se centrara en adorar a los dioses propiamente romanos, pero con Calígula se reinstauró el culto a Isis en Roma con más fuerza aún. Quizá en esta época se levantara el templo de Isis en que se refugió Domiciano cuando huía de los vitelianos, como se refleja en *Los asesinos del emperador*. Vespasiano, Tito y Domiciano adoraron a esta diosa y parece ser que Trajano ordenó nuevos templos para Isis, y Adriano hizo de ella una de las diosas recurrentes en su gran villa de Tívoli.

templo de Isis en Pompeya: Integrado en cuadripórtico, se levantaba sobre un gran podio. Ya había sido reconstruido por completo cuando sobrevino la erupción del Vesubio.

templo de Iupitter Libertas: Templo levantado en el Aventino por Sempronio Graco en el año 238 a. C.

templo de Júpiter: Quizá el templo más importante de Roma, dedicado al dios supremo Júpiter, al que acompañaban las diosas Juno y Minerva, la tríada más tradicional del panteón romano. Con varias hileras de seis columnas corintias de mármol y el techo recubierto de oro, se levantaba magnífico e impresionante en lo alto de la colina Capitolina. En este templo concluían los grandes desfiles triunfales.

templo de Júpiter en Pompeya: Levantado en el lado norte del foro de

Pompeya, estaba aún siendo reconstruido tras el terremoto del año 62 d. C. cuando sobrevino la erupción del Vesubio.

templo de los lares en Pompeya: Dedicado a los lares públicos de la ciudad para que protegieran Pompeya contra más desastres como el del terremoto del 62 d. C. Resulta evidente que los lares no pudieron o no quisieron detener la erupción del Vesubio.

templo de Vespasiano en Pompeya: Templo erigido en honor del emperador Vespasiano con un gran altar de mármol que recrea un sacrificio.

tepidarium: Sala con una piscina de agua templada en unas termas romanas.

Termas Centrales de Pompeya: En el momento de la erupción del Vesubio aún estaban en restauración, por que fueron muy dañadas en el último terremoto. Eran exclusivas para hombres.

Termas del Foro en Pompeya: Termas del centro de la ciudad; no eran las más grandes pero sí eran muy concurridas por ser las más baratas.

Termas Estabianas: Eran las termas más antiguas de Pompeya; a ellas acudían tanto hombres como mujeres.

tertia vigilia: La tercera de las cuatro horas en las que se dividía la noche en la antigua Roma.

terra sigillata: Cerámica sellada de especial calidad propia de las vajillas de los más ricos.

tessera: Pequeña tablilla en la que se inscribían signos relacionados con los cuatro turnos de guardia nocturna en un campamento romano. Los centinelas debían hacer entrega de la *tessera* que habían recibido a las patrullas de guardia que comprobaban los puestos de vigilancia durante la noche. Si un centinela no entregaba su *tessera* por ausentarse de su puesto de guardia para dormir o cualquier otra actividad, era condenado a muerte. También se empleaban *tesserae* con otros usos muy diferentes en la vida civil como, por ejemplo, el equivalente a una de nuestras entradas al teatro. Los ciudadanos acudían al lugar de una representación con su *tessera*, en la que se indicaba el lugar donde debía ubicarse cada espectador.

Testaceus: Nombre del vertedero de Roma en el que se arrojaban, entre otros desechos, todas las ánforas que habían transportado aceite o vino desde las más lejanas provincias. Durante la época imperial se acumularon tantos restos que al final se transformó en una auténtica montaña de basuras que no dejó de crecer hasta la caída del Imperio.

toga praetexta: Toga blanca ribeteada con color rojo que se entregaba al niño durante una ceremonia de tipo festivo en la que se distribuían todo tipo de pasteles y monedas. Ésta era la primera toga que el niño llevaba y la que sería su vestimenta oficial hasta su entrada en la adolescencia, cuando era sustituida por la *toga virilis*.

toga virilis: O toga viril, sustituía a la toga *praetexta* de la infancia. Este nuevo atuendo le era entregado al joven durante las *Liberalia*, festividad que se aprovechaba para introducir a los adolescentes en el mundo adulto y que culminaba con la *deductio in forum*.

tonsor: Barbero.

torquis, torques: Singular y plural de una condecoración militar en forma de collar.

trabea: Vestimenta característica de un augur: una toga con remates en púrpura y escarlata.

Traianus: *Cognomen* de la familia hispana del que luego habría de ser el famoso emperador Marco Ulpio Trajano.

tribuno laticlavio: Alto oficial de una legión romana. Trajano empezó su carrera militar como *tribuno laticlavio* bajo el mando de su padre en Oriente.

triclinium, triclinia: Singular y plural de los divanes sobre los que los romanos se recostaban para comer, especialmente durante la cena. Lo más frecuente es que hubiera tres, pero podían añadirse más en caso de que fuera necesario ante la presencia de invitados.

triplex acies: Formación típica de ataque de una legión romana. Las diez cohortes se distribuían en forma de damero, de modo que unas quedaban en posición avanzada, otras en posición intermedia y las últimas, normalmente las que tenían los legionarios más experimentados, en reserva.

trirreme: Barco de uso militar del tipo galera. Su nombre romano *trirreme* hace referencia a las tres hileras de remos que, dispuestas a cada lado, impulsaban la nave.

triunfo: Desfile de gran boato y parafernalia que un general victorioso realizaba por las calles de Roma. Para ser merecedor de tal honor, la victoria por la que se solicita este premio debía haber sido conseguida durante el mandato como cónsul o procónsul de un ejército consular o proconsular. En la época imperial, sólo el César podía disfrutar de un *triunfo*.

triunviros: Legionarios que hacían las veces de policía en Roma o en ciudades conquistadas. Con frecuencia patrullaban por las noches y velaban por el mantenimiento del orden público.

tubicines: Trompeteros de las legiones que hacían sonar las grandes tubas con las que se daban órdenes para maniobrar las tropas.

Tullianum: Prisión subterránea, húmeda y maloliente de la Roma antigua excavada en las entrañas de la ciudad en los legendarios tiempos de Anco Mancio. Las condiciones eran terribles y prácticamente nadie salía con vida de allí.

túnica íntima: Una túnica o camisa ligera que las romanas llevaban por debajo de la *stola.*

túnica recta: Túnica de lana blanca con la que la novia acudía a la celebración de su enlace matrimonial.

turma, turmae: Singular y plural del término que describe un pequeño destacamento de caballería compuesto por tres decurias de diez jinetes cada una.

ubi tu Gaius, ego Gaia: Expresión empleada durante la celebración de una boda romana. Significa «donde tú Gayo, yo Gaya», locución originada a partir de los nombres prototípicos romanos de Gaius y Gaia que se adoptaban como representativos de cualquier persona.

umbones: Pieza central de la parte exterior de un escudo legionario o pretoriano, normalmente de metal, utilizada a modo de ariete para arremeter contra los enemigos o contra un obstáculo.

uti tu rogas: Fórmula de aceptación a la hora de votar una moción en el antiguo Senado de Roma. Significa «como solicitas».

valetudinarium: Hospital militar dentro de un campamento legionario.

Velabrum: Barrio entre el *Foro Boario* y la colina Capitolina. Antes de la construcción de la *Cloaca Máxima* fue un pantano.

velarium: Techo de tela extensible instalado en lo alto del anfiteatro Flavio que se desplegaba para proteger al público del sol. Para manejarlo se recurría a los marineros de la flota imperial de Miseno.

velites: Infantería ligera de apoyo a las fuerzas regulares de la legión. Iban armados con espada y un escudo redondo más pequeño que el resto de legionarios. Solían entrar en combate en primer lugar. Sustituyeron a un cuerpo anterior de funciones similares denominado *leves.* Esta sustitución tuvo lugar en torno a 211 a. C. En esta novela hemos empleado de forma sistemática el término *velites* para referirnos a las fuerzas de infantería ligera romana.

venationes: Cacerías de fieras salvajes organizadas en un anfiteatro o en un circo de la antigua Roma.

vestal: Sacerdotisa perteneciente al colegio de las vestales dedicadas al culto de la diosa Vesta. En un principio sólo había cuatro, aunque posteriormente se amplió el número de vestales a seis y, finalmente, a siete. Se las escogía cuando tenían entre seis y diez años de familias cuyos padres estuvieran vivos. El período de sacerdocio era de treinta años. Al finalizar, las vestales eran libres para contraer matrimonio si así lo deseaban, pero durante su sacerdocio debían permanecer castas y velar por el fuego sagrado de la ciudad. Si faltaban a sus votos eran condenadas, sin remisión, a ser enterradas vivas. Si, por el contrario, mantenían sus votos, gozaban de gran prestigio social hasta el punto de que podían salvar a cualquier persona que, una vez condenada, fuera llevada para su ejecución. Vivían en una gran mansión próxima al templo de Vesta. También estaban encargadas de elaborar la *mola salsa*, ungüento sagrado utilizado en muchos sacrificios. En la época de Domiciano se ejecutó a varias vestales, incluida la Vestal Máxima. Dos legiones fueron aniquiladas. No parece que los dioses romanos consideraran aquellas ejecuciones como justas.

vexillatio, vexillationes: Singular y plural de una unidad de una legión, de composición variable, que era enviada por parte de una legión a otro lugar del Imperio por mandato del César con el fin de reforzar el ejército imperial en una campaña militar.

Via Appia: Calzada romana que parte desde la puerta Capena de Roma hacia el sur de Italia.

Via Labicana: Avenida que parte del centro de la ciudad y transcurre entre el monte Esquilino y el monte Viminal.

Via Lata: Avenida que parte de Roma hacia el norte para enlazar con la *Via Flaminia*.

Via Latina: Calzada romana que parte desde la *Via Appia* hacia el interior en dirección sureste.

Via Nomentana: Avenida que parte del centro de Roma en dirección norte hasta la *Porta Collina*.

via principalis: La calle principal en un campamento romano que pasa justo en frente del *praetorium*.

Via Sacra: Avenida que conecta el foro de Roma con la *Via Tusculana*.

Via Salaria: Partía desde la *Porta Salaria* en la muralla serviana con dirección al mar Adriático.

Via Tusculana: Parte de la *Via Sacra* y cruza la Puerta de Caelius.

victoria pírrica: Un victoria conseguida por el rey del Épico en sus campañas contra los romanos en la península itálica durante los enfrentamientos del siglo III a. C. El rey de origen griego cosechó varias de estas victorias que, no obstante, fueron muy escasas en cuanto a resultados prácticos, pues al final los romanos se rehicieron hasta obligarle a retirarse. De aquí se extrajo la expresión que hoy día se emplea para indicar que se ha conseguido una victoria por la mínima, en deportes, o un logro cuyos beneficios serán escasos.

Victrix Gemina: Nombre de la legión VI que sirvió a Julio César en Egipto y que luego luchó bajo el mando de Augusto en la batalla de Actium.

Vicus Iugarius: Avenida que conectaba el *foro Holitorio* o mercado de las verduras junto a la Puerta Carmenta con el foro del centro de Roma, rodeando por el este el monte Capitolino.

Vicus Patricius: Avenida del norte de Roma que desembocaba en los muros de los *castra praetoria.*

Vicus Sandalarius: Barrio o calle del gremio de los zapateros, de aquellos que hacían sandalias. Se encontraba entre el anfiteatro Flavio y la Subura.

Vicus Tuscus: Avenida que transcurre desde el *Foro Boario* hasta el gran foro del centro de la ciudad y que en gran parte transita en paralelo con la *Cloaca Máxima.*

vir eminentissimus: Fórmula de respeto con la que un inferior debía dirigirse a un jefe del pretorio.

3

GLOSARIO DE TÉRMINOS DACIOS

La lengua dacia, geto-dacia o incluso tracia —pues es difícil establecer la diferencia entre ellas, si es que la había— es un idioma desaparecido en un estado de olvido aún mayor que el de lenguas clásicas que ya no se usan. El latín o el griego clásico pueden ser lenguas en desuso prácticamente total, con algunas pequeñas excepciones (el Estado Vaticano, por ejemplo), pero de las que sabemos su gramática y significado con detalle por haber sido lenguas de conocimiento durante muchísimos siglos. De ese modo, tenemos innumerables textos en latín o griego clásico y sólo podemos tener dudas sobre algunos términos arcaicos. Sin embargo, en el caso de la lengua dacia, su desaparición no es sólo en relación al uso, sino que implica también una ausencia total de vestigios escritos. Así, la única forma de reconocer términos que pudieran pertenecer a un antiguo sustrato de vocabulario dacio es rastreando palabras cuyo origen resulte difícil de identificar en aquellas lenguas que se hablan actualmente en la región que antes componía la Dacia o en regiones próximas. Los filólogos han llegado a identificar un sustrato de unas cuatrocientas palabras de posible origen dacio rastreables en el rumano, húngaro, albanés, búlgaro o serbocroata.

En un intento por recrear la complejidad de la cultura dacia, he empleado un pequeño número de estos términos en *Los asesinos del emperador*. Los vocablos están traducidos en la narración, pero este pequeño glosario incorpora algunas explicaciones filológicas adicionales para aquellos que sientan curiosidad por el origen de palabras que, en su mayoría, pongo en boca de Decébalo o alguno de sus nobles a lo largo de la novela.

ademeni: Tentar o atraer a alguien hacia algo; en húngaro pervive el término *adomány* pero con el significado de «regalo» o «regalar».

balaur: En rumano *lución* (*anguis fragilis*): lagarto ápodo (sin patas) común en Europa y el este de Asia. El término también significa en las leyendas y cuentos *Monstru care întruchipează răul, imaginat ca un șarpe uriaș cu unul sau mai multe capete, adesea înaripat,*[60] un monstruo que encarna el mal imaginado como una enorme serpiente de una o más cabezas y en muchas ocasiones alada, lo que en español solemos denominar «dragón». Por fin, en rumano también puede ser una denominación popular de la constelación del dragón. En albanés existe hoy día el término *bollë* que se refiere a una serpiente y en serbocroata el vocablo *blavor* con significados similares.

boare: En rumano *Adiere plăcută de vânt*, «brisa placentera de viento»; en albanés existe el término actual *böre*, que significa viento. Podría existir una etimología alternativa y que la palabra derivara del latín *boreas*, «viento del norte».

butuc: En rumano *Bucată dintr-un trunchi de copac tăiat și curățat de crengi; butură*, «fragmento de un tronco talado y limpio de ramas». «Tocón», en el sentido de «la parte de un tronco que queda sobresaliendo de la tierra cuando un árbol ha sido talado». En turco existe la palabra *buduk* que significa «paticorto» y en la lengua muerta cumana (propia de los cumanos nómadas del norte del mar Negro que se establecieron por Rumanía y Hungría) tenemos también el término *butak*, «rama».

curma: En geto-dacio «tensar o tirar de una cuerda»; en rumano (*Despre sfori, frânghii, legături*) *A strânge tare, a pătrunde în carne; a ștrangula*, «(con relación a cuerdas y ataduras y lazos) apretar fuertemente, penetrar en la carne, estrangular»; en albanés nos ha quedado el término *kurmue* con significado similar.

ghiuj: «Viejo» u «hombre decrépito»; en rumano *Bătrân decrepit, ramolit*, «anciano decrépito y achacoso»; también ha quedado un

---

60. Ésta y el resto de citas en rumano proceden del diccionario en línea <http://dexonline.ro/>.

término similar en albanés: *gjysh,* pero sin el sentido peyorativo, pues en esta lengua significa «abuelo».

scrum: «Cenizas»; en rumano *Materie neagră sau cenuşie care rămâne după arderea completă a unui corp,* «materia negra o gris ceniza que resulta de la quema completa de un cuerpo»; también tenemos términos similares en albanés, como *shkrum* o *shkrumb* que, curiosamente, mantienen el mismo significado que el término dacio.

Hay otros términos que se emplean para describir parte de la cultura dacia, como el nombre de algunos de sus dioses, Bendis o Zalmoxis, o los nombres de diferentes armas. Sin embargo, tanto los de los dioses como los de las armas, no son necesariamente de origen dacio, sino como nos los han referido historiadores griegos o latinos. Así, en *Los asesinos del emperador* se menciona a Zalmoxis, el dios supremo de los dacios, o Bendis, la diosa tracia de la caza que probablemente también fuera adorada por los dacios. Y también se cita en varias ocasiones el uso de las *sicae* o espadas cortas a modo de dagas, o sus *falces* o largas espadas curvas. En ambos casos, los términos son de origen latino, pues la descripción de estas armas nos ha llegado a través de historiadores romanos.

4

ÁRBOLES GENEALÓGICOS

Árbol genealógico de la dinastía Flavia

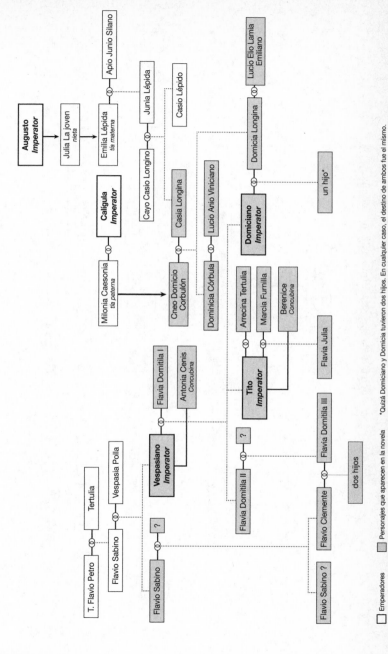

Emperadores ☐   Personajes que aparecen en la novela ▨

*Quizá Domiciano y Domicia tuvieron dos hijos. En cualquier caso, el destino de ambos fue el mismo.

Árbol genealógico de la dinastía Ulpio-Aelia o Antonina

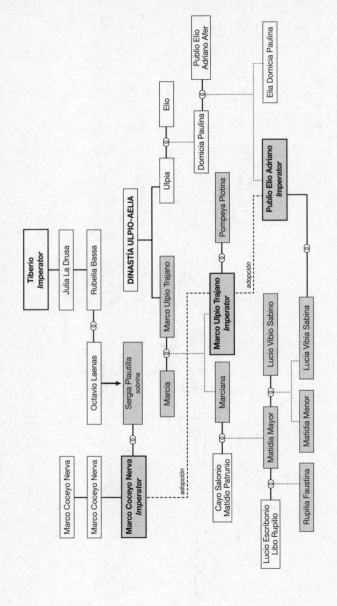

Emperadores

Personajes que aparecen en la novela

LISTADO DE EMPERADORES DE ROMA
DURANTE EL SIGLO I D. C.

Durante el siglo I de nuestra era, el Imperio romano fue gobernado por dos dinastías, la Julio-Claudia y la Flavia, con una terrible guerra civil entre ambas. Finalmente, el siglo concluiría con el advenimiento de una nueva dinastía de origen hispano, la Ulpio-Aelia. El siguiente cronograma resume la sucesión de todos estos emperadores en la historia de la antigua Roma:

31 a. C. – 14 d. C.	**Augusto**
14 d. C. – 37 d. C.	**Tiberio**
37 d. C. – 41 d. C.	**Calígula**
41 d. C. – 54 d. C.	**Claudio**
54 d. C. – 68 d. C.	**Nerón**
68 d. C. – 69 d. C.	**Galba**
69 d. C.	**Otho**
69 d. C.	**Vitelio**
69 d. C. – 79 d. C.	**Vespasiano**
79 d. C. – 81 d. C.	**Tito**
81 d. C. – 96 d. C.	**Domiciano**
96 d. C. – 98 d. C.	**Nerva**
98 d. C. – 117 d. C.	**Trajano**

En sombreado aparecen los emperadores mencionados en la novela, teniendo en cuenta que en el caso de Nerón la narración empieza en el 63 a. C. y en el caso de Trajano el relato concluye en el 99 d. C.

LISTADO DE LOS JEFES DEL PRETORIO

Desde que Augusto creó la guardia pretoriana, se suceden una amplia serie de jefes del pretorio. En ocasiones hay dos a la vez, pues era ésta una institución colegiada, como el consulado y otras muchas de la antigua Roma. Sin embargo, en otros períodos sólo hubo un jefe del pretorio, como por ejemplo en el reinado de Vespasiano, que nombró a su hijo Tito. Y sólo en el caso del propio Tito, el emperador asumió la jefatura de forma personal. El cronograma presenta los diferentes jefes del pretorio del siglo I indicando las fechas en las que estuvieron en el cargo y el emperador al que debían lealtad. En sombreado están aquellos jefes del pretorio que aparecen como personajes de la novela *Los asesinos del emperador*.

Fecha	Jefe del pretorio	Emperador
2 a. C. – *circa* 4 d. C.	Quinto Ostorio Scapula	Augusto
2 a. C. – *circa* 10 d. C.	Publio Salvio Apro	Augusto
10 d. C. – 14 d. C.	Publio Valerio Ligón	Augusto
¿?	Lucio Seyo Estrabón	Augusto y Tiberio
14 d. C. – 31 d. C.	Lucio Elio Sejano	Tiberio
31 d. C. – 38 d. C.	Quinto Nevio Cordo Sutorio Macrón	Tiberio y Calígula
38 d. C. – 41 d. C.	Marco Arrecino Clemente	Calígula
41 d. C. – *circa* 44 d. C.	Rufrio Polión	Claudio

Fecha	Jefe del pretorio	Emperador
41 d. C. – 43 d. C.	Catonio Justo	Claudio
44 d. C.? – 51 d. C.	Rufrio Crispino	Claudio
44 d. C.? – 51 d. C.	Lucio Lusio Geta	Claudio
51 d. C. – 62 d. C.	Sexto Afranio Burro	Claudio y Nerón
62 d. C. – 65 d. C.	Lucio Fenio Rufo	Nerón
62 d. C. – 68 d. C.	Ofonio Tigelino	Nerón
65 d. C. – 68 d. C.	Cayo Ninfidio Sabino	Nerón
69 d. C.	Cornelio Lacón	Galba
69 d. C.	Plocio Firmo	Otón
69 d. C.	Publilio Sabino	Vitelio
69 d. C.	Julio Prisco	Vitelio
69 d. C.	Publio Alfeno Varo	Vitelio
69 d. C. – 70 d. C.	Arrio Varo	Vespasiano
70 d. C. – 71 d. C.	Marco Arrecino Clemente	Vespasiano
71 d. C. – 79 d. C.	Tito Flavio Vespasiano (es decir, **Tito**)	Vespasiano
79 d. C. – 81 d. C.	**Tito** no nombró a nadie y se mantuvo al frente del pretorio	Tito
81 d. C. – 87 d. C.	**Cornelio Fusco**	Domiciano
87 d. C.? – 94 d. C.?	**Casperio Eliano**	Domiciano
94 d. C. – 97 d. C.	**Petronio Segundo**	Domiciano y Nerva
94 d. C. – 98? d. C.	**Norbano**	Domiciano, Nerva y Trajano
96 d. C. – 98 d. C.	**Casperio Eliano**	Domiciano, Nerva y Trajano
98 d. C. – 100 d. C.	**Sexto Attio Suburano Emiliano**	Trajano
101 d. C. – 117 d. C.	Tiberio Claudio Liviano	Trajano

7

MAPAS

Caledo

Oceanus Germanicus

Hibernii

BRITANNIA

Londinium

GERMANIA INFERIOR — Castra Vetera

SITU

GERMANORUM

Moguntiacum

CEANUS

BELGICA

Rhenus

Augusta Vindelicorum — *Danuvius*

Lutetia

LUGDUNENSIS

Namnetum

GERMANIA SUPERIOR — RAETIA

NORICUM

Burdigala

Lugdunum

AQUITANIA

Alpes

PANNONIA SUPERIOR

Ravenna

NARBONENSIS

Nemausus

Legio

Iberus

Mare

Massilia

ITALIA

Roma

TARRACONENSIS

Tagus

LUSITANIA

Tarraco

CORSICA ET SARDINIA

Aleria

Alba Longa

Augusta Emerita

Itálica

Pompeya

BAETICA

Carthago Nova

Caralis

Mare

Tyrrheium

Tingis

Mare Ibericum

Caesarea

Mare

SICILIA

MAURETANIA TINGITANA

MAURETANIA CAESARIENSIS

Lambaesis

Carthago

Syracusae

ÁFRICA PROCONSULARIS

Mauri

Gaetuli

Musulamii

Leptis Magna

Garamantes

D e s e r t u m   A f r i c a n u m

MAPA DEL IMPERIO ROMANO
A FINALES DEL SIGLO I D.C.

0   1000 km

TEATRO MARCELO

TEMPLO DE JÚPITER

CASTRA PRAETORIA

LUDUS MAGNUS

ANFITEATRO FLAVIO (COLISEO)

DOMUS FLAVIA

Roma a finales del siglo I d. C.

PLANO DE ROMA
A FINALES DEL SIGLO I D.C.

DOMUS FLAVIA

El asedio de Jerusalén (fase I)

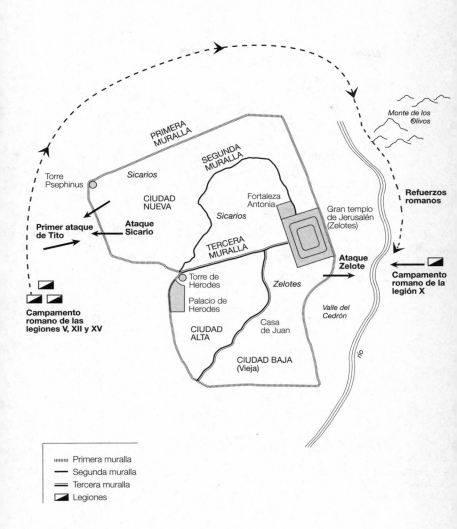

Monte de los Olivos

PRIMERA MURALLA

SEGUNDA MURALLA

Sicarios

Torre Psephinus

Refuerzos romanos

CIUDAD NUEVA

Fortaleza Antonia

Gran templo de Jerusalén (Zelotes)

Sicarios

Primer ataque de Tito

Ataque Sicario

TERCERA MURALLA

Ataque Zelote

Campamento romano de la legión X

Torre de Herodes

Zelotes

Palacio de Herodes

Campamento romano de las legiones V, XII y XV

CIUDAD ALTA

Casa de Juan

Valle del Cedrón

CIUDAD BAJA (Vieja)

río

	Primera muralla
	Segunda muralla
	Tercera muralla
	Legiones

El asedio de Jerusalén (fase II)

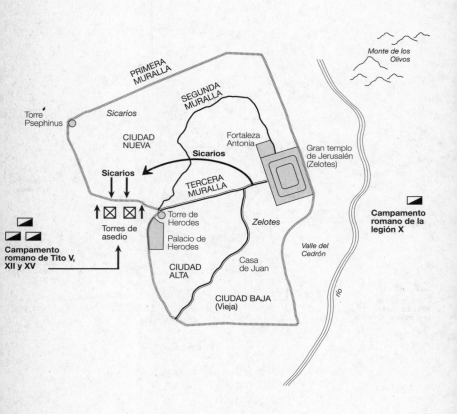

Monte de los Olivos

Torre Psephinus

PRIMERA MURALLA

SEGUNDA MURALLA

Sicarios

CIUDAD NUEVA

Fortaleza Antonia

Gran templo de Jerusalén (Zelotes)

Sicarios

Sicarios

TERCERA MURALLA

Torres de asedio

Torre de Herodes

Palacio de Herodes

Zelotes

Valle del Cedrón

Campamento romano de Tito V, XII y XV

CIUDAD ALTA

Casa de Juan

CIUDAD BAJA (Vieja)

Campamento romano de la legión X

río

Leyenda:
- ······ Primera muralla
- ── Segunda muralla
- ═══ Tercera muralla
- ◣ Legiones

El asedio de Jerusalén (fase III)

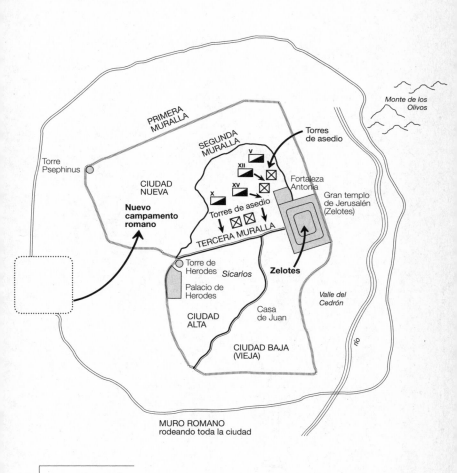

Primera muralla
Segunda muralla
Tercera muralla
Legiones
Muro Romano

La batalla de Tapae (fase I)

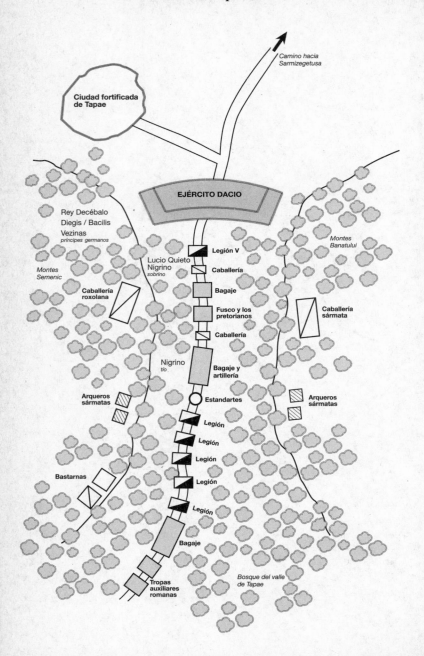

La batalla de Tapae (fase II)

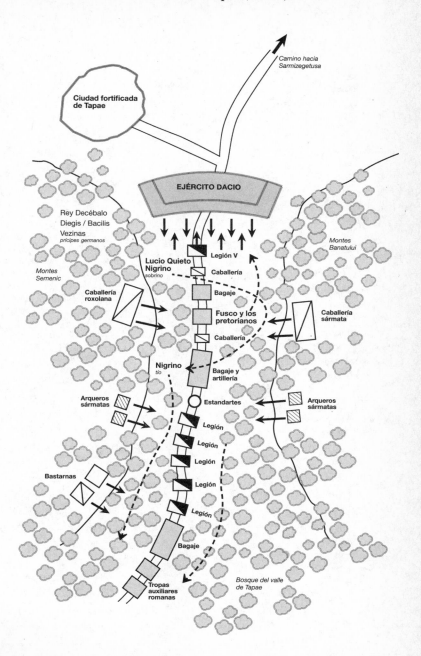

La batalla entre Saturnino y el emperador Domiciano (fase I)

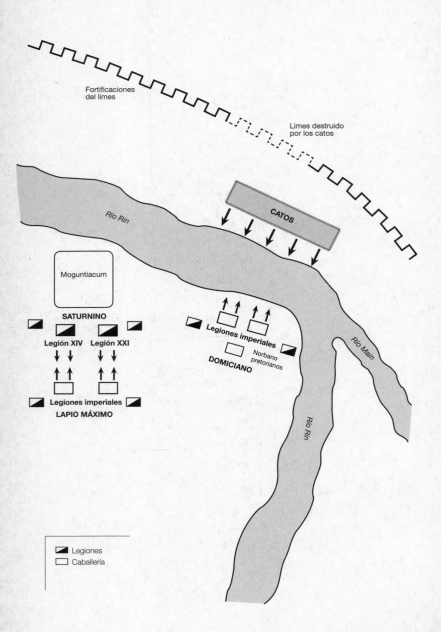

La batalla entre Saturnino y el emperador Domiciano (fase II)

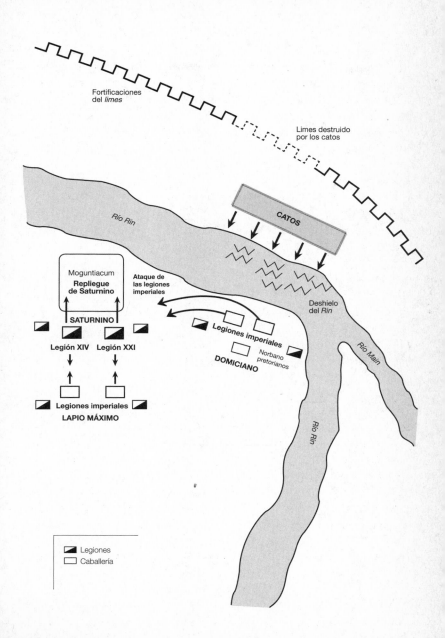

ILUSTRACIONES DE LOS DIFERENTES
TIPOS DE GLADIADOR

Había muchos tipos diferentes de gladiador en Roma. En *Los asesinos del emperador* se mencionan algunas de las categorías más frecuentes de estos épicos luchadores: el *retiarius* luchaba con un tridente y una red con la que atrapaba a sus enemigos; era de los pocos que combatía sin casco; el *secutor* era el contrincante más habitual del *retiarius,* por lo que llevaba un casco redondeado para que la red de su oponente resbalara sin atraparle; el *mirmillo* era uno de los luchadores más populares: solía llevar la figura de un pez en su casco, combatía con una espada y se protegía con un escudo de gran tamaño, similar al de un pretoriano, *manicae* en los brazos y una greba en una pierna; el *hoplomachus* usaba una lanza como primera arma y, si fallaba con ésta, empleaba entonces una daga larga; podía llevar protecciones en brazos y piernas y disponía de un pequeño escudo. El tracio usaba una gran espada curva con la que destrozaba a sus enemigos y se protegía con un escudo; podía llevar protecciones. El samnita, como el tracio, también podía llevar protecciones, emplear escudo y combatir con una espada recta. El *andabata* se veía forzado a luchar con casco sin visor, de modo que tenía que combatir a ciegas; normalmente, era un hombre sentenciado a luchar de esa forma y muchos no lo consideran un gladiador sino simplemente un ajusticiado con triste destino, pues la mayor parte moría a los pocos minutos. El *provocator* combatía con espada y escudo y era el único al que se le permitía llevar protección completa en el pecho; lo habitual es que se enfrentara sólo con los de su propia categoría, por eso Atilio lo eligió en la novela, como modo de garantizarse que no sería emparejado nunca contra su amigo Marcio, que se adiestraba como *mirmillo*. El *sagittarius* era un experto arquero capaz de abatir a sus enemigos con sus flechas a más de doscientos metros de distancia. El *dimachaerius* luchaba sólo con sus dos dagas, sin escudo y casi sin protecciones. El *venator* era el luchador entrenado específicamente para cazar fieras en el anfiteatro, por lo que no se trataba de un gladiador propiamente dicho, aunque sus intervenciones podían llegar a ser muy espectaculares. Finalmente, las mujeres que combatieron como gladiadoras no se especializaron en ninguna categoría concreta sino que unas veces lo hacían como *mirmillo* o como *hoplomachus* u otra categoría o, con frecuencia, mezclando armas y protecciones de diferentes tipos de gladiador.

Retiarius

Secutor

Mirmillo

Hoplomachus

Tracio

Samnita

Andabata

Provocator

Sagittarius

Dimachaerius

Venator

9

BIBLIOGRAFÍA

ABAD CASA, L., y BENDALA GALÁN, M., *Historia 16: El arte ibérico*, Vizcaya, Maceda Distribuciones de Libros S. L., 1999.

ADKINS, L., y ADKINS, R., *El Imperio romano: historia, cultura y arte*, Madrid, Edimat, 2005.

ALFARO, C., *El tejido en época romana*, Madrid, Arco Libros, 1997.

ALVAR, J., y BLÁZQUEZ, J. M. (eds.), *Trajano*, Madrid, Actas, 2003.

ÁLVAREZ MARTÍNEZ, J. M., *et al.*, *Guía del Museo Nacional de Arte Romano*, Madrid, Ministerio de Cultura, 2008.

APIANO, *Historia de Roma I*, Madrid, Gredos, 1980.

ÁNGELA, A., *Un día en la antigua Roma. Vida cotidiana, secretos y curiosidades*, Madrid, La Esfera de los Libros, 2009.

ANGLIM, S., JESTICE, P. G., RICE, R. S., RUSCH, S. M., y SERRATI, J., *Técnicas bélicas del mundo antiguo (3000 a. C. – 500 d. C.): equipamiento, técnicas y tácticas de combate*, Madrid, LIBSA, 2007.

BARREIRO RUBÍN, VÍCTOR, *La guerra en el mundo antiguo*. Madrid, Almena, 2004.

BEARD, M., *Pompeya: historia y leyenda de una ciudad romana*, Barcelona, Crítica, 2009.

BENNET, J., *Trajan. Optimus Princeps*, Bloomington e Indianápolis, Indiana University Press, 2001.

BIESTY, S., *Roma vista por dentro*, Barcelona, RBA, 2005.

BIRLEY, A., *Adriano: la biografía de un emperador que cambió el curso de la historia*, Madrid, Gredos, 2010.

BLÁZQUEZ, J. M., *Artesanado y comercio durante el alto imperio*, Madrid, Akal, 1990.

—, *Agricultura y minería romanas durante el alto imperio*, Madrid, Akal, 1991.

—, *Trajano*, Barcelona, Ariel, 2003.

—, *Adriano*, Barcelona, Ariel, 2008.

BOARDMAN, J., GRIFFIN, J., y MURRIA, O., *The Oxford History of The Roman World*, Reading, UK, Oxford University Press, 2001.

BRANCUS, G., *Cercetări asupra fondului traco-dac al limbii române*, Bucarest, Editura Dacica, 2009.

BRAVO, G., *Historia de la Roma antigua*, Madrid, Alianza Editorial, 2001.

BURREL, G., *Historia universal comparada. Volumen II,* Barcelona, Plaza & Janés, 1971.

BUSSAGLI, M., *Rome: Art and Architecture*, China, Ullmann Publishing, 2007.

BUSUIOCEANU, A., *Zalmoxis*, Bucarest, Editura Dacica, 2009.

CASSIUS DIO, *The Roman History: The Reign of Augustus,* Inglaterra, Penguin, 1987.

CASSON, L., *Las bibliotecas del mundo antiguo*, Barcelona, Edicions Bellaterra, 2001.

CHIC GARCÍA, G., *El comercio y el Mediterráneo en la Antigüedad*, Madrid, Akal, 2009

CIPRÉS, P., *Guerra y sociedad en la Hispania indoeuropea*, Vitoria, Servicio de Publicaciones de la Universidad del País Vasco, 1993.

CLARKE, J. R., *Sexo en Roma. 100 a. C.-250 d. C.*, Barcelona, Océano, 2003.

CODOÑER, C. (ed.), *Historia de la literatura latina*, Madrid, Cátedra, 1997.

— y FERNÁNDEZ-CORTE, C., *Roma y su imperio.* Madrid, Anaya, 2004.

CRAWFORD, M., *The Roman Republic*, Cambridge, Massachusetts, Harvard University Press, 1993.

ENRIQUE, C., y SEGARRA, M., *La civilización romana. Cuadernos de Estudio, 10. Serie Historia Universal*, Madrid, editorial Cincel y editorial Kapelusz, 1979.

Equipo de redacción, «Historia de la prostitución» en Correas, S. (dir.), *Memoria de la Historia de cerca*, IX, 2006.

Escarpa, A., *Historia de la ciencia y de la técnica*, Madrid, Akal, 2000.

Espinós, J., Masià, P., Sánchez, D., y Vilar, M., *Así vivían los romanos*, Madrid, Anaya, 2003.

Espluga, X., y Miró i Vinaixa, M., *Vida religiosa en la antigua Roma*, Barcelona, editorial UOC, 2003.

Estacio, P. P., *Silvas*, Madrid, Gredos, 2008.

Fernández Algaba, M., *Vivir en Emérita Augusta*, Madrid, La Esfera de los Libros, 2009.

Fernández Vega, P. A., *La casa romana*, Madrid, Akal, 2003.

Fox, R. L., *El mundo clásico: la epopeya de Grecia y Roma*, Barcelona, Crítica, 2007.

García Gual, C., *Historia, novela y tragedia*, Madrid, Alianza Editorial, 2006.

Gardner, J. F., *El pasado legendario. Mitos romanos*, Madrid, Akal, 2000.

Garlan, Y., *La guerra en la antigüedad*, Madrid, Aldebarán, 2003.

Gasset, C. (dir.), *El arte de comer en Roma: alimentos de hombres, manjares de dioses*, Mérida, Fundación de Estudios Romanos, 2004.

Goldsworthy, A., *Grandes generales del ejército romano*, Barcelona, Ariel, 2003.

Gómez Pantoja, J., *Historia Antigua (Grecia y Roma)*, Barcelona, Ariel, 2003.

González Tascón, I. (dir.), *Artifex: ingeniería romana en España*, Madrid, Ministerio de Cultura, 2002.

Goodman, M., *The Roman World: 44BC-AD180*, Bristol, Routledge, 2009.

Grimal, P., *La vida en la Roma antigua*, Barcelona, Paidós, 1993.

—, *La civilización romana. Vida, costumbres, leyes, artes*, Barcelona, Paidós, 1999.

Guillén, J., *Urbs Roma. Vida y costumbres de los romanos. I. La vida privada*, Salamanca, ediciones Sígueme, 1994.

—, *Urbs Roma. Vida y costumbres de los romanos. II. La vida pública*, Salamanca, ediciones Sígueme, 1994.

—, *Urbs Roma. Vida y costumbres de los romanos. III. Religión y ejército,* Salamanca, ediciones Sígueme, 1994.

HACQUARD, G., *Guía de la Roma Antigua,* Madrid, Centro de Lingüística Aplicada ATENEA, 2003.

HADAS-LEBEL, M., *Flavio Josefo,* Herder, 1994.

HAMEY, L. A., y HAMEY, J. A., *Los ingenieros romanos,* Madrid, Akal, 2002.

HARRIS, R., *Pompeya,* Barcelona, Grijalbo, 2004.

HERRERO LLORENTE, VÍCTOR-JOSÉ, *Diccionario de expresiones y frases latinas,* Madrid, Gredos, 1992.

JAMES, S., *Roma Antigua,* Madrid, Pearson Alhambra, 2004.

JOHNSTON, H. W., *The Private Life of the Romans* <http://www. forumromanum.org/life/johnston.html>, 1932.

JUVENAL, edición bilingüe de Rosario Cortés Tovar, *Sátiras,* Madrid, Cátedra, 2007.

LACEY, M., y DAVIDSON, S., *Gladiators,* China, Usborne, 2006.

KÜNZL, E., *Ancient Rome,* Berlín, Tessloff Publishing, 1998.

LAGO, J. I., y GARCÍA PINTO, A., *Trajano: las campañas de un emperador hispano,* Madrid, Almena, 2008.

LE BOHEC, YANN, *El ejército romano,* Barcelona, Ariel, 2004.

LE GALL, J., y LE GLAY, M., *El Imperio romano: de Actium hasta la muerte de Severo Alejandro (31 a. C.-235 d. C.),* Madrid, Akal, 1995.

LEWIS, J. E. (ed.), *The Mammoth Book of Eyewitness. Ancient Rome: The history of the rise and fall of the Roman Empire in the words of those who were there,* Nueva York, Carroll and Graf, 2006.

LIVIO, T., *Historia de Roma desde su fundación,* Madrid, Gredos, 1993.

LÓPEZ, A., y POCIÑA, A., *La comedia romana,* Madrid, Akal, 2007.

MACDONALD, F., *100 things you should know about ancient Rome,* China, Miles Kelly Publishing, 2004.

MALISSARD, A., *Los romanos y el agua: la cultura del agua en la Roma antigua,* Barcelona, Herder, 2001.

MANGAS, J., *Historia de España 3: De Aníbal al emperador Augusto. Hispania durante la República romana,* Madrid, ediciones Temas de Hoy, 1995.

—, *Historia Universal. Edad Antigua. Roma,* Barcelona, Vicens Vives, 2004.

Manix, Daniel P., *Breve historia de los gladiadores*, Madrid, Nowtilus, 2004.

Marchesi, M., *La novela sobre Roma*, Barcelona, Robinbook, 2009.

Martin, R. F., *Los doce Césares: del mito a la realidad*, Madrid, Aldebarán, 1998.

Matyszak, P., *Los enemigos de Roma*, Madrid, OBERON-Grupo Anaya, 2005.

McKeown, J. C., *Gabinete de curiosidades romanas*, Barcelona, Crítica, 2011.

Melani, Chiari; Fontanella, Francesca, y Cecconi, Giovanni Alberto, *Atlas ilustrado de la Antigua Roma: de los orígenes a la caída del imperio*, Madrid, Susaeta, 2005.

Mena Segarra, C. E., *La civilización romana*, Madrid, Cincel-Kapelusz, 1982.

Menéndez Argüín, A. R., *Pretorianos: la guardia imperial de la antigua Roma*, Madrid, Almena, 2006.

Montanelli, I., *Historia de Roma*, Barcelona, De Bolsillo, 2002.

Navarro, Frances (ed.), *Historia Universal. Atlas Histórico*, Madrid, Salvat-El País, 2005.

Nogales Basarrate, T., *Espectáculos en Augusta Emérita*, Badajoz, Ministerio de Educación, Cultura y Deporte – Museo Romano de Mérida, 2000.

Nossov, K., *Gladiadores: el espectáculo más sanguinario de Roma*, Madrid, Libsa, 2011.

Olcina Doménech, M., y Pérez Jiménez, R., *La ciudad ibero-romana de Lucentum*, Alicante, MARQ y diputación de Alicante, 2001.

Papadopol-Calimah, A., *Scrieri vechi pierdute atingătoare de Dacia*, Bucarest, Editura Dacica, 2007.

Pérez Minguez, R., *Los trabajos y los días de un ciudadano romano*, Valencia, Diputación provincial, 2008.

Pisa Sánchez, J., *Breve historia de Hispania*, Madrid, Nowtilus, 2009.

Plauto, T. M., introducción, cronología, traducción y notas de José Ignacio Ciruelo, *Miles Gloriosus*, Barcelona, Bosch, 1991.

—, *Miles Gloriosus*, Madrid, Ediciones Clásicas, 1998.

PAYNE, R., *Ancient Rome*, Nueva York, Horizon, 2005.

PLINIO EL JOVEN, *Epistolario (libros I-X). Panegírico del emperador Trajano*, Madrid, Cátedra, 2007.

POLYBIUS, *The Rise of the Roman Empire*, Londres, Penguin, 1979.

POMEROY, S., *Diosas, rameras, esposas y esclavas: mujeres en la antigüedad clásica*, Madrid, Akal, 1999.

POSADAS, J. L., *Año 69: el año de los cuatro emperadores*, Madrid, Laberinto, 2009.

QUESADA SANZ, FERNANDO, *Armas de Grecia y Roma*, Madrid, La Esfera de los Libros, 2008.

RANKOV, B., y HOOK, R., *La guardia pretoriana*, Barcelona, RBA/Osprey Publishing, 2009.

ROLDÁN, J. M., *El ejército de la república romana*, Madrid, Arco, 1996.

—, *Historia de la humanidad 10: Roma republicana*, Madrid, Arlanza ediciones, 2000.

ROSTOVTZEFF, M., *Historia social y económica del mundo helenístico. Volumen I*, Madrid, Espasa-Calpe, 1967.

—, *Historia social y económica del mundo helenístico. Volumen II*, Madrid, Espasa-Calpe, 1967.

SANMARTÍ-GREGO, E., *Ampurias. Cuadernos de Historia 16, 55*, Madrid, Mavicam/SGEL, 1996.

SANTOS YANGUAS, N., *Textos para la historia antigua de Roma*, Madrid, Cátedra, 1980.

SAQUETE, C., *Las vírgenes vestales. Un sacerdocio femenino en la religión pública romana*, Madrid, Consejo Superior de Investigaciones Científicas, 2000.

SCARBE, CHRIS, *Chronicle of the Roman Emperors*, Londres, Thames & Hudson, 2001.

SEGURA MORENO, M., *Épica y tragedia arcaicas latinas: Livio Andrónico, Gneo Nevio, Marco Pacvvio*, Granada, Universidad de Granada, 1989.

SEGURA MURGUÍA, S., *El teatro en Grecia y Roma*, Bilbao, Zidor Consulting, 2001.

SUETONIO, *La vida de los doce Césares*, Madrid, Austral, 2007.

TÁCITO, C., *Vida de Julio Agrícola. Diálogo de los oradores*, Madrid, Akal, 1999.

—, *Historias*, Madrid, Cátedra, 2006.

—, *Germania*, Buenos Aires, Losada, 2007.

VALENTÍ FIOL, EDUARDO, *Sintaxis Latina*, Barcelona, Bosch, 1984.

VV. AA, *La Sagrada Biblia*, Madrid, Gaspar y Roig, editores, 1854.

VV. AA., *La Biblia interconfesional. Nuevo Testamento*, Madrid, BAC-EDICABI-SBU, 1978.

VILLAR GUAJARDO, R. I., *Los geto-dacios: homenaje al pueblo rumano*, México, Senado de la República, 2004.

WILKES, J., *El ejército romano*, Madrid, Akal, 2000.

WISDOM, S., y MCBRIDE, A., *Los gladiadores*, Madrid, RBA/Osprey Publishing, 2009.

LOS SECRETOS DE
«LOS ASESINOS DEL EMPERADOR»

I
¿Cómo se hizo
Los asesinos del emperador?

Quería contar la historia de Trajano, el emperador que condujo a Roma al apogeo de su poder en el mundo antiguo. Curiosamente, aunque Trajano está reconocido como uno de los más grandes emperadores de Roma, si no el más grande, su figura no ha sido objeto de demasiadas novelas. Esto, como en el caso de Escipión el Africano, suponía para mí un aliciente adicional, pues siempre me ha gustado rescatar de cierto olvido literario figuras cuya categoría histórica merece, a mi entender, un mayor reconocimiento. A todo esto se añade que Marco Ulpio Trajano era hispano, el primer emperador hispano de la historia. Esto, sin duda, ha hecho que el mundo anglosajón no haya sentido un interés particular por su figura y que ésta haya sido relegada, primero, en las grandes novelas históricas de la literatura anglosajona y, posteriormente, en las superproducciones históricas promovidas por la industria del cine de Hollywood.

Pero hay más elementos que me impulsaban hacia Trajano: mucho y bueno se había escrito y filmado sobre César y poco de Trajano, como he apuntado, pero es que, además, en Trajano hay una cuestión adicional clave para entender la evolución del Imperio romano que tiene que ver con la siguiente pregunta: ¿por qué Roma, a finales del siglo I d. C., decide elegir como emperador a alguien no nacido en la urbe? Esto, en especial, me parecía del todo asombroso. ¿Es que acaso no quedaba nadie en Roma mejor que un hispano para dirigir el Imperio? No es que cuestione en absoluto la elección de Trajano, que me parece una decisión magnífica, propia de una Roma que sabía reinventarse una y otra vez para emerger de sus cenizas, pero la cuestión es: ¿en qué cenizas se había enfangado la Roma de finales del siglo I para recurrir a alguien no nacido allí, ni siquiera en Italia, para que fuera el único capaz de reconducir el imperio en la dirección correcta? ¿Qué pasó en Roma los años previos a la elección de Trajano?

Éstas fueron las preguntas que me lanzaron hacia la documentación. Si quería contar la vida de Trajano, si quería describir su mundo, tenía que empezar por entender qué pasó en Roma para que se tomase esa decisión absolutamente inédita. Y en la documentación encontré las respuestas que buscaba. En Suetonio, Tácito, Dión Casio, Juvenal, Estacio, Marcial o Aurelio Víctor, entre otros. La respuesta para entender por qué Roma eligió, en un momento de absoluta crisis, a Trajano como emperador estaba en la propia historia de la dinastía Flavia. Dicho de otro modo, para que quien no estuviera familiarizado con este período de la historia de Roma entendiera bien el mundo de Trajano había que contar la historia de esta dinastía. Ahora bien, contar la historia de los Flavios implicaba narrar los siguientes acontecimientos:

a) la guerra civil que sigue a la caída de Nerón, el último emperador de la dinastía Julio-Claudia, la primera dinastía imperial de Roma iniciada por Augusto y que concluye con Nerón;

b) presentar, aunque fuera brevemente, a los emperadores de la guerra civil, es decir, Galba, Otón y Vitelio;

c) narrar el advenimiento de la dinastía Flavia en la persona de Vespasiano y luego los reinados del propio Vespasiano, Tito y Domiciano.

Poco a poco, la complejidad de la tarea crecía, pero es que precisamente fue en este marco complicado donde la familia de Trajano vivió. Pero la narración se hace aún más densa: contar la historia de la dinastía Flavia requiere que se relaten acontecimientos de especial impacto en el reinado de los tres emperadores Flavios, sucesos que formaron parte del mundo en el que creció el joven Trajano; esencialmente los siguientes sucesos:

a) el asedio de Jerusalén en la guerra contra los judíos con la destrucción final del Gran Templo de la ciudad;

b) las guerras de frontera contra los catos en el Rin y contra los dacios en el Danubio;

c) la construcción del anfiteatro Flavio, hoy conocido como Coliseo;

d) la erupción del Vesubio;

e) la aniquilación de varias legiones en el Danubio;

f) el levantamiento de las tropas del Rin comandadas por el *legatus* Saturnino contra Domiciano;

g) y la sibilina forma en la que Domiciano va haciéndose con el poder en el seno de su familia hasta alcanzar la dignidad imperial, para culminar en un lento proceso de locura paranoica y agresiva para con todo y con todos.

Todo esto debía narrarse en paralelo con el progresivo y constante ascenso de los hispanos en el Senado y en el Imperio, atendiendo en particular al *cursus honorum* del padre de Marco Ulpio Trajano, pues éste es un personaje clave para entender el ascenso posterior de su hijo. Dicho de otra manera, había que incorporar como un personaje bien desarrollado en el relato también al padre de Trajano. Esto conllevaba elaborar una novela coral, similar en este aspecto a las tres novelas de la trilogía sobre Escipión, en la que se cruzarían las siguientes historias principales:

a) la historia de la familia Trajano, la vida del padre y la de su hijo, al que veremos evolucionar desde su adolescencia hasta su madurez, momento en que lo dejaremos sentado en el trono imperial de Roma al final de la novela;

b) la historia de la dinastía Flavia con los reinados de Vespasiano, Tito y Domiciano.

Ahora bien, también quería hacer algo distinto a mis novelas anteriores, aunque no tenía claro exactamente por dónde innovar en una fórmula narrativa que se ha mostrado, a la luz de las críticas recibidas, eficaz y que, según lo que me comentan los lectores en las ferias o a través de mi página web, parece gustar y entretener. Pero creo que si se busca aún hay caminos para la innovación.

Siempre había contado mis relatos de forma cronológica desde el principio hasta el final, sin saltos en el tiempo narrativo, aunque ésta era una área a la quería conducir mi narrativa. En la última novela de la trilogía sobre Escipión, utilizar el recurso de las memorias del protagonista me permitió hacer uso de la prolepsis; esto es, un salto hacia delante en la narración, una anticipación de lo que va acontecer posteriormente en el relato. Así, cuando la novela *La traición de Roma* abre con la frase «He sido el hombre más poderoso del mundo pero también el más traicionado», es evidente para el lector que el final de la narración va a ser, en gran parte, trágico para el protagonista. El ejemplo más paradigmático de prolepsis lo tenemos en el comienzo de algunas novelas del genial Gabriel García Márquez, quien lleva la prolepsis hasta el mismísimo título de una novela *Crónica de una muerte anunciada*. Y para subrayar aún más esta anticipación, Márquez abre el relato de la siguiente forma: «El día en que lo iban a matar, Santiago Nasar se levantó a las 5.30 de la mañana para esperar el buque en que llegaba el obispo.» Impresionante.

Con *Los asesinos del emperador* tenía la idea de empezar la novela *in media res*, es decir, en medio de la acción, buscando un acontecimiento especialmente intenso, para luego volver la mirada atrás y narrar los hechos que precedían a ese suceso de apertura del relato. Pero no tenía claro cómo hacerlo. Dicho con otras palabras: sabía que quería contar la historia de Trajano, concretamente del ascenso de Trajano al poder, y que para ello debía narrar en paralelo la historia de la dinastía Flavia, pero no tenía aún decidido cómo contarla.

En mis talleres de literatura creativa aconsejo a los asistentes que cuando se atasquen en un punto de la estructura de la novela o de la creación de un personaje sigan trabajando otros aspectos de la obra a la espera de que, quizá, se desatasquen solos o, alternativamente, puedan ver cómo resolver sus problemas narrativos con la ayuda de algún otro componente del relato. Decidí aplicarme a mí mismo el consejo. Como *Los asesinos del emperador* era, una vez más en mi caso, una novela histórica, había que seguir trabajando sobre la documentación. Así que, atascado en el punto de la estructura de la novela, seguí leyendo sobre Trajano y su mundo. Y leyendo sobre la dinastía Flavia, absorbido por el terrible gobierno de Domiciano, encontré una frase del historiador Suetonio que me dejó perplejo durante días: cuando diferentes consejeros imperiales y hasta familiares de Domiciano decidieron conjurarse para asesinar al emperador recurrieron a «profesionales». ¿Y quiénes eran los mejores profesionales de la muerte en Roma? Uno podría pensar que los legionarios, sin duda, pero el ejército estaba lejos de Roma, vigilando las fronteras; otros podrían ser la guardia pretoriana (que tan útil había sido en otras conjuras contra otros emperadores), pero en el caso de Domiciano, éste se había asegurado la lealtad, como mínimo, de la mayor parte de la guardia pretoriana. ¿Quién quedaba en Roma que pudiera asesinar nada más y nada menos que al mismísimo emperador, enfrentándose para ello con decenas y decenas de fieles pretorianos dispuestos a morir por un César que les pagaba mejor que ningún otro? Ni los *vigiles* ni las *cohortes urbanae*, cuerpo de seguridad contra incendios y milicia de la ciudad respectivamente se atrevían a tanto. ¿A quién recurrir entonces? Pues allí estaba la frase de Suetonio: *«et quidam e gladiatorio ludo vulneribus septem contrucidarunt»* [«y algunos miembros de la escuela de gladiadores se abalanzaron sobre él y lo remataron de siete puñaladas»].[61] Esta frase del historiador clásico, como he dicho arriba, me dejó muy impresionado durante días. Me acuerdo que iba caminando por casa o por la calle pensando una y otra vez: «Y algunos miembros de la escuela de gladiadores se abalanzaron sobre

61. Traducción según la versión de Alfonso Cuatrecasas editada por Austral, véase bibliografía de la obra.

él (sobre Domiciano).» Contrataron gladiadores. Gladiadores. Me parecía tan novelesco, tan absolutamente impactante que volvía sobre ese punto una y otra vez.

Y es aquí donde surge la solución a mi problema estructural y hasta el título de la novela. El libro pasaría a llamarse *Los asesinos del emperador* y empezaría justo en los días o semanas previos a la conjura para asesinar al emperador Domiciano. Y en medio de esa terrible escena, cuando aún no quedara claro de qué forma iba a resolverse aquella lucha brutal y descarnada entre gladiadores y pretorianos, entre conjurados y el propio emperador, interrumpiría el relato para retrotraerme 33 años atrás y empezar a dibujar las vidas de todos los implicados en aquel magnicidio. De esa forma daría comienzo una larga analepsis, que por su extensión, técnicamente, sería lo que se conoce con el nombre italiano de *racconto*.

Ya tenía mi historia y la estructura para contarla, pero quedaban, no obstante, algunos puntos pendientes a los que me gusta dedicarle una atención especial. En primer lugar, los personajes femeninos: la historia viene escrita siempre por hombres, hasta hace apenas muy poco tiempo, y los personajes femeninos suelen quedar, en su mayoría, olvidados. Cada vez más intento que éste no sea el caso en mis novelas. Por eso, antes de adentrarme en un nuevo relato me paro y pienso: «¿y quiénes son mis personajes femeninos en esta novela?» En el caso de *Los asesinos del emperador* hay un personaje, una mujer, que se abrió paso casi sola por su impresionante vida, por su capacidad de resistencia, por su rebeldía. Me refiero a Domicia Longina, la esposa de Domiciano, a la par que su víctima. Domicia emerge en la novela como un personaje constante que inicia el relato justo después de Trajano, abriendo los ojos en una cama donde finge dormir para no hablar con un marido, el emperador del mundo, al que teme y desprecia a partes iguales; al mismo tiempo, es un personaje que cierra también la novela advirtiendo al mismísimo Trajano sobre los insondables peligros de un palacio imperial que tan bien conoce. Junto con Domicia, varios personajes femeninos secundarios van apareciendo por las páginas acompañando las diferentes historias principales que van entretejiendo el complejo entramado de la novela: Antonia Cenis, la concubina del emperador Vespasiano; Flavia Julia, la hija de Tito; o Pompeya Plotina, la mujer de Trajano, entre otros. Finalmente, en el último tercio de la novela aparece un personaje de esos que parecen destinados a ser secundarios pero que por la magnitud épica que adquiere destaca por encima de muchos de los que la rodean. Es el caso de Alana, la guerrera sármata que se transformará en *gladiatrix*. Razonablemente satisfecho con la potencia de, al menos, algunos de los personajes femeninos, me quedaba otra de esas parcelas a las que también me gusta prestar especial atención: la literatura misma; en concreto, la literatura que se hacía en la época que recreo en la novela. El final del siglo I no es, no obstante, un momento en el que se encuentren escritores tan claves en la historia de la literatura universal como en el siglo III a. C., cuando tuve la fortuna de poder incorporar al gran Plauto a mis novelas sobre la vida de Escipión el Africano. Pero es que la literatura que en la república romana, pese a numerosas cortapisas y presiones, aún era contestataria y crítica, en el siglo I d. C., bajo el peso de las temibles dinastías imperiales romanas, se vio transformada en una literatura de adulación a la figura del emperador y de propaganda de las grandes conquistas de sus legiones. Aun así quise retratar, aunque sólo fuera someramente, la figura del siempre denostado Publio Papinio Estacio, un poeta quizá menor, pero que ilustra muy bien la situación de una literatura forzada a vivir en la más absoluta de las adulaciones. Estacio, además, encierra la contradicción vital de una persona que rindió su genio a la alabanza de un tirano pero que, por el contrario, fue siempre digna y buena para con sus familiares y amigos. Resulta fácil criticar a quien agacha la cabeza ante un tirano en lugar de rebelarse, pero la lucha por la supervivencia es algo que nos lleva a situaciones límite. No sé yo qué habría hecho en lugar de Estacio. Al menos es justo recordar que cuando se lo compara con otros poetas, como el satírico y mordaz Juvenal, convendría no olvidar que éste sólo publicó sus obras críticas contra Domiciano años después de la muerte del tirano. A mi entender, ni Estacio era tan miserable ni Juvenal tan valiente.

Finalmente, quedaba un punto que no se puede ignorar si se quiere llevar a cabo una recreación amplia y compleja del último tercio del siglo I de nuestra era: el cristianismo. Ahora bien, ¿cómo reflejar el progresivo ascenso de esta nueva religión en un mundo de múltiples cultos y de creciente adoración al propio emperador? Es casi imposible, a no ser que alargara el texto eternamente, reflejar todos los matices del mundo cristiano de esa época, pero también sería un vacío inexcusable que no se reflejara de alguna forma parte de este nuevo culto que surgía indomable y potente contra una Roma que luchaba por detenerlo. De entre todas las figuras históricas del momento, la presencia de san Juan, su posible redacción del Apocalipsis, su martirio y, quizá, su presencia en el asedio de Jerusalén, me otorgaba la posibilidad de cubrir este aspecto del mundo romano de esa época de forma intensa y evocadora, humanizando al personaje pero siempre con el máximo de los respetos.

Así, las historias principales que conforman *Los asesinos del emperador* son, como he indicado anteriormente:

a) la historia de Trajano y su familia, con el padre de Trajano, Plotina, etc.;

b) la historia de la dinastía Flavia, con Vespasiano, Tito, Domiciano, su esposa Domicia Longina, Flavia Julia, etc.;

c) y la historia del gladiador Marcio y, al final del libro, la de la *gladiatrix* Alana.

Tres ejes centrales que se cruzarán con dos tramas secundarias complementarias a los tres grandes hilos argumentales para construir un fresco amplio y vivo de aquel período:

d) varios episodios sobre la parte final de la vida de san Juan;

e) y la vida del poeta Estacio.

Éste es el esqueleto de *Los asesinos del emperador*: cinco historias cruzadas con un principio *in media res* al que sigue un largo *racconto* hasta recuperar el principio de la novela y resolver el clímax.

II
¿Qué hay de realidad y qué de ficción en *Los asesinos del emperador*?

Pero ¿qué hay de cierto y cuánto de invención en esta novela? Vayamos libro a libro, sección a sección, e intentaré puntualizar con detalle qué aspectos son claramente históricos, cuáles quizá lo fueron y cuáles son episodios añadidos por mí con el fin de sostener la trama de un relato que intento que siempre sea intenso y entretenido al tiempo que divulgativo sobre un período esencial de nuestro pasado.

Libro I

El Libro I nos presenta a un emperador Domiciano tiránico y déspota rodeado de aduladores y siempre pendiente de posibles conjuras contra su persona. Es una descripción razonablemente fiel a la que nos presentan las fuentes clásicas con relación a la etapa final de su principado. Está documentada la participación de diferentes libertos de la familia imperial en la conjura final contra Domiciano, así como la colaboración de su esposa Domicia Longina y la contratación de un grupo indeterminado de gladiadores, como he indicado en la sección anterior. Lo que nadie nos ha contado es cómo entraron esos gladiadores en una *Domus Flavia* fuertemente custodiada por centenares de pretorianos fieles al emperador. ¿Fue suficiente la colaboración del segundo jefe del pretorio, Petronio Segundo, para abrirles paso? No está claro. Personalmente me parecía improbable que los gladiadores accedieran al palacio imperial por la puerta principal. La idea del complot parecía estar en el factor sorpresa, por eso se recurrió a la puñalada de Estéfano, que falló; los gladiadores debían de ser un plan de apoyo que en caso de ser descubierto desde su inicio tampoco hubiera valido para terminar con la vida de Domiciano. Por eso dediqué mucho tiempo a concebir cómo introducir a los gladiadores en un palacio imperial tan férreamente vigilado. La verdad es que no veía forma de entrar hasta que recordé que aun hoy es frecuente que cuando un alto mandatario visita un país y se teme que alguien intente atentar contra su persona, la policía y los diferentes cuerpos de seguridad del Estado, entre otros, vigilan las azoteas de los edificios por donde va a pasar este mandatario, pero también, y esto era lo que me interesaba, las alcantarillas, que incluso llegan, en muchas ocasiones, a sellar. Esta idea, junto con los conocimientos adquiridos sobre la compleja triple red de alcantarillado que se extendía por las profundidades de la Roma del siglo I d. C. me hizo visualizar a un grupo de gladiadores armados hasta los dientes siendo guiados por un anciano experto en aquel laberinto en dirección a las entrañas del palacio imperial. Es decir, ninguna fuente clásica indica cómo se colaron los gladiadores, pero éstos existieron y entraron, y la red de alcantarillado también existía.

La mayoría de los personajes de este Libro I son mencionados por los historiadores clásicos: Domiciano, Domicia, Partenio, Máximo, los jefes del pretorio, Norbano y Petronio, al igual, por supuesto, que Trajano y su padre. Lo que nadie se molestó en dejar por escrito es los nombres de los gladiadores que participaron en la conjura. *Los asesinos del emperador* intenta imaginar, a modo de complemento, quiénes fueron algunos de estos hombres y las razones que los llevaron a aceptar un encargo suicida.

Finalmente con relación al Libro I, la presencia e historia de Estacio es fiel a lo que sabemos de él: un poeta notable, de producción irregular, que sometió su genio, discutido por muchos críticos, a la alabanza constante y perpetua de un César paranoico.

Libro II

El Libro II abre la larga analepsis de la novela y en él se nos narra de forma veloz la sucesión de los diferentes emperadores del año 69, siempre siguiendo las fuentes históricas. Toda esta serie de acontecimientos está documentada: la orden de Nerón para que el *legatus* Corbulón, padre de Domicia, se suicidara; el propio suicidio de Nerón; el ascenso y caída de Galba, Otón y Vitelio; la muerte de Sabino, hermano de Vespasiano; el incendio de Roma por los vitelianos y la huida de Domiciano disfrazado de sacerdote de Isis. A esto he añadido una recreación de la ciudad cuando Trajano padre y Trajano hijo pasean por las calles de Roma en busca de diferentes volúmenes por las bibliotecas de la ciudad, descritas con atención a su situación en aquellos años. Por otro lado, el retrato del colegio de gladiadores y el episodio por el cual Domiciano termina siendo rescatado por el *lanista* y sus hombres es un añadido propio. En todo caso no sabemos exactamente cómo se las ingenió Domiciano para sobrevivir en una Roma envuelta en los tumultos de las tropas vitelianas, que incluso incendiaron el templo de Júpiter. No me parece suficiente un disfraz de sacerdote para impedir que Domiciano cayera asesinado por unos vitelianos incontrolados que ya habían matado a su tío. A mi entender, Domiciano precisó de una protección más fuerte que un disfraz para sobrevivir a aquella locura de sangre. El colegio de gladiadores brindaba esa posibilidad.

Libro III

El asedio de Jerusalén es descrito atendiendo a la minuciosa narración que el historiador judío Flavio Josefo hace del mismo en sus escritos. Todos los sucesos relacionados con las tres murallas de la ciudad, las torres de asedio, los túneles que excavaron los judíos, los terribles asesinatos de hombres, mujeres y niños por legionarios en busca de oro y otros sucesos más que se cuentan en la novela están recogidos en dichos escritos. Yo me he limitado a añadir a san Juan en medio del terrible asedio, considerando que san Juan, probablemente, fuera de Jerusalén y que luego su presencia en Éfeso coincidiría con el hecho de que muchos de los cristianos que sobrevivieron al asedio emigraron, precisamente, a esta ciudad.

¿Participó Trajano padre como *legatus* en este asedio, tal y como se presenta en la novela? No lo sabemos, pero sabemos lo siguiente: el año después de que Vespasiano accediera al poder absoluto en Roma, el mismo Vespasiano concedió a Trajano padre un consulado, lo que significa la máxima dignidad que le podía otorgar. Esto era sin duda alguna un premio por algunos servicios prestados de forma sobresaliente durante la guerra civil. Pero ¿dónde estuvo Trajano padre durante la guerra civil del 69? No lo sabemos. ¿Y Trajano hijo? También lo ignoramos. Pero veamos: Trajano padre sólo pudo servir de forma sobresaliente a Vespasiano para merecer la recompensa de un consulado en tres sitios:

a) en la propia Roma;
b) en el Danubio, donde Antonio Primo agrupó las legiones de la región para dirigirse hacia Roma y luchar contra los vitelianos en favor de Vespasiano;
c) o en el asedio de Jerusalén apoyando a Tito, el hijo mayor de Vespasiano.

Ninguna fuente clásica menciona a Trajano padre colaborando con Antonio Primo o en Roma y, sin embargo, a la hora de documentarme, encontré que de las cuatro legiones del asedio de Jerusalén se conocen los *legati* de tres, Frugi, Lépido y Cerealis, pero no se sabe quién comandaba la legión XII. Estamos ante un vacío histórico interesante. ¿Y si fue Trajano padre el que se hizo cargo de esta legión tan denostada por sus malos servicios en los años anteriores? ¿Y si Trajano padre recuperó esta legión, al menos en parte, para el combate activo? Esto, sin duda, merecería un consulado. Además, desde el punto de vista narrativo, ubicar a Trajano padre en el asedio de Jerusalén, algo posible desde el punto de vista histórico, me permitía narrar en paralelo la vida de los dos hijos de Vespasiano: a Tito luchando con valor en la guerra de Judea, frente a un Domiciano intrigante persiguiendo mujeres casadas en los palacios de

Roma. Estas intrigas, por otro lado, están perfectamente documentadas (todo el episodio del primer marido de Domicia Longina es real, sólo han sido añadidas las intervenciones directas de Partenio y Antonia Cenis en el asunto).

Finalmente los episodios sobre la adolescencia de Trajano hijo son una recreación propia, pero basada en los siguientes datos históricos:

a) Trajano hijo no entra en la historia militar de Roma hasta unos años después según las fuentes clásicas; considerando que Roma estaba en guerra civil, el sitio más seguro para él era su propia ciudad, Itálica;

b) Trajano hijo trabó una gran amistad con un tal Longino, pero no fue una amistad basada en ninguna relación sexual, pese a la contrastada homosexualidad de Trajano hijo. ¿Cuál era el origen de la amistad entre los dos jóvenes? Se desconoce;

c) A Trajano hijo le apasionaba la caza.

Libro IV

El Libro IV presenta hechos nuevamente bien documentados que *Los asesinos del emperador* reflejan con detalle: la construcción del anfiteatro Flavio (hoy conocido como Coliseo) bajo el gobierno de Vespasiano haciendo uso del oro traído por su hijo Tito del tesoro judío del Gran Templo de Jerusalén; las dudas que hubo en Roma sobre la fidelidad de Tito a su padre, que luego sí resultó inquebrantable; la presencia de la concubina de Vespasiano, Antonia Cenis; el matrimonio infeliz entre Domicia y Domiciano; la conspiración de Domiciano contra su hermano Tito tras la muerte de Vespasiano; la erupción del Vesubio y la posible participación o «facilitación» de la muerte de Tito por parte de Domiciano. Todos éstos son episodios históricos. También es histórica la presencia de Trajano hijo junto a su padre en Partia luchando contra los ejércitos de Oriente. Ésta es su aparición en la historia militar de Roma según todas las fuentes consultadas.

La inauguración del anfiteatro Flavio con el épico combate inaugural entre Prisco y Vero también se ciñe a lo que nos narran las fuentes clásicas, como se puede comprobar en el texto por las citas intercaladas en el relato.

Libro V

Históricos son los sucesos relacionados con el actor Paris, el destierro y posterior regreso de Domicia, el triunfo de Domiciano, los combates en el Rin, las relaciones incestuosas de Domiciano con su sobrina Flavia Julia, los episodios sobre la vida del gran *legatus* Agrícola y su conquista de Britania así como su triste final por despertar la envidia de Domiciano.

En la parte de ficción estaría el personaje del perro, que supone un pequeño homenaje que me permito hacer, con mayor o menor acierto, a los magníficos e inolvidables personajes de las maravillosas novelas de Jack London como *White Fang (Colmillo blanco)* o, la más famosa aún *The Call of the Wild (La llamada de la selva)*, que tanto me impresionaron y enseñaron en mi adolescencia. No obstante, es histórico que existieron este tipo de grandes perros mastines, de nombre *molossus*, entrenados para la lucha en la antigua Roma.

Libro VI

La terrible campaña del Danubio, en la que las legiones de Roma, bajo el mando de Cornelio Fusco, fueron brutalmente derrotadas, es un hecho histórico, así como la aniquilación de la legión V *Alaudae* y el apresamiento de sus estandartes por el rey Decébalo. Conocemos la distribución aproximada de las tropas romanas y sabemos de la emboscada que los dacios, apoyados por sármatas, bastarnas y roxolanos, prepararon contra las legiones. Tenemos noticia también que Decébalo estaba en contacto con gobernantes de las tribus germanas vecinas, pero no está documentado que usara en su emboscada la estratagema de los árboles semicortados tal y como hicieron los germanos en Teutoburgo, aunque bien pudiera ser este un hecho conocido entre las diferentes tribus y reinos al norte del Rin y del Danubio; además, se cree que Decébalo mantuvo contactos tanto con germanos como con partos en relación a su enemigo común: Roma. Son históricos el contraataque de Tetio Juliano, el pacto entre Domiciano y Decébalo, humillante para Roma, y el levantamiento de Saturnino con las legiones del Rin apoyadas por decenas de miles de catos. Es histórico también el deshielo del Rin y que Domiciano ordenó que en la parte final de su reinado se lo denominara *Dominus et Deus*. La presencia de Trajano en Hispania con la legión VII y su rápida marcha hacia el Rin por orden de Domiciano también está documentada.

A la parte de ficción pertenece el personaje de la sármata Alana. Ahora bien, éste es un personaje basado en los siguientes datos de las fuentes clásicas:

a) el mito de las amazonas que desde Heródoto se relaciona, entre otros posibles pueblos, con los sármatas, que permitían que sus mujeres vírgenes combatieran en la guerra,

b) y el muy documentado hecho (según Estacio, Suetonio, Marcial o Juvenal, entre otros) de que sí existieron gladiadoras en la antigua Roma, hasta el punto de crearse el término *gladiatrix*.

Es decir, Alana no existió como tal, pero, sin duda, hubo muchas Alanas con vidas tan intensas como la suya que, sin embargo, como en el caso de tantas otras mujeres, no fueron recogidas por la historia, pues ésta, como he indicado antes, ha sido siempre escrita por hombres. Como en mis novelas anteriores, y según lo que he explicado en la sección anterior, he procurado encontrar un equilibrio entre personajes masculinos y femeninos. En *Los asesinos del emperador* este equilibrio se consigue, al menos en parte, por personajes históricos como Domicia Longina, Plotina, Flavia Julia o Antonia Cenis en combinación con personajes ficticios como Alana.

Libro VII

El anfiteatro Flavio se construyó en dos fases, siendo Domiciano el que ordenó las modificaciones finales que supusieron su ampliación en altura y el añadido de los túneles del *hipogeo*, tal y como se refleja en la novela. Lo que no sabemos, y esto no deja de ser sorprendente, es quién construyó realmente el gran Coliseo, es decir, que desconocemos el nombre del arquitecto del edificio más emblemático de toda la antigua Roma. Hay quien considera que pudo ser obra de los arquitectos imperiales, esto es, un escogido grupo de los mismos, o que pudo ser el gran Apolodoro de Damasco quien se encargara de la obra. Pero otras fuentes históricas nos dicen que Apolodoro no llegó a Roma hasta mucho más tarde. En la novela he optado por una posición intermedia en la que Apolodoro sólo se encarga de la ampliación del anfiteatro Flavio.

Los increíbles sucesos de Alba Longa sí están documentados, en particular el episodio de Manio y su forzada lucha contra una o varias fieras. Igual que, como ya he comentado, las luchas de gladiadoras eran una realidad. Lo que no sabemos es dónde estaba Trajano hijo y su participación en estos acontecimientos es un añadido propio.

La muerte de Flavia Julia con un aborto forzado, el reinicio de las persecuciones a los cristianos y el progresivo deterioro de la mente de Domiciano son hechos históricos. Y aquí cabe una pregunta interesante: ¿por qué se volvió Domiciano tan paranoico? No lo sabemos, pero recientemente se ha apuntado una teoría que, aunque sea de forma indirecta, he reflejado en *Los asesinos del emperador*: con frecuencia se había considerado que los ciudadanos de Roma enfermaban de saturnismo a causa del plomo con el que estaban hechas las tuberías de conducción de agua de las fuentes de la ciudad; a la larga, esa ingesta de plomo conllevaba locura y otras enfermedades mentales. Sin embargo, estudios recientes (véase el libro de Malissard en la bibliografía) confirman que los niveles de plomo de las tuberías de la antigua Roma no eran sustancialmente superiores a los que podemos encontrar hoy día en nuestra agua corriente. Y, sin embargo, es un hecho constatado que, por lo menos, muchos emperadores romanos se volvieron locos. La cuestión es: ¿estaban ya locos por una larga serie de matrimonios entre personas de parentesco próximo, algo común en las familias senatoriales y en las dinastías imperiales romanas que luego reproducirían las monarquías europeas? ¿O se volvieron locos después? Es posible que el primer factor, los matrimonios consanguíneos, facilitara alguna locura o una disposición a la misma, pero hay un nuevo dato que da fuerza a la segunda posibilidad: la de una demencia adquirida con posterioridad. Esto se sustenta en el hecho constatado de que las grandes familias imperiales degustaban su comida y su bebida en lujosas vajillas de bronce. Ahora bien, el bronce, como sabrán muchos lectores, genera una sustancia muy tóxica conocida comúnmente con el nombre de cardenillo. Los romanos eran conocedores de la toxicidad del bronce, así que recubrían sus vajillas con una fina capa de plomo, pero lo que no sabían era que el plomo era igualmente tóxico y que un consumo lento pero continuado del mismo trastorna por completo al que lo ingiere, siendo la paranoia una de las manifestaciones más frecuentes de estos lentos envenenamientos. Si a esto añadimos que Domiciano no sólo disfrutó del lujo desde niño (es decir, comió y bebió siempre en vajillas de bronce recubiertas de plomo), sino que además le gustaba el vino densamente endulzado, se añade un nuevo problema para éste y otros emperadores. Y es que los romanos desconocían el uso del azúcar y usaban la miel para endulzar o, en el caso del vino, empleaban finísimas ralladuras de plomo. Es decir, Domiciano se pasó toda su vida bebiendo y comiendo en platos con una base de plomo y bebiendo vino endulzado con más plomo. Esto podría explicar por qué cada día estaba más enajenado. Una enajenación mental que lo condujo a la paranoia absoluta, de ahí a la crueldad extrema y, finalmente, a su propia muerte del modo más sanguinario imaginable.

Queda por explicar si el martirio de san Juan es histórico o no: lo que se narra en la novela es acorde con la tradición católica. Si sobrevivió o no al aceite hirviendo, y, si lo hizo, si fue por un milagro, son cuestiones que exceden la capacidad de quien les habla. Sólo me gustaría decir que he procurado reflejar un san Juan humano a la par que acorde con la tradición cristiana y católica, siempre con el máximo de los respetos hacia una persona absolutamente admirable.

Libro VIII

El libro VIII concluye el relato siendo fiel nuevamente a una larga serie de acontecimientos que, en este caso, sucedieron al asesinato de Domiciano: el Senado nombró a Nerva emperador, éste fue incapaz de controlar el Imperio —en particular a los pretorianos que se rebelaron— y, por fin, decidió adoptar a un militar fuerte y popular que pudiera controlar al ejército y a los pretorianos, evitando así una guerra civil y la descomposición del Imperio, incluso a costa de recurrir a un senador de origen hispano como Marco Ulpio Trajano. El proceso de adopción de Trajano por parte de Nerva ha sido descrito atendiendo, por un lado, a lo que nos comentan las fuentes clásicas (en particular Plinio el Joven) y, por otro, a los intrincados vericuetos del derecho romano de la época. Es decir, que la adopción primero debió de tener lugar en el templo de Júpiter y luego en el Senado se votaría una *constitutio principis* similar a la que se ha descrito en la novela. Mi imaginación se ha concentrado en este libro VIII en relatar la huida de Marcio y de Alana de la asfixiante ciudad de Roma o en el relato de lo que pienso que pudo ser la larga conversación final entre el recién nombrado emperador Marco Ulpio Trajano y la veterana emperatriz Domicia Longina. Es histórico que, como ya he dicho, Trajano respetó, igual que el Senado, la vida de Domicia Longina, a la que permitió que se retirara fuera de Roma con comodidad y sin ser molestada nunca.

La terrible escena de tortura de Partenio está basada en los textos que nos han llegado de Aurelio Víctor, al igual que la caída en desgracia de Estacio es acorde con la escasa popularidad de que gozó tras la muerte del tirano Domiciano, quien tanto disfrutó de sus poemas de adulación.

¿Quién mató realmente a Domiciano? Como se explica en la nota histórica al final de la novela, no lo sabemos exactamente. *Los asesinos del emperador* propone una posible recreación de lo que aconteció en la cámara de Domiciano aquel mediodía del 18 de septiembre del año 96 d. C.

Y, finalmente, ¿existió ese debate en Oriente entre Trajano y Nigrino? No hay constancia escrita del mismo, pero está constatado que Nerva dudó de si nombrar a Trajano como su sucesor o a Nigrino, lo que hace ver que el hispano de Lauro tenía también un gran poder militar. Tras el ascenso de Trajano, Nigrino se retiró a su tierra y no sabemos nada más de él. No está documentado que el joven Nigrino al que Trajano apoyó significativamente durante su reinado fuera realmente el sobrino del veterano Nigrino gobernador de Siria, pero en *Los asesinos del emperador* he optado porque sí existiera ese parentesco, que explicaría un retiro pactado de Nigrino tío en favor del ascenso en el *cursus honorum* de un Nigrino que sí existió también y que, quién sabe, quizá sí estuvo emparentado con el anterior.

En síntesis, *Los asesinos del emperador* es una novela histórica, y en tanto que novela tiene diversos episodios invención del autor de la misma, pero en tanto que histórica presenta una razonablemente fiel recreación de la Roma del último tercio del siglo I d. C. con el noble doble ánimo de entretener a un público que quizá pueda sentirse, al menos en algunos momentos, transportado a las calles de una ciudad, Roma, capital del más legendario de los imperios del mundo antiguo.

III
Otra forma de leer
Los asesinos del emperador

Los asesinos del emperador es una novela que técnicamente se fundamenta, como he comentado anteriormente, en una gran analepsis o *flash-back* que por su extensión sería un *racconto*. Esto implica que existe una segunda forma de leer los sucesos descritos: en lugar de empezar por el Libro I, que anticipa acontecimientos, podemos empezar directamente por el Libro II, para así comenzar a leer el relato en un estricto orden cronológico. Leeríamos así los siguientes libros:

Libro II. El Imperio en guerra
24. Un banquete en honor del emperador Nerón
25. Las bibliotecas de Roma
26. El foro de Roma
27. La orden de Nerón
28. Una tarde en la Subura
29. La rebelión judía
30. La boda de Domicia Longina
31. La cabeza de un emperador
32. El *lanista*
33. El oráculo
34. Una carta de Sabino
35. El discurso de un senador
36. La escuela de gladiadores
37. La colina Capitolina
38. El sacerdote de Isis

LIBRO III. El asedio de Jerusalén

39. El ejército de Tito
40. La llegada de Longino
41. El amanecer de una dinastía
42. La primera muralla
43. A la luz de una hoguera
44. La bella Domicia
45. El ariete de Roma
46. El banquete del emperador Vespasiano
47. Un pacto entre enemigos mortales
48. Una fiera asustada
49. La segunda muralla de Jerusalén
50. Un nuevo gobernador
51. La fortaleza Antonia y la tercera muralla
52. La caza del lince
53. El muro de Roma
54. Las palabras de Lucio
55. Camino a Éfeso
56. Un mensaje para el emperador
57. Alguien que no teme al emperador
58. La muerte de un gobernador
59. Una carta de Oriente

LIBRO IV. El anfiteatro Flavio

60. El anfiteatro Flavio
61. El *triunfo* de Tito
62. Una pregunta de Domicia
63. Unos pequeños gladiadores
64. La invasión parta
65. Una advertencia
66. Los *catafractos* de Partia
67. La Escuela de Retórica
68. El nacimiento de un dios
69. La conspiración de Domiciano
70. La furia del Vesubio
71. La inauguración del anfiteatro Flavio

72. Una noche con el emperador de Roma
73. No hacer nada

LIBRO V. *Imperator Caesar Domitianus*
74. Paris
75. *Legio* I *Minerva*
76. El *triunfo* de Domiciano
77. La frontera del Rin
78. La arena del anfiteatro Flavio
79. La lujuria del emperador
80. Sin refuerzos
81. *Pontifex Maximus*
82. Un cachorro
83. El beso del emperador
84. La guerra invisible
85. El regreso de Domicia

LIBRO VI. Las fronteras del Imperio
86. El amo
87. Una boda provincial
88. El cruce del Danubio
89. El Consejo del rey Douras
90. El avance de Roma
91. Las lágrimas del bosque
92. La ira de Domiciano
93. Saturnino y los germanos
94. El teatro Marcelo
95. Las minas de Hispania
96. El contraataque de Tetio Juliano
97. Buenas y malas noticias
98. La risa de Decébalo
99. Una orden imperial
100. El precio de la paz
101. La batalla del Rin
102. Una entrevista con el emperador
103. Una patrulla en el Danubio

Llegados a este punto, empezaríamos el libro VII igual que con el resto, pero al llegar al capítulo 125 tendríamos que comenzar a cruzar capítulos del libro VII con capítulos del libro I (que nos habríamos saltado) de la siguiente forma:

LIBRO VII. *Dominus et Deus*

104. Los arquitectos del emperador
105. El *lanista* y el mercado de esclavos
106. Alba Longa
107. Una petición, una mentira y una promesa
108. El nuevo hijo de Flavia Julia
109. Una petición al *lanista*
110. Los cristianos
111. Reapertura del anfiteatro Flavio
112. La lista de Domiciano
113. Gladiadores vivos y gladiadores muertos
114. La condena del *lanista*
115. Juan Apóstol
116. El martirio
117. La sentencia de Trajano
118. El informe del *curator*
119. Los senadores de Hispania
120. Una deuda pendiente
121. Un viaje al norte
122. Mil espejos
123. El odio sumergido
124. Dos sucesores para un dios
125. La última tesela del mosaico
  1. El Guardián del Rin
  2. El asco
  3. La voz de la experiencia
  4. Un consejero imperial
  5. La respuesta de Trajano
  6. Un pasadizo secreto
126. Los hombres de Marcio
  7. El Oriente del Imperio
127. El sacrificio de Domitila
  8. Un viejo senador

9. Los prefectos del pretorio
10. Alfa y omega
19. Los hombres de Partenio
11. Máximo
12. El rey de Dacia
13. El rencor
14. El emperador del mundo
15. La fuerza de una emperatriz
16. Una copia de vino dulce
17. Un poco de agua hervida
18. Norbano y la guardia pretoriana
128. La *hora sexta*
129. El norte
130. Petronio y la guardia
131. Un discurso susurrado
132. Norbano y el hipódromo
20. El Apocalipsis
21. La daga de Estéfano
133. Columnas, sombras y espejos

Hasta donde se lee:

«Allí, tal y como le había explicado Partenio, debían encontrar el pasadizo que conducía a la cámara de la emperatriz.»

Aquí intercalar el capítulo:

22. Cuatro gladiadores

Seguir de nuevo en el 133, donde dice:

«La mirada de nervio puro y odio pulido por el tiempo de la emperatriz de Roma los recibió al final del pasadizo.»

23. *Interfecturus te salutant*

Finalmente, podríamos terminar leyendo el libro VIII tal cual está:

Libro VIII. El ascenso de Trajano

134. Todo había salido mal
135. Un combate bajo tierra
136. Una joven prostituta
137. El monte Testaceus
138. La decisión de Nerva
139. El interrogatorio
140. La adopción
141. El Senado de Roma
142. La emperatriz de Roma
143. Las palabras de Homero
144. Un puesto de guardia
145. La muerte de Nerva
146. El último poema
147. La recompensa
148. La mirada de Decébalo
149. Un encuentro en Oriente
150. La libertad
151. La primera audiencia

La sección en sombreado es la parte de la lectura que exige cruzar capítulos de diferentes secciones de la novela. De este modo, el lector obtendrá una narración que sigue un orden estrictamente cronológico de todos los acontecimientos narrados en la novela. En mi opinión, la lectura propuesta inicialmente al anticipar el Libro I sirve para capturar la atención del lector de forma inmediata y hacer que se meta de pleno en la novela, pero esta alternativa puede hacer que muchos lectores disfruten, si lo desean, de una relectura diferente que quizá les proporcione una forma distinta de pasear por la historia de la antigua Roma.

ÍNDICE

Agradecimientos 11
Información importante para el lector 13
Dramatis personae 15
Prooemium 19

LIBRO I
Un plan perfecto

1. El Guardián del Rin 23
2. El asco 27
3. La voz de la experiencia 31
4. Un consejero imperial 34
5. La respuesta de Trajano 38
6. Un pasadizo secreto 44
7. El oriente del Imperio 48
8. Un viejo senador 54
9. Los prefectos del pretorio 57
10. Alfa y omega 66
11. Máximo 71
12. El rey de Dacia 75
13. El rencor 78
14. El emperador del mundo 83
15. La fuerza de una emperatriz 92
16. Una copa de vino dulce 95
17. Un poco de agua hervida 98
18. Norbano y la guardia pretoriana 104
19. Los hombres de Partenio 106
20. El Apocalipsis 113

21. La daga de Estéfano 116
22. Cuatro gladiadores 120
23. *Interfecturus te salutat* 122

LIBRO II
El Imperio en guerra

24. Un banquete en honor del emperador Nerón . . . 129
25. Las bibliotecas de Roma 137
26. El foro de Roma 150
27. La orden de Nerón 154
28. Una tarde en la Subura 161
29. La rebelión judía. 169
30. La boda de Domicia Longina. 175
31. La cabeza de un emperador. 180
32. El *lanista* 186
33. El oráculo 190
34. Una carta de Sabino 200
35. El discurso de un senador 205
36. La escuela de gladiadores 211
37. La colina Capitolina 219
38. El sacerdote de Isis 228

LIBRO III
El asedio de Jerusalén

39. El ejército de Tito 239
40. La llegada de Longino. 245
41. El amanecer de una dinastía 249
42. La primera muralla 252
43. A la luz de una hoguera. 279
44. La bella Domicia 283
45. El ariete de Roma 289
46. El banquete del emperador Vespasiano 291
47. Un pacto entre enemigos mortales 295
48. Una fiera asustada. 302
49. La segunda muralla de Jerusalén 306
50. Un nuevo gobernador 320
51. La fortaleza Antonia y la tercera muralla 326

52. La caza del lince 338
53. El muro de Roma 344
54. Las palabras de Lucio 358
55. Camino a Éfeso. 361
56. Un mensaje para el emperador 364
57. Alguien que no teme a Vespasiano. 370
58. La muerte de un gobernador. 374
59. Una carta de Oriente. 380

LIBRO IV
El anfiteatro Flavio

60. El anfiteatro Flavio 385
61. El *triunfo* de Tito 392
62. Una pregunta de Domicia 399
63. Unos pequeños gladiadores. 405
64. La invasión parta. 414
65. Una advertencia 418
66. Los *catafractos* de Partia 421
67. La Escuela de Retórica 429
68. El nacimiento de un dios. 432
69. La conspiración de Domiciano 437
70. La furia del Vesubio 440
71. La inauguración del anfiteatro Flavio. 447
72. Una noche con el emperador de Roma 474
73. No hacer nada 479

LIBRO V
Imperator Caesar Domitianus

74. Paris 495
75. *Legio I Minerva* 502
76. El *triunfo* de Domiciano. 515
77. La frontera del Rin 520
78. La arena del anfiteatro Flavio. 523
79. La lujuria del emperador. 550
80. Sin refuerzos. 553
81. *Pontifex Maximus* 556
82. Un cachorro 561

83. El beso del emperador. 569
84. La guerra invisible 573
85. El regreso de Domicia 578

Libro VI
Las fronteras del Imperio

86. El amo 585
87. Una boda provincial 588
88. El cruce del Danubio. 596
89. El consejo del rey Douras. 603
90. El avance de Roma 609
91. Las lágrimas del bosque. 612
92. La ira de Domiciano 634
93. Saturnino y los germanos. 640
94. El teatro Marcelo. 646
95. Las minas de Hispania. 649
96. El contraataque de Tetio Juliano 656
97. Buenas y malas noticias 674
98. La risa de Decébalo 680
99. Una orden imperial. 691
100. El precio de la paz. 695
101. La batalla del Rin 701
102. Una entrevista con el emperador 726
103. Una patrulla en el Danubio 734

Libro VII
Dominus et Deus

104. Los arquitectos del emperador. 745
105. El *lanista* y el mercado de esclavos 750
106. Alba Longa 756
107. Una petición, una mentira y una promesa 792
108. El nuevo hijo de Flavia Julia 796
109. Una petición al *lanista* 799
110. Los cristianos 806
111. La reapertura del anfiteatro Flavio 811
112. La lista de Domiciano 820
113. Gladiadores vivos y gladiadores muertos. 826

114. La condena del *lanista* 830
115. Juan Apóstol 833
116. El martirio 843
117. La sentencia de Trajano. 852
118. El informe del *curator*. 862
119. Los senadores de Hispania. 867
120. Una deuda pendiente 870
121. Un viaje al norte 879
122. Mil espejos 883
123. El odio sumergido 885
124. Dos sucesores para un dios. 889
125. La última tesela del mosaico 890
126. Los hombres de Marcio 898
127. El sacrificio de Domitila. 903
128. La *hora sexta* 909
129. El norte. 912
130. Petronio y la guardia 914
131. Un discurso susurrado. 918
132. Norbano y el hipódromo 921
133. Columnas, sombras y espejos 923

Libro VIII
El ascenso de Trajano

134. Todo había salido mal 933
135. Un combate bajo tierra 942
136. Una joven prostituta 958
137. El monte Testaceus 970
138. La decisión de Nerva 972
139. El interrogatorio 987
140. La adopción 1001
141. El Senado de Roma 1005
142. La emperatriz de Roma 1016
143. Las palabras de Homero 1023
144. Un puesto de guardia 1033
145. La muerte de Nerva. 1044
146. El último poema 1060
147. La recompensa 1066

148. La mirada de Decébalo 1078
149. Un encuentro en Oriente 1081
150. La libertad 1090
151. La primera audiencia. 1095

APÉNDICES

1. Nota histórica 1111
2. Glosario de términos latinos 1115
3. Glosario de términos dacios 1151
4. Árboles genealógicos 1155
    Árbol genealógico de la dinastía Flavia 1157
    Árbol genealógico de la dinastía Ulpio-Aelia o
    Antonina 1158
5. Listado de emperadores de Roma durante el
    siglo I d.C.. 1159
6. Listado de los jefes del pretorio 1161
7. Mapas 1163
    Mapa del Imperio romano a finales del siglo I d.C. 1164
    Vista de Roma 1166
    Roma a finales del siglo I d.C. 1168
    El asedio de Jerusalén (fase I) 1169
    El asedio de Jerusalén (fase II) 1170
    El asedio de Jerusalén (fase III) 1171
    La batalla de Tapae (fase I) 1172
    La batalla de Tapae (fase II) 1173
    La batalla entre Saturnino y el emperador
    Domiciano (fase I) 1174
    La batalla entre Saturnino y el emperador
    Domiciano (fase II) 1175
8. Ilustraciones de los diferentes tipos de gladiador 1177
9. Bibliografía 1183

LOS SECRETOS DE «LOS ASESINOS DEL EMPERADOR»

I.   ¿Cómo se hizo Los asesinos del emperador? 1193
II.   ¿Qué hay de realidad y qué de ficción en
      Los asesinos del emperador? 1203
III. Otra forma de leer Los asesinos del emperador 1217